PHILIP JOSÉ FARMER

DIE LIEBENDEN

Science-Fiction-Roman

Die Haijac-Union gründet auf den Prinzipien »Alle Macht dem Staate« und »Festhalten an neo-islamischen Dogmen«. Eine Expedition wird vorbereitet, die einen fremden Planeten kolonisieren soll. Diesen Planeten bewohnen friedliche insektenhafte Extraterrestrier – man will sie ausrotten . . .

Es gibt eine zweite Rasse auf dem Planeten: Wesen, die menschliche Gestalt annehmen können. Der irdische Linguist Hal Yarrow verliebt sich in ein Mädchen dieser fremden Rasse – nach den Gesetzen der Erde ein Verbrechen. Da die Schwangerschaft bei ihr durch eine Art Photosynthese hervorgerufen wird – und Schwangerschaft bedeutet Tod für die Mutter –, greift das Mädchen häufig zum Alkohol; denn Alkohol hemmt die Photosynthese.
Yarrow will sie retten und versucht auf dramatischer Weise, der irdischen Justiz zu entkommen. Aber eines Tages begeht er einen verhängnisvollen Fehler . . .

Titel der Originalausgabe: »The Lovers«

Aus dem Amerikanischen von Jürgen Inhoff

ISBN 3-426-05778-6 800

FARMER
SILVERBERG
McINTIRE

EXOTISCHE WELTEN

Drei preisgekrönte Science-Fiction-Romane
in einem Band

Deutsche Erstausgabe

Knaur

Deutsche Erstausgabe

Umschlagillustration W. Siudmak
Druck und Bindung Clausen & Bosse, Leck
Printed in Germany · 1 · 35 · 684
ISBN 3-426-05778-6

1. Auflage

1

»Ich will hier raus«, hörte Hal Yarrow jemanden aus großer Entfernung murmeln. »Es muß doch einen Ausweg geben.«
Er erwachte mit einem Ruck und wurde sich bewußt, daß er selbst diese Worte gesprochen hatte. Aber sie standen in keinem Zusammenhang mit seinem Traum. Die im halbwachen Zustand hervorgestoßenen Worte und der Traum waren zwei verschiedene Ereignisse.
Was konnte er nur mit diesen hingemurmelten Sätzen gemeint haben? Und wo war er? Hatte er tatsächlich ein längst vergangenes Erlebnis aus dem Unterbewußtsein zutage gefördert – oder nur einen subjektiven Traum erlebt?
Es war ihm so echt erschienen, daß er nur langsam in die Wirklichkeit zurückfand.
Ein Blick auf den neben ihm sitzenden Mann ließ den Nebel aus seinem Kopf verschwinden. Er saß im Airbus nach Sigmen City, und es war das Jahr 550 BS (nach alter Rechnung 3050 n. Chr., wie er es von der Schule her im Gedächtnis hatte). Er befand sich keineswegs auf einem fremden Planeten, viele Lichtjahre von der Erde entfernt, in ferner Zukunft. Auch sah er sich nicht Auge in Auge mit dem glorreichen Isaac Sigmen, dem Vorboten, wirklich sei sein Name.
Der Mann schaute Hal von der Seite an. Es war ein magerer Bursche mit hohen Wangenknochen, glattem schwarzem Haar und braunen, leicht geschlitzten Augen. Er trug die hellblaue Uniform der Ingenieursklasse. An der linken Brust war ein Aluminiumemblem befestigt, das seine Zugehörigkeit zu einer höheren Klasse anzeigte. Wahrscheinlich ein Elektronikingenieur mit dem Abschluß einer renommierten Schule.
Der Mann räusperte sich, und sagte auf amerikanisch: »Ich bitte tausendmal um Verzeihung, *Abba*. Ich weiß, ich wollte Sie eigentlich nicht ohne Erlaubnis ansprechen. Aber Sie sagten etwas zu mir, als Sie aufwachten. Und durch Ihre Anwesenheit in diesem Abteil haben Sie sich vorübergehend mit mir gleichgestellt. Jedenfalls hat es mir auf der Zunge gebrannt, das Wort an Sie zu richten. Man nennt mich nicht umsonst Sam Naseweis.«
Er lachte nervös und sagte: »Ich kam nicht umhin mitzuhören, was Sie zu der Stewardeß sagten, als diese Ihr Recht auf diesen Sitzplatz anzweifelte. Habe ich richtig verstanden, daß Sie ihr erzählten, Sie seien ein – Inder?«
Lächelnd erwiderte Hal: »Nein, ich bin kein Inder, sondern ein *Inter*.

Das ist ein Kürzel für eine nichtspezialisierte, übergreifende Berufsqualifikation.«
Seufzend dachte er daran, welche Demütigungen er hatte hinnehmen müssen, weil er sich dagegen entschieden hatte, lediglich ein beschränkter Spezialist zu sein. Um seinen Nachbarn nicht zu weiteren Fragen zu ermutigen, schaute er zum Fenster hinaus. Hoch droben, in weiter Ferne, sah er ein helles Glühen. Zweifellos ein militärisches Raumschiff beim Eintritt in die Atmosphäre. Die wenigen existierenden zivilen Schiffe vollzogen in der Regel langsamere und unaufdringlichere Landemanöver.
Aus sechzigtausend Meter Höhe konnte er die Krümmung des nordamerikanischen Kontinents erkennen. Er glich einer Lichtflamme, die hier und da von kleinen, gelegentlich auch von einem breiteren Streifen Dunkelheit durchzogen wurde. Bei den letzteren handelte es sich um die wenigen Gebirgszüge oder Wasserflächen, die der Mensch bislang noch nicht dem Bau von Wohnhäusern oder Industrieanlagen geopfert hatte. Die große Stadt Megalopolis. Hal dachte daran, daß vor dreihundert Jahren der gesamte Kontinent nur eine Bevölkerung von zwei Millionen Menschen hatte. In weiteren fünfzig Jahren – sofern sich nicht eine Katastrophe ereignete, etwa ein Krieg zwischen der Haijac-Union und den Israelirepubliken – würde die Bevölkerungszahl Nordamerikas vierzehn, vielleicht sogar fünfzehn Milliarden erreichen!
Die einzige Zone, die man den Menschen als Lebensraum bewußt verweigerte, war das Hudson-Bay-Naturschutzgebiet. Hal hatte es erst vor fünfzehn Minuten verlassen, und doch war ihm schon jetzt elend zumute, weil er wußte, daß er für sehr lange Zeit nicht mehr dorthin zurückkehren konnte.
Er seufzte erneut. Das Hudson-Bay-Naturschutzgebiet. Dort gab es Bäume zu Tausenden, Berge, breite blaue Seen, Vögel, Füchse, Kaninchen. Und sogar, wie er von den Wildhütern erfahren hatte, Rotluchse. Sie waren jedoch selten, und in zehn Jahren würden wohl auch sie auf der Liste der ausgestorbenen Tierarten stehen.
Im Naturschutzgebiet hatte Hal voll durchatmen können, sich völlig unbeengt und frei gefühlt. Obwohl es auch Stunden oder Tage der Einsamkeit und Unbehaglichkeit gegeben hatte. An all dies hatte er sich gerade gewöhnt, als seine Forschungsarbeit unter den zwanzig französischsprachigen Bewohnern des Gebiets auch schon beendet war.
Der neben ihm sitzende Mann druckste herum, als wollte er sich Mut machen, Hal erneut anzusprechen. Nach einem einleitenden nervösen Hüsteln sagte er schließlich: »Sigmen stehe mir bei! Ich habe Sie hoffentlich nicht beleidigt? Aber ich fragte mich ...«

Hal Yarrow fühlte plötzlich Verärgerung. Der Mann nahm sich entschieden zuviel heraus. Aber er erinnerte sich auch an das, was der Vorbote gesagt hatte. *Alle Menschen sind Brüder, obgleich der Vater die einen mehr begünstigt als die anderen.* Und schließlich konnte er es nicht diesem Mann anlasten, daß man das Erste-Klasse-Abteil mit Leuten höherer Priorität belegt hatte und Hal gezwungen war, zwischen einem später startenden Airbus und einem Sitzplatz der niedrigeren Kategorie zu wählen.

»Es ist *shib* mit mir«, sagte Yarrow. Das sagte alles.

Der Mann sagte erleichtert: »Ah! Sie haben also nichts gegen eine weitere Frage? Nicht ohne Grund nennt man mich Sam Naseweis, wie ich schon erwähnte. Haha!«

»Ich habe nichts dagegen«, erwiderte Hal Yarrow. »Ein *Inter* betätigt sich nicht in allen Wissenschaften. Natürlich ist er auf eine besondere Disziplin beschränkt, aber er versucht, soviel wie möglich von all ihren spezialisierten Zweigen zu verstehen. Ich zum Beispiel bin ein linguistischer *Inter.* Anstatt mich nur mit einem der vielen Gebiete der Linguistik zu beschäftigen, besitze ich fundierte Allgemeinkenntnisse dieser Wissenschaft. Sie befähigen mich, Vorgänge in allen Bereichen zu korrelieren, somit Erkenntnisse in einem Spezialgebiet ausfindig zu machen, die für den Spezialisten eines anderen Gebiets von Interesse sind, und ihn dann über diese Punkte zu informieren. Wenn es Leute wie mich nicht gäbe, würde dem Spezialisten, dem es an Zeit mangelt, alle Journale seines Fachs zu lesen, manches Nützliche entgehen. Jeder Studienbereich verfügt über einen eigenen *Inter,* der sich um diese Dinge kümmert. Ich kann dabei wirklich von Glück reden, gerade in diesem Wissenschaftsbereich tätig zu sein. Wäre ich beispielsweise ein medizinischer *Inter,* würde ich völlig überrollt und müßte mit einem Team von *Inters* zusammenarbeiten, was zur Folge hätte, daß ich kein echter Intermediziner wäre, da ich mich auf ein bestimmtes Gebiet der Medizin zu beschränken hätte. Die Zahl der Veröffentlichungen jedes medizinischen Spezialfachs ist so riesig – und ähnliches gilt für die Elektronik, die Physik und fast jede Wissenschaft, die man anführen wollte –, daß weder ein einzelner noch ein Team die gesamte Disziplin erfassen oder korrelieren könnte. Zum Glück galt mein Interesse schon immer der Linguistik. Das verschafft mir gewisse Vorteile. Mir bleibt sogar die Zeit, ein wenig private Forschung zu betreiben und zu einer Lawine von Abhandlungen beizutragen.«

»Natürlich geht das«, fügte er hinzu, »zu Lasten meiner persönlichen Ruhezeit. Meine Arbeitszeit zum Ruhm und Nutzen der Stirche beträgt zehn Stunden am Tag.«

Die letzte Bemerkung sollte sicherstellen, daß der Bursche, falls er zufällig ein Uzzite oder einer ihrer Spitzel war, nicht auf die Idee kam, er würde die Stirche betrügen. Es war zwar wenig wahrscheinlich, daß der Mann etwas anderes war als das, was er zu sein schien, aber Hal wollte es nicht darauf ankommen lassen.

An der Wand über dem Kabineneingang flammte ein rotes Licht auf, und per Tonbandstimme wurden die Passagiere gebeten, die Sicherheitsgurte anzulegen. Zehn Sekunden später wurde der Airbus spürbar langsamer; eine Minute später neigte sich das Fahrzeug scharf nach vorn und begann, mit einer Geschwindigkeit von tausend Metern pro Minute – wie Hal in Erfahrung gebracht hatte – zu sinken. Als sie sich dem Boden näherten, stellte sich heraus, daß Sigmen City (die bis vor zehn Jahren, bevor die Haijac-Union ihre Hauptstadt von Rek auf Island nach hierher verlegte, noch Montreal geheißen hatte) durchaus kein homogenes Lichtermeer war. Hier und da ließen sich dunkle Flecken – wahrscheinlich Parks – ausmachen, und das dünne schwarze Band, welches sich darum herumwand, war der *Prophet* – der frühere Sankt-Lorenz-Strom. Die *Palis* von Sigmen City reckten sich fünfhundert Meter hoch; jedes beherbergte mindestens hunderttausend Personen, und es gab dreihundert Gebäude dieser Größe im Stadtgebiet.

Im Zentrum der Metropole befand sich ein von Bäumen und Regierungsgebäuden – keines mehr als fünfzig Stockwerke hoch – umsäumter Platz. Dieses Areal stellte die Universität von Sigmen City dar. Hier war Hal Yarrow beschäftigt.

Seine private Unterkunft befand sich jedoch in dem nahegelegenen *Pali*, und ehe er sich recht versah, stand Hal schon auf dem Band, das ihn dorthin transportieren würde. Ein starkes Gefühl, wie er es noch nie in seinem Leben so bewußt erlebt hatte, befiel ihn plötzlich. Vor seiner Forschungsreise zum Hudson-Bay-Naturschutzgebiet hatte es dieses Gefühl nicht gegeben. Es war die Menge, diese dichtgedrängte, rempelnde Menschenmasse. Sie stürmte vorbei, ohne von ihm Kenntnis zu nehmen, sah ihn lediglich als einen anderen *Körper*, als gesichtslosen Mann, als kleines Hindernis auf dem Weg zum Ziel.

»Großer Sigmen«, murmelte Hal. »Ich muß blind, taub und stumm gewesen sein! Daß mir das nicht aufgefallen ist! Ich *hasse* sie!«

Er fühlte, wie ihm im gleichen Moment die Schamröte ins Gesicht stieg. Er musterte die Leute, als fürchtete er, sie könnten seinen Haß, sein Schuldgefühl und seine Zerknirschung von seinem Gesicht ablesen. Aber das taten sie nicht, sie waren dazu nicht fähig. Für diese Leute war er lediglich ein Mann, dem man Respekt zollte, wenn man ihm vorgestellt wurde – weil er ein Fachmann war. Aber hier auf dem Band, das

die Flut von Leibern die Hauptverkehrsstraße entlangtrug, war er nur eine von vielen Gestalten aus Blut und Knochen, durch Gewebe gekittet und mit Haut eingehüllt. Einer von ihnen – und deshalb ein Niemand.
Von dieser plötzlichen Erkenntnis taumelnd, sprang Hal von dem Laufband ab. Er wollte fort von ihnen. Einmal glaubte er ihnen eine Erklärung schuldig zu sein, und zugleich spürte er den Drang, auf sie einschlagen zu müssen.
Er machte ein paar Schritte vom Band weg, und schon war die Plastikklippe des *Pali* Nr. 30 über ihm. Das Wohnhaus der Universitätsgemeinschaft.
Innerhalb des Gebäudes wurde ihm keineswegs wohler, obschon das Gefühl der Verantwortlichkeit gegenüber den Leuten draußen auf dem Band sich verflüchtigte. Es gab keinen Grund, ihnen zu erklären, wie abstoßend er sie plötzlich gefunden hatte. Zum Glück hatten sie das verräterische Erröten seines Gesichts nicht gesehen.
Und außerdem war das alles Unsinn, redete er sich ein und biß auf seine Unterlippe. Die Leute konnten sein Gefühl kaum erraten haben. Es sei denn, sie verspürten untereinander ebenfalls Bedrückung und Abscheu. Aber würden sie dann mit den Fingern auf ihn zeigen?
Nun war Hal unter seinesgleichen, unter Männern und Frauen, die mit der sackartigen Kunststoffuniform der Fachleute – mit dem Plaidmuster und dem geflügelten Fuß auf der linken Brustseite – bekleidet waren. Der einzige Unterschied zwischen Männern und Frauen bestand darin, daß die Frauen über ihren Hosen bodenlange Röcke und außerdem Netze über den Haaren trugen. Einige gingen verschleiert, was zwar kein ungewöhnlicher, aber doch ein langsam aussterbender Brauch war, herübergerettet von älteren und konservativen Leuten, die von Jugend an nichts anderes kannten. Einst ein Symbol für Tugend und Ehre, war der Schleier heute nur noch das Merkmal einer altmodischen Frau. Und dies ungeachtet der Tatsache, daß der Wahrheitsverkünder den Schleier gelegentlich pries und sein Dahinschwinden beklagte.
Im Vorübergehen sprach Hal mit mehreren Leuten, blieb aber für keine längere Unterhaltung stehen. In einiger Entfernung machte er Dr. Olvegssen, seinen Abteilungschef, aus und verhielt den Schritt, um zu sehen, ob er ihn zu sprechen wünschte. Der Grund dafür war, daß Olvegssen als einziger über die Autorität verfügte, ihn eine Respektlosigkeit bereuen zu lassen.
Aber Olvegssen war offensichtlich in Eile. Er winkte Hal nur zu, rief »Aloha« und ging weiter. Ein alter Mann, der Grüße und Phrasen aus seiner Jugendzeit benutzte und sie wahrscheinlich für immer noch populär hielt.

Yarrow atmete erleichtert auf. Hatte er noch vor kurzem geglaubt, ihm sei sehr an einer Diskussion über seinen Aufenthalt bei den französischsprachigen Eingeborenen des Naturschutzgebiets gelegen, so stellte er nun fest, daß er mit überhaupt niemandem reden wollte. Jetzt nicht. Vielleicht morgen. Aber jetzt nicht.

Hal Yarrow wartete an der Lifttür, während der Wächter die Fahrgäste auf ihre Vorrechte hin überprüfte. Als sich die Türen des Aufzugs öffneten, gab der Wächter Hal seinen Schlüssel zurück und sagte: »Sie sind der erste, *Abba.*«

»Sigmens Segen«, erwiderte Hal. Er betrat den Lift und lehnte sich an die Wand, während die anderen identifiziert und eingestuft wurden.

Lange mußte er nicht warten, denn der Wächter hatte diesen Posten schon seit Jahren und kannte fast jeden seiner Passagiere vom Sehen her. Trotzdem mußten die Formalitäten eingehalten werden. Schließlich kam es vor, daß ein Bewohner befördert oder degradiert wurde. Wenn dem Wächter der Fehler unterlief, eine Statusveränderung zu ignorieren, konnte er angezeigt werden. Die vielen Jahre auf diesem Posten bewiesen, daß er sich in seinem Geschäft auskannte.

Vierzig Leute preßten sich in der Kabine zusammen. Der Wächter klapperte mit den Kastagnetten. Die Tür schloß sich, und der Lift schoß so schnell empor, daß jedem die Knie weich wurden. Er beschleunigte noch mehr, denn dies war ein Expreß-Aufzug. Im dreißigsten Stock hielt er automatisch an, und die Türen öffneten sich. Niemand stieg aus, was die Lichtschranke des Lifts sofort registrierte. Die Türen schlossen sich wieder, und der Lift setzte sich erneut in Bewegung.

Es gab drei weitere Unterbrechungen, ohne daß jemand die Kabine verließ. Dann ging die Hälfte der Fahrgäste. Hal holte tief Luft. Wenn die Straßen und das Erdgeschoß ihm schon überfüllt vorgekommen waren – innerhalb der Liftkabine war es erdrückend. Noch zehn Stockwerke. Es war eine Fahrt in der gleichen Stille wie zuvor, da Männer und Frauen gleichermaßen gespannt die Stimme des Wahrheitsverkünders, die aus dem Deckenlautsprecher ertönte, zu lauschen schienen. Schließlich öffneten sich die Türen zu Hals Stockwerk.

Die Gänge waren fünf Meter breit, was zu dieser Tageszeit ausreichend war. Hal nahm erleichtert zur Kenntnis, daß sich niemand hier aufhielt. Hätte er sich geweigert, ein paar Minuten mit entgegenkommenden Nachbarn zu plaudern, wäre sein Verhalten als merkwürdig eingestuft worden. Das hätte ihn ins Gerede gebracht, und Gerede zog Unannehmlichkeiten nach sich. Mindestens wäre aber eine Erklärung an den *Sept* seines Stockwerks fällig gewesen. Ein eingehendes Gespräch, eine Strafpredigt, und allein der Vorbote mochte wissen, was sonst noch.

Er ging etwa hundert Meter. Dann, die Tür zu seiner *Puka* vor Augen, hielt er an.
Sein Herz begann wild zu schlagen, und seine Hände zitterten. Er wollte sich umdrehen und zum Lift zurücklaufen.
Das wäre *unwirkliches* Verhalten, sagte er sich, und eigentlich sollte er gar nicht so denken.
Außerdem würde Mary frühestens in fünfzehn Minuten daheim sein.
Er stieß die Tür auf (natürlich gab es in der Gemeinschaft der Fachleute keine Schlösser) und trat ein. Die Wände begannen zu glühen und waren innerhalb von zehn Sekunden voll erleuchtet. Gleichzeitig aktivierte sich der *Tridi* an der ihm gegenüberliegenden Wand. Die Stimmen der lebensgroßen Akteure erklangen und ließen Hal zusammenzucken.
»Großer Sigmen!« keuchte er, hastete vorwärts und schaltete die Wand ab. Er wußte, daß Mary sie angelassen hatte, damit sie sich bei seinem Eintreten von selbst auf volle Leistung schaltete. Und er wußte auch, daß er ihr schon so viele Male gesagt hatte, wie sehr ihn das erschreckte, daß sie es nicht hätte vergessen dürfen. Dies bedeutete natürlich, daß sie es vorsätzlich tat, bewußt oder unbewußt.
Achselzuckend nahm er sich vor, von nun an nicht mehr über die Angelegenheit zu reden. Möglicherweise unterließ es Mary, die Wand anzulassen, wenn sie glaubte, er würde sich nicht mehr darüber ärgern.
Allerdings mochte sie sich dann auch fragen, warum er zu ihrer vermeintlichen Vergeßlichkeit schwieg. Vielleicht hoffte sie, daß er entnervt und unbeherrscht damit begann, sie anzuschreien. Damit hätte sie wieder eine Runde gewonnen, denn natürlich würde Mary sich weigern, ihm etwas zu entgegnen und ihn stattdessen mit ihrem Märtyrerblick noch rasender machen.
Zuletzt würde sie dann ihrer Pflicht nachkommen, so schmerzlich es auch für sie war, und am Ende des Monats den *Sept* des Blocks aufsuchen und Meldung erstatten. Und das würde ein weiteres zu den vielen schwarzen Kreuzen auf seinem MR ergeben, das nur durch eine besondere Leistung zu tilgen wäre. Und diese Leistungen, wenn er sie erbrachte – er wurde ihrer allmählich überdrüssig –, bedeuteten Zeitverlust für ein anderes (wagte er überhaupt, es sich selbst einzugestehen?) lohnendes Projekt.
Würde er ihr vorhalten, ihre Meldung hindere ihn am Fortkommen im Beruf, am besseren Einkommen, am Umzug in eine größere *Puka*, dann mußte er sich ihre traurige, vorwurfsvolle Stimme anhören, die ihn fragte, ob er denn tatsächlich eine *unwirkliche* Tat begehen wolle? Ob er ihr etwa vorschlagen wolle, nicht die Wahrheit zu sagen, sondern durch Unterlassung oder eigene Worte zu lügen? Und das könne er auf keinen

Fall, denn damit sei sowohl ihr wie auch sein Selbst in schwerer Gefahr. Niemals würden sie das wunderbare Antlitz des Vorboten sehen, und niemals ... und so weiter. Und er würde darauf nichts erwidern können.

Trotz alledem fragte sie ihn ständig, warum er sie nicht liebte. Und wenn Hal ihr seine Liebe beteuerte, beharrte sie weiterhin auf dem Gegenteil. Dann war er an der Reihe, Mary zu fragen, ob sie ihn für einen Lügner hielt. Hätte sie ihn als solchen bezeichnet, wäre er verpflichtet gewesen, sie beim *Sept* des Blocks anzuzeigen. Also begann sie, völlig unlogisch, zu weinen und behauptete, sie wüßte eben, daß er sie nicht liebte. Würde er sie nämlich wirklich lieben, könnte es ihm nicht im Traum einfallen, sie beim *Sept* zu melden. Machte er dagegen geltend, daß sie es doch war, die es als *shib* für sich ansah, ihn anzuzeigen, bestand die Antwort aus noch mehr Tränen.

Ja, so würde es ausgehen, wenn er ihr nochmals in die Falle lief. Aber Hal schwor sich erneut, dies nicht zu tun.

Er ging durch das fünf mal drei Meter große Wohnzimmer in den einzigen (außer dem Unaussprechlichen) ihm zur Verfügung stehenden Raum: die Küche. In dem Drei-mal-zweieinhalb-Meter-Raum schwang er den Herd von der Decke, speiste einen Code ein und kehrte ins Wohnzimmer zurück. Dort zog er sein Jackett aus, knautschte es zu einem Ball zusammen und stopfte es unter einen Stuhl. Er wußte, daß Mary es finden und deswegen mit ihm schimpfen würde, aber es kümmerte ihn nicht. Im Moment war er einfach zu müde, um an die Decke zu langen und einen Haken herunterzuziehen. Aus der Küche erklang ein leiser Pfeifton. Das Abendessen war fertig.

Hal beschloß, die Korrespondenz für nach dem Essen aufzuheben. Er ging in das Unaussprechliche, um sich Gesicht und Hände zu waschen. Automatisch murmelte er das Reinheitsgebet: »Möge ich die Unwirklichkeit ebenso leicht abwaschen, wie das Wasser diesen Schmutz entfernt – so Sigmen es will.«

Nachdem er sich gereinigt hatte, betätigte er den Knopf neben dem Porträt Sigmens, das über dem Waschbecken hing. Eine Sekunde lang starrte ihn das lange, schmale Gesicht des Vorboten an; er sah den hellroten Haarschopf, die großen, abstehenden Ohren und die strohblonden, buschigen Augenbrauen. Der Vorbote hatte blaßblaue Augen, einen langen orangeroten Bart und Lippen, die so dünn waren wie eine Messerschneide. Dann wurde das Gesicht matter und verschwand. Ein Spiegel nahm seine Stelle ein.

Es war Hal nicht erlaubt, länger in den Spiegel zu schauen, als nötig war, um sich zu vergewissern, daß sein Gesicht rein war, und um sich zu kämmen. Es gab natürlich nichts, das ihn davon abhalten konnte, sich über die zugestandene Zeit hinaus anzuschauen, aber dennoch hatte er dieses Gebot freiwillig nie überschritten. Was für Fehler ihm auch anhafteten: Eitelkeit gehörte bestimmt nicht dazu. Zumindest redete er sich das ein.

Diesmal verweilte er vielleicht doch ein bißchen zu lange. Er sah die breiten Schultern eines großen Mannes und das Gesicht eines Dreißigjährigen. Seine Haare waren, wie die des Vorboten, rot, aber dunkler, fast bronzefarben. Hals und Stirn waren hoch und breit. Seine Augenbrauen schimmerten dunkelbraun, während seine weitgeöffneten Augen dunkelgrau waren. Die Nase war gerade und von normaler Größe, die Oberlippe schien eine Idee zu lang zu sein. Er besaß volle Lippen, und das Kinn stand eine Spur zu weit vor.

Hal drückte erneut auf den Knopf. Das Silber des Spiegels verdunkelte sich und zerrann in hellen Streifen. Dann wurde es wieder finster, und das Porträt Sigmens stabilisierte sich. Für einen winzigen Augenblick sah Hal, wie sein Abbild das Sigmens überlagerte, dann verschwanden seine Züge, wurden vom Vorboten absorbiert. Der Spiegel war fort und das Porträt zurückgekehrt.

Hal verließ das Unaussprechliche, ging in die Küche und vergewisserte sich, daß die Tür verriegelt war (die Küche und das Unaussprechliche waren die einzigen verschließbaren Räume), denn er wollte während des Essens nicht von Mary überrascht werden. Er öffnete die Herdklappe, entnahm die warme Schachtel und stellte sie auf einen aus der Wand schnellenden Tisch. Dann schob er den Herd zur Decke zurück, öffnete die Schachtel und aß. Als er fertig war, warf er den Plastikbehälter in den Müllschlucker, ging wieder zum Unaussprechlichen zurück und wusch sich erneut die Hände.

Dabei hörte er, wie Mary seinen Namen rief.

2

Ohne den Grund zu kennen, zögerte Hal, ihr eine Antwort zu geben. Dann sagte er: »Hier bin ich, Mary.«

»Natürlich«, erwiderte sie. »Es war mir klar, daß du, falls du zu Hause bist, nirgendwo anders steckst!«

Mit unbewegtem Gesicht trat er ins Wohnzimmer. »Mußt du so sarkastisch sein, nachdem ich so lange fort war?«

Mary war eine große Frau und nur einen halben Kopf kleiner als Hal. Ihr blaßblondes Haar hatte sie straff aus der Stirn in eine wuchtige

Nackenrolle gekämmt. Ihre Augenfarbe war hellblau, und ihre Züge wirkten regelmäßig und anmutig, wurden allerdings durch sehr dünne Lippen beeinträchtigt. Ihr bauschiges Hemd mit dem hohen Kragen und der bodenlange weite Rock verbargen ihre Formen vor jedem Betrachter. Nicht einmal Hal kannte sie.

Mary sagte: »Ich wollte nicht sarkastisch sein, Hal. Nur *wirklich*. Wo konntest du denn sonst sein? Außerdem hätte es genügt, wenn du ja gesagt hättest. Mir war klar, daß du dort drin warst.« Sie deutete auf die Tür zum Unaussprechlichen. »Offenbar verbringst du deine ganze Zeit dort oder bei deinen Studien. Es sieht fast so aus, als versuchtest du, dich vor mir zu verstecken.«

»Das ist wirklich genau die Begrüßung, die ich erwartet habe«, sagte Hal zynisch.

»Geküßt hast du mich auch nicht«, beklagte sie sich.

»Entschuldige«, erwiderte er. »Wie konnte ich das nur vergessen? Wo es doch meine Pflicht ist!«

»Es sollte keine Pflicht für dich sein«, sagte sie, »sondern eine Freude.«

»Ich finde es nicht gerade erfreulich, mürrisch verzogene Lippen zu küssen«, entgegnete er.

Zu seiner Überraschung begann Mary – statt ärgerlich zu reagieren – zu weinen.

Er schämte sich plötzlich für seine Worte.

»Es tut mir leid«, sagte er. »Aber du mußt zugeben, daß du nicht die allerbeste Laune hattest, als du hereinkamst.«

Als er die Arme um sie legen wollte, wandte sie sich von ihm ab. Seine Lippen trafen ihren Mundwinkel, weil sie den Kopf drehte.

»Ich möchte nicht, daß du es machst, weil ich dir leid tue oder weil es deine Pflicht ist«, führte sie aus. »Ich möchte, daß es aus Liebe zu mir geschieht.«

Wohl zum tausendsten Male, seit sie verheiratet waren, wiederholte er: »Aber ich liebe dich doch!« Aber auch in seinen eigenen Ohren klang das wenig überzeugend. Doch – so redete er sich ein –, er liebte sie. Mußte sie lieben.

»Du hast eine sehr nette Art, mir das zu zeigen«, erwiderte Mary sarkastisch.

»Laß uns vergessen, was war und noch einmal von vorn beginnen«, schlug er vor. »Jetzt gleich.«

Er begann sie zu küssen, aber wieder entzog sie sich ihm.

»Was ist los mit dir?« fragte er.

»Du hast mir den Begrüßungskuß gegeben«, stellte sie fest. »Du darfst

nun nicht sinnlich werden. Dies ist weder die rechte Zeit noch der rechte Ort.«
Aufgebracht gestikulierte Hal mit den Händen. »Wer wird denn sinnlich? Ich wollte mich nur so verhalten, als wärest du gerade zur Tür hereingekommen. Ist denn ein Kuß mehr, als es die Vorschrift verlangt, schlimmer als Streiterei? Das Unangenehme an dir, Mary, ist, daß du so absolut buchstabengläubig bist. Hast du nie davon gehört, daß der Vorbote überhaupt nicht verlangt, daß man seine Vorschriften wörtlich nimmt? Er hat selbst gesagt, daß Umstände durchaus zu Abänderungen berechtigen können!«
»Ja, aber er hat auch gesagt, wir sollten uns hüten, durch Vereinfachungen von seinem Gesetz abzuweichen. Wir sollten uns zuerst mit einem *Sept* über die *Wirklichkeit* unseres Verhaltens beraten.«
»Aber natürlich!« rief Hal aus. »Ich werde unseren lieben *Schutzengel pro tempore* anrufen und ihn fragen, ob es in Ordnung geht, wenn ich dich noch einmal küsse!«
»Nur so kann man sichergehen«, sagte Mary.
»Großer Sigmen!« entfuhr es Hal. »Ich weiß nicht, ob ich lachen oder weinen soll! Es ist mir unmöglich, dich zu begreifen! Ich werde es wohl nie können!«
»Sprich ein Gebet zu Sigmen«, riet sie ihm. »Bitte ihn, dir Wirklichkeit zu verleihen. Dann wird es auch für uns keine Schwierigkeiten mehr geben.«
»Sprich doch selbst ein Gebet«, antwortete Hal. »Zu einem Streit gehören immer zwei. Du bist dafür genauso verantwortlich wie ich.«
»Ich werde später mit dir reden, wenn du nicht mehr so wütend bist«, entgegnete Mary. »Ich muß mich waschen und will essen.«
»Laß dich durch mich nicht stören«, erwiderte Hal. »Bis zum Schlafengehen werde ich sowieso noch zu tun haben. Ich muß mich noch mit einer Stirchensache auseinandersetzen, ehe ich Olvegssen meinen Bericht übergebe.«
»Ich wette, daß du ganz froh darüber bist«, vermutete sie. »Wie hatte ich mich darauf gefreut, eine nette Unterhaltung mit dir zu führen! Aber du hältst es noch nicht einmal für nötig, auch nur mit einem Wort deine Reise in das Naturschutzgebiet zu erwähnen.«
Da er keine Antwort gab, fügte sie hinzu: »Du brauchst dir meinetwegen nicht die Lippen zu zerbeißen.«
Hal nahm ein Porträt Sigmens von der Wand und breitete es über einem Stuhl aus. Er klappte den Vergrößerungsprojektor von der Wand, legte den Brief ein und nahm die Steuerung in Betrieb. Nachdem er seine Entzifferungsbrille aufgesetzt und den Hörer ins Ohr gesteckt hatte,

setzte er sich auf den Stuhl. Er mußte grinsen. Falls Mary es bemerkt hatte, würde sie sich wahrscheinlich fragen, welchen Anlaß er dazu hatte. Aber sie fragte nicht und hätte auch keine Antwort bekommen. Hal konnte ihr schwerlich erzählen, daß es ihm ein gewisses Vergnügen bereitete, auf dem Porträt des Vorboten zu sitzen. Sie wäre schockiert gewesen oder hätte es zumindest vorgetäuscht; ihre Reaktionen konnte man nie genau vorhersagen. Jedenfalls besaß sie keinen ausgeprägten Sinn für Humor, und er hatte nicht die Absicht, ihr irgend etwas zu erzählen, was ihr die Chance bot, seinen MR herabsetzen zu lassen.

Hal setzte durch Knopfdruck den Projektor in Gang und lehnte sich zurück, obwohl auch das ihn nicht sehr entspannte. Sofort sprang die Vergrößerung des Films auf die gegenüberliegende Wand, die für Mary, die keine Brille trug, weiterhin kahl blieb. Die Tonspur hörte Hal synchron.

Zuerst, wie stets bei einem offiziellen Brief, erschien das Gesicht des Vorboten an der Wand. Eine Stimme ertönte: »Preiset Isaac Sigmen, in dem die Wirklichkeit wohnt und aus dem alle Wahrheit fließt! Möge er uns, seine Jünger, segnen! Möge er seine Feinde, die Schüler des *unshib* Nachboten, verdammen!«

Die Stimme schwieg jetzt, und ebenso verblaßte die Projektion, um dem Betrachter Gelegenheit zu einem eigenen Gebet zu geben. Dann blitzte ein einzelnes Wort – *woggel* – an der Wand auf, und der Sprecher fuhr fort: »Andächtiger Gläubiger Hal Yarrow! Hier ist das erste aus einer Liste von Wörtern, die kürzlich im Vokabular der amerikanischsprechenden Bevölkerung der Union aufgetaucht sind. Dieses Wort – *woggel* – entstand im Bezirk Polynesien und verbreitete sich sternförmig auf alle amerikanischsprechenden Völker der Bezirke Nordamerika, Australien, Japan und China aus. Seltsamerweise ist es noch nicht im Bezirk Südamerika aufgetaucht, der ja, wie Sie zweifellos wissen, Nordamerika benachbart ist.«

Hal Yarrow lächelte, obwohl er sich an Zeiten erinnerte, wo ihn Erklärungen dieser Art in Rage gebracht hatten. Wann würden die Absender dieser Briefe jemals einsehen, daß er nicht nur ein Hochgebildeter, sondern auch ein Mann mit Allgemeinbildung war? In diesem besonderen Fall würden sogar die Halbgebildeten der niedrigen Klassen wissen, wo Südamerika lag, weil nämlich der Vorbote diese Kontinente viele Male im *Westlichen Talmud* und in *Die wirkliche Welt und Zeit* erwähnt hatte. Allerdings traf es möglicherweise auch zu, daß die Lehrer der Nichtfachleute nie daran gedacht hatten, ihren Schülern die Lage Südamerikas zu zeigen – auch wenn sie es selbst wußten.

»Das Wort *woggel*«, fuhr der Sprecher fort, »wurde zuerst auf der Insel

Tahiti gehört. Diese Insel liegt im Zentrum des polynesischen Bezirks und wird von Nachkommen derjenigen Australier bewohnt, die Tahiti nach dem Apokalyptischen Krieg besiedelten. Derzeit wird die Insel als Basis für militärische Raumschiffe benutzt. Es breitete sich offensichtlich von dorther aus, aber der Gebrauch dieses Wortes ist hauptsächlich auf Nichtfachleute begrenzt geblieben. Eine Ausnahme bildet das fachmännische Raumpersonal. Wir haben den Eindruck, daß es einen Zusammenhang zwischen dem Erscheinen des Wortes und der Tatsache gibt, daß Raumreisende, so weit wir wissen, es als erste benutzten.
Wahrheitsverkünder haben um Erlaubnis gebeten, dieses Wort im Rundfunk zu verwenden, was aber bis zum Ergebnis einer eingehenden Analyse abgelehnt wurde. Das Wort selbst, soweit man das zu diesem Zeitpunkt bestimmen kann, wird als Adjektiv, Substantiv und Verb gebraucht. Es enthält eine grundlegend abwertende Bedeutung und ist angenähert – ohne genau dies zu meinen – an linguistisch akzeptable Wörter wie *geschwürig* und *unglücksrabig*. Außerdem beinhaltet es die Bedeutung von etwas Fremdem, Außerweltlichem; kurz gesagt, etwas Unwirklichem.
Sie werden hiermit beauftragt, das Wort *woggel* zu analysieren, indem Sie nach Plan Nr. ST-LIN-476 vorgehen, es sei denn, Sie hätten inzwischen einen Auftrag mit höherer Prioritätsnummer erhalten. In jedem Fall werden Sie auf diesen Brief nicht später als bis zur 12. Fruchtbarkeit 550 BS antworten.«
Hal las den Brief bis zu Ende. Glücklicherweise waren die drei anderen Wörter von geringerer Priorität. Es war nicht nötig, das Unmögliche zu vollbringen: alle vier auf einmal zu erforschen.
Aber er würde am nächsten Morgen, nach der Berichterstattung bei Olvegssen, wieder abreisen müssen. Was bedeutete, daß er sein Zeug gar nicht erst auszupacken brauchte. Er würde tagelang in den Sachen zu leben haben, die er auf dem Leibe trug. Vielleicht hatte er nicht einmal genügend Zeit, sie reinigen zu lassen.
Nicht, daß er etwas dagegen hatte, von hier wegzukommen. Aber im Moment war er einfach erschöpft und wollte sich vor dem Antritt der nächsten Reise ausruhen.
Welch herrliche Ruhe, sagte er sich, nachdem er die Brille abgenommen hatte und Mary ansah.
Nachdem sie den *Tridi* abgeschaltet hatte, erhob sie sich aus ihrem Sessel und beugte sich vor, um eine Schublade aus der Wand zu ziehen. Hal sah, daß sie die Nachtwäsche für sie beide herausnahm. Und wie in vielen vorherigen Nächten hatte er plötzlich ein unangenehmes Gefühl im Magen.

Mary drehte sich um und sah ihn an.
»Ist etwas?« fragte sie.
»Nein.«
Sie kam auf ihn zu. (Man mußte nur wenige Schritte machen, um den Raum der Länge nach zu durchqueren. Es wurde Hal plötzlich bewußt, wie viele Schritte er im Naturschutzgebiet hatte machen können.) Sie reichte ihm eine zerknüllte Masse dünner Kleider. »Ich glaube, Olaf hat sie nicht gereinigt. Aber es war nicht seine Schuld, denn der Desionisierer funktioniert nicht. Er hinterließ eine Notiz, daß er einen Techniker gerufen habe. Aber du weißt ja, wie lange die brauchen, um etwas in Ordnung zu bringen.«
»Ich werde es selbst machen, wenn ich die Zeit dazu habe«, erwiderte Hal. Er schnüffelte an der Nachtwäsche. »Großer Sigmen! Wie lange ist der Reiniger schon defekt?«
»Seit deiner Abreise«, antwortete Mary.
»So wie dieser Mann schwitzt«, erläuterte Hal, »muß er sich in einem dauernden Angstzustand befinden. Und das ist auch kein Wunder! Der alte Olvegssen jagt auch mir so manchen Schrecken ein.«
Mary errötete. »Wie oft habe ich nun schon darum gebetet, daß du mit deinen Flüchen aufhörst«, klagte sie. »Wann wirst du endlich dieses unwirkliche Laster aufgeben? Weißt du denn nicht ...?«
»Sicher«, unterbrach Hal schroff. »Ich weiß, daß ich jedesmal, wenn ich den Namen des Vorboten unangemessen in Anspruch nehme, den Zeitstillstand um so mehr hinauszögere. Na und?«
Mary erschrak sowohl über die Lautstärke als auch die Verachtung, die in seiner Stimme lag.
»Na und?« wiederholte sie ungläubig. »Hal, das ist doch nicht dein Ernst?«
»Nein, natürlich nicht!« erwiderte er, nach Luft schnappend. »Natürlich meine ich es nicht so! Wie könnte ich das? Aber die Art, wie du mir ständig meine Fehler vorhältst, macht mich einfach rasend.«
»Der Vorbote selbst hat gesagt, daß wir unseren Nächsten stets auf sein unwirkliches Verhalten aufmerksam machen sollen.«
»Ich bin nicht dein Nächster, sondern dein Ehemann«, sagte Hal. »Obwohl ich oft genug, wie auch in diesem Moment, wünschte, ich wäre es nicht.«
Marys steifer, tadelnder Gesichtsausdruck zerfloß. Ihre Augen füllten sich mit Tränen. Ihr Kinn begann zu zittern.
»Um Sigmens willen«, bat er. »Hör auf zu weinen!«
»Wie soll ich mich dagegen wehren?« jammerte sie. »Wenn mein eigener Mann mich so schändlich behandelt! Er, der mit mir durch die

Wirkliche Stirche vereint worden ist! Und dabei habe ich doch nichts getan, womit ich das verdient hätte!«

»Nichts, außer mich bei jeder Gelegenheit beim *Sept* anzuschwärzen«, entgegnete Hal. Er ging zur Wand und zog das Bett herunter.

»Ich nehme an, die Bettwäsche stinkt auch nach Olaf und seinem fetten Weib«, sagte er.

Er nahm ein Laken hoch, roch daran und war entsetzt. Sofort zog er die anderen Leinentücher ab und warf sie auf den Boden. Und seine Schlafsachen gleich hinterher.

»Zum Henker damit! Ich werde in meiner Wäsche schlafen! Du willst eine Ehefrau sein? Warum hast du unser Zeug nicht mal zu den Nachbarn gebracht und es dort reinigen lassen?«

»Du weißt schon, warum«, erwiderte sie. »Wir haben kein Geld, um ihnen die Benutzung ihres Reinigers zu bezahlen. Hättest du einen höheren MR, könnten wir uns so etwas leisten.«

»Wie soll ich je einen höheren MR erreichen, wenn du jede meiner kleinen Unachtsamkeiten dem *Sept* vorplapperst?«

»Dies ist ja wohl nicht *mein* Fehler!« rief sie aus. »Was für eine Sigmenitin wäre ich? Den guten *Abba* zu belügen und ihm zu erzählen, du verdientest einen besseren MR! Ich könnte nicht in dem Bewußtsein leben, so grob unwirklich gehandelt zu haben und dabei vom Vorboten beobachtet worden zu sein. Wenn ich nämlich beim *Sept* bin, kann ich die unsichtbaren Augen Isaac Sigmens fühlen, wie ihre Blicke in mich hineinbrennen, jeden meiner Gedanken lesen. Ich könnte nicht lügen! Und du solltest dich schämen, es von mir zu verlangen!«

»Zum H mit dir!« sagte Hal. Er drehte sich um und ging in das Unaussprechliche.

Innerhalb dieses winzigen Raumes streifte er seine Kleidung ab und stellte sich für die erlaubten dreißig Sekunden unter die Dusche. Dann schaltete er ein Gebläse ein, um sich zu trocknen. Nun putzte er sich so kräftig die Zähne, als wollte er die schrecklichen Worte, die er geäußert hatte, herausscheuern. Wie gewöhnlich begann er sich für das, was er gesagt hatte, zu schämen. Hinzu kam die Furcht – was Mary dem *Sept* meldete, was er darauf dem *Sept* erzählen sollte und was dann passieren würde. Es war durchaus möglich, daß sein MR so sehr herabgesetzt wurde, daß eine Geldstrafe fällig war. Dann würde sein ohnehin schon stark belastetes Budget zusammenbrechen, und er wäre so verschuldet wie nie zuvor. Nicht davon zu reden, daß man ihn beim nächsten Beförderungstermin übergehen würde.

Mit den Gedanken bei diesen Problemen, zog er sich wieder an und verließ den kleinen Raum. Mary wollte sich an ihm vorbeidrücken, um

das Unaussprechliche zu erreichen, blieb aber überrascht stehen, als sie sah, daß er bekleidet war. »Oh! So ist es richtig! Die Schlafsachen hast du auf den Boden geworfen! Das kann doch nicht dein Ernst sein, Hal!«
»Aber ja«, erwiderte er. »Ich schlafe nicht in Olafs verschwitzten Sachen!«
»Hal, ich bitte dich!« sagte sie. »Gebrauche nicht dieses Wort. Du weißt, daß ich keine vulgären Dinge ausstehen kann.«
»Ich bitte vielmals um Vergebung«, entgegnete er ironisch. »Wäre es dir lieber, ich würde das entsprechende isländische oder hebräische Wort benutzen? Egal in welcher Sprache, das Wort steht immer für die gleiche widerliche menschliche Absonderung: Schweiß!«
Mary hielt sich krampfhaft die Ohren zu, rannte in das Unaussprechliche und ließ die Tür hinter sich zuknallen.
Hal warf sich auf die dünne Matratze und hielt, um das Licht fernzuhalten, einen Arm vor die Augen. Es vergingen fünf Minuten, und dann hörte er, wie sich die Tür öffnete (sie mußte dringend mal wieder geölt werden; es würde aber wohl einige Zeit dauern, bis er und Olaf Marconi finanziell in der Lage waren, ein Schmiermittel zu kaufen). Und falls sein MR sank, konnten die Marconis ein Gesuch auf Umzug in ein anderes Apartment einreichen. Hatten sie damit Erfolg, dann würde womöglich ein anderes, noch unangenehmeres Paar (wahrscheinlich eines, das gerade aus einer niedrigeren Klasse aufgestiegen war) zu ihnen ziehen.
O Sigmen! dachte er. Warum kann ich mich nicht mit den Dingen, so wie sie sind, zufriedengeben? Warum kann ich die Wirklichkeit nicht akzeptieren, wie sie ist? Warum muß ich soviel vom Nachboten in mir haben? Sag mir doch, warum?
Mary sprach ihn an, als sie sich neben ihn ins Bett legte. »Hal, du wirst doch wohl nicht auf diesem *Unshib* bestehen?«
»Welchem *Unshib*?« fragte er zurück, obwohl er genau wußte, was sie meinte.
»Dem Schlafen in deinen Tageskleidern!«
»Warum sollte ich nicht?«
»Hal!« rief sie empört. »Du weißt sehr wohl, warum!«
»Nein, das weiß ich nicht«, beharrte er. Er nahm den Arm von den Augen herab und starrte in völlige Finsternis. Mary hatte – vorschriftsmäßig – das Licht ausgemacht, ehe sie ins Bett kam.
Ihr unbekleideter Körper würde im Lampen- oder Mondlicht weiß schimmern, stellte Hal sich vor. Noch nie habe ich ihren Körper gesehen, nicht einmal halbentkleidet. Niemals habe ich den Körper einer

Frau betrachten können, bis auf damals in Berlin. Als mir jener Mann dieses Bild zeigte, und ich, nach einem halb hungrigen, halb entsetzten Blick darauf, so schnell ich konnte davonlief. Was mochte mit dem Mann passiert sein? Wenn die Uzziten ihn gefaßt hatten... Die stellten einiges an mit denen, die es wagten, die Wirklichkeit so abscheulich umzukehren.

So abscheulich ... Er hatte das Bild so klar vor Augen, als stünde er soeben im hellerleuchteten Berlin. Und er konnte auch den Mann sehen, der versucht hatte, es ihm zu verkaufen. Ein großer, gutaussehender junger Mann mit blonden Haaren und breiten Schultern, der den Berliner Dialekt des Isländischen sprach.

Weiß schimmerndes Fleisch...

Seit einigen Minuten hatte Mary geschwiegen, aber Hal konnte sie atmen hören. Dann plötzlich: »Hal, hast du nicht schon genug angerichtet, seit du zurück bist? Muß ich dem *Sept* denn noch mehr berichten?«

»Was gibt es nun schon wieder?« fragte er grimmig. Dennoch konnte er sich ein kleines Lächeln nicht verkneifen. Er war entschlossen, Mary deutlich werden zu lassen. Sie sollte aus sich herausgehen und ihren Wunsch artikulieren. Obwohl es eigentlich unwahrscheinlich war, daß sie es tun würde, wollte er sie trotzdem dazu bringen, so nahe zum Kern der Sache zu kommen, wie es nur eben möglich war.

»Nun – es geschieht nichts«, flüsterte sie.

»Wie soll ich das verstehen?«

»Du weißt schon, wie«, versicherte sie.

»Nein, weiß ich nicht.«

»In der Nacht, bevor du zum Naturschutzgebiet abgereist bist, sagtest du, du wärest zu müde. Das war zwar keine wirkliche Entschuldigung, aber ich meldete dem *Sept* nichts davon, weil du deine wöchentliche Pflicht bereits erfüllt hattest. Aber du warst zwei Wochen fort...«

»Wöchentliche Pflicht«, wiederholte Hal laut. Er richtete sich auf und stützte sich auf einen Ellbogen. »Wöchentliche Pflicht! Als *das* siehst du es an?«

»Wieso, Hal?« Sie schien überrascht zu sein. »Als was sollte ich es denn sonst ansehen?«

Mit einem Seufzer legte er sich wieder hin und starrte ins Dunkel.

»Es ist zwecklos!« stellte er fest. »Wie könnte es auch anders sein? Wir sind seit neun Jahren verheiratet; wir haben keine Kinder – wir werden nie welche haben. Ich habe sogar schon um die Scheidung gebeten. Warum sollten wir uns also weiterhin aufführen wie ein Roboterpaar im *Tridi*?«

Mary hielt merklich den Atem an, und Hal konnte sich das Entsetzen in ihrem Gesicht ausmalen.
Nach einem Moment, der von ihrem Schock ausgefüllt wurde, sagte sie: »Wir müssen, weil wir eben müssen. Was bleibt uns denn übrig? Oder wolltest du vorschlagen, daß ...?«
»Nein, nein«, erwiderte er rasch, denn er stellte sich vor, was passieren würde, wenn sie dem *Sept* Bericht erstattete. Mit anderen Dingen wurde er noch fertig, aber eine Andeutung von ihr, daß ihr Ehemann sich weigerte, den besonderen Befehl des Vorboten auszuführen ... er wagte nicht, darüber nachzudenken. Immerhin besaß er das Prestige eines Universitätslehrers, nannte eine *Puka* mit einer gewissen Geräumigkeit sein eigen und hatte zudem noch die Chance aufzusteigen. Aber nicht, wenn ...
»Natürlich nicht«, fügte Hal hinzu. »Ich weiß, daß wir versuchen müssen, Kinder zu bekommen. Auch wenn es den Anschein hat, als seien wir zum Gegenteil verdammt.«
»Die Ärzte bestätigen, daß in physischer Hinsicht keinem von uns beiden etwas fehlt«, erklärte Mary nun wohl schon zum tausendsten Mal in den vergangenen fünf Jahren. »Deshalb muß sich also einer von uns konträr zur Wirklichkeit verhalten, mit seinem Körper die wirkliche Zukunft verleugnen. Und ich weiß, daß ich es nicht sein kann. Das ist ganz ausgeschlossen!«
»Das dunkle Ich verbirgt zuviel vor dem hellen Ich«, zitierte Hal aus dem *Westlichen Talmud. »Der Nachbote in uns leitet uns, und wir merken es nicht.«*
Es gab nichts, das Mary so aus der Fassung bringen konnte wie Hals Zitate, obgleich sie selbst auch ständig welche benutzte. Aber anstatt in eine ihrer üblichen Tiraden auszubrechen, sagte sie: »Hal, ich habe Angst! Ist dir klar, daß unsere Zeit in einem Jahr abgelaufen sein wird? Daß wir zur neuerlichen Prüfung vor die Uzziten treten müssen? Und falls wir durchfallen, falls sie herausfinden, daß einer von uns die Zukunft unserer Kinder verhindert ... Man hat uns oft genug gesagt, was dann passieren wird!«
Zum ersten Mal an diesem Abend empfand Hal Sympathie für Mary. Auch er verspürte den Schrecken, der ihren Körper beben ließ und das Bett zum Zittern brachte.
Aber das durfte er sie nicht wissen lassen, denn dann würde sie völlig zusammenbrechen – wie es in der Vergangenheit schon geschehen war. Er würde dann die ganze Nacht dazu benötigen, um das »zerbrochene Porzellan« wieder zusammenzufügen.
»Ich glaube nicht, daß wir uns allzu große Sorgen machen müssen«,

sagte er. »Wir sind schließlich hochangesehene und gefragte Fachleute. Es kann ihnen nichts daran liegen, unsere Ausbildungen und Fähigkeiten zu verschwenden und uns zum H zu schicken. Vielmehr nehme ich an, daß sie uns eine Verlängerung gewähren werden, wenn du nicht schwanger bist. Die Möglichkeit, dies zu tun, haben sie. Der Vorbote selbst hat gesagt, daß jeder Fall im Zusammenhang gesehen und nicht nach einem abstrakten Gesetz beurteilt werden sollte. Und wir...«

»Und wie oft wird ein Fall nach dem Zusammenhang beurteilt?« fragte sie mit schriller Stimme. »Wie oft? Du weißt so gut wie ich, daß das Gesetz stets buchstabengetreu angewendet wird!«

»Davon ist mir nichts bekannt!« versuchte Hal zu beschwichtigen. »Wie naiv man doch werden kann, wenn man allem Glauben schenkt, was die Wahrheitsverkünder verbreiten! Mir ist so einiges über die Hierarchie zu Ohren gekommen. Ich weiß, daß zum Beispiel Blutsverwandtschaft, Freundschaft, Ansehen und Wohlstand, aber auch Nützlichkeit für die Stirche eine Lockerung der strengen Vorschriften bewirken können.«

Mary saß aufrecht im Bett. »Willst du damit sagen, die Urieliten seien bestechlich?« fragte sie entsetzt.

»Das würde ich niemals sagen«, erwiderte Hal. »Und ich schwöre bei Sigmens verlorener Hand, daß ich nicht einmal im Traum daran dachte, auf solch eine unwirkliche Niedertracht anspielen zu wollen. Ich betone lediglich, daß sich Nützlichkeit für die Stirche gelegentlich in Milde oder in einer Bewährungschance auszahlen kann.«

»Kennst du jemand, der uns helfen könnte?«

Hal lächelte unbemerkt in der Dunkelheit. Mary mochte wohl über seine Freimütigkeit schockiert sein, aber sie war auch praktisch veranlagt und würde nicht zögern, jedes erdenkliche Mittel zu gebrauchen, um sie beide aus ihrer mißlichen Lage zu befreien.

Ein paar Minuten lang herrschte Schweigen. Mary atmete keuchend wie ein in die Enge getriebenes Tier.

Schließlich sagte Hal: »Ich kenne wirklich keine einflußreiche Person, abgesehen von Olvegssen. Und der hat schon Bemerkungen über meinen MR fallenlassen, obwohl er gleichzeitig meine Arbeit lobend anerkennt.«

»Siehst du!« sagte Mary. »Der MR! Wenn du dich nur ein wenig anstrengen würdest, Hal...«

»Wenn du dich nur nicht so eifrig um meine Abwertung bemühen würdest«, entgegnete er verbittert.

»Hal, ich kann einfach nicht anders, wenn du so leichtfertig mit unwirklichen Dingen umgehst! Es ist sogar ein Vergehen, mich deswegen zur Rede zu stellen. Eine weitere schwarze Bewertung...«

»Und du siehst dich gezwungen, alles vor dem *Sept* zu wiederholen. Ich weiß es ja. Laß uns nicht schon wieder – zum zehntausendsten Mal – davon anfangen.«
»Du hast es angesprochen«, erwiderte sie.
»Dies scheint das einzige Thema zu sein, über das wir miteinander reden können«, bemerkte Hal.
Mary holte tief Luft, dann sagte sie: »Das war nicht immer so.«
»Nein, nicht im ersten Jahr unserer Ehe. Aber seither ...«
»Wessen Schuld ist das wohl?« rief sie aus.
»Das ist eine gute Frage«, erwiderte er. »Aber lassen wir es lieber. Es könnte gefährlich werden.«
»Wie meinst du das?«
»Ich möchte nicht mit dir darüber diskutieren«, sagte Hal. Seine Worte hatten ihn selbst überrascht. Was hatte er gemeint? Er wußte keine Antwort; nicht mit dem Verstand, sondern aus seinem ganzen Wesen heraus hatte er gesprochen. War es der Nachbote in ihm, der ihn dies sagen ließ?
»Laß uns schlafengehen!« schlug er Mary vor. *»Morgen verändert sich das Gesicht der Wirklichkeit.«*
»Nicht, ehe ...« antwortete sie.
»Ehe was?« fragte er müde.
»Spiel nicht *Shib* mit mir!« sagte sie. »Damit hat doch alles angefangen. Weil du ... dich ... vor der ... Pflicht ... drücken willst.«
»Meine Pflicht«, höhnte Hal. »Dieser *Shib*!«
»Du darfst nicht so sprechen«, hielt sie ihm vor. »Ich möchte nicht, daß du es nur tust, weil es deine Pflicht ist. Ich möchte vielmehr, daß es aus Liebe zu mir geschieht, so wie es dir auferlegt ist. Und auch deshalb, weil du mich lieben *willst.*«
»Ich bin gehalten, die ganze Menschheit zu lieben«, sagte Hal. »Aber ich stelle fest, daß es mir ausdrücklich verboten ist, meine Pflicht mit jemand anderem als meiner wirklichkeitsgetreu verbundenen Ehefrau zu vollziehen.«
Dies verschlug Mary die Sprache, und sie wandte ihm den Rücken zu. Weil er jedoch einsah, daß er sie und sich selbst gleichermaßen strafte, streckte er die Hand nach ihr aus. Von da an, eingeleitet durch diese formelle Eröffnungserklärung, verlief alles nach dem Ritual. Diesmal aber, im Gegensatz zu früher, führten sie alles Schritt für Schritt aus: Worte und Handlungen, wie sie vom Vorboten im *Westlichen Talmud* beschrieben wurden. Ein Detail ausgenommen: Hal trug noch seine Tageskleider. Das, so hatte er sich entschieden, war wohl verzeihlich, denn auf den Geist und nicht auf die Buchstaben kam es an. Machte es

da einen Unterschied, ob er die dicke Straßenkleidung oder die sperrigen Schlafsachen trug? Mary, falls sie sich überhaupt noch daran erinnerte, hatte zu diesem Umstand nichts mehr gesagt.

3

Danach starrte Hal, auf dem Rücken liegend, gedankenverloren in den dunklen Raum wie so viele Male zuvor. Was mochte es sein, das seinen Unterleib wie eine breite, dicke Stahlplatte zu durchschneiden und seinen Körper von der Hüfte an abzutrennen schien? Anfangs war er erregt. Dessen war er sich sicher, denn sein Herz schlug schneller und sein Atem ging schwerer. Dennoch konnte er – wirklich – nichts empfinden. Und wenn der Moment kam – den der Vorbote die Zeit der Erzeugung von Potentialität, der Erfüllung und Aktualisierung der Wirklichkeit nannte –, war Hals einzige Erfahrung die einer rein mechanischen Reaktion. Sein Körper führte zwar die vorgeschriebene Funktion aus, aber Hal erlebte nichts von jener Ekstase, die der Vorbote so lebendig geschildert hatte. Eine Zone der Gefühllosigkeit, eine Fläche erstarrter Nerven durchschnitt ihn. Er fühlte nichts außer den Zuckungen seines Körpers – als würde eine elektrische Nadel seine Nerven stimulieren und gleichzeitig betäuben. Das konnte so nicht in Ordnung sein, sagte er sich. Oder doch? War es möglich, daß der Vorbote sich irrte? Ein Mann, der dem Rest der Menschheit weit überlegen war? Vielleicht hatte nur der Vorbote die Fähigkeit gehabt, jene köstlichen Reaktionen zu erleben, und war sich nicht darüber im klaren, daß die übrige Menschheit sein Glück nicht nachvollziehen konnte. Aber nein, das konnte nicht zutreffen, wenn es stimmte – Hal verscheuchte seine zweifelhaften Gedanken –, daß der Vorbote einem jeden Menschen hinter die Stirn sehen konnte.
Lag also der Fehler bei ihm? Bei Hal als einzigem von allen Schülern der Wirklichen Stirche? Über seine Gefühle hatte er nie mit jemandem gesprochen. Was auch, wenn nicht undenkbar, so doch unmöglich gewesen wäre, ja sogar obszön und unwirklich. Seine Lehrer hatten es ihm niemals ausdrücklich untersagt, aber das war auch nicht nötig gewesen. Hal wußte es auch so.
Trotz allem, der Vorbote hatte beschrieben, wie seine Reaktionen ausfallen mußten.
Aber wie genau hatte er dies getan? Als sich Hal jenen Abschnitt des *Westlichen Talmud* ins Gedächtnis rief, der für verlobte und verheiratete Paare vorbehalten war, wurde ihm bewußt, daß der Vorbote eigentlich keinen physischen Zustand beschrieben hatte. Seine Sprache

war sehr poetisch (Hal kannte sich damit aus, denn als Linguist hatte er Zugang zu verschiedenen Werken der Literatur, die anderen verboten waren), metaphorisch und sogar metaphysisch. Dies kam in Begriffen zum Ausdruck, die bei einer Analyse nur geringen Realitätsbezug erkennen ließen.

Vorbote, vergib mir! dachte Hal. Ich meinte damit, daß deine Worte keine exakte wissenschaftliche Beschreibung des tatsächlichen elektrochemischen Prozesses im menschlichen Nervensystem sind. Selbstverständlich gelten sie auf einer höheren Ebene, denn die Wirklichkeit ist vielschichtig: subrealistisch, realistisch, pseudorealistisch, surrealistisch, superrealistisch und retrorealistisch.

Aber jetzt ist nicht die Zeit für Theologie, dachte Hal. Ich will nicht schon wieder die ganze Nacht hindurch meinen Verstand mit dem Unlösbaren und Unbeantwortbaren verwirren. Beim Vorboten, nur das nicht!

Über eines war er sich im klaren: Er befand sich nicht in Einklang mit dem Weltplan; diesen Einklang hatte es für ihn noch nie gegeben und würde es wohl auch kaum jemals geben. Jeden wachen Moment wankte er am Abgrund der Unwirklichkeit entlang. Und das war wenig verheißungsvoll ... der Nachbote konnte nach ihm greifen, oder er würde dem bösen Bruder des Vorboten in die Hände fallen ...

Hal Yarrow wachte auf, als plötzlich das Morgensignal durch die Wohnung schallte. Einen Augenblick lang war er verwirrt, als sich Traumwelt und Realität vermischten.

Dann rollte er sich zur Seite des Bettes und stand auf. Er schaute auf Mary hinab, die wie gewöhnlich nach dem ersten Weckruf weiterschlief, so laut dieser auch sein mochte. Ihr galt er ja auch nicht. In fünfzehn Minuten würde der zweite Hörnerschall über den *Tridi* kommen: das Signal für die Frauen. Bis dahin mußte Hal sich gewaschen, rasiert, angezogen und auf den Weg gemacht haben. Mary würde ebenfalls fünfzehn Minuten zur Verfügung haben, um auf die Straße zu kommen; zehn Minuten später würden die Marconis von ihrer Nachtarbeit heimkehren und sich daranmachen, in dieser engen Welt zu schlafen und zu leben, bis die Yarrows zurückkehrten.

Diesmal war Hal noch schneller fertig als sonst, weil er bereits in seiner Tageskleidung steckte. Er erleichterte sich, wusch Gesicht und Hände, verrieb eine Creme auf den Bartstoppeln im Gesicht, wischte die sich lösenden Haare ab (sollte er dereinst in den Rang eines Hierarchen aufsteigen, dann würde er, wie Sigmen, einen Bart tragen), kämmte sich und trat schon wieder aus dem Unaussprechlichen heraus.

Nachdem er die am vorausgegangenen Abend erhaltenen Briefe in seine

Reisetasche gestopft hatte, schritt er auf die Tür zu. Dann jedoch, von einem plötzlichen, unbestimmbaren Gefühl geleitet, wandte er sich um und ging noch mal zum Bett zurück. Er beugte sich über Mary und küßte sie. Sie erwachte nicht, und eine Sekunde lang bedauerte er, daß sie sein Tun nicht bemerkt hatte, denn es war weder aus Pflichterfüllung noch aus Verlangen geschehen. Der Antrieb dazu war aus unergründlichen Tiefen gekommen. Warum hatte er es getan? In der vergangenen Nacht noch hatte er geglaubt, sie zu hassen. Und nun ...

Wie Hal konnte auch Mary nicht aus ihrer Haut. Was natürlich keine Entschuldigung sein konnte. Jedes Individuum war für sein eigenes Geschick verantwortlich und hatte es selbst in der Hand, ob ihm Gutes oder Schlechtes widerfuhr.

Hal spann den Gedanken weiter: Mary und er waren die Wegbereiter ihres eigenen Elends. Unbewußt natürlich. Die Sonnenseite ihrer Persönlichkeiten kämpfte gegen die Zerstörung ihrer Liebe, aber ihr dunkles Ich – der tief im Innersten schlummernde scheußliche Nachbote, von dem alles Übel ausging – arbeitete zielstrebig an ihrem Untergang.

Dann sah Hal, schon in der Tür stehend, wie Mary die Augen aufschlug und ihn leicht verwirrt anschaute. Aber anstatt noch einmal zurückzugehen und ihr einen Kuß zu geben, hastete er auf den Flur hinaus. Ihn befiel panische Angst, sie könnte ihn zurückrufen, und die ganze klägliche und nervenaufreibende Szene würde von vorn beginnen. Erst viel später wurde Hal klar, daß er gar keine Gelegenheit gehabt hatte, Mary von seiner Reise nach Tahiti zu erzählen. Eigentlich gar nicht so schlimm, dachte er. So blieb ihm eine neuerliche Szene erspart.

Die Flurhalle war bereits mit Männern überfüllt, die auf dem Weg zu ihrer Arbeit waren. Wie Hal trugen sie die lockeren Plaids der Fachleute, mehrere auch die grünen und scharlachroten Umhänge der Universitätslehrer.

Wie immer wechselte Hal mit jedem ein paar Worte.

»Wünsche dir eine gute Zukunft, Ericssen!«

»Sigmens Lächeln, Yarrow!«

»Hast du gut geträumt, Chang?«

»*Shib,* Yarrow! Direkt von der Wahrheit.«

»Shalom, Kazimuru!«

»Sigmens Lächeln, Yarrow!«

Dann war Hal vor den Aufzugtüren angelangt. Ein Wächter, der wegen des morgendlichen Andrangs auf dieser Ebene Dienst tat, legte die Reihenfolge für das Betreten des Lifts fest. Als Hal schließlich den Turm verließ, betrat er eine Reihe zunehmend schnellerer Bänder, bis er auf dem mittleren, dem Expreßband, angekommen war. Dort stand er, eingezwängt in eine Traube von Männer- und Frauenleibern, aber es behagte ihm, denn alle gehörten seiner Klasse an. Zehn Minuten Fahrt, dann mußte er sich erneut seinen Weg durch die Menge von Band zu Band bahnen. Weitere fünf Minuten später wechselte er vom Band auf den Gehweg und betrat den höhlenartigen Eingang des *Pali* Nr. 16, der Universität von Sigmen City.

Drinnen mußte er kurze Zeit warten und erhielt dann vom Wächter seinen Platz im Lift zugewiesen. Mit dem Expreß fuhr Hal direkt bis zur dreizehnten Ebene. Gewöhnlich ging er nach Verlassen des Aufzugs schnurstracks zu seinem Büro, um die erste Vorlesung des Tages, einen Studentenkurs, über *Tridi* zu halten. Doch heute morgen steuerte Hal auf das Büro des Dekans zu.

Unterwegs befiel ihn urplötzlich heftiges Verlangen nach einer Zigarette. Und weil er wußte, daß er in Olvegssens Gegenwart nicht rauchen durfte, blieb er stehen und steckte sich eine an. Zufällig stand er vor der Tür einer Grundklasse in Linguistik und konnte Teile aus Keoni Jerahmeel Rasmussens Vortrag mithören.

»*Puka* und *Pali* waren ursprünglich Wörter der primitiven polynesischen Einwohner der Hawaii-Inseln. Die englischsprechenden Siedler, die später auf die Inseln kamen, eigneten sich viele Begriffe aus der hawaiischen Sprache an. *Puka,* was Loch, Tunnel oder Höhle bedeutet, und *Pali,* was soviel wie Klippe heißt, zählten zu den gebräuchlichsten Wörtern.

Als die Hawaiiamerikaner nach dem Apokalyptischen Krieg Nordamerika neu besiedelten, wurden diese beiden Begriffe noch in der ursprünglichen Bedeutung verwendet. Aber etwa fünfzig Jahre danach hatte sich der Sinn der Wörter verändert. *Puka* gebrauchte man nun abschätzig für die kleinen, den niederen Klassen zugeteilten Apartments. Später wurde der Begriff auch von den Angehörigen der höheren Klassen benutzt. Ist man ein Hierarch, so wohnt man in einem Apartment; gehört man hingegen einer niedrigeren Klasse an, so wohnt man in einer *Puka.*

Mit *Pali,* was Klippe bedeutete, bezeichnete man auch die Wolkenkratzer und die anderen riesigen Gebäude. Und im Gegensatz zu *Puka* blieb diese Urbedeutung erhalten.«

Hal drückte seine Zigarette in einem Aschenbecher aus und setzte seinen Weg durch die Halle zum Dekansbüro fort. Dort traf er Dr. Bob Kafziel Olvegssen hinter dem Schreibtisch sitzend an.

Weil er der ältere war, sprach Olvegssen natürlich zuerst. Er hatte einen leichten isländischen Akzent.

»Aloha, Yarrow. Was führt Sie zu mir?«

»Shalom, *Abba!* Verzeihen Sie mir, daß ich ohne Aufforderung vor

Ihnen erscheine. Aber ich habe einige Angelegenheiten zu regeln, bevor ich abreise.«
»Abreise?«
Hal nahm den Brief aus seinem Handkoffer und reichte ihn Olvegssen.
»Sie können ihn selbstverständlich gern selbst durchsehen, aber ich erspare Ihnen wertvolle Zeit, wenn ich Ihnen sage, daß es sich um einen neuen Auftrag für linguistische Nachforschungen handelt.«
»Sie kommen doch eben erst von einem zurück!« sagte Olvegssen. »Wie kann man von mir noch erwarten, daß ich diese Fakultät effizient und zum Ruhme der Stirche leite, wenn man dauernd Teile des Lehrkörpers für wilde Wortjagden abberuft?«
»Sie wollen doch wohl nicht die Urieliten kritisieren?« fragte Hal boshaft. Er konnte seinen Vorgesetzten nicht ausstehen, obwohl er sich bemühte, dieses unwirkliche Denken zu überwinden.
»*Harumph!* Natürlich nicht! Dazu wäre ich niemals fähig, und ich bin bestürzt über Ihre Anschuldigung!«
»Ich bitte um Entschuldigung, *Abba*«, erwiderte Hal. »Ich dachte nicht im Traum daran, so etwas anzudeuten.«
»Wann müssen Sie fort?« erkundigte sich Olvegssen.
»Mit dem ersten Bus. Ich glaube, er geht in einer Stunde.«
»Und wann kommen Sie zurück?«
»Das weiß nur Sigmen. Wenn die Untersuchung abgeschlossen ist.«
»Melden Sie sich sofort bei mir, wenn Sie zurück sind!«
»Ich muß Sie erneut um Vergebung bitten, aber das kann ich einfach nicht. Bis dahin ist nämlich mein MR längst überfällig, und ich werde gezwungen sein, diese Angelegenheit aus der Welt zu schaffen, ehe ich mich wieder anderen Dingen zuwenden kann. Das wird einige Stunden dauern.«
Olvegssens Blick verdüsterte sich, und er sagte: »Ja, ihr MR. Auch ihr letzter war nicht der allerbeste, Yarrow. Aber ich will doch hoffen, daß der nächste gewisse Verbesserungen aufweist. Andernfalls ...«
Hal fühlte plötzlich Hitze in seinem Körper aufwallen und unterdrückte nur mühsam ein Zittern seiner Beine.
»Ja, *Abba*?«
Seine Stimme klang schwach und wie aus weiter Ferne.
Olvegssen faltete die Hände und sah Yarrow über die Fingerkuppen hinweg an.
»So sehr ich es auch bedauern würde, aber ich wäre zum Handeln gezwungen. Ein Mann mit niedrigem MR ist unter meinem Personal nicht tragbar. Ich fürchte, daß ich ...«

Eine längere Stille trat ein. Hal spürte, wie ihm der Schweiß aus den Achselhöhlen rann und wie sich auf Stirn und Oberlippe Tropfen ansammelten. Er war sich darüber im klaren, daß Olvegssen ihn absichtlich in der Ungewißheit schweben ließ, aber es widerstrebte ihm einfach, ihn zu fragen. Er wollte diesem selbstgefälligen grauhaarigen *Gimel* nicht die Genugtuung geben, ihn betteln zu hören. Aber Hal wagte auch nicht, sich einen uninteressierten Anschein zu geben. Falls er überhaupt nichts sagte, würde Olvegssen ihn mit einem Lächeln entlassen, daran gab es keinen Zweifel.
»Was, *Abba*?« fragte Hal und versuchte, den erstickten Klang aus seiner Stimme herauszuhalten.
»Ich fürchte sehr, daß ich mir nicht einmal die Milde leisten könnte, Sie zum Unterricht an höheren Schulen zurückzuversetzen. Wie gern würde ich nachsichtig sein! Aber Gnade in Ihrem Fall würde nur eine Stärkung der Unwirklichkeit bedeuten. Und das könnte ich nicht ertragen. Nein, ich ...«
Hal verwünschte sich selbst, weil es ihm nicht gelang, das Zittern zu unterdrücken.
»Ja, *Abba*?«
»Es täte mir sehr leid, aber ich müßte die Uzziten um Einsichtnahme in Ihren Fall bitten.«
»Nein!« schrie Hal.
»Doch«, sagte Olvegssen, der noch immer die Hände gefaltet hielt. »Es wäre sehr schmerzlich für mich, aber es wäre *unshib*, es nicht zu tun. Nur wenn ich um ihre Hilfe ersuchen würde, könnte ich ruhig schlafen.«
Nun legte er die Hände auseinander, drehte sich mit seinem Stuhl so herum, daß sich ihm Hal im Profil darbot, und sagte: »Aber es gibt ja gar keinen Grund, daß ich solche Schritte unternehmen müßte, nicht wahr? Schließlich sind Sie – und nur Sie allein – verantwortlich dafür, was immer mit Ihnen passieren mag. Daher können Sie niemand anders als sich selbst die Schuld zuschieben.«
»So hat es der Vorbote offenbart«, bemerkte Hal. »Ich werde mich anstrengen, Ihnen den Kummer zu ersparen, *Abba*. Ich werde sicherstellen, daß mein *Sept* keinen Grund hat, mir einen niedrigen MR zu geben.«
»Das ist sehr gut«, sagte Olvegssen, mit einem skeptischen Unterton, als würde er nicht daran glauben. »Ich möchte Sie nicht mit der Prüfung Ihres Briefes aufhalten, denn ich werde sicherlich mit der heutigen Post ein Duplikat erhalten. Aloha, mein Sohn, und angenehmes Träumen!«

»Erhalten Sie sich Ihre Wirklichkeit, *Abba*!« erwiderte Hal, drehte sich um und ging hinaus. Durch den Schreck fühlte er sich benommen und wußte kaum, was er tat. Ganz automatisch fuhr er zum Flughafen und unterzog sich dort der notwendigen Prozedur, um die Priorität für seine Reise zu erhalten. Als er den Airbus bestieg, war er immer noch nicht bei klarem Verstand.
Eine halbe Stunde später stieg er im Hafen von Los Angeles aus und begab sich zum Fahrkartenschalter, um seinen Platz im Airbus nach Tahiti bestätigen zu lassen.
Als er in der Schlange stand, merkte er, wie ihm jemand leicht auf die Schulter tippte.
Er erschrak und wandte sich dann zu der Person hinter ihm um.
Er fühlte sein Herz klopfen, als wollte es die Brust zerreißen.
Der Mann war ein untersetzter, breitschultriger Bursche mit Schmerbauch und trug eine weite pechschwarze Uniform, dazu einen großen kegelförmigen und glänzendschwarzen Hut. Auf seiner Brust war die silberne Figur des Engels Uzza zu erkennen. Der Offizier beugte sich vor, um die hebräischen Zahlen am unteren Rand des geflügelten Fußes zu überprüfen, den Hal auf der Brust trug. Dann sah er auf ein Papier in seiner Hand.
»Sie sind Hal Yarrow, *shib*«, sagte der Uzzite. »Folgen Sie mir!«
Hinterher kam Hal zu dem Schluß, daß einer der seltsamsten Aspekte dieser Begebenheit seine Unerschrockenheit war. Nicht, daß er ohne die geringste Angst gewesen wäre. Es war nur so, daß er die Furcht so sehr zurückgedrängt hatte, daß sich sein Verstand völlig mit der Einschätzung der Situation und der Suche nach einem Ausweg beschäftigen konnte. Die Unsicherheit und die Konfusion, die ihn während seiner Unterredung mit Olvegssen befallen und noch lange nachgewirkt hatten, schienen sich aufzulösen. Zurück blieb ein kühler und scharfer Verstand; so konnte man der Welt entgegentreten.
Vielleicht lag es daran, daß Olvegssens Drohung zurückhaltender und unbestimmter war, die Verhaftung durch die Uzziten dagegen unmittelbar und mit Sicherheit gefährlicher.
Der Offizier brachte ihn zu einem kleinen Luftwagen, der auf einem Streifen beim Fahrkartengebäude stand, und befahl ihm, darin Platz zu nehmen. Der Uzzite stieg ebenfalls ein und bediente die Zielsteuerung. Der Wagen startete senkrecht bis zu einer Höhe von etwa fünfhundert Metern und schoß dann mit Sirenengeheul auf sein Ziel zu. Hal stand der Sinn gewiß nicht nach Humor, aber dennoch drängte sich ihm der Gedanke auf, daß sich die Polizisten in den letzten tausend Jahren kein bißchen geändert hatten. Auch wenn kein Notfall vorlag, ließen sich die

Hüter des Gesetzes keine Gelegenheit entgehen, um gehörig Krach zu machen.
Innerhalb von zwei Minuten hatte der Wagen den Landeplatz im zwanzigsten Stock eines Gebäudes erreicht. Der Uzzite, der seit dem anfänglichen Gespräch kein Wort mehr mit Hal gewechselt hatte, bedeutete ihm durch Gesten, auszusteigen. Auch Hal hatte keinen Ton von sich gegeben, weil er wußte, daß er damit doch nichts erreichte.
Die beiden Männer gingen eine Rampe hinauf und passierten anschließend eine Reihe von Korridoren, die mit dahineilenden Leuten vollgestopft waren. Hal versuchte, für den Fall einer Flucht die Route im Gedächtnis zu behalten. Obwohl er natürlich wußte, daß ein Entkommen so gut wie unmöglich war. Zudem hatte er bis jetzt keinen Grund, an Situationen zu denken, in denen Davonlaufen der einzige Ausweg war.
Wenigstens hoffte er das.
Endlich hielt der Uzzite vor einer nichtssagenden Bürotür an. Er stieß sie mit dem Daumen auf und ließ Hal den Vortritt. Sie befanden sich in einem Vorzimmer; eine Sekretärin saß hinter einem Schreibtisch.
»Engel Patterson meldet sich zurück«, sagte der Uzzite. »Ich habe Hal Yarrow, Fachmann LIN-56327.«
Die Sekretärin gab die Information durch ein Sprechgerät weiter, und aus der Wand ertönte eine Stimme, die zum Eintreten aufforderte.
Die Sekretärin betätigte einen Knopf, und die Tür öffnete sich.
Hal ging wiederum voran.
Er trat in einen Raum mit großzügigen Dimensionen, größer noch als sein Klassenzimmer oder seine ganze *Puka* in Sigmen City. Am gegenüberliegenden Ende stand ein mächtiges Pult, das halbmondförmig gebogen war. Dahinter saß ein Mann, und der Anblick dieses Mannes erschütterte Hals Gelassenheit. Er hatte einen *Sept* von hohem Rang erwartet, einen schwarzgekleideten Mann, der den kegelförmigen Hut trug.
Aber dieser Mann war kein Uzzite. Er war in ein fließendes purpurnes Gewand mit einer Kapuze über dem Kopf gehüllt, und auf seiner Brust sah man das große, goldene hebräische L, das *Lamech*. Und er trug einen Bart.
Er war einer der allerhöchsten, ein Urielit. Männer dieses Ranges hatte Hal erst ein Dutzend Mal in seinem Leben gesehen und nur einmal zuvor aus nächster Nähe.
Großer Sigmen, dachte er, *was habe ich nur getan? Ich bin verdammt!*
Der Urielit war ein sehr großer Mann, fast einen halben Kopf größer als

Hal. Er hatte ein ovales Gesicht, hervorstehende Wangenknochen und eine lange, schmale und gebogene Nase. Seine Lippen waren dünn, die Augen blaßblau und am Lidrand mit einer Hautfalte versehen.
Hinter Hals Rücken sagte der Uzzite mit sehr leiser Stimme: »Halt, Yarrow! Stillgestanden! Tun Sie alles, was der Sandalphon Macneff Ihnen sagt, ohne zu zögern und ohne eine falsche Bewegung!«
Hal, dem der Gedanke an Ungehorsam überhaupt nicht in den Sinn gekommen wäre, nickte.
Macneff schaute Hal mindestens eine Minute lang an, während er sich über den buschigen braunen Bart strich.
Dann, als Hal bereits schwitzte und innerlich bebte, sprach Macneff endlich. Seine Stimme klang überraschend tief für einen so mageren Mann.
»Yarrow, was würden Sie davon halten, dieses Leben zu beenden?«

4

Im nachhinein dankte er Sigmen dafür, daß er nicht seinem ersten Impuls gefolgt war.
Denn, anstatt vor Schreck wie gelähmt zu sein, hatte er sich überlegt, ob er nicht blitzschnell herumwirbeln und den Uzziten angreifen sollte. Der Offizier trug zwar keine sichtbaren Waffen, hatte aber mit Sicherheit einen Revolver in einem Halfter unter der Uniform stecken. Wenn Hal ihn überrumpelte und an die Waffe herankam, konnte er Macneff als Geisel nehmen. Mit ihm als Schild hatte er eine Chance zu fliehen.
Aber wohin?
Er hatte keine genaue Vorstellung. Nach Israel oder in die Malaiische Föderation? Zu beiden war es ein weiter Weg, obgleich Entfernung eigentlich keine Rolle spielte, wenn es ihm gelang, ein Schiff zu stehlen oder unter sein Kommando zu bringen. Aber selbst wenn er damit Erfolg hatte, bestand nur minimale Aussicht, an den Raketenabwehrstellungen vorbeizugelangen. Es sei denn, es gelang ihm, die Wachen zum Narren zu halten – aber dafür kannte er sich zu wenig in militärischen Gepflogenheiten und Codes aus.
Während er diese Möglichkeiten durchspielte, war der Impuls verpufft. Es war klüger, erst einmal abzuwarten, wessen man ihn anklagte. Vielleicht konnte er seine Unschuld beweisen.
Macneffs dünne Lippen verzogen sich zu einem leichten Lächeln, das Hal genau sehen sollte.
»Das ist gut, Yarrow.«

Hal war sich nicht im klaren, ob er damit zum Sprechen aufgefordert war, aber er nahm einfach die Gelegenheit wahr, um den Urieliten nicht zu beleidigen.
»Was ist gut, Sandalphon?«
»Daß Sie rot wurden – und nicht etwa bleich. Ich bin ein Menschenkenner, Yarrow. Schon nach wenigen Sekunden durchschaue ich jeden Mann, dem ich begegne. Und ich sah, daß Sie nicht vor Schreck ohnmächtig wurden, wie es wohl so manchem nach meinen ersten Worten ergangen wäre. Sie hingegen erröteten vor heißblütiger Kampfeslust. Sie waren bereit zu leugnen, Ihren Standpunkt zu verteidigen und alles anzufechten, was ich Ihnen vorwerfen würde. Nun, man könnte einwenden, daß dies keine empfehlenswerte Reaktion sei, daß Ihr Verhalten eine falsche Gesinnung, eine Neigung zum Unwirklichen offenbare. Ich aber sage: *Was ist Wirklichkeit?* Das ist genau die Frage, die der böse Bruder des Vorboten in der großen Debatte aufwarf. Die Antwort ist dieselbe: Daß allein der wirkliche Mensch dies beurteilen kann. Ich bin wirklich, sonst wäre ich nicht Sandalphon. *Shib?*«
Hal, der bemüht war, ruhig zu atmen, nickte nur. Er überlegte sich, daß Macneff wohl doch nicht so gründlich Gedanken lesen konnte, wie er vorgab. Denn er hatte sich nicht zu Hals Plan geäußert, sein Heil in der Gewalt zu suchen. Oder war Macneff doch im Bilde und hatte gute Gründe, ihm zu verzeihen?
»Als ich Sie vorhin fragte, was Sie davon halten würden, dieses Leben zu beenden«, räumte Macneff ein, »wollte ich damit keineswegs andeuten, daß Sie ein Kandidat für das H seien.« Er runzelte die Stirn und fuhr fort: »Obwohl der gegenwärtige Stand ihres MR den Schluß nahelegt, daß Sie bald dorthin kommen könnten. Ich bin mir jedoch sicher, daß Sie – vorausgesetzt, Sie stellen sich für meinen Vorschlag freiwillig zur Verfügung – dieses kleine Problem bald aus der Welt geschafft haben. Dann nämlich wären Sie mit vielen *shib*-Männern in Kontakt, deren Einfluß Sie sich nicht entziehen könnten. *Wirklichkeit* erzeugt *Wirklichkeit.* So sagte Sigmen. Aber ich bin zu voreilig. Zuerst müssen Sie auf dieses Buch schwören« – er griff nach einem Exemplar des *Westlichen Talmud* – »daß nichts von dem, was in diesem Büro besprochen wird, an irgend jemand, unter welchen Umständen auch immer, ausgeplaudert wird. Und daß Sie eher sterben oder Folterungen ertragen werden, als die Stirche zu verraten.«
Hal legte die linke Hand auf das Buch (Sigmen benutzte die linke, weil er schon frühzeitig die rechte verloren hatte) und schwor beim Vorboten und allen Ebenen der Wirklichkeit, daß seine Lippen für immer verschlossen bleiben würden. Wenn er den Schwur brach, verlor er auf

ewig die Hoffnung, glorreich vor das Angesicht des Vorboten zu treten und dereinst Herrscher eines eigenen Universums zu werden.
Noch bevor er den Schwur beendete, begann er sich schuldig zu fühlen, weil er erwogen hatte, einen Uzziten niederzuschlagen und einen Sandalphon in seine Gewalt zu bringen. Wie konnte er seinem dunklen Ich nur so plötzlich nachgeben? Macneff war der lebende Stellvertreter Sigmens, während Sigmen durch Zeit und Raum reiste, um die Zukunft seiner Anhänger vorzubereiten. Macneff in irgendeiner Form den Gehorsam zu verweigern, bedeutete, dem Vorboten ins Gesicht zu schlagen – und das war so ungeheuerlich, daß Hal nicht einmal den Gedanken daran ertragen konnte.
Macneff legte das Buch auf das Pult zurück und sagte: »Zunächst muß ich Ihnen gestehen, daß Sie versehentlich diesen Auftrag erhielten, das Wort *woggel* auf Tahiti zu erforschen. Es lag wahrscheinlich daran, daß bestimmte Abteilungen der Uzziten nicht so eng zusammenarbeiteten, wie sie es sollten. Dem Grund dieses Irrtums wird nachgegangen, und wir werden wirksame Maßnahmen ergreifen, um ähnliche Fehler für die Zukunft zu verhindern.«
Der Uzzite hinter Hals Rücken seufzte tief, und Hal wurde bewußt, daß auch andere in diesem Raum Gründe hatten, sich zu fürchten.
»Einer der Hierarchen bemerkte beim Durchsehen der Meldungen, daß Sie die Genehmigung beantragt hatten, nach Tahiti zu reisen. Da er um die hohe Sicherheitsstufe dieser Insel wußte, stellte er Nachforschungen an. Das Ergebnis war, daß wir Sie abfangen konnten. Und ich kam nach Prüfung Ihrer Akte zu dem Schluß, daß Sie genau der Richtige sind, um eine bestimmte Position auf dem Schiff einzunehmen.«
Mittlerweile war Macneff hinter dem Pult hervorgekommen und schritt auf und ab, die Hände auf dem Rücken verschränkt und den Körper nach vorn gebeugt. Hal konnte erkennen, wie fahlgelb Macneffs Haut war. Sie hatte fast genau die gleiche Farbe wie jener Elefantenstoßzahn, den er einmal im Museum der Ausgestorbenen Tiere gesehen hatte. Das Purpurrot der Kapuze über dem Kopf betonte noch die Blässe des Mannes.
»Sie werden gebeten, sich freiwillig zur Verfügung zu stellen«, erklärte Macneff, »weil wir nur Männer an Bord haben wollen, die sich voll und ganz ihrer Aufgabe widmen. Dennoch bin ich zuversichtlich, daß Sie meiner Bitte entsprechen werden, denn es wäre mir nicht wohl bei dem Gedanken, auf der Erde einen Zivilisten zurückzulassen, der über die Existenz und das Ziel der *Gabriel* Bescheid weiß. Nicht, daß ich Ihre Loyalität anzweifeln möchte, aber die Spione der Israelis sind sehr gerissen und könnten Sie durch Tricks dazu verleiten, Ihr Wissen zu enthül-

len. Oder Sie entführen und Sie mit Drogen zum Reden bringen. Sie sind ergebene Anhänger des Nachboten, diese Israelis.«
Hal wunderte sich, wieso der Gebrauch von Drogen durch die Israelis als unwirklich, durch die Haijac-Union dagegen als *shib* galt. Aber er vergaß es wieder, als er Macneffs weitere Worte vernahm.
»Vor hundert Jahren verließ das erste interstellare Raumschiff der Union mit dem Ziel Alpha Centauri die Erde. Etwa zur gleichen Zeit startete ein israelisches Schiff. Beide Schiffe kehrten nach zwanzig Jahren mit der Nachricht zurück, keine bewohnbaren Planeten gefunden zu haben. Eine zweite Haijac-Expedition kehrte zehn Jahre später zurück, ein zweites israelisches Schiff weitere zwölf Jahre danach. Nicht eine der Expeditionen fand eine Sonne mit Planeten, die von menschlichen Wesen hätten besiedelt werden können.«
»Davon habe ich niemals etwas gehört«, murmelte Hal Yarrow.
»Beide Regierungen haben das Geheimnis sorgsam vor ihren Völkern gehütet, nicht aber untereinander«, sagte Macneff. »Soweit wir wissen, haben die Israelis nach dem zweiten Schiff keine interstellare Expedition mehr ausgeschickt. Die Kosten und der Zeitaufwand sind astronomisch. Wir jedoch haben ein drittes Schiff gestartet, ein viel kleineres und schnelleres als die beiden ersten. Wir haben seit damals eine Menge über interstellare Reisen dazugelernt; das ist alles, was ich dazu sagen möchte. Die dritte Expedition kam vor einigen Jahren zurück und berichtete...«
»Daß sie einen Planeten gefunden hat, auf dem menschliche Wesen leben können, und der bereits von empfindenden Wesen bewohnt wird!« ergänzte Hal, der in seinem Enthusiasmus ganz vergessen hatte, daß man ihn nicht gebeten hatte zu sprechen.
Macneff verhielt den Schritt und blickte Hal mit seinen blaßblauen Augen an.
»Woher wissen Sie das?« fragte er in scharfem Ton.
»Vergeben Sie mir, Sandalphon«, erwiderte Hal, »aber es war unvermeidlich! Sagte nicht der Vorbote in seinem Werk *Zeit und der Weltplan* voraus, daß solch ein Planet gefunden wird? Ich glaube, es war auf Seite 573!«
Macneff lächelte und sagte: »Ich freue mich, daß Ihre Religionsstunden einen solch tiefen Eindruck hinterlassen haben.«
War denn überhaupt etwas anderes möglich? dachte Hal. *Außerdem waren das nicht die einzigen Eindrücke dieser Art. Ich trage immer noch Narben auf dem Rücken, wo Pornsen, mein Sept, mich mit der Peitsche schlug, weil ich meine Lektionen nicht ausreichend gelernt hatte. Er war schon ein guter Eindrücker, dieser Pornsen. War? Ist noch! Als ich älter*

wurde und meine Beförderung erhielt, wurde er ebenfalls befördert und war immer da, wo ich war. Er war mein Sept im Kinderhort. Er war der Wohnheim-Sept, als ich aufs College ging und schon geglaubt hatte, ich sei ihn los. Und jetzt ist er mein Block-Sept. Er ist dafür verantwortlich, daß ich immer so einen niedrigen MR bekomme.

Doch rasch regte sich Widerspruch in ihm. Nein – nicht er, sondern ich, und nur ich, bin für alles verantwortlich, was auch immer mit mir geschehen mag. Erhalte ich einen niedrigen MR, dann ist es deswegen, weil mein dunkles Ich es so will. Sterbe ich, geschieht es, weil ich es selbst so wollte. Sigmen, vergib mir meine unwirklichen Gedanken!

»Verzeihen Sie bitte, Sandalphon«, sagte Hal. »Entdeckte die Expedition irgendwelche Anzeichen dafür, daß der Vorbote auf diesem Planeten gewesen ist? Oder traf sie sogar – es wäre wohl zu schön, um wahr zu sein – den Vorboten persönlich an?«

»Nein«, erwiderte Macneff. »Obwohl das nicht heißen soll, daß es dort nicht solche Anzeichen geben könnte. Die Expedition hatte den Befehl, sich einen raschen Überblick über die Bedingungen dort zu verschaffen und dann sofort zur Erde zurückzukehren. Ich möchte Ihnen jetzt nicht genau sagen, wie viele Lichtjahre dieser Stern entfernt ist und wie er heißt. Man kann ihn jedoch mit bloßem Auge nachts in dieser Hemisphäre sehen. Falls Sie an der Expedition teilnehmen, wird man Ihnen nach dem Start des Schiffes sagen, wohin die Reise geht. Und es geht schon sehr bald los.«

»Sie benötigen einen Linguisten?« fragte Hal.

»Das Schiff ist riesengroß«, erklärte Macneff, »aber durch die große Anzahl von Militär und Spezialisten, die wir mitnehmen, mußte die Zahl der Linguisten auf einen begrenzt werden. Wir haben mehrere Fachleute in Betracht gezogen, weil sie *Lamechianer* und damit über jeden Verdacht erhaben waren. Leider ...«

Hal wartete. Macneff machte ein paar Schritte und runzelte nachdenklich die Stirn. Schließlich fuhr er fort: »Leider gibt es nur einen *Lamech*-Linguisten, und der ist für diese Expedition zu alt. Deshalb ...«

»Ich bitte tausendmal um Vergebung«, wandte Hal ein, »aber mir fällt eben etwas ein. Ich bin verheiratet.«

»Kein Problem«, sagte Macneff. »An Bord der *Gabriel* wird es keine Frauen geben. Falls ein Mann verheiratet ist, wird ihm automatisch eine Scheidung gewährt.«

Hal schnappte nach Luft. »Eine Scheidung?«

Macneff hob entschuldigend die Hände und sagte: »Sie sind natürlich entsetzt. Aber aus unserer Lektüre des *Westlichen Talmud* glauben wir Urieliten zu entnehmen, daß der Vorbote eine solche Situation vorausgesehen hat, und damit auf die Scheidung einging und entsprechende Vorkehrungen traf. Die Scheidung ist in diesem Fall unvermeidlich, denn das Paar wird für mindestens vierzig Jahre getrennt sein. Natürlich verkleidete der Vorbote seine Vorsorge in einer rätselhaften Sprache. Dank seiner großen und wunderbaren Weisheit wußte er es zu verhindern, daß unsere Feinde, die Israeliten, seinen Worten entnehmen konnten, was wir planten.«

»Ich werde dabeisein«, erklärte Hal. »Erzählen Sie mir weitere Einzelheiten, Sandalphon.«

Sechs Monate später stand Hal in der Beobachtungskuppel der *Gabriel* und verfolgte, wie der Erdball über ihm zusammenschrumpfte. Es war Nacht in dieser Hemisphäre, aber von den Ballungsgebieten Australiens, Japans, Chinas, Südostasiens, Indiens und Sibiriens her leuchtete es herauf. Der Linguist Hal Yarrow sah diese glitzernden Scheiben und flimmernden Halsketten der Kontinente und Inseln in Begriffen aus den Sprachen, die darin gesprochen wurden: Australien, die Philippinen, Japan und Nordchina wurden von denjenigen Angehörigen der Haijac-Union bewohnt, die Amerikanisch sprachen; Südchina, ganz Südostasien, Südindien und Ceylon waren Staaten der Malaiischen Föderation. Dort sprach man Basar. In Sibirien wurde Isländisch gesprochen.

Im Geiste drehte er schnell den Globus und sah Afrika, wo südlich des Saharameeres Suaheli gesprochen wurde. Rings um das Mittelmeer, in Kleinasien, Nordindien und Tibet, war Hebräisch die Muttersprache. In Südeuropa, zwischen den Israeli-Republiken und den isländischsprechenden Völkern Nordeuropas, befand sich ein langer, schmaler Landstrich, den man die Mark nannte. Es war Niemandsland, um das die Haijac-Union und die Israelische Republik heftig stritten – seit zweihundert Jahren eine potentielle Kriegsursache. Keine Macht wollte auf ihren Anspruch verzichten, aber es wollte auch keine irgendeine Maßnahme ergreifen, die zu einem zweiten Apokalyptischen Krieg führen konnte. Daher war die Mark unter den gegebenen Umständen ein unabhängiger Staat und hatte eine eigene, selbständige Regierung (die aber außerhalb der Landesgrenzen nicht anerkannt wurde). Seine Bürger sprachen verschiedene Sprachen der Vorkriegswelt, die hier überlebt hatten, ferner Lingo, eine Mischform, deren Vokabular von den anderen sechs Sprachen abstammte und deren Syntax so einfach war, daß man sie auf einem halben Blatt Papier unterbringen konnte.

Vor seinem geistigen Auge sah Hal den Rest der Erde: Island, Grönland, die Karibischen Inseln und die östliche Hälfte Südamerikas. Hier sprachen die Völker in der Sprache Islands, denn diese Insel war den Ha-

waiiamerikanern zuvorgekommen, als diese nach dem Apokalyptischen Krieg mit der Wiederbesiedelung Nordamerikas und der westlichen Hälfte Südamerikas beschäftigt waren.
Dann gab es noch Nordamerika mit Amerikanisch als Muttersprache aller Einwohner, ausgenommen die zwanzig Nachkommen der Frankokanadier im Hudson-Bay-Naturschutzgebiet.
Hal wartete gespannt darauf, daß diese Erdseite in die Nachtzone rotierte und Sigmen City zu sehen war, deren Lichtermeer in den Raum strahlen würde. Und irgendwo mitten drin lag sein Apartment. Allerdings wohnte Mary bald nicht mehr dort, denn schon in wenigen Tagen würde sie die Nachricht erhalten, daß ihr Ehemann bei einem Unfall während des Flugs nach Tahiti ums Leben gekommen sei. Obwohl sie in der Öffentlichkeit sehr gefaßt auftreten würde, würde sie daheim sicher um ihn weinen, denn auf ihre frigide Art liebte sie ihn. Der Sympathie ihrer Freunde und Kollegen konnte sie sicher sein. Nicht nur deshalb, weil sie den geliebten Ehemann verloren hatte, sondern mehr noch, weil sie mit einem Mann verheiratet gewesen war, der unwirklich gedacht hatte. Denn wenn Hal Yarrow bei einem Zusammenstoß getötet wurde, mußte er es so gewollt haben. So etwas wie einen »Unfall« gab es nicht. Irgendwie hatten alle Passagiere (die alle zur Besatzung der *Gabriel* gehörten und laut diesem geschickt gesponnenen Lügengewebe »umgekommen« waren) gleichzeitig ihrem Tod »zugestimmt«. Sie waren somit in Ungnade gefallen. Man würde ihre »Leichname« nicht bei einer öffentlichen Trauerfeier verbrennen und ihre Asche auch nicht in alle Winde verstreuen. Vielmehr waren die »toten« Körper angeblich den Fischen zugedacht. Die Stirche sorgte für alle.
Hal war sehr traurig wegen Mary und mußte geraume Zeit gegen seine Tränen ankämpfen, als er inmitten der Menge in der Beobachtungskuppel stand.
Doch er sagte sich, daß es so am besten war. Mary und er brauchten nun nicht mehr wie reißende Wölfe aufeinander losgehen; ihr gegenseitiges Quälen hatte ein Ende. Mary war wieder frei für eine andere Ehe. Natürlich in dem Glauben, daß der Tod ihre Bande gelöst hatte, denn von der heimlichen Scheidung durch die Stirche wußte sie ja nichts. Es blieb ihr ein Jahr Zeit, sich zu entscheiden und einen Partner auszuwählen. Von einer Liste, die ihr *Sept* zusammengestellt hatte. Vielleicht würden die psychologischen Hemmnisse, die sie daran hinderten, von Hal ein Kind zu empfangen, nun nicht mehr bestehen. Vielleicht. Hal bezweifelte, daß solch ein freudiges Ereignis eintreten könnte. Unterhalb des Bauchnabels war Mary ebenso gefühllos wie er. Gleichgültig, welcher Ehekandidat des *Sept* auserkoren wurde...

Der *Sept.* Pornsen. Niemals wieder brauchte Hal dieses feiste Gesicht zu sehen und diese weinerliche Stimme zu hören …
»Hal Yarrow!« sagte die weinerliche Stimme.
Heiß und kalt lief es ihm über den Rücken. Dann drehte Hal sich langsam um.
Dort stand der untersetzte, pausbäckige Mann und lächelte ihn an.
»Mein geliebter Schützling! Mein ewiges Sorgenkind!« sagte die weinerliche Stimme. »Ich hatte ja keine Ahnung, daß auch du an diesem ruhmreichen Unternehmen teilnimmst. Aber ich hätte es mir denken können! So, wie wir in Liebe verbunden sind! Sigmen selbst muß dies vorgesehen haben. Liebe sei mit dir, mein Schützling!«
»Sigmens Liebe sei auch mit dir, mein Wächter«, erwiderte Hal mit erstickter Stimme. »Wie wundervoll, deine geschätzte Person hier zu sehen! Ich hatte schon geglaubt, wir würden niemals mehr miteinander reden.«

5

Die *Gabriel* hielt Kurs auf ihr Ziel und tastete sich mit einer Beschleunigung an ihre Höchstgeschwindigkeit von 99,1 Prozent der Lichtgeschwindigkeit heran. Inzwischen begab sich die gesamte Besatzung in den Suspensionsraum, abgesehen von einigen wenigen, die noch für die Kontrollfunktionen benötigt wurden. Dort würden sie nun viele Jahre im Kälteschlaf verbringen. Auch das technische Personal ließ sich kurze Zeit später einfrieren, nachdem es die automatischen Vorrichtungen sorgfältig überprüft hatte. Alle schliefen, während die Triebwerke der *Gabriel* die Beschleunigung auf einen Punkt steigerten, den die Körper der Besatzungsmitglieder wach nicht überstanden hätten. Beim Erreichen der gewünschten Geschwindigkeit würde die Automatik den Antrieb abschalten, und ein stilles, aber nicht leeres Schiff schnellte dem Stern entgegen, der das Ziel der Reise sein sollte.
Viele Jahre später bestimmte der Photonenzähler in der Schiffsnase, daß der Stern nun nahe genug war, um den Bremsvorgang einzuleiten. Wiederum wurde eine für Körper im Normalzustand nicht erträgliche Verzögerungskraft aufgewendet. Bald hatte das Schiff beträchtlich an Geschwindigkeit verloren und wurde auf eine Verzögerung von 1 g justiert. Die Automatik weckte zunächst das technische Personal aus dem Kälteschlaf, um dann mit deren Hilfe den Rest der Besatzung aufzutauen. In dem bis zur Ankunft verbleibenden halben Jahr trafen die Männer alle nötigen Vorbereitungen.

Hal Yarrow war als einer der letzten in den Suspensionsraum gegangen, gehörte aber nun zu den ersten, die herauskamen. Er mußte sich eingehend mit den Aufzeichnungen über die Sprache der wichtigsten Nation auf Ozagen beschäftigen. Die Sprache hieß Siddo, und die Beschäftigung mit ihr erwies sich von Anfang an als schwierig. Der Expedition, die den Planeten Ozagen entdeckt hatte, war es zwar gelungen, zweitausend Siddowörter einer gleichen Zahl amerikanischer Begriffe gegenüberzustellen, doch die Beschreibung der Syntax erwies sich als mangelhaft. Es gab nicht nur viele Lücken, sondern auch Fehler, wie Hal feststellen mußte.

Diese Entdeckung jagte Hal ziemliche Angst ein, denn er sollte einen Schulungstext schreiben und die gesamte Besatzung der *Gabriel* in der Sprache Ozagens unterrichten. Benutzte er dabei die Feinheiten des Siddo, dann lehrte er seine Schüler etwas Falsches. Und selbst dies war mit kaum überwindbaren Schwierigkeiten verbunden.

Zunächst einmal unterschieden sich die Sprechwerkzeuge der Ozagenbewohner ziemlich von denen der Menschen. Kein Wunder also, wenn die so hervorgebrachten Laute entsprechend ungewöhnlich klangen. Eine annähernde Nachahmung ließ sich durchaus bewerkstelligen – aber ob die Ozagenianer dies auch verstehen würden, war ungewiß.

Die grammatische Konstruktion des Siddo stellte ein weiteres Hindernis dar. Bei einer Betrachtung der Zeitformen zeigte sich, daß im Siddo statt einer Beugung des Verbs zur Kennzeichnung von Vergangenheit oder Zukunft ein völlig anderes Wort benutzt wurde. So wurde aus dem maskulinen Infinitiv *dabhumaksanigalu'ahai* (was *leben* bedeutete) im Perfekt *ksu'u'peli'afo* und im Futur *mai'teipa*. Für alle weiteren Zeiten tauchte ebenfalls ein ganz anderes Wort auf. Hinzu kam noch, daß Siddo nicht nur über die drei (für Erdenmenschen) normalen Geschlechter Maskulinum, Femininum und Neutrum verfügte, sondern noch zusätzlich ein »lebloses« und ein »geistiges« Geschlecht kannte. Zum Glück wurde dies jeweils durch eine Beugung kenntlich gemacht, aber jemand mit einer anderen Muttersprache als Siddo würde damit erhebliche Schwierigkeiten haben. Das System der Geschlechtskennzeichnung variierte entsprechend den Zeiten.

Alle anderen Wortarten wie Substantive, Pronomen, Adjektive, Adverben und Konjunktionen wurden nach dem gleichen System behandelt wie die Verben. Um die Konfusion des Sprachgebrauchs komplett zu machen, benutzten verschiedene gesellschaftliche Klassen häufig verschiedene Wörter, um das gleiche auszudrücken.

Die Siddoschrift war allenfalls mit dem alten Japanisch zu vergleichen. Ein Alphabet gab es nicht; stattdessen verwendete man Schriftzeichen, deren Linien, Form und Winkelbeziehung zueinander die Bedeutung ausmachten. Durch nachfolgende kleine Zeichen wurde die korrekte Beugung des Geschlechts angegeben.

In der Abgeschiedenheit seines Studienraumes fluchte Hal laut vor sich hin. Warum mußten ausgerechnet die Siddos das dominierende Volk des Planeten sein? Sie beherrschten einen der zwei Kontinente Ozagens; in der anderen Hemisphäre verteilte sich die Landmasse auf zwanzig verschiedene Nationen. Und jede dieser Nationen besaß eine Sprache, die sich vom Siddo genauso unterschied wie Siddo vom Isländischen oder von Suaheli. In einer jedoch hatte sich schon vor längerer Zeit ein phonetisches Alphabet entwickelt, das früher oder später wohl die schwierigen, im Siddo gebräuchlichen Schriftzeichen ersetzen würde. Außerdem hatte diese Sprache den Vorteil, relativ einfach zu sein, auch für Menschen von der Erde.

Aber die Haijac-Expedition, die Ozagen erkundet hatte, war zu dem Schluß gekommen, Siddo zum Kontaktpunkt zu machen, weil dieser Staat am größten und mächtigsten zu sein schien. Selbst wenn der Leiter der Expedition später diesen Entschluß als Fehler eingesehen hätte, würde er dies wohl kaum zugegeben haben.

Hal mußte sich also wohl oder übel seiner Aufgabe zuwenden. Er studierte die Wellenlinien des Siddo auf dem Oszilloskop und versuchte die Muskelbewegungen zu ergründen, welche die Erdenmenschen machen mußten, um die Siddolaute wenigstens annähernd zu simulieren. Er begann ein Wörterbuch Siddo-Amerikanisch anzulegen, und hoffte, daß es die Haijacs befähigen würde, simple Aussagen zu machen. Und er kam gehörig ins Schwitzen, denn es war seine Pflicht, selbst fließend Siddo zu sprechen. Was natürlich eigentlich nur durch einen jahrelangen Aufenthalt bei den Eingeborenen zu erreichen war.

Bedauerlicherweise würde es dazu kaum kommen. Denn wenn alles nach Plan verlief, waren in einigen Jahren alle Ozagenianer tot.

Hal nutzte die sechs Monate zwischen dem Einfrieren der ersten Expeditionsmitglieder bis zur Suspension des technischen Personals für die Arbeit. Was ihn bei diesem Projekt am meisten ärgerte, war Pornsens ständige Anwesenheit. Der *Sept* fühlte sich dazu verpflichtet, Hal zu beobachten und ging erst mit diesem zusammen in den Tiefschlaf. Der einzige entschädigende Aspekt für Hal war, daß er nicht mit Pornsen sprechen mußte, wenn er nicht wollte, denn die Dringlichkeit seiner Arbeit war eine ausreichende Entschuldigung. Nach einiger Zeit jedoch wurde er seiner Einsamkeit überdrüssig und unterhielt sich mit dem *Sept*, da dieser weit und breit das einzige verfügbare menschliche Wesen war.

Hal Yarrow gehörte zu den ersten, die den Suspensionsraum vierzig Jahre später verließen. Sein Verstand akzeptierte die Feststellung, daß so viel Zeit vergangen war, aber gefühlsmäßig konnte er dies nur schwer verarbeiten. Es gab überhaupt keine Veränderungen an seiner äußeren Erscheinung oder denen der anderen Männer. Und das einzige, was sich außerhalb des Schiffes verändert zu haben schien, war die gesteigerte Helligkeit des Sterns, dem sie entgegentrieben.

Schließlich wurde der Stern für sie zum hellsten Objekt im All. Dann konnten sie die ihn umkreisenden Planeten erkennen. Ozagen, der vierte Planet von der Sonne aus, zeichnete sich ab. Annähernd so groß wie die Erde, sah er – aus der Entfernung – genau wie diese aus. Nachdem mehrere Wochen lang die Computer mit Daten gefüttert worden waren, glitt die *Gabriel* in eine Umlaufbahn. Vierzehn Tage lang umkreiste das Schiff den Planeten, während von der *Gabriel* selbst und von Beibooten aus – die in die Atmosphäre eintauchten und sogar einige Landungen unternahmen – Beobachtungen angestellt wurden. Die beiden Kontinente wurden durch einen viele tausend Kilometer breiten Ozean getrennt. Ihr Zielkontinent war erst vor siebenhundert Jahren von den Eingeborenen entdeckt worden. Sie hatten dort Wesen vorgefunden, die den Menschen erstaunlich ähnelten und sie in einem sechs Jahrhunderte dauernden Krieg vernichtet.

Dann endlich gab Macneff den Befehl zur Landung der *Gabriel*.

Langsam senkte sich das Schiff, das aufgrund seiner gewaltigen Masse ungeheure Mengen Treibstoff verbrauchte, in die Atmosphäre hinab. Das Ziel war die Hauptstadt an der Ostküste, die ebenfalls den Namen Siddo trug. In der Lichtung eines Parks im Herzen der Stadt setzte die *Gabriel* so sanft wie herabfallender Schnee auf. Im Grunde war die ganze Stadt ein einziger Park; es gab so viele Bäume, daß man aus der Luftperspektive nur schwer an die geschätzten 250000 Einwohner glauben konnte. Es gab viele Gebäude, und einige waren sogar zehn Stockwerke hoch. Aber da sie sehr weit auseinanderlagen, hinterließen sie keinen massigen Eindruck. Auf den weitläufigen Straßen wuchs eine Grasart, die so hart war, daß sie jeglicher Beanspruchung standhielt. Nur die lebhafte Hafenfront Siddos schien einer Erdenstadt zu ähneln, denn dort standen die Häuser dicht beieinander, und auf dem Wasser drängten sich Segelschiffe und Schaufelraddampfer in großer Zahl.

Die *Gabriel* kam herab, und die Menge, die sich unten versammelt hatte, stob auseinander. Die riesige graue Masse ging auf der Wiese nieder und begann sofort unmerklich in den Boden zu sinken. Der Sandalphon Macneff befahl, den Hauptausstieg zu öffnen. Dicht gefolgt von Hal Yarrow, der ihm beistehen sollte, falls er bei seiner Begrüßungsrede an

die Empfangsdelegation ins Stottern kam, trat Macneff ins Freie. Er setzte seinen Fuß auf den ersten bewohnbaren Planeten, den die Menschen der Erde entdeckt hatten.
Wie Kolumbus, dachte Hal.
Wird sich die Geschichte wiederholen?
Vom Tag ihrer Landung an blieb das Raumschiff *Gabriel* im Park. Vom Morgengrauen bis zum Sonnenuntergang wagte sich die Besatzung unter die Ozagenianer – die von den Menschen den verächtlichen Namen Woggelwanzen erhalten hatten –, um alles mögliche über Sprache, Sitten, Geschichte, Biologie und anderes herauszufinden. Das besondere – nicht offen gezeigte – Interesse der Menschen galt der Technologie des Planeten, obwohl von daher wenig zu befürchten war. Soweit es bestimmt werden konnte, waren die *Wogs* in den Naturwissenschaften nicht weiter fortgeschritten als die Menschen des frühen zwanzigsten Jahrhunderts (nach Christus). Aber die Expeditionsmitglieder mußten sichergehen, daß ihren Augen nichts verborgen blieb. Kaum auszudenken, wenn die *Wogs* Waffen verheerender Wirkung versteckt hielten, die nur darauf warteten, die unwissenden Besucher zu treffen ...
Die Existenz von Raketen und atomaren Sprengköpfen war nicht zu befürchten. Offensichtlich war Ozagen bis jetzt nicht in der Lage, diese herzustellen. Aber in den biologischen Forschungen schienen die *Wogs* sehr weit zu sein. Und davor mußte man genauso Angst haben wie vor thermonuklearen Waffen. Darüber hinaus blieben Krankheiten, auch wenn sie nicht als Waffe gegen die Menschen eingesetzt wurden, eine dauernde tödliche Drohung. Was für einen Ozagenianer dank einer in Jahrtausenden erworbenen Immunität nur eine leichte Unpäßlichkeit war, konnte einem Terraner den raschen Tod bringen.
Also hieß die Devise: langsam und vorsichtig. Alles nur mögliche herausfinden. Daten sammeln, korrelieren, interpretieren. Vor Beginn des Projekts Ozagenozid sicherstellen, daß eine Vergeltung unmöglich ist.
Darum ging es auch, als vier Monate nach Ankunft der *Gabriel* auf Siddo zwei scheinbar freundliche Terraner sich mit zwei anscheinend freundlichen Woggelwanzen zu einer gemeinsamen Fahrt trafen. Sie wollten die Ruinen einer vor zweitausend Jahren von den inzwischen ausgestorbenen Humanoiden erbauten Stadt untersuchen. In Wahrheit waren die Terraner durchdrungen von einem Traum, der auf dem Planeten Erde vierundvierzig Jahre zuvor und zweiundvierzig Lichtjahre entfernt geträumt worden war.
Sie fuhren in einem für menschliche Wesen phantastisch anmutenden Fahrzeug ...

6

Der Motor bockte, und ein Ruck ging durch den Wagen. Der Ozagenianer auf dem rechten Rücksitz beugte sich herüber und schrie irgend etwas.

Hal Yarrow wandte sich um und brüllte: »Was?«

Dann wiederholte er nochmals in Siddo: *»'Abhudai'akhu?«*

Fobo, der direkt hinter Hal saß, hielt seinen Mund an das Ohr des Menschen. Er übersetzte für Zugu, obwohl sich sein Amerikanisch mit dem Trillern und den Resonanztönen sehr sonderbar anhörte.

»Zugu sagt und betont nachdrücklich, du solltest mal mit der kleinen Stange rechts neben dir pumpen. Das bringt dem ... Vergaser ... mehr Alkohol.«

Die Antennen auf Fobos Kopfhaube kitzelten Hals Ohren. Hal sagte eine aus dreißig Silben bestehende Wortfolge auf, was, grob gesagt, etwa bedeutete: »Ich danke dir.« Sie bestand anfänglich aus dem Verb in der Form der ersten Person Singular des maskulinen Präsens. Damit verknüpft waren: eine Silbe, die anzeigte, daß Sprecher wie Zuhörer frei von Verpflichtungen waren; das gebeugte Pronomen der ersten Person; eine weitere Silbe, die ausdrückte, daß der Sprecher seinen Zuhörer als den Klügeren von ihnen beiden anerkannte; das maskuline Pronomen in der dritten Person Singular; sowie zwei Silben, die durch ihre Reihenfolge die ganze gegenwärtige Situation als erheiternd einstuften. Umgekehrt angeordnet, hätten sie der Situation einen ernsten Anstrich verliehen.

»Was hast du gesagt?« rief Fobo, und Hal zuckte die Achseln. Ihm war plötzlich klargeworden, daß er einen Knacklaut als Unterbrechung vergessen hatte, wodurch entweder der Sinn des Satzes verändert wurde oder etwas völlig Bedeutungsloses entstand. Jedenfalls hatte Hal keine Lust, den Satz noch einmal zu wiederholen.

Stattdessen betätigte er die Drosselklappe, wie Fobo ihm geraten hatte. Hierbei mußte er sich über den *Sept* lehnen, der rechts neben ihm saß.

»Entschuldige tausendmal!« bellte Hal.

Pornsen sah Yarrow nicht an. Die Hände hielt er im Schoß verschränkt. Die Knöchel waren weiß. Wie sein Schutzbefohlener sammelte er gerade die ersten Erfahrungen mit einem Verbrennungsmotor. Aber im Gegensatz zu Hal wurde Pornsen durch den Krach, den Qualm, das Holpern und Stolpern und nicht zuletzt durch die Vorstellung erschreckt, in einem handgesteuerten Bodenfahrzeug zu sitzen.

Hal grinste. Er war von diesem wunderlichen Gefährt sehr angetan, denn es erinnerte ihn an die Bilder von Automobilen des zweiten Jahr-

zehnts des zwanzigsten Jahrhunderts in den Geschichtsbüchern der Erde. Und es war schon ein aufregendes Erlebnis; das schwergängige Lenkrad zu drehen und dabei zu spüren, wie das gewichtige Fahrzeug seiner Muskelkraft gehorchte. Das Knallen der vier Zylinder und der Dunst von verbrennendem Alkohol reizten ihn sehr – die holprige Fahrt machte einfach Spaß.
Es war romantisch, etwa so, als setzte man sich mit einem Segelboot dem offenen Meer aus. Er hoffte sehnlichst, noch mehr in dieser Art unternehmen zu können, solange er auf Ozagen war.
Hinzu kam noch – obwohl er sich dies selbst nicht eingestehen würde –, daß ihm alles das Spaß machte, was Pornsen Angst einjagte.
Doch sein Spaß fand ein Ende. Die Zylinder pufften, der Wagen bockte und ruckte und rollte schließlich langsam aus. Die beiden Woggelwanzen sprangen seitwärts heraus (Türen gab es nicht) und klappten die Motorhaube hoch. Hal folgte ihnen, während Pornsen sitzenblieb und eine Packung *Barmherziger Seraphim* (falls Engel rauchten, dann rauchten sie *BS*) aus seiner Uniformtasche holte und sich eine Zigarette ansteckte. Mit zitternden Händen.
Hal fiel auf, daß dies bereits die vierte war, die Pornsen seit dem Morgengebet rauchte. Wenn Pornsen nicht aufpaßte, würde er das Quantum überschreiten, das einem *Sept* erster Klasse zustand. Was bedeuten würde, daß Hal Pornsen bei einer künftigen Verlegenheit um Hilfe bitten konnte, indem er ihn daran erinnerte ... Nein! Das wäre ein zu schändlicher Gedanke. Ausgesprochen unwirklich und nur Bestandteil einer Pseudozukunft. Er liebte den *Sept*, und der *Sept* liebte ihn. Er sollte wirklich nicht solche unsigmenitischen Wege des Verhaltens einschlagen.
Aber wenn Hal an all die zurückliegenden Schwierigkeiten dachte, in denen er gesteckt hatte und noch steckte – dann konnte er schon die Hilfe Pornsens gebrauchen.
Er schüttelte seinen Kopf, um sich von diesen Gedanken zu befreien, und beugte sich über den Motor. Er wollte Zugu bei der Arbeit zusehen. Zugu schien genau zu wissen, was er zu tun hatte. Was auch kein Wunder war, denn er war der Erfinder und Erbauer des einzigen – soweit die Terraner wußten – Fahrzeugs auf Ozagen, das von einem Verbrennungsmotor angetrieben wurde.
Mit einem Schraubenschlüssel drehte Zugu ein langes, schmales Rohr aus einem runden Glasgehäuse heraus. Hal erinnerte sich, daß dies ein Einspritzsystem war. Der Kraftstoff lief vom Tank in das Glasgehäuse, das eine Sedimentkammer bildete. Von dort aus gelangte er in das Einspritzröhrchen, das den Treibstoff in den Vergaser weiterleitete.

»Geliebter Sohn! Bleiben wir den ganzen Tag hier hängen?« rief Pornsen barsch.
Obwohl die Ozagenianer ihm Maske und Brille als Windschutz gegeben hatten, waren seine zusammengepreßten Lippen als deutliche Warnung erkennbar. Es war klar, daß der *Sept,* wenn es nicht bald weiterging, einen negativen Bericht über seinen Schützling erstatten würde.
Der Schutzengel pro tempore hatte nämlich jene zwei Tage warten wollen, die nötig gewesen wären, um ein Beiboot beanspruchen zu können. Der Ausflug zu den Ruinen hätte dann nur fünfzehn Minuten gedauert und wäre eine geräuschlose und komfortable Reise gewesen. Hal hatte eingewendet, daß sich bei einer Überlandfahrt das dicht bewaldete Gebiet wesentlich besser erkunden ließ als aus der Luft. Daß die Vorgesetzten ihm recht gegeben hatten, trug natürlich noch mehr zu Pornsens Verärgerung bei. Denn wo sein Schützling war, da mußte auch er sein.
Deshalb schmollte er nun schon den ganzen Tag lang, während der junge Terraner, assistiert von Zugu, die Karre über die Waldwege kutschierte. Nur ein einziges Mal brach Pornsen sein Schweigen. Dies war, als er Hal an die Heiligkeit des menschlichen Individuums erinnerte und ihn ermahnte, langsamer zu fahren.
Hal erwiderte »Vergib mir, werter Wächter!« und nahm seinen Fuß vom Gaspedal. Aber nach kurzer Zeit verstärkte er allmählich wieder den Druck. So sausten und brausten sie über das holprige und staubige Gelände.
Zugu schraubte beide Enden des Röhrchens ab, steckte das eine in den Mund, holte tief Luft und blies dann kräftig hindurch. Es kam jedoch nichts herausgeflogen. Zugu schloß seine großen blauen Augen und blähte erneut seine Backen auf. Er versuchte es noch einmal, aber es geschah wieder nichts, außer, daß sein blaßgrünes Gesicht einen olivfarbenen Ton annahm. Nun klopfte er mit dem Kupferstück auf die Motorhaube. Dann blies er wiederum angestrengt hindurch. Aber ohne Ergebnis.
Um seinen dicken Bauch herum trug Fobo einen Gürtel, an dem ein Lederbeutel hing. In diesen griff er hinein und zog mit Zeigefinger und Daumen ein winziges blaues Insekt hervor. Sanft schob er das Tier in das Röhrchen. Nach fünf Sekunden fiel ein gehetztes rotes Insekt am anderen Ende heraus. Dahinter das blaue Insekt mit gefräßig gekreuzten Mandibeln. Geschickt fing Fobo seinen kleinen Liebling auf und versenkte ihn wieder in dem Beutel. Das rote Tierchen zerquetschte er unter seiner Sandale.
»Sieh da!« rief Fobo aus. »Ein Alkoholfresser! Er lebt im Kraftstofftank

und saugt sich ungehindert voll. Die im Treibstoff enthaltenen Kohlehydrate zieht er heraus. Ein Schwimmer im goldenen Meer des Alkohols! Was für ein Leben! Aber bisweilen wird er zu wagemutig, begibt sich in die Sedimentkammer, verspeist den Filter und gelangt in die Kraftstoffdüse. Seht! Zugu ersetzt gerade eben einen Filter. Es wird gleich weitergehen.«

Fobo hatte einen seltsamen, übelriechenden Atem. Hal fragte sich, ob der *Wog* wohl Schnaps getrunken hatte. Da er noch nie zuvor einen alkoholdurchtränkten Atem gerochen hatte, konnte Hal sich auf keine Erfahrungen stützen. Aber der Gedanke daran machte ihn nervös. Wenn der *Sept* erst einmal wußte, daß auf dem Rücksitz eine Flasche hin- und hergereicht wurde, würde er Hal nicht einen Moment mehr aus den Augen lassen.

Die *Wogs* nahmen wieder hinten Platz. »Es kann weitergehen!« sagte Fobo.

»Einen Augenblick noch«, flüsterte Pornsen Hal zu. »Ich halte es für besser, wenn Zugu dieses Ding fährt.«

»Wenn du den *Wog* bittest, daß er fahren soll, wird er merken, daß du mir, deinem Mitmenschen, nicht sehr viel Vertrauen schenkst«, entgegnete Hal. »Du möchtest doch sicher nicht, daß er den Eindruck gewinnt, du hieltest einen *Wog* einem menschlichen Wesen für überlegen, oder?«

Pornsen hüstelte, als machte es ihm Mühe, Hals Bemerkung zu schlukken, aber dann beeilte er sich zu sagen: »Na-na-natürlich nicht! Sigmen bewahre! Ich hatte doch nur dein Wohlergehen im Sinn, weil ich glaubte, die strapaziöse Fahrt mit dieser primitiven und gefährlichen Kiste habe dich ermüdet.«

»Danke für deine liebevolle Fürsorge«, sagte Hal. Und grinsend fügte er hinzu: »Es ist sehr angenehm, dich an meiner Seite zu wissen, stets bereit, mich vom Pfad der Pseudozukunft fernzuhalten.«

Pornsen erwiderte: »Ich habe auf den *Westlichen Talmud* geschworen, daß ich dich durch dieses Leben geleiten werde.«

Die Erwähnung des heiligen Buches war für Hal eine Züchtigung. So fuhr er anfangs, nachdem er den Motor angelassen hatte, sehr langsam, um dem *Sept* zu gehorchen. Aber schon nach fünf Minuten wurde sein Fuß schwerer, und die Bäume zischten nur so vorbei. Hal schaute zu Pornsen. Dessen strenge Miene und die zusammengebissenen Zähne verrieten ihm, daß Pornsen sich bereits wieder Gedanken über den Bericht machte, den er dem oberen Uzziten bei der Rückkehr zum Raumschiff erstatten würde. Er sah wütend genug aus, um ein *'Meter* für seinen Schützling zu verlangen.

Hal Yarrow holte viel von dem Wind, der gegen seine Gesichtsmaske schlug, in seine Lungen hinein. Zum H mit Pornsen! Zum H mit dem *'Meter*! Das Blut pulsierte in seinen Adern. Die Luft dieses Planeten war nicht die stickige Luft der Erde, und seine Lungen labten sich daran wie ein lechzender Blasebalg. In diesem Moment fühlte er sich, als könnte er selbst dem Erzurieliten auf der Nase herumtanzen.
»Paß auf!« schrie Pornsen.
Aus den Augenwinkeln heraus erblickte Hal das große antilopenähnliche Tier, das aus dem Wald auf die Straße hüpfte, genau der rechten Wagenseite entgegen. Im gleichen Moment riß er das Lenkrad herum, um ihm auszuweichen. Das Fahrzeug kam ins Schleudern und drehte sich um die eigene Achse.
Hals Fahrkünste waren noch zu ungeübt, um durch geschicktes Manövrieren ein Schleudern zu verhindern.
Seine mangelnden Fertigkeiten waren nicht verhängnisvoll, wenn man von dem Tier absah. Dessen Körpermasse krachte gegen die rechte Seite des Fahrzeugs. Die langen Hörner verfingen sich in Pornsens Jacke und rissen den rechten Ärmel auf. Durch den Aufprall des Tieres war das Ausbrechen des Fahrzeugs gebremst worden. Es raste nun von der Straße weg in gerader Linie einen schrägen Erdhügel hinauf, hob auf dessen Ende vom Boden ab und kam mit dem Knall von vier gleichzeitig platzenden Reifen wieder auf. Aber auch dieser Aufschlag brachte das Gefährt noch nicht zum Stehen. Ein großes Gebüsch tauchte vor Hal auf. Er ruckte am Lenker. Zu spät.
Sein Brustkorb stieß so hart gegen das Lenkrad, als wollte er die Lenksäule in das Armaturenbrett hineinschieben. Fobo prallte gegen Hals Rücken, was das Gewicht auf dessen Brust noch vermehrte. Beide schrien auf, und der *Wog* fiel herunter.
Bis auf ein Zischen war nun alles still. Aus dem demolierten Kühler schoß ein Dampfstrahl genau durch jene Äste, in dessen rauher Umarmung sich Hal befand.
Hal Yarrows Blick durchdrang die Dampfschwaden und fiel auf ein Paar großer brauner Augen. Verwirrt schüttelte er den Kopf. Augen? Und Arme, die wie Äste aussahen? Oder waren es Äste, die Armen ähnelten? Er glaubte sich in den Fängen einer braunäugigen Dryade. Oder hießen sie Nymphen? Wen konnte er fragen? Über solche Geschöpfe durfte man nichts wissen. Die Wörter *Nymphe* und *Dryade* waren aus allen Büchern gestrichen worden, sogar aus Hacks Ausgabe des *Revidierten und wirklichen Milton.* Nur weil Hal Linguist war, hatte er die Gelegenheit erhalten, das unzensierte *Verlorene Paradies* zu lesen und somit etwas von der klassischen griechischen Mythologie zu erfahren.

Gedanken gingen ihm durch den Kopf wie Lichter, die im Kontrollzentrum eines Raumschiffs aufflammten. Nymphen verwandelten sich manchmal in Bäume, um ihren Verfolgern zu entkommen. War dies eine von den sagenhaften Waldfrauen, die ihn mit großen und schönen Augen durch die längsten Wimpern, die er je gesehen hatte, anschaute?
Hal schloß die Augen und fragte sich, ob nicht eine Kopfverletzung diese Vision bewirkt hatte und ob sie von Dauer sein würde. Halluzinationen wie diese würde er gern behalten. Ihn kümmerte es nicht, ob sie der Wirklichkeit entsprachen oder nicht.
Dann öffnete er seine Augen. Die Erscheinung war verschwunden.
Es war diese Antilope, die mich angesehen hat, dachte er. *Sie wird irgendwie mit dem Leben davongekommen sein. Sie lief um das Gebüsch herum und schaute zurück. Antilopenaugen. Und mein dunkles Ich formte den Kopf um die Augen, das lange schwarze Haar, den dünnen weißen Hals, die schwellenden Brüste . . . Nein! Das ist unwirklich! Es war mein kranker Geist, der durch den Schock betäubt wurde, und sich momentan dem widmete, was schon die ganze Zeit über auf dem Schiff gewuchert war und überzuschäumen drohte. Die lange Zeit, ohne irgendeine Frau zu Gesicht zu bekommen ...*
Er vergaß die Augen, denn er mußte würgen. Ein schwerer, ekelhafter Geruch lag über dem Wagen. Der Zusammenstoß mußte die *Wogs* sehr erschreckt haben. Sonst hätten sie kaum jene Schließmuskel unbeabsichtigt gelockert, die den Hals des »Böllerbeutels« verschlossen. Dieses Organ, eine an der schmalsten Stelle des Rückens gelegene Blase, war von den animalischen Vorfahren der Ozagenianer als wirksame Abwehrwaffe benutzt worden, ähnlich wie eine Bombarde. Inzwischen nur noch ein verkümmertes Organ, diente der Böllerbeutel als Mittel zur Befreiung von extremer Nervenanspannung. Dies funktionierte sehr wirkungsvoll, brachte aber auch Probleme mit sich. So mußten die Psychiater der *Wogs* beispielsweise bei der Therapie entweder ihre Fenster weit öffnen oder Gasmasken tragen.
Keoki Amiel Pornsen kroch mit Zugus Hilfe aus dem Gebüsch hervor, in das er geschleudert worden war. Seine Leibesfülle, die himmelblaue Uniform und die weißen Engelsflügel aus Nylon, die auf das Rückenteil seiner Jacke genäht waren, ließen ihn wie einen fetten blauen Käfer erscheinen. Er stand auf und setzte die Schutzmaske ab. Ein kreidebleiches Gesicht kam zum Vorschein. Mit zitternden Fingern tastete er über die gekreuzten Symbole Sanduhr und Schwert, die Insignien der Haijac-Union. Schließlich fand Pornsen die Lasche, nach der er suchte. Er öffnete den Magnetverschluß der Tasche und nahm eine Packung *Barm-*

herziger Seraphim heraus. Die Zigarette zwischen den Lippen, versuchte er, zittrig wie er war, vergeblich den Anzünder dagegen zu halten.
Hal hielt die glühende Spule seines eigenen Anzünders an Pornsens Zigarette. Mit ruhiger Hand.
Einunddreißig Jahre der Disziplin ließen sein innerliches Grinsen nicht auf dem Gesicht erscheinen.
Pornsen nahm dankend an. Eine Sekunde später enthüllte sich durch das Beben seiner Lippen, daß er die Überlegenheit Yarrow gegenüber größtenteils verloren hatte. Er erkannte, daß er Hal nicht erlauben konnte, ihm eine Gefälligkeit zu erweisen – und sei es auch nur eine derart kleine wie diese –, um ihm anschließend eine Standpauke zu halten. Trotzdem begann er förmlich: »Hal Shamshiel Yarrow ...«
»*Shib, Abba,* ich höre und gehorche«, erwiderte Hal ebenso förmlich.
»Wie kannst du dir den Unfall erklären?«
Hal war überrascht, denn Pornsens Stimme klang erheblich milder als erwartet. Er blieb jedoch auf der Hut, denn er hatte den Verdacht, daß Pornsen ihn in Sicherheit wiegen wollte, um dann loszuschlagen, wenn Hal nicht mehr auf einen Angriff gefaßt war.
»Ich – oder genauer der Nachbote in mir – wich von der Wirklichkeit ab. Mein dunkles Ich bewirkte vorsätzlich eine Pseudozukunft.«
»Ach, wirklich?« sagte Pornsen, nicht ohne einen gewissen Sarkasmus. »Du sagst, dein dunkles Ich, der Nachbote in dir, war am Werk? Genau das erzählst du mir schon, seitdem du sprechen kannst. Warum mußt du die Schuld immer anderen zuschieben? Du weißt – du solltest es jedenfalls wissen, da ich schon so oft gezwungen war, dich auszupeitschen –, daß du und nur du allein verantwortlich bist. Wenn man dich lehrte, daß Abkehrungen von der Wirklichkeit auf das dunkle Ich zurückzuführen sind, dann wird man dir auch gesagt haben, daß der Nachbote nichts ausrichten kann, wenn du – dein wirkliches Ich, Hal Yarrow – nicht völlig zur Zusammenarbeit bereit ist.«
»Das ist *shib* wie die linke Hand des Vorboten«, sagte Hal. »Aber, mein verehrter *Sept,* du hast etwas vergessen bei deiner kleinen Lektion.« Seine Stimme war jetzt ebenso sarkastisch wie die von Pornsen.
»Was meinst du damit?« fragte Pornsen schrill.
»Ich meine«, antwortete Hal triumphierend, »daß auch du bei dem Unfall beteiligt warst! Daher bist du genauso verantwortlich dafür wie ich!«
Pornsen starrte ihn ungläubig an. Dann sagte er weinerlich: »Aber ... aber – du hast den Wagen gefahren!«
»Nach allem, was du mir immer wieder erzählt hast, macht das überhaupt keinen Unterschied!« sagte Hal und grinste zufrieden. »Du warst

damit einverstanden, daß es zu dem Zusammenstoß kam. Sonst hätte das Tier uns nämlich verfehlt.«

Pornsen hörte auf, an der Zigarette zu paffen. Seine Hand zitterte. Yarrow beobachtete die andere Hand, die locker an Pornsens Seite herabhing, und besonders die Finger, die über die sieben Lederschnüre des Peitschenstiels strichen, der in Pornsens Gürtel steckte.

»Du hast immer schon Anzeichen von bedauerlichem Stolz und Selbständigkeit erkennen lassen. Dies hat den Beigeschmack eines Verhaltens, wie sie der Menschheit vom Vorboten, wirklich sei sein Name, offenbart wurde. Ich habe« – Pornsen paffte an der Zigarette – »zwei Dutzend Männer und Frauen zum H geschickt. Der Vorbote möge ihnen vergeben! Das habe ich nicht gern getan, denn ich liebte sie aus meinem ganzen Herzen. Ich weinte, als ich sie der heiligen Hierarchie meldete, und sie in deren Reich eingehen ließ, denn ich bin ein zartbesaiteter Mann.« (Paff!) »Aber es war meine Pflicht als Schutzengel pro tempore, auf abscheuliche Krankheiten der Persönlichkeit zu achten. Sie hätten sich ausbreiten und die Anhänger Sigmens anstecken können. Das Unwirkliche darf nicht geduldet werden. Das Ich ist zu schwach und auch zu kostbar, als daß man es der Versuchung aussetzen dürfte. Seit deiner Geburt bin ich dein *Sept*.« (Paff!) »Du warst stets ein ungehorsames Kind. Aber du konntest durch Liebe zur Unterwerfung und Reue gebracht werden; du bekamst meine Liebe oft zu spüren.« (Paff!)

Yarrow hatte ein kribbelndes Gefühl auf dem Rücken. Er sah, wie sich die Hand des *Sept* um den Stiel des »Liebhabers« schloß, der aus dem Gürtel hervorlugte.

»Doch eigentlich wandtest du dich von der wahren Zukunft erst ab und zeigtest deine Schwäche für die Pseudozukunft, als du achtzehn warst. Das war zu der Zeit, als du dich entschieden hattest, ein *Inter* statt ein Spezialist zu werden. Ich warnte dich, daß du als *Inter* in unserer Gesellschaft nicht sehr weit kommen würdest. Aber du bestandest darauf. Und weil wir nun mal *Inter* brauchen und weil ich von meinen Vorgesetzten überstimmt worden bin, habe ich dir erlaubt, einer zu werden. Das war *unshib* genug. Aber als ich dir die Frau suchte, die sich am besten dazu eignete, deine Ehegattin zu werden – wie es meine Pflicht und mein Recht war, denn wer sonst als dein dich liebender *Sept* kennt den Frauentyp, der am besten zu dir paßt? –, erkannte ich, wie stolz und unwirklich du doch bist. Du hattest Einwände, du protestiertest, du versuchtest, mich zu übergehen, und du hieltest mich ein Jahr lang hin, ehe du der Heirat zustimmtest. Dieses Jahr des unwirklichen Verhaltens kostete die Stirche ein neues Wesen ...«

Hals Gesicht wurde bleich. Hierdurch wurden sieben dünne rote Strie-

men sichtbar, die sich vom Mundwinkel über die Wange bis zum Ohr hinzogen.
»Ich habe die Stirche nichts gekostet!« knurrte Hal. »Mary und ich waren neun Jahre lang verheiratet, bekamen aber keine Kinder. Tests haben erwiesen, daß keiner von uns beiden physisch steril ist. Deshalb muß es daran gelegen haben, daß wir nicht fruchtbar dachten, daß zumindest einer von uns beiden es nicht tat. Ich ersuchte um eine Scheidung, obwohl ich wußte, daß ich im H enden könnte. Warum drängtest du nicht auf unsere Scheidung, wie es deine Pflicht verlangt hätte, anstatt meine Bitte abzuschlagen?«
Pornsen blies zwar sehr lässig den Rauch heraus, aber er ließ eine Schulter etwas tiefer hängen als die andere. Als wäre etwas in ihm zusammengebrochen. Yarrow, der dies bemerkte, war sich bewußt, daß er seinen *Sept* nun in die Defensive getrieben hatte.
Pornsen sagte: »Als ich feststellte, daß du auf der *Gabriel* warst, dachte ich sofort, daß dies kaum auf deinen Wunsch zurückzuführen sein konnte, der Stirche zu dienen. Zugleich nahm ich an, daß du dich aus einem bestimmten Grund verpflichtet hattest.« (Paff) »Und jetzt bin ich *shib – shib* bis in die Knochen –, daß dein sündiges Verlangen, von deiner Frau loszukommen, der Grund war. Und da Unfruchtbarkeit, Ehebruch und interstellare Reisen die einzigen legalen Scheidungsgründe sind, wobei Ehebruch den Gang ins Reich der Hierarchie bedeutet, gab es für dich nur einen Ausweg. Du wurdest als Besatzungsmitglied der *Gabriel* auf legale Weise für tot erklärt. Du ...«
»Sprich du mir nicht von legalen Dingen!« schrie Hal. Er bebte vor Zorn und haßte sich gleichzeitig dafür, weil es ihm nicht gelang, sich zu beherrschen.
»Du weißt doch ganz genau, daß du deine Aufgabe als *Sept* nicht sorgfältig erfüllt hast, als du mein Gesuch auf Eis legtest! Ich mußte mich verpflichten ...«
»Ja, so dachte ich es mir!« sagte Pornsen. Er lächelte und paffte Rauchwolken aus. »Ich lehnte es ab, weil ich es für unwirklich hielt. Ich hatte nämlich einen Traum, weißt du, einen sehr lebhaften Traum. Ich sah, daß Mary nach zwei Jahren ein Kind von dir zur Welt brachte. Es war kein falscher Traum, sondern einer, der die unverkennbaren Merkmale einer Offenbarung des Vorboten enthielt. Nach diesem Traum wußte ich, daß dein Scheidungsbegehren ein Verlangen nach Pseudozukunft war. Ich erkannte, daß die wahre Zukunft in meinen Händen lag und daß ich sie nur durch Lenkung deines Betragens zustande bringen konnte. Am Tag danach zeichnete ich diesen Traum auf. Nur eine Woche nach der Überprüfung deines Antrags war das, und ...«

»Du hast bewiesen, daß dich der Nachbote mit einem Traum verblendet hat und daß du keineswegs eine Offenbarung des Vorboten erfahren hast!« schrie Hal erneut. »Ich werde dies melden, Pornsen! Deine eigenen Worte haben dich überführt!«
Pornsen wurde blaß. Er sperrte den Mund auf, so daß seine Zigarette zu Boden fiel. Seine Backen zitterten vor Furcht. »Wie meinst du das?«
»Wie kann sie nach zwei Jahren ein Kind bekommen, wenn ich nicht auf der Erde bin, um es zu zeugen? So wird das, was du vorgibst, geträumt zu haben, niemals eine wirkliche Zukunft haben! Daher hast du eine Täuschung des Nachboten zugelassen. Und du weißt ja, was das bedeutet! Daß du nämlich ein Kandidat für das H bist!«
Der *Sept* erstarrte. Seine tieferliegende Schulter richtete sich wieder auf zur Höhe der anderen. Seine rechte Hand schnellte zum Peitschenstiel, schloß sich um die *crux ansata* an dessen Ende und riß ihn vom Gürtel herunter. Die Peitsche knallte in der Luft, nur wenige Zentimeter von Hals Gesicht entfernt.
»Siehst du das?« kreischte Pornsen. »Sieben Schnüre! Für jede der Sieben Tödlichen Unwirklichkeiten eine! Du hast sie schon zu spüren bekommen, und du wirst sie gleich wieder spüren!«
Hal sagte barsch: »Halt die Fresse!«
Verblüfft ließ Pornsen das Kinn fallen. Wimmernd brachte er hervor: »Wie ... wie kannst du es wagen? Ich, dein geliebter *Sept*, bin ...«
»Ich habe dir doch gesagt, du sollst die Fresse halten!« entgegnete Hal, zwar nicht mehr so laut, aber unvermindert scharf. »Dein Gewinsel macht mich krank. Seit Jahren leide ich schon darunter.«
Er sprach noch, als er sah, daß Fobo auf sie zukam. Hinter dem *Wog* lag die Antilope tot auf der Straße.
Das Tier ist tot. Ich glaubte schon, es wäre davongekommen. Diese Augen, die mich durch das Gebüsch anstarrten. Antilopenaugen? Aber da sie tot ist – wessen Augen sah ich dann?
Pornsens Stimme rief Hal in die Gegenwart zurück.
»Mein Sohn, ich glaube, wir haben im Zorn gesprochen und nicht aus vorsätzlicher Boshaftigkeit. Wir wollen einander verzeihen und werden den Uzziten nichts davon erzählen, wenn wir zum Schiff zurückkehren.«
»*Shib*, von mir aus«, willigte Hal ein.
Zu seiner Überraschung sah er, wie sich Pornsens Augen mit Tränen füllten. Und noch erstaunter, beinahe schockiert, war Hal, als Pornsen den Versuch machte, den Arm um seine Schultern zu legen.
»Ach, mein Junge, wenn du wüßtest, wie sehr ich dich liebe, wie weh es mir getan hätte, wenn ich dich bestrafen müßte.«

»Ich kann es kaum glauben«, sagte Hal, wandte sich von Pornsen ab und ging Fobo entgegen.
Auch Fobo hatte Tränen in seinen unmenschlich großen und runden Augen. Aber aus einem ganz anderen Grund. Er weinte um die Antilope und vielleicht auch, weil er noch unter dem Schock des Unfalls stand. Mit jedem Schritt aber, den er in Richtung Hal machte, schwand der Schmerz aus seinem Gesichtsausdruck, und die Tränen versiegten. Mit seinem rechten Zeigefinger machte er über seinem Kopf ein kreisförmiges Zeichen.
Dies war, wie Hal wußte, ein religiöses Zeichen, das die *Wogs* in den verschiedensten Situationen verwendeten. Nun schien es so, als ob Fobo es gebrauchte, um seine Spannung abzubauen. Plötzlich lächelte er dieses gräßliche V-in-V-Lächeln einer Woggelwanze. Und er war gutgelaunt. Obgleich überempfindlich, war sein Nervensystem nicht beschädigt worden.
Fobo hatte sie erreicht und fragte: »Ein Aufeinanderprallen der Charaktere, Freunde? Eine Meinungsverschiedenheit, eine Erörterung oder ein Streit?«
»Nein, nichts von alledem«, erwiderte Hal. »Wir waren nur ein wenig durcheinander. Sag mal, wie weit müssen wir noch bis zu den Ruinen laufen? Euer Auto ist ein Trümmerhaufen. Richte bitte Zugu aus, daß es mir leid tut.«
»Zerbrecht euch nicht den Schädel ... den Kopf. Zugu war ohnehin im Begriff, ein neues und besseres Fahrzeug zu bauen. Was den Weg anbelangt, wird er sehr angenehm und reizvoll sein. Es ist nur noch ein ... Kilometer? Oder so ungefähr.«
Hal warf Maske und Brille in den Wagen, wohin auch die Ozagenianer ihre Sachen gelegt hatten. Aus der Ablage in der Rückenlehne des hinteren Sitzes nahm er seinen Handkoffer, ließ den von Pornsen aber dort stehen. Allerdings mit einem leichten Schuldgefühl, denn als Schützling des *Sept* hätte er ihm anbieten müssen, den Koffer zu tragen.
»Zum H mit ihm«, murmelte er.
Zu Fobo sagte er: »Haben Sie keine Angst, daß die Sachen gestohlen werden?«
»Wie bitte?« sagte Fobo, begierig darauf, ein neues Wort zu lernen. »Was heißt ... gestohlen?«
»Wenn man jemand einen Besitzgegenstand heimlich und ohne Erlaubnis wegnimmt, um ihn für sich zu behalten. Eine strafbare Handlung vor dem Gesetz. Ein Verbrechen.«
»Ein Verbrechen?«
Hal gab es auf und begann, mit großen Schritten den Weg hinaufzulau-

fen. Hinter ihm war der *Sept*, verärgert über die Zurückweisung und darüber, daß sein Schützling gegen die Etikette verstieß, indem er ihn zwang, sein Gepäck selbst zu tragen. »Werde nur nicht zu dreist, du – du *Inter*!« schrie Pornsen hinter ihm her.
Hal drehte sich nicht um, sondern hastete vorwärts. Die boshafte Erwiderung, die er schon flüsternd formuliert hatte, ließ er verpuffen. Aus den Augenwinkeln heraus hatte er weiße Haut in dem grünen Laubwerk erspäht.
Es war nur ein Aufblitzen, das so schnell verschwand, wie es gekommen war. Und er konnte auch nicht ausschließen, daß es sich um einen Vogel handelte, der seine weißen Flügel ausbreitete. Doch, er konnte. Auf Ozagen gab es keine Vögel.

7

Soo Yarrow. Soo Yarrow. Wuhfvayfvoo, soo Yarrow.
Hal wachte auf. Er brauchte einen Moment, um herauszufinden, wo er war. Dann, als er etwas klarer sah, erinnerte er sich, daß er in einem der Marmorräume in einer Ruinenstadt der humanoiden Säugetiere schlief. Durch den Eingang ergoß sich das Mondlicht, ein weit helleres als auf der Erde. Es schien auf eine kleine Gestalt, die sich verkehrt herum an den Türbogen schmiegte, und glänzte nur kurz auf einem Insekt, das dicht darunter flog. Ein langes und dünnes Etwas flimmerte nieder, fing den Flieger und zerrte ihn in ein plötzlich aufklaffendes Maul.
Die von den Ruinenwächtern geliehene Eidechse tat ihr möglichstes, um Belästigungen fernzuhalten.
Hal drehte den Kopf herum und schaute zum offenen Fenster direkt über ihm. Auch dort hielt ein Insektenfänger mit seiner Zunge fleißig den Raum von Moskitos frei.
Die Stimme schien von jenseits des mondgebleichten und engen Rechtecks gekommen zu sein. Er lauschte so angestrengt, als wollte er die Stille zwingen, die Stimme wieder hervorzubringen. Aber da war nichts als Stille. Dann ließ ihn ein Rasseln und Schnauben hinter ihm zusammenzucken und herumwirbeln. Eine Kreatur von der Größe eines Waschbären stand im Türeingang. Es war ein Quasi-Insekt, einer der sogenannten Lungenkäfer, die in der Nacht den Wald durchstreiften, und stellte eine Entwicklung der Arthropoden dar, die es auf der Erde nicht gab. Im Gegensatz zu seinen Vettern auf Terra war es nicht ausschließlich von Tracheen oder Atemröhren für Sauerstoff abhängig. Ein Paar dehnbarer Säcke, wie die eines Froschs, blähte sich auf und fiel

hinten in seinem Maul zusammen. Von denen war auch jenes schnaubende Geräusch verursacht worden.
Obwohl der Lungenkäfer in seiner Gestalt der unheimlichen Gottesanbeterin glich, machte sich Hal keine Sorgen. Fobo hatte ihm versichert, daß er einem Menschen nicht gefährlich werden konnte.
Ein schriller Ton, wie von einem Wecker, erfüllte plötzlich den Raum. Pornsen richtete sich in seinem Feldbett an der Wand auf. Als er das Insekt erblickte, schrie er gellend auf, so daß es davonjagte. Der Lärm, der von dem Mechanismus an Pornsens Handgelenk herrührte, verstummte.
Pornsen legte sich wieder hin. »Das ist nun schon das sechste Mal, daß mich diese Insektensippschaft aufweckt«, stöhnte er.
»Stell doch deinen Armbandkasten ab«, sagte Hal.
»Damit du dich aus dem Raum schleichen und deinen Samen auf den Boden schleudern kannst?« erwiderte Pornsen.
»Du hast nicht das Recht, mich eines solch unwirklichen Betragens zu bezichtigen«, entgegnete Hal. Er sprach eher mechanisch, ohne allzu großen Zorn, denn er war in Gedanken mehr mit der Stimme beschäftigt.
»Der Vorbote selbst sagte, daß niemand über jeden Zweifel erhaben ist«, murrte Pornsen. Er seufzte und murmelte beim Einschlafen: »Ob das Gerücht wohl wahr ist ... der Vorbote könnte selbst auf diesem Planeten sein ... er behütet uns ... er sagte vorher ...«
Hal saß auf seinem Bett und beobachtete Pornsen, bis dieser zu schnarchen begann. Auch Hals Lider wurden immer schwerer. Sicherlich hatte er nur von dieser sanften, leisen Stimme, die weder eine irdische noch eine ozagenianische Sprache benutzte, geträumt. So mußte es sein, weil es wie eine menschliche Sprache geklungen hatte, und er und der *Sept* die einzigen Exemplare des *Homo sapiens* im Umkreis von dreihundert Kilometern waren.
Es war eine Frauenstimme gewesen. Vorbote! Eine Frau zu hören! Nicht Mary. Nie wieder wollte er ihre Stimme oder auch nur *von* ihr hören. Sie war die einzige Frau, die er je ... konnte er es überhaupt sagen ... *gehabt* hatte. Es war eine erbärmliche, widerwärtige und erniedrigende Prüfung gewesen, die ihm auferlegt wurde. Aber es hatte ihn nicht von dem Wunsch abgehalten – er war froh, daß der Vorbote nicht hier war und seine Gedanken lesen konnte –, eine andere Frau zu finden, die ihm jene Ekstase vermitteln mochte, von der er nichts als den Samenerguß kannte. Vorbote hilf!
Und der war, dessen war er sich sicher, nichtssagend und langweilig, verglichen mit dem, was auf ihn wartete ...

»Soo Yarrow. Wuhfvayfvoo. Sa mfa, zh'net tastinak. R'gateh wa f'net.«

Langsam erhob sich Hal vom Bett. Eiskalt lief es ihm den Rücken hinunter. Das Flüstern kam vom Fenster her. Er sah dorthin. Der Umriß eines Frauenkopfes tauchte in diesem Rechteck aus Mondlicht auf. Das Fenster wurde zur Kaskade. Mondwasser überflutete weiße Schultern. Das Weiß eines Fingers kreuzte das Schwarz eines Mundes.

»Poo wamoo to ba choo. E'ooteh. Silahs. Fvooneh. Fvit, silfvoopleh.«

Wie betäubt, aber so gehorsam, als hätte man ihn unter Hypno-Lipno gesetzt, begann er auf den Eingang zuzugehen. Hal befand sich jedoch nicht so sehr in Trance, daß er sich nicht vergewissert hätte, ob Pornsen noch schlief.

Einen Moment lang überkamen ihn seine Reflexe, die darauf drängten, den *Sept* zu wecken. Aber dann zog er die nach Pornsen ausgestreckte Hand wieder zurück. Er mußte die Gelegenheit einfach wahrnehmen. Das Eindringliche und die Furcht in der Stimme der Frau sagten ihm, daß sie verzweifelt war und ihn brauchte. Und daß sie nicht wollte, daß er Pornsen weckte, war offensichtlich.

Was würde Pornsen wohl sagen oder tun, wenn er wüßte, daß sich direkt außerhalb des Raumes eine Frau befand?

Eine Frau? Wie kam eine Frau hierher?

Ihre Worte waren Hal irgendwie vertraut vorgekommen. Ihn überkam das seltsame und vage Gefühl, daß er die Sprache kennen müßte. Dies war aber nicht der Fall.

Er hielt inne. Wo hatte er nur seine Gedanken? Wenn Pornsen wach wurde und schaute, ob sein Schützling noch im Bett lag ... Hal ging zum Bett zurück und schob seinen Koffer unter das Leinentuch, das ihm der Wächter besorgt hatte. Seine Jacke rollte er zusammen und verstaute sie daneben, wobei das eine Ende herausschaute und auf dem Kopfkissen lag. Falls Pornsen sehr verschlafen war, würde er den dunklen Klumpen auf dem Kissen und die Masse unter dem Bettuch vielleicht für Hal halten.

Sacht und barfüßig ging er auf den Eingang zu. Kurz davor blieb er jedoch erneut stehen. Ein Zylinder von der Größe einer Konservenbüchse hockte auf der Lauer. Wenn irgendein Gegenstand, der größer war als eine Maus, fünfzig Zentimeter weit in das Strahlenfeld um den Zylinder geriet, wurde ein Signal zu dem kleinen Gehäuse abgestrahlt, das auf dem silbernen Armband um Pornsens Handgelenk befestigt war. Das Gehäuse würde einen schrillen Alarm geben – wie beim Erscheinen des Lungentierchens – und den *Sept* selbst aus dem tiefsten Schlaf reißen.

Der Zweck dieser Einrichtung war nicht nur die Absicherung gegen unbefugte Eindringlinge, sondern sie sollte auch verhindern, daß Hal unbemerkt von Pornsen den Raum verließ. Hals einzige Ausrede, um nach draußen zu gelangen, wäre, daß er seine Notdurft verrichten wollte, denn in den Ruinen gab es keine funktionierenden Toiletten mehr. Der *Sept* würde mitkommen, um sich zu vergewissern, daß er nicht etwas anderes im Sinn hatte.
Hal hob eine Fliegenpatsche mit einem meterlangen Stiel aus biegsamem Holz auf. Diese Masse würde nicht ausreichen, um das Feld zu aktivieren. Mit zitternder Hand schob er den Zylinder mit dem Ende des Stiels beiseite, ganz sanft, denn er mußte sich vorsehen, daß er nicht umstürzte, und dadurch erst recht den Alarm auslöste. Der Steinboden war glücklicherweise vom Schutt, der sich in Jahrhunderten aufgehäuft hatte, gereinigt worden. Das Gestein darunter war glatt; Generationen von Füßen hatten es poliert.
Als er endlich draußen war, langte Hal noch einmal hinein und ließ den Zylinder an seine vorherige Stelle zurückgleiten. Sein Herz pochte heftig unter der doppelten Belastung: einerseits das Manipulieren des mechanischen Wächters, andererseits die Begegnung mit einer fremden Frau. Dann ging er um die Ecke herum.
Die Frau hatte sich vom Fenster in den Schatten der Statue einer knienden Göttin, die in etwa vierzig Meter Entfernung stand, zurückgezogen. Hal wollte gerade auf sie zugehen, als er sah, warum sie sich versteckt hatte: Fobo kam ihm entgegenspaziert. Hal beeilte sich nun, denn er wollte den *Wog* aufhalten, ehe er das Mädchen bemerkte und so nah herangekommen war, daß Pornsen durch ihre Stimme geweckt wurde.
»Shalom, aloha, angenehmes Träumen, Sigmen möge dich lieben«, sagte Fobo. »Du scheinst nervös zu sein. Liegt das an dem Zwischenfall vom Vormittag?«
»Nein. Ich bin nur etwas ruhelos. Außerdem wollte ich diese Ruinen mal im Mondlicht bewundern.«
»Erhaben, schön, sonderbar und ein wenig traurig«, bemerkte Fobo. »Ich muß an diese Leute denken, an die vielen Generationen, die hier lebten. Wie sie geboren wurden, wie sie spielten, lachten, weinten, litten, Kinder zur Welt brachten und starben. Und alle sind sie tot und zu Staub geworden. Ach, Hal, das bringt mich zum Weinen und ist wie eine Vorahnung meines eigenen Schicksals.«
Fobo nahm ein Taschentuch aus dem Beutel an seinem Gürtel und putzte sich die Nase.
Hal sah ihn an. Wie menschlich – in mancher Hinsicht – dieses Mon-

strum, dieser Eingeborene Ozagens, doch war. Ozagen. Ein merkwürdiger Name mit dazugehöriger Geschichte. Und diese erzählte davon, daß der Entdecker des Planeten beim ersten Anblick der Bewohner ausgerufen hatte: »Oz again!«[1]
Es war verständlich, denn die Ureinwohner ähnelten Frank Baums Professor Woggelwanze. Ihre Körper waren ziemlich rund, und die Glieder im Verhältnis dazu sehr mager. Sie hatten Münder, die wie zwei breite und flache V's geformt waren, die man ineinandergesetzt hatte. Mit dicken und lappigen Lippen. Eigentlich hatte eine Woggelwanze vier Lippen, denn die Schenkel der zwei V's wurden durch einen tiefen Saum voneinander getrennt. Einst, viele Phasen der Evolution zurück, waren diese Lippen modifizierte Arme gewesen. Jetzt waren sie rudimentäre Glieder, so sehr als echte Labien getarnt und so funktionell, daß niemand ihren eigentlichen Ursprung vermutet hätte. Wenn sich der breite V-in-V-Mund zu einem Lächeln öffnete, wurden Terraner erschreckt, denn statt der erwarteten Zähne waren da gezackte Kämme aus Kieferknochen zu sehen. Vom Gaumen hing eine Hautfalte herab; der einstige Epipharynx war nun eine verkümmerte obere Zunge. Gerade dieses Organ war an vielen Lauten des Siddo beteiligt und erschwerte den Menschen die Nachahmung so sehr. Die Haut der Ozagenianer war ebenso ohne Pigmente wie der Teint des rothaarigen Hal. Aber wo seine Gesichtsfarbe rosa schimmerte, war ihre von einem sehr blassen Grün. Denn nicht Eisen, sondern Kupfer trug den Sauerstoff in ihre Blutgefäße.
Fobo hatte die Haube mit den beiden Antennenattrappen, das Zeichen seiner Zugehörigkeit zum Clan der Heuschrecken, abgenommen. Obwohl dies seine Ähnlichkeit mit Professor Woggelwanze verminderte, unterstrichen der kahle Vorschädel und der steife blonde und spiralenartige Flaum, der auf seinem Hinterschädel sproß, sie wieder deutlich. Und auch die knochenlose, komische lange Nase, die gerade aus seinem Gesicht ragte, verstärkte diese Übereinstimmung. Zwei Fühler verbargen sich in diesem Knorpelstück: seine Riechorgane.
Der erste Terraner, der die *Wogs* gesehen hatte, wäre in seiner Bemerkung bestätigt worden. Aber es war zweifelhaft, ob er sie überhaupt gemacht hatte. Erstens benutzte die hiesige Sprache das Wort *Ozagen* für Mutter Erde, und zweitens hätte der Mann aus der ersten Expedition es wohl kaum gewagt, das Wort Oz auszusprechen, selbst wenn er daran

[1] Anmerkung des Herausgebers: Gemeint ist »ein neues Land Oz«. Der Ausruf bezieht sich auf L. Frank Baums klassische Jugendbücher über die Phantasie-Welt Oz.

gedacht hatte. In der Haijac-Union waren die Oz-Bücher verboten; er konnte sie nicht gelesen haben – es sei denn, er hätte Gelegenheit gehabt, sie bei einem Bücherschmuggler zu erstehen. Das war schon möglich und wäre in der Tat die einzige Erklärung. Wie hätte der Raumfahrer, der Hal die Geschichte erzählte, sonst darauf kommen können? Der Urheber mochte sich vielleicht noch keine Sorgen gemacht haben, daß die Behörden etwas über seine Lektüre verbotener Bücher herausfanden. Raumfahrer waren berühmt – oder berüchtigt – für ihre Tollkühnheit und ihren laschen Umgang mit den Vorschriften der Stirche, wenn sie nicht auf der Erde waren.
Hal wurde sich bewußt, daß Fobo mit ihm sprach.
»... dieses Wort *Inter,* das Pornsen nannte, als er so ärgerlich und aufgebracht war. Was bedeutet es?«
»Es bezeichnet eine Person, die in keiner Wissenschaft ein Spezialist ist, aber über ein ziemlich übergreifendes Wissen verfügt. Eigentlich bin ich ein Verbindungsoffizier zwischen verschiedenen Forschern und Regierungsbeamten. Meine Aufgabe besteht darin, die aktuellen wissenschaftlichen Berichte zusammenzufassen, zu integrieren und sie dann der Hierarchie zu präsentieren.«
Hal blickte flüchtig zu der Statue hinüber.
Die Frau war nicht mehr zu sehen.
»Die Wissenschaft«, fuhr er fort, »unterteilt sich in so viele Spezialgebiete, daß die Kommunikation sogar zwischen Forschern desselben Bereichs schwierig wird. Jeder Wissenschaftler verfügt über eingehende Kenntnisse in seinem eigenen kleinen Sektor, hat aber keinen allgemeinen Überblick. Je mehr er von seinem Fach weiß, desto weniger wird er gewahr, was andere in verwandten Abteilungen erarbeiten. Ihm bleibt einfach nicht die Zeit, um auch nur einen Bruchteil aus der Flut von Veröffentlichungen zu lesen. Es ist so schlimm, daß von zwei Medizinern, die sich mit Dysfunktionen der Nase beschäftigen, der eine das linke und der andere das rechte Nasenloch behandelt.«
Entsetzt hob Fobo seine Hände.
»Aber die Wissenschaft käme ja zum Stillstand! Du übertreibst sicherlich!«
»Was die beiden Ärzte anbelangt, ja«, sagte Hal mit dem Anflug eines Lächelns. »Aber ansonsten habe ich nicht sehr übertrieben. Und es ist eine Tatsache, daß die Wissenschaft in geometrischer Progression nicht mehr solche Fortschritte macht wie einst. Da sind der Zeitmangel des Wissenschaftlers und die unzureichende Kommunikation. Eine Entdekkung in einem anderen Bereich kann ihm bei der eigenen Forschungsarbeit keine Hilfe sein, weil er überhaupt nichts davon erfährt.«

Hal sah, wie ein Kopf hinter dem Sockel der Statue hervorgesteckt wurde und wieder verschwand. Er kam allmählich ins Schwitzen.
Fobo fragte Hal nach der Religion des Vorboten, und Hal versuchte, so schweigsam wie nur eben möglich zu sein und ignorierte einige Fragen völlig, obgleich es ihm doch irgendwie peinlich war. Eines konnte man dem *Wog* bestimmt nicht nachsagen: daß er nicht logisch dachte. Und Logik war ein Licht, in dem Hal nicht übermäßig gebadet wurde – so hatten es ihn die Urieliten gelehrt.
Schließlich meinte er: »Alles, was ich dir sagen kann, ist, daß es absolut zutrifft, wenn man sagt, die meisten Menschen könnten subjektiv in der Zeit reisen. Die einzigen aber, die es objektiv können, sind der Vorbote, sein böser Schüler, der Nachbote, und die Frau des Nachboten. Ich weiß, daß es wahr ist, weil der Vorbote vorhersagte, was in der Zukunft geschehen würde, und jede seiner Prophezeiungen erfüllte sich. Und ...«
»Jede Vorhersehung?«
»Nun ja, bis auf eine. Aber die erwies sich als unwirkliche Prognose, als eine Pseudozukunft, die der Nachbote auf unerklärliche Weise in den *Westlichen Talmud* eingefügt hat.«
»Wie könnt ihr wissen, daß jene Vorhersagen, die noch nicht in Erfüllung gegangen sind, nicht ebenfalls gefälschte Eintragungen sind?«
»Nun ... wir können es nicht. Man muß eben abwarten, bis die Zeit dafür gekommen ist. Dann ...«
Fobo lächelte und ergänzte: »Dann wißt ihr, daß diese besondere Prophezeiung vom Nachboten geschrieben und eingefügt worden ist.«
»Natürlich. Die Urieliten arbeiten jedoch schon seit einigen Jahren an einer Methode, von der sie sagen, daß sie durch innere Evidenz beweisen wird, ob zukünftige Ereignisse wirklich oder unwirklich sind. Als wir die Erde verließen, erwarteten wir bereits, von der Entdeckung einer unfehlbaren Methode zu hören. Jetzt werden wir natürlich bis zu unserer Rückkehr im ungewissen bleiben.«
»Ich habe das Gefühl, unsere Unterhaltung macht dich nervös«, sagte Fobo. »Vielleicht setzen wir sie besser ein anderes Mal fort. Sag mal, was hältst du von den Ruinen?«
»Sehr interessant. Selbstverständlich habe ich ein fast persönliches Interesse an diesem ausgestorbenen Volk, weil es Säuger waren, so ähnlich wie wir Terraner. Ich kann einfach nicht begreifen, daß diese Wesen, die einst diesen riesigen Kontinent bevölkerten, vollkommen verschwinden konnten. Wenn sie so gewesen wären wie wir, hätten sie überlebt. Falls sie euch nicht hätten besiegen können, wären sie zumindest imstande gewesen, euch von diesem Kontinent fernzuhalten.«

»Es mag noch vereinzelt welche in den abgelegenen Wäldern und Dschungelgebieten geben. Aber so weit wir wissen, sind alle in den Kriegen mit uns umgekommen. Wir haben gewonnen, weil wir uns einig waren, während sie sich noch nach Beginn des Krieges gegenseitig bekämpften. Wir machten eine Vielzahl von Friedensangeboten, die sie aber alle ablehnten. So waren wir gezwungen, sie zu vernichten. Sie waren sehr dekadent. Eine streitsüchtige, gefräßige und verdorbene Brut.«

Nur allzu menschlich, dachte Hal Yarrow. Aber er enthielt sich eines Urteils über die Korrektheit von Fobos Darstellung des Krieges. *Die Geschichtsbücher werden von den Siegern geschrieben.*

»Bei Gelegenheit werde ich dir von ihrem Verfall und Untergang erzählen«, erklärte Fobo. »Es ist in vielerlei Hinsicht eine phantastische Geschichte. Aber jetzt gehe ich doch besser ins Bett.«

»Ich bin zu aufgeregt dazu. Wenn es dir nichts ausmacht, werde ich noch etwas herumstöbern. In diesem hellen Mondlicht sind die Ruinen so schön.«

»Das erinnert mich an ein Gedicht unseres berühmten Barden Shamero. Wenn es mir noch vollständig im Gedächtnis wäre und ich es angemessen ins Amerikanische übertragen könnte, dann würde ich es aufsagen.«

Fobos V-in-V-Mund gähnte.

»Ich glaube, ich gehe jetzt zu Bett, ruhe mich aus, begebe mich in Morpheus' Arme. Aber eines noch: Hast du irgendwelche Waffen, Schußwaffen, mit denen du dich gegen Nachtschwärmer verteidigen kannst?«

»Es ist mir erlaubt, ein Messer in einer Scheide bei mir zu tragen«, erwiderte Hal.

Fobo griff unter seinen Umhang und zog eine Pistole hervor. Er reichte sie Hal und sagte: »Hier! Ich hoffe nicht, daß du sie benutzen mußt, aber man kann ja nie wissen. Wir leben in einer wilden, räuberischen Welt, mein Freund. Das zeigt sich besonders hier draußen auf dem Lande.«

Hal betrachtete neugierig die Waffe, die denjenigen ähnlich war, die er in Siddo gesehen hatte. Verglichen mit den kleinen automatischen Pistolen in der *Gabriel,* war diese recht grob gearbeitet, strahlte aber die ganze Aura und Faszination einer fremdartigen Waffe aus. Hinzu kam noch, daß sie den frühen Stahlpistolen auf der Erde so ähnelte. Der sechseckige Lauf war nicht ganz dreißig Zentimeter lang; das Kaliber schien etwa eines von zwölf Millimetern zu sein. Eine Revolvertrommel enthielt fünf Messingpatronen, die Schwarzpulver, Bleikugeln und

Zündhütchen aus vermutlich einem Quecksilberfulminat zum Inhalt hatten. Seltsamerweise hatte die Pistole keinen Abzug; eine starke Feder ließ den Schlagbolzen gegen die Patrone prallen, sobald man ihn mit dem Finger lockerte. Hal hätte auch gern den Mechanismus gesehen, der die Trommel drehte, wenn der Bolzen zurückgezogen wurde. Aber er wollte Fobo nicht länger als nötig aufhalten.

Dennoch konnte er sich die Frage nicht verkneifen, warum die Siddos keinen Abzug verwendeten. Fobo war überrascht. Als er sich Hals Erklärung angehört hatte, zwinkerte er mit seinen großen runden Augen (ein sonderbarer und zuerst irritierender Anblick, weil sich das untere Augenlid bewegte) und sagte: »Daran habe ich noch gar nicht gedacht! Die Handhabung scheint wirklich praktischer und weniger mühsam zu sein, nicht wahr?«

»Mir ist das ganz klar«, sagte Hal. »Aber ich bin nun mal ein Mensch von der Erde und denke auch so. Nicht ohne Verwunderung habe ich festgestellt, daß ihr Ozagenianer nicht immer so denkt wie wir.«

Er gab Fobo den Revolver zurück und erklärte: »Ich kann ihn leider nicht annehmen. Das Tragen von Schußwaffen ist mir untersagt.«

Fobo sah ihn erstaunt an, hielt es aber anscheinend nicht für ratsam, nach dem Grund zu fragen. Vielleicht war er auch nur zu müde.

So sagte er: »Na gut. Shalom, aloha, angenehmes Träumen, Sigmen möge dich besuchen.«

»Shalom auch dir«, erwiderte Hal. Er schaute dem breiten Rücken des *Wog* hinterher, bis er im Schatten verschwunden war. Eine seltsame Zuneigung zu diesem Geschöpf erfüllte ihn. Ungeachtet seiner äußerst fremdartigen und nichtmenschlichen Erscheinung, gefiel ihm Fobo.

Hal drehte sich um und ging auf die Statue der Großen Mutter zu. Als er im Schatten des Sockels angelangt war, sah er, wie die Frau in den Schatten huschte, den ein dreistöckiger Schutthaufen warf. Er folgte ihr, und dann erblickte er sie, ein paar Steinwürfe entfernt. Sie lehnte sich gegen einen Monolithen. Etwas weiter weg lag der See, der silbern und schwarz im Mondschein schimmerte.

Hal ging näher und war noch etwa fünf Meter von ihr entfernt, als sie mit leiser und kehliger Stimme sprach: *»Bo sfa, soo Yarrow.«*

»Bo sfa«, sprach er nach, denn irgendwie wußte er, daß es eine Begrüßung sein mußte.

»Bo sfa«, wiederholte sie, und dann sagte sie in Siddo, weil sie ihm offensichtlich bei der Übersetzung des Satzes helfen wollte: *»'Abhu-'umaigeitsi'i.«*

Was ungefähr soviel hieß wie: »Guten Abend.«

Hal verschlug es den Atem.

Aber natürlich! Jetzt wußte er, wieso ihre Worte so vage vertraut geklungen hatten und der Rhythmus ihrer Sprache ihn so stark an ein nicht allzuweit zurückliegendes Ergebnis erinnerte. Da war etwas, das ihm seine Forschungsarbeit in der verschwindend kleinen Gemeinschaft der Französischsprechenden im Hudson-Bay-Naturschutzgebiet ins Gedächtnis rief.

Bo sfa! Bo sfa war *bon soir.*

Obwohl ihre Ausdrucksweise, linguistisch betrachtet, sehr überholt war, konnte sie nicht ihre Abstammung leugnen. *Bo sfa.* Und diese anderen Worte, die er durch das Fenster gehört hatte. *Wuhfvayfvoo.* Das hieße demnach *levez-vous.* »Stehen Sie auf« auf französisch.

Soo Yarrow. Konnte das *monsieur* Yarrow heißen? Das *m* am Anfang war weggefallen, das *eu* entwickelte sich so, daß es etwa einem *ou*-Laut ähnelte. So mußte es sein. Noch andere Veränderungen waren an diesem degenerierten Französisch zu erkennen: Erweiterung der Aspiration; Wegfall der Nasale; Vokalverschiebung; ein Knacklaut als Ersatz des *k* vor Vokalen. Ein Wechsel von *d* zu *t*; des *l* nach *w*; das *f* verschob sich zu einem Laut zwischen *v* und *f. W* war zu *f* geworden. Was gab es noch? Sicherlich Bedeutungsumwandlungen bei einigen Wörtern und die Ablösung alter Wörter durch neu entstandene.

Aber allen Ungewöhnlichkeiten zum Trotz – dies war subtiles Gallisch.

»Bo sfa«, wiederholte er erneut.

Und dann fiel ihm auf, wie unpassend dieser Gruß doch war! Da trafen sich zwei menschliche Wesen gut vierzig Lichtjahre von der Erde entfernt: ein Mann, der ein subjektives Jahr lang keine Frau mehr gesehen hatte, und eine Frau, die sich offensichtlich verstecken mußte und dazu noch in großer Furcht zu sein schien. Und vielleicht auch die einzige Frau war, die es auf diesem Planeten noch gab. Und er konnte nur »Guten Abend« sagen!

Er ging noch ein paar Schritte näher. Die Schamröte stieg ihm ins Gesicht. Und fast hätte er sich umgedreht und wäre weggerannt. Ihre weiße Haut wurde nämlich nur von zwei dünnen schwarzen Stoffstreifen unterbrochen. Der eine verlief quer über ihre Brüste, der andere rautenförmig um die Hüften herum. Solch einen Anblick hatte Hal in seinem Leben noch nicht geboten bekommen, abgesehen von jenem verbotenen Foto.

Als er erkannte, daß sie einen Lippenstift benutzte, war seine Verlegenheit mit einem Mal verflogen. Er atmete stoßweise und wurde von

Furcht ergriffen. Ihre Lippen waren so scharlachrot wie die der ungeheuer bösen Gattin des Nachboten.
Hal zwang sich, nicht zu zittern. Er mußte rational denken. Diese Frau konnte doch nicht Anna Changer sein, die aus weit entfernter Vergangenheit auf diesen Planeten gekommen war, um ihn zu verführen, gegen die wirkliche Religion aufzuhetzen. Sie würde nicht dieses entartete Französisch sprechen, wenn sie Anna Changer wäre. Auch würde sie kaum an eine so unbedeutende Person wie Hal herantreten. Sie wäre zum obersten Urieliten, zu Macneff, gegangen.
Er gab seinen Gedanken einen kleinen Ruck und betrachtete das Lippenstiftproblem von einer anderen Seite. Mit der Ankunft des Vorboten waren alle Kosmetika verschwunden. Keine Frau wagte ... nun, das war nicht ganz richtig ... es war nur die Haijac-Union, in der keine Kosmetika benutzt wurden. Israelische, malaiische und Bantufrauen legten Rouge auf. Aber dann wußte auch jeder gleich, um was für eine Art von Frau es sich handelte.
Noch ein Schritt. Nun war er nahe genug, um festzustellen, daß es ein natürliches Lippenrot war und nicht Tünche. Er fühlte sich unendlich erleichtert. Sie konnte nicht die Frau des Nachboten sein. Sie konnte nicht einmal von der Erde stammen. Sie mußte eine Humanoide des Planeten Ozagen sein. Die Wandgemälde in den Ruinen stellten Frauen mit roten Lippen dar, und Fobo hatte ihm erklärt, daß diese mit dem flammenden Pigment geboren worden waren.
War eine Frage beantwortet, so ergab sich bereits wieder eine neue. Wieso sprach sie eine irdische Sprache, oder genauer, ein daran angelehntes Idiom? Denn diese Mundart existierte auf der Erde nicht.
Im nächsten Moment schon vergaß er seine Zweifel. Sie schmiegte sich an ihn, und er legte den Arm um sie und versuchte recht unbeholfen, sie zu trösten. Sie weinte und schüttete ihr Herz aus. Die Worte sprudelten aber so aus ihr hervor, daß Hal, obwohl er wußte, daß es irgendwie Französisch war, nur hier und da etwas verstehen konnte.
Er bat sie, doch langsamer zu sprechen und alles noch einmal zu wiederholen. Sie hielt inne, neigte den Kopf leicht nach links und strich dann ihr Haar nach hinten. Diese Geste war charakteristisch für sie, wenn sie nachdachte – wie Hal später herausfand.
Ganz langsam fing sie noch mal von vorn an. Aber je weiter sie fortfuhr, desto schneller sprach sie. Ihre knallroten Lippen schienen von ihr losgelöst und mit eigenen Sorgen beladen zu sein.
Fasziniert sah Hal zu.
Verlegen nahm er seinen Blick von ihnen und versuchte, in ihre großen dunklen Augen zu schauen, was ihm aber nicht gelingen wollte.

Sie erzählte ziemlich zusammenhanglos, wiederholte sich häufig und berichtigte sich an einigen Stellen. Viele Wörter konnte Hal nicht verstehen, sondern mußte sich deren Sinn aus dem Zusammenhang zusammenreimen. Aber er verstand soviel, daß ihr Name Jeannette Rastignac war und daß sie von einer Hochebene in den Tropengebirgen dieses Kontinents stammte. Daß ihre drei Schwestern und sie, so weit sie wußte, die einzigen Überlebenden ihrer Art seien. Daß sie von einem Erkundungstrupp der *Wogs* gefangengenommen und nach Siddo gebracht worden war. Daß sie erst vor kurzem entkommen konnte und sich in den Ruinen und den umliegenden Wäldern versteckt hatte. Daß sie sich vor all den schrecklichen Dingen fürchtete, denen sie nachts im Wald begegnen konnte. Daß sie sich von wilden Früchten und Beeren oder auch von Lebensmitteln ernährte, die sie auf den Farmen der *Wogs* stahl. Daß sie Hal gesehen hatte, als sein Fahrzeug mit der Antilope zusammenstieß. Was er für die Augen dieses Tieres gehalten hatte, waren die ihren gewesen.

»Woher kanntest du meinen Namen?« fragte Hal.

»Ich folgte dir und belauschte dein Gespräch, konnte dich jedoch nicht verstehen. Kurz darauf hörte ich aber, wie du auf den Namen Yal Harrow antwortetest. Den Namen zu behalten, war keine Schwierigkeit. Was mich verwirrte, war die Ähnlichkeit von dir und diesem anderen Mann mit meinem Vater. Also mußtet ihr menschliche Wesen sein. Da ihr euch aber nicht in der Sprache meines Vaters unterhalten habt, konntet ihr nicht auf diesem Planeten zu Hause sein.

Dann fiel es mir ein! Mein Vater hatte mir einmal erzählt, daß sein Volk von einem anderen Planeten nach *Wuhbopfey* kam, und so war es nur logisch, daß ihr von dort, der ursprünglichen Welt der Menschen, stammt.«

»Jetzt verstehe ich überhaupt nichts mehr«, sagte Hal. »Die Vorfahren deines Vaters kamen auf diesen Planeten, nach Ozagen? Aber ... aber davon ist nichts bekannt! Fobo sagte mir ...«

»Nein, nein, du verstehst nicht richtig! Mein Vater, Jean-Jacques Rastignac, wurde auf einem anderen Planeten geboren. Von dort kam er hierher. Aber seine Vorfahren waren zu jenem Planeten, der weit von hier sich um eine Sonne dreht, von einem noch viel weiter entfernten Planeten gekommen.«

»Ja, dann müssen die Siedler von der Erde gekommen sein. Aber es gibt darüber keine Aufzeichnungen. Zumindest habe ich nie welche gesehen. Und sie müssen Franzosen gewesen sein. Wenn es wahr ist, dann verließen sie die Erde und begaben sich zu diesem anderen System vor mehr als zweihundert Jahren. Und es kann sich unmöglich um Frankokanadier gehandelt haben, denn von denen waren nach dem Apokalyptischen Krieg nur wenige am Leben geblieben. Es können nur europäische Franzosen gewesen sein. Aber der letzte Europäer, der Französisch sprach, starb vor zweieinhalb Jahrhunderten. Also ...«

»Es ist verwirrend, *nespfa?* Ich weiß nur, was mir mein Vater erzählte. Er sagte, daß er mit einigen anderen von *Wuhbopfey* im Verlauf einer Forschungsreise auf *Ozagen* gestoßen ist. Sie landeten auf diesem Planeten, und seine Kameraden wurden getötet. Er fand meine Mutter...«

»Deine Mutter? Das wird ja immer verwickelter«, stöhnte Hal.

»Sie war eine Eingeborene. Ihr Volk hatte schon immer hier gelebt. Sie bauten diese Stadt und ...«

»Dein Vater war ein Mensch von der Erde? Und du entstammst seiner Vereinigung mit einer humanoiden Eingeborenen Ozagens? Unmöglich! Die Chromosomen können doch nicht zusammengepaßt haben!«

»Ich kümmere mich nicht um Chromosomen!« sagte Jeannette mit zitternder Stimme. »Du siehst mich doch vor dir stehen, oder nicht? Ich lebe! Mein Vater und meine Mutter schliefen miteinander – und hier bin ich. Das kannst du nicht leugnen!«

»Das war nicht meine Absicht ... ich meine ... es schien ...«, sagte Hal. Er wußte nicht, was er sagen sollte und sah sie nur an.

Plötzlich begann sie zu schluchzen und umarmte ihn sehr eng dabei. Seine Hände lagen auf ihren zarten, weichen Schultern, und ihre Brüste preßten sich gegen seine Rippen.

»Rette mich«, sagte sie gebrochen. »Ich kann es nicht mehr ertragen. Du mußt mich mitnehmen und mich retten.«

Yarrow dachte fieberhaft nach. Bevor Pornsen wach wurde, mußte er wieder in den Ruinen sein. Und am nächsten Tag konnte er sie nicht treffen, weil ein Beiboot vom Schiff die beiden Haijacs am Morgen abholen würde. Was er auch immer unternehmen wollte, er mußte es in den nächsten Minuten mit ihr besprechen.

Plötzlich hatte er einen Plan; er war aus einer Idee hervorgegangen, die schon lange tief in seinem Inneren heranreifte. Die Saat dafür hatte schon in ihm gesteckt, bevor das Schiff die Erde verließ. Aber er war bisher nicht mutig genug gewesen, die Initiative zu ergreifen. Jetzt war dieses Mädchen aufgetaucht. Sie hatte er gebraucht, um den Funken überspringen zu lassen, der ihn anzündete und einen Weg beschreiten ließ, von dem es kein Zurück mehr gab.

»Jeannette«, sagte er erregt, »hör mir genau zu! Du mußt hier jede Nacht auf mich warten. Egal, was im Dunkeln herumspukt – du mußt hier sein. Ich kann dir nicht genau sagen, wann es mir gelingt, ein Beiboot zu bekommen und hierher zu fliegen. Ich denke aber, irgendwann in den nächsten drei Wochen. Auch wenn ich bis dahin nicht gekommen bin, warte weiter auf mich. *Warte weiter!* Ich werde kommen! Und dann werden wir in Sicherheit sein, zumindest für einige Zeit. Willst du das tun? Kannst du dich hier verstecken? Und warten?«

Sie nickte mit dem Kopf und sagte: »*Fi.*«

9

Zwei Wochen später flog Yarrow vom Raumschiff *Gabriel* aus zu den Ruinen. Sein nadelförmiges Beiboot glänzte im Vollmond, wie es so über das weiße Marmorbauwerk dahinschwebte und zur Landung ansetzte. Still und ausgebleicht lag die Stadt da. Große Steinwürfel und Sechsecke, Zylinder, Pyramiden und Statuen, die wie Spielzeug aussahen, das ein Riesenkind verstreut hatte und zu Bett gegangen war, um für immer zu schlafen.

Hal stieg aus und blickte nach links und rechts. Dann schritt er auf einen gewaltigen Bogen zu. Seine Taschenlampe erhellte das Dunkel, seine Stimme schallte von den fernen Dächern und Mauern zurück.

»*Jeannette! Sah mfa. Fo tami,* Hal Yarrow. *Jeannette! Ou eh tu?* Ich bin's, dein Freund. Wo bist du?«

Er ging die fünfzig Meter breite Treppe hinab, die zur Gruft der Könige führte. Der Strahl der Lampe hüpfte die Stufen herauf und herunter und schien plötzlich auf die schwarzweiße Gestalt des Mädchens.

»Hal!« rief sie, zu ihm aufblickend. »Der Großen Mutter Stein sei Dank! Jede Nacht habe ich gewartet! Aber ich wußte, daß du kommen würdest!«

Die Tränen standen in ihren Augen; ihr roter Mund zuckte, als mühte sie sich ab, ein Schluchzen zurückzuhalten. Er wollte sie in die Arme schließen und liebkosen, aber es war schon ungeheuerlich, eine unbekleidete Frau auch nur anzuschauen. Sie zu umarmen war undenkbar. Trotzdem dachte er sehr intensiv daran.

Im nächsten Moment, als hätte sie die Ursache seiner Unentschlossenheit erahnt, kam sie auf ihn zu und legte den Kopf an seine Brust. Ihre Schultern waren dabei so sehr gekrümmt, als wollte sie sich in ihn eingraben. Hal legte die Arme um sie. Seine Muskeln spannten sich, und Blut strömte in seine Lenden.

Er ließ sie los und schaute zur Seite. »Wir können später reden. Jetzt haben wir keine Zeit zu verlieren. Komm!«

Schweigend folgte sie ihm bis zu dem Beiboot. Dann, vor der Tür,

zögerte sie. Ungeduldig gestikulierte er, sie möge einsteigen und neben ihm Platz nehmen.
»Du wirst mich sicher für einen Feigling halten«, sagte sie. »Aber ich habe noch nie eine Flugmaschine betreten. Den Boden zu verlassen …«
Er konnte sie nur verwundert ansehen. Die Einstellung eines Menschen, der nicht an das Reisen in der Luft gewöhnt war, konnte er nur schwer begreifen.
»Steig ein!« befahl Hal.
Ganz gehorsam kletterte sie nun herein und setzte sich auf den Sitz des Copiloten. Sie zitterte aber sehr dabei und sah mit weiten braunen Augen auf die Instrumente vor ihr und um sie herum.
Hal blickte auf seine Uhr.
»Uns bleiben noch zehn Minuten, um in mein Apartment in der Stadt zu gelangen. Eine Minute, um dich dort abzusetzen, und eine halbe für die Rückkehr zum Schiff. Fünfzehn Minuten werde ich wohl für meinen Bericht über die Erkundungen bei den *Wogs* brauchen und dreißig Sekunden für den Heimweg zu meinem Apartment. Alles zusammen nicht einmal eine halbe Stunde. Nicht schlecht.«
Er lachte. »Ich wollte schon vor zwei Tagen kommen, aber ich mußte abwarten, bis alle Beiboote mit Automatik besetzt waren. Dann täuschte ich vor, es sehr eilig zu haben, da ich wichtige Aufzeichnungen vergessen hätte und zu meinem Apartment zurückfliegen müßte, um sie zu holen. So konnte ich eines der handgesteuerten Boote ausleihen, die sonst für Erkundungen außerhalb der Stadt eingesetzt werden. Ich hätte niemals die Erlaubnis des OD dafür erhalten, wenn er nicht hierdurch überrumpelt worden wäre.«
Hal faßte an ein großes goldenes Abzeichen an seiner linken Brust. Dort prangte ein hebräisches L.
»Das bedeutet, daß ich einer der Auserwählten bin. Ich habe das *'Meter* bestanden.«
Jeannette, die anscheinend ihre Furcht abgelegt hatte, stieß einen kleinen Schrei aus, als sie im Schein der Armaturenbeleuchtung Hals Gesicht sah.
»Hal Yarrow! Was haben sie mit dir gemacht?« Mit den Fingern berührte sie seine Wange.
Purpurrote Ringe lagen unter seinen Augen; seine Wangen waren eingefallen, und auf einer zuckte ein Muskel. Ein Fleck überdeckte seine Stirn; die sieben Striemen der Peitsche hoben sich deutlich von der blassen Haut ab.
»Mich wird wohl jeder für verrückt erklären, daß ich es getan habe«,

sagte er. »Ich steckte meinen Kopf in das Maul des Löwen. Und er biß ihn nicht ab. Stattdessen biß ich ihm in die Zunge.«
»Was willst du damit sagen?«
»Paß auf. Kommt es dir nicht merkwürdig vor, daß Pornsen heute abend nicht bei mir ist und mir seinen scheinheiligen Atem in den Nacken bläst? Nein? Nun, du weißt nichts darüber. Es gab für mich überhaupt nur eine Möglichkeit, die Genehmigung zu erhalten, aus meinem Schiffsquartier in ein Apartment in Siddo ziehen zu dürfen. Das heißt, ohne einen *Sept* zu leben, der einen auf Schritt und Tritt überwacht. Und ohne dich hier draußen im Wald allein zu lassen. Und *das* konnte ich nicht.«
Sie strich mit dem Finger von seiner Nase zum Mundwinkel hinunter. Normalerweise wäre er unter der Berührung erschreckt zusammengefahren, weil er jeglichen engen Kontakt haßte. Nun aber zog er sich nicht zurück.
»Hal«, sagte sie sanft. *»Mo sheh.«*
Ihm wurde ganz heiß. *Mein Lieber.* Nun, warum denn nicht?
Um den Rausch, den ihm ihre Berührung bereitete, abzuschwächen, sagte er: »Es gab also nur eins, was ich tun konnte: mich freiwillig für das *'Meter* zu melden.«
»Wuh Met? 'Es'ase'asah?«
»Nur dadurch kann man von der ständigen Beschattung durch einen *Sept* befreit werden. Wenn man es einmal hinter sich gebracht hat, ist man rein, über jeden Verdacht erhaben – zumindest theoretisch. Auf mein Gesuch war die Hierarchie nicht gefaßt. Von keinem der Wissenschaftler – geschweige denn von mir – hatten sie eine freiwillige Meldung erwartet. Urieliten und Uzziten müssen sich dem unterziehen, wenn sie darauf hoffen wollen, eines Tages in die Hierarchie vorzudringen.«
»Urieliten? Uzziten?«
»Um es in alten Begriffen auszudrücken: Priester und Polizisten..Der Vorbote entlehnte jene Wörter – die Namen von Engeln – für Religions- und Regierungszwecke aus dem Talmud. Verstehst du?«
»Nein.«
»Es wird dir schon bald verständlicher erscheinen. Jedenfalls bitten nur die größten Ehrgeizlinge darum, vor das *'Meter* treten zu dürfen. Es ist zwar auch wahr, daß es insgesamt sehr viele Leute tun – aber nur, weil sie dazu gezwungen werden. Die Urieliten räumten mir nur sehr düstere Aussichten ein, aber das Gesetz verpflichtete sie, mir den Versuch zu gestatten. Außerdem hatten sie Langeweile und wollten unterhalten werden – auf ihre grimmige Art.«

Bei dem Gedanken daran verfinsterte sich sein Blick. »Einen Tag später sollte ich mich im Psycholabor um 23.00 SZ – Schiffszeit – melden. Ich ging in meine Kabine – Pornsen war nicht da –, öffnete meinen Laborkoffer und nahm eine Flasche mit dem Etikett ›Prophetennahrung‹ heraus. Sie enthält gewöhnlich ein Pulver auf Peyotebasis. Das ist eine Droge, die einst von den indianischen Medizinmännern Amerikas verwendet wurde.«

»Kfe?«

»Hör nur weiter. Das Wichtigste wirst du schon verstehen. Prophetennahrung wird von jedem während der Purifikationsperiode eingenommen. Das sind jene zwei Tage, an denen man in eine Zelle gesperrt wird, fastet, betet, von elektrischen Peitschen gezüchtigt wird und Wahnvorstellungen hat, die durch den Hunger und die Prophetennahrung ausgelöst werden. Dazu kommt noch das subjektive Reisen in die Zeit.«

»Kfe?«

»Sag nicht dauernd ›Was?‹. Ich habe keine Zeit, um dir jeden Tinnef zu erklären ... Es kostete mich zehn Jahre hartes Studium, es in all seinen Zusammenhängen zu begreifen. Obwohl auch dann noch eine Menge Fragen offen blieben. Aber ich stellte sie nicht. Man hätte mich für einen Zweifler halten können. Nun, jedenfalls war in meiner Flasche keine Prophetennahrung. Sondern ein Ersatzstoff, den ich heimlich zubereitet hatte, gerade noch, bevor das Raumschiff die Erde verließ. Wegen dieses Pulvers wagte ich es, mich dem *'Meter* zu unterziehen. Und war auch nicht so erschreckt, wie ich es eigentlich hätte sein müssen ... Obwohl mir noch bang genug zumute war, das kannst du mir glauben!«

»Ich glaube dir doch. Du warst tapfer. Du hast deine Furcht überwunden.«

Er spürte, daß er rot wurde. Zum ersten Mal in seinem Leben hatte man ihm ein Kompliment gemacht.

»Einen Monat vor Abreise der Expedition nach Ozagen hatte ich in einer der zahlreichen wissenschaftlichen Zeitschriften, die ich rezensieren mußte, die Nachricht gefunden, daß eine bestimmte Droge künstlich hergestellt worden war. Ihre Wirkung bestand in der Vernichtung des Virus eines sogenannten Marsianischen Ausschlags. Was mich interessierte, war die Fußnote. Sie war nur in kleiner Schrift gedruckt und auf hebräisch, wodurch klar wurde, daß der Biochemiker deren Wichtigkeit erkannt hatte.«

»Pookfe?«

»Warum? Nun, ich kann mir gut vorstellen, daß der Text in hebräischer Sprache abgefaßt wurde, damit kein Laie ihn verstehen sollte. Wenn solch ein Geheimnis allgemein bekannt würde ... Nun, die Fußnote kommentierte kurz die Entdeckung, daß ein Mann, der an dem Ausschlag litt, vorübergehend gegen die Wirkung von Hypno-Lipno immun war. Und daß die Urieliten während der *'Meter*-Sitzungen peinlichst auf gute Gesundheit ihres Kandidaten achten sollten.«

»Es macht mir ziemliche Mühe, dich zu verstehen«, sagte sie.

»Ich werde etwas langsamer vorgehen. Hypno-Lipno ist die weitverbreitete sogenannte Wahrheitsdroge. Ich erkannte sofort die Folgerungen, die sich aus der Fußnote ergaben. Die Einleitung des Artikels beschrieb, wie der Marsianische Ausschlag zu experimentellen Zwecken unter Narkose injiziert wurde. Der Name der Droge war nicht erwähnt, aber ich brauchte nicht sehr lange, um in anderen Journalen herauszufinden, worum es sich handelte und wie man es herstellt. Ich dachte mir, wenn der echte Ausschlag gegen Hypno-Lipno immun machte, warum sollte dies nicht auch ein künstlich erzeugter bewirken? Gesagt, getan. Ich bereitete mir ein Quantum zu, steckte ein Band mit Fragen über mein Privatleben in den Psychotester, spritzte »Ausschlags«-Droge und Wahrheitsdroge ein und schwor mir, den Tester über mein Leben zu belügen. Und ich *konnte* lügen, obwohl ich mit Hypno-Lipno vollgepumpt war!«

»Es war sehr klug von dir, daran zu denken«, murmelte sie.

Als sie gegen seinen Bizeps drückte, versteifte er ihn. So eitel dies auch war, er wollte gern, daß sie ihn für stark hielt.

»Unsinn!« erwiderte er. »Ein Blinder hätte erkannt, was zu tun war. Ich wäre aber kaum überrascht gewesen, wenn die Uzziten den betreffenden Chemiker festgenommen und Anweisung zur Verwendung einer anderen Wahrheitsdroge gegeben hätten. In diesem speziellen Fall wären sie jedoch zu spät gekommen. Bevor auch nur irgend etwas verlautete, hob unser Schiff ab. Jedenfalls gab mir der erste Tag des *'Meters* keinen Grund zur Beunruhigung. Ich unterzog mich der zwölfstündigen schriftlichen und mündlichen Prüfung in Serialismus. Das sind Dunnes Zeittheorien und Sigmens Erweiterungen dazu. Diesen Test kannte ich schon seit einigen Jahren. Leicht, aber auf die Dauer ermüdend. Am nächsten Tag stand ich sehr früh auf, nahm ein Bad und aß die Prophetennahrung. Ohne ein weiteres Frühstück begab ich mich in die Purifikationszelle. Zwei Tage lang lag ich allein auf einer Pritsche. Von Zeit zu Zeit trank ich einen Schluck Wasser oder injizierte die Droge. Ab und zu drückte ich auf den Knopf für die mechanische Rute und ließ mich auspeitschen. Je mehr Züchtigungen, weißt du, desto mehr Ansehen. Visionen hatte ich überhaupt keine. Dafür wurde ich heftig von dem Ausschlag befallen. Das bereitete mir jedoch keine Sorgen, denn wenn dies jemand verdächtig vorkam, dann konnte ich erklären, daß ich eine

Allergie gegen Prophetennahrung hätte. Das kommt bei einigen Leuten vor.«
Hal schaute nach unten. Wälder im Mondschein, gelegentlich das quadratische oder sechseckige Licht eines Gehöfts. Vor ihnen lag die hohe Bergkette, die Siddo schützend umgab.
»Und«, fuhr er fort, unbewußt schneller sprechend, als die Berge näherrückten, »am Ende der Purifikation stand ich auf, zog mich an und verspeiste das zeremonielle Mahl aus Heuschrecken und Honig.«
»Puh!«
»Heuschrecken sind gar nicht mal so schlimm, wenn man von Kindheit an daran gewöhnt ist.«
»Sie sind eine Delikatesse«, sagte sie. »Ich habe sie auch schon oft gegessen. Nur die Kombination mit Honig finde ich ekelhaft.«
Achselzuckend sagte er: »Ich werde jetzt die Kabinenbeleuchtung abschalten. Lege dich flach auf den Boden! Und ziehe diesen Umhang und die Maske über! Damit gehst du glatt als *Wog* durch.«
Gehorsam glitt sie aus dem Sitz. Bevor er die Lichter ausknipste, sah er zu ihr nach unten. Sie beugte sich gerade vor, um den Umhang aufzuheben, und so war Hal der Anblick ihrer herrlich geformten Brüste vergönnt. Die Brustwarzen waren von dem gleichen tiefen Rot wie ihre Lippen. Obwohl er seinen Blick schnell abwandte, prägte er sich dieses üppige Bild dennoch ein. Er verspürte eine heftige Erregung, war sich aber bereits der Scham bewußt, die folgen würde.
Mit Unbehagen setzte er seine Erzählung fort: »Dann trat der Hierarch ein. Der Sandalphon Macneff. Hinter ihm die Theologen und die dunnologischen Spezialisten: die psychoneuralen Parallelisten, die Interventionisten, die Substratumisten, die Chronentropisten, die Pseudotemporalisten und die Kosmoobservisten. Ich mußte mich auf einen Stuhl setzen. Dann wurde ich mit Drähten eingeschnürt, und man steckte mir Nadeln in Arme und Rücken. Ich erhielt eine Injektion Hypno-Lipno, und das Licht wurde ausgemacht. Nun sprach man Gebete; Kapitel aus dem *Westlichen Talmud* und den *Revidierten Schriften* wurden gesungen. Dann schien von der Decke ein Scheinwerfer direkt auf das Elohimeter ...«
»*'Es 'ase' asah?*«
»Elohim ist das hebräische Wort für Gott. Ein Meter ist, nun, dies zum Beispiel.« Er deutete auf die Instrumententafel. »Das Elohimeter ist rund und riesig, und sein Zeiger, so lang wie mein Arm, schnellt unvermittelt hoch oder hinab. Der Rand des Ziffernblatts ist mit hebräischen Buchstaben markiert, von denen man annimmt, daß sie den Prüfern etwas bedeuten. Die meisten Leute wissen nicht, was die Nadel anzeigt.

Aber als *Inter* habe ich Zugang zu den Büchern, die den Test beschreiben.«
»Dann kanntest du die richtigen Antworten, *nespfa*?«
»*Fi.* Obwohl das noch nicht genügt hätte, weil Hypno-Lipno die Wahrheit, die Realität ans Licht bringt ... Es sei denn, man leidet an Marsianischem Ausschlag, natürlichem oder künstlich erzeugtem.«
Sein plötzliches Lachen klang nicht sehr freudig.
»Unter der Einwirkung der Droge, Jeannette, werden alle schmutzigen und üblen Dinge, die man getan oder gedacht hat, der ganze Haß auf die Vorgesetzten, all die Zweifel an der Richtigkeit der Dogmen des Vorboten aus dem Unterbewußtsein hervorgespült – wie Seifenreste, die sich vom Boden einer schmutzigen Badewanne lösen. Glitschig und unaufhaltsam brodelt es unter einer Schaumschicht empor. Aber ich saß ganz ruhig da und behielt den Zeiger im Auge. Es ist so, als würdest du in Gottes Gesicht blicken, Jeannette – man kann es einfach nicht ertragen. Und ich log. Natürlich übertrieb ich es nicht allzusehr und stellte mich nicht als unglaublich rein und zuverlässig dar. Einige kleinere unwirkliche Handlungen gestand ich ein. Der Zeiger flackerte dann jedesmal und bewegte sich um ein paar Buchstaben auf der Umrandung zurück. In den wesentlichen Punkten aber antwortete ich, als hinge mein Leben davon ab. Was ja auch wirklich so war. Und ich erzählte ihnen von meinen Träumen – meinen subjektiven Zeitreisen.«
»*Subjectif?*«
»*Fi.* Jeder reist subjektiv in der Zeit. Aber der Vorbote ist der einzige Mensch – ausgenommen sein erster Schüler, dessen Frau sowie ein paar biblische Propheten –, der objektiv gereist ist. Nun, meine Träume waren prachtvolle Gebilde, architektonisch gesehen, und genau das, was sie hören wollten. Zuletzt, gewissermaßen als Krönung meiner Lügen, berichtete ich vom Erscheinen des Vorboten auf Ozagen und seinem Gespräch mit dem Sandalphon Macneff. Dieses Ereignis soll angeblich in einem Jahr stattfinden.«
»Oh, Hal«, hauchte sie. »Warum hast du ihnen denn das alles erzählt?«
»Weil, *ma sheh*, die Expedition Ozagen unter diesen Umständen nicht vor Ablauf dieses Jahres verlassen wird. Man wird nicht abreisen, ohne die günstige Gelegenheit wahrzunehmen, Sigmen persönlich zu sehen, wie er den Strom der Zeit hinauf und hinunter fährt. Und auch nicht, ohne ihn – und mich – als Lügner hinzustellen. Diese faustdicke Lüge wird uns ein gemeinsames Jahr bescheren ...«
»Und danach?«
»Darüber können wir uns zu gegebener Zeit Gedanken machen.«

Ihre kehlige Stimme murmelte in der Dunkelheit: »Und all das hast du für mich getan ...«
Hal erwiderte nichts darauf, denn er war zu sehr damit beschäftigt, das Flugboot etwa auf gleicher Höhe mit den Hausdächern zu halten. Ganze Gebäudekomplexe, durch Wälder großzügig voneinander getrennt, huschten vorbei. Er flog so schnell, daß er fast über das Ziel, Fobos schloßähnliches Haus, hinausgeschossen wäre. Durch seine Türme mit den Zinnen und Schießscharten, die wasserspeienden steinernen Tierköpfe und die aus vielen Nischen spähenden Insekten wirkte das dreistöckige Gebäude sehr mittelalterlich. Zum nächsten Haus bestand ein Abstand von mindestens hundert Metern, denn die *Wogs* bauten Städte, in denen man noch Bewegungsfreiheit hatte.
Jeannette setzte die Nachtmaske mit dem langen Rüssel auf. Die Tür des Bootes sprang auf und sie rannten über den Gehweg in das Gebäude hinein. Nachdem sie durch die Eingangshalle und über die Treppen zum zweiten Stockwerk gestürmt waren, dauerte es noch eine Weile, bis Hal den Schlüssel gefunden hatte. Das Schloß hatte Hal von einem *Wog*-Schlosser anfertigen und von einem *Wog*-Zimmermann installieren lassen, denn dem Kollegen des Zimmermanns auf dem Schiff durfte er nicht vertrauen. Es bestand die Gefahr, daß Nachschlüssel hergestellt wurden.
Als er den Schlüssel endlich in der Hand hielt, hatte er einige Mühe, ihn hineinzustecken, und er kam außer Atem, bis es ihm gelang, die Tür zu öffnen. Hal stieß Jeannette fast hinein. Sie hatte die Maske abgenommen.
»Warte, Hal«, sagte sie und lehnte sich mit ihrem ganzen Gewicht gegen ihn. »Hast du nicht etwas vergessen?«
»Oh, *Vorbote!* Was denn? Etwas Schwerwiegendes?«
»Nein. Ich dachte nur«, sie lächelte und senkte dann die Lider, »es sei ein Brauch auf Terra, daß Männer ihre Bräute über die Schwelle tragen. So hat es mir jedenfalls mein Vater erzählt.«
Er war verdutzt. Braut! Sie hielt anscheinend einiges für selbstverständlich, das ihm gar nicht so selbstverständlich erschien.
Da er nicht die Zeit hatte, um Einwände zu erheben, hob er sie hoch und trug sie in das Apartment. Drinnen setzte er sie ab und sagte: »Ich bin so schnell wie möglich zurück. Falls jemand klopft und versucht hereinzukommen, verstecke dich in diesem Wandschrank, von dem ich dir erzählt habe. Gib keinen Laut von dir und komm nicht heraus, wenn du nicht sicher bist, daß ich es bin.«
Sie legte plötzlich die Arme um ihn und küßte ihn. »*Mo sheh, mo gwah, mo fooh.*«

Hal wurde davon förmlich überrumpelt. Er brachte kein Wort heraus und erwiderte auch nicht ihren Kuß. Die Worte, mit denen sie ihn bedacht hatte, kamen ihm irgendwie albern vor. Wenn er ihr verstümmeltes Französisch richtig übersetzte, hatte Jeannette ihn ihren Liebsten, ihren großen, starken Mann, genannt.

Er wandte sich um und schloß die Tür hinter sich; aber nicht so schnell, daß er nicht mehr gesehen hätte, wie die Flurbeleuchtung auf ein weißes, von einer Kapuze schwarz umrahmtes Gesicht schien. Ein über die Maßen roter Mund befleckte dieses Weiß.

Der Gedanke, daß Jeannette nicht eine solch frigide Sexualpartnerin sein würde, wie die Stirche das offiziell so sehr schätzen, ließ ihn erbeben.

10

Für den Heimweg benötigte Hal eine Stunde länger, denn auf der *Gabriel* befragte ihn der Sandalphon über weitere Einzelheiten der Prophezeiung über das Erscheinen Sigmens. Zudem mußte Hal den Bericht über die Erkundungen des Tages diktieren. Anschließend befahl er einem Matrosen, ihn mit dem Flugboot zum Apartment zurückzubringen.

Auf dem Weg zur Startrampe traf er Pornsen.

»*Shalom, Abba*«, grüßte Hal. Er lächelte und rieb seine Knöchel gegen das hervorstehende *Lamech* auf dem Schild.

Die linke Schulter des *Sept*, die ohnehin stets tiefer hing, sackte noch weiter hinab, als wäre sie eine Flagge, die zur Kapitulation gesenkt wurde. Wenn es von nun an galt, Peitschenhiebe auszuteilen, dann würde dies von Yarrow besorgt werden.

Mit geschwellter Brust wollte Hal weitergehen, aber Pornsen fragte ihn: »Einen Moment, Sohn. Fährst du in die Stadt zurück?«

»*Shib*.«

»*Shib*. Ich werde mit dir kommen, denn ich habe im gleichen Haus ein Apartment. Im dritten Stock, direkt neben dem Fobos.«

Hal wollte schon ablehnen, besann sich dann aber anders. Der *Sept* konnte sich ein Lächeln nicht verkneifen. Er drehte sich um und ging voraus. Verbissen folgte ihm Hal. Hatte der *Sept* ihn bespitzelt und sein Treffen mit Jeannette belauscht? Nein, sonst hätte er Hal wohl sofort verhaften lassen.

Der *Sept* hatte eine hervorstechende Eigenschaft: seine Kleinlichkeit. Er wußte, daß seine Gegenwart Hal ärgerte und daß seine Anwesenheit im gleichen Haus ihm die Freude vergiftete, frei von Überwachung zu leben.

Zwischen den Zähnen knurrte Hal ein altes Sprichwort: »Die Zähne eines *Sept* fallen nie aus.«
Am Flugboot wartete bereits der Matrose. Sie stiegen ein und glitten lautlos in die Nacht hinaus.
Beim Apartmentgebäude angelangt, betrat Hal den Eingang vor Pornsen, und es bereitete ihm eine gewisse Genugtuung, dadurch die Etikette zu verletzen und dem Mann seine Verachtung zu zeigen.
Bevor er die Tür öffnete, blieb Hal stehen. Der Schutzengel ging schweigend hinter ihm vorbei. Von einem teuflischen Einfall getrieben, rief Hal: »*Abba.*«
Pornsen wandte sich um.
»Was ist?«
»Hättest du nicht Lust, meine Räume zu inspizieren und nachzusehen, ob ich nicht eine Frau versteckt halte?«
Das Gesicht des kleinen Mannes lief puterrot an. Er schloß die Augen und schwankte, schäumend vor Wut. Als er sie wieder öffnete, schrie er: »Yarrow! Wenn ich je eine unwirkliche Person gesehen habe, dann bist du es! Es ist mir gleichgültig, wie du zur Hierarchie stehst! Ich glaube, du bist – du bist – einfach nicht *shib*! Du hast dich sehr verändert. Früher warst du so bescheiden und gehorsam. Nun bist du arrogant.«
Hal entgegnete, zuerst noch ruhig, aber dann mit anschwellender Stimme: »Es ist noch gar nicht so lange her, da hast du mich als widerspenstig vom Tag meiner Geburt an beschrieben. Jetzt scheint es so, als sei ich ein Beispiel für hervorragendes Verhalten, auf das die Stirche mit – entschuldige das Klischeewort – Stolz hinweisen kann. Vermutlich habe ich mich immer so gut betragen, wie man es von mir erwarten konnte. Du aber warst und bist ein schäbiger, bösartiger und widerlicher Pickel am Arsch der Stirche und solltest gequetscht werden, bis du zerplatzt!«
Hal hörte auf zu schreien, denn er bekam kaum noch Luft. Sein Herz hämmert wie wild; seine Ohren dröhnten und sein Blick wurde verschwommen.
Mit ausgestreckten Händen bewegte sich Pornsen rückwärts. »Hal Yarrow! Hal Yarrow! Beherrsche dich! Vorbote, wie mußt du mich hassen! Und ich glaubte all die Jahre, du liebtest mich, ich sei dein geliebter *Sept* und du mein geliebter Schützling. Aber du haßtest mich. Warum?«
Das Dröhnen ließ nach. Hal begann die Umgebung wieder klarer zu sehen.
»Meinst du das im Ernst?« sagte er.
»Selbstverständlich! Ich habe doch nicht geträumt! Alles, was ich dir je getan habe, war für dich; wenn ich dich bestrafte, brach mir das Herz.

Aber ich zwang mich dazu, indem ich mir sagte, daß es zu deinem Besten wäre.«

Hal brach in Gelächter aus. Er lachte und lachte, während Pornsen den Flur hinabrannte und mit einem einzigen Blick aus kalkweißem Gesicht in seinem Apartment verschwand.

Schwach und zitternd lehnte Hal am Eingang.

Dies hatte er überhaupt nicht erwartet, denn er war sich völlig sicher gewesen, daß Pornsen ihn als widerspenstiges und unnatürliches Monster verabscheute und es ihm besondere Lust bereitete, Hal zu erniedrigen und auszupeitschen.

Hal schüttelte den Kopf. Der *Sept* war sicher nur verstört und versuchte, sich zu rechtfertigen.

Er schloß die Tür auf und trat ein. Ihm wollte der Gedanke nicht aus dem Kopf gehen, daß der Mut, offen gegen Pornsen aufzutreten, auf Jeannette zurückging. Ohne sie war er ein Nichts, ein schmollendes, aber ängstliches Kaninchen. Wenige Stunden des Zusammenseins mit ihr hatten es ihm ermöglicht, viele Jahre strenger Disziplin abzustreifen.

Er knipste das Licht im Vorraum an. Als er in das Eßzimmer hineinsah, bemerkte er, daß die Küchentür geschlossen war. Das Klappern von Töpfen war zu hören. Er schnupperte.

Steaks!

Doch in seine Freude mischte sich leichte Verärgerung. Er hatte ihr doch ausdrücklich gesagt, sich bis zu seiner Rückkehr zu verstecken. Wenn er nun ein *Wog* oder ein Uzzite gewesen wäre?

Die Scharniere quietschten, als er die Tür öffnete. Jeannette stand mit dem Rücken zu ihm, und bei dem ersten Aufschrei des ungeölten Eisens wirbelte sie herum. Der Kochlöffel fiel ihr aus der einen Hand; die andere hielt sie vor den offenen Mund.

Die ärgerlichen Worte erstarben ihm auf den Lippen. Wenn er nun mit ihr schimpfte, würde sie wahrscheinlich in Tränen ausbrechen.

»*Mo choo*! Hast du mich erschreckt!«

Er grunzte undeutlich und ging an ihr vorbei, um die Deckel auf den Töpfen anzuheben.

»Weißt du«, sagte sie mit einem Zittern in der Stimme, als ahnte sie seinen Zorn und wollte sich verteidigen. »Ich habe ein derart schlimmes Leben hinter mir, immer in der Furcht, gefaßt zu werden, daß alles Unerwartete mich erschreckt. Ich bin immer bereit loszurennen.«

»Wie mich diese *Wogs* doch zum Narren gehalten haben!« sagte Hal mürrisch. »Ich dachte, sie seien so sanft und freundlich – und nun muß ich feststellen, daß sie dich zwei Jahre lang gefangengehalten haben.«

Sie sah ihn mit ihren großen Augen an. Ihr Gesicht hatte wieder Farbe bekommen; ihre roten Lippen lächelten.

»Ach, so schlimm waren sie gar nicht. Sie verhielten sich wirklich sehr freundlich und gaben mir alles, was ich wollte, nur nicht meine Freiheit. Sie befürchteten, ich würde zu meinen Schwestern zurückkehren.«

»Wieso störte sie das?«

»Oh, sie glaubten, es könnten noch einige Männer meiner Rasse im Dschungel überlebt haben und mit mir Kinder zeugen. Sie haben schreckliche Angst, daß mein Volk wieder anwächst und gegen sie Krieg führt. Sie sind gegen den Krieg.«

»Sie sind schon merkwürdige Wesen«, sagte Hal. »Aber wir können nicht erwarten, daß wir jene verstehen, die die Wirklichkeit des Vorboten nicht kennen. Zudem stehen sie den Insekten näher als den Menschen.«

»Mensch zu sein bedeutet nicht unbedingt, daß man besser ist«, sagte Jeannette mit einer Spur von Schroffheit.

»Alle Geschöpfe Gottes haben ihren angemessenen Platz im Universum«, erwiderte er. »Der Platz des Menschen ist überall, zu jeder Zeit. Er kann jede erdenkliche Position im Raum erobern und in jeder Richtung in der Zeit reisen. Und wenn er eine Kreatur vertreiben muß, um deren Platz und Zeit zu bekommen, so ist dies sein gutes Recht.«

»Zitierst du den Vorboten?«

»Natürlich.«

»Vielleicht hat er recht. Vielleicht. Aber was ist der Mensch? Er ist ein vernunftbegabtes Wesen. Ein *Wog* ist ebenfalls ein vernunftbegabtes Wesen. Daher ist auch der *Wog* ein Mensch. *Nespfa*?«

»*Shib* oder *sib*, wir wollen uns nicht streiten. Warum essen wir nicht?«

»Ich wollte nicht mit dir streiten.«

Sie lächelte und fügte hinzu: »Ich werde den Tisch decken. Du wirst sehen, ob ich kochen kann oder nicht. Darüber wird es keine Zwistigkeiten geben.«

Nachdem das Geschirr aufgetragen war, setzten sich die beiden an den Tisch. Hal faltete die Hände, legte sie auf den Tisch, beugte seinen Kopf und betete.

»Isaac Sigmen, Bote vor dem Menschen, wirklich sei dein Name, wir danken dir, daß du diese gesegnete Gegenwart ermöglicht hast, die einst nur ungewisse Zukunft war. Wir danken dir für diese Speise, die du aus dem Potential hast wirklich werden lassen. Wir hoffen und wissen, daß du den Nachboten vernichten, seine bösen Versuche, die Vergangenheit zu erschüttern und so die Gegenwart zu ändern, vereiteln wirst. Mache

dieses Universum dauerhaft und wirklich, und verhindere den Fluß der Zeit. Die an diesem Tisch Versammelten danken dir. So möge es geschehen.«
Er nahm die Hände wieder auseinander und sah Jeannette an. Sie starrte ihn gebannt an.
Einer Eingebung folgend, sagte er: »Wenn du willst, kannst du auch beten.«
»Wirst du mein Gebet nicht für unwirklich halten?«
Er zögerte mit der Antwort. »Ja. Ich weiß nicht, warum ich dich eigentlich gefragt habe. Einen Israeli oder Bantu würde ich sicherlich nicht bitten zu beten. Ich würde nicht am gleichen Tisch mit ihm essen. Aber du ... du bist etwas Besonderes ... weil du keiner Klasse zugeteilt wurdest ... wahrscheinlich. Ich ... ich weiß es nicht.«
»Danke«, sagte Jeannette.
Mit dem Mittelfinger ihrer rechten Hand zeichnete sie ein Dreieck in die Luft. In die Höhe schauend, sagte sie: »Große Mutter, wir danken dir.«
Hal ließ sich das seltsame Gefühl nicht anmerken, das ihn überkam, als er einer Ungläubigen beim Gebet zuhörte. Er zog die Schublade unter dem Tisch heraus und entnahm zwei Gegenstände. Den einen reichte er Jeannette und den anderen setzte er auf seinen Kopf.
Es handelte sich um eine Kappe mit weiter Krempe, von der ein langer Schleier herunterhing, der sein Gesicht völlig verdeckte.
»Setze sie auf«, sagte er zu Jeannette.
»Warum?«
»Damit wir uns nicht gegenseitig beim Essen zusehen«, entgegnete er ungeduldig. »Zwischen dem Schleier und deinem Gesicht bleibt genügend Platz, damit du mit Löffel und Gabel hantieren kannst.«
»Aber warum denn?«
»Ich sagte es bereits. Damit wir uns nicht beim Essen zusehen.«
»Würde dir übel, wenn du mir beim Essen zuschautest?« sagte sie sehr betont.
»Natürlich.«
»Natürlich? Wieso natürlich?«
»Weil essen so ... ach ... ich weiß nicht ... so animalisch ist.«
»Hat dein Volk das schon immer so gemacht? Oder fingen sie damit an, als sie feststellten, daß sie Tiere sind?«
»Vor der Ankunft des Vorboten aßen sie nackt und ohne Scham. Aber sie befanden sich in einem Zustand der Unwissenheit.«
»Verstecken die Israelis und die Bantus auch ihre Gesichter, wenn sie essen?«

»Nein.«
Jeannette erhob sich vom Tisch.
»Ich kann mit diesem Ding vor dem Gesicht nicht essen. Ich müßte mich dessen schämen.«
»Aber ... ich muß meine Essenskappe aufbehalten«, sagte Hal stockend. »Ich könnte die Speisen nicht runterbekommen.«
Sie sprach ein paar Worte in einer ihm unbekannten Sprache. Aber auch die ungewohnten Laute konnten nicht verbergen, wie bestürzt und verletzt sie war.
»Es tut mir leid«, sagte er. »Aber es ist nun mal so. Und es ist auch richtig so.«
Zögernd setzte sie sich wieder. Dann legte sie die Kappe an.
»Nun gut, Hal. Aber wir müssen noch darüber reden. Später. Es gibt mir das Gefühl, von dir isoliert zu sein. Es entsteht keine Gemeinsamkeit, kein Miteinanderteilen der schönen Dinge, die uns dieses Leben bietet.«
»Mach bitte keine Geräusche, während du ißt«, sagte Hal. »Und wenn du sprechen mußt, schlucke erst einmal alles hinunter. Ich habe schon mein Gesicht abgewendet, als ein *Wog* vor mir aß, aber die Ohren konnte ich nicht schließen.«
»Ich werde mich bemühen, dir keine Übelkeit zu bereiten«, sagte Jeannette. »Nur eine Frage noch: Wie haltet ihr eigentlich eure Kinder beim Essen ruhig?«
»Sie essen nie mit den Erwachsenen zusammen. Genauer gesagt, die einzigen Erwachsenen an ihrem Tisch sind die *Sept*. Und die bringen ihnen schon sehr bald anständiges Verhalten bei.«
»Oh.«
Das Mahl ging lautlos vonstatten, bis auf das unvermeidliche Klappern des Bestecks auf dem Teller. Als Hal fertig war, nahm er die Kappe ab.
»Jeannette, du bist eine hervorragende Köchin. Das Gericht war so gut, daß es fast schon eine Sünde war, wie es mir geschmeckt hat. Die Suppe war die beste, die ich je gegessen habe. Das Brot war köstlich; der Salat war superb, und das Steak war perfekt.«
Jeannette hatte schon vorher ihre Kappe abgelegt. Ihr Essen stand noch fast vollständig da. Trotzdem lächelte sie.
»Meine Tanten haben mir das beigebracht. Bei meinem Volk lehrt man die Frauen schon in jungen Jahren alles, was einem Mann gefällt. Alles.«
Hal lachte nervös. Um seine Unsicherheit zu überspielen, steckte er sich eine Zigarette an.
Jeannette fragte, ob sie auch eine haben könnte.

»Da ich sowieso schon schmore, kann ich auch qualmen«, sagte sie kichernd.
Hal begriff nicht ganz, was sie meinte, aber er lachte mit, um ihr zu zeigen, daß er wegen der Sache mit den Essenskappen nicht mehr böse war.
Jeannette zündete ihre Zigarette an, machte einen Zug, hustete und rannte zum Ausguß, um sich ein Glas Wasser zu holen. Mit tränenden Augen kam sie an den Tisch zurück, griff aber sofort wieder zur Zigarette und versuchte es noch mal. Nach kurzer Zeit schon inhalierte sie wie ein versierter Raucher.
»Du besitzt ein verblüffendes Nachahmungstalent«, bemerkte Hal. »Ich habe dich beobachtet, wie du meine Bewegungen und meine Sprechweise imitierst. Weißt du, daß deine Aussprache des Amerikanischen genau so gut ist wie die meine?«
»Wenn du mir einmal etwas zeigst oder sagst, dann brauchst du es selten ein zweites Mal zu tun«, erwiderte Jeannette. »Ich möchte damit jedoch nicht behaupten, daß ich eine höhere Intelligenz besitze. Wie du schon sagtest, habe ich einen gewissen Instinkt für das Nachahmen. Womit ich nicht sagen will, daß ich nicht hin und wieder auch einen originellen Gedanken habe.«
Amüsant und unbeschwert begann sie nun, von ihrem Leben mit Vater, Schwestern und Tanten zu erzählen. Ihre gute Laune schien echt; offensichtlich sprach sie nicht nur, um die Mißstimmung zu verbergen, die bei der Mahlzeit entstanden war. Sie hatte die Angewohnheit, beim Lachen die Augenbrauen zu heben, was bezaubernd aussah. Ein dünner Strich von schwarzen Härchen zog sich vom Nasenbein hoch, teilte sich in rechten Winkeln, bog sich leicht über den Augenhöhlen und endete mit einem kleinen Haken.
Hal fragte sie, ob die Form ihrer Augenbrauen eine Eigenart des Volkes ihrer Mutter seien. Lachend erwiderte sie, daß sie diese von ihrem Vater, dem Mann von der Erde, geerbt hätte.
Ihr Lachen war leise und melodiös, und es ging Hal nicht so auf die Nerven wie das seiner Ex-Ehefrau. Darin eingelullt, fühlte er sich sehr wohl. Und jedesmal, wenn er daran dachte, wie diese Situation vorübergehen könnte, und seine Stimmung umzuschlagen drohte, versetzte sie ihn durch einen Spaß wieder in bessere Laune. Sie hatte anscheinend die Gabe, genau das vorauszusehen, was seine Schwermut vertrieb und seine Heiterkeit erregte.
Etwa nach einer Stunde erhob sich Hal, um in die Küche zu gehen. Im Vorbeigehen strich er ganz impulsiv mit den Fingern über ihr dichtes, welliges Haar.

Sie hob ihr Gesicht und schloß die Augen, als erwartete sie, von ihm geküßt zu werden. Aber aus unerfindlichem Grund tat er es nicht. Er wollte es tun, konnte sich aber nicht dazu entschließen, den ersten Schritt zu tun.

»Das Geschirr muß abgewaschen werden«, sagte er. »Es darf nicht geschehen, daß ein unerwarteter Besucher zwei Gedecke auf dem Tisch sieht. Und auch auf etwas anderes werden wir achten müssen: Verstecke die Zigaretten und lüfte regelmäßig die Räume. Jetzt, da ich durch das *'Meter* bin, verlangt man, daß ich auf so unwirkliche Kleinigkeiten wie Zigarettenrauchen verzichte.«

Falls Jeannette enttäuscht war, so zeigte sie es nicht. Sie machte sich sofort daran abzuräumen. Hal rauchte und grübelte, welche Möglichkeiten es gab, Tabak zu bekommen. Die Zigaretten verschafften ihr solch einen Genuß, daß ihm die Vorstellung Kummer machte, daß Jeannette sie entbehren müßte. Eines der Besatzungsmitglieder, zu dem er ein gutes Verhältnis hatte, war Nichtraucher und verkaufte seine Ration an seine Kollegen. Vielleicht konnte ein *Wog* als Mittelsmann fungieren, bei dem Matrosen Zigaretten kaufen und sie dann an Hal weitergeben. Fobo konnte dies besorgen ... aber die ganze Transaktion mußte vorsichtig ausgeführt werden ... vielleicht war überhaupt das Risiko zu groß ...

Hal seufzte. Es war schon wundervoll, Jeannette um sich zu haben, aber sie fing an, sein Leben kompliziert zu machen. Da saß er nun und dachte über eine verbrecherische Tat nach, als wäre dies die natürlichste Sache auf der Welt.

Mit strahlenden Augen stand sie vor ihm, die Hände in die Hüften gestemmt.

»Hal, *mo namoo,* wenn wir jetzt noch etwas zu trinken hätten ... dann wäre der Abend so richtig gelungen.«

Er stand auf. »Entschuldige. Ich habe vergessen, daß du nicht weißt, wie man Kaffee macht.«

»Nein, nein. Ich habe an alkoholische Getränke gedacht, nicht an Kaffee.«

»Alkohol? Großer Sigmen, Mädchen, wir *trinken* nicht! Das wäre das Widerwärtigste ...«

Hal hielt inne. Sie war sehr betroffen. Er beherrschte sich. Schließlich konnte man ihr keinen Vorwurf machen. Sie entstammte einer anderen Kultur. Genaugenommen war sie nicht einmal ganz menschlich.

»Es tut mir leid«, sagte er. »Es hängt mit der Religion zusammen. Es ist verboten.«

Tränen füllten ihre Augen, und ihre Schultern bebten. Sie legte eine

Hand vor das Gesicht und begann zu schluchzen. »Du verstehst mich nicht. Ich muß es haben. Ich *muß*.«
»Aber warum?«
Nur sehr zögernd begann sie zu erzählen. »Weil ... während meiner Gefangenschaft hatte ich nur wenig Unterhaltung. Meine Bewacher gaben mir Alkohol; das ließ die Zeit vorübergehen, und ich vergaß mein schreckliches Heimweh. Ehe ich mich versah, war ich eine – eine Alkoholikerin.«
Hal ballte die Faust und knurrte: »Diese verdammten ... Wanzen!«
»Nun weißt du, warum ich einen Drink haben muß. Für den Augenblick würde es mir besser gehen. Und später kann ich vielleicht versuchen, darüber hinwegzukommen. Ich weiß, ich schaffe es, wenn du mir dabei hilfst.«
Er machte eine hilflose Gebärde. »Aber – aber woher soll ich ihn bekommen?« Bei dem Gedanken an Handel mit Alkohol wurde ihm ganz mulmig zumute. Aber wenn sie ihn brauchte, würde er eben sein möglichstes tun, um ihn zu beschaffen.
»Vielleicht kann Fobo dir welchen geben«, sagte sie eilig.
»Aber Fobo war einer deiner Wächter! Würde er nicht Verdacht schöpfen, wenn ich ihn um Alkohol bitte?«
»Er wird annehmen, daß es für dich ist.«
»Na gut«, sagte er mürrisch und hatte gleichzeitig ein schlechtes Gewissen wegen seiner Verdrossenheit. »Aber es ist mir unerträglich, daß irgend jemand glaubt, *ich* sei ein Trinker. Auch wenn es nur ein *Wog* ist.«
Sie kam zu ihm und schien förmlich gegen ihn zu fließen. Ihre Lippen fühlten sich sehr weich an, und ihr Körper drängte sich gegen den seinen, als wollte er ihn durchdringen. Eine Minute lang hielt er sie in dieser Umarmung, dann löste er seinen Mund von ihrem.
»Muß ich dich denn wirklich verlassen?« flüsterte er. »Könntest du nicht auf den Schnaps verzichten? Nur für heute abend? Morgen werde ich welchen besorgen.«
Ihre Stimme war brüchig. »Oh, *mo namoo*, ich wünschte, ich könnte es. Ich wünschte es so sehr. Aber ich kann nicht. Ich kann einfach nicht. Glaube mir ...«
»Ich glaube dir.«
Er ließ sie los und ging in den vorderen Raum. Aus einem Fach nahm er Umhang, Kapuze und Nachtmaske heraus. Seinen Kopf hielt er gebeugt; seine Schultern ließ er herabhängen. Alles würde verdorben werden. Er konnte sich ihr nicht mehr nähern – nicht, wenn ihr Atem nach Alkohol roch. Und sie würde sich wahrscheinlich wundern, warum er so kühl

war. Dann könnte er es nicht fertigbringen, ihr zu sagen, wie abstoßend sie auf ihn wirkte, weil dies ihre Gefühle verletzen würde. Noch schlimmer war, daß sie in jedem Fall gekränkt war, wenn er ihr keine Erklärung anbot.

Bevor er ging, gab sie ihm einen Kuß auf die inzwischen erkalteten Lippen.

»Beeile dich! Ich warte darauf.«

»Jaja.«

11

Hal Yarrow klopfte sacht gegen die Tür von Fobos Apartment, das unmittelbar neben seinem lag. Die Tür wurde nicht sofort geöffnet. Was auch kein Wunder war – bei dem Lärm, der drinnen herrschte. Nur widerwillig schlug Hal fester gegen die Tür, denn er wollte nicht Pornsens Aufmerksamkeit erwecken. Der *Sept* wohnte gegenüber von Fobo und konnte seine Tür öffnen, um nachzusehen, was auf dem Flur vor sich ging. Es war nicht sehr günstig, wenn Pornsen heute abend sah, daß er den Empathisten besuchte. Obwohl Hal jedes Recht hatte, ohne *Sept*-Begleitung die Wohnung eines *Wogs* zu betreten, war ihm wegen Jeannette unbehaglich zumute. Er traute dem *Sept* durchaus zu, daß er seine, Hals, *Puka* aufsuchte, während er auf seiner kleinen inoffiziellen Erkundung war. Und wenn Pornsen dies tat, dann hatte er Hal. Alles wäre aus.

Aber Hal beruhigte sich mit der Überlegung, daß Pornsen kein sehr mutiger Mann war und sich, wenn er sich anmaßte, Hals Räume zu betreten, ebenfalls der Gefahr aussetzte, entdeckt zu werden. Und Hal konnte als Lamechianer soviel Druck ausüben, daß Pornsen nicht nur in Ungnade fallen und degradiert werden würde, sondern auch noch zu einem Kandidaten für das H wurde.

Auf jeden Fall hatte Hal Jeannette geraten, sich in dem Schrank immer zu verbergen, den ein *Wog*-Zimmermann für Hal angefertigt hatte. Die Tür zu dieser winzigen Kammer verschmolz so eng mit der Rückwand des Schranks, daß man sie erst nach eingehender Nachforschung entdekken würde.

Laut und ungeduldig klopfte Hal erneut gegen die Tür. Und diesmal wurde sie geöffnet. Abasa, Fobos Frau, lächelte ihn an.

»Hal Yarrow!« In Siddo sagte sie: »Willkommen! Warum kommst du nicht herein, ohne anzuklopfen?«

Hal war entsetzt. »Aber das geht doch nicht!«

»Warum nicht?«
»So etwas machen wir einfach nicht.«
Abasa zuckte mit den Schultern, war aber zu höflich, um eine weitere Bemerkung zu machen. Immer noch lächelnd, sagte sie: »Nun komm schon herein. Ich beiße nicht!«
Hal trat ein und schloß die Tür hinter sich, nicht ohne ein weiteres Mal zu Pornsens Tür zu blicken. Sie blieb geschlossen.
In der Wohnung hallte das Geschrei von zwölf spielenden *Wog*-Kindern von den Wänden eines Raumes wider, der so groß war wie ein Basketballspielfeld. Abasa führte Hal zum anderen Ende hinüber, wo ein Korridor begann. Sie gingen an einer Nische vorüber, in der drei *Wog*-Frauen, offenbar Abasas Gäste, um einen Tisch saßen. Sie waren damit beschäftigt zu nähen, zu plaudern und aus hohen Gläsern zu trinken. Die wenigen Worte, die er hörte, konnte Hal nicht verstehen; *Wog*-Frauen benutzten im Gespräch untereinander ein Vokabular, das auf ihr Geschlecht begrenzt war. Wie Hal erfahren hatte, starb dieser Brauch durch die Einwirkungen der zunehmenden Verstädterung jedoch mehr und mehr aus. Abasas Töchter lernten die Sprache der Frauen bereits nicht mehr.
Abasa geleitete Hal bis an das Ende des Korridors, öffnete eine Tür und rief: »Fobo, Liebling! Hal Yarrow, der Nasenlose, ist hier!«
Hal mußte schmunzeln, als er diese Beschreibung hörte. Bei der ersten Konfrontation mit diesem Ausdruck hatte er sich beleidigt gefühlt. Aber er wußte inzwischen, daß die *Wogs* ihn nicht als Schimpfwort verwendeten. Und Fobo selbst würde nicht daran denken, diese Bezeichnung in Hals Gegenwart zu gebrauchen.
Fobo kam an die Tür. Er war nur mit einem Slip bekleidet, und Hal kam nicht umhin, zum hundertsten Mal die Feststellung zu machen, wie seltsam doch der Rumpf der Ozagenianers war: eine warzenlose Brust und eine merkwürdige Konstruktion von Schulterblättern, die mit der ventralen Spina verbunden waren (sollte man es ein Vordergrat im Gegensatz zum Rückgrat des Menschen nennen?).
»Du bist wirklich willkommen, Hal«, sagte Fobo in der Siddo-Sprache. Dann wechselte er auf Hals Sprache über: »Shalom. Welcher glückliche Zufall führt dich her? Setz dich doch. Ich würde dir gern etwas zu trinken anbieten, aber im Moment ist mir alles ausgegangen.«
Hal glaubte, seine Enttäuschung nicht auf dem Gesicht zu zeigen, aber Fobo mußte sie wahrgenommen haben.
»Ist etwas nicht in Ordnung?« fragte er.
Hal entschloß sich, gleich zur Sache zu kommen. »Ja. Wo kann ich einen Liter Schnaps bekommen?«

»Du benötigst welchen? *Shib.* Ich werde mit dir gehen. Die nächste Kneipe ist ein Treffpunkt von Angehörigen der unteren Klasse; dort wirst du Gelegenheit haben, auf engstem Raum einen Aspekt der Gesellschaft Siddos kennenzulernen, von dem du zweifellos nur wenig weißt.«

Der *Wog* ging in einen anderen Raum und kehrte dann mit Kleidungsstücken über dem Arm zurück. Um seinen fetten Bauch legte er einen breiten Ledergürtel und befestigte daran eine Scheide mit einem kurzen Rapier. Dann steckte er zusätzlich noch eine Pistole in den Gürtel. Über die Schultern zog er einen langen, grünen Umhang mit vielen schwarzen Rüschen, und auf den Kopf setzte er die dunkelgrüne Schädelkappe mit den zwei künstlichen Fühlern. Diese Kopfbedeckung war das Symbol für den Klan der Heuschrecken. Einst war es für einen *Wog* dieses Klans von Bedeutung gewesen, sie ständig außerhalb des Hauses zu tragen. Doch inzwischen hatte das Klan-System nicht mehr die wichtigste Funktion in der Gesellschaft, obwohl sein politischer Nutzen immer noch beträchtlich war.

»Ich benötige einen Drink, irgend etwas Alkoholisches«, sagte Fobo. »Weißt du, in meinem Beruf als Empathologe begegnen mir viele Fälle von Nervenzusammenbrüchen. Ich behandle so viele Neurotiker und Psychotiker therapeutisch, daß ich mich in ihre Lage versetzen, ihre Emotionen so wie sie empfinden muß. Dann entreiße ich mich wieder dieser Identifikation und mache eine objektive Analyse ihrer Probleme. Durch den Gebrauch von diesem« – er tippte auf seinen Kopf – »und diesem« – er tippte auf seine Nase – »werde ich zu anderen, dann wieder ich selbst, und auf diese Weise gelingt es mir manchmal, sie zu befähigen, sich selbst zu helfen.«

Hal wußte, daß Fobo, als er auf seine Nase deutete, damit ausdrücken wollte, daß die zwei äußerst sensiblen Fühler im Inneren des projektilartigen Rüssels die Art und den Fluß der Emotionen seiner Patienten feststellen konnten. Der Schweißgeruch eines *Wogs* war vielsagender als sein Gesichtsausdruck.

Fobo führte Hal den Korridor entlang zu dem großen Raum, wo er Abasa sagte, wohin er ging, und herzliche Nasenreibungen mit ihr austauschte.

Dann reichte Fobo Hal eine Maske, die wie das Gesicht eines *Wogs* geformt war, und setzte selbst seine eigene auf. Hal fragte gar nicht, wozu dies gut war, denn er wußte, daß es ein Brauch aller Siddos war, Nachtmasken zu tragen. Sie dienten einem nützlichen Zweck, denn sie hielten die vielen stechenden Insekten ab. Fobo erklärte ihre soziale Funktion.

»Wir Siddos der Oberschicht tragen sie auch im Hause, wenn wir auf einem ... wie heißt das amerikanische Wort?«
»Kneipenbummel?« sagte Hal. »Wenn eine Person aus der Oberschicht die Vergnügungsviertel der unteren Klassen aufsucht?«
»Wenn wir auf einem Kneipenbummel sind«, ergänzte Fobo. »Normalerweise behalte ich die Maske nicht auf, wenn ich einen Treffpunkt der niederen Klassen besuche, denn ich will mit den Leuten zusammen Spaß haben und nicht über sie lachen. Heute aber, da du nun mal ein – ich scheue den Ausdruck –, ein Nasenloser bist, halte ich es für besser, die Maske zu tragen.«
Als sie das Gebäude verlassen hatten, fragte Hal: »Aber wozu Revolver und Degen?«
»Oh, es ist nicht sehr gefährlich, aber es ist doch besser, vorsichtig zu sein. Erinnerst du dich noch, was ich dir bei den Ruinen erzählte? Die Insekten meines Planeten haben sich weit über das auf deiner Welt bekannte Maß hinaus entwickelt und spezialisiert. Hast du von den Parasiten und Mimetikern gehört, die Ameisenkolonien überfallen? Von den Käfern, die wie Ameisen aussehen und diese aufgrund der Ähnlichkeit hereinlegen? Von den Pygmäenameisen und den anderen Kreaturen, die in den Wänden und Kolonien hausen und Eier und Brut fressen? Wir selbst haben, jenen ähnlich, Feinde, die uns berauben. Wesen, die sich in Abwässerkanälen, Kellern, hohlen Bäumen oder in Erdlöchern verstecken und nachts in der Stadt umherschleichen. Deshalb erlauben wir unseren Kindern auch nicht, im Dunkeln draußen zu sein. Unsere Straßen sind gut beleuchtet und werden von Patrouillen bewacht, aber die werden oft durch bewaldete Flächen getrennt ...«
Sie durchquerten einen Park auf einem von großen Gaslampen beleuchteten Weg. Siddo war noch im Übergangsstadium zwischen Elektrizität und älteren Energieträgern; es war durchaus nicht ungewöhnlich, eine Straße mit elektrischen Lampen und die nächste mit Gaslampen vorzufinden. Als sie auch den Park passiert hatten und auf eine breite Straße kamen, sah Hal weitere Zeugnisse der Kultur Ozagens, Altes und Nagelneues einträchtig beieinander. Es gab von Huftieren – gleichen Vorfahren entstammend wie Fobo – gezogene Wagen und Räderfahrzeuge mit Dampfantrieb. Tiere und Wagen füllten die Hauptverkehrsstraße, die mit einem zähen Gras bewachsen war, das allen Belastungen standhielt.
Und die Häuser standen so weit auseinander, daß man sich nur schwer an den Gedanken gewöhnen konnte, in einer Hauptstadt zu sein. Zu schade, dachte Hal. Die *Wogs* hatten im Moment mehr als genug Lebensraum, aber die expandierende Einwohnerzahl würde unweigerlich

zur Bebauung der Freiräume mit Häusern und Gebäuden führen. Ozagen würde eines Tages genauso überbevölkert sein wie die Erde.
Dann verbesserte er sich. Überbevölkert, ja – aber nicht von Woggelwanzen. Falls die *Gabriel* ihren Auftrag wie geplant erledigte, würden menschliche Wesen aus der Haijac-Union die Eingeborenen ersetzen.
Dieser Gedanke bereitete ihm einen plötzlichen Schmerz, und er überlegte sich – was natürlich unwirklich war –, daß dieses Ziel ein schreckliches Unrecht darstellte. Mit welchem Recht kamen Wesen von einem anderen Planeten hierher und durften kaltschnäuzig alle Einwohner ermorden?
Es war recht so, weil der Vorbote es gesagt hatte.
»Da ist es«, sagte Fobo.
Er zeigte auf einen großen Bau vor ihnen, der drei Stockwerke hatte und irgendwie an die Form einer Zikkurat erinnerte. Er war mit Bogen ausgestattet, die von den Obergeschossen bis zum Boden verliefen. Diese Bogen hatten Stufen, auf denen die Bewohner der oberen Etagen umhergehen konnten. Wie in vielen der älteren Bauten Siddos, gab es auch in diesem kein inneres Treppenhaus; die Bewohner gelangten direkt von außen in ihre Apartments.
Obwohl sie schon sehr alt war, hatte die Schenke eine große elektrische Leuchtreklame über dem Eingang im Erdgeschoß.
»Durokos' Glückliches Tal«, übersetzte Fobo die Schriftzeichen.
Die Bar befand sich im Keller. Hal, der vor dem penetranten Alkoholdunst erschauderte, welcher die Treppen heraufstieg, folgte dem *Wog*. Im Eingang blieb er stehen.
Starker Schnapsgeruch, durchsetzt mit lauten Takten einer seltsamen Musik und noch lauteren Gesprächen. Die sechseckigen Tische waren von *Wogs* umlagert, die sich über große Zinnkrüge beugten, um sich gegenseitig anzubrüllen. Jemand fuhr fahrig mit den Händen in der Luft herum und ließ einen Maßkrug fallen. Eine Kellnerin eilte herbei und wischte die Überbleibsel mit einem Lappen auf. Als sie sich vornüberbeugte, erhielt sie von einem jovialen und sehr fetten Grüngesicht einen schallenden Schlag auf ihr Hinterteil. Seine Tischkumpane lachten mit weitgeöffneten breiten V-in-V-Lippen aus vollem Halse. Auch die Kellnerin lachte und sagte etwas zu dem Dicken, was wohl sehr witzig gewesen sein mußte, denn die Leute an den Nachbartischen brachen in lautes Gelächter aus.
Auf einer Bühne am anderen Ende des Raumes schlug eine fünfköpfige Band seltsam schräge Töne an. Hal erkannte drei Instrumente, die mit irdischen vergleichbar waren: eine Harfe, eine Trompete und eine Trommel. Ein vierter Musiker spielte nicht direkt mit, sondern stachelte

ab und zu mit einem langen Stab ein kaninchengroßes, heuschreckenartiges Geschöpf in einem Käfig an. Solcherart gereizt, rieb das Insekt seine hinteren Flügel an den Hinterbeinen und gab vier laute Zirptöne von sich, denen ein langer, nervtötender Schrei folgte.
Der fünfte Musiker bediente rhythmisch einen Blasebalg, der mit einem Sack und drei kurzen, schmalen Pfeifen verbunden war. Ein dünnes Quäken war das Ergebnis.
Fobo rief laut: »Glaube nur nicht, dieser Krach sei typisch für unsere Musik. Das ist nur billige Unterhaltungsmusik. Ich werde dich demnächst mal zu einem Symphoniekonzert mitnehmen, da wirst du dann hören, was wirklich großartige Musik ist.«
Der *Wog* führte Hal zu einer der offenen Nischen, die sich entlang der Wand befanden. Sie setzten sich, und eine Kellnerin kam zu ihnen. Schweiß rann ihr die Stirn und die röhrenförmige Nase hinunter.
»Behalte deine Maske auf, bis wir unsere Drinks bekommen haben«, sagte Fobo. »Dann können wir die Vorhänge zuziehen.«
Die Kellnerin sagte etwas in Siddo, und Fobo wiederholte es für Hal auf amerikanisch. »Bier, Wein oder Käfersaft? Ich persönlich würde die ersten beiden nicht anrühren. Das ist was für Frauen und Kinder.«
Hal, der sich nicht blamieren wollte, sagte mit gespielter Forschheit: »Für mich natürlich auch das letztere!«
Fobo hielt zwei Finger hoch, und die Kellnerin war sehr schnell mit zwei großen Maßkrügen zurück. Der *Wog* hielt seine Nase daran und atmete tief ein. Verzückt schloß er die Augen, hob den Krug und trank mit tiefen Zügen. Als er das Gefäß absetzte, rülpste er laut und schmatzte mit den Lippen.
»Schmeckt beim Aufstoßen genauso gut wie beim Hinunterschlucken!« brüllte er.
Hal wurde übel. Als Kind war er zu oft gezüchtigt worden, weil er laut aufgestoßen hatte. »Aber Hal«, sagte Fobo, »Du trinkst ja gar nicht!«
Yarrow erwiderte leise: »*Damif'ino.*« Was soviel hieß wie: »Hoffentlich tut's nicht weh.« Und dann trank er.
Feuer lief durch seine Kehle wie Lava vom Hang eines Vulkans. Und wie ein Vulkan brach es aus Hal hervor: Er keuchte und schnaufte; die alkoholische Flüssigkeit schoß aus seinem Mund heraus; seine Augen schlossen sich und quetschten Tränen hervor.
»Sehr gut, nicht?« fragte Fobo ruhig.
»Ja, wirklich gut«, krächzte Hal aus einer Kehle, die für immer gebrandmarkt zu sein schien. Obwohl er das meiste ausgespuckt hatte, mußte wohl etwas direkt durch die Eingeweide in die Beine gelangt sein. Dort unten fühlte er nämlich eine heiße Flut hin und her wogen, als würde sie

gezogen von einem unsichtbaren Mond, der in seinem Kopf kreiste. Einem großen Mond, der gegen die Innenseite seines Schädels anschwoll und diese traktierte.

»Nimm noch einen!«

Mit dem zweiten Schluck wurde er schon besser fertig – zumindest äußerlich, denn er hustete und spuckte nicht. Aber innerlich machte er ihm ziemlich zu schaffen. Sein Magen krümmte sich, und Hal war sicher, daß er sich selbst schändete. Nach ein paar tiefen Atemzügen glaubte er schon, die Flüssigkeit unten behalten zu können. Dann mußte er aufstoßen. Die Lava ergoß sich in seinen Hals, ehe er sie aufhalten konnte.

»Entschuldigung«, sagte er und errötete.

»Warum?« fragte Fobo.

Hal hielt dies für eine der spaßigsten Antworten, die er jemals gehört hatte. Er lachte lauthals und nippte an dem Maßkrug. Wenn er ihn rasch leerte und dann die Flasche für Jeannette kaufte, konnte er zurückkehren bevor die ganze Nacht vertan war.

Als der Krug nur noch halbvoll war, hörte Hal, undeutlich und weit entfernt, wie vom anderen Ende eines langen Tunnels, daß Fobo ihn fragte, ob er sich dafür interessiere, wie der Alkohol hergestellt werde.

»*Shib*«, sagte Hal.

Er stand auf, mußte sich aber mit einer Hand am Tisch abstützen. Der *Wog* bat ihn, die Maske doch lieber wieder aufzusetzen.

»Erdenmenschen sind immer noch Objekte der Neugier. Wir wollen nicht den ganzen Abend damit verbringen, Fragen zu beantworten. Oder Sachen zu trinken, die man uns aufdrängt.«

Sie schlängelten sich durch die lärmende Menge zu einem Hinterzimmer. Dort machte Fobo eine Gebärde und sagte: »Sieh doch! Der *Kesarubu*!«

Hal sah hin. Hätte nicht der Alkohol einen großen Teil seiner Hemmungen hinweggespült, er wäre wohl von Ekel überwältigt worden. So war er nur neugierig.

Jenes Wesen, das dort auf einem Stuhl am Tisch saß, hätte man auf den ersten Blick für eine Woggelwanze halten können. Denn es hatte den blonden Flaum, den kahlen Kopf, die Nase und auch den V-förmigen Mund. Zudem besaß er den runden Körper und den enormen Wanst, den einige der Ozagenianer hatten.

Aber beim zweiten Hinschauen im hellen Licht der nackten Glühbirne über ihnen erkannte man eine Kreatur, deren Körper in ein hartes und leicht grüngefärbtes Chitin gehüllt war. Und die Arme und Beine waren nackt, obwohl sie einen Umhang trug. Die Glieder waren nicht mit

glatter Haut bedeckt, sondern ringartig wie Ofenrohre aus Chitinpanzerteilen zusammengesetzt. Fobo sprach zu dem Geschöpf. Einige Worte verstand Yarrow; die anderen konnte er aus dem Zusammenhang einsetzen.
»Ducko, das ist Hal Yarrow. Sag Hal Yarrow guten Tag, Ducko!«
Die großen, blauben Augen sahen auf Hal. Sie unterschieden sich kaum von denen eines *Wogs*, doch sie wirkten nicht menschlich, sondern wie die eines Anthropoiden.
»Guten Tag, Hal Yarrow«, sagte Ducko mit einer Papageienstimme.
»Erzähle Hal doch mal, was für einen schönen Abend wir haben.«
»Wir haben einen schönen Abend, Hal.«
»Sag ihm, daß Ducko sich sehr freut, ihn zu sehen!«
»Ducko freut sich sehr, dich zu sehen.«
»Und ihm zu Diensten zu sein!«
»Und dir zu Diensten zu sein.«
»Zeige Hal, wie du Käfersaft herstellst!«
Ein *Wog*, der am Tisch stand, schaute auf seine Armbanduhr. Er sprach sehr schnell in Siddo. Fobo übersetzte.
»Er sagt, Ducko habe vor einer halben Stunde gegessen. Er müßte jetzt dienstbereit sein. Diese Geschöpfe fressen jede halbe Stunde eine große Portion und dann – schau mal!«
Duroko setzte eine riesige Steingutschüssel auf den Tisch. Ducko beugte sich darüber, bis eine mehrere Zentimeter lange Röhre, die aus seiner Brust herausragte, über dem Rand der Schüssel schwebte. Der Fortsatz war wahrscheinlich eine modifizierte Luftröhrenöffnung, dachte Hal. Aus dem Röhrchen spritzte eine klare Flüssigkeit in die Schüssel, bis diese randvoll gefüllt war. Duroko packte das Gefäß und schaffte es fort. Aus der Küche kam ein Ozagenianer mit einem Gericht, das, wie Hal später herausfand, extrem gezuckerten Spaghetti nicht unähnlich war. Er setzte den Teller ab, und Ducko machte sich mit einem großen Löffel darüber her.
Zu diesem Zeitpunkt arbeitete Hals Gehirn nicht gerade sehr schnell, aber allmählich erfaßte er den Vorgang. Verzweifelt sah er sich nach einem Ort um, wo er sich erbrechen konnte. Fobo hielt ihm einen Drink unter die Nase, und weil Hal nichts Besseres einfiel, schluckte er ihn hinunter. Alles oder nichts. Aber zu seiner Überraschung beruhigte das feurige Getränk seinen Magen. Oder verbrannte die aufsteigende Flut.
»Genauso ist es«, beantwortete Fobo Hals hervorgewürgte Frage. »Diese Geschöpfe sind ein hervorragendes Beispiel für parasitäre Mimikry. Obwohl sie Quasi-Insekten sind, sehen sie uns sehr ähnlich. Sie leben unter

uns und verdienen ihre Unterkunft und Verpflegung dadurch, daß sie uns mit einem billigen und angenehmen alkoholischen Getränk versorgen. Hast du seinen massigen Bauch bemerkt? *Shib*? Darin fabriziert er nämlich so rasch den Alkohol und wirft ihn so leicht heraus. Einfach und natürlich, nicht wahr? Duroko hat noch zwei andere, die für ihn arbeiten, aber diese haben heute ihren freien Abend und halten sich wahrscheinlich in der nächstgelegenen Schenke auf, um sich zu betrinken. Wie der Landgang eines Seemanns ...«

Aus Hal platzte es heraus: »Können wir nicht eine Flasche kaufen und hinausgehen? Mir ist übel. Das muß an der schlechten Luft oder etwas anderem liegen.«

»An etwas anderem wahrscheinlich«, murmelte Fobo.

Bei einer Kellnerin bestellte er zwei Flaschen. Während sie darauf warteten, sahen sie einen kleinen *Wog* mit Maske und blauem Umgang eintreten. Der Neuankömmling blieb im Eingang stehen. Seine schwarzen Stiefel waren gespreizt, und der lange, röhrenförmige Vorsprung der Maske richtete sich mal hierhin, mal dorthin – wie das Periskop eines U-Boots, mit dem nach Beute Ausschau gehalten wird.

Hal hielt den Atem an. »Pornsen! Ich erkenne die Uniform unter seinem Umhang!«

»*Shib*«, erwiderte Fobo. »Auch die hängende Schulter und die schwarzen Stiefel verraten ihn. Wen will er eigentlich noch zum Narren halten?«

Hal blickte wild um sich. »Ich muß hier raus!«

Die Kellnerin kam mit den Flaschen zurück. Fobo bezahlte und reichte Hal eine, der sie unverzüglich in die Innentasche seines Umhangs steckte.

Der *Sept* konnte sie vom Eingang aus sehen, aber er durfte sie kaum erkannt haben. Yarrow trug die Maske, und der Empathist sah für Pornsen vermutlich wie jeder andere *Wog* aus. Wie immer methodisch vorgehend, beschloß Pornsen offensichtlich, eine gründliche Durchsuchung vorzunehmen. Mit einem plötzlichen Ruck warf er die schräge Schulter hoch und begann, die Vorhänge der Nischen entlang der Wände auseinanderzuziehen. Jedesmal, wenn er einen *Wog* sah, der seine Maske aufgesetzt hatte, hob er die groteske Verkleidung hoch und schaute dahinter.

Fobo war sehr belustigt und sagte auf amerikanisch: »Das wird er nicht mehr lange machen. Was glaubt er wohl, wer wir Siddos sind? Ein Haufen von Mäuschen?«

Dann passierte das, was Fobo erwartet hatte. Ein stämmiger *Wog* erhob sich plötzlich, als Pornsen nach dessen Maske griff, und nahm stattdessen die des *Sept* ab. Einen Moment lang war der *Wog* vom Anblick der fremdrassigen Gesichtszüge so überrascht, daß er Pornsen fassungslos anstarrte. Dann stieß er jedoch einen Schrei aus, brüllte etwas Unverständliches und gab dem Erdenmenschen einen Schlag auf die Nase.

Im Nu entstand ein Chaos. Pornsen wankte zurück, prallte gegen einen Tisch, den er mitsamt den Maßkrügen umstieß, und fiel zu Boden. Zwei *Wogs* sprangen auf ihn; ein anderer traf einen Unbeteiligten. Der schlug zurück. Duroko eilte herbei, einen kurzen Knüppel in der Hand, und begann damit, auf Arme und Beine seiner rauflustigen Kunden einzudreschen. Bis ihm jemand Käfersaft ins Gesicht schüttete.

Und in diesem Augenblick betätigte Fobo den Schalter, der die ganze Schenke in Dunkelheit tauchte.

Verwirrt stand Hal da. Eine Hand ergriff die seine. »Folge mir!« Die Hand zerrte energisch. Hal drehte sich um und ließ sich führen, stolperte in Richtung der Hintertür, wie er glaubte.

Unzählige andere mußten wohl die gleiche Idee gehabt haben. Hal wurde umgestoßen, und man trampelte auf ihm herum. Fobos Hand war ihm entglitten. Yarrow rief verzweifelt nach dem *Wog,* aber jede mögliche Antwort ging in einem Chor von Stimmen unter: *Hau ab! Verschwinde von meinem Rücken, du blöder Sohn einer Wanze! Großer Larwa, wir sind im Eingang eingeklemmt!*

Scharfes Knallen vergrößerte noch den Lärm. Ein fauler Gestank brachte Hal zum Würgen: Unter Nervenanspannung ließen die *Wogs* das Gas aus ihren Böllerbeuteln entfahren. Keuchend kämpfte sich Hal den Weg durch die Tür frei. Nach einigen Sekunden verrückten Kletterns über ineinander verdrehte Körper hatte er es geschafft. Er torkelte eine schmale Gasse hinunter. Auf der Straße angekommen, lief er, so schnell er konnte, obwohl er überhaupt nicht wußte, wohin er rannte. Sein einziger Gedanke war, soviel Distanz wie nur möglich zwischen sich und Pornsen zu bringen.

Bogenlichter auf hohen, schmalen Eisenmasten flogen vorüber. Weil er im Schatten der vielen über die Straße ragenden Balkone bleiben wollte, streifte er im Laufen beinahe die Hauswände. Nach knapp einer Minute stoppte er vor einem engen Durchgang. Mit einem Blick erkannte er, daß es keine Sackgasse war. Er stürzte sich dort hinein und gelangte zu einem großen viereckigen Behälter, der, nach seinem Geruch zu urteilen, wohl für Abfälle benutzt wurde. Er hockte sich dahinter und versuchte, das Keuchen zu unterdrücken. Allmählich gewannen seine Lungen ihr Gleichgewicht zurück; er mußte nicht mehr nach Luft schnappen und konnte hören, ohne daß ihm das dumpfe Pochen des Herzens in den Ohren lag.

Es gab keinen Verfolger. Bald fühlte er sich sicher genug, um sein Versteck zu verlassen. In der Manteltasche spürte er die Flasche, die wie durch ein Wunder nicht zerbrochen war. Jeannette würde ihren Alkohol bekommen. Und er hatte ihr auch sonst noch einiges zu erzählen! Nach allem, was er ihretwegen durchgemacht hatte, würde er sicher eine gerechte Belohnung erhalten...
Bei dem Gedanken daran bekam Hal eine Gänsehaut und machte sich rasch auf den Weg. Er hatte überhaupt keine Vorstellung, wo er sich befand, aber in seiner Tasche trug er einen Stadtplan. Dieser war auf dem Schiff gedruckt worden und führte Straßennamen in Siddo-Sprache sowie in amerikanischer und isländischer Übersetzung auf. Er brauchte also nur die Straßenschilder unter einer der vielen Lampen zu lesen, sich anhand der Karte zu orientieren und heimzugehen. Was Pornsen betraf, so hatte der keinen realen Beweis gegen ihn, und er würde ihn auch nicht beschuldigen können, ehe er nicht einen solchen in Händen hatte. Der Besitz des goldenen *Lamech* machte Hal über jeden Verdacht erhaben. Pornsen...

12

PORNSEN! Eben hatte er den Namen noch dahingemurmelt, als dieser auch schon leibhaftig auftauchte. Hinter ihm war das Klicken schwerer Stiefelabsätze zu hören, und Hal wandte sich um. Eine kleine, verhüllte Gestalt kam die Gasse herunter. Im Schein einer Lampe zeichnete sich eine Hängeschulter ab. Schwarze Lederstiefel wurden sichtbar. Die Maske war fort.
»Yarrow!« rief der *Sept* schrill und triumphierend. »Es hat keinen Zweck wegzulaufen! Ich habe dich in der Schenke gesehen. Nun wirst du deinen Kopf nicht mehr aus der Schlinge ziehen können!«
Mit klappernden Schritten holte er seinen Schützling ein. »Trinken! Ich weiß, daß du getrunken hast!«
»Jaaa?« krächzte Hal höhnisch. »Sonst noch was?«
»Reicht das nicht?« kreischte der *Sept*. »Oder versteckst du noch etwas in deinem Apartment? Das wäre schon möglich! Vielleicht steckt die ganze Wohnung voll mit Flaschen. Komm schon! Wir werden zu deinem Apartment zurückgehen und gründlich nachsehen. Ich finde alles, was es zu finden gibt. Es würde mich gar nicht überraschen, alle Arten von Beweisen für dein unwirkliches Denken zu entdecken.«
Hal zog die Schultern zusammen und ballte seine Hände zu Fäusten, sagte aber nichts. Der Aufforderung des *Sept*, ihn zu Fobos Haus zu

folgen, gehorchte er ohne die Spur eines Widerstandes. Wie Sieger und Besiegter marschierten sie durch die Gasse zur Straße zurück. Yarrow störte diesen Eindruck ein wenig, denn er taumelte leicht und mußte sich mit der Hand an der Häuserwand abstützen.
»Du betrunkener *Inter!*« höhnte Pornsen. »Mir wird ganz übel von dir!«
Hal zeigte nach vorn. »Ich bin nicht der einzige, dem es schlecht geht. Schau dir diesen Burschen dort an!«
In Wirklichkeit kümmerte es ihn überhaupt nicht, aber er klammerte sich an die Hoffnung, daß er irgend etwas, sei es auch noch so banal, sagen oder tun könnte, um den endgültigen und verhängnisvollen Moment der Rückkehr in sein Apartment abzuwenden. Er deutete auf einen großen und sichtlich berauschten *Wog,* der an einem Laternenpfahl hing. Was ihn davor bewahrte, auf seine nadelförmige Nase zu fallen. Das Bild hätte auch von einem Betrunkenen des neunzehnten oder zwanzigsten Jahrhunderts stammen können. Komplett mit Zylinder, Umhang und Laternenpfahl. Einige Male stöhnte die Kreatur, als wäre sie zutiefst beunruhigt.
»Vielleicht sollten wir stehenbleiben und nachsehen, ob er verletzt ist?« schlug Hal vor.
Er mußte etwas sagen, nur um Pornsen hinzuhalten. Ehe der *Sept* protestieren konnte, war Hal zu dem *Wog* gegangen. Er legte seine Hand auf den freien Arm – der andere umfaßte die Laterne – und sprach ihn in Siddo an.
»Können wir dir helfen?«
Der große Wog sah aus, als wäre er ebenfalls in einen Krawall geraten. Sein Mantel war nicht nur am Rücken zerrissen, sondern wies auch Flecken von getrocknetem grünem Blut auf. Er hielt sein Gesicht von Hal abgewandt, so daß der Erdenmensch ziemliche Mühe hatte, sein Gemurmel zu verstehen.
Pornsen zerrte an Hals Arm. »Komm weiter, Yarrow. Er wird schon wieder zu sich kommen. Was macht schon eine betrunkene Wanze mehr oder weniger aus?«
»*Shib*«, stimmte Hal tonlos zu. Er nahm seine Hand weg und machte Anstalten weiterzugehen. Pornsen, der hinter ihm war, tat gleichfalls einen Schritt ... und stieß mit Hal zusammen, weil dieser erneut stehengeblieben war.
»Worauf wartest du noch, Yarrow?« Die Stimme des *Sept* klang plötzlich besorgt.
Und dann schrie die Stimme in Todesangst.
Hal wirbelte herum ... um in grausiger Wirklichkeit das zu sehen, was

ihm durch den Kopf gegangen war und ihn hatte abstoppen lassen. Als er nämlich seine Hand auf den Arm des *Wogs* gelegt hatte, war da nicht warme Haut, sondern kaltes Chitin zu fühlen. Für einige Sekunden war die Bedeutung dieses Umstandes nicht durch die Schaltzentrale seines Gehirns gedrungen. Dann funkte es, und er erinnerte sich an das, was ihm Fobo auf dem Weg zu der Kneipe gesagt hatte – weshalb er ein Schwert bei sich trug. Um Pornsen zu warnen, war es zu spät gewesen.

Der *Sept* hielt beide Hände vor die Augen und schrie wie am Spieß. Das große Geschöpf, das sich an den Lampenmast gelehnt hatte, näherte sich nun Hal. Mit jedem Schritt schien der Körper riesiger zu werden. Über seiner Brust schwoll ein Sack an, der wie ein pulsierender, grauer Ballon aussah, und entleerte sich mit einem schnaubenden Geräusch. Das abscheuliche Insektengesicht, mit zwei verkümmerten und in den Mundwinkeln flatternden Armen und dem trichterförmigen Rüssel unter dem Mund, war auf ihn gerichtet. Eben diesen Rüssel hatte Hal irrtümlich für eine *Wog*-Nase gehalten. In Wirklichkeit mußte das Biest durch Tracheen und zwei Schlitze unter den riesigen Augen geatmet haben. Normalerweise würde sein Atem laut durch die Schlitze rasseln, aber es hatte ihn wohl unterdrückt, um seine Opfer nicht zu warnen.

Hal stieß einen Schrei des Entsetzens aus. Aber gleichzeitig raffte er seinen Umhang und warf ihn vor sein Gesicht. Die Maske hätte ihn vielleicht ebenfalls geschützt, aber darauf wollte er sich nicht verlassen.

Etwas verbrannte seinen Handrücken, und er wimmerte vor Schmerz. Aber Hal sprang vor und rammte, ehe das Biest wieder Luft in den Sack blasen und das Gift durch den Trichter ausstoßen konnte, seinen Kopf in den Bauch des Angreifers.

Das Wesen gab ein pfeifendes Geräusch von sich und fiel nach hinten. Dort lag es auf dem Rücken und zappelte mit seinen Armen und Beinen wie ein gigantischer Giftkäfer – was es wohl tatsächlich war. Als es sich von dem Schock erholt hatte, sich herumwälzte und versuchte, wieder auf die Beine zu kommen, trat Hal hart zu. Mit einem Knirschlaut drang seine Stiefelspitze durch das dünne Chitin.

Er zog den Fuß zurück. Blut sickerte aus der Öffnung. Im Lampenlicht sah es beinahe schwarz aus. Noch einmal trat Hal gegen die Öffnung. Das Biest kreischte und versuchte auf allen vieren davonzukriechen. Der Terraner sprang mit beiden Füßen auf den Käfer und drückte ihn gegen das Pflaster. Eine Ferse preßte er gegen den dünnen Nacken und stieß mit der ganzen Kraft seines Beines zu. Der Hals knackte, und das Wesen lag still da. Sein Unterkiefer klappte auf und brachte zwei Reihen winzi-

ger Nadelzähne zum Vorschein. Die Armrudimente des Mundes wackelten noch schwach, sackten aber nach kurzer Zeit herunter. Hals Brust schwoll schmerzhaft an. Er bekam nicht genug Luft. Seine Eingeweide zitterten und drohten, ihren Weg durch die Kehle zu nehmen. Ansatzweise geschah dies schließlich auch, und vornübergebeugt würgte Hal alles heraus, was im Magen war.
Auf einen Schlag war er nüchtern. Pornsen hatte mittlerweile aufgehört zu schreien. Zusammengekauert lag er in der Gosse. Hal drehte ihn herum und erschauderte vor dem, was er sah. Die Augen waren teilweise ausgebrannt, und an den Lippen waren große Blasen. Die aus dem Mund heraushängende Zunge war stark angeschwollen. Offenbar hatte Pornsen etwas von dem Gift geschluckt.
Hal gab sich einen Ruck und setzte sich in Bewegung. Eine Patrouille der *Wogs* würde die Leiche des *Sept* finden und sie den Erdenmenschen übergeben. Sollte sich die Hierarchie doch ausmalen, was passiert war. Pornsen war tot, und nun endlich gestand Hal sich ein, was er vorher nie zuzugeben gewagt hatte. Er haßte Pornsen. Und er war froh über seinen Tod. Wenn Pornsen schrecklich gelitten hatte – was machte das schon? Seine Schmerzen waren nur kurz gewesen, aber das Leid, das er Hal angetan hatte, war fast dreißig Jahre eine Qual gewesen.
Ein Laut hinter ihm ließ ihn herumfahren.
»Fobo?« rief Hal.
Ein Stöhnen war zu hören, gefolgt von schmerzverzerrten Worten.
»Pornsen? Du kannst nicht ... du bist doch ... tot.«
Aber Pornsen war noch am Leben. Schwankend richtete er sich auf. Tastend streckte er die Hände vor sich aus und tat ein paar unsichere Schritte.
Einen Augenblick lang fiel Hal derartig in Panik, daß er schon daran dachte, einfach wegzulaufen. Aber er blieb wie angewurzelt stehen und zwang sich zu nüchterner Überlegung.
Falls die *Wogs* Pornsen fänden, würden sie ihn den Ärzten der *Gabriel* übergeben. Und die Ärzte würden Pornsen mit neuen Augen von der Organ-Bank ausstatten und ihm Regenerierungsstoffe injizieren. In zwei Wochen hätte Pornsens Zunge wieder ihre alte Gewandtheit zurückerlangt, und er würde reden. Beim Vorboten, und wie er reden würde!
In zwei Wochen? Jetzt! Es gab nichts, was Pornsen vom Schreiben abhalten konnte.
Während Pornsen vor physischen Schmerzen stöhnte, bereiteten Hal andere Dinge Kopfzerbrechen.
Eigentlich hatte er nur eine Möglichkeit.

Er ging zu Pornsen und ergriff seine Hand. Der *Sept* zuckte zusammen und lallte etwas Unverständliches.
»Ich bin's, Hal«, sagte Yarrow.
Pornsen streckte seine freie Hand aus und zog ein Notizbuch und einen Stift aus der Tasche. Hal ließ seine andere Hand wieder los. Pornsen schrieb etwas auf das Papier und reichte es dann Hal.
Das Mondlicht war so hell, daß man dabei lesen konnte. Die Handschrift war zwar ein Gekritzel, aber selbst als Blinder schrieb Pornsen noch leserlich:
»Bring mich zur *Gabriel*, Sohn. Ich schwöre beim Vorboten, daß ich zu niemandem ein Wort über den Schnaps sagen werde. Ich werde dir ewig dankbar sein. Aber laß mich nicht hier mit meinen Schmerzen in der Gewalt von Ungeheuern zurück. Ich liebe dich.«
Hal klopfte leicht auf Pornsens Schulter und sagte: »Nimm meine Hand. Ich werde dich führen.«
Im selben Moment hörte er weiter unten auf der Straße einigen Lärm. Eine Gruppe von *Wogs* bewegte sich geräuschvoll auf sie zu.
Er zog Pornsen in einen nahe gelegenen Park und führte den stolpernden Mann um Bäume und Büsche herum. Nachdem sie etwa hundert Meter weit gegangen waren, gelangten sie an ein besonders dicht mit Bäumen bewachsenes Gelände. Hal blieb stehen. Mitten aus dem Gehölz drangen eigenartige Geräusche – ein Knacken und ein Schnaufen.
Hal spähte hinter einen Baum und sah die Ursache der Geräusche. Das helle Mondlicht fiel auf die Leiche eines *Wogs*, oder genauer auf das, was davon übriggeblieben war. Vom oberen Teil des Körpers war das Fleisch völlig abgezogen. Auf der Leiche und daneben tummelten sich viele silbrigweiße Insekten, die Ameisen ähnelten, aber mindestens dreißig Zentimeter groß waren. Das Knacken kam von ihren Mandibeln, die sich an der Leiche zu schaffen machten, und das Schnaufen rührte vom Ein- und Ausatmen der Luftbeutel auf ihren Köpfen her.
Hal hatte sich in seinem Versteck sicher geglaubt, aber sie mußten ihn entdeckt haben, denn plötzlich verschwanden sie im Schatten der Bäume auf der anderen Seite des Wäldchens.
Er zögerte zunächst, kam dann jedoch zu dem Schluß, daß sie nur Aasfresser sein konnten und wohl kaum einen Gesunden belästigen würden. Der *Wog* war gewiß ein Betrunkener gewesen, der sich besinnungslos den Ameisen zum Fraß ausgeliefert hatte.
Hal führte Pornsen zu dem Leichnam und untersuchte diesen. Bisher hatten die Männer der *Gabriel* noch niemals Gelegenheit gehabt, die Anatomie eines *Wogs* zu studieren. Jedes Ersuchen um Überlassung von Leichen war von den Behörden Ozagens abgelehnt worden. Eine beson-

dere Begründung für diese Weigerung gab man nicht, sondern beschränkte sich auf die knappe Feststellung, daß eine Übergabe von Leichen unmöglich sei. Proben des *Wog*-Blutes hatten sie jedoch an die menschlichen Biologen geliefert. Da diese Proben ihren Wünschen entsprachen, hatten die Haijacs keine riskanten Versuche unternommen, Leichen zu stehlen.

Neugierig beugte sich Hal über das Halb-Skelett, denn dies war seine erste Chance, die Knochenstruktur der Eingeborenen zu untersuchen. Die Wirbelsäule des *Wogs* lag im vorderen Teil des Rumpfes und stieg aus nicht-menschlich geformten Hüften in einer Krümmung auf, die das Spiegelbild der Rückgratkrümmung des Menschen war. An jeder Seite des Rückgrats lagen jedoch vor den Hüften zwei Beutel des Darmtraktes. Diese bildeten einen Magen mit einer Höhle in der Mitte. Am lebendigen Körper eines *Wogs* blieb diese Magengrube verborgen, denn dort spannte sich die Haut fest darüber.

Ein derartiger innerer Aufbau war bei einem Wesen, das von insektenähnlichen Vorfahren abstammte, zu erwarten. Vor Hunderten von Millionen Jahren waren die Urväter der *Wogs* undifferenzierte, wurmähnliche Präarthropoden. Die Evolution hatte es so gewollt, daß aus dem Wurm ein vernunftbegabtes Wesen geworden war. Und wenn man sich die Beschränkungen echter Gliederfüßler vor Augen hielt, erkannte man, daß im Verlauf der Evolution ein Urahn der *Wogs* vom Stamm der Arthropoden abgespalten wurde. Als die Krustentiere, Spinnen und Insekten Ektoskelette und viele Beine bildeten, hatte Urvater *Wog* diesen Schritt unterlassen und sich geweigert, seine empfindliche Haut in hartes Chitin umzuwandeln. Statt dessen hatte er ein inneres Skelett errichtet. Sein Zentralnervensystem war immer noch ventral, und das Kunststück, die spinalen Nerven und das Rückgrat von vorn nach hinten zu verlagern, überstieg sein Leistungsvermögen. So hatte er ein »Grat« gebildet. Dort, wo es benötigt wurde. Und der Rest seines Skeletts mußte sich dem anpassen. Die inneren Körperteile eines *Wogs* unterschieden sich eindeutig von denen eines Säugers. Aber ungeachtet der abweichenden Form, war die Funktion doch ähnlich.

Hal hätte gerne den Kadaver weiter untersucht, aber es gab noch Arbeit für ihn. Arbeit, die er haßte.

Pornsen schrieb etwas in das Notizbuch und reichte es Hal.

»Sohn, ich leide schrecklich. Zögere bitte nicht länger, mich zum Schiff zu bringen. Ich werde dich nicht verraten. Habe ich je ein Versprechen gebrochen, das ich dir gegeben habe? Ich liebe dich.«

Das einzige Versprechen, das du mir je gegeben hast, war, mich auszupeitschen, dachte Hal.

Er blickte auf die Schatten zwischen den Bäumen. Die bleichen Körper der Ameisen waren wie ein Wald von Pilzen. Der nur darauf wartete, daß Hal ging.
Pornsen murmelte etwas Unverständliches und setzte sich ins Gras. Seinen Kopf ließ er herabhängen.
»Warum sollte ich es eigentlich tun?« fragte sich Hal.
Ich muß nicht, dachte er. Jeannette und ich könnten uns in die Gewalt der *Wogs* begeben. Wir könnten uns an Fobo wenden. Die *Wogs* könnten uns verstecken. Aber würden sie es auch tun? Wenn ich nur sicher sein könnte, daß sie uns nicht an die Uzziten ausliefern würden.
»Hat keinen Zweck, es hinauszuschieben«, murmelte er.
Seufzend fügte er hinzu: »Warum muß ich es tun? Warum konnte er nicht dort drüben sterben?«
Aus dem Schaft seines Stiefels zog er ein langes Messer.
In diesem Moment hob Pornsen seinen Kopf und schaute mit seinen lädierten Augen hoch. Seine Hand tastete nach Hal. Seine verbrannten Lippen formten die scheußliche Karikatur eines Lächelns.
Hal richtete sein Messer gegen Pornsen, zehn Zentimeter von dessen Kehle entfernt.
»Jeannette, ich tue es für dich!« sagte Hal laut.
Aber die Messerspitze bewegte sich nicht, und nach ein paar Sekunden sank sie herab.
»Ich kann es einfach nicht«, stöhnte Hal. »Ich kann es nicht.«
Zu irgend etwas mußte er sich jedoch entschließen. Etwas, wodurch Pornsen von einer Aussage gegen ihn abgehalten oder Jeannette und er gleichzeitig aus der Gefahrenzone befreit wurden.
Darüber hinaus mußte er dafür sorgen, daß Pornsen ärztliche Hilfe bekam. Die Leiden des Mannes machten auch ihn ganz krank, weckten sein Mitgefühl. Wäre er fähig gewesen, Pornsen zu töten, hätte er dem ganzen Leid ein Ende gemacht. Aber er konnte sich nicht überwinden, es zu tun.
Mit einem Murmeln auf den verbrannten Lippen tat Pornsen einige Schritte vorwärts. Die Hände hielt er in Brusthöhe vorgestreckt und machte kreisende Bewegungen, um nach Hal zu fühlen. Hal trat zur Seite. Er überlegte in Sekundenschnelle. Es gab nur eines, was er tun konnte: Jeannette holen und mit ihr fliehen. Seinen ersten Gedanken, einen *Wog* zu suchen, der Pornsen zum Schiff bringen würde, verwarf er wieder. Der *Sept* würde noch einige Zeit seine Qualen erdulden müssen, denn Hal benötigte jede Sekunde. Und der Versuch, Pornsens Schmerzen so schnell wie möglich zu lindern, wäre Verrat an Jeannette – von ihm selbst gar nicht zu reden.

Pornsen war langsam vorwärtsgegangen und hatte mit den Händen die Luft erkundet. Um nicht über ein Hindernis zu stolpern, tappte er nur schlurfend über das Gras. Plötzlich kam sein Fuß mit den Knochen des Eingeborenen in Berührung. Er hielt an und bückte sich, um zu fühlen. Als er seine Hände um Rippen und Becken schloß, erstarrte Pornsen. Er verharrte einige Sekunden in dieser Haltung und begann dann, die ganze Länge des Skeletts abzutasten. Seine Finger berührten den Schädel, fuhren um ihn herum und erkundeten die Reste von Fleisch, die noch daran hingen.

Abrupt und sichtlich entsetzt erhob er sich und rannte kopfüber los. Vielleicht war ihm klargeworden, daß dasjenige, was dem *Wog* das Fleisch abgefressen hatte, ganz in der Nähe sein könnte und er hilflos war. Ein erstickter Schrei war von ihm zu hören, als er quer über die Lichtung raste. Dieses schrille Geheul fand jedoch ein jähes Ende, denn Pornsen rammte einen Baumstamm und fiel der Länge nach hin.

Bevor er aufstehen konnte, war er von einer schnaufenden und knackenden Horde pilzweißer Körper überhäuft.

Ohne zu bedenken, daß er nicht rational handelte, rannte Hal, einen Schrei ausstoßend, auf die Ameisen zu. Als er die Lichtung halb überquert hatte, sah er, wie sie sich in den Schatten zurückzogen, aber nicht so weit, daß er die weiße Masse nicht wahrnehmen konnte.

Als er Pornsen erreichte, sank Hal auf die Knie nieder und untersuchte ihn.

In diesen wenigen Augenblicken war die Kleidung des Mannes in Fetzen gerissen und sein Fleisch an vielen Stellen abgebissen worden.

Die Augen blickten starr nach oben – Pornsens Halsader war durchtrennt worden.

Hal stand stöhnend auf und verließ dann mit eiligen Schritten das Wäldchen. Hinter ihm entstand ein Schnaufen und Rascheln. Sie stürmten aus dem Schutz der Bäume hervor.

Hal sah nicht mehr zurück.

Er befand sich bereits wieder im Licht der Straßenlaternen, als sich der Druck in seinem Innern Luft machte. Tränen liefen ihm die Wangen hinunter; die Schultern bebten unter seinem Schluchzen; er torkelte wie ein Betrunkener. Seine Eingeweide fühlten sich an, als würden sie auseinandergerissen.

Er wußte nicht, ob es Erleichterung oder Haß war, was da zum Ausdruck kam, weil die Ursache seines Hasses ihm nicht länger etwas anhaben konnte. Vielleicht war es eine Mischung aus Erleichterung und Haß. Wie auch immer – es gärte in seinem Körper wie Gift, und sein Körper stieß es hinaus. Aber gleichzeitig erhitzte es ihn bis zum Siedepunkt.

Doch es kam heraus. Und obwohl er sich sterbenskrank fühlte, war er, bis er vor seinem Haus angelangt war, vom Gift befreit. Bleierne Müdigkeit legte sich über seine Arme und Beine, und er brachte kaum die Energie auf, die Treppenflucht zum Vordereingang des Gebäudes hinaufzusteigen.
Aber gleichzeitig war ihm sehr fröhlich zumute, und sein Herz klopfte so ungehindert stark, als wäre es aus einer harten Umklammerung erlöst worden.

13

Ein großer Geist in einem hellblauen Totenhemd wartete im unwirklichen Dämmerlicht auf den Terraner. Es war Fobo, der Empathist, der zwischen den im Sechseck angeordneten Bogen stand, die in das Gebäude führten. Er schlug die Kapuze zurück und enthüllte sein Gesicht, das Kratzer auf einer Wange und ein blutunterlaufenes rechtes Auge aufwies.
Ziemlich vergnügt sagte er: »Irgendein Sohn einer Wanze riß mir die Maske herunter und verpaßte mir einige Schrammen. Aber es war trotzdem ein Spaß. Es ist ganz nützlich, wenn man ab und zu auf diese Weise Dampf abläßt. Wie hast du es geschafft, dort herauszukommen? Ich war schon in Sorge, du könntest von der Polizei festgenommen worden sein. Normalerweise wäre dies kein Grund zur Aufregung, aber ich weiß, daß deine Kollegen auf dem Schiff solche Aktivitäten mißbilligen würden.«
Hal lächelte nachsichtig. »Mißbilligen ist noch sehr milde ausgedrückt.«
Er fragte sich, woher Fobo wußte, wie die Reaktionen der Hierarchie ausfallen würden. Wieviel wußten die *Wogs* überhaupt von den Menschen? Waren sie den Haijacs hinter die Schliche gekommen und warteten sie nur darauf loszuschlagen? Wenn ja, womit? Soweit man es bestimmen konnte, lag ihre Technologie beträchtlich hinter dem Standard der Erde zurück. Zugegeben, was Funktionen der Psyche betraf, schienen sie sich besser auszukennen als die Terraner, aber dies war verständlich. Die Stirche hatte schon vor langer Zeit verfügt, daß die Psychologie ausgeforscht und damit weiteres Forschen überflüssig sei. Das Resultat war ein Stillstand in den psychologischen Wissenschaften.
Ihm war das mehr oder weniger gleichgültig, denn er fühlte sich zu müde, um sich mit solchen Dingen zu beschäftigen. Alles, was er jetzt noch wollte, war, ins Bett zu gehen.

»Ich werde dir später erzählen, wie es mir ergangen ist«, erklärte er.
Fobo erwiderte: »Ich kann es mir schon denken. Deine Hand. Es wäre besser, du würdest mich die Verbrennung behandeln lassen. Das Gift der Nachtwandler ist ziemlich widerlich.«
Folgsam wie ein kleines Kind ging Hal zum Apartment des *Wogs* mit und ließ sich eine kühlende Salbe auftragen.
»*Shib*«, sagte Fobo. »Geh schlafen. Du kannst mir morgen alles erzählen.«
Hal dankte ihm und stieg in sein Stockwerk hinab. Der Schlüssel in seiner Hand wackelte. Dann schließlich, nach vergeblichem Gebrauch von Sigmens Namen, steckte er ihn ins Schloß und öffnete die Tür. Er trat ein und sperrte hinter sich wieder ab. Er rief nach Jeannette. Sie mußte sich in dem Schrank-im-Schrank des Schlafzimmers versteckt gehalten haben, denn er hörte das Zuschlagen zweier Türen, und im nächsten Moment kam sie auf ihn zugelaufen. Stürmisch warf sie die Arme um ihn.
»Oh, *mo num, mo num*! Was ist geschehen? Ich habe mir solche Sorgen gemacht. Ich hätte schreien können, als die Nacht vorüberging und du nicht heimkehrtest.«
Obwohl es ihm leid tat, daß er ihr Kummer bereitet hatte, verschaffte es ihm doch ein prickelndes Gefühl, sie so sehr in Sorge um ihn zu sehen. Mary hätte vielleicht eine Art von Mitgefühl verspürt, aber sie hätte es als ihre Pflicht angesehen, dieses zu unterdrücken und ihm Vorhaltungen über sein unwirkliches Denken und die sich daraus ergebenden Pflichtverletzungen zu machen.
»Es gab einen Krawall«, sagte Hal. Er hatte sich dazu entschlossen, nichts von dem *Sept* und dem Nachtwandler zu erwähnen. Später, wenn die Anspannung von ihm gewichen war, würde er darüber reden.
Sie band seinen Umhang und die Kapuze los und nahm ihm die Maske ab. Während Hal in einen Sessel sank und die Augen schloß, hängte Jeannette seine Sachen in den Schrank im Vorraum.
Kurz darauf hörte Hal, wie Flüssigkeit in ein Glas gegossen wurde, und schlug die Augen wieder auf. Sie stand vor ihm und hielt ein großes Glas in der Hand, das sie mit dem Käfersaft aus der Flasche füllte. Der Geruch schlug Hal auf den Magen, und der Anblick eines schönen Mädchens, das im Begriff war, dieses abscheuliche Zeug zu trinken, wirbelte alles wieder auf.
Jeannette sah ihn an, und die zarten Augenbrauen hoben sich. »*Kyetil*?«
»Nichts ist los!« seufzte er. »Mir geht es gut.«
Sie setzte das Glas ab, nahm ihn bei der Hand und führte ihn in das

Schlafzimmer. Dort brachte sie ihn ganz sanft zum Sitzen und drückte so lange gegen seine Schultern, bis er sich hinlegte. Dann zog sie seine Stiefel aus, ohne daß er sich wehrte. Nachdem sie sein Hemd aufgeknöpft hatte, strich sie ihm durch das Haar.

»Geht es dir wirklich gut?«

»*Shib.* Ich könnte mit einer Hand die ganze Welt auf den Kopf stellen.«

»Gut.«

Das Bett knarrte, als sie sich erhob und den Raum verließ. Hal glitt langsam in den Schlaf, wurde aber wieder wach, als sie zurückkam. Erneut schlug er die Augen auf. Jeannette stand mit einem Glas in der Hand vor ihm.

»Möchtest du jetzt einen Schluck, Hal?« fragte sie.

»Großer Sigmen, verstehst du es denn nicht, Mädchen?« sagte er erregt und richtete sich auf. »Was glaubst du denn, warum mir schlecht wurde? Ich kann dieses Zeug nicht vertragen! Ich kann auch nicht zusehen, wie du es trinkst. Es ekelt mich an. Du ekelst mich an. Was ist los mit dir? Bist du blöd?«

Jeannette starrte ihn mit weit aufgerissenen Augen an. Das Blut wich aus ihrem Gesicht und ließ ihr Lippenrot als karmesinfarbenen Mond in einem weißen See zurück. Ihre Hand zitterte so sehr, daß sie das Getränk verschüttete.

»Aber ... aber«, keuchte sie. »Ich dachte ... du sagtest doch, daß du dich wohl fühlst. Ich glaubte, es wäre alles in Ordnung. Ich dachte, du wolltest mit mir ins Bett gehen.«

Yarrow stöhnte. Er schloß die Augen und legte sich wieder hin. Sarkasmus war bei ihr fehl am Platz. Sie beharrte nun mal darauf, alles wörtlich zu nehmen. Man mußte sie umerziehen. Wäre er nicht so erschöpft gewesen, hätte ihn ihr freimütiger Vorschlag wohl schockiert – er ähnelte so sehr dem der Scharlachroten Frau im *Westlichen Talmud*, als diese versucht hatte, den Vorboten zu verführen.

Aber dies erschreckte ihn nicht mehr. Darüber hinaus sagte ihm eine Stimme am Rande seines Bewußtseins, daß Jeannette nur das in eindeutige und unwiderrufliche Worte gefaßt hatte, was ihm die ganze Zeit am Herzen gelegen hatte. Aber wenn man es aussprach ...

Zerbrechendes Glas riß Hal aus seinen Gedanken. Er sprang auf. Sie stand da mit verzerrtem Gesicht, der liebliche rote Mund bebte, Tränen flossen. Ihre Hand war leer. Ein breiter nasser Fleck an der Wand wies darauf hin, was aus dem Glas geworden war.

»Ich dachte, du liebst mich!« schrie sie.

Unfähig zu denken oder etwas zu sagen, starrte Hal sie an. Sie drehte

sich um und entfernte sich. Er hörte, wie sie in den Vorraum ging und laut zu schluchzen anfing. Da er dies einfach nicht ertragen konnte, sprang er aus dem Bett und lief rasch hinter ihr her. Angeblich waren diese Räume schalldicht, aber man konnte ja nie wissen. Was wäre, wenn man sie zufällig belauschte?
Jedenfalls brachte sie ihn innerlich ziemlich durcheinander, und er mußte diesen Wirrwarr in Ordnung bringen.
Als er den Vorraum betrat, sah er ihren niedergeschlagenen Blick. Geraume Zeit stand er schweigend da, wollte etwas sagen, war aber nicht dazu imstande, denn noch nie zuvor hatte er ein solches Problem lösen müssen. Haijac-Frauen weinten nicht oft, oder wenn sie es taten, dann vergossen sie ihre Tränen allein im stillen Kämmerlein.
Hal setzte sich zu ihr und legte sanft seine Hand auf ihre Schulter.
»Jeannette.«
Sofort wandte sie sich um und schmiegte sich mit ihrem dunklen Haar gegen seine Brust. Unter Tränen sagte sie: »Ich dachte, du liebst mich vielleicht gar nicht. Und das konnte ich nicht ertragen. Nicht nach allem, was ich durchgemacht habe!«
»Nun, Jeannette, ich ... weißt du ... ich meine ... ich war nicht ...«
Er unterbrach sich. Er hatte nicht die Absicht, ihr zu sagen, daß er sie liebte. Noch nie hatte er dies einer Frau gesagt, auch Mary nicht. Und auch ihm hatte noch keine Frau ihre Liebe gestanden. Und nun gab es hier diese Frau auf einem fernen Planeten, die es als selbstverständlich ansah, daß er mit Leib und Seele ihr gehörte.
Mit leiser Stimme begann er zu sprechen. Die Worte kamen fließend, denn er zitierte die Moralpredigt AT–16:
»... alle Wesen mit dem Herzen auf dem rechten Fleck sind Brüder ... Mann und Frau sind Bruder und Schwester ... Liebe gibt es überall ... aber Liebe ... sollte auf einer höheren Ebene stattfinden ... Mann und Frau sollten mit Recht den tierischen Akt als etwas verabscheuen, das der Große Geist, der Beobachter des Kosmos, noch nicht aus der evolutionären Entwicklung des Menschen eliminiert hat ... Es wird die Zeit kommen, da Kinder auf andere Weise gezeugt werden. In der Zwischenzeit müssen wir Sex als überholt und nur zu einem Zweck nützlich betrachten: Kinder zu ...«
Klatsch! Sein Kopf dröhnte, und vor seinen Augen tanzten kleine Sterne.
Es dauerte einen Moment, ehe er begriffen hatte, daß Jeannette aufgesprungen war und ihm eine kräftige Ohrfeige verabreicht hatte. Sie stand über ihm, und er sah auf ihre verkniffenen Augen und ihren roten Mund, der wütend verzogen war.

Dann drehte sie sich hastig um und lief in das Schlafzimmer. Hal stand auf und folgte ihr. Jeannette lag auf dem Bett und weinte hemmungslos.

»Jeannette, du verstehst mich nicht.«

»Fva tuh!«

Als ihm die Bedeutung bewußt wurde, errötete er. Dann geriet er in Rage. Er packte sie bei der Schulter und drehte sie herum, so daß sie ihm ins Gesicht schauen mußte.

Und plötzlich hörte er sich sagen: »Aber ich liebe dich, Jeannette. Ich liebe dich wirklich.«

Es klang seltsam, selbst in seinen Ohren. Die Vorstellung von Liebe, wie Jeannette sie empfand, war ihm fremd – war eingerostet, wenn man es so sagen konnte. Es war sehr viel Politur nötig, aber, dies wußte er, sie konnte zum Glänzen gebracht werden. Hier, in seinen Armen, lag eine halbmenschliche Frau, deren ganzes Wesen, deren Instinkte und Erziehung auf Liebe ausgerichtet waren.

Hal hatte geglaubt, daß ihm in dieser Nacht schon jeglicher Kummer genommen worden war. Aber nun, als er seinen Entschluß vergaß, ihr nicht zu erzählen, was passiert war, und er, Schritt für Schritt, die lange und schreckliche Nacht rekapitulierte, liefen ihm die Tränen über das Gesicht. Dreißig Jahre hatten einen tiefen Graben hinterlassen; es dauerte eine lange Zeit, bis er den ganzen Kummer hinausgeweint hatte.

Auch Jeannette schluchzte und sagte, daß es ihr leid täte, auf ihn böse gewesen zu sein. Sie versprach, nie wieder so zu handeln. Und er sagte, daß jetzt alles in Ordnung sei. Sie küßten sich immer wieder, bis sie, wie zwei kleine Kinder, die sich durch Weinen und Trösten von Wut und Enttäuschung befreit haben, sanft einschliefen.

14

Um 09.00 Schiffszeit ging Yarrow an Bord der *Gabriel,* mit dem Geruch des Morgentaus auf dem Gras in seiner Nase. Da er noch etwas Zeit vor der Konferenz hatte, schaute er bei Turnboy, dem historischen *Inter,* rein. Beiläufig fragte er, ob Turnboy wohl irgend etwas über eine Raumflug-Emigration aus Frankreich wisse, die nach dem Apokalyptischen Krieg stattgefunden haben sollte. Turnboy war entzückt, sein Wissen an den Mann bringen zu können. Ja, die Überreste der gallischen Nation hatten sich nach dem Apokalyptischen Krieg in der Loiregegend gesammelt und den Kern dessen gebildet, was ein neues Frankreich hätte werden können.

Aber von den rasch wachsenden Kolonien, die man von Island aus in den nördlichen Teil und von Israel aus in den südlichen Teil Frankreichs vorangetrieben hatte, wurde die Loire bald umzingelt. Neufrankreich sah sich ökonomischer und religiöser Unterdrückung ausgesetzt. Die Anhänger Sigmens drangen in mehreren Missionarswellen in das katholische Territorium ein. Hohe Zölle würgten den Handel des kleinen Landes ab. Schließlich hatte sich eine Gruppe von Franzosen, die unausweichliche Absorption oder Eroberung ihres Staates, ihrer Religion und Sprache vor Augen, mit sechs Raumschiffen aufgemacht, im Umkreis einer fernen Sonne ein anderes Gallien zu suchen. Wo sie gelandet waren, wußte niemand.
Hal dankte Turnboy und begab sich zum Konferenzraum. Er unterhielt sich mit mehreren Männern. Die Hälfte von ihnen konnte wie er einen mongolischen Einschlag in den Gesichtszügen nicht verleugnen. Sie waren die englischsprechenden Nachkommen der Hawaiianer und Australier, die denselben Krieg überlebten, der auch die französische Bevölkerung dezimiert hatte. Ihre Urgroßväter hatten Australien, die beiden Amerikas, Japan und China wiederbevölkert.
Nahezu die halbe Mannschaft sprach Isländisch. Ihre Vorfahren waren von Island aus losgesegelt und hatten sich über das nördliche Europa, Sibirien und die Mandschurei ausgebreitet.
Etwa ein Sechzehntel der Besatzung hatte Georgisch als Muttersprache. Deren Väter waren aus dem Kaukasus in die entvölkerten Ebenen des südlichen Rußlands, Bulgariens, Nordpersiens und Afghanistans gezogen und hatten sie neu besiedelt.
Es war eine denkwürdige Konferenz. Zunächst einmal rückte Hal vom zwanzigsten Platz auf der Linken zum sechsten Platz zur Rechten des Erzurieliten auf. Das *Lamech* auf seiner Brust bewirkte diesen Unterschied. Und dann gab es keine Schwierigkeiten mit Pornsens Tod. Man betrachtete den *Sept* als Kriegsverlust. An jeden erging die eindringliche Warnung vor den Nachtwandlern und anderen Wesen, die manchmal nach Einbruch der Dunkelheit Siddo unsicher machten. Man schlug jedoch nicht vor, auf die Mondscheinspionage zu verzichten.
Macneff befahl Hal als dem geistigen Sohn des toten *Sept*, Vorkehrungen für eine Beerdigung am nächsten Tag zu treffen. Dann zog er von einer langen Rolle an der Wand eine riesige Landkarte herab. Dies war die Darstellung der Erde, die man den *Wogs* geben würde.
Es war ein prächtiges Beispiel für die Sorgfalt und die doppelbödige Denkweise der Haijacs. Die beiden Hemisphären der Erde waren durch unterschiedliche Färbung der politischen Grenzen gekennzeichnet. Soweit es den Machtbereich der Bantus und die malaiischen Staaten betraf,

war die Karte korrekt. Die Positionen der israelischen und der Haijac-Nationen waren jedoch vertauscht worden. Die Erläuterungen am unteren Rand zeigten an, daß Grün die Farbe der Staaten des Vorboten und Gelb die der Hebräerstaaten war. Der grüne Teil aber war ein Ring um das Mittelmeer und ein breites Band, das Arabien, die südliche Hälfte Kleinasiens und Nordindien bedeckte.
Mit anderen Worten: Wenn es den Ozagenianern durch einen unfaßbaren Zufall gelingen sollte, die *Gabriel* zu erobern, und wenn sie nach diesem Modell Schiffe bauen und die Navigationsdaten an Bord benutzen sollten, um Sol zu finden, dann würden sie trotzdem das falsche Land angreifen. Ohne Zweifel würden sie auch wenig Wert auf persönlichen Kontakt mit den Völkern der Erde legen, um das Überraschungsmoment für sich zu nutzen. Die Israelis hätten somit keine Gelegenheit, eine Erklärung abzugeben, bevor die Bomben explodierten. Und die Haijac-Union, die dann gewarnt wäre, würde den Invasoren ihre Raumflotte entgegenwerfen.
»Ich glaube jedoch nicht«, sagte Macneff, »daß die Pseudozukunft, die ich soeben angedeutet habe, jemals Wirklichkeit werden könnte. Es sei denn, der Nachbote wäre mächtiger, als ich es für möglich halte. Natürlich können Sie zu der Einstellung gelangen, daß dieser Verlauf der beste wäre. Könnte die Zukunft eine bessere Gestalt haben, als daß unsere israelischen Feinde mit Hilfe dieser Nicht-Menschen vernichtet würden?
Aber wie Sie alle wissen, ist unser Schiff gegen einen offenen wie auch gegen einen heimlichen Angriff gut geschützt. Unsere Radar- und Infrarotgeräte sind jederzeit in Betrieb. Unsere Waffen warten auf ihren Einsatz. Die *Wogs* sind uns in der Technologie unterlegen; sie können uns einfach nichts entgegensetzen, was wir nicht mühelos zunichte machen würden. Falls der Nachbote sie zu einer übermenschlichen List inspirieren sollte und sie auf das Schiff gelangten, würde sie trotzdem einen Fehlschlag erleben. Sollten die *Wogs* nämlich einen bestimmten Punkt im Schiff erreichen, dann wird einer von zwei Offizieren, die ständig auf der Brücke Dienst tun, einen Alarmknopf drücken. Durch diesen werden alle Navigationsdaten im Speicher ausgelöscht; die *Wogs* werden niemals imstande sein, die Lage unserer Sonne ausfindig zu machen. Und falls die *Wogs* – Sigmen bewahre! – auf die Brücke gelangen sollten, dann wird der Offizier vom Dienst dort einen anderen Knopf betätigen.«
Macneff hielt inne, und sein Blick schweifte über alle, die am Konferenztisch versammelt waren. Die meisten wurden blaß, denn sie wußten, was er sagen würde.

»Eine H-Bombe wird dieses Schiff vollständig zerstören. Und dazu auch die Stadt Siddo dem Erdboden gleichmachen. Aber, was noch wichtiger ist: sie wird zehn Kobaltbomben auslösen. Deren Strahlung wird das Leben auf Ozagen fast völlig vernichten; zumindest werden alle vernunftbegabten Wesen aussterben. Also wird die nächste Expedition bei ihrer Ankunft auf keinen Widerstand treffen. Und wir werden in den Augen des Vorboten und der Stirche auf ewig in einem ruhmvollen Lichte stehen.

Natürlich würden wir es alle vorziehen, daß dies nicht geschieht. Nicht nur aus persönlichen Gründen, sondern auch deswegen, weil es Jahrhunderte, vielleicht auch ein Jahrtausend dauern würde, ehe wieder eine Vegetation Ozagen bedecken würde und wir uns ansiedeln könnten.

Dennoch mache ich Sie auf die Möglichkeit eines solchen Ereignisses aufmerksam. Und ich wünschte sehr, ich könnte Siddo warnen, keinen Angriff zu wagen. Dies würde jedoch unsere augenblicklich guten Beziehungen stören und könnte zur Folge haben, daß wir das Projekt Ozagenozid starten müssen, bevor wir fertig sind.«

Nach der Konferenz gab Hal einige Anweisungen für die Beerdigung Pornsens. Andere Aufgaben beschäftigten ihn noch bis zum frühen Abend, bis er schließlich heimgehen konnte.

Hal schloß die Tür hinter sich und hörte das Plätschern der Dusche. Er hängte seinen Mantel in den Schrank, als das Geräusch des Wassers verebbte. Als er auf die Schlafzimmertür zuging, trat Jeannette aus dem Bad. Sie trocknete ihre Haare mit einem großen Handtuch – und sie war nackt.

Ganz unbefangen sagte sie »*Bo yoo,* Hal« und spazierte ins Schlafzimmer. Nur schwach erwiderte Hal den Gruß. Er wandte sich um und ging in den Vorraum zurück. Wegen seiner Schüchternheit kam er sich wie ein Trottel vor. Gleichzeitig aber verspürte er etwas Sündiges, Unwirkliches, denn sein Herz schlug schneller, sein Atem ging schwerer und seine Lenden wurden von heißen, flüssigen Fingern umfaßt, die halb Schmerz, halb Lust waren.

Als Jeannette herauskam, trug sie ein hellgrünes Kleid, das Hal ihr gekauft hatte und von ihr ihrer Figur entsprechend umgeändert worden war. Ihr festes schwarzes Haar trug sie wie Psyche mit einem aufgetürmten Knoten auf dem Kopf. Sie küßte ihn und fragte, ob er mit ihr in die Küche kommen wolle, während sie kochte. Er sagte, daß er dies großartig finden würde.

Sie begann, eine Art Spaghetti zuzubereiten. Hal bat sie, ihm aus ihrem Leben zu erzählen. Als sie erst einmal angefangen hatte, fiel es ihr nicht schwer fortzufahren.

»... und so fand das Volk meines Vaters einen Planeten wie die Erde und siedelte sich dort an. Es war ein schöner Planet, und daher nannten sie ihn *Wuhboupfey*, das schöne Land. Wie mein Vater sagte, leben dort etwa dreißig Millionen Menschen auf einem Kontinent. Mein Vater war nicht mit dem Leben zufrieden, welches seine Vorfahren geführt hatten: Ackerbau zu treiben oder einen Laden zu leiten und viele Kinder großzuziehen. Er und noch weitere junge Männer seines Schlages nahmen das einzige Raumschiff, das von den ursprünglich sechs Schiffen, die auf dem Planeten gelandet waren, noch funktionsfähig war und brachen zu den Sternen auf. Sie gelangten nach Ozagen. Und stürzten ab. Was bei dem Alter des Schiffes kein Wunder war.«
»Der veraltete Ionenstrahlantrieb. Sind noch Wrackteile vorhanden?«
»*Fi.* Ganz in der Nähe des Ortes, an dem meine Schwestern, Tanten und Kusinen leben.«
»Ist deine Mutter tot?«
Jeannette zögerte, aber dann nickte sie. »Ja. Sie starb bei meiner Geburt. Und der meiner Schwestern. Mein Vater starb erst später. Genauer gesagt, nehmen wir das an. Er ging zur Jagd und kehrte nie zurück.«
Stirnrunzelnd sagte Hal: »Du hast mir erzählt, daß deine Mutter und deine Tanten die letzten der auf Ozagen geborenen menschlichen Wesen seien. Und du sagtest auch einmal, Rastignac sei der einzige Erdenmensch gewesen, der lebend aus dem Wrack herauskam. Er war der Mann deiner Mutter, sicher ... Und so unglaublich es auch klingen mag, ihre Vereinigung – die eines Terrestriers mit einer Extraterrestrierin – war fruchtbar! Allein diese Tatsache würde meine Kollegen vom Stuhl reißen. Daß sie von der chemischen Struktur ihrer Körper und den Chromosomen her zusammenpassen sollten, steht in völligem Gegensatz zu dem, was von der Wissenschaft allgemein anerkannt wird! Aber woran ich mich stoße, ist, daß auch die Schwestern deiner Mutter Kinder haben. Wenn der letzte menschliche Ozagenianer schon Jahre vor Rastignacs Absturz starb, wer war denn dann der Vater dieser Kinder?«
»Mein Vater, Jean Rastignac. Er war der Mann meiner Mutter und der meiner drei Tanten. Sie sagten alle, daß er ein hervorragender Liebhaber war, sehr erfahren und sehr männlich.«
»Oh«, entfuhr es Hal.
Bis sie Spaghetti und Salat fertig hatte, schaute Hal ihr nur schweigend zu. Inzwischen war es Hal gelungen, in etwa einen Überblick zu gewinnen. Trotz allem war der Franzose nicht viel schlimmer als er selbst. Vielleicht nicht einmal so schlecht wie er. Er schmunzelte. Wie leicht war man doch geneigt, jemanden zu verdammen, der einer Versuchung nachgab, solange man nicht selbst in solch eine Situation geriet. Hal

fragte sich, wie Pornsen wohl reagiert hätte, wenn er mit Jeannette in Berührung gekommen wäre.

»... und so war es leicht, den *Wogs* zu entkommen«, sagte Jeannette. »Sie bewachten mich nicht sehr streng und waren mit den Verhören bereits fertig. *Mo tyuh,* die Untersuchungen. Fragen über Fragen! Dieser Fobo wollte alles mögliche von mir wissen, wollte meine Intelligenz und meine Persönlichkeit bis in die letzten Verästelungen ausloten, schloß mich an die verschiedensten Maschinen an. Er und seine Kumpane kehrten mein Inneres nach außen. Im wahrsten Sinne des Wortes, mein Liebling. Sie machten Aufnahmen von meinem Körperinneren. Zeigten mir mein Skelett, die Organe und einfach alles. Sie sagten, das wäre höchst interessant. Stell dir das vor! Ich werde zur Schau gestellt, wie noch nie eine Frau zur Schau gestellt worden ist – und sie finden mich schlichtweg interessant. Unglaublich!«

Hal lachte. »Du kannst von ihnen nicht erwarten, daß sie sich so verhalten, wie sich ein männlicher Säuger einem weiblichen Säuger gegenüber benimmt ...«

Schelmisch sah sie ihn an. »Bin ich ein weiblicher Säuger?«

»Offensichtlich, unverwechselbar, unbestritten und bezaubernderweise.«

»Dafür bekommst du einen Kuß.«

Sie beugte sich über ihn und brachte ihren Mund über den seinen. Hal verkrampfte sich, so wie er jedesmal reagiert hatte, wenn ihm seine Ex-Ehefrau einen Kuß angeboten hatte. Aber Jeannette mußte dies geahnt haben, denn sie sagte: »Du bist ein Mann und nicht ein Steinblock. Und ich bin eine Frau, die dich liebt. Küß mich! Und nimm nicht nur meine Küsse entgegen.«

»Oh, nicht so wild«, murmelte sie. »Küß mich. Versuche nicht, deine Lippen durch meine hindurchzudrücken. Mach es sanft, weich! Laß deine Lippen mit meinen verschmelzen. So!«

Sie ließ ihre Zungenspitze gegen die seine vibrieren. Dann trat sie zurück und lächelte, die Augen halb geschlossen und mit feuchten Lippen. Hal war erregt und außer Atem.

»Glaubt man bei deinem Volk, die Zunge sei nur zum Sprechen da? Haltet ihr das, was ich soeben getan habe, für sündig und unwirklich?«

»Ich weiß nicht. Darüber hat sich noch niemand den Kopf zerbrochen.«

»Dir hat es gefallen. Das weiß ich. Dennoch ist es der gleiche Mund, mit dem ich esse und den ich verbergen muß, wenn ich dir am Tisch gegenübersitze.«

»Fang bitte nicht wieder mit diesem Thema an«, stöhnte er. »Ich habe mir auch Gedanken darüber gemacht. Es gibt keinen vernünftigen Grund, aus dem wir uns während des Essens verschleiern sollten. Aber es ist nun mal leider so, daß man mich dazu erzogen hat, dies als abstoßend zu empfinden. Pawlows Hund ließ Speichel fließen, wenn er die Glocke hörte; mir wird übel, wenn ich sehe, wie man Essen in einen nackten Mund schiebt.«
»Laß uns jetzt essen. Danach werden wir etwas trinken und über uns reden. Und noch später das tun, wozu wir gerade Lust haben werden.«
Hal machte rasche Fortschritte. Er wurde nicht einmal rot.

15

Nach dem Mahl verdünnte Jeannette einen Krug Käfersaft mit Wasser, goß eine purpurartige Flüssigkeit dazu, die dem Getränk den Geruch von Weintrauben verlieh, und gab die kleinen Zweige einer orangefarbenen Pflanze obenauf. Aus einem Glas mit Eiswürfeln getrunken, schmeckte es sehr erfrischend und sogar nach Weintrauben. Hal warf es jedenfalls nicht gleich um.
»Warum hast du mich ausgesucht und nicht Pornsen?« fragte er.
Sie saß auf seinem Schoß, hatte einen Arm um seinen Hals geschlungen und den anderen, mit dem Drink in der Hand, auf den Tisch gelegt. »Oh, du sahst so gut aus, und er war sehr häßlich. Außerdem hatte ich das Gefühl, dir vertrauen zu können. Ich wußte, daß ich sehr vorsichtig sein mußte. Mein Vater hatte mir von Erdenmenschen erzählt. Er sagte, man könne sich nicht auf sie verlassen.«
»Wie wahr! Aber irgendwie scheinst du intuitiv das Richtige getan zu haben. Wenn du Fühler hättest, würde ich sagen, daß du Nervenströme aufspüren kannst. Laß mich doch mal sehen!«
Er wollte mit den Fingern durch ihre Haare streichen, aber sie duckte lachend ihren Kopf weg.
Hal mußte mitlachen und legte eine Hand auf ihre Schulter. Er rieb die weiche Haut. »Ich war wahrscheinlich der einzige auf dem Schiff, der dich nicht verraten würde. Jetzt jedoch bin ich in einer verzwickten Lage. Deine Anwesenheit hier beschwört den Nachboten herauf. Sie bringt mich in ernste Gefahr – aber in eine Gefahr, die ich um nichts auf der Welt missen möchte.
Aber was du von den Röntgengeräten erzählt hast, beunruhigt mich. Bis jetzt haben wir nämlich noch keine gesehen. Halten die *Wogs* sie versteckt? Wenn ja, warum? Wir wissen, daß sie über Elektrizität verfügen

und theoretisch imstande sein müßten, Röntgengeräte zu erfinden. Vielleicht verbergen sie diese nur, weil sie Indiz für eine sogar noch weiter fortgeschrittene Technologie sein können. Aber das scheint alles nicht sehr einleuchtend zu sein. Und im Grunde wissen wir nicht allzuviel über die Siddokultur. Wir sind weder lange genug hier, noch verfügen wir über genügend Leute, um ausgedehnte Nachforschungen anzustellen. Mag sein, daß ich auch zu argwöhnisch bin. Das ist mehr als wahrscheinlich. Trotzdem sollte Macneff informiert werden. Aber ich kann ihm nicht sagen, wie ich es herausgefunden habe; ich würde es nicht einmal wagen, über meine Informationsquelle eine Lüge zu verbreiten. Ich bin in ein ziemliches Dilemma geraten.«
»Dilemma? Was ist das? Damit hatte ich noch nie zu tun.«
Er drückte sie an sich und sagte: »Hoffentlich wird es dir auch nie passieren, in eines zu geraten.«
»Hör mal«, sagte sie und sah ihn mit ihren schönen braunen Augen gespannt an. »Warum sollen wir uns Sorgen darum machen, wie wir Macneff Bescheid geben? Wenn die Siddos die Haijacs – oder die Haie, wie sie deinen Worten nach so treffend von ihren Feinden genannt werden – angreifen und besiegen sollten, warum nicht? Könnten wir uns nicht in mein Heimatland begeben und dort leben?«
Hal war schockiert. »Es sind meine Landsleute! Sie – wir – sind Sigmeniten. Ich könnte sie doch nicht verraten!«
»Das tust du bereits, indem du mich hier versteckt hältst«, sagte sie ernst.
»Ich weiß«, erwiderte Hal bedächtig. »Aber dies ist kein grober Betrug und in Wirklichkeit auch kein Verrat. Wen schädige ich dadurch, daß ich mit dir zusammenlebe?«
»Es kümmert mich nicht im geringsten, was du ihnen antun könntest«, sagte Jeannette. »Ich mache mir nur Sorgen, was du dir selbst antun magst.«
»Mir selbst? Ich tue zur Zeit das Beste, was ich je getan habe!«
Sie lächelte sanft und gab ihm einen leichten Kuß auf die Lippen.
Hal grübelte noch immer und sagte dann: »Ich meine es ernst, Jeannette. Früher oder später – wahrscheinlich früher – werden wir etwas unternehmen müssen. Damit meine ich, daß wir ein Versteck tief unter der Oberfläche finden müssen. Später, wenn alles vorbei ist, können wir wieder herauskommen. Und dann werden wir mindestens achtzig Jahre für uns haben, was mehr als genug sein wird. Denn genauso lange wird es dauern, bis die *Gabriel* zur Erde zurückgekehrt ist und die Kolonisationsschiffe zurückkommen. Wir werden wie Adam und Eva leben, nur wir zwei und die Tiere.«

»Was meinst du damit?« fragte sie verwundert.
»Unsere Spezialisten arbeiten Tag und Nacht an Proben des Woggelwanzenbluts. Sie hoffen, einen künstlichen Semivirus zu schaffen, der sich an das Kupfer in den grünen Blutgefäßen der *Wogs* bindet und damit die elektrophoretischen Eigenschaften der Zellen verändert.«
»*'Ama?*«
»Ich werde versuchen, es dir zu erklären, auch wenn ich eine Mischung aus Amerikanisch, Französisch und Siddo benutzen muß, um mich verständlich zu machen. Eine Abart dieses künstlichen Semivirus raffte während des Apokalyptischen Kriegs den größten Teil der Völker auf der Erde hinweg. Ich werde jetzt nicht in die historischen Details gehen, die zu dem Ausbruch des Krieges führten; es reicht, wenn man weiß, daß der Virus von den Schiffen marsianischer Siedler außerhalb der irdischen Atmosphäre heimlich ausgesetzt wurde. Die Nachkommen der Erdenmenschen auf dem Mars, die sich als echte Marsianer betrachteten, wurden von Sigfried Russ angeführt. Es war der böseste Mann, der je gelebt hat. Jedenfalls verkünden dies die Geschichtsbücher.«
»Ich weiß gar nicht, wovon du sprichst«, sagte sie. Ihr Gesicht war ernst, und ihre Augen fixierten ihn.
»Du kannst dir das Wesentliche selbst heraussuchen«, sagte Hal. »Die vier marsianischen Schiffe, die vortäuschten, eine Handelsflotte zu sein und außerhalb der Atmosphäre eine Umlaufbahn einschlugen, setzten Milliarden dieser Viren ab. Unsichtbare Knoten von Proteinmolekülen drifteten durch das All, tauchten in die Atmosphäre ein, breiteten sich über die gesamte Welt aus und bedeckten sie mit einem dünnen Nebel. Waren diese Moleküle einmal durch die Haut eines menschlichen Wesens gedrungen, klammerten sie sich an das Hämoglobin in den roten Blutkörperchen und luden sie positiv auf. Diese Ladung veranlaßte ein Ende eines Globinmoleküls, sich mit dem Ende eines anderen zu verbinden. Und so vollzog sich eine Art von Kristallisation, die aus den pfannkuchenförmigen Zellen Gebilde machte, die kleinen Krummsäbeln glichen. Sichelzellanämie. Die im Labor gezüchtete Anämie entwickelte sich viel schneller und war beständiger als die natürliche, denn jede Blutzelle im Körper wurde angegriffen und nicht nur ein kleiner Prozentsatz. Schon bald löste sich jede Zelle auf. Durch den Organismus wurde kein Sauerstoff mehr transportiert – der menschliche Körper starb. Und *wie* der Körper starb, Jeannette – der Körper der Menschheit! Fast ein gesamter Planet mit menschlichen Wesen ging an dem Sauerstoffmangel zugrunde.«
»Ich glaube, ich habe das meiste von dem verstanden, was du erzählt hast«, sagte sie. »Aber alle starben doch nicht?«

»Nein. Schon am Anfang stellten die Regierungen der Erde fest, was dort vor sich ging. Sie schickten Raketen in Richtung Mars. Diese Raketen, die dazu bestimmt waren, Erdbeben zu verursachen, zerstörten den größten Teil der unterirdischen Marskolonien. Auf der Erde überlebten etwa eine Million Menschen auf jedem Kontinent. Bestimmte Gebiete machten eine Ausnahme, denn dort war nahezu die gesamte Bevölkerung unversehrt geblieben. Den Grund dafür kennen wir nicht genau. Aber irgend etwas, vielleicht eine günstige Windströmung, drängte den Virusfall ab, bis die Viren den Boden erreicht hatten. Nach einer gewissen Zeit außerhalb des menschlichen Körpers starb der Virus. Jedenfalls waren die Inseln Hawaii und Island mit intakten Regierungen und vollständiger Bevölkerung erhalten geblieben. Auch Israel blieb unberührt, als hätte Gott seine Hand während des tödlichen Niederschlags über das Land gehalten. Südaustralien und das Kaukasusgebirge blieben ebenfalls verschont. Diese Nationen breiteten sich anschließend aus, besiedelten die Welt aufs neue und saugten die Überlebenden in den Gebieten auf, die sie in Besitz nahmen. In den Dschungeln Afrikas und der malaiischen Halbinsel waren genügend Menschen am Leben geblieben, die sich herauswagten und wieder etablierten, ehe Kolonisten von den Inseln oder aus Australien die Gewalt in ihren Heimatländern übernehmen konnten.

Und was auf der Erde geschehen ist, das soll auch diesem Planeten widerfahren. Wenn der Befehl gegeben wird, verlassen Geschosse die *Gabriel*, Raketen, die mit der gleichen tödlichen Fracht beladen sind. Nur die Viren sind den Blutzellen der Ozagenianer angepaßt. Und die Raketen werden kreisen und kreisen und ihren unsichtbaren Todesregen versprühen. Und ... überall ... die Schädel ...«

»Sei still!« Jeannette legte einen Finger auf seinen bebenden Mund. »Ich weiß nicht, was Proteine und Moleküle und diese – diese elektrophoretischen Ladungen bedeuten! Das geht über meinen Verstand. Aber ich habe gemerkt, daß du, je länger du gesprochen hast, immer ängstlicher geworden bist. Deine Stimme wurde erregter, und deine Augen weiteten sich. Jemand hat dich in der Vergangenheit in Schrecken versetzt. Nein! Unterbrich mich jetzt nicht! Sie haben dich eingeschüchtert, und du warst Mann genug, um deine Furcht weitestgehend zu verbergen. Aber sie haben dir einen so schrecklich wirksamen Stoß versetzt, daß du nicht in der Lage warst, ihn zu verwinden. Ich ...« – sie legte ihre weichen Lippen an sein Ohr und flüsterte – »... werde diese Angst vertreiben. Ich werde dich aus diesem Tal der Furcht herausführen. Nein! Widersprich nicht! Ich weiß, daß es dein Ich quält, wenn eine Frau annehmen könnte, du hättest Angst. Aber so sehe ich das überhaupt nicht. Vielmehr bewundere ich dich um so mehr, weil ich weiß, was du alles überstanden hast. Ich kann mir vorstellen, welcher Mut dazu gehörte, sich dem *'Meter* auszusetzen, und ich weiß, daß du es meinetwegen getan hast. Darauf bin ich sehr stolz. Ich liebe dich dafür. Und ich bin mir auch bewußt, daß sehr viel Mut nötig ist, um mich hier zu verbergen, wenn dich jederzeit der kleinste Fehler mit Sicherheit in Ungnade und Tod stürzen kann. Ich weiß, was dies alles zu bedeuten hat. Es ist sowohl meine Natur und mein Instinkt als auch meine Aufgabe und meine Neigung, dies zu wissen.

Jetzt aber wollen wir etwas trinken. Wir sind ja nicht außerhalb dieser vier Wände, wo wir uns um solche Dinge Sorgen machen und uns fürchten müssen. Wir sind hier drinnen. Außer uns beiden ist alles weit entfernt. Trink! Und liebe mich! Ich werde dich lieben, Hal, und wir brauchen uns nicht um die Welt dort draußen zu kümmern. Für den Augenblick jedenfalls nicht. Vergiß alles in meinen Armen!«

Sie küßten sich, und ihre Hände entdeckten den Körper des anderen. Sie sagten all das, was sich Liebende schon immer gesagt haben.

Zwischen ihren Zärtlichkeiten goß Jeannette von dem purpurfarbenen Getränk nach, und sie tranken davon. Hal hatte keine Schwierigkeiten, es hinunterzuschlucken, und er kam zu dem Schluß, daß ihm nicht so sehr die Vorstellung, Alkohol zu trinken, zu schaffen machte, sondern daß es vielmehr der Geruch war, der ihm widerlich vorkam. Wurde seine Nase getäuscht, dann galt das auch für seinen Magen. Und mit jedem Drink fiel es ihm leichter, den nächsten zu nehmen.

Er leerte schließlich drei große Gläser. Dann stand er auf, hob Jeannette auf seine Arme und trug sie in das Schlafzimmer hinüber. Sie küßte dabei seinen Hals, und ihm war so, als würde eine elektrische Spannung von ihren Lippen auf seine Haut übergehen und weiter in sein Gehirn und hinab in seine hämmernde Brust vordringen, den Magen erwärmend und den Penis zum Schwellen bringend, um dann seine Fußsohlen zu erreichen, die seltsamerweise eiskalt geworden waren. Eins war sicher: in ihrer Umarmung befiel ihn nicht das Verlangen, sich zurückzuziehen, wie er es immer gespürt hatte, wenn er seine Pflicht gegenüber Mary und der Stirche erfüllte.

Doch selbst in der Ekstase seiner Vorfreude hielt er sich noch einen Schlupfwinkel parat. Er war nicht sehr bedeutend, doch er war vorhanden, hinterließ einen dunklen Fleck im Feuer seiner Erregung. Er konnte sich nicht völlig vergessen, und er hatte Zweifel, fragte sich, ob er wohl wieder versagen würde, wie es ihm so viele Male passiert war, wenn er im Dunkeln ins Bett gekrochen war und die Hand nach Mary ausgestreckt hatte.

Die Ungewißheit hatte den schwarzen Samen der Panik verstreut, und ihm kam der Gedanke, sich im Falle des Versagens umzubringen. Dann wäre es für immer aus mit ihm.
Aber er sagte sich, daß er unmöglich erfolglos sein konnte und durfte. Nicht, wenn er Jeannette in den Armen hielt und ihre Lippen auf den seinen lagen.
Er setzte sie auf das Bett und schaltete die Deckenbeleuchtung aus. Sie aber knipste die Lampe über dem Bett an.
»Warum machst du denn *das*?« fragte er, am Fuße des Bettes stehend. Er fühlte, wie ihn Panik überkam und wie seine Leidenschaft dahinschwand. Gleichzeitig war er verwundert, wie sie sich so schnell und unbemerkt hatte entkleiden können.
Jeannette lächelte und sagte: »Erinnerst du dich noch an diese schöne Passage, die du mir neulich gesagt hast? *Gott sagte: Es werde Licht.*«
»Aber wir brauchen es doch nicht«, erwiderte Hal.
»Ich schon. Ich muß dich in jedem Moment sehen. Die Dunkelheit würde mir die Hälfte des Vergnügens rauben. Ich möchte dich beim Lieben sehen.«
Sie richtete sich auf, um den Winkel der Bettleuchte einzustellen. Durch diese Bewegung hoben sich ihre Brüste, und ein plötzlicher, fast unerträglicher Schmerz durchfuhr ihn.
»So, nun kann ich dein Gesicht sehen. Besonders in dem Augenblick, wenn ich genau wissen werde, daß du mich liebst.«
Sie streckte einen Fuß aus und berührte mit dem Zeh sein Knie. Haut auf Haut ... er wurde so magisch angezogen, als wäre es der verheißungsvolle Lockruf eines sanften Engels. Hal kniete sich auf das Bett, und sie zog ihr Bein zurück, wobei sie jedoch ihren Zeh auf seinem Bein ruhen ließ, als hätte er dort Wurzeln geschlagen und könne nicht mehr vertrieben werden.
»Hal, Hal«, murmelte sie. »Was haben sie nur mit dir gemacht? Was haben sie allen euren Männern angetan? Aus deinen Erzählungen weiß ich, daß sie so sind wie du. Was haben sie gemacht? Ließen euch hassen statt lieben, obwohl sie diesen Haß Liebe nennen. Machten euch zu Halb-Männern, damit ihr euren Trieb erst auf euch selbst und dann nach außen gegen eure Feinde richten solltet. So werden aus lahmen Liebhabern kampfbereite Krieger.«
»Das ist nicht wahr«, entgegnete er. »Es ist nicht wahr.«
»Ich sehe es doch an dir. Es ist wahr.«
Sie nahm ihren Fuß fort und legte ihn neben sein Knie. »Komm näher zu mir«, sagte sie, und als er, immer noch auf den Knien, herangerückt war, griff sie nach ihm und zog ihn herab an ihre Brüste.

»Nimm sie in deinen Mund und werde wieder zu einem Baby. Ich werde dich so erregen, daß du deinen Haß vergißt und nur noch Liebe verspürst. Und ein Mann wirst.«

»Jeannette, Jeannette«, sagte er heiser. Er streckte die Hand aus, um an der Schnur der Bettlampe zu ziehen und sagte: »Nur nicht das Licht.«

Sie aber legte ihre Hand auf die seine und sagte: »Doch das Licht.«

Dann nahm sie ihre Hand fort und seufzte: »Na gut, Hal. Mach es aus. Für eine kurze Zeit. Wenn du schon in die Dunkelheit zurück mußt, dann geh weit zurück. Ganz weit zurück. Und werde dann neu geboren ... eine Zeitlang. Danach das Licht.«

»Nein! Laß es brennen!« murrte Hal. »Ich bin doch nicht im Mutterleib. Und ich möchte auch nicht dorthin zurückkehren; das habe ich nicht nötig. Ich werde dich nehmen, wie eine Armee eine Stadt nimmt.«

»Spiel doch nicht den Soldaten, Hal. Sei ein Liebhaber. Du sollst mich lieben und nicht vergewaltigen. Du kannst mich gar nicht nehmen, weil ich dich umzingeln werde.«

Ihre Hand umfaßte ihn zärtlich, und leicht bog sie ihren Rücken. Und er war umzingelt. Ein Schock durchfuhr ihn, der jenem vergleichbar war, den er beim Kuß auf seinen Hals verspürt hatte. Vergleichbar aber nur in der Art, keinesfalls in der Intensität.

Hal vergrub sein Gesicht in ihrer Schulter, aber Jeannette legte beide Hände auf seine Brust und hob ihn mit erstaunlicher Kraft halb hoch.

»Nicht so. Ich muß dein Gesicht sehen. Besonders *in jenem Moment* muß ich es, denn ich will sehen, wie du dich in mir verlierst.«

Und sie hielt währenddessen die Augen weit geöffnet, als wollte sie das Gesicht ihres Geliebten auf ewig in jede Zelle ihres Körpers einprägen.

Hal war durchaus bei der Sache und hätte sich nicht einmal darum geschert, wenn der Erzurielit höchstpersönlich an die Tür geklopft hätte. Aber er bemerkte, ohne darüber nachzudenken, daß sich die Pupillen ihrer Augen zur Spitze eines Bleistifts verengt hatten.

16

In der Haijac-Union wurden die Alkoholiker nicht behandelt, sondern zum H geschickt. Daher waren auch keine psychologischen oder narkotischen Therapien für Süchtige erarbeitet worden. Hal, der durch diese Tatsache in seinem Wunsch enttäuscht wurde, Jeannettes Schwäche auszumerzen, wandte sich um Rat an jene, die ihr die Krankheit beschert hatten. Er gab natürlich vor, daß die Kur für ihn selbst bestimmt sei.

Fobo sagte: »Das Trinken ist auf Ozagen weitverbreitet, aber es stellt kein Problem dar. Unsere wenigen Alkoholiker werden, mit Hilfe von Medikamenten natürlich, zur Normalität empathisiert. Warum läßt du mich nicht auch dich empathisieren?«

»Tut mir leid. Aber meine Regierung verbietet so etwas.«

Die gleiche Ausrede hatte Hal Fobo gegenüber dafür benutzt, daß er den *Wog* nicht in sein Apartment einlud.

»Ihr habt die meistverbietende Regierung«, bemerkte Fobo und brach in eines seiner langanhaltenden, heulenden Gelächter aus. Als er wieder zu sich kam, sagte er: »Man verbietet euch auch, Schnaps anzurühren, aber das hält euch ja nicht ab. Nun, es bedarf wohl keiner Rechtfertigung der Inkonsequenz. Aber im Ernst, ich habe genau das Richtige für dich. Es heißt Glühfrei. Wir mengen es dem täglichen Alkoholquantum bei und steigern allmählich den Glühfreianteil zuungunsten des Alkoholgehalts. Nach zwei bis drei Wochen trinkt der Patient eine 96-prozentige Glühfreiflüssigkeit. Der Geschmack ist fast derselbe; der Trinker schöpft selten Verdacht. Eine fortgesetzte Behandlung befreit den Patienten von seiner Alkoholabhängigkeit. Nur einen Nachteil hat die ganze Sache.«

Er legte eine kleine Pause ein und sagte dann: »Der Trinker ist jetzt glühfreisüchtig!«

Er schlug sich auf den Schenkel vor Vergnügen, wackelte mit dem Kopf, bis die lange, knorpelige Nase vibrierte, und lachte, daß ihm die Tränen kamen.

Als es ihm endlich gelang, das Lachen zu unterdrücken, trocknete er sich mit einem seesternförmigen Taschentuch die Tränen ab und sagte: »Der seltsame Effekt von Glühfrei ist in der Tat, daß es den Patienten für einen Abbau der Spannungen zugänglich macht, die ihn zum Trinken getrieben haben. Er kann nun empathisiert und gleichzeitig vom Genußmittel entwöhnt werden. Da ich keine Gelegenheit habe, dir das Zeug heimlich zuzuführen, lasse ich es darauf ankommen, daß du ernsthaft daran interessiert bist, dich selbst zu heilen. Wenn du zu einer Therapie bereit bist, dann sage es mir.«

Hal brachte die Flasche in sein Apartment. Ihren Inhalt vermengte er gewissenhaft und in aller Stille jeden Tag mit dem Käfersaft, den er Jeannette reichte. Er hoffte, genügend psychologische Fähigkeiten zu besitzen, um sie zu behandeln, wenn das Glühfrei erst einmal zu wirken begann.

Obwohl er sich dessen nicht bewußt war, wurde er selbst von Fobo »behandelt«. Seine beinahe täglichen Gespräche mit dem Empathisten flößten ihm Zweifel an der Religion und der Wissenschaft der Haijacs ein – oder, wie ihre Feinde sie bezeichneten, der Haie. Fobo las die Biographien Isaac Sigmens und die Werke: das *Prä-Torah,* den *Westli-*

chen Talmud, die *Revidierten Schriften,* die *Grundlagen des Serialismus, Zeit und Theologie, Das Selbst und die Weltenlinie.* In aller Ruhe saß der *Wog* an seinem Tisch, hielt ein Glas Käfersaft in der Hand und stellte die Mathematik der Dunnologen in Frage. Hal führte Beweise an; Fobo widerlegte sie. Er zeigte auf, daß die Mathematik hauptsächlich auf falschen Voraussetzungen beruhte; daß Dunnes und Sigmens Schlüsse sich auf zu viele falsche Analogien, Metaphern und überspannte Interpretationen stützten. Entfernte man diese Stützpfeiler, brach die gesamte Struktur zusammen.

»Um noch darüber hinauszugehen«, sagte Fobo, »gestatte mir, einen weiteren Punkt aus der Anhäufung von Widersprüchen, die in eurer Theologie enthalten sind, anzusprechen. Ihr Sigmeniten glaubt, daß jede Person für jedes Ereignis, das ihr je widerfahren mag, verantwortlich ist. Daß man niemand anders als dem Selbst die Schuld geben kann. Wenn du, Hal Yarrow, über ein Spielzeug stolperst, das ein Kind liegengelassen hat, aus Unachtsamkeit – oh, du glückliche Kindheit ohne Verantwortung! –, und du dir eine Schramme am Ellbogen einhandelst, dann geschah dies, weil du dich tatsächlich selbst verletzten wolltest. Wenn du bei einem ›Unfall‹ ernstlich verletzt wirst, war es kein Unfall; du hast vielmehr der Aktualisierung einer Potentialität zugestimmt. Du konntest im Gegenteil mit deinem Selbst darin einwilligen, nicht betroffen zu sein, und so eine andere Zukunft ermöglichen.

Wenn du ein Verbrechen begehst, dann nur, weil du es so gewollt hast. Wenn du gefaßt wirst, dann nicht, weil du bei der Ausführung des Verbrechens nicht gerissen genug warst oder weil die Uzziten schlauer oder die Umstände so widrig waren, daß du in die Hände der – wie heißen sie in deinem Jargon, Uzis? – gefallen bist. Nein, es war dein Wunsch, gefaßt zu werden; wie auch immer, du hattest den Überblick über alle Umstände.

Wenn du stirbst, dann nur, weil du es möchtest, und nicht etwa, weil jemand einen Revolver auf dich richtet und abdrückt. Du stirbst, weil es dein Wille ist, die Kugel einzufangen; du stimmst mit dem Mörder überein, daß du getötet werden konntest.

Diese Philosophie, dieser Glaube, ist natürlich sehr *shib* für die Stirche, denn es enthebt sie jeglicher Schuld, wenn sie euch züchtigen, exekutieren, zu Unrecht anklagen oder andere unfreundliche Maßnahmen ergreifen muß. Es ist klar, daß ihr, falls es nicht euer Wunsch wäre, gepeitscht, hingerichtet, beschuldigt oder sonst übel behandelt zu werden, dies alles nicht erlauben würdet.

Wenn ihr natürlich nicht mit der Stirche einverstanden seid oder versucht, euch zu widersetzen, dann ist das euer Versuch, eine Pseudozukunft herbeizuführen, eine, die von der Stirche verdammt wird. Das Individuum hat keine Chance.

Doch höre mir genau zu: Ihr glaubt auch, daß ihr persönlich einen vollkommen freien Willen habt, um die Zukunft zu bestimmen. Die Zukunft aber ist festgelegt worden, weil Sigmen in der Zeit vorausgeeilt ist und Vorkehrungen getroffen hat. Jude Changer, Sigmens Bruder, mag wohl vorübergehend die Zukunft und die Vergangenheit in Unordnung bringen, aber Sigmen wird am Ende das ersehnte Gleichgewicht wiederherstellen.

Laß mich also die Frage stellen, wie du persönlich die Zukunft bestimmen kannst, wenn diese schon von Sigmen festgelegt und vorhergesehen worden ist? Entweder ist das eine zutreffend oder das andere, aber nicht beides gleichzeitig.«

Hals Gesicht war gerötet, seine Hände zitterten, und ihm war so, als würde ein schweres Gewicht auf seiner Brust lasten. »Zu diesem Problem habe ich mir auch bereits Gedanken gemacht«, sagte er.

»Hast du jemanden danach gefragt?«

»Nein«, erwiderte Hal, der das Gefühl hatte, in die Falle gegangen zu sein. »Es ist uns selbstverständlich erlaubt, unseren Lehrern Fragen zu stellen. Aber genau diese Frage befand sich nicht auf der Liste.«

»Willst du mir damit sagen, daß euch die Fragen schriftlich vorgegeben wurden und ihr euch auf jene beschränken mußtet?«

»Ja, wieso denn nicht!« sagte Hal ärgerlich. »Diese Fragen waren zu unserem Besten. Die Stirche wußten aus langer Erfahrung, welche Fragen die Studenten hatten; so gab sie also für die weniger Gescheiten eine Liste heraus.«

»Weniger Gescheite, das stimmt genau. Und ich nehme an, daß alle Fragen, die nicht auf der Liste vermerkt waren, als zu gefährlich und dem unwirklichen Denken förderlich betrachtet wurden?« sagte Fobo.

Hal nickte unglücklich.

Fobo fuhr mit seiner schonungslosen Offenlegung fort. Und schlimmer, weit schlimmer als alles, was er bisher gesagt hatte, waren seine nächsten Worte, denn sie stellten einen persönlichen Angriff auf das hochheilige Wesen Sigmens selbst dar.

Er führte aus, daß die Biographien und theologischen Schriften des Vorboten diesen – für den objektiven Leser – als einen sexuell frigiden und frauenverachtenden Mann entlarvten, der einen Messiaskomplex hatte und paranoide und schizophrene Tendenzen zeigte, die von Zeit zu Zeit in religiös-wissenschaftlichem Wahnsinn und Phantastereien seine eisige Schale durchbrachen.

»Auch andere Männer«, sagte Fobo, »müssen ihrer Epoche den Stempel ihrer Persönlichkeit und ihrer Ideen aufgedrückt haben. Sigmen aber hatte gegenüber jenen großen Führern, die vor ihm waren, einen erheblichen Vorteil. Bedingt durch das Verjüngungsserum lebte er lange genug, um nicht nur seine Art der Gesellschaft aufzubauen, sondern sie auch zu festigen und ihre Schwächen ausmerzen zu können. Und er starb erst, als die Fundamente seiner Gesellschaftsform gehärtet waren.«

»Aber der Vorbote ist nicht gestorben«, protestierte Yarrow. »Er verschwand in der Zeit. Er ist immer noch unter uns, bereist die Brennpunkte des Geschehens, springt hierhin und dorthin, mal in die Vergangenheit, mal in die Zukunft. Er ist stets zur Stelle, wo immer er gebraucht wird, um Pseudozeit in reale Zeit zu verwandeln.«

»Ach ja«, sagte Fobo mit einem Lächeln. »Aus diesem Grund besichtigst du die Ruinen, nicht wahr? Um ein Wandgemälde zu überprüfen, das andeutet, daß die Ozagenmenschen einst von einem Mann besucht wurden, der von einem anderen Stern kam? Du glaubst, daß dies der Vorbote gewesen sein könnte, stimmt's?«

»Das glaube ich immer noch«, erwiderte Hal. »Aber mein Bericht ergab, daß, obwohl der Mann irgendwie Sigmen ähnelte, das Beweismaterial nicht ausreichend war. Es ist weiterhin ungeklärt, ob der Vorbote vor tausend Jahren diesen Planeten besucht hat oder nicht.«

»Wie dem auch sei, ich behaupte, daß eure Thesen bedeutungslos sind. Sie erheben den Anspruch, daß seine Prophezeiungen wahr geworden sind. Ich sage, daß sie erstens sehr vieldeutig abgefaßt wurden, und zweitens, wenn sie tatsächlich eingetroffen sind, dies darauf zurückzuführen ist, daß eure mächtige Staatskirche – die ihr so knapp als Stirche bezeichnet – gewaltige Anstrengungen unternommen hat, um die Weissagungen zu erfüllen.

Und dann dieses Schutzengelsystem, bei dem jeweils fünfundzwanzig Familien einen *Sept* haben, der ihre intimsten Angelegenheiten peinlich genau überwacht. Jeweils fünfundzwanzig Familien-*Septe* haben einen Block-*Sept* an ihrer Spitze, und wiederum fünfzig Block-*Septe* stehen unter der Leitung eines *Sept*-Inspektors. Und so weiter. Dieses soziale Gebilde basiert auf Angst, Unwissenheit und Unterdrückung.«

Hal war erschüttert, verärgert und schockiert. Er wollte aufstehen und gehen. Aber Fobo hielt ihn zurück und bat ihn, das Gegenteil von dem zu beweisen, was er gesagt hatte. Hal bekam gelegentlich einen Wutanfall. Wenn er dann mit seinen Tiraden geendet hatte, wurde er gebeten, sich wieder zu setzen und die Diskussion fortzuführen. Bisweilen verlor auch Fobo die Beherrschung; dann schrien sie sich an und überhäuften sich mit Beleidigungen. Zweimal schlugen sie sogar mit den Fäusten

aufeinander ein: Hal trug eine blutende Nase und Fobo ein blaues Auge davon. Danach pflegte der weinende *Wog* Hal zu umarmen und ihn um Verzeihung zu bitten. Und dann setzten sie sich zusammen und tranken noch etwas, bis ihre Nerven sich wieder beruhigt hatten.
Hal wußte, daß er Fobo eigentlich nicht zuhören durfte, sich nicht einer Situation aussetzen sollte, in der ihm etwas Unwirkliches zu Ohren kam. Aber er konnte einfach nicht fortbleiben. Und obwohl er Fobo für das, was er sagte, haßte, verschaffte ihm diese Bekanntschaft eine seltsame Genugtuung und Faszination. Er konnte sich von diesem Wesen nicht trennen, dessen Zunge ihn weitaus schmerzvoller schmähte und schindete, als dies Pornsens Peitsche je vermocht hatte.
Er erzählte Jeannette von diesen Vorfällen. Sie ermutigte ihn, immer wieder davon zu sprechen, bis er sich von Streß und Spannung, Haß und Zweifel befreit hatte. Anschließend fand er eine Liebe, die er nie für möglich gehalten hätte.
Zum ersten Mal in seinem Leben machte er die Erfahrung, daß Mann und Frau sich zu einem Wesen vereinigen konnten. Seine Ehefrau und er hatten eine gewisse Distanz zueinander gehalten, Jeannette aber verfügte über die Mittel, ihn anzuziehen, und über die Kräfte, die seine Substanz mit der ihren vermischte.
Das Licht und der Drink gehörten stets dazu, was Hal aber nicht störte. Ohne es zu wissen, trank Jeannette mittlerweile eine Flüssigkeit, die fast völlig aus Glühfrei bestand. Und Hal hatte sich an das Licht über dem Bett gewöhnt. Dies war eine ihrer Marotten. Angst vor der Dunkelheit steckte nicht dahinter, denn sie wünschte sich das Licht nur für die Zeit, während sie sich liebten. Er hatte kein Verständnis dafür. Vielleicht wollte sie sich sein Bild einprägen, um es immer im Gedächtnis zu haben, falls sie ihn jemals verlieren sollte. Wenn es das war, mochte sie ihr Licht bekommen.
Teils mit sexuellem, teils mit anthropologischem Interesse erkundete er im Schein der Lampe ihren Körper. Er war entzückt und erstaunt über die vielen kleinen Unterschiede zwischen ihr und irdischen Frauen. An ihrem Gaumen befand sich ein Hautanhängsel, welches das Rudiment eines Organs sein mochte, dessen Funktion schon vor langer Zeit von der Evolution verworfen wurde. Jeannette hatte achtundzwanzig Zähne; die Weisheitszähne fehlten. Dies war möglicherweise ein Merkmal des Volkes ihrer Mutter.
Er vermutete, daß sie entweder eine besondere Brustmuskulatur hatte oder daß sich die normalen Muskeln außergewöhnlich gut entwickelt hatten, denn ihre großen und spitzen Brüste hingen nicht herab. Sie waren hoch und fest und zeigten leicht nach oben: das Ideal weiblicher

Schönheit, wie es zu allen Zeiten von männlichen Bildhauern und Malern dargestellt wurde und so selten in der Natur existierte.
Sie war nicht nur eine Augenweide. Es war auch sehr angenehm, mit ihr zusammen zu sein. Mindestens einmal in der Woche begrüßte sie Hal mit einem neuen Kleidungsstück. Sie nähte leidenschaftlich gern; aus den Stoffen, die Hal ihr gab, schneiderte sie Blusen, Röcke und sogar Kleider. Auch ihre Frisuren veränderte sie ständig. Sie war immer wieder anders und immer schön, und sie brachte Hal zu der Erkenntis, daß Schönheit auch eine Freude war, zumindest für die Zeit, die sie andauerte.
Ihr Nachahmungstalent war eine weitere Sache, die ihm Vergnügen bereitete. Fast über Nacht war sie von ihrem Französisch auf Amerikanisch übergewechselt. Binnen einer Woche sprach sie es schneller und ausdrucksvoller als er. Da sie auch eingehende Kenntnisse des Siddo hatte, meinte Hal, daß es am einfachsten wäre, wenn Jeannette ihm Bücher der *Wogs* vorlas, damit auch er es lernte. Er lag auf dem Diwan, während sie auf einem Stuhl saß. Ihre sehr korrekte Aussprache und Betonung schulte sein Gehör, und Hal sparte viel Zeit dadurch, daß er nicht jedes neue Wort in einem Wörterbuch nachschlagen mußte – sie übersetzte es ihm.
Jeannette machte es großen Spaß, ihm vorzulesen. Nur langweilten sie die trockenen technischen Texte, die Hal ihr gab. Außerdem beherrschte sie zwar die Siddo-Umgangssprache, kannte sich aber nicht allzusehr mit den wissenschaftlichen Begriffen aus. Wenn Hal merkte, daß sie ins Stolpern kam oder zögerte, wurde er weich und ließ sie mit dem Lesen aufhören. So brachte er zum Beispiel We'enai's monumentales *Aufstieg und Untergang des Menschen auf Ozagen* nie zu Ende.
An diesem Abend begann Jeannette wie gewöhnlich recht tapfer. Ihre tiefe, kehlige Stimme versuchte, Interesse für das zu simulieren, was ihre Augen sahen. Sie las das erste Kapitel vor, welches die Bildung des Planeten und die Anfänge des Lebens auf ihm beschrieben. Beim zweiten Kapitel gähnte sie ziemlich unverhohlen, aber Hal tat so, als bemerkte er dies nicht und schloß seine Augen. Also fuhr sie fort, schilderte den Aufstieg der *Wogs* von Präarthropoden, die sich anders besonnen und dazu entschieden hatten, Chordaden zu werden. We'enai machte einige schwerfällige Scherze über die Gegensätzlichkeit der Woggelwanzen seit diesem schicksalhaften Tag, und im dritten Kapitel behandelte er schließlich die Geschichte der Säugetierevolution auf dem anderen großen Kontinent Ozagens, die mit dem Menschen ihren Höhepunkt erreichte.
»Aber der Mensch«, zitierte sie, »hatte – wie wir – seine Mimikryparasi-

ten. Einer davon war eine andere Spezies des sogenannten Kneipenkäfers, der, statt einem *Wog* zu gleichen, wie ein Mensch aussah. Wie sein Gegenstück konnte auch er keine intelligente Person zum Narren halten, aber durch seine Alkoholausscheidung war er bei den Menschen sehr erwünscht. Auch er begleitete seinen Wirt seit den primitiven Zeiten, wurde ein wesentlicher Bestandteil seiner Zivilisation und schließlich eine der wichtigsten Ursachen für den Verfall der menschlichen Kultur.

Das Verschwinden der Menschheit von der Oberfläche Ozagens ist jedoch nicht allein auf den Kneipenkäfer zurückzuführen. Dieses Geschöpf kann man unter Kontrolle halten. Wie die meisten Wesen kann man es mißbrauchen oder seinem Zweck entfremden, so daß es zu einer Gefahr wird.

Genau dies stellte der Mensch mit ihm an.

Man muß festhalten, daß er einen Verbündeten hatte, der ihm bei dem Mißbrauch des Insekts half. Es handelte sich um einen anderen Parasiten, der irgendwie anders geartet war – einer, der, um es einmal so auszudrücken, tatsächlich unser Vetter war.

In einer Hinsicht jedoch unterscheidet er sich von uns, vom Menschen und von jedem anderen Lebewesen auf diesem Planeten, wenn man von einigen sehr niederen Spezies absieht. Und zwar darin, daß er nach den allerersten fossilen Zeugnissen zu urteilen, die wir von ihm besitzen, gänzlich ...«

Jeannette legte das Buch aus der Hand. »Das nächste Wort ist mir unbekannt, Hal. Muß ich es unbedingt vorlesen? Es ist so langweilig.«

»Nein, nicht nötig. Nehmen wir lieber diese Comics, die dir und den Matrosen der *Gabriel* so gut gefallen.«

Sie lächelte – ein hübscher Anblick – und begann aus Band 1037, Buch 56 der *Abenteuer des Leif Magnus, geliebter Schüler des Vorboten,* die Geschichte *Die Begegnung mit dem Grauen von Arkturus* vorzutragen.

Hal hörte ihren Bemühungen zu, das Amerikanisch in die Landessprache zu übersetzen, bis er der Banalitäten des Comics überdrüssig wurde und Jeannette zu sich herunterzog.

Und das Licht über ihnen blieb stets an.

Doch es gab auch Mißverständnisse, Meinungsverschiedenheiten und Konflikte zwischen ihnen.

Jeannette war weder Puppe noch Sklavin. Wenn ihr etwas nicht gefiel, was Hal tat oder sagte, dann brachte sie oft sehr schnell ihre Meinung zum Ausdruck. Und wenn er sarkastisch oder heftig antwortete, sah er sich wortreichen Angriffen ausgesetzt.

Es war kurz nachdem er Jeannette in seiner *Puka* versteckt hatte, als er nach einem langen Tag auf dem Schiff mit beträchtlichem Stoppelbart im Gesicht heimkehrte.
Sie küßte ihn und verzog dann das Gesicht. »Das tut weh; es ist wie ein Reibeisen. Ich werde deine Creme holen und selbst deinen Bart wegreiben.«
»Nein, tu das nicht«, entgegnete er.
»Warum denn nicht?« sagte sie und war schon zum Unaussprechlichen unterwegs. »Ich tue sehr gern etwas für dich. Und ganz besonders gefällt es mir, wenn ich dich schön machen kann.«
Mit der Dose des Enthaarungsmittels in der Hand kam sie zurück. »Nun setz dich mal, und ich werde das alles für dich besorgen. Du kannst ja darüber nachdenken, wie sehr ich dich liebe, während ich diese kratzigen Drähte aus deinem Gesicht entferne.«
»Du verstehst mich nicht, Jeannette. Ich kann mich nicht rasieren, weil ich jetzt ein Lamechianer bin. Lamechianer müssen Bärte tragen.«
Erschreckt blieb Jeannette stehen und fragte: »Du *mußt*? Soll das heißen, daß dies Gesetz ist, daß du ein Verbrecher bist, wenn du dich nicht daran hältst?«
»Nein, nein. Ganz so schlimm ist es nicht. Der Vorbote hat selbst nie ein Wort dazu gesagt, und es ist auch niemals ein Gesetz verabschiedet worden, welches dies obligatorisch gemacht hätte. Aber – es ist so Sitte. Und es ist ein Ehrenzeichen, denn nur ein Mann, der es wert ist, das Lamech zu tragen, darf sich auch einen Bart zulegen.«
»Was würde passieren, wenn sich ein Nicht-Lamechianer einen Bart wachsen ließe?«
»Ich weiß es nicht«, sagte er, und seine Stimme klang leicht ärgerlich. »Das ist noch nie vorgekommen. Niemand käme auf diesen Gedanken, es sei denn, er hätte sich qualifiziert. Es ist eben eines dieser Dinge, die man als gegeben hinnehmen muß. Nur ein Außenstehender kann sich darüber Gedanken machen.«
»Aber ein Bart ist so häßlich«, sagte sie. »Und er zerkratzt mir das Gesicht. Genausogut könnte ich einen Haufen Sprungfedern küssen.«
»Dann«, sagte er zornig, »mußt du entweder lernen, wie man Sprungfedern küßt, oder wie du ohne Küsse auskommst. Weil ich einen Bart haben *muß*!«
»Hör mir mal zu«, sagte sie und ging ganz nahe an ihn heran. »Du *mußt* nicht! Was hat es für einen Zweck, Lamechianer zu sein, wenn man doch nicht mehr Freiheit hat als zuvor. Wenn man das zu tun hat, was von einem erwartet wird? Warum ignorierst du diesen Brauch nicht einfach?«

Hal fühlte sowohl Wut als auch Panik in ihm aufsteigen. Panik deswegen, weil er sich ihr so sehr entfremden konnte, daß sie ihn verließ, aber auch, weil er sich im klaren war, daß er im Falle eines Nachgebens von den anderen Lamechianern auf der *Gabriel* mit Argwohn betrachtet würde.

Dies hatte zur Folge, daß er sie beschuldigte, eine Idiotin zu sein. Ihre Erwiderung fiel nicht minder herb und heftig aus. Sie stritten sich, und die halbe Nacht war vorüber, bevor sie den ersten Schritt zu einer Versöhnung machte. Und dann wurde es Morgen, ehe sie einander genügend bewiesen hatten, wie sehr sie sich liebten.

Und an diesem Morgen rasierte sich Hal. Drei Tage lang geschah nichts auf der *Gabriel*. Niemand machte irgendwelche Bemerkungen, und die merkwürdigen Blicke, die er sah – oder zu sehen glaubte –, schrieb er seinem Schuldgefühl und seiner Phantasie zu. Schließlich kam ihm der Gedanke, daß entweder niemand etwas bemerkt hatte, oder alle so sehr mit ihren Aufgaben beschäftigt waren, daß es ihnen nicht der Mühe wert war, sich dazu auszulassen. Er begann sogar, Überlegungen anzustellen, ob es nicht noch andere Ärgernisse des Lamechianertums gab, die er gleichfalls abschaffen konnte.

Am Morgen des vierten Tages wurde er in das Büro Macneffs gerufen.

Hal traf den Sandalphon hinter seinem Schreibtisch sitzend und seinen eigenen Bart befingernd an. Mit seinen blaßblauen Augen starrte Macneff ihn eine Zeitlang an, ehe er Hals Gruß erwiderte.

»Vielleicht waren Sie allzusehr mit ihren Forschungen bei den *Wogs* beschäftigt, Yarrow, um noch an andere Dinge zu denken. Es trifft sicherlich zu, daß wir hier in einer ungewöhnlichen Umgebung leben und alle unsere Konzentration auf den Tag richten, an dem das Projekt gestartet wird.«

Er stand auf und begann, vor Hal auf und ab zu gehen.

»Sie wissen doch sicherlich, daß Sie als Lamechianer nicht nur Privilegien, sondern auch bestimmte Pflichten haben?«

»*Shib, Abba.*«

Mit einer plötzlichen Bewegung wandte Macneff sich zu Hal um und zeigte mit einem langen knochigen Finger auf ihn.

»Warum lassen Sie sich dann keinen Bart wachsen?« sagte er laut. Und er blickte sehr erzürnt.

Hal lief es eiskalt den Rücken hinunter, wie es so oft in seiner Kindheit passiert war, wenn Pornsen, sein *Sept*, die gleichen Manöver mit ihm durchexerziert hatte. Und ihn befiel die gleiche geistige Verwirrung.

»Wieso, ich ... ich ...«

»Wir müssen nicht nur danach streben, das Lamech zu erhalten, wir müssen auch weiterhin bemüht sein, uns dessen würdig zu erweisen. Reinheit und nichts als Reinheit wird uns zum Erfolg führen, die unentwegte Bemühung, rein zu sein.«

»Verzeihen Sie, *Abba*«, sagte Hal mit zitternder Stimme. »Aber ich unternehme doch unendliche Anstrengungen, um rein zu sein.«

Er wagte es, dem Sandalphon in die Augen zu sehen, während er dies sagte, obwohl er selbst nicht genau wußte, woher er den Mut dazu nahm. So abscheulich zu lügen! Er, der unwirklich lebte, log in Gegenwart des großen und reinen Sandalphons!

»Ich wußte doch nicht«, fuhr Hal fort, »daß das Rasieren etwas mit der Reinheit zu tun hat. Weder im *Westlichen Talmud* noch in einem anderen Buch des Vorboten findet sich irgend etwas darüber, ob ein Bart wirklich oder unwirklich ist.«

»Wollen Sie mir erzählen, was in den Schriften steht?« brüllte Macneff.

»Nein, natürlich nicht. Aber es stimmt, was ich sagte, nicht wahr?«

Macneff begann wieder, seine Schritte zu tun und sagte: »Wir müssen rein sein, müssen unbedingt rein sein. Und auch nur das leiseste Anzeichen einer Pseudozukunft, das kleinste Abweichen von der Realität kann uns beflecken. Ja, Sigmen hat sich nie dazu geäußert. Aber es ist schon seit langem anerkannt, das allein die Reinen es wert sind, dem Vorboten durch das Tragen eines Bartes nachzueifern. Daher müssen wir, um rein zu sein, auch rein aussehen.«

»Ich stimme Ihnen aus ganzem Herzen zu!« sagte Hal, der allmählich Selbstvertrauen und eine gewisse Entschlossenheit fand. Es war ihm plötzlich aufgefallen, daß er so betroffen auf Macneffs Vorhaltungen reagiert hatte wie sonst auf die von Pornsen. Pornsen aber war tot, vernichtet, seine Asche dem Wind überlassen worden. Und Hal war es selbst gewesen, der sie bei der Zeremonie verstreut hatte.

»Unter normalen Umständen würde ich mir einen Bart wachsen lassen«, erklärte er. »Aber da ich nun mal unter den *Wogs* lebe, kann ich so weit effektvollere Spionage neben meiner Forschungstätigkeit betreiben. Ich habe nämlich festgestellt, daß die *Wogs* einen Bart als Greuel betrachten – sie selbst haben keine Bärte. Sie können einfach nicht begreifen, warum wir Bärte wachsen lassen, wo wir doch über Mittel verfügen, um sie zu entfernen. Und in Gegenwart eines bärtigen Mannes fühlen sie sich unwohl und angewidert. Ich werde ihr Zutrauen nicht gewinnen können, wenn ich einen Bart trage. Ich habe jedoch die Absicht, mir in dem Moment einen wachsen zu lassen, wenn das Projekt gestartet wird.«

»Hmm!« sagte Macneff, die Haare in seinem Gesicht betastend. »Da könnten Sie recht haben. Schließlich sind dies ja auch ganz ungewöhnliche Verhältnisse. Aber weshalb haben Sie mir denn nichts davon gesagt?«

»Sie sind so beschäftigt, vom Morgengrauen bis zum Schlafengehen, daß ich Sie nicht damit belästigen wollte«, erwiderte Hal. Er fragte sich, ob Macneff sich wohl die Zeit nahm, um die Wahrheit seiner Aussage nachzuprüfen. Denn die *Wogs* hatten Hal gegenüber nie ein Wort über Bärte verloren. Er war zu dieser Ausrede inspiriert worden, als er sich daran erinnerte, was er über die anfänglichen Reaktionen der amerikanischen Indianer auf das Gesichtsgewächs des weißen Mannes gelesen hatte.

Macneff fügte noch ein paar Worte über die Bedeutung des Reinbleibens hinzu, dann entließ er Hal.

Die Strafpredigt wirkte noch nach, als Hal auf dem Weg nach Hause war. Dort angekommen, nahm er zur Beruhigung einige Drinks und dann noch ein paar, um sich für das Abendessen mit Jeannette aufzulokkern. Er hatte nämlich herausgefunden, daß er, wenn er genug getrunken hatte, ohne Ekel zusehen konnte, wie das Essen in ihren nackten Mund geführt wurde.

Dieses Hilfsmittel hatte allerdings auch eine unerfreuliche Begleiterscheinung. Denn er fand zu keiner konstruktiven linguistischen Arbeit mehr und begann, mit seinen Berichten in Verzug zu geraten. Andererseits konnten Jeannette und er auf diese Weise ihr Beisammensein stets ungestört genießen.

17

Eines Tages, als Yarrow mit einer großen Kiste vom Markt zurückkehrte, sagte er: »In letzter Zeit hast du die Lebensmittel nur so in dich hineingeschlungen. Du ißt doch nicht für zwei? Oder vielleicht sogar für drei?«

Sie erblaßte. »*Mo choo*! Weißt du, was du da sagst?«

Er stellte die Kiste auf einen Tisch und faßte Jeannette bei den Schultern.

»*Shib.* Ganz genau, Jeannette. Das geht mir schon seit geraumer Zeit durch den Kopf, aber ich habe bisher noch nichts dazu gesagt, weil ich dich nicht beunruhigen wollte. Oder bist du es jetzt?«

Sie schaute ihm direkt in die Augen, aber ihr Körper bebte. »Oh, nein. Das ist unmöglich!«

»Warum denn? Wir haben doch keine Verhütungsmittel benutzt.«
»*Fi.* Aber ich weiß – frag mich bitte nicht nach dem Grund –, daß es nicht sein kann. Und du darfst nie wieder so etwas andeuten. Auch nicht im Spaß. Ich kann es nicht ertragen.«
Er zog sie ganz fest an sich und sagte über ihre Schulter hinweg: »Ist es deswegen, weil du dazu nicht fähig bist? Weil du weißt, daß du mir keine Kinder gebären kannst?«
Ihr dichtes, leicht parfümiertes Haar hob und senkte sich. »Ich weiß es eben. Frag mich nicht, warum ich es weiß.«
Er löste die enge Umarmung und stand nun wieder eine Armlänge von ihr entfernt. »Hör mir zu, Jeannette. Ich werde dir sagen, was dir Kummer macht. Du und ich, wir entstammen zwei verschiedenen Spezies. Das galt auch für deinen Vater und deine Mutter. Doch sie bekamen Kinder. Und du weißt vielleicht auch, daß Esel und Pferdestuten Junge hervorbringen können, das Muli jedoch steril ist. Der Löwe und die Tigerin können sich vermehren, aber der Löger oder die Tiwin nicht. Ist es nicht so? Und du hast Angst, eine Art Muli zu sein!«
Sie legte ihren Kopf an seine Brust; Tränen flossen auf sein Hemd.
»Wir wollen es realistisch sehen, Liebling«, sagte Hal. »Wenn es so ist – was soll's? Unsere Situation ist – weiß der Vorbote! – ohne ein Baby schon kompliziert genug. Wir werden glücklich sein, wenn du ... nun ... wir haben ja uns, nicht wahr? Das ist alles, was ich brauche. Dich.«
Er trocknete ihre Tränen ab, küßte sie und half ihr, die Lebensmittel in den Kühlschrank zu stellen. Dabei machte er jedoch einen sehr nachdenklichen Eindruck.
Die Mengen an Nahrung und Milch, die sie verbraucht hatte, waren größer als früher. Dies galt besonders für den Milchkonsum. In ihrer herrlichen Figur hatten sich keine verräterischen Veränderungen ergeben. Ohne irgendeine Wirkung zu zeigen, konnte sie aber nicht dermaßen viel essen. Ein Monat verstrich. Hal beobachtete sie sehr genau. Jeannette aß enorme Mengen. Aber nichts geschah.
Yarrow schob es auf seine Unkenntnis ihres fremdartigen Stoffwechsels.
Ein weiterer Monat ging vorüber. Hal wollte gerade die Schiffsbibliothek verlassen, als ihn Turnboy, der historische *Inter,* anhielt.
»Es geht das Gerücht um, die Techniker hätten endlich das globingreifende Molekül hergestellt«, sagte der Historiker. »Ich glaube, dieses Mal sind die Flüsterparolen wahr. Für 15.00 ist eine Konferenz anberaumt worden.«
»*Shib.*« Hal versuchte, die Verzweiflung aus seiner Stimme herauszuhalten.

Als die Versammlung um 16.50 aufgelöst wurde, saß Hal mit hängenden Schultern da. Der Virus war bereits in der Produktion. In einer Woche würde ein ausreichend großer Vorrat bereitstehen, um damit die Disseminatoren von sechs Torpedos zu füllen. Es war geplant, diese abzuschießen, um die Stadt Siddo zu vernichten. Die Torpedos würden in Spiralen fliegen, deren Umfang sich erweiterte, bis ein weites Territorium abgedeckt war. Am Ende, wenn die Torpedos zurückgekehrt, neu geladen und wieder gestartet waren, würde der gesamte Planet der *Wogs* tot sein.

Als Hal in sein Apartment kam, fand er Jeannette im Bett liegend vor. Ihr Haar bildete einen schwarzen Kranz auf dem Kopfkissen, und sie lächelte schwach.

Hal erschrak und vergaß ganz seine gedrückte Stimmung.

»Was ist mit dir los, Jeannette?«

Er legte eine Hand auf ihre Stirn. Die Haut war trocken, heiß und ziemlich rauh.

»Ich weiß es nicht. Ich fühle mich eigentlich schon seit zwei Wochen nicht sehr wohl, obgleich ich mich nicht beklagt habe. Ich dachte, es würde schon vorübergehen. Heute aber ging es mir so schlecht, daß ich mich sofort nach dem Frühstück wieder ins Bett legen mußte.«

»Wir werden dich schon wieder gesund bekommen.«

Er klang sehr zuversichtlich, aber innerlich war er sehr deprimiert. Falls sie sich eine ernsthafte Krankheit zugezogen hatte, konnte er keinen Arzt und keine Medikamente für sie besorgen.

In den nächsten Tagen blieb sie im Bett liegen. Ihre Temperatur schwankte zwischen 42,8 °C am Morgen und 43,1 °C am Abend. Hal pflegte sie, so gut er nur konnte. Er legte ihr nasse Tücher und Eisbeutel auf die Stirn und gab ihr Aspirin. Sie aß jetzt keine großen Mengen mehr, sondern verlangte lediglich danach, etwas zu trinken. Immer wieder bat sie um Milch. Auch den Käfersaft und die Zigaretten lehnte sie ab.

So schlimm ihre Krankheit auch war – ihr Schweigen trieb Yarrow zur Raserei. Seit er sie kannte, hatte sie unbeschwert, fröhlich und amüsant geschwätzt. Sie konnte zwar ruhig sein, aber man merkte ihr dann eine interessierte Wortlosigkeit an. Nun ließ sie ihn sprechen, und wenn er aufhörte, unterbrach sie nicht die Stille durch Fragen oder Bemerkungen.

Er machte den Versuch, sie aufzurütteln, indem er ihr von seinem Plan erzählte, ein Flugboot zu stehlen und sie damit zu ihrer Dschungelheimat zurückzubringen. Ein Leuchten kam in ihren matten Augen auf; das Braun sah zum ersten Mal wieder glänzend aus. Sie setzte sich sogar auf, während er eine Karte des Kontinents auf ihrem Schoß ausbreitete. Jeannette deutete ungefähr auf die Stelle, wo sie gelebt hatte, und beschrieb das Gebirgsmassiv, das aus den grünen Tropen aufstieg, das Tafelland auf dessen Gipfeln, wo ihre Tanten und Schwestern in den Ruinen der früheren Hauptstadt wohnten.

Hal setzte sich an die kleine sechseckige Tischplatte neben dem Bett und rechnete aus den Karten die Koordinaten aus. Hin und wieder schaute er auf. Jeannette lag auf der Seite, ihre zarte, weiße Schulter hob sich aus ihrem Nachthemd hervor, ihre großen Augen waren von Schatten umringt.

»Ich brauche nur einen kleinen Schlüssel zu stehlen«, sagte er. »Der Kilometerzähler auf einem Boot wird vor jedem Start vom Flugfeld auf Null gestellt. Das Fahrzeug fliegt nun fünfzig Kilometer nach Handsteuerung. Beim Erreichen dieser Entfernungsmarke stoppt das Boot automatisch und sendet ein Signal über seinen Standort aus. Das soll verhindern, daß jemand flieht. Die Automatik kann man aufschließen und das Signal abschalten. Ein kleiner Schlüssel reicht dazu. Ich kann ihn bekommen. Keine Sorge!«

»Du mußt mich sehr lieben!«

»*Shib.*«

Er stand auf und küßte sie. Ihr einst so weicher und taufrischer Mund fühlte sich trocken und hart an. Es war fast so, als würde die Haut zu Horn werden.

Er wandte sich wieder seinen Berechnungen zu. Eine Stunde später ließ ihn ein Seufzer von ihr hochblicken. Ihre Augen hatte sie geschlossen, und ihre Lippen waren leicht geöffnet. Schweißtropfen liefen über ihr Gesicht.

Er hatte gehofft, daß ihr Fieber gegangen war. Aber nein. Die Quecksilbersäule kletterte auf 43,2 °C.

Sie sagte etwas.

Er beugte sich nieder. »Was?«

Sie murmelte Worte aus einer unbekannten Sprache, der des Volkes ihrer Mutter. Delirium.

Hal fluchte. Er mußte handeln. Ungeachtet der Konsequenzen. Er rannte ins Badezimmer, schüttelte eine starke Schmerztablette aus einem Fläschchen, kam zurück und richtete Jeannettes Oberkörper auf. Mit einigen Schwierigkeiten gelang es ihm, sie zu veranlassen, die Pille mit einem Glas Wasser hinabzuspülen.

Nachdem er die Schlafzimmertür verschlossen hatte, legte er Umhang und Kapuze an und eilte zur nächsten *Wog*-Apotheke. Dort kaufte er drei Nadeln, drei Spritzen und ein Anti-Koagulans. Wieder in seinem

Apartment, versuchte er, die Nadeln in ihre Armvene einzuführen. Die Spitze wollte einfach nicht eindringen, bis er beim vierten Ansetzen, in einem Anfall von Verzweiflung, ganz fest drückte.
Während der Einstiche öffnete sie nicht ein einziges Mal ihre Augen oder ruckte auch nur mit dem Arm.
Als die ersten Tropfen der Flüssigkeit in das Glasröhrchen tröpfelten, atmete Hal erleichtert auf. Obwohl es ihm nicht bewußt geworden war, hatte er sich auf die Lippen gebissen und den Atem angehalten. Plötzlich erkannte er, daß er in den letzten Monaten einen entsetzlichen Verdacht tief in das Unterbewußtsein verdrängt hatte. Jetzt sah er ein, wie lächerlich dieser Gedanke gewesen war.
Das Blut war rot.
Er versuchte, sie aufzuwecken, um eine Urinprobe zu bekommen. Sie verdrehte ihren Mund mit sonderbaren Silben, fiel dann wieder in Schlaf oder Koma – Hal wußte nicht, was es war. In seiner Verzweiflung schlug er ihr ins Gesicht, immer wieder, in der Hoffnung, er könnte sie dadurch ihrer Bewußtlosigkeit entreißen. Er fluchte erneut, denn ihm wurde mit einem Mal klar, daß er die Urinprobe hätte nehmen müssen, ehe er ihr das Schmerzmittel gab. Wie konnte er sich nur so dumm anstellen? Er war nicht konzentriert genug; ihr Zustand und das, was er auf dem Schiff zu erledigen hatte, regten ihn zu sehr auf.
Hal brühte einen sehr starken Kaffee auf und schaffte es, Jeannette einen Teil davon einzuflößen. Der Rest tröpfelte am Kinn herunter und durchtränkte ihr Nachthemd.
Entweder war es das Koffein oder sein verzweifelter Ton, jedenfalls erwachte sie und öffnete ihre Augen gerade lange genug, um ihn anzusehen, während er ihr erklärte, was er von ihr wollte und wohin er anschließend gehen würde. Nachdem der Urin in einem vorher ausgekochten Behälter gesammelt war, wickelte er den Behälter und die Spritzen in ein Taschentuch und verstaute alles unter seinem Mantel.
Über ein tragbares Sprechgerät hatte er von der *Gabriel* ein Boot angefordert. Draußen ertönte eine Hupe. Er schaute noch einmal auf Jeannette, verschloß dann die Schlafzimmertür und rannte die Treppen hinunter. Das Boot schwebte über dem Bordstein. Hal stieg ein, setzte sich und schlug auf den Startknopf. Das Boot schnellte auf tausend Meter Höhe empor und jagte dann in einem Winkel von 11 Grad dem Schiff im Park entgegen.
In der medizinischen Abteilung hielt sich nur ein Krankenpfleger auf. Der Bursche ließ sein Comics-Heft fallen und sprang auf.
»Nur keine Aufregung!« sagte Hal. »Ich möchte lediglich die Laborgeräte benutzen. Und ich möchte nicht durch die Ausstellung dreifacher

Formulare belästigt werden. Dies ist eine private Angelegenheit, verstehen Sie?«

Hal hatte seinen Mantel ausgezogen, so daß der Pfleger das leuchtende goldene *Lamech* sehen konnte.

»*Shib*«, grunzte der Mann.

Hal reichte ihm zwei Zigaretten.

»Oh, danke.« Er steckte sich eine Zigarette an, setzte sich wieder und griff nach *Der Vorbote und Delilah in der sündigen Stadt Gaza*.

Yarrow ging um die Ecke des Laboratoriums, wo ihn der Pfleger nicht sehen konnte, und schaltete die erforderlichen Geräte ein. Nachdem er seine Proben eingegeben hatte, setzte er sich hin. Doch schon nach wenigen Sekunden sprang er wieder auf und begann, unruhig auf und ab zu gehen. Der Analysecomputer schnurrte mittlerweile wie eine zufriedene Katze, die ihr seltsames Futter verdaute. Eine halbe Stunde später erklang ein kurzes Rasseln, und dann flammte ein grünes Licht auf: ANALYSE KOMPLETT.

Hal betätigte einen Schalter. Wie eine Zunge aus einem Metallmund, glitt ein langes Band heraus. Er las den Code. Urin normal, keine Infektion in diesem Bereich. Normal auch der pH-Wert und die Zahl der Blutkörperchen.

Er war sich nicht ganz sicher gewesen, ob das »Auge« die Zellen ihres Blutes wahrnehmen würde. Die Chancen waren jedoch sehr groß, daß ihre roten Blutkörperchen den irdischen ähnelten. Warum auch nicht? Die Evolution folgt immer parallelen Pfaden, selbst auf Planeten, die mehrere Lichtjahre voneinander getrennt sind, und die bikonkave Scheibe ist die effizienteste Form, um ein Maximum an Sauerstoff zu transportieren.

Der Computer ratterte. Noch mehr Band wurde ausgeworfen. Unbekanntes Hormon! In der Molekularstruktur dem parathyreoiden Hormon ähnlich, welches primär mit der Steuerung des Kalzium-Stoffwechsels befaßt ist.

Was hatte dies zu bedeuten? Konnte diese mysteriöse Substanz, mit der ihr Blut durchsetzt war, die Ursache ihrer Beschwerden sein?

Weiteres Klicken. Der Kalziumgehalt des Blutes lag bei 40 mg Prozent.

Eine derart abnorm hohe Konzentration mußte bedeuten, daß die Nierenschwelle überschritten wurde und das Übermaß an Kalzium in den Urin »überlief«. Wo war es also geblieben?

Der Computer ließ ein rotes Licht aufblitzen: ERLEDIGT.

Aus einem Regal nahm Hal ein Lehrbuch der Hämatologie und schlug unter »Ca« nach. Als er mit dem Lesen aufhörte, straffte er seine Schultern. Neue Hoffnung? Möglicherweise. In ihrem Fall deutete alles darauf hin, daß sie unter einer Form von Hypercalcämie litt, die sich in einer beliebigen Anzahl von Krankheiten offenbarte, wie beispielsweise in einer Rachitis oder einer chronischen hypertrophen Arthritis. Was Jeannette auch immer fehlte, ihr machte eine Fehlfunktion der parathyreoiden Drüse zu schaffen.

Der nächste Gang führte ihn zur Pharmamaschine. Er drückte auf drei Knöpfe, wählte eine Nummer, wartete zwei Minuten und hob dann den Verschluß des Ausgabefaches hoch, das sich in Hüfthöhe befand. Eine Schale kam zum Vorschein. Auf dieser lag eine Zellophanhülle, die eine Injektionsnadel und ein Röhrchen mit 30 ccm einer hellblauen Flüssigkeit enthielt. Es war Jesper-Serum, mit dem sich durch einmalige Einspritzung eine Regulierung der Schilddrüsentätigkeit erreichen ließ.

Hal zog seinen Mantel über, steckte das Päckchen in die Innentasche und schritt zur Tür hinaus, ohne daß der Krankenpfleger auch nur aufgeschaut hätte.

Der nächste Weg führte ihn in die Waffenkammer. Dort gab er dem Lagerverwalter einen Auftrag – dreifach ausgefertigt – über eine 1mm-Automatik und hundert Schuß scharfer Munition. Der Lagerist warf nur einen flüchtigen Blick auf die gefälschten Unterschriften – auch er war durch das *Lamech* von Ehrfurcht ergriffen – und öffnete die Tür. Hal nahm sich den Revolver, den er bequem in seiner Handfläche verbergen konnte, und steckte ihn in seine Hosentasche.

Im Schlüsselraum, der zwei Korridore entfernt war, wiederholte er das Verbrechen. Oder genauer gesagt, er unternahm den Versuch dazu.

Moto, der Offizier vom Dienst, sah sich die Papiere an, zögerte einen Moment und sagte dann: »Tut mir leid. Aber ich habe die Anweisung, bei Wünschen jeder Art beim Obersten Uzziten rückzufragen. Das wird jedoch erst in etwa einer Stunde möglich sein, denn er ist in einer Konferenz beim Erzurieliten.«

Hal nahm die Papiere wieder an sich. »Macht nichts. Die Angelegenheit ist nicht so dringend. Ich komme morgen früh noch mal wieder.«

Auf dem Heimweg überlegte er sich genau, wie er vorgehen würde. Nachdem er Jeannette das Jesper-Serum injiziert hatte, würde er sie zum Flugboot schaffen. Der Boden unter der Instrumententafel des Bootes mußte aufgerissen werden, zwei Drähte waren abzuklemmen, und einer mußte dann an eine andere Leitung angeschlossen werden. Dadurch würde die Begrenzung auf fünfzig Kilometer beseitigt. Unglücklicherweise würde diese Maßnahme einen Alarm auf der *Gabriel* auslösen. Er hoffte, daß er glatt starten konnte, hinaufsteigen und hinter der Bergkette im Westen Siddos verschwinden konnte. Die Berge würden das

Radar ablenken. Der Autopilot würde ihm genügend Zeit lassen, um den Kasten zu zerstören, der das Signal aussendete, welches die *Gabriel* auf seine Spur führen konnte.

Da er das Fahrzeug im Tiefflug halten würde, konnte er hoffen, bis zum Tagesanbruch unbehelligt zu bleiben. Dann mußte er in den nächstgelegenen See oder Fluß, der tief genug war, eintauchen und warten, bis es Nacht wurde. Im Schutz der Dunkelheit konnte er aufsteigen und den Tropen entgegenrasen. Sollten auf seinem Radar irgendwelche Anzeichen von Verfolgern zu sehen sein, konnte er wieder in ein Gewässer eintauchen. Zum Glück gab es auf der *Gabriel* kein Sonargerät.

Er parkte das lange, nadelförmige Boot am Bordstein und stieg aus. Seine Füße polterten über die Treppen. Die ersten beiden Male verfehlte sein Schlüssel das Loch. Er knallte die Tür zu, ohne sich um das Abschließen zu kümmern.

»Jeannette!« rief er laut. Plötzliche Angst, sie könnte im Delirium aufgestanden sein, irgendwie die Tür geöffnet haben und hinausspaziert sein, befiel Hal.

Ein schwaches Stöhnen kam als Antwort. Er schloß die Schlafzimmertür auf und stieß dagegen. Mit weit geöffneten Augen lag sie da.

»Jeannette! Geht es dir besser?«

»Nein. Schlechter. Viel schlechter.«

»Mach dir keine Sorgen, Liebling. Ich habe genau die Medizin, die deine Lebensgeister zurückrufen wird. In ein paar Stunden schon wirst du dich aufrichten und nach Steaks schreien. Und diese Milch wirst du nicht einmal berühren wollen. Dein Glühfrei wirst du literweise trinken. Und dann ...«

Er stockte, als er ihr Gesicht sah. Es war eine wie versteinerte Maske des Elends, sah aus wie die grotesken, verzerrten Holzmasken der griechischen Tragödien.

»Oh, nein ... *nein!*« stöhnte sie. »Was hast du gesagt? Glühfrei?« Ihre Stimme wurde lauter. »Ist es *das*, was du mir die ganze Zeit über gegeben hast?«

»*Shib*, Jeannette. Reg dich doch nicht auf. Es schmeckte dir. Wo liegt da der Unterschied? Die Sache ist die, daß wir fort müssen...«

»Oh, Hal, Hal! Was hast du nur getan?«

Ihr schmerzerfülltes Gesicht bewegte ihn zutiefst. Tränen flossen; wenn je ein Stein hätte erweicht werden können, dann wäre dies bei diesem Anblick geschehen.

Er drehte sich um und lief in die Küche. Dort nahm er das Päckchen zur Hand, packte den Inhalt aus und steckte die Injektionsnadel in das Röhrchen. Dann ging er in das Schlafzimmer zurück. Jeannette gab keinen

Laut von sich, als er die Spitze in ihre Vene hineinstieß. Einen Moment lang fürchtete Hal, die Nadel könnte abbrechen. Jeannettes Haut war so unendlich spröde.

»Dieses Zeug kuriert Erdenleute im Handumdrehen«, sagte er und hoffte, daß Heiterkeit die richtige Art war, mit Kranken umzugehen.

»Oh, Hal, komm zu mir. Es ist ... es ist jetzt zu spät dafür.«

Er zog die Nadel zurück, verrieb Alkohol über dem Einstich und legte ein kleines Müllpolster auf. Dann kniete er vor dem Bett nieder und küßte sie. Ihre Lippen wirkten beinahe wie Leder.

»Hal, liebst du mich?«

»Wirst du mir denn niemals glauben? Wie oft muß ich es dir noch sagen?«

»Ganz gleichgültig, was du über mich erfahren wirst?«

»Ich weiß doch alles über dich.«

»Nein, das stimmt nicht. Das kannst du gar nicht. Oh, Große Mutter, hätte ich dir doch nur etwas davon gesagt! Vielleicht hättest du mich trotz allem genauso sehr geliebt. Vielleicht ...«

»Jeannette! Was ist los?«

Sie hatte ihre Lider wieder geschlossen. Ihr Körper schüttelte sich in Krämpfen. Als das heftige Beben nachgelassen hatte, flüsterte sie mit steifen Lippen. Er beugte seinen Kopf herunter, um sie zu verstehen.

»Was hast du gesagt? Jeannette! Sprich doch!«

Er rüttelte sie. Das Fieber mußte wohl verschwunden sein, denn ihre Schulter war kalt. Und hart.

Die Worte kamen leise und undeutlich.

»Bring mich zu meinen Tanten und Schwestern. Die werden schon wissen, was zu tun ist. Nicht für mich ... sondern für ...«

»Was meinst du denn?«

»Hal, wirst du mich immer lieben ...«

»Ja, ja. Das weißt du doch! Wir haben wichtigere Dinge zu tun, als über so etwas zu reden.«

Falls sie ihn hörte, so ließ sie dies nicht erkennen. Ihr Kopf war weit nach hinten geneigt, so daß ihre zierliche Nase zur Decke zeigte. Mund und Lider waren geschlossen, und ihre Hände lagen an ihrer Seite, mit den Handflächen nach oben. Die Brüste bewegten sich nicht. Das bißchen Atem war zu schwach, um sie zu regen.

18

Hal hämmerte an Fobos Tür, bis sie geöffnet wurde.
Die Frau des Empathisten sagte: »Hal! Hast du mich überrascht!«
»Wo ist Fobo?«
»Er ist auf einer Sitzung des Hochschulausschusses.«
»Ich muß ihn sofort sprechen.«
Abasa schrie hinter ihm her: »Wenn es wichtig ist, geh nur hin! Diese Sitzungen langweilen ihn sowieso zu Tode!«
Als Hal, drei Stufen auf einmal nehmend, hinuntergerannt war und das nahegelegene Universitätsgelände auf dem kürzesten Weg überquert hatte, mußte er nach Luft ringen. Er verlangsamte seinen Schritt aber nicht, sauste die Treppen zum Verwaltungsgebäude hinauf und platzte in das Sitzungszimmer hinein.
Als er sprechen wollte, mußte er erst einmal tief Luft holen.
Fobo sprang von seinem Stuhl auf.
»Wo brennt's denn?«
»Du ... du mußt ... mitkommen. Eine Sache auf Leben und Tod!«
»Entschuldigt mich«, sagte Fobo.
Die zehn *Wogs* nickten mit dem Kopf und fuhren mit der Konferenz fort. Der Empathist warf seinen Umhang über, setzte die Schädelkappe mit den Fühlerattrappen auf und führte Hal hinaus.
»Nun, was ist denn los?«
»Hör mir bitte zu. Ich muß dir vertrauen. Ich weiß, daß du mir nichts versprechen kannst. Aber ich glaube, du wirst mich nicht an meine Leute verraten. Du bist ein Mann von Charakter, Fobo.«
»Komm zur Sache, mein Freund.«
»Paß auf! Ihr *Wogs* seid in der Endokrinologie ebenso fortgeschritten wie wir. Und du hast noch einen besonderen Vorteil. Du kennst Jeannette in- und auswendig. Du hast sie untersucht.«
»Jeannette? Oh, Jeannette Rastignac! Die *Lalitha.*«
»Ja, genau. Ich habe sie in meinem Apartment versteckt gehalten.«
»Ich weiß.«
»Du ... du weißt davon? Woher?«
»Spielt doch keine Rolle.« Der *Wog* legte seine Hand auf Hals Schulter. »Es muß wohl etwas Schlimmes passiert sein, sonst wärst du wegen ihr nicht zu mir gekommen.«
Auf dem Weg zu ihren Apartments erzählte Hal ihm alles. Vor der Tür hielt Fobo ihn am Arm fest.
»Ich muß dir auch etwas erzählen. Deine Landsleute wissen, daß du etwas im Schilde führst. Seit etwa zwei Wochen wohnt ein Mann in dem

Gebäude dort unten an der Straße, der dir nachspioniert. Sein Name ist Art Hunah Pukui.«

»Ein Uzzite!«

»Ja. Er hält sich im Vorderzimmer im Erdgeschoß auf. Seine Fenster sind verdunkelt, aber wahrscheinlich beobachtet er dich gerade jetzt.«

»Den kannst du vergessen!« knurrte Yarrow.

Fobo folgte Hal in dessen Wohnung. Der *Wog* fühlte Jeannettes Stirn und versuchte ein Lid hochzuheben, um sich das Auge anzusehen. Es ließ sich nicht bewegen.

»Hmm! Die Verkalkung der äußeren Hautschichten ist sehr weit vorgeschritten.«

Mit der einen Hand zog Fobo das Bettuch von Jeannette herunter, mit der anderen packte er ihr Nachthemd und riß den dünnen Stoff in der Mitte entzwei. Die beiden Teile rutschten zur Seite hinab, und sie lag völlig nackt da, so stumm, so bleich und so schön wie das Meisterwerk eines Bildhauers.

Ihr Geliebter stieß angesichts dieser scheinbaren Gewalttätigkeit einen leisen Schrei aus. Aber er sagte nichts, denn er sah ein, daß Fobos Handlungsweise medizinischer Natur war. In keinem Fall würde der *Wog* ein sexuelles Interesse an Jeannette haben.

Verlegen schaute er zu. Fobo tippte mit seinen Fingerspitzen auf ihren flachen Bauch und legte dann sein Ohr daran. Als er wieder aufstand, schüttelte er seinen Kopf.

»Ich will dir nichts vormachen, Hal. Auch wenn wir das Bestmögliche tun, wird dies vermutlich nicht ausreichen. Sie muß zu einem Chirurgen. Wenn wir die Eier herausschneiden können, ehe sie ausgebrütet sind, dann kann das, zusammen mit dem Serum, das du ihr gegeben hast, einen Umschwung bewirken und sie vielleicht retten.«

»Eier?«

»Ich werde es dir noch erklären. Wickle sie jetzt ein. Ich werde inzwischen hinunterlaufen und Dr. Kuto anrufen.«

Yarrow umhüllte Jeannette mit einer Decke und drehte sie dann herum. Sie war so steif wie eine Schaufensterpuppe. Da er den versteinerten Gesichtsausdruck nicht ertragen konnte, bedeckte er ihr Antlitz.

Sein Armbandsprechgerät schrillte. Ganz automatisch wollte er die Taste drücken, zog aber gerade noch rechtzeitig die Hand zurück. Das Schrillen war laut und beharrlich. Hal rang einige Sekunden mit sich und kam dann zu dem Schluß, daß er ihren Verdacht nur noch mehr erregte, wenn er nicht antwortete.

»Yarrow!«

»*Shib*?«

»Melden Sie sich beim Erzurieliten. Sie haben fünfzehn Minuten Zeit dafür.«

»*Shib.*«

Fobo kam wieder herein und sagte: »Was wirst du nun tun, Hal?«

Yarrow machte einen entschlossenen Eindruck. »Du greifst Jeannette bei den Schultern, und ich werde ihre Füße fassen. Sie ist so starr, daß wir keine Bahre benötigen.«

Als sie die Treppe hinuntergingen, fragte Hal: »Kannst du uns nach der Operation verstecken, Fobo? Wir werden das Boot jetzt nicht mehr benutzen können.«

»Keine Sorge«, sagte der *Wog* geheimnisvoll über seine Schulter hinweg. »Die Erdenmenschen werden zu sehr beschäftigt sein, um dich zu verfolgen.«

Es dauerte nicht einmal eine Minute, um Jeannette in das Flugboot zu schaffen, zum Hospital zu hüpfen und sie wieder herauszutragen.

»Wir wollen sie einen Moment auf den Boden legen«, sagte Hal. »Ich muß das Boot auf Automatikbetrieb stellen und es zur *Gabriel* zurückschicken. Auf diese Weise wissen sie wenigstens nicht, wo ich bin.«

»Nein. Laß es hier. Du kannst es danach noch benutzen.«

»Wonach?«

»Später. Ach, da ist ja Kuto.«

Im Wartezimmer ging Hal hin und her und paffte dicke Rauchwolken *Barmherziger Seraphim* in die Luft. Fobo saß auf einem Stuhl und rieb seinen kahlen Schädel.

»Dies alles hätte vermieden werden können«, sagte er unglücklich. »Hätte ich früher gewußt, daß die *Lalitha* bei dir lebt, wäre mir sicher aufgegangen, wozu du das Glühfrei benötigtest. Obwohl es nicht unbedingt diesem Zweck dienen mußte. Jedenfalls fand ich erst vor zwei Tagen heraus, daß sie sich in deinem Apartment aufhielt. Und ich hatte auch zu viel mit dem Projekt Erdenmensch zu tun, um mich noch ausgiebig mit ihr zu befassen.«

»Projekt Erdenmensch?« sagte Hal erstaunt. »Was ist denn das?«

Fobos V-in-V-Lippen teilten sich zu einem Lächeln, das die gezackten Knochenkämme enthüllte.

»Das kann ich dir jetzt noch nicht sagen, denn deine Kollegen auf der *Gabriel* könnten es dann durch dich erfahren. Und dies möglicherweise, bevor es zum Einsatz kommt. Dagegen darf ich dir sicherlich erzählen, daß wir von eurem Plan, das tödliche, globinbindende Molekül in unsere Atmosphäre zu verstreuen, wissen.«

»Es gab mal eine Zeit, da wäre ich entsetzt gewesen, dies zu erfahren«, erklärte Hal. »Aber jetzt läßt es mich vollkommen kalt.«

»Willst du denn gar nicht wissen, wie wir es herausbekommen haben?«
»Ich habe so eine Vermutung«, sagte Hal teilnahmslos.
»Zunächst habt ihr Erdenmenschen den Fehler gemacht, uns die Lektüre eurer Geschichtsbücher zu gestatten. Und als wir dann um Blutproben gebeten wurden, erwachte unser Argwohn.«
Er tippte an das Ende seiner absurd langen Nase.
»Wir können natürlich nicht eure Gedanken lesen. Aber in diesem Fleisch sind zwei Fühler verborgen, die äußerst empfindlich reagieren. Im Gegensatz zu euch Terranern hat die Evolution unseren Geruchssinn nicht abgestumpft. Wir sind daher imstande, über den Duft, den andere verströmen, auch geringfügige Veränderungen des Stoffwechsels aufzuspüren. Als wir von einem eurer Abgesandten gebeten wurden, Blut zu spenden für die wissenschaftliche Forschung, rochen wir eine – ich möchte mal sagen: *verstohlene* – Emanation. Mißtrauisch geworden, gaben wir euch das Blut. Aber es war das eines Stalltieres, das Kupfer in seinen Blutzellen benötigt. Bei uns *Wogs* jedoch ist Magnesium das sauerstofftransportierende Element der Blutzellen.«
»Unser Virus ist also nutzlos!«
»Natürlich. Mit der Zeit, wenn ihr gelernt hättet, unsere Schrift zu lesen, und mit dem Erwerb geeigneter Lehrbücher, wäre sicher die Wahrheit ans Licht gekommen. Aber ich vertraue darauf, bete und hoffe inständig, daß ihr zu spät kommt.
Selbstverständlich haben wir eure Sprache und eure Schrift schneller erlernt als ihr unsere Kommunikationsmittel. Daher konnten wir, als wir eure Geschichtsbücher gelesen hatten, zwei und zwei zusammenzählen und folgern, weshalb ihr unser Blut haben wolltet.«
»Wie hast du die Sache mit Jeannette herausbekommen?« fragte Hal. »Und kann ich sie sehen?«
»Es tut mir leid, aber deine zweite Frage muß ich leider verneinen«, sagte Fobo. »Was die erste betrifft, so ist es uns erst vor zwei Tagen gelungen, eine Abhörvorrichtung zu entwickeln, die empfindlich genug war, um einen Einbau in deine Räume zu rechtfertigen. Wie du weißt, sind wir in einigen Bereichen weit hinter euch zurück.«
»Ich habe die *Puka* lange Zeit jeden Tag durchsucht«, sagte Hal. »Aber als ich dann von eurer Entwicklungsstufe in der Elektronik hörte, gab ich es auf.«
»Unsere Forscher sind in der Zwischenzeit nicht untätig gewesen«, bemerkte Fobo. »Der Besuch von euch Erdenmenschen hat uns stimuliert, bestimmte Wissenschaftsgebiete vorrangig zu behandeln.«
Eine Krankenschwester trat ein und sagte: »Telefon, Doktor.«

Fobo ging hinaus.
Yarrow wanderte unruhig auf und ab und rauchte noch eine Zigarette. Nach einer Minute kam Fobo zurück.
»Wir werden Gesellschaft bekommen«, verkündete er. »Einer meiner Kollegen, der das Schiff beobachtet, sagte mir gerade, daß Macneff und zwei Uzziten mit einem Boot abgeflogen sind. Sie dürften jeden Moment hier am Hospital eintreffen.«
Yarrow blieb unvermittelt stehen und machte ein verdutztes Gesicht. »Hierher? Wie sind sie darauf gekommen?«
»Ich kann mir vorstellen, daß sie über Mittel verfügen, die dir wohlweislich verschwiegen wurden. Aber sei unbesorgt.«
Hal stand bewegungslos da. Die Zigarette brannte unbeachtet bis zu seinen Fingern hinunter und versengte sie. Er warf sie fort und trat sie mit dem Fuß aus.
Auf dem Korridor klickten Stiefelabsätze.
Drei Männer kamen herein. Einer davon war ein großes und hageres Gespenst – Macneff, der Erzurielit. Die anderen waren klein, breitschultrig und schwarz gekleidet. Ihre fleischigen Hände waren zwar leer, aber bereit, wenn nötig, sofort in die Taschen zu schnellen. Ihre stechenden Blicke richteten sich erst auf Fobo und dann auf Hal.
Macneff machte ein paar Schritte auf den *Inter* zu. Seine blaßblauen Augen blickten wild; sein lippenloser Mund verzerrte sein Gesicht zum Grinsen eines Totenschädels.
»Sie unverschämter Abtrünniger!« schrie er.
Sein Arm zuckte hoch, und die Peitsche, aus dem Gürtel hervorgezogen, knallte. Dünne rote Streifen erschienen auf Yarrows weißem Gesicht und begannen zu bluten.
»Sie werden in Ketten zur Erde zurückgebracht und dort ausgestellt als Beispiel für einen Perversen, einen üblen Verräter und . . . und . . .!«
Er verlor den Faden, da ihm die Worte fehlten.
»Sie – der das Elohimeter bestanden hat und als so ungemein rein gilt –, Sie haben ein Insekt begehrt und mit ihm geschlafen!«
»Was?«
»Ja. Mit einem Wesen, das sogar minderwertiger ist als ein Tier auf der Wiese! Woran nicht einmal Moses dachte, als er die Vereinigung von Mensch und Tier verbot, was nicht einmal der Vorbote sich hatte vorstellen können, als er das Gesetz neu bestätigte und die Höchststrafe dafür festsetzte – Sie haben es getan! Sie, Hal Yarrow, ein *Lamech*-Träger!«
Fobo erhob sich und sagte mit seiner tiefen Stimme: »Dürfte ich wohl anmerken und nachdrücklich betonen, daß Sie mit Ihrer zoologischen

Klassifizierung nicht ganz richtig liegen? Es handelt sich nicht um die Gattung der Insekten, sondern um die der *chordata pseudarthropoda*, oder wie sie sonst noch heißen mag.«
Hal sagte nur: »Was?« Er war unfähig zu denken.
Der *Wog* brummte: »Sei still und laß mich reden.«
Er drehte sich um und sah Macneff ins Gesicht. »Sie wissen von ihr?«
»Sie sind *shib*, daß ich von ihr weiß! Yarrow glaubte, er könnte sich dies ungestraft erlauben. Aber gleichgültig, wie schlau diese Unwirklichen auch sind, man kommt ihnen stets auf die Schliche. In diesem Fall waren es seine Fragen an Turnboy, die jene Franzosen betrafen, die von der Erde flüchteten. Turnboy, dessen Haltung der Stirche gegenüber vorbildlich ist, meldete dieses Gespräch. Geraume Zeit lag es unter meinen Papieren. Als ich zufällig darauf stieß, gab ich es an die Psychologen weiter. Sie erklärten mir, daß die Fragen des *Inter* eine Abweichung von dem Verhaltensschema darstellten, dessen Einhaltung man von ihm erwartete. Eine belanglose Sache – sofern sie nicht mit etwas zusammenhing, das wir nicht über ihn wußten.
Zudem machte ihn seine Weigerung, sich einen Bart wachsen zu lassen, sehr verdächtig. Wir setzten einen Mann auf seine Spur. Dieser sah, wie Yarrow erheblich mehr Lebensmittel einkaufte, als er eigentlich verzehren konnte. Ferner kaufte er Zigaretten bei Ihnen, den *Wogs*, als Sie dieses Tabaklaster von uns übernahmen und damit begannen, selbst Zigaretten herzustellen. Die Schlußfolgerung war einleuchtend: er hatte ein Weib in seinem Apartment.
Wir glaubten nicht, daß es eine *Wog*-Frau sein würde, denn diese hätte sich wohl nicht verstecken müssen. Also mußte es sich um eine menschliche Person handeln. Wir konnten uns aber überhaupt nicht vorstellen, wie sie hierher nach Ozagan gelangt sein könnte. Es war für Yarrow unmöglich gewesen, sie auf der *Gabriel* als blinden Passagier zu verbergen. Folglich mußte sie mit einem anderen Schiff gekommen sein oder von einem Volk abstammen, das in der Vergangenheit die Erde verlassen hatte.
Es war schließlich Yarrows Unterhaltung mit Turnboy, die den Anhaltspunkt lieferte. Offensichtlich waren die Franzosen hier gelandet, und die Frau war eine ihrer Nachkommen. Wir wissen nicht, wie der *Inter* sie gefunden hat, aber das ist im Moment auch nicht so wichtig. Wir werden es schon noch herausfinden.«
»Sie sollen noch mehr über diese Dinge erfahren«, sagte Fobo gelassen. »Aber wie haben Sie entdeckt, daß sie kein Mensch ist?«
Yarrow murmelte: »Ich muß mich hinsetzen.«

19

Er schwankte zur Wand und ließ sich auf einen Stuhl niedersinken. Einer der Uzziten wollte schon auf Hal losgehen, aber Macneff winkte den Mann zurück und sagte: »Turnboy hatte die Geschichte des Menschen auf Ozagan gelesen und war derart oft über Anspielungen auf die *Lalitha* gestolpert, daß sich ihm die Vermutung aufdrängte, das Mädchen könnte ein solches Wesen sein. In der letzten Woche erwähnte einer Ihrer Physiker während eines Gesprächs mit Turnboy, daß er erst vor kurzem eine *Lalitha* untersucht habe. Später wäre sie dann entflohen, sagte er. So bereitete uns der Ort, wo sie sich versteckt hatte, keine Kopfschmerzen mehr.«

»Mein Junge«, sagte Fobo, zu Hal gewandt, »hast du denn nicht We'enais Buch gelesen?«

Hal schüttelte den Kopf. »Wir begannen wohl damit, aber Jeannette verlegte es irgendwann.«

»Und war sicherlich bestrebt, dich an andere Dinge denken zu lassen ... sie verstehen es sehr gut, den Verstand eines Mannes abzulenken. Warum auch nicht? Dies ist der Zweck ihres Lebens. Aber ich werde es dir erklären, Hal. Die *Lalitha* ist die am höchsten entwickelte Form des mimetischen Parasitismus, die bekannt ist. Auch unter den vernunftbegabten Wesen sind diese einzigartig, und zwar darin, daß sie alle weiblich sind. Hättest du We'emais Buch weitergelesen, wäre dir anhand von Fossilienfunden erklärt worden, daß der ozagenianische Menschenmann zu der Zeit, als er noch ein insektenfressendes, affenähnliches Geschöpf war, nicht nur Weibchen seiner eigenen Rasse, sondern außerdem die Weibchen einer anderen Gattung in seinen Familienclan aufnahm. Diese Lebewesen sahen so aus – und stanken wahrscheinlich auch so – wie die Weibchen des prähomininen Affen. Eine Paarung mit ihnen war möglich. Sie waren scheinbar Säugetiere, aber eine Sektion hätte wohl eindeutig auf ihre Pseudoarthropodenabstammung hingewiesen. Man darf mit einiger Sicherheit annehmen, daß diese Vorläufer der *Lalitha* schon lange vor dem Affenstadium Parasiten des Menschen waren. Sie dürften ihm wohl begegnet sein, als er das erste Mal aus dem Meer herauskroch. Und sie wurden, obwohl ursprünglich bisexuell, zu Weibchen. Durch einen unbekannten evolutionären Prozeß paßten sie ihre Gestalt der eines Lungenfisches an. Später dann der von Amphibien, der von Reptilien und der von primitiven Säugern. Und so weiter.

Es steht wohl fest, daß die *Lalitha* das verblüffendste Experiment der Natur in bezug auf Parasitismus und Parallelevolution ist. Auch mit der Metamorphose des Menschen in höhere Formen hielt die *Lalitha*

Schritt. Man bedenke, daß alle Weibchen von den Männchen einer anderen Gattung abhängig waren, um die Fortdauer der Spezies zu sichern.
Die Art und Weise, wie sie in die vormenschliche Gesellschaft, die pithekoide und die neandertalerähnliche Stufe, integriert wurde, ist erstaunlich. Erst als sich der *Homo sapiens* entwickelte, ergaben sich Schwierigkeiten für die *Lalithas*. Einige Familien und Sippen nahmen sie auf; andere wieder töteten sie. So griffen sie zu einer List und gaben sich als menschliche Frauen aus. Dies war nicht allzu schwierig – solange sie nicht schwanger wurden.
In diesem Fall starben sie.«
Hal stöhnte und schlug die Hände vor das Gesicht.
»Schmerzlich, aber unwirklich, wie unser gemeinsamer Bekannter Macneff sagen würde«, merkte Fobo noch an. »Dieser Umstand erforderte natürlich eine geheime Schwesternschaft. Denn wenn die *Lalithas* erst einmal schwanger waren, mußten sie diese Gesellschaft, in der sie sich zu tarnen hatten, verlassen. Unter ihresgleichen, an einem verborgenen Ort, kamen sie ums Leben. Man nahm sich dann der Nymphen an« – an dieser Stelle überfiel Hal ein Schaudern –, »bis diese imstande waren, in die menschlichen Siedlungen zu gehen. Oder sonstwie als Findlinge oder Wechselbälger eingeführt wurden.
Eine Reihe von Stammesberichten über sie sind überliefert – recht häufig kommen sie auch als Haupt- oder Randfiguren in Fabeln oder Mythen vor. Sie wurden als Hexen, Dämonen und noch schlimmere Wesen angesehen.
Mit dem Siegeszug des Alkohols kam für die *Lalithas* die Wende zum Guten. Der Alkohol machte sie steril. Und gleichzeitig, Unfall, Krankheit oder Mord ausgenommen, *unsterblich*.«
Hal nahm die Hände erneut vor das Gesicht. »Sie ... Sie meinen, Jeannette würde ewig gelebt haben? Daß ich sie ... dieses kostete?«
»Sie hätte viele tausend Jahre leben können. Wir wissen von einigen, daß sie es geschafft haben. Zumal sie keinen physischen Verfall hinnehmen müssen, sondern immer in einem physiologischen Alter von fünfundzwanzig Jahren bleiben. Aber laß mich dies alles in der richtigen Reihenfolge erklären. Einiges von dem, was ich erzählen werde, wird dich zwar quälen, doch es muß gesagt werden.
Das lange Leben der *Lalithas* führte schließlich dazu, daß sie als Göttinnen verehrt wurden. Manchmal lebten sie so lange, daß sie den Untergang mächtiger Nationen überdauerten, die noch kleine Stämme gewesen waren, als die *Lalithas* sich ihnen angeschlossen hatten. Die *Lalithas* wurden natürlich zu einem Hort der Weisheit, des Reichtums und der

Macht. Religionen entstanden, in denen die *Lalitha* die unsterbliche Göttin war, und die vergänglichen Könige und Priester ihr als Liebhaber dienten. In einigen Kulturen wurden die *Lalithas* geächtet. Aber entweder lenkten sie die Völker, die sie beherrschten, zu einer Eroberung solcher Nationen, oder sie drangen auf andere Weise ein und regierten am Ende als heimliche Machthaber. Da sie immer große Schönheiten waren, wurden sie die Frauen und Geliebten der einflußreichsten Männer. Sie konkurrierten mit den menschlichen Frauen und schlugen sie mit deren eigenen Waffen, wie überliefert wird. In der *Lalitha* brachte die Natur das vollkommene Weib hervor.

So gewannen sie die Gewalt über ihre Liebhaber. Nicht aber über sich selber. Obwohl sie in den Anfängen einer geheimen Vereinigung angehörten, trennten sie sich schon sehr bald wieder. Sie begannen, sich mit den Nationen zu identifizieren, die sie beherrschten, und ihre Länder gegen andere Länder in den Krieg zu führen. Darüber hinaus ergab sich aus ihrem langen Leben, daß jüngere *Lalithas* ungeduldig wurden. Machtkämpfe, Morde und anderes waren die Folge.

Außerdem war ihr Einfluß in technologischer Hinsicht fatal. Sie versuchten, in jedem Bereich der Kultur den *Status quo* aufrechtzuerhalten. Das Ergebnis war, daß in den menschlichen Kulturen die Tendenz dahin ging, alle neuen und fortschrittlichen Ideen und die Menschen, die dafür eintraten, zu eliminieren.

Als wir *Wogs* schließlich den breiten Ozean überquerten, der unseren Kontinent von ihrem trennt, fanden wir die Hälfte der Städte als Ruinen vor. Und obwohl er geschwächt war, kämpfte der Mensch gegen uns, kämpfte verzweifelt. Die *Lalithas* trieben ihn an, denn in uns erkannten sie ihr Verhängnis. Und sie hatten recht damit, denn wir waren nicht beeinflußbar wie die Menschen. Sie starben mit ihren Männern. Aber selbstverständlich hegen wir keine Feindseligkeit den wenigen Überlebenden gegenüber. Sie können uns keinen Schaden zufügen.«

Eine *Wog*-Krankenschwester kam aus dem Operationssaal heraus und sagte mit leiser Stimme etwas zu dem Empathisten.

Macneff näherte sich ihr und versuchte offensichtlich zu lauschen. Da die Schwester jedoch auf ozagenianisch sprach, was er nicht verstehen konnte, begann er wieder auf und ab zu gehen. Hal wunderte sich, wieso man ihn nicht sofort fortgeschleppt hatte, wieso der Priester gewartet hatte, bis Fobo ausredete. Dann erkannte Hal plötzlich, daß Macneff ihn all dies über Jeannette hören lassen wollte, damit er das Ausmaß seiner Taten einsah.

Die Krankenschwester ging wieder in den Operationssaal zurück. Der Erzurielit sagte laut: »Ist das Biest jetzt tot?«

Hal fuhr zusammen, als wäre er mit dem Wort »tot« geschlagen worden. Aber Fobo ignorierte den Priester.
Er wandte sich an Hal. »Deine Larven – das heißt, deine Kinder – sind entfernt worden. Sie befinden sich in einem Brutkasten. Und sie« – er zögerte – »essen gut. Sie werden leben.«
Aus seinem Ton hörte Hal heraus, daß es keinen Zweck hatte, sich nach der Mutter zu erkundigen.
Aus Fobos runden blauen Augen rollten Tränen.
»Du wirst niemals begreifen, was geschehen ist, Hal, wenn du nicht die einzigartige Fortpflanzungsweise der *Lalitha* verstehst. Drei Dinge braucht sie, um sich zu vermehren. Eines davon muß den anderen beiden vorausgehen. Dieses Primärereignis ist eine Infektion im Pubertätsalter durch eine andere, erwachsene *Lalitha.* Dies ist nötig, um Gene zu übertragen.«
»Gene?« sagte Hal. Trotz seines Schocks verspürte er Interesse und Verwunderung über das, was ihm Fobo zu erklären versuchte.
»Ja. Weil *Lalithas* keine Gene vom menschlichen Mann empfangen, müssen sie das Erbgut untereinander austauschen. Doch – sie benötigen den Menschen als Hilfsmittel.
Erlaube mir, näher darauf einzugehen. Eine erwachsene *Lalitha* verfügt über drei sogenannte *Gen-Banken.* Zwei davon sind Duplikate des gemeinsamen Chromosomenmaterials.
Die dritte werde ich sofort erklären.
Die Gebärmutter einer *Lalitha* enthält Eier, deren Gene in Körperchen aus mikroskopisch kleinen Windungen – deren Produktion in den riesigen Speicheldrüsen im Mund der *Lalitha* erfolgt – verdoppelt werden. Diese Windungen – Eizellen im Speichel – werden von der Erwachsenen unaufhörlich freigesetzt.
Mit Hilfe dieser unsichtbaren Partikel überreicht die erwachsene *Lalitha* Gene. Sie infizieren einander, als wären die Erbträger ansteckende Krankheiten. Ein Ausweichen ist nicht möglich; ein Kuß, ein Niesen oder eine Berührung, und schon ist es passiert.
Die präadoleszente *Lalitha* scheint jedoch so etwas wie eine natürliche Immunität gegen eine Infektion durch diese Windungen zu besitzen.
Sobald die erwachsene *Lalitha* angesteckt ist, bildet sie Antikörper heran, die den Empfang von Speichel-Eizellen einer zweiten *Lalitha* verhindern.
Inzwischen haben die ersten Windungen, denen sie ausgesetzt war, ihren Weg durch Blutkreislauf, Darmtrakt und Haut genommen. Fließend und bohrend erreichen sie die Gebärmutter ihrer Wirtin.
Dort vereinigen sich Speichel-Eizelle und uterines Ei. Die Fusion der

beiden erzeugt eine Zygote. An diesem Punkt wird die Befruchtung unterbrochen. Nun sind alle genetischen Merkmale festgesetzt, die nötig sind, um neue *Lalithas* hervorzubringen. Alle – bis auf jene Gene, welche die spezifischen Gesichtszüge des Säuglings bestimmen. Diese Angaben werden durch den menschlichen Liebhaber der *Lalitha* übertragen. Nicht jedoch vor dem Zusammentreffen von zwei weiteren Ereignissen.
Diese beiden Ereignisse müssen simultan stattfinden. Das eine ist die Erregung durch einen Orgasmus, das andere die Stimulation der photokinetischen Nerven. Das eine Ereignis kann nicht ohne das andere stattfinden. Ebensowenig, wie es nicht zu diesen beiden letzten Gliedern der Kette kommen würde, wenn nicht vorher alles andere eingetreten wäre. Die Fusion der beiden Eizellen bewirkt anscheinend eine gewisse chemische Veränderung in der *Lalitha,* welche sie befähigt, einen Orgasmus zu haben, und welche gleichzeitig die photokinetischen Nerven voll entwickelt.«
Fobo hielt inne und schien seine Aufmerksamkeit darauf zu richten, ein Geräusch von draußen zu erlauschen. Hal, der mit den *Wogs* vertraut genug war, um einen Gesichtsausdruck ziemlich zuverlässig zu deuten, hatte das Gefühl, daß Fobo auf ein sehr wichtiges Ereignis wartete. Und was es auch immer sein mochte – es betraf die Erdenmenschen.
Plötzlich erschreckte ihn die Erkenntnis, daß er auf der Seite der *Wogs* war! Er war kein Erdenmensch mehr, oder doch zumindest kein Haijac.
»Reicht dies aus, um dich zu verwirren?« fragte Fobo.
»Es genügt«, erwiderte Hal. »So habe ich beispielsweise noch nie etwas von photokinetischen Nerven gehört.«
»Die photokinetischen Nerven sind exklusiv den *Lalithas* vorbehalten. Sie verlaufen von der Retina des Auges, zusammen mit den optischen Nerven, zum Gehirn. Die photokinetischen Nerven aber ziehen sich bis in die Wirbelsäule hinunter und verlassen diese am Sockel, um in die Gebärmutter einzutreten. Dieser Uterus ist auch nicht annähernd mit dem einer menschlichen Frau zu vergleichen. Man könnte vielleicht sagen, daß die *Lalitha*-Gebärmutter die Dunkelkammer des Schoßes ist, in der die Photographie des Geliebten biologisch entwickelt und der Substanz nach den Gesichtern der Töchter aufgetragen wird.
Dies geschieht mittels Photogenen, die sich in der dritten *Bank* befinden, von der ich bereits sprach. Während des Geschlechtsverkehrs nämlich, im Moment des Orgasmus, findet in diesem Nerv eine elektrochemische Veränderung beziehungsweise eine Serie von Veränderungen statt. In dem Licht, das die *Lalitha* während des Geschlechtsaktes benötigt, um

einen Orgasmus zu erleben, wird das Gesicht des Mannes photographiert. Durch einen Reflex ist es ihr nicht möglich, die Augen zu schließen. Sollte sie ihren Arm über ihre Augen halten, geht ihr überdies sofort der Orgasmus verloren.
Du müßtest eigentlich während des Verkehrs mit ihr – denn ich bin sicher, daß sie darauf bestand, deine Augen offen zu sehen – bemerkt haben, wie sich ihre Pupillen zur Größe einer Nadelspitze zusammenzogen. Diese Kontraktion war ein unwillkürlicher Reflex, der ihr Blickfeld auf dein Gesicht einengte. Warum? So konnten die photokinetischen Nerven nur Merkmale aus deinem Gesicht aufnehmen, und Informationen wie etwa deine Haarfarbe wurden an die *Bank* der Photogene weitergeleitet. Wir kennen zwar nicht genau die Art und Weise, in der photokinetischen Nerven diese Angaben übermitteln, aber es besteht kein Zweifel, daß sie es tun.
Dein Haar ist kastanienbraun. Diese Information wird der Bank irgendwie bekanntgemacht. Die *Bank* scheidet daraufhin jene Gene aus, die andere Haarfarben steuern. Das Gen für »kastanienbraunes Haar« wird verdoppelt und mit der genetischen Anordnung der Zygote verknüpft. Und mit den anderen Genen, welche die übrigen Züge des zukünfigen Gesichts bestimmen. Die Nasenform – so verändert, daß sie feminin wirkt – wird selektiert, indem die korrekte Kombination von Genen in der *Bank* erfolgt. Diese wird verdoppelt, und die Duplikate werden dann der Zygote einverleibt ...«
»Haben Sie das gehört?« tönte Macneff mit triumphierender Stimme. »Sie haben Larven gezeugt! Ungeheuer einer unheiligen, unwirklichen Allianz! Insektenkinder! Und als Zeugnis dieser widerwärtigen Fleischeslust werden sie Ihr Gesicht tragen ...«
»Ich bin natürlich kein Kenner menschlicher Gesichtszüge«, unterbrach ihn Fobo. »Aber die Züge dieses jungen Mannes kommen mir hübsch und lebhaft vor. In menschlicher Hinsicht selbstverständlich.«
Er wandte sich an Hal. »Jetzt verstehst du sicherlich, warum sich Jeannette so sehr das Licht wünschte. Und weshalb sie vortäuschte, Alkoholikerin zu sein. Solange sie genügend Alkohol vor einem Geschlechtsakt trank, wurde der photokinetische Nerv – der sehr empfindlich gegenüber Alkohol ist – betäubt. Somit kam es zwar zu einem Orgasmus, aber nicht zur Schwangerschaft. Und nicht zum Tod durch das Leben, das sie in sich trug. Als du jedoch den Käfersaft mit Glühfrei verdünnt hast – natürlich, ohne die Folgen zu kennen –, da ...«
Macneff brach in ein schrilles Gelächter aus. »Welche Ironie! Genau wie es gesagt worden ist! Daß der Tod der Lohn für die Unwirklichen ist!«

20

»Komm, Hal. Weine ruhig, wenn dir danach zumute ist!« sagte Fobo laut. »Du wirst dich danach besser fühlen. Das kannst du nicht? Ich würde mir wünschen, du könntest es.

Nun gut, ich werde fortfahren. Die *Lalitha,* mag sie auch noch so menschlich aussehen, kann ihrer Arthropodenabstammung nicht entkommen. Die Nymphen, die sich aus den Larven entwickeln, können leicht als Babys durchgehen, aber es würde dir weh tun, die Larven selbst zu sehen. Obwohl sie keineswegs häßlicher sind als fünf Monate alte menschliche Embryos. Jedenfalls nicht für mich.

Es ist wirklich sehr traurig, daß die *Lalitha*-Mutter sterben muß. Vor Hunderten von Millionen Jahren, als eine Pseudoarthropodin im Begriff war, Eier auszubrüten, wurde in ihrem Körper ein Hormon freigesetzt, welches die Haut verkalkte und ihren Schoß ihr Grab werden ließ. Sie wurde ein Schalentier. Ihre Larven fraßen die Organe und Knochen, die durch den Entzug des Kalziums erweicht wurden. Und als die Jungen die Aufgabe der Larven erfüllt hatten, die darin besteht zu fressen und zu wachsen, ruhten sie aus und wurden zu Nymphen. Dann durchbrachen sie die Schale an der schwächsten Stelle des Bauches.

Dieser Schwachpunkt ist der Nabel. Er allein verkalkt nicht mit der Epidermis, sondern bleibt weich. Bis die Nymphen bereit sind auszuschlüpfen, ist das weiche Fleisch des Nabels verfault. Bei dessen Auflösung entsteht eine chemische Substanz, welche eine Fläche entkalkt, die fast den gesamten Unterleib umfaßt. Obwohl die Nymphen so schwach wie menschliche Säuglinge sind und dazu noch viel kleiner, werden sie durch ihren Instinkt aktiviert, die dünne und zerbrechliche Bedeckung abzuwerfen.

Du mußt nämlich wissen, Hal, daß der Nabel funktional und mimetisch zugleich ist. Weil die Larven mit der Mutter nicht durch eine Nabelschnur verbunden sind, würden sie selbst auch keinen Nabel haben. Stattdessen bekommen sie einen Auswuchs, der einem Nabel ähnlich ist.

Die Brüste der erwachsenen *Lalithas* haben ebenfalls zwei Funktionen. Wie bei menschlichen Frauen haben sie sowohl sexuelle als auch fortpflanzungsbezogene Bedeutung. Selbstverständlich produzieren sie niemals Milch, aber sie sind Drüsen. Zu dem Zeitpunkt, wenn die Larven bereit sind, aus den Eiern zu schlüpfen, wirken die Brüste als mächtige Pumpen für das Hormon, welches die Verhärtung der Haut verursacht.

Nichts geht verloren, wie du siehst – die Ökonomie der Natur. Die

gleichen Dinge, die sie befähigen, in der menschlichen Gesellschaft zu überleben, vollstrecken auch das Todesurteil.«
»Ich kann die Notwendigkeit der Photogene im humanoiden Evolutionsstadium verstehen«, sagte Hal. »Aber warum sollte die *Lalitha,* als sie sich noch auf einer animalischen Stufe der Evolution befand, es nötig haben, die Charakteristika des Gattengesichts zu reproduzieren? Es besteht dort kein allzu großer Unterschied zwischen den Gesichtern eines männlichen und eines weiblichen Lebewesens der gleichen Spezies.«
»Ich weiß es nicht«, sagte Fobo. »Vielleicht machte sich die prähominine *Lalitha* die photokinetischen Nerven nicht zunutze. Vielleicht sind diese Nerven eine evolutionäre Anpassung an vorhandene Strukturen, die eine andere Funktion hatten. Oder eine verkümmerte Funktion. Es gibt einige Anzeichen dafür, daß die *Lalitha* mit Hilfe der Photokinetik ihren Körper veränderte, um dem gewandelten menschlichen Körper zu entsprechen, als dieser die Evolutionsleiter hinaufkletterte. Die Annahme erscheint daher nicht abwegig, daß die *Lalitha* zu einem solchen biologischen Kunstgriff gezwungen war. Wenn die photokinetischen Nerven nicht darin verwickelt waren, dann mag es irgendein anderes Organ gewesen sein. Es war schon sehr unglücklich, daß wir zu der Zeit, als wir so weit fortgeschritten waren, um die *Lalithas* wissenschaftlich zu untersuchen, keine Exemplare mehr zur Verfügung hatten. Es war purer Zufall, daß wir Jeannette fanden. So entdeckten wir in ihr mehrere Organe, deren Funktion für uns ein Rätsel geblieben ist. Wir benötigen viele ihrer Art für eine fruchtbare Forschung.«
»Eine Frage noch«, sagte Hal. »Was geschieht, wenn eine *Lalitha* mehr als einen Liebhaber gehabt hat? Wessen Gesichtszüge würden die ... Babys bekommen?«
»Wenn eine *Lalitha* von einer ganzen Bande vergewaltigt wird, hat sie keinen Orgasmus, weil negative Emotionen wie Abscheu und Angst ihn verhindern. Wenn sie mit mehr als einem Liebhaber geschlafen und keinen Alkohol getrunken hat, dann bringt sie Junge zur Welt, deren Züge denen des ersten Geliebten entsprechen. Beim Kopulieren mit einem zweiten Liebhaber – auch wenn dies unmittelbar danach passiert – ist die Befruchtung schon vollständig eingeleitet.«
Traurig schüttelte Fobo seinen Kopf.
»Es ist wirklich ein Jammer, aber es hat sich in all den Epochen nicht geändert. Die Mütter mußten für ihre Jungen das Leben lassen. Doch als eine Art von Wiedergutmachung hat die Natur ihnen ein Geschenk gemacht. Analog zu den Reptilien, die angeblich, so lange sie leben, nicht aufhören zu wachsen, müssen die *Lalithas* nicht sterben, wenn sie nicht schwanger werden. Und so ...«

Hal sprang auf und schrie: »Hör auf damit!«
»Tut mir leid«, sagte Fobo milde. »Ich versuche doch nur, dir begreiflich zu machen, warum Jeannette das Gefühl hatte, sie könnte dir nicht sagen, was in Wirklichkeit los war. Sie muß dich sehr geliebt haben, Hal. Sie besaß drei Eigenschaften, welche die Liebe ausmachen: echte Leidenschaft, innige Zuneigung und das Gefühl, ein Fleisch mit dem Körper des anderen zu sein, so unzertrennbar Mann und Frau, daß man kaum sagen kann, wo der eine seinen Anfang und der andere sein Ende hat. Ich weiß ganz sicher, daß es zwischen dir und Jeannette so war, glaube mir. Denn wir Empathisten können uns in das Nervensystem eines anderen hineinversetzen und so denken und fühlen wie er.
Doch auf Jeannettes Liebe muß auch ein Wermutstropfen gefallen sein. Nämlich der Glaube, daß du dich mit Entsetzen von ihr abgewendet hättest, wenn dir bekannt gewesen wäre, daß sie einem völlig fremdartigen Zweig des organischen Lebens entstammt, der durch Millionen Jahre der Evolution abgesondert ist, und daß sie durch ihre Herkunft und Anatomie unfähig ist, Kinder in deinem Sinne mit dir zu haben und aufzuziehen. Dieser Glaube muß selbst ihre glücklichsten Momente überschattet haben ...«
»Nein! Ich hätte sie geliebt, so oder so! Es wäre vielleicht ein Schock für mich gewesen, aber darüber wäre ich hinweggekommen. Ja, sie war menschlich; sie war menschlicher als irgendeine Frau, die ich gekannt habe!«
Macneff gab einige Würgelaute von sich, als würde er sich jeden Moment übergeben. Als er sich wieder erholt hatte, brüllte er los: »Sie abgrundtiefes Geschöpf! Wie können Sie sich selbst überhaupt noch ertragen, jetzt, da Sie wissen, mit welch abscheulichem Untier Sie geschlafen haben? Warum versuchen Sie nicht, die Augen herauszureißen, die diesen abscheulichen Schmutz gesehen haben? Warum beißen Sie nicht die Lippen ab, die diesen Insektenmund geküßt haben? Warum schneiden Sie nicht die Hände ab, die mit ekelhafter Erregung diese Verhöhnung eines Körpers berührt haben? Warum reißen Sie nicht diese Organe der widernatürlichen Unzucht an den Wurzeln heraus und ...«
Fobo unterbrach diesen Sturm der Empörung. »Macneff! Macneff!«
Das hagere Gesicht drehte sich zu dem Empathisten herum. Der Blick war starr, und die Lippen hatten sich zu einem unglaublich breiten Lächeln verzogen – einem Lächeln aus maßloser Wut.
»Was? Was ist?« murrte er wie jemand, der gerade aus dem Schlaf erwacht.
»Ihren Typ kenne ich sehr gut, Macneff. Sind Sie ganz sicher, daß Sie

nicht die Absicht hatten, die *Lalitha* lebend zu fassen und sie für Ihre eigenen sinnlichen Zwecke zu benutzen? Sind Ihre Wut und Ihr Ekel nicht größtenteils darauf zurückzuführen, daß Sie in Ihrem Verlangen enttäuscht wurden? Schließlich haben Sie ein Jahr lang keine Frau gehabt, und ...«

Der Sandalphon machte ein verdutztes Gesicht. Er lief erst rot an und zeigte dann eine purpurne Farbe. Schließlich verschwand die heftige Färbung, und ein leichenhaftes Weiß trat an deren Stelle.

Er schrie wie ein Käuzchen.

»*Genug*! Uzziten, bringt diesen ... dieses Wesen, das sich Mensch nennt, zum Boot!«

Die zwei Männer in Schwarz umkreisten Hal, um von vorn und von hinten an ihn heranzutreten. Ihre Annäherung beruhte auf Training und war nicht etwa Vorsicht. In all den Jahren, in denen sie Leute gefangennahmen, hatten sie die Erfahrung gemacht, daß sie keinen Widerstand zu erwarten brauchten. Die Verhafteten standen stets erstarrt und eingeschüchtert vor den Vertretern der Stirche. Und jetzt, trotz der ungewöhnlichen Umstände und obwohl sie wußten, daß Hal eine Waffe trug, sahen sie in ihm keine Ausnahme.

Er stand da mit gebeugtem Kopf, gekrümmten Schultern und erschlafften Armen: der typische Häftling.

Dies galt eine Sekunde lang; in der nächsten kämpfte er wie ein Löwe.

Der Agent vor ihm taumelte zurück. Aus seinem Mund quoll Blut hervor und floß über seine schwarze Jacke. Als er die Wand rammte, spuckte er ein paar Zähne aus.

Yarrow war inzwischen herumgewirbelt und hatte dem Mann hinter ihm eine Faust in den großen, weichen Bauch gestoßen.

»*Wuff!*« machte der Uzzite.

Er krümmte sich. Im gleichen Moment wuchtete Hal sein Knie gegen das ungeschützte Kinn. Das Knacken eines Knochen war zu hören, und der Agent fiel auf den Boden.

»Vorsicht!« schrie Macneff. »Er hat eine Waffe!«

Der Uzzite an der Wand schob eine Hand in seine Jacke und fühlte nach dem Revolver im Halfter unter der Achselhöhle, als ihn auch schon eine schwere bronzene Buchstütze, von Fobo geworfen, an der Schläfe traf. Er brach zusammen.

Macneff kreischte. »Sie leisten Widerstand, Yarrow! Sie leisten Widerstand!«

»Da können Sie verdammt *shib* sein, daß ich das tue!« brüllte Hal.

Den Kopf gebeugt haltend, stürzte er sich auf den Sandalphon. Macneff schlug mit der Peitsche nach seinem Angreifer. Die sieben Peitschen-

schnüre wickelten sich um Hals Gesicht, aber er rammte die purpurgekleidete Gestalt und stieß sie zu Boden.
Macneff kam wieder auf die Knie. Hal, der ebenfalls auf den Knien lag, packte ihn an der Gurgel und drückte zu.
Macneffs Gesicht färbte sich blau, und er griff nach Hals Handgelenk und versuchte, die Hand wegzuzerren. Aber Hals Druck wurde noch stärker.
»Das ... können ... Sie doch nicht ... tun!« brachte Macneff keuchend hervor. »Das können ... Sie ... unmöglich ...«
»Und ob ich das kann!« schrie Hal. »Das wollte ich schon immer tun, Pornsen! Ich meine ... Macneff!«
In diesem Moment erbebte der Boden, klapperten die Fenster. Fast gleichzeitig ertönte ein fürchterliches Donnern an den Fenstern. Glasscherben flogen durch den Raum; Hal wurde zu Boden geschleudert. Draußen wurde die Nacht zum Tag. Dann war es wieder Nacht.
Hal stand auf. Macneff lag da und hielt sich den Hals mit den Händen.
»Was war das?« sagte Hal zu Fobo.
Fobo ging an das zerbrochene Fenster und schaute hinaus. Er blutete aus einer Wunde an seinem Hals, aber er schien es gar nicht zu bemerken.
»Darauf habe ich die ganze Zeit gewartet«, sagte Fobo. Dann wandte er sich um und sah Hal an.
»Anfangs hatten wir überhaupt keinen Grund, euch Erdenmenschen zu mißtrauen. Da wir aber nun einmal Realisten sind – wenn du mir diesen Ausdruck, der dir sicherlich zum Hals heraushängt, verzeihen kannst –, trafen wir Vorbereitungen für den Fall, daß ihr euch als doch nicht ganz so freundlich entpuppen solltet, wie ihr uns glauben machen wolltet. Seit dem Augenblick der Landung haben wir unter der *Gabriel* gegraben. Vor wenigen Tagen erst gelang es uns, das riesige Loch unter der *Gabriel* mit Schießpulver aufzufüllen. Glaube mir, wir atmeten erleichtert auf, als dies geschafft war. Denn wir mußten ständig befürchten, daß unser Graben entdeckt werden oder unsere Stützen unter dem großen Gewicht des Schiffes zusammenbrechen könnten.«
»Ihr habt es in die Luft gesprengt?« frage Hal benommen. Für ihn entwickelten sich die Dinge viel zu schnell.
»Das möchte ich bezweifeln. Auch die Tonnen von Sprengstoff, die wir explodieren ließen, konnten nicht allzuviel von einem derart massiv gebauten Schiff wie der *Gabriel* zerstören. In der Tat war es nicht unser Wunsch, es zu beschädigen – denn wir wollen es uns genau ansehen. Unsere Berechnungen ergaben jedoch, daß die Detonationswellen den Metallpanzer des Schiffes durchdringen und jeden Mann auf der *Gabriel* töten würden.«

Hal ging an das Fenster und sah hinaus. Gegen den mondhellen Himmel hob sich eine Rauchsäule ab; schon bald würde die gesamte Stadt von ihr bedeckt sein.

»Es wäre besser gewesen, wenn ihr eure Leute sofort an Bord geschickt hättet«, sagte Hal. »Falls die Explosion die Offiziere auf der Brücke nur in Ohnmacht versetzt hat und sie ihr Bewußtsein wiedererlangen, bevor ihr sie erreicht, werden sie auf einen Knopf drücken, der eine H-Bombe und zehn Kobaltbomben zünden wird. Wenn du nicht weißt, was das ist, will ich es dir erklären. Es handelt sich um radioaktive Kampfmittel, die ausreichen, um jedermann auf diesem Planeten zu töten.«

Fobo wurde bleich, aber dann versuchte er zu lächeln.

»Ich denke doch, daß unsere Truppen inzwischen an Bord sind«, sagte er. »Aber ich werde besser anrufen, um mich zu vergewissern.«

Er verschwand für einige Minuten und kam dann zurück. Nun bereitete es ihm gar keine Mühe mehr, ein Lächeln aufzusetzen.

»Jedermann an Bord der *Gabriel* starb sofort«, berichtete er. »Zumindest sind die Offiziere auf der Brücke tot. Und ich habe dem Kommandeur des Unternehmens ausdrücklich geraten, darauf zu achten, daß niemand sich an irgendwelchen Mechanismen oder Kontrollgeräten zu schaffen macht.«

»Ihr *Wogs* habt an alles gedacht, nicht wahr?« sagte Hal.

Fobo erwiderte achselzuckend: »Wir sind ziemlich friedliebend. Aber im Gegensatz zu euch Terranern sind wir wirklich ›Realisten‹. Wenn wir etwas gegen Ungeziefer unternehmen müssen, dann tun wir unser möglichstes, um es zu vertilgen. Auf diesem von Insekten beherrschten Planeten haben wir eine große Erfahrung in der Bekämpfung von Mördern.«

Er schaute Macneff an, der auf allen vieren kroch, glasige Augen hatte und seinen Kopf schüttelte wie ein verwundeter Bär.

»Dich rechne ich nicht zu dem Ungeziefer, Hal. Du bist frei. Du kannst gehen, wohin du willst, und tun, was du willst«, sagte Fobo.

Hal setzte sich auf einen Stuhl. Mit gramerfüllter Stimme sagte er: »Genau dies habe ich mir wohl mein ganzes Leben lang gewünscht. Die Freiheit zu besitzen, überall hingehen zu können und all das zu tun, was mir gefällt. Aber was bleibt mir denn jetzt noch? Ich habe niemanden ...«

»Da gibt es noch sehr viel für dich zu tun, Hal«, erwiderte Fobo. Die Tränen liefen seine Nase hinunter und sammelten sich an deren Ende.

»Du hast deine Töchter, um die du dich kümmern und denen du deine Liebe schenken solltest. In kurzer Zeit schon wird ihre Ernährung im Brutkasten vorüber sein – sie haben die vorzeitige ›Geburt‹ recht gut überstanden –, und sie werden hübsche Babys sein. Sie werden genauso zu dir gehören wie menschliche Säuglinge.

Schließlich sehen sie aus wie du – natürlich auf eine modifizierte, feminine Art. Deine Gene, Hal, sind auch die deiner Töchter. Was macht es für einen Unterschied, ob Gene auf zellulare oder photokinetische Weise wirken?

Du mußt auch nicht ohne Frauen leben. Hast du vergessen, daß Jeannette Tanten und Schwestern hat? Alle jung und schön. Ich denke doch, daß wir sie ausfindig machen können.«

Hal vergrub sein Gesicht in den Händen und sagte: »Danke, Fobo, aber das ist nichts für mich.«

»Jetzt noch nicht«, erwiderte Fobo milde. »Aber dein Schmerz wird vergehen; du wirst das Leben wieder für lebenswert halten.«

Jemand betrat den Raum. Hal blickte auf und erkannte eine Krankenschwester.

»Doktor Fobo, wir bringen jetzt die Leiche fort. Möchte der Mann vielleicht noch einen letzten Blick auf sie werfen?«

Hal schüttelte den Kopf. Fobo kam zu ihm herüber und legte eine Hand auf seine Schulter.

»Du siehst sehr blaß aus«, sagte er. »Schwester, haben wir etwas Riechsalz?«

Hal lehnte ab. »Nein, das brauche ich nicht.«

Zwei Krankenschwestern schoben einen Wagen hinaus. Ein weißes Tuch war über die Muschel gehängt worden. Schwarzes Haar floß unter dem Laken hervor und fiel auf das Kopfkissen.

Hal erhob sich nicht. Er blieb auf seinem Stuhl sitzen, und er stöhnte. »Jeannette! Jeannette! Wenn du mich nur genug geliebt hättest, um mir alles zu sagen ...«

Auf Bothan hat sich eine Kultur etabliert, die das Wort »Ich« tabuisiert. Wer beispielsweise sagen möchte »Ich liebe dich«, sagt »Einer liebt dich«. Kinnall Darival ist ein Mensch dieser Kultur; durch verschiedene Umstände getrieben, wird er zum Rebellen. Mit Hilfe einer Droge, die ihm ein Raumfahrer von der Erde verschafft, öffnet er anderen gegenüber seine Gefühls- und Gedankenwelt, läßt sie sein wahres Ich erkennen. Ein Verbrechen, auf das der Tod steht. Und Kinnall Darival begnügt sich nicht einmal damit, die Droge unter Vertrauten zirkulieren zu lassen.

Titel der Originalausgabe: »A Time of Changes«

Aus dem Amerikanischen von Bernd Holzrichter

ROBERT SILVERBERG

ZEIT DER WANDLUNGEN

Science-Fiction-Roman

Knaur

Für Terry und Carol Carr

1

Ich bin Kinnall Darival, und ich habe vor, Euch alles über mich zu berichten.

Diese Feststellung ist für mich so außergewöhnlich, daß sie meinen Augen weh tut. Ich blicke auf diese Seite, und ich erkenne die Handschrift als meine eigene – schmale, gerade, rote Buchstaben auf dem rauhen, grauen Papier – und ich sehe meinen Namen und höre in meinen Gedanken die Echos des Geistesimpulses, der diese Worte erdacht hat. *Ich bin Kinnall Darival, und ich habe vor, Euch alles über mich zu berichten.* Unglaublich.

Das hier soll werden, was der Erdmensch Schweiz eine Autobiographie nennen würde. Dies bedeutet eine Darlegung seiner eigenen Persönlichkeit und Taten, von eigener Hand niedergeschrieben. Eine literarische Form, die wir auf unserer Welt nicht verstehen. Ich muß meine eigene Methode des Erzählens erfinden, denn ich habe keine Vorbilder, die mich leiten könnten. Auf diesem meinem Planeten stehe ich jetzt allein. In einem gewissen Sinn habe ich eine neue Art zu leben erfunden; gewiß kann ich auch eine neue Literaturgattung erfinden. Man hat mir immer bestätigt, daß ich ein Talent für Wörter habe.

Jetzt sitze ich also in einer Blockhütte im Verbrannten Tiefland, schreibe, während ich den Tod erwarte, Obszönitäten und lobe mich wegen meiner literarischen Gaben.

Ich bin Kinnall Darival.

Obszön! Obszön! Auf diesem einen Blatt habe ich das Pronomen »ich«, wie es scheint, schon an die zwanzigmal gebraucht. Und häufiger, als ich zählen will, habe ich geradezu beiläufig Wörter wie »mich«, »mein« und »mir« verwendet. Ein Sturzbach der Schamlosigkeit. Ich ich ich ich ich. Würde ich in der Steinkapelle von Nameran am Namensgebungstag meine Männlichkeit entblößen, wäre das nicht so schändlich wie das, was ich jetzt tue. Ich könnte beinahe lachen. Kinnall Darival frönt einem einsamen Laster. An diesem elenden, verlassenen Platz massiert er sein stinkendes Ego und schreit beleidigende Begriffe in den Wind, in der Hoffnung, daß sie mit den Wolken wandern und bei seinen Mitmenschen auf fruchtbaren Boden fallen. Satz für Satz schreibt er in der nackten Syntax des Wahnsinns nieder. Wenn er könnte, würde er Euch beim Handgelenk packen und Kaskaden voll Dreck in Eure unwilligen Ohren schütten. Und warum? Ist der stolze Darival tatsächlich wahnsinnig? Ist sein unnachgie-

biger Geist unter den Bissen der Gedankenschlangen völlig zusammengebrochen? Ist von ihm nichts mehr übriggeblieben als diese Hülle, die in dieser erbärmlichen Hütte sitzt, sich selbst wie besessen mit unanständiger Sprache reizt, »ich« und »mich« und »mein« murmelt und düster damit droht, die intimsten Geheimnisse seiner Seele zu enthüllen?
Nein. Darival ist der Gesunde, und ihr alle seid krank, und obwohl ich weiß, wie verrückt das klingt, werde ich es so stehenlassen. Ich bin kein Verrückter, der Obszönitäten niederschreibt, um eine kleine Freude aus einem kalten Universum zu gewinnen. Ich habe eine Zeit der Wandlungen durchgemacht, und ich bin von der Krankheit geheilt worden, die diejenigen befällt, die meine Welt bewohnen; und dadurch, daß ich schreibe, was zu schreiben ich vorhabe, hoffe ich, auch euch zu heilen, obwohl ich weiß, daß ihr auf dem Weg zum Verbrannten Tiefland seid, um mich meiner Hoffnung wegen zu töten.
So soll es sein.
Ich bin Kinnall Darival, und ich habe vor, Euch alles über mich zu berichten.

2

Spuren jener Traditionen, gegen die ich mich auflehne, quälen mich immer noch. Vielleicht könnt Ihr allmählich verstehen, welche Anstrengungen es für mich bedeutet, meine Sätze in diesem Stil zu formulieren, die Verben umzustellen, um der Satzkonstruktion in der ersten Person gerecht zu werden. Ich habe jetzt zehn Minuten geschrieben, und mein Körper ist mit Schweiß bedeckt; nicht mit dem heißen Schweiß der sengenden Luft um mich herum, sondern mit dem feuchtkühlen Schweiß, der durch geistige Anstrengung erzeugt wird. Ich kenne den Stil, den ich verwenden muß, aber die Muskeln meines Arms widersetzen sich mir, kämpfen darum, die Wörter auf die alte Weise niederzuschreiben, zu sagen: *Man schreibt jetzt zehn Minuten, und eines Körper ist mit Schweiß bedeckt*, zu sagen: *Einer hat eine Zeit der Wandlungen durchgemacht, und er ist von der Krankheit geheilt worden, die diejenigen befällt, die seine Welt bewohnen.* Ich nehme an, viel von dem, was ich geschrieben habe, könnte auf die alte Weise formuliert werden, ohne daß es Schaden anrichtete; aber ich kämpfe gegen die das Selbst auslöschende Grammatik meiner Welt an, und wenn es sein muß, werde ich mich für das Recht, meine Worte entsprechend meiner jetzigen Philosophie zu setzen, mit meinen eigenen Muskeln duellieren.
In jedem Fall, auch wenn mich meine früheren Gewohnheiten dazu ver-

leiten, meine Sätze falsch zu konstruieren, wird das, was gemeint ist, durch den Schirm der Worte strahlen. Ich kann sagen: »Ich bin Kinnall Darival, und ich habe vor, Euch alles über mich zu berichten«, oder ich kann sagen: »Eines Name ist Kinnall Darival, und er hat vor, Euch alles über sich zu berichten«, aber es ist kein wirklicher Unterschied. So oder so, der Inhalt von Kinnall Darivals Feststellung ist – nach Euren Maßstäben, nach den Maßstäben, die ich zerstören wollte – widerwärtig, verabscheuenswert, obszön.

3

Mich beunruhigt zudem, vor allem auf diesen ersten Seiten, die Identität meines Publikums. Ich nehme an – weil ich es muß –, daß ich Leser haben werde. Aber wer sind sie? Wer seid Ihr? Vielleicht Männer und Frauen von meinem Planeten, die die Seiten verstohlen im Kerzenlicht umblättern und sich vor jedem Klopfen an der Tür fürchten? Oder vielleicht Andersweltler, die zur Unterhaltung lesen oder mein Buch nach Einsichtmöglichkeiten in eine fremde, abstoßende Gesellschaft absuchen? Ich habe keine Vorstellung. Ich kann zu Euch, unbekannter Leser, keine leichte Beziehung herstellen. Als ich zum ersten Mal meinen Plan erwog, meine Seele auf Papier niederzulegen, hielt ich es für eine Leichtigkeit, für eine einfache Beichte, nichts anderes als eine verlängerte Sitzung mit einem fiktiven Reiniger, der endlos zuhören und mir schließlich Absolution erteilen würde. Aber jetzt wird mir bewußt, daß ich auf andere Weise Zugang finden muß. Wenn Ihr nicht von meiner Welt seid oder wenn Ihr zwar von meiner Welt, aber nicht aus meiner Zeit stammt, werdet Ihr hier womöglich vieles finden, das unverständlich ist.

Deshalb muß ich erklären. Möglicherweise werde ich zuviel erklären und Euch abstoßen, indem ich Euch mit dem Offensichtlichen malträtiere. Vergebt mir, wenn ich Euch Dinge erläutere, die Ihr bereits kennt. Verzeiht mir, wenn mein Stil und meine Vorgehensweise gelegentlich zusammenhanglos erscheinen und ich mich an jemand anderen zu wenden scheine. Denn Ihr seid nicht ständig ein und derselbe für mich, mein unbekannter Leser. Für mich tragt Ihr viele Gesichter. Im Augenblick sehe ich die krumme Nase von Jidd, dem Reiniger, und jetzt das verbindliche Lächeln meines Bundbruders Noim Condorit und nun die seidige Erscheinung meiner Bundschwester Halum, und jetzt werdet Ihr zum Versucher Schweiz von der bemitleidenswerten Erde, und jetzt seid Ihr der Sohn des Sohns des Sohns des Sohns meines Sohns, erst in vielen Jahren geboren und begierig zu wissen, was für ein Mann sein Vorfahre war, und

jetzt seid Ihr ein Fremder von einem anderen Planeten, für den wir Borthaner bizarr, rätselhaft und unverständlich sind. Ich kenne Euch nicht, und deshalb werde ich in meinen Bemühungen, zu Euch zu sprechen, unbeholfen sein.
Aber beim Tor von Salla, noch ehe ich fertig bin, werdet Ihr mich kennen, wie noch niemand vorher einen Menschen von Borthan gekannt hat!

4

Ich bin ein Mann in den mittleren Jahren. Seit dem Tag meiner Geburt hat sich Borthan dreißigmal um unsere goldgrüne Sonne gedreht, und auf unserer Welt gilt ein Mann als alt, wenn er fünfzig solcher Umläufe durchlebt hat, wobei der älteste Mann, von dem ich je gehört habe, kurz vor Erreichen des achtzigsten Lebensjahres starb. Von daher mögt Ihr in der Lage sein, unsere Lebensspanne nach der Euren zu berechnen, falls Ihr ein Andersweltler sein solltet. Der Erdmann Schweiz nahm für sich ein Alter von dreiundvierzig Jahren nach der Zählweise seines Planeten in Anspruch, aber er schien nicht älter als ich zu sein.
Mein Körper ist kräftig. An dieser Stelle begehe ich eine doppelte Sünde, denn nicht nur spreche ich ohne Scham über mich, sondern lege auch noch Stolz und Freude über meine körperliche Erscheinung an den Tag. Ich bin hochgewachsen: Eine Frau durchschnittlicher Größe reicht kaum an mein Brustbein. Mein Haar ist dunkel und lang, es fällt bis auf meine Schultern. Seit kurzem sind einige graue Strähnen in ihm aufgetaucht, ebenso in meinem Bart, der voll und dicht ist und einen großen Teil meines Gesichts bedeckt. Meine Nase ist markant und geradegeschnitten, mit einem breiten Rücken und weiten Nüstern; meine Lippen sind fleischig und geben mir, wie man sagt, einen Ausdruck von Sinnlichkeit; meine Augen sind tiefbraun und stehen ziemlich weit auseinander. Sie haben, so hat man mir erklärt, den Ausdruck von jemandes Augen, der es sein ganzes Leben gewohnt ist, anderen Menschen Befehle zu erteilen.
Mein Kreuz ist breit und mein Brustkorb mächtig. Eine dichte Schicht krausen dunklen Haares wächst fast überall auf mir. Meine Arme sind lang. Meine Hände sind groß. Meine Muskeln sind gut entwickelt und stechen unter meiner Haut hervor. Für einen Mann meiner Größe bewege ich mich sehr anmutig und geschmeidig; im Sport bin ich hervorragend, und als ich jünger war, schleuderte ich den gefiederten Speer über die Länge eines vollen manneranischen Stadiums, eine Leistung, die bis dahin noch nie erzielt worden war.
Die meisten Frauen finden mich im allgemeinen attraktiv – alle außer de-

nen, die einen schwächeren, eher wissenschaftlich wirkenden Männertyp bevorzugen und sich vor Kraft, Größe und Männlichkeit fürchten. Gewiß hat die politische Macht, die ich zu meiner Zeit in meinen Händen hielt, mir viele Bettgenossinnen verschafft, aber zweifellos wurden sie durch die Wirkung meines Körpers ebenso angezogen wie von weniger deutlich erkennbaren Vorzügen. Die meisten von ihnen waren von mir enttäuscht. Schwellende Muskeln und eine behaarte Haut machen noch keinen geschickten Liebhaber, und ebensowenig ist ein großes Geschlechtsteil wie das meine eine Garantie für Ekstase. Ich bin kein Meister des Beischlafs. Ihr seht: Ich verberge nichts vor Euch. In mir ist eine gewisse grundlegende Ungeduld, die sich nur während des Fleischesakts nach außen äußert; wenn ich in eine Frau eindringe, dann reißt es mich schnell fort, und selten kann ich mich so lange zurückhalten, bis sie ihre Freude findet. Niemandem, nicht einmal einem Reiniger, habe ich dieses Versagen bislang gestanden, und ich habe auch nicht erwartet, daß ich es jemals tun würde. Aber eine Vielzahl der Frauen von Borthan hat diese meine Schwäche auf die unmittelbarste Weise erfahren, und zweifellos haben einige von ihnen, verbittert, wie sie waren, die Nachricht weiterverbreitet, um sich auf meine Kosten an einem schnellen Scherz zu erfreuen. Um einer aufrichtigen Darlegung willen nehme ich dies in diesen Bericht auf. Ich möchte nicht, daß Ihr mich für einen behaarten, mächtigen Riesen haltet, ohne nicht zugleich zu wissen, wie oft mein Fleisch meine Begierden betrogen hat. Vielleicht gehörte dieses mein Versagen zu den Kräften, die mein Schicksal bis zu diesem Tag im Verbrannten Tiefland formten, und Ihr solltet davon Kunde haben.

5

Mein Vater war Erbseptarch der Provinz Salla an unserer Ostküste. Meine Mutter war Tochter eines Septarchen von Glin; er war ihr bei einer diplomatischen Mission begegnet, und wie man sich erzählt, stand ihre Heirat von dem Moment an fest, als sie sich zum ersten Mal sahen. Das erste Kind, das sie bekamen, war mein Bruder Stirron, jetzt an meines Vaters Stelle Septarch in Salla. Ich folgte zwei Jahre danach; nach mir kamen noch drei Kinder, alles Mädchen. Zwei von ihnen leben noch. Meine jüngste Schwester wurde vor etwa zwanzig Mondzeiten von Plünderern aus Glin umgebracht.

Ich kannte meinen Vater kaum. Auf Borthan ist jeder für jeden ein Fremder, aber der Vater ist einem gewöhnlich weniger fern als andere; nicht so bei dem alten Septarchen. Zwischen uns lag eine undurchdringliche

Wand aus Förmlichkeit. Wenn wir ihn anredeten, gebrauchten wir die gleichen respektvollen Formulierungen, die Untergebene benutzen. Er lächelte so selten, daß ich mich wohl an jedes einzelne Mal erinnern kann. Einmal, und das war unvergeßlich, holte er mich neben sich zu seinem grob bearbeiteten Thron aus Schwarzholz und ließ mich das alte gelbe Polster berühren, und liebevoll nannte er mich bei meinem Kindnamen; das war der Tag, an dem meine Mutter starb. Sonst ignorierte er mich. Ich fürchtete und liebte ihn und kauerte mich zitternd hinter Säulen seines Gerichtssaals, um zuzusehen, wenn er Recht sprach; ich glaubte, er würde mich vernichten, wenn er mich sah, und doch konnte ich auf den Anblick meines Vaters in seiner ganzen Majestät nicht verzichten.
Seltsamerweise war er ein Mann von schlankem Wuchs und kleiner Körpergröße, den mein Bruder und ich schon als Jungen überragten. Aber in ihm war eine furchtbare Willenskraft, die ihn jede Herausforderung überwinden ließ. Einmal, während meiner Kindheit, kam irgendein Botschafter zur Septarchie, ein riesiger, sonnengebräunter Mann aus dem Westen, der in meiner Erinnerung hoch wie der Kongoroi-Berg war; wahrscheinlich war er so groß und breit, wie ich es jetzt bin. Nach dem Bankett ließ der Botschafter zuviel blauen Wein durch seine Kehle rinnen und sagte, im Angesicht meines Vaters, seines Hofs und seiner Familie: »Einer möchte seine Kraft den Männern von Salla demonstrieren, denen er im Ringkampf wahrscheinlich noch einiges beibringen kann.«
»Es gibt einen hier«, erwiderte mein Vater in plötzlichem Zorn, »dem vielleicht nichts mehr beigebracht zu werden braucht.«
»Dann laßt ihn sehen«, sagte der riesige Mann, stand auf und streifte seinen Umhang ab. Aber mein Vater beschied dem prahlerischen Fremden lächelnd – und der Anblick dieses Lächelns ließ seine Höflinge zittern –, es wäre nicht fair, gegen ihn anzutreten, solange sein Geist vom Wein benebelt wäre, und das brachte den Botschafter natürlich über alle Maßen auf. Die Musikanten kamen herein, um die Spannung abzubauen, aber die Wut unseres Besuchers klang nicht ab, und nach einer Stunde, als seine Trunkenheit ein wenig geschwunden war, verlangte er erneut, gegen den Meister meines Vaters anzutreten. Kein Mann aus Salla, sagte unser Gast, wäre fähig, seiner Kraft zu widerstehen.
Worauf der Septarch sagte: »Ich persönlich werde mit Euch ringen.«
An diesem Abend saßen mein Bruder und ich am anderen Ende der langen Tafel zwischen den Frauen. Vom Kopfende, wo der Thron stand, kam, von der Stimme meines Vaters gesprochen, das betäubende Wort »ich«, und dann auch noch »persönlich«. Dies waren Obszönitäten, die Stirron und ich in der Dunkelheit unserer Schlafkammer oft kichernd geflüstert hatten, aber wir hätten niemals erwartet, sie im Festsaal von den Lippen des

Septarchen zu vernehmen. In unserem Schrecken reagierten wir unterschiedlich; Stirron zuckte konvulsivisch über seinem Kelch, ich ließ ein halbunterdrücktes Kichern des Erstaunens und Vergnügens hören, das mir sofort einen Klaps von meiner Hofdame einbrachte. Mein Lachen war nur die Maske meines innerlichen Entsetzens. Ich konnte kaum glauben, daß mein Vater diese Worte kannte, geschweige denn sie vor dieser erlauchten Gesellschaft aussprach. *Ich persönlich werde mit Euch ringen.* Und während der Nachhall dieser verbotenen Ausdrucksweise mich noch betäubte, trat mein Vater schnell vor, ließ seinen Umhang zu Boden fallen, stellte sich vor den hoch aufragenden Botschafter, griff ihn an und packte ihn beim Ellbogen und bei der Hüfte in einem geschickten sallanischen Griff; beinahe im selben Moment stürzte der Fremde auf den Boden aus grauem Stein. Der Botschafter stieß einen schrecklichen Schrei aus, denn eines seiner Beine stand in angsterregendem Winkel von der Hüfte ab, und vor Schmerz und gedemütigt schlug er immer wieder mit der flachen Hand auf den Boden. Vielleicht wird Diplomatie jetzt im Palast meines Bruders Stirron auf kultiviertere Art betrieben.
Der Septarch starb, als ich zwölf war und gerade in den ersten Ansturm der Männlichkeit kam. Ich war nahe bei ihm, als der Tod ihn holte. Um den Regenzeiten von Salla zu entkommen, ging er jedes Jahr auf die Hornvogeljagd im Verbrannten Tiefland, genau dort, wo ich mich jetzt verberge und warte. Ich war noch nie mit ihm zusammen auf die Jagd gegangen, aber bei dieser Gelegenheit wurde mir erlaubt, die Jagdgesellschaft zu begleiten, denn jetzt war ich ein junger Prinz und mußte die Fertigkeiten meiner Klasse erlernen. Stirron mußte als zukünftiger Septarch andere Fertigkeiten beherrschen; er blieb als Regent zurück, wenn mein Vater nicht in der Hauptstadt war. Unter einem bleichen, schweren, mit Regenwolken bedeckten Himmel rollte die Expedition, die aus zwanzig Bodenwagen bestand, westlich aus Salla-Stadt hinaus und durch die flache, aufgeweichte, winteröde Landschaft. Überall reparierten die Bauern ihre Deiche, aber vergebens; ich konnte die angeschwollenen Flüsse sehen, die von Sallas verlorenem Reichtum gelbbraun gefärbt waren, und weinte beinahe bei dem Gedanken, daß solch ein Vermögen ins Meer getragen wurde. Als wir nach Westsalla kamen, stieg die enge Straße die Vorberge des Huishtor-Gebirgszugs hinauf, und bald darauf befanden wir uns in einem trockeneren, kälteren Landstrich, wo die Wolken Schnee und keinen Regen abladen, und die Bäume waren nur noch Bündel von Holzstäben vor dem blendenden Weiß. Dem Verlauf der Kongoroi-Straße folgend, ging es in die Huishtors hinauf. Die Landbevölkerung kam heraus, um dem durchreisenden Septarchen Willkommensgrüße zu entbieten. Jetzt standen die nackten Berge wie purpurne Zähne, die den grauen

Himmel aufrissen, vor uns, und selbst in unseren abgedichteten Bodenwagen zitterten wir, obwohl die Schönheit dieses Landstrichs meine Gedanken von den Unbequemlichkeiten ablenkte. Große flache Platten geriefelten, lohfarbenen Felsens säumten die unebene Straße, und es gab fast gar kein Erdreich, Bäume und Gestrüpp wuchsen nur an geschützten Flecken. Wir konnten zurückschauen und Salla wie eine Landkarte unter uns sehen, die weiße Fläche der westlichen Gebiete, das dunkle Wirrwarr der bevölkerten Ostküste, alles auf unwirkliche Art verkleinert. Ich war nie zuvor so weit von zu Hause fort gewesen. Obwohl wir jetzt weit ins Hochland vorgedrungen waren, wie es schien, in der Mitte zwischen Himmel und Meer, lagen die inneren Gipfel der Huishtors immer noch vor uns, und für meine Augen bildeten sie eine fugenlose Steinmauer, die sich von Norden nach Süden über den ganzen Kontinent erstreckte. Ihre schneegekrönten Spitzen ragten schroff über der Brustwehr aus bloßem Stein empor: Mußten wir über die Spitze hinweg, oder würde es einen Weg hindurch geben? Ich wußte von Sallas Tor und daß unsere Straße in seine Richtung führte, aber in diesem Augenblick schien das Tor mir ein reiner Mythos zu sein.

Immer höher fuhren wir, bis die Generatoren unserer Bodenwagen in der eisigen Luft ächzten, und wir waren häufig zum Anhalten gezwungen, um die Energiezuleitungen zu enteisen, und in unseren Köpfen wirbelte es aufgrund der Sauerstoffknappheit. Jede Nacht rasteten wir in einem der Lager, die für die Reisen des Septarchen unterhalten werden, aber ihre Ausstattung war alles andere als königlich, und in einem, wo die gesamte Dienerschaft vor einigen Wochen in einem Schneerutsch verschüttet worden war, mußten wir unseren Weg durch Berge von Eis und Schnee graben, ehe wir es betreten konnten. Unsere ganze Jagdgruppe bestand nur aus Adligen, und alle schwangen die Schaufel, außer dem Septarchen, für den körperliche Arbeit sündig gewesen wäre. Weil ich einer der größten und kräftigsten der Männer war, grub ich energischer als jeder andere, und weil ich jung und voreilig war, belastete ich mich über die Grenzen meiner Kraft hinaus, brach über meiner Schaufel zusammen und lag eine Stunde lang halbtot im Schnee, bis ich gefunden wurde. Mein Vater kam zu mir, während man mich behandelte, und lächelte eines seiner raren Lächeln; damals hielt ich es für eine Geste der Zuneigung, und es beschleunigte meine Genesung, später aber erkannte ich, daß es wahrscheinlich ein Zeichen seiner Verachtung war.

Dieses Lächeln trieb mich während des restlichen Aufstiegs in den Huishtors an. Der Gedanke, über die Berge zu kommen, machte mir keine Sorgen mehr, denn jetzt wußte ich, ich würde es schaffen, und auf der anderen Seite würden mein Vater und ich den Hornvogel im Verbrannten

Tiefland jagen, gemeinsam hinausgehen, einander vor Gefahren schützen, schließlich beim Aufspüren und Töten zusammenarbeiten, eine gegenseitige Nähe kennenlernen, die in meiner Kindheit nie zwischen uns existiert hatte. Eines Nachts hatte ich darüber mit meinem Bundbruder Noim Condorit gesprochen, der der einzige Mensch im ganzen Universum war, dem ich solche Dinge sagen konnte. »Man hofft, für die Jagdgruppe des Septarchen ausgewählt zu werden«, sagte ich. »Man hat Grund zu der Annahme, daß man gefragt wird. Und ein Ende gemacht wird der Ferne zwischen Vater und Sohn.«
»Du träumst«, sagte Noim Condorit. »Du lebst in einer Phantasiewelt.«
»Man könnte«, entgegnete ich, »von einem Bundbruder wärmere Ermutigung wünschen.«
Noim war ständig Pessimist; ich tat seinen Ernst mit der linken Hand ab und zählte die Tage bis zu Sallas Tor. Als wir es erreichten, war ich auf die Pracht dieser Stelle nicht vorbereitet. Den ganzen Morgen und den halben Nachmittag hatten wir eine Dreißig-Grad-Steigung des Kongoroi überwunden, eingehüllt in den Schatten des großen zweifachen Gipfels. Mir schien, wir könnten für immer aufsteigen, und der Kongoroi würde uns doch noch überragen. Dann wandte sich unsere Karawane nach links, Wagen auf Wagen verschwand hinter einem verschneiten Pylon am Rand der Straße, und dann kam unser Wagen, und als wir die Kurve genommen hatten, tat sich ein erstaunlicher Anblick vor mir auf: eine breite Schneise in der Felswand, als hätte eine kosmische Hand eine Ecke des Kongoroi weggenommen. Durch die Spalte brach glitzerndes Tageslicht. Das war Sallas Tor, der sagenumwobene Paß, durch den unsere Vorfahren kamen, als sie vor vielen hundert Jahren nach ihren Wanderungen im Verbrannten Tiefland unsere Provinz betraten. Freudig erregt tauchten wir hinein, fuhren mit zwei oder gar drei Wagen nebeneinander über die feste Schneeschicht, und noch bevor wir das Nachtlager aufbauten, konnten wir die fremdartige Pracht des Verbrannten Tieflands auf erstaunliche Art unter uns ausgebreitet sehen.
Den ganzen nächsten Tag und den darauffolgenden fuhren wir die Serpentinen auf der Westseite des Kongoroi hinab und krochen in lächerlichem Tempo eine Straße entlang, die uns nur wenig Platz bot: ein unbeachteter Zug am Hebel, und der Wagen würde in einen unendlichen Abgrund stürzen. In diesem Bereich der Huishtors gab es keinen Schnee, und der bloße, sonnenverbrannte Fels wirkte betäubend und niederdrükkend. Vor uns war alles roter Erdboden. Wir fuhren in die Wüste hinab, ließen den Winter hinter uns und betraten eine erstickende Welt, in der jeder Atemzug in den Lungen prickelte, in der trockene Winde die Erde in Wolken hochwirbelten, in der merkwürdig aussehende Tiere vor unse-

rer herannahenden Kalvakade in Angst und Schrecken davonstoben. Am sechsten Tag erreichten wir das Jagdgebiet, eine Zone schroffer Klippen weit unter Meereshöhe. Jetzt bin ich von dieser Stelle nicht weiter als eine Wegstunde entfernt. Hier haben die Hornvögel ihre Nester. Den ganzen Tag durchstreifen sie die sengenden Ebenen auf der Suche nach Fleisch, und im Dämmerlicht kehren sie zurück, um im spiralförmigen Flug hinabzuschießen und ihre fast völlig unzugänglichen Erdlöcher aufzusuchen.

Bei der Aufteilung der Gruppe wurde ich als einer von dreizehn Begleitern des Septarchen ausgewählt. »Man teilt deine Freude«, sagte Noim feierlich zu mir, und auch in seinen Augen standen Tränen, denn er wußte, welche Schmerzen mir die Kälte meines Vaters bereitet hatte. Bei Tagesanbruch machten sich die Jagdgruppen auf, neun an der Zahl, in neun verschiedenen Richtungen.

Einen Hornvogel in der Nähe seines Nestes anzugehen, wird als schändlich betrachtet. Bei der Rückkehr ist der Vogel gewöhnlich mit Fleisch für seine Jungen beladen und daher unbeholfen und verwundbar, all seiner Anmut und Kraft beraubt. Ihn bei der Landung zu töten, ist nichts Großartiges, und nur ein feiger Selbstentblößer würde es versuchen (*Selbstentblößer*! Seht doch, wie mein eigener Stift mich narrt! Ich, der ich mehr von meinem Selbst entblößt habe als zehn beliebige Menschen von Borthan zusammengenommen, ich verwende den Begriff unbewußt immer noch als Wort der Schmähung! Aber lassen wir es stehen.) Was ich sagen wollte, ist, daß der moralische Wert der Jagd in den Gefahren und Schwierigkeiten liegt und nicht im Erringen einer Trophäe; und wir jagen den Hornvogel als eine Herausforderung an unsere Fertigkeiten, nicht wegen seines elenden Fleischs.

Die Jäger gehen also ins offene Tiefland, wo die Sonne selbst im Winter verheerend wirkt, wo es keine Bäume gibt, Schatten zu spenden, und keine Flüsse, den Durst zu löschen. Die Jäger verteilen sich, einer hier, zwei dort, und beziehen in der öden Weite nackten roten Bodens Posten, sich selbst als Beute des Hornvogels anbietend. Der Vogel kurvt in unfaßbarer Höhe, so daß er höchstens als winzige schwarze Schramme an der glänzenden Himmelskuppel gesehen werden kann; man braucht die allerschärfsten Augen, um einen zu entdecken, obwohl die Flügelspannweite eines Hornvogels zweimal die Länge des menschlichen Körpers beträgt. Von seiner hohen Warte aus späht der Hornvogel die Wüste nach unvorsichtigen Tieren ab. Nichts, so klein es auch sein mag, entgeht seinen gleißenden Augen; und wenn er ein gutes Beutestück entdeckt, kommt er durch die bewegte Luft herab, bis er haushoch über dem Erdboden schwebt. Dann beginnt er seinen Todesflug, indem er sich in niedriger

Höhe in eine Serie rasender Kreise katapultiert und einen Todesknoten um das immer noch arglose Opfer knüpft. Der erste Bogen kann über eine halbe Provinz führen, aber jede weitere Kreisbahn wird enger und enger, wobei die Beschleunigung zunimmt, bis der Hornvogel schließlich zu einem furchtbaren Triebwerk des Todes wird, das aufbrüllend mit alptraumhafter Geschwindigkeit vom Horizont heranjagt. Erst jetzt erkennt das Beutestück die Wahrheit, aber dieses Wissen nützt nichts mehr: Das Rascheln mächtiger Schwingen, das Zischen einer schlanken, kraftvollen Gestalt, die die heiße, zähe Luft spaltet, und dann findet der einzelne längliche Speer, der aus der knöchernen Stirn des Vogels wächst, sein Ziel, und das Opfer stürzt, in die schwarzen schlagenden Schwingen gehüllt, nieder. Der Jäger hofft, seinen Hornvogel herunterzuholen, während er, fast jenseits der Grenze menschlichen Sehvermögens, seine Kreise zieht; er trägt eine Waffe bei sich, die für Schüsse über weite Entfernung konstruiert ist, und seine Fertigkeit muß er beweisen, indem er das Zusammenspiel von Flug- und Geschoßbahn über solch gewaltige Entfernungen richtig berechnet. Die Gefahr der Hornvogeljagd besteht darin, daß man nie weiß, ob man Jäger oder Gejagter ist, denn ein Hornvogel im Todesflug kann erst dann gesehen werden, wenn er zuschlägt.

Ich ging also hinaus. Und ich stand dort vom Morgengrauen bis zum Mittag. Die Sonne brannte auf meine winterbleiche Haut, soweit ich sie zu zeigen wagte; der größte Teil meines Körpers war in Jagdkleider aus weichem roten Leder gewickelt, und ich kochte in dieser Umhüllung. Ich trank nur so viel aus meiner Feldflasche, wie zum Überleben notwendig war, denn ich bildete mir ein, daß die Augen meiner Jagdkameraden auf mich geheftet waren, und ich wollte vor ihnen keine Schwäche zeigen. Wir waren in einem doppelten Sechseck angeordnet, mein Vater allein zwischen den beiden Gruppen. Der Zufall wollte es, daß meine Position in unserem Sechseck der seinen am nächsten war, aber zwischen uns lag eine Strecke, die länger als die Bahn eines gefiederten Speers war, und den ganzen Morgen über wechselten der Septarch und ich keine Silbe. Er stand mit fest aufgesetzten Füßen und beobachtete den Himmel, die Waffe im Anschlag. Wenn er überhaupt trank, während wir warteten, so habe ich es nicht bemerkt. Auch ich spähte in den Himmel, bis meine Augen davon schmerzten, bis ich spürte, wie zwei Bänder aus heißem Licht mein Gehirn verdrehten und gegen meinen Schädel hämmerten. Mehr als einmal bildete ich mir ein, den dunklen Splitter der Gestalt eines Hornvogels dort oben in meinem Blickfeld auftauchen zu sehen, und einmal war ich kurz davor, in verschwitzter Hast meine Waffe hochzureißen, was eine große Schande gewesen wäre, denn man darf nicht schießen, bevor man seinen Anspruch auf dieses Vorrecht herausgeschrien hat. Ich feuerte nicht, und als ich zwinkerte und meine Augen öffnete, sah ich nichts am Himmel. Der Hornvogel schien an diesem Morgen woanders zu sein.

Mittags gab mein Vater ein Zeichen, und wir verteilten uns in größeren Abständen über die Ebene, behielten unsere Formation aber bei. Vielleicht fand der Hornvogel uns zu dicht beieinander und blieb deshalb fort. Mein neuer Standort lag auf einem niedrigen Erdhügel, der beinahe die Form einer weiblichen Brust hatte, und Angst erfaßte mich, als ich dort Position bezog. Ich hielt mich für schrecklich ungeschützt und ständig in der Gefahr, von einem Hornvogel angegriffen zu werden. Als die Furcht sich in mir breitmachte, war ich allmählich sicher, daß genau in diesem Moment ein Hornvogel seine todbringenden Kreise um meinen Hügel flog und daß seine Lanze jeden Augenblick meinen Körper durchbohren würde, während ich stur in den metallenen Himmel starrte. Diese Vorahnung wurde so stark, daß ich nur mit Mühe auf den Beinen blieb; ich zitterte, warf argwöhnische Blicke über meine Schulter, umklammerte den Schaft meiner Waffe, um mich aufrecht zu halten, und strengte meine Ohren an, um das Geräusch meines herannahenden Feindes zu hören und, so hoffte ich, herumzuwirbeln und zu feuern, ehe ich aufgespießt wurde. Ob dieser Feigheit machte ich mir selbst heftige Vorwürfe und zeigte mich sogar dankbar dafür, daß Stirron vor mir geboren worden war, denn offensichtlich war ich unfähig, in der Septarchie zu folgen. Ich machte mir klar, daß in drei Jahren kein Jäger auf diese Weise getötet worden war. Ich fragte mich, ob es wahrscheinlich war, daß ich auf meiner ersten Jagd so jung sterben sollte, während es andere wie meinen Vater gab, die dreißig Jagdzeiten mitgemacht hatten und unverletzt davongekommen waren. Ich wollte wissen, wieso ich diese überwältigende Angst spürte, wenn sich alle meine Lehrer Mühe gegeben hatten, mir beizubringen, daß das Individuum ein Nichts und Besorgnis um die eigene Person eine Sünde ist. Befand sich nicht mein Vater dort draußen in der sonnenversengten Ebene in der gleichen Gefahr? Und hatte er, ein Septarch und Erster Septarch dazu, nicht mehr zu verlieren als ich, der ich nur ein Junge war? Auf diese Weise zwang ich die Furcht aus meiner mutlosen Seele und musterte den Himmel ohne einen Gedanken an den Speer, der auf meinen Rücken gezielt sein könnte, und Minuten später schien meine anfängliche Angst nur noch absurd zu sein. Wenn nötig, würde ich ohne Furcht tagelang hier stehen. Und sofort erhielt ich die Belohnung für den Triumph über das Ich: Vor dem grell schimmernden Himmel machte ich eine dunkle schwebende Gestalt aus, eine Scharte im Himmel, und dieses Mal war es keine Einbildung, denn meine jungen Augen erspähten Schwingen und

Horn. Sahen andere es auch? War der Vogel meine Jagdbeute? Wenn ich ihn tötete – würde dann der Septarch mir auf den Rücken klopfen und mich seinen besten Sohn nennen? Alle anderen Jäger waren still.
»Eines Anspruch!« schrie ich jubelnd, hob meine Waffe und nahm das Ziel ins Visier; ich erinnerte mich an alle Lehren: daß man die Berechnungen dem inneren Bewußtsein überlassen sollte, daß man in einem schnellen Impuls zielen und feuern sollte, bevor der Intellekt die intuitiven Eingebungen durch Haarspaltereien verderben konnte.
Und im selben Augenblick, als ich mein Geschoß hochjagen wollte, kam ein gräßlicher Aufschrei von meiner Linken, und ich feuerte, ohne zu zielen, drehte mich im selben Moment zu meines Vaters Standort um und sah ihn unter der wie wahnsinnig flatternden Gestalt eines zweiten Hornvogels begraben, der ihn vom Rückgrat zum Bauch aufgespießt hatte. Rote Sandwolken wurden aufgewirbelt, als die Schwingen des Ungeheuers wild auf den Boden einschlugen; der Vogel gab sich alle Mühe aufzusteigen, aber ein Hornvogel kann das Gewicht eines Mannes nicht tragen, was ihn allerdings nicht davon abhält, uns anzugreifen. Ich rannte dem Septarchen zu Hilfe. Er schrie immer noch, und ich sah, daß seine Hände den schuppigen Hals des Hornvogels umklammerten, aber seine Schreie klangen jetzt zerrissen und erstickt, und als ich die Stelle erreichte – ich war der erste dort –, lag er lang ausgestreckt und still da; der Vogel, dessen Horn immer noch in seinem Körper steckte, bedeckte seinen Körper wie ein schwarzer Umhang. Meine Klinge fuhr heraus; ich durchtrennte den Hals des Hornvogels, als handele es sich um einen leeren Schlauch, beförderte den toten Körper mit einem Fußtritt zur Seite und begann verzweifelt an dem dämonischen Kopf zu zerren, der so gräßlich auf dem Rücken des Septarchen thronte. Jetzt kamen die anderen; sie zogen mich fort; jemand packte mich bei den Schultern und schüttelte mich so lange, bis mein Anfall vorüber war. Als ich mich ihnen wieder zuwandte, schlossen sie ihre Reihen, um mich daran zu hindern, den Leichnam meines Vaters zu sehen, und dann fielen sie zu meiner Bestürzung vor mir auf die Knie, um mir zu huldigen.
Aber natürlich wurde Stirron und nicht ich Septarch in Salla. Seine Krönung war ein großartiges Ereignis, denn so jung er auch war, er würde Erster Septarch der Provinz sein. Die anderen sechs Septarchen Sallas kamen in die Hauptstadt – nur bei einer solchen Gelegenheit traf man sie alle zusammen in derselben Stadt an –, und eine Zeitlang gab es nur Feiern, Fahnen und das Schmettern der Trompeten. Stirron stand im Mittelpunkt von allem und ich am Rande, und so sollte es auch sein, obwohl ich mich dadurch eher wie ein Stalljunge denn wie ein Prinz fühlte. Sobald er inthronisiert war, bot Stirron mir Titel, Land und Macht an, aber er

erwartete nicht wirklich, daß ich sie annahm, und ich tat es auch nicht. Wenn ein Septarch kein Schwächling ist, sollten seine jüngeren Brüder besser nicht an seiner Seite bleiben, um ihm beim Regieren zu helfen, denn solche Hilfe ist selten erwünscht. Ich hatte von meines Vaters Seite keinen lebenden Onkel gehabt, und ich hatte kein Interesse daran, daß Stirrons Söhne einmal die gleiche Feststellung machen könnten; deshalb zog ich mich schnell von Salla zurück, sobald die Zeit der Trauer vorüber war.

Ich ging nach Glin, dem Land meiner Mutter. Dort waren die Dinge für mich jedoch unbefriedigend, und nach einigen Jahren zog ich weiter in die Provinz Manneran, wo ich meine Frau fand und meine Söhne zeugte und ein Prinz, nicht nur dem Namen nach, wurde und glücklich und ausgeglichen lebte, bis meine Zeit der Wandlungen begann.

6

Vielleicht sollte ich einige Anmerkungen über die Geographie meiner Welt niederschreiben.

Auf unserem Planeten Borthan gibt es fünf Kontinente. In dieser Hemisphäre sind es zwei, Velada Borthan und Sumara Borthan, die Nördliche Welt und die Südliche Welt. Von den Küsten dieser Kontinente zu den Erdteilen der anderen Hemisphäre, die die schlichten Namen Umbis, Dabis, Tibis haben – das bedeutet Eins, Zwei und Drei –, ist es eine weite Seereise.

Von diesen drei fernen Ländern kann ich Euch wenig berichten. Sie wurden vor rund siebenhundert Jahren zum ersten Mal von einem Septarchen von Glin erforscht, der sein Leben für seine Neugierde ließ, und seitdem hat es höchstens fünf weitere Forschungsreisen dorthin gegeben. In dieser Hemisphäre wohnen keine Menschen. Umbis, so wird berichtet, ähnelt dem Verbrannten Tiefland, ist aber noch schlimmer; an vielen Stellen schießen goldene Flammen aus der gepeinigten Erde. Dabis besteht aus Dschungeln und fieberverseuchten Sümpfen und wird eines Tages von Menschen unseres Volks bevölkert werden, die dort ihre Männlichkeit zu beweisen hoffen, denn überall, so habe ich gehört, wimmelt es von gefährlichen Tieren. Tibis ist von Eis bedeckt.

Wir sind keine Rasse, die von der Wanderlust befallen ist. Ich selbst war nie ein Reisender, bevor die Umstände mich dazu machten. Obwohl das Blut der alten Erdmenschen in unseren Adern fließt – und sie waren Wanderer, die von ihren Dämonen zu den Sternen hinausgetrieben wurden –, bleiben wir Borthaner nahe bei unserer Heimat. Selbst ich, der ich mich von meinen Mitmenschen in der Denkungsart unterscheide, habe nie Lust verspürt, die Schneefelder von Tibis oder die Sümpfe von Dabis zu sehen, außer vielleicht, als ich ein Kind und versessen darauf war, das ganze Universum zu verschlingen. Bei uns wird schon eine Reise von Salla nach Glin als große Sache angesehen, und selten findet man einen Mann, der den Kontinent überquert oder sich gar nach Sumara Borthan gewagt hat, so wie ich.

So wie ich.

Velada Borthan ist die Wiege unserer Zivilisation. Die Kunst der Kartographen zeigt es als große rechteckige Landmasse mit abgerundeten Ecken. Zwei große V-förmige Einkerbungen schneiden in die Ränder: An der Nordküste, genau in der Mitte zwischen der östlichen und westlichen Ecke, ist der Polargolf, und genau südlich davon befindet sich an der Südküste der Golf von Sumar. Zwischen diesen beiden Wasserflächen liegt das Tiefland, ein Trog, der sich von Norden nach Süden über den gesamten Kontinent erstreckt. Das Tiefland erhebt sich an keiner Stelle höher als fünf Männer über den Meeresspiegel, und es gibt viele Zonen, vor allem im Verbrannten Tiefland, die weit unterhalb der Meereshöhe liegen.

Es gibt eine alte Legende über die Form von Velada Borthan, die wir unseren Kindern erzählen. Wir sagen, daß der große Eiswurm Hrungir, in den Wassern des Nordmeers geboren, eines Tages mit plötzlichem Hunger erwachte und begann, am Nordufer von Velada Borthan zu nagen. Der Wurm fraß viele tausend Jahre, bis er den Polargolf herausgefressen hatte. Dann kroch er, durch seine Gefräßigkeit von Unwohlsein befallen, an Land, um auszuruhen und zu verdauen, was er heruntergeschlungen hatte. Von einem kranken Magen geplagt, wandte Hrungir sich nach Süden und ließ das Land unter seinem ungeheuren Gewicht sinken, während sich zum Ausgleich die Berge östlich und westlich seines Rastplatzes erhoben. Am längsten verweilte der Wurm im Verbrannten Tiefland, das dementsprechend tiefer als die übrigen Zonen hinabgedrückt wurde. Mit der Zeit erwachte der Hunger des Wurms erneut, und er kroch weiter nach Süden und kam schließlich an eine Stelle, wo ein Bergzug, der sich von Osten nach Westen erstreckte, seinen Weg versperrte. Da fraß er sich durch die Berge, schuf die Stroin-Bresche und setzte seinen Weg zur Südküste fort. In einem erneuten Anfall von Hunger biß der Wurm den Golf von Sumar aus der Landfläche heraus. Die Wasser der Meerenge von Sumar strömten in das Loch, das vorher aus Land bestanden hatte, und die Flutwelle trug Hrungir zum Kontinent Sumara Borthan, wo der Eiswurm jetzt lebt; zusammengerollt liegt er unter dem Vulkan Vashnir und stößt giftige Dämpfe aus. Soweit die Legende.

Das lange, schmale Becken, das wir als Hrungirs Weg ansehen, ist in drei

Zonen unterteilt. Am Nordende haben wir das Gefrorene Tiefland, ein Bereich ewigen Eises, wo nie ein Mensch zu finden ist: Nach der Legende ist die Luft so trocken und kalt, daß ein einziger Atemzug die Lungen eines Menschen zu Leder verwandelt. Jedoch reicht der polare Einfluß nur ein kurzes Stück in unseren Kontinent hinein. Im Süden des Gefrorenen Tieflands liegt das gewaltige Verbrannte Tiefland, das fast gänzlich ohne Wasser und ständig der vollen Wucht unserer Sonne ausgesetzt ist. Unsere beiden hochragenden Nord-Süd-Bergzüge verhindern, daß auch nur ein einziger Regentropfen auf das Verbrannte Tiefland fällt, und kein Fluß oder Strom erreicht es. Der Boden ist von hellem Rot mit gelegentlichen gelben Streifen, und dafür machen wir die Hitze von Hrungirs Bauch verantwortlich, auch wenn unsere Geologen eine andere Erklärung haben. Im Verbrannten Tiefland leben kleine Pflanzen, die ihre Nahrung von Ich-weiß-nicht-woher beziehen, und es gibt viele Tierarten, alle fremdartig, mißgestaltet und scheußlich. Am Südende des Verbrannten Tieflands befindet sich ein tiefes Ost-West-Tal, einige Tagesreisen breit, und auf der anderen Seite liegt der schmale Streifen, der als Feuchtes Tiefland bekannt ist. Winde, die im Golf von Sumar entstehen, tragen Feuchtigkeit durch die Stroin-Bresche; diese Winde treffen auf die heißen Stürme aus dem Verbrannten Tiefland und werden gezwungen, ihre Last nicht weit hinter der Bresche abzuladen, wodurch sie einen Landstrich mit dichter, üppiger Vegetation schaffen. Nie gelingt es den wassergetränkten Winden aus dem Süden, über das Feuchte Tiefland hinaus nach Norden zu gelangen, um die Landschaft der roten Erde zu tränken. Das Gefrorene Tiefland hat, wie erwähnt, niemals menschliche Besucher, und das Verbrannte Tiefland wird nur von Jägern und von denjenigen betreten, die zwischen der Ost- und der Westküste reisen müssen, aber das Feuchte Tiefland wird von einigen tausend Farmern bevölkert, die exotische Früchte für die Stadtleute züchten. Man erzählt sich, daß der ständige Regen ihre Seelen verrotten läßt, daß sie keine Regierung haben und daß unser Brauch der Selbstverleugnung dort nur unvollkommen beachtet wird. Ich würde mich jetzt bei ihnen aufhalten, um ihren Charakter an Ort und Stelle zu studieren, könnte ich nur durch den Sperrgürtel schlüpfen, den meine Feinde südlich von meinem Aufenthaltsort errichtet haben.

Das Tiefland wird von zwei mächtigen Bergketten eingeschlossen: den Huishtors im Osten und den Threishtors im Westen. Diese Berge beginnen an Velada Borthans Nordküste, eigentlich direkt an den Ufern des Nordpolarmeers, und ziehen sich nach Süden, wobei sie sich allmählich landeinwärts krümmen; die beiden Bergzüge würden sich nahe des Golfs von Sumar treffen, würden sie nicht durch die Stroin-Bresche getrennt.

Sie sind so hoch, daß sie alle Winde abfangen. Folglich sind ihre Inlandhänge öde, während die Hänge, die auf Meere weisen, sich großer Fruchtbarkeit erfreuen.

Die Menschheit in Velada Borthan hat sich ihr Reich auf den beiden Küstenstreifen geschaffen, zwischen den Meeren und den Bergen. An den meisten Stellen ist das Land bestenfalls von durchschnittlicher Qualität, so daß wir Mühe haben, die notwendige Nahrung zu erzeugen, und das Leben ist ein ständiger Kampf gegen den Hunger. Häufig fragt man sich, wieso unsere Vorfahren, als sie vor so vielen Generationen diesen Planeten erreichten, Velada Borthan als Siedlungsort wählten; im benachbarten Sumara Borthan wäre die Landwirtschaft weit einfacher gewesen, und selbst das sumpfige Dabis hätte größere Vorteile geboten. Als Erklärung dafür sagt man uns, unsere Vorväter seien strenge, fleißige Leute gewesen, die Geschmack an Herausforderungen fanden und zugleich fürchteten, ihre Kinder in einem Land leben zu lassen, wo das Leben über die Maßen hart wäre.

Velada Borthans Küsten waren weder unbewohnbar noch über die Maßen behaglich; daher kamen sie ihren Absichten entgegen. Ich halte das für zutreffend, denn gewiß ist das bedeutendste Erbe, das wir von unseren Vorfahren haben, die Ansicht, daß Bequemlichkeit Sünde und Muße Verderbtheit ist. Allerdings bemerkte mein Bundbruder Noim einmal, daß die ersten Siedler Velada Borthan auswählten, weil ihr Sternenschiff dort zufällig niederging und sie, nachdem sie durch die Weiten des Raums gereist waren, nicht mehr die Tatkraft besaßen, auch nur einen Kontinent weiterzuziehen, um eine bessere Heimat zu suchen. Ich bezweifle das, aber die Spitzfindigkeit dieser Vorstellung ist charakteristisch für das Vergnügen, das mein Bundbruder an ironischen Erklärungen findet.

Die ersten Ankömmlinge gründeten ihre ursprüngliche Siedlung an der Westküste, an jener Stelle, die wir Threish nennen, und das bedeutet »Stätte des Kontrakts«. Sie vermehrten sich schnell, und da sie ein störrischer und streitlustiger Stamm waren, spalteten sie sich früh auf, die eine oder andere Gruppe zog fort, um an anderer Stelle zu leben. Auf diese Weise wurden die neun westlichen Provinzen ins Leben gerufen. Bis zum heutigen Tage gibt es erbitterte Grenzstreitigkeiten zwischen ihnen.

Mit der Zeit wurden die begrenzten Mittel des Westens aufgezehrt, und Emigranten machten sich zur Ostküste auf. Wir besaßen damals keinerlei Lufttransportmöglichkeiten, und auch heute gibt es nur wenige; wir sind kein technisch orientiertes Volk, und uns fehlen Bodenschätze, die als Treibstoff dienen könnten. Sie zogen also mit Bodenwagen, oder was ihnen als dergleichen diente, nach Osten. Die drei Threishtor-Pässe wurden entdeckt, und die Kühnsten betraten voller Mut das Verbrannte Tiefland.

Wir singen lange mythische Epen über die Beschwernisse dieser Überquerung. Über die Threishtors ins Tiefland zu gelangen war schwierig, aber die andere Seite zu erreichen war so gut wie unmöglich, denn aus dem Land der roten Erde gibt es nur einen für Menschen geeigneten Weg über die Huishtors, und das ist durch Sallas Tor, das zu finden keine leichte Aufgabe war. Aber sie fanden es und strömten hindurch und gründeten Salla, mein Land. Als die Streitigkeiten einsetzten, zogen viele nach Norden und gründeten Glin, und später gingen andere nach Süden, um sich im heiligen Manneran anzusiedeln. Tausend Jahre begnügten sie sich mit den drei Provinzen im Osten, bis sich in einem neuen Streit das kleine, aber blühende Seekönigreich aus einer Ecke von Glin und einer Ecke von Salla bildete.
Es gab auch einige Leute, die sich mit dem Leben in Velada Borthan überhaupt nicht zufriedengeben konnten; diese gingen von Manneran aus aufs Meer, um sich in Sumara Borthan niederzulassen. Aber von ihnen muß man in einer Geographie-Stunde nicht sprechen; über Sumara Borthan und seine Menschen werde ich mehr zu sagen haben, wenn ich die Veränderungen erkläre, die in meinem Leben eintraten.

7

Diese Hütte, in der ich mich jetzt verberge, ist eine schäbige Behausung. Ihre Schalbretterwände wurden eher schlecht als recht zusammengesetzt und sind jetzt rissig, so daß sich an den Verbindungsstellen Spalten auftun und kein Winkel mehr gerade ist. Der Wüstenwind dringt hier ungehindert ein; diese Seite wird von einer dünnen roten Staubschicht bedeckt, meine Kleider sind überzogen damit, und selbst mein Haar hat eine rötliche Tönung. Geschöpfe des Tieflands krabbeln ungehindert herein zu mir: Zwei von ihnen sehe ich gerade über den unbearbeiteten Boden kriechen, ein vielbeiniges graues Ding von der Größe meines Daumens und eine träge, zweischwänzige Schlange, die nicht ganz so lang wie mein Fuß ist. Stundenlang haben sie einander umkreist, als wünschten sie, Todfeinde zu sein, könnten sich aber nicht entscheiden, wer von ihnen den anderen fräße. Trostlose Gesellen in einer tristen Umgebung.
Aber ich sollte diesen Ort nicht verhöhnen. Jemand hat sich die Mühe gemacht, die Bestandteile der Hütte hierherzuschleppen, damit müde Jäger in diesem ungastlichen Land Schutz finden. Jemand hat sie zusammengebaut, zweifellos mit mehr Liebe als Geschicklichkeit, und sie für mich hier zurückgelassen, und sie erfüllt ihren Zweck für mich. Vielleicht ist es keine Behausung, die dem Sohn eines Septarchen angemessen ist, aber

ich habe genug Paläste gehabt und brauche keine Steinmauern und Kreuzgewölbe mehr. Hier ist es friedlich. Ich bin weit weg von den Fischhändlern, den Reinigern, den Weinverkäufern und all denen, deren Lieder vom Geschäftemachen in den Straßen der Städte erklingen. Ein Mann kann denken; ein Mann kann in seine Seele schauen und die Dinge finden, die ihn geformt haben, und er kann sie hervorholen, sie untersuchen und sich selbst kennenlernen. In dieser unserer Welt ist es uns durch die Tradition verboten, unsere Seelen anderen zugänglich zu machen, gewiß, aber warum hat vor mir niemand bemerkt, daß dieselbe Tradition uns, ohne es zu wollen, davon abhält, uns selbst kennenzulernen? Denn fast mein ganzes Leben lang habe ich die sozialen Wände zwischen mir und anderen aufrechterhalten, und erst, als die Wände niedergerissen waren, habe ich erkannt, daß ich mich auch vor mir selbst abgeschirmt habe. Aber hier im Tiefland habe ich Zeit gehabt, dies alles zu bedenken und zum Verständnis vorzudringen. Das ist nicht der Ort, den ich aus eigenem Antrieb ausgewählt hätte, aber ich bin hier nicht unglücklich.

Ich glaube nicht, daß sie mich so bald finden werden.

Jetzt ist es hier drinnen zu dunkel zum Schreiben. Ich werde an der Hüttentür stehen und beobachten, wie die Nacht sich über das Tiefland auf die Huishtors zu ausbreitet. Vielleicht wird ein Hornvogel durch die Dämmerung schweben, nach erfolgloser Jagd auf dem Weg nach Hause. Die Sterne werden funkeln. Schweiz hat einmal versucht, mir die Sonne der Erde von einem Berggipfel in Sumara Borthan zu zeigen; er hat steif und fest behauptet, er könnte sie sehen, und mich gebeten, mit meinem Blick seinem ausgestreckten Finger zu folgen, aber ich glaube, er hat nur ein Spiel mit mir getrieben, ich glaube, daß diese Sonne aus unserem Abschnitt der Galaxis überhaupt nicht gesehen werden kann. Schweiz hat oft ein Spiel mit mir getrieben, als wir zusammen unterwegs waren, und vielleicht wird er eines Tages noch mehr solcher Spiele spielen, wenn wir uns je wieder begegnen, falls er dann noch lebt.

8

Letzte Nacht erschien mir meine Bundschwester Halum im Traume.

Mit ihr kann es keine Spiele mehr geben, und nur durch den schlüpfrigen Tunnel der Träume kann sie mich erreichen. Deshalb leuchtete sie, während ich schlief, in meiner Vorstellung heller als jeder Stern, der diese Wüste bescheint, aber das Erwachen brachte mir Trauer und Scham und die Erinnerung daran, daß ich sie, die unersetzlich ist, verloren habe.

Die Halum meines Traums trug nur einen dünnen, leichten Schleier, durch den ihre kleinen Brüste mit den rosigen Spitzen sichtbar waren... und ihre schlanken Schenkel... und ihr flacher Bauch, der Bauch einer Frau, die nie ein Kind empfangen hat. Im Leben kleidete sie sich nicht oft auf diese Art, vor allem dann nicht, wenn sie ihrem Bundbruder einen Besuch abstattete, aber das war die Halum meines Traums, von meiner einsamen, ängstlichen Seele begehrlich gemacht. Ihr Lächeln war warm und zärtlich, und ihre dunklen leuchtenden Augen strahlten in Liebe.

In Träumen lebt der Geist eines Menschen auf vielen Ebenen. Auf einer dieser Ebenen war ich ein losgelöster Zuschauer, der irgendwo in der Nähe des Dachs meiner Hütte in einem Hauch aus Mondlicht schwebte und auf meinen eigenen schlafenden Körper hinabschaute. Auf einer zweiten Ebene lag ich schlafend da. Das Traum-Ich, das schlief, nahm Halums Anwesenheit nicht wahr, aber das Traum-Ich, das zuschaute, sah sie, und ich, der wirkliche Träumer, sah sie beide, und ich erkannte auch, daß alles, was ich sah, in einer Vision zu mir kam. Aber es kam unvermeidlich zu einer Vermischung dieser Realitätsebenen, so daß ich nicht sicher sein konnte, wer der Träumer und wer der Geträumte war, und ebensowenig war ich sicher, daß die Halum, die in solchem Glanz vor mir stand, ein Geschöpf meiner Phantasie war und nicht jene lebendige Halum, die ich einst gekannte hatte.

»Kinnall«, flüsterte sie, und in meinem Traum stellte ich mir vor, daß mein schlafendes Traum-Ich aufwachte, sich auf seine Ellbogen stützte, während Halum direkt neben seinem Lager kniete. Sie beugte sich vor, bis ihre Brüste über die behaarte Brust des Mannes, der ich war, strichen, und ihre Lippen berührten die meinen mit einem Anflug von Zärtlichkeit, und sie sagte: »Du siehst so müde aus, Kinnall.«

»Du hättest nicht herkommen dürfen.«

»Man wurde gebraucht. Man ist gekommen.«

»Es war nicht richtig. Das Verbrannte Tiefland allein zu betreten, nach einem zu suchen, der dir nur geschadet hat...«

»Der Bund, der einen mit dir verbindet, ist heilig.«

»Du hast dieses Bundes wegen genug gelitten, Halum.«

»Man hat nicht im geringsten gelitten«, sagte sie und küßte meine schweißbedeckte Stirn. »Wie *du* leiden mußt, versteckt in diesem elenden Backofen!«

»Es ist nicht mehr, als man verdient hat«, sagte ich.

Selbst in meinem Traum sprach ich mit Halum in der höflichen grammatikalischen Form. Ich hatte es nie leicht gefunden, ihr gegenüber die erste Person zu benutzen; mit Sicherheit hatte ich sie nie vor meinen Wandlungen benutzt, und danach, als kein Vernunftgrund mir mehr gebot, zurückhaltend zu ihr zu sein, konnte ich es immer noch nicht. Meine Seele

und mein Herz hatten sich danach gesehnt, »ich« zu Halum zu sagen, aber meine Zunge und meine Lippen wurden vom Anstand verschlossen.
Sie sagte: »Du verdienst etwas viel Besseres als diesen Ort. Du mußt aus deinem Exil herauskommen. Du mußt uns leiten, Kinnall, zu einem Kontrakt, einem Kontrakt der Liebe und des Vertrauens zueinander.«
»Man fürchtet, man hat als Prophet versagt. Man bezweifelt den Wert der Fortführung solcher Bemühungen.«
»Es war alles so fremd für dich, so neu!« sagte sie. »Aber du warst fähig, dich zu ändern, Kinnall, und anderen Veränderungen zu bringen...«
»Anderen und sich selbst Kummer zu bringen.«
»Nein. Nein. Was du versucht hast, war richtig. Wie kannst du dich mit dem Tod abfinden? Dort draußen ist eine Welt, die befreit werden muß, Kinnall!«
»Man ist an diesem Ort gefangen. Eines Ergreifung ist unvermeidlich.«
»Die Wüste ist groß. Du kannst ihnen entkommen.«
»Die Wüste ist groß, aber es gibt nur wenige Tore, und sie werden alle beobachtet. Es gibt kein Entkommen.«
Sie schüttelte den Kopf, lächelte, drückte ihr Hände drängend gegen meine Hüften und sagte mit hoffnungsvoller Stimme: »Ich werde dich in Sicherheit geleiten. Komm mit mir, Kinnall.«
Der Klang dieses *Ich* und des *Mir*, das ihm folgte, fiel wie ein Guß rostiger Nägel auf meine träumende Seele, und das Entsetzen darüber, diese Obszönitäten von ihrer süßen Stimme gesprochen zu hören, weckte mich beinahe auf. Ich teile Euch dies mit, um klarzumachen, daß ich nicht vollständig zu meiner gewandelten Art zu leben konvertiert bin, daß die Reflexe meiner Erziehung mich in den tiefsten Winkeln meiner Seele immer noch beherrschen. In Träumen enthüllen wir unser wirkliches Ich, und meine Reaktion dumpfer Bestürzung auf die Worte, die ich in den Mund der Traum-Halum gelegt hatte (denn wer sonst könnte es getan haben?), verriet mir viel über meine innerste Einstellung. Was als nächstes geschah, war nicht weniger enthüllend, wenn auch nicht so schwer deutbar. Um mich von meinem Lager aufzurichten, glitten Halums Hände über meinen Körper, fanden ihren Weg durch das buschige Haar auf meinem Bauch, und ihre kalten Finger packten die steife Rute meines Geschlechts. Im gleichen Augenblick begann mein Herz zu hämmern, und mein Samen spritzte heraus, und der Boden hob sich, als würde das Tiefland auseinandergerissen, und Halum stieß einen kurzen ängstlichen Schrei aus. Ich griff nach ihr, aber sie wurde undeutlich und flüchtig, und in einem schrecklichen Beben des ganzen Planeten entschwand sie meinen Augen und war fort. Und es gab so viel, das ich ihr hätte sagen wollen, so viele Dinge, die ich fragen wollte. Durch die Ebenen meines Traums hervor-

tauchend, wachte ich auf. Ich befand mich natürlich allein in der Hütte, meine Haut von meinem Erguß klebrig; die Gemeinheiten, die mein schamloser Verstand ausgebrütet hatte, als er ungehemmt durch die Nacht streifen durfte, bereiteten mir Übelkeit.

»*Halum!*« rief ich. »Halum, Halum, Halum!«

Meine Stimme ließ die Hütte erzittern, aber sie kehrte nicht zurück. Und langsam erfaßte mein schlafumnebelter Verstand die Wahrheit, daß jene Halum, die mich aufgesucht hatte, unwirklich gewesen war.

Wir Borthaner nehmen solche Visionen jedoch nicht auf die leichte Schulter. Ich stand auf und ging aus meiner Hütte in die Dunkelheit hinaus, wanderte umher und ließ meine bloßen Zehen durch den warmen Sand streichen, als ich versuchte, mich vor mir selbst für meine Erfindungen zu rechtfertigen. Allmählich wurde ich ruhiger. Allmählich gewann ich meine Ausgeglichenheit wieder. Aber ohne Schlaf zu finden, saß ich stundenlang vor der Schwelle, bis die ersten grünen Finger der Morgendämmerung mich erreichten.

Ohne jeden Zweifel werdet Ihr mir zustimmen, daß ein Mann, der einige Zeit keine Frau gesehen und unter den Spannungen gelebt hatte, die ich seit meiner Flucht ins Verbrannte Tiefland erlebte, gelegentlich solche sexuellen Ergüsse im Schlaf hat, und daran ist nichts Unnatürliches. Zudem muß ich feststellen – obwohl ich kaum Belege habe, es zu beweisen –, daß viele Männer von Borthan im Schlaf ihrer Begierde nach ihrer Bundschwester Ausdruck geben, ganz einfach deshalb, weil solche Wünsche während der Wachzeit so rigoros unterdrückt werden. Darüber hinaus habe ich Halum nicht ein einziges Mal körperlich zu besitzen versucht, obwohl sie und ich so viele seelische Vertraulichkeiten teilten, die bei weitem alles übertreffen, was Männer gewöhnlich mit ihren Bundschwestern teilen. Glaubt mir, bitte, dies eine: Auf diesen Seiten berichte ich so vieles, das schändlich für mich ist, versuche ich, nichts zu verbergen, was mir abträglich ist, daß ich es auch zugeben würde, hätte ich Halums Bund verletzt. Ihr müßt mir also glauben, daß ich diese Tat nie begangen habe. Sprecht mich nicht schuldig für Sünden, die in Träumen begangen werden.

Dennoch sprach ich mich selbst die Nacht hindurch bis zum Morgen schuldig, und nur dadurch, daß ich mich reinige, indem ich das Geschehene zu Papier bringe, hebt sich die Dunkelheit von meinem Geist. Ich glaube, was mir in den vergangenen Stunden wirklich Sorgen bereitet hat, war nicht so sehr meine schmutzige kleine sexuelle Phantasie, die mir wahrscheinlich selbst meine Feinde vergeben würden, als vielmehr meine Überzeugung, daß ich für Halums Tod verantwortlich bin – und das kann ich mir nicht verzeihen.

9

Vielleicht sollte ich sagen, daß jeder Mann von Borthan, und genauso jede Frau, bei der Geburt oder kurz darauf einer Bundschwester und einem Bundbruder verschworen wird. Kein Mitglied eines solchen Dreilings darf mit einem anderen blutsverwandt sein. Die Verbindungen werden, kurz nachdem ein Kind empfangen ist, vorbereitet und sind häufig Gegenstand komplizierter Verhandlungen, da einem Bundbruder und Bundschwester gewöhnlich näherstehen als jeder Blutsverwandte; deshalb schuldet es ein Vater seinem Kinde, die Verbindung sorgfältig zu knüpfen.

Da ich der zweite Sohn eines Septarchen werden sollte, waren die Vorbereitungen meiner Verbindung eine äußerst delikate Angelegenheit. Es mochte vielleicht demokratisch sein, mich mit dem Kind eines Bauern zu verbinden, aber es wäre zugleich sehr unvernünftig, denn man muß auf der gleichen sozialen Rangstufe wie die Bundschwester stehen, wenn die Beziehung überhaupt einen Nutzen hervorbringen soll. Auf der anderen Seite konnte ich nicht mit der Familie eines anderen Septarchen verbunden werden, denn das Schicksal könnte mich eines Tages auf meines Vaters Thron heben, und ein Septarch darf nicht in Bundbanden zu dem Königshaus eines anderen Gaus befangen sein, da dies seine Entscheidungsfreiheit einschränken könnte. Folglich war es notwendig, für mich Verbindungen mit Kindern von Adel, aber nicht von königlichem Blut herzustellen.

Meines Vaters Bundbruder, Ulman Kotril, nahm die Angelegenheit in die Hand; es war das letzte Mal, daß er meinem Vater helfen konnte, denn er wurde kurz nach meiner Geburt von Banditen aus Krell umgebracht. Um eine Bundschwester für mich zu finden, reiste Ulman Kotril nach Manneran und erreichte eine Verbindung mit dem ungeborenen Kind von Segvord Helalam, dem Obersten Hafenrichter. Es war festgelegt worden, daß Helalams Kind ein Mädchen sein würde; darauf kehrte meines Vaters Bundbruder nach Salla zurück und vervollständigte den Dreiling, indem er mit Luinn Condorit, einem General der nördlichen Garnison, ein Abkommen über dessen künftigen Sohn traf.

Noim, Halum und ich wurden alle in derselben Woche geboren, und mein Vater leitete selbst das Bundritual. (Damals kannte man uns natürlich nur mit unseren Kindnamen, aber ich gehe hier darüber hinweg, um die Dinge zu vereinfachen.) Die Zeremonie fand im Palast des Septarchen statt, für Noim und Halum waren Stellvertreter anwesend; später, als wir alt genug zum Reisen waren, bekräftigten wir unseren Bund persönlich, und ich ging nach Manneran, um mit Halum verbunden zu werden. Danach waren wir nur noch selten voneinander getrennt. Segvord Helalam hatte keinerlei Bedenken, seine Tochter in Salla erziehen zu lassen, denn er hoffte, sie würde eine glänzende Vermählung mit einem Prinzen am Hof meines Vaters feiern. Darin sollte er enttäuscht werden, denn Halum ging unverheiratet und, soweit ich weiß, als Jungfrau ins Grab.

Dieses System von Verbindungen erlaubt uns, der einengenden Einsamkeit ein wenig zu entkommen, in der wir Borthaner traditionsgemäß leben. Inzwischen müßtet Ihr wissen – selbst wenn Ihr, die Ihr dies lest, unserem Planeten fremd seid –, daß es uns durch unsere Tradition lange verboten war, unsere Seelen anderen zu öffnen. Ausführlich über sich selbst zu sprechen, so glaubten unsere Vorväter, führt unvermeidlich zu Hemmungslosigkeit, Selbstmitleid und Selbstzerstörung; deshalb werden wir darin unterwiesen, uns auf uns selbst zu beschränken, und um die fesselnden Bande der Überlieferung noch zu stählen, wird uns untersagt, solche Wörter wie »ich« oder »mich« in höflicher Unterhaltung zu verwenden. Wenn wir Probleme haben, lösen wir sie im stillen; sind wir ehrgeizig, erfüllen wir dieses Streben, ohne unsere Hoffnungen bekanntzumachen; haben wir Wünsche, verfolgen wir sie auf eine selbstlose und unpersönliche Weise. Diese strengen Regeln kennen nur zwei Ausnahmen: Wir dürfen aus freiem Herzen zu unseren Reinigern sprechen, die Kirchenbeamte und reine Mietlinge sind; und wir dürfen uns in Grenzen unseren Bundverwandten eröffnen. Das sind die Regeln des Kontrakts.

Es ist zulässig, einer Bundschwester oder einem Bundbruder beinahe alles anzuvertrauen, aber uns wird beigebracht, dabei die Formen der Etikette zu wahren. Zum Beispiel halten es anständige Leute für unanständig, in der ersten Person mit seinen Bundverwandten zu sprechen. Das tut man nicht, niemals. Wie persönlich und intim unser Geständnis auch sein mag, wir müssen es in eine annehmbare Grammatik kleiden und nicht in die Vulgärsprache eines gewöhnlichen Selbstentblößers.

(In unserer Ausdrucksweise ist ein *Selbstentblößer* jemand, der sich anderen gegenüber offen zeigt, das heißt, er zeigt seine Seele, nicht sein Fleisch. Das wird als unsittliche Handlung angesehen und durch soziale Ächtung oder noch schlimmer bestraft. Selbstentblößer benutzen die verbotenen Pronomen der Gossensprache, so wie ich es in dem bisher Geschriebenen getan habe. Auch wenn man sich *selbst* seiner Bundverwandtschaft gegenüber *entblößen* darf, ist man kein *Selbstentblößer*, solange man nicht die geschmacklosen Ausdrücke »ich« und »mir« verwendet.)

Uns wird außerdem beigebracht, in unserem Umgang mit den Bundverwandten auf Ausgeglichenheit zu achten. Das heißt, wir sollen sie nicht mit unseren Nöten überladen und Sturzbäche des eigenen Ichs in ihre Ohren gießen und es gleichzeitig versäumen, ihnen ihre Lasten abzunehmen. Das ist sichere Höflichkeit: Die Beziehung basiert auf Gegenseitigkeit, und wir dürfen nur Nutzen aus ihr ziehen, wenn wir darauf bedacht sind, daß auch die anderen Nutzen aus uns ziehen. Kinder sind in ihrem Umgang mit Bundverwandten oft einseitig; man kann seinen Bundbruder dominieren und endlos auf ihn einschwatzen, ohne einzuhalten, um die Nöte des anderen wahrzunehmen. Aber solche Dinge kommen gewöhnlich bald ins Gleichgewicht. Es ist ein unverzeihlicher Verstoß gegen den Anstand, sich um die eigenen Bundverwandten zuwenig zu sorgen; ich kenne niemanden, nicht einmal den Schwächsten und Liederlichsten unter uns, der dieser Sünde schuldig ist.

Von allen Gesetzen, die mit der Bundverbindung zu tun haben, ist das strengste das Verbot körperlicher Beziehungen mit unseren Bundverwandten. Im allgemeinen sind wir in sexuellen Angelegenheiten ziemlich frei, nur dies eine wagen wir nicht zu tun. Das hat mich am schmerzlichsten getroffen. Nicht, daß ich Noim begehrt hätte, denn das war nie ein Pfad, den ich betreten wollte, und es ist unter uns auch sehr ungewöhnlich; aber Halum war meiner Seele Begehren, und sie konnte es weder als Gattin noch als Mätresse befriedigen. Wir saßen lange Stunden beisammen, ihre Hand in der meinen, und sprachen miteinander über Dinge, über die wir mit niemand anderem sprechen konnten, und wie leicht wäre es für mich gewesen, sie an mich zu ziehen, ihre Kleider zu lösen und mein pochendes Fleisch in ihrem zu versenken. Nie habe ich es versucht. Meine Konditionierung hielt stand; und selbst als Schweiz und sein Trank meine Seele verwandelt hatten – ich hoffe lange genug zu überleben, um Euch darüber zu berichten –, respektierte ich immer noch die Unverletzlichkeit von Halums Körper, obwohl ich in der Lage war, auf andere Weise in sie einzudringen. Aber meine Begierde auf sie will ich nicht verleugnen. Und ich kann den Schrecken nicht vergessen, den ich spürte, als ich in meiner Jugend erfuhr, daß von allen borthanischen Frauen nur Halum, meine geliebte Halum, mir versagt war.

Ich stand Halum auf jede erdenkliche Weise, bis auf die körperliche, außergewöhnlich nahe, und sie war für mich die ideale Bundschwester: offen, freigebig, liebevoll, heiter, strahlend, anpassungsfähig. Sie war nicht nur schön – von sahniger Haut, dunkeläugig und dunkelhaarig, schlank und zierlich –, sondern auch innerlich voller Vorzüge, denn ihre Seele war sanft, weich und gefällig, eine wundervolle Mischung aus Reinheit und Weisheit. Wenn ich an sie denke, sehe ich das Bild einer Waldlichtung in den Bergen vor mir, mit dunkelnadligen Immergrünbäumen, die wie dunkle Schwerter nahe beieinander aus einem Bett frischgefallenen Schnees in die Höhe streben, und zwischen sonnenbeschienenen Felsen tanzt ein funkelnder Strom, alles ist rein, makellos und unberührt.

Manchmal, wenn ich mit ihr zusammen war, fühlte ich mich auf unglaubliche Weise unbeholfen und linkisch, ein hochragender Berg schwerfälligen Fleischs mit einem häßlichen behaarten Körper und sinnlos massigen Muskeln; aber Halum besaß die Fähigkeit, mir mit einem Wort, einem Lachen oder einer Geste zu zeigen, daß ich ungerecht gegen mich selbst war, wenn der Anblick ihrer Leichtigkeit und Unbeschwertheit in mir den Wunsch erzeugte, fraulich weich und fraulich lebhaft zu sein.

Auf der anderen Seite stand ich Noim ebenso nahe. Er war in vieler Hinsicht mein Gegenstück: schlank, wo ich stämmig bin, diplomatisch, wo ich direkt bin, vorsichtig und abwägend, wo ich übereilt bin, von blassem Äußeren, wo ich sonnengebräunt bin. Bei ihm fühlte ich mich wie bei Halum oft unbeholfen, nicht wirklich im körperlichen Sinn (denn wie ich Euch mitgeteilt habe, bewege ich mich für einen Mann meiner Größe recht anmutig), sondern wegen meiner inneren Natur. Noim, quecksilbriger als ich, lebhafter und reaktionsschneller, schien zu hüpfen und herumzutollen, wo ich nur daherstampfte, und doch ließ der vorherrschende Pessimismus seines Charakters ihn tiefgründiger und zugleich schwungvoller als mich erscheinen. Um mir selbst Gerechtigkeit zu erweisen: Noim beneidete mich ebenso wie ich ihn. Er beneidete mich wegen meiner großen Kraft, und darüber hinaus gestand er, sich klein und unbedeutend zu fühlen, wenn er in meine Augen blickte.

»Man sieht dort Gradlinigkeit und Kraft«, gab er zu, »und man wird sich bewußt, daß man häufig betrügt, daß man träge ist, daß man Vertrauen enttäuscht, daß man Tag für Tag ein Dutzend übler Dinge tut, und all das liegt dir genauso fern wie der Gedanke, von deinem eigenen Fleisch zu essen.«

Ihr müßt wissen, daß Halum und Noim untereinander nicht bundverwandt und nur durch ihre gemeinsame Beziehung zu mir miteinander verbunden waren. Noim hatte eine eigene Bundschwester, eine gewisse Thirga, und Halum war mit einem Mädchen aus Manneran mit Namen Nald verbunden. Durch solche Bande schafft der Kontrakt eine Kette, die unsere Gesellschaft zusammenhält, denn Thirga hat auch eine Bundschwester und Nald einen Bundbruder, und jeder von ihnen ist wiederum an einen anderen gebunden – und so weiter und so fort zu einer gewaltigen, beinahe unendlichen Reihe. Es ist offensichtlich, daß man mit den Bundverwandten der eigenen Bundverwandten oft in Berührung kommt, obwohl man nicht die Freiheit hat, mit jenen dieselben Privilegien zu teilen, die man mit diesen hat; häufig begegnete ich Noims Thirga und Halums Nald, ebenso wie Halum meinen Noim traf und Noim meine Halum, aber zwischen mir und Thirga oder mir und Nald war nie mehr als eine oberflächliche Freundschaft, während Noim und Halum sich mit unvermittelter Wärme einander zuwandten. Eine Zeitlang habe ich sogar angenommen, sie könnten einander heiraten, was zwar ungewöhnlich, aber nicht gegen das Gesetz gewesen wäre. Noim jedoch spürte, daß es mich quälen würde, wenn mein Bundbruder das Bett meiner Bundschwester teilte, und war sorgsam darauf bedacht, die Freundschaft nicht zu einer Liebe wie dieser reifen zu lassen.

Jetzt ruht Halum für immer unter einem Stein in Manneran, und Noim ist mir fremd geworden, vielleicht sogar mein Feind, und der rote Sand des Verbrannten Tieflands weht in mein Gesicht, während ich diese Zeilen niederschreibe.

10

Nachdem mein Bruder Stirron Septarch in Salla wurde, ging ich, wie Ihr wißt, in die Provinz Glin. Ich will nicht sagen, daß ich nach Glin *floh*, denn niemand zwang mich offen dazu, mein Vaterland zu verlassen; aber man kann meine Abreise als feinfühlige Haltung bezeichnen. Ich ging, um Stirron nicht in die Verlegenheit zu bringen, mich womöglich töten zu lassen, was seine Seele sehr schwer belastet hätte. Eine Provinz kann nicht ohne Gefahr die beiden Söhne eines verstorbenen Septarchen beherbergen.

Ich wählte Glin, weil es für Exilsuchende aus Salla üblich ist, nach Glin zu gehen, und außerdem besaß die Familie meiner Mutter dort Reichtum und Macht. Ich dachte – fälschlicherweise, wie sich herausstellte –, daß ich aus dieser Beziehung Vorteile ziehen könnte.

Ich befand mich etwa drei Mondzeiten vor der Vollendung des dreizehnten Lebensjahres, als ich Salla verließ. Bei uns ist das die Schwelle zum Mannesalter; ich hatte meine jetzige Körpergröße fast erreicht, obwohl ich viel schmächtiger und weit weniger kräftig war, als ich schon bald werden sollte, und mein Bart hatte erst vor kurzem voll auszuwachsen begonnen. Ich wußte einiges über Geschichte und Regierung, einiges über die Kunst der Kriegsführung, einiges über die Fertigkeiten eines Jägers und war auch in der Handhabung des Gesetzes ausgebildet. Ich hatte bereits mit mindestens einem Dutzend Mädchen geschlafen, und dreimal hatte ich, für kurze Zeit, die Stürme unglücklicher Liebe kennengelernt. Mein ganzes Leben hatte ich den Kontrakt befolgt; meine Seele war rein, und ich lebte in Frieden mit unseren Göttern und meinen Vorvätern. Zu jener Zeit muß ich in meinen eigenen Augen fröhlich, abenteuerlustig, begabt, ehrenhaft und unverwüstlich gewirkt haben; die ganze Welt lag wie eine leuchtende Straße vor mir ausgebreitet, an mir war es, die Zukunft zu gestalten. Die Perspektive meiner dreißig Lebensjahre sagt mir, daß der junge Mann, der damals Salla verließ, ebenso naiv, leichtgläubig, romantisch, übermäßig ernst, konservativ und umständlich war: eigentlich ein normaler Jugendlicher, der in irgendeinem Fischerdorf Seehunde häuten könnte, hätte er nicht das große Glück gehabt, als Prinz auf die Welt gekommen zu sein.

Mein Abschied fiel in den Frühherbst, nach einem Frühjahr, in dem ganz Salla meinen Vater betrauert hatte, und einem Sommer, in dem ganz Salla meinem Bruder zugejubelt hatte. Die Ernte war dürftig ausgefallen – nicht ungewöhnlich in Salla, wo die Felder eher Kiesel und Steine als Getreide hervorbringen –, und Salla-Stadt wimmelte von bankrotten Landwirten, die sich Freigebigkeit vom neuen Septarchen erhofften. Ein zäher, warmer Dunst hing Tag für Tag über der Hauptstadt, und darüber lagen die ersten schweren Wolken des Herbstes, die der Jahreszeit gemäß vom Ostmeer herantrieben. Die Straßen waren staubig, die Bäume hatten schon früh damit begonnen, ihre Blätter abzuwerfen, selbst die majestätischen Feuerdorne vor dem Palast des Septarchen; die Exkremente der Tiere der Bauern verdreckten die Gassen. Das waren zu Beginn der Herrschaft eines neuen Septarchen schlechte Vorzeichen für Salla, und mir erschien die Jahreszeit meiner Abreise klug gewählt. Schon nach kurzer Herrschaft war Stirrons Laune sehr aggressiv, und unglückliche Staatsberater wanderten in die Verliese. Ich wurde am Hof noch freundlich behandelt, verwöhnt und umschmeichelt, mit Pelzkleidern und Versprechen auf Baronien in den Bergen überhäuft, aber wie lange noch, wie lange noch? Im Moment quälten Stirron Schuldgefühle, weil er den Thron geerbt hatte und ich nichts hatte, also behandelte er mich zuvorkommend, aber wenn dem trockenen Sommer ein bitterer Winter des Hungers folgte, könnte sich das schnell ändern; aus Neid auf meine Freiheit von jedweder Verantwortung könnte er sich schon bald gegen mich wenden. Ich hatte die Annalen königlicher Häuser genau studiert. So etwas war schon früher geschehen.

Deshalb bereitete ich mich auf eine schnelle Abreise vor. Nur Noim und Halum wußten von meinen Plänen. Ich sammelte die wenigen Besitztümer, die ich nicht aufgeben wollte, solche Gegenstände wie einen Zeremonienring, den mir mein Vater vermacht hatte, ein Jagdwams aus gelbem Leder und ein zweiseitiges Kamee-Amulett, das die Porträts meiner Bundschwester und meines Bundbruders trug; ich verzichtete auf alle meine Bücher, denn Bücher kann man überall bekommen, wohin man auch geht, und ich nahm nicht einmal den Hornvogelspeer, die Trophäe vom Todestag meines Vaters, die in meiner Schlafkammer im Palast hing.

Auf meinen Namen war ein beträchtlicher Geldbetrag angelegt, und den manipulierte ich, wie ich glaubte, auf ziemlich geschickte Art. Das ganze Geld war auf einem Konto der Königlichen Bank von Salla. Zuerst transferierte ich den Hauptteil meines Vermögens im Verlauf mehrerer Tage zu sechs kleineren Provinzbanken. Die neuen Konten wurden gemeinsam mit Halum und Noim geführt. Dann nahm Halum Abhebungen vor und gab den Auftrag, das Geld aufs Konto ihres Vaters Segvord Helalam bei der Handels- und Seefahrts-Bank in Manneran einzuzahlen. Sollten wir bei diesem Transfer entdeckt werden, würde Halum erklären, daß ihr Vater finanzielle Umschichtungen vorgenommen und um ein kurzfristiges Darlehen gebeten hatte. Sobald mein Vermögen sicher auf dem Konto in Manneran war, bat Halum ihren Vater, das Geld erneut zu transferieren, diesmal auf ein Konto unter meinem Namen in der Kontraktbank von Glin. Auf diesem Zickzackweg brachte ich mein Geld von Salla nach Glin, ohne den Verdacht unserer Kämmereibeamten zu erregen, die sich fragen könnten, wieso ein Prinz des Reichs sein väterliches Erbteil in die rivalisierende Nordprovinz brachte. Der möglicherweise verhängnisvolle Haken an der ganzen Prozedur war, daß die Kämmerei, wenn der Kapitalfluß nach Manneran sie beunruhigte, Halum befragen würde; und Erkundigungen über ihren Vater hätten die Wahrheit ans Tageslicht gebracht, daß Segvords Vermögen blendend angelegt war und er das »Darlehen« ganz und gar nicht benötigte, was wiederum zu weiteren Erkundungen und wahrscheinlich zu meiner Entdeckung geführt hätte. Aber meine Finanzmanöver wurden unentdeckt abgewickelt.

Schließlich suchte ich meinen Bruder auf, um seine Erlaubnis einzuholen, die Hauptstadt zu verlassen, wie es die höfische Etikette verlangte.

Das war eine verzwickte Angelegenheit, denn mein Stolz ließ es nicht zu, daß ich Stirron anlog, zugleich wagte ich es aber nicht, ihm die Wahrheit zu sagen. Zuerst verbrachte ich lange Stunden mit Noim, um meinen Täuschungsplan einzustudieren. In Spitzfindigkeiten war ich ein langsamer Schüler; Noim spuckte, fluchte, weinte und schlug die Hände zusammen, als er wieder und wieder mit Fangfragen durch die Mauer meiner Schutzbehauptungen drang. »Du bist als Lügner ungeeignet«, sagte er mir verzweifelt.

»Ja«, stimmte ich zu, »dieser eine war nie zum Lügner geeignet.«

Stirron empfing mich im Ankleideraum des Nordflügels, einem düsteren Raum mit groben Steinwänden und schmalen Fenstern, der hauptsächlich für Zusammenkünfte mit Dorfführern benutzt wurde. Damit wollte er mich nicht beleidigen, glaube ich; er war nur zufällig dort, als ich meinen Hofbeamten mit der Bitte um eine Zusammenkunft zu ihm schickte. Es war ein später Nachmittag; draußen fiel ein dünner, öliger Regen; in ei-

nem entfernten Turm des Palastes unterrichtete ein Glockenspieler seine Schüler, und bleierne Glockenklänge, geradezu aufregend falsch, summten durch die zugigen Mauern. Stirron war zeremoniell gekleidet: eine schwere graue Robe aus dem Fell des Sturmschilds, enge rote wollene Beinkleider, hohe Stiefel aus grünem Leder. Das Schwert des Kontrakts hing an seiner Seite, die schwere, glänzende Amtskette prangte auf seiner Brust, Siegelringe steckten auf seinen Fingern, und wenn mich die Erinnerung nicht täuscht, trug er noch ein weiteres Machtsymbol um den rechten Unterarm. Von den Regalien fehlte einzig und allein die Krone selbst. Ich hatte in letzter Zeit Stirron oft genug auf diese Art gekleidet gesehen, bei zeremoniellen Anlässen oder Staatsversammlungen, aber ihn an einem gewöhnlichen Nachmittag so mit Insignien überhäuft anzutreffen, kam mir beinahe komisch vor. War er so unsicher, daß er sich ständig mit solchem Zeug beladen mußte, um sich selbst zu vergewissern, daß er tatsächlich Septarch war? Fühlte er, daß er seinen jüngeren Bruder beeindrucken mußte? Oder fand er auf kindliche Weise an diesem Schmuck Vergnügen um des Vergnügens willen? Wie auch immer, eine Schwachstelle in Stirrons Charakter, eine innere Torheit wurde hier bloßgelegt. Es erstaunte mich, daß ich ihn eher amüsant als ehrfurchtgebietend empfinden konnte. Vielleicht liegt die Genesis meiner endgültigen Auflehnung in diesem Augenblick, als ich Stirron in all seiner Pracht begegnete und mein Gelächter nur mühsam unterdrücken konnte.
Ein halbes Jahr in der Septarchie hatte seine Spuren an ihm hinterlassen. Sein Gesicht war grau, und sein linkes Augenlid hing schlaff herab, vermutlich ein Anzeichen für seine Erschöpfung. Er hielt seine Lippen fest zusammengekniffen und stand steif vor mir, eine Schulter höhergezogen. Obwohl uns nur zwei Jahre trennten, fühlte ich mich neben ihm wie ein Junge und wunderte mich, wie die Pflichten des Amts das Gesicht eines jungen Mannes zeichnen können. Es schien Jahrhunderte her, daß Stirron und ich in unseren Schlafkammern zusammen lachten, all die verbotenen Wörter flüsterten und unsere heranreifenden Körper entblößten und die wachsenden Zeichen unserer kommenden Männlichkeit kichernd verglichen. Jetzt entbot ich meinem müden königlichen Bruder die formelle Verbeugung, indem ich meine Arme über der Brust kreuzte, meine Knie beugte und den Kopf senkte, als ich leise sagte: »Lord Septarch, langes Leben sei Euch beschieden!«
Stirron war Manns genug, meinen förmlichen Gruß mit einem brüderlichen Grinsen zu beantworten. Er quittierte meine Begrüßung mit angemessener Förmlichkeit, gewiß, die Arme erhoben und die Handflächen nach außen gewendet, aber dann verwandelte er die Bewegung in eine Umarmung, durchquerte den Raum mit schnellen Schritten und umfaßte

mich. Und doch war etwas Künstliches an seiner Geste, als hätte er einstudiert, wie man seinem Bruder Wärme zeigt, und schnell ließ er mich wieder los. Er trat zurück, äugte durch ein Fenster, und seine ersten Worte an mich waren: »Ein bestialischer Tag. Ein grausames Jahr.«

»Die Krone wiegt schwer, Lord Septarch?«

»Du hast die Erlaubnis, deinen Bruder bei seinem Namen zu nennen.«

»Die Belastungen sind deutlich zu sehen, Stirron. Vielleicht nimmst du dir Sallas Probleme zu sehr zu Herzen.«

»Die Leute hungern«, sagte er. »Soll man so tun, als sei das eine Kleinigkeit?«

»Die Leute haben immer gehungert, Jahr für Jahr«, erwiderte ich. »Aber wenn der Septarch seine Seele aus Sorge um sie erschöpft...«

»Genug, Kinnall! Du gehst zu weit!« In seinem Ton lag jetzt nichts Brüderliches mehr; er konnte seinen Ärger über mich nur schwer verbergen. Er war ganz offensichtlich zornig, daß ich seine Erschöpfung bemerkt hatte, obwohl er es doch gewesen war, der unser Gespräch mit Klageworten eröffnet hatte. Die Unterhaltung hatte sich zu weit ins Persönliche gewendet. Die Verfassung von Stirrons Nervenkostüm war nicht meine Angelegenheit. Es war nicht meine Aufgabe, ihn zu trösten, dafür hatte er einen Bundbruder. Mein Versuch, freundlich zu sein, war unschicklich und unangemessen gewesen. »Was wünschest du?« fragte er barsch.

»Die Erlaubnis des Lord Septarchen, die Hauptstadt verlassen zu dürfen.«

Er wirbelte herum und starrte mich an. Seine Augen, bis zu diesem Augenblick stumpf und trüb, wurden glänzend und streng und wanderten auf beunruhigende Weise hin und her. »Die Hauptstadt verlassen? Mit welchem Ziel?«

»Man wünscht, eines Bundbruder Noim zur Nordgrenze zu begleiten«, sagte ich, so ruhig ich konnte. »Noim stattet dem Hauptquartier seines Vaters, General Luinn Condorit, den er in diesem Jahr seit der Krönung Eurer Lordschaft nicht mehr gesehen hat, einen Besuch ab, und aus Gründen der Bundliebe ist man gebeten worden, mit ihm nach Norden zu reisen.«

»Wann würdest du gehen?«

»Drei Tage von heute, wenn es dem Septarchen gefällt.«

»Und wie lange?« Stirron bellte mir diese Fragen geradezu entgegen.

»Bis der erste Schnee des Winters fällt.«

»Zu lange. Zu lange.«

»Dann könnte man eine kürzere Spanne abwesend sein«, schlug ich vor.

»Mußt du denn überhaupt gehen?«

Mein rechtes Bein zitterte am Knie. Ich mühte mich, ruhig zu bleiben.

»Stirron, bedenke, daß man Salla-Stadt nicht einmal einen ganzen Tag verlassen hat, seit du den Thron bestiegen hast. Bedenke, daß man eines Bundbruder gerechterweise nicht bitten kann, ohne Beistand durch die Hügel des Nordens zu reisen.«

»Bedenke, daß du der Erbe der Ersten Septarchie Sallas bist«, sagte Stirron, »und daß unsere Dynastie verloren ist, wenn deinen Bruder ein Unglück ereilt, während du im Norden bist.«

Die Kälte seiner Stimme und der Ingrimm, mit dem er mich einen Augenblick vorher befragt hatte, versetzten mich in panische Angst. Würde er sich meiner Reise widersetzen? Mein fiebernder Verstand erfand ein Dutzend Gründe für seine Feindseligkeit. Er wußte von meinen Geldüberweisungen und hatte daraus geschlossen, daß ich mich auf die Seite Glins schlagen wollte; oder er bildete sich ein, daß Noim und ich und Noims Vater mit seinen Truppen im Norden einen Aufstand mit dem Ziel, mich auf den Thron zu bringen, schüren würden; oder er hatte bereits beschlossen, mich festzunehmen und zu vernichten, aber die Zeit war noch nicht reif dafür, und er wollte mich nicht weit fortlassen, ehe er losschlagen konnte; oder... Aber ich muß die Mutmaßungen nicht fortführen. Wir auf Borthan sind mißtrauische Menschen, und niemand ist argwöhnischer als einer, der eine Krone trägt. Wenn Stirron mich nicht aus der Hauptstadt fortlassen wollte, und es schien so, als wollte er nicht, dann mußte ich mich davonschleichen, und das würde mir vielleicht nicht gelingen.

Ich sagte: »Ein Unglück ist nicht sehr wahrscheinlich, Stirron, und selbst wenn es dazu käme, wäre es nicht schwer, aus dem Norden zurückzukehren, wenn dir etwas zustieße. Fürchtest du dich so sehr vor einem Thronraub?«

»Man fürchtet alles, Kinnall, und überläßt wenig dem Zufall.«

Dann fuhr er fort, mich über die notwendige Vorsicht aufzuklären, und über die Ambitionen derjenigen, die den Thron umringten; er nannte einige Fürsten als mögliche Verräter, die ich zu den Säulen des Reichs gezählt hätte. Während er sprach und dabei weit über die Grenzen des Kontrakts hinausging, indem er mir seine Unsicherheit offenbarte, sah ich mit Erstaunen, was für ein gequälter, ängstlicher Mann in dieser kurzen Zeit der Septarchie mein Bruder geworden war; und mir wurde klar, daß mir die Erlaubnis zur Abreise nicht gewährt werden würde. Er hörte nicht auf, zuckte, während er sprach, strich über die Talismane der Macht, griff mehrere Male nach dem Zepter, das auf einem alten, hölzernen Tisch lag, ging zum Fenster und wieder zurück, sprach abwechselnd mit hoher und tiefer Stimme, als suche er nach dem geeigneten Tonfall eines Septarchen. Ich hatte Angst um ihn. Er war ein Mann von beträchtlicher Körpergröße, wie ich selbst, und zu dieser Zeit viel stämmiger und kräftiger als ich, und mein ganzes Leben lang hatte ich ihn verehrt und mich nach seinem Vorbild ausgerichtet; und jetzt stand er vor mir, zerfressen von Angst, und beging die Sünde, *mir davon zu erzählen.* Hatten diese wenigen Mondzeiten größter Macht Stirron dem Zusammenbruch so nahe gebracht? War die Einsamkeit der Septarchie so schrecklich für ihn? Auf Borthan werden wir einsam geboren, und einsam leben wir, und einsam sterben wir; warum sollte es soviel schwieriger sein, eine Krone zu tragen, als die Lasten zu ertragen, die wir uns selbst Tag für Tag aufbürden? Stirron berichtete mir von Mordkomplotten und darüber, daß sich unter den Farmern, die sich um den Thron drängten, eine Revolution zusammenbraute, und er deutete sogar an, daß der Tod unseres Vaters kein Unfall gewesen war. Er versuchte mir einzureden, man könnte einen Hornvogel dazu ausbilden, einen bestimmten Mann in einer Gruppe von dreizehn Männern zu töten, und ich wollte eine Bemerkung darüber nicht verschlucken. Es schien, daß die königlichen Pflichten Stirron in den Wahnsinn getrieben hatten. Mir fiel das Beispiel eines Herzogs ein, der vor einigen Jahren das Mißfallen meines Vaters erregt hatte; er wurde ein halbes Jahr in den Kerker gesteckt und jeden Tag, der die Sonne sah, gefoltert. Er hatte das Gefängnis als aufrechter, stolzer Mann betreten, und als er wieder herauskam, war er so verfallen, daß er seine Kleider, ohne es zu merken, mit seinen Exkrementen verschmutzte. Wie bald würde Stirron soweit gekommen sein? Vielleicht war es gar nicht schlecht, überlegte ich, daß er mir die Erlaubnis zur Abreise verweigerte, denn es mochte besser sein, daß ich in der Hauptstadt blieb, bereit, seinen Platz einzunehmen, wenn er am Ende war.

Aber am Ende seiner weitschweifigen Ansprache verblüffte er mich; rastlos war er durch den ganzen Raum geschritten, bis er vor einem Alkoven stand, der mit Silberketten behangen war, und plötzlich raffte er die Ketten zusammen, riß ein Dutzend von ihnen herunter, wirbelte herum und schrie heiser: »Gib mir dein Versprechen, Kinnall, daß du rechtzeitig aus dem Norden zurückkehrst, um der königlichen Hochzeit beizuwohnen!«

Jetzt hatte ich zwei Möglichkeiten. In den letzten Minuten hatte ich angefangen, Pläne für den Fall zu machen, daß ich in Salla-Stadt blieb; und jetzt konnte ich schließlich doch reisen, war aber angesichts Stirrons Verfalls nicht sicher, ob ich es noch sollte. Und dann verlangte er von mir noch das Versprechen einer schnellen Rückkehr – und wie konnte ich dem Septarchen ein solches Versprechen geben, ohne zu lügen, eine Sünde, auf die ich nicht vorbereitet war? Bisher war alles, was ich gesagt hatte, die Wahrheit gewesen, wenn auch nur ein Teil der Wahrheit; ich plante wirklich, mit Noim nach Norden zu reisen, um seinen Vater zu besuchen, ich würde tatsächlich bis zum ersten Schnee des Winters in Nordsalla bleiben. Aber wie konnte ich ein Datum für meine Rückkehr zur Hauptstadt festsetzen?

Mein Bruder sollte in vierzehn Tagen die jüngste Tochter von Bryggil, dem Septarchen von Sallas südöstlichem Distrikt, heiraten. Das war eine kluge Verbindung. Nach der traditionellen Rangordnung stand Bryggil an siebter und letzter Stelle in der Hierarchie von Sallas Septarchen, aber er war der älteste, schlaueste und der am meisten geachtete der sieben, jetzt, da mein Vater nicht mehr lebte. Bryggils Schläue und Format mit dem Ansehen, das Stirron durch seinen Rang als Erster Septarch zufiel, zu verbinden, würde die Position unserer Familiendynastie auf dem Thron stärken. Und ohne Zweifel würden bald Söhne aus den Lenden von Bryggils Tochter hervorkommen und mich meiner Position als nächstfolgender Erbe entheben: Ihre Fruchtbarkeit mußte vor den notwendigen Tests bestanden haben, und die Stirrons stand nicht in Frage, denn er hatte einen Wurf kleiner Bastarde über ganz Salla verstreut. Ich müßte als Bruder des Septarchen bei der Hochzeit sicher zeremonielle Aufgaben wahrnehmen.

Ich hatte die Hochzeit völlig vergessen. Wenn ich aus Salla floh, bevor es dazu kam, würde ich meinen Bruder auf eine Weise verletzen, die mich traurig machte. Aber wenn ich hierbliebe, mit Stirron in diesem labilen Zustand, hätte ich keine Garantie, den Tag der Trauung als freier Mann zu erleben oder meinen Kopf noch zwischen den Schultern zu tragen. Und es hatte auch keinen Zweck, mit Noim nach Norden zu gehen, wenn ich mich zur Rückkehr innerhalb von vierzehn Tagen verpflichtete. Es war eine schwere Wahl: meine Abreise zu verschieben und die Gefahr der königlichen Launen meines Bruders auf mich zu nehmen, oder jetzt zu gehen in dem Wissen, daß ich mir selbst den Makel auferlegte, ein Versprechen an meinen Septarchen zu brechen.

Der Kontrakt heißt uns, solch ein Dilemma zu begrüßen, denn es stählt den Charakter, mit dem Unlösbaren zu ringen und eine Lösung zu finden. In diesem Augenblick ließen die Ereignisse die hehren moralischen Lehren des Kontrakts als reinen Hohn erscheinen. Als ich in Qualen zögerte, rief Stirrons Telefon ihn; er packte den Hörer, schaltete den Zerhacker ein und lauschte einem fünfminütigen Geschnatter. Sein Gesicht wurde dunkler, seine Augen brannten. Schließlich unterbrach er die Verbindung und starrte zu mir hoch, als sei ich ein Fremder. »In Spoksa essen sie das Fleisch der Gestorbenen«, murmelte er. »An den Hängen des Kongoroi tanzen sie in der Hoffnung, Nahrung zu finden, zu Ehren der Dämonen. Wahnsinn! Wahnsinn!« Er ballte die Fäuste, trat zum Fenster und schloß die Augen; ich glaube, eine Zeitlang vergaß er meine Anwesenheit. Erneut rief ihn das Telefon. Stirron fuhr zurück wie einer, der einen Messerstich erhalten hat, und ging auf den Apparat zu. Als er mich erstarrt an der Tür stehen sah, winkte er mir ungeduldig zu und sagte: »Geh, geh fort mit deinem Bundbruder, wohin du willst. Diese Provinz! Dieser Hunger! Vater, Vater, Vater!« Er griff nach dem Hörer. Ich setzte zu einem Kniefall an, aber Stirron winkte mich mit aufgeregten Bewegungen aus dem Zimmer und schickte mich zu den Grenzen seines Reichs, ohne Versprechen und unkontrolliert.

11

Drei Tage später brachen Noim und ich auf, nur wir zwei und eine kleine Gruppe von Dienern. Das Wetter war schlecht, die Trockenheit des Sommers war nicht nur dichten, grauen Herbstwolken, sondern auch den Vorboten schwerer winterlicher Regenfälle gewichen. »Ihr werdet verschimmeln, ehe ihr Glin seht«, sagte Halum heiter. »Wenn ihr nicht im Schlamm der Großen Landstraße ertrinkt.«
Am Vorabend unserer Abreise blieb sie bei uns in Noims Haus; sie schlief, züchtig getrennt von uns, in einer kleinen Kammer direkt unter dem Dach, und gesellte sich beim Frühstück zu uns, als wir die letzten Reisevorbereitungen trafen. Nie hatte ich sie schöner gesehen; an jenem Morgen trug sie einen Hauch schimmernder Schönheit, die durch die Düsternis des regenverhangenen Morgens strahlte wie eine Fackel in einem Keller. Vielleicht verschönerte sie damals die Tatsache, daß sie für eine unbekannte Zeit aus meinem Leben gehen sollte und ich, im Bewußtsein des selbstverursachten Verlusts, ihre Attraktivität aufs höchste gesteigert sah. Sie war in ein Gewand zarten goldenen Kettengeflechts gekleidet, unter dem nur ein hauchdünner Gazestoff ihre bloßen Formen verhüllte, und ihr Körper erregte in mir Gedanken, die mich in tiefe Scham tauchten. Halum befand sich im Reifestadium junger Fraulichkeit, und das schon seit einigen Jahren; es erstaunte mich allmählich, daß sie unverheiratet blieb. Obwohl sie, Noim und ich im gleichen Alter waren, hatte sie, wie es bei Mädchen die Regel ist, die Kindheit schon hinter sich gelassen, und in meiner Vorstellung war sie älter als wir beide, denn seit einem Jahr hatte sie Brüste und die monatliche Blutung, während Noim und ich noch ohne Haarwuchs auf Gesicht und Körper waren. Und als wir in der körperlichen Reife zu ihr aufgeschlossen hatten, war sie in ihrem Verhalten immer noch erwachsener als mein Bundbruder und ich, ihre Stimme klang weicher und ausgeglichener, ihre Handlungen waren entschiede-

ner, und es war mir unmöglich, die Vorstellung abzuschütteln, daß sie unsere ältere Schwester war. Die bald einen Freier akzeptieren mußte, um nicht überreif und altjüngferlich zu werden; plötzlich war ich mir sicher, daß Halum heiraten würde, während ich mich in Glin verbarg, und der Gedanken an einen schwitzenden Fremden, der Babys zwischen ihre Schenkel pflanzte, widerte mich so an, daß ich mich am Tisch von ihr fortwandte und zum Fenster hinausblickte, um die feuchte Luft in meine brennenden Lungen zu saugen.

»Ist dir nicht gut?« fragte Halum.

»Man fühlt eine gewisse Anspannung, Bundschwester.«

»Es gibt sicher keine Gefahr. Die Erlaubnis des Septarchen, nach Norden zu gehen, wurde dir gewährt.«

»Es gibt kein Dokument, das zu beweisen«, betonte Noim.

»Du bist der Sohn eines Septarchen!« rief Halum aus. »Welcher Wachmann an der Straßen würde es wagen, dich aufzuhalten?«

»Genau«, sagte ich. »Es gibt keinen Grund, sich zu fürchten. Man spürt nur ein Gefühl der Ungewißheit. Man ist dabei, ein neues Leben zu beginnen, Halum.« Ich zwang mich zu einem schwachen Lächeln. »Es ist Zeit zu gehen.«

»Bleibt noch ein wenig«, bat Halum.

Aber wir blieben nicht. Die Diener warteten auf der Straße. Die Bodenwagen waren bereit. Halum umarmte uns, zuerst Noim, dann mich, denn ich war derjenige, der nicht zurückkehren würde, und das verlangte einen längeren Abschied. Als sie in meine Arme kam, erstaunte mich die Heftigkeit, mit der sie sich darbot: Ihre Lippen an meinen Lippen, ihr Bauch an meinem Bauch, ihre Brüste gegen meine Brust gepreßt. Auf Zehenspitzen spannte sie sich an, um ihren Körper gegen den meinen zu pressen, und einen Moment lang fühlte ich sie zittern, bis ich selbst zu zittern begann. Es war kein schwesterlicher Kuß und gewiß nicht der Kuß einer Bundschwester; es war der leidenschaftliche Kuß einer Braut, die ihren jungen Gemahl in den Krieg verabschiedet, aus dem es, wie sie weiß, keine Rückkehr geben wird. Halums plötzliches Feuer versengte mich. Ich fühlte, daß ein Schleier zerrissen worden war, und eine Halum, die ich bisher nicht gekannt hatte, drückte sich an mich, eine Halum, die mit den Bedürfnissen ihres Fleischs brannte, eine Halum, der es nichts ausmachte, ihre verbotene Begierde auf den Körper ihres Bundbruders zu offenbaren. Oder bildete ich mir diese Dinge nur ein? Mir schien, daß Halum einen einzigen ausgedehnten Augenblick lang nichts unterdrückte und ihren Armen und Lippen erlaubte, mir die Wahrheit über ihre Gefühle mitzuteilen; aber ich konnte nicht auf die gleiche Weise antworten – ich hatte mich im angemessenen Benehmen einer Bundschwester gegenüber zu gut geübt –, und ich war distanziert und kühl, als ich sie umarmte. Ich mag sie, erschreckt von ihrer Direktheit, sogar ein wenig zurückgestoßen haben. Und, wie gesagt, vielleicht gab es diese Direktheit gar nicht, außer in meiner überreizten Vorstellung, vielleicht war es nur der normale Kummer der Trennung. Jedenfalls ließ Halums Heftigkeit schnell nach; ihre Umarmung lockerte sich, und sie ließ mich los, und sie schien niedergeschlagen und deprimiert, als hätte ich sie, indem ich so förmlich war, als sie mir soviel gab, brutal zurückgewiesen.

»Nun komm schon«, sagte Noim ungeduldig, und im Versuch, die Situation irgendwie zu retten, hob ich Halums Hand und berührte ihre Handfläche sanft mit der meinen und lächelte ein schiefes Lächeln, und sie lächelte noch unbeholfener, und vielleicht hätten wir ein oder zwei stammelnde Worte gesagt, aber Noim nahm mich beim Ellbogen und führte mich unbewegt nach draußen, um meine Reise von meinem Heimatland weg zu beginnen.

12

Ich bestand darauf, mich einem Reiniger zu öffnen, bevor wir Salla-Stadt verließen. Ich hatte das eigentlich nicht vorgehabt, und es irritierte Noim, daß ich mir die Zeit dazu nahm; aber in mir erwachte eine unkontrollierbare Sehnsucht nach den Tröstungen der Religion, als wir uns den Außenbezirken der Hauptstadt näherten.

Wir waren fast eine Stunde unterwegs. Der Regen war dichter geworden, und stürmische Böen schlugen gegen die Windschutzscheiben unserer Bodenwagen, so daß wir zu vorsichtiger Fahrweise gezwungen waren. Die gepflasterten Straßen waren schlüpfrig. Noim steuerte einen unserer Wagen, ich saß stumm hinter ihm; die anderen Wagen, mit unseren Dienern darin, folgten dicht hinter uns. Der Morgen war jung, und die Stadt schlief noch. Jede Straße, die wir passierten, war für mich wie eine Amputation, denn jedes Mal wurde ein Abschnitt meines Lebens entfernt: Dort ging der Palastplatz dahin, dort die Türme des Justizgebäudes, dort das Gotteshaus, in dem mein königlicher Vater mich in den Kontrakt gegeben hat, dort das Museum der Menschheit, das ich so oft mit meiner Mutter besucht hatte, um die Schätze von den Sternen zu betrachten. Als wir durch das prächtige Regierungsviertel am Skangen-Kanal fuhren, erblickte ich auch das prächtige Stadthaus des Herzogs von Kongoroi; auf den Laken seiner hübschen Tochter hatte ich vor wenigen Jahren meine Jungfräulichkeit in einer feuchten Lache zurückgelassen. Man ganzes Leben hatte ich in dieser Stadt gelebt, und ich würde sie vielleicht nie wiedersehen; meine Vergangenheit wurde fortgewaschen wie die Erdkrume von Sallas ärmlichen Bauernhöfen unter den Messern des Winterregens. Seit ich ein Junge war, hatte ich gewußt, daß mein Bruder eines Tages Septarch werden würde und die Stadt dann für mich keinen Platz mehr hätte, aber ich hatte das vor mir selbst geleugnet, indem ich mir sagte: »Es wird nicht so bald geschehen, vielleicht wird es überhaupt nicht geschehen.« Und mein Vater lag tot in seinem Feuerdornsarg, und mein Bruder krümmte sich unter dem furchtbaren Gewicht seiner Krone, und ich floh aus Salla, noch ehe mein Leben richtig begonnen hatte, und mich erfaßte eine solche Flut von Selbstmitleid, daß ich noch nicht einmal mit Noim darüber zu sprechen wagte, obwohl – wofür ist denn ein Bundbruder da, wenn nicht, um eines Seele zu trösten? Und als wir durch die holprigen Straßen nahe der Stadtmauer von Salla-Altstadt fuhren, erspähte ich ein verfallenes Gotteshaus und sagte zu Noim: »Halte an der Ecke hier. Man muß hineingehen, um sich zu entleeren.«

Noim reagierte gereizt, er wollte keine Zeit verschwenden und tat so, als führe er weiter. »Willst du einem das Gottesrecht bestreiten?« fragte ich ihn hitzig, und erst jetzt bremste er den Wagen, verärgert und widerwillig, und setzte ihn zurück, um mich an dem Gotteshaus aussteigen zu lassen.

Die Fassade war abgetragen und bröcklig. Eine Inschrift neben dem Tor war nicht lesbar. Das Plaster davor war rissig und uneben. Salla-Altstadt hat eine Geschichte von mehr als tausend Jahren; obwohl die meisten Häuser verfallen sind, denn das Leben dieses Distrikts hörte auf, als einer der mittelalterlichen Septarchen sich entschloß, seinen Hof nach Süden, zu unserem jetzigen Palast auf dem Skangen-Hügel, zu verlegen. Nachts machen Vergnügungssüchtige, die den blauen Wein in Kellerlokalen in sich hineinschütten, Salla-Altstadt lebendig, aber zu dieser trüben Stunde bot sie einen tristen Anblick. Schmucklose Steinwände starrten mir von jedem Gebäude entgegen: In Salla bauen wir traditionellerweise einfache Schlitze als Fenster, aber hier wurde diese Gewohnheit bis zum Extrem praktiziert. Ich fragte mich, ob das Gotteshaus eine Sichtanlage besaß, die meine Annäherung registrierte. Ja, so war es. Als ich mich der Pforte des Gotteshauses näherte, schwang diese ein Stück auf, und ein dürrer Mann im Gewand eines Reinigers blickte heraus. Er war, natürlich, häßlich. Wer hatte je einen ansehnlichen Reiniger gesehen? Es ist ein Beruf für die vom Schicksal Benachteiligten. Dieser hier hatte grünliche Haut, war zernarbt und picklig, hatte eine rüsselförmige Nase und einen trüben Flecken in einem Auge: für sein Gewerbe eine normale Erscheinung. Er starrte mich ausdruckslos an, und seine Zurückhaltung ließ erkennen, daß er es zu bedauern schien, die Tür geöffnet zu haben.

»Der Friede aller Götter sei mit dir«, sagte ich. »Hier ist einer, der deiner Fähigkeiten bedarf.«
Er beäugte meine kostbare Kleidung, mein Lederwams und meinen prunkvollen Schmuck, musterte meine Größe und mein stolzes Auftreten und schloß offensichtlich, daß ich ein junger Angeber aus dem Adel war, unterwegs, um in den Slums für Ärger zu sorgen. »Es ist zu früh am Tag«, sagte er zögernd. »Du kommst zu früh, um Trost zu suchen.«
»Du willst doch einen Leidenden nicht zurückweisen!«
»Es ist zu früh.«
»Nun komm, komm, laß mich hinein. Hier steht eine besorgte Seele.«
Ich wußte, daß er nachgeben mußte, und er gab nach; unter vielfachem Zucken seines langnasigen Gesichts ließ er mich eintreten. Drinnen herrschte der Gestank der Fäulnis. Das alte Holzwerk war von Feuchtigkeit durchzogen, die Vorhänge moderten vor sich hin, die Möbel waren von Insekten zerfressen. Die Beleuchtung war trübe. Die Frau des Reinigers, so häßlich wie der Reiniger selbst, schlich herum. Er führte mich zu seiner Kapelle, einem kleinen, muffigen Raum außerhalb des Wohnbereichs, und ließ mich kniend vor dem zersprungenen, erblindenden Spiegel zurück, während er die Kerzen anzündete. Er legte seine Gewänder an und kam schließlich zu mir.
Er benannte seine Gebühr. Ich schnappte nach Luft.
»Um die Hälfte zu teuer«, sagte ich.
Er reduzierte sie um ein Fünftel. Als ich immer noch ablehnte, sagte er, ich solle mir die priesterlichen Dienste anderswo holen, aber ich stand nicht auf, und brummig erniedrigte er den Preis seiner Dienstleistungen noch einmal um ein geringes. Wahrscheinlich war es noch immer das Fünffache dessen, was er den Leuten von Salla-Altstadt für den gleichen Dienst berechnete, aber er wußte, daß ich Geld hatte, und ich konnte beim Gedanken an Noim, der ärgerlich im Wagen wartete, mich nicht mit langem Feilschen aufhalten.
»Einverstanden«, sagte ich.
Als nächstes brachte er mir den Vertrag. Ich habe bereits erwähnt, daß wir Borthaner mißtrauische Menschen sind; habe ich auch schon darauf hingewiesen, wie wir uns auf Verträge verlassen? Eines Mannes Wort ist nur heiße Luft. Bevor ein Soldat mit einer Hure schläft, einigen sie sich über ihre Leistungen und bringen sie zu Papier. Der Reiniger gab mir einen Formvertrag, in dem er mir versprach, daß er alles, was ich sagte, absolut vertraulich behandeln würde, daß der Reiniger nur als Mittler zwischen mir und dem Gott meiner Wahl fungierte, und ich meinerseits versprach, daß ich den Reiniger für das Wissen, das er über mich besaß, nicht verantwortlich machen würde, daß ich ihn bei einem Rechsstreit

nicht als Zeugen anrufen oder bei eventueller Strafverfolgung nicht als Alibi benutzen würde und so weiter und so weiter. Ich unterschrieb. Er unterschrieb. Wir tauschten Kopien aus, und ich gab ihm sein Geld.
»Welchen Gott willst du leiten lassen?« fragte er.
»Den Gott, der Reisende beschützt«, sagte ich. Wir nennen unsere Götter nicht laut beim Namen.
Er entzündete eine Kerze der entsprechenden Farbe – Rosa – und stellte sie neben dem Spiegel auf. Dadurch wurde angezeigt, daß der erwählte Gott meine Worte aufnahm.
»Betrachte dein Gesicht«, sagte der Reiniger. »Versenke deine Augen in deinen Augen.«
Ich starrte auf den Spiegel. Da wir eitle Regungen meiden, ist es, außer bei solchen religiösen Anlässen, nicht üblich, sein Gesicht zu studieren.
»Nun öffne deine Seele«, befahl der Reiniger. »Laß deine Sorgen, Träume und Begierden hinaus.«
»Es ist eines Septarchen Sohn, der seinem Heimatland entflieht«, begann ich, und sofort steigerte sich die Aufmerksamkeit des Reinigers, der auf diese Neuigkeit hin erbleichte. Obwohl ich meine Augen nicht vom Spiegel nahm, vermutete ich, daß er herumstöberte, um den Vertrag anzuschauen und zu sehen, wer ihn unterschrieben hatte. »Furcht vor seinem Bruder«, fuhr ich fort, »führt ihn dazu, ins Ausland zu gehen, aber er ist ob seines Abschieds in der Seele bekümmert.«
Einige Zeit fuhr ich in diesem Ton fort. Der Reiniger machte die notwendigen Einwürfe, jedes Mal, wenn ich schwankte, und lockte mit der geschickten Art seines Gewerbes die Worte aus mir heraus, und schon bald bedurfte es dieser Mithilfe nicht mehr, denn die Worte strömten ungehemmt. Ich sprach zu ihm über meine Begierde nach meiner Bundschwester und darüber, wie ihre Umarmung mich aufgewühlt hatte; ich gestand, daß ich die königliche Hochzeit nicht besuchen und dadurch meinen Bruder verletzen würde; ich gab mehrere kleine Sünden der Eigenliebe zu, wie jedermann sie täglich begeht.
Der Reiniger hörte zu.
Wir bezahlen sie, damit sie zuhören und nichts als zuhören, bis wir gereinigt und geheilt sind. Das ist unsere heilige Kommunion: Wir heben diese Kröten aus dem Schlamm, setzen sie in ihren Gotteshäusern ein und kaufen ihre Geduld mit unserem Geld. Es ist laut dem Kontrakt erlaubt, einem Reiniger alles zu sagen, selbst wenn es sich um Geschwätz handelt, selbst wenn es ein scheußlicher Katalog unterdrückter Lüste und verborgenen Schmutzes ist. Wir dürfen einen Reiniger langweilen, da wir kein Recht haben, unsere Bundfamilie zu langweilen, denn laut Vertrag ist es die Pflicht des Reinigers, mit der Geduld der Berge dazusitzen, wenn wir

über uns sprechen. Wir brauchen uns nicht darum zu sorgen, was die Probleme des Reinigers sein mögen, auch nicht darum, was er von uns denkt oder ob er nicht glücklicher wäre, etwas anderes zu tun. Er hat seinen Beruf, und er nimmt seine Gebühr, und er muß denen dienen, die seiner bedürfen. Es gab eine Zeit, da hielt ich es für ein wunderbar ausgeklügeltes System, uns Reiniger zu geben, damit wir unsere Herzen vom Leid befreien konnten. Zuviel von meinem Leben war vorüber, als ich erkannte, daß sich einem Reiniger zu öffnen nicht tröstlicher ist, als sich mit eigener Hand zu befriedigen: Es gibt bessere Methoden der Befriedigung, es gibt glücklichere Arten, sich zu öffnen.
Aber damals wußte ich das nicht, und ich hockte vor dem Spiegel und erfuhr die beste Heilung, die Geld erkaufen konnte. Der letzte Bodensatz an Falschheit in meiner Seele kam hervor, glatt floß Silbe auf Silbe über meine Lippen, so wie der süße Saft fließt, wenn man die dornigen Flanken der knorrigen, häßlichen Fleischbäume ansticht, die am Golf von Sumar wachsen. Als ich sprach, hielten mich die Kerzen in ihrem Bann, und durch ihr Flackern wurde ich in die gewölbte Oberfläche des Spiegels und damit aus mir herausgezogen; der Reiniger war nur ein Schatten in der Dunkelheit, unwirklich, unwichtig, und jetzt sprach ich unmittelbar zum Gott der Reisenden, der mich heilen und auf meinen Weg senden würde. Und ich glaubte, daß es so war. Ich will damit nicht sagen, daß ich mir einen realen Gottesort vorstellte, an dem unsere Gottheiten abrufbereit sitzen, um uns zu Diensten zu sein, aber damals hatte ich ein abstraktes und übertragenes Verständnis von unserer Religion, durch die sie mir auf gewisse Weise so real wie mein rechter Arm erschien.
Mein Wortfluß versiegte, und der Reiniger machte keinen Versuch, ihn erneut in Gang zu bringen. Er flüsterte die Absolutionsformeln. Es war vorüber. Er löschte die Gotteskerze zwischen zwei Fingern und stand auf, um seine Gewänder abzulegen. Von meiner Reinigung geschwächt, kniete ich zitternd dort, in Träumereien versunken. Ich fühlte mich gesäubert, vom Schmutz und Abfall meiner Seele befreit, und mir war in der Musik jenes Moments das Elend um mich herum nur verschwommen bewußt. Die Kapelle war ein Ort des Zaubers, und der Reiniger war in göttlicher Schönheit verklärt.
»Auf«, sagte er und stieß mich mit der Spitze seiner Sandale an. »Hinaus. Fort und hinaus.«
Der Klang seiner spröden Stimme löschte das ganze Wunder aus. Ich stand auf und schüttelte den Kopf, um die neugewonnene Leichtigkeit zu vertreiben, während der Reiniger mich fast in den Flur hineinstieß. Der kleine häßliche Mann fürchtete sich nun nicht mehr vor mir, mochte ich auch der Sohn eines Septarchen sein und ihn mit einem Tropfen meines

Speichels töten können, denn ich hatte ihm von meiner Feigheit erzählt, von meiner verbotenen Begierde auf Halum, von all der Gemeinheit meines Geistes, und dieses Wissen minderte mich in seinen Augen herab: Kein Mensch, der gerade gereinigt ist, kann seinem Reiniger Ehrfurcht einflößen.

Als ich das Haus verließ, war der Regen noch heftiger geworden. Noim saß mit finsterem Blick im Wagen, die Stirn auf den Lenkstab gepreßt. Er blickte auf und klopfte auf sein Handgelenk, um mir anzudeuten, daß ich zuviel Zeit im Gotteshaus vertrödelt hatte.

»Fühlst du dich jetzt, da deine Blase leer ist, besser?« fragte er.

»Wie bitte?«

»Das heißt, hast du da drinnen einen guten Seelenpiß gehabt?«

»Ein ekelhafter Ausdruck, Noim.«

»Einer wird blasphemisch, wenn seine Geduld über Gebühr beansprucht wird.« Er trat den Starter, und wir fuhren an. Kurz darauf waren wir an den alten Mauern von Salla-Stadt, an der prächtigen turmbewehrten Öffnung, die als Glin-Tor bekannt ist und an diesem Tag von vier mürrisch dreinblickenden, schläfrigen Kriegern in tropfnassen Uniformen bewacht wurde. Sie beachteten uns gar nicht. Noim steuerte durch das Tor und an einem Schild vorbei, das uns auf der Großen Salla-Landstraße willkommen hieß. Salla-Stadt schrumpfte schnell hinter uns zusammen; wir rasten nach Norden, auf Glin zu.

13

Die Große Salla-Landstraße führt durch eines unserer besten Anbaugebiete, die reiche und fruchtbare Ebene von Nand, die in jedem Frühjahr ein Geschenk aus Humusboden erhält, der von unseren geschäftigen Strömen der Oberfläche Westsallas entrissen wird. Zu dieser Zeit herrschte im Gebiet von Nand ein Septarch, der ein notorischer Pfennigfuchser war, und dank seiner Knausrigkeit war die Landstraße in dürftigem Zustand, so daß wir, wie Halum es scherzhaft vorhergesagt hatte, uns nur unter Mühen durch den Schlamm kämpfen konnten, der die Fahrbahn verschmutzte. Es war eine Erlösung, Nand hinter sich zu bringen und nach Nordsalla zu gelangen, wo das Land eine Mischung aus Fels und Sand ist und die Menschen von Unkraut und Treibgut leben. In Nordsalla sind Bodenwagen ein ungewöhnlicher Anblick, und zweimal wurden wir von hungrigen, drohenden Dorfbewohnern, die allein unsere Fahrt durch ihre unselige Ansiedlung als Beleidigung empfanden, mit Steinen beworfen. Aber wenigstens war die Straße frei von Schlamm.

Die Truppen von Noims Vater waren im äußersten Norden Nordsallas, am Ufer des Flusses Huish, stationiert. Der Huish ist der größte Fluß Velada Borthans. Er beginnt im nördlichen Teil Westsallas in Hunderten winziger Bächlein, die die Osthänge der Huishtors herabsickern; diese Bächlein vereinigen sich am Fuß der Berge zu einem rasenden Strom, grau und aufgewühlt, der durch einen engen Granitcañon jagt, der sechs stufenförmige Becken bildet. Aus diesen wilden Kaskaden auf die angeschwemmte Ebene austretend, fließt der Huish, nun gemächlicher, in nordöstlicher Richtung aufs Meer zu, wird dabei immer breiter und teilt sich schließlich so auf, daß er sich an seinem breiten Delta von acht Mündungen ins Meer ergießt. Die schnelle westliche Strecke des Huish bildet die Grenze zwischen Salla und Glin; sein friedlicher östlicher Lauf teilt Glin von Krell.

Der große Fluß ist in seinem gesamten Verlauf ohne Brücken, und man könnte meinen, es wäre kaum nötig, seine Ufer gegen Eindringlinge von der anderen Seite zu befestigen. Aber in Sallas Geschichte haben die Männer von Glin den Huish oft auf Booten überquert, um Krieg anzuzetteln, und ebensooft sind wir Sallaner ausgezogen, um in Glin zu brandschatzen; und auch die nachbarschaftlichen Beziehungen zwischen Glin und Krell haben sich keineswegs friedlicher gestaltet. Daher ist der Huish auf seiner ganzen Länge mit militärischen Vorposten gespickt, und Generale wie Luinn Condorit verbringen ihr Leben damit, die Flußnebel nach Spuren des Feinds abzusuchen.

Ich blieb für kurze Zeit im Lager von Noims Vater. Der General hatte nicht viel Ähnlichkeit mit Noim, er war ein stämmiger Mann, dessen Gesicht, von Zeit und Enttäuschungen gezeichnet, wie eine Reliefkarte des felsigen Nordsalla war. In fünfzehn Jahren hatte es nicht ein einziges Mal an der Grenze, die er bewachte, einen bedeutenden Zusammenstoß gegeben, und ich glaube, diese Inaktivität deprimierte ihn: Er sprach wenig, blickte häufig mißmutig drein, verwandelte jede Feststellung in eine verbitterte Klage und entzog sich Gesprächen schnell durch Rückzug in private Träume. Es müssen Träume vom Krieg gewesen sein; ohne Zweifel konnte er nicht zum Fluß hinüberblicken, ohne sich zu wünschen, daß es dort von Landungsfahrzeugen aus Glin wimmelte. Da sicherlich auch auf der Glin-Seite des Flusses Männer wie er patrouillierten, ist es ein Wunder, daß die Grenzwachen sich nicht alle paar Jahre aus schierer Langeweile angreifen und unsere Provinzen in sinnlose Konflikte verwikkeln.

Wir hatten dort eine trübe Zeit. Noim war durch Kindesbande verpflichtet, seinen Vater zu besuchen, aber sie hatten einander nichts zu sagen, und mir blieb der General ein Fremder. Ich hatte Stirron gesagt, ich würde bei Noims Vater bleiben, bis der erste Schnee des Winters fiel, und ich hatte die Wahrheit gesprochen, doch zum Glück war mein Besuch nicht von Dauer; im Norden bricht der Winter früh herein. An meinem fünften Tag dort fielen weiße Flocken herab, und ich wurde von meinem selbstauferlegten Versprechen erlöst.

Fähren, die an drei Stellen zwischen Anlegestellen verkehren, verbinden, außer in Kriegszeiten, Salla mit Glin. An einem trüben Morgen fuhr Noim mich zur nächstgelegenen Anlegestelle, wir umarmten uns feierlich und nahmen Abschied voneinander. Ich sagte, ich würde ihm meine Adresse mitteilen, sobald ich in Glin eine hätte, damit er mich über die Vorgänge in Salla auf dem laufenden halten konnte. Er versprach, sich um Halum zu kümmern. Wir sprachen vage von der Zeit, in der er, sie und ich uns wieder begegnen würden; vielleicht würden sie mich im nächsten Jahr in Glin besuchen, vielleicht würden wir zu dritt Ferien in Manneran machen. Wir machten diese Pläne mit wenig Überzeugung in unseren Stimmen.

»Dieser Tag der Trennung hätte nie kommen sollen«, sagte Noim.

»Trennung führt nur zu Wiedervereinigung«, entgegnete ich aufmunternd.

»Vielleicht hättest du dich mit deinem Bruder verständigen können, Kinnall...«

»Die Hoffnung hat es nie gegeben.«

»Stirron hat freundlich von dir gesprochen. Ist er denn ein Heuchler?«

»Jetzt ist seine Freundlichkeit aufrichtig. Aber es würde nicht lange dauern, bis es für ihn lästig würde, einen Bruder neben sich zu wissen, und dann würde es ihm ungelegen sein und dann unmöglich. Ein Septarch schläft am besten, wenn es keinen potentiellen Rivalen von königlichem Blut in der Nähe gibt.«

Die Fähre rief mich mit dem bellenden Klang des Horns.

Ich umgriff Noims Arme, wir verabschiedeten uns hastig ein weiteres Mal. Das letzte, was ich ihm sagte, war: »Wenn du den Septarchen siehst, dann sage ihm, daß sein Bruder ihn liebt.« Dann ging ich an Bord.

Die Überfahrt ging zu schnell. Noch nicht einmal eine Stunde, und ich befand mich auf dem fremden Boden von Glin. Die Einwanderungsbeamten befragten mich barsch, aber sie tauten auf, als sie meinen Paß sahen, leuchtend rot, um meine Stellung im Adel anzuzeigen, mit einem goldenen Streifen, der darauf hinwies, daß ich zur Familie eines Septarchen gehörte. Im Handumdrehen hatte ich mein Visum für unbeschränkte Aufenthaltsdauer. Solche Beamten sind von geschwätziger Art; fraglos waren sie im gleichen Augenblick, als ich sie verließ, am Telefon, um ihre Regierung zu benachrichtigen, daß ein Prinz aus Salla im Land war, und ich

nehme an, daß diese Information nicht viel später in den Händen von Sallas diplomatischen Vertretern in Glin war, die sie meinem Bruder, sehr zu seinem Mißfallen, übermitteln würden.
Auf dem Weg vom Zollschuppen kam ich zu einer Filiale der Kontraktbank von Glin und wechselte mein sallanisches Geld gegen die Währung der Nordprovinz ein. Mit meinem neuen Geld mietete ich einen Fahrer für die Fahrt zur Hauptstadt, die Glain heißt und eine halbe Tagesreise nördlich der Grenze liegt.
Die Straße war eng und gewunden und durchquerte eine öde Landschaft, in der der Winter schon seit langem die Blätter von den Bäumen geholt hatte. Schmutziger Schnee war hoch aufgehäuft. Glin ist eine kalte Provinz. Sie wurde von Männern mit puritanischem Charakter gegründet, die das Leben in Salla als zu leicht empfanden und fühlten, sie würden von den Regeln des Kontrakts weggelockt, wenn sie dort blieben; als es ihnen mißlang, unsere Vorväter zu größerer Frömmigkeit zu bekehren, gingen sie davon und überquerten den Huish auf Flößen, um ihren Lebensunterhalt im Norden zu gewinnen. Harte Menschen für ein hartes Land; wie ärmlich die Landwirtschaft in Salla auch ist, in Glin ist sie halb so ertragreich, und man lebt dort hauptsächlich vom Fischfang, von Manufakturen, von den Tricks des Handels und von Seeräuberei. Hätte meine Mutter nicht aus Glin gestammt, hätte ich die Provinz niemals als Ort meines Exils gewählt. Dabei hatte ich von meinen Familienbanden keinerlei Gewinn.

14

Bei Einbruch der Nacht traf ich in Glain ein. Wie Sallas Hauptstadt ist es eine mauerbewehrte Stadt, hat aber sonst wenig Ähnlichkeit mit ihr. Salla-Stadt ist voll Anmut und Kraft; ihre Gebäude sind aus großen Blökken massiven Steins erbaut, schwarzer Basalt und rosiger Granit aus den Bergen, und die Straßen sind breit und geschwungen und als noble Alleen und prächtige Promenaden ausgestaltet. Abgesehen von unserer Angewohnheit, schmale Schlitze anstelle echter Fenster einzusetzen, ist Salla-Stadt eine offene, einladende Stadt, deren Architektur der Welt von der Kühnheit und Unabhängigkeit ihrer Bürger kündet. Aber dieses jämmerliche Glain! Ooh!
Glain ist aus schäbigen gelben Ziegeln erbaut, die hier und dort mit dürftigem rosafarbenen Sandstein aufgeputzt werden, der sich bei der leichtesten Berührung in Staub auflöst. Es gibt keine Straßen, nur Gassen; die Häuser stoßen so eng aneinander, als befürchteten sie, irgendein Ein-

dringling könne zwischen ihnen durchschlüpfen, wenn sie in ihrer Wachsamkeit nachließen. Eine Hauptstraße in Glain würde eine Gasse in Salla nicht beeindrucken. Und die Architekten haben eine Stadt geschaffen, die ausschließlich für eine Nation von Reinigern passend erscheint, denn alles ist schief, krumm, uneben und verwinkelt. Mein Bruder, der einmal mit einem diplomatischen Auftrag in Glain war, hatte mir die Stadt beschrieben, aber ich hatte seine herben Worte als Ausfluß eines rein patriotischen Vorurteils eingeschätzt; jetzt sah ich, daß Stirron noch viel zu freundlich gewesen war.

Und die Leute von Glain waren keinen Deut liebenswerter als ihre Stadt. Auf einer Welt, in der Mißtrauen und Heimlichkeit göttliche Tugenden sind, erwartet man keinen Überfluß an Charme; aber die Glainer waren über alle Maßen tugendhaft. Dunkle Kleider, düstere Blicke, dunkle Seelen, verschlossene und geschrumpfte Herzen. Schon ihre Redeweise demonstriert ihre geistige Verstopfung. Die Sprache Glins ist die gleiche wie die in Salla, aber die Menschen im Norden haben einen unverkennbaren Dialekt, verschlucken Silben und verschieben die Vokale. Das störte mich nicht, anders dagegen ihre Syntax der Selbstverleugnung. Mein Fahrer, der kein Stadtmensch war und daher beinahe freundlich erschien, setzte mich an einer Herberge ab, wo ich nach seiner Meinung freundliche Behandlung erfahren würde, und ich trat ein und sagte: »Man möchte ein Zimmer für eine Nacht, und vielleicht noch für einige Tage danach.« Der Gastwirt schaute mich unheilvoll an, als hätte ich gesagt: »*Ich* möchte ein Zimmer« oder etwas ähnlich Schmutziges. Später erfuhr ich, daß selbst unsere übliche höfliche Umschreibung für Nordmenschen zu eitel erscheint. Ich hätte nicht sagen dürfen: »Man möchte ein Zimmer«, sondern: »Ist ein Zimmer zu haben?« In einem Restaurant ist es falsch zu sagen: »Man wird dieses und jenes essen«, richtig ist vielmehr: »Dies sind die Gerichte, die gewählt worden sind.« Und so weiter und so weiter, alles wird in die umständliche passive Form verwandelt, um die Sünde des Eingeständnisses der eigenen Existenz zu vermeiden.

Aufgrund meiner Ignoranz gab der Wirt mir sein schlechtestes Zimmer und berechnete mir das Doppelte des üblichen Tarifs. Durch meine Ausdrucksweise hatte ich mich als Mann aus Salla zu erkennen gegeben; warum sollte er höflich sein? Aber als ich den Vertrag für meine Übernachtung unterschreiben und ihm meinen Paß zeigen mußte und er sah, daß er Gastgeber eines Prinzen war, sog er laut den Atem ein; danach wurde er ein wenig gefälliger, fragte mich, ob ich Wein aufs Zimmer haben wollte oder vielleicht eine propere glainische Dirne. Ich nahm den Wein, aber verschmähte die Dirne, denn ich war sehr jung und übermäßig ängstlich vor den Krankheiten, die in fremden Lenden lauern könnten.

In jener Nacht saß ich allein in meinem Zimmer, sah den Schneeflocken zu, die in einem trüben Kanal unter meinem Fenster verschwanden, und fühlte mich mehr als je zuvor von der Menschheit isoliert.

15

Mehr als eine Woche verging, bis ich den Mut fand, mich an die Familie meiner Mutter zu wenden. Jeden Tag schlenderte ich durch die Stadt, den Mantel zum Schutz gegen den Wind fest um mich gehüllt, und wunderte mich über die Häßlichkeit von allem, was ich sah, ob Menschen oder Bauwerke. Ich machte die örtliche Botschaft von Salla ausfindig und drückte mich vor ihr herum; ich hatte nicht den Wunsch hineinzugehen, sondern genoß nur die Verbindung zu meinem Heimatland, die das gedrungene graue Gebäude für mich darstellte. Ich kaufte haufenweise billig aufgemachte Bücher und las bis weit in die Nacht, um etwas über meine erwählte Provinz zu erfahren: Da gab es eine Geschichte von Glin und einen Führer der Stadt Glain und ein unendlich langes Gedicht, das sich mit der Gründung der ersten Ansiedlungen nördlich des Huish befaßte, und vieles mehr. Ich löste meine Einsamkeit in Wein auf – nicht im Wein von Glin, denn dort wird keiner hergestellt, sondern in dem vorzüglichen, süßen, goldenen Wein von Manneran, den man in riesigen Fässern importiert. Ich schlief sehr schlecht. Eines Nachts träumte ich, daß Stirron nach einem Herzanfall gestorben war und eine Suchaktion nach mir durchgeführt wurde. Manchmal sah ich im Schlaf, wie der Hornvogel meinen Vater tödlich traf; das ist ein Traum, der mich immer noch quält und zwei- oder dreimal jährlich kommt. Ich schrieb lange Briefe an Halum und Noim und zerriß sie, denn sie strotzten vor Selbstmitleid. Ich schrieb auch einen an Stirron, in dem ich ihn bat, mir meine Flucht zu vergeben, und zerriß ihn ebenfalls. Als alles andere fehlschlug, fragte ich den Wirt nach der Dirne. Er schickte mir ein mageres Mädchen, das ein oder zwei Jahre älter als ich war und ungewöhnlich große Brüste hatte, die wie aufgeblasene Gummisäcke herabbaumelten. »Man sagt, Ihr seid ein Prinz aus Salla«, sagte sie scheu, während sie sich hinlegte und die Schenkel spreizte. Ohne zu antworten, legte ich mich auf sie und drang in sie ein. Die Größe meines Organs ließ sie vor Angst und Freude aufschreien, und sie zuckte so heftig mit ihren Hüften, daß mein Samen einen Augenblick später herausschoß. Das ließ mich über mich selbst erzürnen, aber ich wandte meinen Ärger gegen sie, zog mich zurück und schrie: »Wer hat dir gesagt, du sollst dich bewegen? Ich war nicht darauf vorbereitet, daß du dich bewegst! Ich wollte nicht, daß du es tust!« Nackt rannte sie aus dem Zimmer, von meinen Obszönitäten, wie ich vermutete, mehr entsetzt als von meinem Zorn. Bisher hatte ich noch nie in Anwesenheit einer Frau »ich« gesagt. Aber sie war schließlich nur eine Hure. Danach wusch ich mich eine Stunde lang. In meiner Naivität fürchtete ich, der Wirt würde mich an die Luft setzen, weil ich so vulgär mit ihr geredet hatte, aber er sagte kein Wort. Auch in Glin muß man zu Huren nicht höflich sein.

Mir wurde bewußt, daß ich eine seltsame Freude empfunden hatte, als ich ihr diese Worte entgegenschrie. Ich verlor mich in merkwürdigen Träumen, in denen ich mir die dickbrüstige Schlampe nackt auf meinem Bett vorstellte, während ich über ihr stand und schrie: »Ich! Ich! Ich! Ich!« Solche Tagträume hatten die Macht, meine Männlichkeit aufzurichten. Ich erwog es, zu einem Reiniger zu gehen, um meine schmutzige Neigung loszuwerden, aber statt dessen fragte ich zwei Nächte später den Wirt nach einer weiteren Dirne, und mit jedem Stoß meines Körpers schrie ich stumm: »Ich! Mich! Ich! Mich!«

Auf diese Weise brachte ich mein Erbteil in der Hauptstadt des puritanischen Glin durch, hurend, trinkend und herumlungernd. Als der Gestank meiner Faulheit mir selbst zuviel wurde, unterdrückte ich meine Furcht und besuchte meine Verwandten in Glain.

Meine Mutter war die Tochter eines Ersten Septarchen von Glin gewesen; er war tot, ebenso sein Sohn und Nachfolger; jetzt saß der Sohn seines Sohns, Truis, der Neffe meiner Mutter, auf dem Thron. Es schien mir zu aufdringlich, bevorzugte Behandlung direkt von meinem königlichen Cousin zu erbitten. Truis von Glin müßte Staatsfragen und Familienfragen gegeneinander abwägen und wollte womöglich aus Furcht vor einem Bruch mit Stirron dem davongelaufenen Bruder des Ersten Septarchen von Salla nicht helfen. Aber ich hatte eine Tante, Nioll, die jüngste Schwester meiner Mutter, die zu Lebzeiten meiner Mutter oft in Salla gewesen war und mich als Kind sehr gern gemocht hatte; würde sie mir nicht helfen?

Mit ihrer Ehe hatte sich Macht mit Macht gepaart. Ihr Gatte war der Marquis von Huish, der am Hof des Septarchen großen Einfluß besaß und zudem – denn in Glin wird es nicht als unanständig angesehen, wenn der Adel sich im Handel betätigt – das reichste Treuhandhaus seiner Provinz kontrollierte. Diese Treuhandhäuser sind Banken ähnlich, haben aber andere Aufgaben; sie verleihen Geld an Banditen, Kaufleute und Industriebarone zu ruinösen Konditionen und nehmen immer ein kleines Stückchen vom Besitz des Unternehmens, das sie unterstützen; auf diese Weise manövrieren sie ihre Tentakel in Hunderte von Organisationen und erwerben ungeheuren Einfluß in wirtschaftlichen Angelegenheiten. In

Salla wurden die Treuhandhäuser vor einem Jahrhundert verboten, aber in Glin gedeihen sie fast wie eine zweite Regierung. Ich liebte das System nicht, zog eine Beteiligung aber dem Dasein als Bettler vor.

In der Herberge erkundigte ich mich nach dem Weg zum Palast des Marquis. Nach glainischen Maßstäben handelte es sich um ein beeindruckendes Gebäude aus drei ineinander verschränkten Flügeln neben einem spiegelglatten künstlichen See im Adelsviertel der Stadt. Ich unternahm gar nicht erst den Versuch hineinzukommen; ich hatte eine Nachricht vorbereitet, welche die Marquise davon informierte, daß ihr Neffe Kinnall, der Sohn des Septarchen von Salla, in Glain war und um die Gunst einer Audienz bat; er sei in der Soundso-Herberge zu finden. Ich kehrte zu meiner Unterkunft zurück und wartete, und am dritten Tag kam der Wirt, glotzäugig vor lauter Ehrfurcht, auf mein Zimmer, um mir zu sagen, daß ich einen Besucher in der Livree des Marquis von Huish hatte. Nioll hatte mir einen Wagen geschickt; ich wurde zu ihrem Palast gebracht, der innen weit luxuriöser als außen war, und sie empfing mich in einem großen Saal, der auf raffinierte Art mit Spiegeln ausgekleidet war, die winklig zueinander standen, so daß die Illusion von Unendlichkeit geschaffen wurde.

In den sechs oder sieben Jahren, seit ich sie zum letzten Mal gesehen hatte, war sie deutlich gealtert, aber meine Verwunderung über ihr weißes Haar und das runzlige Gesicht wurde verschluckt von ihrem Erstaunen darüber, daß ich mich in so kurzer Zeit vom kleinen Kind zu einem hochgewachsenen Mann gewandelt hatte. Wir umarmten uns auf Glinsche Art, Fingerspitzen an Fingerspitzen; sie sprach mir ihr Beileid zum Tod meines Vaters aus und entschuldigte sich dafür, daß sie nicht zur Krönung Stirrons gekommen war; dann fragte sie mich, was mich nach Glin gebracht hatte, und ich erklärte es, und sie zeigte keinerlei Überraschung. Hatte ich vor, mich ständig hier niederzulassen? Das hatte ich, sagte ich. Und wie wollte ich meinen Lebensunterhalt verdienen? Indem ich im Treuhandhaus ihres Gatten arbeitete, erklärte ich, falls mir eine solche Stellung vermittelt werden konnte. Sie reagierte nicht so, als fände sie mein Ansinnen unvernünftig, sondern fragte nur, ob ich irgendwelche Fähigkeiten besaß, die mich beim Marquis empfehlen könnten. Darauf erwiderte ich, daß ich in den Gesetzesvorschriften von Salla unterrichtet worden war (ohne zu erwähnen, wie unvollständig dieser Unterricht war) und bei Geschäften des Treuhandhauses mit jener Provinz wertvolle Dienste leisten könnte; ich sagte auch, daß ich Bund-Verbindungen zu Segvord Helalam, dem Obersten Hafenrichter in Manneran, hatte und der Firma bei ihren geschäftlichen Beziehungen zu Manneran dienlich sein könnte; schließlich wies ich darauf hin, daß ich jung, stark und ehrgeizig war und

mich, zu beiderseitigem Nutzen, voll und ganz in den Dienst der Interessen des Treuhandhauses stellen würde. Diese Feststellungen schienen bei meiner Tante gut anzukommen, und sie versprach, sich für ein Gespräch zwischen mir und dem Marquis einzusetzen. Hocherfreut über meine Aussichten verließ ich den Palast.
Wenige Tage später erreichte mich in der Herberge die Aufforderung, mich im Büro des Treuhandhauses vorzustellen. Meine Verabredung hatte ich jedoch nicht mit dem Marquis von Huish; ich traf vielmehr mit einem seiner Angestellten, einem gewissen Sisgar, zusammen. Das hätte ich als Vorzeichen nehmen sollen. Dieser Mann war glatt bis zur Schlüpfrigkeit, mit einem bartlosen Gesicht und ohne Augenbrauen und einem spiegelblanken Kopf, der aussah, als hätte er ihn eingewachst, und einer dunkelgrünen Robe, die zugleich angemessen schmucklos und auf subtile Art protzig war. Er befragte mich kurz nach meiner Ausbildung und Erfahrung und entdeckte nach etwa zehn Fragen, daß ich an ersterer wenig und an letzterer gar nichts vorzuweisen hatte; aber er überging diese Mängel auf geradezu freundschaftliche Weise, und ich nahm an, daß meine hohe Geburt und meine Verwandtschaft mit der Marquise mir die Position trotz meiner Unwissenheit verschaffen würden. Ach ja, diese Selbstgefälligkeit! Ich hatte mich schon in einen Traum verstiegen, wie ich in diesem Treuhandhaus zu höchsten Positionen aufstieg, als ich nur mit halbem Ohr die Worte Sisgars aufnahm, der mir erklärte: »Die Zeiten sind hart, wie Euer Gnaden gewiß begreifen, und es ist unglückselig, daß Ihr zu einer Zeit zu uns kommt, in der Einsparungen notwendig sind. Die Vorteile, die Eure Einstellung mit sich bringt, sind zahlreich, aber die Probleme sind schwerwiegend. Der Marquis möchte Euch wissen lassen, daß Euer Angebot hochwillkommen war, und es ist seine Hoffnung, Euch in die Firma zu bringen, wenn die wirtschaftlichen Bedingungen es zulassen.« Mit vielen Verbeugungen und einem freundlichen Abschiedslächeln komplimentierte er mich aus seinem Büro, und ehe ich begriff, wie gründlich meine Hoffnungen zunichte gemacht worden waren, stand ich schon wieder auf der Straße. Sie konnten mir nichts geben, nicht einmal die Stelle eines fünften Hilfsassistenten in irgendeinem Dorfbüro! Wie war das möglich? Fast wäre ich wieder hineingerannt und hätte geschrien: »Das ist ein Irrtum, Ihr habt es mit dem Cousin Eures Septarchen zu tun, Ihr weist den Neffen der Marquise ab!« Aber das wußten sie alles, und doch verschlossen sie ihre Türen vor mir. Als ich meine Tante anrief, um ihr mein Entsetzen auszudrücken, wurde mir gesagt, sie sei ins Ausland gegangen, um den Winter im milden Manneran zu verbringen.

16

Schließlich wurde mir klar, was geschehen war. Meine Tante hatte mit dem Marquis über mich gesprochen, und der Marquis hatte mit dem Septarchen Truis konferiert, welcher den Marquis aufgefordert hatte, mich abzuweisen, weil er annahm, daß es ihn mit Stirron entzweien könnte, wenn er mir eine Anstellung erlaubte. In meinem Zorn dachte ich daran, geradewegs zu Truis zu gehen, um zu protestieren, aber ich sah die Vergeblichkeit dieses Tuns schnell ein, und da meine Protektorin Nioll Glain offensichtlich aus dem Grund verlassen hatte, um mich loszuwerden, wußte ich, daß es in dieser Richtung keine Hoffnung gab. Ich war allein in Glain, wo der Wintereinbruch bevorstand, und ich hatte in der fremden Stadt keine Stellung, und meine hohe Geburt war mir alles andere als nützlich.

Es folgten noch härtere Schläge.

Als ich eines Morgens bei der Kontraktbank von Glin vorsprach, um Geld für meinen Lebensunterhalt abzuheben, erfuhr ich, daß mein Konto auf Verlangen des Großschatzmeisters von Salla beschlagnahmt worden war, da dieser die Möglichkeit eines illegalen Kapitaltransfers aus dieser Provinz untersuchte. Tobend und mit meinem königlichen Paß fuchtelnd, gelang es mir, genug Geld lockerzumachen, um Verpflegung und Unterkunft für sieben Tage zu bezahlen, aber der Rest meiner Ersparnisse war für mich verloren, denn für die Einsprüche und Manöver, die sie möglicherweise frei machten, fehlte mir der Mut.

Als nächstes wurde ich in meiner Herberge von einem Diplomaten aus Salla aufgesucht, einem Schakal von Untersekretär, der mich mit vielen Kniebeugen und ehrerbietigen Redewendungen daran erinnerte, daß die Vermählung meines Bruders bald stattfinde und von mir erwartet würde, daß ich zurückkehrte und als Ringgeber aufträte. Im Wissen, daß ich Salla-Stadt nie wieder verlassen würde, wenn ich mich in Stirrons Hände begab, erklärte ich, daß dringende Geschäfte meinen Verbleib in Glain während der Vermählungsfeierlichkeiten erforderlich machten, und ich bat darum, dem Septarchen mein tiefes Bedauern zu übermitteln. Der Untersekretär akzeptierte das mit berufsmäßiger Zurückhaltung, aber es war nicht schwer, den hellen Glanz der Freude unter seiner äußeren Maske zu entdecken: Ich handelte mir Ärger ein, sagte er sich, und er würde freudig das Seine dazutun, daß ich ihn auch wirklich bekam.

Am vierten Tag danach kam der Wirt zu mir, um mir zu sagen, daß ich nicht länger in der Herberge bleiben konnte, da mein Paß für ungültig erklärt worden war und ich in Glin keinen gesetzlichen Status mehr hatte.

Das war eine Unmöglichkeit. Ein königlicher Paß, wie ich einen hatte, wird auf Lebenszeit ausgestellt und ist außer in Kriegszeiten in jeder Provinz von Velada Borthan gültig, und zur Zeit gab es keinen Krieg zwischen Salla und Glin. Mit einem Schulterzucken tat der Wirt meine Worte ab; er zeigte mir eine Nachricht von der Polizei, die ihm auftrug, den illegalen Fremden an die Luft zu setzen, und er schlug vor, ich sollte, falls ich Einwände hatte, diese Angelegenheit den glinischen Behörden vortragen, da dies seine Befugnisse überschritt. Ich hielt es für unklug, solch einem Rat zu folgen. Meine Exmittierung war nicht zufällig zustande gekommen, und sollte ich bei irgendeiner Regierungsstelle vorsprechen, würde ich mich wahrscheinlich auf der Stelle verhaftet und über den Huish in Stirrons Machtbereich abgeschoben sehen.

Da ich diese Verhaftung als die wahrscheinlichste nächste Entwicklung ansah, überlegte ich, wie ich den Regierungsagenten entgehen konnte. Jetzt spürte ich schmerzlich die Abwesenheit meines Bundbruders und meiner Bundschwester, denn wohin sonst konnte ich mich um Rat und Hilfe wenden? Nirgendwo in Glin gab es jemanden, dem ich sagen konnte: »Man fürchtet sich, man ist in höchster Gefahr, man erbittet deinen Beistand.« Steinerne Tradition versperrte jedermanns Seele vor mir. In der ganzen Welt gab es nur zwei Menschen, die ich als Vertraute betrachten konnte, und beide waren weit weg. Ich mußte mich selbst retten.

Ich würde mich verbergen, entschied ich. Der Wirt gestand mir einige Stunden zu, um mich vorzubereiten. Ich rasierte meinen Bart ab, tauschte meinen königlichen Umhang gegen die verschlissenen Fetzen eines anderen Mieters ein, der fast meine Größe hatte, und verpfändete meinen Zeremonienring. Meine restlichen Besitztümer verschnürte ich zu einem Bündel, das auf meinem Rücken als Buckel dienen sollte, und dermaßen verkleidet, humpelte ich aus der Herberge, ein Auge fest geschlossen und den Mund zu einer Seite hin verzerrt. Ob diese Maskerade irgend jemanden hätte täuschen können, kann ich nicht sagen; aber niemand erwartete mich, um mich zu verhaften, und auf diese Weise verunstaltet, verließ ich Glain in einem kalten, dünnen Regen, der bald zu Schnee wurde.

17

Vor dem nordwestlichen Tor der Stadt (denn dorthin hatten meine Füße mich getragen) rumpelte ein Lastwagen an mir vorbei, und seine Räder rollten durch eine Pfütze halbgefrorenen Schlamms und bespritzten mich von oben bis unten. Ich blieb stehen, um den eisigen Dreck von meinen

Beinkleidern abzukratzen; der Lastwagen hielt ebenfalls an, der Fahrer stieg ab und rief aus: »Hier gibt es Grund, sich zu entschuldigen. Es war nicht Absicht, dich so zu beschmutzen!«

Diese Höflichkeit erstaunte mich so sehr, daß ich mich zu voller Größe aufrichtete und meine Gesichtszüge sich glätteten. Offenbar hatte der Fahrer mich für einen schwächlichen, gebeugten alten Mann gehalten; bei meiner Verwandlung zeigte er Verblüffung und lachte lauthals. Ich wußte nicht, was ich sagen sollte. In mein verlegenes Schweigen hinein erklärte er: »Es gibt Platz für einen Mitfahrer, falls du das Bedürfnis oder die Lust hast.«

Eine phantastische Vorstellung wuchs in mir: Er würde mich zur Küste fahren, wo ich an Bord eines Handelsschiffs mit Kurs auf Manneran anheuern konnte, und in diesem glücklichen tropischen Land würde ich mich ganz der Gnade des Vaters meiner Bundschwester ergeben und all diesen Beschwernissen entkommen.

»Wohin fährst du?« fragte ich.

»Nach Westen, in die Berge.«

Das war's also mit Manneran. Aber ich nahm die Mitfahrgelegenheit wahr. Er bot mir keinen Vertrag mit genau abgegrenzten Zusicherungen an, aber das überging ich. Einige Minuten lang sprachen wir kein Wort; ich war es zufrieden, dem Klatschen der Räder auf der schneebedeckten Straße zuzuhören und an die wachsende Entfernung zwischen mir und der Polizei von Glain zu denken.

»Ausländer, oder?« fragte er schließlich.

»Genau.« Aus Furcht, daß nach einem Mann aus Salla gesucht wurde, entschied ich mich, leicht verspätet, die weiche, nachlässige Sprechweise der Leute aus dem Süden anzunehmen, die ich von Halum gelernt hatte; ich hoffte, er würde zu der Überzeugung kommen, daß ich am Anfang nicht mit sallanischem Akzent gesprochen hatte. »Du reist mit einem Eingeborenen Mannerans, der euren Winter ungewohnt und beschwerlich findet.«

»Was hat dich nach Norden gebracht?« fragte er.

»Die Regelung des Nachlasses meiner Mutter. Sie war eine Frau aus Glain.«

»Haben die Anwälte dich denn gut behandelt?«

»Das Geld meiner Mutter zerschmolz in ihren Händen, nichts blieb übrig.«

»Die alte Geschichte. Du bist knapp an Barem, was?«

»Völlig mittellos«, gab ich zu.

»Ja, ja, man versteht deine Lage, denn man war selbst einmal in ihr. Vielleicht kann für dich etwas getan werden.«

Aus seiner Art des Satzbaus und seinem Verzicht auf die glinische Passivkonstruktion schloß ich, daß auch er ein Ausländer sein mußte. Ich wandte mich ihm zu und fragte: »Vermutet man richtig, daß du ebenfalls von woanders bist?«
»Das stimmt.«
»Dein Akzent ist ungewohnt. Eine westliche Provinz?«
»Oh nein, nein.«
»Nicht etwa Salla?«
»Manneran«, sagte er und brach in herzliches Gelächter aus; er überspielte meine Beschämung und Verblüffung, indem er fortfuhr: »Du beherrschst den Akzent ganz gut, Freund. Aber du brauchst dich nicht länger anzustrengen.«
»Man hört nichts Manneranisches in deiner Stimme«, murmelte ich.
»Man hat lange in Glin gelebt«, sagte er, »und eines Stimme ist ein Gemisch von Sprachen.«
Nicht eine Sekunde lang hatte ich ihn genarrt, aber er machte keinen Versuch, meine Identität aufzudecken, und schien sich nicht darum zu kümmern, wer ich sein mochte und woher ich kam. Wir plauderten eine Weile. Er sagte mir, er besäße eine Holzmühle in Westglin, auf den Hängen der Huishtors, wo die hohen gelbgenadelten Honigbäume wachsen; wir waren noch nicht lange gefahren, da bot er mir eine Stelle als Holzfäller in seinem Lager an. Die Bezahlung war dürftig, sagte er, aber man atmete dort reine Luft, und Regierungsbeamte tauchten nie auf, und solche Dinge wie Pässe oder Standesnachweise spielten keine Rolle.
Natürlich nahm ich an. Sein Lager war herrlich gelegen, über einem funkelnden See, der nie zufror, weil er von einer warmen Quelle gespeist wurde, die den Erzählungen nach tief unter dem Verbrannten Tiefland entsprang. Gewaltige eisgekrönte Huishtor-Gipfel ragten über uns in die Höhe, und nicht weit vom Lager war das Tor von Glin, der Paß, durch den man von Glin aus ins Verbrannte Tiefland gelangt; auf diesem Weg durchquerte man einen rauhen Streifen des Gefrorenen Tieflands. Er beschäftigte etwa hundert Männer, rauhe Männer, die ständig ohne Scham »ich«, »mich« und »mir« riefen, aber es waren aufrichtige und hart arbeitende Leute, ein Menschenschlag, dem ich bisher noch nie so nahe gewesen war. Ich plante, dort den Winter über zu bleiben, meinen Lohn zu sparen und nach Manneran aufzubrechen, sobald ich den Preis für die Überfahrt beisammen hatte. Von Zeit zu Zeit erreichten einige Informationen aus der Außenwelt das Lager, und so erfuhr ich, daß die glinischen Behörden nach einem bestimmten jungen Prinzen aus Salla suchten, der vermutlich geisteskrank war und durch Glin streifte; der Septarch Stirron wünschte dringend die Rückkehr des unglücklichen jungen Mannes in

sein Heimatland, damit er die notwendige medizinische Pflege erhielt. Da ich annahm, daß die Straßen und Häfen kontrolliert wurden, dehnte ich meinen Aufenthalt über das Frühjahr aus und blieb auch den Sommer über, da ich immer vorsichtiger wurde. Schließlich verbrachte ich mehr als ein Jahr dort.

Es war ein Jahr, das mich enorm veränderte. Wir arbeiteten hart, fällten die mächtigen Bäume bei jedem Wetter, befreiten sie von den Ästen und brachten sie in die Mühle; ein langer, ermüdender Tag, und ein kalter dazu, aber es gab viel heißen Weins bei Nacht und alle zehn Tage eine Gruppe von Frauen, die aus einer nahegelegenen Stadt zu unserem Vergnügen herbeigebracht wurden. Mein Gewicht nahm noch einmal um die Hälfte zu, alles feste Muskeln, und ich wuchs, bis ich den größten Holzfäller im Lager überragte, und sie machten Witze über meine Körpergröße. Mein Bart war jetzt voll ausgewachsen, und meine Gesichtszüge veränderten sich, als ich die weiche Glätte der Jugend ablegte. Die Holzfäller fand ich liebenswerter als die Höflinge, unter denen ich mein früheres Leben verbracht hatte. Wenige von ihnen konnten lesen, und von höfischer Etikette wußten sie gar nichts, aber sie waren herzliche und fröhliche Menschen, in ihren eigenen Körpern zu Hause. Ich möchte nicht, daß Ihr annehmt, sie wären offenherzig und ließen einander an Vertraulichkeiten teilhaben, weil sie sich mit »ich« und »mich« unterhielten; in dieser Beziehung hielten sie sich an den Kontrakt und waren in gewissen Dingen sogar zurückhaltender als gebildete Menschen. Aber sie schienen in der Seele heiterer als diejenigen, die in Passivformen und unpersönlichen Pronomen sprachen, und vielleicht pflanzte mein Aufenthalt bei ihnen den Samen der Subversion in mir, jenes Verständnis der grundlegenden Falschheit des Kontrakts, das der Erdmensch Schweiz später voll zum Erblühen brachte.

Über meinen Rang und meine Herkunft sagte ich ihnen nichts. An der Glätte meiner Haut konnten sie selbst erkennen, daß ich in meinem Leben nicht viel harte Arbeit geleistet hatte, und meine Ausdrucksweise verriet mich als einen gebildeten Mann, wenn auch nicht notwendigerweise als einen von hoher Geburt. Aber über meine Vergangenheit enthüllte ich nichts, und niemand fragte danach. Ich sagte nur, daß ich aus Salla kam, da mein Akzent mich ohnehin als Sallaner abstempelte; sie gewährten mir die Unverletzlichkeit meiner Privatsphäre. Mein Arbeitgeber, glaube ich, hat schon früh erraten, daß ich der flüchtige Prinz war, nach dem Stirron suchte, aber er hat mir nie Fragen darüber gestellt. Zum ersten Mal in meinem Leben hatte ich eine Identität, die meinem königlichen Stand völlig fern war. Ich hörte auf, Lord Kinnall, zweiter Sohn des Septarchen, zu sein, und war einfach Darival, der große Holzfäller aus Salla.

Aus dieser Veränderung lernte ich viel. Ich hatte nie einen dieser prahlerischen jungen Adligen gespielt; als zweiter Sohn steckt eine gewisse Bescheidenheit selbst in einem Aristokraten. Aber ich fühlte mich dennoch zwangsläufig von gewöhnlichen Menschen abgetrennt. Ich wurde bedient, man verbeugte sich vor mir und verwöhnte mich; selbst als ich noch ein Kind war, sprachen die Menschen mit sanfter Stimme zu mir und näherten sich mir mit formellen Respektbezeugungen. Schließlich war ich der Sohn eines Septarchen, das ist soviel wie ein König, denn Septarchen sind Herrscher durch Vererbung und dadurch Teil der Menschheitsprozession von Königen, eine Reihe, die bis zur ersten Besiedlung Borthans und noch weiter zurückgeht, zurück durch das Reich der Sterne zur Erde, zu den verlorenen und vergessenen Dynastien ihrer uralten Nationen, bis schließlich zu den maskierten, angemalten Häuptlingen, die in prähistorischen Höhlen gekürt wurden. Und ich war ein Teil dieser Reihe, ein Mann von königlichem Blut, durch seine Geburt irgendwie erhoben. Aber in diesem Holzfällerlager lernte ich die Einsicht, daß Könige nichts anderes als hochgestellte Menschen sind. Nicht die Götter salben sie, sondern Menschen, und Menschen können sie wieder aus ihrem hohen Rang entfernen; würde Stirron durch einen Aufstand vertrieben, und jener abscheuliche Reiniger aus Salla-Altstadt würde Septarch, würde dann nicht der Reiniger in die rätselhafte Prozession der Könige eintreten und Stirron in den Staub verbannt werden? Und würden nicht die Söhne dieses Reinigers stolz auf ihr Blut sein, so wie ich es gewesen war, obwohl ihr Vater den größten Teil seines Lebens nichts gewesen war und sein Großvater noch weniger als das? Ich weiß, ich weiß, die Sagen würden verkünden, der Kuß der Götter sei auf den Reiniger gefallen, habe ihn und seine Nachfahren emporgehoben und für alle Zeiten geweiht, aber seit ich auf den Hängen der Huishtors Bäume gefällt habe, sehe ich das Königtum mit klareren Augen, und da ich selbst durch die Geschehnisse erniedrigt worden bin, ist mir klar geworden, daß ich einfach ein Mensch unter Menschen und nie mehr gewesen war. Was ich aus mir machen würde, hing von meinen Begabungen und Ambitionen ab, nicht von einem zufälligen Rang.

So wertvoll war diese Einsicht und das gewandelte Bild vom eigenen Ich, das sie mir brachte, daß mein Aufenthalt in den Bergen nicht länger wie ein Exil, sondern eher wie eine Zeit der Berufung erschien. Meine Träume von einer Flucht ins angenehme Leben Mannerans verließen mich, und selbst als ich mehr als genug für die Überfahrt zu diesem Land gespart hatte, spürte ich keinen Antrieb, dorthin aufzubrechen. Es war gar nicht so sehr die Angst vor Verhaftung, die mich unter den Holzfällern hielt, sondern auch die Tatsache, daß ich Geschmack an der frischen, klaren Luft fand, ebenso wie an meinem mühseligen neuen Handwerk und an den rauhen, aber aufrichtigen Männern, unter denen ich lebte. Deshalb blieb ich den Sommer und den Herbst über, begrüßte den Einbruch eines neuen Winters und verschwendete keinen Gedanken ans Fortgehen.

Ich könnte jetzt noch dort sein, wäre ich nicht zur Flucht gezwungen worden. An einem trübseligen Winternachmittag, der Himmel war wie Eisen, und die Gefahr eines Blizzards lag wie eine Faust über uns, brachten sie die Huren zu unserer regelmäßigen Festnacht aus der Stadt herauf, und dieses Mal war bei ihnen eine neue, deren Tonfall verriet, daß Salla ihr Geburtsort war. Ich hörte sie sofort, als die Frauen lärmend in unseren Festsaal schwärmten, und wollte mich fortschleichen, aber sie erspähte mich und schrie sofort auf: »Sieh mal an! Das ist doch bestimmt unser verschwundener Prinz!«

Ich lachte und versuchte, jedermann zu überreden, daß sie betrunken oder verrückt war, aber meine geröteten Wangen straften mich Lügen, und die Holzfäller blickten auf noch nie gekannte Art zu mir herüber. Ein Prinz? Ein Prinz? Tatsächlich? Sie flüsterten miteinander, stießen sich an und zwinkerten einander zu. Die drohende Gefahr erkennend, beanspruchte ich die Frau für mich und zog sie beiseite; als wir allein waren, bestand ich darauf, daß sie sich irren mußte: Ich bin kein Prinz, sagte ich, nur ein gewöhnlicher Holzfäller. Aber sie nahm es mir nicht ab. »Fürst Kinnall marschierte in der Begräbnisprozession des Septarchen«, sagte sie, »und diese eine sah ihn, mit diesen Augen. Und du bist er!« Je mehr ich protestierte, desto überzeugter war sie. Ihre Meinung blieb unverrückbar. Selbst als ich sie umarmte, war sie so sehr von Ehrfurcht darüber gepackt, sich dem Sohn eines Septarchen zu öffnen, daß ihre Lenden trocken blieben und ich ihr weh tat, als ich in sie eindrang.

Später, als die Belustigungen vorüber waren, kam mein Arbeitgeber zu mir, ernst und beunruhigt. »Eines der Mädchen hat heute abend merkwürdige Dinge über dich erzählt«, sagte er. »Wenn diese Erzählungen wahr sind, bist du in Gefahr, denn wenn sie in ihr Dorf zurückkehrt, wird sie die Neuigkeit verbreiten, und bald wird die Polizei hier sein.«

»Dann muß man fliehen?« fragte ich.

»Die Entscheidung liegt bei dir. Nach diesem Prinzen wird immer noch gesucht; wenn du er bist, kann dich keiner hier vor den Behörden schützen.«

»Dann muß man fliehen. Bei Tagesanbruch...«

»Jetzt«, sagte er. »Solange das Mädchen hier noch schlafend liegt.«

Er drückte mir Geld in die Hand, weit mehr als das, was er mir noch schuldete; ich packte meine geringen Habseligkeiten zusammen, und wir gingen gemeinsam hinaus. Die Nacht war mondlos, und der Winterwind war heftig. Im Sternenlicht sah ich den Schimmer langsam fallenden Schnees. Schweigend fuhr mich mein Arbeitgeber den Berghang hinab, vorbei an dem Dorf am Fuß, aus dem unsere Huren kamen, auf eine Landstraße, der wir einige Stunden folgten. Als der Morgen dämmerte, waren wir im Süden Glins, nicht sehr weit vom Huish entfernt. Schließlich hielt er in einem Dorf, das den Namen Klaek für sich in Anspruch nahm, einem winterlichen Ort aus kleinen Steinhäusern, die an weite, verschneite Felder grenzten. Er ließ mich im Lastwagen zurück, betrat das erste Haus und kam nach kurzer Zeit in Begleitung eines verhutzelten Männleins heraus, das ihn mit einem Sturzbach aus Anweisungen und gestikulierenden Bewegungen überschüttete; mit dieser Hilfe fanden wir unseren Weg zu der Stelle, die mein Arbeitgeber suchte, das Häuschen eines bestimmten Farmers namens Stumwil. Dieser Stumwil war ein weißhaariger Mann von etwa meiner Größe mit wäßrig blauen Augen und einem bedauernden Lächeln. Vielleicht war er ein Verwandter meines Arbeitgebers, oder, was noch wahrscheinlicher war, er schuldete ihm etwas – ich habe nie danach gefragt. Jedenfalls ging der Farmer bereitwillig auf die Bitte meines Arbeitgebers ein und akzeptierte mich als Schlafgast. Mein Arbeitgeber umarmte mich und fuhr in den dichter werdenden Schnee hinaus; ich habe ihn nie wiedergesehen. Ich hoffe, die Götter waren freundlich zu ihm, so wie er es zu mir gewesen ist.

18

Das Häuschen bestand aus einem großen Raum, der durch fadenscheinige Vorhänge in mehrere Zonen aufgeteilt war. Stumwil hängte einen weiteren Vorhang auf, gab mir Stroh für meine Matratze, und schon hatte ich mein Wohnquartier. Sieben Menschen lebten unter diesem Dach: Stumwil und ich, Stumwils Frau, eine verhärmte Bäuerin, die man leicht für seine Mutter hätte halten können, drei seiner Kinder – zwei Jungen, die erst in einigen Jahren zu Männern werden würden, und ein Mädchen in voller Jugend – und die Bundschwester des Mädchens, die ein Jahr lang bei ihnen wohnte. Sie waren unbekümmerte, aufrichtige Menschen. Obwohl sie nichts von mir wußten, nahmen sie mich alle sofort als Familienmitglied auf, ein unbekannter Onkel, der überraschend von seinen fernen Reisen zurückgekehrt war. Die unbekümmerte Art, in der sie mich aufnahmen, traf mich völlig überraschend, und zuerst führte ich sie auf ein Netz von Verpflichtungen zurück, in das mein früherer Arbeitgeber sie und mich eingebunden hatte, aber nein: Sie waren von Natur aus freundlich, frei von Neugier und Mißtrauen. Ich nahm meine Mahlzeiten an ihrem Tisch ein; ich saß zusammen mit ihnen beim Feuer; ich nahm an ihren Spielen teil. An jedem fünften Abend füllte Stumwil eine große, verbeulte Wanne mit heißem Wasser für die ganze Familie, und ich badete mit ihnen, jeweils zwei oder drei von uns gleichzeitig in der Wanne, obwohl es mich im Innern störte, die rundlichen nackten Körper von Stumwils Tochter und ihrer Freundin mit meinem Körper zu berühren. Ich nehme an, ich hätte die Tochter oder die Bundschwester haben können, hätte ich es gewollt, aber ich hielt mich von ihnen zurück, weil ich glaubte, eine Verführung hätte den Bruch der Gastfreundschaft bedeutet. Später, als ich mehr über die Landleute wußte, wurde mir klar, daß meine Abstinenz ein Bruch der Gastfreundschaft gewesen war, denn die Mädchen waren im richtigen Alter und gewiß nicht unwillig, und ich hatte sie verschmäht. Aber das sah ich erst ein, nachdem ich Stumwils Familie verlassen hatte. Diese Mädchen haben jetzt selbst erwachsene Kinder. Ich nehme an, inzwischen haben sie mir meinen Mangel an Galanterie verziehen.

Ich zahlte eine kleine Miete für die Unterkunft und half auch bei Gelegenheitsarbeiten aus, wenn es auch im Winter außer Schnee zu schaufeln oder fürs Feuer zu sorgen wenig zu tun gab. Keiner von ihnen war neugierig auf meine Identität oder meine Geschichte. Sie stellten mir keine Fragen, und ich glaube, daß nie irgendwelche Fragen in ihren Köpfen auftauchten. Und auch die übrigen Leute aus dem Dorf spionierten mir nicht nach, obzwar sie mich, wie jeden Fremden, mit prüfenden Blicken bedachten.

Gelegentlich erreichten Zeitungen das Dorf, und diese gingen von Hand zu Hand, bis jeder sie gelesen hatte, und dann wurden sie im Weinladen am Ende der Hauptstraße des Dorfs aufbewahrt. Dort schlug ich in dem Stapel fleckiger, eingerissener Papierfetzen nach und informierte mich soweit wie möglich über die Ereignisse des vergangenen Jahres. Ich sah, daß die Hochzeit meines Bruders Stirron programmgemäß und mit dem angemessenen königlichen Pomp stattgefunden hatte; sein hageres, bekümmertes Gesicht blickte aus einem dunkel verschmierten Stück alten Papiers, und neben ihm war seine strahlende Braut, deren Gesichtszüge ich aber nicht erkennen konnte. Zwischen Glin und Krell gab es wegen der Fischereirechte in einem umstrittenen Küstenbereich Spannungen, und bei Grenzscharmützeln hatte es Tote gegeben. Ich bedauerte General Condorit, dessen Wachbereich fast am entgegengesetzten Ende dieser Grenze lag und der wohl das Vergnügen, Salla in die Schießereien zu verwickeln, schmerzlich vermißt hatte. Ein Seeungeheuer, schlangenförmig und mit goldenen Schuppen, mehr als zehnmal so lang, wie ein Mann groß war, war von einer Gruppe manneranischer Fischer im Golf von Sumar gesichtet worden, und die Augenzeugen hatten auf die Richtigkeit ihrer Beobachtung in der Steinernen Kapelle einen heiligen Eid geschworen. Der Erste Septarch von Treish, wenn man den Erzählungen über ihn glauben wollte, ein grausamer alter Räuber, hatte abgedankt und lebte jetzt in einem Gotteshaus in den Bergen im Westen, nicht weit von der Stroin-Bresche, und diente den Pilgern auf dem Weg nach Manneran als Reiniger. Das waren die Neuigkeiten. Mich selbst fand ich nicht erwähnt. Vielleicht hatte Stirron das Interesse daran verloren, mich ergreifen und nach Salla zurückbringen zu lassen.

Vielleicht war es jetzt gefahrlos für mich, Glin zu verlassen.

So begierig ich auch darauf war, dieser kalten Provinz den Rücken zu kehren, wo meine eigene Verwandtschaft mich zurückstieß und nur Fremde freundlich zu mir waren, hielten mich doch zwei Dinge zurück. Erstens hatte ich vor, bei Stumwil zu bleiben, bis ich ihm – als Dank für seine Freundlichkeit – in der Frühjahrs-Pflanzperiode helfen konnte. Zum zweiten würde ich aus Furcht, bei einem Unglück ginge meine Seele voller Gifte zu den Göttern, eine solch gefährliche Reise nicht ungereinigt antreten. Das Dorf Klaek hatte keinen eigenen Reiniger, sondern hing für seinen Seelentrost von reisenden Reinigern ab, die hin und wieder durchs Land zogen. Im Winter kamen diese Wanderer selten dorthin, und daher war ich seit dem Spätsommer, als ein Mitglied dieses Berufsstandes das Holzfällerlager besucht hatte, gezwungenermaßen ungereinigt. Ich fühlte, ich brauchte es.

Im Spätwinter bedeckte ein Schneesturm jeden Zweig mit einer Haut aus Eis, und unmittelbar darauf setzte das Tauwetter ein. Die Welt schmolz. Klaek war von Ozeanen aus Schlamm umgeben. Ein Reiniger, der einen verbeulten, uralten Bodenwagen steuerte, kam durch das schlüpfrige Meer zu uns, richtete sich in einer alten Hütte ein und begann seine segensreiche Tätigkeit unter den Dörflern. Am fünften Tag seines Besuchs, als die Reihe der Wartenden kürzer geworden war, ging ich zu ihm und entlud mich zwei Stunden lang; ich ersparte ihm nichts, weder die Wahrheit über meine Identität noch meine subversive neue Philosophie des Königtums noch die gewöhnlichen schmutzigen kleinen unterdrückten Begierden und Hoffärtigkeiten. Offenbar eine größere Dosis, als ein Reiniger auf dem Lande zu vertragen in der Lage ist, und er schien regelrecht anzuschwellen, als ich meine Worte über ihn ergoß; am Ende zitterte er ebensosehr wie ich und konnte kaum sprechen. Ich fragte mich, wo die Reiniger hingingen, um all die Sünden und Sorgen abzuladen, die sie von ihren Besuchern aufnahmen. Ihnen ist es verboten, zu gewöhnlichen Menschen über das zu sprechen, was sie bei der Beichte erfahren haben; hatten sie deshalb Reiniger-Reiniger, Diener der Diener, bei denen sie das loswerden konnten, was sie sonst niemandem anvertrauen durften? Ich konnte nicht verstehen, wie ein Reiniger ohne Beistand für längere Zeit ein solches Bündel von Traurigkeiten mit sich tragen konnte, wie er es jeden Tag von einem Dutzend seiner Besucher aufgebürdet bekam.

Meine Seele gereinigt, mußte ich nur noch auf die Saat warten, und die ließ nicht mehr lange auf sich warten. Die Zeit des Wachstums ist kurz in Glin; man gibt den Samen in die Erde, ehe der Winter seinen Griff völlig gelockert hat, damit man jeden Strahl der Frühjahrssonne ausnutzen kann. Stumwil wartete, bis er sicher war, daß das Tauwetter nicht von einem letzten Schneetreiben gefolgt wurde, und dann, als das Land ein einziger saugender Morast war, gingen er und seine Familie auf die Felder, um Getreidesamen, Gewürzblume und Blaukugel auszusäen.

Es war Brauch, nackt zur Aussaat zu gehen. Am ersten Morgen schaute ich aus Stumwils Hütte nach draußen und sah auf allen Seiten die Nachbarn nackt auf die Äcker gehen, Kinder, Eltern und Großeltern, bis auf die Haut entblößt und Säcke mit Samen über die Schulter geschlungen – eine Prozession knorriger Knie, schlabbriger Bäuche, hängender Brüste und runzliger Gesäße, hier und dort von den glatten, festen Körpern der Jungen aufgehellt. Im Glauben, ich befände mich in einer Art Wachtraum, blickte ich umher und sah Stumwil, seine Frau und seine Tochter bereits entkleidet; sie bedeuteten mir, das gleiche zu tun. Sie nahmen ihre Beutel und verließen die Hütte. Die beiden Söhne folgten ihnen bald danach und ließen mich mit der Bundschwester von Stumwils Tochter zurück; sie hatte sich verschlafen und war gerade aufgestanden. Sie legte ebenfalls ihre Kleider ab; einen geschmeidigen, kecken Körper hatte sie, kleine, feste Brüste mit dunklen Warzen und schlanke, muskulöse Schenkel. Als ich meine Kleider zu Boden fallen ließ, fragte ich sie: »Warum wird es zu dieser kalten Zeit nackt getan?«

»Der Schlamm läßt die Leute ausgleiten«, erklärte sie, »und es ist leichter, bloße Haut als Kleidungsstücke zu waschen.«

Darin lag wohl Wahrheit, denn die Aussaat war eine komische Veranstaltung, in der die Bauern bei jedem zehnten Schritt in dem trügerischen Schlick ausrutschten. Sie stürzten zu Boden, landeten auf Hüfte oder Gesäß und kamen braunverschmiert wieder hoch; es war eine Sache der Geschicklichkeit, den Samensack fest zu packen, wenn man zu Boden ging, damit der kostbare Samen nicht verschüttet wurde. Wie alle anderen stürzte auch ich und bekam den Kniff schnell heraus; und das Ausgleiten barg tatsächlich ein gewisses Vergnügen, denn der Schlamm fühlte sich außerordentlich sinnlich an. So schritten wir voran, taumelnd und torkelnd; immer wieder auf dem Schlamm aufklatschend, lachend und singend drückten wir die Samenkörner in die kalte, weiche Erde, und es gab

keinen von uns, der nicht innerhalb weniger Minuten von Kopf bis Fuß mit Schlamm bedeckt war. Am Anfang zitterte ich erbärmlich, wurde aber durch das Lachen und Straucheln erwärmt, und als die Arbeit des Tages getan war, standen wir ohne Scham nackt vor Stumwils Hütte und übergossen einander mit Eimern voll Wasser, um uns zu säubern. Jetzt schien es mir nur vernünftig, daß sie solchem Tagwerk lieber ihre Haut als ihre Kleidung aussetzten, doch die Erklärung des Mädchens war trotzdem falsch: In dieser Woche erfuhr ich von Stumwil, daß die Nacktheit religiöse Bedeutung hatte, ein Zeichen der Demut vor den Göttern des Getreides und nichts sonst.
Acht Tage dauerte es, bis die Aussaat beendet war. Am neunten wünschte ich Stumwil und seinen Leuten eine erfolgreiche Ernte und nahm meinen Abschied vom Dorf Klaek; meine Reise zur Küste begann.

19

Ein Nachbar Stumwils nahm mich am ersten Tag auf seinem Karren mit in östliche Richtung. Den größten Teil des zweiten Tages ging ich zu Fuß, erbettelte mir eine Mitfahrt am dritten und vierten und marschierte wieder am fünften und sechsten. Die Luft war kühl, aber in ihr war das Knistern des Frühlings, als die Knospen sich öffneten und die Vögel zurückkehrten. Ich wich der Stadt Glain aus, die für mich hätte gefährlich werden können, und legte ohne irgendwelche Zwischenfälle, an die ich mich erinnern könnte, meinen Weg nach Biumar, Glins wichtigstem Seehafen und zweitgrößter Stadt, zurück.
Der Ort war ansehnlicher als Glain, aber kaum schön zu nennen: Schmieriggrau erstreckte sich die überdimensionierte Stadt vor einem grauen, drohenden Ozean. An meinem ersten Tag dort erfuhr ich, daß sämtlicher Passagierverkehr zwischen Glin und den Südprovinzen vor drei Monaten eingestellt worden war; Grund dafür waren die gefährlichen Aktivitäten von Krell aus operierender Piraten, denn Glin und Krell waren jetzt in einen nicht erklärten Krieg verwickelt. Der einzige Weg, auf dem ich, wie es schien, Manneran erreichen konnte, war der über Land durch Salla, und den wollte ich nicht einschlagen. Ich wußte mir jedoch zu helfen. Ich mietete mir ein Zimmer in einer Taverne in der Nähe des Hafens und verbrachte ein paar Tage damit, das Gerede der Seeleute aufzuschnappen. Der Passagierverkehr mochte ausgesetzt sein, aber die Handelsschiffahrt, so fand ich heraus, war es nicht, weil jedes Gedeihen von ihr abhing; Konvois aus schwerbewaffneten Handelsschiffen fuhren nach festen Fahrplänen. Ein hinkender Matrose, der in derselben Taverne wie ich wohnte,

erzählte mir, als der blaue Wein Sallas ihn genügend geölt hatte, daß ein solcher Handelskonvoi in einer Woche aufbrechen würde und daß er eine Koje auf einem der Schiffe hatte. Ich erwog, ihn am Vorabend der Abfahrt unter Drogen zu setzen und mir seine Identität zu borgen, wie es in den Piratengeschichten für Kinder gemacht wird, aber dann drängte sich mir eine weit weniger dramatische Methode auf: Ich kaufte seine Schiffspapiere. Die Summe, die ich ihm anbot, war mehr, als er auf der Fahrt nach Manneran und zurück verdient hätte, er war es also zufrieden, mein Geld zu nehmen und mich an seiner Stelle fahren zu lassen. Eine lange, trunkene Nacht verbrachten wir damit, über seine Aufgaben auf dem Schiff zu reden, denn von der Seefahrt wußte ich nichts. Als der Morgen dämmerte, wußte ich immer noch nichts, aber erkannte einige Methoden, ein Minimum an Fähigkeiten vorzutäuschen.
Unbehelligt ging ich an Bord des Schiffs, ein niedriges, luftgetriebenes Boot, schwerbeladen mit Waren aus Glin. Die Kontrolle der Papiere war oberflächlich. Ich nahm meine Kajütenzuweisung, bezog meine Koje und meldete mich zur Arbeit. Etwa die Hälfte der Aufgaben, die sie mir in den ersten Tagen auftrugen, führte ich durch Nachahmung und wiederholte Übung einigermaßen vernünftig aus; bei den anderen stümperte ich nur so herum, und die übrigen Matrosen erkannten mich bald als Dilettanten, hielten dieses Wissen aber von den Offizieren fern. In den unteren Rängen herrschte eine Art von Loyalität vor. Erneut erkannte ich, daß mein düsteres Bild von der Menschheit durch meine Jugend unter Aristokraten übermäßig gefärbt war, diese Matrosen hatten wie die Holzfäller und Bauern eine Art herzlicher Kameradschaft untereinander, wie ich sie bei jenen, die strenger nach dem Kontrakt leben, nie gefunden habe. Sie erledigten für mich die Aufgaben, die ich nicht erledigen konnte, und ich befreite sie von der stupiden Arbeit, für die meine Fertigkeiten ausreichten, und alles ging gut. Ich schrubbte Decks, reinigte Filter und verbrachte endlose Stunden auf Wache an den Kanonen. Aber wir passierten Krells gefürchtete Piratenküste ohne Zwischenfall und glitten schon bald an Sallas Küste entlang, die vom Frühling grün war.
Der erste Hafen, den wir anliefen, war Cofalon, Sallas größter Seehafen, wo wir fünf Tage lang festmachten, um zu kaufen und zu verkaufen. Das erschreckte mich, da ich nicht gewußt hatte, daß ein Aufenthalt irgendwo in meinem Heimatland geplant gewesen war. Zuerst dachte ich daran, mich krank zu melden und mich die ganze Zeit in Cofalon unter Deck zu verstecken; aber dann verwarf ich diesen Plan als feige und sagte mir, daß ein Mann sich selbst oft auf die Probe stellen muß, wollte er seine Männlichkeit behalten. Entschlossen ging ich mit meinen Schiffskameraden in die Stadt, hurte und soff mit ihnen und vertraute darauf, daß die Zeit mein

Gesicht ausreichend verändert hatte und niemand erwarten würde, den vermißten Bruder Lord Stirrons in einer solchen Stadt in den groben Kleidern eines Matrosen zu finden. Mein Hasardspiel hatte Erfolg: Die vollen fünf Tage blieb ich unbehelligt. Aus Zeitungen und durch behutsames Lauschen erfuhr ich, soviel mir eben möglich war, über die Ereignisse in Salla in den eineinhalb Jahren seit meiner Abreise. Stirron, so war zu hören, galt im allgemeinen als guter Herrscher. Er hatte die Provinz durch ihren Hungerwinter gebracht, indem er zu günstigen Bedingungen zusätzliche Nahrungsmittel in Manneran gekauft hatte, und seitdem hatten unsere Bauernhöfe mehr Glück gehabt. Die Steuern waren gesenkt worden. Die Leute waren zufrieden. Stirrons Frau war von einem Sohn entbunden worden, dem Lord Dariv, der jetzt der Erbe des Ersten Septarchen war, und ein weiterer Sohn war unterwegs. Was Lord Kinnall, Bruder des Septarchen, anging, wurde nichts geredet; er war vergessen, als hätte es ihn nie gegeben.
Einige andere Orte liefen wir noch an, sowohl solche in Südsalla als auch solche in Nordmanneran. Und in guter Zeit erreichten wir den großen Seehafen am Südostzipfel unseres Kontinents, die heilige Stadt Manneran, Hauptstadt der Provinz, die denselben Namen trägt. In Manneran war es, wo mein Leben von neuem begann.

20

Die Provinz Manneran wurde von den Göttern begünstigt. Die Luft ist mild und süß, das ganze Jahr vom Duft der Blumen erfüllt. So weit nach Süden reicht der Winter nicht, und wenn die Manneraner Schnee sehen wollen, fahren sie als Touristen zu den Huishtor-Gipfeln und begaffen die fremdartige weiße Decke, die in anderen Ländern als Wasser gilt. Das warme Meer, das Manneran im Osten und Süden begrenzt, erzeugt genug Nahrung, um den halben Kontinent zu ernähren, und im Südwesten ist der Golf von Sumar, der weitere Gaben beschert. Selten hat Krieg Manneran getroffen, denn es wird vor den Menschen der westlichen Länder durch einen Schild aus Bergen und Wasser geschützt und vom nördlichen Nachbarn, Salla, durch den reißenden Stromlauf des Woyn getrennt. Einige Male haben wir versucht, in Manneran übers Meer einzudringen, aber nie in der Überzeugung, daß wir Erfolg haben könnten, und es hatte auch nie einen Erfolg gegeben; wenn Salla sich ernsthaft in einen Krieg stürzt, ist immer Glin der Gegner.
Auch die Stadt Manneran muß besondere göttliche Segnungen erfahren haben. Ihr Standort ist der beste natürliche Hafen in ganz Velada Borthan,

eine tiefeingeschnittene Bucht, die von zwei gegenüberliegenden Landzungen umfaßt wird, die so geformt sind, daß dort keine Wellenbrecher benötigt werden und Schiffe leicht vor Anker gehen können. Dieser Hafen ist die einzige Quelle des Gedeihens der Provinz. Er bildet das Hauptverbindungsglied zwischen den östlichen und westlichen Provinzen, denn es gibt nur wenig Handel auf dem Landweg durch das Verbrannte Tiefland, und da es unserer Welt, soweit wir wissen, an natürlichen Treibstoffen mangelt, wird der Luftverkehr wohl nie große Bedeutung gewinnen. Deshalb fahren die Schiffe der neun westlichen Provinzen nach Osten durch die Straße von Sumar zum Hafen von Manneran, und Schiffe aus Manneran steuern regelmäßig die Westküste an. Die Manneraner verkaufen Waren aus dem Westen nach Salla, Glin und Krell, indem sie sie auf eigenen Schiffen dorthin transportieren, und ernten so den Profit, der sonst gewöhnlich an den Zwischenhandel geht. Der Hafen von Manneran ist der einzige Ort auf unserer ganzen Welt, wo sich Menschen aus allen dreizehn Provinzen vermischen und wo alle dreizehn Flaggen zur gleichen Zeit gesehen werden können; und dieses geschäftige Treiben ergießt einen nicht enden wollenden Strom des Reichtums in die Schatullen der Manneraner. Darüber hinaus sind die Inlandzonen äußerst fruchtbar, selbst bis zu den Huishtorhängen, die außer auf den Gipfeln in voller Ausdehnung nie gefroren sind. Die Bauern von Manneran sind zwei oder drei Erntezeiten im Jahr gewohnt, und durch die Stroin-Bresche haben die Manneraner Zugang zum Feuchten Tiefland und all den fremdartigen, kostbaren Früchten und Gewürzen, die dort hervorgebracht werden. Kein Wunder, daß diejenigen, die den Luxus lieben, ihr Glück in Manneran versuchen.

Als sei all dieser Reichtum noch nicht genug, haben die Manneraner die Welt davon überzeugt, daß sie am heiligsten Flecken Borthans leben, und vervielfachen ihre Einkünfte dadurch, daß sie geweihte Schreine als Anziehungsorte offerieren. Man möchte meinen, daß Threish an der Westküste, wo unsere Vorfahren sich zuerst ansiedelten und wo der Kontrakt abgefaßt wurde, sich als unvergleichlicher Ort der Pilgerschaft etablieren müßte. Es gibt auch irgendeinen Schrein in Threish, und Leute aus dem Westen, die für die Reise nach Manneran zu arm sind, besuchen ihn. Aber Manneran hat sich als die Heilige der Heiligen etabliert. Wenn man von dem abgefallenen Königreich Krell absieht, ist sie sogar die jüngste unserer Provinzen; aber durch die Zurschaustellung innerer Überzeugung und durch tatkräftige Werbung hat Manneran es geschafft, sich zum geweihten Ort zu mausern. Darin liegt eine gewisse Ironie, denn die Manneraner halten sich weniger streng an den Kontrakt als alle anderen der dreizehn Provinzen; das tropische Leben hat sie auf gewisse Weise verweichlicht, und sie öffnen einander ihre Seelen auf eine Weise, die sie in Glin oder Salla als Selbstentblößer in Acht und Bann treiben würde. Außerdem haben sie noch die Steinerne Kapelle, wo nach sicherem Bekunden Wunder geschehen sind, wo die Götter dem Vernehmen nach erst vor siebenhundert Jahren leibhaftig aufgetreten sind, und jedermann erhofft sich, daß sein Kind am Tag der Namensgebung in der Steinernen Kapelle seinen Erwachsenennamen empfängt. Zu diesem Fest kommen sie vom gesamten Kontinent und tragen zum enormen Profit der manneranischen Herbergswirte bei. Ich selbst habe meinen Namen schließlich auch in der Steinernen Kapelle erhalten.

21

Als wir in Manneran angelegt hatten und die Hafenarbeiter dabei waren, unsere Fracht zu löschen, holte ich mir meine Heuer und ging von Bord, um die Stadt zu betreten. Am Ende des Piers blieb ich stehen, um von den manneranischen Einwanderungsbeamten einen Landausweis zu bekommen. »Wie lange werden Sie in der Stadt bleiben?« wurde ich gefragt, und freundlich erwiderte ich, daß ich drei Tage zu bleiben vorhabe, obwohl es meine wirkliche Absicht war, mich für den Rest meiner Jahre an diesem Ort niederzulassen.

Zweimal hatte ich Manneran schon besucht: einmal am Ende meiner Kindheit, um mit Halum verbunden zu werden, und einmal im Alter von sieben Jahren zum Tag meiner Namensgebung. Meine Erinnerungen an die Stadt erschöpften sich in vagen Vorstellungen von Farben: die blassen rosafarbenen, grünen und blauen Töne der Gebäude, die dunkelgrünen Klumpen der Vegetation, das düster schwarze Innere der Steinernen Kapelle. Als ich mich vom Wasser entfernte, bombardierten mich diese Farben erneut, und glühende Bilder aus meiner Kindheit schimmerten vor meinen geblendeten Augen. Manneran ist nicht, wie unsere Städte im Norden, aus Stein erbaut, sondern aus einem künstlichen gipsähnlichen Material, das man mit hellen Pastelltönen bemalt, so daß jede Wand, jede Fassade ein fröhliches Singen ist und im Sonnenlicht wie ein Vorhang wogt. Es war ein sonniger Tag, Lichtstrahlen tanzten umher, ließen die Straßen hell aufleuchten und zwangen mich, meine Augen zu beschatten. Auch die Vielfalt der Straßen machte mich benommen. Mannerans Architekten verlassen sich vorwiegend auf Ornamente; die Gebäude sind mit schmiedeeisernen Zierbalkons, verspielten Schnörkeln, prunkvollen Dachziegeln und schreienden Fenstervorhängen herausgeputzt, so daß das Auge eines Menschen aus dem Norden auf den ersten Blick ein monströses, verwirrendes Durcheinander erfaßt, das sich nur nach und nach zu einem Bild voller Eleganz, Anmut und Proportionen auflöst. Überall sind Pflanzen: Bäume, die jede Straße zu beiden Seiten säumen, Weinranken, die sich wie Kaskaden aus Fensterkästen ergießen, Blumen, die auf Dachgärten prangen, und der Hauch üppiger Vegetation in den geschützten Innenhöfen der Häuser. Die Wirkung ist komplex und raffiniert, ein Ineinandergreifen urwaldlicher Überfülle und strenger städtischer Gliederungen. Manneran ist eine außergewöhnliche Stadt, durchdringend und sinnlich, schwül und überreif.

Meine Kindheitserinnerungen hatten mich die Hitze nicht erwarten lassen. Ein dunstiger Nebel hüllte die Straßen ein. Die Luft war feucht und schwer. Ich spürte, daß ich die Hitze beinahe berühren, nach ihr greifen, sie wie Wasser aus der Atmosphäre wringen konnte. Eine Hitze, die herabregnete, und ich wurde durchtränkt von ihr. Ich war in eine grobgewebte, schwere graue Uniform gekleidet, die normale Wintertracht an Bord eines glinischen Handelsschiffes, und in Manneran war es ein drükkend heißer Frühlingsmorgen; zwei Dutzend Schritte in dieser stickigen feuchten Luft, und ich war nahe daran, meine wärmenden Kleider abzulegen und nackt weiterzugehen.

Einem Telefonverzeichnis entnahm ich die Adresse von Segvord Helalam, dem Vater meiner Bundschwester. Ich nahm ein Taxi und fuhr dorthin. Helalam lebte am Rande der Stadt, in einem schattigen Vorort aus großzügigen Häusern und glitzernden Teichen; eine hohe Ziegelmauer schirmte sein Haus vor den Blicken von Passanten ab. Ich schellte am Tor und wartete darauf, überprüft zu werden. Mein Taxi wartete, als wüßte der Fahrer mit Gewißheit, daß ich abgewiesen würde. Eine Stimme aus dem Haus, ohne Zweifel ein Diener, meldete sich über die Prüfleitung, und ich erwiderte: »Kinnall Darival von Salla, Bundbruder der Tochter des Obersten Richters Helalam, wünscht dem Vater seiner Bundschwester seine Aufwartung zu machen.«

»Der Lord Kinnall ist tot«, wurde ich mit kühler Stimme beschieden, »also seid Ihr ein Hochstapler.«

Ich schellte noch einmal. »Überprüft dies hier, und urteilt dann, ob er tot ist«, sagte ich und hielt meinen königlichen Paß, den ich so lange versteckt gehalten hatte, vor das Auge der Prüfvorrichtung. »Dies ist Kinnall Darival, der vor Euch steht, und nichts Gutes wird Euch widerfahren, wenn Ihr ihm den Zugang zum Obersten Richter verweigert.«

»Pässe können gestohlen werden. Pässe können gefälscht sein.«

»Öffnet das Tor!«

Keine Antwort. Ich schellte ein drittes Mal, und dieses Mal sagte mir der unsichtbare Diener, daß er die Polizei rufen würde, wenn ich mich nicht

sofort entfernte. Mein Taxifahrer, der auf der anderen Straßenseite geparkt hatte, hustete höflich. Solch einen Empfang hatte ich nicht erwartet. Müßte ich etwa zurück in die Stadt, mir eine Unterkunft nehmen, Segvord Helalam schriftlich um eine Verabredung bitten und den Beweis dafür antreten, daß ich noch lebte?
Durch eine glückliche Fügung wurde ich dieser Sorgen enthoben. Ein pompöser schwarzer Bodenwagen fuhr vor, ein Fahrzeug, wie es gewöhnlich vom höchsten Adel benutzt wird, und ihm entstieg Segvord Helalam, Oberster Richter des Hafens von Manneran. Er stand damals auf dem Gipfelpunkt seiner Laufbahn und bewegte sich mit königlicher Anmut: ein kleingewachsener Mann, aber wohlproportioniert, mit einem edlen Kopf, einem blühenden Gesicht, einer würdevollen Mähne aus weißem Haar, einem Blick voll Stärke und Entschlußkraft. Seine Augen, die von intensivem Blau waren, konnten Feuer versprühen, und seine Nase war ein majestätischer Schnabel, aber er milderte seine äußere Härte mit einem warmen, spontanen Lächeln. Er war in Manneran als ein Mann der Weisheit und Mäßigung anerkannt. Unverzüglich trat ich auf ihn zu und rief glücklich: »Bundvater!« Herumfahrend, starrte er mich verblüfft an, und zwei hochgewachsene junge Männer, die mit ihm in dem Wagen gesessen hatten, schoben sich zwischen ihn und mich, als hielten sie mich für einen Attentäter.
»Deine Leibwache mag sich entspannen«, sagte ich. »Bist du nicht in der Lage, Kinnall von Salla zu erkennen?«
»Lord Kinnall ist letztes Jahr gestorben«, erwiderte Segvord schnell.
»Dies trifft Kinnall selbst als traurige Nachricht«, sagte ich. Ich richtete mich zu voller Größe auf, setzte zum ersten Mal seit meinem bedauerlichen Fortgang aus Glain eine prinzliche Miene auf und brachte die Beschützer des Obersten Richters mit heftigen Gesten dazu, zur Seite zu treten. Segvord musterte mich sorgfältig. Zum letzten Mal hatte er mich bei der Krönung meines Bruders gesehen; seitdem waren zwei Jahre vergangen, und ich hatte die letzten weichen Züge der Kindheit abgelegt. Mein Jahr als Holzfäller zeigte sich in den Umrissen meines Körpers, der Winter bei den Bauern hatte mein Gesicht gezeichnet, die Wochen als Matrose hatten mein Äußeres zerzaust, ich trug zottiges Haar und einen struppigen Bart. Segvords Blick schälte sich allmählich durch diese Verwandlungen, bis er von meiner Identität überzeugt war; dann eilte er plötzlich auf mich zu und umarmte mich mit solcher Inbrunst, daß ich vor Überraschung fast den Halt verlor. Er rief meinen Namen aus, und ich rief seinen; dann öffnete sich das Tor, und er eilte mit mir hinein; vor mir ragte das hohe, pastellfarbene Herrenhaus auf, das Ziel all meines Wanderns und Irrens.

22

Ich wurde zu einer hübsch ausgestatteten Kammer geleitet, die man mir als die meine vorstellte. Zwei Dienerinnen kamen zu mir und befreiten mich von meiner verschwitzten Seemannstracht; kichernd führten sie mich zu einer großen, gekachelten Wanne, badeten und parfümierten mich, stutzten mein Haar und meinen Bart und ließen sich von mir zwikken und tätscheln. Sie brachten mir Kleider aus feinsten Stoffen, wie ich sie seit meinen Tagen als Prinz nicht mehr getragen hatte, weiße, fließende, kühle Gewänder. Und sie boten mir Schmuckstücke an, einen dreifachen Ring, der – wie ich später erfuhr – mit einem Splitter aus dem Boden der Steinernen Kapelle besetzt war, und einen funkelnden Anhänger, ein Baumkristall aus Threish an einer Lederschnur. Schließlich, nachdem ich einige Stunden lang herausgeputzt worden war, wurde ich für tauglich befunden, vor den Obersten Richter zu treten. Segvord empfing mich in dem Raum, den er sein Arbeitszimmer nannte, der aber in Wirklichkeit ein Saal war, der in den Palast eines Septarchen gepaßt hätte; Segvord thronte dort wie ein Herrscher. Wenn ich mich richtig erinnere, spürte ich einigen Ärger über seinen Dünkel, nicht nur, daß er nicht von königlichem Blut war, er gehörte sogar nur zum niederen Adel von Manneran und war völlig unbedeutend, bis ihn die Berufung in das hohe Amt auf die Straße zu Ruhm und Reichtum brachte.

Ich erkundigte mich sofort nach meiner Bundschwester Halum.

»Sie befindet sich wohl«, sagte er, »doch ihre Seele wurde durch die Nachricht von deinem vermeintlichen Tod überschattet.«

»Wo ist sie jetzt?«

»Sie macht Ferien im Golf von Sumar, auf einer Insel, wo wir ein weiteres Haus besitzen.«

Ich fühlte mich bedrückt. »Hat sie geheiratet?«

»Zum Bedauern aller, die sie lieben, hat sie es nicht.«

»Gibt es denn jemanden?«

»Nein«, sagte Segvord. »Sie scheint die Jungfräulichkeit vorzuziehen. Sie ist natürlich noch sehr jung. Wenn sie zurückkehrt, Kinnall, könntest du vielleicht mit ihr sprechen und ihr raten, sie möge jetzt eine Verbindung erwägen, denn noch kann sie einen edlen Fürsten haben, aber in einigen Jahren werden andere junge Frauen vor ihr stehen.«

»Wann wird sie von der Insel zurück sein?«

»Jede Stunde«, antwortete der Oberste Richter. »Wie erstaunt sie sein wird, dich hier zu finden!«

Ich befragte ihn über meinen angeblichen Tod. Er erwiderte, daß vor zwei Jahren berichtet worden war, daß ich wahnsinnig sei und hilflos und verwirrt nach Glin gereist sei. Segvord lächelte, wie um zu verstehen zu geben, daß er sehr wohl wußte, warum ich Salla verlassen hatte, und daß meine Gründe dafür alles andere als verrückt waren. »Dann«, fuhr er fort, »gab es Berichte, daß Lord Stirron Agenten nach Glin entsandt hatte, damit du zum Zweck ärztlicher Behandlung zurückgebracht werden konntest. Zu dieser Zeit fürchtete Halum um deine Sicherheit. Und schließlich ließ im vergangenen Sommer ein Minister deines Bruders verlauten, daß du im tiefsten Winter in die glinischen Huishtors gegangen und im Schnee verloren seist, in einem Blizzard, den kein Mensch hätte überleben können.«

»Aber natürlich wurde der Körper Lord Kinnalls in den warmen Monaten danach nicht entdeckt; man ließ ihn in den Huishtors verrotten, statt ihn zu einem würdigen Begräbnis nach Salla zu bringen.«

»Es gab keinerlei Nachricht, daß der Körper gefunden wurde, nein.«

»Dann ist Lord Kinnalls Körper«, fuhr ich fort, »offensichtlich im Frühling erwacht und als Geist nach Süden gezogen; und schließlich ist er an der Türschwelle des Obersten Hafenrichters von Manneran aufgetaucht.«

Segvord lachte. »Ein recht lebendiger Geist!«

»Und ein erschöpfter.«

»Wie ist es dir in Glin ergangen?« fragte er.

»In mehr als einem Sinne war es eine kalte Zeit.« Ich erzählte ihm von der Abfuhr, die ich von den Verwandten meiner Mutter erhielt, von meiner Zeit in den Bergen und allem übrigen. Nachdem er das gehört hatte, wollte er wissen, welche Pläne ich in Manneran hatte; darauf entgegnete ich, daß ich keine Pläne hatte, außer eine ehrenhafte Tätigkeit zu finden, darin Erfolg zu haben, zu heiraten und mich niederzulassen, denn Salla war mir verschlossen, und Glin barg für mich keinerlei Reiz. Segvord nickte ernst. In seinem Amt, so sagte er mir, sei zur Zeit gerade eine Sekretärsstelle frei. Die Stelle bot nur geringe Bezahlung und noch weniger Prestige, und es wäre absurd, einen Prinzen aus dem königlichen Geschlecht Sallas zu bitten, sie anzunehmen, aber es wäre doch eine saubere Arbeit mit guten Aufstiegsmöglichkeiten, und sie könnte mir als Halt dienen, während ich mich in der manneranischen Lebensart akklimatisierte. Da ich eine solche Gelegenheit ohnehin erhofft hatte, sagte ich ihm sofort, daß ich mit Freuden in seinen Dienst treten würde, ohne mein königliches Blut in Betracht zu ziehen, denn das sei für mich jetzt alles vorbei und erledigt und außerdem nebensächlich. »Was einer selbst aus sich macht«, sagte ich nüchtern, »wird ganz und gar von seinen Verdiensten und nicht von den Zufälligkeiten von Rang und Einfluß abhängen.« Was natürlich schierer Blödsinn war: Statt aus meiner hohen Geburt Kapital zu schlagen, würde ich hier statt dessen Nutzen aus der Tatsache ziehen, daß ich Bundbruder der Tochter des Obersten Hafenrichters war, eine Beziehung, die ich einzig und allein meiner hohen Geburt verdankte, und welches Verdienst hatte ich schon daran?

23

Die Häscher kommen mir immer näher. Gestern fand ich bei einem langen Spaziergang durch diesen Bereich des Verbrannten Tieflandes südlich von hier die frische Spur eines Bodenwagens, die sich tief in die trockene, spröde Kruste des roten Sands eingedrückt hatte. Und heute morgen, als ich mich an der Stelle herumdrückte, wo die Hornvögel sich treffen – vielleicht durch einen selbstmörderischen Antrieb dorthin getrieben? –, hörte ich ein Dröhnen am Himmel, und aufblickend sah ich ein Flugzeug der sallanischen Armee vorbeiziehen. Hier sieht man Luftfahrzeuge nicht oft. Es kreiste wie ein Hornvogel, aber ich fand unter einem ausgewachsenen Fels Zuflucht und wurde wohl nicht bemerkt.
Ich mag mich über dieses Anzeichen täuschen: Der Bodenwagen war vielleicht nur das Gefährt einer Jagdgruppe, die zufällig hier vorbeikam, das Flugzeug befand sich womöglich auf einem Übungsflug. Aber ich glaube es nicht. Wenn es hier Jäger gibt, dann bin ich es, den sie jagen. Das Netz wird sich um mich schließen. Ich muß versuchen, schneller zu schreiben und mich kürzer zu fassen; zuviel von dem, was ich mitteilen will, ist noch ungesagt, und ich fürchte, unterbrochen zu werden, bevor ich fertig bin. Stirron, laß mir nur noch ein paar Wochen!

24

Der Oberste Richter ist einer der führenden Beamten Mannerans. Ihm obliegt die Rechtsprechung über alle Handelsangelegenheiten in der Hauptstadt; gibt es Unstimmigkeiten zwischen Kaufleuten, werden sie vor seinem Gericht verhandelt, und seine Autorität erstreckt sich über Angehörige aller Provinzen, so daß ein Kapitän aus Glin oder Krell, ein Sallaner oder einer aus dem Westen, der vor den Obersten Richter zitiert wird, seinem Urteil unterworfen ist, ohne das Recht zu haben, die Gerichte seines Heimatlandes anzurufen. Das ist die traditionelle Aufgabe des Obersten Richters, aber er würde kaum den Einfluß besitzen, den er tatsächlich hat, wäre er nur ein Schiedsrichter in geschäftlichen Streitigkeiten. Im Laufe der Jahrhunderte sind ihm jedoch weitere Verantwortlichkeiten zugefallen. Er allein reguliert den Zugang ausländischer Schiffe in den Seehafen von Manneran, indem er jährliche Handelskonzessionen vergibt, so viele für glinische Fahrzeuge, so viele für die aus Threish und aus Salla. Der wirtschaftliche Zuwachs von einem Dutzend Provinzen ist seinen Entscheidungen unterworfen. Daher wird er von Septarchen umschmeichelt, mit Geschenken überschüttet, in Artigkeiten und Komplimenten ummantelt, in der Hoffnung, daß er diesem oder jenem Land ein zusätzliches Schiff im Jahr erlaubt. Der Oberste Richter ist also ein ökonomischer Filter Velada Borthans, der Handelszugänge nach seinem Belieben öffnet und schließt; das tut er allerdings nicht willkürlich, sondern in Abwägung der Wellentäler und -berge des Reichtums auf dem Kontinent, und sein Einfluß auf unsere Gesellschaft kann gar nicht hoch genug eingeschätzt werden.

Das Amt ist nicht erblich, aber die Berufung dafür gilt lebenslang, und ein Oberster Richter kann nur durch komplizierte und nahezu undurchführbare Abberufungsprozeduren entfernt werden. So kommt es, daß ein starker Oberster Richter wie Segvord Helalam in Manneran mächtiger als der Erste Septarch werden kann. Die Septarchie Mannerans befindet sich ohnehin im Verfall begriffen; zwei der sieben Sitze sind während der letzten hundert Jahre leer geblieben, und die Inhaber der übrigen fünf haben von ihrer Autorität so viel an Staatsbeamte abgetreten, daß sie nur wenig mehr als symbolische Figuren sind. Der Erste Septarch besitzt noch einige Überreste seiner Hoheitsrechte, aber in allen wirtschaftlichen Angelegenheiten muß er den Obersten Hafenrichter konsultieren, und der Oberste Richter hat sich so fest in Mannerans Regierungsmaschinerie eingeschaltet, daß es schwierig zu entscheiden ist, wer wirklich der Herrscher und wer der Beamte ist.

An meinem dritten Tag in Manneran nahm Segvord mich mit zum Gerichtsgebäude, um den Vertrag für meine Stelle aufzusetzen. Ich, der ich in einem Palast aufgewachsen bin, stand beeindruckt vor der Residenz der Hafenjustiz; nicht etwa, daß mich ihre Pracht erstaunte (denn die besaß sie nicht), sondern ihre gewaltige Größe. Ich sah ein mächtiges Gebäude aus gelbgefärbten Ziegeln, vier Stockwerke hoch, wuchtig und massig, ein Gebäude, das sich von den Hafenanlagen in der Breite von zwei Häuserblocks entlang der ganzen Wasserfront erstreckt. Im Innern plackten sich Armeen von Angestellten an abgewetzten Schreibtischen, raschelten mit Papieren, stempelten Eingaben, und meine Seele erbebte beim Gedanken daran, daß ich meine Tage auf diese Weise verbringen sollte. Segvord führte mich einen endlosen Weg durch das Gebäude und nahm die Huldigungen der dort Arbeitenden entgegen, während er durch ihre feuchtkalten Büros schritt; hier und da blieb er stehen, um jemanden zu begrüßen, beiläufig auf einen halb fertiggestellten Bericht zu schauen oder eine Tafel zu studieren, auf der offensichtlich die Bewegungen eines jeden Schiffs, das bis zu drei Tagesreisen von Manneran entfernt war, registriert wurden. Schließlich betraten wir eine prächtige Zimmerflucht, weit weg von dem Gewimmel und Hasten, das ich gerade gesehen hatte. Hier residierte der Oberste Richter. Segvord zeigte mir einen kühlen, großzügig ausgestatteten Raum, der neben seinem eigenen lag, und sagte mir, daß ich hier in Zukunft arbeiten würde.

Der Vertrag, den ich unterzeichnete, ähnelte dem eines Reinigers: Ich gelobte, nichts von dem, was ich im Verlauf meiner Tätigkeit erfahren sollte, preiszugeben, oder schreckliche Strafen würden mich erwarten. Dafür garantierte mir die Hafenjustiz lebenslange Anstellung, ständige Gehaltssteigerungen und verschiedene andere Privilegien, um die Prinzen sich normalerweise keine Gedanken machen.

Schnell erkannte ich, daß ich kein schlichter tintenklecksender Angestellter sein würde. Wie Segvord mich gewarnt hatte, war die Bezahlung niedrig und meine Position in der Bürokratie verschwindend klein, aber meine Aufgaben stellten sich als bedeutend heraus; genaugenommen war ich sein Privatsekretär. Alle vertraulichen Berichte, die für die Augen des Obersten Richters gedacht waren, würden zuerst über meinen Schreibtisch gehen. Meine Aufgabe war es, diejenigen, die nicht von Bedeutung waren, abzulegen, von den übrigen Zusammenfassungen vorzubereiten und alle diejenigen, denen ich höchste Wichtigkeit zumaß, ihm vollständig zuzuleiten. Wenn der Oberste Richter der wirtschaftliche Filter Velada Borthans ist, dann würde ich der Filter des Filters sein, denn er würde nur lesen, was ich ihn lesen lassen wollte, und seine Entscheidungen auf der Grundlage dessen treffen, was ich ihm gab. Sobald mir das klar war, wußte ich, daß Segvord mich auf den Weg zu großer Macht in Manneran gestellt hatte.

25

Ungeduldig erwartete ich Halums Rückkehr von ihrer Insel im Golf von Sumar. Weder Bundschwester noch Bundbruder hatte ich für mehr als zwei Jahre gehabt, und Reiniger konnten sie nicht ersetzen; schmerzlich sehnte ich mich danach, wie in den alten Zeiten bis spät in die Nacht mit Halum und Noim zusammenzusitzen und den anderen meine Seele zu öffnen. Noim war, wie ich annahm, irgendwo in Salla, aber ich wußte nicht, wo, und Halum erschien weder in meiner ersten noch in der zweiten Woche in Manneran, obwohl sie angeblich jeden Tag aus den Ferien zu-

rückkehren sollte. In der dritten Woche verließ ich eines Tages das Justizbüro ziemlich früh; die Feuchtigkeit und die Anspannungen, die meine neue Rolle mir abforderten, bewirkten, daß ich mich unwohl fühlte. Ich wurde zu Segvords Anwesen gefahren. Als ich auf dem Weg zu meinem Zimmer in den Innenhof trat, sah ich ein hochgewachsenes schlankes Mädchen am anderen Ende, das aus einem Weinstock eine goldene Blume für sein dunkel glänzendes Haar pflückte. Ihr Gesicht konnte ich nicht sehen, aber ihre Gestalt und ihre Bewegungen ließen keinen Zweifel aufkommen; voller Freude rief ich »Halum!« und rannte über den Platz. Stirnrunzelnd wandte die junge Frau sich mir zu und ließ mich mitten im Lauf verharren. Ihre Brauen waren gerunzelt, die Lippen fest zusammengepreßt, sie sah mich kühl und abweisend an. Was bedeutete dieser kalte Blick? Ihr Gesicht war Halums Gesicht – dunkle Augen, die feingeschnittene Nase, das feste Kinn, ausgeprägte Wangenknochen –, und doch war ihr Gesicht mir fremd. Konnten zwei Jahre meine Bundschwester so sehr verändert haben? Die wesentlichen Unterschiede zwischen der Halum, an die ich mich erinnerte, und der Frau, die ich sah, waren geringfügig: Unterschiede im Gesichtsausdruck, die Form der Augenbrauen, ein Flattern der Nasenflügel, eine Kräuselung des Mundes, als habe sich die ganze Seele in ihr geändert. Auch waren da einige winzige Unterschiede in den Gesichtszügen, wie ich sah, als ich näher kam, aber diese konnten der verstrichenen Zeit oder Lücken in meinem Gedächtnis zugeschrieben werden. Mein Herz schlug schneller, meine Finger zitterten, und eine merkwürdig verwirrende Wärme breitete sich über meine Schultern und meinen Rücken aus. Ich hatte auf sie zutreten und sie umarmen wollen, aber plötzlich fürchtete ich sie in ihrer Verwandlung. »Halum?« sagte ich unsicher mit heiserer Stimme und trockener Kehle.
»Sie ist noch nicht hier.« Eine Stimme wie herabfallender Schnee, tiefer als Halums, volltönender, kälter.
Ich war wie betäubt. Halum so ähnlich wie ein Zwilling! Ich wußte nur von einer Schwester Halums, damals noch ein Kind, dessen Brüste noch nicht knospten. Es war nicht möglich, daß sie mir ihr ganzes Leben eine Zwillingsschwester oder eine etwas ältere Schwester vorenthalten hätte. Aber die Ähnlichkeit war außergewöhnlich und verwirrend. Ich habe gelesen, daß es auf der alten Erde möglich war, aus Chemikalien künstliche Lebewesen zu schaffen, die in ihrer Ähnlichkeit mit einem lebenden Menschen sogar eine Mutter oder eine Geliebte täuschen konnten, und in diesem Augenblick wäre es ein leichtes gewesen, mir einzureden, daß dieses Verfahren über die Jahrhunderte und den Golf der Nacht zu uns gelangt und daß diese falsche Halum vor mir ein teuflisch gelungenes synthetisches Abbild meiner wirklichen Bundschwester war.

Ich sagte: »Vergib diesen dummen Irrtum. Fälschlicherweise hat man dich für Halum gehalten.«
»Das geschieht häufig.«
»Bist du eine Verwandte von ihr?«
»Tochter des Bruders des Obersten Richters Segvord.«
Sie stellte sich als Loimel Helalam vor. Nie hatte Halum zu mir von dieser Cousine gesprochen, oder ich hatte keine Erinnerung daran, falls sie es doch getan hatte. Wie seltsam, daß sie die Existenz dieser Spiegel-Halum in Manneran vor mir verborgen hatte! Ich sagte ihr meinen Namen, und Loimel erkannte ihn als den von Halums Bundbruder, von dem sie offenbar schon viel vernommen hatte; sie lockerte ihre Haltung ein wenig, und etwas von der Kälte, die sie umgab, taute. Ich meinerseits hatte den Schock darüber, in der vermeintlichen Halum eine andere zu entdecken, überwunden, und ich begann, mich für Loimel zu erwärmen, denn sie war schön und begehrenswert und – anders als Halum – erreichbar. Wenn ich sie nur aus den Augenwinkeln anblickte, konnte ich mir einbilden, daß sie tatsächlich Halum war, und mir gelang es sogar, mich selbst zu täuschen, indem ich ihre Stimme als die meiner Bundschwester akzeptierte. Uns unterhaltend, schlenderten wir zusammen über den Hof. Ich erfuhr, daß Halum an diesem Abend zurückkehren würde und daß Loimel hier war, um einen herzlichen Empfang für sie vorzubereiten; auch über Loimel erfuhr ich einiges, denn in der vielen Manneranern eigenen unüberlegten Art schirmte sie ihr Privatleben weniger streng ab, als es jemand aus dem Norden tun würde. Sie nannte mir ihr Alter: ein Jahr älter als Halum (und auch ich). Sie sagte mir, sie wäre unverheiratet und hätte kürzlich eine wenig versprechende Verlobung mit einem Prinzen aus einer alten, aber unglücklicherweise verarmten Familie des manneranischen Adels gelöst. Sie erklärte ihre Ähnlichkeit mit Halum damit, daß ihre und Halums Mutter Cousinen waren und ihr Vater der Bruder von Halums Vater, und fünf Minuten später, als wir Arm in Arm gingen, deutete sie an, daß der Oberste Richter vor langer Zeit ins Brautbett seines älteren Bruders gestiegen war, so daß sie Halums Halbschwester und nicht ihre Cousine war. Und sie erzählte mir noch vieles mehr.
Ich konnte nur an Halum denken; Halum, Halum, Halum. Diese Loimel existierte für mich einzig und allein als Reflexion meiner Bundschwester. Eine Stunde nachdem wir uns zum ersten Mal begegnet waren, waren Loimel und ich zusammen in meinem Schlafraum, und als ihr Gewand von ihr herabglitt, sagte ich zu mir, daß Halums Haut vom gleichen weichen Weiß sein mußte, daß Halums Brüste genau wie diese sein mußten, daß Halums Schenkel nicht weniger weich sein konnten, daß Halums Brustwarzen sich ebenso zu kleinen Türmchen aufrichteten, wenn eines

Mannes Daumen über ihre Spitze strich. Dann lag ich nackt neben Loimel und machte sie mit vielen geschickten Zärtlichkeiten bereit, mich aufzunehmen; es dauerte nicht lange, und sie stöhnte, ließ ihre Hüften zucken und schrie auf, und ich bedeckte ihren Körper mit dem meinen, aber einen Augenblick, bevor ich in sie eindringen wollte, kam mir der Gedanke: *Wieso, es ist verboten, eines Bundschwester zu haben,* und meine Waffe wurde schlaff wie ein Stück Tau. Es war nur ein kurzer Moment der Verlegenheit: Als ich auf ihr Antlitz hinabblickte, sagte ich zu mir, daß dies Loimel und nicht Halum war, die auf mich wartete, und meine Männlichkeit lebte wieder auf, und unsere Körper vereinten sich. Aber eine weitere Demütigung erwartete mich. Im Augenblick des Eindringens sagte mir mein trügerischer Geist: *Du stößt durch Halums Fleisch,* und mein trügerischer Körper reagierte mit einer unwillkürlichen Explosion meiner Leidenschaften. Wie eng unsere Lenden doch mit unserem Geist verflochten sind, und was für eine verzwickte Angelegenheit es doch ist, wenn wir eine Frau umarmen und so tun, als sei sie eine andere! Voller Scham sank ich auf Loimel nieder und verbarg mein Gesicht im Kissen; aber sie, von drängendem Bedürfnis gepackt, preßte sich heftig gegen mich, bis ich neue Kraft fand, und dieses Mal trug ich sie zu der Ekstase, die sie sich wünschte.

An diesem Abend kehrte meine Bundschwester endlich von ihren Ferien im Golf von Sumar zurück, und sie weinte vor freudiger Überraschung, mich lebend in Manneran vorzufinden. Als sie neben Loimel stand, war ich um so mehr über die zwillingsgleiche Ähnlichkeit erstaunt: Halums Hüften waren schmaler, Loimels Brüste voller, aber solche Abweichungen findet man auch bei echten Schwestern, und sonst schienen Halums Körper und der ihrer Cousine aus der gleichen Form gestanzt. Dennoch fand ich einen Unterschied, der deutlich und zart zugleich war; am sichtbarsten war er in den Augen, durch die, wie ein Gedicht sagt, das innere Licht der Seele scheint. Die Strahlung, die von Halum ausging, war zart und sanft und mild, wie die ersten weichen Strahlen des Sonnenlichts, das durch den Dunst eines Sommermorgens schwebt; Loimels Augen strahlten einen kälteren, härteren Glanz aus, den eines trüben Winternachmittags. Als ich von einem Mädchen zum anderen schaute, bildete ich mir ein schnelles intuitives Urteil: *Halum ist reine Liebe, und Loimel ist reines Selbst.* Aber im selben Moment, als dieses Urteil entstand, fuhr ich vor ihm zurück. Ich kannte Loimel nicht; bisher hatte ich sie nicht anders als offen und gebend kennengelernt; ich hatte kein Recht, sie auf diese Weise herabzuwürdigen.

Die zwei Jahre hatten Halum weniger altern denn reifen lassen, und sie hatte den vollen Glanz ihrer Schönheit erreicht. Sie war tiefgebräunt und wirkte in ihrem kurzen weißen Gewand wie eine Bronzestatue von sich selbst; die Oberfläche ihres Gesichts war weniger rundlich als früher, das verlieh ihr einen reizenden, fast jungenhaften Charme; sie bewegte sich mit schwebender Anmut. Das Haus war aus Anlaß dieses ihres Heimkehrfests voll von Fremden, und nach unserer ersten Umarmung wurde sie mir entrissen, und ich blieb mit Loimel zurück. Aber gegen Ende des Abends berief ich mich auf mein Recht als Bundbruder und nahm Halum mit den Worten: »Die Gespräche von zwei Jahren warten auf uns« mit in mein Zimmer. Chaotisch purzelten die Gedanken durch meinen Kopf: Wie konnte ich ihr alles berichten, was mir widerfahren war, wie konnte ich von ihr erfahren, was sie getan hatte, und das alles im ersten Ansturm der Worte? Ich konnte meine Gedanken nicht ordnen. Wir setzten uns, einander anblickend, in förmlichem Abstand hin, Halum auf der Couch, wo ich mich nur wenige Stunden zuvor mit ihrer Cousine vereinigt und mir selbst vorgemacht hatte, sie sei Halum. Ein gespanntes Lächeln wechselte zwischen uns. »Wo kann man anfangen?« sagte ich, und im selben Moment sagte Halum dieselben Worte. Das brachte uns zum Lachen und löste die Spannung. Und dann hörte ich ohne Einleitung meine eigene Stimme fragen, ob Halum glaubte, daß Loimel mich als ihren Gatten akzeptieren würde.

26

Loimel und ich wurden im Gipfel des Sommers von Segvord Helalam in der Steinernen Kapelle miteinander vermählt, nachdem Monate vorbereitender Rituale und Reinigungen vorangegangen waren. Wir unterzogen uns diesen Riten auf Wunsch von Loimels Vater, einem Mann von großer Frömmigkeit. Seinetwegen unternahmen wir eine Reihe von Reinigungen, und Tag für Tag kniete ich nieder und offenbarte den ganzen Gehalt meiner Seele einem gewissen Jidd, dem bekanntesten und teuersten Reiniger in Manneran. Als das vorüber war, begaben Loimel und ich uns auf Pilgerschaft zu den neun Schreinen von Manneran, und ich vergeudete mein spärliches Gehalt an Kerzen und Weihrauch. Wir führten sogar die als das *Vorzeigen* bekannte archaische Zeremonie durch, während der sie und ich im Morgengrauen zu einem abgeschlossenen Strandstück gingen – Halum und Segvord begleiteten uns als Anstandspersonen – und unsere nackten Körper, vor den Augen unserer Begleiter durch einen raffinierten Schirm verborgen, einander rituell enthüllten, damit keiner von uns später sagen konnte, wir wären in die Ehe gegangen, ohne eventuelle körperliche Mängel des anderen zu kennen.

Der Ritus der Vereinigung war ein großes Ereignis mit Musikanten und Sängern. Mein Bundbruder Noim, aus Salla herbeigerufen, fungierte als mein Trauzeuge und verband uns durch die Ringe. Mannerans Erster Septarch, ein wächserner Greis, nahm wie der Großteil des örtlichen Adels an der Trauung teil. Die Geschenke, die wir erhielten, waren von immensem Wert. Unter ihnen befand sich eine goldene, mit fremdartigen Edelsteinen ausgelegte Schüssel, die auf einer anderen Welt hergestellt worden war; mein Bruder Stirron hatte sie uns geschickt, zusammen mit einer herzlichen Botschaft, in der er sein Bedauern darüber ausdrückte, daß Staatsangelegenheiten seinen Verbleib in Salla erforderten. Da ich seine Vermählung verschmäht hatte, war es nicht überraschend, daß er auch die meine verschmähte. Was mich aber überraschte, war der freundliche Ton seines Briefs. Er enthielt keinerlei Hinweise auf die Umstände meines Verschwindens aus Salla, statt dessen drückte Stirron seine Dankbarkeit dafür aus, daß die Gerüchte über meinen Tod sich als falsch herausgestellt hatten; er sandte mir seine Segenswünsche und bat mich, so bald wie möglich mit meiner Braut zu einem offiziellen Besuch in seine Hauptstadt zu kommen. Offenbar hatte er erfahren, daß ich vorhatte, mich in Manneran niederzulassen, und daher würde ich kein Rivale für seinen Thron sein; deshalb konnte er wieder in Freundschaft an mich denken.

Ich habe mich oft gefragt und tue es nach all diesen Jahren noch, warum Loimel mich akzeptiert hat. Sie hatte gerade einen Prinzen aus ihrem eigenen Land abgewiesen, weil er arm war: Hier war ich, ebenfalls ein Prinz, aber einer im Exil und noch ärmer. Warum sollte sie mich nehmen? Wegen meines Charmes etwa? Davon besaß ich wenig; ich war noch jung und nicht sehr redegewandt. Wegen meiner Aussichten auf Reichtum und Macht? Damals schienen diese Aussichten in der Tat sehr mager zu sein. Wegen meiner körperlichen Attraktivität? Gewiß, die konnte man mir nicht absprechen, aber Loimel war zu gewitzt, um nur wegen breiter Schultern und kräftiger Muskeln zu heiraten; außerdem hatte ich ihr bei unserer ersten Umarmung meine Schwächen als Liebhaber bewiesen, und diese stümperhafte Vorstellung habe ich in den folgenden Vereinigungen selten vergessen lassen. Ich schloß schließlich, daß es zwei Gründe gab, warum Loimel mich nahm. Erstens war sie nach dem Bruch ihres Verlöbnisses allein und beunruhigt und kam auf der Suche nach dem ersten Hafen, der sich anbot, zu mir, da ich kräftig, attraktiv und von königlichem Blut war. Zweitens vermutete ich, daß Loimel Halum in allen Dingen beneidete und wußte, daß sie durch die Heirat mit mir Besitz über das eine gewann, das Halum niemals haben konnte.

Mein eigenes Motiv ist weniger schwer zu entdecken. Halum war es, die ich liebte; Loimel war Halums Abbild; Halum war mir versagt, also nahm ich Loimel. Wenn ich Loimel ansah, war ich frei, mir vorzustellen, ich sähe Halum an. Wenn ich Loimel umarmte, konnte ich mir einreden, ich umarmte Halum. Als ich mich Loimel als Gatten anbot, fühlte ich keine besondere Liebe für sie, und ich hatte Grund zu der Annahme, daß ich sie vielleicht nicht einmal gern hatte; aber ich wurde zu ihr als nächstem Ersatz meiner wirklichen Begierde getrieben.

Ehen, die aus solchen Gründen geschlossen werden, verlaufen häufig nicht sehr gut. Unsere gedieh dürftig; wir begannen als Fremde und entfernten uns immer mehr voneinander, je länger wir ein Bett teilten. In Wirklichkeit hatte ich eine heimliche Phantasievorstellung, keine Frau geheiratet. Aber wir müssen unsere Ehen in der Welt der Realität vollziehen, und in dieser Welt war Loimel meine Frau.

27

Währenddessen strengte ich mich an, in meinem Büro im Hafengericht den Posten auszufüllen, den mein Bundvater mir gegeben hatte. Jeden Tag erreichte ein beträchtlicher Stapel von Berichten und Memoranden meinen Schreibtisch; jeden Tag versuchte ich zu entscheiden, welche vor den Obersten Richter mußten und welche ignoriert werden konnten. Zu Anfang hatte ich natürlich keine Grundlagen für die Beurteilung. Doch Segvord half mir, ebenso wie verschiedene ranghöhere Beamte im Justizhaus, die zu Recht erkannten, daß sie mehr gewinnen konnten, wenn sie mir halfen, statt zu versuchen, meinen unvermeidlichen Aufstieg zu behindern. Ich fand schnell Gefallen an der Art meiner Arbeit, und noch bevor die volle Hitze des Sommers über Manneran lag, arbeitete ich so selbstbewußt, als hätte ich die letzten zwanzig Jahre mit dieser Aufgabe verbracht.

Das meiste Material, das für den Obersten Richter gedacht war, war Unsinn. Ich lernte schnell, diese Papiere mit einer raschen Prüfung zu entdecken, oft brauchte ich mir nur eine einzige Seite anzusehen. Der Stil, in dem sie geschrieben waren, verriet mir viel: Ich fand heraus, daß ein Mann, der seine Gedanken nicht sauber auf Papier ausdrücken kann, wahrscheinlich keinerlei bemerkenswerte Gedanken hat. Der Stil macht den Mann aus. Wenn die Ausdrucksweise schwerfällig und träge ist, dann ist es auch in aller Regel der Geist des Autoren, und was sind seine Einsichten in die Arbeiten der Hafenjustiz dann schon wert? Ein ungeschliffener und gewöhnlicher Verstand bietet ungeschliffene und gewöhnliche Einsichten. Ich mußte selbst viel schreiben, indem ich die Berichte mittlerer Güte zusammenfaßte und verdichtete, und was ich über die Kunst der Literatur erlernte, mag auf meine Jahre im Dienst des Obersten Richters zurückgeführt werden. Auch mein Stil reflektiert den Mann, denn ich kenne mich als ernsthaft und förmlich, als Freund höflicher Gesten und mitteilsamer, als es anderen lieb ist; alle diese Spuren finden sich in meinem Schreibstil. Er hat seine Fehler, aber ich bin zufrieden damit: Ich habe meine Fehler, aber ich bin zufrieden mit mir.

Bald wurde mir klar, daß der mächtigste Mann in Manneran eine Marionette war, deren Fäden ich in der Hand hielt. Ich entschied, mit welchen Fällen der Oberste Richter sich befassen sollte, ich wählte die Gesuche um bevorzugte Behandlung aus, die er lesen würde, ich gab ihm die versiegelten Anmerkungen, auf deren Basis er sein Urteil traf. Segvord hatte mir nicht zufällig erlaubt, zu solcher Macht zu gelangen. Es war notwendig, daß jemand die Filtertätigkeit ausübte, die mir jetzt oblag, und bis zu meiner Ankunft in Manneran war diese Arbeit von einem Dreierausschuß erledigt worden; alle seine Mitglieder hatten den Ehrgeiz, eines Tages Segvords Titel innezuhaben. Da Segvord diese Männer fürchtete, hatte er es so arrangiert, daß sie in Positionen mit größerem Glanz, aber weniger Verantwortlichkeit aufrückten. Dann setzte er mich an ihre Stelle. Sein einziger Sohn war als kleiner Junge gestorben, daher fiel seine ganze Gunst auf mich. Aus Liebe zu Halum hatte er sich nüchtern entschieden, einen heimatlosen sallanischen Prinzen zu einer der einflußreichsten Figuren von Manneran zu machen.

Weithin wurde erkannt – von anderen viel früher als von mir –, wie bedeutend ich werden sollte. Die Prinzen bei meiner Hochzeit waren nicht aus Achtung vor Loimels Familie dort gewesen, sondern um sich bei mir einzuschmeicheln. Die sanften Worte Stirrons sollten sicherstellen, daß ich bei meinen Entscheidungen keine Feindseligkeit gegenüber Salla zeigte. Zweifellos fragte sich jetzt mein königlicher Cousin Truis von Glin beunruhigt, ob ich wußte, daß er dafür verantwortlich war, daß sich die Tore seiner Provinz vor mir geschlossen hatten; auch er schickte am Tag meiner Heirat ein prächtiges Geschenk. Und der Strom der Geschenke riß nach der Vermählung nicht ab. Ständig erreichten mich Präsente von denjenigen, deren Interessen mit der Tätigkeit der Hafenjustiz verknüpft waren. In Salla würden wir solche Geschenke bei ihrem richtigen Namen nennen, und der ist *Schmiergelder*, aber Segvord versicherte mir, daß es in Manneran nicht schadete, sie anzunehmen, solange ich sie die Objektivität meines Urteils nicht beeinflussen ließ. Jetzt wurde mir klar, wieso Segvord bei dem bescheidenen Gehalt eines Richters zu einem solch fürstlichen Lebensstil gekommen war. Ich versuchte tatsächlich, bei meinen offiziellen Pflichten die ganzen Bestechungen aus meinem Kopf zu

verbannen und jeden Fall allein nach seinen wahren Sachverhalten abzuwägen.
So fand ich meinen Platz in Manneran. Ich meisterte die Geheimnisse der Hafenjustiz, entwickelte ein Gefühl für den Rhythmus des Seehandels und diente dem Obersten Richter sehr geschickt. Ich bewegte mich unter Prinzen, Richtern und vermögenden Männern. Ich erwarb ein kleines, aber prunkvolles Haus in der Nähe von Segvords Anwesen und hatte schon bald die Bauleute draußen, um es auszubauen. Ich betete, wie es nur die Mächtigen tun, in der Steinernen Kapelle und ging für meine Reinigung zum berühmten Jidd. Ich wurde in eine exklusive Sportgesellschaft aufgenommen und führte meine Geschicklichkeit mit dem gefiederten Speer im Stadion von Manneran vor. Als ich im Frühjahr nach unserer Hochzeit mit meiner Frau zusammen Salla besuchte, empfing Stirron mich, als wäre ich ein manneranischer Septarch, ließ mich in einer Parade vor einer jubelnden Menge durch die Hauptstadt ziehen und im Palast königlich bewirten. Er sagte nicht ein Wort über meine Flucht aus Salla, sondern war auf reservierte und distanzierte Art voller Freundlichkeit. Meinen ersten Sohn, der im darauffolgenden Herbst geboren wurde, nannte ich nach ihm.
Zwei weitere Söhne folgten, Noim und Kinnall, und Töchter, die Halum und Loimel hießen. Die Jungen waren geradegewachsen und stark; die Mädchen versprachen, die Schönheit ihrer Namensgeberinnen zu zeigen. Mir machte es viel Freude, Oberhaupt einer Familie zu sein. Ich wünschte die Zeit herbei, in der ich mit meinen Söhnen im Verbrannten Tiefland jagen oder die Stromschnellen des Woyn hinabschießen konnte; derweil ging ich ohne sie auf die Jagd, und die Speere vieler Hornvögel schmückten mein Haus.
Loimel blieb für mich, wie ich schon erwähnt habe, eine Fremde. Man erwartet nicht, so tief in die Seele der Gattin wie in die der Bundschwester einzudringen, aber dennoch erwartet man trotz der traditionellen Zurückhaltung, die wir uns auferlegen, daß man zu jemandem, mit dem man zusammenlebt, eine gewisse Verbindung entwickelt. Was Loimel angeht, bin ich ausschließlich in ihren Körper eingedrungen. Die Wärme und Offenheit, die sie mir bei unserer ersten Begegnung gezeigt hatte, schwand schnell, und sie wurde ebenso distanziert-kühl wie eine der leidenschaftslosen Ehefrauen aus Glin. Einmal benutzte ich in der Hitze des Liebesakts das Wort »ich« ihr gegenüber, wie ich es manchmal bei Huren tat, und sie ohrfeigte mich und drehte ihre Hüften, um mich von ihren Lenden zu werfen. Wir trieben auseinander. Sie hatte ihr Leben, ich meines; nach einiger Zeit machten wir gar nicht mehr den Versuch, den Golf zum anderen zu überqueren. Sie verbrachte ihre Zeit mit Musik, Baden, Sonnen,

Frömmigkeit, ich mit Jagen, der Erziehung meiner Söhne und meiner Arbeit. Sie nahm sich Liebhaber, und ich nahm mir Mätressen. Es war eine frostige Ehe. Wir stritten uns kaum; nicht einmal dafür waren wir uns nahe genug.

Noim und Halum waren häufig mit mir zusammen. Sie waren mir eine große Stütze.

Im Justizhaus wuchsen meine Autorität und Verantwortlichkeit von Jahr zu Jahr. Ich wurde von meiner Position als Angestellter des Obersten Richters nicht befördert, und auch meine Bezüge stiegen nicht wesentlich; doch in Manneran wußten alle, daß ich es war, der Segvords Entscheidungen regierte, und ich genoß das fürstliche Einkommen an »Geschenken«. Allmählich zog Segvord sich von den meisten seiner Pflichten zurück und überließ sie mir. Er verbrachte mehrere Wochen hintereinander auf seiner Inselzuflucht im Golf von Sumar, während ich Dokumente in seinem Namen paraphierte und besiegelte. In meinem vierundzwanzigsten Jahr, es war sein fünfzigstes, gab er das Amt völlig auf. Da ich kein Manneraner von Geburt war, war es mir unmöglich, an seiner Stelle Oberster Richter zu werden; aber Segvord sorgte für die Berufung einer liebenswürdigen Null, eines Noldo Kalimol, zu seinem Nachfolger, und es war klar, daß Kalimol mich in meiner Machtposition belassen würde.

Ihr hättet recht mit der Annahme, daß mein Leben in Manneran ein Leben in Mühelosigkeit und Sicherheit, Reichtum und Einfluß war. Eine Woche floß heiter zur nächsten über, und wenn auch keinem Menschen vollkommenes Glück gegeben ist, hatte ich doch wenig Grund zur Unzufriedenheit. Die Mängel meiner Ehe nahm ich gelassen hin, denn tiefer Liebe zwischen Mann und Frau begegnet man in einer Gesellschaft wie der unseren nicht oft; und meinen zweiten Kummer, meine hoffnungslose Liebe zu Halum, begrub ich tief in mir, und wenn sie schmerzlich an die Oberfläche meiner Seele stieg, tröstete ich mich mit einem Besuch beim Reiniger Jidd. Auf diese Weise hätte es ereignislos bis zum Ende meiner Tage weitergehen können; doch da trat Schweiz, der Erdmensch, in mein Leben.

28

Erdmenschen kommen selten nach Borthan. Vor Schweiz hatte ich nur zwei gesehen, beide in den Jahren, als mein Vater Septarch war. Der erste war ein hochgewachsener, rotbärtiger Mann, der Salla besuchte, als ich etwa fünf Jahre alt war; er war ein Reisender, der zum Vergnügen von Welt zu Welt wanderte und gerade das Verbrannte Tiefland zu Fuß durchquert hatte. Ich erinnere mich, wie ich sein Gesicht mit äußerster Konzentration nach Zeichen seiner Abstammung von einer anderen Welt absuchte – ein drittes Auge vielleicht, Hörner, Tentakel, Fangzähne. Natürlich besaß er nichts von all dem, und folglich bezweifelte ich offen seine Erzählung, daß er von der Erde kam. Stirron, der mir zwei Jahre Schulausbildung vorausgehatte, war es, der mir in spöttischem Tonfall sagte, daß alle Welten des Himmels, die unsere eingeschlossen, von Menschen der Erde besiedelt worden waren, und deshalb sah ein Erdmensch genau wie einer von uns aus. Trotzdem suchte ich einige Jahre später, als ein weiterer Erdmensch am Hof auftauchte, erneut nach Fangzähnen und Tentakeln. Dieser Besucher war ein kräftiger, munterer Mann mit hellbrauner Haut, ein Wissenschaftler, der für eine Universität weit draußen in der Galaxis eine Sammlung unserer eingeborenen Fauna zusammenstellte. Mein Vater nahm ihn mit ins Verbrannte Tiefland, um Hornvögel zu jagen; ich bettelte darum, mitkommen zu dürfen, und wurde für meine Hartnäckigkeit ausgepeitscht.

Ich träumte von der Erde. Ich habe in Büchern nachgeschaut und einen blauen Planeten mit vielen Kontinenten gesehen, dazu einen zernarbten Mond, der ihn umkreiste, und ich dachte, von daher stammen wir alle. Das ist der Anfang von allem. Ich las von den Königreichen und Nationen der alten Erde, von den Kriegen und Verwüstungen, den Monumenten, den Tragödien. Der Aufbruch in den Weltraum, das Erreichen der Sterne. Es gab eine Zeit, da stellte ich mir sogar vor, selbst ein Erdmensch zu sein, geboren auf jenem alten Planeten voller Wunder und als Säugling nach Borthan gebracht, um gegen den wirklichen Sohn des Septarchen ausgetauscht zu werden. Ich stellte mir vor, daß ich später, wenn ich erwachsen war, zur Erde reiste, durch zehntausend Jahre alte Städte ging und die Kette der Wanderungen zurückverfolgte, die die Vorväter meiner Vorväter von der Erde nach Borthan gebracht hatten. Ich wollte auch ein Stück von der Erde besitzen, eine Scherbe, einen Steinsplitter, irgendeine abgegriffene Münze, eine greifbare Verbindung zu der Welt im Herzen der Wanderbewegungen des Menschen. Ich konnte ihm zehntausend Fragen stellen und ihn um ein Stückchen von der Erde bitten, aber nichts kam, und ich wurde älter, und meine Versessenheit auf den ersten der Planeten des Menschen schwand dahin.

Dann kreuzte Schweiz meinen Weg.

Schweiz war ein Geschäftsmann. Viele Erdmenschen sind das. Zu der Zeit, als ich ihm begegnete, war er schon einige Jahre als Repräsentant einer Exportfirma aus einem benachbarten Sonnensystem auf Borthan; er verkaufte Fertigwaren und suchte dafür unsere Felle und Gewürze. Während seines Aufenthalts in Manneran war er über eine Fracht Sturm-

schildfelle von der Nordwestküste mit einem örtlichen Importeur in Streit geraten; der Mann versuchte, Schweiz für einen Preis, der über dem ausgehandelten lag, schlechte Ware anzudrehen, Schweiz klagte, und der Fall kam vor die Hafenjustiz. Das ist jetzt etwa drei Jahre her und ereignete sich vor etwas mehr als drei Jahren, nachdem Segvord Helalam in den Ruhestand gegangen war.
Die Fakten des Falls waren eindeutig, und über das Urteil bestand kein Zweifel. Einer der niederen Richter bestätigte Schweiz' Forderung als Rechtens und wies den Importeur an, seinen Vertrag gegenüber dem betrogenen Erdmenschen zu erfüllen. Normalerweise hätte ich mit dieser Angelegenheit gar nichts zu tun gehabt. Aber als die Papiere routinemäßig, bevor das Urteil rechtskräftig wurde, zum Obersten Richter Kalimol kamen, warf ich einen Blick darauf und sah, daß der Kläger ein Erdmensch war.
Schon hatte die Versuchung mich wie ein Speer durchbohrt. Meine frühere Faszination für diese Rasse – meine irrige Vorstellung von Fangzähnen, Tentakeln und Zusatzaugen – packte mich wieder. Ich mußte mit ihm sprechen. Was erhoffte ich, von ihm zu bekommen? Die Antworten auf die Fragen, die unbeantwortet geblieben waren, als ich ein Junge war? Einen Zugang zur Natur der Kräfte, die die Menschheit zu den Sternen getrieben hatten? Oder einfach nur Ablenkung, einen Moment der Zerstreuung in einem übermäßig beschaulichen Leben?
Ich forderte Schweiz auf, in meinem Büro vorzusprechen.
Er kam fast auf der Stelle, eine ergrimmte, energiegeladene Gestalt in prunkvollen Kleidern. In geradezu manischer Fröhlichkeit grinsend, schlug er zur Begrüßung gegen meine Handfläche, grub seine Knöchel in die Oberfläche meines Schreibtischs, stieß sich ein paar Schritte zurück und begann, auf und ab zu gehen.
»Die Götter mögen Euch schützen, Euer Gnaden!« rief er.
Ich vermutete, dieses merkwürdige Verhalten, seine Sprungfeder-Elastizität und seine glutäugige Heftigkeit, rührten aus der Furcht vor mir her, denn er hatte guten Grund, sich zu sorgen, war er doch von einem einflußreichen Beamten gerufen worden, um einen Fall zu diskutieren, den er längst für gewonnen hielt. Später fand ich allerdings heraus, daß Schweiz' Verhalten Ausdruck seiner übersprudelnden Natur und nicht einer besonderen kurzfristigen Anspannung war.
Er war ein Mann mittlerer Größe, sehr hager, ohne ein Gramm Fett auf den Muskeln. Seine Haut war lohfarben, und sein Haar hatte die Farbe dunklen Honigs; es fiel glatt auf seine Schultern. Seine Augen waren hell und frech, sein Lächeln war schnell und gewitzt, und er strahlte eine jungenhafte Vitalität, eine dynamische Begeisterung aus, die mich auf der

Stelle für ihn einnahm, auch wenn sie ihn schließlich zu einem anstrengenden Begleiter machte. Aber er war kein Junge mehr: Sein Gesicht trug die ersten Linien des Alters, und sein Haar, so üppig es auch war, wurde am Hinterkopf schon lichter.

»Setzt Euch«, sagte ich, denn seine Hektik störte mich. Ich fragte mich, wie ich das Gespräch einleiten sollte. Wieviel konnte ich ihn fragen, bevor er sich auf den Kontrakt berief und meine Lippen versiegelte? Würde er von sich und seiner Welt sprechen? Hatte ich überhaupt das Recht, in die Seele eines Ausländers auf eine Art einzudringen, die ich einem Borthaner gegenüber nicht wagen würde? Aber ich würde es ja schon sehen. Neugier trieb mich voran. Ich nahm das Bündel Dokumente seines Falls, denn er schaute unglücklich auf den Stapel, hielt es ihm entgegen und sagte: »Man behandelt das Wichtigste zuerst. Euer Urteil ist bestätigt worden. Heute wird der Oberste Richter Kalimol sein Siegel darauf setzen, und Ihr habt Euer Geld, bis der Mond das nächste Mal aufgeht.«

»Fröhliche Worte, Euer Gnaden.«

»Damit wäre die gesetzliche Seite abgeschlossen.«

»Ein so kurzes Treffen? Es scheint kaum notwendig, diesen Besuch für das Gespräch eines Augenblicks abgestattet zu haben, Euer Gnaden.«

»Man muß zugeben«, sagte ich, »daß Ihr hierhergerufen wurdet, um andere Dinge als Euren Rechtsfall zu besprechen.«

»Äh, Euer Gnaden?« Er wirkte aufgeschreckt und wachsam.

»Um von der Erde zu sprechen«, fuhr ich fort, »um die müßige Wißbegierde eines gelangweilten Bürokraten zu befriedigen. Seid Ihr einverstanden? Seid Ihr bereit, eine Weile zu reden, jetzt, da Ihr unter einem dienstlichen Vorwand hierhergelockt worden seid? Ihr müßt wissen, Schweiz, daß man von der Erde und Erdmenschen stets fasziniert gewesen ist.« Um ihm etwas näherzukommen – er wirkte noch immer verdrossen und mißtrauisch –, erzählte ich ihm die Geschichte von den beiden Erdmenschen, die ich gekannt hatte, und von meinem Kinderglauben, daß ihr Aussehen fremdartig sein müßte. Er entspannte sich und hörte vergnügt zu, und noch ehe ich zu Ende war, lachte er aus vollem Herzen.

»Fangzähne!« schrie er. »Tentakel!« Er fuhr mit der Hand übers Gesicht. »Habt Ihr das wirklich geglaubt, Euer Gnaden? Daß Erdmenschen solch bizarre Geschöpfe sind? Bei allen Göttern, Euer Gnaden, ich wünschte, mein Körper wiese einige Merkwürdigkeiten auf, die Euch erheitern könnten.«

Jedesmal, wenn Schweiz in der ersten Person von sich sprach, fuhr ich zurück. Seine gelegentlichen Obszönitäten durchlöcherten die Stimmung, die ich aufzubauen versucht hatte. Obwohl ich versuchte, so zu tun, als sei alles in Ordnung, wurde Schweiz sich seines Fehlers sofort be-

wußt und sagte, in deutlicher Zerknirschung aufspringend: »Tausendmal Vergebung! Manchmal neigt man dazu, eines Grammatik zu vergessen, wenn man nicht an sie gewohnt ist...«
»Man hat es nicht als Beleidigung aufgefaßt«, sagte ich hastig.
»Ihr müßt das verstehen, Euer Gnaden, die alten Redegewohnheiten sterben nur schwer, und wenn man Eure Sprache benutzt, gerät man schnell in die Form, die einem selbst die natürlichste ist, auch wenn...«
»Natürlich, Schweiz. Ein verzeihlicher Schnitzer.« Er zitterte. »Übrigens«, sagte ich augenzwinkernd, »bin ich ein erwachsener Mann. Glaubt Ihr, ich sei so leicht zu schockieren?« Ich benutzte diese vulgäre Ausdrucksweise ganz bewußt, um seine Spannung abzubauen. Die Taktik funktionierte; er wurde ruhiger, gelassener. Aber er leitete aus diesem Vorfall nicht das Recht ab, mit mir in der Gossensprache zu reden, sondern war im Gegenteil lange Zeit danach darauf bedacht, die Höflichkeiten grammatikalischer Etikette zu beachten, bis solche Dinge aufgehört hatten, zwischen uns eine Rolle zu spielen.
Ich bat ihn, jetzt von der Erde, unser aller Mutter, zu sprechen.
»Ein kleiner Planet«, begann er. »Weit entfernt. In seinen uralten Abfällen erstickt; die Gifte von zwei Jahrtausenden der Sorglosigkeit und Überzüchtung färben seinen Himmel, seine Meere und sein Land. Ein häßlicher Ort.«
»Tatsächlich? Häßlich?«
»Es gibt noch einige anziehende Gebiete. Nicht viele, und nichts, um damit zu prahlen. Einige Bäume hier und da. Ein wenig Gras. Ein See. Ein Wasserfall. Ein Tal. Vorwiegend ist der Planet ein Misthaufen. Erdmenschen wünschen sich oft, sie könnten ihre frühen Ahnen wieder ausgraben, sie ins Leben zurückbringen und dann erdrosseln. Für ihre Selbstsucht. Für die mangelnde Fürsorge für die nachfolgenden Generationen. Sie haben die Welt mit sich selbst gefüllt und alles verbraucht.«
»Dann haben die Erdmenschen also deshalb Imperien im Himmel gebaut, um dem Schmutz ihrer Heimatwelt zu entkommen?«
»Zum Teil schon, ja«, sagte Schweiz. »Es gab viele Milliarden Menschen. Und diejenigen, die die Kraft zu gehen hatten, gingen hinaus. Aber das war mehr als nur ein Davonrennen. Es war die Begierde, fremde Dinge zu sehen, die Begierde zu reisen, die Begierde, neue Anfänge zu machen. Neue und bessere Welten des Menschen zu schaffen. Eine Kette von Erden über den Himmel.«
»Und die, die nicht gingen?« fragte ich. »Gibt es diese Milliarden noch auf der Erde?« Ich dachte an Velada Borthan und seine spärlichen vierzig oder fünfzig Millionen.
»O nein, nein. Sie ist jetzt fast leer, eine Geisterwelt, verfallene Städte,

zerstörte Straßen. Dort leben nur noch wenige. Und jedes Jahr werden weniger geboren.«
»Aber Ihr seid dort geboren worden?«
»Auf dem Kontinent Europa, ja. Aber man hat die Erde fast dreißig Jahre nicht mehr gesehen. Seit man vierzehn war.«
»So alt seht Ihr nicht aus«, sagte ich.
»Man rechnet die Zeit in Erdjahren«, erklärte Schweiz. »Nach Eurer Zählweise ist man noch nicht ganz dreißig Jahre alt.«
»Dieser eine ebenfalls«, sagte ich. »Und hier ist auch einer, der sein Heimatland verließ, ehe er ein Mnn wurde.« Ich sprach nun offen, weit offener, als es sich gehörte, aber ich konnte mich nicht bremsen. Ich hatte Schweiz ausgehorcht und verspürte einen Impuls, im Gegenzug etwas von mir anzubieten. »Als Junge verließ man Salla, um sein Glück in Glin zu machen, und dann traf man nach einiger Zeit in Manneran ein besseres Los. Ein Wanderer, Schweiz, wie Ihr.«
»Das ist also ein Band zwischen uns.«
Konnte ich dieses Band ausnutzen? Ich fragte ihn: »Warum habt Ihr die Erde verlassen?«
»Aus den gleichen Gründen wie jeder andere. Um dorthin zu gehen, wo die Luft klar ist und ein Mann eine Chance hat, etwas zu werden. Die einzigen, die ihr ganzes Leben dort verbringen, sind jene, die nicht anders können.«
»Und das ist der Planet, den die ganze Galaxis verehrt!« sagte ich verwundert. »Die Welt voller Geheimnisse! Der Planet der Kinderträume! Der Mittelpunkt des Universums – ein Pickel, ein Furunkel!«
»Sehr gut erkannt.«
»Aber sie wird verehrt.«
»Oh, verehrt sie, verehrt sie, gewiß!« rief Schweiz. Seine Augen glühten. »Die Quelle der Menschheit! Die große Schöpferin der Rasse! Warum soll man sie nicht verehren, Euer Gnaden? Verehrt die kühnen Anfänge, die dort gemacht worden sind. Verehrt die stolzen Ambitionen, die aus ihrem Schlamm entsprungen sind. Und verehrt auch die schrecklichen Fehler. Die alte Erde machte Fehler auf Fehler und hat sich selbst so im Irrtum gefangen, daß keinem zu wünschen ist, durch die gleichen Feuer und Qualen zu gehen.« Schweiz lachte herb. »Die Erde starb, um euch Sternenvölker von der Sünde zu erlösen. Nicht schlecht als religiöse Erklärung, nicht wahr? Um diesen Einfall könnte man eine ganze Liturgie aufbauen. Eine Priesterzunft der Erde, der Erlöserin.« Plötzlich beugte er sich vor und sagte: »Seid Ihr ein religiöser Mensch, Euer Gnaden?«
Die aggressive Intimität dieser Frage ließ mich zurückfahren. Aber ich errichtete keine Barrieren.

»Gewiß«, erwiderte ich.
»Ihr geht zum Gotteshaus, Ihr sprecht zum Reiniger und all dies?«
Ich saß in der Falle. Ich konnte nicht anders, als weiterzusprechen.
»Ja«, sagte ich, »überrascht Euch das?«
»Ganz und gar nicht. Jeder auf Borthan scheint aufrichtig religiös zu sein. Was einen erstaunt. Ihr müßt wissen, Euer Gnaden, man ist selbst nicht im mindesten religiös. Man versucht, man hat immer versucht, man hat sich *so sehr* bemüht, einen selbst zu überzeugen, daß es dort draußen höhere Wesen gibt, die das Schicksal leiten, und manchmal schafft man es beinahe, Euer Gnaden, fast denkt man, man dringt zum Glauben vor, aber dann setzt Skeptizismus jedesmal allem ein Ende. Und man sagte schließlich, nein, es ist nicht möglich, es spottet der Logik und gesundem Menschenverstand. Logik und gesunder Menschenverstand!«
»Aber wie könnt Ihr ohne die Nähe zu etwas Heiligem all die Zeit leben?« fragte ich.
»Die meiste Zeit gelingt es einem recht gut. Die meiste Zeit.«
»Und die übrige Zeit?«
»Dann spürt man die Bedrängnis des Wissens, daß man ganz allein im Universum ist. Nackt unter den Sternen, und das Sternenlicht trifft auf die entblößte Haut, brennt, ein kaltes Feuer, und keiner, der einen davor abschirmt, keiner, der eine Zuflucht anbietet, keiner, zu dem man beten kann, versteht Ihr? Der Himmel ist Eis, und der Boden ist Eis, und die Seele ist Eis, und wer ist da, sie zu wärmen? Es gibt niemanden. Man hat sich selbst davon überzeugt, daß niemand existiert, der Trost geben kann. Man wünscht ein Glaubenssystem, man will sich unterwerfen, auf die Knie fallen, um von der Metaphysik beherrscht zu werden. Zu glauben, den Glauben zu haben! Und man kann nicht. Und das sind die Momente, in denen das Grauen einsetzt. Die trockenen Schluchzer. Die Nächte ohne Schlaf.« Schweiz' Gesicht war vor Erregung gerötet; ich fragte mich, ob er völlig gesund sein konnte. Er griff über den Schreibtisch, krallte seine Hand um meine – diese Geste betäubte mich, aber ich zog die Hand nicht zurück – und sagte heiser: »Glaubt Ihr an Götter, Euer Gnaden?«
»Sicher.«
»Im buchstäblichen Sinne? Ihr glaubt, es gibt einen Gott der Reisenden und einen Gott der Fischer und einen Gott der Bauern und einen, der sich um Septarchen kümmert, und...«
»Es gibt eine Macht«, unterbrach ich, »die dem Universum Ordnung und Gestalt gibt. Diese Kraft manifestiert sich auf vielfache Weise, und um die Kluft zwischen uns und dieser Kraft zu überbrücken, betrachten wir jede ihrer Manifestationen als ›Gott‹, jawohl, und strecken unsere Seelen zu dieser oder jener Manifestation hin, wie unsere Bedürfnisse es erfor-

dern. Diejenigen von uns, die ohne Bildung sind, akzeptieren diese Götter im buchstäblichen Sinn, als Wesen mit Gesichtern und Persönlichkeit. Anderen ist klar, daß sie Metaphern für die Aspekte der göttlichen Kraft sind und nicht eine Rotte mächtiger Geister, die über uns lebt. Aber es gibt niemanden in Velada Borthan, der die Existenz der Kraft selbst leugnet.«

»Man spürt heftigen Neid darauf«, sagte Schweiz. »In einer Kultur aufgezogen zu werden, die Zusammenhalt und Struktur besitzt, die Sicherheit letzter Wahrheiten zu besitzen, sich als Teil einer göttlichen Ordnung fühlen – wie wunderbar das sein muß! Mitglied eines Glaubenssystems zu werden – das wäre es beinahe wert, die großen Defekte dieser Gesellschaft in Kauf zu nehmen.«

»Defekte?« Ich befand mich in der Defensive. »Welche Defekte?«

Schweiz' Augen wurden zu Schlitzen, er befeuchtete seine Lippen. Vielleicht wog er ab, ob ich durch das, was er sagen wollte, verletzt oder erzürnt würde. »*Defekte* war vielleicht ein starkes Wort«, entgegnete er. »Man könnte statt dessen sagen, die Grenzen dieser Gesellschaft, ihre... nun, ihre Enge. Man spricht jetzt von der Notwendigkeit, sich von einem Mitmenschen abzuschirmen, wie ihr es verlangt. Die Tabus gegen den Bezug auf das Selbst, gegen eine offene Rede, gegen jedwedes Öffnen der Seele...«

»Hat man nicht heute, an dieser Stelle, Euch seine Seele geöffnet?«

»Ah«, sagte Schweiz, »aber Ihr habt mit einem Ausländer gesprochen, mit jemandem, der nicht zu Eurer Kultur gehört, zu jemandem, den Ihr insgeheim verdächtigt, Tentakel und Fangzähne zu haben! Würdet Ihr einem Bürger Mannerans gegenüber Euch ebenso frei verhalten?«

»Niemand in Manneran hätte solche Fragen wie Ihr gestellt.«

»Mag sein. Einem fehlt die Übung der Eingeborenen in der Selbstunterdrückung. Diese Fragen über die Philosophie Eurer Religion – sie dringen also schon in die Intimität Eurer Seele ein, Euer Gnaden? Erschienen sie Euch beleidigend?«

»Man hat keine Einwendungen, über solche Dinge zu reden«, sagte ich ohne viel Überzeugung.

»Aber es ist eine tabuisierte Unterhaltung, nicht wahr? Wir haben keine unanständigen Worte gebraucht, bis auf das eine Mal, als man unachtsam war, aber wir haben uns mit unanständigen Ideen befaßt, haben eine unanständige Beziehung hergestellt. Ihr habt Eure Mauer ein wenig gesenkt, he? Wofür man dankbar ist. Man ist nun schon so viele Jahre hier und hat noch nicht einmal freimütig mit einem Menschen aus Borthan geredet! Bis man heute spürte, daß Ihr willens wart, Euch ein wenig zu öffnen. Das war eine außergewöhnliche Erfahrung, Euer Gnaden.« Das manische Lächeln erschien erneut. Sprunghaft bewegte er sich durch das Büro. »Man hat nicht gewünscht, kritisch über Eure Art zu leben zu sprechen«, sagte er. »Man hat vielmehr den Wunsch gehabt, gewisse Aspekte zu preisen, während man versuchte, andere zu verstehen.«

»Welche zu preisen, welche zu verstehen?«

»Zu verstehen: eure Gewohnheit, Wände um euch herum zu errichten. Zu preisen: Die Leichtigkeit, mit der ihr göttliche Gegenwart akzeptiert. Man beneidet euch dafür. Wie man schon gesagt hat, man wurde in einem System ohne Glauben erzogen und ist unfähig, sich von der Religion einnehmen zu lassen. Eines Kopf ist ständig voll mit scheußlichen, skeptischen Fragen. Man ist von Grund auf unfähig zu akzeptieren, was man nicht sehen oder fühlen kann, und so muß man immer *allein* sein, man streift in der Galaxis umher und sucht das Tor zum Glauben, versucht dieses oder jenes und findet nie...« Schweiz unterbrach sich. Er war schweißbedeckt, sein Gesicht gerötet. »Versteht Ihr, Euer Gnaden, ihr habt hier etwas Kostbares, die Fähigkeit, euch selbst zum Teil einer größeren Macht werden zu lassen. Man wünschte, man könnte sie von euch lernen. Natürlich ist es nur eine Sache kultureller Bedingungen. Borthan kennt die Götter noch, die Erde hat sie überlebt. Die Zivilisation ist jung auf diesem Planeten. Es braucht Tausende von Jahren, den religiösen Antrieb abzuschleifen.«

»Und dieser Planet«, sagte ich, »wurde von Menschen besiedelt, die einen starken Glauben hatten, die hierherkamen, um ihn zu bewahren, und die große Mühen auf sich nahmen, ihren Nachfahren diesen Glauben einzuflößen.«

»Das auch. Euer Kontrakt. Doch das war vor fünfzehnhundert, zweitausend Jahren. Inzwischen hätte das alles längst zerfallen können, aber das ist nicht geschehen. Es ist stärker denn je. Eure Frömmigkeit, Eure Demut, Eure Verleugnung des Selbst...«

»Diejenigen, die die Ideale der ersten Siedler nicht akzeptieren und weitervermitteln konnten«, betonte ich, »durften nicht unter ihnen bleiben. Das hatte seine Wirkung auf die Struktur der Gesellschaft, wenn Ihr mit mir übereinstimmt, daß solche Charakterzüge wie Aufrührertum und Atheismus aus einer Rasse herausgezüchtet werden können. Die Gläubigen blieben; die Ablehnenden gingen.«

»Ihr sprecht von den Exilierten, die nach Sumara Borthan gegangen sind?«

»Ihr kennt die Geschichte also?«

»Natürlich. Man informiert sich über die Geschichte eines jeden Planeten, zu dem man gesandt wird. Sumara Borthan, sicher. Seid Ihr je dort gewesen, Euer Gnaden?«

»Wenige von uns besuchen diesen Kontinent«, sagte ich.
»Je daran gedacht, hinzugehen?«
»Nie.«
»Es gibt welche, die dorthin gehen«, sagte Schweiz und schenkte mir ein seltsames Lächeln. Ich hatte vor, ihn danach zu fragen, aber in diesem Augenblick trat ein Sekretär mit einem Stapel von Dokumenten ein, und Schweiz erhob sich hastig. »Man hat nicht den Wunsch, zuviel von der wertvollen Zeit Euer Gnaden in Anspruch zu nehmen. Vielleicht könnte dieses Gespräch zu einer anderen Stunde fortgeführt werden?«
»Man hofft, dieses Vergnügen zu haben«, sagte ich ihm.

29

Als Schweiz fort war, saß ich lange Zeit mit dem Rücken zum Schreibtisch, die Augen geschlossen und die Dinge, über die wir gerade gesprochen hatten, noch einmal Revue passieren lassend. Wie schnell er meine Abwehr unterlaufen hatte! Wie rasch wir begonnen hatten, von persönlichen Angelegenheiten zu sprechen! Gewiß, er war ein Andersweltler, und in seiner Gegenwart fühlte ich mich unseren Traditionen nicht völlig verpflichtet. Aber wir waren uns außergewöhnlich schnell gefährlich nahe gekommen. Noch zehn Minuten, und ich wäre ihm gegenüber womöglich so offen wie ein Bundbruder gewesen und er auch zu mir. Mein bereitwilliges Abrücken vom Anstand, die Art, in der er mich geschickt in solche Intimitäten hineingezogen hatte, erstaunten und bestürzten mich.
War es ganz allein sein Werk? Ich hatte nach ihm geschickt, ich war der erste, der die persönlichen Fragen gestellt hatte. Ich hatte das Klima bestimmt. Daraus hatte er in mir eine gewisse Labilität gespürt, und er hatte sich darauf gestürzt und dem Gespräch eine schnelle Wendung gegeben, so daß ich der Prüfling und er der Frager war. Und ich hatte es zugelassen. Widerstrebend, aber doch willig, hatte ich mich ihm geöffnet. Ich wurde von ihm angezogen und er von mir. Schweiz, der Verführer! Schweiz, der meine Schwäche offenbarte, die so lange verborgen war! Wie hatte er wissen können, daß ich willens war, mich zu öffnen?
Seine direkte, schnelle Redeweise schien noch immer im Zimmer widerzuhallen. Fragend. Fragend. Fragend. Und dann offenbarend. *Seid Ihr ein religiöser Mensch? Glaubt Ihr an persönliche Götter? Könnte ich doch nur einen Glauben finden! Wie ich Euch beneide. Aber die Defekte Eurer Welt. Die Verleugnung des Selbst. Würdet Ihr einem Bürger von Manneran gegenüber so freimütig sein? Sprecht zu mir, Euer Gnaden. Öffnet Euch mir. Ich bin hier so lange allein gewesen.*

Wie hatte er es wissen können, da ich selbst es doch nicht wußte? Eine seltsame Freundschaft war geboren worden. Ich bat Schweiz, bei mir zu Hause mit mir zu essen; wir speisten und redeten, und der blaue Wein Sallas floß und der goldene Wein Mannerans, und als wir durch den Wein erwärmt waren, sprachen wir wieder über Religion, über Schweiz' Probleme mit dem Glauben und meine Überzeugung, daß die Götter real waren. Halum kam hinzu und saß eine Stunde bei uns, und nachher machte sie eine Bemerkung über die Macht von Schweiz, Zungen zu lockern, indem sie sagte: »Du warst anscheinend betrunkener, als du es jemals gewesen bist, Kinnall. Und doch habt ihr nur drei Flaschen Wein miteinander getrunken; es muß also etwas anderes gewesen sein, das deine Augen glänzen und deine Worte fließen ließ.« Ich lachte und sagte ihr, daß ich in Gesellschaft des Erdmenschen von einer Unbekümmertheit erfaßt wurde, die es mir schwermachte, an unseren Sitten festzuhalten.
Bei unserer Begegnung in einer Taverne beim Justizhaus sagte Schweiz: »Ihr liebt Eure Bundschwester, was?«
»Natürlich liebt man eines Bundschwester.«
»Nein, man meint, Ihr *liebt* sie.« Begleitet von einem wissenden Kichern.
Elektrisiert fuhr ich zurück. »War man denn an jenem Abend so sehr vom Wein beeinflußt? Was hat man Euch über sie gesagt?«
»Nichts«, erwiderte er. »Ihr habt ihr alles gesagt. Mit Euren Augen, Eurem Lächeln. Und ohne ein Wort.«
»Können wir von anderen Dingen reden?«
»Wenn Euer Gnaden es wünscht.«
»Das ist ein heikles Thema – und schmerzlich.«
»Vergebung, Euer Gnaden. Man wollte nur eines Vermutung bestätigen.«
»Solche Liebe ist bei uns verboten.«
»Was nicht heißt, daß sie nicht manchmal existiert, was?« fragte Schweiz und ließ sein Glas an meinem klingen.
In diesem Augenblick hatte ich beschlossen, mich nie wieder mit ihm zu treffen. Er blickte zu tief und sprach zu freimütig von dem, was er sah. Aber vier Tage später, als ich ihm am Hafen begegnete, lud ich ihn zum zweiten Mal zum Abendessen ein. Loimel war über die Einladung verstimmt. Und Halum wollte auch nicht kommen, sie schützte eine andere Verabredung vor; als ich ihr zuredete, sagte sie, daß Schweiz ihr Unbehagen bereitete. Aber Noim war in Manneran und speiste mit uns. Wir tranken mäßig, und das Gespräch war gestelzt und unpersönlich, bis wir, ohne wahrnehmbare Veränderung der Atmosphäre, plötzlich dabei waren, Schweiz von der Zeit zu erzählen, als ich aus Angst vor dem Argwohn

meines Bruders aus Salla floh, und Schweiz erzählte uns davon, wie er die Erde verlassen hatte; als der Erdmensch in dieser Nacht nach Hause ging, sagte Noim, und es klang nicht einmal mißbilligend: »In diesem Mann stecken Teufel, Kinnall.«

30

»Das Tabu, die eigene Persönlichkeit auszudrücken«, fragte Schweiz mich, als wir ein weiteres Mal zusammen waren. »Könnt Ihr es erklären, Euer Gnaden?«
»Ihr meint das Verbot, ›ich‹ oder ›mich‹ zu sagen?«
»Nicht das speziell, eher die gesamte Denkstruktur, die von euch verlangt zu leugnen, daß es solche Dinge wie ›ich‹ und ›mich‹ gibt«, sagte er. »Die Anordnung, daß ihr eure privaten Angelegenheiten zu jeder Zeit bei euch behalten müßt, außer, wenn ihr mit Bundgeschwistern zusammen oder beim Reiniger seid. Den Brauch, Mauern um euch selbst herum zu errichten, der sogar eure Grammatik beeinflußt.«
»Ihr meint den Kontrakt?«
»Den Kontrakt.«
»Ihr sagtet, Ihr kennt unsere Geschichte?«
»Vieles davon.«
»Ihr wißt, daß unsere Völker strenge Menschen aus einem nördlichen Klima waren, an Mühsal gewohnt und voller Mißtrauen gegen Luxus und Leichtfertigkeit? Daß sie nach Borthan kamen, um das, was sie für die verseuchende Dekadenz ihrer Ursprungswelt hielten, zu vermeiden?«
»War es so? Man dachte, sie wären vor religiöser Verfolgung geflohen.«
»Flüchtlinge vor Trägheit und Selbstsucht«, sagte ich. »Und nach ihrer Ankunft hier stellten sie einen Verhaltenskodex auf, um ihre Kinder vor dem Verfall zu schützen.«
»Den Kontrakt.«
»Den Kontrakt, jawohl. Das Gelöbnis, das sie einander machten, das Gelöbnis, das jeder von uns allen seinen Mitmenschen am Tag seiner Namensgebung ablegt. Wenn wir schwören, unsere Verwirrungen nie einem anderen aufzudrängen, wenn wir geloben, willensstark und zäh zu sein, damit die Götter nicht aufhören, auf uns hinabzulächeln. Und so weiter und so weiter. Wir werden geübt darin, den Dämon zu verabscheuen, der unser Selbst ist.«
»Dämon?«
»So betrachten wir es. Ein verführerischer Dämon, der uns drängt, andere zu benutzen, statt uns auf unsere eigene Stärke zu verlassen.«

»Wo es keine Liebe des Selbst gibt, gibt es weder Freundschaft noch Anteilnahme«, sagte Schweiz.
»Vielleicht.«
»Und folglich gibt es kein Vertrauen.«
»Wir regeln Einflußbereiche durch Verträge«, sagte ich. »Wo das Gesetz herrscht, ist es nicht notwendig, die Seele anderer zu kennen. Und in Velada Borthan stellt niemand die Herrschaft des Gesetzes in Frage.«
»Ihr sagt, Ihr verabscheut das Selbst«, sagte Schweiz. »Doch scheint es vielmehr, daß Ihr es glorifiziert.«
»Wie das?«
»Indem Ihr voneinander getrennt lebt, jeder in der Burg seines Kopfes. Stolz. Unbeugsam. Erhaben. Gleichgültig. Tatsächlich die Herrschaft des Selbst und nicht die Abscheu davor!«
»Ihr verdreht die Dinge«, sagte ich. »Ihr stellt unsere Gebräuche auf den Kopf und glaubt, weise zu sprechen.«
»War es schon immer so«, fragte Schweiz, »seit der ersten Besiedlung von Velada Borthan?«
»Ja«, antwortete ich. »Außer bei jenen Unzufriedenen, von denen Ihr gehört habt, die zum Südkontinent geflohen sind. Wir übrigen halten am Kontrakt fest. Und unsere Sitten werden strenger: Daher dürfen wir heute nicht in der ersten Person Singular von uns sprechen, denn das ist eine große Entblößung des Selbst, doch im Mittelalter war es möglich. Auf der anderen Seite mildert sich einiges. Einst hüteten wir uns sogar davor, Fremden unseren Namen zu nennen. Wir sprachen nur miteinander, wenn es absolut erforderlich war. Heute zeigen wir mehr Vertrauen.«
»Aber nicht sehr viel mehr.«
»Aber nicht sehr viel mehr«, gab ich zu.
»Und das schmerzt Euch nicht? Jedermann vor den anderen verschlossen? Sagt Ihr Euch denn nie, daß es für die Menschen eine glücklichere Art zu leben geben muß?«
»Wir halten am Kontrakt fest.«
»Fällt das leicht oder schwer?«
»Leicht«, sagte ich. »Es ist nicht so schmerzlich, wenn Ihr daran denkt, daß wir Bundgeschwister haben, bei denen wir von der Regel der Selbstlosigkeit ausgenommen sind, und das gleiche gilt für unsere Reiniger.«
»Aber bei anderen dürft Ihr Euch nicht beklagen; dürft eine sorgenbeladene Seele nicht erleichtern, dürft keinen Rat suchen, dürft Eure Wünsche und Bedürfnisse nicht offenbaren, dürft nur von kalten, unpersönlichen Dingen reden.« Schweiz schauderte. »Verzeiht, Euer Gnaden, aber man hält das für eine strenge Lebensart. Eines eigenen Suche war stets

die nach Wärme, Liebe und menschlichem Kontakt, nach Anteilnahme, nach Öffnung, und diese Welt hier scheint das Gegenteil von dem hochzuhalten, was man am höchsten preist.«
»Habt Ihr viel Glück dabei gehabt«, fragte ich, »Wärme, Liebe und menschlichen Kontakt zu finden?«
Schweiz zuckte die Achseln. »Es ist nicht immer einfach gewesen.«
»Für uns gibt es nie Einsamkeit, denn wir haben die Bundgeschwister. Mit Halum, mit Noim, mit Menschen wie diesen, die einem Trost bieten: Warum sollte man da eine Welt von Fremden brauchen?«
»Und wenn Eure Bundgeschwister nicht in der Nähe sind? Wenn man, sagen wir, weit weg von ihnen durch die Schneefelder Glins wandert?«
»Dann leidet man. Und eines Charakter wird dabei härter. Aber das ist eine Ausnahmesituation. Schweiz, unser System mag uns in die Isolation zwingen, aber genausogut garantiert es uns Liebe.«
»Aber nicht die Liebe eines Ehemannes für seine Frau. Die Liebe eines Vaters zu seinem Kind.«
»Vielleicht nicht.«
»Und auch die Bundliebe ist beschränkt. Denn Ihr selbst habt doch zugegeben, daß Ihr eine Sehnsucht nach Eurer Bundschwester Halum empfindet, die nicht...«
Ich unterbrach ihn mit schneidender Stimme: »Sprecht von etwas anderem!« Farbe stieg in meine Wangen, meine Haut wurde warm.
Schweiz nickte und lächelte zurückhaltend. »Verzeiht, Euer Gnaden. Das Gespräch wurde zu lebhaft; man verlor die Kontrolle, wollte aber nicht beleidigend sein.«
»Sehr gut.«
»Die Bemerkung war zu persönlich. Man ist beschämt.«
»Ihr wolltet mich nicht verletzen«, sagte ich. Ich fühlte mich meines Ausbruchs wegen schuldbewußt, da ich wußte, daß er mich an einer verwundbaren Stelle getroffen und ich auf den Schmerz der Wahrheit eine Überreaktion gezeigt hatte. Ich goß uns Wein nach. Eine Zeitlang tranken wir schweigend.
Dann sagte Schweiz: »Darf man einen Vorschlag machen, Euer Gnaden? Darf man Euch einladen, an einem Experiment teilzunehmen, das sich als interessant und wertvoll für Euch herausstellen kann?«
»Fahrt fort«, sagte ich stirnrunzelnd und in falscher Leichtmütigkeit.
»Ihr wißt«, begann er, »daß man sich im Bewußtsein seiner Einsamkeit im Universum lange Zeit unwohl gefühlt hat und daß man ohne Erfolg Wege gesucht hat, seine Beziehung zu diesem Universum zu begreifen. Für Euch ist die Methode dazu die Religion, aber es ist einem nicht gelungen, einen solchen Glauben zu erreichen, weil man diesen unglückseligen

Hang zu völligem Rationalismus besitzt. Klar? Man kann diesen umfassenderen Sinn von *Zugehören* nicht allein durch Worte, Gebete oder Zeremonien erfassen. Dies ist Euch möglich, und dafür beneidet man Euch. Man selbst findet sich gefangen, isoliert, im eigenen Kopf eingeschlossen, zu metaphysischer Einsamkeit verbannt: ein einsamer Mann, ein Mann für sich allein. Man findet diesen Zustand der Gottlosigkeit keineswegs erfreulich oder wünschenswert. Ihr aus Borthan könnt diese Art gefühlsmäßiger Isolation, die ihr euch auferlegt, erdulden, denn ihr habt die Tröstungen eurer Religion, ihr habt Reiniger und die mit Gott verschmelzenden Geheimnisse, die der Akt der Reinigung euch gibt; doch der, der hier und jetzt zu Euch spricht, hat diese Vorzüge nicht.«
»All das haben wir viele Male diskutiert«, sagte ich. »Ihr habt von einem Vorschlag gesprochen, einem Experiment.«
»Habt Geduld, Euer Gnaden. Man muß sich vollständig, Schritt für Schritt erklären.«
Schweiz warf mir sein gewinnendstes Lächeln zu und blickte mich aus Augen an, die in visionären Utopien strahlten. Seine Hände fuhren vielsagend durch die Luft und beschworen ein unsichtbares Drama herauf, als er fortfuhr: »Vielleicht ist sich Euer Gnaden darüber im klaren, daß es gewisse chemische Substanzen gibt – Drogen, jawohl, nennen wir sie Drogen –, die einem erlauben, sich ins Unendliche zu öffnen oder zumindest die Illusion zu haben, daß man solch eine Öffnung vollzogen hat – einen kurzen, tastenden Blick in die rätselhaften Bereiche des Unberührbaren zu gewinnen. Ja? Seit Tausenden von Jahren sind sie bekannt, diese Drogen, und sie wurden angewendet, bevor die Erdmenschen zu den Sternen gingen. Bei uralten religiösen Zeremonien wurden sie verwendet. Und von anderen als Ersatz für Religion, als ein weltliches Mittel, Glauben zu finden, das Tor zum Unendlichen für jemanden wie diesen hier, der dort auf keinem anderen Weg hingelangen kann.«
»Solche Drogen sind in Velada Borthan verboten«, warf ich ein.
»Natürlich, natürlich! Für euch stellen sie ein Mittel dar, von den Wegen formeller Religion abzuweichen. Warum sollte man Zeit bei einem Reiniger verschwenden, wenn man seine Seele mit einer Pille erweitern kann? In diesem Punkt ist euer Gesetz weise. Euer Kontrakt könnte nicht überleben, wenn ihr erlaubtet, daß diese Chemikalien hier angewendet werden.«
»Euer Vorschlag, Schweiz«, erinnerte ich.
»Man muß Euch zuerst sagen, daß man diese Drogen selbst benutzt und sie nicht völlig zufriedenstellend gefunden hat. Gewiß, sie öffnen das Unendliche. Gewiß, sie verschmelzen einen mit der Gottheit. Aber nur für Momente: bestenfalls ein paar Stunden. Und am Ende ist man so al-

lein wie zuvor. Es ist die Illusion der Öffnung der Seele, nicht die Öffnung selbst. Dagegen bringt dieser Planet eine Droge hervor, die für die richtige Wirkung sorgt.«

»Was?«

»In Sumara Borthan«, sagte Schweiz, »leben diejenigen, die der Herrschaft des Kontrakts entflohen sind. Man sagt, sie seien Wilde, die nackt herumliefen und sich von Wurzeln, Gräsern und Fischen ernährten; die Hülle der Zivilisation ist ihnen genommen worden, und sie sind in die Barbarei zurückgefallen. So hörte man es von einem Reisenden, der diesen Kontinent vor kurzem besucht hat. Man erfuhr außerdem, daß sie in Sumara Borthan eine Droge verwenden, die aus einer bestimmten pulverisierten Wurzel gewonnen wird; sie hat die Eigenschaft, den Geist dem Geist zu öffnen, so daß man die innersten Gedanken des anderen lesen kann. Das ist genau das Gegenteil eures Kontraktes, erkennt Ihr das? Sie kennen einander bis in die Tiefen der Seele durch diese Droge, die sie nehmen.«

»Man hat Geschichten über die Wildheit dieser Menschen gehört«, sagte ich.

Schweiz kam mir mit seinem Gesicht ganz nahe. »Man bekennt, von der sumarischen Droge verlockt zu werden. Man hofft, man könnte jene Seelengemeinschaft finden, nach der man so lange gesucht hat, wenn man je in einen anderen Geist eindringen könnte. Es könnte die Brücke zum Unendlichen sein, die man sucht, die geistige Wandlung. Nicht? Auf der Suche nach Offenbarung hat man viele Stoffe ausprobiert. Warum nicht auch diesen?«

»Wenn es ihn gibt.«

»Es gibt ihn, Euer Gnaden. Dieser Reisende, der aus Sumara Borthan kam, hat etwas davon mit nach Manneran gebracht, und etwas davon hat er dem neugierigen Erdmenschen verkauft.« Schweiz zog ein kleines Etui aus der Tasche und reichte es mir. Es enthielt eine geringe Menge eines weißen Pulvers; es hätte Zucker sein können. »Hier ist er«, sagte er.

Ich starrte das Pulver an, als hätte er eine Ampulle Gift hervorgezogen.

»Euer Vorschlag?« beharrte ich. »Euer Experiment, Schweiz?«

»Nehmen wir die sumarische Droge gemeinsam«, sagte er.

31

Ich hätte das Pulver aus seiner Hand schlagen und seine Festnahme anordnen können. Ich hätte ihm befehlen können, sich von mir zu entfernen und mir nie mehr nahe zu kommen. Ich hätte zumindest empört ausrufen

können, daß es unmöglich wäre, daß ich jemals einen solchen Stoff anrührte.
Aber ich tat nichts davon. Statt dessen entschied ich mich, kühl und sachlich zu sein, beiläufige Neugier zu zeigen, ruhig zu bleiben und mich mit ihm in Wortspielereien einzulassen. Dadurch ermutigte ich ihn, mich ein wenig tiefer in den Treibsand zu führen.
Ich sagte: »Glaubt Ihr, man sei begierig darauf, dem Kontrakt zuwiderzuhandeln?«
»Man glaubt, daß Ihr ein Mann von starkem Willen und forschendem Geist seid, der keine Gelegenheit zur Erleuchtung auslassen würde.«
»Ungesetzliche Erleuchtung?«
»Jede wahre Erleuchtung ist am Anfang ungesetzlich. Selbst die Religion des Kontrakts: Wurden Eure Vorväter nicht vertrieben, weil sie sie praktizierten?«
»Man mißtraut solchen Analogien. Wir sprechen jetzt nicht über Religion. Wir sprechen von einer gefährlichen Droge. Ihr fordert einen auf, die Ausbildung eines ganzen Lebens aufzugeben und sich Euch so zu öffnen, wie man es noch nicht einmal den Bundgeschwistern oder einem Reiniger gegenüber getan hat.«
»Genau.«
»Und Ihr stellt Euch vor, man sei willens, so etwas zu tun?«
»Man stellt sich vor, daß Ihr verwandelt und gereinigt herauskommt, wenn Ihr Euch zu dem Versuch durchringt«, sagte Schweiz.
»Man könnte ebenso verunstaltet und entstellt herauskommen.«
»Das ist zu bezweifeln. Wissen verletzt die Seele niemals. Es beseitigt nur, was die Seele verkrustet und schwächt.«
»Wie glattzüngig Ihr seid, Schweiz! Aber seht doch: Könnt Ihr glauben, es sei möglich, eines innersten Geheimnisse einem Fremden anzuvertrauen, einem Ausländer und Andersweltler?«
»Warum nicht? Besser einem Fremden als einem Freund. Besser einem Erdmenschen als einem Mitbürger. Ihr würdet nichts zu fürchten haben: Der Erdmensch würde niemals versuchen, Euch nach den Maßstäben von Borthan zu beurteilen. Es gäbe keine Kritik und Mißbilligung dessen, was in Eurem Kopf steckt. Und der Erdmensch wird den Planeten in ein oder zwei Jahren verlassen, eine Reise von Hunderten von Lichtjahren antreten, und was wird es Euch dann ausmachen, daß Euer Geist einmal mit seinem verschmolzen war?«
»Warum seid Ihr so begierig darauf, diese Verschmelzung zustande zu bringen?«
»Seit acht Mondzeiten«, sagte er, »ist diese Droge in eines Tasche, während man nach jemandem sucht, der mit an ihr teilhat. Es sah aus, als wäre

diese Suche vergeblich. Dann traf man Euch und sah Eure Kraft, Eure Fähigkeit, Eure verborgene Widersetzlichkeit...«

»Man ist sich keiner Widersetzlichkeit bewußt, Schweiz. Man akzeptiert seine Welt völlig.«

»Darf man die delikate Angelegenheit Eurer Haltung zu Eurer Bundschwester anschneiden? Sie scheint mir ein Symptom grundlegender Unzufriedenheit mit den Beschränkungen Eurer Gesellschaft zu sein.«

»Vielleicht. Vielleicht auch nicht.«

»Ihr würdet Euch selbst besser kennen, nachdem Ihr die sumarische Droge ausprobiert habt. Ihr hättet weniger ›Vielleichts‹ und mehr Gewißheiten.«

»Wie könnt Ihr das sagen, wenn Ihr die Droge noch nie genommen habt?«

»So scheint es einem.«

»Es ist unmöglich«, sagte ich.

»Ein Experiment. Ein geheimer Pakt. Niemand würde es je wissen.«

»Unmöglich.«

»Liegt es daran, daß Ihr fürchtet, Eure Seele mitzuteilen?«

»Man wurde gelehrt, daß solches Mitteilen gottlos ist.«

»Die Lehren können falsch sein«, sagte er. »Habt Ihr die Verlockung nie gespürt? Habt Ihr bei einer Reinigung nie solche Ekstase gespürt, daß Ihr wünschtet, die gleiche Erfahrung mit jemandem zu machen, den Ihr liebtet, Euer Gnaden?«

Erneut packte er mich an einer verwundbaren Stelle. »Man hatte solche Gefühle gelegentlich«, gab ich zu. »Wenn man vor einem häßlichen Rei-

gung wäre ein Fluß in zwei Richtungen...«

»Dann sehnt Ihr Euch schon nach dieser Droge und wißt es nicht!«

»Nein. Nein.«

»Vielleicht«, schlug Schweiz vor, »ist es die Vorstellung, sich einem Fremden zu öffnen, die Euch betroffen macht, und nicht die Vorstellung der Öffnung selbst. Vielleicht würdet Ihr diese Droge mit jemand anderem als dem Erdmenschen nehmen, was? Mit Eurem Bundbruder? Mit Eurer Bundschwester?«

Ich dachte darüber nach. Mit Noim, der für mich wie ein zweites Selbst war, niederzusitzen und seinen Geist auf Ebenen erreichen, die mir bisher nie erreichbar waren, während er zugleich den meinen erreichte. Oder mit Halum... oder mit Halum...

Schweiz, du Verführer!

Nachdem er mich eine Weile hatte nachdenken lassen, sagte er: »Gefällt Euch diese Vorstellung? Also gut. Man wird auf seine Chance mit der

Droge verzichten. Nehmt sie, benutzt sie, gemeinsam mit einem, den Ihr liebt.« Er drückte mir das Etui in die Hand. Es jagte mir Angst ein; ich ließ es auf den Tisch fallen, als stände es in Flammen.

Ich sagte: »Aber das würde Euch Eurer erhofften Erfüllung berauben.«

»Das macht nichts. Man kann noch mehr von der Droge bekommen. Man kann vielleicht einen anderen Partner für das Experiment finden. Inzwischen habt Ihr die Ekstase kennengelernt, Euer Gnaden. Selbst ein Erdmensch kann selbstlos sein. Nehmt es, Euer Gnaden. Nehmt es.«

Ich warf ihm einen düsteren Blick zu. »Kann es sein, Schweiz, daß das Gerede darüber, die Droge selbst nehmen zu wollen, nur ein Vorwand war? Daß das, was Ihr wirklich suchtet, jemand ist, der sich als Versuchsobjekt anbietet, damit Ihr sicher sein könnt, daß die Droge gefahrlos ist, bevor Ihr sie selbst nehmt?«

»Ihr mißversteht mich, Euer Gnaden.«

»Vielleicht nicht. Vielleicht ist es das, was Ihr ansteuert.« Ich sah mich, wie ich Noim die Droge eingab, sah ihn zuckend vor meinen Augen niederstürzen, während ich mich bereitmachte, meine Dosis auf meine Lippen zu bringen. Ich schob das Etui zurück. »Nein. Das Angebot wird zurückgewiesen. Man erkennt die Großzügigkeit an, aber man wird seine geliebten Menschen nicht für Experimente benutzen, Schweiz.«

Sein Gesicht war gerötet. »Die Unterstellung ist ungerechtfertigt, Euer Gnaden. Das Angebot, auf eines Anteil an der Droge zu verzichten, war in gutem Glauben gemacht worden und nicht ohne Beeinträchtigung der eigenen Pläne. Aber da Ihr es zurückweist, laßt uns zum ursprünglichen Vorschlag zurückkehren. Wir beide werden die Droge im geheimen ausprobieren, als ein Test ihrer Möglichkeiten. Laßt uns zusammen herausfinden, welche Kräfte sie möglicherweise hat und welche Türen sie für uns öffnen kann. Wir würden viel aus diesem Abenteuer gewinnen, dessen ist man sicher.«

»Man erkennt, was Ihr zu gewinnen hättet«, sagte ich. »Aber welchen Sinn hat es für...«

»Euch?« Schweiz kicherte. Dann stieß er mir den Widerhaken hinein. »Euer Gnaden, indem Ihr das Experiment macht, würdet Ihr erfahren, daß die Droge ungefährlich ist, Ihr würdet die geeignete Dosierung entdecken, Ihr würdet Eure Angst davor verlieren, Euren Geist zu öffnen. Und dann, nachdem Ihr einen weiteren Drogenvorrat beschafft habt, wäret Ihr ausreichend darauf vorbereitet, sie für einen Zweck zu verwenden, von dem Eure Ängste Euch jetzt abhalten. Ihr könntet die Droge mit dem einzigen Menschen, den ihr wirklich liebt, nehmen. Ihr könntet sie benutzen, Euren Geist für Eure Bundschwester Halum zu öffnen und den Euren für sie.«

Es gibt eine Geschichte, die man den Kindern erzählt, die den Kontrakt noch lernen; sie handelt von der Zeit, als die Götter noch in menschlicher Gestalt über die Erde wandelten und die ersten Menschen noch nicht auf Borthan angekommen waren. Die Götter wußten zu dieser Zeit nicht, daß sie göttlich waren, denn sie hatten keine Sterblichen zum Vergleich, und so waren sie unschuldige Geschöpfe, sich ihrer Kräfte nicht bewußt, und sie führten ein einfaches Leben. Sie wohnten in Manneran (das ist die Quelle von Mannerans Anspruch auf höhere Heiligkeit, die Legende, daß es einst Heimat der Götter war), aßen Beeren und Blätter und liefen nackt umher, außer in den milden manneranischen Wintern, wenn sie sich Umhänge aus Tierhäuten lose über die Schultern warfen. Und an ihnen war nichts Gottgleiches.

Eines Tages hatten zwei dieser ungöttlichen Götter beschlossen fortzugehen, um einiges von der Welt zu sehen. Der Einfall, eine solche Reise zu unternehmen, kam zuerst jenem Gott, dessen geheimer Name Kinnall lautet und der jetzt der Gott ist, der sich um die Reisenden sorgt (ja, der, nach dem ich benannt worden bin). Dieser Kinnall lud die Göttin Thirga ein, mit ihm zu kommen; ihr obliegt nun der Schutz derer, die sich lieben. Thirga teilte Kinnalls Rastlosigkeit, und sie gingen davon.

Von Manneran gingen sie an der Südküste entlang, bis sie zu den Gestaden des Golfs von Sumar kamen. Dann wandten sie sich nach Norden und gelangten durch die Stroin-Bresche, genau an der Stelle, wo die Huishtor-Berge enden. Sie betraten das Feuchte Tiefland und blieben dort eine Weile, dann gingen sie weiter ins Verbrannte Tiefland, das sie weniger angenehm fanden, und wagten sich schließlich ins Gefrorene Tiefland, wo sie glaubten, an der Kälte zugrunde zu gehen. Also wandten sie sich wieder nach Süden und nahmen dieses Mal die westliche Richtung, und schon bald standen sie vor den Inlandhängen der Threishtor-Berge. Dort schien es keinen Weg zu geben, dieses gewaltige Gebirge zu überqueren. Sie folgten den östlichen Vorbergen nach Süden, konnten aber nicht aus dem Verbrannten Tiefland hinaus, und sie erlitten große Entbehrungen, bis sie schließlich auf das Threish-Tor stießen und sich ihren Weg durch den schwierigen Paß in die kühle, neblige Provinz Threish bahnten.

In ihrem ersten Tag in Threish entdeckten die beiden Götter eine Stelle, an der eine Quelle aus dem Hügel entsprang. Die Öffnung im Gestein hatte neun Seiten, und der Fels, der sie umgab, war so hell, daß er die Augen blendete, denn er schillerte und glänzte in vielen Farben, die ständig aufleuchteten und wieder verblaßten, sich änderten, Rot und Grün und Violett und Elfenbeinfarben und Türkis und viele andere. Und das

Wasser, das dort hervortrat, war ebenso schimmernd und enthielt jede Farbe, die jemals gesehen worden war. Der Strom floß nur ein kurzes Stück und verlor sich dann in den Wassern eines viel größeren Flusses, in dem all die wunderbaren Farben verschwanden.

Kinnall sagte: »Wir sind eine lange Zeit durch das Verbrannte Tiefland gewandert, und unsere Kehlen sind trocken vom Durst. Sollen wir trinken?« Und Thriga sagte: »Ja, laß uns trinken.« Und sie kniete sich neben die Öffnung im Gestein. Sie wölbte ihre Hände, füllte sie mit dem glitzernden Wasser und goß es in ihren Mund; Kinnall trank ebenfalls, und der Geschmack des Wassers war so süß, daß sie ihr Gesicht in den Strom der Quelle streckten und so viel tranken, wie sie herunterschlucken konnten.

Während sie das taten, teilten sich ihren Körpern und Seelen seltsame Gefühle mit. Kinnall blickte zu Thirga und erkannte, daß er die Gedanken in ihrer Seele sehen konnte, und es waren Gedanken der Liebe zu ihm. Und sie blickte zu ihm und sah seine Gedanken. »Wir sind jetzt verwandelt«, sagte Kinnall, und er brauchte nicht einmal Worte, um das mitzuteilen, denn Thirga verstand ihn im gleichen Moment, als seine Gedanken sich formten. Und sie entgegnete: »Nein, wir sind nicht verwandelt, sondern wir können den Gebrauch der Gaben verstehen, die wir schon immer gehabt haben.«

Und es stimmte. Denn sie besaßen viele Gaben, und sie hatten sie noch nie benutzt. Sie konnten sich in die Luft erheben und wie Vögel fliegen; sie konnten die Gestalt ihres Körpers verändern; sie konnten durch das Verbrannte Tiefland oder das Gefrorene Tiefland schreiten, ohne einen Mangel zu spüren; sie konnten leben, ohne Nahrung zu sich zu nehmen; sie konnten den Altersprozeß ihres Fleisches aufhalten und so jung werden, wie sie wollten; sie konnten reden, ohne Worte zu sprechen. All diese Dinge hätten sie tun können, bevor sie zu der Quelle kamen, aber sie hatten nicht gewußt, wie, und jetzt waren sie fähig, die Talente zu nutzen, mit denen sie geboren worden waren. Indem sie das Wasser der glänzenden Quelle tranken, hatten sie gelernt, sich wie Götter zu verhalten. Aber selbst jetzt wußten sie noch nicht, daß sie Götter waren.

Sie tranken erneut aus der wundervollen Quelle, aber sie lehrte sie nicht mehr, als der erste Schluck ihnen schon gezeigt hatte, und deshalb zogen sie weiter durch Threish. Alles, was sie erblickten, war jetzt verändert, nahm eine juwelenartige Schönheit und einen magisch leuchtenden Glanz an, und das Wunder ihrer Wandlung betäubte sie. Und alles, was sie sahen, teilten sie miteinander, denn ihre Seelen befanden sich in vollkommener Gemeinschaft und Harmonie.

Nach einiger Zeit erinnerten sie sich an die anderen, die in Manneran lebten, und flogen zu ihnen zurück, um ihnen alles über die Quelle zu berichten. Die Reise dauerte nur einen Augenblick. Alle ihre Freunde versammelten sich, als Kinnall und Thirga vom Wunder der Quelle erzählten und die Kräfte demonstrierten, die sie zu beherrschen gelernt hatten. Danach beschlossen alle in Manneran, zu der Quelle zu gehen, und eine lange Prozession setzte sich in Gang, zog durch die Stroin-Bresche und das Feuchte Tiefland, an den Osthängen der Threishtor-Berge entlang zum Threish-Tor. Kinnall und Thirga flogen über ihren Köpfen und lenkten sie von Tag zu Tag. Schließlich erreichten sie die Quelle, einer nach dem anderen tranken sie und wurden zu Göttern. Dann verstreuten sie sich; einige kehrten nach Manneran zurück, andere gingen nach Salla, wieder andere sogar nach Sumara Borthan oder den fernen Kontinenten Umbis, Dabis und Tibis, denn jetzt, da sie Götter waren, waren ihrer Reisegeschwindigkeit keine Grenzen mehr gesetzt, und sie wollten diese fremden Orte sehen. Doch Kinnall und Thirga ließen sich neben der Quelle im Osten von Threish nieder und waren zufrieden damit, die Seele des anderen zu erkunden.

Viele Jahre vergingen, und dann kamen die Sternschiffe unserer Vorväter in Threish an, nahe der Westküste. Endlich hatten die Menschen Borthan erreicht. Sie erbauten eine kleine Stadt und machten sich daran, Nahrungsmittel für sich zu sammeln. Ein Mann namens Digant, der zu den Siedlern gehörte, wagte sich auf der Suche nach eßbaren Tieren weit in den Wald hinein, verirrte sich und wanderte umher, bis er schließlich zu der Stelle kam, an der Kinnall und Thirga lebten. Er hatte noch nie jemanden wie sie gesehen und sie niemanden wie ihn.

»Was für Geschöpfe seid ihr?« fragte er.

Kinnall erwiderte: »Früher waren wir ganz gewöhnliche Wesen, aber jetzt geht es uns recht gut, denn wir werden niemals alt, und wir können schneller als jeder Vogel fliegen, und unsere Seelen sind jedem offen, und wir können jede Gestalt annehmen, die wir wünschen.«

»Herrje, dann seid Ihr ja Götter!« rief Digant aus.

»Götter? Was sind Götter?«

Und Digant erklärte, daß er ein Mensch war und nicht solche Kräfte wie sie hatte, denn Menschen müssen Worte verwenden, um zu sprechen, und können weder fliegen noch ihre Gestalt verändern und altern mit jeder Umdrehung der Welt um die Sonne, bis die Zeit kommt, um zu sterben. Kinnall und Thirga hörten aufmerksam zu, verglichen sich mit Digant, und als sein Vortrag zu Ende war, wußten sie, daß es zutraf, daß er ein Mensch war und daß sie Götter waren.

»Einst waren wir fast wie Menschen«, gab Thirga zu. »Wir verspürten Hunger, wurden älter, sprachen nur durch Worte und mußten einen Fuß vor den anderen setzen, um von einem Ort zum anderen zu kommen. Aus Unwissenheit lebten wir wie Menschen, denn wir kannten unsere Kräfte nicht. Aber dann änderte sich alles.«

»Und wodurch geschah diese Änderung?« fragte Digant.

»Nun«, sagte Kinnall in seiner Unschuld, »wir tranken von dieser gleißenden Quelle, und ihr Wasser öffnete unsere Augen für unsere Kräfte und ließ uns Götter werden. Das war alles.«

Da lief Digants Seele vor Erregung über, denn er sagte sich, daß auch er von der Quelle trinken könnte, und dann würde er diesem Paar in seiner Göttlichkeit gleichkommen. Danach, wenn er zu den Siedlern an der Küste zurückkehrte, würde er die Quelle geheimhalten, und sie würden ihn als ihren Gott anbeten und ihn voller Ehrfurcht behandeln, sonst würde er sie vernichten. Aber Digant wagte es nicht, Kinnall und Thirga zu bitten, ihn von der Quelle trinken zu lassen, denn er fürchtete, sie würden ihn zurückweisen, da sie ihre Göttlichkeit eifersüchtig hüteten. Also heckte er einen Plan aus, sie von dieser Stelle fortzubekommen.

»Stimmt es«, fragte er sie, »daß ihr so schnell reisen könnt, daß ihr an einem einzigen Tag jeden Teil dieser Welt besuchen könnt?«

Kinnall versicherte ihm, daß dies stimmte.

»Das ist schwerlich zu glauben«, sagte Digant.

»Wir werden es dir beweisen«, sagte Thirga; sie berührte Kinnalls Hand, und die beiden Götter erhoben sich in die Luft. Sie schwebten zum höchsten Gipfel der Threishtors und sammelten dort Schneeflocken; sie stiegen ins Verbrannte Tiefland hinab und gruben eine Handvoll der roten Erde aus; im Feuchten Tiefland sammelten sie Gräser; am Golf von Sumar nahmen sie etwas Saft aus einem Fleischbaum; an den Ufern des Polargolfs holten sie eine Probe des ewigen Eises; dann sprangen sie über die Spitze der Welt ins eisige Tibis und begannen ihre Reise durch die fernen Kontinente, um dem zweifelnden Digant etwas aus jedem Teil der Welt zurückzubringen.

In dem Augenblick, als Kinnall und Thirga zu diesem Unternehmen gestartet waren, rannte Digant zur Quelle der Wunder. Dort zauderte er kurz aus Angst, die Götter könnten plötzlich zurückkehren und ihn für seine Kühnheit niederstrecken; aber sie erschienen nicht, und Digant hielt sein Gesicht in den Strom und trank aus vollen Zügen. *Jetzt werde ich wie ein Gott sein,* dachte er dabei. Er füllte seinen Leib mit dem strahlenden Wasser, schwankte, verlor das Bewußtsein und stürzte zu Boden. Ist das Göttlichkeit? fragte er sich. Er versuchte zu fliegen und konnte es nicht. Er versuchte, seine Gestalt zu ändern und konnte es nicht. Er versuchte, sich jünger zu machen und konnte es nicht. Er versagte bei all diesen Dingen, weil er von Anfang an ein Mensch und kein Gott gewesen

war, und die Quelle konnte einen Menschen nicht in einen Gott verwandeln, sondern nur einem Gott dazu verhelfen, seine vollen Kräfte zu erkennen.
Aber eine Gabe verlieh die Quelle Digant. Sie befähigte ihn, den Geist der anderen Menschen zu erreichen, die sich in Threish angesiedelt hatten. Als er, von der Enttäuschung schwer getroffen, auf dem Boden lag, hörte er einen leisen, klirrenden Laut inmitten seines Kopfes, er konzentrierte sich auf ihn und erkannte, daß er den Geist seiner Freunde hörte. Und er fand einen Weg, den Klang zu verstärken, so daß er alles ganz klar hören konnte: ja, und das war der Geist seiner Frau, und das war der Geist seiner Schwester, und das war der Geist des Mannes seiner Schwester, und Digant konnte in jeden von diesen und in jeden anderen hineinblicken und die innersten Gedanken lesen. Das ist Göttlichkeit, sagte er sich. Und er untersuchte ihren Geist bis tief hinab, zog alle ihre Geheimnisse heraus. Stetig erweiterte er die Reichweite seiner Kraft, bis jeder Geist mit seinem verbunden war. Die geheimsten Bereiche ihrer Seele erkundete er, bis er schließlich, berauscht von seiner neuen Kraft und erfüllt vom Stolz seiner Göttlichkeit, von seinem Geist in all die anderen eine Botschaft aussandte: *»Hört die Stimme von Digant! Dies ist Digant, der Gott, den ihr anbeten sollt!«*
Als diese schreckliche Stimme in ihren Geist einbrach, stürzten viele von den Siedlern im Schock zusammen, andere verloren ihren Verstand, und wieder andere rannten in wildem Entsetzen umher und schrien: »Digant ist in unseren Geist eingedrungen! Digant ist in unseren Geist eingedrungen!« Und die Wellen der Angst und des Schmerzes, die von ihnen ausströmten, waren so intensiv, daß Digant furchtbare Schmerzen erlitt; er fiel in krampfartige Starre, während sein Geist nicht aufhörte zu donnern: *»Hört die Stimme von Digant! Dies ist Digant, der Gott, den ihr anbeten sollt!«*
Jedesmal, wenn dieser Schrei hinausging, starben weitere Siedler oder verloren den Verstand, und Digant, der auf die geistigen Störungen, die er verursachte, reagierte, zuckte und wand sich in Agonie, unfähig, die Kräfte seines Hirns unter Kontrolle zu bringen.
Kinnall und Thirga waren in Dabis, als dies geschah; sie zogen gerade einen dreiköpfigen Wurm aus dem Sumpf, um ihn Digant zu zeigen. Das Dröhnen von Digants Verstand pflanzte sich bis nach Dabis fort, und als sie diese Laute hörten, ließen Kinnall und Thirga von ihrem Tun ab und eilten zurück nach Threish. Sie fanden Digant, dem Sterben nahe, sein Gehirn völlig ausgebrannt, und sie fanden die Siedler von Threish tot oder wahnsinnig vor; und sie wußten sofort, wie das geschehen war. Schnell machten sie Digants Leben ein Ende, damit wieder Stille in Threish

herrschte. Dann wandten sie sich den Opfern des Möchtegern-Gotts zu und erweckten alle Toten und heilten die Kranken. Und zum Schluß verschlossen sie die Öffnung im Fels so, daß sie nicht erbrochen werden konnte, denn ihnen war bewußt, daß keine Menschen, sondern nur Götter von dieser Quelle trinken durften, und alle Götter hatten bereits aus ihr gekostet. Die Menschen von Threish fielen vor den beiden auf die Knie und fragten ehrfurchtsvoll: »Wer seid ihr?« Und Kinnall und Thirga erwiderten: »Wir sind Götter, und ihr seid nur Menschen.« Und das war der Anfang vom Ende der Unschuld der Götter. Und nach dieser Zeit war es unter den Menschen verboten, nach Methoden zu streben, von Geist zu Geist zu sprechen, und es wurde in den Kontrakt niedergeschrieben, daß man seine Seele von den Seelen der anderen fernhalten muß, denn nur Götter können ihre Seelen verschmelzen, ohne einander zu vernichten, und wir sind keine Götter.

33

Natürlich fand ich viele Gründe, die Einnahme der sumarischen Droge zusammen mit Schweiz hinauszuzögern. Zuerst ging der Oberste Richter Kalimol auf eine Jagdtour, und ich sagte Schweiz, daß in seiner Abwesenheit die doppelte Belastung durch meine Arbeit es unmöglich machte, mich zu diesem Zeitpunkt dem Experiment zu unterziehen. Kalimol kam zurück; Halum erkrankte; ich benutzte meine Sorge um sie als die nächste Entschuldigung. Halum genas; Noim lud Loimel und mich ein, Ferien in seinem Haus in Südsalla zu verbringen. Wir kamen aus Salla zurück; Krieg brach zwischen Salla und Glin aus und bescherte dem Gerichtshaus schwierige Seerechtsprobleme. Und so gingen die Wochen dahin. Schweiz wurde ungeduldig. Wollte ich die Droge überhaupt nehmen? Ich konnte ihm keine Antwort geben. Ich wußte es wirklich nicht. Ich hatte Angst. Aber stets brannte in mir die Verlockung, die er mir eingepflanzt hatte. Auszugreifen, gottgleich, und in Halums Seele einzudringen...

Ich ging zur Steinernen Kapelle, wartete, bis Jidd mich empfangen konnte, und unterzog mich einer Reinigung. Aber ich hielt vor Jidd jede Bemerkung über Schweiz und seine Droge zurück; ich fürchtete mich, zu enthüllen, daß ich mit solch gefährlichem Zeitvertreib spielte. Deshalb war die Reinigung ein Fehlschlag, da ich meine Seele dem Reiniger nicht völlig geöffnet hatte; ich verließ die Steinerne Kapelle angespannt und verdrossen. Jetzt erkannte ich klar, daß ich mich Schweiz unbedingt ergeben mußte, daß das, was er mir anbot, eine Schicksalsprobe war, der ich mich unterwerfen mußte, denn es gab kein Entkommen vor ihr. Er hatte

mich durchschaut. Unter meiner Frömmigkeit war ich ein potentieller Verräter des Kontrakts. Ich ging zu ihm.
»Heute«, sagte ich. »Jetzt.«

34

Wir benötigten Abgeschiedenheit. Die Hafengerichtsbarkeit unterhält ein Landhaus in den Hügeln, zwei Stunden nordwestlich von Manneran, wo durchreisende Würdenträger unterhalten und Handelsverträge ausgehandelt werden. Ich wußte, daß dieses Haus zur Zeit nicht genutzt wurde, und reservierte es drei Tage lang für mich. Am Mittag nahm ich Schweiz in einem Gerichtswagen mit und fuhr schnell aus der Stadt. In dem Haus versahen drei Bedienstete ihren Dienst – ein Koch, ein Zimmermädchen, ein Gärtner. Ich schärfte ihnen ein, daß ausgesprochen delikate Verhandlungen anstanden und sie auf keinen Fall Unterbrechungen zulassen oder Zerstreuungen anbieten dürften. Dann schlossen Schweiz und ich uns in den inneren Wohnquartieren ein. »Das beste wäre«, sagte er, »heute abend keine Nahrung zu uns zu nehmen. Sie empfehlen außerdem, daß der Körper völlig sauber sein muß.«
Das Landhaus besaß ein vorzügliches Dampfbad. Wir schrubbten uns intensiv ab und zogen uns, als wir herauskamen, lockere, bequeme seidene Umhänge an. Schweiz' Augen hatten wieder diesen glasigen Glanz, den sie in Momenten höchster Erregung annahmen. Ich fühlte mich unruhig und unbehaglich und begann mir vorzustellen, daß ich von diesem Abend irgendeinen schrecklichen Schaden davontragen würde. In diesem Augenblick sah ich mich als jemanden, der sich einer Operation unterziehen sollte, von der er sich nur schwerlich erholen würde. Meine Stimmung wurde zu dumpfer Resignation: Ich war bereit, ich war hier, ich war willens, mich hineinzustürzen und es hinter mich zu bringen.
»Eure letzte Chance«, sagte Schweiz mit breitem Grinsen. »Noch könnt Ihr Euch zurückziehen.«
»Nein.«
»Aber Euch ist klar, daß es Risiken gibt? Wir sind mit dieser Droge gleichermaßen unerfahren. Es gibt gewisse Gefahren.«
»Klar«, sagte ich.
»Und es ist ebenso klar, daß Ihr freiwillig, ohne jeden Zwang mitmacht?«
»Warum diese Verzögerung, Schweiz? Holt Euren Trank raus!«
»Man will nur sichergehen, daß Euer Gnaden völlig darauf vorbereitet ist, jedweden Folgen zu begegnen.«

In sarkastischem Tonfall sagte ich: »Vielleicht sollte es zwischen uns einen passenden Vertrag geben, der Euch für den Fall, daß man Euch später für Schädigungen einer Persönlichkeit zur Verantwortung ziehen will, von jeder Haftung entbindet...«
»Wenn Ihr das wünscht, Euer Gnaden. Man hält es nicht für notwendig.«
»Man hat nicht ernsthaft gesprochen«, sagte ich. Ich war jetzt unruhig. »Kann es sein, daß auch Ihr nervös seid, Schweiz? Daß Ihr Zweifel habt?«
»Wir tun einen kühnen Schritt.«
»Dann tun wir ihn endlich, ehe der Augenblick vorübergeht. Holt die Zutaten für den Trank heraus, Schweiz, holt sie heraus!«
»Jawohl«, sagte er und blickte mich einen langen Moment an. Er schlug seine Hände in kindlicher Fröhlichkeit zusammen. Und lachte triumphierend. Ich erkannte, wie er mich manipuliert hatte. Jetzt bettelte ich geradezu um die Droge! O Teufel, Teufel!
Aus seiner Reisetasche holte er das Päckchen mit dem weißen Pulver. Er bat mich, Wein zu besorgen, und ich bestellte zwei Karaffen kühlen Goldenen aus der Küche, und er schüttelte den halben Inhalt des Päckchens in meine Karaffe, die andere Hälfte in seine. Das Pulver löste sich fast sofort auf: einen Moment lang hinterließ es einen wolkiggrauen Strudel, und dann war keine Spur mehr von ihm zu sehen. Wir griffen nach unseren Gefäßen. Ich erinnere mich, wie ich über den Tisch hinweg zu Schweiz blickte und ihm ein schnelles Lächeln zuwarf; später beschrieb er mir es als das bleiche, nervöse Grinsen einer Jungfrau, die sich scheute, ihre Schenkel zu spreizen. »Es sollte alles auf einmal hinab«, sagte Schweiz, und er schluckte seinen Wein, und ich schluckte meinen, und dann lehnte ich mich zurück und erwartete, daß die Droge sofort auf mich wirkte. Ich spürte ein leichtes Schwindelgefühl, aber das war nur der Wein, der in meinem leeren Magen seine Wirkung tat. »Wie lange dauert es, bis es anfängt?« fragte ich. Schweiz zuckte die Achseln. »Es wird noch eine Zeit brauchen«, erwiderte er. Schweigend warteten wir. Probeweise versuchte ich, meinen Geist zu zwingen, auszugreifen und dem seinen zu begegnen, aber ich spürte nichts. Die Laute des Zimmers wurden verstärkt: das Knacken eines Dielenbretts, das Rascheln von Insekten draußen am Fenster, das leise Summen der elektrischen Beleuchtung. »Könnt Ihr erklären«, sagte ich heiser, »auf welche Weise die Droge ihre Wirkung ausüben soll?« Schweiz antwortete: »Man kann Euch nur sagen, was einem gesagt worden ist. Die potentielle Kraft, so sagt man, einen Geist mit dem anderen zu verbinden, existiert in uns allen von Geburt an, aber wir haben eine chemische Substanz im Blut entwickelt, die diese Kraft

hemmt. Nur sehr wenige werden ohne diesen Hemmfaktor geboren, und diese haben die Gabe, den Geist anderer zu erreichen, aber die meisten von uns sind für immer gehindert, diese stumme Kommunikation aufzunehmen, außer wenn aus irgendeinem Grund die Produktion des Hormons aussetzt und unser Geist sich eine Zeitlang öffnet. Wenn das geschieht, wird das oft fälschlicherweise als Wahnsinn angesehen. Die Droge aus Sumara Borthan, sagt man, neutralisiert den natürlichen Hemmstoff in unserem Blut, zumindest für eine kurze Zeit, und erlaubt uns, miteinander in Kontakt zu treten, wie wir es normalerweise tun würden, wenn uns die entgegenwirkende Substanz im Blut fehlte. So jedenfalls hat man es gehört.« Darauf antwortete ich: »Dann können wir also Übermenschen sein, werden aber von unseren eigenen Drüsen zu Krüppeln gemacht?« Und Schweiz sagte mit einer weitausholenden Handbewegung: »Vielleicht gab es gute biologische Gründe für die Entwicklung dieses Schutzes gegen unsere eigenen Kräfte, was? Oder vielleicht auch nicht.« Er lachte. Sein Gesicht war ganz rot geworden. Ich fragte ihn, ob er diese Geschichte über ein hemmendes Hormon und eine enthemmende Droge wirklich glaubte, und er sagte, er hätte keine Anhaltspunkte, das zu beurteilen. »Spürt Ihr schon etwas?« fragte ich. »Nur den Wein«, sagte er. Wir warteten. Wir warteten. Vielleicht bewirkt es gar nichts, dachte ich, und ich wäre erlöst. Wir warteten. Schließlich sagte Schweiz: »Jetzt könnte es beginnen.«

35

Als erstes wurde ich mir der Funktionen meines eigenen Körpers bewußt: das *Poch-Poch* meines Herzens, das Klopfen des Bluts gegen die Wände der Arterien, die Bewegungen von Flüssigkeiten tief in meinen Ohren, die Korpuskeln, die durch mein Blickfeld trieben. Dann nahm ich äußere Reize ungeheuer intensiv wahr: Luftströmungen, die über mein Gesicht strichen, eine Falte meines Gewands auf meinem Schenkel, der Druck des Fußbodens gegen meine Fußsohlen. Ich hörte ein nie gehörtes Geräusch, als stürze Wasser durch eine entfernte Schlucht. Ich verlor den Kontakt zu meiner Umgebung, denn während sich meine Wahrnehmungsfähigkeit intensivierte, verengte sich gleichzeitig ihre Reichweite, und ich fand mich nicht in der Lage, die Form des Zimmers wahrzunehmen, denn außer einem eng begrenzten Tunnel, an dessen anderem Ende Schweiz sich befand, konnte ich nichts klar erkennen; jenseits des Rands dieses Tunnels war nur nebliger Dunst. Jetzt war ich geängstigt und kämpfte darum, meinen Geist zu klären, etwa so, wie man eine bewußte Anstrengung unternimmt, um den Nebel zu vertreiben, der durch zuviel Wein verursacht wird; aber je heftiger ich mich mühte, normale Wahrnehmungen zurückzugewinnen, desto mehr beschleunigte sich die Verwandlung. Ich geriet in einen Zustand lichtausstrahlender Trunkenheit, helleuchtende Stäbe farbigen Lichts strömten an meinem Gesicht vorbei, und ich war sicher, daß ich von Digants Quelle getrunken hatte. Ich spürte ein anstürmendes Gefühl wie Luft, die in schneller Bewegung auf meine Ohren traf. Ich hörte ein hohes, winselndes Geräusch, das zuerst kaum vernehmbar war, sich dann zum Crescendo steigerte, bis es greifbar wurde und den Raum bis zum Überfließen zu füllen schien, aber das Geräusch verursachte keine Schmerzen. Der Sessel unter mir pochte und pulsierte in einem ständigen Takt, der auf einen steten Rhythmus des Planeten selbst abgestimmt zu sein schien. Dann erkannte ich, ohne das wahrnehmbare Gefühl, eine Grenze überschritten zu haben, daß meine Wahrnehmungen schon eine Zeitlang verdoppelt waren: Jetzt war ich mir eines zweiten Herzschlags bewußt, spürte ein zweites Rauschen von Blut in Gefäßen, die Aufwallungen eines zweiten Verdauungssystems. Aber es war keine reine Verdopplung, denn die anderen Rhythmen waren anders, bildeten komplizierte symphonische Zwischenspiele zu den Rhythmen meines eigenen Körpers, schufen Klangmuster, die so verwickelt waren, daß die Fasern meines Geists beim Versuch, ihnen zu folgen, zerschmolzen. Ich fing an, im Takt dieser Rhythmen zu schaukeln, meine Hände auf meine Schenkel zu schlagen, mit meinen Fingern zu schnipsen; und als ich durch den Tunnel blickte, sah ich, daß auch Schweiz schaukelte, schlug und schnippte, und ich erkannte, wessen Körperrhythmen ich empfing. Wir waren miteinander verschränkt. Jetzt hatte ich Schwierigkeiten, seinen Herzschlag von meinem zu unterscheiden, und manchmal sah ich, wenn ich über den Tisch hinweg zu ihm blickte, mein eigenes gerötetes, verzerrtes Gesicht. Ich erlebte eine allgemeine Verflüssigung der Realität, den Zusammenbruch von Mauern und Begrenzungen; ich war nicht in der Lage, Kinnall Darival weiter als Individuum zu sehen; ich dachte nicht in Begriffen von *er* und *ich*, sondern nur *wir*. Ich hatte nicht nur meine Identität verloren, sondern die Vorstellung vom Ich.

Auf dieser Ebene blieb ich eine lange Zeit, bis ich schließlich glaubte, die Kraft der Droge ließe nach. Farben wurden weniger leuchtend, meine Wahrnehmung von dem Zimmer normalisierte sich, und ich konnte wieder Schweiz' Körper und Geist von meinem unterscheiden. Doch statt Erleichterung darüber zu fühlen, daß das Schlimmste vorüber war, spürte ich nur Enttäuschung darüber, daß ich nicht zu der Art von Bewußtseinsverschmelzung gekommen war, die Schweiz versprochen hatte.

Aber ich war im Irrtum.
Der erste heftige Ansturm der Droge war vorbei, gewiß, aber erst jetzt erreichten wir die echte Austauschbeziehung. Schweiz und ich waren voneinander getrennt und trotzdem zusammen. Das war wirkliche Selbstentblößung. Ich sah seine Seele wie auf einem Tisch vor mir ausgebreitet, und ich konnte zu diesem Tisch gehen und die Dinge, die sich auf ihm befanden, untersuchen, konnte diesen oder jenen Gegenstand aufnehmen und so gründlich studieren, wie ich es wünschte.
Hier war das erhobene Gesicht von Schweiz' Mutter. Hier war eine angeschwollene bleiche Brust, mit blauen Venen geädert und von einer großen, steifen Brustwarze gekrönt. Hier waren die wilden Kindertage. Hier waren Erinnerungen an die Erde. Durch die Augen von Schweiz sah ich die Mutter der Welten, verstümmelt und ausgelaugt, gestalt- und farblos. Schönheit glänzte durch die Häßlichkeit. Da war der Ort seiner Geburt, diese zerzauste Stadt; dort waren die zehntausend Jahre alten Straßen; dort die Ruinen uralter Tempel. Hier war der Knotenpunkt erster Liebe. Hier Enttäuschungen und Abschied. Betrug hier, Vertrautheit dort. Wachstum und Wandel. Niedergang und Verzweiflung. Reisen. Mißerfolge. Verlockungen. Bekenntnisse. Ich sah die Sonnen von hundert Welten.
Und ich drang durch die Sedimente von Schweiz' Seele, nahm die schlikkigen Schichten der Habsucht und die erratischen Blöcke der Gaunerei wahr, die schmierigen Ablagerungen der Bosheit, die fauligen Schlammgruben des Opportunismus. Hier war das Ich verkörpert; hier war ein Mensch, der ganz allein für seinen Vorteil gelebt hatte.
Aber ich schrak vor der Dunkelheit von Schweiz nicht zurück.
Ich sah hinter diese Dinge. Ich sah das Sehnen, das Gottstreben in dem Menschen, Schweiz allein auf einer lunaren Ebene, spreizfüßig auf einem schwarzen Felsschild unter einem purpurnen Himmel, ausgestreckt, nach oben greifend, das Nichts festhaltend. Er mochte verschlagen und opportunistisch sein, gewiß, aber auch verwundbar, leidenschaftlich und aufrichtig unter all seinen Kapriolen. Ich konnte Schweiz nicht verdammen. Er war ich. Ich war er. Wellen des Ichs verschlangen uns beide. Wollte ich Schweiz niederwerfen, mußte ich auch Kinnall Darival niederwerfen. Meine Seele war von Wärme für ihn überflutet.
Ich fühlte auch, wie er mich untersuchte. Ich errichtete keine Barrieren um meinen Geist, als er ihn zu erkunden kam. Und durch seine Augen sah ich, was er in mir sah. Meine Angst vor meinem Vater. Meine ehrfurchtsvolle Achtung vor meinem Bruder. Meine Liebe zu Halum. Meine Flucht nach Glin. Meine Wahl Loimels. Meine banalen Fehler und meine banalen Tugenden. Alles, Schweiz. Schau. Schau. Schau. Und es kam al-

les, durch seine Seele gebrochen, zurück, und es zu betrachten war nicht schmerzlich. Liebe zu anderen beginnt mit der Liebe des Selbst, dachte ich plötzlich.

In diesem Moment stürzte der Kontrakt in mir zusammen.

Allmählich zogen Schweiz und ich uns voneinander zurück; auch wenn wir noch einige Zeit in Kontakt blieben, ebbte die Stärke des Bands doch nach und nach ab. Als es schließlich zerriß, spürte ich einen vibrierenden Nachhall, als wäre eine straff gespannte Saite gesprungen. Schweigend saßen wir da. Meine Augen waren geschlossen. Ich fühlte ein Unwohlsein im Magen und war mir der Kluft, die jeden von uns für immer einsam machte, bewußter als jemals zuvor. Nach einer langen Zeit blickte ich Schweiz an.

Er beobachtete mich, wartete auf mich. Er trug jenen ihm eigenen dämonischen Blick, das wilde Grinsen, den helläugigen Glanz, nur schien es mir jetzt weniger ein Blick des Wahnsinns denn eine Widerspiegelung innerer Freude. Er erschien jetzt jünger. Sein Gesicht war noch immer gerötet.

»Ich liebe dich«, sagte er sanft.

Die unerwarteten Worte waren wie Knüppel. Ich kreuzte die Handgelenke vor meinem Gesicht, die Handflächen schützend nach außen gerichtet.

»Was erregt dich so sehr?« fragte er. »Meine Grammatik, oder der Inhalt meiner Worte?«

»Beides.«

»Kann es so schrecklich sein, zu sagen: *Ich liebe dich*?«

»Man hat noch nie... man weiß nicht, wie man...

»Reagieren soll? Antworten soll?« Schweiz lachte. »Ich meine nicht, daß ich dich körperlich liebe. Als wäre das so abstoßend. Aber nein. Ich meine, was ich sage, Kinnall. Ich bin in deinem Geist gewesen, und ich mochte, was ich dort gesehen habe. Ich liebe dich.«

»Du sprichst in Ich-Form«, erinnerte ich ihn.

»Warum nicht? Muß ich das Ich selbst jetzt noch leugnen? Komm schon: Mach dich frei, Kinnall. Ich weiß, daß du es willst. Glaubst du, das, was ich gerade zu dir gesagt habe, ist obszön?«

»Es besitzt eine besondere Eigenartigkeit.«

»Auf meiner Welt besitzen diese Worte eine heilige Eigenart«, sagte Schweiz. »Und hier sind sie ein Greuel. Nie dürft ihr sagen: ›Ich liebe dich‹, was? Ein ganzer Planet, der sich diese kleine Freude versagt. O nein, Kinnall, nein, nein, nein!«

»Bitte«, sagte ich leise. »Man hat sich an die Dinge, die die Droge bewirkt hat, noch nicht völlig gewöhnt. Wenn du einen so anschreist...«

Aber er wollte nicht lockerlassen.
»Du bist auch in meinem Geist gewesen«, sagte er. »Was hast du dort gefunden? War es so abscheulich? Raus damit, Kinnall. Du hast jetzt keine Geheimnisse mehr vor mir. Die Wahrheit. Die Wahrheit!«
»Du weißt also, daß man dich bewundernswerter gefunden hat, als man erwartet hatte.«
Schweiz kicherte. »Und ich ebenso! Warum fürchten wir uns jetzt voreinander, Kinnall? Ich habe dir gesagt: Ich liebe dich! Wir sind miteinander in Kontakt gewesen. Wir haben gesehen, daß es Bereiche des Vertrauens gibt. Jetzt müssen wir uns wandeln, Kinnall. Du mehr als ich, denn du hast einen weiteren Weg zu gehen. Komm. Komm. Gib deinem Herzen einen Stoß. Sag es!«
»Man kann nicht.«
»Sag ›ich‹.«
»Wie schwer das ist.«
»Sag es. Nicht als Obszönität. Sag es, als liebtest du dich selbst.«
»Bitte.«
»Sag es.«
»Ich«, sagte ich.
»War das so schrecklich? Nun, komm. Sag mir, welche Gefühle du mir gegenüber hast. Die Wahrheit. Aus den tiefsten Ebenen.«
»Ein Gefühl der Wärme... der Zuneigung, des Vertrauens...«
»Der Liebe?«
»Der Liebe, ja«, gab ich zu.
»Dann sag es.«
»Liebe.«
»Das ist nicht das, was du sagen sollst.«
»Was denn?«
»Etwas, das seit zweitausend Jahren auf diesem Planeten nicht mehr gesagt worden ist, Kinnall. Jetzt – sag es. Ich...«
»Ich...«
»Liebe dich.«
»Liebe dich.«
»Ich liebe dich.«
»Ich... liebe... dich.«
»Es ist ein Anfang«, sagte Schweiz. Schweiß strömte sein Gesicht hinab und auch das meine. »Wir beginnen damit anzuerkennen, daß wir lieben können. Wir beginnen damit anzuerkennen, daß wir ein Ich haben, das der Liebe *fähig* ist. Dann beginnen wir zu lieben. Verstanden? Wir beginnen zu lieben.«

36

Später sagte ich: »Hast du von der Droge bekommen, was du gesucht hast, Schweiz?«

»Teilweise.«

»Wieso teilweise?«

»Ich habe nach Gott gesucht, Kinnall, und ich habe ihn noch nicht ganz gefunden, aber jetzt habe ich eine bessere Vorstellung davon, wo ich suchen muß. Ich habe herausgefunden, wie man nicht mehr allein ist. Wie ich meinen Geist einem anderen völlig öffnen kann. Das ist der erste Schritt auf der Straße, der ich weiter folgen will.«

»Man freut sich für dich, Schweiz.«

»Mußt du mit mir immer noch in diesem Dritte-Person-Kauderwelsch sprechen?«

»Ich kann nicht anders«, sagte ich. Ich war schrecklich müde. Ich begann wieder, mich vor Schweiz zu fürchten. Die Liebe, die ich für ihn empfand, war noch da, aber jetzt machte sich wieder Argwohn breit. Nutzte er mich aus? Holte er sich nur einige kleine schmutzige Vergnügungen aus unserer gegenseitigen Enthüllung? Er hatte mich dazu gebracht, ein Selbstentblößer zu werden. Sein Beharren darauf, daß ich mit den Begriffen »ich« und »mich« zu ihm sprach – war das ein Symbol meiner Befreiung, war es etwas Schönes und Reines, wie er behauptete, oder war es nur ein zotiges Amüsement? Mir war das alles noch zu neu. Ich konnte nicht gelassen dasitzen, während ein Mann *»Ich liebe dich«* zu mir sagte und mich bedrängte, *»Ich liebe dich«* zu ihm zu sagen.

»Übe es«, sagte Schweiz. »Ich. Ich. Ich. Ich.«

»Hör auf, bitte.«

»Tut es weh?«

»Für mich ist es neu und fremd. Ich muß – da, siehst du –, ich muß allmählicher hineinschlüpfen.«

»Dann nimm dir Zeit. Laß dich von mir nicht zur Eile treiben. Aber höre niemals auf voranzugehen.«

»Man wird es versuchen. *Ich* werde es versuchen«, sagte ich.

»Gut.« Nach einem Moment sagte er: »Würdest du die Droge jemals wieder benutzen?«

»Mit dir?«

»Ich glaube nicht, daß das nötig ist. Ich meine, mit jemandem wie deiner Bundschwester. Wenn ich dir von dem Stoff etwas anbiete, würdest du ihn mit ihr zusammen nehmen?«

»Ich weiß es nicht.«

»Hast du jetzt Angst vor der Droge?«

Ich schüttelte den Kopf. »Das ist für mich nicht leicht zu beantworten. Ich brauche Zeit, um die ganze Erfahrung zu verarbeiten. Zeit, darüber nachzudenken, Schweiz, bevor ich sie wiederhole.«
»Du hast die Erfahrung genossen. Du hast gesehen, daß nur Gutes herauskommt.«
»Vielleicht. Vielleicht.«
»Ohne Zweifel!« Sein Eifer war geradezu missionarisch. Seine Begeisterung lockte mich erneut.
Vorsichtig sagte ich: »Wenn man mehr davon bekommen könnte, würde ich ernsthaft erwägen, sie wieder zu versuchen. Vielleicht mit Halum.«
»Gut!«
»Nicht sofort. Aber nach einiger Zeit. Zwei, drei Mondzeiten von jetzt.«
»Es würde noch später sein müssen.«
»Wieso?«
Schweiz sagte: »Das war mein gesamter Vorrat der Droge, den wir heute abend aufgebraucht haben. Ich habe nichts mehr.«
»Aber du könntest mehr davon bekommen, wenn du es versuchtest?«
»Aber ja, gewiß.«
»Wo?«
»In Sumara Borthan«, sagte er.

37

Wenn einem bestimmte Freuden neu sind, ist es nicht überraschend, wenn dem ersten Genuß Reue und Gewissensbisse folgen. So war es auch bei mir. Am Morgen unseres zweiten Tages im Landhaus erwachte ich nach einem ruhigen Schlaf mit dem Gefühl solcher Beschämung, daß ich darum betete, der Erdboden möge mich verschlingen. Was hatte ich getan? Warum hatte ich mich von Schweiz in solchen Schmutz treiben lassen? Selbstentblößen! Selbstentblößen! Die ganze Nacht mit ihm zusammensitzen, »ich« und »mich« und »mich« und »ich« zu sagen und mir selbst zur Freiheit von der erstickenden Hand der Konvention zu gratulieren! Die Nebel des Tages brachten eine Stimmung des Unglaubens mit sich. Konnte ich mich wirklich auf solche Weise geöffnet haben? Ja, ich mußte wohl, denn in mir waren jetzt Erinnerungen an Schweiz' Vergangenheit, zu denen ich vorher keinen Zugang gehabt hatte. Und meine waren dann wohl auch in ihm. Ich betete um einen Weg, das Geschehene ungeschehen zu machen. Ich spürte, daß ich etwas von meiner Persönlichkeit verloren hatte, indem ich meine Abgeschiedenheit aufgegeben hatte. Ihr müßt wissen, daß es bei uns keine angenehme Sache ist, ein

Selbstentblößer zu sein; diejenigen, die sich selbst offenbaren, gewinnen nur ein schmutziges Vergnügen und eine heimliche Ekstase daraus. Ich redete mir ein, daß ich all das nicht getan, sondern mich nur auf eine spirituelle Suche begeben hatte; aber im gleichen Moment, als ich diesen Satz formte, klang er verhängnisvoll und heuchlerisch, eine fadenscheinige Maske für schäbige Motive. Und ich schämte mich um meinetwillen, um meines Sohnes willen, um meines königlichen Vaters und seiner königlichen Vorväter willen, daß es so weit mit mir gekommen war. Ich glaube, es war Schweiz' *»Ich liebe dich«*, mehr als jeder andere Aspekt des Abends, das mich in einen solchen Abgrund der Reue gestoßen hatte, denn mein altes Ich maß diesen Worten eine doppelte Obszönität bei, auch wenn das neue Ich, das sich mühte, sich durchzusetzen, darauf bestand, daß der Erdmensch nichts Schändliches gesagt hatte, weder mit seinem *»ich«* noch mit seinem *»liebe«*. Aber ich wies mein eigenes Argument zurück und ließ mich von Schuldbewußtsein überwältigen. Was war aus mir geworden, daß ich Zärtlichkeiten mit einem anderen Mann, einem erdgeborenen Kaufmann, einem Verrückten, austauschte? Wie stand ich jetzt da, da ich mich ihm gegenüber völlig verwundbar gemacht hatte? Einen Moment lang erwog ich, Schweiz zu töten, um so meine Intimsphäre wiederherzustellen. Ich ging zu ihm, während er schlief, und sah ihn dort liegen, ein Lächeln auf dem Gesicht, und ich konnte keinen Haß gegen ihn spüren.

Diesen Tag verbrachte ich hauptsächlich allein. Ich ging in den Wald hinaus und badete in einem kühlen Teich; dann kniete ich vor einem Feuerdorn nieder, tat so, als wäre er ein Reiniger, und beichtete flüsternd; danach schritt ich durch einen dornigen Wald und kam, von Dornen übersät und verschmutzt, zum Haus zurück. Schweiz fragte mich, ob ich mich unwohl fühlte. Nein, sagte ich ihm, es sei alles in Ordnung. An diesem Abend sprach ich wenig, sondern zog mich in einen Massagesessel zurück. Der Erdmensch, redseliger denn je, ein Wirbelwind schwungvoller Worte, stürzte sich in die Einzelheiten eines großangelegten Plans für eine Expedition nach Sumara Borthan, um die Droge sackweise mitzubringen, genug, um jede Seele in Manneran zu verwandeln, und ich hörte zu, ohne mich dazu zu äußern, denn mir erschien alles unwirklich, und dieses Projekt schien nicht seltsamer als alles andere.

Ich hatte gehofft, mein Seelenleid würde sich lindern, sobald ich zurück in Manneran war und wieder am Schreibtisch im Justizhaus säße. Aber nein. Ich kam in mein Haus, und dort waren Halum und Loimel, die Cousinen tauschten Kleider untereinander aus, und bei ihrem Anblick hätte ich mich fast auf der Stelle zur Flucht gewendet. Sie lächelten mir ein warmes Frauen-Lächeln entgegen, ein geheimnisvolles Lächeln, das

Symbol des Bündnisses, das ein ganzes Leben zwischen ihnen bestanden hatte, und verzweifelt blickte ich von meiner Frau zu meiner Bundschwester, von einer Cousine zur anderen, und empfand die gespiegelte Schönheit wie ein zweischneidiges Schwert in meinem Leib. Dieses Lächeln! Diese wissenden Augen! Sie brauchten keine Droge, um mir die Wahrheit zu entlocken.

Wo bist du gewesen, Kinnall?

In einem Haus im Wald, um mit einem Erdmenschen Selbstentblößen zu spielen.

Und hast du ihm deine Seele gezeigt?

O ja, und er hat einem seine gezeigt.

Und dann?

Dann haben wir von Liebe gesprochen. Ich liebe dich, hat er gesagt, und man hat erwidert: Ich liebe dich.

Was für ein verdorbenes Kind du bist, Kinnall!

Ja. Ja. Wo kann man sich vor seiner Schande verstecken?

Im Bruchteil einer Sekunde wirbelte dieser stumme Dialog durch meinen Kopf, während ich mich ihnen näherte. Sie saßen neben dem Brunnen im Innenhof. Höflich umarmte ich Loimel, und höflich umarmte ich meine Bundschwester, aber meine Augen wichen ihrem Blick aus, so groß war mein Schuldbewußtsein. Im Gerichtsbüro war es für mich genauso. Ich übersetzte die Blicke der Untergebenen zu anklagendem Starren. *Da ist Kinnall Darival, der all unsere Geheimnisse an Schweiz von der Erde verraten hat. Schaut euch den sallanischen Selbstentblößer an, der sich bei UNS EINGESCHLICHEN hat! Wie kann er nur seinen eigenen Gestank aushalten?* Ich blieb verschlossen und erledigte meine Arbeit nur kümmerlich. Ein Dokument über irgendwelche Transaktionen von Schweiz kam über meinen Schreibtisch und stürzte mich in Angst und Schrecken. Der Gedanke, Schweiz noch einmal gegenüberzutreten, entsetzte mich. Es wäre mir ein leichtes gewesen, unter Einsatz der Autorität des Obersten Richters seine Aufenthaltserlaubnis in Manneran zu widerrufen; ein schlechter Lohn für das Vertrauen, das er mir gezeigt hatte, aber beinahe hätte ich es getan, nur eine noch tiefere Scham, als ich sie ohnehin schon ertrug, hielt mich davon ab.

Am dritten Tag meiner Rückkehr, als auch meine Kinder sich schon zu wundern begannen, was mit mir nicht stimmte, ging ich zur Steinernen Kapelle, um beim Reiniger Jidd Heilung zu erlangen.

Es war ein feuchter, heißer Tag. Der weiche, samtene Himmel schien wie in Bogenfalten über Manneran zu hängen, und alles war in glitzernde Kügelchen hellen Dunsts gehüllt. Das Sonnenlicht war an diesem Tag von merkwürdiger Farbe, fast weiß, und die uralten schwarzen Steinblöcke

des heiligen Gebäudes warfen blendende Spiegelungen zurück, als wären sie mit Prismen besetzt; aber einmal in der Kapelle, befand ich mich in dunklen, kühlen, ruhigen Räumen. Jidds Zelle lag standesgemäß in der Apsis der Kapelle, hinter dem großen Altar. Er erwartete mich, schon in die rituellen Gewänder gekleidet; ich hatte diese Zeit Stunden im voraus reserviert. Der Vertrag war vorbereitet. Schnell unterschrieb ich und gab ihm seine Gebühr. Dieser Jidd war nicht liebenswerter als jeder andere seines Gewerbes, aber in diesem Augenblick war ich von seiner Häßlichkeit, seiner knotigen Nase und seinen dünnen, langen Lippen, seinen Glupschaugen und den baumelnden Ohrläppchen beeindruckt. Warum sollte man sich über das Gesicht des Mannes lustig machen? Hätte er die Wahl gehabt, hätte er ein anderes ausgewählt. Und ich war freundlich zu ihm eingestellt, da ich hoffte, er würde mich heilen. Heiler waren heilige Männer. *Gib mir, was ich von dir brauche, Jidd, und ich werde dein häßliches Gesicht segnen!*
Er sagte: »Unter welchen Auspizien soll die Reinigung stattfinden?«
»Der Gott der Vergebung.«
Er berührte einen Schalter. Einfache Kerzen waren für Jidd zu gewöhnlich. Das Bernsteinlicht der Vergebung kam aus verborgenen Gasdüsen und ergoß sich über den Raum. Jidd lenkte meine Aufmerksamkeit auf den Spiegel, wies mich an, mein Gesicht anzublicken, meine Augen auf meine Augen zu richten. Die Augen eines Fremden blickten mir entgegen. Schweißtröpfchen sammelten sich an den Wurzeln meiner Barthaare, an jenen Stellen, wo die Haut meiner Wangen zu sehen war. *Ich liebe dich,* sagte ich stumm zu dem fremden Gesicht im Spiegel. Liebe zu anderen beginnt mit Liebe zu sich selbst. Die Kapelle lastete auf mir; ich hatte Angst, unter einem Steinblock aus der Decke zerschmettert zu werden. Jidd sprach die einleitenden Worte. In ihnen war nichts von Liebe enthalten. Er befahl mir, ihm seine Seele zu öffnen.
Ich stammelte. Meine Zunge verdrehte sich zu einem Knoten. Ich würgte, brachte kein Wort hervor; ich senkte meinen Kopf und preßte ihn gegen den kalten Boden. Jidd berührte meine Schulter und murmelte tröstende Sprüche, bis mein Anfall vorüberging. Wir begannen das Ritual zum zweiten Mal. Jetzt gelangte ich reibungsloser durch die Einleitungen, und als er mich zu sprechen aufforderte, sagte ich, so als zitierte ich Zeilen, die jemand anders für mich aufgeschrieben hatte: »In den vergangenen Tagen ging man mit einem anderen zu einem geheimen Ort, und gemeinsam nahmen wir eine bestimmte Droge aus Sumara Borthan, die die Seele von Beklemmungen befreit, und gemeinsam verübten wir Selbstentblößung, und nun spürt man Reue ob seiner Sünde und wünscht Vergebung für sie.«

Jidd ächzte, und es ist gewiß nicht einfach, einen Reiniger in Erstaunen zu versetzen. Dieses Ächzen untergrub beinahe meinen Willen zu bekennen; aber Jidd bekam sich gewandt unter Kontrolle, redete mir weiter mit einschmeichelnden Worten zu, bis die Starre meine Kiefer verließ und ich anfing, alles auszubreiten. Meine ersten Gespräche mit Schweiz über die Droge. (Ich ließ ihn ungenannt. Obwohl ich Jidd vertraute, das Geheimnis der Reinigung zu bewahren, sah ich keinen geistigen Vorteil für mich darin, den Namen meines Mitsünders zu nennen.) Meine Einnahme der Droge im Landhaus. Meine Gefühle, als die Droge zu wirken begann. Meine Erkundung der Seele von Schweiz. Sein Eindringen in die meine. Das Wachsen tiefer Zuneigung zwischen uns, als die Vereinigung des Geistes sich entwickelte. Mein Gefühl der Entfremdung vom Kontrakt, als ich mich unter dem Einfluß der Droge befand. Meine plötzliche Überzeugung, daß die Verleugnung des Selbst, die wir praktizieren, ein katastrophaler kultureller Irrtum sei. Die intuitive Erkenntnis, daß wir statt dessen unserer Abgeschiedenheit entsagen und versuchen müßten, die Abgründe zwischen uns zu überbrücken, statt die Isolation zu verherrlichen. Ich bekannte auch, daß ich mich auf die Droge eingelassen hatte, um schließlich die Seele Halums zu erreichen; von mir das Eingeständnis meiner Sehnsucht nach meiner Bundschwester zu hören, war für Jidd inzwischen nichts Neues mehr. Und dann sprach ich von den Verwirrungen, die ich erfahren hatte, seit ich aus der Trance der Droge erwacht war: das Schuldgefühl, die Beschämung, den Zweifel. Schließlich verstummte ich. Direkt vor mir hingen, wie eine bleiche, in der Dunkelheit glühende Kugel, die Fakten meiner Missetaten, greifbar und offen, und ich fühlte mich schon reiner, weil ich sie offenbart hatte. Jetzt war ich bereit, in den Kontrakt wiederaufgenommen zu werden. Ich wollte von meiner Abirrung des Selbstentblößens geläutert werden. Ich strebte danach, Buße zu tun und mein aufrechtes Leben wieder aufzunehmen. Ich war versessen darauf, geheilt zu werden, und bettelte um Absolution und Wiederzugehörigkeit zu meiner Gemeinschaft. Aber ich konnte die Gegenwart eines Gottes nicht spüren. In den Spiegel starrend, sah ich nur mein eigenes Gesicht, eingefallen und fahl, der Bart ungepflegt und zerzaust. Als Jidd begann, die Formeln der Absolution zu zitieren, waren sie für mich nichts als Worte, und meine Seele erhob sich nicht. Ich war von jeglichem Glauben abgeschnitten. Die Ironie dieses Vorgangs irritierte mich: Schweiz, der mich um meinen Glauben beneidete, versuchte durch die Droge die Unterwerfung unter das Übernatürliche zu verstehen und hatte mich meines Zugangs zu Gott beraubt. Da kniete ich, steinerne Knie auf steinernem Boden, gab leere Antworten auf die leeren Sätze Jidds und wünschte, Jidd und ich könnten die Droge gemeinsam nehmen, um einen wirklichen Gedankenaustausch zwischen uns zu bewirken. Und ich wußte, ich war verloren.

»Der Friede der Götter sei nun mit dir«, sagte Jidd.

»Der Friede der Götter ist mit einem.«

»Strebe nicht mehr nach falschem Beistand, und bewahre dein Selbst für dich, denn andere Pfade führen nur zu Schande und Verderben.«

»Man wird keine anderen Pfade mehr betreten.«

»Du hast Bundschwester und Bundbruder, du hast einen Reiniger, du hast die Gnaden der Götter. Mehr benötigst du nicht.«

»Mehr benötigt man nicht.«

»Dann gehe in Frieden.«

Ich ging, aber nicht in dem Frieden, den er meinte, denn die Reinigung war eine schwerfällige Angelegenheit gewesen, bedeutungslos und nichtig. Jidd hatte mich nicht mit dem Kontrakt in Einklang gebracht: Er hatte nur den Grad meiner Trennung von ihm demonstriert. Unbewegt, wie nach einer Reinigung, verließ ich allerdings, irgendwie von Schuld gereinigt, die Steinerne Kapelle. Ich bedauerte meine Selbstentblößung nicht mehr. Vielleicht war es eine Nebenwirkung der Reinigung, diese Umkehrung meiner Ansicht, aber ich versuchte nicht, diese Frage näher zu analysieren. Ich war zufrieden damit, ich zu sein und diese Gedanken zu denken. In diesem Augenblick war meine Bekehrung vollständig. Schweiz hatte meinen Glauben von mir genommen, aber mir an seiner Stelle einen anderen gegeben.

38

An diesem Nachmittag erreichte mich ein Problem, das ein Schiff aus Threish und falsche Frachtpapiere betraf, und ich ging zum Hafen, um mich der Tatsachen zu vergewissern. Dort traf ich zufällig Schweiz. Seit ich mich vor einigen Tagen von ihm verabschiedet hatte, hatte ich mich gefürchtet, ihm wieder zu begegnen; es würde unerträglich sein, dachte ich, in die Augen dieses Mannes zu blicken, der mein ganzes Ich gesehen hatte. Nur indem ich mich von ihm fernhielt, konnte ich mir schließlich einreden, daß ich eigentlich gar nicht getan hatte, was ich getan hatte. Aber dann sah ich ihn neben mir am Pier. Er hatte einen Stapel Rechnungen mit der einen Hand gepackt und fuchtelte mit der anderen vor dem Gesicht eines Kaufmanns in glinischer Kleidung. Zu meinem Erstaunen spürte ich bei seinem Anblick nichts von der Verlegenheit, die ich vorhergesehen hatte, sondern nur Wärme und Freude, und ich ging auf ihn zu. Er schlug mir auf die Schulter, ich erwiderte diese Begrüßung.

»Du wirkst jetzt fröhlicher«, sagte er.
»Viel fröhlicher.«
»Ich bringe noch die Sache mit diesem Gauner hier zu Ende, und dann trinken wir zusammen eine Flasche Goldenen, was?«
»Unbedingt«, sagte ich.
Eine Stunde später saßen wir in einer Hafentaverne, und ich sagte: »Wie bald können wir nach Sumara Borthan aufbrechen?«

39

Die Reise zum Südkontinent verlief wie im Traum. Nicht ein einziges Mal stellte ich den Sinn dieses Unternehmens in Frage, nicht ein einziges Mal hielt ich inne, um mich zu fragen, warum es notwendig war, daß ich selbst an der Fahrt teilnahm, statt Schweiz sie allein unternehmen zu lassen oder einen Mietling zu schicken, um die Droge auf unsere Rechnung zu beschaffen. Ich nahm die Aufgabe, unsere Überfahrt vorzubereiten, ganz einfach in Angriff.
Zwischen Velada Borthan und Sumara Borthan gibt es keine regelmäßige Handelsschiffahrt. Diejenigen, die zum Südkontinent wollten, mußten ein Fahrzeug chartern. Das tat ich mit den Hilfsmitteln des Gerichtshofs, indem ich Strohmänner und Mittelsleute einsetzte. Das Schiff, das ich aussuchte, kam nicht aus Manneran, denn ich wollte bei unserer Überfahrt nicht erkannt werden; es handelte sich um ein Schiff aus der Westprovinz Velis, das seit mehr als einem halben Jahr wegen eines Rechtsstreits im Hafen von Manneran festlag. Es schien sich um eine Auseinandersetzung über den Rechtsanspruch auf das Schiff zu handeln, die vor dem Gericht seines Heimathafens ausgetragen wurde, und das Dickicht von Verfügungen und Gegenverfügungen hatte den Erfolg, dem Schiff nach seiner letzten Fahrt nach Manneran die Weiterfahrt unmöglich zu machen. Der Kapitän und seine Besatzung waren über die erzwungene Pause erbittert und hatten bereits Protest beim Gerichtshof eingereicht; aber der Oberste Richter konnte in einen Rechtsstreit, der in Velis verhandelt wird, nicht eingreifen, und deshalb mußten wir den Zwangsaufenthalt verlängern, bis aus Velis gemeldet würde, daß der Rechtsstreit beigelegt wäre. In Kenntnis dieser Tatsachen gab ich im Namen des Obersten Richters ein Dekret heraus, das dem Schiff erlaubte, zeitlich befristete Charterfahrten »zwischen dem Fluß Woyn und der Ostküste des Golfs von Sumar« anzunehmen. Gewöhnlich verstand man darunter jeden Punkt der Küste Mannerans, aber ich legte in diesem Fall ausdrücklich fest, daß der Kapitän sich für Fahrten zur Nordküste Sumara Borthans

verdingen konnte. Zweifellos verblüffte diese Klausel den armen Mann, und es muß ihn noch mehr verblüfft haben, als ihn ein paar Tage später einer meiner Agenten aufsuchte und ihn bat, eben dorthin eine Fahrt zu unternehmen.

Weder Loimel noch Halum noch sonst jemandem teilte ich das Ziel meiner Reise mit. Ich sagte nur, daß Gerichtsangelegenheiten es erforderten, für eine kurze Zeit ins Ausland zu gehen. Im Gerichtshaus waren meine Erklärungen noch dürftiger; ich beantragte bei mir selbst die Erlaubnis, eine Zeit abwesend zu sein, gewährte sie sofort und informierte den Obersten Richter erst im letztmöglichen Augenblick, daß ich in der nächsten Zukunft nicht zur Verfügung stand.

Um Komplikationen mit den Zöllnern zu vermeiden, wählte ich als Abfahrtsstelle die Hilminor im Südwesten Mannerans, am Golf von Sumar, aus. Es handelt sich um einen Ort mittlerer Größe, der hauptsächlich vom Fischhandel lebt, aber auch als Anlaufstation für Schiffe dient, die zwischen Manneran City und den westlichen Provinzen verkehren. Ich sorgte dafür, daß wir unseren Kapitän in Hilminor trafen; er fuhr über See zu der Stadt, während Schweiz und ich einen Bodenwagen nahmen.

Es war eine Zweitagesreise über die Küstenstraße durch eine Landschaft, die immer üppiger, immer tropischer wurde, als wir uns dem Golf von Sumar näherten. Schweiz war wie ich in großartiger Stimmung. Wir redeten ständig in der ersten Person miteinander; für ihn war das natürlich bedeutungslos, aber ich fühlte mich wie ein kleiner, verdorbener Junge, der sich fortstahl, um »ich« und »mich« in das Ohr seines Spielkameraden zu flüstern. Er und ich spekulierten, welche Menge der sumarischen Droge wir bekommen und was wir mit ihr tun würden. Es handelte sich nicht mehr nur darum, ein wenig davon zusammen mit Halum einzunehmen: Jetzt sprachen wir davon, jedermann zu bekehren und eine Massenbefreiung meiner sich selbst beschränkenden Landsleute in Gang zu setzen. Diese missionarische Einstellung hatte sich nach und nach, ohne daß es mir bewußt geworden war, in unsere Pläne gestohlen und war bald vorherrschend geworden.

Wir erreichten Hilminor an einem heißen Tag, an dem der Himmel Blasen zu schlagen schien. Eine schimmernde Kuppel aus Hitze überdeckte alles, und der Golf von Sumar, der sich vor uns erstreckte, war im grellen Sonnenlicht mit einer goldenen Haut überzogen. Hilminor wird von einer Kette niedriger Hügel gesäumt, die auf der Seeseite von dichten Wäldern bestanden sind, während die Landseite ausgetrocknet ist; die Straße schlängelte sich durch die Hügel, und wir hielten an einer Stelle an, von der aus ich Schweiz die Fleischbäume zeigen konnte, die die verdorrten Hügel auf der Landseite bedeckten. Ein Dutzend der Bäume wuchsen an einer Stelle. Wir arbeiteten uns durch knackendes, zundertrockenes Unterholz, um sie zu erreichen: Sie waren doppelt so hoch wie ein Mensch, hatten verdrehte Äste und eine dicke, fahle Borke, die sich schwammig wie die Haut einer alten Frau anfühlte. Durch die vielfachen Versuche, ihren Saft anzuzapfen, waren die Bäume vernarbt, was sie noch abstoßender aussehen ließ. »Können wir von der Flüssigkeit probieren?« fragte Schweiz. Wir hatten keinerlei Utensilien, um einen Baum anzuzapfen, aber gerade in diesem Moment kam ein Mädchen aus der Stadt heran, vielleicht zehn Jahre alt, halb nackt und von der Sonne tiefbraun, so daß der Schmutz kaum zu sehen war; sie trug einen Bohrer und einen Krug und war offenbar von ihrer Familie hergeschickt worden, um Fleischbaumsaft einzusammeln. Sie blickte uns mürrisch an. Ich holte eine Münze hervor und sagte: »Man möchte seinem Begleiter den Geschmack des Fleischbaums demonstrieren.« Ihr Blick war immer noch mürrisch; aber sie stieß den Bohrer mit überraschender Kraft in den nächststehenden Baum, drehte ihn, zog ihn heraus und fing den Strom heller, dicklicher Flüssigkeit auf. Verdrossen reichte sie Schweiz ihren Krug. Er schnüffelte daran, nahm eine vorsichtige Kostprobe und tat schließlich einen tiefen Schluck. Verzückt heulte er auf. »Warum wird dieses Zeug nicht in ganz Velada Borthan verkauft?« fragte er.

»Sämtliche Vorräte kommen aus einer kleinen Zone am Golf«, erklärte ich ihm. »Das meiste wird an Ort und Stelle verbraucht, und ein großer Anteil wird nach Threish verschifft, wo das Trinken des Safts fast eine Sucht ist. Da bleibt für den übrigen Kontinent nicht viel übrig. Natürlich kannst du es in Manneran kaufen, aber du mußt schon wissen, wo man es bekommen kann.«

»Weißt du, was ich gerne täte, Kinnall? Ich würde gerne eine Fleischbaum-Plantage aufbauen, sie zu Tausenden züchten und soviel Saft auf Flaschen füllen, daß wir nicht nur ganz Velada Borthan beliefern, sondern auch noch ein Exportgeschäft aufziehen könnten. Ich...«

»*Teufel!*« schrie das Mädchen, fügte einige unverständliche Worte im Küstendialekt hinzu und riß den Krug aus seiner Hand. Überstürzt lief sie davon, die Knie hochgerissen und wild mit den Ellbogen rudernd; einige Male blickte sie zu uns zurück und machte mit den Fingern ein Zeichen der Verachtung oder Abwehr. Schweiz schüttelte verwundert den Kopf. »Ist sie verrückt?« fragte er.

»Du hast dreimal ›ich‹ gesagt«, sagte ich. »Sehr unvorsichtig.«

»In den Gesprächen mit dir habe ich schlechte Gewohnheiten angenommen. Aber kann es wirklich so schmutzig sein, es zu sagen?«

»Schmutziger, als du es dir je vorstellen kannst. Das Mädchen ist wahrscheinlich auf dem Weg, seinen Brüdern über den schmutzigen alten Kerl

zu erzählen, der es in den Hügeln mit Obszönitäten belästigt hat. Nun komm: Gehen wir in die Stadt, bevor sie über uns herfallen.«
»Schmutziger alter Kerl«, grummelte Schweiz. »Ich!«
Ich schob ihn in den Bodenwagen, und wir eilten auf den Hafen von Hilminor zu.

40

Unser Schiff lag vor Anker, ein kleines, wuchtiges Boot, Zwillingsschrauben, Hilfssegel, der Rumpf blau und golden gestrichen. Wir stellten uns dem Kapitän vor – Khrisch hieß er –, und er begrüßte uns freundlich mit den Namen, die wir angenommen hatten. Am späten Nachmittag stachen wir in See. Nicht einmal während unserer Fahrt fragte uns Kapitän Khrisch nach unseren Absichten, auch die zehnköpfige Besatzung übte Zurückhaltung. Sicher waren sie ausgesprochen neugierig auf die Motive von jemandem, der nach Sumara Borthan wollte, aber sie waren so dankbar, ihrem Zwangsaufenthalt zu entkommen, selbst für diese kurze Kreuzfahrt, daß sie ängstlich darauf bedacht waren, ihre Arbeitgeber nicht durch zuviel Wißbegierde vor den Kopf zu stoßen.
Die Küste Velada Borthans tauchte hinter mir unter den Horizont, und vor uns lag nichts als die große freie Fläche der Meerenge von Sumar. Nirgendwo war Land zu sehen, weder achteraus noch vor dem Bug. Das machte mir angst. In meiner kurzen Laufbahn als glinischer Seemann war ich nie so weit von der Küste weg gewesen, und in stürmischen Augenblicken hatte ich mich immer mit der tröstenden Täuschung beruhigt, daß ich immer noch zum Ufer schwimmen konnte, wenn wir kenterten. Hier jedoch schien das ganze Universum aus Wasser zu bestehen. Als der Abend hereinbrach, kam ein graublaues Zwielicht auf, das den Himmel nahtlos mit dem Meer verband, und für mich machte das alles noch schlimmer: Jetzt gab es nur noch unser kleines, schlingerndes, stampfendes Schiff, das verletzlich in dieser richtungslosen, dimensionslosen Leere trieb, diese schimmernde Antiwelt, in der alle Orte zu einem einzigen Ort verschmolzen. Ich hatte nicht erwartet, daß die Meerenge so breit war. Auf einer Karte, die ich erst vor wenigen Tagen im Gerichtsgebäude gesehen hatte, war sie weniger breit als mein kleiner Finger gewesen; ich hatte angenommen, daß die Klippen von Sumara Borthan schon kurz nach Beginn unserer Fahrt sichtbar würden; doch hier befanden wir uns inmitten des Nichts. Ich stolperte zu meiner Kajüte und fiel, das Gesicht voran, in meine Koje; dort lag ich zitternd und rief den Gott der Reisenden um seinen Schutz an. Nach und nach kam ich dazu, mich für diese Schwäche

zu verachten. Ich erinnerte mich daran, daß ich eines Septarchen Sohn, eines Septarchen Bruder und eines weiteren Septarchen Cousin war, daß ich in Manneran ein Mann von höchster Autorität war, daß ich das Oberhaupt einer Familie und erfolgreicher Jäger des Hornvogels war. Das alles half mir nichts. Welchen Wert hat seine Abstammung für einen Ertrinkenden? Was nützen breite Schultern und mächtige Muskeln und die Fähigkeit zu schwimmen, wenn das Land völlig verschwunden ist, so daß ein Schwimmer kein Ziel hat? Ich zitterte. Ich glaube, ich weinte beinahe. Ich fühlte, wie ich mich in jener graublauen Leere auflöste. Da griff eine Hand behutsam um meine Schulter. Schweiz. »Das Schiff ist gut in Schuß«, flüsterte er. »Und die Überfahrt ist kurz. Ruhig, ganz ruhig. Es wird nichts passieren.«
Wäre es jemand anders gewesen, der mich so vorfand, irgendein anderer Mann, außer vielleicht Noim, hätte ich ihn oder mich umgebracht, um das Geheimnis meiner Schande zu wahren.
So aber sagte ich: »Wenn die Überquerung des Golfs von Sumar schon so etwas bewirkt, wie kann man dann zwischen den Sternen reisen, ohne verrückt zu werden?«
»Man gewöhnt sich daran.«
»Die Angst – die Leere...«
»Komm mit an Deck. Bitte. Die Nacht ist sehr schön.«
Und er log nicht. Das Zwielicht war gegangen, und eine schwarze Glocke, mit glitzernden Juwelen besetzt, lag über uns. In der Nähe von Städten kann man die Sterne infolge des Lichts und des Dunstes nicht so gut sehen. Ich hatte auf die volle Pracht des Himmels geblickt, als wir im Verbrannten Tiefland jagten, gewiß, aber damals hatte ich die Bezeichnungen dessen, was ich sah, nicht gekannt. Jetzt wechselten sich Schweiz und Kapitän Khrisch, die neben mir an Deck standen, darin ab, die Namen von Sternen und Sternbildern zu nennen; miteinander wetteifernd, ihr Wissen zu produzieren, überschütteten sie mich beide mit ihrer Astronomie, als sei ich ein verängstigtes Kind, das man nur durch einen steten Fluß von Ablenkungen davon abhalten konnte, laut zu weinen. Siehst du? Siehst du? Und seht Ihr dort? Ich sah. Eine Vielzahl von Nachbarsonnen und vier oder fünf Nachbarplaneten unseres Systems und sogar einen Kometen. Was sie mir beibrachten, blieb haften. Ich glaube, ich könnte jetzt hier, im Verbrannten Tiefland, aus meiner Hütte treten und die Sterne beim Namen nennen, so wie Schweiz und der Kapitän sie mir an Bord des Schiffs in der Meerenge von Sumar aufgezählt hatten. Wie viele Nächte habe ich noch, frage ich mich, in denen ich die Freiheit habe, zu den Sternen zu schauen?
Der Morgen machte den Ängsten ein Ende. Die Sonne schien hell, am

Himmel standen einige wenige Wölkchen, die breite Meerenge war ruhig, und mir machte es nichts aus, daß das Land außer Sicht war. Fast unmerklich glitten wir auf Sumara Borthan zu; ich mußte die Wasseroberfläche schon sehr sorgfältig mustern, um mich daran zu erinnern, daß wir in Bewegung waren. Ein Tag, eine Nacht, ein Tag, eine Nacht und noch ein Tag, und dann wuchs am Horizont eine grüne Kruste, denn dort war Sumara Borthan. Es gab mir einen Fixpunkt; es sei denn, wir waren der Fixpunkt, und Sumara Borthan bewegte sich darauf zu. Der Südkontinent glitt ohne Unterbrechung auf uns zu, bis ich schließlich einen Streifen gelbgrünen Felsens sah, der sich von Osten nach Westen erstreckte, und oben auf diesen nackten Klippen wuchs eine dichte Kappe aus Pflanzen, hochragende Bäume, die von mächtigen Ranken zu einem geschlossenen Baldachin verknüpft wurden, in der Dunkelheit darunter dornige Büsche, und alles an der Seite so abgeschnitten, als sollte uns ein Querschnitt durch den Dschungel vorgeführt werden. Beim Anblick dieses Urwalds spürte ich keine Angst, sondern Bewunderung. Ich wußte, daß keine dieser Bäume und Pflanzen in Velada Borthan wuchsen; die Tiere, Schlangen und Insekten hier waren nicht die, die es auf dem Kontinent meiner Geburt gab; was vor uns lag, war fremd und vielleicht feindselig, eine unbekannte Welt, die den ersten Fußschritt erwartete. In einem Wirrwarr ineinander verflochtener Vorstellungen ließ ich mich in den Schacht der Zeit hinab und sah mich als einen Forscher, der die Geheimnisse eines neu gefundenen Planeten entblättert. Die riesigen Felsbrocken, die schlanken, hochkronigen Bäume, die herabbaumelnden, schlangengleichen Ranken – sie alle waren Produkte eines natürlichen, urgewaltigen Geheimnisses direkt aus dem Leib der Evolution, in das ich jetzt einzudringen im Begriff war. Der dunkle Urwald war das Tor zu etwas Fremdem, Schrecklichem, dachte ich, aber ich war weniger geängstigt als erregt, tiefbewegt von dem Anblick der glatten Felswände und rankenbewehrten Pfade. Das war die Welt, wie sie vor der Ankunft des Menschen existiert hatte. So war es gewesen, als es keine Gotteshäuser, keine Reiniger, keine Hafengerichtsbarkeit gab: nur die stummen laubbedeckten Pfade, die brandenden Flüsse, die die Täler ausspülten, die unergründlichen Teiche, die langen, schweren Blätter, auf denen die Ausdünstungen des Urwalds glitzerten, die ungejagten prähistorischen Tiere, die sich im Schlamm wälzten, die flatternden geflügelten Dinger, die keine Angst kannten; ein jungfräuliches Königreich, und über allem brütete die Gegenwart der Götter, des Gottes, jenes Gottes, der auf die Zeit der Anbeter wartete. Die einsamen Götter, die noch nicht wußten, daß sie göttlich waren. Der einsame Gott.
Natürlich war die Realität längst nicht so romantisch. Es gab eine Stelle, an der die Felsen bis auf Meereshöhe hinabtauchten und ein halbmond-

förmiges Hafenbecken bildeten; dort existierte eine ärmliche Siedlung mit den windschiefen Hütten einiger Dutzend Sumaraner, die sich hier zu leben entschieden hatten, um die Schiffe zu empfangen, die gelegentlich vom Nordkontinent kamen. Ich hatte gedacht, daß alle Sumaraner irgendwo im Landesinneren lebten, nackte Wilde, die ihre Zelte unterhalb des Vulkans Vashnir aufbauten, so daß Schweiz und ich, ohne Führung und ohne Sicherheit, uns unseren Weg durch die apokalyptische Weite dieses geheimnisvollen Landes hacken müßten, bevor wir etwas fanden, das man als Zivilisation bezeichnen konnte, und bevor wir jemanden trafen, der uns das verkaufte, was der Grund unseres Kommens war. Stattdessen landete Kapitän Khrisch sein kleines Schiff geschickt an einer zerbrechlichen Pier, und als wir an Land traten, kam eine kleine Delegation der Sumaraner, um uns einen mürrischen Gruß zu entbieten.
Ihr kennt meine Phantasien über groteske, mit Fangzähnen bewehrte Erdmenschen. Ebenso erwartete ich instinktiv, daß die Leute vom Südkontinent irgendwie fremdartig aussahen. Ich wußte, es war irrational; schließlich stammten sie von den gleichen Vorfahren wie die Bürger von Salla, Manneran und Glin ab. Aber hatten die Jahrhunderte im Dschungel sie nicht verändert? Hatte ihre Verleugnung des Kontrakts sie nicht den Wahngebilden des Walds zugänglich gemacht und sie in nichtmenschliche Wesen verwandelt? Nein und abermals nein. Sie sahen für mich wie Bauern aus irgendeiner Hinterwäldler-Provinz aus. Sicher, sie trugen unbekannten Schmuck, seltsame edelsteinbesetzte Ohrgehänge und Armreife, wie es sie in Velada nicht gab, aber sonst gab es an ihnen nichts, was sie von den Menschen, die ich zeit meines Lebens kannte, unterschied, weder Hautfarbe noch der Schnitt ihres Gesichts noch die Farbe ihres Haares.
Sie waren zu acht oder neunt. Zwei, offenbar die Anführer, sprachen den Dialekt von Manneran, wenn auch mit einem schrecklichen Akzent. Die anderen erweckten nicht den Anschein, die Sprachen des Nordens zu verstehen, sondern unterhielten sich schnatternd mit Schnalz- und Grunzlauten miteinander. Schweiz fiel die Verständigung leichter als mir, und er begann ein langes Gespräch, dem ich so schlecht folgen konnte, daß ich bald aufhörte, ihm meine Aufmerksamkeit zu widmen. Ich ging ins Dorf, um es in Augenschein zu nehmen, und wurde umgekehrt von glotzäugigen Kindern in Augenschein genommen. Die Mädchen liefen nackt herum, selbst wenn sie das Alter erreicht hatten, in dem die Brüste sich wölbten. Als ich zurückkehrte, sagte Schweiz: »Es ist alles vorbereitet.«
»Und das heißt?«
»Heute nacht schlafen wir hier. Morgen werden sie uns zu einem Dorf

führen, das die Droge herstellt. Sie garantieren nicht, daß wir die Erlaubnis erhalten, die Droge zu kaufen.«

»Wird sie nur an bestimmten Orten verkauft?«

»Offenbar. Sie schwören, hier sei sie überhaupt nicht erhältlich.«

Ich sagte: »Wie lange wird die Reise dauern?«

»Fünf Tage. Zu Fuß. Magst du Urwälder, Kinnall?«

»Ich kenne ihren Geschmack noch nicht.«

»Es ist ein Geschmack, den du kennenlernen wirst«, sagte Schweiz.

Er wandte sich nun Kapitän Khrisch zu, der vorhatte, auf eigene Faust eine Expedition entlang der sumarischen Küste zu unternehmen. Schweiz sorgte dafür, daß das Schiff hier im Hafen auf uns wartete, wenn wir von unserem Ausflug in den Dschungel zurückkehrten. Khrischs Männer luden unser Gepäck ab – hauptsächlich Güter für den Tauschhandel wie Spiegel, Messer und Flitterkram, denn die Sumaraner haben für veladanische Währungen keine Verwendung – und stachen wieder in See, noch ehe die Nacht hereinbrach.

Schweiz und ich hatten eine eigene Hütte auf einem Felssaum, der den Hafen überragte. Matratzen aus Blättern, Decken aus Tierhäuten, ein schiefes Fenster, keine sanitären Vorrichtungen: das ist es, was die Tausende Jahre menschlicher Fahrt durch die Sterne uns gebracht haben. Wir feilschten um den Preis unserer Unterkunft, einigten uns schließlich auf einige Messer und Wärmestäbe und erhielten bei Sonnenuntergang unsere Abendmahlzeit. Ein überraschend wohlschmeckender Eintopf aus würzigem Fleisch, einigen eckigen roten Früchten, ein Topf halbgegarter Gemüse, ein Krug mit etwas, bei dem es sich um fermentierte Milch handeln konnte – wir aßen, was man uns gab, und genossen es mehr, als wir erwartet hatten, auch wenn wir nervöse Witze über die Krankheiten machten, die wir uns wahrscheinlich holen würden. Ich goß ein Trankopfer für den Gott der Reisenden aus, mehr aus Gewohnheit denn aus Überzeugung. Schweiz sagte: »Du glaubst also doch noch daran?« Ich erwiderte, daß ich keinen Grund sah, nicht an die Götter zu glauben, auch wenn mein Glaube an die Lehren der Menschen geschwächt worden war. So nah am Äquator kam die Dunkelheit schnell, ein schwarzer Vorhang, der sich plötzlich senkte. Wir saßen noch eine Weile vor der Hütte, Schweiz brachte mir noch einiges von der Astronomie bei und prüfte, was ich bereits gelernt hatte. Dann gingen wir zu Bett. Knapp eine Stunde später betraten zwei Gestalten unsere Hütte; ich war noch wach und setzte mich ruckartig auf, da ich an Diebe oder Mörder dachte, aber als ich nach einer Waffe tastete, zeigte mir ein Mondstrahl die Seitenansicht eines der Eindringlinge, und ich sah volle Brüste herabbaumeln. Schweiz sagte aus seiner dunklen Ecke: »Ich glaube, sie sind im Preis für die Nacht enthalten.« Einen Augenblick später, und warmes, nacktes Fleisch preßte sich gegen mich. Ich nahm einen beißenden Geruch wahr, berührte ein fettes Hinterteil und bemerkte, daß es mit einem aromatischen Öl eingerieben war: ein sumarisches Kosmetikum, wie ich später herausfand. Neugier und Vorsicht rangen in mir miteinander. Wie damals, als ich, ein Junge noch, ein Zimmer in Glin gemietet hatte, hatte ich Angst, mir von den Lenden einer Frau einer fremden Rasse eine Krankheit zu holen. Aber sollte ich nicht die südliche Art zu lieben erleben? Aus Schweiz' Richtung hörte ich, wie Fleisch auf Fleisch klatschte, hörte vergnügtes Lachen und schmatzende Lippengeräusche. Mein eigenes Mädchen wand sich ungeduldig. Ich öffnete die prallen Schenkel, erforschte sie, erhob mich und drang ein. Das Mädchen wand sich, bis sie eine Stellung einnahm, die bei den Eingeborenen vermutlich die normale war: das Gesicht mir zugewandt, ein Bein über mich gelegt und die Hacke fest gegen mein Gesäß gepreßt. Seit meiner letzten Nacht in Manneran hatte ich keine Frau mehr gehabt; das und mein altes Problem zu schneller Hast ließen mich versagen, und ich entlud mich während der ersten Bewegungen. Mein Mädchen rief irgend etwas – wahrscheinlich verspottete sie meine Männlichkeit – zu ihrer stöhnenden und seufzenden Begleiterin in Schweiz' Ecke herüber und erhielt eine gekicherte Antwort. In Ärger und Wut zwang ich mich zu neuem Leben und beackerte sie erneut mit langsamen, verbissenen Stößen, obwohl der Gestank ihres Atems mich beinahe lähmte und ihr Körperschweiß zusammen mit dem Öl eine Übelkeit erregende Mischung bildete. Schließlich stieß ich sie über den Rand der Freude, aber es war eine unfrohe Arbeit, eine ermüdende Plackerei. Als es vorüber war, kniff sie meinen Ellbogen mit den Zähnen: ein sumarischer Kuß, glaube ich. Ihr Dank. Ihre Entschuldigung. Schließlich hatte ich ihr doch noch gute Dienste geleistet. Am Morgen beäugte ich die Dorfmädchen und fragte mich, welche von ihnen mich mit ihren Zärtlichkeiten geehrt hatte. Sie hatten alle Zahnlücken, Hängebrüste und Fischaugen: Hoffentlich war meine Bettgenossin keine von denen, die ich gesehen habe. Noch Tage später untersuchte ich mein Organ und erwartete jeden Morgen, daß es rote Flecken oder wunde Stellen zeigte; aber alles, was sie mir bescherte, war Widerwillen vor der sumarischen Art der Leidenschaft.

41

Fünf Tage. Sechs, genauer gesagt. Entweder hatte Schweiz ihn mißverstanden, oder der sumarische Anführer war schlecht im Zählen. Wir hatten einen Führer und drei Träger. Soviel war ich noch nie zuvor gegangen,

vom Morgengrauen bis zum Sonnenuntergang, der Boden elastisch und federnd unter meinen Füßen. Zu beiden Seiten des schmalen Pfads erhob sich der Dschungel wie eine grüne Mauer. Es herrschte eine erstaunliche Feuchtigkeit, so daß wir in der Luft schwammen, schlimmer als am schlimmsten Tag von Manneran. Insekten mit Juwelenaugen und furchteinflößenden Schnäbeln. Schlüpfrige, vielbeinige Tiere, die an uns vorbeihuschten. Das Sonnenlicht, das kaum durch das Blattgewölbe hoch über uns drang, fiel in gesprenkelten Streifen auf uns. Blumen wuchsen aus Baumstämmen: Parasiten, sagte Schweiz. Eine von ihnen war ein aufgequollenes gelbes Ding mit einem menschlichen Gesicht, Glotzaugen und einem klaffenden, pollenverschmierten Mund. Eine andere wirkte noch bizarrer, denn aus der Mitte ihrer roten und schwarzen Blütenblätter wuchs eine Parodie auf männliche Geschlechtsteile, ein fleischiger Phallus und zwei baumelnde Hoden. Schweiz, vor Vergnügen aufschreiend, griff die erste dieser Blumen, die wir fanden, legte die Hand um den Blumenpenis, flirtete auf obszöne Weise mit ihm und streichelte ihn. Die Sumarer flüsterten miteinander; vielleicht überlegten sie, ob es richtig gewesen war, uns in jener Nacht Mädchen in die Hütte zu schicken.
Wir krochen den Kamm des Kontinents hinauf, verließen eineinhalb Tage lang den Dschungel, um einen ziemlich hohen Berg zu übersteigen und uns auf der anderen Seite wieder durch Dschungel den Weg zu bahnen. Schweiz fragte unseren Führer, warum wir nicht statt dessen um den Berg herumgegangen wären, und erhielt zur Antwort, daß der einzige Reiseweg über den Berg führte, weil Giftameisen das ganze umgebende Tiefland verseuchten – sehr verheißungsvoll. Jenseits des Berges lag eine Kette aus Seen, Flüssen und Teichen, viele davon voll mit grauen, zahnbewehrten Rüsselschnauzen, die knapp unter der Oberfläche lauerten. All das erschien mir unwirklich. Ein paar Tage Schiffsreise nach Norden lag Velada Borthan mit seinen Bankhäusern und Bodenwagen, seinen Zollbeamten und Gotteshäusern. Bis auf den unbewohnbaren zentralen Teil war es ein gezähmter Kontinent. Doch in der Gegend, die wir durchwanderten, hatte der Mensch keinerlei Wirkung hinterlassen. Ihre wirre Wildnis bedrückte mich – das und die drückende Luft, die Laute der Nacht, die unverständlichen Unterhaltungen unserer primitiven Begleiter.

Am sechsten Tag kamen wir zum Dorf der Eingeborenen. Vielleicht dreihundert Holzhütten standen an einer Stelle, wo zwei Flüsse von bescheidener Größe ineinanderflossen, auf einer großen Wiese verstreut. Ich hatte den Eindruck, daß es hier einst eine größere Ansiedlung, möglicherweise sogar eine Stadt gegeben hatte, denn am Rand des Dorfes sah ich grasbewachsene Erhebungen und Buckel, für mich einleuchtend eine

Stätte alter Ruinen. Oder war das nur eine Illusion? Mußte ich mir wirklich unbedingt einreden, daß die Sumaraner sich zurückentwickelt hatten, seit sie unseren Kontinent verlassen hatten, und deshalb überall Beweise für Verfall und Niedergang erkennen?
Die Dörfler unringten uns: nicht feindselig, nur neugierig. Leute aus dem Norden waren ein ungewohnter Anblick. Einige von ihnen kamen ganz nahe heran und berührten mich, ein furchtsamer Klaps auf den Unterarm, ein scheuer Griff zum Handgelenk, immer von einem schnellen Lächeln begleitet. Diese Dschungelmenschen schienen nicht die mürrische Verdrossenheit jener zu besitzen, die in den Hütten am Hafen lebten. Sie waren freundlicher, offener, kindlicher. Schon eine so kleine Spur veladanischer Zivilisation, wie sie die Hafenmenschen berührt hatten, hatte ihren Geist verdüstert; anders als hier, wo der Kontakt mit Menschen aus dem Norden weniger häufig war.
Zwischen Schweiz, unserem Führer und drei der Dorfältesten begann ein endloses Palaver. Nach den ersten Worten war Schweiz davon ausgeschlossen: Der Führer, der sich in langen Kaskaden verbaler Ausschmükkungen, noch betont von gestikulierenden Gebärden, erging, schien dieselbe Sache immer und immer wieder den Dörflern zu erklären, die ihm ständig dieselben Antworten gaben. Weder Schweiz noch ich konnten auch nur eine Silbe davon verstehen. Schließlich wandte sich der Führer, der sehr aufgeregt wirkte, an Schweiz und überschüttete ihn mit einem Strom sumaranisch gefärbten Manneranischs, den ich fast völlig undurchdringlich fand, in den Schweiz jedoch dank der Fertigkeit des Kaufmanns, sich mit Fremden zu verständigen, einzudringen in der Lage war. Schweiz sagte schließlich, zu mir gewandt: »Sie sind bereit, an uns zu verkaufen. Vorausgesetzt, wir können ihnen zeigen, daß wir es wert sind, die Droge zu besitzen.«
»Wie können wir das?«
»Indem wir sie heute abend, bei einem Liebesritual, gemeinsam mit ihnen nehmen. Unser Führer hat versucht, ihnen das auszureden, aber darüber lassen sie nicht mit sich handeln. Keine Gemeinschaft – kein Handel.«
»Gibt es Risiken?« fragte ich.
Schweiz schüttelte den Kopf. »Das scheint es mir nicht zu sein. Aber der Führer hat die Vorstellung, daß wir nur des Profits wegen die Droge wollen, daß wir nicht beabsichtigen, sie selbst zu nehmen, sondern zurück nach Manneran reisen und dort das, was wir bekommen, für viele Spiegel, Heizstäbe und Messer verkaufen. Da er glaubt, wir seien keine Benutzer der Droge, versucht er uns vor ihr zu schützen. Die Dorfbewohner glauben ebenfalls, wir nehmen sie nicht selbst, und sie werden den Teufel tun, auch nur ein Körnchen der Droge jemandem anzuvertrauen, der nichts

anderes vorhat, als mit ihr hausieren zu gehen. Sie stellen sie nur den wahren Glaubenden zur Verfügung.«

»Aber wir *sind* wahre Glaubende«, sagte ich.

»Ich weiß. Aber ich kann unseren Mann nicht davon überzeugen. Er weiß genug über den Norden, um zu wissen, daß die Leute dort ihren Geist ständig verschlossen halten, und er will uns in der Krankheit unserer Seele hätscheln und schonen. Aber ich werde es noch einmal versuchen.«

Jetzt waren es Schweiz und unser Führer, die palaverten, während die Dorfhäuptlinge schweigend daneben standen. Die Gebärden und sogar den Akzent des Führers anwendend, so daß mir beide Gesprächspartner unverständlich wurden, drängte Schweiz immer eindringlicher, aber der Führer widerstand allem, was der Erdmensch ihm sagte, und mich überkam ein Gefühl der Verzweiflung, so daß ich schon willens war, vorzuschlagen, daß wir aufgaben und mit leeren Händen nach Manneran zurückkehrten. Doch dann gelang Schweiz irgendwie der Durchbruch. Der immer noch mißtrauische Führer fragte Schweiz offensichtlich, ob er wirklich wollte, was zu wollen er behauptete, und Schweiz bestätigte das eifrig, und der Führer wandte sich mit skeptischem Blick erneut an die Dorfhäuptlinge. Diesmal sprach er nur kurz mit ihnen und dann ebenso kurz mit Schweiz. »Wir sind uns einig«, sagte Schweiz zu mir. »Heute abend nehmen wir die Droge mit ihnen.« Er beugte sich zu mir und berührte meinen Ellbogen. »Etwas, an das du dich erinnern solltest, wenn du sie nimmst: *Sei voller Liebe!* Wenn du sie nicht lieben kannst, ist alles verloren.«

Ich war pikiert, daß er es notwendig gefunden hatte, mich zu warnen.

42

Bei Sonnenuntergang kamen zehn von ihnen zu uns und führten uns in den östlich vom Dorf gelegenen Wald. Unter ihnen waren die drei Dorfführer und zwei weitere ältere Männer, zusammen mit zwei jungen Männern und drei Frauen. Eine der Frauen war ein hübsches Mädchen, eine ein häßliches Mädchen und eine ziemlich alt. Unser Führer begleitete uns nicht; ich bin nicht sicher, ob er nicht zu der Zeremonie eingeladen worden war oder einfach keine Lust hatte, daran teilzunehmen.

Wir marschierten ein beträchtliches Stück Wegs. Die Schreie der Kinder im Dorf oder das Bellen der Haustiere konnten wir nicht mehr hören. Wir hielten auf einer abgeschlossenen Lichtung, wo Hunderte von Bäumen gefällt worden waren und die von Rinde befreiten Stämme in fünf Reihen wie Bänke lagen und ein fünfeckiges Amphitheater bildeten. In der Mitte der Lichtung befand sich eine mit Lehm ausgekleidete Feuergrube mit einem großen Stapel sorgsam aufgehäuftem Feuerholz daneben; sobald wir ankamen, fingen die beiden jungen Männer an, einen Scheiterhaufen zu errichten. Auf der anderen Seite des Holzstapels sah ich eine zweite mit Lehm ausgekleidete Höhle, die doppelt so breit wie ein Mann groß war; sie senkte sich schräg in den Erdboden und machte den Eindruck eines Gangs von einiger Tiefe, ein Tunnel, der Zugang zu den Tiefen der Welt verschaffte. Beim Schein des Feuers versuchte ich, von meinem Standort aus in sie hineinzuspähen, konnte aber nichts erkennen, was mein Interesse fand.

Durch Gesten machten die Sumaraner uns klar, wo wir sitzen sollten: auf der Grundlinie des Fünfecks. Das häßliche Mädchen saß neben uns. Zu unserer Linken, direkt an dem Tunneleingang, saßen die drei Häuptlinge. Zu unserer Rechten, an der Feuergrube, befanden sich die beiden jungen Männer. In der Ecke rechts vor uns saßen die alte Frau und einer der älteren Männer; der andere alte Mann und das hübsche Mädchen gingen zu der linken Ecke. Als wir alle unseren Platz eingenommen hatten, hatte die Dunkelheit sich ausgebreitet. Die Sumaraner entledigten sich nun der spärlichen Kleidung, die sie trugen, und auch Schweiz und ich entkleideten uns, als sie uns mit Gesten dazu aufforderten, und legten unsere Kleider auf die Bänke hinter uns. Auf ein Zeichen eines der Häuptlinge stand das hübsche Mädchen auf und ging zum Feuer; sie hielt einen Ast hinein, bis sie eine Fackel hatte. Dann trat sie auf die schräge Tunnelmündung zu und wand sich umständlich, die Füße voran, hinein, die Fackel die ganze Zeit hochhaltend. Mädchen und Fackel verschwanden völlig aus unserem Blickfeld. Eine Zeitlang konnte ich das flackernde Licht des Feuers von unten sehen, aber dann ging es mit einer Wolke schwarzen Qualms aus. Kurz darauf kam das Mädchen ohne die Fackel wieder heraus. In einer Hand trug sie einen dickrandigen roten Topf, in der anderen eine längliche Flasche aus grünem Glas. Die beiden alten Männer – Hohepriester? – verließen ihre Bänke und nahmen ihr diese Gegenstände ab. Sie stimmten einen einförmigen Gesang an, und einer griff in den Topf, schaufelte eine Handvoll weißen Pulvers – die Droge – heraus und füllte es in die Flasche. Der andere schüttelte die Flasche feierlich hin und her. Inzwischen hatte sich die alte Frau – eine Priesterin? – an der Tunnelmündung ausgestreckt und begann, in einer anderen Stimmlage zu singen, ein abgehackter, keuchender Rhythmus; währenddessen warfen die beiden jungen Männer weiteres Holz ins Feuer. Der Gesang setzte sich einige Minuten fort. Jetzt nahm das Mädchen, das in den Tunnel hinabgestiegen war – ein schlankes Geschöpf mit festen Brüsten und langem, seidigen rotbraunen Haar –, die Flasche von dem alten Mann und brachte sie auf unsere Seite des Feuers, wo das vortretende häßliche Mädchen sie mit beiden Händen ehrerbietig in Empfang nahm. Gemessen trug es sie zu den drei sitzenden Häuptlingen und hielt sie vor sie. Was ich für den Ritus der Überreichung der Flasche hielt, ging immer weiter; zuerst war ich, angetan von der Fremdartigkeit der Zeremonie, fasziniert, aber schon bald langweilte sie mich, und ich mußte mich damit vergnügen, einen spirituellen Gehalt für das, was vor sich ging, zu erfinden. Der Tunnel, entschied ich, symbolisierte die genitale Öffnung der Weltmutter, den Weg zu ihrem Leib, wo die Droge – hergestellt aus einer Wurzel, aus etwas, das unter der Erde wuchs – erlangt werden konnte. Ich entwickelte eine ausgeklügelte bildhafte Konstruktion; zu ihr gehörten ein Mutterkult, die symbolische Bedeutung des Vorgangs, eine brennende Fackel in den Leib der Weltmutter hineinzutragen, die Verwendung häßlicher und ansehnlicher Mädchen, die die Universalität des Weiblichen darstellten, die beiden jungen Feuerwächter als Bewacher der sexuellen Potenz der Häuptlinge und noch viel mehr, alles reichlich unsinnig, aber – so dachte ich – für einen Bürokraten wie mich, der keine nennenswerten intellektuellen Fähigkeiten besaß, ein recht eindrucksvolles Gebilde. Mein Vergnügen an meinen Gedankenspielen verpuffte abrupt, als ich mir klarmachte, wie gönnerhaft und überheblich ich war. Ich behandelte die Sumaraner wie sonderbare Wilde, deren Gesänge und Riten ein seichtes ästhetisches Interesse erregten, aber wohl kaum ernsthafte Bedeutung haben konnten. Wer war ich, diese überhebliche Position einzunehmen? Ich war zu ihnen gekommen, um die Droge der Erleuchtung, nach der meine Seele sich sehnte, zu erbetteln; wer von uns war also das überlegene Geschöpf? Ich tadelte mich selbst für meine Arroganz. *Sei voller Liebe*. Verzichte auf gebildete Spitzfindigkeiten. Nimm teil an ihrem Ritual, wenn du es kannst, und zeige zumindest keine Verachtung dafür, fühle keine Verachtung, *habe* keine Verachtung. *Sei voller Liebe*. Die Häuptlinge tranken jetzt; jeder nahm einen Schluck und gab die Flasche dann dem häßlichen Mädchen zurück, das, nachdem alle drei getrunken hatten, begann, den Kreis abzuschreiten, wobei es die Flasche zuerst dem alten Mann brachte, dann der alten Frau, dann dem hübschen Mädchen, dann den jungen Feuerwächtern, dann Schweiz und dann mir. Es lächelte mich an, als es mir die Flasche gab. Im flackernden Licht des Feuers schien die junge Sumaranerin plötzlich wunderschön zu sein. Die Flasche enthielt einen warmen, klebrigen Saft; fast verschluckte ich mich beim Trinken, aber ich trank. Die Droge drang in meine Eingeweide und dann in meine Seele.

43

Wir alle wurden eins, die zehn von ihnen und wir zwei. Zuerst tauchte das eigentümliche Gefühl des Aufsteigens auf, die Erhöhung der Wahrnehmung, der Verlust der Beschwernisse, der Anblick himmlischen Lichts, der Klang geisterhafter Töne; dann folgte die Entdeckung anderer Herzschläge und Körperrhythmen rund um mich herum, das Verdoppeln und Überlagern von Bewußtsein; dann folgte die Auflösung des Ich, und wir, die wir zwölf gewesen waren, wurden eins. Ich wurde in ein Meer von Seelen getaucht und ging unter. Ich wurde in den Mittelpunkt aller Dinge gespült. Ich wußte nicht, ob ich Kinnall, des Septarchen Sohn, war, oder Schweiz, der Mann von der alten Erde, einer der Feuerwächter oder der Häuptlinge oder eines der Mädchen oder die Priesterin, denn sie alle waren unentwirrbar in mir aufgelöst und ich in ihnen. Und das Meer der Seelen war ein Meer der Liebe. Wie hätte es auch anders sein können? Wir waren jeder andere. Liebe zum Selbst verband jeden mit jedem, alle mit allen. Liebe zum Selbst ist die Liebe zu anderen; Liebe zu anderen ist Liebe zum Selbst. Und ich liebte. Klarer denn jemals zuvor wußte ich, warum Schweiz zu mir gesagt hatte: *Ich liebe dich*, als wir zum ersten Mal aus der Wirkung der Droge kamen – dieser merkwürdige Satz, so obszön auf Borthan, so unpassend immer dann, wenn ein Mann zu einem Mann spricht. Ich sagte zu den zehn Sumaranern: *Ich liebe euch*, wenn auch nicht mit Worten, denn ich kannte keine Worte, die sie verstehen würden, doch auch wenn ich in meiner Sprache zu ihnen gesprochen und sie verstanden hätten, hätte sie die Verderbtheit meiner Worte abgestoßen, denn bei meinen Mitbürgern ist *Ich liebe dich* eine Obszönität und wird es immer sein. *Ich liebe euch.* Und ich meinte es so, und sie nahmen das Geschenk meiner Liebe an. Ich war Teil von ihnen. Ich, der ich sie eben noch herablassend als amüsante Wilde betrachtet hatte, die Freudenfeuer im Wald anbeteten. Durch sie spürte ich die Laute des Waldes und die Gezeitenwellen und, ja, die gnadenreiche Liebe der großen Weltmutter, die seufzend und bebend unter unseren Füßen liegt und uns die Drogenwurzel zur Heilung unseres entzweiten Ich geschenkt hatte. Ich erfuhr, wie es ist, ein Sumaraner zu sein und ein schlichtes Leben dort zu führen, wo zwei kleine Flüsse sich vereinigen. Ich entdeckte, wie man ohne Bodenwagen und Bankhäuser auskommen und dennoch zur Gemeinschaft zivilisierter Menschheit gehören kann. Ich fand heraus, was für halbbeseelte Gegenstände die Menschen von Velada Borthan im Namen der Heiligkeit aus sich gemacht hatten und wie Ganzheit möglich ist, wenn man dem Weg der Sumaraner folgt. Nichts davon kam in Worten oder einer Welle von Bildern zu mir, sondern in einem rasenden Ansturm empfangenen

Wissens, das in mich eindrang und Teil von mir wurde, ohne daß ich beschreiben oder gar erklären kann, wie das geschah. Ich höre Euch jetzt sagen, daß ich entweder lüge oder zu bequem bin, wenn ich Euch so wenig Einzelheiten über die von mir gemachten Erfahrungen schildere. Aber ich erwidere, daß ich nicht in Worte kleiden kann, was nie in Worten *existiert* hat. Man kann allenfalls mit Annäherungen arbeiten, und eines größte Mühe kann nicht mehr als eine Verzerrung, eine Vergröberung der Wahrheit ergeben. Aber ich muß Wahrnehmungen in Worte umsetzen und sie, meinen Fertigkeiten gemäß, niederschreiben, und dann müßt Ihr meine Worte aufnehmen und sie in das Wahrnehmungssystem übertragen, welches Euer Verstand gewöhnlich anwendet, und in jedem Stadium dieser Umformung versickert eine Ebene der Dichte, bis Euch nur noch der Schatten dessen, was mir auf der Lichtung in Sumara Borthan widerfuhr, bleibt. Wie kann ich es also erklären? Wir wurden ineinander aufgelöst. Wir wurden aufgelöst in Liebe. Wir, die wir keine gemeinsame Sprache hatten, gelangten zum vollkommenen Begreifen unserer getrennten Seelen. Als die Droge schließlich ihre Wirkung auf uns verlor, blieb ein Teil von mir in ihnen und ein Teil von ihnen in mir. Wenn Ihr darüber hinaus etwas erfahren wollt, wenn Ihr eine Vorstellung davon haben wollt, wie es ist, aus dem Kerker Eures Schädels befreit zu werden, wenn Ihr zum ersten Mal in Eurem Leben Liebe erfahren wollt, dann sage ich Euch: Sucht nicht nach Erklärungen, die aus Worten gebildet werden, sondern setzt die Flasche an Eure Lippen. Setzt die Flasche an Eure Lippen.

44

Wir hatten die Prüfung bestanden. Sie würden uns geben, was wir wollten. Nach der gemeinsam erfahrenen Liebe folgte das Feilschen. Wir kehrten ins Dorf zurück, und am Morgen holten unsere Träger unsere Kisten mit Handelswaren hervor, und die drei Häuptlinge brachten drei stabile Tontöpfe hervor, in denen das weiße Pulver zu sehen war. Und wir häuften einen hohen Stapel von Messern, Spiegeln und Heizstäben auf, und sie gossen behutsam bestimmte Mengen des Pulvers aus zwei der Töpfe in den dritten. Schweiz führte hauptsächlich die Verhandlungen. Der Führer, den wir von der Küste mitgebracht hatten, war von geringem Wert, denn obschon er die Sprache dieser Häuptlinge sprach, hatte er nie zu ihren Seelen gesprochen. Und die Verhandlungen kehrten sich plötzlich in sich selbst um, als Schweiz vergnügt immer mehr Gegenstände auf den Preis drauflegte und die Häuptlinge als Antwort darauf immer mehr Pulver in unser Gefäß schütteten; und alle Welt lachte in einer Art hysterischer Gutgelauntheit, während der Wettbewerb der Großzügigkeit immer hektischer wurde. Am Ende gaben wir den Dorfbewohnern alles, was wir hatten, und behielten nur ein paar Gegenstände als Geschenke für unseren Führer und die Träger, und die Dorfbewohner gaben uns genug von der Droge, um Tausende in ihren Schlingen zu fangen.

Kapitän Khrisch wartete schon, als wir den Hafen erreichten. »Man sieht, es ist Euch wohl ergangen«, bemerkte er.

»Ist das so offenkundig?« fragte ich.

»Ihr wart bekümmerte Männer, als Ihr zu diesem Ort aufbracht. Ihr kommt zurück und seid glückliche Männer. Jawohl, es ist offenkundig.«

Am ersten Abend unserer Rückreise nach Manneran rief Schweiz mich in seine Kajüte. Er hatte den Topf mit dem weißen Pulver herausgeholt und den Verschluß aufgebrochen. Ich sah zu, wie er die Droge vorsichtig in kleine Portionen abfüllte, die der Dosis entsprachen, die wir als allererste gehabt hatten. Er arbeitete schweigend, blickte mich kaum einmal an und füllte siebzig oder achtzig Päckchen. Als er damit fertig war, zählte er ein Dutzend davon ab und schob sie auf eine Seite. Mit einer Handbewegung auf die übrigen sagte er: »Die sind für dich. Verberge sie sorgfältig in deinem Gepäck, sonst brauchst du all deinen Einfluß in der Hafengerichtsbarkeit, um sie sicher an den Zöllnern vorbeizubekommen.«

»Du hast mir fünfmal soviel gegeben, wie du selber dir genommen hast«, protestierte ich.

»Dein Bedarf ist größer«, erwiderte Schweiz.

45

Ich verstand nicht, was er damit meinte, bis wir wieder in Manneran waren.

Wir landeten in Hilminor, bezahlten Kapitän Khrisch, unterzogen uns einem Minimum an Zollformalitäten (wie vertrauensselig die Hafenbehörden vor kurzem noch waren!) und machten uns in unserem Bodenwagen in Richtung Hauptstadt auf. Als wir auf der Sumarer Straße in die Stadt einfuhren, kamen wir durch einen bevölkerten Stadtteil voller Marktplätze und Verkaufsbuden, wo ich Tausende von Manneranern streiten und feilschen sah. Ich sah, mit welcher Härte sie verhandelten und die Vertragsformulierungen hervorstießen, die den Handel besiegelten. Ich sah ihre verkniffenen, verschlossenen Gesichter und ihre kalten, lieblosen Augen. Und ich dachte an die Droge, die ich bei mir hatte, und sagte zu mir: *Könnte ich doch nur ihre eisigen Seelen verwandeln.* In einer Vision sah ich mich zwischen ihnen, Fremde ansprechen, diesen und jenen beiseite ziehen und jedem von ihnen leise zuflüstern: »Ich bin ein Prinz von Salla und ein hoher Beamter im Hafengericht, und ich habe auf diese nichtigen Dinge verzichtet, um der Menschheit Glück zu bescheren, und ich möchte dir zeigen, wie man Freude durch Selbstentblößung findet. Vertraue mir: Ich liebe dich.« Ohne Zweifel würden einige vor mir fliehen, sobald ich zu sprechen begänne, geängstigt von der obszönen Einleitung »Ich bin«, und andere mochten mich anhören und mir ins Gesicht speien und mich einen Verrückten nennen, und wieder andere mochten nach der Polizei rufen; aber vielleicht gäbe es einige, die mir zuhörten und mit mir zu einem stillen Zimmer am Hafen gingen, wo wir die sumarische Droge gemeinsam nehmen könnten. Nach und nach würde ich Seelen öffnen, bis es in Manneran zehn wie mich gab... zwanzig... hundert – eine Geheimgesellschaft von Selbstentblößern, die einander an der Wärme und Liebe ihrer Augen erkannten, die durch die Stadt gingen und sich nicht fürchteten, »ich« oder »mir« zu den übrigen Eingeweihten zu sagen, die nicht nur die Grammatik der Höflichkeit aufgaben, sondern die ganze zersetzende Verleugnung der Selbstliebe, die die Grammatik impliziert. Und dann würde ich erneut Kapitän Khrisch für eine Fahrt nach Sumara Borthan anheuern und beladen mit weißen Päckchen zurückkehren und meine Mission durch Manneran fortsetzen; ich und diejenigen, die wie ich waren, und wir würden zu diesem und jenem gehen, lächeln und flüstern: »Ich möchte dir zeigen, wie man Freude durch Selbstentblößung findet. Vertraue mir: Ich liebe dich.«

Für Schweiz war in dieser Vision kein Platz. Das war nicht sein Planet; er hatte keinen Gewinn davon, ihn umzuwandeln. Alles, was ihn interessierte, war sein persönliches geistiges Bedürfnis, seine Begierde, zum Verständnis der Göttlichkeit durchzudringen. Er hatte diesen Durchbruch bereits begonnen und konnte ihn allein vollenden. Schweiz hatte kein Bedürfnis, durch die Stadt zu schleichen und Fremde zu verführen. Und deshalb hatte er mir den größeren Anteil unserer sumaranischen Beute gegeben: Ich war der Evangelist, ich war der neue Prophet, ich war der Messias der Offenheit, und Schweiz hatte das eher als ich gewußt. Bis jetzt war er der Führer gewesen – hatte mich ins Vertrauen gezogen, mich dazu gebracht, die Droge zu probieren, mich nach Sumara Borthan gelockt, sich meines Einflusses am Hafengericht bedient, mich als Begleiter, Rückversicherung und Schutz mitgenommen. Die ganze Zeit hatte ich in seinem Schatten gestanden. Jetzt konnte er damit aufhören, mich zu überstrahlen. Mit meinen kleinen Paketen gewappnet, konnte ich allein den Feldzug, eine Welt zu verändern, beginnen.

Es war eine Rolle, die ich begrüßte. Mein ganzes Leben lang war ich von jemand anderem überschattet worden, so daß ich trotz meiner Körperkraft und meiner geistigen Fähigkeiten vor mir selbst nur als zweitklassig erschien. Vielleicht ist das ein natürlicher Mangel, wenn man als zweiter Sohn eines Septarchen zur Welt kommt. Zuerst war da mein Vater gewesen, welchem an Autorität, Beweglichkeit und Macht gleichzukommen ich niemals hoffen konnte; dann Stirron, dessen Königswürde für mich nichts als Exil bedeutet hatte; dann mein Dienstherr im glinischen Holzfällerlager; dann Segvord Helalam; dann Schweiz. Alles zielgerichtete und geachtete Männer, die ihre Position in der Welt kannten und verteidigten, während ich häufig verwirrt umherwanderte. Jetzt, in mittleren Jahren, konnte ich endlich ausbrechen. Ich hatte eine Mission. Ich hatte ein Ziel. Die am göttlichen Plan spannen, hatten mich soweit gebracht, hatten mich zu dem gemacht, der ich war, hatten mich auf meine Aufgabe vorbereitet. Voller Freude nahm ich ihren Auftrag an.

46

Es gab ein Mädchen, das ich zu meinem Vergnügen aushielt; es lebte in einem Zimmer im Süden Mannerans, im Wirrwarr der alten Straßen hinter der Steinernen Kapelle. Diese Frau behauptete, ein illegitimes Kind des Herzogs von Kongoroi zu sein, gezeugt, als dieser zur Zeit der Herrschaft meines Vaters auf einem Staatsbesuch in Manneran weilte. Vielleicht stimmte ihre Geschichte. Ganz gewiß glaubte sie selbst daran. Mir war es zur Gewohnheit geworden, sie zwei- oder dreimal in jeder Mondzeit für eine entspannende Stunde zu besuchen, wenn ich mich von der Routine meines Lebens erstickt fühlte, wenn ich die Hand der Langeweile an meiner Kehle spürte. Sie war eine schlichte, aber leidenschaftliche Frau: lebhaft, immer für mich da, ohne Ansprüche. Ich verbarg meine Identität nicht vor ihr, aber ich gab ihr nichts von meinem inneren Selbst, und das wurde auch gar nicht erwartet; wir sprachen sehr wenig miteinander, und von Liebe zwischen uns konnte nicht die Rede sein. Dafür, daß ich ihre Unterkunft bezahlte, ließ sie mich gelegentlich ihren Körper benutzen, so simpel war die Transaktion: Haut, die Haut berührte, ein Niesen der Lenden. Sie war die erste, der ich die Droge gab. Ich vermischte sie mit goldenem Wein. »Wir werden das trinken«, sagte ich, und als sie mich nach dem Grund fragte, erwiderte ich: »Es wird uns näher zusammenbringen.« Ohne übermäßige Neugier fragte sie, was es bei uns bewirken würde, und ich erklärte ihr: »Das wird die Seelen einander öffnen und alle Wände durchsichtig machen.« Sie erhob keinen Protest – kein Wort vom Kontrakt, keinerlei Gejammer über die Intimsphäre, keine Predigten über die Übel des Selbstentblößens. Sie folgte meinem Vorschlag in der Überzeugung, daß ich ihr keinen Schaden zufügen würde. Wir nahmen die Dosis, und dann lagen wir in Erwartung der Wirkungen der Droge nackt auf ihrer Couch. Ich streichelte ihre kühlen Schenkel, küßte ihre Brustspitzen, nagte verspielt an ihren Ohrläppchen, und schon bald begann das Eigentümliche, das Summen und Fließen der Luft, und allmählich entdeckten wir Herzschlag und Puls des anderen. »Oh«, sagte sie. »Oh, man fühlt sich so sonderbar!« Aber es machte ihr keine Angst. Unsere Seelen schwebten ineinander und wurden im hellen weißen Licht, das aus dem Mittelpunkt aller Dinge kommt, verschmolzen. Und ich entdeckte, wie es ist, nur einen Schlitz zwischen meinen Schenkeln zu haben, ich erfuhr, wie es ist, die Schultern zu bewegen und dadurch schwere Brüste gegeneinander prallen zu lassen, ich spürte Eier pulsierend und ungeduldig in meinen Eierstöcken. Auf dem Höhepunkt unserer Reise vereinten wir unsere Körper. Ich spürte meine Rute in meine Höhle gleiten. Ich spürte, wie ich mich auf mir bewegte. Ich spürte die langsame, saugende Flutwelle der Ekstase irgendwo in meinem dunklen, heißen, feuchten Kern beginnen, und ich spürte das heiße, prickelnde Stechen bevorstehender Ekstase über mein Werkzeug tanzen, und ich spürte den harten, behaarten Schild meiner Brust gegen die weichen Kugeln meines Busens gepreßt, und ich spürte Lippen auf meinen Lippen, Zunge auf meiner Zunge, Seele in meiner Seele. Diese Vereinigung unserer Körper währte Stunden, oder zumindest schien es so. Und in dieser Zeit stand mein Selbst ihr offen, so daß sie alles, was sie wollte, darin sehen konnte, meine Jugend in Salla, meine Flucht nach Glin, meine Heirat, meine Liebe zu meiner Bundschwester, meine Schwächen, meine Selbsttäuschungen, und ich sah in sie hinein und erkannte ihre Sanftheit, den Wankelmut, den Augenblick, in dem sie zum ersten Mal Blut auf ihren Schenkeln fand, und das andere Blut einer späteren Zeit, das Bild von Kinnall Darival, wie sie es in ihrem Kopf trägt, die vagen und konturlosen Anordnungen des Kontrakts und die übrige Ausstattung ihrer Seele. Dann wurden wir von den Stürmen unserer Sinne hinweggefegt. Ich spürte ihren Orgasmus und meinen, meinen und meinen, ihren und ihren, die zweifache Säule der Ekstase, die eine war, das krampfhafte Zucken und den Erguß, den Stoß und den Stoß, den Aufstieg und den Fall. Verschwitzt und erschöpft lagen wir dort, die Droge hämmerte noch immer durch unseren verbundenen Geist. Ich öffnete meine Augen und sah die ihren, blicklos, die Pupillen geweitet. Sie schenkte mir ein verzerrtes Lächeln. »Ich-ich-ich-ich-ich«, sagte sie. »Ich!« Das Wunder dieser Tatsache schien sie zu benebeln. »Ich! Ich!« Ich drückte einen Kuß zwischen ihre Brüste und spürte selbst die Berührung meiner Lippen. »Ich liebe dich«, sagte ich.

47

Im Hafengericht gab es einen Angestellten, einen gewissen Ulman, halb so alt wie ich und offensichtlich ein vielversprechender Mann, den ich zu schätzen gelernt hatte. Er kannte meine Macht und meine Herkunft und zollte mir dafür keinerlei Ehrfurcht; sein Respekt vor mir beruhte allein auf meiner Fertigkeit, die Probleme der Rechtsprechung abzuwägen und zu bewältigen. Ich ließ ihn eines Tages länger arbeiten und rief ihn in mein Büro, als die anderen fort waren. »Da gibt es diese Droge von Sumara Borthan«, sagte ich, »die einem Geist erlaubt, ungehindert in einen anderen zu dringen.« Er lächelte und sagte, er habe davon gehört, gewiß, aber sie sei seiner Kenntnis nach schwer zu bekommen und die Einnahme gefährlich. »Es gibt keine Gefahr«, antwortete ich. »Und was die Schwierigkeit der Beschaffung angeht...«
Ich holte eins meiner Päckchen hervor. Sein Lächeln schwand nicht, aber farbige Flecken stiegen in seine Wangen. Wir nahmen die Droge zusammen in meinem Büro. Stunden später, als wir nach Hause aufbrachen, gab ich ihm etwas mit, damit er die Droge zusammen mit seiner Frau nehmen konnte.

48

In der Steinernen Kapelle wagte ich es, mich einem Fremden zu nähern, einem kleinen, dicklichen Mann in fürstlicher Kleidung, möglicherweise ein Mitglied der Familie des Septarchen. Er hatte die hellen, gelassenen Augen eines aufrichtigen Mannes und das Auftreten von jemandem, der in sein Inneres geblickt hat und das, was er dort gesehen hat, keineswegs für unerfreulich hält. Aber als ich meine Worte an ihn richtete, stieß er mich fort und verfluchte mich mit solchem Ingrimm, daß seine Wut ansteckend wurde; von seinen Worten über alle Maßen erregt, hätte ich ihn beinahe in blindem Zorn niedergestreckt. *»Selbstentblößer! Selbstentblößer!«* Der Schrei hallte durch das heilige Gebäude, und aus den Meditationsräumen quollen die Menschen hervor. Seit Jahren hatte ich eine solche Beschämung nicht mehr erlebt. Meine erhabene Mission geriet in ein anderes Licht: Ich sah sie als schmutzig an und mich selbst als etwas Bedauernswertes, als den schleichenden, kriechenden Schatten eines Menschen, getrieben von wer weiß was für einem Zwang, seine armselige Seele Fremden zu offenbaren. Mein Ärger schwand, Angst trat an seine Stelle: Ich schlüpfte in die Schatten und aus einer Seitentür hinaus, immer in Furcht vor einer Verhaftung. Eine Woche ging ich nur auf Zehenspitzen umher, ständig über die Schulter zurückblickend. Aber außer meinem quälenden Gewissen wurde ich von nichts und niemandem verfolgt.

49

Der Augenblick der Unsicherheit ging vorüber. Erneut sah ich meine Mission als Ganzes und erkannte den Nutzen dessen, was ich mir selbst zu tun geschworen hatte; für den Mann in der Steinernen Kapelle, der mein Geschenk verschmäht hatte, verspürte ich nur Mitleid. Und in einer einzigen Woche fand ich drei Fremde, die die Droge zusammen mit mir nehmen wollten. Ich fragte mich, wie ich je an mir hatte zweifeln können. Aber vor mir lagen weitere Perioden des Zweifels.

50

Ich versuchte, eine theoretische Basis für meine Verwendung der Droge zu finden, eine neue Theologie der Liebe und Offenheit zu entwerfen. Ich studierte den Kontrakt und viele seiner Kommentare im Bemühen zu entdecken, warum die ersten Siedler von Velada Borthan es für notwendig gehalten hatten, Mißtrauen und Verschleierung zu vergöttern. Wovor hatten sie Angst gehabt? Was hofften sie zu bewahren? Dunkle Menschen in einer dunklen Zeit mit geistzehrenden Schlangen, die durch ihre Schädel kriechen. Es lief darauf hinaus, daß ich sie nicht verstehen konnte. Sie waren von ihrer eigenen Tugend überzeugt. Sie hatten im besten Wissen gehandelt. Ihr sollt das Innere Eurer Seele Eurem Nächsten nicht aufzwingen. Ihr sollt die Bedürfnisse Eures Selbst nicht über die Maßen studieren. Ihr sollt Euch die leichtfertigen Vergnügen intimer Gespräche versagen. Ihr sollt allein vor Euren Göttern stehen. Und so hatten wir Hunderte von Jahren gelebt, ohne Fragen zu stellen, gehorsam, dem Kontrakt die Treue haltend. Vielleicht hält für die meisten von uns heute nur noch schlichte Höflichkeit den Kontrakt am Leben: Wir sind nicht gewillt, andere in Verlegenheit zu stürzen, indem wir uns entblößen, und so gehen wir verschlossen daher, während unsere inneren Wunden schwären, und wir sprechen unsere Sprache der Höflichkeit der dritten Person. War es an der Zeit, einen neuen Kontrakt zu schaffen? Einen Bund der Liebe, ein Testament der Gemeinsamkeit? In den Zimmern meines Heims verborgen, versuchte ich, einen solchen zu schreiben. Was konnte ich sagen, das geglaubt werden würde? Daß wir gut daran getan hatten, den alten

Bahnen zu folgen, aber für einen schmerzlichen persönlichen Preis. Daß die gefahrvollen Bedingungen der ersten Besiedlung nicht länger existierten und bestimmte Bräuche, die inzwischen eher Hemmnis als Nutzen bedeuteten, aufgegeben werden konnten. Daß Gesellschaften sich entwickeln mußten, wollten sie nicht untergehen. Daß Liebe besser als Haß ist und Vertrauen besser als Mißtrauen. Aber wenig von dem, was ich niederschrieb, überzeugte mich selbst. Warum griff ich die etablierte Ordnung der Dinge an? Aus tiefster Überzeugung – oder nur aus der Lust nach schmutzigen Freuden? Ich war ein Mensch meiner Zeit; ich war fest im Felsgestein meiner Erziehung verankert, während ich mich zugleich bemühte, diesen Felsen zu Sand zu machen. In der Spannung zwischen meinen alten Anschauungen und meinen noch unscharfen neuen gefangen, schwang ich viele tausend Male von Pol zu Pol, von tiefer Beschämung zu unbändigem Stolz. Als ich eines Abends an dem Entwurf der Präambel meines neuen Kontrakts arbeitete, betrat meine Bundschwester Halum unerwartet mein Arbeitszimmer. »Was schreibst du da?« fragte sie unbefangen. Ich verdeckte die Seite mit einem Blatt Papier. Mein Gesicht muß mein Unbehagen widergespiegelt haben, denn ihres drückte Bedauern über ihr Eindringen aus. »Amtliche Berichte«, sagte ich. »Stupides Bürokratengeschreibsel.« In dieser Nacht verbrannte ich in einem Anfall von Selbstverachtung alles, was ich geschrieben hatte.

51

In diesen Wochen unternahm ich viele Forschungsreisen in unbekannte Länder. Freunde, Fremde, beiläufige Bekanntschaften, eine Mätresse: Begleiter auf eigentümlichen Reisen. Aber während der gesamten frühen Phase meiner Zeit der Wandlungen verlor ich Halum gegenüber kein Wort über die Droge. Sie gemeinsam mit ihr zu nehmen, war mein ursprüngliches Ziel gewesen, das die Droge zum ersten Mal an meine Lippen gebracht hatte. Doch ich hatte Angst, mich ihr zu nähern. Feigheit war es, die mich zurückhielt: Was wäre, wenn sie, weil sie mich zu gut kennenlernte, aufhörte, mich zu lieben?

52

Einige Male war ich nahe daran, das Thema ihr gegenüber anzuschneiden. Ich hielt mich zurück. Ich wagte es nicht, mich auf sie zuzubewegen. Wenn Ihr wollt, meßt meine Aufrichtigkeit an meinem Zaudern; wie rein, mögt Ihr fragen, war meine neue Religion der Offenheit, wenn ich zugleich fühlte, daß meine Bundschwester über solcher Gemeinsamkeit stand? Aber ich will nicht vorgeben, daß mein Denken damals sehr beständig war. Meine Befreiung von den Tabus der Selbstentblößung war eine willkürliche Angelegenheit, keine natürliche Entwicklung, und ich mußte ständig gegen die alten Gewohnheiten unserer Tradition ankämpfen. Obwohl ich in »ich« und »mir« mit Schweiz und einigen anderen redete, mit denen ich die Droge genommen hatte, bereitete mir dies niemals Behagen. Überreste meiner zerbrochenen Bande krochen immer wieder zusammen, um mich zu fesseln. Ich schaute Halum an und wußte, daß ich sie liebte; und ich sagte mir, die einzige Art, diese Liebe zu erfüllen, war die Vereinigung ihrer und meiner Seele, und in meiner Hand war das Pulver, das uns vereinigen konnte. Und ich wagte es nicht.

53

Der zwölfte Mensch, mit dem ich die sumarische Droge gemeinsam einnahm, war mein Bundbruder Noim. Er war in Manneran, um eine Woche als mein Gast dort zu verbringen. Der Winter war gekommen und hatte Glin den Schnee gebracht; in Salla herrschten schwere Regenfälle und in Manneran nur Nebel, und Bewohner des Nordens brauchten nur einen kleinen Anreiz, um in unsere warme Provinz zu kommen. Seit dem letzten Sommer hatte ich Noim nicht mehr gesehen, als wir zusammen in den Huishtors gejagt hatten. Im vergangenen Jahr hatten wir uns etwas voneinander entfernt; in gewissem Sinn hatte Schweiz Noims Stelle in meinem Leben eingenommen, und ich hatte nicht mehr dasselbe Bedürfnis nach meinem Bundbruder.

Noim war jetzt ein wohlhabender Grundbesitzer in Salla, nachdem er das Erbe der Condorit-Familie und auch die Ländereien der Familie seiner Frau übernommen hatte. In seinen Mannesjahren war er stattlich geworden, ohne fett zu sein; sein Verstand und seine Schlauheit waren nicht tief unter seinen neuen Fleischschichten verborgen. Er sah glatt und glänzend aus, hatte dunkle, makellose Haut, selbstgefällige Lippen und runde sardonische Augen. Wenig entging seiner Aufmerksamkeit. Nachdem er in meinem Haus angekommen war, betrachtete er mich mit äußerster Sorgfalt, als zählte er meine Zähne und die Falten um meine Augen, und nach der formellen bundbrüderlichen Begrüßung, nach der Überreichung seines Geschenks und dessen, welches er von Stirron mitgebracht hatte, nachdem wir den Vertrag von Gastgeber und Gast unterzeichnet hatten, sagte Noim unerwartet: »Hast du Sorgen, Kinnall?«

»Warum fragst du das?«
»Deine Gesichtszüge sind schärfer. Du hast Gewicht verloren. Dein Mund... er zeigt ein verkniffenes Grinsen, das nicht für einen im Innern entspannten Menschen spricht. Deine Augen sind rotgerändert und wollen nicht mehr direkt in andere Augen blicken. Stimmt irgend etwas nicht?«
»Die letzten Monate waren für einen die glücklichsten Monate des Lebens«, sagte ich, vielleicht eine Spur zu heftig.
Noim ignorierte meinen Widerspruch. »Hast du Probleme mit Loimel?«
»Sie geht ihren Weg, und man geht den seinen.«
»Also Schwierigkeiten mit deiner Tätigkeit am Gericht?«
»Bitte Noim, kannst du nicht glauben...«
»Deinem Gesicht sind Veränderungen eingezeichnet«, sagte er. »Leugnest du, daß es in deinem Leben Veränderungen gegeben hat?«
Ich zuckte die Schultern. »Und wenn?«
»Änderungen zum Schlechten?«
»Man sieht es nicht so.«
»Du weichst aus, Kinnall. Komm schon: Wofür ist ein Bundbruder da, wenn nicht, um Probleme zu teilen?«
»Es gibt keine Probleme«, beharrte ich.
»Sehr gut.« Er ließ das Thema fallen. Aber ich sah, wie er mich an diesem Abend beobachtete und ebenso am nächsten Tag bei der Morgenmahlzeit, sah, wie er mich prüfend musterte und betrachtete. Ich konnte nie etwas vor ihm verbergen. Wir saßen bei blauem Wein und sprachen über die sallanische Ernte, sprachen von Stirrons neuem Programm zur Reform der Steuerstruktur, sprachen über die neuerlichen Spannungen zwischen Salla und Glin, über die blutigen Grenzzwischenfälle, die vor kurzem das Leben einer Schwester gekostet hatten. Und die ganze Zeit beobachtete Noim mich. Halum aß zusammen mit uns zu Abend, und wir sprachen von unserer Kindheit, und Noim beobachtete mich. Er flirtete mit Loimel, aber seine Augen wandten sich nicht von mir ab. Die Tiefe und Intensität seine Anteilnahme lasteten auf mir. Schon bald würde er andere Fragen stellen und versuchen, von Halum oder Loimel einen Hinweis darauf zu erhalten, was mich bedrückte, und dadurch mochte er in ihnen besorgte Neugier erregen. Ich konnte ihn über die zentrale Erfahrung im Leben eines Bundbruders nicht unwissend lassen. Spät am zweiten Abend, als alle anderen sich zurückgezogen hatten, nahm ich Noim mit in mein Arbeitszimmer, öffnete das Geheimversteck, in dem ich das weiße Pulver aufbewahrte, und fragte ihn, ob er über die sumarische Droge Bescheid wußte. Er behauptete, nichts über sie gehört zu haben. In aller Kürze erklärte ich ihm ihre Wirkung. Sein Gesichtsausdruck ver-

finsterte sich; er schien sich in sich selbst zurückzuziehen. »Nimmst du diesen Stoff häufig?« fragte er.
»Elfmal bisher.«
»Elfmal – *warum*, Kinnall?«
»Um eines wahre Natur kennenzulernen, indem man sie gemeinsam mit anderen erfährt.«
Noim lachte explosiv; es war beinahe ein verächtliches Schnauben. »Selbstentblößung, Kinnall?«
»Wenn man in die Jahre kommt, wendet man sich seltsamen Vergnügungen zu.«
»Und mit wem hast du dieses Spiel gespielt?«
Ich antwortete: »Ihre Namen tun nichts zur Sache. Niemand, den du kennst. Menschen aus Manneran, Menschen mit einiger Abenteuerlust in ihrer Seele, Menschen, die bereit sind, ein Risiko einzugehen.«
»Loimel?«
Jetzt war es an mir, verächtlich zu schnauben. »Niemals! Sie weiß überhaupt nichts davon.«
»Halum etwa?«
Ich schüttelte den Kopf. »Man wünscht, man hätte den Mut, sich ihr zu nähern. Bisher hat man alles vor ihr verborgen. Man fürchtete, sie ist zu jungfräulich, zu leicht zu erschrecken. Es ist traurig, nicht wahr, Noim, wenn man vor eines Bundschwester etwas so Erregendes, so Lohnenswertes wie dieses verbergen muß.«
»Auch vor eines Bundbruder«, warf er ein.
»Du hättest es beizeiten erfahren«, sagte ich. »Du hättest die Möglichkeit geboten bekommen, die Gemeinsamkeit zu erfahren.«
Seine Augen blitzten auf. »Meinst du, ich hätte es gewollt?«
Seine willkürliche Obszönität erntete nur ein schwaches Lächeln von mir. »Man hofft, eines Bundbruder wird eines sämtliche Erfahrungen teilen. Zur Zeit öffnet die Droge zwischen uns eine weite Kluft. Immer wieder ist man zu Orten gekommen, die du nie gesehen hast. Verstehst du, Noim?«
Noim verstand. Er war in Versuchung; schwankend stand er am Rande des Abgrunds; er biß sich auf die Lippen, zupfte an seinen Ohrläppchen, und alles, was ihm durch den Sinn ging, war für mich so durchsichtig, als hätten wir das sumarische Pulver schon zusammen genommen. Er war um meinetwillen beunruhigt, da er wußte, daß ich mich ernsthaft vom Kontrakt entfernt hatte und mich schon bald in spirituellen und juristischen Schwierigkeiten befinden könnte. Was ihn selbst anging, so lockte ihn die Neugier; er war sich bewußt, daß Selbstentblößung zusammen mit einem Bundbruder keine schwere Sünde war, und fast schon begierig

darauf zu wissen, welche Art von Gemeinsamkeit er mit mir unter der Wirkung der Droge haben konnte. Seine Augen offenbarten auch eine Spur von Eifersucht darauf, daß ich mich Krethi und Plethi, unbedeutenden Fremden, entblößt hatte, ihm aber nicht. Ich versichere Euch, daß ich diese Dinge in diesem Augenblick begriff, auch wenn ich sie erst später, als Noims Seele offen vor mir lag, bestätigt fand.

Einige Tage verloren wir kein Wort mehr über die Angelegenheit. Er kam mit mir in mein Büro und sah bewundernd zu, wie ich Angelegenheiten von höchster nationaler Bedeutung handhabte. Er sah die Angestellten, die sich in meiner Gegenwart wieder und wieder verbeugten, und auch den Angestellten Ulman, der die Droge genommen hatte, und dessen sachlich-vertrauter Umgang mit mir löste in Noims empfindsamen Antennen Schwingungen des Argwohns aus. Wir statteten Schweiz einen Besuch ab, leerten eine Menge Flaschen guten Weins und diskutierten religiöse Fragen auf eine herzliche, ernsthafte, trunkene Weise. (»Mein ganzes Leben«, sagte Schweiz, »war eine einzige Suche nach verständlichen Gründen, an etwas zu glauben, was ich als irrational erkenne.«) Noim bemerkte, daß Schweiz sich nicht immer an die grammatikalischen Höflichkeitsformeln hielt. An einem weiteren Abend aßen wir mit einer Gruppe manneranischer Adliger in einem prunkvollen Haus in den Hügeln über der Stadt; kleine, vogelgleiche Männer, übertrieben gekleidet und zappelig, und große, hübsche junge Frauen. Noim mißfielen diese unproduktiven Herzöge und Barone mit ihrem Gerede über Geschäfte und Schmuck, aber er wurde noch nervöser, als das Geplauder auf das Gerücht kam, daß eine geistöffnende Droge vom Südkontinent jetzt in der Hauptstadt erhältlich war. Ich reagierte darauf nur mit höflichen überraschten Einwürfen; Noim warf mir wegen meiner Heuchelei starre Blicke zu und lehnte sogar eine Schale milden manneranischen Branntweins ab, so angespannt waren seine Nerven. Am Tag darauf gingen wir zusammen zur Steineren Kapelle, nicht, um uns zu reinigen, sondern nur, um die Relikte früherer Zeiten zu besichtigen, denn Noim hatte antiquarische Interessen entwickelt. Zufällig wandelte der Reiniger Jidd bei seiner Andacht durch das Gotteshaus und lächelte mir verzerrt zu: Ich sah, daß Noim sofort überlegte, ob ich sogar den Priester in meine subversiven Handlungen hineingezogen hatte. Während dieser Tage baute sich in Noim eine knisternde Spannung auf, denn offensichtlich wünschte er, zum Thema unserer Unterhaltung zurückzukommen, konnte es aber nicht über sich bringen. Ich machte keinerlei Anstalten, das Thema erneut anzuschneiden. Schließlich war es Noim, der am Vorabend seiner Abreise nach Salla den ersten Schritt tat. »Diese Droge...«, begann er heiser.

Er sagte, er könnte sich nicht als mein wahrer Bundbruder betrachten, wenn er sie nicht probiert hätte. Diese Worte kosteten ihn große Mühe. Seine Kleider wurden durch seine fahrigen Bewegungen zerknittert, und auf seiner Oberlippe standen winzige Schweißperlen. Wir gingen zu einem Zimmer, das niemand anders betreten konnte, und ich bereitete den Trank vor. Als er das Glas nahm, warf er mir kurz sein vertrautes Grinsen zu, forsch, wissend und kühn, aber seine Hand zitterte so sehr, daß er den Trank beinahe verschüttete. Die Droge wirkte schnell auf uns beide. Es war eine Nacht voller Schwüle, ein trüber Dunst bedeckte die Stadt und ihre Vororte, und mir schien, daß die Finger dieses Dunstes durch das angelehnte Fenster in unser Zimmer krochen: Ich sah schimmernde, pulsierende Wolkenstreifen nach uns greifen und zwischen mir und meinem Bundbruder tanzen. Die ersten Empfindungen der Drogenwirkungen beunruhigten Noim, bis ich ihm erklärte, daß alles ganz normal war, der doppelte Herzschlag, der baumwollweiche Kopf, die hohen, winselnden Laute in der Luft. Jetzt waren wir offen. Ich blickte in Noim hinein und sah nicht nur sein Ich, sondern sein Abbild seines Ichs, von einer Patina aus Scham und Selbstverachtung überzogen; in Noim fand sich ein heftiger, sengender Widerwillen gegen seine eingebildeten Mängel, und diese Mängel waren zahlreich. Er klagte sich selbst der Faulheit an, des Mangels an Disziplin, des Ehrgeizes, der Glaubenslosigkeit, des beiläufigen Umgangs mit erhabenen Verpflichtungen und der physischen und moralischen Schwäche. Warum er sich so sah, konnte ich nicht verstehen, denn der wahre Noim stand dort neben diesem Bild, und der wahre Noim war ein aufrecht denkender Mann, treu denen, die er liebte, jeder Narrheit abhold, klarsichtig, leidenschaftlich, voller Energie. Der Kontrast zwischen Noims Noim und jenem Noim, wie die Welt ihn sah, war erregend: Es war, als könnte er alles außer seinem eigenen Wert abschätzen. Ich hatte auf den Drogenreisen schon früher solche Disparitäten erkannt; tatsächlich waren sie außer in Schweiz, der nicht von Kindesbeinen an zur Selbstverleugnung erzogen worden war, überall vorhanden; aber in Noim waren sie stärker ausgebildet als in jedem anderen.

Ich sah auch, wie schon früher, mein eigenes Bild, gebrochen durch Noims Sensibilität: ein weitaus edlerer Kinnall Darival, als ich ihn kannte. Wie er mich idealisierte! Ich war alles, was er zu sein hoffte, ein Mann der Tat und der Tapferkeit, einer, der Macht zu handhaben wußte, ein Gegner von allem, was frivol war, einer, der strengste innere Disziplin und Hingabe übte. Doch dieses Bild wies eine frische Trübung auf, denn war ich jetzt nicht auch ein Selbstentblößer, der den Kontrakt in den Schmutz zog, der das gemeinsam mit elf Fremden getan hatte und jetzt seinen eigenen Bundbruder zu verbrecherischen Experimenten verführt hatte? Und Noim fand in mir die wahre Tiefe meiner Gefühle für Halum, und als er diese Entdeckung machte, die alte Vermutungen bestätigte, änderte er sein Bild von mir erneut, und das nicht zum Besseren hin. Inzwischen zeigte ich Noim, wie ich ihn immer gesehen hatte – begriffsschnell, klug, begabt –, und ich zeigte ihm ebenso seinen Noim und den objektiven Noim, während er mir einen Blick auf die Spielarten meines Ichs gewährte, die er jetzt neben dem idealisierten Kinnall erkennen konnte. Diese gegenseitigen Erkundungen währten eine lange Zeit. Ich hielt diesen Austausch für unermeßlich wertvoll, denn nur mit Noim konnte ich die notwenige Tiefe der Perspektive gewinnen, die angemessene Parallaxe der Charaktere, und er konnte es nur mit mir; wir hatten gegenüber zwei Fremden, die sich zum ersten Mal durch die sumarische Droge begegnen, große Vorteile. Als die Wirkung des Tranks nachließ, fühlte ich mich durch die Intensität unserer Gemeinsamkeit erschöpft und zugleich geadelt, erhaben, verwandelt.

Nicht so Noim. Er wirkte ausgelaugt und fiebrig. Er konnte seinen Blick kaum zu meinem heben. Seine Gemütsverfassung war so frostig, daß ich es nicht wagte, in sie einzubrechen, sondern darauf wartete, daß er sich erholte. Schließlich sagte er: »Ist alles vorbei?«

»Ja.«

»Versprich eines, Kinnall. Versprichst du es?«

»Sag es, Noim.«

»Daß du dies nie mit Halum tust! Ist das versprochen? Versprichst du es, Kinnall? Niemals. Niemals. Niemals.«

54

Einige Tage nach Noims Abreise trieb mich ein gewisses Schuldgefühl in die Steinerne Kapelle. Um die Zeit auszufüllen, bis Jidd mich empfangen konnte, streifte ich durch die Hallen und Gänge des düsteren Gebäudes, blieb vor Altaren stehen, verbeugte mich demütig vor halbblinden Schriftgelehrten des Kontrakts, die in einem Innenhof debattierten, winkte ein paar ehrgeizige niedere Reiniger beiseite, die mich, als sie mich erkannt hatten, bedrängten. Ringsumher waren die Dinge der Götter, und mir gelang es nicht, die göttliche Gegenwart zu entdecken. Vielleicht hatte Schweiz die Göttlichkeit durch die Seelen anderer Menschen gefunden, aber ich hatte, als ich mich als Selbstentblößer betätigte, jenen Glauben verloren, und es spielte keine Rolle für mich. Ich wußte, daß ich rechtzeitig unter der neuen Freiheit von Liebe und Vertrauen, die ich anzubieten hoffte, meinen Weg zur Gnade zurückfinden würde. So schlich ich als reiner Tourist durch das Gotteshaus der Gotteshäuser.

Ich ging zu Jidd. Unmittelbar nachdem Schweiz mir zum ersten Mal die sumarische Droge gegeben hatte, hatte ich mich zum letzten Mal einer Reinigung unterzogen. Der kleine krummnasige Mann machte eine Bemerkung darüber, als ich den Vertrag in Empfang nahm. Die Verpflichtungen am Gericht, erklärte ich, und er schüttelte den Kopf und ließ einen tadelnden Laut vernehmen. »Du mußt zum Überfließen voll sein«, sagte Jidd. Ich erwiderte nichts, sondern ließ mich vor seinem Spiegel nieder, um in das hagere, unvertraute Gesicht zu blicken, das darin lebte. Er fragte mich, welchen Gott ich haben wollte, und ich nannte ihm den Gott der Unschuldigen. Er warf mir einen sonderbaren Blick zu. Die heiligen Lichter gingen an. Mit sanften Worten geleitete er mich in die Halb-Trance des Bekennens. Was konnte ich sagen? Daß ich mein Versprechen mißachtet und den selbstentblößenden Trank mit jedem, der ihn von mir nehmen wollte, getrunken hatte? Still saß ich dort. Jidd trieb mich an. Er tat etwas, was ich noch nie zuvor bei einem Reiniger gekannt hatte: Er bezog sich auf eine frühere Reinigung und bat mich, erneut über diese Droge zu sprechen, deren Einnahme ich damals gestanden hatte. Hatte ich sie wieder genommen? Ich brachte mein Gesicht ganz nahe vor den Spiegel und vernebelte ihn mit meinem Atem. Ja, ja. Man ist ein elender Sünder und erneut schwach geworden. Dann fragte Jidd mich, wie ich an die Droge gekommen war, und ich antwortete ihm, daß ich sie beim ersten Mal in Gesellschaft eines Mannes genommen hatte, welcher sie von jemandem gekauft hatte, der in Sumara Borthan gewesen war. Ja, sagte Jidd, und wie war der Name dieses Mannes? Das war ein plumper Schritt: Ich war sofort auf der Hut. Mir schien, daß Jidds Frage weit über die Erfordernisse einer Reinigung hinausging und mit Sicherheit keine Bedeutung für meine momentane Verfassung haben konnte. Ich lehnte es ab, ihm Schweiz' Namen zu geben, was den Reiniger dazu brachte, mich ein wenig barsch zu fragen, ob ich befürchtete, er würde das Geheimnis des Rituals brechen.

Befürchtete ich das? Bei seltenen Gelegenheiten hatte ich aus Scham, aber nie in Täuschungsabsicht, vor Reinigern Dinge zurückgehalten. Naiv war ich, und ich besaß volles Vertrauen in die Ethik des Gotteshauses. Doch jetzt, plötzlich argwöhnisch geworden – und dieser Argwohn war von Jidd selbst erregt –, mißtraute ich Jidd und seinem ganzen Gewerbe. Warum wollte er das wissen? Auf welche Informationen war er aus? Was konnte ich gewinnen oder er, wenn ich meine Quelle der Droge enthüllte? Ich antwortete steif: »Man sucht Vergebung nur für sich allein, und was kann die Nennung des Namens dazu beitragen? Er soll sein eigenes Bekenntnis ablegen.« Aber natürlich gab es keine Möglichkeit, daß Schweiz zu einem Reiniger gehen würde, jetzt war ich also dabei angelangt, Wortspielereien mit Jidd anzustellen. Seine Reinigung hatte jeden Wert verloren und ließ mich mit einer leeren Hülle zurück. »Wenn du Frieden vor den Göttern haben willst«, sagte Jidd, »mußt du deine Seele vollständig offenbaren.« Aber wie konnte ich das? Die Verführung von elf Menschen zur Selbstentblößung gestehen? Ich brauchte Jidds Vergebung nicht. Ich hatte kein Vertrauen zu seiner Gutwilligkeit. Abrupt stand ich auf; das Knien im Dunkel hatte mich etwas benommen gemacht, ich schwankte, strauchelte fast. Der Klang einer in der Ferne gesungenen Hymne schwebte an mir vorbei wie eine Spur des Duftes jenes kostbaren Weihrauchs, der aus einer Pflanze aus dem Feuchten Tiefland gewonnen wird. »Man ist heute nicht auf die Reinigung vorbereitet«, sagte ich zu Jidd. »Man muß eines Seele näher untersuchen.« Ich taumelte auf die Tür zu. Verblüfft blickte er auf das Geld, das ich ihm gegeben hatte. »Die Gebühr?« rief er. Ich sagte ihm, er könnte sie behalten.

55

Die Tage wurden zu leeren Räumen, die eine Reise mit der Droge von der nächsten abtrennten. Träge und abgelöst trieb ich durch meine Verantwortlichkeit, ich sah nichts von dem, was um mich herum geschah, lebte nur für meine nächste Begegnung. Die reale Welt löste sich auf; ich verlor das Interesse an Sex, Wein, Nahrung, den Tätigkeiten im Hafengericht, der Spannung zwischen Nachbarprovinzen von Velada Borthan und allen anderen Dingen wie diesen, die für mich nur noch Schatten von Schatten waren. Möglicherweise nahm ich die Droge zu oft. Ich verlor an Gewicht und existierte in einem ständigen Nebel aus trübweißem Licht. Ich hatte Schwierigkeiten zu schlafen; stundenlang wälzte ich mich herum, ein hohlwangiger Schlafkranker, dessen Augäpfel schmerzten; eine Decke aus dumpfer tropischer Luft preßte mich an meine Matratze. Müde ging ich durch meine Tage, blinzelnd durch die Abende. Kaum einmal sprach ich mit Loimel, ich rührte sie nicht an, und selten berührte ich eine andere Frau. Einmal schlief ich bei einem Mittagessen mit Halum ein. Den Obersten Richter Kalimol schockierte ich, indem ich einmal auf eine seiner Fragen mit dem Satz »Mir scheint...« antwortete. Segvord Helalam sagte mir, ich sähe krank aus, und schlug vor, ich sollte mit meinen Söhnen im Verbrannten Tiefland jagen gehen. Dennoch besaß die Droge die Macht, mich zum Leben zu erwecken. Ich suchte neue Begleiter und fand es jedesmal leichter, Kontakt mit ihnen aufzunehmen, denn jetzt wurden sie häufig von denen zu mir gebracht, die die innere Reise bereits getan hatten. Sie bildeten eine seltsame Gruppe: zwei Herzöge, ein Marquis, eine Hure, ein Königlicher Archivar, ein Schiffskapitän aus Glin, die Mätresse eines Septarchen, ein Direktor der Handels- und Schiffahrtsbank von Manneran, ein Dichter, ein Anwalt aus Velis, der hier war, um mit Kapitän Khrisch zu verhandeln, und viele andere mehr. Der Kreis der Selbstentblößer weitete sich aus. Mein Drogenvorrat war nahezu erschöpft, aber einige meiner neuen Freunde redeten davon, eine neue Expedition nach Sumara Borthan ausrüsten zu wollen. Zu dieser Zeit gab es fünfzig von uns. Der Wandel wurde ansteckend, in Manneran gab es eine Epidemie.

56

Manchmal widerfuhr mir unerwartet, in der leeren toten Zeit zwischen einer Begegnung und der nächsten, eine merkwürdige Persönlichkeitsverwirrung. Ein Block geborgter Erfahrung, den ich in den dunklen Tiefen meines Geistes bewahrte, löste sich und trieb in die höheren Schichten meines Bewußtseins, wo er in meine eigene Identität eindrang. Ich blieb mir der Tatsache bewußt, daß ich Kinnall Darival war, der Septarchensohn von Salla, und dennoch gab es plötzlich in meinen Erinnerungen ein Segment des Ich von Noim oder Schweiz oder einem der Sumaraner oder jemand anderem, mit dem ich die Droge genommen hatte. Solange diese Persönlichkeitsaufsplitterung währte – einen Augenblick, eine Stunde, einen halben Tag –, wanderte ich umher, meiner Vergangenheit ungewiß, unfähig zu bestimmen, ob ein Ereignis, das ganz frisch in meinen Geist gedrungen war, mich überkommen hatte, oder ob es durch die Droge zu mir gelangt war. Das war lästig, aber bis auf die ersten zwei oder drei Male nicht wirklich beängstigend. Schließlich lernte ich, die Eigenschaft dieser fremden Erinnerungen von meiner eigentlichen Vergangenheit zu unterscheiden, da ich mit den Strukturen von beiden vertraut war. Die Droge hatte viele Menschen aus mir gemacht, erkannte ich. War es nicht besser, viele zu sein, als etwas, das weniger als einer war?

57

Zu Beginn des Frühjahrs lastete eine irrsinnige Hitze über Manneran, verbunden mit so häufigen Regenfällen, daß die ganze Vegetation der Stadt verrückt spielte und alle Straßen verschluckt hätte, wären die Pflanzen nicht täglich beschnitten worden. Es war grün, grün, grün überall: grüner Dunst am Himmel, grüne Regenfälle, grünes Sonnenlicht, das manchmal hindurchbrach, breite, glänzende grüne Blätter, die sich auf dem Balkon, in jedem Gartenfleckchen entfalteten. Eines Menschen Seele kann darin Schimmel ansetzen. Grün waren auch die Markisen an der Straße der Gewürzhändler. Loimel hatte mir eine lange Einkaufsliste mitgegeben, die Spezereien aus Threish, Velis und dem Feuchten Tiefland enthielt; wie ein folgsamer Ehemann ging ich, sie einzukaufen, denn die Gewürzstraße lag nur wenige Schritte vom Gerichtsgebäude entfernt. Sie bereitete ein großes Fest vor, um den Namensgebungstag unserer ältesten Tochter zu feiern, die endlich den Erwachsenennamen erhalten sollte, den wir für sie vorgesehen hatten: Loimel. Alle Großen von Mannaran waren eingeladen worden, der Zeremonie beizuwohnen, in der meine Frau eine Namensschwester gewann. Unter den Gästen würden einige sein, die insgeheim die Droge mit mir genommen hatten, und das bereitete mir inneres Vergnügen; Schweiz allerdings war nicht eingeladen, da Loimel ihn für zu gewöhnlich hielt, und außerdem hatte er Manneran zu einer Geschäftsreise verlassen, als das Klima zu wüten begann.

Ich ging durch all das Grün zu den besten der Läden. Kurz vorher hatte es zu regnen aufgehört, und der Himmel lag wie eine grüne Platte auf den Dächern. Delikate und scharfe Gerüche, Wolken zungenkitzelnder Geschmäcker drangen auf mich ein. Plötzlich durchquerten schwarze Blasen meinen Schädel, und einen Moment lang war ich Schweiz, wie er an einem Kai mit einem Schiffer verhandelte, der gerade eine Ladung wertvoller Waren vom Golf von Sumar angelandet hatte. Ich blieb stehen, um diese Vermischung der Persönlichkeiten zu genießen. Schweiz verschwand; durch Noims Sinne roch ich den Duft von frisch gemähtem Heu auf den Condorit-Gütern unter einer prächtigen Spätsommersonne; dann war ich plötzlich der Bankdirektor, die Hand fest auf das Gesäß eines anderen Manns gepreßt. Den Eindruck dieses kurz aufflackernden Blitzschlags übertragener Erfahrung kann ich Euch nicht vermitteln. Ich hatte die Droge vor kurzem mit dem Bankdirektor genommen und dabei in seiner Seele nichts von seiner Vorliebe für das eigene Geschlecht gesehen. So etwas wäre mir nicht entgangen. Entweder hatte ich diese Vision grundlos produziert, oder er hatte diesen Teil seiner Persönlichkeit irgendwie vor mir abgeschirmt und seine Neigung bis zu diesem Augenblick des Durchbruchs verschlossen. War ein teilweiser Verschluß wie dieser möglich? Ich hatte geglaubt, eines Geist läge völlig offen. Mich verwirrte nicht die Art seiner Begierden, sondern nur meine Unfähigkeit, das, was ich gerade erfahren hatte, mit dem in Einklang zu bringen, was am Tag unserer Drogeneinnahme von ihm zu mir gelangt war. Aber ich hatte wenig Zeit, darüber nachzudenken, denn als ich noch mit offenem Mund vor dem Gewürzladen stand, legte sich eine schmale Hand auf die

meine, und eine behutsame Stimme sagte: »Ich muß unter vier Augen mit dir sprechen, Kinnall.« *Ich.* Das Wort riß mich aus meinen Träumen. Androg Mihan, Archivar des Septarchen von Manneran, stand neben mir. Er war ein kleiner Mann mit ausgeprägten Gesichtszügen und grauem Haar, dem man alles andere als den Wunsch nach ungesetzlichen Vergnügungen zutrauen würde; der Herzog von Sumar, eine meiner ersten Eroberungen, hatte ihn zu mir geführt. »Wohin sollen wir gehen?« fragte ich, und Mihan wies auf ein ärmlich wirkendes drittklassiges Gotteshaus auf der anderen Straßenseite. Der Reiniger lungerte draußen herum und versuchte, sein Geschäft anzuheizen. Ich konnte nicht verstehen, wie man unter vier Augen in einem Gotteshaus reden konnte, aber ich folgte dem Archivar trotzdem; wir betraten das Gotteshaus, und Mihan beauftragte den Reiniger, die Vertragsformulare zu holen. Sobald der Mann gegangen war, beugte sich Mihan vor und sagte: »Die Polizei ist auf dem Weg zu deinem Haus. Wenn du heute abend heimkehrst, wirst du verhaftet und zu einer der Inseln im Golf von Sumar ins Gefängnis gebracht.«
»Woher weißt du das?«
»Das Dekret wurde heute morgen ausgestellt und mir zur Aufbewahrung übergeben.«
»Welche Anklage?« fragte ich.
»Selbstentblößung«, sagte Mihan. »Die Anzeige stammt von Agenten der Steinernen Kapelle. Außerdem erheben sie weltliche Anklage: Benutzung und Verteilung illegaler Drogen. Sie haben dich, Kinnall.«
»Wer ist der Informant?«
»Ein gewisser Jidd, angeblich ein Reiniger der Steinernen Kapelle. Hast du das Geheimnis der Droge bei einer Reinigung verraten?«
»Das habe ich. In meiner Naivität. Die Heiligkeit des Gotteshauses …«
»Die Heiligkeit des Misthaufens!« unterbrach Androg Mihan heftig. »Jetzt mußt du fliehen! Die volle Macht der Regierung wird gegen dich aufgeboten.«
»Wohin soll ich gehen?«
»Heute nacht gewährt der Herzog von Sumar dir Schutz«, sagte Mihan. »Danach … ich weiß es nicht.«
Der Reiniger kam mit einem Bündel von Vertragsformularen zurück. Er schenkte uns ein gewinnendes Lächeln und sagte: »Nun, meine Herren, wer soll der erste sein?«
»Einem ist eine andere Verabredung eingefallen«, sagte Mihan.
»Man fühlt sich plötzlich unwohl«, sagte ich.
Ich warf dem verblüfften Reiniger eine fette Münze zu, und wir verließen das Gotteshaus. Draußen tat Mihan, als kenne er mich nicht, und wir gingen ohne ein weiteres Wort unsere getrennten Wege. Keinen Augenblick

bezweifelte ich die Richtigkeit seiner Warnung. Ich mußte fliehen; Loimel würde ihre Gewürze selbst einkaufen müssen. Ich rief einen Wagen und fuhr sofort zum Anwesen des Herzogs von Sumar.

58

Dieser Herzog ist einer der Wohlhabendsten in Manneran, er besitzt weit verstreute Güter am Golf und in den Hügeln am Fuße der Huishtors und ein prächtiges Haus bei der Hauptstadt, mitten in einem Park gelegen und einem Kaiser als Palast angemessen. Er ist durch Vererbung Zolleinnehmer der Stroin-Bresche, und das ist die Quelle des Vermögens seiner Familie, denn seit Jahrhunderten haben sie von allem, was aus dem Feuchten Tiefland zum Verkauf gebracht wird, einen Anteil abgeschöpft. Als Person ist der Herzog ein Mann von außerordentlicher Häßlichkeit oder bemerkenswerter Schönheit, ich bin mir da nicht ganz sicher: Er hat einen mächtigen, dreieckigen, flachen Kopf, dünne Lippen, eine gewaltige Nase und merkwürdig dichtes, kleingelocktes Haar, das wie ein Teppich an seinem Schädel anliegt. Sein Haar ist völlig weiß, aber sein Gesicht weist keine Falten auf. Seine Augen sind groß, dunkel und intensiv. Seine Wangen sind eingefallen. Es ist ein asketisches Gesicht, das mir immer wahlweise heilig oder monströs erschien und manchmal beides gleichzeitig. Schon kurz nach meiner Ankunft in Manneran vor so vielen Jahren hatte er mir nahegestanden; er hatte Segvord Helalam zur Macht verholfen, und bei unserer Hochzeit hatte er als Loimels Seelenbinder fungiert. Als ich begann, die sumarische Droge zu benutzen, erriet er es wie durch Telepathie; in einem Gespräch, welches mit bewundernswerter Feinheit geführt wurde, erfuhr er von mir, daß ich die Droge hatte, und sorgte dafür, daß er sie mit mir zusammen einnahm. Das war vor vier Mondaufgängen im Spätwinter gewesen.

Als ich in seinem Haus ankam, fand ich eine angespannte Diskussionsrunde vor. Anwesend waren die meisten Männer von Einfluß, die ich in meinen Kreis der Selbstentblößer gelockt hatte. Der Herzog von Manneran-Smor. Der Marquis von Woyn. Der Bankdirektor. Der Finanzbevollmächtigte und sein Bruder, der Prokuratorgeneral von Manneran. Der Grenzlandherr. Und fünf oder sechs weitere von ähnlicher Bedeutung. Archivar Mihan traf kurz nach mir ein.

»Jetzt sind wir alle hier«, sagte der Herzog von Manneran-Smor. »Sie könnten uns mit einem einzigen Schlag wegraffen. Ist das Grundstück gut bewacht?«

»Niemand wird zu uns vordringen«, sagte der Herzog von Sumar ein we-

nig frostig, offensichtlich beleidigt durch die Annahme, gewöhnliche Polizei könnte in sein Haus eindringen. Er wandte mir seine großen, fremdartigen Augen zu. »Kinnall, das wird deine letzte Nacht in Manneran sein, das ist unausweichlich. Du wirst den Sündenbock abgeben.«
»Wer hat das bestimmt?« fragte ich.
»Wir nicht«, erwiderte der Herzog. Er erklärte, daß an diesem Tag fast so etwas wie ein Staatsstreich in Manneran versucht worden war und sehr wohl noch gelingen könnte: eine Revolte jüngerer Beamter gegen ihre Vorgesetzten. Der Anfang, sagte er, läge in meinem Bekenntnis gegenüber dem Reiniger Jidd, daß ich die sumarische Droge genommen hatte. (Die Gesichter im Zimmer verdüsterten sich. Unausgesprochen sagten sie, daß ich ein Narr gewesen war, einem Reiniger zu trauen, und jetzt den Preis für meine Torheit zahlen mußte. Ich war nicht so klug wie diese Männer gewesen.) Jidd, so schien es, hatte sich mit einer Clique unzufriedener subalterner Beamter verbündet, die begierig darauf waren, selbst an die Macht zu kommen. Da er Reiniger der meisten bedeutenden Männer in Manneran war, befand er sich in einer außerordentlich guten Position, den Ehrgeizigen zu helfen, indem er die Geheimnisse der Mächtigen verriet. Warum Jidd sich entschlossen hatte, seinen Eid auf diese Weise zu brechen, war noch nicht bekannt.
Der Herzog von Sumar vermutete, daß sich bei Jidd die Vertrautheit zu Verachtung ausgewachsen hatte, und nachdem er über Jahre den melancholischen Ergüssen seiner mächtigen Klienten gelauscht hatte, hatte er Widerwillen gegen sie entwickelt: Erbittert über ihre Bekenntnisse, hatte er Gefallen daran gefunden, bei ihrer Vernichtung mitzuwirken. (Das gab mir eine neue Sicht auf die Art der Seele eines Reinigers.) Von da an hatte Jidd schon seit einigen Monaten den machtgierigen Beamten nützliche Tatsachen zugespielt, welche sie, oft mit beträchtlicher Wirkung, genutzt hatten, um ihre Vorgesetzten zu bedrohen. Durch mein Geständnis, die Droge benutzt zu haben, hatte ich mich verwundbar gemacht, und er hatte mich an gewisse Leute im Gericht verkauft, die mich aus dem Amt haben wollten.
»Aber das ist absurd!« rief ich aus. »Der einzige Beweis gegen mich ist durch die Heiligkeit des Gotteshauses geschützt! Wie kann Jidd auf der Grundlage dessen, was ich bei einer Reinigung bekannt habe, Anklage gegen mich erheben? Ich werde ihn wegen Verletzung des Vertrags anzeigen!«
»Es gibt einen weiteren Beweis«, sagte der Marquis von Woyn bekümmert.
»Und der wäre?«
»Indem er das verwandte, was er von deinen Lippen hörte«, sagte der

Prinz Eisenherz ist jung, schön, klug, mutig und seit frühester Jugend in Kampfspielen trainiert. Doch wie ist es um seine Fähigkeiten bestellt, wenn er der Gefahr Auge in Auge gegenübersteht? Dies alles wird sich zeigen, wenn der edle Ritter durch Sie zum Leben erwacht.

Spätestens jetzt werden Sie gemerkt haben, daß wir auf etwas hinauswollen. Wir wollen Ihnen erklären, was es mit dem Fantasie-Rollenspiel „Das Schwarze Auge" auf sich hat:

Sie sind ein Spieler und schlüpfen in eine neue Identität, die Rolle Ihres „Helden", z. B. Prinz Eisenherz. Und wie im wahren Leben der Zufall eine entscheidende Rolle spielt, so spielt er auch bei der Erschaffung Ihres „Helden" kräftig mit. Denn sein Charakter, seine Fähigkeiten und sein Vermögen, mit dem er für seine Abenteurerkarriere ausgestattet ist, werden durch den Würfel ermittelt.

Prinz Eisenherz stürzt sich also ins Abenteurerleben. Doch dieses steckt voller Gefahren und um diese Gefahren mit heiler Haut überstehen zu können, braucht er zunächst eine geeignete Bewaffnung, eine Rüstung und Proviant. Auf dem Bazar Aventuriens feilscht er um ein kleines Schwert und ein Messer, denn zu Beginn seiner Abenteurerlaufbahn sind seine finanziellen Mittel noch beschränkt. Nachdem er alles Nötige beisammen hat, sucht er sich einige Gefährten, die ihn auf seinen Abenteuern in das phantastische Reich Aventuriens begleiten.

Die Gefährten sind seine Mitspieler, denn das Fantasie-Rollenspiel „Das Schwarze Auge" ist ein Gruppenspiel. Jeder Teilnehmer ist in die Identität eines „Helden" geschlüpft, hat ihn mit Eigenschaften und Vermögen ausgestattet, und ihn zum Kauf seiner Abenteurerausrüstung in den Bazar geschickt. Also sind jetzt außer Prinz Eisenherz drei bis fünf andere wackere Mitstreiter und Mitstreiterinnen gerüstet für unbekannte, aufregende Abenteuer.

Jetzt machen unsere Helden Bekanntschaft mit dem „Meister des Schwarzen Auges", dem Spieleleiter. Er ersinnt und beschreibt den Rahmen des Abenteuers, das die „Helden" gemeinsam zu bestehen haben. Unzählige Anregungen bieten ihm hier die Abenteuer-Bücher, die zu dem Spiel zusätzlich erhältlich sind. Ferner achtet er auf die Regeln, bewertet die einzelnen Kämpfe und beherrscht die Gesetze der Magie. Er kennt jede Spielfigur, ihre Stärken und Schwächen und beschreibt genau die Handlungsorte, die nach seinen Angaben von den Spielern in den „Plan des Schicksals" eingetragen werden.

Der „Meister des Schwarzen Auges" erzählt: „Eine Prinzessin wurde von den Monstern Aventuriens entführt und in ein dunkles Verlies verschleppt. Außerdem haben die Monster den sagenumwobenen Kronschatz gestohlen. Euch winkt Ruhm und Gold, wenn ihr die Prinzessin befreit und den Kronschatz zurückbringt. Die Ungeheuer sind in östliche Richtung geflohen. Spione vermuten, daß die Prinzessin in einem unterirdischen Gewölbe gefangen gehalten wird. Dieses Gewölbe kann nur durch einen schmalen Felsspalt betreten werden, den es jetzt zu finden gilt.

Prinz Eisenherz berät sich mit seinen Gefährten, ob sie sich gemeinsam diesem Abenteuer stellen wollen und wie sie am geschicktesten vorgehen könnten.

Plötzlich steht Eisenherz vor dem gesuchten Felsspalt. Aus dem dunklen Inneren strömt modriger Geruch. Alles wirkt sehr unheimlich. Schemenhaft zeichnet sich die Treppe ab, die in die Tiefe führt. „Auf!" ruft er seinen Gefährten zu, „Laßt uns hinabsteigen! Hat jemand eine Fackel dabei?" Mit einem Male erhellt ein spärlicher Lichtschein die Treppe.

Prinz Eisenherz und seine Gefährten beschließen, erst einmal vorsichtig hinabzusteigen. Sicherheitshalber nimmt Eisenherz sein neues Schwert fest in die Hand, als sich knarrend kurz vor ihnen, wie von unbekannter Hand, eine schwere Eisentür knarrend eine Handbreit öffnet. Langsam betritt er als erster den dahinterliegenden Raum – da schlägt die Tür genauso plötzlich hinter ihm zu. Er ist allein, abgeschnitten von den anderen. Der Raum, in dem er sich befindet, ist hell und leer – beängstigend leer.

Was wird Prinz Eisenherz nun wohl als erstes tun? Er wird versuchen, die Tür zu öffnen. Also fragt er den „Meister des Schwarzen Auges": „Gibt es an dieser Türe einen Griff?" „Ja", antwortet der, „es gibt einen Griff und sogar ein Schloss, aber beide sind alt und verrostet." „Gut, ich will versuchen, die Tür mit meinem Schwert gewaltsam zu öffnen." Doch der „Meister" warnt: „Versuche es lieber nicht, denn dein Schwert würde dabei abbrechen und die Tür bliebe trotzdem verschlossen."

Mißmutig stellt Prinz Eisenherz sein Schwert ab und sieht sich im Raum um. Da entdeckt er in einer Ecke eine schmale Öffnung, die in einen dunklen Gang führt. „Hallo – ist da jemand?" ruft er hinein, als er plötzlich in der Ferne schlurfende Schritte vernimmt, die näher zu kommen scheinen. Eisenherz läuft ein kalter Schauer über den Rücken. „Das sieht ganz nach einer Falle aus", denkt er und zückt sein Messer, bereit zum Kampf.

Was der „Meister des Schwarzen Auges" da auf den Plan schickt, ist ein Oger, eines der widerlichsten Monster Aventuriens, den er so beschreibt: „Herein stürmt ein etwa 3 Meter großes Untier, mit dem Äußeren eines Neandertalers, nackt bis auf den Lendenschurz. Die fahle Haut ist mit ranzigem Schmalz eingefettet. Da sich ein Oger wie ein Raubtier verhält, wird er sich sofort auf dich stürzen."

Prinz Eisenherz weiß, jetzt kann nur Glück und Geschicklichkeit helfen. Da seine Gewandtheit groß ist (sein Spieler hat hier die höchste Punktzahl erwürfelt), vertraut er seinem Geschick. Als der Oger sich auf ihn stürzen will, springt er behende zur Seite. Das Monster stürzt, heult auf und setzt zu einem neuen Angriff an. Ein wilder Kampf auf Leben und Tod beginnt.

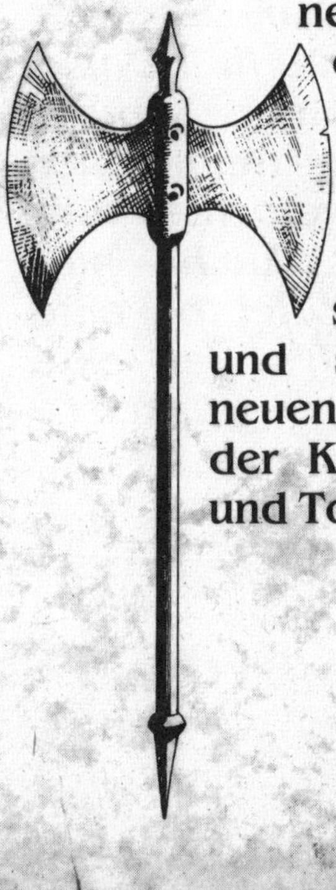

Auch diese Kampfszene spielt sich, wie fast alles in diesem Spiel, nur in der Fantasie der Teilnehmer ab. Der Spieler sagt, was sein „Held" vorhat – der Meister entscheidet, ob dies durchführbar ist und welche Folgen es hat. Dabei werden auch größere Kämpfe gegen mehrere Teilnehmer dramatisch ausgefochten und nachvollzogen. Auch hier ermittelt der Würfel, ob eine Attacke (Angriff) oder eine Parade (Abwehr) geglückt ist.

Das Spiel ist natürlich noch längst nicht zu Ende. Der Oger wird sterben, Prinz Eisenherz schwer verwundet. Vielleicht taucht ein Magier mit einem stärkenden Trunk auf, der Eisenherz die verlorene Lebensenergie wieder zurückgibt. Oder alles spielt sich ganz anders ab...

Denn „Das Schwarze Auge" ist immer wieder anders, immer wieder neu. Neue Abenteuer müssen gemeistert werden, das Geschehen läuft jedesmal anders ab und neue Monster bringen unerwartete Gefahren. Gespielt wird zunächst nach dem „Buch der Abenteuer", das zur Grundausrüstung gehört, später nach den weiteren „Abenteuer-Büchern", die einzeln erhältlich sind. Oder Sie erfinden Ihr Abenteuer selbst – wie wir es hier getan haben. Der Fantasie sind keine Grenzen gesetzt! Und „Das Schwarze Auge" entführt Sie in eine neue vielfältige Erlebniswelt. Das ist der unbegrenzte Spaß an diesem Spiel.

Neugierig geworden?

Fragen Sie Ihren Buchhändler nach dem

"Schwarzen Auge"

Marquis, »war Jidd in der Lage, deine Feinde auf die richtige Spur zu setzen. Sie haben eine Frau gefunden, die in den Hütten hinter der Steinernen Kapelle lebt, und sie hat ihnen gestanden, daß du ihr einen seltsamen Trank gegeben hast, der ihr ihren Geist geöffnet hat...«

»Diese Tiere.«

»Sie konnten zudem«, sagte der Herzog von Sumar, »einige von uns mit dir in Verbindung bringen. Nicht alle, aber einige. Heute morgen wurden mehrere von uns von ihren eigenen Untergebenen mit der Forderung konfrontiert, ihre Ämter aufzugeben oder sich der Enthüllung zu stellen. Wir sind diesen Drohungen entschlossen begegnet, und die, die sie ausgesprochen haben, sind jetzt unter Arrest, aber es ist nicht zu sagen, wie viele Verbündete sie in hohen Stellungen haben. Es ist möglich, daß wir alle bis zum nächsten Mondaufgang niedergeworfen werden und andere unsere Macht in Händen haben. Allerdings bezweifle ich das, denn soweit wir erkennen können, ist der einzige solide Beweis das Geständnis der Dirne, die nur dich bezichtigt hat, Kinnall. Die Anklagen, die Jidd erhebt, werden natürlich unzulässig sein, auch wenn sie gewiß Schaden anrichten können.«

»Wir werden ihre Glaubwürdigkeit zerstören«, sagte ich. »Ich werde behaupten, sie gar nicht zu kennen. Ich werde...«

»Zu spät«, sagte der Prokuratorgeneral. »Sie haben ihre Aussage aufgezeichnet. Ich habe eine Kopie vom Obersten Ankläger erhalten. Sie wird standhalten. Du bist hoffnungslos bloßgestellt.«

»Was wird geschehen?«

»Wir werden die ehrgeizigen Absichten der Erpresser zerschmettern«, sagte der Herzog von Sumar, »und sie zu armen Leuten machen. Wir werden Jidds Ansehen zerstören und ihn aus der Steinernen Kapelle vertreiben. Wir werden alle Anklagen der Selbstentblößung, die möglicherweise gegen uns erhoben werden, in Abrede stellen. Du mußt Manneran allerdings verlassen.«

»Warum?« Ich starrte den Herzog fassungslos an. »Ich bin nicht ohne Einfluß. Wenn ihr den Anklagen trotzen könnt, wieso ich nicht?«

»Deine Schuld ist bestätigt worden«, sagte der Herzog von Manneran-Smor. »Wenn du fliehst, können wir behaupten, daß du und das Mädchen, das du eingeweiht hast, die einzigen Betroffenen sind und der Rest nur die Erfindung ehrgeiziger Untergebener ist, die versuchen, ihre Herren zu stürzen. Wenn du bleibst und versuchst, einen hoffnungslosen Fall durchzufechten, wirst du uns eventuell alle mitreißen, wenn du vernommen wirst.«

Jetzt war mir alles klar.

Ich war gefährlich für sie. Vor Gericht konnte meine Stärke gebrochen

und ihre Schuld dadurch offenbart werden. Bisher war ich der einzige, der unter Anklage stand, und ich war der einzige, der in den Verfahren der manneranischen Justiz verwundbar war. Sie waren einzig und allein durch mich verwundbar, und wenn ich ging, konnte man sie nicht mehr greifen. Die Sicherheit der Mehrheit erforderte meine Abreise. Und vor allem: Mein naives Vertrauen zum Gotteshaus, das mich zu meinem vorschnellen Bekenntnis geführt hatte, hatte zu diesem Aufruhr geführt, der sonst vielleicht hätte vermieden werden können. Ich hatte das alles in Gang gebracht; ich war derjenige, der gehen mußte.
Der Herzog von Sumar sagte: »Du wirst bis zur Dunkelheit bei uns bleiben, und dann wird dich mein privater Bodenwagen, eskortiert von Leibwachen, als wäre ich selbst unterwegs, zum Landgut des Marquis von Woyn bringen. Dort wartet ein Flußschiff auf dich. Bis zum Morgengrauen wirst du über den Woyn und in deinem Heimatland Salla sein, und mögen die Götter mit dir reisen.«

59

Wieder auf der Flucht. An einem einzigen Tag war alle Macht, die ich in fünfzehn Jahren in Manneran angesammelt hatte, verloren. Weder hohe Geburt noch hohe Verbindungen konnten mich retten: Mochte ich auch durch Heirat, Liebe und Politik Bande zu der Hälfte der Herren von Manneran haben, so waren sie doch unfähig, mir zu helfen. Ich habe es so aussehen lassen, als hätten sie mich ins Exil gezwungen, um ihre eigene Haut zu retten, aber so war es nicht. Mein Verschwinden war notwendig und bereitete ihnen ebensoviel Kummer wie mir.
Bis auf die Kleider, die ich trug, hatte ich nichts bei mir. Meine Garderobe, meine Waffen, mein Schmuck, mein gesamtes Vermögen mußte in Manneran zurückbleiben. Als ein junger Prinz, der von Salla nach Glin floh, hatte ich die Umsicht besessen, vorher Bargeld zu überweisen, aber jetzt war ich von allem abgeschnitten. Mein Vermögen würde beschlagnahmt, meine Söhne würden zur Armut verdammt werden. Es war keine Zeit für Vorbereitungen gewesen.
Zumindest hierbei waren mir meine Freunde zu Diensten. Der Prokuragorgeneral, der etwa meine Größe hatte, hatte einige Kleidungsstücke zum Wechseln mitgebracht. Der Finanzbevollmächtigte hatte mir eine beträchtliche Summe in sallanischer Währung besorgt. Der Herzog von Manneran-Smor zog zwei Ringe und einen Armreif von seiner Hand, damit ich nicht ohne jeden Schmuck in meine Heimatprovinz ging. Der Marquis von Woyn drängte mir einen Zeremoniendolch und seinen Hit-

zestab, dessen Knauf mit kostbaren Edelsteinen besetzt war, auf. Mihan versprach, mit Segvord Helalam zu sprechen und ihm die Einzelheiten meines Sturzes mitzuteilen; Segvord würde mit mir empfinden, glaubte Mihan, und meine Söhne mit seinem ganzen Einfluß schützen und dafür sorgen, daß durch die Anklage gegen ihren Vater kein Makel an ihnen haftenblieb. Schließlich kam der Herzog von Sumar mitten in der Nacht, als ich mißmutig bei einem Essen saß, zu dem ich vorher keine Zeit gefunden hatte, zu mir und händigte mir ein kleines juwelenbesetztes Kästchen aus reinem Gold aus, eines von der Art, in dem man Arzneien aufbewahrt. »Öffne es vorsichtig«, sagte er. Ich tat es und fand es randvoll mit weißem Pulver. Erstaunt fragte ich ihn, wie er das beschafft hatte; er hatte kürzlich Agenten nach Sumara Borthan geschickt, erwiderte er, die mit einem kleinen Vorrat der Droge zurückgekehrt waren. Er behauptete, noch mehr davon zu haben, aber ich glaubte, er gab mir alles, was er hatte.

»In einer Stunde wirst du aufbrechen«, sagte der Herzog, um die Flut meiner Dankesworte zu bremsen.

Ich fragte, ob ich vorher noch einen Anruf tätigen dürfe.

»Segvord wird deiner Frau alles erklären«, sagte der Herzog.

»Man meinte nicht eines Frau. Man meinte eines Bundschwester.« Wenn ich von Halum sprach, fiel es mir schwer, in die derbe Grammatik zu verfallen, die wir Selbstentblößer bevorzugten. »Man hatte keine Gelegenheit, sich von ihr zu verabschieden.«

Der Herzog verstand meine Pein, denn er war in meiner Seele gewesen. Aber er wollte mir den Anruf nicht gestatten. Die Leitungen konnten angezapft sein; er konnte es nicht riskieren, daß man heute nacht meine Stimme aus seinem Hause hörte. Mir wurde klar, in welch prekärer Lage selbst er sich befinden mußte, und drang nicht weiter in ihn. Ich konnte Halum morgen anrufen, wenn ich den Woyn überquert hatte und mich sicher in Salla aufhielt.

Kurz darauf war es an der Zeit für meine Abreise. Meine Freunde waren schon vor einigen Stunden gegangen; nur der Herzog führte mich aus dem Haus. Sein prunkvoller Bodenwagen wartete, und mit ihm eine Gruppe Leibwächter auf Krafträdern. Der Herzog umarmte mich. Ich stieg in den Wagen und lehnte mich in die Kissen zurück. Der Fahrer verdunkelte die Fenster so, daß ich von außen nicht gesehen werden konnte, meine eigene Sicht aber nicht gehindert wurde. Leise fuhr der Wagen an, gewann an Geschwindigkeit, tauchte in die Nacht, während meine Vorreiter, sechs an der Zahl, mich wie Insekten umschwärmten. Es schienen Stunden zu vergehen, bis wir das Haupttor des herzoglichen Guts erreichten. Dann waren wir auf der Landstraße. Ich saß im Wagen wie aus

Eis gehauen und dachte kaum daran, was mir widerfahren war. Unser Weg führte nach Norden, und wir fuhren mit solcher Geschwindigkeit, daß die Sonne noch nicht aufgegangen war, als wir das Gut des Marquis von Woyn an der Grenze zwischen Manneran und Salla erreichten; die Straße schnitt durch einen dichten Wald, in dem ich im Mondlicht Parasitengewächse wie haarige Stricke unheilverkündend von Baum zu Baum hängen sah. Plötzlich kamen wir auf eine Lichtung, und ich erblickte die Ufer des Woyn. Der Wagen hielt an! Jemand in dunkler Kleidung half mir heraus, als wäre ich ein Tattergreis, und führte mich am sumpfigen Ufer entlang zu einem langen, schmalen Steg, der in dem dichten Nebel, der aus dem Fluß aufstieg, kaum zu sehen war. Ein Boot war dort vertäut, kein großes Schiff, kaum mehr als ein Nachen. Aber es fuhr mit großer Geschwindigkeit über den breiten, aufgewühlten Woyn. Noch immer spürte ich keine innere Reaktion auf meine Verbannung aus Manneran. Ich war wie jemand, der in die Schlacht gegangen und dessen rechtes Bein von einem Feuerblitz abgerissen worden war und der jetzt in einem wirren Haufen liegt, seinen Stumpf ruhig anstarrt und keinen Schmerz spürt. Der Schmerz würde noch kommen.
Die Dämmerung war nah. Ich konnte die sallanische Seite des Flusses ausmachen. Wir legten an einer Mole an, die aus einem grasbewachsenen Uferstreifen herausragte, offenbar die private Anlegestelle eines Adligen. Jetzt fühlte ich mich zum ersten Mal alarmiert. Im nächsten Augenblick würde ich in Salla an Land gehen. Wo würde ich mich befinden? Wie wollte ich eine besiedelte Gegend erreichen? Ich war kein Junge, der vorbeifahrende Lastwagen um eine Mitfahrt anbettelte. Aber alles war schon vor Stunden für mich arrangiert worden. Als das Boot an der Mole anschlug, trat eine Gestalt aus der Dunkelheit hervor und streckte seine Hand aus: Noim. Er zog mich heraus und umarmte mich fest. »Ich weiß, was geschehen ist«, sagte er. »Du wirst bei mir bleiben.« In seiner Erregung vergaß er zum ersten Mal seit unserer Kindheit die höflichen Umgangsformen mir gegenüber.

60

Am Mittag rief ich von Noims Landgut im Südwesten Sallas den Herzog von Sumar an, um ihm meine sichere Ankunft zu bestätigen – er war es natürlich gewesen, der dafür gesorgt hatte, daß mein Bundbruder mich an der Grenze in Empfang nahm –, und dann rief ich Halum an. Segvord hatte sie erst wenige Stunden zuvor über die Gründe für mein Verschwinden aufgeklärt. »Wie seltsam diese Neuigkeiten sind«, sagte sie.

»Du hast nie von der Droge gesprochen. Und doch war sie so wichtig für dich, denn du hast alles riskiert, um sie zu benutzen. Wie konnte sie in deinem Leben eine solche Rolle spielen und dennoch vor deiner Bundschwester geheimgehalten werden?« Ich antwortete, daß ich es nicht gewagt hatte, sie darüber zu informieren, weil ich fürchtete, der Verlockung zu erliegen, ihr die Droge anzubieten. Sie sagte: »Ist es denn eine so schreckliche Sünde, dich deiner Bundschwester zu öffnen?«

61

Noim behandelte mich mit aller Höflichkeit und wies darauf hin, daß ich bleiben konnte, so lange ich wollte – Wochen, Monate, sogar Jahre. Vermutlich würde es meinen Freunden in Manneran schließlich gelingen, einen Teil meines Vermögens freizubekommen, und ich würde Land in Salla ankaufen und das Leben eines Landbarons führen; oder vielleicht würden Segvord, der Herzog von Sumar und andere einflußreiche Männer den Haftbefehl aus der Welt schaffen, so daß ich in die Südprovinz zurückkehren konnte. Bis dahin, so sagte Noim mir, war sein Heim das meine. Aber ich erspürte in seinem Umgang mit mir eine gewisse Kälte, als würde er seine Gastfreundschaft nur aus Achtung vor unserer Bundverwandtschaft anbieten. Nur wenige Tage später erreichte die Quelle dieser Distanziertheit die Oberfläche. Nach dem Abendessen saßen wir noch spät in seinem großen, weißgetünchten Bankettsaal und sprachen über die Tage unserer Kindheit – unser hauptsächliches Thema im Gespräch, weit sicherer als jede Unterhaltung über die jüngsten Ereignisse –, als Noim plötzlich sagte: »Weiß man von dieser Droge, daß sie Menschen Alpträume verursacht?«
»Man hat von solchen Fällen nichts gehört, Noim.«
»Dann ist hier so ein Fall. Einer, der Nacht für Nacht in kalten Schweiß getränkt aufwachte, noch Wochen nachdem wir die Droge in Manneran genommen hatten. Man glaubte, man würde den Verstand verlieren.«
»Was waren das für Träume?« fragte ich.
»Häßliche Sachen. Monster. Zähne. Klauen. Ein Gefühl des Nichtwissens über die eigene Identität. Bruchstücke fremder Erinnerungen, die durch den eigenen Verstand treiben.« Er nippte an seinem Wein. »Und du nimmst die Droge zum *Vergnügen*, Kinnall?«
»Um Kenntnisse zu erlangen.«
»Was für Kenntnisse?«
»Kenntnisse des eigenen Ich, Kenntnisse von anderen.«
»In diesem Fall bevorzugt man Unwissenheit.« Er schauderte. »Du weißt,

Kinnall, man war nie eine sonderlich ehrfurchtsvolle Person. Man hat gelästert, man hat den Reinigern die Zunge gezeigt, man hat über die Gottesmärchen gelacht, die sie erzählt haben, nicht? Du hast einen mit diesem Stoff beinahe zu einem Mann des Glaubens bekehrt. Das Grauen, eines Verstand zu öffnen – zu wissen, daß man keine Abwehrmöglichkeit hat, daß du in eines Seele schlüpfen kannst und es auch tust – ist unmöglich hinzunehmen.«

»Unmöglich für dich«, sagte ich. »Andere begrüßen es.«

»Man neigt eher zum Kontrakt«, sagte Noim. »Das Private ist heilig. Eines Seele ist eines Eigentum. Sie zu entblößen, ist schmutzig.«

»Nicht entblößen. Teilen.«

»Klingt es auf diese Art angenehmer? Sehr gut: Sie zu teilen, enthält ein schmutziges Vergnügen, Kinnall. Auch wenn wir Bundbrüder sind, beim letzten Mal ist man beschmutzt von dir gegangen. Sand und Dreck in der Seele. Ist es das, was du für jedermann willst? Daß wir uns alle durch Schuld beschmutzt fühlen?«

»Schuldbewußtsein braucht nicht zu sein, Noim. Man gibt, man empfängt, man geht als besserer Mensch hervor...«

»Schmutziger.«

»Erhöht. Wertvoller. Mitfühlender. Sprich mit anderen, die es versucht haben«, sagte ich.

»Natürlich. Wenn sie aus Manneran herbeiströmen, besitzlose Flüchtlinge, dann wird man sie über die Schönheit und den Zauber der Selbstentblößung – Pardon: der Selbstteilung – befragen.«

Ich sah die Qual in seinen Augen. Er wollte mich immer noch lieben, aber die sumarische Droge hatte ihm Dinge gezeigt – über sich selbst, vielleicht auch über mich –, die ihn denjenigen, der ihm die Droge gegeben hatte, zu hassen veranlaßten. Er war einer, für den Mauern notwendig sind; ich hatte mir das nicht bewußtgemacht. Was hatte ich getan, meinen Bundbruder zu meinem Feind zu machen? Vielleicht könnte ich ihm die Dinge klarer machen, wenn wir die Droge ein zweites Mal nahmen – aber nein, vergebliche Hoffnung. Noim war von der Innerlichkeit entsetzt. Ich hatte meinen gotteslästernden Bundbruder zu einem Mann des Kontrakts verwandelt. Jetzt gab es nichts, was ich ihm sagen konnte.

Nach einem längeren Schweigen sagte er: »Man muß eine Bitte an dich richten, Kinnall.«

»Nur zu.«

»Man zaudert, einem Gast Beschränkungen aufzulegen. Aber wenn du etwas von dieser Droge von Manneran mitgebracht hast, Kinnall, wenn du sie irgendwo in deinen Räumen verbirgst – werde sie los, ist das klar? In diesem Haus darf es nichts davon geben. Werde sie los, Kinnall.«

Noch nie in meinem Leben hatte ich meinen Bundbruder angelogen. Niemals. Das edelsteinbesetzte Kästchen, das der Herzog von Sumar mir gegeben hatte, brannte an meiner Brust, als ich mit ernster Stimme sagte: »In dieser Hinsicht hast du nichts zu fürchten, Noim.«

62

Wenige Tage später wurde die Nachricht von meiner Schande in Manneran öffentlich bekannt, und schnell erreichte sie Salla. Noim zeigte mir die Berichte. Ich wurde als Erster Berater des Obersten Hafenrichters beschrieben und offen als ein Mann von höchstem Einfluß in Manneran etikettiert, der darüber hinaus Blutsbande zu den Ersten Septarchen von Salla und Glin besaß – und dennoch, trotz dieser Vorzüge, war ich vom Kontrakt abgefallen, um ungesetzliche Selbstentblößung zu betreiben. Ich hatte nicht nur Sitte und Anstand verletzt, sondern auch die Gesetze Mannerans, indem ich eine bestimmte verbotene Droge aus Sumara Borthan genommen hatte, welche die gottgegebenen Schranken zwischen den Seelen aufhebt. Durch Mißbrauch meines hohen Amtes, so hieß es, hatte ich eine geheime Reise zum Südkontinent organisiert (armer Kapitän Khrisch! War er ebenfalls festgenommen worden?) und war mit einer beträchtlichen Menge der Droge zurückgekehrt, die ich auf teuflische Weise einer Frau von niederer Geburt, welche ich aushielt, aufgezwungen hatte; ich hatte die schändliche Droge auch unter bestimmten prominenten Mitgliedern des Adels in Umlauf gebracht, deren Namen verschwiegen wurden, weil sie ernsthaft bereut hatten. Am Vorabend meiner geplanten Verhaftung war ich nach Salla geflohen, und das war mein Glück: Sollte ich je versuchen, nach Manneran zurückzukehren, würde ich sofort festgesetzt werden. Inzwischen würde ich in Abwesenheit vor Gericht gestellt, und über das Urteil konnte es nach Aussage des Großrichters kaum Zweifel geben. Als Entschädigung an den Staat würde ich wegen der außerordentlichen Schwächung, die ich der Struktur sozialer Stabilität zugefügt hatte, meinen Grundbesitz und sämtliches Vermögen verlieren, außer einem kleinen Teil, der den Lebensunterhalt meiner unschuldigen Frau und meiner Kinder sichern sollte (Segvord Helalam hatte also zumindest das zustande gebracht). Um meine hochgeborenen Freunde zu hindern, mein Vermögen vor der Verhandlung nach Salla zu transferieren, war in Erwartung des großrichterlichen Schuldspruchs alles, was ich besaß, beschlagnahmt worden. So sagte es das Gesetz. Sollten andere, die aus sich selbstentblößende Ungeheuer machen wollten, sich vorsehen!

63

Ich machte aus meinem Aufenthaltsort in Salla kein Geheimnis, denn ich hatte keinen Grund, jetzt noch die Eifersucht meines königlichen Bruders zu fürchten. Als Junge und gerade erst inthronisiert, hätte Stirron dazu getrieben werden können, mich als potentiellen Rivalen zu beseitigen, nicht aber als der Stirron, der mehr als siebzehn Jahre regiert hatte. Er war inzwischen in Salla eine Institution, heißverehrt und unabänderlicher Bestandteil des Daseins eines jeden Bürgers, und ich war ein Fremder, an den sich die Älteren kaum noch erinnerten und von dem die Jüngeren gar nichts mehr wußten, ein Fremder, der mit manneranischem Akzent sprach und öffentlich mit der Schande der Selbstentblößung gebrandmarkt war. Selbst wenn ich vorhatte, Stirron zu stürzen, wo würde ich Anhänger finden?

In Wahrheit war ich begierig darauf, meinen Bruder zu sehen. In stürmischen Zeiten wendet man sich seinen frühen Kameraden zu; und jetzt, da Noim mir entfremdet war und Halum sich auf der anderen Seite des Woyn befand, blieb nur Stirron übrig. Ich hatte es ihm nie verübelt, daß ich seinetwegen aus Salla fliehen mußte, denn wäre ich der ältere gewesen, hätte ich ihn ebenso zur Flucht veranlaßt. Wenn unsere Beziehung seit meiner Flucht erkaltet war, dann lag es daran, daß er sich schuldig fühlte. Seit meinem letzten Besuch in Salla City waren inzwischen einige Jahre verstrichen: Vielleicht würde mein Unglück sein Herz öffnen. Ich schrieb Stirron einen Brief und bat ihn offiziell um Asyl in Salla. Nach sallanischem Gesetz mußte es mir gewährt werden, denn ich war einer von Stirrons Untertanen und hatte mich auf sallanischem Boden keines Verbrechens schuldig gemacht; aber ich hielt es für besser, darum zu bitten. Die Anklage, die der Großrichter von Manneran gegen mich erhob, bestand zu Recht, das gab ich zu, aber ich formulierte eine knappe und (glaube ich) einleuchtende Rechtfertigung für meinen Abfall vom Kontrakt. Ich schloß meinen Brief mit der Beteuerung meiner unveränderlichen Liebe für ihn und mit einigen Erinnerungen an die glücklichen Zeiten, die wir hatten, ehe die Last der Septarchie auf ihn gefallen war.

Ich erwartete, daß Stirron mich daraufhin zu einem Besuch in der Hauptstadt einlud, damit er von meinen eigenen Lippen die Erklärung für die merkwürdigen Dinge hörte, die ich in Manneran getan hatte. Eine brüderliche Wiedervereinigung war sicherlich angebracht. Aber mich erreichte kein Ruf nach Salla-Stadt. Jedesmal, wenn das Telefon läutete, rannte ich hin, weil ich dachte, es wäre Stirron, der anrief. Er rief nicht an. Einige Wochen der Spannung und Schwermut vergingen; ich jagte, ich schwamm, ich las, ich versuchte, meinen neuen Kontrakt der Liebe

zu schreiben. Noim blieb mir fern. Diese eine Erfahrung der Seelenteilung hatte ihn in so tiefe Verlegenheit gestürzt, daß er kaum wagte, meinem Blick zu begegnen, weil ich mit seinem Inneren vertraut war, und das war zum Keil zwischen uns geworden.
Schließlich kam ein Umschlag an, der das eindrucksvolle Siegel des Septarchen trug. Ich hielt den Brief in der Hand, der von Stirron unterzeichnet worden war, aber ich bin sicher, es war irgendein gefühlloser Minister und nicht mein Bruder, der die kaltherzige Botschaft verfaßt hatte. Der Septarch teilte mir in wenigen Zeilen, weniger, als meine Hand Finger hat, mit, daß meiner Bitte um Asyl in der Provinz Salla entsprochen würde, aber nur unter der Bedingung, daß ich den Lastern, die ich im Süden gelernt hatte, abschwor. Würde ich nur ein einziges Mal dabei ertappt, den Gebrauch der selbstentblößenden Droge in Salla zu propagieren, würde ich festgenommen und ins Exil verbannt werden. Das war alles, was mein Bruder zu sagen hatte. Keine Silbe des Verständnisses. Kein Funken von Mitgefühl. Nicht der leiseste Hauch von Wärme.

64

In der Mitte des Sommers kam Halum unerwartet, um uns zu besuchen. Am Tag ihrer Ankunft hatte ich einen weiten Ausritt auf Noims Ländereien unternommen; ich war der Spur eines Sturmschild-Männchens gefolgt, das aus seinem Pferch ausgebrochen war. Eine verdammenswerte Eitelkeit hatte Noim dazu gebracht, einen Wurf dieser bösartigen pelztragenden Säugetiere zu erwerben, obwohl sie nicht sallanischen Ursprungs sind und dort selten gedeihen; er hielt zwanzig oder dreißig von den Tieren, die nur aus Klauen, Zähnen und zornigen gelben Augen bestanden, und hoffte, aus ihnen eine erfolgsträchtige Herde heranzuzüchten. Ich jagte das entkommene Männchen durch Wald und Feld, den ganzen Morgen und über die Mittagsstunden, und jede Stunde haßte ich es mehr, denn es zog eine Spur aus den verstümmelten Leichen unschädlicher grasender Tiere. Diese Sturmschilde töten aus purer Liebe am Töten, nehmen nur einen oder zwei Bissen von dem Fleisch und überlassen den Rest den Aasfressern. Schließlich hatte ich es in einer ausweglosen Schlucht in der Falle. »Betäube es und bringe es lebend zurück«, hatte Noim mir im Wissen um den Wert des Tiers aufgetragen: Aber als es in der Falle saß, stürmte es mit solcher Wildheit auf mich zu, daß ich ihm den vollen Strahl versetzte und es glücklicherweise tötete. Um Noims willen nahm ich die Mühe auf mich, die wertvolle Haut abzulösen. Dann ritt ich ohne Pause, erschöpft und deprimiert, wie ich war, zum Haus zurück. Ein fremder Bodenwagen parkte vor dem Gebäude, und neben ihm stand Halum. »Du kennst die Sommer in Manneran«, erklärte sie. »Man hatte vor, wie gewöhnlich auf die Insel zu gehen, aber dann hielt man es für einen guten Einfall, die Ferien zusammen mit Noim und Kinnall in Salla zu verbringen.«

Sie hatte inzwischen das dreißigste Lebensjahr erreicht. Unsere Frauen heiraten zwischen vierzehn und sechzehn und haben mit zweiundzwanzig oder vierundzwanzig ihre Kinder zur Welt gebracht, und mit dreißig kommen sie allmählich in die mittleren Jahre, aber die Zeit war spurlos an Halum vorübergegangen. Die Stürme der Ehe und die Mühen der Mutterschaft hatte sie nicht kennengelernt, sie hatte ihre Energien nicht bei Tändeleien im Ehebett oder der Quälerei im Kindbett verbraucht; ihr Körper war elastisch und geschmeidig wie der eines jungen Mädchens: keine Fettpolster, keine schlaffen Falten, keine geplatzten Adern, ihre Figur war nicht in die Breite gegangen. Sie hatte sich nur in einer Hinsicht verändert, denn in den letzten Jahren hatte ihr Haar einen Silberton angenommen. Doch das war nur eine Steigerung, denn es glänzte in blendendem Schimmer und bildete einen reizvollen Kontrast zur dunklen Farbe ihres jugendlichen Gesichts.

In ihrem Gepäck befand sich ein Bündel mit Briefen aus Manneran für mich: Schreiben vom Herzog, von Segvord, von meinen Söhnen Noim, Stirron und Kinnall, von meinen Töchtern Halum und Loimel, von Mihan, dem Archivar, und verschiedenen anderen. Die Briefschreiber verwandten einen gespannten, befangenen Stil. Es waren die Briefe, die man einem Toten schreiben könnte, wenn man sich schuldig fühlt, weil man ihn überlebt hatte. Ich bedauerte es, keinen Brief von Schweiz zu finden; Halum sagte mir, sie hätte seit der Anklage gegen mich nichts von ihm gehört, und sie glaubte, er könnte unseren Planeten bereits verlassen haben. Auch von meiner Frau fand sich keine Zeile. »Ist Loimel zu beschäftigt, um mir zu schreiben?« fragte ich, und Halum erklärte mir mit verlegenem Blick, daß Loimel nicht mehr über mich sprach: »Sie scheint vergessen zu haben, daß sie verheiratet war.«

Halum hatte auch eine Truhe mit Geschenken von meinen Freunden jenseits des Woyn mitgebracht. Sie waren in ihrer Fülle erschreckend: große Mengen wertvoller Metalle, sorgfältig verarbeitete Bänder seltsamer Gemmen. »Symbole der Liebe«, sagte Halum, aber sie konnte mich nicht täuschen. Man konnte mit diesen Schätzen große Güter kaufen. Die, die mich liebten, wollten mich nicht demütigen, indem sie Bargeld auf mein Konto in Salla überwiesen, aber diese Reichtümer konnten sie mir auf freundschaftliche Weise geben und es mir überlassen, sie nach meinen Bedürfnissen zu verwenden.

»War diese Entwurzelung sehr traurig für dich?« fragte Halum. »Dieser überstürzte Aufbruch ins Exil?«
»Das Exil ist einem nicht fremd«, sagte ich. »Man hat immer noch Noim als Bundbruder und Freund.«
»Mit dem Wissen, was es dich alles gekostet hat«, sagte sie, »würdest du erneut mit der Droge spielen, wenn du die Zeit ein Jahr zurückdrehen könntest?«
»Ohne jeden Zweifel.«
»War das den Verlust der Heimat, der Familie und der Freunde wert?«
»Es würde den Verlust des Lebens wert sein«, erwiderte ich, »könnte man nur sicher sein, daß dadurch alle in Velada Borthan dazu gebracht würden, die Droge zu nehmen.«
Die Antwort schien sie zu erschrecken: Sie fuhr zurück, ihre Fingerspitzen berührten ihre Lippen, vielleicht würde sie sich zum ersten Mal des Ausmaßes des Wahnsinns ihres Bundbruders bewußt. Als ich diese Worte aussprach, war das nicht nur eine rein rhetorische Übertreibung, und etwas von meiner Überzeugung mußte zu Halum durchgedrungen sein. Sie sah, daß ich glaubte, und als sie die Tiefe meiner Überzeugung sah, hatte sie Angst um mich.
Noim verbrachte viele der folgenden Tage außerhalb seiner Ländereien. Er reiste wegen irgendeines Familiengeschäfts nach Salla-Stadt und zur Ebene von Nand, um Grundstücke zu inspizieren, deren Kauf er in Erwägung zog. In seiner Abwesenheit war ich der Herr seines Landguts, denn die Bediensteten wagten es nicht, meine Autorität in Frage zu stellen, was auch immer sie über mein Privatleben denken mochten. Täglich ritt ich aus, um die Arbeiter in Noims Feldern zu überwachen, und Halum ritt mit mir. In Wirklichkeit wurde mir nur wenig Aufsichtstätigkeit abverlangt, denn wir befanden uns in der Zeit zwischen Aussaat und Ernte, und das Getreide wuchs von allein. Wir ritten hauptsächlich zum Vergnügen aus, machten hier eine Rast, um zu schwimmen, dort, um am Waldrand zu speisen. Ich zeigte ihr die Sturmschild-Pferche, die ihr nicht gefielen, und nahm sie mit zu den sanfteren Tieren auf den Weidegründen, die sich bereitwillig von ihr liebkosen ließen.
Die langen Ausritte gaben uns jeden Tag viele Stunden, um miteinander zu reden. Seit meiner Kindheit hatte ich nicht mehr soviel Zeit zusammen mit Halum verbracht, und wir kamen uns auf wunderbare Weise nahe. Zuerst waren wir sehr zurückhaltend und wollten mit unseren Fragen nicht zum Kern der Sache vordringen, aber schon bald unterhielten wir uns, wie es Bundverwandte tun sollten. Ich fragte sie, warum sie nie geheiratet hatte, und sie antwortete mir: »Man ist nie einem geeigneten Mann begegnet.« Bedauerte sie es, ohne Ehemann und Kinder zu sein?

Nein, sagte sie, sie bedauere nichts, denn ihr Leben sei heiter und lohnend gewesen; aber in ihrer Stimme schwang eine gewisse Sehnsucht mit. Ich konnte sie nicht weiter drängen. Sie ihrerseits befragte mich über die sumarische Droge und versuchte zu erfahren, welche Vorteile sie bot, daß ich solche Gefahren eingegangen war. Die Art, wie sie ihre Erkundigungen umschrieb, amüsierte mich: Sie versuchte, ernst, mitfühlend und objektiv zu klingen, konnte das Entsetzen über das, was ich getan hatte, allerdings nicht verhehlen. Es war so, als wäre ihr Bundbruder Amok gelaufen und hätte auf einem Marktplatz zwanzig Menschen niedergemetzelt, und sie wollte durch geduldige und freundliche Fragen entdekken, welches die philosophische Basis war, die ihn zum Massenmörder gemacht hatte. Auch ich versuchte, ein gemäßigtes, leidenschaftsloses Verhalten an den Tag zu legen, um zu vermeiden, daß sie sich aufgrund meiner Intensität wie bei unserem ersten Gespräch verhärtete. Ich vermied jeden missionarischen Eifer und erklärte ihr die Wirkung der Droge, so ruhig und nüchtern ich konnte, beschrieb die Wohltaten, die ich von ihr empfing, und meine Gründe, die steinerne Isolation abzulehnen, die der Kontrakt uns auferlegte. Nach kurzer Zeit erfuhren ihre und meine Einstellung eine merkwürdige Metamorphose. Sie war nun weniger die hochgeborene Lady, die sich mit wohlmeinender Wärme bemüht, den Verbrecher zu verstehen, sondern vielmehr die Schülerin, die versuchte, die Rätsel zu begreifen, die ihr ein wissender Lehrer enthüllte. Und ich war weniger der sachliche Berichterstatter, sondern immer mehr der Prophet einer neuen Befreiung. Ich sprach in schwärmerischen Sätzen über die Verzückungen der Seelenteilung; ich erzählte ihr von dem eigenartigen Wunder der frühen Empfindungen, wenn man sich zu öffnen beginnt, und von dem sengenden Augenblick der Vereinigung mit einem anderen menschlichen Bewußtsein; ich schilderte die Erfahrung als etwas weitaus Persönlicheres als jede Seelenbegegnung, die man mit seinen Bundgeschwistern haben könnte, oder jeden Besuch bei einem Reiniger. Unsere Gespräche wurden zu Monologen. Ich verlor mich in verbalen Ekstasen und kam immer wieder aus ihnen herab, um Halum, silberhaarig und ewig jung, zu sehen, Halum mit ihren funkelnden Augen und den in völliger Faszination geöffneten Lippen. Der Ausgang war unvermeidlich. An einem glühendheißen Nachmittag, als wir durch ein Feld schritten, dessen Getreide brusthoch wuchs, sagte sie ohne Vorwarnung: »Wenn dir die Droge hier zugänglich ist, darf deine Bundschwester dann sie gemeinsam mit dir nehmen?« Ich hatte sie bekehrt.

65

An diesem Abend löste ich einige Prisen des Puders in zwei Weingläsern auf. Halum blickte unsicher, als ich ihr eines reichte, und ihre Unsicherheit strahlte auf mich aus, so daß ich zögerte, unseren Plan durchzuführen; aber dann warf sie mir ein zauberhaft zärtliches Lächeln zu und trank ihr Glas aus. »Man schmeckt es überhaupt nicht«, sagte sie, als ich trank. Wir saßen in Noims Trophäenhalle, geschmückt mit Hornvogel-Speeren und Sturmschild-Fellen, und als die Droge zu wirken begann, fing Halum zu zittern an; ich zog ein dichtes schwarzes Fell von der Wand, legte es um ihre Schultern und umfing sie fest, bis das Frösteln vorüberging. Würde das gutgehen? Trotz all meines Werbens war ich geängstigt. Im Leben eines jeden Menschen gibt es etwas, zu dem er sich hingezogen fühlt, etwas, das im Zentrum seiner Seele brennt, solange es unerreicht ist, und dennoch wird er Furcht spüren, wenn er sich ihm nähert, denn vielleicht bringt es ihm mehr Pein als Vergnügen, sein Sehnen zu erfüllen. So war es mit mir, Halum und der sumarischen Droge. Aber meine Furcht verebbte, als die Droge zu wirken begann. Halum lächelte. Halum lächelte.

Die Mauer zwischen unseren Seelen wurde eine Membrane, durch die wir willkürlich schlüpfen konnten. Halum durchquerte sie als erste. Prüde Ängste ließen mich zaudern, noch jetzt glaubte ich, die Jungfräulichkeit meiner Bundschwester zu durchdringen, wenn ich in ihren Geist drang, und zugleich erschien es mir als eine Verletzung des Verbots körperlicher Beziehungen zwischen Bundgeschwistern. Ich hing in dieser absurden Falle aus Widersprüchen und war noch einige Sekunden, nachdem die letzten Schranken gefallen waren, zu gehemmt, meine eigene Überzeugung in die Praxis umzusetzen; derweil glitt Halum, die schließlich merkte, daß nichts sie hinderte, ohne zu zögern in mein Bewußtsein. Meine unwillkürliche Reaktion bestand aus dem Versuch, mich abzuschirmen: Ich wollte nicht, daß sie dieses oder jenes entdeckte, und vor allem sollte sie von meiner körperlichen Begierde auf sie nichts erfahren. Aber nach einem Augenblick dieser verlegenen Verwirrung hörte ich auf, meine Seele mit Feigenblättern zu verhüllen, und drang in Halum ein, ließ die wahre Vereinigung, die unlösbare Verwicklung der Seelen beginnen.

Ich befand mich – oder genauer gesagt: ich verlor mich – in Fluren mit Böden aus Glas und Wänden aus Silber, erhellt von einem kalten, funkelnden Licht und von einem Kristallglanz, wie man ihn vom sandigen Grund seichter tropischer Buchten reflektiert sieht. Das war Halums jungfräuliches Inneres. In Nischen dieses Gangs befanden sich die gestaltenden Faktoren ihres Lebens, Erinnerungen, Vorstellungen, Gerüche,

Geschmacksempfindungen, Visionen, Phantasien, Enttäuschungen, Freuden. Alles wurde von einer stets vorhandenen Reinheit beherrscht. Ich sah keine Spur sexueller Ekstasen, nichts von den Leidenschaften des Fleischs. Ich kann Euch nicht sagen, ob Halum aus Sittsamkeit bemüht war, den Bereich ihrer Sexualität vor mir abzuschirmen, oder ihn so weit aus ihrem Bewußtsein verdrängt hatte, daß ich ihn nicht entdecken konnte.

Sie begegnete mir ohne Furcht und vereinte sich voller Freude. Daran hege ich nicht den geringsten Zweifel. Als unsere Seelen sich vermischten, war es eine totale Vereinigung ohne Einschränkungen und Vorbehalte. Ich schwamm durch ihre glitzernden Tiefen, und der Schmutz meiner Seele löste sich: Sie wirkte heilend, reinigend. Befleckte ich sie, während sie mich reiner machte? Ich weiß es nicht. Ich weiß es nicht. Wir umfingen und verschlangen uns, stützten einander und drangen ineinander; und ihre Durchdringung mit meinem Ich war das Ich von Halum, die mein Leben lang meine Stütze und Quelle meines Muts, mein Ideal und mein Ziel gewesen war, diese kühle, unzerstörbare vollkommene Inkarnation der Schönheit; und vielleicht breitete sich der erste zersetzende Fleck auf ihre Unzerstörbarkeit aus, als mein verderbliches Ich auf Unverderbtheit traf. Ich weiß es nicht. Ich kam zu ihr, und sie kam zu mir. An einem Punkt unserer Reise stieß ich auf eine eigenartige Zone, in der eine verworrene Stelle zu existieren schien: Und ich erinnerte mich an jene Zeit meiner Jugend, als Halum mich vor Noims Haus umarmt und ich geglaubt hatte, in ihrer Umarmung ein Beben kaum unterdrückter Leidenschaft, ein Aufflackern körperlicher Begierde zu entdecken. Begierde auf mich. Auf mich. Und ich glaubte, diese Zone der Leidenschaft wiedergefunden zu haben, aber als ich genauer hinschaute, war sie verschwunden, und ich erblickte die reine, schimmernde metallische Oberfläche ihrer Seele. Vielleicht war es beide Male etwas, das ich aus meiner eigenen Sehnsucht konstruiert und auf sie projiziert hatte. Ich weiß es nicht. Unsere Seelen waren miteinander verflochten; ich konnte nicht erkennen, wo ich aufhörte und wo Halum anfing.

Wir kamen aus der Trance hervor. Die Nacht war zur Hälfte vorüber. Wir blinzelten, wir schüttelten unsere benebelten Köpfe, wir lächelten unbeholfen. Wenn man die drogenerzeugte Seelennähe verläßt, gibt es jedesmal jenen Moment, in dem man sich beschämt fühlt, in dem man glaubt, zuviel enthüllt zu haben, und rückgängig machen will, was man gegeben hat. Glücklicherweise ist dieser Moment normalerweise sehr kurz. Ich blickte Halum an und spürte meinen Körper in heiliger Liebe entflammt, eine Liebe, die alles andere als körperlich war, und ich begann ihr das zu sagen, was Schweiz einst zu mir gesagt hatte, *Ich liebe dich*. Aber ich würgte an dem Wort. Das »ich« war zwischen meinen Zähnen wie ein Fisch in der Reuse gefangen. *Ich. Ich. Ich. Ich liebe dich, Halum. Ich.* Könnte ich es doch nur sagen. *Ich.* Es gelang nicht. Es war da, aber es kam nicht über meine Lippen. Ich nahm ihre Hände zwischen meine, und sie lächelte ein heiteres, mondbeschienenes Lächeln, und in diesem Augenblick wäre es so einfach gewesen, die Worte hinauszubrüllen, doch etwas hielt sie zurück. *Ich. Ich.* Wie konnte ich zu Halum von Liebe sprechen und meine Liebe in die Sprache der Gosse kleiden? Ich glaubte, sie würde es nicht verstehen und meine Obszönität würde alles zerstören. Narrheit: Unsere Seelen waren eins gewesen, wie könnten da einige Worte irgend etwas zerstören? Hinaus damit! *Ich liebe dich.* Stammelnd sagte ich: »In einem... ist... solche Liebe... zu dir... solche Liebe, Halum...«

Sie nickte, als wollte sie sagen: *Sprich nicht, deine unbeholfenen Worte zerbrechen den Zauber.* Als wollte sie sagen: *Ja, in einem ist auch solche Liebe zu dir, Kinnall.* Als wollte sie sagen: *Ich liebe dich, Kinnall.* Behende stand sie auf und trat an das Fenster: kaltes Sommermondlicht auf dem wohlgeordneten Garten des großen Hauses, die Büsche und Bäume weiß und still.

Ich trat hinter sie und berührte sachte ihre Schulter. Sie wand sich und ließ ein leises Schnurren hören. Ich glaubte, sie fühlte sich bestens. Ich war sicher, sie fühlte sich bestens.

Wir sprachen nicht über das, was an diesem Abend zwischen uns stattgefunden hatte. Auch das schien geeignet, die Stimmung zu zerstören. Wir könnten unsere Trance morgen diskutieren, und an jedem Tag, der folgte. Ich begleitete sie zu ihrem Zimmer, das nahe bei meinem lag, küßte sie scheu auf die Wange und empfing einen schwesterlichen Kuß von ihr; sie lächelte erneut und schloß die Tür hinter sich. Ich saß noch einige Zeit in meinem Zimmer und ließ alles Revue passieren. Die missionarische Glut war neu in mir entfacht. Ich würde wieder ein tätiger Messias werden, gelobte ich, kreuz und quer durch Salla ziehen und die Religion der Liebe verbreiten; nicht länger würde ich mich, zerbrochen und dahintreibend, im Haus meines Bundbruders verbergen, ein hoffnungslos Verbannter im eigenen Land. Stirrons Warnung bedeutete mir nichts. Wie könnte er mich aus Salla vertreiben? Ich würde hundert in einer Woche bekehren. Tausend. Zehntausend. Ich würde Stirron die Droge geben und dafür sorgen, daß der Septarch die neue Befreiung von seinem Thron aus verkündete! Halum hatte mich inspiriert. Am Morgen würde ich aufbrechen und Jünger suchen.

Aus dem Hof drangen Geräusche herauf. Ich blickte hinaus und sah einen Bodenwagen: Noim war von seiner Geschäftsreise zurückgekehrt. Er betrat das Haus; ich hörte, wie er an meinem Zimmer vorbeiging; dann ein

Klopfen an der Tür. Ich spähte in den Flur. Er stand vor Halums Tür, sprach mit meiner Bundschwester. Ich konnte sie nicht sehen. Wieso ging er zu Halum, die ihm nichts als eine Freundin war, und verzichtete darauf, seinen Bundbruder zu begrüßen? Ein unwürdiger Verdacht erwachte in mir – unwirkliche Beschuldigungen. Ich schüttelte sie ab. Das Gespräch endete; Halums Tür schloß sich; Noim setzte, ohne mich zu bemerken, seinen Weg zu seinem Schlafraum fort.
Es war mir unmöglich, Schlaf zu finden. Ich schrieb einige Seiten, aber sie waren wertlos, und im Morgengrauen ging ich hinaus, um durch die grauen Nebel zu schlendern. Mir schien, daß ich einen fernen Schrei hörte. Irgendein Tier, das seinen Gefährten sucht, dachte ich, und durch den frühen Morgen irrt.

66

Beim Frühstück war ich allein. Das war zwar ungewöhnlich, aber nicht überraschend: Noim, der nach langer Fahrt mitten in der Nacht nach Hause gekommen war, wollte sicher länger schlafen, und zweifellos hatte die Droge Halum sehr erschöpft. Ich hatte großen Appetit und aß für drei. Die ganze Zeit schmiedete ich Pläne, wie ich den Kontrakt auflösen könnte. Als ich an meinem Tee nippte, platzte einer von Noims Stallburschen in den Speiseraum. Seine Wangen glühten, und er keuchte, als wäre er ein gutes Stück gerannt und nahe vor dem Zusammenbruch. »Kommt«, schrie er. »Die Sturmschilde...« Er zog mich am Arm und zerrte mich beinahe von meinem Stuhl. Ich rannte hinter ihm her. Er war schon auf dem ungepflasterten Weg, der zu den Sturmschild-Pferchen führte. Während ich ihm folgte, fragte ich mich, ob die Raubtiere über Nacht ausgebrochen waren und ich womöglich den Tag erneut damit verbringen mußte, sie zu jagen. Als ich mich den Verschlägen näherte, sah ich keinerlei Zeichen eines Ausbruchs, keine Spuren von Klauen, keine niedergerissenen Zäune. Der Stallbursche klammerte sich an die Gatter des größten Pferchs, in dem neun oder zehn Sturmschilde eingesperrt waren. Ich blickte hinein. Die Tiere drängten sich mit blutigen Mäulern und blutverschmiertem Fell um einen zerfetzten Fleischklumpen. Zähnefletschend rissen sie sich um die letzten Stücke; ich konnte die Spuren ihres Festmahls auf dem Boden verstreut sehen. Hatte sich ein unglückliches Tier in der Dunkelheit unter diese mörderischen Tiere verirrt? Wie hatte das geschehen können? Und warum hatte der Stallbursche es für richtig gehalten, mich von meinem Frühstück wegzuschleppen, um mir diese Szene zu zeigen? Ich packte ihn beim Arm und fragte ihn, was so eigenartig an dem Anblick von Sturmschilden war, die ihre Beute verschlangen. Er wandte mir ein entsetztes Gesicht zu und stammelte: »Die Lady... die Lady...«

67

Noim behandelte mich brutal. »Du hast gelogen«, sagte er. »Du hast abgestritten, die Droge bei dir zu haben, aber du hast gelogen. Und letzte Nacht hast du sie ihr gegeben. Ja? Ja? Ja? Versuche nicht, es vor mir zu verbergen, Kinnall! Du hast sie ihr gegeben!«

»Du hast mit ihr gesprochen«, sagte ich. Ich konnte die Worte kaum herausbringen. »Was hat sie dir erzählt?«

»Man ist vor ihrer Tür stehengeblieben, weil man glaubte, ein Schluchzen zu hören«, antwortete Noim. »Man hat sich erkundigt, ob es ihr gutginge. Sie kam heraus: Ihr Gesicht sah eigenartig aus, es war voller Träume, ihre Augen glänzten wie Stücke polierten Metalls, und, ja, ja, sie hatte geweint. Und man hat gefragt, was nicht stimmte, ob es irgendwelchen Ärger gegeben hatte. Nein, hat sie gesagt, es sei alles in Ordnung. Sie sagte, du und sie, ihr hättet den ganzen Abend miteinander geredet. Warum weinte sie dann? Sie zuckte die Achseln und sagte, es handelte sich um eine Frauengeschichte, eine unwichtige Sache – Frauen weinen die ganze Zeit, sagte sie, und brauchen dafür keine Erklärungen abzugeben. Und dann hat sie wieder gelächelt und die Tür verschlossen. Aber dieser Blick in ihren Augen – das war die Droge, Kinnall! Entgegen allen deinen Versprechungen hast du sie ihr gegeben! Und jetzt... und jetzt...«

»Bitte«, sagte ich leise. Aber er fuhr zu schreien fort, überhäufte mich mit Anschuldigungen, und ich konnte ihm nichts erwidern.

Die Stallknechte hatten das Geschehene rekonstruiert. Sie hatten die Abdrücke von Halums Füßen auf dem taufeuchten Weg gefunden. Sie hatten die Tür des Hauses, die den Zugang zu den Sturmschild-Pferchen bildet, angelehnt gefunden. Sie hatten Spuren von Gewaltanwendung an der inneren Tür gefunden, die zu der Futterklappe führt. Sie war hindurchgegangen; vorsichtig hatte sie die Futterklappe geöffnet und ebenso vorsichtig hinter sich geschlossen, damit keines der mörderischen Tiere ins Freie entweichen konnte; dann hatte sie sich den gierigen Klauen dargeboten. All das war zwischen Dunkelheit und Dämmerung geschehen, vielleicht in der Zeit, als ich anderswo spazierengegangen war. Dieser Schrei im Nebel... Warum? Warum? Warum? Warum?

68

Bis zum frühen Nachmittag waren meine wenigen Besitztümer gepackt. Ich bat Noim, mir einen Bodenwagen zu leihen, und er gestattete es mir mit einer brüsken Handbewegung. Es war außer Frage, daß ich hier nicht länger bleiben konnte. Nicht nur, daß Halums Stimme wie ein Echo überall widerhallte; ich mußte allein sein, irgendwo hingehen, wo ich ungestört nachdenken und alles das untersuchen konnte, was ich getan hatte und zu tun hoffte. Außerdem wollte ich nicht anwesend sein, wenn die Distriktspolizei ihre Ermittlungen über Halums Tod durchführte.

War sie nicht fähig gewesen, mir am Morgen, nachdem sie ihre Seele fortgegeben hatte, wieder entgegenzutreten? Sie war doch fröhlich in die Vereinigung der Seelen gegangen. Aber danach, in dem Ansturm schuldbewußter Neubewertung, welcher der ersten Öffnung häufig folgt, mag sie es anders empfunden haben: alte Gewohnheiten der In-sich-Zurückgezogenheit, die wieder Platz griffen, ein plötzliches Gefühl des Entsetzens über das, was sie enthüllt hatte. Und dann der schnelle, unwiderrufliche Entschluß, der Weg zu den Verschlägen der Sturmschilde, der schlecht bedachte Schritt durch das letzte Tor, der Augenblick des Bereuens, als die Tiere über sie herfielen und ihr klar wurde, daß sie ihre Sühne zu weit getrieben hatte. War es das? Ich konnte mir keine andere Erklärung für diesen Sprung von der Heiterkeit zur Verzweiflung denken, es sei denn, es handelte sich um einen Reflex des Schocks, der sie ins Verderben führte. Und ich war ohne Bundschwester, und auch ohne Bundbruder, denn Noims Augen waren gnadenlos, wenn er mich anblickte. War es das, was ich beabsichtigt hatte, als ich davon träumte, Seelen zu öffnen?

»Wohin wirst du gehen?« fragte Noim. »In Manneran werden sie dich ins Gefängnis werfen. Setze nur einen Schritt mit deiner Droge nach Glin, und sie werden dir die Haut bei lebendigem Leib abziehen. Stirron wird dich aus Salla hinaushetzen. Wohin also, Kinnall? Threish? Velis? Oder vielleicht Umbis, he? Bei allen Göttern, es bleibt nur Sumara Borthan, oder? Jawohl. Zu deinen Wilden, und dort wirst du all die Selbstentblößung finden, die du brauchst, nicht wahr? Nicht wahr?«

Mit ruhiger Stimme sagte ich: »Du vergißt das Verbrannte Tiefland, Noim. Eine Hütte in der Wüste... ein Ort, um nachzudenken, eine Stätte des Friedens... es gibt soviel, das man zu verstehen versuchen muß, jetzt...«

»Das Verbrannte Tiefland? Ja, das ist gut, Kinnall. Das Verbrannte Tiefland im Hochsommer. Ein sengendes Reinigungsbad für deine Seele. Geh dorthin, ja. Geh!«

69

Allein fuhr ich nach Norden, an der Flanke der Huishtors entlang, und dann nach Westen, auf der Straße, die zum Kongoroi und zum Tor von Salla führt. Mehr als einmal erfaßte mich der Gedanke, das Steuer herumzureißen, den Wagen über die Straße hinausschießen zu lassen und allem ein Ende zu machen. Mehr als einmal dachte ich an Halum, wenn das erste Tageslicht meine Augenlider in einer Provinzherberge berührte, und ich mußte mich anstrengen, mein Bett zu verlassen, schien es doch soviel leichter, einfach weiterzuschlafen. Tag und Nacht und Tag und Nacht und Tag... und noch ein paar Tage, und ich befand mich im Herzen von Westsalla, bereit, in die Berge zu fahren und das Tor zu passieren. Als ich eines Nachts in einer Stadt im Hochland Rast machte, erfuhr ich, daß in Salla ein Haftbefehl auf mich ausgestellt war. Kinnall Darival, der Sohn des Septarchen, ein Mann von dreißig Jahren, von dieser Größe und jenem Aussehen, Bruder von Fürst Stirron, wurde wegen monströser Verbrechen gesucht: Selbstentblößung und die Verwendung einer gefährlichen Droge, die er entgegen dem ausdrücklichen Befehl des Septarchen den Wankelmütigen anbot. Durch diese Droge hatte der flüchtige Darival seine eigene Bundschwester zum Wahnsinn getrieben, und sie war in ihrer geistigen Umnachtung auf schreckliche Weise umgekommen. Deshalb wurden alle Bürger von Salla aufgefordert, den Übeltäter, auf den eine hohe Belohnung ausgesetzt war, festzusetzen.

Wenn Stirron wußte, warum Halum gestorben war, dann hatte Noim ihm alles erzählt. Ich war verloren. Wenn ich das Tor von Salla erreichte, würde ich auf Beamte der westsallanischen Polizei stoßen, denn mein Ziel war jetzt bekannt. Aber warum wurde die Bevölkerung dann nicht informiert, daß ich auf dem Weg ins Verbrannte Tiefland war? Möglicherweise hatte Noim einiges von dem, was er wußte, verschwiegen, damit mir ein Fluchtweg blieb.

Ich hatte keine Wahl, ich mußte weiter. Ich würde Tage brauchen, um die Küste zu erreichen, und wenn ich dorthin kam, würde man mich in sämtlichen Häfen Sallas suchen; selbst wenn ich an Bord eines Schiffes schlüpfen konnte, wo sollte ich hin? Glin? Manneran? Ebenso hoffnungslos war der Gedanke, irgendwie über den Huish oder den Woyn in eine der Nachbarprovinzen zu gelangen: In Manneran war ich schon für vogelfrei erklärt worden, und in Glin würde man mich sicherlich sehr kühl empfangen. Also blieb nur das Verbrannte Tiefland. Dort würde ich eine Zeitlang bleiben und dann vielleicht versuchen, mich über einen der Threishtor-Pässe durchzuschlagen, um ein neues Leben an der Westküste zu beginnen. Vielleicht.

Ich kaufte Vorräte in der Stadt, einem Ort, der die Jäger versorgte, die das Tiefland betreten: Trockennahrung, einige Waffen und kondensiertes Wasser, genug, um mich bei sparsamem Gebrauch einige Mondzeiten am Leben zu erhalten. Als ich meine Einkäufe tätigte, glaubte ich, die eigenartigen Blicke der Einwohner auf mir zu spüren. Erkannten sie mich als den lasterhaften Prinzen, den der Septarch suchte? Niemand unternahm den Versuch, mich festzuhalten. Möglicherweise wußten sie, daß ein Ring um das Tor von Salla gelegt war, und wollten mit einem solchen gewalttätigen Menschen kein Risiko eingehen, da die Polizei mich auf dem Kongoroi doch in großer Zahl erwartete. Was auch immer der Grund war, ich kam unbehelligt aus der Stadt und nahm die letzte Strecke der Landstraße in Angriff. In der Vergangenheit hatte ich diesen Weg nur im Winter benutzt, wenn tiefer Schnee lag; auch jetzt lagen schmutzigweiße Flecken in schattigen Winkeln, und als die Straße anstieg, wurde der Schnee dichter, bis kurz vor dem Doppelgipfel des Kongoroi alles in ihn eingehüllt war. Durch sorgfältige Planung meines Aufstiegs gelang es mir, den großen Paß einige Zeit nach Sonnenuntergang zu erreichen; ich hoffte, die Dunkelheit würde mich im Falle einer Straßensperre schützen. Aber das Tor war unbewacht. Die Lampen meines Wagens waren abgeschaltet, als ich die letzte Strecke fuhr – ich erwartete beinahe, von der Straße abzukommen –, und ich steuerte in die vertraute Linkskurve, die mich in das Tor von Salla brachte, und sah niemanden dort. Stirron hatte nicht die Zeit gehabt, die Westgrenze zu schließen, oder er hielt mich nicht für so verrückt, auf diesem Weg zu fliehen. Ich fuhr weiter, durch den Paß und langsam die Haarnadelkurve auf der Westseite des Kongoroi hinab, und als der Morgen dämmerte, war ich im Verbrannten Tiefland, in sengender Hitze, aber sicher.

70

Nahe der Stelle, wo die Hornvögel nisten, fand ich diese Hütte; ich hatte die Stelle noch einigermaßen gut in Erinnerung. Sie war nur notdürftig zusammengezimmert und an etlichen Stellen beschädigt, aber sie würde ihre Dienste tun. Sie würde ausreichen. Die schreckliche Hitze würde meiner Reinigung dienen. Ich richtete mich in der Hütte ein und breitete meine Habseligkeiten aus: Ich packte das Tagebuch aus, das ich in der Stadt gekauft hatte, um den Bericht über mein Leben und meine Taten niederzuschreiben, stellte den Schmuckkasten mit den Resten der Droge in eine Ecke, stapelte meine Kleidung darauf und fegte den roten Sand aus. Am ersten Tag meines Aufenthalts war ich damit beschäftigt, meinen

Bodenwagen zu tarnen, damit er meine Anwesenheit nicht verriet, wenn die Sucher kamen: Ich fuhr ihn in eine flache Senke, so daß er kaum über das Bodenniveau hinausragte, sammelte Reisig, um ihn damit abzudecken, und warf Sand auf das Holzgeflecht. Als ich damit fertig war, konnten nur noch sehr scharfe Augen den Wagen ausmachen. Sorgfältig machte ich eine Skizze des Standorts, damit ich den Wagen wiederfinden konnte, wenn ich ihn benötigte.

Einige Tage spazierte ich in Gedanken versunken in der Wüste umher. Ich ging zu der Stelle, wo der Hornvogel meinen Vater niedergestreckt hatte, und hatte keine Angst vor den scharfschnäbligen kreisenden Vögeln: Sollten sie mich doch holen. Ich dachte über die Ereignisse während der Zeit meiner Wandlungen nach und fragte mich: *Ist es das, was du gewollt hast? Ist es das, was du zu bewirken erhofft hast? Befriedigt es dich?* Ich erlebte erneut all die vielen Seelenteilungen, angefangen von der mit Schweiz bis zu jener mit Halum, und fragte: *War das gut? Gab es Fehler, die vermeidbar waren? Hast du durch das, was du getan hast, gewonnen oder verloren?* Und ich schloß, daß ich mehr gewonnen als verloren hatte, auch wenn meine Verluste schrecklich gewesen waren. Ich bedauerte nur taktische Schwächen, keine grundsätzlichen Fehler. Wäre ich bei Halum geblieben, bis ihre Unsicherheit geschwunden wäre, hätte sie sich womöglich nicht der Beschämung ergeben, die sie schließlich vernichtet hatte. Wäre ich offener zu Noim gewesen... wenn ich in Manneran geblieben wäre, um meinen Feinden entgegenzutreten... wenn... wenn... wenn... Doch ich bedauerte meine Veränderung nicht, sondern nur, daß ich meine Revolution der Seele verpfuscht hatte. Denn ich war von der Falschheit des Kontrakts und unserer Art zu leben – Eurer Art zu leben – überzeugt. Daß Halum es für richtig gehalten hatte, sich umzubringen, nachdem sie zwei Stunden menschlicher Liebe erfahren hatte, war die schärfste Anklage, die gegen den Kontrakt möglich war.

Und schließlich – vor wenigen Tagen – begann ich damit, das niederzuschreiben, was Ihr gelesen habt. Mein Schreibfluß überraschte mich; vielleicht erreichte ich sogar eine gewisse Gewandtheit, obwohl es am Anfang schwer für mich war, die Grammatik zu benutzen, die ich mir selbst auferlegt habe. *Ich bin Kinnall Darival, und ich habe vor, Euch alles über mich zu berichten.* So habe ich meine Erinnerungen begonnen. Habe ich diese Absicht erfüllt? Habe ich etwas verborgen? Tag für Tag ist meine Feder über das Papier gekratzt, und ich habe mich in aller Vollständigkeit für Euch geschildert, ohne kosmetische Korrekturen an meiner Darlegung. In dem Brutkasten dieser Hütte habe ich mich entblößt. In der Zwischenzeit habe ich mit der Außenwelt keinen Kontakt mehr gehabt, außer durch gelegentliche, vielleicht irrationale Hinweise darauf, daß Stirrons

Agenten das Verbrannte Tiefland auf der Suche nach mir durchkämmen. Ich glaube, an den Pässen, die nach Salla, Glin und Manneran führen, sind Wachen postiert; und wahrscheinlich auch an den Pässen im Westen; und ebenso in der Stroin-Bresche für den Fall, daß ich versuche, mich durch das Feuchte Tiefland zum Golf von Sumar durchzuschlagen. Das Glück ist mir treu geblieben, aber bald müssen sie mich finden. Soll ich auf sie warten? Oder soll ich weiterziehen, mich auf mein Glück verlassen und hoffen, daß ich einen unbewachten Ausgang finde? Ich habe dieses umfangreiche Manuskript – seinen Wert schätze ich jetzt höher als mein Leben ein. Könntet Ihr es doch lesen, könntet Ihr doch erkennen, wie ich mich strauchelnd und taumelnd dem Wissen über das Ich genähert habe, könntet Ihr doch aus den Schwingungen meiner Gedanken empfangen – ich habe, so glaube ich, in dieser Autobiographie, in diesem Bericht meiner Seele, in diesem in der Geschichte Velada Borthans einmaligen Dokument alles niedergelegt. Wenn ich hier ergriffen werde, wird mein Buch mit mir ergriffen, und Stirron wird es verbrennen lassen.

Also muß ich weiter. Aber...

Ein Geräusch? Motoren?

Ein Bodenwagen, der sich meiner Hütte rasch nähert. Man hat mich gefunden. Es ist vorbei. Immerhin war ich in der Lage, so viel zu schreiben.

71

Fünf Tage sind seit meiner letzten Eintragung verstrichen, und ich bin immer noch hier. Der Bodenwagen gehörte Noim. Er war nicht gekommen, um mich festzunehmen, sondern um mich zu retten. Vorsichtig, als erwartete er, daß ich das Feuer auf ihn eröffnete, kroch er an meine Hütte heran und rief: »Kinnall? Kinnall?« Ich ging hinaus. Er versuchte zu lächeln, war aber zu angespannt dazu. Er sagte: »Man dachte, du würdest irgendwo in der Nähe dieses Ortes sein. Der Ort des Hornvogels – er verfolgt dich noch immer, oder?«

»Was willst du?«

»Stirrons Patrouillen suchen nach dir, Kinnall. Dein Weg ist bis zum Tor von Salla rekonstruiert worden. Sie wissen, daß du im Verbrannten Tiefland bist. Wenn Stirron dich so gut kennen würde wie dein Bundbruder, wäre er mit seinen Truppen direkt hierher gekommen. Statt dessen suchen sie im Süden, weil sie vermuten, du hättest vor, ins Feuchte Tiefland zum Golf von Sumar zu fahren, um dort ein Schiff nach Sumara Borthan zu besteigen. Aber sie werden mit Sicherheit in dieser Gegend nach dir suchen, sobald sie erkennen, daß du nicht dort unten gewesen bist.«

»Und dann?«
»Man wird dich verhaften. Dir den Prozeß machen. Dich verurteilen. Gefängnis oder Todesstrafe. Stirron hält dich für den gefährlichsten Mann in Velada Borthan.«
»Das bin ich auch«, sagte ich.
Noim wies auf den Wagen. »Steig ein. Wir schlüpfen durch die Sperren. Nach Westsalla und hinunter zum Woyn. Der Herzog von Sumar wird dich treffen und dich auf ein Schiff bringen. Beim nächsten Mondaufgang kannst du in Sumara Borthan sein.«
»Warum hilfst du mir, Noim? Warum sorgst du dich darum? Ich habe den Haß in deinen Augen gesehen, als ich dich verließ.«
»Haß? Haß? Nein, Kinnall, kein Haß, nur Kummer. Man ist immer noch dein...« Er unterbrach sich. Mit Mühe sagte er: »*Ich bin* immer noch dein Bundbruder. Ich habe gelobt, für dein Wohl dazusein. Wie kann ich zulassen, daß Stirron dich wie ein Tier jagt? Komm, komm. Ich bringe dich hier heraus und in Sicherheit.«
»Nein.«
»Nein?«
»Wir werden gewiß festgenommen. Stirron wird auch dich verhaften, weil du einem Flüchtling geholfen hast. Er wird deine Güter beschlagnahmen. Er wird dich deines Rangs entkleiden. Bring für mich kein nutzloses Opfer, Noim.«
»Ich bin den ganzen Tag lang ins Verbrannte Tiefland gefahren, um dich zu holen. Wenn du glaubst, ich würde ohne dich zurückfahren...«
»Wir wollen nicht darüber streiten«, unterbrach ich. »Selbst wenn ich entkommen kann, was erwartet mich dann? Den Rest meines Lebens versteckt in den Dschungeln von Sumara Borthan zu verbringen, unter Menschen, deren Sprache ich nicht verstehe und deren Verhalten mir fremd ist? Nein. Nein. Ich bin des Exils müde. Soll Stirron mich ruhig ergreifen.«
Es war keine leichte Aufgabe, Noim zu überreden, mich hierzulassen. Ewige Minuten standen wir in der Mittagsglut und diskutierten heftig. Er war entschlossen, seine heldenhafte Rettung zu Ende zu führen, trotz der fast sicheren Wahrscheinlichkeit, daß wir beide ergriffen würden. Er tat dies aus Pflichtgefühl, nicht aus Liebe, denn ich konnte sehen, daß er mir immer noch Halums Tod anlastete. Ich wollte nicht, daß sein Untergang mir ebenfalls angerechnet würde, und ich sagte ihm das: Er hatte edel gehandelt, als er diese Fahrt unternahm, aber ich konnte nicht mit ihm gehen. Schließlich begann er nachzugeben, aber erst, als ich schwor, ich würde zu den Bergen im Westen aufbrechen, statt hier sitzen zu bleiben, wo Stirron mich mit Sicherheit finden würde. Wenn ich Velis oder

Threish erreichte, so sagte ich, würde ich Noim irgendwie Bescheid geben, damit er nicht länger um mein Los fürchten mußte. Und dann sagte ich: »Es gibt etwas, das du für mich tun kannst.« Ich holte das Manuskript aus der Hütte – ein hoher Papierstapel, rotes Gekritzel auf grauem, groben Papier. Darin, sagte ich, würde er die ganze Geschichte finden: mein gesamtes Selbst und all die Ereignisse, die mich ins Verbrannte Tiefland gebracht hatten. Ich bat ihn, das zu lesen und erst danach ein Urteil über mich zu fällen. »Du wirst darin Dinge finden, die dich entsetzen und anwidern«, warnte ich ihn. »Aber ich glaube, du wirst auch vieles finden, das deine Augen und deine Seele öffnet. Lies es, Noim. Lies es sorgfältig. Denke über meine Worte nach.« Und ich bat ihn bei unserem Bundeid um ein letztes Versprechen: daß er mein Buch sicher aufbewahrte, selbst wenn die Versuchung über ihn kam, es zu verbrennen. »Diese Seiten enthalten meine Seele«, sagte ich ihm. »Vernichte dieses Papier, und du vernichtest mich. Wenn du dich ekelst vor dem, was du liest, verberge das Buch, aber zerstöre es nicht. Was dich jetzt erschreckt, mag dich in einigen Jahren nicht mehr erschrecken. Und eines Tages möchtest du mein Buch vielleicht anderen zeigen, damit du erklären kannst, was für ein Mensch dein Bundbruder war und warum er getan hat, was er getan hat.« *Und so magst du sie verändern, wie ich hoffe, daß mein Buch dich verändert,* sagte ich im stillen. Noim legte dieses Versprechen ab. Er nahm meine gebündelten Seiten und verstaute sie in seinem Wagen. Wir umarmten uns; erneut fragte er mich, ob ich nicht mit ihm fahren wollte; erneut lehnte ich ab; ich bat ihn ein zweites Mal um die Zusage, daß er mein Buch lesen und es aufbewahren würde; er schwor es mir ein zweites Mal; dann bestieg er den Bodenwagen und fuhr langsam nach Osten. Ich betrat die Hütte. Die Stelle, wo ich mein Manuskript aufbewahrt hatte, war frei, und ich spürte eine plötzliche Leere, die, so vermute ich, eine Frau spürt, die ein Kind sieben Mondzeiten ausgetragen hat und nun sieht, daß ihr Bauch wieder flach ist. Ich hatte alles von mir in diese Seiten gegeben. Jetzt war ich nichts, und das Buch war alles. Würde Noim es lesen? Ich glaubte schon. Und würde er es aufbewahren? Höchstwahrscheinlich, auch wenn er es in der dunkelsten Ecke seines Hauses verbergen mochte. Und würde er es eines Tages anderen zeigen? Das weiß ich nicht. Aber wenn Ihr gelesen habt, was ich geschrieben habe, dann durch die Freundlichkeit des Noim Condorit; und wenn er es zugänglich gemacht hat, dann habe ich letztlich doch über seine Seele gesiegt, so wie ich hoffe, über Eure zu siegen.

72

Ich hatte Noim zugesagt, nicht länger in der Hütte zu bleiben, sondern nach Westen aufzubrechen, um mich zu retten. Aber ich war nicht bereit fortzugehen. Die glühende Hitze war mein Heim geworden. Ich blieb einen Tag und noch einen Tag und einen dritten und tat nichts; ich wanderte durch die sengende Einsamkeit des Verbrannten Tieflands und beobachtete die kreisenden Hornvögel. Am fünften Tag nahm ich, wie ihr vielleicht erkennen könnt, die Gewohnheit wieder auf, meine Autobiographie zu schreiben; ich setzte mich an die Stelle, wo ich in letzter Zeit so viele Stunden gesessen hatte, und schrieb einige neue Seiten, um den Besuch Noims zu schildern. Dann ließ ich drei weitere Tage vergehen und sagte mir, am vierten Tag würde ich meinen Bodenwagen ausgraben und nach Westen aufbrechen. Aber am Morgen dieses vierten Tages fanden Stirron und seine Männer mein Versteck, und jetzt ist der Abend dieses vierten Tages, und ich habe durch die Gnade von Fürst Stirron noch ein oder zwei Stunden zum Schreiben. Und wenn ich das getan habe, werde ich nichts mehr schreiben.

73

Sie kamen in sechs schwerbewaffneten Bodenwagen, kreisten meine Hütte ein und forderten mich durch Lautsprecher auf, mich zu ergeben. Ich hatte weder Hoffnung, ihnen Widerstand leisten zu können, noch den Wunsch, es zu versuchen. Ruhig – welchen Nutzen hatte Angst schon? – zeigte ich mich mit hoch erhobenen Händen an der Tür. Sie verließen ihre Wagen, und ich war erstaunt, daß Stirron sich unter ihnen befand; ihn hatte es aus seinem Palast ins Verbrannte Tiefland gezogen, um an einer ungewöhnlichen Jagd teilzunehmen, bei der sein Bruder die Beute war. Er trug alle Ehrenzeichen seines Amts. Langsam trat er auf mich zu. Ich hatte ihn seit Jahren nicht mehr gesehen, und die Anzeichen des Alters an ihm bestürzten mich: gebeugte Schultern, den Kopf nach vorn geneigt, das gelichtete Haar, das von Falten durchzogene Gesicht, die Augen gelblich und trüb. Der Ertrag eines halben Lebens höchster Macht. Wir betrachteten einander schweigend wie zwei Fremde, die eine Kontaktmöglichkeit suchen. Ich versuchte, jenen Jungen in ihm zu finden, meinen Spielkameraden, meinen älteren Bruder, den ich geliebt und vor so langer Zeit verloren hatte, und ich sah nur einen bitteren alten Mann mit zitternden Lippen. Ein Septarch hat gelernt, seine Gefühle zu verbergen, aber Stirron konnte vor mir nichts verhehlen, und genausowenig konnte er einen beständigen Gesichtsausdruck wahren: Ich sah in seinem Gesicht Anzeichen kaiserlichen Zorns, Verlegenheit, Kummer, Verachtung und etwas, das ich als so etwas wie unterdrückte Liebe interpretierte. Schließlich ergriff ich das Wort und lud ihn zu einem Gespräch in meine Hütte ein. Er zögerte, vielleicht glaubte er, ich hätte ein Attentat vor, aber nach einigen Sekunden nahm er die Einladung an, wie es einem König geziemt, und bedeutete seiner Leibwache mit einer Handbewegung, draußen zu warten. Als wir allein in der Hütte waren, schwiegen wir erneut einige Zeit, bis er schließlich sagte: »Man hat noch nie solchen Schmerz gespürt, Kinnall. Man kann kaum glauben, was man über dich gehört hat. Daß du das Vermächtnis unseres Vaters befleckst...«

»Ist es wirklich solch ein Makel, Fürst Septarch?«

»Den Kontrakt zu beschmutzen? Die Unschuldigen zu verderben – deine Bundschwester unter den Opfern? Was hast du getan, Kinnall? *Was hast du getan?*«

Eine furchtbare Erschöpfung erfaßte mich, ich schloß die Augen, weil ich kaum wußte, wo ich mit meiner Erklärung beginnen sollte. Nach einigen Augenblicken fand ich meine Kraft wieder. Ich streckte meine Hand lächelnd nach ihm aus, ergriff seine Hand und sagte: »Ich liebe dich, Stirron.«

»Du bist krank!«

»Weil ich von Liebe rede? Aber wir kamen aus demselben Leib! Sollte ich dich nicht lieben?«

»So sprichst du jetzt also... nur noch voller Schmutz?«

»Ich spreche, wie mein Herz es mir befiehlt.«

»Du bist nicht nur krank, du machst auch andere krank«, sagte Stirron. Er wandte sich ab und spie auf den sandigen Boden. Er erschien mir wie eine entrückte mittelalterliche Gestalt, gefangen hinter der starren Fassade seines königlichen Gesichts, eingesperrt in den Schmuckstücken seines Amts und den fürstlichen Gewändern, schroff und fern. Wie konnte ich ihn erreichen?

Ich sagte: »Stirron, nimm die sumarische Droge zusammen mit mir. Ich habe ein wenig übrigbehalten. Ich werde sie für uns zubereiten, und wir werden sie gemeinsam trinken, und in ein oder zwei Stunden werden unsere Seelen eins sein, und du wirst begreifen. Ich schwöre, du wirst verstehen. Tust du es? Töte mich hinterher, wenn du es dann noch willst, aber nimm vorher die Droge.«

Geschäftig bereitete ich den Trank vor. Stirron packte mein Handgelenk und hielt mich fest. Er schüttelte den Kopf mit den langsamen, schwerfälligen Bewegungen eines Mannes, der unendliche Traurigkeit fühlt. »Nein«, sagte er. »Unmöglich.«

»Warum?«
»Du wirst den Geist des Ersten Septarchen nicht trunken machen.«
»Ich habe Interesse daran, den Geist meines Bruders Stirron zu *erreichen*!«
»Als dein Bruder wünscht man nur, daß du geheilt wirst. Als Erster Septarch muß man sich vor Schaden hüten, denn man gehört einem Volk.«
»Die Droge ist unschädlich, Stirron.«
»War sie für Halum Helalam unschädlich?«
»Bist du eine geängstigte Jungfrau?« fragte ich. »Ich habe die Droge Dutzenden von Leuten gegeben. Halum ist die einzige, bei der sich schlimme Reaktionen zeigten – bei Noim wohl auch, nehme ich an, aber er hat es überwunden. Und...«
»Die beiden Menschen, die dir in der Welt am nächsten standen«, sagte Stirron, »und die Droge hat ihnen beiden geschadet. Und jetzt bietest du sie deinem Bruder an?«
Es war hoffnungslos. Ich bat ihn erneut, mehrere Male, einen Versuch mit der Droge zu riskieren, aber natürlich wollte er sie nicht anrühren. Und hätte er es getan, würde es mir etwas gebracht haben? Ich hätte nur Eisen in seiner Seele gefunden.
Ich sagte: »Was wird jetzt mit mir geschehen?«
»Eine faire Verhandlung, gefolgt von einem gerechten Urteil.«
»Und wie wird es lauten? Todesstrafe? Lebenslang Haft? Exil?«
Stirron zuckte die Achseln: »Das entscheidet das Gericht. Hältst du einen für einen Tyrannen?«
»Stirron, warum macht dir die Droge solche Angst? Weißt du, was sie bewirkt? Kann ich dich zu der Erkenntnis bringen, daß sie Liebe und Verständnis hervorruft? Es ist nicht notwendig, daß wir einander fremd sind und unsere Seelen verhüllen. Wir können uns aussprechen. Wir können weiterkommen. Wir können ›ich‹ sagen, Stirron, ohne uns dafür entschuldigen zu müssen, daß wir eine Seele haben. *Ich. Ich. Ich.* Wir können einander sagen, was Schmerz bereitet, und einander helfen, diesem Schmerz zu entgehen.« Sein Gesicht verfinsterte sich; ich glaube, er war davon überzeugt, ich wäre verrückt. Ich ging an ihm vorbei zu der Stelle, wo ich die Droge aufbewahrt hielt, vermischte sie eilig und bot ihm ein Glas an. Er schüttelte den Kopf. Ich trank mit schnellen Schlucken und bot ihm erneut das Glas an. »Nun mach«, sagte ich. »Trink! Trink! Es beginnt nicht sofort. Nimm es jetzt, dann werden wir zur gleichen Zeit offen sein. Bitte, Stirron!«
»Ich könnte dich eigenhändig umbringen«, sagte er, »ohne auf das Gericht zu warten.«
»Ja! Sag es, Stirron! Ich! Sag es noch einmal!«

»Elender Selbstentblößer! Sohn meines Vaters! Wenn ich zu dir in Ich-Form spreche, Kinnall, dann nur deshalb, weil du von mir nichts Besseres als Schmutz verdienst.«
»Es ist nicht unbedingt schmutzig. Trink – und begreife!«
»Niemals.«
»Warum lehnst du dich dagegen auf, Stirron? Was macht dir Angst?«
»Der Kontrakt ist heilig«, sagte er. »Den Kontrakt in Frage zu stellen, heißt die gesamte soziale Ordnung in Frage zu stellen. Verbreite deine Droge über das Land, und jedwede Vernunft bricht zusammen, alle Stabilität geht verloren. Glaubst du, unsere Vorväter waren Schurken? Glaubst du, sie waren Narren? Kinnall, sie wußten, wie man eine lang andauernde Gesellschaft schafft. Wo sind die Städte von Sumara Borthan? Warum leben sie immer noch in Dschungelhütten, während wir gebaut haben, was wir gebaut haben? Du würdest uns auf ihren Weg führen, Kinnall. Du würdest die Unterschiede zwischen richtig und falsch auslöschen, so daß in kurzer Zeit das Gesetz selbst weggespült würde; jeder würde die Hand gegen seinen Nächsten erheben, und wo würden dann deine Liebe und dein universelles Verständnis bleiben? Nein, Kinnall. Behalte deine Droge. Man zieht immer noch den Kontrakt vor.«
»Stirron...«
»Genug. Die Hitze ist unerträglich. Du bist verhaftet; laß uns gehen!«

74

Weil die Droge in mir war, gewährte Stirron mir einige Stunden allein, bevor wir unsere Reise zurück nach Salla begannen, damit ich nicht unterwegs sein mußte, solange meine Seele durch Gefühle von außen verwundbar war. Eine kleine Gnade des Septarchen: Er postierte zwei Männer als Wachen vor meiner Hütte und ging mit den anderen davon, um bis zur Abenddämmerung Hornvögel zu jagen.
Noch nie hatte ich die Droge ohne einen Gefährten genommen. Die eigenartigsten Empfindungen überkamen mich, und ich war allein mit ihnen, allein mit dem Pochen, den winselnden und rauschenden Lauten, und dann, als die Mauern um meine Seele zerfielen, gab es niemanden, der in mich eindrang, und niemanden, in den ich eindringen konnte. Aber ich konnte die Seelen meiner Bewacher aufspüren – hart, verschlossen, eisern –, und ich spürte, daß ich mit einiger Anstrengung sogar in sie hineinreichen konnte. Aber ich tat es nicht, denn als ich dort allein saß, begann ich eine Reise voller Wunder; mein Selbst dehnte sich aus und entschwebte, bis ich den ganzen Planeten umschloß, und alle Seelen der

Menschheit waren in der meinen vereint. Und mich überkam eine wunderbare Vision. Ich sah, wie mein Bundbruder Noim Kopien von meiner Autobiographie anfertigte und sie an diejenigen, denen er vertrauen konnte, verteilte, und von ihnen wurden weitere Kopien gemacht, die in den Provinzen von Velada Borthan zirkulierten. Und aus dem Land im Süden kamen Schiffsladungen von dem weißen Pulver, die nicht nur von einer Elite, nicht nur vom Herzog von Sumar und dem Marquis von Woyn erwartet wurden, sondern von Tausenden gewöhnlicher Bürger, von Menschen, die sich nach Liebe sehnten, von denen, die den Kontrakt für längst überholt hielten und die Seelen anderer erreichen wollten. Und obwohl die Wächter der alten Ordnung alles taten, die Bewegung aufzuhalten, konnte sie nicht gebremst werden, denn der alte Kontrakt hatte seinen Zweck erfüllt, und jetzt war es offenbar, daß Liebe und Glück nicht länger unterdrückt werden konnten. Bis schließlich ein Netzwerk gegenseitigen Verstehens existierte, glänzende Fasern sinnlicher Wahrnehmung, die alle miteinander verknüpften. Bis schließlich selbst die Septarchen und Gesetzeswächter in der Welle der Befreiung mitgespült wurden und die ganze Welt sich in freudiger Gemeinsamkeit verband, jeder von uns offen für alle, und die Zeit der Wandlungen war vollendet; der neue Kontrakt war begründet. All das sah ich aus meiner armseligen Hütte im Verbrannten Tiefland. Ich sah, wie der helle Glanz die Welt umschloß, schimmernd, flackernd, an Kraft zunehmend. Ich sah Mauern zusammenstürzen. Ich sah das glänzende rote Feuer universeller Liebe. Ich sah neue Gesichter, verwandelt und triumphierend. Hände, die Hände berührten; Seelen, die Seelen berührten. Diese Vision glühte einen halben Tag in mir und erfüllte mich mit einer Freude, die ich noch nie erlebt hatte, und mein schwebender Geist durchstreifte Traumwelten. Und erst, als die Wirkung der Droge abebbte, erkannte ich, daß es sich um reine Phantasien handelte.

Vielleicht wird es nicht immer nur Phantasie sein. Vielleicht wird Noim Leser für das, was ich geschrieben habe, finden, und vielleicht werden andere dazu gebracht, meinem Weg zu folgen, bis es genug Menschen wie mich gibt, und die Wandlungen werden unwiderruflich und universell. Es ist schon einmal so geschehen. Ich werde verschwinden, ich, der Vorläufer, der ich die Zukunft vorweggenommen habe, ich, der gemarterte Prophet. Aber was ich geschrieben habe, wird leben, und durch mich werdet Ihr verändert werden. Vielleicht ist das kein nutzloser Traum.

Diese letzte Seite wurde geschrieben, als die Dämmerung sich herabsenkte. Die Sonne eilt auf die Huishtors zu. Schon bald werde ich ihr als Gefangener Stirrons folgen. Ich werde dieses kurze Manuskript mitnehmen, es irgendwo an meinem Körper verbergen, und wenn ich Glück habe, werde ich einen Weg finden, es Noim zuzuspielen, damit es den Seiten, die er bereits von mir hat, angefügt werden kann. Ich weiß nicht, ob es mir gelingt, genausowenig wie ich weiß, was aus mir und meinem Buch wird. Und Ihr, die Ihr dies lest, seid mir unbekannt. Aber dieses kann ich sagen: Wenn die beiden Teile einsgeworden sind und Ihr mich vollständig lest, dann möget Ihr sicher sein, daß ich zu siegen begonnen habe. Aus dieser Vereinigung entspringen Veränderungen für Velada Borthan, Veränderungen für Euch alle. Wenn Ihr bis hierhin gelesen habt, müßt Ihr im Herzen auf meiner Seite sein. Also sage ich Euch, unbekannter Leser, daß ich Euch liebe und meine Hand nach Euch ausstrecke. Ich, der ich Kinnall Darival war, ich, der ich den Weg eröffnet habe, ich, der ich versprochen habe, alles über mich zu berichten, und der ich jetzt sagen kann, daß dieses Versprechen erfüllt ist. Geht hinaus und sucht. Geht hinaus und fühlt. Geht hinaus und liebt. Geht hinaus und seid offen. Geht hinaus und werdet geheilt.

Ein Mädchen zieht mit einer »Traumschlange« und in Begleitung eines außerirdischen Wesens über die Erde, deren Bewohner nach einer Atomkatastrophe in archaischen Stammeskulturen leben. Weil das fremde Wesen stirbt, geht die »Heilerin« auf eine lange, gefährliche Reise, um einen neuen, für die Heilkunst unentbehrlichen Partner zu finden ...

Titel der Originalausgabe: »Dreamsnake«
erschienen bei Houghton Mifflin Company, Boston, Mass.

Aus dem Amerikanischen von Horst Pukallus

VONDA N. McINTYRE

TRAUMSCHLANGE

Science-Fiction-Roman

Knaur

Meinen Eltern

1

Der Knabe fürchtete sich. Sanft berührte Schlange seine heiße Stirn. Hinter ihr standen dicht beieinander drei Erwachsene und sahen argwöhnisch zu, sorgsam darauf bedacht, ihre Beunruhigung nicht durch mehr als schmale Falten rund um die Augen zu verraten. Sie fürchteten Schlange so sehr, wie sie den Tod ihres einzigen Kindes befürchteten. Das Flackern des Lampenscheins wirkte im zwielichtigen Zeltinnern nicht eben ermutigend.

Das Kind beobachtete sie aus Augen, die so dunkel waren, daß man die Pupillen nicht sehen konnte, und so stumpf, daß Schlange selbst um sein Leben fürchtete. Sie streichelte sein Haar. Es war lang und sehr hell, besaß eine gegen seine dunkle Haut auffällige Farbe; für eine Länge von mehreren Zentimetern von der Kopfhaut aus war es ungleichmäßig beschaffen und trocken. Wäre Schlange bereits vor Monaten unter diesen Leuten gewesen, so hätte sie bemerkt, daß das Kind erkrankte.

»Bringt bitte meine Schachtel«, sagte Schlange.

Die Eltern des Kindes zuckten beim sanften Klang ihrer Stimme zusammen. Vielleicht hatten sie einen Schrei wie von einem leuchtendbunten Eichelhäher erwartet – oder ein Zischen wie von einer glänzenden Schlange. Dies war das erste Mal, daß Schlange in ihrer Gegenwart sprach. Sie hatte nur zugeschaut, als diese drei erschienen, um sie aus einiger Entfernung zu beobachten, als sie über ihre Zunft und ihre Jugend flüsterten; sie hatte nur gelauscht und genickt, als sie zuletzt zu ihr kamen, um sie um Hilfe zu bitten. Vielleicht hatten sie geglaubt, sie sei stumm.

Der hellhaarige, jüngere Mann hob ihre lederne Schachtel vom Filzboden. Er hielt das ranzenähnliche Behältnis weit von seinem Körper weg und beugte sich vor, um es ihr zu reichen; er atmete flach, die Nasenflügel bebten wegen des leichten Moschusgeruchs, der in der trockenen Wüstenluft hing. Schlange hatte sich schon fast an die Art von Unbehagen gewöhnt, die er zeigte; dergleichen hatte sie schon oft genug gesehen. Als Schlange zugreifen wollte, fuhr der junge Mann zurück und ließ das Behältnis fallen. Schlange sprang auf und konnte es gerade noch auffangen; behutsam stellte sie es ab und sah ihn vorwurfsvoll an. Sein Ehegefährte und seine Ehefrau traten vor und berührten ihn, um seine Furcht zu besänftigen. »Er ist einmal gebissen worden«, sagte die dunkle, hübsche Frau. »Beinahe wäre er daran gestorben.« Sie sprach nicht in einem Tonfall der Entschuldigung, sondern in dem der Begründung.

»Verzeih mir«, sagte der jüngere Mann. »Es ist...« Er deutete herüber; er zitterte, und es kostete ihn sichtlich Mühe, die Äußerungen seiner Furcht zu beherrschen. Schlange blickte flüchtig auf ihre Schulter, wo sie das leichte Gewicht und die leisen Bewegungen unbewußt gespürt hatte. Eine winzige Schlange, dünn wie der Finger eines Säuglings, glitt aus ihrem Nacken und zeigte unter ihren kurzen schwarzen Locken einen schmalen Kopf. Auf gemächliche Weise tastete sie mit ihrer dreigespaltenen Zunge durch die Luft – hinaus, hinauf und hinab, hinein –, um die vorhandenen Gerüche zu schmecken.

»Das ist nur Gras«, sagte Schlange. »Er kann dir nichts tun.« Er hätte Furcht erregen können, wäre er größer gewesen; er war von hellgrüner Farbe, aber rund um sein Maul waren die Schuppen rot, als habe er soeben nach Art eines Säugetiers gefressen, durch Reißen. Aber er war erheblich reinlicher.

Das Kind wimmerte. Es verstummte inmitten des Schmerzlautes; vielleicht hatte man ihm eingeredet, auch Schlange nähme Klagen übel. Sie empfand nur Bedauern darüber, daß diese Menschen sich eine so einfache Möglichkeit, Furcht zu lindern, freiwillig versagten. Sie wandte sich von den Erwachsenen ab, deren Entsetzen vor ihr sie bekümmerte, doch sie wollte nicht die Zeit opfern, die es erfordert hätte, um sie davon zu überzeugen, daß ihre Haltung unberechtigt war. »Es ist alles gut«, sagte sie zu dem kleinen Jungen. »Gras ist glatt, trocken und weich, und wenn ich ihn zurücklasse, damit er dich beschützt, kann nicht einmal der Tod dein Lager erreichen.« Gras ließ sich in ihre schmale, schmutzige Hand rutschen, und sie streckte ihn dem Kind entgegen. »Vorsichtig.« Der Junge hob eine Hand und berührte die geschmeidigen Schuppen mit einer Fingerspitze. Schlange spürte die Anstrengung, die er für eine so gewöhnliche Bewegung aufbringen mußte, doch der Junge lächelte beinahe. »Wie nennt man dich?«

Rasch blickte er zu seinen Eltern hinüber, die schließlich nickten. »Stavin«, flüsterte er. Weder hatte er die Kraft noch den Atem zum Sprechen.

»Ich bin Schlange, Stavin, und in kurzer Frist, am Morgen, muß ich dir weh tun. Du wirst einen kurzen Schmerz verspüren, und dein Körper wird noch einige Tage lang schmerzen, aber danach wird es dir bessergehen.« Er starrte sie mit ernstem Blick an. Schlange sah, daß er verstand und sich vor dem fürchtete, was sie tun wollte, aber seine Furcht war geringer, als wenn sie ihn belogen hätte. Der Schmerz mußte sich sehr verstärkt haben, während seine Krankheit offenkundiger wurde, doch wie es schien, hatten andere ihn bloß zu ermutigen versucht und gehofft, das Leiden werde weichen oder ihn schnell töten.

Schlange setzte Gras auf das Kissen des Knaben und zog ihre Lederschachtel näher heran. Mit flinken Handgriffen öffnete sie das Schloß. Die Erwachsenen konnten noch immer nicht anders als sie fürchten; sie hatten bisher weder die Zeit dazu gehabt noch genug Vernunft aufgebracht, um zu ihr Vertrauen zu fassen. Die Frau war alt genug, um womöglich nie wieder ein Kind zu bekommen, und Schlange bemerkte an den Augen der Eltern, ihrem verhohlenen Kummer und ihrer Besorgnis, daß sie dieses Kind sehr liebten. Um sich in diesem Land an Schlange zu wenden, mußten sie es sehr lieben.

Es war Abend, und es wurde kühl. Träge glitt Sand aus der Schachtel, bewegte den Kopf, bewegte die Zunge, roch, schmeckte, gewahrte die Wärme von Körpern. »Ist das …?« Die Stimme des älteren Ehemannes klang leise und klug, aber auch furchtsam, und Sand spürte die Furcht. Er zog sich in Bißstellung zurück und ließ verhalten seine Klapper ertönen. Schlange sprach ihn an und streckte ihren Arm aus. Die Grubenotter entspannte sich und schlang sich in vielen Windungen um ihr zierliches Handgelenk, bildete schwarze und lohfarbene Armreifen.

»Nein«, sagte sie. »Euer Kind ist zu krank, Sand kann ihm nicht helfen. Ich weiß, daß es schwer ist, aber bitte versucht ruhig zu bleiben. Dies ist eine furchtbare Sache für euch, aber sie ist das einzige, was ich tun kann.« Sie mußte Dunst aufscheuchen, um sie herauszulocken. Schlange klopfte auf die Schachtel und schubste sie schließlich zweimal. Dann spürte Schlange das Scharren und Gleiten von Schuppen, und plötzlich warf sich die Albinokobra ins Zelt. Sie kroch schnell, und doch schien sie kein Ende zu besitzen. Sie krümmte sich und bäumte sich empor. Ihr Atem entwich mit einem Zischen. Ihr Kopf erhob sich um einen guten Meter über den Boden. Sie blähte ihre weite Kapuze. Hinter ihr keuchten die Erwachsenen auf, als fühlten sie sich durch den Blick der auffälligen braunen Zeichnung auf dem Rücken der Kapuze körperlich angegriffen. Schlange beachtete die Leute nicht und wandte sich mit Singsangstimme an die große Kobra. »Ach, Sie! Zorniges Geschöpf. Sie lege sich hin. Diesmal muß Sie sich Ihr Spanferkel verdienen. Spreche Sie zu diesem Kind, berühre Sie's! Es heißt Stavin.« Langsam ließ Dunst ihre Kapuze schrumpfen und duldete es, daß Schlange sie berührte. Schlange ergriff sie fest hinterm Kopf und hielt ihn in Stavins Richtung. Die silbernen Augen der Kobra fingen das Gelb des Lampenscheins ein. »Stavin«, sagte Schlange, »Dunst soll dich jetzt nur kennenlernen. Ich verspreche dir, daß sie dir jetzt keinen Schmerz zufügt.«

Trotzdem zitterte Stavin, als Dunst seine magere Brust berührte. Schlange gab den Kopf der Kobra nicht frei, ließ jedoch ihren Leib am Körper des Jungen entlanggleiten. Sie wand sich in Krümmungen aus purem Weiß über Stavins geschwollenen Unterleib, streckte sich, drängte ihren Kopf hinauf zum Gesicht des Jungen, stemmte sich gegen Schlanges Hände. Die Kobra war viermal länger als Stavins Körper. Dunst begegnete Stavins furchterfülltem Blick mit dem Starren lidloser Augen. Schlange ließ sie ein wenig näher heran. Dunst züngelte, um das Kind zu betasten. Der jüngere Ehemann stieß einen leisen, erstickten Laut der Furcht aus. Stavin zuckte daraufhin zusammen, und Dunst wich zurück, öffnete ihr Maul, entblößte die Fangzähne und fauchte vernehmlich den Atem aus dem Rachen. Schlange kauerte sich auf die Fersen und entließ den eigenen Atem. An anderen Orten konnten die Verwandten manchmal ihrer Tätigkeit beiwohnen. »Ihr müßt gehen«, sagte sie leise. »Es ist gefährlich, Dunst zu erschrecken.«

»Ich werde nicht...«

»Ich bedaure es, aber ihr müßt draußen warten.« Der jüngere Ehemann hätte vielleicht die üblichen unhaltbaren Einwände erhoben und die beantwortbaren Fragen gestellt, vielleicht auch die Frau, aber der ältere Mann drehte sie zum Ausgang, nahm ihre Hände und führte sie hinaus.

»Ich benötige ein kleines Tier«, sagte Schlange, als der Mann die Zeltklappe hob. »Es muß Fell haben, und ich brauche es lebend.«

»Wir werden eines finden«, sagte er, und die drei Eltern traten hinaus in den düsteren Abend. Schlange konnte von draußen ihre Schritte im Sand hören.

Schlange zog die Kobra in ihren Schoß und beruhigte sie. Die Kobra wand sich um Schlanges schmale Hüften und genoß ihre Wärme. Hunger machte sie noch gereizter als gewöhnlich, und sie war hungrig, genau wie Schlange. Auf dem Weg durch den schwarzen Sand der Wüste hatten sie genug Wasser entdeckt, aber Schlanges Fallen waren leer geblieben. Es war Sommer, heißes Wetter herrschte, und viele der pelzigen Leckerbissen, die Dunst und Sand bevorzugten, hielten ihren Sommerschlaf. Wenn es den Schlangen an regelmäßigen Mahlzeiten mangelte, begann Schlange ebenfalls zu fasten. Betrübt sah sie, daß Stavin sich nun stärker fürchtete. »Es tut mir leid, daß ich deine Eltern fortschicken mußte«, sagte sie. »Sie dürfen bald zurückkommen.«

Seine Augen glitzerten, aber er hielt die Tränen zurück. »Sie haben gesagt, daß ich tun soll, was du von mir willst.«

»Es wäre mir lieber, wenn du weinst, falls du das kannst«, sagte Schlange. »Weinen ist wirklich nicht so schlimm.« Doch anscheinend begriff Stavin sie nicht, und Schlange verzichtete darauf, ihn zu drängen; sie wußte, daß sein Volk die Menschen lehrte, sich einem harten Land zu widersetzen, indem sie dem Weinen entsagten, sich weigerten zu klagen, sich weigerten zu lachen. Sie verboten sich Kummer und erlaubten sich wenig Freude, aber sie überlebten.

Dunst hatte sich beruhigt und tat nun trotzig. Schlange löste sie von ihren Hüften und legte sie auf den Strohsack neben Stavin. Als die Kobra sich wieder regte, lenkte Schlange ihren Kopf; sie spürte die Anspannung der Kiefermuskeln. »Sie wird dich mit ihrer Zunge berühren«, sagte sie zu Stavin. »Vielleicht kitzelt es, aber es schmerzt nicht. Sie riecht damit, so wie du mit deiner Nase.«

»Mit ihrer Zunge?«

Schlange nickte, und Dunst ließ ihre Zunge hervorzucken, um sie über Stavins Wange zu streichen. Stavin fuhr nicht auf, er sah ihr zu; für einen Moment überwand seine kindliche Freude am Entdecken seine Pein. Er lag völlig reglos, während die lange Zunge über seine Wangen glitt, seine Augen, seinen Mund. »Sie riecht die Krankheit«, sagte Schlange. Dunst hörte auf, sich gegen den Druck ihres Griffs zu sträuben und zog ihren Kopf zurück. Schlange hockte sich auf die Fersen und ließ die Kobra los, die sich daraufhin an ihrem Arm emporwand und sich um ihre Schultern legte. »Schlafe, Stavin«, sagte Schlange. »Versuche mir zu vertrauen. Und versuche, dich nicht vor dem Morgen zu fürchten.«

Stavin musterte sie einige Sekunden lang und forschte in Schlanges hellen Augen nach Wahrhaftigkeit. »Wird Gras aufpassen?«

Die Frage verblüffte sie; oder vielmehr war es die Bereitwilligkeit, die hinter der Frage stand. Sie strich ihm das Haar aus der Stirn und lächelte ein Lächeln, das dicht unter der Oberfläche von Tränen schwamm. »Natürlich.« Sie hob Gras auf. »Er wird über dieses Kind wachen und es beschützen.« Die Traumschlange lag bewegungslos in ihrer Hand; die Augen glitzerten schwarz. Behutsam bettete sie Gras auf Stavins Kissen. »Schlaf nun.«

Stavin schloß die Augen, und das Leben schien aus ihm zu fliehen. Der Unterschied war so kraß, daß Schlange bereits den Arm hob, um ihn abzutasten, doch dann sah sie, daß er atmete, langsam und flach atmete. Sie deckte ihn zu und stand auf. Die plötzliche Haltungsänderung verursachte ihr ein Schwindelgefühl; sie wankte und fing sich wieder. Auf ihren Schultern spannten sich die Muskeln von Dunst.

Schlanges Augen brannten, ihr Blick war scharf, von fiebriger Klarheit. Das Geräusch, das sie zu hören vermeinte, rückte stürmisch näher. Sie sammelte Widerstandskraft gegen Hunger und Erschöpfung, bückte sich langsam und nahm die Lederschachtel. Dunst berührte ihre Wange mit ihrer Zungenspitze. Sie schob die Zeltklappe beiseite und empfand darüber Erleichterung, daß noch Nacht herrschte. Die Hitze vermochte sie auszuhalten, aber der grelle Sonnenschein durchdrang sie, versengte sie. Es mußte Vollmond sein; obwohl die Wolken alles verhingen, zerstreuten sie das Licht doch so, daß der Himmel von Horizont zu Horizont grau

aussah. Jenseits der Zelte erhoben sich vom Untergrund formlose Schatten. Hier, nah am Wüstenrand, gab es genug Wasser, so daß Buschgruppen und Strauchketten gediehen und allerlei Arten von Geschöpfen Schutz und Unterhalt boten. Der schwarze Sand, der im Sonnenlicht funkelte und blendete, glich bei Nacht einer Schicht aus weichem Ruß. Schlange trat aus dem Zelt, und der Eindruck von Weichheit zerflog; ihre Stiefel sanken knirschend in die spitzen, scharfen Sandkörner ein.
Stavins Familie wartete; sie saß zusammengedrängt zwischen den dunklen Zelten, die dicht an dicht von einem Sandboden aufragten, aus dem man die Sträucher gerissen und anschließend verbrannt hatte. Sie schaute ihr wortlos entgegen, hoffte nur mit den Augen; die Gesichter zeigten keinerlei Ausdruck. Unter ihnen saß eine Frau, die etwas jünger war als Stavins Mutter. Wie sie war sie in ein langes, weites Gewand gekleidet, doch außerdem trug sie das einzige Schmuckstück, das Schlange bei diesem Volk sah – den Ring eines Oberhaupts, der an einem Lederband um ihren Hals hing. Sie und der ältere Ehemann waren durch ihre Ähnlichkeit als nahe Verwandte kenntlich – scharfe Gesichtskonturen, hohe Wangenknochen, seine Haare weiß, ihre ursprünglich tiefschwarzen Haare im Ergrauen begriffen, ihre beiden Augenpaare von dunklem Braun, das sich unter der Sonne zum Überleben am besten eignete. Am Boden zu ihren Füßen sprang ein kleines schwarzes Tier ab und zu gegen ein Netz und stieß gelegentlich einen schwachen, schrillen Schrei aus.
»Stavin schläft«, sagte Schlange. »Stört ihn nicht, doch geht zu ihm, für den Fall, daß er aufwacht.«
Die Ehefrau und der jüngere Ehemann erhoben sich und gingen in das Zelt, aber der ältere Mann blieb vor ihr stehen. »Kannst du ihm helfen?«
»Ich hoffe, daß wir es können. Der Tumor ist fortgeschritten, aber er scheint von fester Beschaffenheit zu sein.« Ihre Stimme klang wie aus der Ferne und ein wenig hohl, als lüge sie. »Dunst wird am Morgen bereit sein.« Sie verspürte noch immer das Bedürfnis, ihn irgendwie zu ermutigen, aber sie sah keine Möglichkeit.
»Meine Schwester wünscht mit dir zu sprechen«, sagte er und ließ die beiden allein, ohne sie einander vorzustellen, ohne sich selbst durch den Hinweis aufzuwerten, daß die hochgewachsene Frau das Oberhaupt dieser Stammesgruppe war. Schlange blickte sich um; die Zeltklappe fiel. Sie spürte ihre Erschöpfung stärker, und auf ihren Schultern war Dunst erstmals ein Gewicht, das sie als schwer empfand.
»Bist du wohlauf?« Schlange wandte den Kopf. Die Frau trat mit natürlicher Anmut auf sie zu; ihr hochschwangerer Zustand verursachte eine nur geringfügige Unbeholfenheit. Schlange mußte den Blick heben, um den ihren erwidern zu können. Sie besaß winzige feine Linien an den Au-

genwinkeln, als lache sie manchmal, wenn auch vielleicht nur insgeheim. Sie lächelte, war aber besorgt. »Du siehst sehr müde aus. Soll ich dir eine Bettstatt bereiten lassen?«

»Jetzt nicht«, antwortete Schlange. »Noch nicht. Ich werde erst danach schlafen.«

Das Stammesoberhaupt forschte in ihrem Gesicht, und Schlange empfand ein Gefühl der Verwandtschaft mit der Frau, das sich aus ihrer geteilten Verantwortung ergab. »Ich glaube, ich verstehe. Gibt es irgend etwas, das wir dir geben können? Benötigst du Unterstützung bei deinen Vorbereitungen?«

Schlange stellte fest, daß sie sich mit den Fragen auseinandersetzen mußte, als wären sie verwickelte Probleme. Sie wälzte die Fragestellungen in ihrem ermüdeten Verstand, untersuchte sie, zergliederte sie, und endlich begriff sie ihre Bedeutung. »Mein Pony braucht Futter und Wasser...«

»Dafür ist bereits gesorgt.«

»Und ich benötige jemanden, um mir mit Dunst zu helfen. Jemanden mit Kraft. Aber es ist noch wichtiger, daß es jemand ohne Furcht ist.«

Das Oberhaupt nickte. »Ich würde selber helfen«, sagte die Frau und lächelte wieder, aber nur schwach. »Seit kurzem jedoch bin ich ein bißchen plump. Ich werde jemanden suchen.«

»Danke.«

Wieder ernst, neigte die ältere Frau den Kopf und entfernte sich langsam zu einer Ansammlung von Zelten. Schlange sah ihr nach und bewunderte ihre Anmut. Sie fühlte sich im Vergleich mit ihr klein, jung und schmuddlig.

Sand begann sich von ihrem Handgelenk zu entwinden. Sie spürte das erwartungsvolle Gleiten seiner Schuppen auf ihrer Haut und fing ihn ab, ehe er auf den Boden fallen konnte. Sand erhob seine obere Körperhälfte aus ihrer Hand. Er züngelte und starrte hinab auf das kleine Tier, spürte dessen Körperwärme, roch die Furcht. »Ich weiß, Er ist hungrig«, sagte Schlange. »Aber Er kann dieses Geschöpf nicht bekommen.« Sie setzte Sand in die Schachtel und hob Dunst von ihrer Schulter; Dunst rollte sich in ihrer dunklen Behausung zusammen.

Das kleine Tier quietschte und versuchte sich erneut freizukämpfen, als Schlanges verwaschener Schatten über es hinwegglitt. Sie beugte sich darüber und nahm es an sich. Die rasche Folge entsetzter Quietscher verlangsamte sich und verstummte schließlich, während sie es streichelte. Zuletzt lag es still, atmete schwer und starrte aus gelben Augen ermattet zu ihr auf. Es besaß lange, dünne Hinterbeine und breite, spitze Ohren, und die Nase zuckte infolge des Schlangengeruchs. Sein weicher schwarzer Pelz war vom Seilwerk des Netzes in schräge Vierecke unterteilt. »Ich bin traurig darüber, dir das Leben nehmen zu müssen«, sagte Schlange zu ihm. »Aber dann wird es nicht länger Furcht geben, und ich werde dir keinen Schmerz bereiten.« Sanft schloß sie ihre Hand um das Tier und packte, indem sie es noch streichelte, das Rückgrat unterhalb der Schädelbasis. Sie zog einmal mit schnellem Ruck. Es schien einen Moment lang zu zappeln, aber es war bereits tot. Es zuckte nur; die Beine winkelten sich an den Körper, die Zehen krümmten sich und bebten. Selbst danach schien es noch zu ihr emporzustarren. Sie befreite den Körper aus dem Netz.

Aus ihrer Gürteltasche suchte Schlange ein kleines Fläschchen, zwang die verkrampften Kiefer des Tieres auseinander und träufelte einen Tropfen der im Fläschchen enthaltenen, trüben Zubereitung in das Maul. Eilig öffnete sie wieder die Schachtel und rief Dunst heraus. Sie kam langsam zum Vorschein, rutschte über den Rand, die Kapuze eingesunken, glitt hinab in den scharfkörnigen Sand. Im schwachen Licht glänzten ihre milchigen Schuppen. Sie roch das Tier, kroch hinzu, betastete es mit der Zunge. Für einen Moment befürchtete Schlange, sie würde totes Fleisch ablehnen, aber der Körper war noch warm, es regten sich darin noch Reflexe, und sie war sehr hungrig. »Ein Leckerbissen für Sie«, sagte Schlange, »um den Appetit anzuregen.« Dunst witterte, bäumte sich rückwärts und stieß zu, schlug ihre kurzen Fangzähne in den winzigen Körper, biß nochmals, entleerte ihren Giftvorrat. Sie ließ das Tier los, packte es auf günstigere Weise und begann es zwischen ihre Kiefer zu schlingen; es vermochte kaum ihren Rachen zu dehnen. Als Dunst reglos lag und die geringfügige Mahlzeit verdaute, setzte Schlange sich neben sie, hielt sie und wartete.

Sie vernahm Schritte im harschen Sand. »Man schickt mich, damit ich dir helfe.« Er war ein junger Mann, trotz der weißen Strähne in seinem dunklen Haar. Er war größer als Schlange und sah nicht schlecht aus. Seine Augen waren dunkel, und die kantigen Züge seines Gesichts wirkten noch härter dadurch, daß sein Haar nach hinten gekämmt und im Nacken befestigt war. Seine Miene war gleichmütig.

»Fürchtest du dich?«

»Ich werde tun, was du von mir verlangst.« Obwohl das Gewand seine Gestalt verbarg, zeugten seine langen, feingliedrigen Hände von Kraft.

»Dann halte ihren Leib fest und laß dich nicht von ihr überraschen.« Unter der Wirkung der Droge, die Schlange in den Körper des kleinen Tiers geträufelt hatte, begann Dunst zu zucken. Die Augen der Kobra stierten blicklos.

»Wenn sie beißt...?«

»Festhalten, schnell!« Der junge Mann griff zu, aber er hatte zu lange gezögert. Dunst wand sich, peitschte mit ihrem Leib den Boden, schlug ihm ihren Schwanz ins Gesicht. Er taumelte zurück, mindestens so überrascht wie schmerzhaft getroffen. Schlange hielt Dunst hinter den Kiefern in festem Griff und bemühte sich, auch den Rest ihres Körpers zu bändigen. Dunst war keine Würgerin, aber geschmeidig, kraftvoll und geschwind. Indem sie tobte, fauchte sie ihren Atem in ausgedehntem Zischen heraus. Sie hätte alles innerhalb ihrer Reichweite gebissen. Während Schlange mit ihr rang, gelang es ihr, auf die Giftdrüsen zu drücken und ihnen die letzten Tropfen von Gift auszupressen. Einen Augenblick lang hingen sie an den Fangzähnen und glitzerten im Licht wie Edelsteine; dann schleuderten die gewaltigen Zuckungen der Schlange sie in die Dunkelheit davon. Schlange redete sanft auf die Kobra ein, während sie mit ihr kämpfte, durch den Sand im Vorteil, auf dem Dunst keinen festen Halt finden konnte. Schlange spürte, wie hinter ihr der junge Mann Leib und Schwanz der Kobra zu umklammern versuchte. Urplötzlich war der Anfall vorüber, und Dunst hing schlaff in ihren Händen.
»Vergib mir...«
»Halt sie fest«, sagte Schlange. »Die ganze Nacht liegt noch vor uns.«
Während des zweiten Anfalls, den Dunst erlitt, behielt der junge Mann sie in sicherem Zugriff und war eine echte Hilfe. Erst danach beantwortete Schlange seine unterbrochene Frage. »Hätte sie ihren Giftvorrat aufgefrischt und würde dich beißen, müßtest du wahrscheinlich sterben. Selbst jetzt würdest du an ihrem Biß erkranken. Doch falls du nicht eine Dummheit begehst, wird sie, falls es ihr überhaupt gelingt, mich beißen.«
»Du würdest meinem Vetter wenig nutzen, wenn du tot wärst oder im Sterben lägest.«
»Du mißverstehst mich. Dunst kann mich nicht töten.« Sie hielt ihre Hand empor, damit er die weißen Narben von Kratzern und Bissen sehen konnte. Er starrte sie an, dann sah er Schlange für einen langen Moment in die Augen; schließlich wandte er den Blick ab.
Der helle Fleck in den Wolken, der das Licht verbreitete, strebte am Himmel westwärts; sie hielten die Kobra wie ein Kind. Schlange nickte halb ein, aber Dunst regte ihren Kopf, als sie einen matten Versuch unternahm, sich dem Gewahrsam zu entwinden, und Schlange schrak heftig auf. »Ich darf nicht schlafen«, sagte sie zu dem jungen Mann. »Rede mit mir. Wie nennt man dich?«
Der junge Mann zögerte, so wie es Stavin getan hatte. Er schien sich vor ihr zu fürchten oder etwas ähnliches. »Mein Volk betrachtet es als unklug«, sagte er, »unsere Namen fremden Ohren anzuvertrauen.«
»Wenn ihr mich für eine Hexe haltet, hättet ihr mich nicht um Hilfe ersu-

chen sollen. Ich verstehe mich nicht auf Zauberei und erhebe auch keinen Anspruch auf das Verständnis ihrer Künste. Ich kann nicht alle Sitten aller Völker dieser Erde lernen, also bleibe ich bei meinen eigenen Gewohnheiten. Und es ist meine Gewohnheit, jene beim Namen zu nennen, mit denen ich zusammenarbeite.«

»Es ist kein Aberglaube«, sagte er. »Es verhält sich nicht so, wie du vielleicht denkst. Wir fürchten nicht, verhext zu werden.« Schlange wartete, beobachtete ihn und versuchte im Zwielicht seine Miene zu deuten. »Unsere Familien kennen unsere Namen, und wir tauschen das Wissen um unsere Namen mit jenen aus, die wir heiraten möchten.«

Schlange dachte über diese Sitte nach und fand, daß sie damit schlecht zurechtkäme. »Mit niemand anderem? Niemals?«

»Nun... ein Freund könnte einen Namen erfahren.«

»Aha«, sagte Schlange. »Ich verstehe. Ich gelte noch als Fremde, vielleicht als Feind.«

»Ein *Freund* könnte meinen Namen wissen«, wiederholte der junge Mann. »Ich möchte dich nicht kränken, aber nun mißverstehst du mich. Ein Bekannter ist kein Freund. Wir schätzen Freundschaft hoch.«

»In diesem Land sollte man rasch entscheiden können, ob eine Person es verdient, ›Freund‹ genannt zu werden.«

»Wir schließen selten Freundschaften. Freundschaft ist eine Verpflichtung.«

»Das klingt, als sei sie etwas, wovor man sich fürchten müßte.«

Er dachte darüber nach. »Vielleicht ist es der Verrat an der Freundschaft, den wir fürchten. Er ist eine sehr schmerzliche Sache.«

»Hat dich schon einmal irgend jemand verraten?«

Er warf ihr einen scharfen Blick zu, als habe sie die Grenzen des Zumutbaren überschritten. »Nein«, antwortete er, und seine Stimme war so hart wie sein Gesicht. »Kein Freund. Ich kenne niemanden, den ich einen Freund nenne.«

Sein Verhalten erschreckte Schlange. »Das ist sehr traurig«, sagte sie und schwieg für eine Weile; sie versuchte die Einflüsse zu erkennen, die Menschen in solchem Maße verschlossen machen konnten, suchte ihre Einsamkeit aus Notwendigkeit und die selbstgewählte Einsamkeit dieser Menschen zu ermessen. »Nenne mich Schlange«, sagte sie endlich, »falls du dich dazu bringen kannst, es auszusprechen. Das Aussprechen meines Namens verpflichtet zu nichts.«

Der junge Mann wollte anscheinend etwas darauf erwidern; vielleicht in der Annahme, sie erneut gekränkt zu haben, vielleicht etwas zur nochmaligen Verteidigung seiner Bräuche. Aber Dunst begann unter ihren Händen zu zucken, und sie mußten sie gewaltsam daran hindern, sich selbst zu verletzen. Die Kobra war für ihre Länge dünn, aber kräftig, und die Konvulsionen, die sie heimsuchten, waren schwerer als alle, die je zuvor auftraten; sie wand sich in Schlanges Umklammerung und riß sich beinahe los. Sie wollte ihre Kapuze aufblähen, aber Schlange hielt sie zu fest. Sie öffnete das Maul und zischte, aber von ihren Fangzähnen troff kein Gift. Sie wickelte ihren Schwanz um die Hüften des jungen Mannes. Er begann an ihr zu zerren und zu drehen, um sich aus ihren Windungen zu befreien. »Sie ist keine Würgerin«, sagte Schlange. »Sie kann dich nicht zerdrücken, laß sie...«

Aber es war zu spät; plötzlich entspannte sich Dunst, und der junge Mann verlor das Gleichgewicht. Dunst schnellte sich ab und peitschte Streifen in den Sand. Schlange rang allein mit ihr, während der junge Mann sie wieder zu ergreifen versuchte, aber sie ringelte sich um Schlange und fand an ihr Halt. Schlange warf sich mit ihr rücklings auf den Sandboden; Dunst erhob sich über sie, das Maul aufgerissen, zornig zischend. Der junge Mann sprang hinzu und packte sie dicht unterhalb der Kapuze. Dunst stieß nach ihm, aber irgendwie vermochte Schlange sie zurückzuhalten. Gemeinsam beraubten sie Dunst ihres Halts und bekamen sie wieder in ihre Gewalt. Schlange raffte sich auf, doch plötzlich lag Dunst ganz ruhig zwischen ihnen, beinahe steif. Sie schwitzten beide; der junge Mann war unter seiner Hautbräune bleich geworden, und sogar Schlange bebte.

»Wir können uns nun für ein Weilchen ausruhen«, sagte Schlange. Sie sah ihn an und bemerkte auf seiner Wange den dunklen Striemen, der von jenem Hieb, den Dunst ihm mit dem Schwanz versetzt hatte, zurückgeblieben war. Sie hob einen Arm und berührte ihn. »Das gibt eine Schwellung, mehr nicht«, sagte sie. »Es wird keine Narbe bleiben.«

»Wenn es wahr wäre, daß Schlangen mit ihren Schwänzen stechen, so würdest du sowohl die Zähne wie auch den Stachel im Zaume halten, und ich wäre kaum von Nutzen.«

»Heute nacht benötige ich auf jeden Fall jemanden, um mich wachzuhalten, ganz gleichgültig, ob derjenige mir im Umgang mit Dunst eine Hilfe ist.« Der Kampf mit der Kobra hatte Adrenalin erzeugt, doch dessen Wirkung verfloß; Erschöpfung und Hunger kehrten zurück, stärker als vorher.

»Schlange...«

»Ja?«

Er lächelte hastig und halb verlegen. »Ich wollte nur hören, wie es klingt.«

»Es klang schon ganz gut.«

»Wie lange hast du gebraucht, um die Wüste zu durchqueren?«

»Nicht besonders lange. Zu lange. Sechs Tage.«

»Wie hast du es geschafft?«
»Es gibt dort Wasser. Wir sind bei Nacht geritten, außer gestern, denn gestern konnte ich keinen Schatten finden.«
»Hast du die gesamte Verpflegung mitgetragen?«
Sie hob die Schultern. »Ein bißchen.« Und sie wünschte, er möge nicht von Nahrung reden.
»Was ist auf der anderen Seite?«
»Noch mehr Sand, noch mehr Sträucher, noch etwas mehr Wasser. Ein paar Stämme, Händler, die Niederlassung, wo ich aufgewachsen bin und meine Ausbildung bekam. Und noch weiter dahinter ein Berg mit einer Stadt im Innern.«
»Ich möchte gern eine Stadt sehen. Irgendwann.«
»Die Wüste läßt sich durchqueren.«
Darauf entgegnete er nichts, doch Schlanges Erinnerungen an ihren Abschied von daheim waren noch deutlich genug, daß sie sich seine Gedankengänge vorzustellen vermochte.
Der nächste Anfall mit seinen Zuckungen kam viel früher, als Schlange ihn erwartet hatte. An ihrer Schwere konnte sie in gewissem Umfang das Stadium von Stavins Erkrankung ablesen, und sie wünschte, es wäre bereits Morgen. Falls er starb, ließ es sich nicht rückgängig machen, und sie würde sich grämen müssen und zu vergessen versuchen. Die Kobra hätte sich im Sand zu Tode geschmissen, wäre sie nicht von Schlange und dem jungen Mann festgehalten worden. Plötzlich erstarrte sie und war stocksteif, ihr Maul war krampfhaft geschlossen, die gespaltene Zunge baumelte heraus. Sie hörte zu atmen auf. »Nimm sie«, sagte Schlange, »am Kopf. Schnell, greif zu, und sollte sie sich losreißen, dann lauf. Greif zu! Sie wird jetzt nicht zustoßen, sie könnte dir nur zufällig einen Kratzer beibringen.«
Er zögerte nur für einen Moment, dann griff er zu und packte Dunst hinter dem Kopf. Schlange lief, wobei sie fortwährend im tiefen Sand ausrutschte, vom Rand des Zeltplatzes zu einer Stelle, wo noch Sträucher standen. Sie brach drei dornige Zweige ab, die ihre zernarbten Hände aufrissen. Beiläufig bemerkte sie, daß unter dem Büschel dürrer Vegetation ein Klumpen von Hornvipern nistete, so scheußlich, daß sie mißgestaltet wirkten; sie zischten sie an. Sie achtete nicht darauf. Sie fand einen dünnen, hohen Stengel und nahm ihn mit. Ihre Hände bluteten aus tiefen Kratzern.
Neben dem Kopf der Kobra kniete sie nieder, zwang ihre Kiefer auseinander und schob das Röhrchen tief in den Rachen, bis in die Luftröhre am Ansatz der Zunge. Sie beugte sich hinab, legte den Mund um den Stengel und blies behutsam in die Lungen. Sie nahm wahr: die Hände des Man-

nes, der Dunst überwachte, wie sie es verlangt hatte; seinen Atem, zuerst ein scharfes Keuchen der Verblüffung, dann unregelmäßiges Schnaufen; der Sand, der ihre Ellbogen aufschürfte, während sie sich aufstützte; den ekelerregenden Geruch der Flüssigkeit, die aus den Fangzähnen der Kobra sickerte; ihre eigene Benommenheit, die – wie sie annahm – von ihrer Erschöpfung herrührte, die sie durch Einsicht in die Notwendigkeit und Willenskraft verdrängte. Schlange atmete, atmete nochmals, verharrte, dann wiederholte sie den Vorgang, bis Dunst den Rhythmus übernahm und ohne Unterstützung weiteratmete.

Schlange kauerte sich zurück auf die Fersen. »Ich glaube, sie schafft es«, sagte sie. »Ich hoffe, daß sie es durchsteht.« Sie strich sich mit dem Handrücken über die Stirn. Die Berührung erzeugte Schmerz; ihre Hand zuckte herab, Schmerz durchlief ihre Knochen, den Arm hinauf, in die Schulter, durch den Brustkorb, umkrallte ihr Herz. Ihr Gleichgewicht schwand. Sie fiel, versuchte sich aufzufangen, bewegte sich jedoch zu langsam, sie wehrte sich gegen Übelkeit und Schwindel und errang fast die Oberhand, doch da löste die Anziehungskraft der Erde sich plötzlich in Pein auf, und sie war in Finsternis verloren, fern von jedem Halt. Sie spürte Sand, wo er ihre Wange und ihre Handflächen kratzte, aber er war weich.

»Schlange, kann ich loslassen?« Sie dachte, die Frage müsse an jemand anders gerichtet sein, obwohl sie zugleich wußte, daß hier kein anderer war, um sie zu beantworten, niemand, der auf ihren Namen hörte. Sie fühlte die Berührung von Händen, und sie waren behutsam; sie wollte darauf reagieren, aber sie war zu müde. Den Schlaf benötigte sie mehr, und deshalb schob sie sie fort. Aber sie stützten ihren Kopf und setzten trockenes Leder an ihre Lippen, flößten ihr Wasser in die Kehle. Sie hustete und würgte und spie es aus. Sie erhob sich auf einen Ellbogen. Als ihr Blickfeld sich klärte, bemerkte sie, daß sie zitterte. Ihr war zumute wie nach ihrem ersten Schlangenbiß, bevor ihre Immunität sich völlig entwickelt hatte. Ihr Helfer kniete über ihr, in der Hand seine Feldflasche. Hinter ihm kroch Dunst davon in die Dunkelheit. Schlange vergaß das Pochen des Schmerzes. »Dunst!«

Der junge Mann schrak auf und fuhr entsetzt herum; die Schlange bäumte sich empor, fast so hoch, wie das Mädchen groß war, wenn es aufrecht stand, ihre Kapuze blähte sich, sie schaukelte, beobachtete voller Grimm, bereit zum Biß. Sie bildete einen ruhelosen weißen Strich gegen das Schwarz. Schlange zwang sich zum Aufstehen, wobei sie sich fühlte, als versuche sie sich mit der Beherrschung eines wildfremden Körpers. Beinahe stürzte sie erneut, konnte jedoch das Gleichgewicht bewahren. »Sie darf jetzt nicht zur Jagd ausgehen«, sagte sie. »Hier gibt es für Sie

Arbeit.« Schlange streckte die Hand zur Seite aus, als Köder, falls Dunst zubiß. In der Hand wütete dumpfer Schmerz. Schlange fürchtete keinen Biß, sondern den Verlust des Inhalts der Giftsäcke. »Komme Sie her«, sagte sie zu Dunst. »Komme Sie her und fasse Sie sich.« Sie bemerkte, daß Blut durch ihre Finger sickerte und empfand die Furcht um Stavin mit erhöhter Stärke. »Hat Sie mich gebissen, Kreatur?« Aber es war nicht der entsprechende Schmerz; Gift hätte sie gelähmt, und das neue Serum würde nur brennen...

»Nein«, flüsterte hinter ihr der junge Mann.

Dunst stieß zu. Die Reflexe einer langen Ausbildung griffen ein; Schlanges Rechte ruckte weg, ihre Linke packte Dunst, als sie den Kopf zurückzog. Die Kobra wand sich für einen Moment und erschlaffte dann. »Sie altes Vieh«, sagte Schlange. »Schande über Sie.« Während sie sich umdrehte, gestattete sie Dunst, ihren Arm hinauf und auf ihre Schulter zu kriechen, wo sie sich wie der Umriß eines unsichtbaren Umhangs anschmiegte und den Schwanz wie den Zipfel einer Schleppe schleifen ließ. »Sie hat mich nicht gebissen?«

»Nein«, bekräftigte der Mann. Seine beherrschte Stimme konnte die Ehrfurcht nicht ganz verhehlen. »Du müßtest im Sterben liegen. Du müßtest dich vor Schmerzen krümmen, dein Arm müßte blaurot angeschwollen sein. Als du zurückgekommen bist...« Er wies auf ihre Hand. »Es muß eine Sandnatter gewesen sein.«

Schlange erinnerte sich an das Reptiliennest unter den Zweigen und berührte das Blut an ihrer Hand. Sie wischte es ab und entdeckte zwischen den von Dornen verursachten Kratzern die Wunde eines Schlangenbisses. Die Wunde war leicht geschwollen. »Ich muß den Biß säubern«, sagte sie. »Ich schäme mich, weil ich mich habe erwischen lassen.« Der Schmerz drang in schwachen Wellen in ihren Arm, toste nicht länger. Sie stand auf und blickte den jungen Mann an, schaute rundum, sah die Landschaft wanken und schwanken, während ihre müden Augen das kärgliche Licht des sinkenden Mondes und einer unechten Dämmerung zu durchdringen versuchten. »Du hast Dunst gut und mit Tapferkeit beaufsichtigt«, sagte sie zu dem jungen Mann. »Ich danke dir.«

Er senkte den Blick, neigte beinahe das Haupt vor ihr. Er richtete sich auf und trat näher. Sanft legte Schlange ihre Hand auf den Hals der Kobra, damit sie sich nicht wieder erregen möge. »Ich würde mich geehrt fühlen«, sagte der junge Mann, »wenn du mich Arevin nennst.«

»Das werde ich mit Freude tun.« Schlange kniete nieder und stützte die Windungen des Leibes, als Dunst langsam in ihr Fach im Innern der Lederschachtel kroch. In kurzer Zeit, sobald sich Dunst erholt hatte, wenn der Morgen dämmerte, konnten sie Stavin aufsuchen. Die weiße

Schwanzspitze der Kobra verschwand im Behältnis. Schlange schloß es und wollte sich aufrichten, aber sie vermochte nicht zu stehen. Sie hatte die Wirkung des Giftes noch nicht völlig überwunden. Das Fleisch rund um die Bißwunde war rot und weich, aber der Bluterguß würde sich nicht ausweiten. Sie verblieb in ihrer zusammengesunkenen Stellung, starrte ihre Hand an und näherte sich in Gedanken langsam dem, das sie tun mußte; diesmal für sich selbst.

»Laß mich dir helfen. Bitte.« Er nahm sie bei der Schulter und half ihr beim Erheben.

»Es tut mir leid«, sagte sie. »Ich brauche so dringend Erholung...«

»Erlaube mir, deine Hand zu waschen«, sagte Arevin. »Und dann kannst du schlafen. Sage mir, wann ich dich wecken...«

»Nein. Ich kann noch nicht schlafen.« Sie zerrte das Netzwerk ihrer Nerven zurecht, riß sich zusammen, straffte sich, warf die feuchten Locken ihres kurzen Haars aus der Stirn. »Es geht mir jetzt besser. Hast du Wasser?« Arevin öffnete sein Gewand. Darunter trug er ein Lendentuch und einen Ledergürtel mit mehreren Flaschen und Beuteln daran. Die Hautfarbe seines Körpers war etwas heller als die dunkle Sonnenbräune seines Gesichts. Er löste seine Feldflasche vom Gürtel, schloß das Gewand wieder um seine sehnige Gestalt und wollte Schlanges Hand nehmen. »Nein, Arevin. Falls Gift in einen winzigen Kratzer gerät, den du haben könntest, würdest du es bitter bereuen.«

Sie setzte sich nieder und schüttete lauwarmes Wasser über ihre Hand. Das Wasser tropfte rosa verfärbt auf den Untergrund und versickerte, hinterließ nicht einmal einen feuchten Fleck. Die Verletzung blutete noch ein wenig mehr, aber danach schmerzte sie bloß noch. Das Gift war fast unwirksam geworden. »Ich begreife nicht, wie es möglich ist, daß du unversehrt bleibst«, sagte Arevin. »Meine jüngere Schwester ist von einer Sandnatter gebissen worden.« Er konnte nicht so gleichmütig sprechen, wie er es vielleicht beabsichtigte. »Wir vermochten nichts zu tun, um sie zu retten – nicht einmal etwas, um ihren Schmerz zu lindern.«

Schlange gab ihm seine Feldflasche zurück, entnahm ihrer Gürteltasche ein Fläschchen und schmierte daraus Salbe auf die Einstiche, die sich nun schlossen. »Das ist Bestandteil unserer Grundausbildung«, antwortete sie. »Wir arbeiten mit vielen Arten von Schlangen, also müssen wir gegen so viele wie möglich immun sein.« Sie zuckte mit den Achseln. »Das Verfahren ist langwierig und etwas schmerzhaft.« Sie ballte die Hand zur Faust; die Salbenschicht hielt. Sie war beruhigt. Indem sie sich hinüber zu Arevin beugte, befühlte sie nochmals seine mißhandelte Wange. »Ja...« Sie verstrich darauf eine dünne Schicht der Salbe. »Das wird die Heilung fördern.«

»Wenn du nicht schlafen darfst«, meinte Arevin, »kannst du dich wenigstens ausruhen?«
»Ja«, entgegnete sie. »Für ein Weilchen.«
Schlange setzte sich neben Arevin und lehnte sich an ihn, und sie sahen zu, wie die Sonne die Wolken in Gold, Bernstein und Feuer verwandelte. Die bloße körperliche Nähe eines anderen Menschen bereitete Schlange Wohlbehagen, doch sie empfand es als unbefriedigend. Zu anderer Zeit und an einem anderen Ort hätte sie mehr unternommen, aber nicht hier, nicht jetzt.
Als der untere Rand des hellen Flecks, in dessen Gestalt die Sonne erschien, sich über den Horizont erhob, stand Schlange auf und lockte Dunst aus der Schachtel. Sie kroch langsam heraus, noch satt; sie erklomm Schlanges Schultern. Schlange nahm die Schachtel, und sie und Arevin schritten gemeinsam zurück zu der kleinen Ansammlung von Zelten.

Stavins Eltern warteten unmittelbar vor dem Eingang ihres Zeltes und schauten ihr entgegen. Sie standen in enger Traube schweigsam beisammen, wie zur Abwehr.
Im ersten Moment glaubte Schlange, sie hätten beschlossen, sie fortzuschicken. Dann frage sie – mit Kummer und Furcht wie heißes Eisen in ihrem Mund –, ob Stavin gestorben sei. Sie schüttelten die Köpfe und ließen sie eintreten.
Stavin lag noch so, wie sie ihn verlassen hatte, und schlief. Die Erwachsenen folgten ihr mit unverwandten Blicken, und sie konnte Furcht riechen. Dunst züngelte; die Möglichkeit von Gefahr versetzte sie in Unruhe. »Ich wußte, ihr würdet bleiben«, sagte Schlange. »Ich weiß auch, daß ihr mir helfen würdet, aber es kann niemand etwas tun außer mir. Bitte geht wieder hinaus.«
Sie sahen einander an und dann Arevin, und einen Moment lang glaubte sie, daß es zu einer Weigerung käme. Am liebsten wäre Schlange in Schweigen versunken und eingeschlafen. »Kommt, Anverwandte«, sagte Arevin. »Wir sind in ihrer Hand.« Er schlug die Zeltklappe zur Seite und winkte sie hinaus. Schlange dankte ihm nur durch einen Blick, und fast schien es, als neige er zu einem Lächeln.
Sie wandte sich Stavin zu und kniete sich neben ihn. »Stavin...« Sie berührte seine Stirn; sie war sehr heiß. Ihre Hand, so bemerkte sie, war weniger sicher als noch vorhin. Die leichte Berührung weckte das Kind. »Es ist soweit«, sagte Schlange.
Stavin blinzelte, löste sich aus einem kindlichen Traum, sah sie, erkannte sie langsam. Er wirkte nicht furchtsam. Schlange war froh; aus einem an-

deren Anlaß jedoch, den sie nicht begriff, empfand sie Unbehagen. »Tut es weh?«

»Hast du gegenwärtig Schmerzen?«

Er zögerte, blickte weg, sah sie wieder an. »Ja.«

»Vielleicht schmerzt es noch ein bißchen mehr. Ich hoffe, es kommt nicht so. Bist du bereit?«

»Kann Gras bei mir bleiben?«

»Natürlich«, sagte sie. Und erkannte, was nicht stimmte. »Ich bin gleich wieder hier.« Ihre Stimme veränderte sich so auffällig, klang plötzlich so gepreßt, daß das Kind sich unvermeidlich ängstigte. Sie verließ das Zelt, ging langsam, ruhig, bot alle Selbstbeherrschung auf. Die Eltern, die draußen standen, bezeugten diesmal ihre Furcht sogar mit den Mienen.

»Wo ist Gras?« Arevin, der ihr den Rücken zukehrte, fuhr beim Tonfall ihrer Stimme herum. Der jüngere Ehemann stieß einen leisen Klagelaut aus und vermochte sie nicht länger anzusehen.

»Wir hatten Furcht«, sagte der ältere Ehemann. »Wir dachten, das Tier wollte das Kind beißen.«

»Ich dachte es. Ich habe es getan. Die Schlange kroch über sein Gesicht, ich konnte ihre Zähne sehen...« Die Frau legte ihre Hände auf die Schultern ihres jüngeren Gatten, und er sprach nicht weiter.

»Wo ist er?« Sie wollte schreien; sie tat es nicht.

Sie brachten ihr eine kleine offene Kiste. Schlange nahm sie und blickte hinein. Gras lag darin, nahezu zertrennt, die Eingeweide waren aus dem Leib gequollen; er lag halb auf dem Rücken, und während sie zitterte und in die Kiste starrte, wand er sich einmal und ließ die Zunge einmal hinaus- und hineingleiten. Schlange gab einen Laut von sich, der zu tief in ihrer Kehle entstand, um ein Schluchzen werden zu können. Sie hoffte, daß es sich nur um Reflexe handelte, aber sie hob ihn so behutsam auf wie möglich. Sie senkte den Kopf und schloß ihre Lippen um die glatten grünen Schuppen hinter seinem Kopf. An der Schädelbasis biß sie einmal schnell und fest zu. Sein Blut rann kühl und salzig in ihren Mund. Falls er nicht tot gewesen war, hatte sie ihn augenblicklich getötet.

Sie sah die Eltern und Arevin an; sie alle waren blaß, aber ihre Furcht fand nicht Schlanges Mitgefühl, und sie machte sich nichts aus Anteilnahme am Kummer. »Ein so kleines Geschöpf«, sagte sie. »Ein so kleines Geschöpf, das nur Freude und Träume schenken konnte.« Ihr Blick ruhte noch einen Moment lang auf ihnen, dann wandte sie sich wieder dem Zelt zu.

»Warte...« Sie hörte den älteren Gatten dichtauf folgen. Er faßte sie an der Schulter; sie streifte seine Hand ab. »Wir geben dir alles, was du willst«, sagte er, »aber laß das Kind in Ruhe.«

Wutentbrannt wirbelte sie herum. »Soll ich Stavin wegen eurer Dummheit sterben lassen?« Er erweckte den Eindruck, als wolle er sie zu hindern versuchen. Sie rammte ihm ihre Schulter wuchtig in die Magengrube und sprang durch die Zeltklappe. Drinnen kippte sie mit einem Tritt die Schachtel um. Sand kroch heraus, roh geweckt und erbost, und rollte sich zusammen. Als der jüngere Ehemann und die Frau sich Zutritt verschaffen wollten, zischte Sand und betätigte seine Klapper mit einer Heftigkeit, wie Schlange sie nie zuvor erlebt hatte. Sie drehte sich nicht um. Sie zog den Kopf ein und wischte sich mit dem Ärmel die Tränen ab, ehe Stavin sie sehen konnte. Neben ihm kniete sie nieder.
»Was ist los?« Es ließ sich nicht vermeiden, daß er die Stimmen und das Laufen vor dem Zelt hörte.
»Nichts, Stavin«, sagte Schlange. »Wußtest du, daß wir durch die Wüste gekommen sind?«
»Nein«, erwiderte er voller Staunen.
»Es war sehr heiß, und wir hatten überhaupt nichts zu essen. Gras ist auf Jagd gegangen. Er hatte solchen Hunger. Verzeihst du ihm und läßt mich nun anfangen? Ich bleibe die ganze Zeit bei dir.«
Er wirkte sehr müde; er war enttäuscht, aber ihm fehlte die Kraft, um zu widersprechen. »Gut.« Seine Stimme wisperte wie Sand, der durch Finger rieselt.
Schlange hob Dunst von ihren Schultern und zog die Decke von Stavins schmächtigem Körper. Der Tumor drückte nach oben gegen den Brustkorb, verzerrte die Regelmäßigkeit der Gestalt, preßte die Verdauungsorgane zusammen, entzog dem Körper Lebenskraft für das eigene Wachstum. Indem sie Dunst am Kopf festhielt, ließ Schlange sie über ihn gleiten, ihn betasten, ihn schmecken. Sie mußte die Kobra in nachdrücklichem Griff behalten, um sie am Beißen zu hindern; die Aufregung hatte sie aufgebracht. Als Sand klapperte, zuckte sie. Schlange sprach mit sanfter Stimme auf sie ein, beruhigte sie; angelernte und angezüchtete Reaktionen begannen sich durchzusetzen, überwanden die natürlichen Instinkte. Dunst verharrte, während ihre Zunge über die Haut oberhalb des Tumors leckte, und Schlange entließ sie aus der Umklammerung. Die Kobra richtete sich auf und biß zu, genau wie Kobras es eben tun; sie grub ihre kurzen Zähne einmal hinein, ließ ab, biß nochmals und fester, blieb festgebissen und kaute an ihrer Beute. Stavin schrie auf, aber er stemmte sich nicht gegen Schlanges Hände, die ihn niederdrückten. Dunst ergoß den Inhalt ihrer Giftsäcke in den Leib des Kindes und löste sich von ihm. Sie reckte sich empor, spähte rundum, ließ ihre Kapuze einsinken und glitt mit gänzlich gerade ausgestrecktem Körper über die Matten davon in ihr dunkles, enges Fach in der Lederschachtel.

»Es ist schon alles vorbei, Stavin.«
»Muß ich jetzt sterben?«
»Nein«, sagte Schlange. »Jetzt nicht. Noch lange nicht, hoffe ich.« Sie holte ein Fläschchen mit Pulver aus ihrer Gürteltasche. »Mach den Mund auf.« Er gehorchte, und sie schüttelte etwas von dem Pulver auf seine Zunge. »Das ist gegen den Schmerz.« Ohne das Blut abzuwischen, legte sie über die Reihe von Bißwunden, die nicht tief waren, ein Schutzpolster aus Stoff. Dann wandte sie sich ab.
»Schlange? Gehst du fort?«
»Ich gehe nicht, ohne dir Lebwohl zu sagen. Das verspreche ich dir.«
Das Kind sank zurück und schloß die Augen, ließ sich von der Droge überwältigen.
Sand krümmte sich lautlos auf den Matten. Schlange rief ihn. Er näherte sich und mußte es hinnehmen, daß sie auch ihn wieder in die Schachtel steckte. Schlange schloß die Schachtel und hob sie an; sie schien noch immer leer zu sein. Sie vernahm Lärm vor dem Zelt. Stavins Eltern und andere Leute, die gekommen waren, um ihnen beizustehen, schlugen die Zeltklappe beiseite und spähten herein, fuchtelten mit Stöcken, bevor sie überhaupt hinsahen. Schlange stellte das Lederbehältnis ab. »Wir sind fertig.«
Sie traten ein. Arevin befand sich ebenfalls dabei; allerdings mit leeren Händen. »Schlange...« Seine Stimme drückte Kummer, Bedauern und zugleich Verwirrung aus, und Schlange konnte nicht feststellen, was er dachte. Er blickte sich um. Stavins Mutter stand dicht hinter ihm. Er nahm sie bei der Schulter. »Er wäre ohne sie gestorben. Was nunmehr auch geschehen sein mag, er wäre ohne sie gestorben.«
Die Frau schüttelte seine Hand ab. »Vielleicht hätte er überlebt. Vielleicht wäre es weggegangen. Wir...« Sie konnte nicht weiterreden, weil sie Tränen unterdrücken mußte.
Schlange nahm die Bewegung der Menschen wahr, als sie sie umstellten. Arevin tat einen Schritt auf sie zu, dann blieb er stehen, und sie sah ihm an, daß er wünschte, sie möge sich selbst rechtfertigen. »Kann irgend jemand von euch weinen?« fragte sie. »Kann jemand unter euch um meinetwillen und meiner Verzweiflung willen weinen... oder um sie und ihre Schuld... oder um kleine Geschöpfe und ihren Schmerz?« Sie fühlte Tränen über ihre Wangen rinnen. Aber sie verstanden sie nicht; ihr Weinen ärgerte sie lediglich. Sie wichen zurück, noch immer voller Furcht vor ihr, doch sie faßten sich allmählich. Schlange bedurfte nicht länger der ruhigen Haltung, die vonnöten gewesen war, um das Kinnd zum Mitmachen zu veranlassen. »Ach, ihr Narren.« Ihre Stimme klang brüchig. »Stavin...«

Vom Eingang fiel Licht herein. »Laßt mich durch.« Die Leute vor Schlange rückten beiseite, um ihr Oberhaupt vortreten zu lassen. Die Frau verharrte vor Schlange, ohne die Schachtel zu beachten, die sie fast mit dem Fuß berührte. »Wird Stavin leben?« Ihre Stimme war ruhig, leise, sanft.

»Ich kann es nicht mit Gewißheit sagen«, antwortete Schlange, »aber ich habe das Gefühl, daß er es schafft.«

»Geht hinaus.« Die Umstehenden verstanden Schlanges Auskunft, ehe die Anweisung ihres Oberhauptes erscholl; sie blickten sich untereinander an, senkten ihre Waffen und verließen schließlich das Zelt, einer nach dem anderen. Arevin blieb. Schlange spürte, wie die Kräfte, die aus dem Bewußtsein der Gefahr erwachsen waren, von ihr wichen. Ihre Knie knickten ein. Sie lehnte sich, das Gesicht in den Händen, über die Schachtel. Die ältere Frau kniete vor ihr nieder, bevor Schlange es bemerken oder verhindern konnte. »Danke«, sagte sie. »Danke. Es stimmt mich so traurig...« Sie legte ihre Arme um Schlange und drückte sie an sich; Arevin kniete sich ebenfalls hin, und auch er umarmte Schlange. Erneut begann Schlange zu zittern, und sie hielten sie in ihrer Umarmung, während sie weinte.

Dennoch schlief sie, im Zelt mit Stavin allein und in völliger Erschöpfung; im Schlaf hielt sie seine Hand. Man hatte ihr Essen gebracht, kleine Tiere für Sand und Dunst, Vorräte für ihre Weiterreise und sogar genug Wasser für ein Bad, obwohl letzteres ihren Wasserbestand sehr beanspruchen mußte. Doch um so etwas machte sich Schlange nicht länger Gedanken. Nach dem Aufwachen befühlte sie den Tumor und stellte fest, daß er zu schrumpfen und sich zu zersetzen begonnen hatte; durch das modifizierte Gift der Kobra starb er ab. Schlanges Freude blieb gering. Sie strich Stavins helles Haar aus seiner Stirn. »Ich möchte dich nicht nochmals belügen, mein Kleiner«, sagte sie. »Ich muß bald fort. Hier kann ich nicht bleiben.« Sie hätte sich gerne noch drei Tage lang ausgeschlafen, um den Kampf gegen die Folgen des Schlangengiftes in Ruhe zu beenden, aber sie wollte lieber woanders schlafen. »Stavin?«

Er erwachte langsam und nur halb. »Es tut nicht länger weh«, sagte er.

»Da bin ich aber froh.«

»Ich danke dir...«

»Lebwohl, Stavin. Wirst du dich später daran erinnern, daß du aufgewacht bist und gesehen hast, daß ich geblieben bin, um mich von dir zu verabschieden?«

»Lebwohl«, sagte er und begann wieder zu dösen. »Lebwohl, Schlange. Lebwohl, Gras.« Er schloß seine Augen, und Schlange nahm ihre Schachtel und verließ das Zelt. Die Dämmerung erzeugte lange, ungewisse Schatten; das Zeltlager war still. Sie fand ihr getigertes Pony angekoppelt vor, versorgt mit Futter und Wasser. Neben dem Sattel lagen am Boden prall gefüllte Wasserschläuche. Das Tigerpony wieherte, als sie sich näherte. Sie kraulte es hinter den gestreiften Ohren, sattelte es und schnallte die Schachtel auf seinen Rücken. Am Zügel führte sie es nach Westen, in die Richtung, woher sie kam.

»Schlange...«

Sie atmete tief ein und sah sich nach Arevin um. Er stand mit dem Gesicht zur Sonne, und ihr Schein machte es rotwangig, sein Gewand scharlachrot. Sein gesträhntes Haar wehte locker auf seine Schultern, so daß sein Gesicht weicher wirkte. »Du willst nicht bleiben?«

»Ich kann nicht.«

»Ich hatte gehofft...«

»Stünden die Dinge anders, wäre ich vielleicht geblieben.«

»Sie waren voller Furcht. Kannst du ihnen nicht verzeihen?«

»Ich kann ihre Schuld nicht ertragen. Was sie taten, war mein Fehler. Ich hatte gesagt, daß er ihnen nichts antun könne, aber sie sahen seine Zähne, und sie wußten nicht, daß sein Biß nur Träume spendete und den Tod erleichterte. Sie konnten es nicht wissen, ich habe sie zu spät richtig verstanden.«

»Du hast selber gesagt, daß du nicht alle Sitten und alle Arten Furcht in dieser Welt kennen kannst.«

»Ich bin nun in gewisser Weise verkrüppelt«, sagte sie. »Ohne Gras kann ich einen Menschen nicht heilen, vermag ich nicht zu helfen. Wir haben nur wenige Traumschlangen. Ich muß heimkehren. Vielleicht verzeihen meine Lehrer mir meine Dummheit, aber ich fürchte mich davor, ihnen unter die Augen zu treten. Den Namen, den ich trage, verleihen sie selten, aber mir haben sie ihn gegeben, und nun dürften sie enttäuscht sein.«

»Laß mich mit dir ziehen.«

Sie wünschte sich das; zögerte und verfluchte sich für diese Schwäche. »Es kann sein, daß sie mich verstoßen, mir Dunst und Sand fortnehmen, und dann wärst auch du ein Ausgestoßener. Bleib hier, Arevin.«

»Es wäre mir gleichgültig.«

»Das wäre es nicht. Nach einer Weile würden wir einander hassen. Ich kenne dich nicht, und du kennst mich nicht. Wir brauchen Ruhe, Stille und Zeit, um einander verstehen zu lernen.«

Er trat zu ihr und schlang seine Arme um sie; für einen Moment standen sie so zusammen. Als er den Kopf hob, weinte er. »Bitte kehre zurück«, sagte er. »Was auch geschieht, kehre zurück.«

»Ich will es versuchen«, sagte Schlange. »Halte im nächsten Frühling,

wenn die Winde verstummen, nach mir Ausschau. Und im Frühling danach, sollte ich nicht gekommen sein, vergiß mich. Wo ich dann auch sein werde – falls ich lebe –, vergesse ich auch dich.«
»Ich werde nach dir ausschauen«, sagte Arevin; mehr versprach er nicht. Schlange ergriff die Zügel des Ponys und trat ihren Weg durch die Wüste an.

2

Dunst zeichnete sich als weißer Streifen gegen die Finsternis ab. Die Kobra zischte und schaukelte, und Sand begleitete sie mit seiner Warnklapper. Da vernahm Schlange den Hufschlag, von der Wüste gedämpft, und gleich darauf spürte sie ihn in ihren Handflächen. Sie klatschte eine Hand auf den Untergrund; plötzlich saugte sie den Atem ein und stöhnte. Rings um den Schlangenbiß war ihre Hand von den Fingerknöcheln bis zum Gelenk schwarzblau verfärbt. Nur an den Rändern war der Bluterguß inzwischen verblaßt. Sie senkte die Hand, die nun merklich schmerzte, in ihren Schoß und klopfte zweimal mit der Linken auf den Grund. Sands Klappern verlor seine nahezu rasende Heftigkeit, und der Diamantenrükken glitt von einem behaglichen Sims schwarzen Vulkangesteins herüber. Erneut pochte Schlange zweimal auf den Untergrund. Die Vertrautheit des Zeichens besänftigte Dunst, als sie die Schwingungen spürte, und sie ließ ihren Leib langsam herabsinken, ihre Kapuze erschlaffen. Der Hufschlag verstummte. Schlange vernahm Stimmen aus dem Lager in einiger Entfernung am Rand der Oase, einer dichten Ansammlung von Zelten, die sich in ihrer Schwärze vor ihrem Hintergrund aus schwarzen Felserhebungen kaum wahrnehmen ließen. Sand schlang sich um ihren Unterarm, und Dunst kroch empor auf ihre Schultern. Gras hätte um ihr Handgelenk oder wie ein smaragdenes Halsband um ihre Kehle gewunden sein sollen, aber Gras war nicht zur Stelle. Gras war tot.
Der Reiter lenkte sein Pferd näher. Das kärgliche Licht biolumineszenter Laternen und der Schein des von Wolken verhangenen Mondes glitzerten auf zahllosen Tröpfchen, als das braune Tier durch die flachen Tümpel der Oase platschte. Es atmete mit schweren Schnauflauten durch geblähte Nüstern. Die Zügel hatten in seinem Nacken Schweiß in Schaum verwandelt. Feuerschein flackerte scharlachrot auf dem goldgelben Zaumzeug und erhellte des Reiters Gesicht. »Heilerin?«
Sie stand auf. »Mein Name ist Schlange.« Vielleicht besaß sie nicht das Recht, den Namen noch länger zu tragen, aber sie wollte nicht auf ihren Kindesnamen zurückgreifen.

»Ich bin Merideth.« Der Reiter sprang vom Pferd und kam heran, blieb jedoch stehen, als Dunst den Kopf hob.
»Sie wird nicht zubeißen«, sagte Schlange.
Merideth kam näher. »Unsere Gefährtin ist verletzt. Wirst du mit mir zu ihr gehen?«
Es kostete Schlange Überwindung, ohne Zögern zu antworten. »Ja, natürlich.« Sie empfand starke Furcht davor, zu jemandem gerufen zu werden, dem sie nicht zu helfen vermochte. Sie kniete sich hin, um Sand und Dunst in ihr Lederbehältnis zu tun. Die beiden Schlangen glitten über ihre Hände, die kühlen Schuppen zogen feine Muster über ihre Fingerspitzen.
»Mein Pony lahmt, ich muß mir erst ein Pferd leihen...« Eichhörnchen, ihr Tigerpony, war im Lager angekoppelt, wo Merideth eben kurz angehalten hatte. Schlange brauchte sich um ihr Pferdchen nicht zu sorgen, weil Grum, die Karawanserin, sich zuverlässig darum kümmerte; ihre Enkelkinder striegelten und fütterten es königlich. Grum würde veranlassen, daß ein Hufschmied es neu beschlug, sobald einer vorbeikam, und Schlange nahm an, daß sie ihr ein Pferd auslieh.
»Dafür haben wir keine Zeit«, sagte Merideth. »Diese Wüstengäule sind nicht schnell genug. Meine Stute kann uns beide tragen.«
Merideths Stute atmete in der Tat schon wieder normal, trotz des Schweißes, der nun auf ihren Schultern trocknete. Sie stand mit erhobenem Haupt, den Nacken gewölbt, ihre Ohren aufgerichtet. Wirklich, sie war ein eindrucksvolles Tier, von viel edlerem Blut als die Ponys der Karawansereien und wesentlich höher als Eichhörnchen. Während der Reiter schlichte Kleidung trug, war die Ausstattung seines Pferdes reichlich verziert. Schlange schloß die Lederschachtel und legte die neuen Gewänder und das Kopftuch an, welche Arevins Stamm ihr gegeben hatte. Für die Kleidungsstücke war sie auf jeden Fall dankbar, weil der feine, aber feste Stoff gegen Hitze, Sand und Staub hervorragenden Schutz bot. Merideth stieg aufs Pferd, verschob die Steigbügel und streckte einen Arm nach Schlanges Hand aus. Doch als Schlange hinzutrat, blähte das Pferd die Nüstern und scheute vor dem moschusähnlichen Schlangengeruch zurück. Unter der sanften Berührung von Merideths Händen stand es still, beruhigte sich jedoch nicht. Schlange schwang sich hinauf hinter den Sattel. Die Muskeln des Pferdes zuckten, und die Stute verfiel sofort in zügigen Galopp, sprengte erneut unter Geplatsche und Gespritze durchs Wasser. Gischt sprühte Schlange ins Gesicht, und sie drückte ihre Beine fester um die vom Schweiß klammen Flanken der Stute. Auf der anderen Seite des Tümpels sprang das Pferd ans Ufer und lief zwischen zierlichen Blütenbäumen weiter, Schatten und fein verästelte Farne huschten vorüber, bis sich plötzlich vor ihnen die Wüste bis zum Horizont auftat. Schlange

hielt die Schachtel in der Linken; die rechte Hand konnte noch nicht wieder kräftig genug greifen. Abseits der Feuer und ihrer Spiegelungen im Wasser vermochte Schlange kaum etwas zu sehen. Der schwarze Sand saugte Licht auf und gab es als Wärme wieder frei. Die Stute galoppierte weiter. Durchs Knirschen ihrer Hufe im Sand hörte man leise das Klingeln und Klirren der reichhaltigen, zerbrechlich gearbeiteten Schmuckgehänge an ihrem Zaumzeug. Der Pferdeschweiß tränkte Schlanges Hose, sie spürte ihn warm und klebrig an ihren Knien und Schenkeln. Außerhalb der Oase und dem Schutz ihrer Bäume fühlte Schlange das Prickeln des ewig vom Wind aufgewühlten, emporgewehten Sandes. Sie ließ Merideths Hüfte für einen Moment los, um sich das Kopftuch um Mund und Nase zu wickeln.
Bald darauf wich der Sand einem steinigen Abhang. Die Stute erklomm ihn, unter den Hufen harten Felsboden. Merideth gestattete ihr hier nur Schrittgangart. »Galoppieren ist hier zu gefährlich. Wir könnten in eine Spalte fallen, ehe wir sie überhaupt sehen.« Merideths Stimme klang aus ruhelosem Drang gepreßt.
Sie ritten aufwärts an breiten Felsenrissen und Gesteinsspalten vorüber, wo einst geschmolzener Stein floß, sich teilte und zu Basalt erkaltete. Sandkörner wisperten über die kahlen, gewellten Felsformationen. Die Hufeisen der Stute klirrten darauf, als seien die Felsen hohl. Als sie über eine Kluft springen mußte, hallten sie wider. Mehr als einmal wollte Schlange nachfragen, was denn Merideths Begleiterin zugestoßen sei, aber jedesmal hielt sie den Mund. Der flache, schräge Untergrund aus Stein verbot jede Unterhaltung, untersagte es, die Aufmerksamkeit etwas anderem zu widmen als seiner Überquerung. Und Schlange fürchtete die Frage wie die Antwort. Die Schachtel drückte schwer auf ihr Bein, schaukelte im Rhythmus der weiträumigen Schritte, zu denen die Stute imstande war, und Schlange spürte, wie sich Sand in seinem Fach regte; sie hoffte, er werde nicht klappern und das Pferd erneut erschrecken. Auf Schlanges Landkarte war dieser erstarrte Lavastrom nicht verzeichnet, sie endete im Süden mit der Oase. Die Handelswege verliefen alle so, daß sie den Lavastreifen auswichen, weil sie für Mensch und Tier nichts als Härten bereithielten. Schlange fragte sich, ob sie ihr Ziel noch vor dem Morgen erreichen mochten. Hier auf dem schwarzen Gestein mußte die Temperatur rasch ansteigen. Und schließlich begann die Stute, trotz Merideths unablässigem Drängen, langsamer zu werden.

Das sanfte Schaukeln des Ritts über den weiten versteinerten Fluß hatte Schlange beinahe in regelrechten Schlaf gelullt. Sie schrak auf und war sofort hellwach, als die Stute ausglitt, ihre Hinterbeine einknickten, während sie mit den Hufen nach Halt scharrte, und erst ruckte es die Reiter nach hinten, dann vorwärts, als sie am Fuße des langen Lavahanges zum Stehen kam. Schlange hielt ihre Schachtel fest und sich selber an Merideth, klammerte ihre Beine um den Leib der Stute. Die lückenhafte Gesteinsfläche unterhalb der Klippe dünnte sich immer deutlicher aus, so daß sie nicht länger gezwungen waren, sich auf eine langsame Gangart zu beschränken. Schlange spürte, wie sich Meridehs Schenkel in die Flanken der Stute preßten, das ermüdete Pferd zu raschem Trab antrieben. Sie befanden sich in einer tiefen, engen Schlucht, deren hohe Wälle zwei voneinander getrennt gebliebene Lavazungen bildeten. Winzige Lichtpünktchen schwebten über Ebenholzschwärze, und für einen Moment glaubte Schlange, noch schläfrig, an Glühwürmchen. Dann jedoch wieherte in der Ferne ein Pferd, und sie nahm die Lichter in der richtigen Perspektive wahr: es handelte sich um die Laternen des Lagers, wohin sie ritten. Merideth beugte sich vor und redete in aufmunternder Weise auf die Stute ein. Das Pferd gab sich alle Mühe, stapfte durch den tiefen Sand, und einmal strauchelte es und warf Schlange wuchtig gegen Merideths Rücken.

Sand klapperte, da es ihn im Behältnis durchgeschüttelt hatte.

Der Hohlraum rings um ihn verstärkte das Geräusch. Die Stute bäumte sich entsetzt empor. Merideth ließ sie einfach losstürmen, und als sie endlich wieder langsamer lief, Schaumflocken von ihrem Hals wehten, Blut aus ihren Nüstern tröpfelte, drängte Merideth sie weiter vorwärts. Das Lager schien wie ein Trugbild zurückzuweichen. Jeder Atemzug, den Schlange tat, schmerzte sie, als sei sie selber die Stute. Das Pferd kämpfte sich durch den tiefen Sand wie ein erschöpfter Schwimmer, keuchte bei jeder Vorwärtsbewegung. Sie erreichten das Zelt. Die Stute taumelte und blieb stehen, die Beine gespreizt, den Kopf gesenkt. Schlange ließ sich von ihrem Rücken rutschen, selber in Schweiß gebadet, die Knie zittrig. Merideth stieg ab und ging voran ins Zelt. Die Eingangslaschen flogen beiseite, und die Laternen im Zeltinnern verbreiteten einen bleichen, bläulichen Schein. Drinnen jedoch wirkte dessen Helligkeit völlig ausreichend. Merideths verletzte Freundin lag nahe an der Zeltwand; ihr Gesicht war gerötet und glänzte von Schweiß, das lange, lockige, ziegelrote Haar war aufgelöst und zerzaust. Die dünne Decke, worunter sie ruhte, war besudelt von dunklen Flecken, aber sie stammten vom Schweiß, nicht von Blut. Ihr anderer Gefährte, der neben ihr am Boden saß, hob matt den Kopf. Sein häßliches, aber gutmütiges Gesicht war durch die Gemütsbelastung zu Falten verzerrt, die buschigen Brauen waren über seinen kleinen, dunklen Augen zusammengezogen. Sein zottiges braunes Haar war zerrauft und verfilzt. Merideth kniete sich neben ihn. »Wie geht es ihr?«

»Sie ist endlich eingeschlafen. Sonst ist alles unverändert. Wenigstens hat sie keine Schmerzen...«
Merideth nahm des jungen Mannes Hand, beugte sich vornüber und gab der Schlafenden einen sachten Kuß. Sie rührte sich nicht. Schlange stellte die lederne Schachtel ab und trat näher. Merideth und der Jüngere sahen einander ausdruckslos an, als einer des anderen Erschöpfung merkte; schließlich lehnte der junge Mann sich an Merideth, und sie umarmten sich stumm, innig und ausgiebig. Schließlich löste sich Merideth widerwillig aus der Umarmung, straffte sich. »Heilerin, dies sind meine Gefährten. Alex...« Er nickte hinüber zu dem Jüngeren. »Und Jesse...«
Schlange ergriff das Handgelenk der Schlafenden. Ihr Pulsschlag war schwach und etwas unregelmäßig. An ihrer Stirn hatte sie einen starken Bluterguß, aber ihre Pupillen waren nicht geweitet; vielleicht war sie glücklich davongekommen, vielleicht war die Gehirnerschütterung nur leicht. Schlange zog die Decke beiseite. Die übrigen Blutergüsse zeugten von einem schweren Sturz: Schulter, Handfläche, Hüfte, Knie. »Sie sei eingeschlafen, hast du gesagt... war sie seit dem Sturz schon bei vollem Bewußtsein?«
»Als wir sie fanden, war sie bewußtlos, aber später kam sie zur Besinnung.«
Schlange nickte. An Jesses Seite war eine schwere Schürfwunde, um einen Oberschenkel ein Verband. Schlange löste das Tuch so behutsam wie möglich, aber infolge getrockneten Blutes klebte es fest. Jesse bewegte sich nicht, als Schlange die lange Platzwunde in ihrem Bein berührte, regte sich nicht einmal auf die im Schlaf übliche Weise. Sie erwachte nicht aus Schmerz. Schlange strich über ihre Fußsohle; ohne Ergebnis. Die Reflexe waren erloschen. »Sie ist von ihrem Pferd gefallen«, sagte Alex.
»Sie fällt niemals vom Pferd«, fuhr Merideth ihn an. »Das Fohlen muß sie zu Fall gebracht haben.«
Schlange versuchte erneut, den Mut und die Zuversicht zurückzugewinnen, welche ihr langsam abhanden gekommen waren, seit man Gras getötet hatte. Sie schienen unwiederbringlich zu sein. Es stand fest, welcher Art Jesses Verletzung war; es blieb nur noch zu ermitteln, wie ernst es stand. Aber sie sagte nichts. Einen Unterarm auf die Knie gestützt, den Kopf gesenkt, befühlte Schlange Jesses Stirn. Die hochgewachsene Frau schwitzte kalten Schweiß; sie befand sich noch im Schockzustand. Falls sie innere Verletzungen erlitten hat, dachte Schlange, liegt sie im Sterben... Jesse drehte den Kopf zur Seite und stöhnte leise im Schlaf. Sie bedarf jeder Hilfe, die du ihr geben kannst, dachte Schlange mit Verärgerung. Und je länger du dich in Selbstmitleid ergehst, um so wahrscheinlicher wirst du ihr schaden statt nützen. Ihr war zumute, als hätten zwei

ganz unterschiedliche Personen, von denen keine mit ihr selbst Ähnlichkeit besaß, in ihrem Kopf einen Wortwechsel. Sie blieb nur Zuhörer und wartete, und zuletzt war sie auf unbestimmte Weise froh, als ihr Pflichtbewußtsein die Oberhand über jenen Teil ihrer Zerrissenheit gewann, der sich fürchtete. »Jemand muß mir helfen«, sagte sie zu den beiden Männern, »sie umzudrehen.« Sie hoben sie an, Merideth an den Schultern und Alex an den Hüften, und drehten sie nach Schlanges Anweisungen, die verhindern sollten, daß sie ihr Rückgrat krümmten, auf die Seite. Auf dem Rücken der Frau befand sich ein schwärzlicher Bluterguß, ausgebreitet nach beiden Seiten der Wirbelsäule. An der dunkelsten Stelle waren die Knochen gebrochen. Die Wucht des Aufpralls hatte die geschmeidige Wirbelsäule beinahe zerspellt. Schlange vermochte Knochensplitter zu ertasten, die sich auswärts in die Muskulatur geschoben hatten. »Legt sie wieder hin«, sagte Schlange in dumpfem, aber tiefem Bedauern. Sie gehorchten und warteten wortlos, sahen sie an. Sie kauerte sich auf ihre Fersen. Stirbt Jesse, dachte sie, wird sie kaum Schmerzen haben. Ob sie stirbt oder ob sie überlebt, Gras hätte ihr nicht helfen können.

»Heilerin...?« Alex' Stimme; er konnte schwerlich älter als zwanzig Jahre sein, war zu jung, um sich Gram aufzubürden, selbst in diesem rauhen Land. Merideth wirkte alterslos. Tiefbraun, dunkeläugig, alt, jung, einsichtsvoll, bitter. Schlange musterte Merideth, schaute Alex an, richtete ihre Antwort mehr an den Älteren.

»Ihr Rückgrat ist gebrochen.«

Merideth setzte sich zurück, seine Schultern sanken ein, er wirkte wie vom Schlag getroffen.

»Aber sie lebt«, rief Alex. »Wenn sie lebt, wieso...?«

»Besteht die Möglichkeit, daß du dich irrst?« fragte Merideth. »Kannst du irgend etwas tun?«

»Ich wollte, ich könnte es. Merideth, Alex, sie hat Glück, daß sie überhaupt noch lebt. Die Knochen sind nicht einfach gebrochen, sie sind zersplittert, zerschmettert. Es gibt keinerlei Hoffnung, daß die Nerven unversehrt geblieben sein können. Ich wünschte, ich wäre dazu in der Lage, euch etwas anderes zu sagen, daß die Knochen heilen, die Nerven vielleicht unzertrennt sind, aber es wäre gelogen.«

»Sie ist zum Krüppel geworden.«

»Ja«, antwortete Schlange.

»Nein!« Alex packte ihren Arm. »Nicht, Jesse... Ich will nicht, daß...«

»Psst, Alex«, flüsterte Merideth.

»Es tut mir leid«, sagte Schlange. »Ich hätte es euch verheimlichen können, aber nicht allzu lang.«

Merideth streifte Jesse eine Locke ziegelroten Haars aus der Stirn. »Nein, es ist besser, das gleich in vollem Umfang erfahren zu haben... so daß wir eher lernen, damit zu leben.«

»Jesse wird uns für diese Art von Leben nicht dankbar sein.«

»Sei still, Alex! Wäre es dir lieber, der Sturz hätte sie das Leben gekostet?«

»Nein!« Er senkte seinen Blick zum Zeltboden, bevor er leise weitersprach. »Aber es könnte sich erweisen, daß es ihr lieber wäre, und das weißt auch du.«

Merideth starrte Jesse an und sagte zunächst nichts. »Du hast recht.« Schlange sah Merideths linke Hand zittern, zur Faust geballt. »Alex, würdest du dich wohl um meine Stute kümmern? Wir haben sie stark geschunden.«

Alex zögerte, jedoch nicht, wie Schlange bemerkte, aus Widerwillen dagegen, Merideths Wunsch zu erfüllen. »Gut, Merideth, wird gemacht.« Er ließ sie allein. Schlange wartete. Sie hörten Alex' Stiefel im Sand, dann die langsamen Schritte des Pferdes.

Jesse regte sich im Schlaf, seufzte. Merideth fuhr auf, als er den Laut vernahm, atmete tief ein, vermochte aber nicht sein plötzliches, abgrundtiefes Schluchzen zu unterdrücken. Tränen glitzerten im Lampenschein, funkelten wie Schnüre aufgehängter Diamanten. Schlange rückte näher und nahm Merideths Hand, tröstete ihn, bis seine Faust sich lockerte. »Ich wollte nicht, daß Alex sieht...«

»Ich weiß«, sagte Schlange. Und Alex weiß es auch, dachte sie. Diese Leute beobachteten einander genau. »Merideth, kann Jesse die Wahrheit ertragen? Ich verabscheue Geheimnistuerei, aber...«

»Sie ist willensstark«, entgegnete Merideth. »Was wir auch zu verbergen versuchten, sie fände es heraus.«

»Nun gut. Ich will sie jetzt wecken. Sie sollte mit dieser Kopfverletzung nicht mehr als jeweils ein paar Stunden hintereinander schlafen. Und man muß sie alle zwei Stunden umdrehen, oder ihre Haut wird wund.«

»Ich wecke sie.« Merideth beugte sich über Jesse und küßte ihre Lippen, hielt ihre Hand, flüsterte ihren Namen. Es dauerte lange, bis sie aufwachte; sie murmelte und schob Merideths Hände fort. »Können wir sie nicht noch länger schlafen lassen?«

»Es ist besser, sie für ein Weilchen zu wecken.«

Jesse stöhnte, fluchte gedämpft, öffnete die Augen. Einen Moment lang starrte sie empor zum Zeltdach, dann wandte sie den Kopf und sah Merideth. »Merideth... ich bin froh, daß du wieder hier bist.« Ihre Augen waren tief dunkelbraun, fast schwarz, ein seltsamer Anblick bei ihrem roten Haar und der hellen Haut. »Der arme Alex...«

»Ich weiß.«

Jesse sah Schlange. »Die Heilerin?«
»Ja.«
Jesse musterte sie mit ruhigem Blick, und ihre Stimme klang gleichmäßig. »Ist mein Rücken gebrochen?«
Merideth zuckte zusammen. Schlange zögerte, aber der Unumwundenheit der Frage ließ sich nicht ausweichen, nicht einmal für eine kurze Frist. Widerwillig nickte sie. Jesse erschlaffte völlig unvermittelt, ihr Kopf sank zurück, sie starrte aufwärts.
Merideth beugte sich erneut über sie und schloß sie in seine Arme. »Jesse, Jesse, Liebste, es ist...« Aber er fand keine weiteren Worte, er lehnte sich stumm über ihre Schulter, drückte Jesse an sich.
Jesse richtete ihren Blick wieder auf Schlange. »Ich bin gelähmt. Ich werde nicht genesen.«
»So tief ich's bedaure, ja«, antwortete Schlange. »Ich sehe keinerlei Aussichten.«
Jesses Miene blieb unverändert; falls sie sich Ermutigung erhofft hatte, verriet sie ihre Enttäuschung nicht. »Ich merkte schon, daß es schlimm ist, als ich aufprallte«, sagte sie. »Ich hörte Knochen krachen.« Sanft schob sie Merideth zur Seite. »Das Fohlen?«
»War tot, als wir dich fanden. Das Genick gebrochen.«
Jesses Stimme bezeugte Erleichterung, Bedauern und Furcht. »Es ging schnell«, sagte sie. »Bei ihm.« Der scharfe Geruch von Urin begann sich im Zelt auszubreiten. Jesse roch ihn und errötete aus Scham. »So kann ich nicht leben«, rief sie.
»Das ist nicht schlimm, sorge dich nicht«, sagte Merideth und holte eilig ein Tuch. Jesse schaute seitwärts und sprach kein Wort, während Merideth und Schlange sie säuberten.
Müde kehrte Alex zurück. »Die Stute ist in Ordnung.« Aber seine Gedanken weilten nicht bei der Stute. Er betrachtete Jesse, die ruhig lag, das Gesicht zur Zeltwand gekehrt, einen Arm über den Augen.
»Jesse versteht es, gute Pferde auszusuchen«, sagte Merideth in einem Versuch der Stimmungslockerung, der so schwach und zerbrechlich war wie Glas. Beide Gefährten sahen Jesse an, die sich nicht bewegte.
»Laßt sie schlafen«, sagte Schlange, obwohl sie keine Ahnung hatte, ob Jesse schlief oder nicht. »Wenn sie aufwacht, dürfte sie hungrig sein. Ich hoffe, ihr habt etwas dabei, das sie essen kann.«
Die starre Aufmerksamkeit, womit sie ihr zugehört hatten, löste sich in leicht überstürzte Betriebsamkeit auf. Merideth kramte in Säcken und Beuteln und suchte Dörrfleisch, Trockenobst sowie eine lederne Feldflasche heraus. »Dies ist Wein... darf sie davon trinken?«
»Sie hat keine ernste Gehirnerschütterung«, erwiderte Schlange. »Wein

dürfte ihr bekommen.« Er könnte ihr sogar helfen, dachte sie, es sei denn, Alkohol macht sie trübsinnig. »Aber das Dörrfleisch ...«

»Ich mache Fleischbrühe«, sagte Alex. Von einem Stapel ihrer Ausrüstungsgegenstände nahm er einen metallenen Topf, zog sein Messer aus dem Gürtel und begann ein Stück Dörrfleisch in Würfel zu schneiden. Merideth tränkte geschrumpfte Obststückchen in Wein. Dessen kräftiger, süßer Duft verbreitete sich, und Schlange bemerkte, daß sie durstig war und entsetzlich hungrig. Die Wüstenbewohner vermochten anscheinend ohne größere Umstände Mahlzeiten auszulassen, doch Schlange war vor zwei Tagen in der Oase eingetroffen – oder schon vor drei Tagen? –, und während sie sich ausschlief, um ihren Organismus im Kampf gegen das Schlangengift zu unterstützen, hatte sie wenig gegessen. In dieser Gegend galt es als schlechtes Benehmen, um Nahrung oder Wasser zu bitten, weil es noch schlechteres Benehmen war, beides nicht anzubieten. Aber Benehmen wirkte gegenwärtig nicht sonderlich wichtig. Sie zitterte vor Hunger.

»Bei den Göttern, bin ich hungrig«, sagte plötzlich Merideth mit verwunderter Stimme, als habe er Schlanges Empfindungen gespürt. »Du nicht?«

»Doch, ja«, räumte Alex widerwillig ein.

»Und als Gastgeber ...« Schuldbewußt reichte Merideth die Feldflasche Schlange und brachte weitere Schüsseln und noch mehr Trockenobst zum Vorschein. Schlange trank kühlen, würzig-herzhaften Wein, den ersten Zug zu ausgiebig. Sie hustete; der Wein war stark. Sie trank nochmals und gab die Flasche zurück. Auch Merideth trank; Alex nahm die Flasche und schüttete eine großzügige Portion in den Kochtopf, bevor er selbst trank, in aller Hast, ehe er den Topf nach draußen trug und auf den kleinen Paraffinherd setzte. Die Wärme der Wüste war so bedrückend, daß sie nicht einmal die Hitze der Flamme spürten. Sie flackerte über dem schwarzen Sand wie eine durchsichtige Luftspiegelung, und Schlange fühlte frischen Schweiß an ihren Schläfen und zwischen den Brüsten hinabrinnen. Mit dem Ärmel wischte sie sich die Stirn. Gemeinsam frühstückten sie Dörrfleisch, Trockenobst und Wein; letzterer tat seine Wirkung schnell und nachdrücklich. Alex begann fast unverzüglich zu gähnen, aber jedesmal, wenn er aufschrak, taumelte er pflichtgetreu auf die Füße und ging vor das Zelt, um Jesses Fleischbrühe umzurühren.

»Alex«, sagte schließlich Merideth, »leg dich schlafen.«

»Nein, ich bin nicht müde.« Er rührte, kostete, nahm den Topf vom Feuer und brachte ihn zum Abkühlen ins Zelt.

»Alex ...« Merideth ergriff seine Hand und zog ihn herab auf die gemusterte Decke. »Wenn sie nach uns ruft, werden wir's hören. Sobald sie

sich wieder regt, kümmern wir uns um sie. Wir können ihr nicht helfen, wenn wir vor Müdigkeit über die eigenen Füße stolpern.«
»Aber ich... ich...« Alex schüttelte den Kopf, aber der Wein und die Müdigkeit wichen nicht. »Und du?«
»Deine Nachtwache war anstrengender als mein Ritt. Ich muß erst noch ein Weilchen stillsitzen und mich beruhigen, dann lege ich mich auch hin.« Widerwillig, aber dankbar streckte sich Alex aus. Merideth streichelte seinen Schopf, bis er einschlief, nur wenige Augenblicke später, und zu schnarchen anfing. Merideth sah Schlange an und lächelte. »Als wir ihn kennenlernten, fragten Jesse und ich uns, wie wir wohl jemals bei solchem Lärm schlafen könnten. Inzwischen schlafen wir nur ohne ihn schlecht.«
Alex' Schnarchen war laut und dumpf, und dann und wann stockte sein Atem, und er prustete. Schlange lächelte. »Ich glaube, man kann sich an so gut wie alles gewöhnen.« Sie nahm einen letzten Schluck Wein und reichte die Feldflasche zurück. Merideth ergriff sie, doch plötzlich bekam er einen Schluckauf, und statt zu trinken verstöpselte er die Flasche, während er errötete.
»Wein wirkt zu kräftig auf mich. Ich sollte nie welchen trinken.«
»Wenigstens weißt du's. Wahrscheinlich machst du deshalb nie einen Narren aus dir.«
»Als ich jünger war...« Merideth lachte über irgendwelche Erinnerungen. »Damals war ich ein Narr, und obendrein arm. Ein übles Zusammentreffen.«
»Ich kann mir günstigere Voraussetzungen vorstellen.«
»Nun sind wir reich, und ich bin womöglich ein bißchen weniger närrisch. Doch wozu ist das gut, Heilerin? Geld kann Jesse nicht helfen. Weisheit auch nicht.«
»Du hast recht«, sagte Schlange. »Sie vermögen ihr nicht zu helfen, und auch ich kann's nicht. Das können nur du und Alex.«
»Ich weiß es.« Merideths Stimme klang leise und traurig. »Aber Jesse wird lange brauchen, bis sie sich daran gewöhnt hat.«
»Sie *lebt*, Merideth. Der Unfall hätte sie so leicht ums Leben bringen können... ist es da nicht genug, um dankbar zu sein, daß sie lebt?«
»Doch, für mich, ja.« Seine Stimme begann trunken zu nölen. »Aber du kennst Jesse nicht. Du weißt nicht, woher sie stammt, warum sie hier ist...« Merideth betrachtete Schlange matt, zögerte, gab sich dann einen Ruck und sprach weiter. »Sie ist mit uns zusammen, weil sie es nicht ertragen kann, im Käfig zu sitzen. Ehe wir uns zusammenfanden, war sie reich, mächtig und versorgt. Aber ihr ganzes Leben und all ihr Tun waren vorgeplant. Sie wäre eines der Oberhäupter im Zentrum geworden...«

»Der Stadt!«
»Ja, das wäre ihr zugefallen, hätte sie's gewollt. Aber unter einem steinernen Himmel wollte sie nicht leben. Mit nichts ging sie fort. Sie wählte selber ihr Schicksal. Um frei zu sein. Und nun... sind ihr die Dinge genommen, die sie am meisten schätzte. Wie kann ich ihr sagen, sie solle froh sein, daß sie noch lebt, wenn sie weiß, daß sie niemals wieder auf Wüstensand dahinschreiten kann, mir einen Diamanten für den Ohrring irgendeines Patrons suchen, nie wieder ein Pferd zureiten wird, nie wieder lieben?«
»Ich weiß es nicht«, sagte Schlange. »Aber wenn du und Alex ihr Fortleben als eine Tragödie betrachtet, wird daraus auch eine werden.«

Kurz vor der Dämmerung ließ die Hitze ein wenig nach, doch die Temperatur stieg sofort wieder, als die Helligkeit heraufzog. Das Lager war tief im Schatten aufgeschlagen, doch selbst im Schutz der Felsenwälle lastete die Wärme darauf wie ein gewaltiger Druck. Alex schnarchte, und neben ihm schlief friedlich Merideth, taub für die Laute seines Gefährten, eine kraftvolle Hand über Alex' Rücken gelegt. Schlange lag auf dem Gesicht am Zeltboden, die Arme von sich gestreckt. Die feinen Fasern der Decken unter ihr kitzelten sachte ihre schweißfeuchten Wangen. Ihre Hand pochte, sie konnte nicht schlafen, doch andererseits brachte sie nicht genug Entschlußkraft auf, um sich zu erheben. Sie entglitt in einen Traum, worin Arevin vorkam. Sie sah ihn deutlicher, als sie sich im Wachzustand an ihn erinnerte. Es war ein sonderbarer Traum, kindlich unschuldig. Kaum berührte sie Arevins Fingerspitzen, da begann er schon wieder zu entschwinden. Es verlangte Schlange verzweifelt nach ihm. Als sie erwachte, pulsierte sie von sexueller Spannung, ihr Herz hämmerte.
Jesse bewegte sich. Einen Moment lang rührte sich Schlange nicht, dann stand sie unwillig auf. Sie betrachtete die beiden Männer. Alex schlief fest, im zeitweiligen Vergessen der Jugendlichkeit, wogegen die Ermattung Merideths Gesicht mit Falten gezeichnet hatte, und Schweiß rann durch seine glänzenden schwarzen Locken. Schlange wandte sich von Merideth und Alex ab und kniete sich neben Jesse, die noch auf dem Bauch lag, wie sie sie beim letztmaligen Wenden gebettet hatten, eine Wange auf eine Hand gestützt, die andere Hand über den Augen. Sie täuscht nur vor, daß sie schläft, dachte Schlange, ihre Armbeuge, die Krümmung ihrer Finger sind nicht locker, sondern verkrampft. Oder sie möchte gern schlafen und kann es nicht, so wie ich. Wir beide würden gerne schlafen, schlafen und die Wirklichkeit vergessen. »Jesse«, sagte sie leise; dann wiederholte sie es. »Jesse, bitte.« Jesse seufzte und ließ ihre Hand aufs

Laken sinken. »Hier ist Fleischbrühe, wenn du dich kräftig genug fühlst, um sie zu essen. Und Wein, wenn du welchen möchtest.«
Ein kaum wahrnehmbares Kopfschütteln, obwohl Jesses Lippen trocken waren. Schlange wußte, daß sie keinen zu starken Flüssigkeitsentzug erlauben durfte, aber andererseits wollte sie die Frau auch nicht durch Überredung zum Essen zwingen. »Es hat doch keinen Zweck«, sagte Jesse.
»Jesse...«
Jesse streckte eine Hand aus und legte sie auf Schlanges Finger. »Nein, es ist schon gut. Ich habe über das nachgedacht, was geschehen ist. Ich habe sogar davon geträumt.« Schlange bemerkte, daß in ihren dunkelbraunen Augen goldene Flecken glommen; die Pupillen waren sehr klein. »Ich kann so nicht leben. Und sie können das auch nicht mitmachen. Sie würden es versuchen... und es käme dabei nichts als Unheil heraus. Heilerin...«
»Bitte...«, flüsterte Schlange, wieder voller Furcht, stärkerer Furcht, als sie je zuvor im Leben welche empfunden hatte. »Bitte nicht.«
»Kannst du mir nicht helfen?«
»Nicht zu sterben«, sagte Schlange. »Bitte ersuche mich nicht, dir sterben zu helfen.« Sie sprang auf und stürzte hinaus. Die Hitze schlug ihr entgegen, aber vor ihr gab es kein Entrinnen. Ringsum ragten die Wände der Schlucht und herabgestürzte Haufen von Gestein empor. Schlange blieb stehen, den Kopf gesenkt, bebte, während Schweiß in ihren Augen brannte, und rang um Fassung. Sie hatte sich dumm aufgeführt, und sie schämte sich für ihre Panik. Sie mußte Jesse ebenfalls erschreckt haben, aber noch vermochte sie sich nicht dazu durchzuringen, umzukehren und sie zu beruhigen. Sie entfernte sich vom Zelt, nicht in Richtung der Wüste, wo Sonne und Sand wie Phantasiegebilde waberten, sondern zu einem Einschnitt in der Felswand, der abgezäunt war, um als Gehege zu dienen. Schlange sah schwerlich eine Notwendigkeit, die Pferde überhaupt einzuhegen, denn sie standen in reglosen Grüppchen beisammen, die Köpfe gesenkt, ihre Ohren hingen herab. Sie wedelten nicht einmal mit den Schwänzen; in der Schwarzen Wüste gab es keine Insekten. Schlange fragte sich, wo Merideths schöne braune Stute stecken mochte. Das ist ein trauriger Haufen Viecher, dachte sie. Ihre Zaumzeuge, an den Zaun gehängt oder achtlos auf den Grund geworfen, schimmerten von kostbaren Metallen und Edelsteinen. Schlange legte die Hände auf einen der mit Stricken umspannten Pfosten und stützte das Kinn auf die Fäuste.
Als sie Wasser glucksen hörte, drehte sie sich überrascht um. Am anderen Ende des Geheges füllte Merideth eine lederne Tränke in hölzernem Rahmen. Die Pferde regten sich, hoben die Köpfe, richteten die Ohren auf. Sie kamen durch den Sand herüber, trotteten zuerst, trabten dann, alle-

samt aufgeregt, sie quietschten, schnappten nacheinander und traten aus. Sie waren wie verwandelt. Plötzlich waren sie schön. Merideth blieb in Schlanges Nähe stehen, in den Händen den leeren, erschlafften Wasserschlauch; seine Aufmerksamkeit galt mehr der kleinen Herde als Schlange. »Jesse ist begabt, was Pferde angeht. Sie versteht es, sie richtig auszusuchen, sie abzurichten... Was stimmt nicht?«

»Es tut mir leid. Ich muß sie in Erregung versetzt haben. Ich hatte kein Recht...«

»Ihr zu sagen, daß sie leben soll? Vielleicht nicht, aber ich bin froh, daß du es getan hast.«

»Es ist gleichgültig, was ich ihr sage«, meinte Schlange. »Sie selbst muß leben wollen.«

Merideth winkte und rief. Die Pferde an der Tränke scheuten zurück und gaben den anderen Gelegenheit zum Saufen. Sie drängten sich heran, leerten die Tränke bis zum letzten Tropfen, dann verharrten sie dabei und schauten erwartungsvoll, ob es mehr gebe. »Bedaure«, sagte Merideth. »Mehr gibt's vorerst nicht.«

»Ihr müßt sicherlich eine große Menge Wasser für sie mittragen.«

»Ja, aber wir brauchen sie alle. Wir ziehen mit Wasser aus, und zurück kommen wir mit den Erzen und Steinen, die Jesse findet.« Die braune Stute schob den Kopf über die Stricke der Einzäunung und schnupperte an Merideths Ärmel, reckte den Hals, bis er sie hinter den Ohren und am Kinn kraulte. »Seit wir mit Alex zusammen sind, reisen wir mit mehr... *Zeug*. Luxus. Alex meinte, damit könnten wir die Leute beeindrucken, so daß sie von uns kaufen möchten.«

»Bewährt sich das?«

»Anscheinend. Wir leben jetzt sehr gut. Ich kann das Angebot nach Belieben zusammenstellen.« Schlange betrachtete die Pferde, die sich, eines nach dem anderen, in die Schattenzone des Geheges entfernten. Der verwaschene Schein der Sonne war über die Kante des Felswalls gekrochen, und Schlange spürte die Hitze im Gesicht. »Was denkst du?« fragte Merideth.

»Ich denke drüber nach, wie ich Jesse dazu bringen kann, daß sie leben möchte.«

»Sie wird nicht ohne Sinn leben wollen. Alex und ich lieben sie. Wir werden uns um sie kümmern, ganz gleich, was geschieht. Aber das ist nicht genug für sie.«

»Muß sie laufen können, um sich sinnvoll zu betätigen?«

»Heilerin, sie ist unsere Schürferin.« Merideth sah Schlange traurig an. »Sie hat mich zu lehren versucht, wie und wo man hinschaut. Ich verstehe, was sie mir erklärt, aber wenn ich hinausgehe, beträgt die Wahrscheinlichkeit fünfzig Prozent, daß ich nichts finde als bunte Glasscherben und Katzengold.«

»Hast du ihr deine Arbeit gezeigt?«

»Natürlich. Jeder von uns kann ein wenig von den Aufgaben der anderen erledigen. Sie ist in meinem Bereich besser als ich in ihrem, und ich bin besser in ihrem, als jeder von uns zweien in Alex' Bereich ist, aber die Menschen begreifen ihre Handwerkskunst nicht. Ihre Schmuckstücke sind zu seltsam. Sie sind schön.« Merideth seufzte und hielt Schlange ein Armband hin, damit sie es betrachte, der einzige Schmuck, den er trug. Es war aus Silber und ohne Steine, von regelmäßiger Geometrie und aus mehreren Schichten verschiedener Metalle hergestellt. Merideth hatte recht – es war schön, aber seltsam. »Niemand will ihre Stücke kaufen. Sie weiß es. Ich täte alles, um sie zu fördern. Ich würde sie anlügen, hätte es einen Zweck. Aber sie findet alles heraus. Heilerin...« Merideth warf den Wasserschlauch in den Sand. »Kannst du überhaupt nichts für sie tun?«

»Mit Infektionen, gewöhnlichen Krankheiten und Tumoren kann ich fertigwerden. Ich kann auch Operationen durchführen, soweit sich meine Instrumente dazu eignen. Aber ich kann keinen Körper zur Heilung zwingen.«

»Kann irgend jemand das?«

»Nein... niemand, den ich kenne... auf dieser Erde.«

»Du bist keine Mystikerin«, stellte Merideth fest. »Du redest nicht davon, daß womöglich irgendein guter Geist ein Wunder bewirken könnte. Du meinst, vielleicht könnten die Leute außerhalb der Erde helfen.«

»Vielleicht«, sagte Schlange gedehnt und bereute ihren Tonfall sofort. Sie hatte nicht damit gerechnet, daß Merideth ihre Abneigung bemerken werde, obwohl sie es hätte erwarten müssen. Die Stadt beeinflußte alle Menschen ringsum; sie glich dem Mittelpunkt eines Mahlstroms, geheimnisvoll und faszinierend. Und sie war der Ort, wo manchmal die Fremdweltler landeten. Durch Jesse wußte Merideth möglicherweise mehr über sie und die Stadt als Schlange. Alle Geschichten über das Zentrum waren für Schlange immer nur eine Sache guten Glaubens gewesen; und die Vorstellung von Fremdweltlern fiel jemandem schwer, der in einem Land lebte, wo man kaum jemals die Sterne sah. »Vielleicht kann man sie sogar in der Stadt heilen«, sagte Schlange. »Woher soll ich das wissen? Die Leute, die dort wohnen, reden nicht mit uns. Sie sondern sich ab von uns hier draußen. Und was die Fremdweltler angeht, so bin ich noch nie jemandem begegnet, der von sich behauptete, schon einmal einen gesehen zu haben.«

»Jesse hat einen gesehen.«

»Würden sie ihr helfen?«

»Ihre Familie ist einflußreich. Vielleicht könnte sie die Fremdweltler überreden, daß sie sie irgendwohin bringen, wo man sie heilen kann.«

»Die Menschen im Zentrum und die Fremdweltler hüten ihr Wissen eifersüchtig, Merideth«, sagte Schlange. »Wenigstens haben sie noch nie den Vorschlag unterbreitet, irgendwem etwas davon mitzuteilen.« Merideth schnitt eine finstere Miene und wandte sich ab. »Ich meine, man sollte es versuchen. Es gäbe ihr Hoffnung...«

»Und wenn sie ablehnen, ist ihre Hoffnung ein für allemal dahin.«

»Sie braucht diese Übergangszeit.«

Merideth überlegte. »Und du wirst mitkommen, um uns zu unterstützen?« erkundigte er sich schließlich.

Nun war es Schlange, die zögerte. Sie hatte sich bereits innerlich darauf eingestellt, zur Niederlassung der Heiler zurückzukehren und sich dem Urteil ihrer Lehrer zu beugen, sobald sie ihnen von ihrem Versagen berichtet hatte. Die Bereitschaft zur Rückkehr ins Tal war vollauf vorhanden. Aber sie machte sich nun mit dem Gedanken an eine andere Reise vertraut, und dabei begriff sie, wie schwierig die Aufgabe war, die Merideth ihr antrug. Doch sie würden dringend jemanden benötigen, der wußte, welcher Pflege Jesse bedurfte. »Heilerin?«

»Einverstanden. Ich begleite euch.«

»Dann laß uns mit Jesse sprechen.« Sie kehrten zurück ins Zelt. Es überraschte Schlange, daß sie plötzlich Zuversicht empfand; sie lächelte in aufrichtiger Ermutigung, erstmals seit scheinbar sehr langer Zeit. Drinnen saß Alex neben Jesse. Er sah Schlange an, als sie eintraten. »Jesse«, sagte Merideth, »wir haben uns einen Plan ausgedacht.«

Die Männer drehten Jesse unter Schlanges Anleitung vorsichtig von neuem um. Müde blickte Jesse auf, scheinbar gealtert durch tiefe Falten in der Stirn und um den Mund. Dann erläuterte Merideth das Vorhaben mit erregten Gesten. Jesse hörte gleichgültig zu. Alex' Miene zeugte von Unglauben.

»Ihr seid verrückt«, sagte er, als Merideth schwieg.

»Nein, keineswegs! Warum sagst du so etwas, wenn es doch eine Chance ist?«

Schlange sah Jesse an. »Sind wir verrückt?«

»Ich glaube, ja«, antwortete Jesse, aber sie sprach sehr langsam, sehr nachdenklich.

»Wenn wir das Zentrum aufsuchen«, fragte Schlange, »könnten deine Verwandten dir helfen?«

Jesse zögerte. »Meine Verwandtschaft kennt gewisse Methoden. Sie kann auch sehr schwere Verletzungen heilen. Aber das Rückgrat? Vielleicht.

Ich weiß es nicht. Und sie hat keinen Grund, mir zu helfen. Schon seit langem nicht mehr.«

»Immer hast du mir erzählt, wie wichtig unter den Familien der Stadt die Blutsbande seien«, sagte Merideth. »Du bist ihre Blutsverwandte...«

»Ich habe sie verlassen«, sagte Jesse. »*Ich* habe diese Bande zerrissen. Warum sollte sie mich wieder aufnehmen? Willst du, daß ich hingehe und sie anflehe?«

»Ja.«

Jesse senkte ihren Blick auf ihre langen, starken, doch nun nutzlosen Beine. Alex musterte Merideth, dann Schlange. »Jesse, ich kann es nicht ertragen, dich so zu sehen, wie du vorhin warst, ich kann es nicht aushalten, daß du sterben möchtest.«

»Sie ist sehr stolz«, sagte Jesse. »Ich habe den Stolz meiner Familie verletzt, als ich von ihr ging.«

»Dann wird sie verstehen, welche Überwindung es dich kostet, sie um Beistand zu bitten.«

»Es wäre verrückt«, sagte Jesse, »es nur zu versuchen.«

3

Sie planten den Abbruch des Lagers noch für den Abend und die Überquerung des Lavastreifens in der Dunkelheit der Nacht. Schlange hätte es vorgezogen, noch ein paar Tage lang zu warten, bevor sie Jesse zum Zwecke der Beförderung bewegten, aber es blieb keine Wahl. Jesses Stimmung war in ihrer gegenwärtigen Verfassung allzu wechselhaft, so daß es sich nicht empfahl, länger zu warten. Es war klar, daß die Dreierschaft den Aufenthalt in der Wüste bereits zu lange ausgedehnt hatte. Alex und Merideth konnten nicht vor Jesse verbergen, daß das Wasser ausging, daß sie und die Pferde Durst litten, damit man Jesse reinigen und waschen konnte. Noch einige Tage mehr in der Schlucht, inmitten säuerlichen Geruchs, der sich ausbreitete, weil nichts anständig gewaschen wurde, und Jesse mußte in Depressionen und Abscheu verfallen. Und sie hatten keine Zeit zu verlieren. Ein weiter Weg war zurückzulegen: zunächst aufwärts und über die Lava hinweg, dann ostwärts zum Mittelgebirge, das die Schwarze Wüste in ihre westliche Hälfte, wo sie sich gegenwärtig aufhielten, und ihren östlichen Teil trennte, wo die Stadt lag. Die Straße, die durch die westlichen und östlichen Ausläufer des Gebirges verlief, war gut, aber nach der Überquerung des Passes mußten sie wieder hinaus in die Wüste und nach Südosten, zum Zentrum. Sie mußten sich beeilen. Sobald die Winterstürme begannen, konnte niemand die Wüste durch-

queren; die Stadt war im Winter unzugänglich. Der Sommer entschwand bereits in prickligen Staubwolken und vom Wind aufgewühlten Sandwirbeln.
Das Zelt abbrechen und die Pferde beladen wollten sie erst im Zwielicht der Abenddämmerung, aber bevor es zu heiß zum Arbeiten war, packten sie schon soviel wie möglich zusammen und stapelten das Gepäck neben Jesses Erzsäcken. Bei der Arbeit gewann Schlanges Hand ihre Beweglichkeit zurück. Der Bluterguß wich nun endlich in sichtlichem Maße, und die Bißwunden waren zu hellrosa Narben verheilt. Bald würde der Biß all den anderen Narben an ihren Händen gleichen, würde sie selbst vergessen haben, woher er stammte. Heute wünschte sie sich, sie hätte eine der scheußlichen Schlangen, die Arevin Sandnattern genannt hatte, eingefangen und mitgenommen. Sie hatte diese Schlangenart zuvor nie gesehen. Selbst wenn sie sich als unbrauchbar für die Heiler erwiesen hätte, so wäre es doch möglich gewesen, gegen ihr Gift ein Mittel für Arevins Volk herzustellen. Falls sie Arevins Volk jemals wiedersah.
Schlange wälzte den letzten Ballen auf den Stapel, wischte sich die Hände an der Hose und das Gesicht am Ärmel ab. In der Nähe hoben Merideth und Alex die von ihnen gebaute Tragbahre an und rückten das improvisierte Geschirr zurecht, bis die Bahre in gleichmäßiger Höhe zwischen zwei hintereinander aufgestellten Pferden hing. Schlange ging hinüber und schaute zu. Das war das sonderbarste Beförderungsmittel, das ihr jemals unter die Augen geraten war, aber es machte den Eindruck, als werde es sich bewähren. In der Wüste mußte alles getragen oder geschleppt werden; Karren mit Rädern würden im Sand steckenbleiben, Achsen mußten in felsigem Gelände brechen. Solange die Pferde nicht scheuten oder sich aufbäumten, konnte Jesse von der Tragbahre eine erträglichere Beförderung erwarten als auf einem Schlitten. Der große Graue zwischen den vorderen Stangen stand ganz ruhig, reglos wie aus Stein; abgesehen von einem Seitenblick, als man es zwischen die hinteren Stangen führte, zeigte auch das zweite Pferd, ein Schecke, keinerlei Anzeichen der Beunruhigung. Jesse muß wirklich *wunderbar* mit Pferden umgehen können, dachte Schlange, wenn die Pferde, die sie abgerichtet hat, so duldsam sind.
»Jesse meint«, sagte Merideth, »daß wir damit überall, wo wir uns blicken lassen, unter den reichen Händlern eine neue Mode auslösen.«
»Und sie hat recht«, sagte Alex. Er löste einen Gurt, und sie senkten die Tragbahre auf den Boden. »Aber sie dürften Glück haben, wenn die Pferde sie nicht zertrampeln – so wie die meisten von ihnen die Tiere behandeln.« Er tätschelte dem Grauen zärtlich den Hals und führte die beiden Pferde zurück ins Gehege.

»Hätte sie nur eines von diesen beiden geritten«, sagte Schlange zu Merideth.
»Sie waren auch nicht so, als wir sie bekamen. Sie kauft nur die durchgedrehtesten Pferde. Schlechte Behandlung von Pferden kann sie nicht ertragen. Das Fohlen war eine ihrer neueren Erwerbungen... sie hatte es besänftigt, aber es hatte noch nicht sein Gleichgewicht zurückerlangt.«
Sie begaben sich wieder ins Zelt, um der Sonne zu entgehen, die über den Nachmittagshimmel kroch. Das Zelt war an einer Seite eingesackt, wo sie zwei Stangen für die Tragbahre entfernt hatten. Merideth gähnte ausgiebig. »Am besten schlafen wir noch ein wenig, solange sich die Gelegenheit bietet. Wir dürfen auf keinen Fall noch auf dem Lavastreifen sein, wenn morgen früh die Sonne wieder aufgeht.«
Doch Schlange war erfüllt von der Ruhelosigkeit ungewissen Dranges; sie setzte sich ins Zelt, dankbar für den Schatten, aber hellwach, und dachte darüber nach, wie ihr ganzes verrücktes Vorhaben enden mochte. Sie langte nach der Lederschachtel, um nach ihren Schlangen zu schauen, aber Jesse erwachte, als sie Sands Fach öffnete. Sie klappte es wieder zu und rückte näher an die Lagerstatt. Jesse blickte zu ihr auf. »Jesse... was ich gesagt habe...« Sie wollte eine Erklärung abgeben, fand jedoch keinen geeigneten Einstieg.
»Was hat dich so aufgebracht? Bin ich der erste Mensch, dem du geholfen hast, der hätte sterben können?«
»Nein. Ich habe schon Menschen sterben sehen. Einigen habe ich Sterbehilfe geleistet.«
»Vor einem Weilchen war noch alles so hoffnungslos«, sagte Jesse. »Ein angenehmer Tod wäre ein bequemer Ausweg gewesen. Man muß immer auf der Hut sein vor... der verführerischen Einfachheit des Todes.«
»Der Tod kann ein Geschenk sein«, sagte Schlange. »Aber auf die eine oder andere Art bedeutet er stets ein Versagen. Diese Einsicht ist Warnung genug.«
Ein schwacher Wind säuselte durch die Hitze, und Schlange fröstelte beinahe. »Was war mit dir, Heilerin?«
»Ich fürchtete mich«, antwortete Schlange. »Ich befürchtete, du könntest im Sterben liegen, und wäre es so gewesen, dann hättest du das Recht gehabt, mich um Sterbehilfe zu bitten. Ich habe die Pflicht, dir diesen Gefallen zu erweisen. Aber ich kann es nicht.«
»Das verstehe ich nicht.«
»Als meine Ausbildung endete, gaben meine Lehrer mir eigene Schlangen. Zwei davon dienen unter Zuhilfenahme von Drogen Heilzwecken. Die dritte war eine Traumspenderin. Sie wurde getötet.«
Unwillkürlich streckte Jesse, als Reaktion auf Schlanges offenkundige

Traurigkeit, einen Arm aus und ergriff ihre Hand. Schlange nahm Jesses stummes Mitgefühl dankbar zur Kenntnis, fand in der herben Berührung Trost. »Du bist auch verkrüppelt«, sagte Jesse unvermittelt. »Was deine Arbeit angeht, bist du so verkrüppelt wie ich.«

Jesses Großmut, der sich in diesem Vergleich ausdrückte, machte Schlange verlegen. Jesse befand sich in einer echten Notlage, war hilflos, ihre einzige Chance der Besserung schien so klein, daß Schlange angesichts ihres frischen Mutes und erneuerten Lebenswillens Ehrfurcht verspürte. »Ich danke dir dafür, daß du das gesagt hast.«

»Ich trete den Heimweg zu meiner Familie an, um ihre Hilfe zu erbitten... und du warst ebenfalls auf dem Heimweg?«

»Ja.«

»Du wirst eine andere Schlange erhalten«, sagte Jesse im Tonfall der Gewißheit.

»Ich hoffe es.«

»Gibt es daran einen Zweifel?«

»Traumschlangen brüten unzuverlässig«, sagte Schlange. »Wir wissen zu wenig über sie. Alle paar Jahre schlüpfen ein paar aus, oder jemand von uns kann einige klonen, aber...« Schlange zuckte mit den Achseln.

»Dann fang dir eine.«

Auf diesen Gedanken war Schlange noch nie gekommen, weil sie wußte, es war unmöglich. Sie hatte niemals eine andere Möglichkeit in Erwägung gezogen als die Rückkehr zur Niederlassung der Heiler, wo sie ihre Lehrmeister um Vergebung bitten mußte. Sie lächelte traurig. »So groß ist mein Wirkungskreis nicht. Sie stammen nicht von hier.«

»Woher denn?«

Schlange hob erneut die Schultern. »Von einer anderen Welt...« Ihre Stimme sank herab, als sie bemerkte, was sie da sprach.

»Dann wirst du mit mir in die Stadt kommen«, sagte Jesse. »Wenn ich meine Familie aufsuche, wird man dich den Fremdweltlern vorstellen.«

»Jesse, wir haben das Zentrum jahrzehntelang um Unterstützung ersucht. Man wird vielleicht nicht einmal mit uns reden.«

»Aber nun steht eine Familie der Stadt in deiner Schuld. Ob meine Verwandten mich noch anerkennen werden, weiß ich nicht. Aber nichtsdestotrotz sind sie dir verpflichtet, weil du mir geholfen hast.« Stumm lauschte Schlange, überwältigt von den Möglichkeiten, die diese Worte verhießen. »Glaube mir, Heilerin«, sagte Jesse, »wir können uns gegenseitig helfen. Wenn sie mich aufnehmen, gilt das auch für meine Freunde. Wenn nicht, so müssen sie trotzdem ihre Schuld bei dir begleichen. Jeder von uns kann allein beide Anliegen vortragen.«

Schlange war eine stolze Frau, stolz auf ihre Ausbildung, ihre Fähigkei-

ten, ihren Namen. Die Aussicht, Gras' Tod auf andere Weise als durch das Erflehen von Vergebung ausgleichen zu können, übte auf sie beträchtliche Faszination aus. Einmal in jedem Jahrzehnt begab sich ein älterer Heiler auf den langen Weg zur Stadt, um dort um Auffrischung ihrer Traumschlangenzucht zu bitten. Bisher waren sie alle abgewiesen worden. Sollte jedoch Schlange Erfolg haben ... »Kann uns das gelingen?«
»Meine Familie wird uns helfen«, sagte Jesse. »Ob sie allerdings die Fremdweltler dazu veranlassen kann, uns ebenfalls beizustehen, das weiß ich nicht.«

Während des heißen Nachmittags konnten Schlange und die Dreierschaft nichts tun als warten. Schlange beschloß, Dunst und Sand, ehe die weite Reise begann, ein wenig aus der Schachtel zu lassen. Als sie das Zelt verließ, blieb sie an Jesses Seite stehen. Die schöne Frau lag in friedlichem Schlaf, aber ihr Gesicht war gerötet. Schlange befühlte ihre Stirn. Vielleicht hatte Jesse schwaches Fieber; vielleicht lag es auch nur an der Hitze des Tages. Schlange war noch immer der Auffassung, daß Jesse keine ernsten inneren Verletzungen erlitten hatte, aber innere Blutungen waren nicht ausgeschlossen, und möglicherweise entstand eine Bauchfellentzündung. Doch so etwas konnte Schlange heilen. Sie entschied, Jesse jetzt nicht zu stören, sondern abzuwarten, ob sich ihre Temperatur erhöhte. Sie entfernte sich vom Lager, um abseits eine Stelle ausfindig zu machen, wo ihre Schlangen niemanden erschrecken konnten. Unterwegs kam sie an Alex vorüber, der mürrisch in die Ferne starrte. Sie zögerte, und er blickte mit kummervoller Miene auf. Wortlos setzte sich Schlange neben ihn. Er wandte sich ihr zu und musterte sie mit seinem eindringlichen Blick; sein Gram hatte die Gutmütigkeit aus seinem Gesicht verdrängt und nur seine Häßlichkeit belassen, zu der sich nun Finsterkeit gesellte.
»Wir waren es, die sie verkrüppelt haben, nicht wahr? Merideth und ich.«
»Sie verkrüppelt? Nein, natürlich nicht.«
»Wir hätten sie nicht bewegen dürfen. Ich hätte daran denken müssen. Wir hätten das Lager zu ihr verlegen sollen. Vielleicht waren die Nerven noch gar nicht zertrennt, als wir sie fanden.«
»Sie waren zertrennt.«
»Aber wir wußten ja gar nicht, wie es um ihren Rücken stand. Wir dachten, sie sei nur am Kopf verletzt. Es kann sein, daß wir ihre Wirbelsäule verdreht haben und dadurch ...«
Schlange legte eine Hand auf Alex' Unterarm. »Der Bruch ist infolge eines unerhört wuchtigen Aufpralls entstanden«, sagte sie. »Jeder andere Heiler kann dir das auf den ersten Blick bestätigen. Das Unheil geschah, als sie stürzte. Glaube mir. Du und Merideth konntet ihr keinen derarti-

gen Schaden zufügen.« Die harten Muskeln seines Unterarms entspannten sich. Erleichtert nahm Schlange ihre Hand fort. Alex' stämmiger Körper besaß soviel Kraft, die er mit solcher Selbstbeherrschung bezähmte, daß sie schon befürchtet hatte, er könne die eigene Gewalt ungewollt gegen sich selbst wenden. Er war für die Dreierschaft wichtiger, als er den Eindruck erweckte, wahrscheinlich sogar wichtiger, als er selber wußte. Alex war von den dreien der praktische Gefährte, derjenige, der das Lager reibungslos in Ordnung hielt, der sich mit Merideths Käufern auseinandersetzte, jener in der Dreierbeziehung, der die romantischen Naturen des Künstlers Merideth und der Abenteurerin Jesse ausglich. Schlange hoffte, daß die Wahrheit, die sie ihm mitgeteilt hatte, seine Spannungen und Schuldgefühle linderte. Vorläufig konnte sie nicht mehr für ihn tun.

Während sich das abendliche Zwielicht näherte, streichelte Schlange Sands glatte, gemusterte Schuppen. Sie machte sich nicht länger Gedanken darüber, ob dem Diamantenrücken das Streicheln behagte oder ob ein Geschöpf mit so kleinem Hirn wie Sand überhaupt Behagen zu empfinden vermochte. Die kühle Wahrnehmung unter ihren Fingern bereitete ihr Vergnügen, und Sand lag still zusammengerollt, züngelte nur gelegentlich seine Zunge heraus. Seine Farben waren hell und kräftig; er hatte vor kurzem seine alte Haut ausgewachsen und sie abgestreift. »Ich lasse Ihn zuviel essen«, sagte Schlange zärtlich, »Ihn faule Kreatur.«

Schlange zog die Knie unters Kinn. Gegen das schwarze Gestein war die Musterung der Klapperschlange fast so auffällig, wie es Dunsts Albinoschuppen waren. Weder Schlangen noch Menschen noch überhaupt irgend etwas, das auf der Erde überlebt hatte, war bereits an die Welt in deren jetzigem Zustand angepaßt. Dunst befand sich außerhalb ihres Blickfelds, aber Schlange sorgte sich deswegen nicht. Beide Schlangen waren auf sie fixiert, würden stets in ihrer Nähe bleiben, ihr sogar folgen. Keine von ihnen besaß einen besonderen Hang, etwas über die ihnen von den Heilern angezüchtete Fixierung hinaus zu lernen, aber Dunst und Sand würden sich auf jeden Fall unverzüglich einfinden, wenn sie am Grund die Schwingungen des Klopfens von Schlanges Hand wahrnahmen. Schlange saß an einen Felsklotz gelehnt, im Rücken gepolstert mit der Wüstenrobe, die Arevin ihr gegeben hatte. Sie fragte sich, was Arevin jetzt treiben mochte, wo er war. Sein Volk bestand aus Nomaden, Züchtern großer Moschusochsen, deren Unterwolle ihnen zum Handel diente, da sie fein und seidig war. Um seinen Klan wiederzufinden, würde sie tüchtig suchen müssen. Sie hatte keine Ahnung, ob ihr das jemals möglich sein konnte, obwohl sie sich ein Wiedersehen mit Arevin sehr wünschte. Und die Wiederbegegnung mit seinem Stamm mußte sie stets an Gras'

Tod erinnern, falls sie ihn überhaupt jemals vergessen konnte. Ihre Fehleinschätzung dieser Menschen, ihre eigenen Fehler waren die Ursache dafür, daß es Gras nicht länger gab. Sie hatte erwartet, daß sie trotz ihrer Furcht auf ihr Wort vertrauten, und ohne es zu beabsichtigen, hatten sie ihr gezeigt, wie überheblich ihre Annahme gewesen war. Schlange verdrängte ihre Niedergeschlagenheit. Nun hatte sie eine Chance zur Bewährung. Wenn sie mit Jesse ging, falls sie herauszufinden vermochte, woher die Traumschlangen stammten, neue Exemplare in ihren Besitz bringen und vielleicht sogar entdecken konnte, warum sie auf der Erde so brutunwillig waren, dann stand ihr eine Heimkehr im Triumph bevor, nicht in Ehrlosigkeit – dann nämlich war ihr Erfolg beschieden, wo ihre Lehrer und Generationen von Heilern scheiterten.

Es war Zeit zur Rückkehr ins Lager. Sie erklomm den flachen Hügel herabgestürzten Gesteins am Zugang der Schlucht und hielt Ausschau nach Dunst. Die Kobra lag eingerollt auf einem großen Basaltbrocken. Auf der Kuppe der Anhöhe langte Schlange nach Dunst, hob sie auf und streichelte ihren schmalen Schädel. Sie war nicht ganz so wundervoll geruhsam und schmalhäuptig – obwohl ihre Kapuze gegenwärtig eingesunken war – wie eine ungiftige Schlange. Aber sie brauchte auch keinen dicken, von Gift prallen Kopf. Ihr Gift war stark genug, um schon in winzigen Mengen zu töten.

Als Schlange sich umwandte, erregte der prachtvolle Sonnenuntergang ihre Aufmerksamkeit. Die Sonne stand als verschwommener Fleck am Horizont, verströmte Streifen aus Purpur- und Zinnoberrot durch graue Wolken. Und da erblickte Schlange jene Krater, deren Vielzahl sich drunten durch die Wüste erstreckte. Die Erde war übersät mit großen runden Trichtern. Einige, die im Weg des Lavaflusses lagen, hatten in der Glut die glatten, schwungvollen Schwellungen ihrer Ringwälle verloren. Andere waren noch scharf umrissen, gewaltige Löcher, aus der Erde gehöhlt, nach vielen, vielen Jahren des Treibsandes noch deutlich erkennbar. Die Krater waren so groß und über ein so weites Gebiet verstreut, daß sie nicht nur eine Ursache gehabt haben konnten. Atomexplosionen hatten sie geschaffen. Der Krieg war seit langem vorbei, inzwischen fast vergessen, weil er jeden vernichtet hatte, der die Gründe kannte, warum er ausgebrochen war, oder sich dafür interessierte. Schlange spähte über das verwüstete Land, froh darüber, den Kratern nicht näher zu sein. In Gegenden wie diesen hatten die Nachwirkungen des Krieges sichtbar und unsichtbar bis in Schlanges Lebzeiten überdauert; und sie würden nach Schlange noch für Jahrhunderte weiterbestehen. Die Schlucht, in der sie und die Dreierschaft lagerten, war vermutlich auch nicht völlig sicher, aber sie hatten sich nicht lange genug darin aufgehalten, um in ernster Gefahr zu schweben. Ein ungewöhnliches, auffälliges Gebilde lag unterhalb des Sonnenuntergangs – so daß Schlange es nicht deutlich erkennen konnte – zwischen den Gesteinstrümmern. Sie blinzelte. Sie verspürte Mißbehagen, als belauere sie etwas, das sie nichts anging. Am Rande eines Kraters war der Kadaver eines Pferdes ausgestreckt und verweste in der Hitze. Die erstarrten Beine des toten Tiers ragten grotesk empor in die Luft, durch den geschwollenen Bauch aufwärts gedrückt. Im Sonnenschein schimmerte um des Tieres Kopf goldgelbes Zaumzeug in Scharlachrot und Orange. Schlange entließ ihren Atem mit einem Laut, der halb Seufzer war, halb Stöhnen.

Sie lief zurück zur Schlangenschachtel und drängte Dunst hinein, nahm Sand an sich und begann in die Richtung des Lagers zu rennen, fluchte dabei, als die Klapperschlange sich in ihrer eigensinnigen Art um ihren Arm winden wollte. Sie blieb stehen und hielt Sand so, daß er in sein Fach kriechen konnte, dann eilte sie weiter, noch während sie die Schachtel verschloß. Das Behältnis schlug gegen ihr Bein. Als sie das Zelt erreichte und ins Innere schlüpfte, keuchte sie. Merideth und Alex schliefen. Schlange kniete sich neben Jesse und schob die Decke beiseite. Kaum eine Stunde war verstrichen, seit Schlange die Frau zuletzt untersucht hatte. Doch die Blutergüsse an ihrer Seite waren dunkler und tiefer geworden, ihr Körper war auf ungesunde Weise gerötet. Schlange fühlte ihre Stirn. Sie war glutheiß und trocken wie Papier. Jesse reagierte nicht auf die Berührung. Als Schlange ihre Hand fortnahm, wirkte die glatte Haut dunkler. Innerhalb weniger Augenblicke, während Schlange den Vorgang entsetzt beobachtete, bildete sich, indem die Blutgefäße sich zersetzten, ein neuer Bluterguß; die Gefäßwände waren durch die Strahlung so stark geschädigt, daß bereits leichter Druck ihre völlige Zerstörung bewirkte. Der Verband um Jesses Bein rötete sich plötzlich in der Mitte von Blut. Schlange ballte die Hände zu Fäusten. Sie bebte, tief vom Innern heraus, als werde sie von Kälte durchdrungen. »Merideth!«

Im Handumdrehen war Merideth wach, gähnte und murmelte verschlafen: »Was ist los?«

»Wie lange habt ihr gebraucht, um Jesse zu finden? War sie in einen Krater gestürzt?«

»Ja, sie war zum Schürfen unterwegs. Deshalb kommen wir hierher – andere Kunsthandwerker können sich wegen der Dinge, die Jesse hier findet, mit unserem Angebot nicht messen. Aber diesmal brach ein Kraterrand zusammen. Wir fanden sie erst am Abend.«

Ein ganzer Tag, dachte Schlange. Sie muß in einem Primärkrater gelegen haben. »Warum habt ihr mir das nicht gesagt?«

»Was gesagt?«

»Diese Krater sind gefährlich...«
»Glaubst du etwa all diese alten Legenden, Heilerin? Seit einem Jahrzehnt kommen wir hierher, und nie haben wir Schaden erlitten.« Dies war nicht der rechte Moment für zornige Erwiderungen. Schlange sah hinüber zu Jesse und begriff, daß ihr Nichtwissen und die Geringschätzung der Dreierschaft für die Gefährlichkeit der Überbleibsel der alten Welt Jesse unbeabsichtigt zu einem gewissen Maß an Gnade verholfen hatten. Schlange verfügte gegen die Strahlenkrankheit über Behandlungsmöglichkeiten, aber in einem so schweren Fall gab es keine Heilung. Was sie auch getan hätte, es wäre nur zum Hinauszögern von Jesses Tod geeignet gewesen.
»Was ist mit ihr?« Erstmals zeugte Merideths Stimme von Furcht.
»Sie ist durch Strahlung vergiftet.«
»Vergiftet? Wie das? Sie hat nichts gegessen oder getrunken, das wir nicht auch verzehrt haben.«
»Die Strahlung ist im Krater. Der Boden ist tödlich. Die Legenden sind wahr.«
Unter seiner tiefen Sonnenbräune war Merideth nun bleich. »Dann unternimm etwas, hilf ihr!«
»Ich kann nichts tun.«
»Du kannst ihre Brüche nicht heilen, du kannst ihre Krankheit nicht behandeln...!« Sie starrten einander an, beide gekränkt und zornig. Dann war es Merideth, der den Blick senkte. »Es tut mir leid. Ich hatte kein Recht...«
»Bei den Göttern, Merideth, ich wollte, ich wäre allmächtig. Aber ich bin es nicht.«
Ihr Wortwechsel weckte Alex, der sich erhob und herüberkam, sich reckte und kratzte. »Zeit zum...« Er schaute zwischen Merideth und Schlange hin und her, dann richtete er seinen Blick an ihnen vorbei auf Jesse. »O ihr Götter...!« Aus dem frischen Mal an ihrer Stirn, wo Schlange sie berührt hatte, sickerte langsam Blut.
Alex warf sich an ihre Seite, wollte sie anfassen, aber Schlange hinderte ihn daran. Er versuchte, sie zur Seite zu drängen. »Alex, ich habe sie kaum berührt, und trotzdem ist das entstanden. Du kannst ihr so nicht helfen.«
Er sah sie ausdruckslos an. »Wie denn?« Schlange schüttelte ihren Kopf. Alex wich zurück, Tränen in den Augen. »Das ist ungerecht!« Er lief aus dem Zelt.
Merideth machte Anstalten, ihm zu folgen, doch an der Zeltlasche zögerte er; dann machte er kehrt. »Er kann's nicht begreifen. Er ist noch zu jung.«
»Er begreift durchaus«, widersprach Schlange. Sie tupfte Jesses Stirn ab und versuchte dabei, weder zu reiben noch auf die Haut Druck auszuüben. »Und es stimmt, es ist ungerecht. Wer hat denn jemals behauptet, irgend

etwas in der Welt sei gerecht?« Sie nahm von weiteren Äußerungen Abstand, um Merideth ihre Verbitterung über den Verlust von Jesses letzter Chance zu ersparen, genommen durch das Schicksal, durch Unwissenheit und die Folgen des Wahnsinns einer vergangenen Generation.

»Merideth?« Jesse tastete mit einer zittrigen Hand in der Luft umher.

»Ich bin hier.« Merideth hob eine Hand, aber er fürchtete zu sehr die Folgen, so daß er sie nicht berührte.

»Was ist geschehen? Warum ...?« Langsam blinzelte sie; ihre Augen waren blutunterlaufen.

»Vorsichtig«, flüsterte Schlange. Merideths Hände schlossen sich mit der Sanftheit von Vogelschwingen um Jesses Finger.

»Ist es Zeit zum Aufbrechen?« Ihre Bereitwilligkeit war durchsetzt mit Schrecken, mit Abwehr gegen die unausweichliche Erkenntnis, daß sich etwas in bedrohlicher Weise geändert hatte.

»Nein, Liebes.«

»Es ist so heiß ...« Sie begann den Kopf zu heben, ihre Gewicht zu verlagern. Plötzlich erstarrte sie mit einem Aufkeuchen. Ohne bewußte Mühe erkannte Schlange, worum es sich handelte, nahm sie augenblicklich die nüchterne, inhumane Analyse vor, entsprechend ihrer Ausbildung: Blutungen in den Gelenken. Innere Blutungen. Und in ihrem Hirn? »So hat es bis jetzt nie geschmerzt.« Ohne den Kopf zu bewegen, sah sie Schlange an. »Das ist etwas anderes. Schlimmer.«

»Jesse, ich...« Schlange bemerkte ihre Tränen erst durch den salzigen Geschmack auf ihren Lippen, wo sie sich mit den Sandpartikelchen des Wüstenstaubs vermengten. Worte erstickten in ihrer Kehle. Alex kam gebeugt zurück ins Zelt. Jesse wollte noch etwas sagen, brachte jedoch bloß ein Keuchen zustande.

Merideth packte Schlanges Arm. Sie spürte seine Fingernägel ihre Haut ritzen. »Sie stirbt.« Schlange nickte. »Heiler verstehen Beistand zu leisten... sie wissen, wie man...«

»Nein, Merideth«, flüsterte Schlange.

»...wie man den Schmerz nimmt.«

»Sie kann es nicht...«

»Eine meiner Schlangen wurde getötet«, sagte Schlange lauter als beabsichtigt, innerlich aufgewühlt von Grimm und Kummer.

Merideth vergaß sich nicht zum zweiten Mal, aber Schlange ahnte die unausgesprochene Anschuldigung: Du konntest ihr nicht leben helfen, und nun kannst du ihr nicht einmal helfen zu sterben. Diesmal senkte Schlange den Blick. Sie verdiente dieses harte Urteil. Merideth ließ sie los und beugte sich über Jesse, kauerte über ihr wie ein starker Dämon, bereit zum Kampf wider Bestien oder auch Schatten. Jesse hob einen Arm, um

Merideth zu berühren, aber plötzlich zog sie die Hand mit einem Ruck zurück. Sie starrte die weiche Mitte zwischen den Schwielen ihrer Handfläche an. Darin bildete sich ein Bluterguß. »*Wieso?*«

»Der letzte Krieg«, antwortete Schlange. »In den Kratern...« Ihre Stimme versagte.

»Also ist es wahr«, sagte Jesse. »Meine Familie glaubt, daß das Land hier draußen tötet, aber ich hielt das für eine Lüge.« Ihre Augen verloren den Fokus; sie blinzelte, starrte in Schlanges Richtung, sah sie aber anscheinend nicht, blinzelte nochmals. »Sie haben in so vielerlei Hinsicht gelogen. Lügen, um Kinder gehorsam zu machen...« Ganz allmählich, ein Muskel nach dem anderen, erschlaffte Jesse, die Lider sanken herab, sie schwieg; es schien, als sei sogar das Entkrampfen eine Qual, die sie nicht in einem Zuge ertragen konnte. Sie war noch bei Bewußtsein, reagierte jedoch nicht, weder mit Worten noch mit einem Lächeln oder Blicken, als Merideth ihr leuchtendes Haar streichelte, sich ihr so weit annäherte, wie es möglich war, ohne sie zu berühren. Rings um die kräftigen Farben der Blutergüsse war ihre Haut aschfahl. Plötzlich schrie sie. Sie preßte die Hände an ihre Schläfen, drückte sie gegen ihren Schädel, grub die Fingernägel in die Kopfhaut. Schlange griff nach ihren Händen, um sie fortzuziehen. »Nicht«, stöhnte Jesse, »oh, nein, laß mich... Merideth, wie das schmerzt!« Einige Augenblicke zuvor noch schwach gewesen, widersetzte sich Jesse nun mit fiebriger Kraftentfaltung. Schlange konnte nur versuchen, sie behutsam zu besänftigen, und unterdessen meldete sich wieder ihre innere Diagnosestimme zu Wort: Aneurysma. In Jesses Gehirn dehnte ein durch Strahlungseinwirkung brüchiges Blutgefäß sich langsam aus. Schlanges nächster Gedanke war ihr ebenso unwillkommen und dennoch nachdrücklicher: Hoffentlich platzt es bald und ganz, so daß sie schnell stirbt. Im selben Moment bemerkte Schlange, daß Alex nicht länger an ihrer Seite war, um Jesse beruhigen zu helfen, sondern das Zelt durchquert hatte, und da hörte sie auch schon Sand klappern. Mit einem nahezu instinktiven Ruck drehte sie sich um und warf sich auf Alex. Sie rammte ihm eine Schulter in die Magengrube, und er ließ im gleichen Moment die Schachtel fallen, als von drinnen Sand zubiß. Alex sackte zusammen. Schlange fühlte in ihrem Bein einen Schmerz stechen und holte mit den Fäusten aus, um ihn zu schlagen, doch dann beherrschte sie sich; sie sank auf ein Knie. Am Boden rollte Sand seinen Leib ein und klapperte leise, bereit zu nochmaligem Beißen. Schlanges Herzschlag wummerte. Sie fühlte den Puls durch ihren Schenkel pochen. Ihre Oberschenkelarterie war weniger als eine Handbreit von der Stelle entfernt, wo Sand seine Fangzähne in die Muskulatur gegraben hatte.

»Du Narr! Willst du dich umbringen?« Es pochte noch einige Male in ih-

rem Bein, dann neutralisierten ihre Abwehrstoffe das Gift. Sie war heilfroh, daß Sand die Arterie verfehlt hatte. Ein derartiger Biß konnte selbst sie für kurze Zeit erkranken lassen, und dies waren für eine Erkrankung nicht die richtigen Umstände. Der Schmerz wurde schwächer und dumpf.
»Wie kannst du sie unter solchen Schmerzen sterben lassen?« fragte Alex.
»Sand könnte ihr bloß noch mehr Schmerzen bereiten.« Sie verhehlte ihre Wut, beugte sich über den Diamantenrücken und hob Sand auf, ließ ihn zurück in die Schachtel gleiten. »Klapperschlangen bescheren keinen schnellen Tod.« Das war nicht völlig wahr, aber Schlange verspürte noch immer Ärger genug, um ihnen gerne Furcht einzujagen. »Wenn jemand an ihrem Biß stirbt, dann durch Infektion. Durch Gangrän.«
Alex erbleichte, gab aber noch nicht auf. Merideth rief ihn. Alex schaute hinüber zu seinem Gefährten, dann musterte er noch einmal in herausfordernder Weise Schlange. »Und was ist mit der anderen Schlange?« Er kehrte ihr den Rücken zu und begab sich wieder an Jesses Seite.
Schlange nestelte, die Schachtel in den Händen, am Verschluß von Dunsts Fach. Sie schüttelte den Kopf, verscheuchte den Gedanken, Jesse solle durch Dunsts Gift sterben. Kobragift tötete schnell, nicht schmerzlos, aber rasch. Was war der Unterschied zwischen dem Verschleiern von Qual mit Träumen und ihrer Beendigung durch Herbeiführung des Todes? Schlange hatte niemals den Tod eines anderen Menschen verursacht, weder aus Zorn noch aus Mitleid. Sie wußte nicht, ob sie nun fähig war, es zu tun. Oder ob sie es sollte. Sie vermochte nicht festzustellen, ob die Abneigung, welche sie dagegen empfand, von ihrer Ausbildung herrührte oder einer tieferen, grundsätzlicheren Einsicht entsprang, aufgrund welcher es verurteilt werden mußte, Jesse zu töten. Sie hörte, wie sich die Gefährten gedämpft unterhielten, konnte jedoch nur Stimmen unterscheiden, keine Worte verstehen. Merideths Stimme war klar, wohlklingend, von mittlerer Tonlage; Alex' Stimme klang dunkel und rauh, die von Jesse schwerfällig und kurzatmig. Alle paar Minuten schwiegen sie, während Jesse mit einer neuen Schmerzwelle kämpfte. Jesses nächste Stunden oder Tage, der Rest ihres Lebens, mußten ihr alle Kraft und jeden Mut rauben. Schlange öffnete das Fach und ließ Dunst herausgleiten, sich um ihren Arm schlingen und ihre Schultern erklimmen. Sie hielt die Kobra sanft hinterm Kopf, so daß sie nicht zubeißen konnte, und ging durch das Zelt. Alle drei blickten zu ihr auf, plötzlich aus der Zuflucht ihrer selbstgenügsamen Partnerschaft geschreckt. Merideth schien sie im ersten Moment gar nicht zu erkennen. Alex sah Schlange an, dann die Kobra, zuletzt wieder deren Besitzerin, und sein Gesicht besaß einen seltsamen Ausdruck, in dem sich Resignation, Triumph und Gram mischten. Dunst züngelte, um ihre Gerüche aufzunehmen, ihre lidlosen Augen

wirkten in der zunehmenden Dunkelheit wie silberne Spiegel. Jesse starrte sie an, blinzelte, zwinkerte. Sie hob die Hände, um sich die Augen zu reiben, besann sich jedoch noch rechtzeitig, ließ sie zittrig sinken. »Heilerin? Komm näher. Ich kann nicht richtig sehen.«

Schlange kniete sich zwischen Merideth und Alex. Zum drittenmal wußte sie nicht, was sie zu Jesse sagen sollte. Es schien, als erblinde sie, nicht Jesse, als sickere Blut in ihre Netzhäute, drücke auf die Nerven, verschwämme ihr Blickfeld langsam in Scharlachrot und Schwarz. Hastig zwinkerte Schlange, und ihre Sicht wurde klar. »Jesse, ich habe keine Möglichkeiten, um dir Schmerzen zu ersparen.« Zwischen ihren Händen regte sich geschmeidig Dunst. »Alles, was ich dir anbieten kann...«

»Sag's ihr«, knurrte Alex. Er starrte wie versteinert in Dunsts Augen.

»Glaubst du, es fällt mir leicht?« fuhr ihn Schlange an. Alex blickte nicht auf. »Jesse«, sagte Schlange, »Dunsts natürliches Gift kann töten. Wenn du es wünschst, daß...«

»Was redest du da?« rief Merideth.

Alex löste seinen wie gebannten Blick von der Kobra. »Merideth, sei still, wie kannst du das aushalten, wenn...«

»Ihr seid jetzt beide still«, unterbrach ihn Schlange. »Die Entscheidung liegt bei keinem von euch, sie ist allein Jesses Sache.«

Alex kauerte sich zurück auf die Fersen; Merideth setzte sich aufrecht, starrte vor sich hin. Jesse schwieg für eine lange Weile. Dunst versuchte, sich Schlanges Armen zu entwinden, doch Schlange hielt sie fest. »Die Schmerzen«, sagte Jesse, »werden nicht aufhören.«

»Nein, nicht«, antwortete Schlange. »So leid es mir tut.«

»Wann werde ich sterben?«

»Der Schmerz in deinem Kopf entsteht durch Überdruck. Er kann dich... jederzeit töten.« Merideth sank ein, verbarg das Gesicht in den Händen, aber Schlange sah keine Möglichkeit zu rücksichtsvollerer Ausdrucksweise. »Die Verstrahlung läßt dir höchstens ein paar Tage.« Bei dieser Auskunft zuckte Jesse zusammen.

»Noch ein paar solche Tage möchte ich nicht erleben«, sagte Jesse leise. Zwischen Merideths Fingern rannen Tränen. »Lieber Merideth, Alex versteht mich«, sagte Jesse. »Bitte versuche auch du mich zu verstehen. Es ist für mich an der Zeit, daß ich euch verlasse.« Aus blicklosen Augen starrte Jesse in Schlanges Richtung. »Laß uns für ein Weilchen allein, dann werde ich dein Geschenk dankbar annehmen.«

Schlange erhob sich und verließ das Zelt. Ihre Knie bebten, und ihr Nakken und die Schultern schmerzten aus Verkrampftheit. Sie setzte sich in den hartkörnigen Sand und wünschte, die Nacht wäre schon vorüber. Sie schaute zum Himmel empor, der ein schmaler Streifen zwischen den

Wällen der Schlucht war. Die Wolken wirkten heute besonders dick und undurchlässig, denn obwohl der Mond noch gar nicht hoch genug stand, um bereits sichtbar zu sein, hätte etwas von seinem Licht zu hellem Glanz zerstreut sein müssen. Plötzlich erkannte sie, daß die Wolken nicht außergewöhnlich dick waren, sondern vielmehr sehr dünn und flüchtig, zu feindunstig, um Helligkeit zu verbreiten. Sie trieben in einem Wind, der nur in großer Höhe wehte. Während sie hinaufblickte, teilte sich eine Wolkenbank, und Schlange sah den klaren Himmel, schwarz und tiefräumig und übersät mit schillernden Lichtpünktchen. Schlange starrte zu ihnen empor und hoffte, daß die Wolkendecke sich nicht wieder schloß, wünschte sich, jemand wäre hier bei ihr, um diesen Anblick mit ihr zu teilen. Planeten umkreisten manche dieser Sterne, und Leute lebten darauf, Leute, die Jesse vielleicht zu helfen vermocht hätten, wüßten sie bloß, daß es sie überhaupt gab. Schlange fragte sich, ob ihr Plan eigentlich irgendwelche Erfolgsaussichten besessen hatte oder ob Jesse ihm nur zustimmte, weil unter ihrem oberflächlichen Zustand des Schreckens und der Resignation der Lebenswille zu stark gewesen war, um einfach aufzugeben. Im Zeltinnern enthüllte jemand ein klares Behältnis mit Leuchtzellen. Die blaue Biolumineszenz waberte durch den Eingang über den schwarzen Sand. »Heilerin, du möchtest kommen.« Im Zelteingang zeichnete sich Merideths Gestalt ab; seine Stimme war ihres Wohlklangs entblößt, er war hochgewachsen, verhärmt und hager, wie er dort stand. Schlange kehrte mit Dunst zurück ins Zelt. Merideth sagte nichts mehr. Auch Alex sah mit einem flüchtigen Ausdruck von Unsicherheit und Furcht zu ihr auf. Doch Jesses blinde Augen hießen sie willkommen. Merideth und Alex verharrten an ihrer Bettstatt wie zwei Wächter. Schlange blieb stehen. Sie zweifelte ihren Entschluß nicht an, aber die allerletzte Entscheidung lag bei Jesse.

»Kommt, küßt mich«, sagte Jesse. »Dann laßt uns allein.«

Merideth fuhr herum. »Du kannst uns doch jetzt nicht fortschicken!«

»Ihr habt bereits genug zu vergessen.« Jesses Stimme bebte aus Schwäche. Das Haar hing ihr in wirren Strähnen über Stirn und Wangen, und in ihrer Miene war nichts verblieben als Duldung am Rande völliger Erschöpfung. Schlange sah es, ebenso Alex, aber Merideth stand mit gebeugten Schultern und starrte auf den Boden. Alex kniete nieder und hob Jesses Hände behutsam an seine Lippen. Beinahe ehrfurchtsvoll küßte er ihre Finger, die Wangen und ihren Mund. Sie legte ihm eine Hand auf die Schulter und ließ sie dort einen Moment lang. Bedächtig erhob sich Alex, sah stumm Schlange an und verließ das Zelt. »Merideth, bitte nimm Abschied, ehe du hinausgehst.« Von der Beharrlichkeit ihres Wunsches überwältigt, kniete sich Merideth bei ihr hin, strich ihr das Haar aus dem von Blutergüssen gezeichneten Gesicht und nahm sie zärtlich in seine Arme. Sie erwiderte die Umarmung. Keiner von beiden wagte ein Wort des Trostes. Während Merideth das Zelt verließ, dauerte das Schweigen länger an, als es Schlange lieb war; als draußen die Schritte nur noch wie ein Wispern von Sand und Leder klangen, erbebte Jesse und stieß einen Laut aus, der teils Schluchzen war, teils Stöhnen. »Heilerin?«

»Ich bin hier.« Sie hob ihre Handfläche unter Jesses ausgestreckte Hand.

»Glaubst du, es wäre uns gelungen?«

»Ich weiß es nicht«, antwortete Schlange, die sich daran erinnerte, wie eine ihrer Lehrerinnen von der Stadt zurückkehrte, wo sie nur verschlossene Tore vorgefunden hatte und niemanden, der auch nur mit ihr sprechen wollte. »Ich würde lieber glauben können, wir hätten es geschafft.«

Jesses Lippen verdunkelten sich blaurot. Ihre Unterlippe war aufgeplatzt. Schlange tupfte das Blut ab, aber es war dünn wie Wasser, und sie vermochte den Blutfluß nicht zu stillen. »Du gehst hin«, flüsterte Jesse.

»Was?«

»Zur Stadt. Du hast einen Anspruch.«

»Nein, Jesse, ich...«

»Doch. Sie leben unter einem steinernen Himmel und fürchten sich vor allem außerhalb der Stadt. Sie können dir helfen, und sie brauchen deine Hilfe. Noch ein paar Generationen, und sie werden allesamt verrückt sein. Richte ihnen aus, daß ich lebte und glücklich war. Sag ihnen, ich hätte vielleicht noch weitergelebt, wären sie der Wahrheit treu gewesen. Alles hier draußen töte, behaupteten sie, also dachte ich, daß gar nichts tötet.«

»Ich werde es ausrichten.«

»Und vergiß nicht dein eigenes Anliegen. Andere Menschen benötigen...« Der Atem ging ihr aus, und Schlange wartete stumm auf ihre weiteren Willensäußerungen. Unter ihren Achseln rann Schweiß hinab. Dunst spürte ihr Unbehagen und schlang sich fester um ihren Arm. »Heilerin?« Schlange berührte ihre Hand. »Merideth hat mir den Schmerz genommen. Bitte laß mich gehen, bevor er zurückkehrt.«

»Wie du willst, Jesse.« Sie löste Dunst von ihrem Arm. »Ich werde versuchen, es so schnell wie möglich geschehen zu lassen.«

Das einst schöne, nun verunstaltete Gesicht wandte sich ihr zu. »Danke.«

Schlange war froh, daß Jesse nicht zu sehen imstande war, was nun begann. Dunst sollte in eine Halsschlagader beißen, gleich unterhalb des Kinns, so daß das Gift in Jesses Gehirn fließen und sie augenblicklich töten konnte. Schlange hatte sich ihr Vorgehen genau überlegt, ohne Gefühle, wobei sie sich zugleich wunderte, wieso sie so nüchtern darüber nachzudenken vermochte. In besänftigendem, hypnotischem Ton fing Schlange

auf Jesse einzureden an. »Entspanne dich, laß deinen Kopf zurücksinken, schließe die Augen, stell dir vor, es ist Zeit zum Schlafen...« Sie hielt Dunst über Jesses Brustkorb, wartete noch, bis Jesses Verkrampfung sich löste und das Zittern nachließ. Tränen liefen über Schlanges Gesicht, aber ihr Blickfeld war scharf und klar. Sie sah den Pulsschlag in Jesses Kehle. Dunsts Zunge schnellte aus- und einwärts. Ihre Kapuze blähte sich; sobald Schlange sie freigab, würde sie zustoßen. »Ein tiefer Schlaf, wohlige Träume...« Jesses Kopf rollte, die Kehle lag frei. In Schlanges Händen krümmte sich Dunst. Schlange spürte, wie sich ihre Finger lockerten, während sie dachte: Muß ich das tun? Und plötzlich zuckte Jesse, der obere Teil ihrer Wirbelsäule wölbte sich rückwärts, warf ihren Kopf nach hinten. Ihre Arme versteiften sich, die Finger spreizten und bogen sich zu Klauen. Erschrocken biß Dunst zu. Jesse bäumte sich noch einmal auf, die Hände zu Fäusten geballt, dann erschlaffte sie innerhalb eines Augenblicks vollständig. Zwei winzige Tröpfchen Blut quollen aus den von Dunsts Fängen hinterlassenen Malen. Jesse erbebte; aber sie war bereits tot. Nichts war übrig als der Geruch des Todes und ein entseelter Körper, auf dem kalt Dunst lag und zischte. Schlange fragte sich, ob Jesse womöglich den Druck in ihrem Schädel in einem Maße anschwellen gespürt hatte, das ein baldiges Ende verhieß, und ihre Gefährten hinausschickte, solange noch die Gelegenheit dazu bestand, ihnen diese Erinnerung zu ersparen. Mit zittrigen Händen schob Schlange die Kobra zurück in die Schachtel und reinigte den Leichnam so sanft, als sei er noch Jesse. Doch nichts war von ihr geblieben; ihre Schönheit war mit ihrem Leben entschwunden, vorhanden war nur noch schadhaftes, verquollenes Fleisch. Schlange schloß die Lider der Toten und breitete das schmutzige Laken über ihr Gesicht. Sie verließ das Zelt, in der Hand die Lederschachtel. Merideth und Alex blickten ihr entgegen. Der Mond war aufgegangen; sie sah die beiden Männer in Grautönen. »Es ist vorbei«, sagte sie. Irgendwie klang ihre Stimme genauso wie sonst.
Merideth regte sich nicht, blieb stumm. Alex nahm Schlanges Hand, so wie zuvor Jesses, und küßte sie. Schlange wich zurück; für die Tätigkeit dieses Abends wollte sie keinen Dank. »Ich hätte bei ihr bleiben sollen«, sagte Merideth.
»Sie wünschte es nicht, Merideth.«
Schlange begriff, daß Merideth sich immerzu ausmalen würde, wie es geschehen sein möge, auf tausend und noch mehr Arten, eine scheußlicher als die andere, es sei denn, sie zog seiner Phantasie Grenzen. »Ich hoffe, daß du mir glauben kannst, Merideth«, sprach sie. »›Merideth hat mir den Schmerz genommen‹, sagte Jesse, und einen Moment später starb sie, unmittelbar bevor meine Kobra zustieß. Sie war sofort tot. Augenblick-

lich. In ihrem Hirn platzte ein Blutgefäß. Sie hat nichts gespürt. Sie spürte auch Dunst nicht. Seien die Götter meine Zeugen, ich glaube, daß das die Wahrheit ist.«
»Es wäre ohnehin so gekommen, gleichgültig, was wir getan hätten?«
»Ja.« Ihre Worte bewirkten anscheinend tatsächlich, daß Merideth die Lage nun anders betrachtete, mit dieser Darstellung vermochte er sich abzufinden. Für Schlange änderte sich nichts. Sie mußte im Bewußtsein dessen weiterleben, daß sie beinahe die Urheberin von Jesses Tod geworden wäre. Als sie gesehen hatte, daß der Groll gegen seine eigene Person aus Merideths Miene gewichen war, wandte sie sich jenem Ende der Schlucht zu, wo die Geröllhalde lag, wo man über den Hang in die Lavaebene gelangte.
»Wohin gehst du?« Alex holte sie ein.
»Zurück zu meinem Lagerplatz«, gab sie mit matter Stimme zur Antwort.
»Bitte warte noch einen Moment. Jesse wollte dir etwas geben.«
Hätte er gesagt, Jesse habe sie gebeten, ihr ein Geschenk zu machen, sie würde es verweigert haben, aber daß Jesse selbst ihr etwas hatte geben wollen, bedeutete ihr irgendwie einen Unterschied. Dennoch blieb sie nur widerwillig stehen. »Ich kann nichts annehmen«, sagte sie. »Laß mich gehen, Alex.«
Er drehte sie mit sanftem Nachdruck um und führte sie zurück ins Lager. Merideth war fort, entweder im Zelt bei Jesses Leichnam oder allein mit seiner Trauer. Jesse hatte ihr ein Pferd vermacht, eine dunkelgraue, beinahe schwarze Stute, ein Tier mit feinen Gliedmaßen, das nach Schnelligkeit und Mut aussah. Trotz ihres Widerstrebens, trotz der Tatsache, daß das nicht das Pferd einer Heilerin war, hob Schlange ihre Hände, um die Stute zu berühren, und zugleich erhob sich ihr Herz. Die Stute schien für Schlange der einzige Gegenstand zu sein, den sie seit – sie wußte selbst nicht, seit wann – gesehen hatte, der allein Schönheit und Kraft war, von aller Tragik unangetastet. Alex reichte ihr die Zügel, und sie schloß die Hände um das weiche Leder. Das Zaumzeug besaß Goldeinlagen in Merideths zerbrechlichem Filigranstil. »Ihr Name lautet Wind«, sagte Alex.

Schlange ritt allein die weite Strecke hinweg über die Lava, die sie bis zum Morgen zurückgelegt haben mußte. Die Hufe der Stute hallten auf dem steinernen Untergrund, und von hinten rieb die Lederschachtel an Schlanges Bein. Sie wußte, daß sie nicht heim zur Niederlassung der Heiler konnte. Noch nicht. Der heutige Abend hatte bewiesen, daß sie nicht davon ablassen konnte, eine Heilerin zu sein, ganz gleichgültig, wie unzureichend ihre Hilfsmittel sein mochten. Wenn ihre Lehrer ihr Sand und

Dunst fortnahmen und sie verstießen, würde sie es, das war ihr nun klar, nicht ertragen können. Sie müßte angesichts des Wissens, daß an diesem Ort, in jenem Zeltlager Erkrankungen oder Todesfälle auftraten, die sie hätte heilen, denen sie hätte vorbeugen können oder die sie zu erleichtern vermocht hätte, den Verstand verlieren. Immer würde sie irgendwie einzugreifen versuchen. Man hatte sie zu Stolz und Selbstbewußtsein erzogen, und diese Eigenschaften müßte sie unterdrücken, begäbe sie sich nun zurück zur Niederlassung. Sie hatte Jesse versprochen, ihre Kunde in der Stadt auszurichten, und sie gedachte das Versprechen zu halten. Sie würde für Jesse in die Stadt gehen; und um ihrer selbst willen.

4

Arevin saß auf einem Felsklotz, und in einer Schlinge auf seiner Brust brabbelte das Kind seiner Verwandten. Die Wärme und Geschäftigkeit des neuen Lebewesens waren ihm ein Trost, während er hinaus in die Wüste starrte, in die Richtung, wohin sich Schlange entfernt hatte. Stavin war wohlauf, das neue Kind gesund; Arevin wußte, daß er dankbar und froh über das Glück des Klans sein sollte, und deshalb verspürte er wegen seines anhaltenden Mißmuts ein unbestimmtes Schuldgefühl. Er berührte die Stelle an seiner Wange, wo der weiße Schlangenschwanz ihn getroffen hatte. Wie von Schlange vorausgesagt, war keine Narbe zurückgeblieben. Es kam ihm ausgeschlossen vor, daß sie schon so lange fort sein sollte, wie der Kratzer gebraucht hatte, um zu verschorfen und zu verheilen, denn er entsann sich an ihre gesamte Erscheinung so genau, als weile sie noch unter ihnen. Der Erinnerung an Schlange fehlte die Verschwommenheit, welche Entfernung und Zeit den meisten Bekanntschaften auferlegen. Gleichzeitig hatte Arevin das Gefühl, als sei sie für immer verschwunden.

Einer der großen Moschusochsen, die der Stamm hielt, kam heran und rieb sich an dem Felsen, kratzte sich lebhaft die Flanke. Die Kuh schnob Arevin an, stubste mit der Nase sein Bein und leckte mit ihrer dicken rosa Zunge an seinem Stiefel. In der Nähe kaute ihr halberwachsenes Kalb an den dürren, blattlosen Zweigen eines Wüstenstrauches. In jedem heißen Sommer magerten sämtliche Tiere der Herde ab; ihre Häute waren nun stumpf und harsch. Sie überstanden die Hitze gut, wenn man ihnen im Frühjahr, sobald sie die Winterbehaarung abzulegen begannen, die warme Unterwolle herausbürstete; und weil der Stamm die Ochsen ja eben wegen ihrer feinen, weichen Winterwolle hielt, vergaß man das Bürsten nie. Doch die Ochsen hatten nun, so wie die Menschen, genug vom Sommer, von der Hitze, vom Zusammensuchen trockener, geschmackloser Nahrung. Auf ihre milde Weise gierten die Tiere jetzt nach dem frischen Gras der Winterweiden. Gewöhnlich wäre auch Arevin nur zu erfreut über die baldige Rückkehr zu den Plateaus gewesen. Der Säugling fuchtelte mit winzigen Händchen in der Luft, erwischte Arevins Finger und zog ihn herab. Arevin lächelte. »Das ist etwas, Kleiner, was ich nicht für dich tun kann«, sagte er. Das Kind saugte an seiner Fingerkuppe und lutschte zufrieden, ohne Verdruß zu äußern, als keine Milch floß. Die Augen des Kindes waren blau, so wie Schlanges Augen. Viele Kinderaugen sind blau, dachte Arevin. Doch nunmehr genügten blaue Kinderaugen, um ihn in Träumereien versinken zu lassen. Er träumte fast jede Nacht von Schlange – oder fast jede Nacht, in der er überhaupt schlief. Niemals zuvor hatte er für jemanden so empfunden. Er klammerte sich an die Erinnerung an jene wenigen Anlässe, bei denen sie sich berührten: als sie in der Wüste aneinandergelehnt saßen; ihre kräftigen Finger auf seiner verletzten Wange; in Stavins Zelt, als er sie tröstete. Es wirkte absurd, daß ausgerechnet jener Moment vor ihrem Fortgang der glücklichste seines Lebens gewesen zu sein schien, als er sie umarmt und gehofft hatte, sie werde sich zum Bleiben entschließen. Und sie wäre geblieben, dachte er. Weil wir eine Heilerin gebrauchen können... und zum Teil vielleicht wegen mir. Hätte sie es gekonnt, sie wäre länger geblieben. Solange er sich zurückentsinnen konnte, war dies die einzige Gelegenheit, daß er sich einmal ausgeweint hatte. Doch er verstand, daß sie mit ihrer beeinträchtigten Leistungsfähigkeit nicht hatte bleiben wollen, denn er fühlte sich gegenwärtig ebenfalls beeinträchtigt. Zu nichts war er noch so richtig nutze. Er wußte es, aber er vermochte dagegen nichts zu tun. Jeden Tag hoffte er von neuem, Schlange werde zurückkehren, obwohl er wußte, daß sie nicht kommen würde. Er besaß keine Vorstellung davon, wie weit jenseits der Wüste ihr Ziel lag. Sie mochte von jener Niederlassung der Heiler aus eine Woche, einen Monat oder ein halbes Jahr lang unterwegs gewesen sein, ehe sie beschloß, die Wüste zu durchqueren und neue Gegenden und andere Menschen kennenzulernen. Er hätte mit ihr ziehen sollen. Davon war er heute überzeugt. In ihrem Kummer hatte sie nichts mit ihm anzufangen gewußt, aber er hätte sofort einsehen müssen, daß sie ihren Lehrern, was hier geschehen war, niemals in angemessener Weise zu erklären vermochte. Selbst Schlanges Einfühlungsvermögen konnte ihr keinen Begriff von dem Schrecken vermitteln, den Arevins Volk vor Schlangen empfand. Arevin verstand es aus Erfahrung, aufgrund der Alpträume, die ihn nach dem Tod seiner kleinen Schwester noch immer heimsuchten, aufgrund des kalten Schweißes, der ihm am ganzen Körper ausgebrochen war, als Schlange ihn bat, jene Kobra namens Dunst zu halten. Und aufgrund der eigenen grauenhaften Furcht, die er empfand, als die Sandnatter in Schlanges Hand gebissen hatte, denn da liebte er sie bereits, und in jenem Moment war er dessen sicher, daß sie sterben müsse. Schlange stand im Zusammenhang mit den beiden einzigen Wundern, die Arevin jemals erlebt hatte. Das erste Wunder war: sie starb nicht; das zweite: sie hatte Stavins Leben gerettet.

Das Kind kniff die Augen zusammen und nuckelte kräftiger. Arevin ließ sich vom Felsen rutschen und streckte eine Hand aus. Die schwergewichtige Moschusochsenkuh legte ihr Kinn auf seine Handfläche und ließ sich am Unterkiefer kratzen. »Wirst du diesem Kind ein wenig Nahrung abgeben?« fragte Arevin. Er tätschelte ihren Rücken, ihre Flanke und den Bauch, dann kniete er neben ihr nieder. Sie hatte um diese Jahreszeit nicht länger allzuviel Milch, aber das Kalb war nahezu entwöhnt. Mit seinem Ärmel reizte er eine Zitze, dann hielt er das Kind in deren Reichweite. Das Kind saugte hungrig daran, vor dem riesigen Tier nicht furchtsamer als Arevin. Als der Hunger des Säuglings gestillt war, kratzte Arevin die Moschusochsenkuh nochmals unterm Kinn und kletterte wieder auf den Felsklotz. Nach einer Weile schlief das Kind ein, seine winzigen Finger um Arevins Hand geklammert.

»Holla, Anverwandter!« Er sah sich um. Das Stammesoberhaupt erklomm den Felsen von der Seite und setzte sich neben ihn, das lange Haar gelöst und locker im leichten Wind. Die Frau beugte sich vor und lächelte den Säugling an. »Wie hat das Kind sich benommen?«

»Tadellos.«

Sie schüttelte sich das Haar aus dem Gesicht. »Auf dem Rücken kann man sie viel leichter herumtragen. Und ab und zu auch einmal absetzen.« Sie lächelte. Nicht immer war sie so zurückhaltend und würdevoll, wie beim Empfang von Gästen des Klans. Arevin brachte ein Lächeln zustande. Sie legte eine Hand auf die seine, auf jene Hand, die das Kind mit seinen Fingerchen hielt. »Mein Lieber, muß ich dich erst fragen, was mit dir los ist?«

Verlegen hob Arevin die Schultern. »Ich werde mich bemühen, meine Sache besser zu machen«, sagte er. »In letzter Zeit war ich zu nichts von Nutzen.«

»Glaubst du, ich bin gekommen, um dich zu kritisieren?«

»Kritik wäre angebracht.« Arevin vermied es, das Stammesoberhaupt, seine Base, anzusehen; vielmehr ruhte sein Blick auf ihrem friedlichen Kind. Sie ließ seine Hand los und schlang ihren Arm um seine Schultern. »Arevin«, sagte sie und sprach ihn damit zum drittenmal in seinem Leben direkt mit seinem Namen an, »ich schätze dich sehr. Du könntest zu gegebener Zeit, falls du es überhaupt möchtest, zum Stammesoberhaupt gewählt werden. Aber du mußt deinen inneren Frieden wiederfinden. Wenn sie dich nicht wollte...«

»Wir wollten einander«, entgegnete Arevin. »Aber sie konnte ihre Tätigkeit hier nicht fortsetzen und sagte, ich dürfe nicht mit ihr gehen. Jetzt kann ich ihr nicht folgen.« Er betrachtete das Kind. Seit dem Tod seiner Eltern galt Arevin als Angehöriger der Sippe seiner Base. Sie umfaßte sechs Ehepartner, zwei, nein, nunmehr drei Kinder und Arevin. Seine Zuständigkeiten waren nicht klar eingeteilt, aber er fühlte sich für die Kinder verantwortlich. Vor allem jetzt, da der Zug nach den Winterweiden bevorstand, brauchte der Klan die Mitarbeit jedes Angehörigen. Von nun an bis zur Ankunft bedurften die Moschusochsen bei Tag und Nacht der Aufsicht, oder sie wanderten ostwärts, immer ein paar gemeinsam, um die frischen Weiden zu suchen, und man sah sie nie wieder. Für die Menschen war die Nahrungsbeschaffung in dieser Jahreszeit kein geringeres Problem. Aber wenn sie zu früh aufbrachen, bestand die Gefahr, daß das Gras der Winterweiden noch zu jung und zart war und die Herde es gleich zertrampelte.

»Sage mir, was du sagen möchtest.«

»Ich weiß, daß der Klan gerade jetzt niemanden entbehren kann. Ich trage Verantwortung, vor dir, für die Kinder... Aber die Heilerin – wie soll sie erklären, was sich hier ereignet hat? Wie soll sie es ihren Lehrern verständlich machen, wenn sie es selbst nicht begreift? Ich sah den Biß einer Sandnatter. Blut und Gift sah ich über ihre Hand rinnen. Aber sie bemerkte ihn kaum. Sie meinte, eigentlich hätte sie davon gar nichts bemerken dürfen.« Arevin sah die Freundin an, weil er bisher die Sandnatter niemandem gegenüber erwähnt hatte, in der Annahme, man werde ihm keinen Glauben schenken. Das Stammesoberhaupt war verblüfft, stellte seine Behauptung jedoch nicht in Frage. »Wie soll sie erklären, warum wir fürchteten, was sie uns zu bieten hatte? Sie wird ihren Lehrern berichten, daß sie einen Fehler begangen habe und jene kleine Schlange deshalb ums Leben kam. Sie gibt sich selbst die Schuld. Ihre Lehrer werden sie ihr ebenfalls beimessen und sie bestrafen.«

Das Stammesoberhaupt schaute hinaus über die Wüste. Die Frau hob eine Hand und schob sich eine Strähne ergrauten Haars hinters Ohr. »Sie ist eine stolze Frau«, sagte sie. »Du hast recht. Sie wird niemals Ausreden vorschieben.«

»Wenn man sie verstößt, wird sie nicht zurückkehren«, sagte Arevin. »Ich weiß nicht, wohin sie dann gehen würde, aber ich sähe sie niemals wieder.«

»Die Stürme ziehen herauf«, sagte das Oberhaupt unvermittelt. Arevin nickte. »Wenn du ihr folgst...«

»Ich kann nicht! Doch nicht jetzt!«

»Mein Lieber«, sagte das Oberhaupt, »wir verrichten unsere Angelegenheiten so, wie wir sie tun, damit wir alle die meiste Zeit möglichst frei sind, statt sie so abzuwickeln, daß nur einige wenige frei sind, dafür aber immer. Du machst dich zum Sklaven deiner Verantwortung, während außergewöhnliche Umstände Freiheit fordern. Wärst du einer unserer Ehepartner und mit der Aufgabe betraut, dieses Kind zu versorgen, wäre das Problem schwieriger, aber doch auch nicht zwangsläufig unlösbar. Tatsächlich hat mein Ehegefährte jetzt mehr Zeit, als er sich zu jenem Zeitpunkt erhoffen konnte, als wir das Kind zu zeugen beschlossen. Das ist infolge deiner Bereitschaft der Fall, mehr zu tun, als du müßtest.«

»So ist es ja gar nicht«, widersprach Arevin hastig. »Ich wollte mit dem Kind helfen. Ich mußte es. Ich brauchte...« Er verstummte, sich anscheinend nicht länger darüber im klaren, was er zu äußern beabsichtigte. »Ich war froh, daß er mir zu helfen erlaubte.«

»Ich weiß. Ich hatte nichts dagegen. Aber es verhält sich keineswegs so, daß er dir einen Gefallen tat. Vielmehr hast du ihm einen erwiesen. Vielleicht ist es nun an der Zeit, ihm die Verantwortung zurückzugeben.« Sie lächelte zärtlich. »Er neigt dazu, sich zu weit in seine Arbeit zu verrennen.« Ihr Ehepartner war Weber, der beste des Stammes, aber sie hatte recht: Manchmal schien er im Traum durchs Leben zu gehen.

»Ich hätte sie niemals ziehen lassen dürfen«, sagte Arevin plötzlich. »Warum habe ich das nicht sofort begriffen? Ich hätte es verstehen müssen, meine Schwester zu beschützen, aber ich habe versagt, und nun bin ich auch an der Heilerin gescheitert. Sie hätte bei uns bleiben sollen. Wir hätten ihr Schutz geboten.«

»Sie wäre handlungsuntüchtig gewesen.«

»Sie konnte noch immer heilen...«

»Mein lieber Freund«, sagte Arevins Verwandte, »es ist unmöglich, jemanden völlig zu schützen, ohne ihn zu versklaven. Ich glaube, das hast du nie begriffen, weil du immer zuviel von dir selbst verlangt hast. Du machst dir Vorwürfe wegen des Todes deiner Schwester...«

»Ich habe nicht aufmerksam genug auf sie geachtet.«

»Was hättest du tun können? Erinnere dich an ihr Leben, nicht an ihren Tod. Sie war tapfer, fröhlich und überheblich, ganz wie ein Kind sein soll. Du wärst sie nur besser zu schützen imstande gewesen, hättest du sie mit Furcht an dich gekettet. Dann aber hätte sie nicht leben und die Person bleiben können, die du liebtest. Und das gleiche, glaube ich, gilt für die Heilerin.« Arevin starrte auf das Kind in seinen Armen hinab, sich dessen bewußt, daß seine Verwandte recht hatte, aber noch nicht dazu fähig, seine Gefühle der Verwirrung und der Schuld abzustreifen. Sie tätschelte sanft seine Schulter. »Du kennst die Heilerin am besten, und du sagst, sie könne unsere Furcht nicht erklären. Ich glaube, du hast damit recht. Ich hätte es selber merken müssen. Ich möchte nicht, daß sie für etwas bestraft wird, das wir getan haben, und ich wünsche auch nicht, daß man unser Völkchen in der Fremde mißversteht.« Die stattliche Frau betastete den metallenen Ring, der an seinem schmalen Lederband um ihren Hals baumelte. »Ja, du hast recht. Jemand muß die Niederlassung der Heiler aufsuchen. Ich könnte es sein, weil ich die Verantwortung für die Ehre des Stammes trage. Oder der Ehepartner meines Bruders, weil er es war, der die kleine Schlange tötete. Oder du, weil du die Heilerin deine Freundin nennst. Der Klan muß sich zusammenfinden, um zu entscheiden, wer es sein soll. Aber jeder von uns könnte Oberhaupt sein, und jeder unter uns hätte ihre kleine Schlange genug fürchten können, um sie zu töten. Nur du bist ihr Freund geworden.«

Sie richtete den Blick vom Horizont auf Arevin; er wußte, daß sie bereits lange genug Oberhaupt war, um so zu denken, wie der ganze Stamm dachte. »Danke«, sagte er.

»So viele Menschen hast du verloren, die du liebtest. Nichts vermochte ich zu tun, als deine Eltern starben, nichts, als deine Schwester ums Leben kam. Diesmal jedoch kann ich dir helfen, und wenn es dich uns auch fortnähme.« Sie strich ihm durchs Haar, das – wie ihres – früh ergraute. »Aber denke bitte daran, mein Lieber, daß ich dich ungern für immer von uns gehen sähe.«

Rasch kletterte sie hinunter in den Wüstensand und ließ ihn wieder mit dem jüngsten Kind der Sippe allein. Ihr Vertrauen flößte ihm Sicherheit ein; er brauchte sich nicht länger zu fragen, ob es richtig sei, der Heilerin zu folgen, Schlange zu suchen. Es war richtig, weil es sein mußte. Diese Unterstützung schuldete der Klan ihr mindestens. Arevin löste seine Hand aus den feuchtwarmen Fingerchen des Säuglings, schob die Kleine in die Schlinge auf seinem Rücken und stieg von dem Felsklotz hinab in den Sand.

Die Oase schwebte so grün und leicht im trüben Licht der Morgendämmerung, daß Schlange zuerst glaubte, es handele sich lediglich um eine Luftspiegelung. Sie fühlte sich noch nicht wieder so recht dazu imstande, Einbildung und Wirklichkeit zu unterscheiden. Sie war die ganze Nacht ununterbrochen geritten, um den Lavastreifen zu überqueren, ehe die Sonne aufging und die Hitze unerträglich anstieg. Ihre Augen brannten, und ihre Lippen waren trocken und aufgeplatzt. Wind, die graue Stute, hob den Kopf und spitzte die Ohren, ihre Nüstern flatterten, als sie das Wasser witterte, nach dem längeren Zeitraum verknappter Wasserzutei-

lung begierig darauf, es zu erreichen; Schlange zügelte es nicht, als das Pferd zu traben begann.
Sie gelangten in den Baumbestand der Oase, und die zierlichen Bäume streiften Schlanges Arme mit fedrigem Laub. Die Luft unter den Bäumen war beinahe kühl und schwer vom Duft reifer Früchte. Schlange entfernte den Zipfel des Kopftuchs von ihrem Gesicht und atmete tief ein. Sie stieg ab und führte Wind an das dunkle, klare Gewässer. Die Stute senkte ihr Maul ins Wasser und trank. Sogar ihre Nüstern waren unter der Oberfläche. Schlange kniete sich daneben hin und schöpfte Wasser mit den Händen. Es sickerte zwischen ihren Fingern hindurch, plätscherte und erzeugte Ringe auf dem Wasserspiegel. Sie breiteten sich aus, verliefen sich, und Schlange sah sich überm schwarzen Sand widergespiegelt. Staub bedeckte ihr Gesicht. Ich sehe aus wie ein Räuber, dachte sie. Oder ein Clown. Aber das Lachen, das sie verdiente, war eines der Verachtung, nicht des Frohsinns. Tränenspuren hatten den Schmutz in ihrem Gesicht mit Streifen durchzogen. Sie berührte sie, den Blick unverändert abwärts auf ihr Spiegelbild gerichtet.
Schlange wünschte, die vergangenen paar Tage vergessen zu können, aber sie würden niemals aus ihrer Erinnerung weichen. Noch immer meinte sie die spröde Zartheit von Jesses Haut zu spüren, die sanfte, wie fragende Berührung ihrer Hand; sie hörte innerlich noch ihre Stimme. Und sie fühlte die Qual von Jesses Tod mit, den sie nicht zu verhindern und nicht zu erleichtern vermocht hatte. Sie wollte niemals wieder solche Qual erleben müssen. Schlange tauchte ihre Hände in das kühle Wasser und spritzte sich welches ins Gesicht, wusch den schwarzen Staub fort, den Schweiß und auch ihre Tränenspuren. Sie führte Wind geruhsam um den Teich und vorüber an Zelten und stillen Lagerplätzen, wo die Reisenden der Karawanen noch schliefen. Sie verharrte an Grums Lager; aber die Zeltklappen waren noch geschlossen. Schlange wollte die Alte oder ihre Enkel nicht stören. In einiger Entfernung vom Ufer konnte sie die Pferdekoppel sehen. Eichhörnchen, ihr Tigerpony, stand bei Grums Pferden, versunken in oberflächlichem Schlummer. Sein Fell, schwarz und goldgelb, zeigte die Wirkung einer vollen Woche nachdrücklichen Striegelns, es sah satt und zufrieden aus, und anscheinend störte es sich nicht länger an seinem unbeschlagenen Huf. Schlange entschied, es noch für einen weiteren Tag in Grums Obhut zu lassen und so früh am Morgen weder die alte Karawanserin noch das Tigerpony aufzuscheuchen.
Wind folgte Schlange am Ufer entlang und versuchte bisweilen, an ihrer Hüfte zu knabbern. Schlange kraulte die Stute hinter den Ohren, wo unterm Zaumzeug Schweiß getrocknet war. Arevins Stamm hatte ihr für Eichhörnchen einen Sack Heu mitgegeben, aber da Grum das Pony ver-

pflegte, mußte das Futter sich noch am Lagerplatz befinden. »Essen, anständige Pflege und Schlaf, das ist es, was wir zwei jetzt brauchen«, sagte sie zu dem Pferd. Sie hatte ihr Lager abseits von den anderen Reisenden, hinter Felsen, die aus dem Untergrund aufragten, in einem Bereich der Oase, der weniger Zulauf fand. Sowohl für andere Leute wie auch für ihre Schlangen war es besser, wenn sie möglichst wenig miteinander zu schaffen hatten. Schlange umrundete den schrägen Steinwall.

Alles war verändert. Ihr Bettzeug hatte sie unordentlich zurückgelassen, verwühlt, aber alles andere war noch eingepackt gewesen. Nun hatte jemand ihre Decken zusammengefaltet und aufgestapelt, daneben ihre übrige Kleidung aufgeschichtet und ihr Eßgeschirr im Sand aufgereiht. Sie runzelte die Stirn und trat näher. Heiler betrachtete man mit Respekt, sogar mit Ehrfurcht; Schlange hatte gar keinen Gedanken daran verschwendet, Grum zu bitten, nicht nur auf das Pony, sondern auch auf ihre Ausstattung zu achten. Es wäre ihr niemals eingefallen, daß jemand während ihrer Abwesenheit ihr Gepäck durchstöbern könne. Dann sah sie, daß das Eßgeschirr beschädigt war, der Metallteller in der Mitte geknickt und zusammengedrückt, der Becher verbeult, der Löffel verbogen. Sie ließ Winds Zügel fallen und eilte zu ihren ordentlich aufgestapelten Besitztümern. Die gefalteten Decken waren zerschlitzt und eingerissen. Vom Stapel der Kleidungsstücke hob sie ihr sauberes Kleid auf, doch es war nicht länger sauber. Man hatte es am Wasser in den Morast getreten. Schon vorher war es alt, abgetragen und schlaff gewesen, fadenscheinig und an manchen Stellen fast durchgescheuert, aber ihr bequemstes Kleid, ihr Lieblingskleid. Nun war der Rücken aufgeschnitten, die Ärmel hingen in Fetzen; es war unbrauchbar. Der Futtersack lag zwischen den anderen Habseligkeiten, aber das Heu war im Sand zertrampelt worden. Wind fraß von den Resten, während Schlange die Verwüstung ringsum begutachtete. Sie konnte nicht verstehen, warum jemand ihren Lagerplatz durchwühlen und dann ihren ruinierten Besitz in schönster Ordnung zurücklassen sollte. Sie vermochte nicht zu begreifen, wieso sich überhaupt jemand für ihren Lagerplatz interessieren konnte, denn sie besaß kaum irgend etwas von Wert. Sie schüttelte den Kopf. Vielleicht hatte jemand geglaubt, sie habe beträchtliche Mengen von Gold und Edelsteinen eingenommen. Manche Heiler erhielten für ihre Dienste reiche Belohnungen. In der Wüste jedoch hielt man sehr viel von Ehre, und auch Menschen, die keine Hochachtung schützte, die ihr Gewerbe nicht nahezu unnahbar machte, dachten sich nichts dabei, ihr Eigentum unbewacht zu lassen. Das zerrissene Kleid noch in der Hand, schlenderte Schlange an ihrem verheerten Lagerplatz umher, zu müde, ausgehöhlt und verwirrt, um über dies seltsame Ereignis nachzugrübeln. Eichhörnchens Packsattel lehnte an einem Felsen; Schlange hob ihn aus keinem besonderen Grund auf, außer dem vielleicht, daß er unbeschädigt aussah. Dann aber bemerkte sie, daß alle Seitentaschen aufgeschlitzt und abgerissen worden waren, obwohl die Laschen nur Knöpfe besessen hatten. Die Seitentaschen hatten ihre sämtlichen Karten und Aufzeichnungen sowie das Berichtsbuch ihres noch nicht beendeten Probejahres enthalten. Sie tastete in den Winkeln der Taschenfetzen umher, in der Hoffnung, wenigstens noch einen Fetzen Papier zu entdecken, aber nichts war geblieben. Schlange warf den Sattel hin. Sie hastete um ihr Lager, schaute hinter Steine, scharrte im Sand, hoffte darauf, einzelne Blätter zu finden, unter ihren Füßen das Rascheln von Papier zu hören, aber nichts dergleichen geschah; nichts war geblieben. Ihr war zumute, als habe sie jemand verprügelt. Alles andere, was sie besaß, ihre Decken, die Kleidung, ganz bestimmt die Karten, konnte einem Dieb von Nutzen sein, aber das Berichtsbuch war für jedermann außer ihr nutzlos.

»Verdammt noch mal!« schrie sie wütend, an niemanden gewandt. Die Stute schnob, scheute und trabte davon in einen Tümpel. Schlange bebte, rang um Fassung, dann drehte sie sich um, streckte eine Hand aus und ging langsam auf Wind zu, sprach leise auf sie ein, bis die Stute sie die Zügel ergreifen ließ. Schlange streichelte das Tier. »Es ist schon gut«, sagte sie, »schon gut, macht nichts.« Sie sprach ebenso zu sich selbst wie zu dem Pferd. Sie standen beide bis zu den Knien im kühlen, klaren Wasser. Schlange tätschelte die Stute an der Schulter und pflügte ihre Finger durch die schwarze Mähne. Plötzlich verschwamm ihr Blickfeld, sie lehnte sich an Winds Hals und zitterte. Während sie dem kräftigen, gleichmäßigen Herzschlag der Stute und ihren regelmäßigen Atemzügen lauschte, gelang es Schlange, sich zu beruhigen. Sie straffte sich und watete aus dem Wasser. Am Ufer stellte sie das Schlangenbehältnis beiseite, nahm dem Pferd den Sattel ab und begann es mit dem Fetzen einer zerrissenen Decke abzureiben. Sie arbeitete mit dem Grimm der Erschöpfung. Der Sattel und das reich verzierte Zaumzeug, nun besudelt von Staub und Schweiß, konnten warten, aber Schlange gedachte Wind nicht in schmutzigem, verschwitzten Zustand zu belassen, während sie selbst ausruhte.

»Schlange-Kindchen, kleine Heilerin, liebes Mädchen...« Schlange drehte sich um. Grum humpelte herbei, stützte sich dabei auf einen knorrigen Stock. Eine ihrer Enkelinnen, eine hochgewachsene junge Frau, schwarz wie Ebenholz, begleitete sie, aber alle Enkelkinder Grums wußten genau, daß sie davon abzusehen hatten, der kleinen, von Arthritis gebeugten Alten beim Gehen zu helfen. Grums weißes Kopftuch lag schief über ihrem gelichteten Haar. »Liebes Kind, wie bist du nur unbemerkt an mir vorbeigekommen? Ich höre sie, wenn sie eintrifft, dachte ich, oder ihr Pony wird sie wittern und wiehern.« Grums von der Sonne verbranntes, vom Alter gerunzeltes Gesicht wies heute zusätzlich Sorgenfalten auf. »Schlange-Kindchen, das wollten wir nicht, daß du dies hier so völlig unvorbereitet vorfindest.«

»Was ist geschehen, Grum?«

»Pauli«, sagte Grum zu ihrer Enkelin, »versorge das Pferd der Heilerin.«

»Ja, Grum.« Als Pauli die Zügel nahm, berührte sie in einer Geste des Trostes Schlanges Arm. Sie lud sich den Sattel auf und führte Wind hinüber zu Grums Lager.

Eine Hand an Schlanges Ellbogen – nicht um sich, sondern um sie zu stützen –, geleitete Grum sie zu einem Felsen. Sie setzten sich, und Schlange schaute erneut rundum, als Ungläubigkeit ihre Mattigkeit verdrängte. Sie heftete ihren Blick auf Grum. Grum seufzte. »Gestern war's, kurz vor der Morgendämmerung. Wir hörten Geräusche und eine Stimme, nicht deine, und als wir nach dem Rechten sahen, erblickten wir hier eine einzelne Gestalt in Wüstenkleidung. Wir glaubten, sie vollführe einen Tanz. Aber als wir uns näherten, lief sie fort. Der Täter zerbrach seine Laterne im Sand, und danach konnten wir ihn nicht finden. Und dein Lagerplatz...« Grum hob die Schultern. »Wir haben uns alles angeschaut, aber nichts war unversehrt geblieben.« Wortlos ließ Schlange ihren Blick nochmals rundum wandern, der Erkenntnis, warum jemand ihren Lagerplatz verwüsten sollte, nicht näher als zuvor. »Am Morgen hatte der Wind alle Spuren verweht«, sagte Grum. »Diese Kreatur muß hinaus in die Wüste geflohen sein, aber es war kein Wüstenbewohner. Wir stehlen nicht. Wir zerstören nicht.«

»Das weiß ich, Grum.«

»Du kommst nun zu mir. Frühstück. Ausschlafen. Vergiß diesen Verrückten. Wir müssen alle ständig vor Verrückten auf der Hut sein.« Sie nahm Schlanges narbige Hand in ihre kleine, schwielige Hand. »Aber wir wollten nicht, daß du diese Bescherung so völlig unerwartet entdeckst, nein. Ich hätte deine Ankunft bemerken müssen, Schlange-Kindchen.«

»Das ist doch nicht so schlimm, Grum.«

»Laß mich dir beim Umzug in unsere Zelte helfen. Hier möchtest du ja wohl nicht länger bleiben.«

»Zum Umziehen ist nichts übrig.« Schlange erhob sich, verharrte neben Grum und starrte das Unheil an. Die Alte tätschelte behutsam ihre Hand.

»Er hat alles demoliert, Grum. Ich könnte es begreifen, hätte er alles weggeschleppt.«

»Meine Liebe, niemand begreift Verrückte. Sie haben keinen Verstand.« Genau das jedoch war der Grund, warum Schlange nicht glauben konnte, daß ein wirklich Verrückter soviel so völlig zerstören würde; der Schaden

war auf eine so vorsätzliche und sonderbar rationale Weise angerichtet worden, daß der Wahnsinn weniger wie das Ergebnis einer geistigen Erkrankung als die Folge gewaltiger Wut wirkte. Ihr schauderte. »Hör auf mich«, sagte Grum. »Verrückte kommen, Verrückte gehen. Sie sind wie Sandflöhe, in dem einen Sommer begegnet man ihnen überall, im nächsten Jahr scheint es keine zu geben.«
»Wahrscheinlich hast du recht.«
»Habe ich auch«, meinte Grum. »Ich kenne mich aus. Hier wird er nicht wieder auftauchen, er zieht woandershin, aber bald werden wir alle Bescheid wissen und die Augen offenhalten. Wenn wir ihn erwischen, bringen wir ihn zu den Besserern, vielleicht können die ihn zurechtrücken.«
Matt nickte Schlange. »Ich hoffe es.« Sie warf sich Eichhörnchens Sattel über die Schultern und nahm das Schlangenbehältnis in die Hand. Der Griff zitterte kaum merklich, als sich Sand in seinem Fach umherwand. Sie ging mit Grum ins Lager der Alten, zu müde, um länger darüber nachzudenken, was geschehen war, und lauschte bereitwillig Grums besänftigenden Worten des Trostes und Mitgefühls. Der Verlust von Gras, der Tod Jesses und nun dies – beinahe wünschte Schlange, sie wäre abergläubisch, so daß sie glauben könne, sie sei verflucht. Menschen, die an böse Flüche glaubten, glaubten auch an Mittel und Wege, um sie zu unterlaufen. Dagegen wußte Schlange im Moment gar nicht recht, was sie denken oder woran sie glauben sollte oder wie sich die Pechsträhne abschütteln ließ, die über ihr Dasein gekommen sein mußte. »Warum hat er bloß mein Berichtsbuch gestohlen?« meinte sie plötzlich. »Warum meine Karten und mein Berichtsbuch?«
»Karten?« sagte Grum. »Der Verrückte hat Karten gestohlen? Ich habe gedacht, du hättest sie mitgenommen. Dann war es *wirklich* ein Verrückter.«
»Ich nehme es an. Es muß wohl einer gewesen sein.« Aber sie war noch immer nicht davon überzeugt.
»Karten!« stieß erneut Grum hervor. Für einen Augenblick schien Grum den Ärger und die Wut Schlanges zu teilen. Aber die Überraschung in Grums Stimme verwirrte Schlange. Dann fuhr sie heftig herum, als jemand an ihrem Gewand zupfte. Der Sammler sprang zurück, gleichermaßen erschrocken. Schlange beherrschte sich, als sie sah, um wen es sich handelte: um einen jener unermüdlichen Stöberer, die jedes Stückchen Metall, Holz, Tuch, Leder, sämtliche Hinterlassenschaften von Lagerplätzen, gewissenhaft auflasen und irgendwie für alles noch Verwendung fanden. Die Sammler kleideten sich in bunte Gewänder aus Stoffetzen, die sie geschickt zu geometrischen Mustern zusammennähten.
»Heilerin, hinterläßt du uns all dies? Ist nichts davon noch für...«

»Ao, verschwinde!« raunzte Grum ihn an. »Belästige die Heilerin jetzt nicht. Du müßtest wirklich klug genug sein, um sie nun in Ruhe zu lassen.«
Der Sammler senkte den Blick zu Boden, entfernte sich aber nicht. »Sie kann nichts damit anfangen. Wir aber. Überlaß es uns. Wir schaffen es fort.«
»Dies ist nicht der richtige Augenblick, um sie zu fragen.«
»Laß nur, Grum.« Schlange rang sich dazu durch, dem Sammler die Erlaubnis zu erteilen, alles mitzunehmen. Vielleicht vermochten die Sammler mit zerfetzten Decken und verbogenen Löffeln irgend etwas anzufangen; sie konnte es nicht. Sie wollte nichts davon noch einmal ansehen; nicht daran erinnert werden, was sich ereignet hatte. Doch das Ersuchen des Sammlers lenkte Schlange von ihrem Staunen und ihrer Verwirrung ab und versetzte sie wieder in die Wirklichkeit; sie entsann sich an etwas, das Grum über Ao und seinesgleichen äußerte, als sie sich erstmals mit ihr unterhielt. »Ao, wenn ich die anderen impfe, werdet ihr euch auch alle impfen lassen, ja?«
Der Sammler sah sie argwöhnisch an. »Krauch- und Kriechviecher, Gift, Magie, Hexen... nein, das ist nichts für uns.«
»Mit alldem hat das gar nichts zu tun. Ihr werdet die Schlangen überhaupt nicht zu sehen kriegen.«
»Nein, so was ist nichts für uns.«
»Dann muß ich den ganzen Krempel mitten im Teich versenken.«
»Verschwendung«, rief der Sammler. »Nein! Das Wasser verschmutzen? Du häufst Schande auf mein Gewerbe! Du lädst Schmach auf dich selbst.«
»Das gleiche Empfinden habe ich, wenn ihr euch nicht durch mich gegen Krankheiten schützen laßt. Vergeudung. Verschwendung von Menschenleben. Unnötige Todesfälle.«
Der Sammler schielte sie unter zottigen Brauen an. »Kein Gift? Keine Zauberei?«
»Nichts dergleichen.«
»Stell dich als letzter an, wenn du willst«, sagte Grum. »Dann wirst du sehen, daß es mich nicht umbringt.«
»Keine Krauch- und Kriechviecher?«
Wider Willen mußte Schlange lachen. »Keine.«
»Und danach erhalten wir das?« Der Sammler wies in die Richtung von Schlanges verwüstetem Lagerplatz.
»Ja, nachher.«
»Und wir bekommen dann nicht länger Krankheiten?«
»Weniger. Ich kann nicht alle fernhalten. Aber Masern. Und Scharlach. Kieferstarre...«

»Kieferstarre! Die kannst du fernhalten?«
»Ja. Nicht für immer, aber für lange Zeit.«
»Wir werden kommen«, sagte der Sammler, drehte sich um und strebte davon.
In Grums Lager bürstete Pauli die Stute gerade kräftig ab, während Wind Halme aus einem Heubündel zupfte. Pauli besaß die allerschönsten Hände, die Schlange jemals gesehen hatte, groß und trotzdem feingliedrig, langfingrig und kraftvoll, unbeeinträchtigt durch die schwere Arbeit, die sie verrichtete. Obwohl sie groß war, hätten diese Hände leicht an ihrer Person zu wuchtig wirken können, aber das war nicht der Fall. Sie waren anmutig und ausdrucksvoll. Sie und Grum unterschieden sich so stark voneinander, wie es zwei Menschen nur konnten, abgesehen von der Ausstrahlung von Sanftmut, die Großmutter und Enkelin gemeinsam war, ebenso allen Verwandten Paulis, die Schlange kannte. Schlange hielt sich noch nicht lange genug in Grums Umgebung auf, um zu wissen, wie viele Enkelkinder sie um sich hatte, oder um bloß den Namen des kleinen Mädchens zu kennen, das in der Nähe saß und Winds Sattel putzte. »Wie geht's Eichhörnchen?« erkundigte sich Schlange.
»Er ist glücklich und zufrieden, Kindchen. Drüben kannst du ihn sehen, dort unter dem Baum, zu faul, um ein paar Schritte zu laufen. Aber er ist wieder wohlauf. So, und du brauchst nun eine Bettstatt und Erholung.«
Schlange schaute hinüber zu ihrem Tigerpony, das unter den Bäumen stand und mit dem Schweif wedelte. Es machte einen so zufriedenen und wohligen Eindruck, daß sie es nicht rief. Schlange war müde, aber sie spürte um ihren Hals und die Schultern Verspanntheit in allen Muskeln. Schlaf würde eine Unmöglichkeit sein, solange sie sich nicht ein wenig entkrampft hatte. Sie wollte über den Zwischenfall mit ihrem Lagerplatz noch weiter nachdenken. Vielleicht gelangte sie letztlich ebenfalls zu der Schlußfolgerung, daß – wie Grum meinte – ein Verrückter für die Verwüstungen verantwortlich sein mußte. Falls es so kam, mußte sie es verstehen und sich damit abfinden. Sie war nicht daran gewöhnt, daß so viele Dinge blind zufällig geschahen. »Ich nehme ein Bad, Grum«, sagte sie, »und dann kannst du mich irgendwo hinbetten, wo ich dir nicht im Wege liege. Es wird nicht für lange sein.«
»Solange du hier bist, solange wir hier sind: Bei uns bist du willkommen, Heiler-Kindchen.« Schlange drückte sie an sich. Grum patschte ihr auf die Schulter.

In der Nähe von Grums Lager entsprang aus Felsen eine der Quellen, welche die Gewässer der Oase nährten, plätscherte über Gestein abwärts.

Schlange kletterte hinauf zu den flachen, ausgewaschenen Felsenbecken, worin sich von der Sonne erwärmtes Wasser staute. Von dort oben konnte sie die gesamte Oase überblicken: fünf Lager am Wasser, Menschen, Tiere. Die schwachen Stimmen von Kindern und das helle Kläffen von Hunden wehten herüber durch die drückende, von Staub erfüllte Luft. Rund um den Teich standen die Bäume wie ein Ring aus Federn, ein Kranz aus hellgrüner Seide. Zu Schlanges Füßen bildete Moos rund um ein natürliches Becken ein weiches Polster. Schlange zog die Stiefel aus und trat auf den kühlen, lebendigen Teppich. Sie entkleidete sich und watete ins Wasser. Es hatte etwas weniger als Körpertemperatur, war in der morgendlichen Wärme angenehm, aber nicht so kühl, daß man zurückschreckte. Weiter oben zwischen den Felsen war ein Becken mit frischerem, drunten eines mit lauerem Wasser. Schlange hob einen Stein aus einem Spalt, der überschüssigem Wasser den Abfluß in den Sand gestattete. Sie wußte, daß man verschmutztes Wasser nicht einfach hinab in die Oase fließen lassen durfte. Andernfalls wären bald einige Karawanenreisende verärgert zu ihr heraufgekommen, um sie aufzufordern, das zu unterbinden. Sie hätten es so ruhig und entschieden getan, wie sie Tiere abseits führten, die zu nahe am Wasser eingepfercht waren, oder jemandem das Gehen nahelegten, der ein solches Maß an schlechtem Benehmen besaß, um sich am Ufer zu erleichtern. In der Wüste gab es keine Ansteckung infolge verdorbenen Wassers.
Schlange ging weiter hinaus in das halbwarme Wasser, fühlte es um sich ansteigen, ein wohliges Umgluckern ihrer Schenkel, ihrer Hüften, ihrer Brüste. Sie lehnte sich rücklings an das warme, schwarze Gestein und ließ ihre Spannung langsam zerfließen. Das Wasser kitzelte im Nacken. Sie dachte zurück an die zuletzt verstrichenen Tage. Irgendwie schienen deren Ereignisse sich über einen viel längeren Zeitraum erstreckt zu haben. Sie waren eingebettet in einen Nebel beständiger Erschöpfung. Schlange betrachtete ihre rechte Hand. Der häßliche Bluterguß war verschwunden, vom Biß der Sandnatter waren nur zwei hellrosa Punktnarben geblieben. Sie ballte eine Faust und ließ sie geballt: keine Steifheit, keine Schwäche. So viele Veränderungen in so kurzer Zeit. Schlange hatte nie zuvor Widerwärtigkeiten erdulden müssen. Ihre Ausbildung und ihre Arbeit waren ihr nicht leicht gemacht worden, aber sie ließen sich bewältigen, und kein Argwohn, keine Unsicherheit und keine Verrückten hatten den geruhsamen Verlauf der Tage beeinträchtigt. Nie war sie an irgend etwas gescheitert. Alles war stets kristallklar gewesen, Rechtes und Schlechtes hatten immer deutlich umgrenzte Begriffe umfaßt. Schlange lächelte schwach; hätte jemand ihr oder den anderen Schülern zu erläutern versucht, daß die Wirklichkeit anders war, unvollkommen, widersprüchlich

und voller Überraschungen – niemand würde es geglaubt haben. Nun verstand sie die Veränderungen, die sie bei älteren Schülern festgestellt hatte, als sie von ihren Probejahren zurückkehrten. Und außerdem begriff sie, warum einige gar nicht wiederkamen. Nicht alle waren ums Leben gekommen, vielleicht nicht einmal die Mehrzahl. Unfälle und Verrückte waren die einzigen Gefahren, die für einen Heiler keinen Respekt aufbrachten. Nein, manche hatten erkannt, daß das Dasein eines Heilers ihnen nicht behagte und einfach irgendwo irgendein anderes Leben begonnen. Schlange dagegen hatte nun eingesehen, daß sie immer eine Heilerin sein mußte, ganz gleichgültig, wie, ob mit allen ihren Schlangen oder überhaupt keinen. Die ersten schlimmen Tage des Selbstmitleids, ausgelöst durch den Verlust von Gras, waren ausgestanden; der furchtbare Kummer, den ihr Jesses Tod bereitet hatte, war überwunden. Schlange würde Jesses Tod niemals vergessen, aber sie konnte sich wegen seiner Umstände nicht für immer grämen. Statt dessen beabsichtigte sie, Jesses letzte Wünsche zu erfüllen.

Sie setzte sich auf und rieb sich am ganzen Körper mit Sand ab. Das Wasser floß an ihr vorüber und sickerte durch den Abfluß in den Sand. Schlanges Hand verweilte auf ihrem Leib. Die Annehmlichkeit frischen Quellwassers, von Entspannung und Gelöstheit, des Fühlens ihrer eigenen Hand erinnerten sie mit nahezu körperlichem Erschrecken daran, wie lange es her war, daß jemand sie zuletzt berührte, daß sie ihrem Verlangen nachgegeben hatte. Sie lehnte sich im Becken zurück und erging sich in Phantasien über Arevin.

Barfüßig und mit entblößten Brüsten, das Gewand über die Schulter geworfen, kletterte Schlange vom Staubecken herab. Auf halber Strecke zu Grums Lager blieb sie für einen Moment stehen und lauschte auf ein Geräusch, daß sie am Rande ihrer Wahrnehmung gehört zu haben glaubte. Es wiederholte sich: das weiche Gleiten von Schuppen über Stein, das Geräusch einer Schlange, die sich dahinbewegte. Langsam drehte sich Schlange in die Richtung, woher das Geräusch kam. Zunächst sah sie nichts, doch dann kroch aus einem Felsspalt eine Sandnatter. Sie hob ihren grotesken Kopf und züngelte.

Schlange erinnerte sich mit einer Art von schwachem seelischen Zusammenducken an den Biß der anderen Sandnatter, doch sie wartete geduldig, bis das Geschöpf sich noch weiter von seinem Versteck entfernt hatte. Es besaß nichts von der ätherischen Schönheit Dunsts, keine schönen Rükkenmuster wie Sand. Es war einfach nur häßlich, der Kopf besaß klumpige Auswüchse, die Schuppen waren schlammig-dunkelbraun. Aber es handelte sich um eine den Heilern unbekannte Spezies, und sie war – was noch mehr zählte – eine Bedrohung für Arevins Stamm. Sie hätte ein Exemplar bei dessen Lager fangen sollen, aber sie hatte nicht daran gedacht. Seither reute sie ihr Versäumnis. Es war ihr unmöglich gewesen, seinen Stamm zu impfen, weil sie noch gar nicht erfahren hatte, welche Krankheiten unter dessen Mitgliedern verbreitet waren, und sie deshalb für Sand nicht den geeigneten Katalysator zubereiten konnte. Wenn sie zurückkehrte – falls es jemals dazu kam –, wollte sie das nachholen. Aber wenn es ihr gelang, diese Natter zu fangen, die fast lautlos auf sie zuglitt, konnte sie überdies als Geschenk ein wirksames Heilmittel gegen ihr Gift herstellen.

Der leise Wind wehte von der Natter zu ihr herüber; das Tier konnte sie nicht wittern. Falls es einen Wärmesinn besaß, lenkten die warmen schwarzen Felsen es ab. Es bemerkte Schlange nicht. Sein Sehvermögen, so nahm Schlange an, war nicht besser als bei allen anderen Schlangen. Die Natter kroch dicht an ihr vorbei, fast über ihre nackten Füße. Schlange beugte sich langsam vor, streckte eine Hand nach ihrem Kopf aus, die andere vor sie hin. Als sie die Regung der anderen Hand wahrnahm, bäumte sie sich auf, um zuzubeißen, und damit geriet sie in Schlanges Griff. Schlange hielt sie unerbittlich fest und bot ihr keine Gelegenheit zum Biß. Sie wand sich heftig um Schlanges Unterarm, zischte und wand sich, entblößte ihre erstaunlich langen Giftzähne. Schlange erschauderte. »Mein Fleisch zu kosten, das wäre ein Vergnügen, was, Kreatur?« Unbeholfen faltete sie mit einer Hand ihr Kopftuch auseinander und setzte die Schlange in diesen behelfsmäßigen Beutel, damit sie niemanden erschreckte, wenn sie Grums Lager betrat. Sie setzte ihren Weg dorthin auf dem ausgetretenen steinernen Pfad fort.

Grum hatte für sie ein Zelt vorbereitet. Es stand im Schatten aufgeschlagen, und die Seitenbahnen waren hochgerollt, damit das Innere noch die leicht kühle frühmorgendliche Brise einfange. Ebenfalls von Grum stammte eine Schüssel voller frischer Früchte, die ersten reifen Beeren von den Bäumen. Sie waren rund, blauschwarz und kleiner als Hühnereier. Vorsichtig biß Schlange in eine Beere; sie hatte noch nie eine davon in ganz frischem Zustand gegessen. Der saure, dünne Fruchtsaft spritzte aus der geplatzten Haut der Beere. Sie verzehrte sie langsam und mit Genuß. Der Stein in der Mitte war groß, füllte fast den halben Durchmesser der Frucht aus. Sein Gehäuse war dick, um dem Samen Schutz gegen die Winterstürme und die langen Monate oder Jahre der Dürre zu bieten. Als sie das Fruchtfleisch verzehrt hatte, legte Schlange den Stein beiseite, denn man pflegte solche Steine in der Nähe der Oase einzupflanzen, wo sie eine Gelegenheit zum Gedeihen hatten. Während sie sich ausstreckte, nahm Schlange sich vor, daran zu denken, ein paar Kerne dieser Sommerbäume mitzunehmen. Falls sie auch in den Bergen wuchsen, wären sie für den Obstanbau eine echte Bereicherung. Einen Moment später schlief sie ein.

Sie schlummerte fest und traumlos, und als sie am Abend erwachte, fühlte sie sich besser als an den letzten Tagen vorher; sie fühlte sich wohl. Im Lager herrschte Stille. Grum und ihre Enkelkinder galt dies als ein planmäßiger Rastaufenthalt für sie selbst und ihre Packtiere. Sie waren Händler und kehrten nach einem Sommer des Feilschens, Kaufens und Verkaufens nach Hause zurück. Grums Sippe besaß – wie die anderen Händler, die hier regelmäßig lagerten – auf einen Anteil an den Früchten in der Oase ein Erbrecht. Wenn die Obsternte vorüber und die Früchte getrocknet waren, verließ Grums Karawane die Wüste und legte die letzten paar Tagesmärsche zurück, die sie noch von den Winterquartieren trennten. Die Obsternte stand kurz bevor; die Luft war erfüllt vom eindringlichen Duft der Früchte.

Grum stand in der Nähe der Koppel, die Hände auf dem Knauf ihres Stokkes gefaltet. Als sie Schlange hörte, drehte sie sich um und lächelte. »Gut geschlafen, Heiler-Kindchen?«

»Ja, Grum, danke.« Unter Grums Pferden wirkte Eichhörnchen beinahe schäbig; die Alte bevorzugte Schecken, Apfelschimmel und Falben. Sie meinte, das mache ihre Karawane auffälliger, und wahrscheinlich hatte sie damit recht. Schlange pfiff; Eichhörnchen warf den Kopf hoch, trabte heran und schlug mit den Hinterbeinen aus, rundum gesund und wohlgelaunt.

»Er hatte Sehnsucht nach dir.«

»Ja, ich sehe es, er ist regelrecht dahingewelkt.« Schlange kraulte Eichhörnchen hinterm Ohr, während er sein Maul gegen sie drängte.

Grum kicherte. »Wir füttern unsere Pferde gut. Niemand hat jemals Grum und die ihren beschuldigen können, sie würden Tiere schlecht behandeln.«

»Ich werde ihn wohl fortlocken müssen, um weiterziehen zu können.«

»Dann bleibe. Komm mit uns in unser Dorf und verbring den Winter bei uns. Wir sind nicht gesünder als andere Leute.«

»Danke für das Angebot, Grum. Aber zuerst habe ich noch etwas zu erledigen.« Für einen Moment hatte sie Jesses Tod fast vergessen, aber sie wußte, daß die Erinnerung ihrem Bewußtsein niemals allzu fern sein würde. Schlange duckte sich unter der Einzäunung aus Tauen hinweg. Sie trat an die Schulter des Tigerponys und hob seinen Fuß an.

»Wir haben versucht, das Hufeisen zu ersetzen«, sagte Grum, »aber unsere Eisen sind alle zu groß, und kein Schmied hat sich eingefunden, der seines hätte wiederherstellen oder ihm ein neues anfertigen können. So spät im Jahr läßt sich hier kein Schmied blicken.«

Schlange nahm die Stücke des zerbrochenen Hufeisens entgegen. Das Eisen war fast neuwertig, denn ehe sie sich zur Durchquerung der Wüste anschickte, hatte sie Eichhörnchen neu beschlagen lassen. Selbst die Ränder waren noch scharfkantig und regelmäßig. Das Metall selbst fehlerhaft gewesen sein. Sie gab die Bruchstücke an Grum zurück. »Vielleicht kann Ao das Metall verwenden. Meinst du, daß Eichhörnchen bis nach Berghausen laufen kann, wenn ich vorsichtig mit ihm umgehe?«

»O ja, zumal du doch auf deiner schönen grauen Stute reiten kannst.«

Schlange bereute es, überhaupt auf Eichhörnchen geritten zu sein. Gewöhnlich tat sie das keineswegs. Im Gehen kam sie für ihre Begriffe schnell genug voran, und Eichhörnchen trug nur ihr Gepäck und ihre Schlangen. Aber nachdem sie Arevins Lager verlassen hatte, spürte sie die Folgen des Schlangenbisses wieder stärker, obwohl sie sie bereits überwunden glaubte. Schlange war auf Eichhörnchens Rücken gestiegen, in der Absicht, nur so lange zu reiten, bis das Gefühl vergangen war, in Ohnmacht fallen zu müssen, und dann war sie auf dem Pony bewußtlos zusammengesunken. Eichhörnchen trug sie duldsam, den Kopf gesenkt, da sie auf seinem Widerrist lag, weiter durch die Wüste. Erst als er schon lahmte, kam sie wieder zur Besinnung und hörte das Klirren des gebrochenen Hufeisens. Schlange kratzte ihr Pony an der Stirn. »Morgen brechen wir auf, sobald die Hitze nachläßt. Dann habe ich den ganzen Tag lang zum Impfen Zeit, wenn alle kommen sollten.«

»Wir werden kommen, meine Liebe, viele von uns. Aber warum willst du so bald weiterziehen? Komm mit uns. Es ist die gleiche Entfernung wie nach Berghausen.«

»Ich reite weiter zur Stadt.«

»Jetzt noch? Aber es ist doch schon viel zu spät im Jahr. Du gerätst in die Stürme.«

»Nicht, wenn ich keine Zeit verliere.«

»Heiler-Kind, mein Liebchen, du kennst sie nicht.«

»Doch, ich kenne mich aus, ich bin ja in den Bergen aufgewachsen. Jeden Winter habe ich sie durch die Ebenen fegen sehen.«

»Sie von einem Berg herab zu sehen, ist etwas anderes«, sagte Grum, »als mittendrin zu stecken und zu überleben.« Unvermittelt machte Eichhörnchen kehrt und galoppierte durch die Koppel zu einer Gruppe von Pferden, die im Schatten dösten. Plötzlich lachte Schlange.

»Na, erzähl mir den Scherz auch, Kleines.«

Schlange schaute auf die verhutzelte Alte hinab, deren Augen so scharf

und schlau waren wie die einer Füchsin. »Gerade habe ich bemerkt, an welches deiner Pferde du ihn verkuppelt hast.«
Grums Sonnenbräune verfärbte sich rosarot. »Heilerin, mein liebes Kind, das war nicht als Entgelt für den Unterhalt gedacht... ich wußte nicht, daß es dich stört.«
»Schon gut, Grum, es stört mich ja nicht. Und Eichhörnchen hat bestimmt auch nichts dagegen. Aber leider dürftest du enttäuscht werden, wenn die Zeit zum Fohlen kommt.«
Bedächtig schüttelte Grum den Kopf. »Nein, das bezweifle ich, er ist ein wohlerzogener kleiner Hengst, aber er weiß, woran er ist, was Stuten betrifft. Ich mag scheckige Pferde, vor allem mit Leopardenmuster.« Grum besaß einen leopardenfleckigen Schecken, ihr Prachtstück: weiß mit schwarzen Tupfern in Münzengröße am ganzen Körper. »Und nun werde ich dazu bald gestreifte Tiere haben.«
»Es freut mich, daß dir sein Fell gefällt.« Es hatte Schlange erhebliche Arbeit gekostet, einen Virus zur Verkapselung der geeigneten Gene zu erzeugen. »Aber ich bezweifle, daß du von ihm viele Fohlen erhältst.«
»Warum? Wie gesagt, er...«
»Vielleicht überrascht er uns... ich hoffe es für dich. Aber wahrscheinlich ist er steril.«
»Ach«, meinte Grum, »ach, das wäre zu schade. Aber ich verstehe, was du meinst. Er stammt von einem Pferd und einem jener gestreiften Esel ab, von denen ich einmal gehört habe.« Schlange widersprach nicht. Grums Vermutung war allerdings restlos falsch; Eichhörnchen war so wenig ein Bastard wie irgendeines von Grums Pferden, abgesehen von einem vereinzelten, geringfügigen Genkomplex. Aber Eichhörnchen war resistent gegen das Gift von Dunst und Sand, und obschon daher eine andere Ursache vorlag, war das Ergebnis doch das gleiche, als wäre er ein Maultier. Seine Abwehrstoffe waren so wirksam, daß sein Stoffwechsel Haploidzellen – den Samen – höchstwahrscheinlich nicht als Eigenprodukte anerkannte und sie folglich zerstörte. »Weißt du, Schlange-Kindchen, einmal hatte ich ein Muli, das war ein prächtiges Zuchttier. Das gibt's manchmal. Vielleicht haben wir diesmal auch so ein Glück.«
»Vielleicht«, sagte Schlange. Die Möglichkeit, daß die Immunität des Ponys seine Zeugungsfähigkeit nicht aufgehoben hatte, war nicht stärker auszuschließen als die Möglichkeit, irgendwann ein zeugungsfähiges Maultier ausfindig zu machen; Schlange hatte nicht das Gefühl, mit ihrer vorsichtigen Zustimmung bei Grum unbegründete Hoffnungen zu nähren.
Schlange suchte ihr Zelt auf, ließ Sand aus dem Behältnis und melkte sein Gift. Er pflegte sich dem Verfahren nicht zu widersetzen. Indem sie ihn

hinterm Kopf hielt, zwängte sie behutsam sein Maul auf und träufelte ihm aus einem Fläschchen eine Katalysatorflüssigkeit in den Rachen. Er ließ sich die Drogen erheblich leichter verabreichen als Dunst. Er würde sich nun einfach in seinem Fach zusammenrollen und schlafen, kaum anders als sonst, während seine Giftdrüsen einen chemisch komplizierten Saft aus mehreren Proteinen und Antikörpern gegen eine Anzahl ansteckender Krankheiten und als Stimulatoren für die Abwehrsysteme des menschlichen Körpers produzierten. Die Heiler benutzten Klapperschlangen schon wesentlich länger als Kobras; im Vergleich mit Dunst war der Diamantrücken an Katalysatordrogen und ihre Veränderungen um Dutzende von Generationen und etliche hundert genetische Experimente angepaßter.

5

Am Morgen melkte Schlange Sand in eine Serumflasche. Sie konnte ihn selbst nicht zur Durchführung der Impfaktion einsetzen, weil ja jede Person nur eine winzige Menge des Impfstoffs brauchte. Sand würde zuviel davon zu tief einspritzen. Sie verwendete für Impfungen einen Inokulator, ein Instrument mit einem Ring kurzer nadelartiger Spitzen, das den Impfstoff oberflächlich unter die Haut preßte. Sie schob die Klapperschlange zurück in ihr Fach und verließ das Zelt.

Draußen hatten sich die Leute aus den Lagern bereits zu versammeln begonnen, drei oder vier Generationen von jeder Sippe. Allen voran wartete Grum, gleich hinter ihr standen ihre Enkelkinder. Insgesamt waren es deren sieben, angefangen beim ältesten, nämlich Pauli, bis zu einem ungefähr sechsjährigen Kind, dem kleinen Mädchen, das Winds Sattel geputzt hatte. Nicht alle waren in direkter Linie Grums Abkömmlinge, denn die Struktur ihres Klans beruhte auf einem erweiterten Familienbegriff. Die Kinder der Sprößlinge ihrer längst verschiedenen Ehepartner, ihrer eigenen Schwester sowie die Nachkommen der Kinder von den Ehepartnern ihrer Schwester galten alle gleichermaßen als ihre Enkel. Allerdings waren jetzt nicht alle mit ihr gekommen, sondern nur jene, die auch in der Zukunft ihre Karawanen begleiten sollten. »Wer möchte zuerst an die Reihe kommen?« erkundigte sich Schlange in fröhlichem Tonfall.

»Ich«, meldete sich Grum. »Ich will zuerst drankommen, habe ich gesagt, und so soll's auch sein.« Sie schaute hinüber zu den Sammlern, die in einem farbenprächtig bunten Haufen ein wenig abseits standen. »Gib genau acht, Ao«, rief sie jenem zu, der um Schlanges demolierte Ausrüstung gebeten hatte. »Du wirst sehen, daß es mich nicht umbringt.«

»Dich kann überhaupt nichts umbringen, alte Kuhhaut. Ich werde abwarten, um zu sehen, wie's den anderen ergeht.«
»›Alte Kuhhaut‹? Ao, du Lumpensack!«
»Keine Aufregung«, sagte Schlange und hob ein wenig ihre Stimme. »Ich habe euch allen zweierlei mitzuteilen. Erstens, daß manche Menschen gegen das Serum empfindlicher sind als andere. Sollte sich die Impfnarbe bei irgendwem rot verfärben, stechend schmerzen, die Haut heiß sein, dann muß derjenige noch einmal zu mir kommen. Ich bleibe hier bis zum Abend. Falls etwas geschieht, dann ganz bestimmt vorher, klar? Wenn jemand sich als besonders empfindlich erweisen sollte, kann ich dann noch verhindern, daß er erkrankt. Es ist sehr wichtig, daß jeder zurückkommt, der mehr verspürt als einen dumpfen Kopfschmerz. Versucht nicht, irgend etwas leichthin abzutun.«
Während eines Gemurmels der Zustimmung und vielfachem Nicken ertönte nochmals Aos Stimme. »Das heißt, du könntest doch jemanden umbringen.«
»Wenn du dir das Bein brichst, bist du dann so dumm und verhältst dich so, als sei nichts geschehen?« Ao schnob geringschätzig. »Also solltest du auch nicht dumm genug sein, es zu mißachten, falls etwas schiefgeht, wenn du nicht an einer Überreaktion sterben möchtest.« Schlange streifte ihre Robe ab und rollte den kurzen Ärmel ihres Gewandes auf. »Zweitens habe ich folgendes zu sagen: Die Impfung hinterläßt eine kleine Narbe, so wie diese hier.« Sie ging von einer Gruppe zur anderen und zeigte die Narbe von ihrer ersten Immunisierung gegen Gift. »Wenn also jemand die Narbe an einer Körperstelle haben möchte, wo sie weniger sichtbar ist, muß er es mir vorher verraten.« Der Anblick der winzigen, harmlosen Narbe beruhigte sogar Ao, der ohne Überzeugung murmelte, Heiler könnten jedem Gift widerstehen, dann jedoch den Mund hielt. Grum trat zuerst vor, und es überraschte Schlange, in ihrem Gesicht Blässe zu erkennen. »Fühlst du dich auch wohl, Grum?«
»Es liegt am Blut«, antwortete Grum. »Das muß es sein, Schlange-Kindchen. Ich kann kein Blut sehen.«
»Du wirst auch kaum welches zu sehen bekommen. Bleib ganz locker.« Während sie in zur Beruhigung geeignetem Ton auf Grum einsprach, betupfte sie den Oberrarm der Alten mit alkoholischer Jodtinktur. Im Medizinfach ihrer Schlangenschachtel hatte sich nur noch ein Fläschchen mit dem Desinfektionsmittel befunden, aber es würde für heute ausreichen, und in Berghausen konnte sie in der Apotheke ihre Vorräte erneuern. Schlange spritzte ein Tröpfchen des Serums auf Grums Oberarm, setzte den Inokulator an und preßte die Spitzen in die Haut. Grum zuckte, als sie die Einstiche spürte, aber ihre Miene blieb unverändert. Schlange

tauchte den Inokulator in die Jodtinktur und betupfte Grums Arm noch einmal. »So.«
Verblüfft schaute Grum sie an, dann auf ihre Schulter. Die Stiche waren rot, aber sie bluteten nicht. »Sonst nichts?«
»Das ist alles.«
Grum lächelte und wandte sich nach Ao um. »Da siehst du's, alte Beutelratte, es ist völlig harmlos.«
»Wir warten's ab«, sagte Ao.
Der Morgen verlief reibungslos. Ein paar Kinder weinten, was aber mehr auf den Alkoholgeruch als auf die oberflächlichen Einstiche des Inokulators zurückzuführen war. Pauli bot Hilfe an und unterhielt die Kleinen mit Scherzen und Geschichten, während Schlange ihre Arbeit tat. Die meisten Kinder – und nicht wenige Erwachsene – blieben noch, nachdem Schlange sie geimpft hatte, um Pauli zuzuhören. Anscheinend überzeugten sich Ao und die übrigen Sammler unterdessen von der Ungefährlichkeit des Impfstoffes, denn als sie an die Reihe kamen, war noch niemand tot umgefallen. Stoisch unterwarfen sie sich den Nadelstichen und dem Alkoholgestank. »Und keine Kieferstarre?« erkundigte sich nochmals Ao.
»Dies wird dich für ungefähr zehn Jahre davor bewahren. Danach ist es am besten, die Impfung zu wiederholen.«
Schlange drückte den Inokulator gegen Aos Arm und verrieb Jodtinktur auf seiner Haut. Nach einem Moment düsteren Schweigens lächelte Ao zum ersten Mal: ein breites, erfreutes Lächeln. »Kieferstarre fürchten wir. Eine schlimme Krankheit. Langwierig. Schmerzhaft.«
»Ja«, sagte Schlange. »Und weißt du, was sie verursacht?«
Ao legte einen Zeigefinger in die Handfläche der anderen Hand und vollführte eine schnittartige Bewegung. »Wir sind vorsichtig, aber...«
Schlange nickte. Sie begriff, daß Sammler sich aufgrund ihrer Tätigkeit häufiger kleine Wunden zuzogen als andere Menschen. Doch da Ao offenbar den Zusammenhang zwischen Verletzungen und der gefürchteten Krankheit kannte, durfte sie sich diesbezügliche Erklärungen sparen; andernfalls hätte sie nur den Eindruck erweckt, als wolle sie diese Leute gängeln. »Wir haben hier noch nie Heiler gehabt. Nicht auf dieser Seite der Wüste. Aber Leute von der anderen Seite erzählen oft davon.«
»Na, das liegt vielleicht daran, daß wir Bergbewohner sind«, sagte Schlange. »Wir wissen wenig über die Wüste, also wagen sich wenige von uns hinein.« Das war nur zum Teil wahr, aber die einfachste Begründung.
»Nie einen Heiler vor dir. Du bist der erste.«
»Kann sein.«
»Warum?«
»Ich war neugierig. Ich dachte, ich könnte mich nützlich machen.«

»Du kannst anderen Heilern sagen, daß sie ruhig auch kommen dürfen. Keine Gefahr für sie.« Plötzlich verfinsterte sich der Ausdruck von Aos durch die Witterung gezeichneter Miene. »Verrückte, ja, aber nicht mehr als in den Bergen. Verrückte gibt es überall.«
»Ich weiß.«
»Irgendwann finden wir ihn.«
»Würdest du etwas für mich tun, Ao?«
»Alles.«
»Der Verrückte stahl mir nichts außer meinen Karten und meinem Berichtsbuch. Ich nehme an, die Karten behält er, falls er richtig genug im Kopf ist, um sie zu verwenden, aber das Berichtsbuch hat nur für mich einen Wert. Vielleicht wirft er es fort, und deine Leute finden es.«
»Dann verwahren wir's für dich.«
»Genau das hätte ich gerne.« Sie beschrieb das Berichtsbuch. »Bevor ich weiterreise, gebe ich dir einen Brief an die Heilerniederlassung in den Nordbergen. Wenn ein Bote dort mit dem Berichtsbuch und diesem Schreiben erscheint, kann er sicher sein, daß er eine Belohnung erhält.«
»Wir halten die Augen offen. Wir finden vieles, aber selten Bücher.«
»Wahrscheinlich wird es nie wieder auftauchen, das ist mir klar. Oder der Verrückte glaubte, es sei wertvoll, und als er feststellte, daß es das nicht war, hat er es verbrannt.«
Beim Gedanken daran, daß völlig tadelloses Papier zu einem Nichts eingeäschert worden sein könnte, zuckte Ao merklich zusammen. »Wir sperren die Augen auf.«
»Danke.«
Ao schloß sich den restlichen Sammlern an. Während Pauli die Geschichte von Kröte und den drei Baumfröschen beendete, untersuchte Schlange zum Abschluß die Kinder und war sehr froh, als sie bei keinem die Schwellung und Rötung einer allergischen Reaktion feststellte. »Und da machte es Kröte nicht länger etwas aus, daß er nicht auf Bäume steigen konnte«, sagte Pauli. »Und damit ist die Geschichte zu Ende. Nun geht heim, Kinder. Ihr seid alle sehr anständig und tapfer gewesen.« Sie rannten in wilder Horde davon, schrien und quakten wie Frösche. Pauli seufzte und ließ die Schultern sinken. »Ich hoffe, die echten Frösche meinen nicht, es sei außer der Regel eine Paarungszeit angebrochen. Sie sprängen im ganzen Lager umher.«
»Das ist die Art von Risiken«, sagte Schlange, »welche eine wahre Künstlerin eingehen muß.«
»Künstlerin!« Pauli lachte und krempelte ihren Ärmel hoch.
»Du bist mindestens so gut wie die Spielleute, die ich bis jetzt gehört habe.«

» *Vielleicht* wie ein Geschichtenerzähler«, sagte Pauli. »Aber nicht wie eine Sängerin.«
»Warum nicht?«
»Ich habe kein musikalisches Gehör, ich kann nicht singen.«
»Dafür bringen die meisten Spielleute keine vernünftige Geschichte zustande. Du hast ein wirkliches Talent.« Schlange bereitete den Inokulator vor und hob ihn an Paulis samtweiche Haut. Im Tröpfchen Impfstoff auf der Haut glitzerten die Spitzen. »Bist du sicher, daß du die Narbe an dieser Stelle haben möchtest?« fragte Schlange plötzlich.
»Ja, warum nicht?«
»Deine Haut ist so schön, daß ich ungern hineinsteche.« Schlange zeigte Pauli ihre freie Hand, deren Narben. »Ich glaube, ich beneide dich ein wenig.«
Pauli tätschelte Schlanges Hand; ihre Berührung war so sanft wie die von Grum, aber gleichmäßiger und mit mehr zurückgehaltener Kraft. »Das sind Narben, die man mit Stolz trägt. Und ich werde stolz sein, von deiner Hand eine Narbe zu tragen. Wer sie sieht, wird wissen, daß ich einem Heiler begegnet bin.«
Widerwillig drückte Schlange die Nadeln in Paulis Arm.

Während des heißen Nachmittags ruhte sich Schlange aus, so wie alle anderen, die in der Oase lagerten. Nachdem sie für Ao das Schreiben verfaßt hatte, war nichts mehr zu tun gewesen, sie besaß nicht länger etwas zum Packen. Ihr war nichts geblieben. Eichhörnchen brauchte nun lediglich den Sattel zu tragen, der in der Hauptsache unversehrt war, und die äußeren Ledertaschen ließen sich später reparieren. Davon und von der Kleidung abgesehen, die sie trug, besaß sie nur das Schlangenbehältnis, Dunst und Sand sowie die häßliche Sandnatter, die sozusagen Gras' Platz einnahm.
Trotz der Hitze ließ Schlange die Zeltlaschen herab und öffnete zwei Fächer der Lederschachtel. Dunst floß heraus wie Wasser, hob ihren Kopf und blähte die Kapuze, züngelte eifrig, um sich mit dem noch fremden Zelt vertraut zu machen. Sand kam auf seine gewohnte, gemächliche Art zum Vorschein. Während Schlange zusah, wie die beiden durch die warme Trübnis glitten, worin nur das schwache blaue Licht der Biolumineszenzlaterne auf ihren Schuppen schimmerte, überlegte sie, was wohl geschehen wäre, hätte der Verrückte in ihrer Anwesenheit ihren Lagerplatz durchwühlt. Wären die Schlangen in ihren Fächern gewesen, hätte er sich unbemerkt anschleichen können, denn während sie sich vom Natternbiß erholte, hatte sie in tiefem Schlaf gelegen. Der Verrückte hätte ihr einen Schlag übers Haupt geben und dann seinem Vandalentum frö-

nen können – oder die Suche beginnen. Noch immer vermochte Schlange nicht zu begreifen, warum ein Verrückter ein so planmäßiges Zerstörungswerk anrichten sollte, wenn er nichts suchte; und *hatte* er etwas gesucht, dann war er kein Verrückter. Ihre Karten unterschieden sich nicht von denen, welche die meisten Wüstenbewohner bei sich trugen. Auf Wunsch hätte sie sie jeden abzeichnen lassen. Solche Karten waren sehr wichtig, aber leicht erhältlich. Das Berichtsbuch dagegen besaß für niemanden außer Schlange einen Wert. Fast wünschte sie, der Verrückte hätte wirklich das Lager während ihrer Anwesenheit überfallen – denn wäre er so unvorsichtig gewesen, das Schlangenbehältnis aufzuschlitzen, so hätte er nie wieder ein fremdes Lager heimgesucht. Schlange fand es bedenklich, daß sie eine solche Möglichkeit mit einer Art von grimmigem Vergnügen erwog, aber so war ihre Stimmung nun einmal.

Sand glitt über ihr Knie, wand sich um ihr Handgelenk und bildete einen dicken Armreif. Vor ein paar Jahren, als er noch klein war, hatte er besser an diesen Platz gepaßt. Einige Minuten später schob sich Dunst um Schlanges Hüften und empor auf ihre Schultern. In besseren Zeiten, falls alles in Ordnung gewesen wäre, hätte Gras um ihren Hals gelegen, ein weiches, lebendiges Smaragdhalsband.

»Schlange-Kindchen, kann man dein Zelt ungefährdet betreten?« Grum öffnete die Zeltlasche nicht einmal weit genug, um ins Innere zu spähen.

»Ja, wenn du dich nicht fürchtest. Soll ich sie fortpacken?«

Grum zögerte. »Hm ... nein.« Sie kam seitwärts durch den Zelteingang und schob die Lasche nach innen; sie hatte die Hände voll. Während ihre Augen sich auf die düsteren Lichtverhältnisse einstellten, stand sie völlig reglos.

»Alles klar«, sagte Schlange. »Sie sind beide hier bei mir.«

Grum blinzelte und trat näher. Sie legte neben den Packsattel eine Decke, einen Wasserschlauch, einen kleinen Kochtopf und eine lederne Tasche.

»Pauli stellt Vorräte zusammen«, sagte sie. »All das kann den Verlust nicht ausgleichen, aber ...«

»Grum, ich habe bis jetzt noch nicht einmal für Eichhörnchens Unterhalt bezahlt.«

»Das wirst du auch nicht«, antwortete Grum und lächelte. »Das habe ich dir ja schon erklärt.«

»Für dich wäre das der schlechte Ausgang einer Sache, die mich nichts gekostet hat.«

»Lassen wir's. Besuch uns im Frühjahr und schau dir die kleinen gestreiften Ponys an. Ich habe ein gutes Gefühl.«

»Dann laß mich wenigstens diese Ausrüstung bezahlen.«

»Nein, wir haben gemeinsam darüber gesprochen, und wir möchten dir diese Dinge schenken.« Sie hob ihre linke Schulter, wo sie geimpft worden war; wahrscheinlich war die Stelle inzwischen wund. »Um dir zu danken.«

»Ich möchte nicht den Eindruck von Undankbarkeit erwecken«, sagte Schlange, »aber die Impfungen sind ein Dienst, für den Heiler gewöhnlich nichts nehmen. Niemand hier war krank. Ich habe für niemanden etwas getan.«

»Niemand war krank, ja, aber wäre es jemand gewesen, hättest du ihm geholfen. Habe ich recht?«

»Ja, natürlich, aber...«

»Du tätest es auch, könnte derjenige dich nicht entgelten. Sollten wir an dir schlechter handeln? Sollen wir dich mit gar nichts hinaus in die Wüste ziehen lassen?«

»Aber ich kann bezahlen.« Im Schlangenbehältnis verwahrte sie Gold- und Silbermünzen.

»Schlange!« Grum schnitt eine finstere Miene, und unvermittelt war alle Freundlichkeit aus ihrer Stimme gewichen. »Wüstenbewohner stehlen nicht, und sie lassen ihre Freunde nicht bestehlen. Wir haben versagt. Nimm uns nicht unsere Ehre.«

Schlange begriff, daß Grum nicht beabsichtigte, sich zur Annahme von Bezahlung überreden zu lassen, es nie beabsichtigt hatte. Es bedeutete ihr viel, daß Schlange das Geschenk verstand. »Verzeih mir, Grum. Ich danke euch.«

Die Pferde waren gesattelt und fertig zum Abmarsch. Schlange hatte den Großteil ihrer Ausstattung Wind aufgeladen, so daß Eichhörnchen nicht viel zu tragen brauchte. Der Sattel der Stute war trotz seiner reichen Verzierung und feinen Verarbeitung zur Gepäckbeförderung sehr nützlich. Er stand dem Pferd so gut, saß so bequem und war von so hervorragender Güte, daß Schlange allmählich etwas weniger Unbehagen wegen seiner Pracht empfand. Grum und Pauli hatten sich eingefunden, um sie zu verabschieden. Niemand hatte gegen den Impfstoff irgendeine krankhafte Reaktion gezeigt, so daß sie unbesorgt ziehen konnte. Sie schloß die beiden Frauen in die Arme. Grum küßte sie auf die Wange; ihre Lippen waren weich, warm und sehr trocken. »Lebwohl«, flüsterte Grum, als Schlange auf die Stute stieg. »Lebwohl«, wiederholte sie lauter.

»Lebt wohl!« Schlange trieb die Stute an und drehte sich im Sattel, um zu winken.

»Wenn die Stürme losbrechen«, rief Grum, »such dir eine Felsenhöhle. Vergiß nicht die Geländemarken, dann gelangst du schneller nach Berghausen!«

Schlange lächelte, während sie unter den Bäumen dahinritt, Grums Ratschläge und Ermahnungen über Oasen und Wasser und das Zurechtfinden zwischen Sanddünen noch in den Ohren – Dinge über Windrichtungen, über Maßnahmen, wie Karawanenreisende in der Wüste ihre Siebensachen zusammenhielten, über Pfade, Straßen und Gasthäuser, die Schlange erreichen würde, sobald sie in den Mittelgebirgszug geriet, jene hohe Bergkette, welche die Wüste in einen östlichen und westlichen Teil spaltete. Eichhörnchen trottete an Schlanges Seite mit, unbehelligt durch seinen ungeschützten Vorderhuf. Die Stute, ausgeruht und gutgenährt, wäre am liebsten sofort in einen Galopp verfallen, aber Schlange zügelte sie. Vor ihnen lag noch ein langer Weg.

Wind schnob, und Schlange erwachte mit einem Ruck, stieß beinahe mit dem Schädel an den Felsüberhang. Es war totenstiller Nachmittag; sie hatte sich zu einem Nickerchen in den einzigen Schatten weit und breit zurückgezogen. »Wer ist da?« Niemand antwortete. Es gab eigentlich keinen Grund, wieso jemand in der Nähe sein sollte. Zwei Nächte trennten sie von Grums Oase und der nächsten Oase vor den Bergen; heute lagerte Schlange in steiniger Wildnis. Darin gab es keine Pflanzen, keine Nahrung und kein Wasser. »Ich bin eine Heilerin«, rief sie und fühlte sich dabei reichlich albern. »Sei vorsichtig, meine Schlangen sind frei. Sprich oder zeige dich oder gib irgendein Zeichen, dann rufe ich sie zurück.« Keine Antwort. Hier ist niemand, deshalb, dachte Schlange. Um der Götter willen, es verfolgt dich doch niemand durch die Wüste. Verrückte verfolgen niemanden. Sie sind einfach... verrückt.
Sie streckte sich wieder aus und versuchte weiterzuschlafen, aber jedes Geräusch des Sandes, den der Wind gegen Felsen blies, schreckte sie auf. Sie fühlte sich nicht wohl, bis das abendliche Zwielicht heraufzog, sie das Lager abbrach und nach Osten strebte.

Der steinige Pfad bergaufwärts verlangsamte die Pferde, und Eichhörnchen lahmte wieder auf seinem schutzlosen Vorderhuf. Schlange hinkte selbst ein wenig, denn die Änderungen von Höhe und Temperatur beeinflußten ihr kränkliches rechtes Knie. Doch das Tal, welches Berghausen einschloß, war nicht mehr weit, nur noch etwa eine Marschstunde entfernt. Anfangs war der Pfad sehr steil gewesen, aber sie befanden sich nun auf dem Paß; bald mußten sie den höchsten Punkt der östlichen Bergkette überwunden haben. Schlange stieg regelmäßig ab, um Wind Entlastung zu gönnen.
Sie kraulte Eichhörnchen an der Stirn, während das Pony an ihren Taschen herumknabberte, und schaute über die Wüste zurück. Dünne

Staubwolken verhingen den Horizont, aber die näheren Dünen aus schwarzem Sand lagen wie mächtige Wogen schummrig unter ihr ausgebreitet, spiegelten das abendlich gerötete Sonnenlicht wider. Hitzeflimmern täuschte Bewegung vor. Einmal hatte eine von Schlanges Lehrerinnen ihr das Meer beschrieben, und sie nahm an, daß es so ähnlich aussah. Sie war froh, daß die Wüste nun hinter ihr lag. Die Luft war bereits kühler, und Gras und Sträucher klammerten sich zählebig in Mulden voller nahrhafter vulkanischer Asche. Weiter unten wehte der Wind Sand, Erdreich und Asche von den Seitenhängen der Berge. Diese dürren, abgehärteten Pflanzen wuchsen an geschützten Stellen, aber es war zu ihrem Gedeihen nicht viel Wasser vorhanden. Schlange kehrte der Wüste den Rücken zu und führte ihr Tigerpony und das Pferd weiter aufwärts. Ihre Stiefel rutschten auf vom Wind geglätteten Stein. In dieser Gegend fiel ihr die Wüstenrobe lästig, so daß sie sie abstreifte und hinterm Sattel festband. Die weite Hose und das kurzärmelige Gewand flatterten nun im Wind um ihre Beine und gegen ihren Leib. Der Wind blies stärker, während sich Schlange der Höhe des Passes näherte, weil der schmale Einschnitt im Berggestein wie ein Windkanal wirkte, der auch die leiseste Brise kräftigte. In einigen Stunden würde es kühl sein. Kühle! Sie vermochte sich eine derartige Wohltat kaum vorzustellen.

Schlange erreichte die Paßhöhe und trat auf die Schwelle zu einer anderen Welt. Als sie über das grüne Tal blickte, war ihr zumute, als müsse ihre Pechsträhne hinter ihr in der Wüste zurückbleiben. Eichhörnchen und Wind hoben die Köpfe, schnupperten und schnoben, als sie die Gerüche saftiger Weiden, frischer Gewässer und anderer Tiere wahrnahmen. Der Ort breitete sich nach beiden Seiten der Landstraße aus, die das Tal durchquerte, Gruppierungen steinerner Häuser, an die Berge gelehnt, auch herausgehauen, Schwarz in Schwarz zu Terrassenbauten verschachtelt. Den Talboden bedeckten die Felder, smaragdgrün und goldgelb rings um einen glitzrig grauen Fluß angeordnet. Auf der anderen Seite des Tales, höher als Schlanges diesseitiger Standort, befand sich eine Waldwildnis, die bis hinauf unter die kahlen Felsengipfel im Westen reichte. Schlange nahm einen tiefen Atemzug klarer Luft und begann den Abstieg.

Die stattlichen Bewohner Berghausens kannten Heiler von früheren Besuchen. Ihre Haltung zu ihnen besaß einen Einschlag von Bewunderung und Vorsicht, hatte jedoch nichts zu tun mit der Furcht, die Schlange auf der anderen Seite der Wüste angetroffen hatte. An Vorsicht war Schlange gewohnt; sie entsprang gesundem Menschenverstand, denn für jeden außer ihr konnten Dunst und Sand gefährlich sein. Schlange dankte für respektvolle Grußworte mit einem Lächeln, während sie ihre Pferde die Kopfsteinpflasterstraßen entlang führte. Läden wurden geschlossen, man öffnete Wirtshäuser. Morgen würden sich Menschen bei ihr einzustellen beginnen, um ihre Hilfe zu erbitten, aber sie hoffte, daß sie sich heute abend darauf beschränken durfte, das behagliche Zimmer eines Gasthauses, ein gutes Essen und eine Flasche Wein zu genießen. Die Wüste hatte sie bis auf die Knochen ausgemergelt. Sollte sich heute und so spät noch jemand an sie wenden, dann mußte es sich schon um eine ernste Erkrankung handeln. Sie hoffte, daß am heutigen Abend in Berghausen niemand im Sterben lag.

Sie ließ ihre Pferde vor einem noch geöffneten Geschäft stehen und kaufte sich nach vager Schätzung und der Beratung durch den Inhaber neue Hosen und ein neues Kleid; um sie anzuprobieren, war sie viel zu müde. »Macht nichts«, meinte der Inhaber. »Ich kann die Sachen nachträglich ändern, wenn du es möchtest. Oder du bringst sie zurück, wenn sie dir nicht stehen. Für eine Heilerin tausche ich auch um.«

»Sie gefallen mir bestimmt«, sagte Schlange. »Danke.« Sie bezahlte und verließ das Geschäft. An der Ecke befand sich eine Apotheke; die Apothekerin schickte sich gerade an, die Tür abzuschließen. »Entschuldigung«, sagte Schlange.

Mit einem Lächeln der Resignation wandte die Frau sich um. Dann sah sie, während sie Schlange und ihre Tiere musterte, die Schlangenschachtel. Das Lächeln wich einem Ausdruck von Überraschung. »Heilerin«, rief sie. »Tritt ein! Was brauchst du?«

»Aspirin«, antwortete Schlange. Sie besaß nur noch sehr wenig davon, und in ihrem eigenen Interesse wollte sie es nicht vollends ausgehen lassen. »Und Alkoholjodtinktur, wenn du welche hast.«

»Ja, natürlich. Das Aspirin stelle ich selbst her, und die Jodtinktur reinige ich noch einmal, wenn sie geliefert wird. Bei mir gibt's keine Pfuscherei.« Sie füllte Schlanges Fläschchen. »Es ist schon lange her, daß ein Heiler in Berghausen war.«

»Die Gesundheit und Schönheit der Berghauser sind weithin bekannt«, sagte Schlange, und das war nicht bloß eine nichtige Schmeichelei. Sie schaute sich in der Apotheke um. »Du hast ein ausgezeichnetes Sortiment. Ich vermute, du hast für so gut wie alles etwas.« An einer Stelle in den Regalen hatte die Apothekerin Schmerzmittel bereitstehen, jene von der überwältigend starken Art, die den Körper schwächen, statt ihn zu beleben. Schlange vermied es, sie eingehender zu begutachten, weil sie sich zu sehr schämte, um welche zu kaufen und damit Gras' Verlust so bald von neuem zuzugeben. Doch falls es in Berghausen einen Schwerkranken gab, mußte sie möglicherweise darauf zurückgreifen.

»Ach, wir kommen ganz gut zurecht«, meinte die Apothekerin. »Wo wirst du dich einquartieren? Darf ich Leute zu dir schicken?«

»Natürlich.« Schlange nannte ihr das Gasthaus, welches ihr Grum empfohlen hatte, bezahlte die Mittel und verließ die Apotheke mit der Frau, die die Gegenrichtung einschlug. Allein ging Schlange die Straße hinunter.

Eine Gestalt in einer Robe erschien urplötzlich am Rande von Schlanges Blickfeld. Schlange wirbelte herum und duckte sich zur Abwehrhaltung nieder. Wind schnob und tänzelte seitwärts. Die verhüllte Gestalt verharrte. Verlegen richtete sich Schlange auf. Die Person, die sich ihr genähert hatte, trug keine Wüstenrobe, sondern einen Mantel mit Kapuze. Sie konnte das Gesicht nicht erkennen, weil die Kapuze es überschattete, aber dies war jedenfalls kein Verrückter. »Kann ich dich einen Moment lang sprechen, Heilerin?« Die Stimme zeugte von Bedenken.

»Gewiß.« Wenn der Mann sich nicht zu ihrem ungewöhnlichen Verhalten äußerte, durfte auch sie getrost darüber hinweggehen.

»Mein Name ist Gabriel. Mein Vater ist Bürgermeister dieser Ortschaft. Ich komme, um dich einzuladen, Gast in unserem Hause zu sein.«

»Das ist sehr freundlich. Eigentlich wollte ich zum Gasthof...«

»Ein hervorragendes Gasthaus«, sagte Gabriel. »Der Wirt würde es als große Ehre betrachten, dich aufnehmen zu dürfen. Aber mein Vater und ich würden Berghausens Ehre schädigen, ließen wir es zu, daß dir etwas anderes als die allerbeste Unterkunft geboten wird.«

»Danke«, sagte Schlange. Allmählich begann sie Dankbarkeit, obwohl noch immer kein uneingeschränktes Behagen, für die Großzügigkeit und Gastfreundlichkeit zu empfinden, mit denen man Heilern entgegentrat. »Ich nehme eure Einladung an. Allerdings sollte ich wohl im Gasthaus Bescheid geben. Die Apothekerin schickt möglicherweise Leute zu mir.«

Gabriel sah sie an. Im Schatten der Kapuze ließ es sich nicht genau erkennen, aber man konnte nicht ausschließen, daß er lächelte. »Heilerin, um Mitternacht wird jeder im Tal wissen, wo du anzutreffen bist.« Gabriel geleitete sie durch Straßen, die sich an den Hängen der Berge entlangwanden, hindurch zwischen einstöckigen Gebäuden aus Quadern schwarzen Steins. Die Pferdehufe und die Stiefel Schlanges und Gabriels waren auf dem Kopfsteinpflaster laut vernehmlich, hallten deutlich wider. Die Reihen der Häuser endeten schließlich, und die Straße verbreiterte sich zu einer gepflasterten Serpentine, die von einer senkrechten Steilwand, an deren Fuß der Talboden lag, nur durch ein dickes, hüfthohes Mäuerchen getrennt wurde.

»Gewöhnlich hätte mein Vater dich persönlich willkommen geheißen«, bemerkte Gabriel. Sein Tonfall klang nicht nach Bedauern, sondern nach Unsicherheit, als habe er ihr etwas einzugestehen, das er nicht recht auszudrücken wußte.

»Ich bin es ohnehin nicht gewohnt, durch Würdenträger empfangen zu werden«, sagte Schlange.
»Ich möchte zuerst klarstellen, daß wir dich unter allen Umständen eingeladen hätten, auch wenn mein Vater nicht...« Seine Stimme sank herab.
»Ach«, meinte Schlange, »dein Vater ist krank.«
»Ja.«
»Es braucht dir nicht unangenehm zu sein, mich um Beistand zu ersuchen«, sagte Schlange. »Das ist ja mein Beruf. Und wenn ich bei dieser Gelegenheit für ein Weilchen in ein freies Zimmer ziehen kann, so ist das eine unerwartete Gunst.« Sie schwiegen, während sie den Weg fortsetzten. Die Serpentine wand sich um einen gewaltigen Felsvorsprung, der die Sicht nach vorn versperrte; als sie die Biegung passierten, sah Schlange erstmals das Haus des Bürgermeisters. Es war weitflächig und hoch, an die Schrägfläche einer Klippe gebaut. Die schwarzen Steine waren dicht unterhalb des Dachs durch schmale weiße Streifen aufgehellt; dabei handelte es sich um zwei nach Osten und Süden gewandte Reihen von Solarzellenfeldern. Die Fenster der oberen Räume besaßen riesige Flächen, und ihre Bogen waren im Umriß der Türme an den Seiten des Hauptgebäudes ausgeführt. Das Licht, das durch die Scheiben hineindrang, enthüllte keinen Makel im Glas. Trotz dieser Fenster und der prächtigen Schnitzereien an den hohen, hölzernen Portalen war das Haus ebenso eine kleine Festung wie ein Prunkbau. Das Erdgeschoß wies keine Fenster auf, und die Portale wirkten solide und wuchtig. Die rückwärtige Seite war durch einen anderen Bergvorsprung abgeschirmt. Der gepflasterte Hof grenzte an die Klippe, die oberhalb weder so steil noch so hoch war wie unterhalb der Stelle, wo Schlange gegenwärtig stand. Ein mit Laternen gesäumter Pfad führte vom Haus hinunter zum Fuß der Klippe, wo Ställe waren und sich ein Flecken Weideland erstreckte. »Das ist ein sehr beeindruckender Wohnsitz«, sagte Schlange.
»Das Haus gehört Berghausen, aber mein Vater wohnte schon vor meiner Geburt darin.« Sie schritten auf der gepflasterten Serpentine weiter.
»Erzähl mir von der Erkrankung deines Vaters.« Sie war davon überzeugt, daß sie nicht allzu ernst sein könne, da Gabriel nach ihrer Ansicht andernfalls mehr Besorgnis gezeigt hätte.
»Es war ein Jagdunfall. Ein Freund stach ihm versehentlich eine Lanze ins Bein. Er will nicht einmal zugeben, daß es entzündet ist. Er fürchtet, man könne es ihm amputieren.«
»Wie sieht es denn aus?«
»Ich weiß es nicht. Er läßt es mich gar nicht anschauen. Seit gestern durfte ich überhaupt nicht zu ihm.« Er sprach mit bekümmerter Resignation.

Besorgt sah Schlange ihn an, denn wenn sein Vater so halsstarrig und furchtsam war, beträchtliche Schmerzen zu ertragen, war das Bein vielleicht bereits so stark entzündet, daß man das Gewebe abschreiben konnte. »Ich verabscheue Amputationen«, sagte Schlange wahrheitsgemäß. »Du würdest kaum glauben, welchen Mühen ich mich schon unterzogen habe, um derartige Operationen zu vermeiden.«
Gabriel rief, als sie den Hauseingang erreicht hatten, und jemand öffnete das schwere Tor. Er grüßte den Diener und ließ ihn Eichhörnchen und Wind zu den Ställen hinabbringen. Schlange und Gabriel betraten die Eingangshalle, einen großen Raum, dessen schwarze Wände aus glattem, polierten Stein die Schritte hallen ließen und Bewegungen und verwaschene Gestalten widerspiegelten. Da es unten keine Fenster gab, war es darin recht düster, doch gleich darauf eilte ein anderer Diener herein und drehte die Gaslichter hoch. Gabriel setzte Schlanges zusammengerolltes Bettzeug am Fußboden ab, warf die Kapuze in den Nacken und ließ den Mantel von den Schultern gleiten. Die polierten Wände spiegelten verzerrt sein Gesicht wider. »Wir können dein Gepäck hier lassen, jemand wird sich darum kümmern.«
Schlange lachte verstohlen, als sie ihn ihr Bettzeug »Gepäck« nennen hörte, als wäre sie eine reiche Händlerin, die auf ihrer Geschäftsreise hier einkehrte. Gabriel wandte sich ihr zu. Schlange, die nun sein Gesicht zum ersten Mal sah, verschlug es den Atem. Die Berghausener waren sich ihrer Ansehnlichkeit wohlbewußt; weil dieser junge Mann in einem solchen Mantel mit Kapuze durch die Straßen gegangen war, hatte Schlange schon angenommen, er sei von außerordentlich schlichtem Aussehen, womöglich gar vernarbt oder deformiert. Darauf war sie bereits innerlich vorbereitet. Aber in Wirklichkeit war Gabriel die allerschönste Person, die sie jemals gesehen hatte. Er besaß einen kraftvollen und wohlgewachsenen Körper. Sein Gesicht war ziemlich kantig, bestand jedoch – im Gegensatz zu Arevins Gesicht – nicht bloß aus Flächen und Winkeln; es drückte höhere Empfindsamkeit aus, oberflächennahe Gefühle. Er trat näher, so daß sie erkennen konnte, daß seine Augen eine seltene hellblaue Färbung besaßen. Seine Haut war zum gleichen Farbton gebräunt wie sein dunkelblondes Haar. Schlange vermochte nicht zu sagen, warum er so schön war – ob es an der Regelmäßigkeit seiner Gesichtszüge lag, ihrer Ausgewogenheit und seiner makellosen Haut, oder an zunächst weniger offenkundigen Vorzügen oder allem zusammen und noch mehr; aber er war schlichtweg atemberaubend schön.
Gabriel sah Schlange erwartungsvoll an, und plötzlich begriff sie, daß er meinte, sie werde auch die Lederschachtel in der Eingangshalle stehenlassen. Die Wirkung, die er auf sie ausübte, schien er gar nicht zu bemerken.

»Darin sind meine Schlangen«, sagte sie. »Ich habe sie ausnahmslos immer bei mir.«
»Oh... entschuldige.« Er begann zu erröten. Die Röte schwoll an seinem Hals hinauf in die Wangen. »Ich hätte wissen müssen...«
»Macht nichts, es ist nicht so wichtig. Ich glaube, ich schaue mir deinen Vater lieber so bald wie möglich an.«
»Natürlich.«
Sie erstiegen eine breite Wendeltreppe aus steinernen Quadern, deren Kanten durch viele, viele Füße und Jahre abgerundet waren.
Schlange war noch nie einer außergewöhnlich schönen Person begegnet, die so empfänglich für Kritik war wie Gabriel, zumal unbeabsichtigter Kritik. Verführerisch schöne Menschen besaßen oft eine Aura von Selbstvertrauen und Sicherheit, manchmal bis zur Überheblichkeit. Gabriel dagegen machte einen übertrieben empfindsamen Eindruck. Schlange fragte sich, wodurch er so geworden sein mochte. Die dicken Mauern der Steinbauten in den Gebirgsorten hielten ihre Räumlichkeiten stets fast gleich temperiert. Nach so langer Zeit in der Wüste war Schlange froh über die Kühle. Sie wußte, daß sie von dem Marsch schweißig und staubig war, doch im Augenblick verspürte sie keine Müdigkeit. Die Lederschachtel wog nicht zu schwer in ihrer Hand. Ein einfacher Fall von Infektion sollte ihr recht sein. Die Gefahr von Komplikationen war gering, falls die Entzündung nicht schon so fortgeschritten war, daß sie nur noch amputieren konnte, und Gefahr für das Leben noch viel geringer. Sie war froh, daß kein Grund für die Befürchtung bestand, erneut einen Patienten zu verlieren. Sie folgte Gabriel über eine Anzahl von Wendeltreppen aufwärts. Oben blieb Gabriel nicht einen flüchtigen Moment lang stehen, ging auch nicht langsamer, aber Schlange verharrte, um sich in dem gewaltigen, eindrucksvollen Raum umzuschauen. Die hohe, rauchgefärbte Scheibe unter der schwungvollen Wölbung der Fensteröffnung im Dachgeschoß des Turmes bot einen aufregenden Ausblick über das gesamte, nun abendlich zwielichtige Tal. Der Fernblick beherrschte den Raum völlig – und das hatte man begriffen, denn es gab darin keine Möbelstücke, die davon hätten ablenken können, nur dicke, große Kissen in unaufdringlichen Farben. Der Fußboden hatte zwei Ebenen, eine höhere in Halbkreisform, wohin die Treppe führte, und eine niedrigere in Form einer breiten Ringfläche, die an das Fenster grenzte. Schlange vernahm wütendes Geschrei, und einen Moment später kam aus einem benachbarten Raum ein alter Mann geeilt, prallte gegen Gabriel und warf ihn aus dem Gleichgewicht. Der Jüngere ruderte mit den Armen und packte den Alten krampfhaft am Ellbogen, während der Alte sich, ebenfalls um Halt zu erlangen, zugleich an ihn klammerte. Die beiden starrten einander

ernst an, sich der Komik ihrer Situation anscheinend nicht bewußt. »Wie geht es ihm?« erkundigte sich Gabriel.
»Schlechter«, antwortete der Alte. Er heftete seinen Blick auf Schlange. »Ist das die...?«
»Ja, ich habe die Heilerin mitgebracht.« Er wandte sich ihr zu, um ihr den Alten vorzustellen. »Dies ist Brian, Gehilfe meines Vaters. Zur Zeit kann kein anderer in seine Nähe kommen.«
»Und jetzt darf auch ich's nicht länger«, sagte Brian. Er strich sich seinen dichten weißen Schopf aus der Stirn. »Er will mir auch nicht das Bein zeigen. Dabei schmerzt es so sehr, daß er unter die Decken ein Kissen gelegt hat, damit sie es weniger belasten. Dein Vater ist ein Starrkopf, junger Herr.«
»Niemand weiß das besser als ich.«
»Schluß mit dem Lärm vor meiner Tür!« brüllte Gabriels Vater heraus. »Habt ihr denn gar keinen Respekt? Verschwindet aus meinen Räumen!«
Gabriel straffte seine Schultern und sah Brian an. »Gehen wir lieber hinein.«
»Ich nicht, junger Herr«, widersprach Brian. »Er hat mich hinausgeworfen. Er sagte, ich solle nicht wiederkommen, ehe er ruft, falls er mich überhaupt jemals wieder rufen sollte.« Der Alte senkte den Blick.
»Gleichgültig. Er meint es nicht ernst. Er würde dich niemals vorsätzlich kränken.«
»Glaubst du das wirklich, junger Herr? Glaubst du, er wollte mich eigentlich gar nicht beleidigen?«
»*Dich* doch nicht. Du bist unentbehrlich für ihn. Im Gegensatz zu mir.«
»Gabriel...« begann der Alte, nun weniger untertänig als zuvor.
»Entferne dich nicht zu weit«, sagte Gabriel in zuversichtlichem Tonfall. »Ich bin sicher, daß er sehr bald nach dir rufen wird.« Er betrat das Schlafzimmer seines Vaters. Schlange schloß sich ihm an. Ihre Augen mußten sich erst allmählich an die Dunkelheit darin gewöhnen, denn die Vorhänge waren vor die Fenster des geräumigen Schlafzimmers gezogen, und die Lampen brannten nicht. »Hallo, Vater«, rief Gabriel.
»Hinaus. Ich habe dir geboten, mich nicht zu belästigen.«
»Ich habe eine Heilerin mitgebracht.«
Wie jeder Bewohner Berghausens sah auch Gabriels Vater ungemein gut aus. Das konnte Schlange trotz der Sorgenfalten erkennen, die sein ausdrucksvolles Gesicht zeichneten. Seine Gesichtshaut war bläßlich, die Augen waren schwarz, das schwarze Haar wirkte durch seine Bettlägerigkeit zerzaust. In gesunder Verfassung mußte er eine herrische Persönlichkeit sein, jemand, der jede beliebige Gruppe von Menschen, in der er sich bewegte, bald maßgeblich zu beeinflussen vermochte. Er war auf völ-

lig andere Art als Gabriel ansehnlich, eine Art, die Schlange zwar wahrnahm, die sie jedoch nicht anzog. »Ich brauche keine Heilerin«, sagte er. »Verschwindet. Brian möchte kommen.«
»Du hast ihn erschreckt und gekränkt, Vater.«
»Ruf ihn.«
»Er käme, würde ich ihn rufen. Aber er kann dir nicht helfen. Die Heilerin kann es. Bitte...« Gabriels Stimme näherte sich allmählich dem Tonfall der Verzweiflung.
»Gabriel, zünde bitte die Lampen an«, sagte Schlange. Sie trat vor und damit an das Bett des Bürgermeisters. Als Gabriel gehorchte, wandte sich sein Vater vom Licht ab. Seine Lider waren verquollen, die Augen blutunterlaufen. Er bewegte nur den Kopf. »Es kann nur schlimmer werden«, sagte Schlange, »es sei denn, Sie wollen sich überhaupt nicht bewegen. Schließlich werden Sie auch gar nicht länger dazu in der Lage sein, weil das Gift sie zu sehr geschwächt hat. Und dann werden Sie sterben.«
»Ausgerechnet du willst mir etwas über Gift erzählen!«
»Mein Name ist Schlange. Ich bin Heilerin. Ich vergifte niemanden.«
Er reagierte nicht auf die Bedeutung ihres Namens, dagegen aber Gabriel, der sich nach ihr umdrehte und sie mit erneuertem Respekt und sogar Ehrfurcht musterte. *»Schlangen!«* fauchte der Bürgermeister.
Schlange verspürte keine Neigung, ihre Kräfte mit Streitworten oder Überzeugungsversuchen zu vergeuden. Sie trat ans Fußende des Bettes und schlug die Decken zur Seite, um das verletzte Bein des Bürgermeisters zu untersuchen. Er wollte sich aufsetzen und Widerspruch erheben, aber plötzlich sank er zurück und atmete schwerer, das Gesicht wächsern und glitzrig von Schweiß. Gabriel trat zu Schlange. »Bleib lieber oben am Kopfende«, sagte Schlange zu ihm. Sie konnte schon den widerlichen Geruch der Infektion riechen. Das Bein bot einen scheußlichen Anblick. Wundbrand hatte eingesetzt. Das Fleisch war geschwollen, und knallrote Ausläufer erstreckten sich bereits bis in den Oberschenkel des Bürgermeisters. In ein paar Tagen müßte das Gewebe absterben und schwarz werden, und dann wäre keine andere Wahl vorhanden als die Amputation. Der Geruch war nun stärker, in solchem Maße ekelhaft, daß er Übelkeit erregte. Gabriel sah bleicher aus als sein Vater. »Du mußt nicht bleiben«, sagte Schlange.
»Ich...« Er schluckte, ehe er weitersprach. »Ich bin wohlauf.« Schlange breitete die Decken wieder über das Bein, sorgsam darauf bedacht, auf den geschwollenen Fuß keinen Druck auszuüben. Den Bürgermeister zu heilen, war keineswegs das Problem. Womit sie sich auseinandersetzen mußte, war seine feindselige, ablehnende Einstellung. »Kannst du ihm helfen?« fragte Gabriel.

»Ich kann selbst für mich sprechen«, fuhr der Bürgermeister dazwischen. Gabriel senkte den Blick mit ausdrucksloser Miene, von seinem Vater ignoriert, aber Schlange hatte den Eindruck, in seinem Gesicht eine Mischung aus Resignation und Kummer wahrzunehmen, dagegen keine Spur von Groll. Gabriel wandte sich ab und beschäftigte sich mit den Gaslampen. Schlange setzte sich auf die Bettkante und befühlte die Stirn des Bürgermeisters. Wie sie erwartet hatte, fühlte sie hohes Fieber. Er drehte den Kopf seitwärts. »Schau mich nicht so an.«
»Sie können mich übersehen«, sagte Schlange. »Sie können auch anordnen, daß ich gehe. Aber die Infektion können Sie nicht mißachten, und sie wird nicht weggehen, weil Sie es wollen.«
»Ich lasse mir nicht das Bein absägen«, sagte der Bürgermeister, indem er jedes Wort einzeln und tonlos aussprach.
»Ich habe auch nicht die Absicht, dies zu tun. Es ist nicht nötig.«
»Brian braucht es nur zu waschen.«
»Er kann doch kein Gangrän fortwaschen!« Schlange verspürte zunehmenden Ärger über die kindische Haltung des Bürgermeisters. Wäre er vom Fieber wirr gewesen, hätte sie unendliche Geduld aufgebracht; müßte er sterben, hätte sie Verständnis für seine Abneigung gehabt, die Wahrheit einzugestehen. Doch keines von beidem war der Fall. Anscheinend war er so daran gewöhnt, daß alles nach seinem Willen verlief, daß er sich mit seinem Mißgeschick nicht zurechtzufinden vermochte.
»Vater, hör auf sie, bitte!«
»Versuche nicht vorzutäuschen, du machtest dir Sorgen um mich«, entgegnete Gabriels Vater. »Du wärst ja heilfroh, wenn ich verrecke.«
Gabriel stand ein paar Sekunden lang reglos, weißlich wie Elfenbein, dann drehte er sich langsam um und verließ den Raum.
Schlange stand auf. »Das war eine gräßliche Bemerkung. Wie können Sie so etwas sagen? Jeder sieht, daß er Ihre Genesung wünscht. Er liebt sie.«
»Ich will weder seine Liebe noch deine Medizin. Nichts davon kann mir helfen.«
Mit geballten Fäusten folgte Schlange Gabriel nach draußen. Der junge Mann saß im Turmzimmer, dem Fenster zugewandt, an die Stufe gelehnt, welche die beiden unterschiedlichen Ebenen der Räumlichkeit bildeten. Schlange setzte sich neben ihn. »Er meint nicht ernst, was er redet.« Gabriels Stimme klang gepreßt und zeugte von der erlittenen Demütigung. »In Wirklichkeit...« Er beugte sich vor, das Gesicht in den Händen, und schluchzte. Schlange legte ihre Arme um ihn und versuchte ihn zu trösten, hielt ihn, klopfte ihm auf die starken Schultern, streichelte sein weiches Haar. Was auch die Ursache der Gereiztheit war, mit welcher der Bürgermeister seinem Sohn begegnete, Schlange war sich dessen sicher,

daß es sich nicht um Abneigung oder Mißgunst auf Gabriels Seite handelte. Er trocknete sich das Gesicht mit dem Ärmel. »Danke«, sagte er. »Es tut mir leid. Aber wenn er sich so verhält...«
»Gabriel, sind bei deinem Vater schon früher Phasen der Instabilität aufgetreten?«
Für einen Moment blickte Gabriel ratlos drein. Dann lachte er plötzlich verbittert auf. »Geistig, meinst du? Nein, er ist geistig völlig gesund. Es ist eine persönliche Sache zwischen uns beiden. Ich vermute...« Gabriel zögerte. »Manchmal muß er sich wohl gewünscht haben, ich würde sterben, damit er einen geeigneteren ältesten Sohn adoptieren oder selber einen zeugen könne. Aber er will sich nicht einmal eine neue Partnerin suchen. Vielleicht hat er recht. Vielleicht wünsche manchmal auch ich, er wäre tot.«
»Glaubst du das ernsthaft?«
»Ich will's nicht glauben.«
»Ich glaube es ganz und gar nicht.«
Er sah sie an, in seiner Miene sehr schwache, zaghafte Ansätze von etwas, das nach Schlanges Erwartung nur ein unerhört zauberhaftes Lächeln werden konnte, doch dann verfinsterte sich sein Gesichtsausdruck wieder. »Was wird geschehen, wenn er keine Behandlung zuläßt?«
»Noch ein Tag, und er wird das Bewußtsein verlieren. Dann... dürften wir vor der Wahl stehen, ihm das Bein gegen seinen Willen abzunehmen oder ihn sterben zu lassen.«
»Kannst du ihn nicht jetzt sofort behandeln? Ohne seine Einwilligung?«
Sie wünschte sich, sie könnte ihm eine erfreulichere Auskunft erteilen. »Gabriel, es fällt mir nicht leicht, dir das zu sagen, aber wenn er die Besinnung verliert, ohne mir seine Zustimmung gegeben zu haben, so müßte ich ihn sterben lassen. Du selbst sagst, daß er bei Verstand ist. Ich habe kein Recht, gegen seine Wünsche zu handeln, ganz gleichgültig, wie dumm und unsinnig sie sind.«
»Aber du kannst ihm das Leben retten.«
»Ja. Aber es ist sein Leben.«
Gabriel rieb sich mit den Handballen die Augen; seine Gebärden verrieten Ausgelaugtheit. »Ich werde noch einmal mit ihm reden.« Schlange folgte ihm bis vor die Schlafzimmertür seines Vaters, erklärte sich jedoch dazu bereit, draußen zu warten, wenn er hineinging. Der junge Mann hatte Mut. Was auch in den Augen seines Vaters seine Mängel sein mochten – und anscheinend auch in seinen eigenen Augen –, er hatte Mut. Doch womöglich fehlte es ihm auf einer anderen Ebene auch nicht an Feigheit – aus welchem anderen Grund konnte er denn bleiben und sich so behandeln lassen? Schlange vermochte sich nicht vorzustellen, daß sie eine der-

artige Behandlung lange erduldete. Sie hatte stets geglaubt, ihre Bindungen zu anderen Heilern, zu ihrer Familie, seien nicht minder stark als andere Beziehungen, aber möglicherweise waren Blutsbande doch stärker. Schlange litt nicht unter dem mindesten Schuldgefühl, während sie lauschte. »Ich möchte, daß du dir von ihr helfen läßt, Vater.«
»Mir kann niemand helfen. Es ist zu spät.«
»Du bist erst neunundvierzig. Es könnte eine deinen Weg kreuzen, für die du ebenso empfindest wie für Mutter.«
»Halt den Mund über deine Mutter.«
»Nein, ich denke nicht länger daran. Ich habe sie nie gekannt, aber eine meiner Hälften stammt von ihr. Ich bedaure es, dich enttäuscht zu haben. Ich bin nun entschlossen, von hier fortzugehen. Nach einigen Monaten kannst du ... nein ... in ein paar Wochen wird ein Bote eintreffen und dir meinen Tod melden, und du wirst niemals festzustellen brauchen, ob es wahr ist oder nicht.« Der Bürgermeister gab keine Antwort. »Was erwartest du von mir zu hören? Daß ich es bedaure, nicht eher weggegangen zu sein? Na schön, es tut mir leid.«
»Eines hast du mir jedenfalls nie angetan«, sagte Gabriels Vater. »Du bist trotzig und widerspenstig, aber du hast mich nie angelogen.«
Ein Schweigen dehnte sich aus; Schlange wollte schon das Schlafzimmer betreten, da ertönte erneut Gabriels Stimme. »Ich hatte gehofft, ich könnte mich bewähren. Ich dachte, ich könnte mich so nützlich machen, daß ...«
»Ich muß an die Familie denken«, unterbrach ihn der Bürgermeister. »Und an unseren Heimatort. Was auch geschehen sein mag, du wärst immer mein Erstgeborener, selbst wenn ich noch mehr Kinder hätte. Ohne öffentliche Schande könnte ich dich nicht enterben.« Es überraschte Schlange, in der rauhen Stimme Mitgefühl zu hören.
»Ich weiß. Ich kann das inzwischen verstehen. Aber auf jeden Fall wird es niemandem von Nutzen sein, wenn du stirbst.«
»Wirst du dich an deine Absicht halten?«
»Ich schwöre es«, sagte Gabriel.
»Also gut. Schick die Heilerin herein.« Hätte Schlange nicht einen Eid abgelegt, den Verwundeten und Kranken Beistand zu leisten, würde sie wahrscheinlich im selben Moment das Haus verlassen haben. Niemals zuvor hatte sie eine so ruhige, nüchterne Trennung erlebt, und das obendrein zwischen einem Vater und seinem Kind ... Gabriel erschien unter der Tür, und Schlange trat wortlos ins Schlafzimmer. »Ich habe mir's anders überlegt«, sagte der Bürgermeister. »Vorausgesetzt«, fügte er hinzu, als habe er bemerkt, wie überheblich er daherredete, »du bist noch bereit, mich zu behandeln.«

»Ich werde die Behandlung durchführen«, erklärte Schlange und verließ ohne weitere Worte den Raum.
Bestürzt folgte ihr Gabriel hinaus. »Ist irgend etwas nicht in Ordnung? Du meinst es doch ernst?«
Gabriel wirkte gelassen und durchaus nicht gekränkt. Schlange blieb stehen. »Ich habe ihm Hilfe versprochen. Ich werde sie ihm gewähren. Ich brauche ein Zimmer und ein paar Stunden Zeit, bevor ich anfangen kann.«
»Wir stellen dir alles zur Verfügung, was du willst.« Er führte sie durch den obersten Korridor bis in den Südturm. Dieser Turm umfaßte nicht bloß einen großen Prunkraum, sondern war in mehrere kleine Räume unterteilt, die weniger eindrucksvoll waren als die Zimmer des Bürgermeisters, dafür jedoch behaglicher. Schlanges Zimmer war ein Abschnitt des Turmdurchmessers. Der rundwandige Saal hinter den Gästezimmern umfaßte ein zentrales Gemeinschaftsbad. »Es ist fast Zeit zum Abendessen«, bemerkte Gabriel, als er ihr das Zimmer zeigte. »Möchtest du mit mir essen?«
»Nein, danke. Diesmal nicht.«
»Soll ich dir etwas aufs Zimmer bringen?«
»Nein. Komm lediglich in drei Stunden wieder.« Sie schenkte ihm wenig Beachtung, weil sie sich nicht mit seinen Problemen befassen durfte, während sie den Eingriff an seinem Vater vorbereitete. Geistesabwesend erteilte sie ihm einige Anweisungen bezüglich der Dinge, die man im Schlafzimmer des Bürgermeisters bereithalten solle. Da die Entzündung bereits so schlimm war, mußte sich die Arbeit schmutzig und stinkig gestalten. Nachdem sie ihm alles erklärt hatte, ging er noch immer nicht.
»Er hat so starke Schmerzen«, sagte Gabriel. »Hast du nichts, um sie zu lindern?«
»Nein«, antwortete Schlange. »Aber es kann ihm nicht schaden, wenn er sich betrinkt.«
»Betrinkt? Na gut, ich will's damit versuchen. Aber ich bezweifle, daß das etwas nutzt. Ich habe ihn noch nie vom Trinken ohne Besinnung gesehen.«
»Die Betäubungswirkung ist zweitrangig. Alkohol unterstützt den Kreislauf.«
»Oh.«
Sobald Gabriel fort war, verabreichte Schlange Sand eine Droge, um ein Gegenmittel zur Wundbrandbekämpfung herzustellen. Das neue Gegengift würde selbst eine gewisse örtliche Betäubung bewirken, aber der Nutzen mußte gering bleiben, bis Schlange die Wunde entleert hatte und sein Kreislauf wieder besser in Gang war; sie freute sich nicht unbedingt

darauf, ihm Schmerzen bereiten zu müssen, aber sie bedauerte es nicht so sehr wie zuvor bei anderen Patienten, in deren Fällen es sich als unvermeidbar erwiesen hatte. Sie streifte die staubigen Wüstengewänder ab und stieg aus den Stiefeln, die dringend der Lüftung bedurften. Ihre neue Kleidung hatte sie ans Bettzeug geschnallt, und derjenige, der ihre Sachen heraufbrachte, hatte die Kleidungsstücke für sie ausgebreitet. Sie freute sich darauf, wieder die Art von Kleidung anzuziehen, welche sie gewöhnt war, aber es würde lange dauern, bis sie so bequem abgetragen waren wie die alten Stücke, die der Verrückte in Fetzen verwandelt hatte. Das Bad war durch Gaslampen gedämpft beleuchtet. Die meisten Gebäude von dieser Größe verfügten über eigene Methangeneratoren. Diese Generatoren – es gab sie sowohl als Gemeindeeigentum wie auch in Privatbesitz – verwendeten Müll, Abfälle und auch menschliche Abfallprodukte als Substrat für eine bakterielle Brennstofferzeugung. Mit einem solchen Generator und den Solarzellenfeldern unterhalb des Daches war das Haus wahrscheinlich zumindest in der Energieversorgung eigenständig. Vielleicht erlangte es sogar genug Überschuß, um einen Wärmeableiter zu betreiben. Wenn es im Sommer so heiß war, daß die natürliche Isolierung durch die Mauersteine nicht ausreichte, konnte man das Gebäudeinnere damit kühlen. Die Niederlassung der Heiler besaß ähnliche Versorgungsmöglichkeiten, und Schlange war es nicht unlieb, dergleichen auch hier vorzufinden und die Vorteile nutzen zu dürfen. Sie füllte das tiefe Becken mit heißem Wasser und schwelgte ausgiebig darin. Die parfümierte Seife empfand sie gegenüber dem schwarzen Sand als eine Wohltat, aber als sie ein Badetuch zur Hand nahm und feststellte, daß es nach Pfefferminz roch, lachte sie nur. Langsam verstrichen die drei Stunden, während in Sands Körper die Droge ihre Wirkung tat. Schlange lag voll bekleidet, aber mit nackten Füßen hellwach auf dem Bett, als Gabriel an die Tür pochte. Schlange setzte sich auf, ergriff Sand behutsam hinter dem Kopf und ließ ihn sich um ihren Arm winden, ehe sie Gabriel hereinrief. Der junge Mann betrachtete Sand mit wachsamer Zurückhaltung, war jedoch immerhin von ihm fasziniert genug, um seine offensichtliche Furcht zu überwinden. »Ich lasse ihn nicht beißen«, versicherte Schlange.

»Ich habe mich bloß gerade gefragt, wie sie sich wohl anfühlen.« Schlange streckte ihm ihren Arm entgegen, und er hob eine Hand, um Sands geschmeidige, schön gemusterte Schuppen zu streicheln. Er nahm die Hand wieder fort, ohne eine Bemerkung zu äußern.

Im Schlafzimmer des Bürgermeisters wartete Brian; darüber befriedigt, seinen Herrn wieder in seiner Obhut zu haben, wirkte er gar nicht so niedergeschlagen. Der Bürgermeister war auf weinerliche Weise betrunken. Er stöhnte beinahe sangesartig vor sich hin, als Schlange eintrat, und

weinte hundserbärmlich; dicke Tränen rannen ihm über die Wangen. Sein Stöhnen verstummte, als er Schlange erblickte. Sie verharrte am Fußende des Bettes. Furchtsam stierte er sie an. »Wieviel hat er getrunken?«
»Soviel er wollte«, antwortete Gabriel.
»Es *wäre* besser, hätte der Alkohol ihm die Besinnung genommen«, sagte Schlange, nun von Mitleid gepackt.
»Ich habe schon erlebt, daß er mit den Ratsmitgliedern bis in den frühen Morgen trank, aber nie, daß ihm davon die Sinne geschwunden wären.«
Der Bürgermeister blinzelte triefäugig herüber. »Nicht noch mehr Schnaps«, sagte er. »Nicht noch mehr.« Trotz eines leichten Lallens sprach er mit unüberhörbarem Nachdruck. »Solange ich wach bin, kannst du mir nicht das Bein absägen.«
»Das ist völlig richtig«, sagte Schlange. »Dann bleiben Sie von mir aus wach.«
Sein Blick heftete sich auf Sand, er sah die starren Augen der Klapperschlange, ihr Züngeln, und da fing er an zu zittern. »Etwas anderes«, sagte er. »Es muß eine andere Möglichkeit geben...«
»Sie stellen meine Geduld auf eine harte Probe«, sagte Schlange. Sie wußte, daß sie schon im nächsten Augenblick tatsächlich die Geduld verlieren oder – noch schlimmer – wieder um Jesse zu weinen beginnen mochte. Sie mußte daran denken, wie sehr sie sich gewünscht hatte, ihr helfen zu können, während diesem Manne so leicht geholfen werden konnte.
Der Bürgermeister sank in seinem Bett zurück. Schlange spürte, daß er noch zitterte, doch wenigstens hielt er nun den Mund. Gabriel und Brian standen zu beiden Seiten des Bettes. Schlange rollte am Fußende die Dekken zum Kopfende hin auf und errichtete so aus ihnen auf den Knien des Bürgermeisters ein Sichthindernis. »Ich möchte es sehen«, flüsterte er. Sein Bein war blaurot und geschwollen. »Kommt nicht in Frage«, entgegnete Schlange. »Brian, bitte öffne die Fenster.« Der alte Diener kam der Aufforderung eilig nach und zog die Vorhänge beiseite, schob die Fensterflügel auswärts in die Dunkelheit. Kühle, frische Luft drang ins Zimmer. »Wenn Sand Sie beißt«, erläuterte Schlange, »werden Sie einen stechenden Schmerz verspüren. Dann wird die Stelle rings um den Biß taub. Diese Stelle wird dicht oberhalb der Wunde sein. Die Taubheit wird sich nur langsam ausbreiten, weil Ihr Bein vom Blutkreislauf nahezu abgeschnitten ist. Aber sobald sie sich weit genug ausgedehnt hat, entleere ich die Wunde. Danach kann das Gegengift stärker wirken.« Die geröteten Wangen des Bürgermeisters erbleichten erneut. Er sagte nichts, aber Brian setzte ihm ein Glas an die Lippen, und der Bürgermeister trank ei-

nen tüchtigen Schluck. Die Röte kehrte zurück. Tja, dachte Schlange, manchen Leuten kann man es sagen, manchen eben nicht. Schlange warf Brian ein sauberes Tuch zu. »Tränke das in Schnaps und leg's ihm über Nase und Mund. Du und Gabriel, ihr könnt bei euch das gleiche tun, wenn ihr möchtet. Dies wird keine angenehme Sache. Und trinkt beide einen anständigen Schluck. Dann haltet locker seine Schultern. Er darf sich nicht ruckartig aufsetzen, sonst erschreckt er die Klapperschlange.«
»Jawohl, Heilerin«, sagte Brian.
Schlange säuberte die Haut über der Wunde in der Wade des Bürgermeisters. Sein Glück, dachte sie, daß er nicht auch noch Tetanus erwischt hat. Sie dachte an Ao und die anderen Sammler. Gelegentlich kamen Heiler durch Berghausen, in der Vergangenheit allerdings regelmäßiger als heutzutage. Vielleicht hätte der Bürgermeister, sobald er sah, daß er es nicht mit einer Schlange zu tun bekam, sich früher einmal impfen lassen. Schlange löste Sand von ihrem Arm, hielt ihn hinter seinen Kieferwölbungen und ließ ihn mit der Zunge die verfärbte Haut abtasten. Er rollte sich auf dem Bett zu einem dicken Knäuel zusammen. Als Schlange mit seiner Bißhaltung zufrieden war, ließ sie seinen Kopf los. Er stieß zu. Der Bürgermeister schrie auf. Sand biß nur einmal und sehr schnell zu, und er zog sich so blitzartig zurück, daß ein Beobachter nicht sicher sein konnte, ob er sich überhaupt geregt hatte. Der Bürgermeister war sich dessen allerdings ganz sicher. Er hatte wieder und diesmal noch heftiger zu zittern begonnen. Aus den zwei winzigen Punktwunden quollen dunkles Blut und Eiter. Der Rest von Schlanges Arbeit war scheußlich, und es stank ekelhaft, aber es handelte sich nur noch um Routine. Sie öffnete die Wunde und ließ sie ausfließen. Schlange hoffte, daß Gabriel kein zu reichliches Abendessen eingenommen hatte, denn er machte den Eindruck, als wolle er es wieder von sich geben, trotz des in Schnaps getränkten Tuchs vor seinem Gesicht. Brian stand in unerschütterlicher Ruhe neben der Schulter seines Herrn, besänftigte ihn und hielt ihn still. Als Schlange fertig war, hatte sich die Schwellung des Beins bereits merklich zurückgebildet. In ein paar Wochen würde der Bürgermeister wieder kerngesund sein. »Brian, komm einmal her und sieh's dir an, ja?«
Der Alte zögerte etwas, aber er wirkte erleichtert, als er sah, was sie bewerkstelligt hatte. »Es sieht besser aus«, sagte er. »Es sieht jetzt schon besser aus als zu dem Zeitpunkt, da ich es zum letzten Mal anschauen durfte.«
»Gut. Die Wunde wird noch eine Zeitlang Feuchtigkeit absondern, deshalb muß man sie sauberhalten.« Sie zeigte ihm, wie man die Wunde abdecken und verbinden mußte. Er rief einen jüngeren Diener und ließ ihn die besudelten Tücher fortschaffen, und bald hatte sich der Gestank der

Entzündung und des brandigen Fleisches verflüchtigt. Gabriel saß auf der Bettkante und betupfte seinem Vater die Stirn. Irgendwann war ihm das schnapsfeuchte Tuch vom Gesicht auf den Boden gerutscht, aber er hatte es nicht aufgehoben. Er sah nicht länger so blaß aus. Schlange nahm Sand und ließ ihn auf ihre Schulter gleiten. »Sollte die Wunde stark schmerzen, seine Temperatur wieder steigen, sich überhaupt irgend etwas ergeben, das mit einer Besserung nichts zu schaffen hat, dann verständigt mich. Andernfalls untersuche ich ihn erst wieder morgen früh.«

»Danke, Heilerin«, sagte Brian.

Schlange zögerte, als sie an Gabriel vorbeiging, aber er schaute nicht auf. Sein Vater lag sehr still und atmete schwer, entweder schon in tiefem Schlaf oder doch fast eingeschlafen. Schlange zuckte mit den Achseln und verließ den Turm, welchen der Bürgermeister bewohnte; sie kehrte zurück in ihr Zimmer, setzte Sand in sein Fach, begab sich dann nach unten und suchte, bis sie die Küche fand. Ein anderer der vielen und vielseitigen Diener des Bürgermeisters bereitete ihr ein Abendessen, und danach legte sie sich ins Bett.

6

Am Morgen fühlte der Bürgermeister sich wesentlich wohler. Brian hatte offensichtlich die ganze Nacht hindurch an seinem Bett Wache gehalten, aber er führte alle Befehle unverzüglich aus – nicht unbedingt frohsinnig, denn das war ohnehin nicht Brians Art, aber auch ohne Zurückhaltung oder Widerwillen. »Wird eine Narbe zurückbleiben?« erkundigte sich der Bürgermeister.

»Ja, natürlich«, antwortete Schlange verblüfft. »Mehrere. Ich habe jede Menge tote Muskulatur entfernt, und alles wird gewiß nicht nachwachsen. Aber wahrscheinlich werden Sie nicht hinken müssen.«

»Brian, wo ist mein Tee?« Der Tonfall des Bürgermeisters zeugte deutlich von seinem Mißmut über Schlanges Auskunft.

»Schon unterwegs, Herr.« Kräuterduft breitete sich im Schlafzimmer aus. Der Bürgermeister trank seinen Tee allein. Er mißachtete Schlange, während sie den Verband an seinem Bein erneuerte.

Als sie mit finsterer Miene ging, folgte Brian ihr hinaus. »Heilerin, vergib ihm. Er ist es nicht gewöhnt, krank zu sein. Er erwartet, daß alles nach seinem Willen verläuft.«

»Das habe ich bemerkt.«

»Ich meine... er stellt sich diese Narben vor.. er empfindet so etwas als Verrat, er fühlt sich von seinem Körper im Stich gelassen...« Brian brei-

tete die Arme aus, nicht dazu in der Lage, die richtigen Worte zu finden. Es war nicht allzu ungewöhnlich, jemandem zu begegnen, der glaubte, er könne nicht erkranken; Schlange kannte sich mit schwierigen Patienten schon sattsam aus, die zu rasch, obwohl sie der Erholung bedurften, wieder zu den vorherigen Verhältnissen zurückkehren wollten, die sich zänkisch benahmen, wenn es sich als unmöglich erwies. »Das gibt ihm nicht das Recht, Leute so zu behandeln, wie er es hält«, sagte Schlange.
Brian betrachtete den Fußboden. »Er ist ein guter Mensch, Heilerin.«
Schlange bereute es, ihren Zorn – nein, ihren verletzten Stolz und Ärger – gezeigt zu haben und sprach in nachsichtigerem Ton weiter. »Bist du hier Leibeigener?«
»Nein! O nein, Heilerin, ich bin ein Freier! Der Bürgermeister duldet in Berghausen keine Leibeigenschaft. Leuteschinder, die mit Leibeigenen hier aufkreuzen, werden fortgeschickt, und ihre Leibeigenen können mit ihnen gehen oder ein Jahr lang für Berghausen arbeiten. Wenn sie bleiben, kauft der Bürgermeister den Eigentümern ihre Papiere ab.«
»Und so war es auch bei dir?«
Er zögerte, antwortete dann aber doch. »Nicht viele wissen noch, daß ich einmal Leibeigener war. Ich gehörte zu den ersten, die man in Berghausen befreite. Nach einem Jahr zerriß er meine Papiere. Sie waren noch gültig für zwanzig Jahre, und fünf hatte ich schon abgedient. Bis dahin war ich mir nicht sicher, ob ich ihm trauen könne... oder überhaupt irgendwem. Aber ich konnte es.« Er hob seine Schultern. »Danach bin ich geblieben.«
»Ich verstehe, warum du ihm Dankbarkeit entgegenbringst«, sagte Schlange. »Aber das berechtigt ihn noch immer nicht dazu, dich am Tag vierundzwanzig Stunden lang herumzuscheuchen.«
»Ich habe in der Nacht geschlafen.«
»Auf einem Stuhl?« Brian lächelte. »Laß jemand anderes für eine Weile auf ihn achten«, sagte Schlange. »Komm mit mir.«
»Brauchst du irgendeine Unterstützung, Heilerin?«
»Nein, ich gehe hinunter zu den Ställen. Aber du solltest wenigstens ein Nickerchen machen, solange ich fort bin.«
»Danke, Heilerin. Aber ich bleibe lieber hier.«
»Wie du willst.« Sie verließ das Hauptgebäude und überquerte den Hof. Es tat ihr gut, durch den kühlen Morgen zu gehen, auch wenn der Weg die haarnadelscharfen Windungen des steilen Pfads über die Klippe hinabführte. Unter ihr lagen die Weiden des Bürgermeisters ausgestreckt. Die graue Stute war auf einem grünen Feld allein und galoppierte hin und her, den Kopf hochgereckt, ihren Schweif emporgeworfen; am Zaun kam sie jedesmal steifbeinig zum Stehen und schnob, dann machte sie kehrt und lief in die entgegengesetzte Richtung. Hätte sie sich absetzen wollen,

so wäre sie mühelos über die kaum brusthohe Einzäunung gelangt, aber sie lief lediglich aus spielerischem Vergnügen umher.
Schlange folgte dem Trampelpfad zum Stallgebäude. Als sie sich näherte, vernahm sie ein Klatschen und einen Schrei, dann eine laute, wütende Stimme. »Ran an deine Arbeit!« Schlange lief die letzten paar Schritte und öffnete die Türflügel des Stalls. Drinnen herrschte nahezu Finsternis. Sie blinzelte. Sie hörte Stroh rascheln und roch den angenehm schweren Duft eines sauberen Pferdestalls. Einen Moment später gewöhnten sich ihre Augen an die Düsternis, und sie sah den breiten, mit Stroh ausgelegten Durchgang, die Reihen von Verschlägen an beiden Seiten und den Stallmeister, der sich nach ihr umdrehte. »Guten Morgen, Heilerin.« Der Stallmeister war ein fürchterlicher Mann, mindestens zwei Meter groß und von ungeheuer wuchtigem Körperbau. Sein lockiges Haar war rötlich, sein Bart blond.
Schlange musterte ihn aufmerksam. »Was war das für ein Lärm?«
»Lärm? Ich weiß nicht, was... Ach, ich habe nur den Freuden der Faulheit entgegengewirkt.«
Er mußte sich in der Tat sehr wirksamer Maßnahmen bedient haben, denn wer hier auch der Faulheit gefrönt haben mochte, nun war er nicht länger zu sehen. »Um diese Morgenstunde kommt mir Faulheit gar nicht so übel vor«, meinte Schlange.
»Na ja, wir stehen hier eben früh auf.« Der Stallmeister führte sie in den Hintergrund des Baus. »Hier habe ich deine Tiere untergebracht. Die Stute ist draußen, um sich ein bißchen zu tummeln, aber das Pony habe ich drinnen behalten.«
»Gut«, sagte Schlange. »Der Vorderhuf braucht so bald wie möglich ein neues Eisen.«
»Ich habe zum Hufschmied geschickt, damit er am Nachmittag kommt.«
»Das ist großartig.« Sie betrat Eichhörnchens Verschlag. Er schnupperte an ihr und fraß das Stück Brot, das sie ihm mitgebracht hatte. Sein Fell glänzte, seine Mähne und der Schweif waren gekämmt, seine Hufe sogar eingefettet. »Jemand hat sich sehr eingehend um ihn gekümmert.«
»Wir geben uns Mühe, um dem Bürgermeister und seinen Gästen alles recht zu machen«, sagte der riesenhafte Mann. Betulich blieb er in der Nähe, bis Schlange den Stall verließ, um die Stute hereinzuholen. Wind und Eichhörnchen mußten langsam wieder an Weiden gewöhnt werden, oder sie würden nach dem langen Aufenthalt in der Wüste am Gras erkranken. Als sie zurückkehrte – sie ritt Wind ohne Sattel, lenkte die Stute mit den Knien –, hatte der Stallmeister in einem anderen Teil des Gebäudes zu tun. Schlange sprang vom Rücken der Stute und führte sie in ihren Vorschlag.

»Ich war's, Herrin, nicht er.«
Überrascht drehte sich Schlange um, aber wer hier zu ihr geflüstert hatte, befand sich weder im Verschlag noch im Durchgang. »Wer ist da?« fragte Schlange. »Wer bist du?« Sie betrat wieder den Verschlag und hob den Blick, und da sah sie die Öffnung im Dach, durch welche man Futter hinabwarf. Sie stieg auf die Futterkrippe, packte den Rand der Öffnung und zog sich hoch, so daß sie den Dachboden einsehen konnte. Erschrocken wich eine kleine Gestalt zurück und verbarg sich hinter einem Heuballen.
»Komm her«, sagte Schlange. »Ich will dir doch nichts tun.« Sie befand sich in einer lächerlichen Lage, sie hing mitten über dem Verschlag, während Wind an ihrem Stiefel nagte, und hatte nirgendwo einen Ansatzpunkt, um vollends hinaufklettern zu können. »Komm herunter«, sagte sie und ließ sich zurück auf den Fußboden fallen. Von unten vermochte sie nochmals die Gestalt der Person auf dem Dachboden zu erkennen, aber nicht das Gesicht. Ein Kind, dachte sie. Nur ein kleines Kind.
»Es ist nichts weiter, Herrin«, sagte das Kind. »Er tut bloß immer so, als mache er alle Arbeit und niemand würde ihm helfen, das ist alles. Es ist nicht weiter schlimm.«
»Bitte, komm runter«, sagte Schlange nochmals. »Du hast an Wind und Eichhörnchen ausgezeichnete Arbeit geleistet, und ich möchte dir danken.«
»Das ist Dank genug, Herrin.«
»Nenn mich nicht so. Mein Name ist Schlange. Und wie heißt du?« Aber das Kind war fort.

Als sie wieder die Höhe der Klippe erreichte – wobei sie Wind am Zügel führte –, warteten bereits Leute aus dem Ort auf sie, sowohl Boten wie Patienten. Heute durfte sie nicht in Ruhe frühstücken. Bis zum Abend bekam sie ziemlich viel von Berghausen zu sehen. Einige Stunden lang hintereinander arbeitete sie angestrengt, zügig und zugleich unermüdlich, aber in zufriedener Stimmung, doch dann, als sie schließlich mit einem Patienten fertig war und sich dem nächsten Kranken widmen wollte, befiel sie plötzlich eine furchtbare Spannung, und sie sorgte sich, diesmal wieder jemandem helfen zu sollen, der dem Tode geweiht war, so wie Jesse, dem sie nicht zu helfen vermochte. Aber an diesem Tag geschah nichts dergleichen.
Am Abend ritt sie auf Wind am Fluß entlang nordwärts, an der einen Ortshälfte zu ihrer Linken vorbei, während der Glanz der Sonne hinter die Wolken sank und die westlichen Berggipfel berührte. Lange Schatten krochen ihr entgegen, als sie zu den Weiden und Ställen des Bürgermeisters gelangte. Da sich nirgends jemand blicken ließ, geleitete sie Wind

selbst in den Verschlag, nahm der Stute den Sattel ab und begann ihr glattes, gesprenkeltes Fell zu bürsten. Sie hatte es nicht besonders eilig, ins Haus des Bürgermeisters zurückzukehren, in dessen Atmosphäre zäher Treue und undurchschaubarer Nöte. »Herrin, das ist keine Arbeit für dich. Laß mich das machen. Geh nach oben auf den Berg.«
»Nein, komm du herunter«, erwiderte Schlange der körperlosen Flüsterstimme. »Du kannst mir helfen. Aber nenn mich nicht ›Herrin‹.«
»Geh, Herrin, bitte.« Schlange bürstete Wind an der Schulter und gab keine Antwort. Als nichts geschah, glaubte sie, das Kind sei wieder verschwunden; dann jedoch vernahm sie über sich im Heu ein Rascheln. Aufgrund einer Eingebung strich sie die Bürste rückwärts über Winds Flanke. Einen Moment später stand das Kind neben ihr, nahm ihr die Bürste behutsam aus der Hand. »Weißt du, es ist so, Herrin...«
»Ich heiße Schlange.«
»Das ist nichts für dich. Du kannst heilen, ich kann Pferde bürsten.« Schlange lächelte. Das kleine Mädchen war höchstens neun oder zehn Jahre alt, schmächtig und mager. Es hatte nicht zu Schlange aufgeschaut; nun bürstete es Winds aufgerauhte Flanke wieder glatt, den Kopf gesenkt, sehr nahe am Fell der Stute. Es hatte rotes Haar und schmutzige, abgekaute Fingernägel. »Du hast recht«, sagte Schlange. »Du kannst das wirklich besser als ich.«
Einen Moment lang schwieg das Kind. »Du hast mich reingelegt«, sagte es dann verdrossen, ohne sich umzudrehen.
»Ein bißchen, ja«, gab Schlange zu. »Aber das mußte ich wohl, sonst hättest du mich dir nicht persönlich danken lassen, was?«
Das Kind fuhr herum und blickte auf. »Dann danke mir«, schrie es. Die linke Gesichtshälfte war von einer schrecklichen Narbe verunstaltet. Verbrennung dritten Grades, dachte Schlange. Armes Kind! Und dann dachte sie: Wäre ein Heiler zur Stelle gewesen, hätte die Narbe sich nicht so schlimm entwickelt. Gleichzeitig bemerkte sie den Bluterguß an der rechten Gesichtsseite des kleinen Mädchens. Schlange kniete nieder, aber das Kind wich vor jeder Berührung zurück und wandte sich zur Seite, um die Narbe zu verbergen. Behutsam berührte Schlange den Bluterguß.
»Ich habe den Stallmeister heute morgen jemanden anschreien hören«, sagte Schlange. »Das warst du, nicht wahr? Er hat dich geschlagen.«
Das Kind drehte sich ihr wieder zu und hob den Blick, das rechte Auge weit, wogegen das linke Auge teilweise durch Narbengewebe verschlossen war. »Ich habe nichts«, sagte das Mädchen. Dann entzog es sich Schlanges Händen und klomm über eine Leiter hinauf ins Dunkle.
»Bitte, komm wieder herunter«, rief Schlange. Aber das Kind war verschwunden, und obwohl Schlange ihm diesmal auf den Dachboden folgte,

konnte sie es nirgendwo aufspüren. Während sie den Pfad zum Haus des Bürgermeisters hinaufstieg, huschte Schlanges Schatten im Schwanken der Laterne hin und her, die sie bei sich trug. Sie dachte an das namenlose Mädchen, das sich geschämt hatte, in das Licht zu treten. Der Bluterguß saß an einer üblen Stelle, genau an der Schläfe. Aber das Mädchen war unter Schlanges Berührung nicht zurückgefahren – wenigstens nicht bei der Berührung des Blutergusses –, und es wies auch keine Symptome einer Gehirnerschütterung auf. Schlange brauchte sich um das gegenwärtige Befinden des Kindes nicht zu sorgen. Aber wie stand es damit in der Zukunft?

Schlange wünschte, irgendwie helfen zu können, aber ihr war klar, daß das kleine Mädchen, falls sie für eine Bestrafung des Stallmeisters sorgte, die Folgen tragen müßte, sobald sie fort war.

Schlange erstieg die Treppen zu den Gemächern des Bürgermeisters. Brian wirkte erschöpft, der Bürgermeister dagegen aufgemöbelt. Die Schwellung seines Beins war im wesentlichen abgeklungen. Die Löcher der Bißwunden waren vernarbt, aber Brian gewährleistete zuverlässig, daß die Hauptwunde offen und sauber blieb. »Wann kann ich aufstehen?« erkundigte sich der Bürgermeister. »Ich habe Arbeit. Muß mich mit Leuten beraten. Streitfälle schlichten.«

»Sie können jederzeit aufstehen«, sagte Schlange, »wenn es Ihnen nichts ausmacht, danach dreimal so lange im Bett zu liegen.«

»Ich bestehe darauf, daß ...«

»Bleiben Sie im Bett«, sagte Schlange überdrüssig. Sie wußte, er würde gehorchen. Wie üblich begleitete Brian sie hinaus. »Sollte die Wunde im Laufe der Nacht bluten, dann hole mich.« Die Wunde würde bestimmt bluten, falls der Bürgermeister aufstand, und sie wollte nicht, daß der alte Diener sich allein mit der Verletzung befassen mußte.

»Ist er wohlauf? Wird er genesen?«

»Ja, wenn er sich nicht zu stark beansprucht. Die Gesundung macht einigermaßen gute Fortschritte.«

»Danke, Heilerin.«

»Wo ist Gabriel?«

»Er kommt nicht länger herauf.«

»Brian, was ist zwischen ihm und seinem Vater?«

»Ich bedaure, Heilerin, aber das kann ich auch nicht sagen.«

Du meinst, du willst es nicht, dachte Schlange.

Schlange schaute über das dunkle Tal. Ihr war noch nicht nach Schlaf zumute. Dies war einer der Umstände, die ihr an ihrem Probejahr nicht besonders gefielen: meistens ging sie allein zu Bett. An den Orten, wohin sie bisher gelangt war, kannten zu viele Menchen Heiler nur nach ihrem Ruf und fürchteten sie. Selbst Arevin hatte anfänglich Furcht vor ihr, und als diese Furcht wich und ihr gegenseitiger Respekt sich in Zuneigung verwandelte, da mußte Schlange fort. Sie hatten keine Gelegenheit gehabt, sich näher kennenzulernen.

Sie lehnte ihre Stirn an das kühle Glas. Als Schlange zum ersten Mal die Wüste durchquerte, geschah es, um zu erkunden, um die Gegenden zu sehen, wo jahrzehntelang kein Heiler gewesen war, oder wo sich noch nie einer aufgehalten hatte. Es war anmaßend von ihr gewesen, vielleicht ganz einfach töricht, etwas in Angriff zu nehmen, worauf ihre Lehrer längst verzichteten, das sie nicht einmal länger in Erwägung zogen. Die Zahl der Heiler war schon für diese Seite der Wüste nicht groß genug. Falls Schlange mit ihrem Besuch in der Stadt Erfolg hatte, mochte das alles sich ändern. Aber den einzigen Unterschied zwischen Schlange und den übrigen Heilern, die das Zentrum schon um Unterstützung ersucht hatten, machte der Name Jesse aus. Wenn sie scheiterte... ihre Lehrmeister waren gute Menschen, sie tolerierten Eigensinn und ausgefallene Ideen, aber wie sie auf die Fehler reagieren mochten, die Schlange begangen hatte, das wußte sie nicht. Das Klopfen an ihrer Tür war eine willkommene Ablenkung, da es ihre Gedanken unterbrach. »Herein.«

Gabriel trat ein, und erneut verschlug seine Schönheit ihr den Atem. »Brian sagt, daß es meinem Vater gut geht.«

»Recht anständig.«

»Meinen Dank für die Hilfe, die du ihm gewährt hast. Ich weiß, er kann schwierig sein.« Er zögerte, schaute umher und zuckte mit den Achseln. »Tja... ich bin nur vorbeigekommen, um zu hören, ob ich noch irgend etwas für dich tun kann.«

Trotz der Belastung, welcher er unterlag, wirkte er sanftmütig und wohlgelaunt, und davon fühlte sich Schlange nicht weniger angezogen als von seiner äußerlichen Schönheit. Und sie war einsam. Sie beschloß, sein wohlerzogen geäußertes Angebot anzunehmen. »Ja«, sagte sie. »Danke.« Sie verharrte vor ihm, berührte seine Wange und führte ihn an der Hand zu einer Couch. Auf einem niedrigen Tisch am Fenster standen eine Flasche Wein und ein paar Gläser. Schlange bemerkte, wie Gabriel knallrot wurde. Zwar kannte sie nicht alle Bräuche und Sitten der Wüste, aber hier in den Bergen kannte sie sich aus; sie hatte ihre Privilegien eines Gastes nicht überschritten, und er *hatte* das Angebot unterbreitet. Sie trat vor Gabriel und ergriff seine Arme dicht oberhalb der Ellbogen. Nun war er plötzlich totenblaß.

»Gabriel, was ist los mit dir?«

»Ich ... ich habe mich nicht richtig ausgedrückt. Ich habe nicht gemeint ... Wenn du es möchtest, schicke ich dir jemanden ...«
Sie runzelte die Stirn. »Wenn ›jemand‹ alles wäre, was ich wollte, hätte ich ihn mir in der Ortschaft mieten können. Ich wollte jemanden, den ich auch mag.«
Er sah sie an, ein flüchtiges, schwaches Lächeln dankbarer Freude auf den Lippen. Vielleicht hatte er, als er sich entschied, von seinem Vater zu gehen, den Entschluß gefaßt, sich den Bart auswachsen zu lassen, denn seine Wangen zeigten nun Ansätze von Haar. »Danke dafür«, sagte er.
Sie führte ihn zur Couch, ließ ihn sich setzen und nahm neben ihm Platz. »Was ist nicht in Ordnung?« Er schüttelte seinen Kopf. Sein Haar fiel ihm in die Stirn und verbarg halb seine Augen. »Gabriel, solltest du aus irgendeinem Grund noch nicht bemerkt haben, daß du schön bist?«
»Nein.« Er brachte ein grämliches Lächeln zustande. »Das weiß ich.«
»Muß ich's dir denn aus der Nase ziehen? Liegt es an mir? Die Götter wissen es – mit den Bewohnerinnen Berghausens kann ich mich nun einmal leider nicht vergleichen. Oder wenn du Männer vorziehst ... dafür hätte ich Verständnis.« Doch sie war noch nicht auf das gestoßen, was ihn vor ihr zurückschrecken ließ; bei nichts von alldem, was sie erwähnte, hatte er eine Reaktion gezeigt. »Bist du krank? Dann wäre ich doch die erste Person, der du dich anvertrauen könntest.«
»Ich bin nicht krank«, sagte er leise und ohne ihren Blick zu erwidern. »Und es liegt nicht an dir. Ich meine, wenn ich die Wahl hätte ... Es ehrt mich, daß du mich so hoch einschätzt.« Schlange schwieg, bis er endlich weitersprach. »Es wäre nicht recht von mir zu bleiben. Ich könnte ...«
»Es liegt an dem Hader zwischen dir und deinem Vater«, sagte Schlange, als er wieder verstummte. »Und deswegen willst du fort.«
Gabriel nickte. »Und er hat recht, wenn er wünscht, daß ich verschwinde.«
»Weil du nicht seine Erwartungen erfüllt hast?« Schlange schüttelte den Kopf. »Bestrafung ist keine Hilfe. Sie zeugt von Dummheit und Selbstgerechtigkeit. Komm zu mir ins Bett, Gabriel. Ich stelle keine Anforderungen an dich.«
»Du verstehst mich nicht«, sagte Gabriel kummervoll. Er nahm ihre Hand und hob sie an sein Gesicht, rieb ihre Fingerkuppen über seine hellen, weichen Stoppeln. »Ich kann meinen Teil der Übereinkunft, die Liebende untereinander treffen, nicht einhalten. Ich weiß nicht, warum. Ich hatte einen guten Lehrer. Aber für mich ist die Biokontrolle unmachbar. Ich habe es versucht, ihr Götter, ich habe es versucht.« Seine blauen Augen schimmerten. Er ließ seine Hand von ihrer Hand an seine Seite fallen. Schlange streichelte erneut seine Wange und legte einen Arm um seine

Schultern, während sie ihre Überraschung verbarg. Impotenz war ihr begreiflich, aber Unfähigkeit zur Biokontrolle ...! Sie wußte nicht, was sie dazu sagen sollte, aber er hatte ohnehin noch mehr zu erzählen, irgend etwas, worüber er verzweifelt mit jemandem sprechen zu können wünschte; sie spürte es an der starken Anspannung seines ganzen Körpers. Seine Hände waren zu Fäusten geballt. Sie wollte ihn nicht drängen; er war bereits gedemütigt genug. Sie suchte nach sanften, nachsichtigen Worten, um Dinge mit Umschreibungen zum Ausdruck zu bringen, die sie gewöhnlich rundheraus abgehandelt hätte.

»Schon gut«, sagte Schlange. »Ich verstehe, was du da erzählst. Nimm's nicht so schwer – mir das zu sagen, ist nicht schlimm.«

Er schaute zu ihr auf, so überrascht und weitäugig wie das kleine Mädchen im Stall, als Schlange statt der alten, häßlichen Narbe den frischen Bluterguß begutachtete. »Das ist doch nicht dein Ernst. Ich kann darüber mit niemandem reden. Jeder wäre angewidert – so wie mein Vater. Ich kann es niemandem verdenken.«

»Mit mir kannst du sprechen. Ich mache dir keine Vorwürfe.«

Einen Moment lang zögerte er noch, dann brach der seit Jahren angestaute Wortschwall heraus. »Ich hatte eine Freundin namens Leah«, sagte Gabriel. »Das war vor drei Jahren, als ich fünfzehn war, und sie war zwölf. Als sie sich entschloß, zum ersten Mal richtig zu lieben, nicht bloß im Spiel, weißt du, da wählte sie mich. Sie hatte natürlich ihre Ausbildung noch nicht abgeschlossen, aber das hätte keine Rolle spielen dürfen, weil ja meine beendet war. Glaubte ich wenigstens.« Er lehnte nun an Schlange, den Kopf an ihre Schulter gelegt, und starrte blicklos hinüber zu den schwarzen Fenstern. »Vielleicht hätte ich andere Vorsichtsmaßnahmen treffen sollen«, sagte er. »Aber ich hatte nie damit gerechnet, daß eine Zeugung eintritt. Ich hatte noch nie von jemandem gehört, der nicht fähig war zur Biokontrolle. Vielleicht von Leuten, die keine Tiefen-Trance hinkriegen, aber Biokontrolle ...« Bitter lachte er auf. »Und Bakkenbärte, aber damals hatte bei mir noch nichts zu wachsen begonnen.« Schlange spürte sein Schulterzucken, als der glatte Stoff seines Hemds über das neue, rauhe Gewebe ihres Kleids glitt. »Ein paar Monate später veranstalteten wir für sie eine Feier, weil wir annahmen, sie hätte die Biokontrolle schneller gelernt als üblich. Niemand war überrascht. Leah fliegt alles nur so zu. Sie ist ein hervorragender Kopf.« Für einen Moment schwieg er und lehnte nur an Schlange, atmete langsam und tief. Er sah zu ihr hoch. »Aber es war nicht ihre Biokontrolle, die ihre Menstruation beendet hatte, sondern es kam daher, daß ich sie geschwängert hatte. Sie war zwölf und meine Freundin, sie hatte mich ausgewählt, und ich habe fast ihr Leben verdorben.«

Nun begriff Schlange alles. Gabriels Schüchternheit, seine Unsicherheit, seine Scheu, auch warum er seine Schönheit verhüllte, wenn er ausging: er wollte nicht erkannt werden; mehr noch, er wollte nicht, daß jemand ihn ins Bett einlud. »Ihr armen Kinder«, sagte Schlange.

»Ich glaube, wir hatten immer angenommen, wir würden später Partner, sobald wir beide wußten, was wir tun wollten. Sobald wir beide etwas gesetzter waren. Aber wer möchte schon einen Partner ohne Biokontrolle? Ein solches Paar lebte ständig im Bewußtsein, daß der eine Partner, falls der andere in seiner Biokontrolle nur ein wenig nachließe, gar keine Kontrolle hätte. Eine derartige Partnerschaft könnte nicht von Dauer sein.« Er verlagerte sein Gewicht. »Aber trotz allem wollte sie mich nicht erniedrigen. Sie verriet niemandem etwas. Sie trieb das Kind ab, ganz allein. Und sie war in ihrer Ausbildung noch längst nicht weit genug für so etwas. Fast wäre sie verblutet.«

»Du darfst zu dir selbst nicht eine Haltung einnehmen, als hättest du ihr diese Umstände aus Fahrlässigkeit bereitet«, sagte Schlange, obwohl sie einsah, daß einfache Worte zu billig waren, um Gabriel den Widerwillen gegen die eigene Person auszutreiben oder um ihn für die Art und Weise zu entschädigen, wie sein Vater ihn behandelte. Er hatte, war er nicht kurz zuvor untersucht worden, nicht um seine Zeugungsfähigkeit wissen können, und wenn man die entsprechende Technik der Biokontrolle erst einmal beherrschte, brauchte man sich normalerweise auch nicht länger darum zu sorgen. Schlange hatte schon von Leuten vernommen, die zur Biokontrolle unfähig waren, aber äußerst selten. Nur an einer Person, die dazu außerstande war, sich um einen anderen zu scheren, hätte das, was Gabriel durchgemacht hatte, ohne Spuren vorübergehen können; und Gabriel war ganz offensichtlich fähig zu starker Anteilnahme.

»Sie kam ohne nachhaltige Gesundheitsschäden davon«, sagte Gabriel. »Aber ich hatte für sie, was Vergnügen sein sollte, in einen Alptraum verwandelt. Leah ... ich glaube, sie wünschte sich, mich wiederzusehen, aber sie konnte sich nicht dazu durchringen. Falls das einen Sinn ergibt.«

»Ja, doch«, sagte Schlange. Zwölf Jahre alt; vielleicht war das Leahs erste Einsicht in die Tatsache gewesen, daß andere Menschen ihr Leben beeinflussen konnten, ohne daß sie selbst auf diesen Einfluß einwirkte oder überhaupt davon wußte; keine Lektion, die ein Kind bereitwillig oder leicht lernte.

»Sie möchte Glasformerin werden, und es bestand derzeitig bereits eine Absprache, daß sie Assistentin bei der Ashley werden solle.«

Vor Staunen stieß Schlange einen gedämpften Pfiff aus. Glasformerei war ein Gewerbe, das hohe Anforderungen stellte, aber auch hohe Achtung genoß. Nur die besten in diesem Beruf vermochten Solarzellenspiegel zu

bauen; man benötigte viel Zeit, um die Herstellung selbst nur leicht gewölbter Scheiben zu erlernen, oder runder Scheiben wie jene in den Türmen des Gebäudes. Ashley war nicht eine der besten; sie war *die* beste.
»Mußte Leah darauf verzichten?«
»Ja. Es hätte für immer sein können. Doch sie ging dann im nächsten Jahr hin. Aber inzwischen verfloß ein Jahr ihres Lebens.« Er sprach langsam und sorgfältig, aber ohne Gefühlsaufwallung, als habe er seine Worte im Kopf schon so häufig geübt, daß er einen gewissen Abstand zwischen sich und der Erinnerung erzwungen hatte. »Natürlich wandte ich mich an meinen Lehrer, aber als man meine Reaktionen über einen längeren Zeitraum hinweg aufzeichnete, stellte man fest, daß ich die Temperaturabweichung nur für ein paar Stunden hintereinander erhalten konnte. Nicht lange genug.«
»Tscha«, machte Schlange nachdenklich. Sie überlegte, wie gut Gabriels Lehrer wohl wirklich gewesen sein mochte.
Gabriel rückte von ihr ab, so daß er ihr ins Gesicht sehen konnte. »Und deshalb kann ich diese Nacht nicht mit dir verbringen, das verstehst du nun sicherlich.«
»Das kannst du durchaus. Bitte tu es. Wir sind beide einsam, und wir vermögen einander zu helfen.«
Er schnappte nach Luft und stand mit einem Ruck auf. »Aber begreifst du denn nicht«, rief er, »daß ...«
»Gabriel.« Er setzte sich langsam wieder, berührte sie jedoch nicht. »Ich bin nicht zwölf Jahre alt. Du brauchst nicht zu befürchten, daß du mir ein unerwünschtes Kind machst. Heiler haben niemals Kinder. Die Verantwortung dafür übernehmen wir selbst, weil wir es uns nicht leisten dürfen, sie mit unseren Gefährten zu teilen.«
»Ihr bekommt niemals Kinder?«
»Niemals. Frauen tragen keine im Leibe, Männer zeugen keine.« Er starrte sie an. »Glaubst du mir?«
»Du willst mich tatsächlich noch immer, obwohl du jetzt weißt...?« Zur Antwort erhob sich Schlange und begann ihr Kleid aufzuknöpfen. Da es noch so neu war, machten die Knopflöcher wegen ihrer Steifheit Schwierigkeiten, und so streifte sie sich das Kleid schließlich über den Kopf vom Körper und ließ es auf den Fußboden fallen. Langsam richtete sich Gabriel auf und betrachtete sie schüchtern. Schlange knöpfte ihm das Hemd auf, als er seine Arme nach ihr ausstreckte, und dann die Hose. Er errötete, als seine Hosen über seine schmalen Hüften abwärts rutschten.
»Was ist?«
»Seit ich fünfzehn war, habe ich nicht wieder nackt vor jemandem gestanden.«

»Na«, sagte Schlange und lächelte breit, »dann ist es ja höchste Zeit.« Gabriels Körper war so schön wie sein Gesicht. Schlange ließ ihre Hosen am Boden zu einem Haufen zusammensinken. Sie geleitete Gabriel zu ihrem Bett und schlüpfte neben ihn unter die Decke. Der schwache Schein der Lampe glomm auf seinem blonden Haar und seiner hellen Haut. Er zitterte. »Entspanne dich«, flüsterte Schlange. »Wir haben keine Eile, und dies ist rein zum Vergnügen.« Während sie seine Schultern massierte, löste sich allmählich deren Verkrampfung. Sie bemerkte, daß Spannung auch sie erfüllte, Anspannung aus Verlangen, Erregung und Bedürfnis. Sie fragte sich, was nun wohl Arevin tun möge. Gabriel drehte sich auf die Seite und griff nach ihr. Sie streichelten einander, und Schlange lächelte bei sich, dazu bereit, ihr Bestes zu geben, obwohl kein einzelnes Erlebnis Gabriel für die vergangenen drei Jahre zu entschädigen vermochte, aber sie gedachte ihm zu einem guten Neuanfang zu verhelfen. Allerdings erkannte sie bald, daß er das Vorspiel nicht absichtlich verlängerte. Er bemühte sich viel zu angelegentlich, um ihr Freude zu bereiten, dachte zuviel nach und sorgte sich zu sehr, als sei sie Leah, eine Zwölfjährige, deren erste Sexualerfahrung in seiner Verantwortung lag. Und Schlange bereitete es keine Wonne, bearbeitet zu werden, obendrein bloß aus Pflichtgefühl. Und Gabriels Verlegenheit wuchs ständig, während er sich abmühte, auf sie anzusprechen, und der Erfolg beharrlich ausblieb. Zärtlich küßte Schlange sein Gesicht. Aber am Ende riß sich Gabriel von ihr los und kauerte sich auf die Seite, ihr den Rücken zugewandt.
»Es tut mir leid«, sagte er. Seine Stimme war so heiser, daß Schlange sofort wußte, daß er weinte. Sie setzte sich hinter ihm auf und streichelte seine Schulter.
»Ich sagte dir doch, daß ich keine Anforderungen stelle.«
»Ich muß dauernd daran denken...«
Sie küßte die Wölbung seiner Schulter, kitzelte ihn mit ihrem Atem. »Ums Denken geht es hier nicht.«
»Ich komme nicht dagegen an. Ich vermag niemandem etwas anderes zu bieten als Ärger und Schmerzen. Und nun bereite ich dir nicht einmal vorher Freude. Vielleicht ist es besser so.«
»Gabriel, ein impotenter Mann kann eine andere Person ohne weiteres befriedigen. Das dürftest du wohl wissen. Wovon wir nun reden, ist *dein* Vergnügen.« Er antwortete nicht, sah sie nicht an; als sie das Wort »impotent« aussprach, war er zusammengezuckt, denn das war ein Problem, in das sich Gabriel bisher noch nicht hineingesteigert hatte. »Du glaubst nicht, daß es mit mir sicher ist, oder?«
Er wälzte sich herum und blickte gen Himmel. »Für Leah war es mit mir nicht sicher.«

Schlange zog ihre Knie gegen ihre Brüste an und stützte ihr Kinn auf ihre Fäuste. Sie betrachtete Gabriel für eine lange Weile, dann seufzte sie und hielt ihm ihre Hand hin, so daß er die Narben und Kratzer von zahllosen Schlangenbissen sah. »Jeder einzelne dieser Bisse hätte jeden außer einem Heiler umgebracht. Schnell und angenehm oder langsam und unangenehm.« Sie legte eine Sprechpause ein, damit er sich verdeutlichen konnte, was sie gesagt hatte. »Ich verbringe viel Zeit damit«, sagte sie, »gegen diese Gifte Abwehrkräfte zu entwickeln, und es ist für mich mit nicht geringen Unbequemlichkeiten verbunden. Aber ich erkranke nie. Ich stecke mich nicht an, ich bekomme keine Infektionen. Ich kann nicht an Krebs erkranken. Meine Zähne faulen nicht. Die Abwehrkräfte eines Heilers sind so aktiv, daß sie alles Ungewöhnliche bekämpfen. Die Mehrzahl von uns ist steril, weil wir sogar gegen die eigenen Geschlechtszellen Antikörper bilden. Und erst recht also gegen die eines anderen Menschen.«

Gabriel stützte sich auf einen Ellbogen. »Ja, dann... wenn du gar keine Kinder bekommen kannst, warum hast du dann gesagt, Heiler könnten es sich nicht leisten, welche zu haben? Ich dachte, du meintest, euresgleichen hätte keine Zeit für Kinder. Wenn ich also...«

»Wir ziehen durchaus Kinder auf«, entgegnete Schlange. »Wir adoptieren welche. Die ersten Heiler versuchten auch, welche in die Welt zu setzen. Die Mehrheit war dazu außerstande. Bei einigen gelang es, aber die Kinder waren deformiert, und sie besaßen keine Spur von Verstand.«

Gabriel sank auf den Rücken und starrte empor zur Zimmerdecke. Er stieß einen schweren Seufzer aus. »Ihr Götter.«

»Wir lernen die Fruchtbarkeitskontrolle ausgezeichnet zu beherrschen«, sagte Schlange. Gabriel gab keine Antwort. »Du bist noch immer nicht überzeugt.« Schlange lehnte sich neben ihm auf einen Ellbogen, aber sie sah noch davon ab, ihn wieder zu berühren.

Er sah sie mit ironischer, humorloser Miene an, die seine Zweifel an sich selbst widerspiegelte. »Ich glaube, ich fürchte mich.«

»Ich weiß.«

»Hast du dich jemals gefürchtet? Richtig gefürchtet?«

»O ja«, erwiderte Schlange. Sie senkte ihre Hand auf seinen Bauch, strich ihre Finger über seine glatte Haut, pflügte sie durch seine feinen, dunkelgoldenen Haare. Er zitterte nicht gerade wie Espenlaub, aber Schlange spürte tief in seinem Innern ein anhaltendes Erbeben aus Furcht. »Lieg ganz ruhig«, sagte sie. »Bewege dich nicht, ehe ich's dir sage.« Sie begann seinen Bauch und seine Schenkel zu streicheln, seine Hüften und die Seiten des Gesäßes, und mit jeder Kreisbewegung kam sie seinem Geschlechtsteil näher, ohne es dabei tatsächlich anzurühren.

»Was machst du?«
»Schscht. Bleib ruhig.« Sie fuhr mit dem Streicheln fort; und nun sprach sie auch zu ihm, verlieh ihrer Stimme eine hypnotische Monotonie, die zu seiner Beruhigung beitrug. Sie spürte, daß es ihn Selbstbeherrschung kostete, sich nicht zu regen, während sie ihn reizte; er rang mit sich selbst, und unterdessen wich das Beben, ohne daß er es bemerkte.
»Schlange!«
»Was?« fragte sie unschuldig. »Stimmt etwas nicht?«
»Ich kann nicht...«
»Sch...« Er stöhnte auf. Diesmal erbebte er nicht aus Furcht. Schlange lächelte, streckte sich neben ihm aus und zog ihn auf die Seite, zu sich heran. »Jetzt darfst du dich rühren«, sagte sie.
Aus welchem Grund auch immer – infolge der Reizung durch Schlange, oder weil sie sich so hilflos gezeigt hatte, wie er es war, und er ihr vertrauen konnte, oder viel wahrscheinlicher, weil er ganz einfach jung und gesund und erst achtzehn war und nun drei mit Selbstvorwürfen angefüllte Jahre überwand – danach klappte jedenfalls alles. Schlange fühlte sich wie ein Beobachter, nicht wie ein geiler Lauscher, sondern wie ein gleichmütiger Zuschauer, nahezu desinteressiert. Und das war seltsam. Gabriel war von Natur aus sanft, und Schlange trieb ihn mit sich zu einem selbstvergessenen Höhepunkt. Ihr eigener Höhepunkt war sehr wohl zufriedenstellend, er bescherte ihr eine willkommene Erleichterung von der emotionalen Spannung, die sich im Lauf ihres ausgedehnten Alleinseins angestaut hatte, und doch galt ihre Aufmerksamkeit mehr Gabriels Lustempfinden. Obwohl sie seine Zärtlichkeiten leidenschaftlich erwiderte, mußte sie immer wieder daran denken, wie es wohl mit Arevin sein möge.
Später lagen Schlange und Gabriel in enger Umarmung beieinander und atmeten schwer, beide schweißig. Für Schlange war die Kameradschaftlichkeit seines Ablaufs so wichtig wie der Geschlechtsverkehr selbst. Sexuelle Spannungen ließen sich leicht genug beheben. Alleinsein und Einsamkeit waren dagegen etwas völlig anderes. Sie lehnte sich zu Gabriel hinüber und küßte seinen Hals, den Bogen seines Kinns. »Ich danke dir«, flüsterte er. Schlange spürte die Schwingungen seiner Wörter auf ihren Lippen.
»Du warst willkommen«, sagte sie. »Ich habe dich nicht aus uneigennützigen Gründen darum gebeten.«
Eine Zeitlang lag er stumm da, seine Finger auf dem Rund ihrer Hüfte gespreizt. Schlange tätschelte seine Hand. Er war ein süßer Junge. Sie wußte, daß diese Haltung von herablassender Art war, aber sie vermochte sie nicht zu ändern, und es war ihr auch unmöglich, den Wunsch zu verdrängen, Arevin wäre an seiner Stelle hier. Sie wollte jemanden, der Er-

lebnisse und Erfahrungen mit ihr teilte, und niemanden, der ihr Dankbarkeit entgegenbrachte. Plötzlich umschlang Gabriel sie fester und preßte sein Gesicht an ihre Schulter. Sie streichelte die kurzen Locken in seinem Nacken. »Was soll ich nur anfangen?« Seine Stimme klang gedämpft, sein Atem war warm auf ihrer Haut. »Wohin soll ich gehen?« Schlange drückte ihn an sich und wiegte ihn an ihrem Busen. Sie überlegte sich plötzlich, ob es besser gewesen wäre, ihm seinen Willen zu lassen, als er anbot, einen anderen zu schicken, und sein Dasein der Enthaltsamkeit nicht in Unordnung zu bringen. Aber sie vermochte einfach nicht zu glauben, daß er tatsächlich eines jener bemitleidenswerten, zerrütteten menschlichen Wesen war, denen jegliche Biokontrolle völlig versagt blieb. »Gabriel, was für eine Ausbildung hast du denn eigentlich genossen? Als man dich untersuchte – wie lange konntest du da die Abweichung der Körpertemperatur aufrechterhalten? Ist dir ein Anzeiger ausgehändigt worden?«
»Was für eine Art von Anzeiger?«
»Eine kleine Scheibe mit einer Chemikalie im Innern, die mit der Temperaturverschiebung ihre Farbe wechselt. Die meisten Anzeiger, die ich kenne, werden rot, wenn ein Mann seine Genitaltemperatur hoch genug steigert.« Sie lächelte breit, weil sie sich an einen Bekannten erinnerte, der sich auf das intensive Rot seiner Anzeigerscheibe ziemlich viel einbildete, und man hatte ihn jedesmal überreden müssen, sie zu entfernen, bevor er ins Bett stieg.
Aber Gabriel runzelte plötzlich die Stirn. »Hoch genug steigert?«
»Ja, natürlich, hoch genug. Ist das *nicht* so, wie du es machst?«
Seine hellen Brauen rückten zusammen, in seiner Miene mischten sich Verdruß und Verblüffung. »Unser Lehrer bringt uns bei, die Temperatur niedrig zu halten.«
Die Erinnerung an ihren selbstgefälligen Bekannten und jede Menge zotiger Witze vermengten sich in Schlanges Bewußtsein. Am liebsten hätte sie laut gelacht. Doch es gelang ihr, einen völlig gleichmütigen Gesichtsausdruck zu bewahren. »Gabriel, lieber Freund, wie alt war dein Lehrer? Hundert?«
»Ja«, antwortete Gabriel, »mindestens. Ein sehr weiser alter Mann. Er lebt noch immer.«
»Weise, ja, bestimmt, aber von allem losgelöst«, sagte Schlange. »Seit achtzig Jahren nicht auf der Höhe. Gewiß, es macht zeugungsunfähig, wenn man die Temperatur des Hodensacks senkt. Aber es ist viel wirksamer, sie zu heben. Und es soll ganz erheblich leichter zu lernen sein.«
»Aber er meinte, ich könne mich niemals richtig unter Kontrolle haben…«

Schlange schnitt ein finsteres Gesicht, sprach jedoch nicht aus, was sie dachte: daß kein Lehrer jemals etwas dergleichen zu einem Schüler sagen sollte. »Nun, manchmal findet ein Mensch sich eben mit dem anderen nicht so ganz zurecht, und es bedarf eigentlich bloß eines anderen Lehrers.«
»Glaubst du, ich kann es lernen?«
»Ja.« Sie verkniff sich eine weitere, schärfere Bemerkung über die Weisheit und die Befähigung von Gabriels erstem Lehrer. Es war besser, wenn der junge Mann die Fehler seines Lehrmeisters aus eigener Einsicht begriff. Offenbar empfand er jetzt noch zuviel Bewunderung und Achtung vor ihm; Schlange lag nichts daran, ihn zu einer Verteidigung des Greises zu veranlassen, jener Person, die ihm vielleicht den größten Schaden seines Lebens zugefügt hatte.
Gabriel ergriff Schlanges Hände. »Was fang ich nur an? Wohin gehe ich?« Diesmal sprach er voller Hoffnung und Vorfreude.
»Jedenfalls dorthin, wo die Lehrer der Menschen Techniken kennen, die weniger als hundert Jahre alt sind. Welche Richtung willst du einschlagen, wenn du Berghausen verläßt?«
»Ich... ich habe noch nicht darüber nachgedacht.« Er schaute zur Seite.
»Es ist schwer fortzugehen«, sagte Schlange. »Ich weiß, daß es so ist. Aber es ist am besten. Verbring einige Zeit damit, dich in der Welt umzuschauen. Dann entscheide, was für dich gut ist.«
»Man muß ein neues Zuhause finden«, sagte Gabriel.
»Du könntest nach Mittenweg gehen«, sagte Schlange. »Dort wohnen die besten Lehrmeister, von denen ich je vernommen habe. Und dann, wenn du fertig bist, kannst du zurückkehren. Es dürfte keinen Grund geben, der dagegen spricht.«
»Ich glaube, doch. Ich glaube, daß ich niemals wieder heimkehren kann, denn wenn ich auch lerne, was ich zu lernen habe, die Leute hier würden sich immer ihre eigenen Gedanken über mich machen. Die Gerüchte würden niemals verstummen.« Er hob die Schultern. »Aber so oder so, auf jeden Fall muß ich erst einmal fort. Ich habe es versprochen. Ich gehe nach Mittenweg.«
»Gut.« Schlange langte nach hinten und drehte den Lampenschein bis auf einen winzigen Funken hinab. »Die neuere Technik hat noch andere Vorteile, ist mir gesagt worden.«
»Welche meinst du?«
Sie berührte ihn. »Sie erfordert eine erhöhte Durchblutung der Genitalzone. Das soll die Ausdauer steigern. Und die Empfindsamkeit.«
»Ob ich wohl jetzt schon eine gewisse Ausdauer habe?«
Schlange wollte bereits eine ernstgemeinte Antwort geben, da begriff sie,

daß Gabriel seinen ersten vorsichtigen Scherz über die Sexualität gemacht hatte. »Laß es uns überprüfen«, sagte sie.

Geraume Frist vor Anbruch der Dämmerung weckte ein dringliches Pochen Schlange. Im Zimmer war es geisterhaft grau, und in das trübe Grau warf das winzigkleine Flämmchen der Lampe orangene und rosa Glanzlichter. Gabriel schlief tief und fest, auf den Lippen ein leichtes Lächeln, seine langen blonden Wimpern ruhten auf seinen Wangen. Er hatte im Schlaf die Decken fortgeschoben, und sein hochgewachsener schöner Körper lag bis hinab zur Mitte der Schenkel entblößt. Widerwillig wandte sich Schlange zur Tür. »Herein.«

Unschlüssig trat eine bemerkenswert hübsche junge Dienerin ein, und vom Korridor fiel Lichtschein auf das Bett. »Heilerin, der Bürgermeister...« Sie keuchte auf, starrte Gabriel an und vergaß das Blut an ihren Händen. »Der Bürgermeister...«

»Ich komme sofort.« Schlange erhob sich, stieg in ihre neue Hose und streifte das steife neue Kleid über, dann folgte sie der jungen Frau in die Gemächer des Bürgermeisters. Blut aus der offenen Wunde tränkte das Bettzeug, aber Brian hatte bereits die ersten Hilfsmaßnahmen durchgeführt; die Blutung war schon fast zum Stillstand gekommen. Der Bürgermeister war gespenstisch bleich, und seine Hände zitterten. »Sähen Sie nicht so krank aus, würden Sie von mir die Schelte hören, die Sie verdienen«, sagte Schlange. Sie begutachtete den Verband. »Sie sind mit einem ausgezeichneten Krankenpfleger gesegnet«, sagte sie, als Brian mit frischen Laken wiederkam und sich in Hörweite aufhielt. »Ich hoffe, Sie zahlen ihm, was er wert ist.«

»Ich dachte...«

»Denken Sie, was Sie wollen«, sagte Schlange. »Denker zu sein ist eine bewunderungswürdige Berufung. Aber versuchen Sie nicht noch einmal aufzustehen.«

»Also gut«, murmelte er, und Schlange faßte diese Äußerung als ein Versprechen auf. Sie beschloß, beim Auswechseln des Bettzeugs nicht zu helfen. Wenn es notwendig war oder für Menschen, die sie mochte, war sie sich beileibe nicht zu gut für niedrige, schmutzige Arbeiten. Aber bisweilen konnte sie auch übertrieben stolz sein. Sie wußte, daß sie nun mit dem Bürgermeister unentschuldbar schroff umgesprungen war, aber sie konnte nicht anders.

Die junge Dienerin war größer als Schlange und zweifelsfrei kräftiger als Brian; Schlange durfte zu Recht davon ausgehen, daß sie Brian bei der Aufgabe, den Bürgermeister aus dem Bett zu heben, leicht zu entlasten vermochte. Aber sie sah Schlange, als sie den Raum verließ, um sich noch einmal ins Bett zu legen, und auf nackten Füßen in den Korridor patschte, mit bekümmerter Miene nach.

»Herrin?«

Schlange drehte sich um. Die junge Dienerin spähte umher, als fürchte sie sich davor, jemand könne sie zusammen sehen. »Wie heißt du?«

»Larril.«

»Larril, mein Name ist Schlange, und ich lasse mich nicht gern ›Herrin‹ nennen. Einverstanden?« Larril nickte, sprach Schlanges Name jedoch nicht aus. Schlange seufzte. »Was gibt es noch?«

»Heilerin... in deinem Zimmer habe ich... eine Dienerin sollte manche Dinge vielleicht besser nicht sehen. Ich möchte keineswegs Mitglieder der Familie des Bürgermeisters in Verlegenheit bringen.« Ihre Stimme klang schrill und gepreßt. »Aber... aber Gabriel... er ist...« Aus Verwirrung und Scham verschluckte sie den Rest des Satzes. »Fragte ich Brian, was man tun soll, müßte er es seinem Herrn verraten. Und das wäre... unangenehm. Aber du darfst nicht beleidigt sein. Ich habe ja niemals gedacht, daß der Sohn des Bürgermeisters...«

»Larril, es ist alles in schönster Ordnung«, sagte Schlange. »Er hat mir alles erzählt. Die volle Verantwortung liegt bei mir.«

»Du kennst... die Gefahr?«

»Er hat mir alles erzählt«, wiederholte Schlange. »Für mich besteht keine Gefahr.«

»Du hast ihm einen Freundschaftsdienst erwiesen«, sagte Larril plötzlich.

»Unsinn. Ich wollte ihn. Und ich beherrsche die Biokontrolle weit besser als eine Zwölfjährige, meine Erfahrungen sind entschieden größer. Oder als ein Achtzehnjähriger, wenn man so will.«

Larril wich ihrem Blick aus. »Ich auch«, sagte sie. »Und ich habe immer solches Mitleid gehabt. Aber ich... habe mich gefürchtet. Er ist so schön – man müßte damit rechnen, daß man ganz von Sinnen gerät, ohne es zu wollen. Ich kann diese Gefahr nicht eingehen. Noch sechs Monate müssen verstreichen, bis mein Leben wieder mir allein gehört.«

»Du warst eine Leibeigene?«

Larril nickte. »Zur Welt gekommen bin ich in Berghausen. Meine Eltern verkauften mich. Das durfte man, bevor der Bürgermeister die neuen Verordnungen erließ.« Die Zittrigkeit ihrer Stimme widersprach ihren sachlichen Worten. »Lange Zeit verging, ehe ich hörte, daß hier die Leibeigenschaft verboten worden war, aber als es mir dann zu Ohren kam, floh ich und kehrte nach Berghausen heim.« Sie schaute auf, den Tränen nahe. »Ich habe keine Untreue begangen...« Sie straffte sich und sprach selbstbewußter weiter. »Ich war ein Kind, ich hatte keine Wahl, ich mußte mich in die Leibeigenschaft fügen. Ich war keinem Leuteschinder Treue schuldig. Aber die Stadt hat meine Papiere gekauft. Dem Bürgermeister bin ich zur Treue verpflichtet.«

Schlange begriff, wieviel Mut es Larril gekostet hatte, so offen zu ihr zu sprechen. »Ich danke dir dafür«, sagte Schlange, »daß du über Gabriel ehrlich gesprochen hast. Niemand wird davon erfahren. Ich stehe in deiner Schuld.«

»O nein, Heilerin. Ich hatte nicht die Absicht...«

Irgend etwas in Larrils Stimme beunruhigte Schlange, etwas ähnliches wie eine unvermittelte Scheu. Sie fragte sich, ob Larril glaubte, ihre Beweggründe, warum sie sich an Schlange gewandt hatte, seien verdächtig. »Aber es ist mein Ernst«, betonte Schlange. »Kann ich dir meinerseits irgendwie behilflich sein?«

Larril schüttelte ihren Kopf in einer raschen Geste, die mehr für sie selbst verneinte als für Schlange. »Ich glaube, mir kann niemand helfen.«

»Nur heraus mit der Sprache.« Larril zögerte, dann setzte sie sich auf den Fußboden und riß heftig die Ränder ihrer Hosenbeine aufwärts. Schlange kauerte sich neben ihr auf die Fersen. »O ihr Götter«, sagte sie. Larrils Ferse war zwischen dem Knochen und der Achillessehne verwundet worden. Es sah aus, als habe jemand dazu ein glutheißes Eisen verwendet. Die Narbe umfaßte einen kleinen Ring aus grauem kristallischen Material. Schlange nahm Larrils Fuß in die Hand und berührte den Ring. Er wies keine sichtbare Befestigung auf. Schlange zog ein düsteres Gesicht. »Das war nichts als Grausamkeit.«

»Wenn man nicht gehorchte, hatten sie das Recht, einen zu zeichnen«, sagte Larril. »Vor meiner endgüligen Flucht hatte ich schon einmal versucht, mich abzusetzen, und da sagten sie zu mir, sie müßten dafür sorgen, daß ich mich immer erinnere, wohin ich gehöre.« Zorn verdrängte die Gelassenheit ihrer Stimme. Schlange erschauderte. »Diese Ringe werden mich immer zur Unfreien machen«, sagte Larril. »Narben allein störten mich weniger.« Sie entzog ihren Fuß Schlanges Hand. »Du kennst doch sicher die Kuppeln in den Bergen? Aus deren Material sind auch diese Ringe hergestellt.« Schlange untersuchte ihren anderen Fuß, ebenso vernarbt, ebenfalls versehen mit einem Ring. Nun erkannte sie die graue, durchscheinende Substanz. Aber nie zuvor hatte sie etwas anderes daraus gefertigt gesehen als jene Kuppeln, die sich rätselhaft und unzugänglich an den unerwartetsten Stellen erhoben. »Diesen Ring hat der Schmied abzutrennen versucht«, berichtete Larril. »Als es ihm nicht gelang, als er ihn nicht einmal anzukratzen vermochte, war es ihm so peinlich, daß er eine Eisenstange mit einem Hieb brach, bloß um zu beweisen, daß er genug Kraft hatte.« Sie berührte den dünnen, straffen Strang ihrer in dem zierlichen Ring gefangenen Sehne. »Sobald der Kristall erhärtet, hält der

Ring für alle Zeiten. Unanfechtbar wie die Kuppeln. Außer man durchschneidet die Sehne, und dann wäre man lahm. Manchmal glaube ich, selbst das könnte ich auf mich nehmen.« Sie ließ die Hosenbeine hinabsacken. »Du siehst es selber, niemand kann mir helfen. Alles ist vergeblich, ich weiß es. Bald *werde* ich frei sein, ganz gleich, was diese Ringe bedeuten sollen.«
»Zumindest kann ich dir hier an Ort und Stelle nicht helfen«, sagte Schlange. »Und es wäre auf jeden Fall riskant.«
»Du meinst, grundsätzlich ist es möglich?«
»Man könnte etwas tun, es wenigstens versuchen. In der Niederlassung der Heiler.«
»Oh, Heilerin...«
»Larril, es wäre ein Risiko dabei.« An ihrem eigenen Knöchel zeigte Schlange, was getan werden müßte. »Wir würden die Sehne nicht durchtrennen, sondern ablösen. Dann ließe sich der Ring entfernen. Aber du wärest für eine beträchtliche Weile bettlägerig. Und es gibt keine Gewißheit, daß die Sehnen wieder ausreichend verheilen, vielleicht wären deine Beine nie wieder so kräftig wie heute. Womöglich verheilten die Sehnen überhaupt nicht.«
»Ich verstehe...«, sagte Larril, in deren Stimme Hoffnung und Freude mitschwang; vielleicht hörte sie Schlange überhaupt nicht richtig zu.
»Willst du mir eines versprechen?«
»Ja, Heilerin, natürlich.«
»Entscheide dich noch nicht jetzt, was du zu unternehmen gedenkst. Entscheide dich nicht sofort, nachdem deine Dienstzeit in Berghausen vorüber ist. Warte ein paar Monate. Werde dir erst völlig darüber klar, was du willst. Möglicherweise gelangst du, sobald du erst einmal wirklich frei bist, zu der Auffassung, daß die Ringe nicht so wichtig sind.«
Larril schaute vorwurfsvoll auf, und Schlange ahnte, daß sie am liebsten gefragt hätte, wie sich wohl Schlange in ihrer Lage fühlen würde, aber davon absah, weil sie die Frage für unverschämt hielt. »Versprichst du's mir?«
»Ja, Heilerin. Ich verspreche es.«
Sie standen auf. »Nun, dann noch eine gute Nacht«, sagte Schlange.
»Dir auch, Heilerin.« Schlange wollte den Korridor hinabstreben.
»Heilerin?«
»Ja?«
Larril warf ihre Arme um Schlange und drückte sie an sich. »Ich danke dir.« Verlegen wich sie zurück. Beide wandten sie sich um und gingen in ihre verschiedenen Richtungen, aber Schlange machte noch einmal kehrt. »Larril, woher bekommen die Menschenschinder die Ringe? Ich habe nie

vorher vernommen, daß jemand das Kristallmaterial der Kuppeln bearbeiten kann.«
»Die Leute in der Stadt geben es ihnen«, sagte Larril. »Nicht genug für irgend etwas Vernünftiges. Nur für die Ringe.«
»Danke.« Schlange kehrte zurück ins Bett, während sie über das Zentrum nachdachte, das Sklaventreibern Ketten gab, aber sich weigerte, mit Heilern auch nur zu reden.

7

In jenem Moment, da die Nacht endgültig vorüber war, erwachte Schlange erneut, früher als Gabriel. Die Morgendämmerung erhellte das Zimmer mit schwachem gräulichem Licht. Schlange bettete sich auf die Seite, auf den Ellbogen gestützt, und betrachtete Gabriel, der unverdrossen weiterschlief. Er war – falls man sich das überhaupt vorstellen konnte – im Schlaf noch schöner als im Wachen. Schlange streckte eine Hand aus, hielt sie jedoch still, ehe sie ihn berührte. Normalerweise hatte sie gegen Liebe am Morgen nichts einzuwenden. Aber sie mochte Gabriel nicht wecken.
Mit gerunzelter Stirn legte sie sich auf den Rücken und versuchte diese Anwandlung zu ergründen. Gestern abend hatte nicht eben der bemerkenswerteste sexuelle Kontakt ihres Lebens stattgefunden, denn Gabriel war, wenngleich keineswegs unbeholfen, doch aus Unerfahrenheit ein wenig linkisch. Zwar war sie nicht vollständig zufrieden, aber es war ihr auch alles andere als unangenehm gewesen, mit Gabriel zu schlafen. Schlange vertiefte ihre Überlegungen und fand ihre innersten Gefühle beunruhigend; sie waren der Furcht zu nahe. Zweifellos fürchtete sie nicht Gabriel; der bloße Gedanke war lächerlich. Aber sie war noch nie mit einem Mann zusammen gewesen, der seine Zeugungskraft nicht unter Kontrolle hatte. Dieser neue Umstand bereitete ihr Unbehagen, sie vermochte es nicht zu leugnen. Ihre eigene Kontrolle war hundertprozentig; in dieser Hinsicht durfte sie vollkommen auf sich selbst vertrauen. Und würde sie durch irgendeine abwegige Unvorhersehbarkeit trotzdem schwanger, konnte sie eine Abtreibung vornehmen, ohne solche Schwierigkeiten befürchten zu müssen, die Gabriels Freundin Leah fast das Leben gekostet hatten. Nein, ihr Unbehagen wurzelte kaum in der Frage, was vielleicht geschehen könnte. Es war eher das reine Wissen um Gabriels Unvermögen, das sie von ihm zurückhielt, denn sie war im Bewußtsein dessen aufgewachsen, daß ihre Liebhaber zur Biokontrolle fähig waren und daß sie ihr das gleiche Vertrauen entgegenbrachten. Dieses

Vertrauen konnte sie Gabriel nicht schenken, obwohl seine Probleme nicht auf seinen eigenen Fehlern beruhten.
Zum erstenmal begriff sie tatsächlich, wie einsam er in den letzten drei Jahren gewesen sein mußte, wie jeder auf ihn reagierte, wie er für sich selbst empfunden haben mußte. Sie seufzte, traurig um ihn, und streckte den Arm aus, streichelte ihn mit den Fingerspitzen, weckte ihn ganz allmählich, vergaß ihr Zögern und ihr Mißbehagen.

Mit ihrer Schlangenschachtel stieg Schlange die Klippe hinunter, um Wind zu holen. Einige ihrer Patienten im Ort mußte sie sich noch einmal ansehen, und am Nachmittag beabsichtigte sie Impfungen durchzuführen. Gabriel war im Haus seines Vaters geblieben und packte seine Sachen, bereitete seine Abreise vor.
Eichhörnchen und Wind glänzten regelrecht, so ausgiebig und liebevoll waren sie gebürstet worden. Ras, der Stallmeister, war nirgends zu sehen. Schlange betrat Eichhörnchens Verschlag, um sein neues Hufeisen zu betrachten. Sie kratzte ihn an den Ohren und meinte laut zu ihm, er müsse sich damit üben, sonst würde er am Anfang zu häufig aus dem Tritt geraten. Oben auf dem Dachboden knisterte leise verstreutes Heu; mehr jedoch hörte Schlange nicht, obwohl sie wartete. »Ich werde den Stallmeister bitten, daß er dich ein bißchen über die Weide jagt«, sagte sie zu ihrem Pony und wartete erneut.
»Ich reite es für dich, Herrin«, flüsterte das Kind.
»Woher soll ich wissen, ob du überhaupt reiten kannst?«
»Ich kann reiten.«
»Bitte komm runter.« Langsam kroch das Kind durch die Öffnung des Dachbodens, baumelte einen Moment lang an beiden Händen, sprang Schlange vor die Füße und verharrte dann mit gesenktem Kopf. »Wie lautet dein Name?« Das kleine Mädchen nuschelte ein Wort, das aus zwei Silben bestand. Schlange kniete sich hin und faßte das Kind sanft an der Schulter. »Entschuldige, aber so kann ich dich nicht verstehen.«
Das Mädchen blickte hoch, blinzelte aus seinem schrecklich gezeichneten Gesicht. Der Bluterguß war im Verschwinden begriffen. »Me-Melissa.« Nach dem anfänglichen Zögern sprach es den Namen trotzig aus, als befürchte es, Schlange könne ihn ihm streitig machen. Schlange fragte sich, wie die Auskunft zuerst gelautet haben mochte. »Melissa«, wiederholte das Kind und lauschte diesmal dem Klang des eigenen Namens.
»Mein Name ist Schlange, Melissa.« Schlange hielt ihm die Hand entgegen, und das Kind schüttelte sie mit sichtlicher Wachsamkeit. »Du willst Eichhörnchen für mich reiten?«
»Ja.«

»Vielleicht bockt er ein wenig.«
Melissa griff nach dem oberen Querbalken des Verschlags und stemmte sich darauf empor. »Siehst du den dort drüben?« Gegenüber stand ein gewaltiger Schecke, weit über siebzehn Dezimeter hoch. Schlange hatte ihn schon bemerkt; sobald jemand vorüberkam, legte er die Ohren an und fletschte die Zähne. »Den reite ich«, sagte Melissa.
»Gute Götter«, meinte Schlange in aufrichtiger Bewunderung.
»Ich bin der einzige, der das kann«, sagte Melissa. »Außer dem anderen.«
»Wem, Ras?«
»Nein«, antwortete Melissa verächtlich. »Der nicht. Der vom Haus. Mit dem gelben Haar.«
»Gabriel?«
»Vermutlich. Aber er kommt selten, um ihn zu holen, deshalb reite ich ihn.« Melissa hüpfte zurück auf den Boden. »Es macht Spaß. Aber dein Pony ist echt niedlich.«
Angesichts der Befähigung des Mädchens erhob Schlange keine weiteren Einwände. »Dann danke ich dir. Ich bin froh, daß jemand sich bereitfindet, ihn zu reiten, der weiß, was er macht.«
Melissa kletterte auf den Rand der Futterkrippe, um sich wieder auf den Heuboden zurückzuziehen, bevor Schlange etwas einfiel, um sie zu einer Fortsetzung der Unterhaltung zu bewegen. Da wandte sich Melissa ihr noch einmal halb zu. »Herrin, sagst du Bescheid, daß ich deine Erlaubnis habe?« Alles Selbstvertrauen war aus der Stimme gewichen.
»Natürlich«, sagte Schlange. Melissa verschwand nach oben. Schlange sattelte Wind und führte die Stute nach draußen, wo sie dem Stallmeister begegnete. »Melissa wird Eichhörnchen für mich auf das neue Hufeisen einüben«, sagte Schlange zu ihm. »Ich habe es ihr erlaubt.«
»Wer?«
»Melissa.«
»Jemand aus dem Ort?«
»Deine Stallgehilfin«, sagte Schlange. »Das rothaarige Kind.«
»Du meinst Scheusal?« Er lachte.
Schlange spürte, wie sie dunkelrot wurde, erst aus Bestürzung, dann aus Zorn. »Wie kannst du es wagen, ein Kind derartig zu verhöhnen?«
»Verhöhnen? Indem ich die reine Wahrheit sage? Niemand will sie nur ansehen, und es ist besser, sie merkt's sich. Hat sie dich belästigt?«
Schlange bestieg ihr Pferd und betrachtete ihn aus dem Sattel. »Künftig wirst du deine Fäuste an jemandem erproben, der eher an deine Körpergröße heranreicht.« Sie drückte Wind ihre Fersen in die Flanken, und die Stute eilte vorwärts, ließ das Stallgebäude und den Stallmeister Ras zurück, das Herrenhaus und den Bürgermeister.

Der Tag verstrich schneller, als Schlange erwartet hatte. Aufgrund der Kunde, daß sich in Berghausen eine Heilerin aufhielt, kamen Menschen aus dem ganzen Tal zu ihr, brachten Kleinkinder, um an ihnen die Schutzmaßnahmen vollziehen zu lassen, welche sie bieten konnte, doch auch ältere Leute mit chronischen Leiden fanden sich ein, denen sie nicht dauerhaft zu helfen vermochte, so wie Grum mit ihrer Arthritis. Ihr Glück hielt an, denn obwohl sie einige Patienten mit schweren Infektionen und Tumoren und sogar ein paar Fälle ansteckender Erkrankungen behandelte, befand sich darunter kein Todkranker. Die Bewohner Berghausens waren fast so gesund wie schön. Den Nachmittag verbrachte sie mit ihrer Tätigkeit in einem Raum im Erdgeschoß des Gasthauses, worin sie ursprünglich zu logieren gedacht hatte. Es war in der Mitte des Ortes gelegen, und die Wirtin hieß sie willkommen. Am Abend führten endlich die letzten Eltern das letzte verheulte Kind aus dem Zimmer. Schlange wünschte, Pauli wäre zur Stelle gewesen, um den Kindern Witze und Geschichten zu erzählen, während sie sich auf dem Stuhl zurücklehnte, sich rekelte und gähnte, sich dann zusammensinken ließ, die Arme noch nach hinten gebogen, den Kopf zurückgeworfen, die Augen geschlossen. Sie hörte das Öffnen der Tür, Schritte, das Schleifen eines langen Kleids am Fußboden und roch den aromatischen Duft heißen Kräutertees. Schlange setzte sich auf, als Lainie, die Wirtin, ein Tablett auf den Tisch schob. Lainie war eine hübsche, heitere, recht stämmige Frau in mittlerem Alter. Sie nahm am Tisch Platz, goß Tee in zwei Becher und reichte einen davon Schlange. »Danke.« Schlange atmete den Dampf ein.

Ein paar ruhige Augenblicke lang tranken sie stumm ihren Tee; schließlich brach Lainie das Schweigen. »Ich bin froh, daß du in unseren Heimatort gekommen bist«, sagte sie. »Es war schon zu lange kein Heiler in Berghausen.«

»Ich weiß«, sagte Schlange. »Wir können nicht allzuoft so weit in den Süden kommen.« Sie überlegte, ob Lainie wissen mochte, daß das Problem nicht allein die Entfernung war, die zwischen Berghausen und der Niederlassung der Heiler lag.

»Wenn sich hier ein Heiler niederließe«, sagte Lainie, »wäre unsere Gemeinde in ihrer Dankbarkeit sehr freigebig. Ich bin sicher, daß der Bürgermeister dich in dieser Angelegenheit noch ansprechen wird, sobald es ihm besser geht. Ich bin im Rat, und ich kann dir versichern, daß sein Vorschlag Unterstützung findet.«

»Danke, Lainie. Ich werde daran denken.«

»Dann würdest du also bleiben?«

»Ich?« Überrascht starrte sie in ihren Tee. Ihr war gar nicht in den Sinn gekommen, daß Lainies Worte unmittelbar an sie gerichtet sein könnten.

Berghausen war mit seinen schönen, gesunden Einwohnern ein Ort, wo ein Heiler sich nach einem Leben schweren Wirkens zur verdienten Ruhe setzen mochte, wo jemand in den Ruhestand gehen konnte, der nicht zu lehren wünschte. »Nein, ich kann nicht bleiben. Ich ziehe am Morgen weiter. Aber wenn ich wieder daheim bin, werde ich die anderen Heiler von eurem Angebot unterrichten.«

»Bist du sicher, daß du nicht bleiben möchtest?«

»Ich kann es nicht. Ich bin nicht reif und erfahren genug, um eine solche Stellung antreten zu dürfen.«

»Und du mußt morgen fort?«

»Ja. In Berghausen gibt's wirklich wenig zu tun. Insgesamt seid ihr hier viel zu gesund.« Schlange lächelte breit.

Lainie lächelte ebenfalls, aber flüchtig, und ihre Stimme blieb ernst. »Falls du dich zum Gehen gehalten fühlst, weil deine gegenwärtige Unterkunft...« Sie zögerte. »Weil du eine Unterkunft brauchst, die sich zur Abwicklung deiner Arbeit besser eignet, steht mein Gasthaus dir jederzeit offen.«

»Danke. Bliebe ich länger, so würde ich tatsächlich umziehen. Ich könnte die Gastfreundschaft des Bürgermeisters nicht länger... mißbrauchen. Aber ich muß wirklich weiter.«

Sie musterte Lainie, die erneut lächelte. Sie verstanden einander. »Bleibst du über Nacht?« fragte Lainie. »Du mußt müde sein, und es ist ein weiter Weg.«

»Oh, der Ritt ist angenehm«, sagte Schlange. »Erholsam.«

Schlange ritt durch Straßen, in die Dunkelheit herabgesunken war, zum Wohnsitz des Bürgermeisters, und der rhythmische Klang von Winds Hufschlag bildete die Begleitmusik zu ihren Träumen. Sie döste, während die Stute dahinstrebte. Die Wolken waren heute abend hoch und dünn; der im Abnehmen begriffene Mond warf Schatten auf die Pflastersteine. Plötzlich hörte Schlange auf dem Pflaster Stiefelabsätze knirschen. Wind brach mit einem Ruck nach links aus. Schlange griff zugleich nach der Mähne und dem Sattelknopf, im ersten Moment aus dem Gleichgewicht gebracht, und versuchte wieder festen Halt im Sattel zu bekommen. Jemand packte ihr Kleid und zerrte daran, versuchte sie vom Pferd zu reißen. Sie schlug mit einer Hand nach dem Angreifer. Ihre Faust rutschte über groben Stoff. Sie schlug noch einmal zu und traf. Der Mann knurrte und ließ los. Sie schwang sich wieder aufrecht in Winds Sattel und trat der Stute in die Flanken. Wind sprang vorwärts. Der Angreifer hielt sich nichtsdestotrotz am Sattel fest. Schlange hörte das Scharren seiner Stiefel, als er zu Fuß mitzuhalten versuchte. Er zerrte den Sattel zu sich heran.

Plötzlich rutschte der Sattel, als der Griff des Mannes sich löste, ruckartig zurück in seinen gewohnten, richtigen Sitz. Doch schon einen Sekundenbruchteil später zügelte Schlange die Stute. Die Schlangenschachtel war fort.

Schlange riß Wind herum und galoppierte dem Mann hinterdrein, der nun flüchtete. »Halt«, rief Schlange. Sie wollte ihn nicht mit der Stute niederreiten, aber er zeigte keinerlei Bereitschaft, ihr zu gehorchen. Und er mochte leicht in eine Gasse entweichen, die zu schmal war für Pferd und Reiter, und verschwinden, bevor sie abzusteigen und ihm zu folgen vermochte. Schlange beugte sich hinab, packte ihn an der Robe und warf sich auf ihn. Beide stürzten sie in wirrem Ringen zu Boden. Er drehte sich im Fallen, und Schlange prallte auf die gepflasterte Straße, hingeschmettert durch sein Gewicht. Irgendwie gelang es ihr, ihn in ihrem Zugriff zu behalten, während er sich loszureißen versuchte und sie um Atem rang. Sie wollte ihn anfahren, er solle die Schachtel loslassen, aber sie brachte noch kein Wort heraus. Er schlug zu, und sie spürte auf ihrer Stirn, am Haaransatz, einen heißen Schmerz. Schlange schlug zurück, und sie wälzten sich auf der Straße, hieben aufeinander ein. Schlange hörte die Schachtel über die Pflastersteine kratzen; sie warf sich zur Seite und packte sie, und der Mann, dessen Gesicht eine Kapuze verbarg, tat das gleiche. Während Sand im Innern der Schachtel wütend klapperte, zerrten sie das Behältnis wie zerstrittene Kinder hin und her. »Laß los!« schrie Schlange. Ringsum schien es noch dunkler zu werden, und sie konnte kaum sehen. Sie wußte, daß sie sich nicht den Kopf angeschlagen hatte, sie verspürte keine Benommenheit. Sie blinzelte und sah rundherum die Welt in ruhelosem Gaukeln. »Darin ist nichts, was du gebrauchen kannst!«

Mit einem Stöhnen der Verzweiflung riß ihr Gegner die Schachtel zu sich herüber. Im ersten Moment gab Schlange nach, doch dann packte sie mit aller Kraft erneut zu und entriß ihm das Behältnis. Sie war so erstaunt, als sich dieser leicht durchschaubare Trick bewährte, daß sie rückwärts auf Hüfte und Ellbogen prallte und vor Schmerz aufschrie. Ehe sie sich wieder aufraffen konnte, floh der Angreifer die Straße hinab.

Schlange rappelte sich auf, preßte den Ellbogen in ihre Seite und hielt mit der anderen Hand den Griff der Schachtel fest umklammert. Wie bei den meisten gewalttätigen Auseinandersetzungen war auch bei diesem Kampf nicht viel herausgekommen. Sie wischte sich übers Gesicht und blinzelte, und ihr Blickfeld klärte sich. Aus einem Kratzer an ihrem Haaransatz war ihr Blut in die Augen gesickert. Sie tat einen Schritt und zuckte zusammen; ihr rechtes Knie war geprellt. Sie hinkte hinüber zur Stute, die ängstlich schnob, aber nicht scheute. Schlange tätschelte sie. Ihr war nicht danach zumute, heute noch viel zu unternehmen, gar nicht zu reden vom Pferdefangen, und da sie einsah, daß es für die Stute die Grenze des Erträglichen überschritte, würde sie nun die Schachtel öffnen, um nachzuschauen, ob Sand und Dunst unversehrt waren, verzichtete sie darauf; sie befestigte das Behältnis wieder am Sattel und schwang sich empor.

Urplötzlich ragte voraus in der Dunkelheit das Stallgebäude auf, und Schlange brachte die Stute zum Stehen. Ihr schwindelte, sie war vor Aufregung noch ganz wirr. Obwohl sie nur wenig Blut verloren und der Angreifer sie nie kräftig genug getroffen hatte, um ihr eine Gehirnerschütterung zuzufügen, war das während des Ringens ihrem Blut zugeströmte Adrenalin verflossen, und nun fühlte sie sich völlig entkräftet. Sie atmete tief ein. »Stallmeister!«

Für eine Weile antwortete niemand und regte sich nichts, dann knirschte fünf Meter über ihr die Schiebetür des Dachbodens in ihren Schienen beiseite. »Er ist nicht hier, Herrin«, sagte Melissa. »Er schläft oben im Herrenhaus. Kann ich dir behilflich sein?«

Schlange blickte hinauf. Melissa blieb im Schatten, außerhalb des Mondscheins. »Ich hatte gehofft, dich nicht wecken zu müssen...«

»Herrin, was ist geschehen? Du blutest ja ganz schrecklich!«

»Nein, es hat schon aufgehört. Ich hatte einen Kampf durchzustehen. Würdest du mich nach oben begleiten? Du kannst hinter mir aufsitzen und Wind dann allein hinunterreiten.«

Melissa ergriff beide Stränge eines Flaschenzugs und kletterte Hand über Hand herab. »Ich mache alles, was du möchtest, Herrin«, sagte sie leise. Schlange streckte ihr eine Hand entgegen, und Melissa nahm sie und schwang sich hinter Schlange auf das Pferd. In der Welt, soweit Schlange sie kannte, arbeiteten alle Kinder, aber die Hand der Zehnjährigen, die ihre ergriff, war so schwielig und rauh und grob wie die Faust eines ausgewachsenen Schwerarbeiters. Schlange preßte ihre Schenkel in Winds Flanken, und die Stute schlug den gewundenen Pfad zur Höhe der Klippe ein. Melissa hielt sich an der Hinterpausche des Sattels fest, eine anstrengende und unbequeme Art, das Gleichgewicht zu bewahren. Schlange langte rückwärts und schloß die Arme des Kindes um ihre Taille. Melissa war so steif und verschlossen wie Gabriel, und Schlange stellte sich die Frage, ob Melissa womöglich noch länger als Gabriel hatte warten müssen, bis irgend jemand sie mit Zuneigung berührte. »Was ist denn geschehen?« erkundigte sich Melissa.

»Jemand wollte mich berauben.«

»Das ist ja gräßlich, Herrin. In Berghausen wird doch sonst niemals jemand beraubt.«

»Aber mich wollte jemand berauben. Er wollte mir meine Schlangen wegnehmen.«
»Das muß ein Verrückter gewesen sein«, meinte Melissa.
Die Erkenntnis packte Schlange mit kaltem Schauder am Rückgrat. »O ihr Götter«, sagte sie, und sie erinnerte sich an die Wüstenrobe, die der Angreifer getragen hatte, ein Kleidungsstück, das man in Berghausen selten sah. »Es war auch einer.«
»Was?«
»Ein Verrückter. Nein, es ist gar kein Verrückter. Ein Irrer würde mir nicht so weit folgen. Er hat's auf irgend etwas abgesehen, aber auf was? Ich besitze nichts, das ein anderer gebrauchen könnte. Niemand außer einem Heiler kann irgend etwas mit den Schlangen anfangen.«
»Vielleicht wollte er Wind, Herrin. Es ist ein gutes Pferd, und ich habe noch nie so schönes Zaumzeug gesehen.«
»Er hat schon meinen Lagerplatz verwüstet, bevor ich Wind bekam.«
»Dann ist es tatsächlich ein Verrückter«, sagte Melissa. »Kein Mensch würde eine Heilerin überfallen.«
»Ich wünschte, die Leute wären sich da weniger sicher«, sagte Schlange. »Wenn er mich nicht berauben will, was will er dann eigentlich von mir?«
Melissa umklammerte Schlanges Taille fester, und ihr Arm streifte den Griff von Schlanges Messer. »Warum hast du ihn nicht kaltgemacht?« fragte Melissa. »Oder wenigstens anständig gestochen.«
Schlange berührte den glatten Griff aus Bein. »Ich habe überhaupt nicht daran gedacht«, antwortete sie. »Ich habe mein Messer noch nie gegen einen Menschen gebraucht.« Insgeheim fragte sie sich, ob sie im äußersten Ernstfall wohl dazu imstande sei. Melissa schwieg. Wind erklomm die Klippe rasch. Die Hufe der Stute schleuderten Kieselsteine zur Seite und die kahle Steilwand der Klippe hinunter. »Hat sich Eichhörnchen gut betragen?« fragte Schlange schließlich.
»Ja, Herrin. Er lahmt überhaupt kein bißchen.«
»Das ist prächtig.«
»Es ist lustig, auf ihm zu reiten. Ich habe noch nie so ein gestreiftes Pferd gesehen.«
»Ehe ich als Heilerin anerkannt werden konnte, mußte ich eine Leistung vorweisen, und deshalb sorgte ich dafür, daß Eichhörnchen Streifen bekam«, sagte Schlange. »Das betreffende Gen war vorher noch nie isoliert worden.« Plötzlich erkannte sie, daß Melissa keine Ahnung haben konnte, wovon sie redete; sie fragte sich, ob der Kampf sie stärker mitgenommen habe, als sie annahm.
»Du hast Eichhörnchen gemacht?«
»Ich habe ... eine Medizin gemacht, die bewirkte, daß er so zur Welt kam,

wie er jetzt ist. Ich mußte ein Lebewesen verändern, ohne ihm ein Leid anzutun, damit man sah, daß ich gut genug bin, um auch bei den Schlangen Änderungen hervorzurufen. Auf diese Weise können wir mehr Krankheiten heilen.«

»Ich wollte, ich könnte auch irgend etwas leisten.«

»Melissa, du kannst Pferde reiten, denen ich nicht einmal nahetreten würde.« Melissa schwieg. »Was ist mit dir?«

»Ich wollte eigentlich auch Jockei werden.«

Sie war ein hageres, schmächtiges Kind, zweifellos geeignet, um jedes Tier zu reiten. »Und warum ...« Schlange unterbrach sich, als sie begriff, warum Melissa in Berghausen kein Jockei sein konnte.

»Der Bürgermeister«, sagte endlich Melissa, »möchte die Jockeis so schön haben wie die Pferde.«

Schlange nahm Melissas Hände und drückte sie sanft. »Es tut mir leid.«

»Hier hat das seine Richtigkeit, Herrin.«

Die Lichter des Hofes leuchteten ihnen entgegen. Winds Hufe klapperten auf Pflastersteinen. Melissa glitt vom Rücken der Stute. »Melissa?«

»Keine Sorge, Herrin, ich bringe dein Pferd weg.« Sie begann zu rufen. »Heda! Aufmachen!«

Bedächtig stieg Schlange ab und löste die Schachtel vom Sattel. Ihre Gliedmaßen waren steif, und ihr angeschlagenes Knie schmerzte heftig. Die Tür wurde geöffnet, und ein Diener im Nachthemd blinzelte heraus. »Wer ist da?«

»Hier ist die Herrin«, sagte aus dem Dunkeln Melissa, »die Heilerin Schlange. Sie ist verletzt.«

»Ich bin wohlauf«, sagte Schlange, aber der Diener drehte sich mit einem Aufschrei des Schreckens um, rief Hilfe und kam dann in den Hof gelaufen.

»Warum hast du sie nicht hereingebracht?« Er hob die Arme, um Schlange zu stützen. Nachsichtig hielt sie ihn auf Abstand. Weitere Leute liefen herbei und wimmelten zwecklos umher.

»Kümmere dich um das Pferd, dummes Kind!«

»Laßt sie in Ruhe«, sagte Schlange in scharfem Tonfall. »Danke, Melissa.«

»Stets zu Diensten, Herrin.«

Als Schlange die gewölbte Eingangshalle betrat, kam Gabriel durch das gewundene Treppenhaus herabgepoltert. »Schlange, was ist los? Gute Götter, was ist geschehen?«

»Ich bin unversehrt«, versicherte Schlange erneut. »Ich hatte bloß eine kleine Auseinandersetzung mit einem ungeschickten Dieb.« Aber es handelte sich um mehr. Das war ihr nun endgültig klar.

Sie dankte den Bediensteten und erstieg in Gabriels Begleitung den Südturm. Mißbehaglich und unruhig sah er zu, wie sie nach Dunst und Sand schaute, denn er hatte sie bedrängt, sich zunächst einmal um sich selbst zu kümmern. Die beiden Schlangen waren unverletzt, daher ließ Schlange sie in ihren Fächern; dann erst suchte sie das Bad auf. Sie sah sich flüchtig im Spiegel: ihr Gesicht war mit Blut verschmiert, das Haar klebte ihr am Kopf. Ihre blauen Augen starrten ihr stumpf entgegen. »Du siehst aus, als hätte man dich fast umgebracht.« Er drehte das Wasser auf, brachte Waschzeug und Badetücher.

»So, wirklich?«

Gabriel betupfte die Wunde an ihrer Stirn; sie reichte bis in die Kopfhaut hinauf. Schlange konnte im Spiegel die Wundränder sehen: es war ein dünner Riß, nicht durch einen Knöchel aufgeschlagen, sondern mit einem Ring eingeritzt. »Vielleicht solltest du dich lieber hinlegen.«

»Kopfhautverletzungen bluten immer so stark«, sagte Schlange. »Es sieht meistens schlimmer aus als es ist.« Sie blickte an sich hinab und lachte traurig auf. »Neue Kleider sind nie besonders behaglich, aber dies ist ein zu schneller Verschleiß.« Schulter und Ellbogen waren zerfetzt, und am rechten Knie ihrer Hose befand sich – vom Sturz auf das Pflaster – ebenfalls ein Loch; der Stoff war durch und durch verschmutzt. Sie konnte unter den Fetzen Blutergüsse entstehen sehen.

»Ich besorge dir ein anderes«, versprach Gabriel. »Ich kann's kaum glauben. Es gibt selten Räubereien in Berghausen. Und jeder weiß, daß du eine Heilerin bist. Wer würde denn eine Heilerin überfallen?«

Schlange nahm ihm das Tuch aus der Hand, setzte die Säuberung der Verletzung selbst fort. Gabriel war dabei zu vorsichtig gewesen; Schlange legte jedoch keinen Wert darauf, daß die Haut über Schmutz und Gries verheilte. »Es war niemand aus Berghausen«, sagte sie, »der mich überfallen hat.« Gabriel tränkte das Knie ihrer Hose mit Wasser, um den Stoff abzulösen, wo geronnenes Blut ihn an die Haut klebte. Schlange erzählte ihm von dem Verrückten.

»Dann war es wenigstens niemand von unserer Einwohnerschaft«, sagte Gabriel. »Und einen Fremden kann man leichter finden.«

»Kann sein.« Aber der Verrückte war schon der Verfolgung durch die Wüstenbewohner entgangen; und ein Ort bot viel mehr Möglichkeiten zum Verstecken. Sie stand auf. Ihr Knie schmerzte immer ärger. Sie humpelte zur großen Wanne und ließ brühheißes Wasser einfließen. Gabriel half ihr beim Auskleiden. Er saß in der Nähe, während sie die Schmerzen und die Zerschlagenheit durch das heiße Wasser aus ihren Gliedern vertreiben ließ. Er blieb aus Zorn über den Zwischenfall rast- und ruhelos.

»Wo warst du, als er dich überfiel? Ich schicke die Wachleute hin, damit sie nach ihm suchen.«

»Ach, Gabriel, laß das heute abend ruhig bleiben. Mindestens eine Stunde ist inzwischen vergangen – der Kerl dürfte längst fort sein. Du würdest bloß Leute aus ihren warmen Betten scheuchen, damit sie durch den Ort hetzen und noch andere Menschen aus ihren warmen Betten holen.«

»*Irgend etwas* will ich aber unternehmen.«

»Ich weiß. Aber jetzt kann man nichts tun.« Sie legte sich zurück und schloß die Augen. »Gabriel«, fragte sie unvermittelt nach einer Weile des Schweigens, »was ist eigentlich Melissa zugestoßen?« Sie schaute zu ihm hinüber; er runzelte die Stirn.

»Wem?«

»Melissa. Der kleinen Stallgehilfin mit der Brandnarbe. Sie ist zehn oder elf und hat rotes Haar.«

»Ich habe keine Ahnung. Ich glaube nicht, daß ich sie schon einmal gesehen habe.«

»Sie reitet dein Pferd für dich.«

»Reitet mein Pferd! Ein zehnjähriges Mädchen? Das ist ja lachhaft!«

»Mir hat sie gesagt, daß sie den Schecken reitet. Es hat sich nicht nach einer Lüge angehört.«

»Vielleicht sitzt sie darauf, wenn Ras ihn auf die Weide führt. Aber ich bin noch nicht einmal sicher, ob er das dulden würde. Ras kann ihn nicht reiten – wie könnte es dann ein Kind?«

»Na, macht ja nichts«, sagte Schlange. Vielleicht hatte Melissa sie nur beeindrucken wollen; es wäre keine Überraschung, sollte das Kind in einer Phantasiewelt leben. Aber Schlange hatte das Gefühl, Melissas Behauptung nicht so leicht abtun zu dürfen. »Das ist nicht so wesentlich«, sagte sie zu Gabriel. »Mich interessiert bloß, woher sie die Verbrennung hat.«

»Das weiß ich natürlich nicht.«

Schlange spürte, daß sie aus Erschöpfung einschlafen würde, wenn sie noch länger im Bad blieb; sie stieg umständlich aus dem Wasser. Gabriel hüllte sie in ein großes Badetuch und half ihr beim Abtrocknen ihres Rükkens und der Beine, denn sie war noch immer reichlich unbeholfen. »Es hat einmal im Stall einen Brand gegeben«, sagte er urplötzlich. »Vor vier oder fünf Jahren. Aber ich dachte immer, es sei niemand zu Schaden gekommen. Sogar die meisten Pferde konnte Ras noch herausholen.«

»Melissa versteckte sich zuerst vor mir«, sagte Schlange. »Ist es denkbar, daß sie sich seit vier Jahren verborgen hält?«

Einen Moment lang schwieg Gabriel. »Wenn sie vernarbt ist...« Aus Unbehagen hob er die Schultern. »Die Vorstellung mißfällt mir, aber wenn ich berücksichtige, daß ich selbst mich drei Jahre lang vor so gut wie jedem

Menschen versteckt habe, dann muß ich sagen, ich halte es für möglich.« Er half ihr in ihr Zimmer und blieb unmittelbar vor der Schwelle stehen, auf einmal wieder verlegen. Plötzlich begriff Schlange, daß sie ihn in gewissem Sinn von neuem gereizt hatte, ohne es zu beabsichtigen. Sie wünschte, sie könnte ihm heute nacht in ihrem Bett einen Platz einräumen; seine Gesellschaft wäre ihr angenehm gewesen. Doch ihre Kräfte waren nicht unerschöpflich. Sie besaß jetzt keine Kraft, um Empfindungen für das andere Geschlecht oder bloß Mitgefühl aufzubringen, und sie wollte ihn nicht noch mehr anheizen, indem sie ihm zumutete, die ganze Nacht lang ruhig neben ihr zu liegen. »Gute Nacht, Gabriel«, sagte sie. »Ich wollte, wir könnten die letzte Nacht noch einmal erleben.« Er verhehlte seine Enttäuschung gut, seine Enttäuschung und die Verlegenheit infolge der Einsicht, daß er enttäuscht war, obwohl er sah, daß sie wund, zerschlagen und müde war.

Sie gaben sich einen Gutenachtkuß. Schlange spürte eine unerwartete Aufwallung von Verlangen. Nur das Bewußtsein dessen, daß sie am folgenden Morgen nach den heutigen körperlichen und psychischen Belastungen ohnehin nicht allzu munter sein würde, hinderte sie daran, ihn doch noch hereinzubitten. Eine weitere Beanspruchung von Körper und Geist, selbst eine so angenehme wie die durch die Wonnen der Liebe, konnte alles nur verschlimmern. »Oh, verdammt«, sagte Schlange, als sich Gabriel entfernte, »dieser Verrückte läßt sich ganz schön was zuschulden kommen.«

Ein Geräusch weckte Schlange aus ihrem tiefen Erschöpfungsschlaf. Zuerst glaubte sie, Larril sei wegen des Bürgermeisters herbeigeeilt, aber niemand sprach ein Wort. Aus dem Korridor fiel für einen Moment Lichtschein ins Zimmer, dann schloß sich die Tür wieder, der Raum lag erneut im Dunklen. Schlange blieb völlig reglos. Sie hörte ihr Herz wummern, während sie sich zur Abwehr eines Anschlags vorbereitete, sich daran erinnerte, was Melissa von ihrem Messer gesagt hatte. Wenn sie unter freiem Himmel nächtigte, war es immer in ihrer Reichweite, obwohl sie in der Wildnis nicht mehr mit Überfällen rechnete als in diesem Zimmer im Haus des Bürgermeisters von Berghausen. Heute jedoch lagen ihr Gürtel und das Messer irgendwo am Fußboden, wo sie beides in ihrer Mattigkeit achtlos hatte hinfallen lassen; oder vielleicht hatte sie beides schon im Bad vergessen. Sie konnte sich nicht genau entsinnen. Ihr Kopf schmerzte, ebenso ihr Knie. Was geht eigentlich in meinem Kopf vor, überlegte sie. Ich weiß nicht einmal, wie man mit einem Messer kämpft.

»Heilerin?« Die Stimme war so leise, daß sie kaum einen Ton vernahm.

»Herrin?«
Schlange wälzte sich herum und setzte sich kerzengerade auf, im Handumdrehen hellwach, ihre bereits instiktiv geballten Fäuste lockerten sich mit gleichartiger Unwillkürlichkeit. »Was... Melissa?«
»Ja, Herrin.«
»Danke den Göttern, daß du den Mund aufgemacht hast... beinahe hätte ich dich geschlagen.«
»Vergib mir, Herrin. Eigentlich wollte ich dich gar nicht wecken. Ich wollte nur... sicher sein...«
»Ist irgend etwas nicht in Ordnung?«
»Nein, aber ich wußte nicht, wie es dir geht. Ich sehe hier oben fast immer Licht, und deshalb dachte ich, man legt sich im Haus erst spät ins Bett. Ich dachte, ich könnte jemanden nach dir fragen. Aber... es ging nicht. Dann verschwinde ich jetzt besser wieder.«
»Nein, warte.« Schlanges Augen hatten sich mittlerweile auf die Dunkelheit eingestellt, so daß sie Melissas Gestalt erkannte. Auf den von der Sonne herausgebleichten Strähnen in ihrem roten Haar glomm geisterhaftes Licht; sie roch den Duft von Heu und sauberen Pferden. »Es war lieb von dir, daß du dir soviel Mühe gemacht hast, um nach mir zu schauen.« Sie zog Melissa heran, beugte sich vor und gab ihr einen Kuß auf die Stirn. Das dichte, lockige Haar konnte die Unregelmäßigkeit des Narbengewebes nicht völlig verbergen.
Melissa versteifte sich und wich zurück. »Wie bringst du es fertig, mich anfassen zu können?«
»Liebe Melissa...« Schlange streckte einen Arm aus und drehte die Lampe hoch, bevor Melissa dagegen Einspruch erheben konnte. Das Kind drehte sich um. Schlange nahm es bei der Schulter und wandte es sanft um, bis sie wieder einander gegenüber waren; aber Melissa vermied es, sie anzuschauen. »Ich mag dich. Ich fasse die Leute immer an, die ich mag. Andere Leute würden dich auch mögen, falls du ihnen dazu die Gelegenheit gibst.«
»Ras sagt etwas anderes. Er sagt, daß niemand in Berghausen Scheusale wie mich bloß ansehen möchte.«
»Nun, und ich sage, Ras ist ein ekelhafter Kerl, und außerdem sage ich, er hat noch mehr Gründe, um dir vor anderen Menschen Furcht zu machen. Er erhält die Anerkennung für das, was du tust, nicht wahr? Er gibt vor, daß er die Pferde zähmt und ausreitet.« Melissa zuckte mit den Schultern, den Kopf gesenkt, um die Narbe weitmöglichst zu verbergen.
»Und das Feuer damals«, sagte Schlange. »Was geschah wirklich? Gabriel sagte, Ras habe die Pferde gerettet, aber du bist es, die sich eine Verletzung zuzog.«

»Jeder weiß, daß ein achtjähriges Mädchen nicht Pferde aus dem Feuer retten kann«, sagte Melissa.
»Oh, Melissa...«
»Es ist mir egal.«
»So?«
»Ich habe einen Unterschlupf. Ich bekomme Essen. Ich kann bei den Pferden bleiben, sie nehmen keinen Anstoß...«
»Ihr Götter, Melissa! Warum bleibst du denn überhaupt hier? Ein Mensch braucht mehr als Essen und einen Winkel zum Schlafen.«
»Ich kann nicht fort. Ich bin noch nicht vierzehn.«
»Hat er behauptet, daß du ihm gehörst? Die Leibeigenschaft ist in Berghausen verboten.«
»Ich bin keine Leibeigene«, entgegnete Melissa gereizt. »Ich bin zwölf. Was hast du geglaubt, wie alt ich bin?«
»Ich dachte mir, daß du ungefähr zwölf bist«, sagte Schlange, weil sie nicht zugeben wollte, daß sie Melissa in Wahrheit wesentlich jünger geschätzt hatte. »Aber was macht das für einen Unterschied?«
»Konntest du denn gehen, wohin du wolltest, als du zwölf warst?«
»Ja, natürlich. Ich hatte allerdings das Glück, mich an einem Ort zu befinden, wo ich gerne blieb, aber ich hätte jederzeit fortgehen können.«
Melissa blinzelte. »Oh«, meinte sie, »naja... hier ist es anders. Wenn man fortgeht, kommt der Vormund hinterdrein. Einmal habe ich's ja versucht, und da ist es so gelaufen.«
»Aber warum?«
»Weil ich mich nirgends verstecken kann«, antwortete Melissa verärgert. »Du meinst, den Leuten wäre es gleichgültig, aber sie haben Ras verraten, wo ich bin, und da hat er mich zurückgeholt...«
Schlange nahm Melissas Hand. Das Mädchen verstummte. »Entschuldige«, sagte Schlange, »aber das habe ich nicht gemeint. Ich wollte wissen – was verleiht jemandem das Recht, dich zum Bleiben zu zwingen, wenn du es nicht möchtest? Warum mußtest du dich verstecken? Wieso kannst du dir nicht einfach deinen Lohn auszahlen lassen und gehen, wohin du Lust hast?«
Melissa lachte bitter auf. »Meinen Lohn! Kinder erhalten keinen Lohn. Ras ist mein Vormund. Ich muß tun, was er sagt. Ich muß bei ihm bleiben. Das ist eine Verordnung.«
»Eine schreckliche Verordnung ist das. Ich weiß, daß er dich schlecht behandelt – keine Verordnung einer anständigen Gemeinde dürfte dich zwingen können, bei so einem Kerl zu bleiben. Laß mich mit dem Bürgermeister reden, vielleicht kann er das alles vernünftig regeln, so daß du tun kannst, was du willst.«

»Herrin, nein!« Melissa warf sich an der Bettkante auf die Knie, grub ihre Finger in die Bettdecke. »Wer sonst würde mich denn aufnehmen? Niemand! Ich müßte bei ihm bleiben, auch wenn ich alles über ihn sagen würde, und dann, dann wäre er bloß noch viel gemeiner zu mir! Bitte tu's nicht!« Schlange hob sie von den Knien auf und legte die Arme um sie, aber Melissa duckte sich, stemmte sich gegen Schlanges Umarmung, dann ruckte sie plötzlich, als Schlange beim Loslassen mit einer Hand ihr Schulterblatt streifte, mit einem Keuchlaut vorwärts.

»Melissa, was ist denn?«

»Nichts.«

Schlange schaute unter Melissas Hemdenschoß und betrachtete ihren Rücken. Sie war mit einem Leder geschlagen worden, oder einer Rute; jedenfalls mit etwas, das Schmerzen verursachte, aber nicht bis aufs Blut verwundete, das Melissa nicht am Arbeiten hinderte. »Wie...?« Sie verstummte. »Oh, verflucht! Ras war wütend auf mich, stimmt's? Ich habe dir, als ich ihm die Meinung sagte, Ärger bereitet, nicht wahr?«

»Herrin, wenn er schlagen will, schlägt er eben. Er denkt sich nichts dabei. Ob's mich trifft oder die Pferde, das ist ihm gleich.« Sie trat zurück und blickte zur Tür.

»Geh nicht hinunter. Bleib über Nacht hier. Morgen können wir uns in aller Ruhe überlegen, was wir tun.«

»Nein, Herrin, bitte, es ist doch alles in Ordnung. Mir macht das alles gar nichts aus. Ich war schon immer hier. Ich weiß, wie ich zurechtkomme. Kümmere dich nicht darum, bitte. Jetzt muß ich gehen.«

»Warte...« Aber Melissa schlüpfte aus dem Zimmer. Hinter ihr schloß sich die Tür. Als Schlange aus dem Bett gesprungen und hinterdreingehumpelt war, hatte sie bereits den halben Weg zur Treppe zurückgelegt. Schlange stützte sich an den Türrahmen und beugte sich in den Korridor. »Wir müssen uns darüber aussprechen«, rief sie, aber Melissa lief wortlos die Treppenflucht hinunter und verschwand. Schlange hinkte zurück zu ihrem weichen Bett, legte sich wieder unter die warmen Decken und drehte die Lampe hinab; sie dachte an Melissa draußen in der dunklen, kühlen Nacht.

Schlange erwachte ganz allmählich und lag dabei still; am liebsten hätte sie den vollen Tag verschlafen. Sie war so selten krank, daß sie sich nie so recht dazu durchringen konnte, sich zu schonen, wenn es ihr schlecht ging. In Anbetracht der ernsten Mahnungen, die sie Gabriels Vater gegenüber geäußert hatte, wäre es widersinnig gewesen, die eigenen Ratschläge nun kein bißchen zu beachten. Schlange seufzte. Sie konnte einen ganzen Tag hindurch angestrengt arbeiten; sie vermochte lange Strecken zu Fuß oder auf dem Rücken eines Pferdes zurückzulegen; dergleichen machte ihr nichts aus. Doch gegenwärtig hatten sich Ärger, ein Adrenalinausstoß und die Strapazen eines Handgemenges gegen sie verschworen.

Sie sammelte langsam ihre Willenskraft und wagte vorsichtige Bewegungen. Sie hielt den Atem an und erstarrte. Der Schmerz in ihrem rechten Knie, wo die Arthritis am schlimmsten war, stach reichlich stark. Ihr Knie war geschwollen und steif, und auch alle anderen Gelenke taten weh. Sie war an Schmerzen gewöhnt. Aber heute verspürte sie zum erstenmal das ärgste Ziehen in ihrer rechten Schulter. Sie ließ sich zurücksinken. Wenn sie sich heute zur Abreise zwang, würde es ihr bald nur noch übler gehen, und dann läge sie irgendwo in der Wüste herum. Sie war dazu imstande, Schmerzen zu mißachten, falls notwendig, aber so etwas kostete viel Kraft, und man mußte später dafür büßen. Zur Zeit verfügte ihr Körper über keinerlei überschüssige Kräfte.

Noch immer vermochte sie sich nicht zu erinnern, wo ihr Gürtel abgeblieben war, oder – nun, da sie daran dachte – warum sie ihn überhaupt mitten in der Nacht gesucht hatte; plötzlich jedoch setzte sie sich mit einem Ruck auf, als sie sich an Melissas Besuch entsann, und beinahe hätte sie laut aufgeschrien. Aber ihr schlechtes Gewissen peinigte sie auf einmal ebenso stark wie ihr Körper. Sie mußte etwas unternehmen. Aber Ras noch einmal zur Rede zu stellen, war für ihre kleine Freundin keine Hilfe. Das hatte Schlange jetzt begriffen. Sie wußte nicht, was sich tun ließ. Im Augenblick wußte sie nicht einmal, ob sie es allein bis ins Bad schaffen konnte.

Das jedoch gelang ihr immerhin. Und dort fand sie auch ihren Gürtel wieder, unversehrt an einen Haken gehängt, samt Börse und Messer. Soweit sie sich entsann, hatte sie alles liegen gelassen, wo es beim Auskleiden gerade hinfiel. Sie war ein wenig verlegen, denn normalerweise war sie nicht so unordentlich.

Ihre Stirn wies einen blauen Fleck auf, und der lange oberflächliche Schnitt war dick verschorft; daran ließ sich nichts ändern. Schlange entnahm ihrer Gürteltasche das Aspirin, schluckte eine starke Dosis und hinkte zurück in ihr Zimmer, wo sie sich wieder ins Bett legte. Während sie auf den Schlaf wartete, fragte sie sich, in welchem Maße die Arthritisanfälle mit zunehmendem Alter wohl häufiger auftreten mochten. Sie waren unvermeidlich, aber es mußte keineswegs ebenso unvermeidlich jedesmal der Fall sein, daß ihr zu ihrer Erholung ein so behaglicher Ort zur Verfügung stand.

Die Sonne schwebte hoch und scharlachrot hinter dünnen grauen Wolken, als sie von neuem erwachte. In ihren Ohren klingelte es schwach vom Aspirin. Behutsam beugte sie das rechte Knie und empfand Erleichterung, als sich herausstellte, daß es wieder beweglicher war und weniger schmerzhaft. Das gedämpfte Klopfen, das sie aufgeweckt hatte, ertönte nochmals. »Herein.«

Gabriel öffnete die Tür und schaute ins Zimmer. »Schlange, geht's dir jetzt besser?«

»Ja, komm ruhig herein.«

Gabriel trat ein, während sie sich aufsetzte. »Ich bedaure es sehr, falls ich dich geweckt habe, aber ich habe schon einige Male den Kopf hineingesteckt, und du hattest dich nie gerührt.« Schlange schob die Bettdecken beiseite und zeigte ihm ihr Knie. Die Schwellung war schon wesentlich geringer, aber es war noch längst nicht wieder normalisiert, und ihre Blutergüsse hatten sich blau und rot verfärbt. »Gute Götter«, sagte Gabriel.

»Morgen wird's schon besser sein«, versicherte ihm Schlange. Sie rückte zur Seite, damit er sich neben sie setzen könne. »Es könnte mich schlimmer erwischt haben, glaube ich.«

»Einmal habe ich mir das Knie verstaucht, und es sah eine Woche lang aus wie eine Melone. Morgen, sagst du? Anscheinend genesen Heilerinnen ungewöhnlich schnell.«

»Ich habe es mir gestern nicht verstaucht, nur angeschlagen. Die Schwellung kommt hauptsächlich von meiner Arthritis.«

»Arthritis! Ich dachte, du erkrankst nie.«

»Ich ziehe mir keine ansteckenden Krankheiten zu. Heiler bekommen immer Arthritis, es sei denn, zuvor packt sie irgend etwas Ernsteres.« Sie hob die Schultern. »Die Abwehrstoffe, von denen ich dir erzählt habe, sind die Ursache. Manchmal fallen sie ein bißchen aus der Rolle und greifen den Körper an, der sie selbst gebildet hat.« Sie sah keine Veranlassung, ihm die wirklich ernsten Krankheiten zu beschreiben, denen Heiler erliegen konnten. Gabriel erbot sich, ihr ein Frühstück zu verschaffen, und sie bemerkte mit einiger Überraschung, daß sie tatsächlich Hunger verspürte.

Schlange verbrachte den Rest des Tages mit heißen Bädern und im Bett, schläfrig von der starken Dosis Aspirin. Das war jedenfalls die Wirkung, die es auf sie ausübte. Dann und wann kam Gabriel und saß für ein Weilchen an ihrer Bettkante, oder Larril trug ein Tablett herein, oder Brian erschien und berichtete über das Befinden des Bürgermeisters. Seit der Nacht, als er aufzustehen versuchte, hatte Gabriels Vater Schlanges Bei-

stand nicht wieder benötigt; und Brian war als Krankenpfleger weit tüchtiger als sie.
Sie brannte darauf, endlich weiterzuziehen, das Tal zu durchqueren, die nächste Bergkette zu überwinden, ihren Weg zur Stadt fortzusetzen. Die Möglichkeiten, welche die Stadt potentiell bot, faszinierten sie. Und es verlangte sie danach, endlich das Haus des Bürgermeisters zu verlassen. Es ging ihr hier so gut, wie sie es sich nur vorstellen konnte, wenigstens so wie in der Niederlassung der Heiler. Und doch war das Haus ein unerfreulicher Aufenthaltsort; sobald man sich ein wenig mit den Verhältnissen vertraut gemacht hatte, ließen sich die emotionalen Spannungen zwischen den Bewohnern überdeutlich wahrnehmen. Es war zu sehr Herrensitz und zu wenig Heim einer Familie; zuviel Macht und zuwenig Schutz dagegen. Der Bürgermeister behielt alle seine Stärken für sich, ohne etwas davon weiterzugeben, und Ras mißbrauchte seine Stellung. Doch so dringlich Schlange auch fort wollte, so sehr sah sie sich andererseits dazu außerstande zu verschwinden, ohne etwas für Melissa getan zu haben. Melissa...
Der Bürgermeister verfügte über eine Bibliothek, und Larril hatte Schlange einige Bücher gebracht. Sie versuchte zu lesen. Unter normalen Umständen hätte sie im Laufe des Tages mehrere Bücher gelesen, viel zu schnell, um sie richtig würdigen zu können. Aber diesmal langweilte sie sich, sie war ruhelos, zerstreut und innerlich aufgewühlt. Nachmittags stand sie auf und hinkte zu einem Stuhl am Fenster, von wo aus man übers Tal ausschauen konnte. Nicht einmal Gabriel war noch erreichbar, um sich mit ihr zu unterhalten, weil er sich nach Berghausen hinunterbegeben hatte, um die Beschreibung des Verrückten bekanntzumachen. Sie hoffte, daß man ihn schnappte, und hoffte auch, daß sich ihm noch helfen ließ. Vor ihr lag ein weiter Weg, und ihr mißbehagte die Vorstellung, sich ununterbrochen wegen ihres Verfolgers sorgen zu müssen. In dieser Jahreszeit zogen nicht länger Karawanen zur Stadt; sie mußte allein ziehen oder gar nicht. Grums Einladung, in ihrem Dorf zu überwintern, wirkte nun noch verlockender. Aber der Gedanke, ein halbes Jahr lang in der Ausübung ihrer Tätigkeit eingeschränkt zu sein, ohne zu wissen, ob es ihr gelingen würde, sich zu rechtfertigen, war ihr unerträglich. Sie mußte zur Stadt – oder zurück zur Niederlassung der Heiler und sich dort dem Urteil ihrer Lehrer unterwerfen.
Grum. Vielleicht konnte Melissa bei ihr ein Zuhause finden, falls es Schlange gelang, das Kind aus Berghausen loszueisen. Grum war weder selbst schön noch legte sie Wert auf körperliche Schönheit; bei ihr wären Melissas Narben ohne Bedeutung. Doch es würde Tage beanspruchen, Grum zu benachrichtigen und von ihr eine Antwort zu erhalten; ihr Dorf

lag weit im Norden. Außerdem mußte sich Schlange bei näherer Überlegung eingestehen, daß sie Grum gar nicht gut genug kannte, um sie um einen Gefallen zu bitten, der eine solche Verantwortung einschloß. Schlange seufzte, pflügte mit einer Hand durch ihren Schopf und wünschte, das Problem versänke in ihr Unterbewußtsein und käme gelöst wieder zum Vorschein... wie ein Traum. Sie blickte im Zimmer umher, als ließe sich darin irgend etwas entdecken, das ihr verriet, was sie tun solle.

Auf dem Tisch am Fenster standen ein Korb voller Obst, ein Teller mit Käse und Keksen sowie ein Tablett mit Fleisch in dünnen Scheiben. Das Personal des Bürgermeisters war in der Versorgung Kranker überaus großzügig; während des langen Tages hatte Schlange nicht einmal durch das Warten und die damit verbundene Vorfreude auf die verschiedenen Mahlzeiten Ablenkung gefunden. Sie hatte Gabriel, Larril, Brian und andere Bedienstete, die kamen, um das Bett zu machen, Krümel wegzufegen, die Fenster zu putzen und ähnliches zu verrichten (bis jetzt hatte sie keine Ahnung, wie viele Leute im Haus beschäftigt waren, den Haushalt in Gang hielten und Gabriel und seinem Vater zu Diensten standen – jedesmal, wenn sie einen neuen Namen hörte, erschien auch ein neues Gesicht), eindringlich aufgefordert, ebenfalls davon zu essen, aber nach wie vor waren die meisten Tabletts und Schüsseln noch reichlich voll mit Speisen.

Aufgrund einer unvermittelten Anwandlung entnahm Schlange dem Korb das Obst, ausgenommen die schönsten und saftigsten Stücke, und füllte ihn dann mit Keksen, Käse und in Servietten gewickeltem Fleisch auf. Sie fing eine Mitteilung zu schreiben an, aber dann überlegte sie es sich anders und zeichnete lediglich eine zusammengerollte Schlange auf ein Stück Papier. Sie faltete es zusammen und schob es zwischen die Lebensmittel; schließlich breitete sie über alles eine Serviette und läutete. Ein junger Bursche kam – schon wieder ein Diener, den sie noch nicht kannte –, und sie bat ihn, den Korb hinunter ins Stallgebäude zu tragen und über Eichhörnchens Verschlag auf den Heuboden zu stellen. Der Junge war erst dreizehn oder vierzehn, schlaksig durch überstürzten Wuchs, und daher ließ sie ihn sicherheitshalber versprechen, nichts aus dem Korb zu stehlen. Zum Ausgleich versprach sie ihm von allem, was sich noch auf dem Tisch befand, soviel er wollte. Er machte keinen unterernährten Eindruck, aber Schlange hatte noch nie ein Kind im Emporsprießen gesehen, das nicht ständig leichten Hunger verspürte. »Bist du mit diesem Geschäft zufrieden?« fragte sie.

Der Junge grinste. Seine großen Zähne waren weiß und ganz schwach gekrümmt; aus ihm mußte ein gutaussehender junger Mann werden.

Schlange wurde sich beiläufig dessen bewußt, daß in Berghausen sogar Jugendliche eine reine Haut hatten. »Klar, Herrin«, sagte er.
»Gut. Gib acht, daß der Stallmeister dich nicht sieht. Er hat mich nicht nötig, um an anständiges Essen zu gelangen.«
»Bestimmt nicht, Herrin.« Der Junge grinste nochmals, nahm den Korb und verließ das Zimmer. Aus seinem Tonfall schlußfolgerte Schlange, daß Melissa nicht das einzige wehrlose Kind der Umgebung war, das unter Ras' Launen zu leiden hatte. Aber das half Melissa nicht viel. Der Dienstbursche war, um gegen Ras auftreten zu können, in keiner günstigeren Lage als Melissa.
Sie hätte sich gern noch einmal mit dem Kind unterhalten, aber der Tag verstrich, ohne daß Melissa aufkreuzte. Schlange wollte keine deutlichere Nachricht hinabschicken als den Zettel im Korb; es galt zu verhindern, daß Melissa wegen ihrer Einmischung noch mehr Schläge erhielt.

Es war schon dunkel, als Gabriel ins Haus zurückkehrte und Schlanges Unterkunft betrat. Er hatte viel zu tun gehabt, aber sein Versprechen, Schlanges zerrissenes Kleid zu ersetzen, nicht vergessen. »Nichts«, sagte er. »Niemand, der in einer Wüstenrobe herumläuft. Niemand, der sich sonderbar aufführt.«
Schlange probierte das Kleid an, und es paßte ihr überraschenderweise ausgezeichnet. Jenes, das sie selbst gekauft hatte, war braun gewesen, aus grobem handgewebtem Stoff. Dies hier bestand aus erheblich weicherem Gewebe, war seidig dünn, aber kräftig, in Weiß mit einem verzwickten blauen Muster, erzeugt im Handdruckverfahren. Schlange verrenkte die Schultern und streckte die Arme aus, strich mit den Fingerkuppen über die kräftigen Farben. »Er dürfte sich neu eingekleidet haben – und damit ist er ein anderer Mann. Er hat sich ein Zimmer in einem Gasthaus gemietet und entzieht sich der Öffentlichkeit. Wahrscheinlich ist er nicht auffälliger als andere Fremde, die durch Berghausen kommen.«
»Die meisten Fremden sind bereits vor Wochen durchgekommen«, sagte Gabriel und seufzte. »Aber du hast trotzdem recht. Auch heute dürfte er schwerlich auffallen.« Schlange blickte versonnen durch das Fenster hinaus in die Dunkelheit. Sie sah ein paar Lichter im Tal, die Lichter weit verstreuter Gehöfte. »Wie steht es um dein Knie?«
»Es ist jetzt wieder recht brauchbar.« Die Schwellung war fort und der Schmerz auf jenes Maß abgesunken, das bei wechselhaftem Wetter hingenommen werden mußte. Eines hatte ihr in der Schwarzen Wüste gefallen, trotz der Hitze: die Beständigkeit des Wetters. Dort war sie am Morgen nie mit dem Gefühl erwacht, eine wacklige Großmutter mit hundert Lenzen auf dem Buckel zu sein.

»Das ist gut«, sagte Gabriel mit einem Tonfall in der Stimme, der vorsichtige, hoffnungsvolle Erwartung ausdrückte.
»Heiler genesen *wirklich* schnell«, sagte Schlange. »Vorausgesetzt, sie haben eine starke Motivation.« Sie verdrängte ihre Sorgen und lächelte; Gabriel belohnte sie seinerseits mit seinem strahlendsten Lächeln.

Diesmal erschreckte das Geräusch der Tür, als sie sich öffnete, Schlange nicht. Sie erwachte ruhig und stützte sich auf den Ellbogen. »Melissa?« Sie drehte die Lampe gerade genügend hoch, daß sie einander sehen konnten, weil sie Gabriel nicht wecken wollte.
»Der Korb ist angekommen«, sagte Melissa. »Die Sachen waren prima. Eichhörnchen mag Käse, aber Wind nicht.«
Schlange lachte. »Ich bin froh, daß du hier bist. Ich hatte ja noch vor, mit dir zu reden.«
»Ja.« Melissa atmete langsam aus. »Wohin sollte ich gehen, wenn ich fort dürfte?«
»Ich weiß nicht, ob du das glauben kannst, nach all dem Quatsch, den dir Ras erzählt hat, aber du könntest so gut wie überall außer in Berghausen Jockei werden. Am Anfang hättest du es etwas schwerer, aber die Leute würden dich sehr schätzen für das, was du bist und fertigbringst.« Selbst in Schlanges Ohren klangen ihre Worte hohl. Du Närrin, dachte sie, du sagst einem völlig eingeschüchterten Kind, es solle allein in die Welt hinausziehen und zusehen, wie es Erfolg erlangt. Sie überlegte, ob sie nicht vernünftigere Dinge zu sagen wußte. An ihrer Seite, einen Arm auf ihrer Hüfte, regte sich Gabriel und murmelte. »Alles klar, Gabriel«, sagte sie. »Schlaf nur weiter.« Er seufzte und sank sofort wieder in festen Schlaf. Schlange wandte sich von neuem Melissa zu. Einen Moment lang starrte das Kind sie an, im trüben Lichtschein gespenstisch bleich. Plötzlich fuhr es herum und lief davon. Schlange sprang augenblicklich aus dem Bett und folgte dem Mädchen. Melissa rüttelte am Türgriff und schluchzte; Schlange holte sie ein, als sie die Tür aufriß. Das Kind stürzte in den Korridor, aber Schlange war nun zur Stelle und hielt es fest. »Melissa, was ist denn mit dir?« Melissa duckte sich und weinte hemmungslos. Schlange kniete nieder und drückte sie an sich, drehte sie langsam um, streichelte ihr Haar. »Es ist ja gut«, flüsterte Schlange, um überhaupt etwas zu sagen, »es ist alles gut.«
»Ich dachte nicht... ich wußte nicht...« Melissa befreite sich aus Schlanges Umarmung. »Ich dachte, du wärst stärker. Ich dachte, du könntest tun, was du willst. Aber du bist genauso wie ich.«
Melissas Hand ließ Schlange nicht ihrem Griff entwinden. Sie führte sie in eines der anderen Gästezimmer und drehte das Licht auf. Hier war der

Fußboden nicht beheizt, und der Stein schien Schlanges nackten Fußsohlen im Handumdrehen alle Körperwärme zu entziehen. Sie nahm vom ordentlich gemachten Bett eine Decke und schlang sie sich um die Schultern, während sie Melissa zu den Stühlen am Fenster geleitete. Sie setzten sich; Melissa nahm nur widerwillig Platz. »So. Nun sag mir, was nicht stimmen soll.«

Melissa zog die Knie an ihren Brustkorb, den Kopf gesenkt. »Du mußt auch tun, was sie wollen.«

»Ich *muß* keineswegs tun, was irgend jemand will.« Melissa blickte auf. Aus ihrem rechten Auge rannen die Tränen senkrecht ihre Wange hinab. Auf der linken Gesichtshälfte leitete das Narbengewebe die Tränen weiter seitwärts. Sie senkte wieder den Kopf. Schlange rückte näher und legte ihr einen Arm um die Schultern. »Nur ruhig. Es hat keine Eile.«

»Sie... sie machen etwas...«

In restloser Verständnislosigkeit runzelte Schlange die Stirn. »Was, ›etwas‹? Wer sind ›sie‹?«

»Er.«

»Wer? Doch nicht Gabriel!« Hastig nickte Melissa, ohne sie anzusehen. Schlange vermochte sich nicht vorzustellen, daß Gabriel irgendwem mutwillig ein Leid zufügte. »Was ist denn geschehen? Wenn er dir irgend etwas angetan haben sollte, dann war es doch ganz sicher nur ein unglücklicher Zufall.«

Melissa sah zu ihr auf. »*Mir* hat er nichts getan.« Ihre Stimme zeugte von Verachtung.

»Liebe Melissa, von allem, was du mir jetzt gesagt hast, habe ich noch kein einziges Wort verstanden. Wenn Gabriel dir nichts getan hat, warum warst du dann so erschrocken, als du ihn gesehen hast? Er ist wirklich sehr nett.« Vielleicht wußte Melissa von Leahs Schicksal und fürchtete nun um Schlange.

»Er holt dich in sein Bett.«

»Das ist mein Bett.«

»Es ist egal, wessen Bett es ist. Ras findet mich nicht, wo ich schlafe, aber manchmal...«

»Ras?«

»Er und ich. Du und der drüben.«

»Einen Moment«, sagte Schlange. »Ras holt dich in sein Bett? Wenn du es gar nicht möchtest?« Eine dumme Frage, befand sie, aber eine klügere fiel ihr vorerst nicht ein.

»Mögen!« rief Melissa im Ton des Abscheus.

»Macht er noch anderes mit dir?« erkundigte sich Melissa langsam und mit der Ruhe vollkommenen Unglaubens.

»Er hat gesagt, es würde zu schmerzen aufhören, aber bis jetzt war's noch nie so...« Sie verbarg ihr Gesicht an ihren Knien.
In einer Aufwallung von Mitleid und Ekel begriff Schlange endlich, was Melissa ihr begreiflich zu machen versucht hatte. Schlange drückte Melissa an sich, tätschelte sie und streichelte ihr Haar, bis das Kind schließlich langsam, als befürchte es, jemand könne es daran hindern, die Arme um Schlange legte und an ihrer Schulter weinte. »Du brauchst mir nichts mehr zu erzählen«, sagte Schlange. »Ich habe dich erst nicht verstanden, aber jetzt weiß ich Bescheid. Oh, Melissa, so soll es ja gar nicht sein. Hat dir das nie jemand gesagt?«
»Ich hätte Glück, meinte er«, flüsterte Melissa. »Er sagte, ich müsse ihm dankbar sein, weil er mich überhaupt anfaßt.« Sie erbebte heftig.
Schlange wiegte sie an ihrem Busen. »*Er* hatte Glück«, sagte sie. »Er hatte Glück, weil niemand davon erfuhr.«
Die Tür öffnete sich, und Gabriel schaute herein. »Schlange...? Ach, da bist du ja!« Er trat ein; der Lampenschein schimmerte auf seinem goldbraunen Körper. In ihrer Überraschung sah Melissa ihm entgegen. Gabriel erstarrte, in seiner Miene breiteten sich Schrecken und Entsetzen aus. Melissa zog erneut den Kopf ein und klammerte sich fester an Schlange, zitterte vor Anstrengung, um ihr Schluchzen zu unterdrücken.
»Was...?«
»Geh wieder ins Bett«, sagte Schlange zu ihm, schroffer als sie beabsichtigt hatte, aber nicht so böse, wie sie ihm wirklich böse war in diesem Moment.
»Was geht hier vor?« fragte er sachlich. Er musterte Melissa, die Stirn in Falten gelegt.
»Geh! Wir sprechen morgen darüber.« Er wollte Einwände erheben, doch als er Schlanges Miene sah, hielt er den Mund und ging hinaus. Schlange und Melissa saßen für lange Zeit stumm beieinander. Allmählich beruhigte sich Melissa, ihre Atemzüge wurden regelmäßiger. »Siehst du, wie die Leute mich anschauen?«
»Ja, mein Liebes. Ich seh es.« Nach Gabriels Reaktion fühlte sich Schlange nicht länger dazu imstande, die menschliche Toleranz in den rosigsten Farben zu schildern. Und trotzdem hoffte sie jetzt noch stärker als zuvor, daß Melissa sich entschließen werde, diese Ortschaft zu verlassen. Überall wäre es besser. Überall. Schlanges Zorn schwoll langsam, aber unausweichlich an, steigerte sich zu gefährlichem Maß. Ein Kind, das gebrandmarkt, zutiefst verletzt und völlig eingeschüchtert war, besaß soviel Recht auf eine behutsame Einführung ins Sexualleben wie ein hübsches, selbstsicheres Kind, womöglich sogar mehr. Aber man hatte Melissa nur noch stärker gezeichnet, sie weiter verletzt und immer mehr eingeschüchtert.

Und erniedrigt. Schlange hielt sie in den Armen und schaukelte sie. Melissa klammerte sich an sie wie ein viel kleineres Kind. »Melissa…«

»Ja, Herrin?«

»Ras ist ein schlechter Mensch. Er war auf eine Weise übel zu dir, wie nur ein schlechter Mensch es sein kann. Ich verspreche dir, daß er dir niemals wieder etwas antun wird.«

»Was macht es, ob er's ist oder ein anderer?«

»Weißt du noch, wie du dich gewundert hast, daß jemand mich überfallen haben sollte?«

»Aber das war ein Verrückter. Ras ist nicht verrückt.«

»Es gibt mehr solche Verrückte als Menschen wie Ras.«

»Der andere Mann ist auch wie Ras. Du mußtest zu ihm ins Bett.«

»Nein, ich mußte nicht. Ich habe ihn selbst gebeten, bei mir zu bleiben. Menschen können gewisse Dinge füreinander tun…« Melissa blickte auf. Schlange konnte nicht feststellen, ob ihre Miene Neugier oder Sorge widerspiegelte, die schreckliche Brandwunde machte ihr Gesicht steif und ausdrucksarm. Erstmals sah Schlange, daß die Verbrennung sich bis unter den Kragen erstreckte. Schlange fühlte das Blut aus ihren Wangen weichen.

»Herrin, was ist mit dir?«

»Beantworte mir eine Frage, Liebes. Wie ernst hast du dich damals verbrannt? Bis wohin reichen die Narben?«

Melissas rechtes Auge verengte sich; mehr Ausdruck konnte sie ihrer Gereiztheit nicht verleihen. »Vom Gesicht…« Sie trat zurück und berührte gleich unterhalb der Kehle ihr Schlüsselbein. »… und hier…« Ihre Hand glitt über ihren Brustkorb bis zur untersten Rippe und dann zur Seite. »… bis hier.«

»Nicht weiter hinab?«

»Nein. Aber ich konnte lange nicht den Arm bewegen.« Sie drehte ihre rechte Schulter; sie war weniger beweglich, als sie hätte sein müssen. »Ich hatte noch Glück. Wäre es schlimmer, so daß ich nicht reiten könnte – niemand sähe einen Grund, mich überhaupt am Leben zu lassen.«

Erleichtert entließ Schlange langsam den gestockten Atem. Sie hatte schon Menschen mit so schweren Verbrennungen gesehen, daß nichts von ihrem Geschlecht übriggeblieben war, weder äußere Organe noch die Fähigkeit zum Lustempfinden. Schlange dankte allen Göttern aller Menschen der Welt für das, was ihr Melissa soeben offenbarte. Ras hatte ihr Schmerzen bereitet, aber sie waren allein dadurch entstanden, weil sie ein Kind war und Ras ein ausgewachsener Mann, klotzig und roh, nicht jedoch, weil das Feuer alle ihre Empfindungen bis auf den Schmerz abgetötet hatte. »Menschen können gewisse Dinge füreinander tun, die beiden

Freude machen«, sagte Schlange. »Deshalb waren Gabriel und ich zusammen. Ich wollte, daß er mich berührte, und er wollte, daß ich ihn berührte. Aber wenn jemand eine andere Person berührt, ohne sich darum zu scheren, was sie empfindet... gegen ihren Willen!« Sie verstummte, denn sie vermochte eine Persönlichkeit nicht zu begreifen, die mißraten genug war, um Sexualität in einen Gewaltakt zu verwandeln. »Ras ist ein schlechter Mensch«, bekräftigte sie.

»Der andere Mann hat dir nicht weh getan?«

»Nein. Es hat uns Spaß gemacht.«

»Na schön«, sagte Melissa ein wenig ungläubig.

»Ich kann es dir erklären.«

»Nein! Bitte nicht!«

»Sorge dich nicht«, sagte Schlange. »Keine Sorge. Von nun an wird niemand noch etwas mit dir tun, das du nicht möchtest.«

»Herrin, du kannst ihn nicht hindern. Ich kann ihn auch nicht hindern. Du mußt fort, und ich muß bleiben.«

Überall erginge es ihr besser als hier, hatte Schlange erkannt. Überall. Selbst in der Fremde. Wie im Traum, an den sie gedacht hatte, trat die Lösung nun urplötzlich in Schlanges Bewußtsein, und sie lachte und weinte innerlich über sich, weil sie ihr nicht eher eingefallen war. »Würdest du mit mir fortgehen, wenn du könntest?«

»Mit *dir?*«

»Ja.«

»Herrin, Heilerin...!«

»Heiler adoptieren Kinder, wußtest du das? Ich war mir bisher nicht darüber im klaren, aber eigentlich möchte ich schon seit langem eines.«

»Du könntest irgendein anderes haben.«

»Ich möchte dich, wenn du einverstanden bist.«

Melissa drängte sich an sie. »Man wird mich niemals fortlassen«, flüsterte sie. »Ich fürchte mich.« Schlange streichelte Melissas Schopf und starrte durch das Fenster hinaus in die Dunkelheit, die durchsetzt war mit den Lichtern des reichen, schönen Berghausen. »Ich fürchte mich«, wisperte Melissa etwas später erneut, dicht am Rande des Schlafs.

8

Schlange erwachte mit den ersten Strahlen der scharlachroten Morgensonne. Melissa war nicht im Zimmer. Sie mußte sich hinausgeschlichen haben und in den Stall zurückgekehrt sein; Schlange machte sich Sorgen um sie. Sie raffte sich von ihrem Platz am Fenster auf und begab sich wie-

der in ihre Unterkunft, die Decke um ihre Schultern geschlungen. Im Turm war es still und kühl. Ihr Gästezimmer war leer. Es war ihr durchaus recht, Gabriel nicht anzutreffen, denn obwohl sie sich auch über ihn geärgert hatte, lag ihr doch nicht daran, in die Versuchung zu geraten, ihren Zorn an ihm auszulassen. Nicht er war derjenige, der es verdiente, ihn zu spüren, und sie wußte, daß sie ihn in bessere Bahnen leiten konnte. Nach dem Waschen kleidete sie sich an und blickte dabei übers Tal aus. Die östlichen Gipfel überschatteten noch einen weiten Bereich der Talsohle. Während sie hinunterschaute, kroch der Schatten weg vom Stallgebäude und den regelmäßig angelegten, weiß gestrichenen Zäunen rings um die dazugehörigen Weiden. Alles war ruhig.
Plötzlich trat ein Pferd aus dem Schatten in den Sonnenschein. Sein Schatten entsprang in ungeheuerlicher Verlängerung seinen Hufen und marschierte wie ein Riese durch das vom Tau glitzrige Gras. Es war der große scheckige Hengst, und auf seinem Rücken hockte Melissa. Der Hengst verfiel in einen leichten Galopp und überquerte geschwind die Weide. Schlange wünschte, auch sie ritte mit dem Wind im Gesicht durch den Morgen; sie konnte beinahe das dumpfe Trommeln der Hufe auf dem Erdreich hören, den Duft vom frischem Gras riechen, im Dahinsprengen schimmernde Tautropfen aufspritzen sehen. Der Hengst galoppierte durchs Gelände, seine Mähne und sein Schweif wehten. Melissa beugte sich weit nach vorn. Sie jagten auf einen der hohen steinernen Hinderniswälle zu. Schlange hielt den Atem an, davon überzeugt, daß sich der Hengst nicht in Melissas Gewalt befand. Das Tier verlangsamte nicht im geringsten. Schlange lehnte sich vor, als könne sie zugreifen und die beiden aufhalten, bevor das Pferd das Kind gegen die Mauer warf. Sie konnte die Anspannung des Pferdes wahrnehmen; aber Melissa war ruhig und gleichmütig. Das Pferd faßte sich und überwand das Hindernis in tadellosem Sprung. Einige Schritte weiter bewegte es sich gemächlicher; es trottete noch ein Stückchen dahin und machte sich dann gelassen und würdevoll auf den Rückweg zum Stall, so wenig zur Eile veranlaßt wie Melissa. Falls sie noch einen Zweifel an irgend etwas von dem, das Melissa behauptete, gehegt hatte, so war nun jeder Vorbehalt ausgeräumt. Sie hatte nicht bezweifelt, daß Ras das Kind mißbrauchte; Melissas Nöte und Verwirrung waren jederzeit echt gewesen. Allerdings hatte sich Schlange durchaus gefragt, ob die Mitteilung, sie reite Gabriels Roß, ein entschuldbares Phantasiegebilde sein könne, doch nun stand fest, daß es sich auch dabei um die Wahrheit handelte, und zugleich begriff Schlange, wie schwierig es sein mochte, ihre kleine Freundin aus ihren gegenwärtigen Verhältnissen zu befreien. Melissa war für Ras wertvoll, so daß er sich nachdrücklich dagegen stemmen würde, wollte man sie ihm entziehen.

Schlange sah ein, daß es zwecklos wäre, sich unumwunden an den Bürgermeister zu wenden, mit dem sie sich nicht sonderlich gut verstand, und Ras als den krummen Hund, der er war, zu entlarven. Wer hätte ihr so etwas schon geglaubt? Am hellichten Tag fiel es ihr selbst schwer zu glauben, daß dergleichen möglich war, und Melissa war viel zu eingeschüchtert, um Ras offen anzuschuldigen. Schlange konnte es ihr nicht verübeln.
Schlange ging hinüber in den anderen Turm und klopfte an die Tür zu den Räumlichkeiten des Bürgermeisters. Sie bemerkte, wie früh es noch war, als ihr Pochen laut durch den steinernen Korridor hallte. Aber sie hatte kaum Gewissensbisse; sie befand sich nicht in der Stimmung für herkömmliche Höflichkeit. Brian öffnete die Tür. »Ja, Herrin?«
»Ich bin gekommen, um mit dem Bürgermeister über meine Entlohnung zu sprechen.«
Er verbeugte sich und ließ sie ein. »Er ist wach. Sicher empfängt er dich.«
Schlange hob bei der Andeutung, der Bürgermeister könne es womöglich vorziehen, sie nicht zu empfangen, eine Braue. Aber der alte Diener hatte nach Art eines Menschen gesprochen, dessen Verehrung für eine bestimmte Person alle anderen Erwägungen ausschloß. Auch Brian hatte ihren Groll nicht verdient. »Er hat die ganze Nacht nicht geschlafen«, sagte Brian, während er sie zum Turmzimmer führte. »Der Schorf juckt so arg... könntest du ihm vielleicht...?«
»Wenn keine Entzündung vorliegt, ist das eine Sache der Apothekerin, nicht die meine«, entgegnete Schlange ungerührt.
Brian sah sie an. »Herrin, aber...«
»Ich wünsche mit ihm allein zu sprechen, Brian. Würdest du bitte nach dem Stallmeister und Melissa schicken?«
»Melissa?« Diesmal rutschten seine Brauen aufwärts. »Ist das dieses rothaarige Kind?«
»Ja.«
»Herrin, bist du sicher, daß du dieses Mädchen kommen lassen willst?«
»Bitte erledige, was ich dir aufgetragen habe.« Er verneigte sich knapp; sein Gesicht trug die Maske eines untadeligen Dieners. Schlange ging an ihm vorbei und betrat das Schlafzimmer des Bürgermeisters.
Der Bürgermeister lag zusammengekrümmt auf dem Bett, Laken und Decken in wirren Haufen rings um sich und am Fußboden verteilt. Der Verband war von seinem Bein und dem sauberen braunen Schorf gerutscht. Langsam kratzte er sich die im Verheilen begriffene Wunde, im Gesicht einen Ausdruck von Erleichterung und Wohlbefinden. Als er Schlange sah, versuchte er, den Verband wieder hochzustreifen und lächelte schuldbewußt. »Es juckt«, sagte er. »Ich nehme an, daß dies ein gutes Zeichen ist und anzeigt, daß die Wunde heilt?«

»Kratzen Sie nach Lust und Laune daran herum«, antwortete Schlange. »Es wird ja noch zwei Tage dauern, bis sie wieder entzündet ist.«
Seine Hand zuckte zurück, und er schob sich hinauf in seine Kissen. Linkisch versuchte er, das Bettzeug zu ordnen und zu glätten; dabei schaute er umher, schon wieder in gereizter Stimmung. »Wo ist Brian?«
»Er erledigt etwas für mich.«
»Aha.« Schlange hörte in seiner Stimme verstärkten Mißmut mitklingen, aber der Bürgermeister verzichtete darauf, weiter auf diese Angelegenheit einzugehen. »Wolltest du mich wegen irgend etwas sprechen?«
»Wegen meiner Entlohnung.«
»Natürlich! Ich hätte von selber schon darauf zu sprechen kommen sollen. Ich wußte nicht, daß du uns so bald verlassen willst, meine Liebe.« Schlange schätzte Vertraulichkeiten von Leuten nicht, die sie nicht mochte. Grum hatte derartige Anreden wohl schon fünfzig- oder hundertmal am Tag zu ihr gebraucht, aber kein einziges Mal hatten sie so abgedroschen geklungen wie aus dem Munde dieses Mannes. »Ich kenne keinen Ort, wo man sich weigert, die Berghausener Währung zu nehmen«, sagte er. »Man weiß überall, daß wir nie das Metall wechseln oder das Münzgewicht verringern. Aber wir können dich selbstverständlich in Edelsteinen auszahlen, wenn du dies vorziehst.«
»Ich will weder das eine noch das andere«, sagte Schlange. »Ich möchte Melissa.«
»Melissa? Eine Einwohnerin? Heilerin, es hat zwanzig Jahre gedauert, bis es mir gelang, Berghausens Ruf als eine Brutstätte der Leibeigenschaft zu beseitigen. Wir machen keine Menschen zu Leibeigenen. Vielmehr pflegen wir sie von der Leibeigenschaft zu befreien.«
»Heiler haben keine Leibeigenen. Ich hätte sagen sollen, ich wünsche ihre Freiheit. Sie möchte mit mir fortgehen, aber Ihr Stallmeister Ras ist... wie nennen Sie das? Ihr Vormund.«
Der Bürgermeister musterte sie. »Heilerin, ich kann nicht von einem Mann verlangen, daß er seine Familie auseinanderreißt.» Schlange verkniff sich jede Erwiderung. Sie wollte ihren Widerwillen nicht zu begründen haben. Als sie schwieg, regte der Bürgermeister sich unbehaglich, rieb sein Bein, nahm wieder die Finger vom Verband. »Das ist eine heikle Sache. Bist du sicher, daß du nicht doch lieber etwas anderes möchtest?«
»Weisen Sie mein Anliegen zurück?«
Er erkannte die verhohlene Drohung in ihrem Tonfall und läutete; Brian kam herein.
»Schicke jemanden zu Ras. Er soll baldmöglichst heraufkommen und sein Kind mitbringen.«
»Die Heilerin hat bereits nach den beiden schicken lassen, Herr.«

»Aha.« Er heftete seinen Blick auf Schlange, während sich Brian wieder entfernte. »Und wenn er sich deinem Wunsch verschließt?«
»Es steht jedem frei, einem Heiler die Entlohnung zu verweigern«, sagte Schlange. »Wir verwenden Waffen nur zur Selbstverteidigung, und wir stoßen niemals gegen irgendwen Drohungen aus. Aber wir gehen nicht dorthin, wo wir nicht willkommen sind.«
»Du meinst, ihr boykottiert die Orte, wo man nicht nach eurer Pfeife tanzt.« Schlange zuckte die Achseln.
»Ras ist hier, Herr«, sagte an der Tür Brian.
»Er soll hereinkommen.« Schlanges Haltung verkrampfte sich, während sie ihre Verachtung und ihren Widerwillen unterdrückte. Der riesenhafte Mann trat ein, offensichtlich übellaunig. Sein Haar war feucht und nachlässig nach hinten gekämmt. Er vollführte vor dem Bürgermeister eine knappe Verbeugung. Melissa befand sich hinter Ras in Brians Nähe. Der alte Diener schob sie ins Zimmer; sie hielt den Blick gesenkt. »Es ist alles in Ordnung, Kind«, sagte der Bürgermeister zu ihr. »Du bist nicht hier, um bestraft zu werden.«
»Das ist wohl kaum die richtige Art«, fuhr Schlange auf, »um jemandem Mut zu machen.«
»Heilerin, ich bitte dich, nimm Platz«, sagte der Bürgermeister nachsichtig. »Ras …« Er nickte hinüber zu zwei Stühlen. Ras setzte sich und warf Schlange einen Blick voller Abneigung zu. Brian drängte Melissa weiter nach vorn, bis sie zwischen Schlange und Ras stand. »Ras ist dein Vormund«, sagte der Bürgermeister. »Stimmt das?«
»Ja«, flüsterte sie.
Ras hob eine Hand, legte einen Finger an Melissas Schulter und gab ihr einen leichten, aber unfreundlichen Schubs. »Zeige wenigstens Respekt, wenn du mit dem Bürgermeister sprechen darfst.«
»Ja, Herr.« Melissas Stimme klang leise und zittrig.
»Melissa«, sagte Schlange, »der Bürgermeister hat dich kommen lassen, um zu erfahren, was du möchtest.«
Ras wandte ruckartig den Kopf. »Was sie möchte? Was soll das heißen?«
»Bitte, Heilerin«, sagte der Bürgermeister, und diesmal sprach er andeutungsweise im Tonfall einer Ermahnung. »Ras, ich stecke in beträchtlichen Schwierigkeiten. Und nur du, mein Freund, kannst mir helfen.«
»Das verstehe ich nicht.«
»Die Heilerin hat mir das Leben gerettet, mußt du wissen, und es ist soweit, daß sie belohnt werden sollte. Anscheinend haben sie und dein Kind irgendwie aneinander Gefallen gefunden.«
»Und was erwarten Sie nun von mir?«
»Ich würde dich niemals um dieses Opfer ersuchen, wäre es nicht im In-

teresse der gesamten Ortschaft. Und der Heilerin zufolge ist es auch genau das, was dein Kind wünscht.«

»*Was* ist es, das es wünscht?«

»Dein Kind...«

»Melissa«, sagte Schlange.

»Ihr Name lautet nicht Melissa«, sagte barsch Ras. »Er ist's nicht und war's auch nie.«

»Dann teile dem Bürgermeister gütigst mit, wie du sie zu nennen pflegst.«

»So wie ich sie rufe, ist es ehrlicher als die Anmaßung, die sie sich herausnimmt. Sie hat sich diesen Namen selbst verliehen.«

»Um so mehr ist es ihrer.«

»Bitte«, sagte der Bürgermeister, »wir reden doch über die Vormundschaft, nicht über den Namen des Kindes.«

»Die Vormundschaft? Ist das alles, worum dieser ganze Wirbel veranstaltet wird? Sie meinen, daß Sie wünschen, ich soll sie weggeben?«

»Das ist hart ausgedrückt, aber... richtig.«

Ras sah Melissa an, die sich nicht gerührt hatte, dann Schlange. Er verhehlte den flüchtigen Ausdruck von Begreifen und Siegesgewißheit, den Schlange unmißverständlich bemerkte, ehe er sich wieder an den Bürgermeister wandte. »Ich soll sie mit einer Fremden fortziehen lassen? Seit ihrem dritten Lebensjahr bin ich ihr Vormund. Ihre Eltern waren meine Freunde. Wohin könnte sie denn gehen, wo sie glücklich und zufrieden wäre und die Menschen sie nicht angafften?«

»Sie ist hier nicht glücklich«, sagte Schlange.

»Sie angafften? Wieso?«

»Zeig dein Gesicht«, sagte Ras zu Melissa. Als sie nicht sofort gehorchte, schubste er sie erneut, und daraufhin hob sie langsam den Kopf. Der Bürgermeister verbarg seinen Schrecken besser als Gabriel, aber auch er zuckte zusammen. Melissa mied seinen Blick, schaute wieder zu Boden und ließ sich von neuem das Haar übers Gesicht fallen. »Sie erlitt die Verbrennung beim Stallbrand vor ein paar Jahren, Herr«, sagte Ras. »Fast hätte es sie das Leben gekostet. Ich habe sie vor dem Schlimmsten bewahrt.«

Der Bürgermeister wandte sich an Schlange. »Heilerin, willst du es dir nicht anders überlegen?«

»Spielt es hier gar keine Rolle, daß sie mit mir gehen möchte? An jedem anderen Ort reichte das völlig aus.«

»Möchtest du mit der Heilerin fortgehen, Kind? Ras war immer gut zu dir, oder? Warum willst du uns verlassen?« Melissa preßte auf dem Rükken die Hände fest zusammen und schwieg. Schlange wußte, das Mäd-

chen fürchtete sich zu sehr, um ein Wort hervorzubringen; und aus gutem Grund. »Sie ist nur ein Kind«, sagte der Bürgermeister. »Sie ist nicht dazu imstande, eine derartige Entscheidung zu fällen. Die Verantwortung liegt bei mir, so wie ich seit zwanzig Jahren die Verantwortung für die Vormundschaften in Berghausen trage.«
»Dann muß Ihnen doch klar sein, daß ich für sie mehr tun kann«, sagte Schange, »als es jeder in Berghausen vermag. Hier müßte sie ihr ganzes Leben verbringen, indem sie sich in einem Stall versteckt. Lassen Sie sie mit mir gehen, und sie braucht sich nicht länger zu verbergen.«
»Sie wird sich immer verstecken müssen«, sagte Ras. »Sie ist nun einmal ein bedauernswertes kleines Narbengesicht.«
»Du hast dafür gesorgt, daß sie es nie vergißt!«
»Damit hat er ihr nicht unbedingt einen schlechten Dienst erwiesen, Heilerin«, sagte der Bürgermeister leise.
»In Berghausen hat man für nichts Augen als für Schönheit«, rief Schlange erbost, und doch wußte sie, daß die beiden nicht begriffen, was sie sagte.
»Sie braucht mich«, sagte Ras. »Nicht wahr, Mädchen? Wer sonst würde sich um dich kümmern? Und nun möchtest du fort?« Er schüttelte den Kopf. »Das verstehe ich nicht. Warum sollte sie nun fortgehen wollen? Und warum willst du sie haben?«
»Das ist eine berechtigte Frage, Heilerin«, sagte der Bürgermeister. »Warum willst du das Kind mitnehmen? Die Leute könnten nur allzu leicht daherschwätzen, wir hätten den Verkauf unserer hübschen Kinderchen eingestellt, um unsere mißgestalteten Sprößlinge loszuwerden.«
»Sie kann nicht ihr ganzes Leben damit vergeuden, sich zu verbergen«, sagte Schlange. »Sie ist ein begabtes Kind, schlau und mutig. Ich kann mehr für sie tun als jeder andere. Ich kann ihr zu einem Beruf verhelfen. Ich kann ihr dabei helfen, jemand zu werden, den man nicht nach Narben beurteilt.«
»Eine Heilerin?«
»Das ist möglich, wenn sie es möchte.«
»Du willst also sagen, du hast die Absicht, sie zu adoptieren.«
»Ja, natürlich. Was sonst?«
Der Bürgermeister wandte sich an Ras. »Es wäre Berghausens Ansehen ohne Zweifel sehr zuträglich, würde eine aus unserem Ort eine Heilerin.«
»Woanders wäre sie nicht glücklich«, sagte Ras.
»Willst du denn nicht das Beste für dein Kind?« Die Stimme des Bürgermeisters verwendete jetzt einen umgänglicheren, leicht schmeichlerischen Tonfall.

»Ist das vielleicht das Beste, es von daheim fortzuschicken? Würden Sie denn...« Ras unterbrach sich und erbleichte.
Der Bürgermeister lehnte sich in die Kissen. »Nein, ich würde mein Kind nicht fortschicken. Aber wenn es dies wollte, ließe ich ihm seinen Willen.« Er lächelte Ras traurig zu. »Du und ich haben ähnliche Probleme, mein Freund. Danke, daß du mich daran erinnert hast.« Er schob die Hände unter seinen Nacken und starrte für ein merkliches Weilchen hinauf an die Zimmerdecke.
»Sie können sie nicht fortgeben«, sagte Ras. »Es wäre das gleiche, als verkauften wir sie in die Leibeigenschaft.«
»Ras, mein Freund...«, sagte der Bürgermeister gedämpft.
»Versuchen Sie mir nichts anderes einzureden. Ich weiß es besser, und so dächten auch alle anderen.«
»Aber die Vorteile...«
»Glauben Sie etwa wirklich, jemand gäbe diesem armen kleinen Ding die Chance, eine Heilerin zu werden? Eine völlig verrückte Vorstellung.«
Melissa widmete Schlange rasch einen verstohlenen Blick, wie immer mit ausdrucksloser Miene, dann schaute sie wieder auf den Fußboden.
»Ich schätze es nicht, wenn man mich eine Lügnerin nennt«, sagte Schlange.
»Heilerin, Ras hat das nicht so gemeint, wie es sich vielleicht anhörte. Wir wollen uns nicht aufregen. Wir unterhalten uns ja hier nicht so sehr über wirkliche Dinge wie über ihren Eindruck. Der Eindruck ist überaus wichtig, er ist es, woran die Menschen glauben. Das muß ich berücksichtigen. Glaube nicht, es fiele mir leicht, in meinem Amt zu bleiben. Mehr als ein junger Heißsporn und auch ein paar ältere Knaben würden mich zu gerne verdrängen und aus diesem Haus werfen, ganz gleich, ob ich schon seit zwanzig Jahren hier wohne oder nicht. Der Vorwurf, ich hätte die Leibeigenschaft begünstigt...« Er schüttelte den Kopf.
Schlange sah eindeutig, daß er sich in eine Stimmung hineinsteigerte, die es ihm ermöglichen sollte, eine Weigerung auszusprechen, und sie wußte keinen Weg, um etwas daran zu ändern. Ras hatte genau gewußt, welche Einwände ihn am stärksten beeinflußten, wogegen sich Schlange darauf verlassen hatte, daß man ihr Vertrauen schenkte oder sich wenigstens ihrem Wunsch beugte. Aber ein weiteres Problem des Bürgermeisters war der mögliche Boykott Berghausens durch die Heiler, und daraus mochte sich in der Zukunft ein ernster Mißstand ergeben, zumal wenn man berücksichtigte, wie selten sich schon in den vergangenen Jahren Heiler im Ort hatten blicken lassen. Wenn der Bürgermeister es sich trotzdem leisten wollte, sich mit ihrem Ultimatum abzufinden, so konnte doch Schlange es sich andererseits nicht recht erlauben, ihm Wirksamkeit zu

verleihen. Sie durfte Melissa keinen weiteren Tag, keine weitere Stunde in Ras' Obhut lassen; sie hatte sie nun in zu große Gefahr gebracht. Und was noch schwerer wog, sie hatte ihre Abneigung gegen den Stallmeister gezeigt, so daß der Bürgermeister ihr wahrscheinlich nicht glaubte, falls sie jetzt noch irgendwelche Anschuldigungen gegen ihn erhob. Selbst wenn Melissa ihn beschuldigte, fehlten nach wie vor Beweise. Verzweifelt suchte Schlange nach einer anderen Möglichkeit, um Melissas Freiheit zu gewinnen; sie hoffte, daß sie dadurch, sie offen gefordert zu haben, nicht bereits alle Aussichten vordorben hatte. Sie sprach so gefaßt, wie sie es zustandebrachte. »Ich ziehe mein Gesuch zurück.« Melissa hielt den Atem an, blickte jedoch nicht auf. Die Miene des Bürgermeisters zeugte von Erleichterung, und Ras sank rücklings an die Stuhllehne. »Unter einer Bedingung«, ergänzte Schlange. Sie schwieg einen Moment lang und überlegte sich gut, was sie äußern wollte, um nur unwiderlegbare Sachverhalte vorzutragen. »Unter der Bedingung, daß sie mit Gabriel gehen darf. Er will nach Norden. Melissa soll ihn bis nach Mittenweg begleiten.« Über Gabriels sonstige Absichten schwieg Schlange; sie waren ausschließlich seine Sache. »Dort wohnt eine ausgezeichnete Lehrerin, und sie wird niemanden zurückweisen, der sich ihrer Anleitung anvertrauen möchte.« Auf Melissas Hemd breitete sich vorn ein feuchter Fleck aus, während lautlos Tränen auf den groben Stoff tropften. »Lassen Sie Melissa mit Gabriel ziehen«, sagte Schlange hastig. »Ihre Ausbildung dürfte mehr Zeit beanspruchen, weil sie so spät damit anfängt. Aber es muß im Interesse ihrer Gesundheit und Sicherheit sein. Auch wenn Ras sie so sehr liebt...« – sie verschluckte sich fast an dem Wort – »... daß er sie nicht in die Hände der Heiler geben will, wird er ihr das sicherlich nicht verwehren.« Ras' rötliches Gesicht erbleichte.

»Mittenweg?« Der Bürgermeister legte die Stirn in Falten. »Wir haben hier selber hervorragende Lehrkräfte. Warum sollte sie nach Mittenweg gehen müssen?«

»Ich weiß, daß man in Berghausen Schönheit schätzt«, sagte Schlange, »aber ich glaube, man schätzt ebenso Fähigkeiten, Wissen und Biokontrolle. Melissa sollte sich all das aneignen dürfen, auch wenn sie zu diesem Zweck an einen anderen Ort gehen muß, um eine Lehrerin zu finden.«

»Willst du damit sagen, daß das Kind noch nie bei einer Lehrerin gewesen sei?«

»Natürlich war sie's«, rief Ras. »Das ist nur ein Trick, um das Kind unseres Schutzes zu berauben.« Ras begann Schlange anzuschreien. »Du glaubst, du kannst überall, wo du aufkreuzt, alles nach deinem Belieben zurechtbiegen. Du meinst, daß die Leute alles glauben, was du und dieses undankbare kleine Balg mir anhängen wollt. Alle fürchten sich vor dir

und deinen schleimigen Reptilien, aber ich nicht. Laß eins auf mich los, wenn du willst, ich hau's platt!« Plötzlich verstummte er und stierte nach links und rechts, als habe er vergessen, wo er sich befand. Aber er hatte keine Möglichkeit zu einem theatralischen Abgang.
»Es erübrigt sich, daß du dich mit Schlangen anlegst«, sagte Schlange.
Der Bürgermeister achtete nicht auf sie und nicht auf Ras, er beugte sich vor und sah Melissa an. »Kind, warst du bei einer Lehrmeisterin für Mädchen?«
Melissa zögerte, dann antwortete sie. »Ich weiß nicht, was das ist.«
»Niemand wollte sie annehmen«, sagte Ras.
»Rede kein blödes Zeug. Unsere Lehrkräfte weisen niemanden ab. Warst du mit ihr bei einer Lehrerin oder nicht?« Ras starrte seine Knie an und schwieg. »Es läßt sich ohne weiteres feststellen, Ras.«
»Nein, Herr.«
»Nein? *Nicht?«* Der Bürgermeister warf die Decken zur Seite und sprang auf; er torkelte, blieb jedoch auf den Beinen. Er ragte über Ras empor, ein Riese vor einem anderen Riesen, zwei große, schöne Lebewesen in der Begegnung, eines rot vor Wut, das andere angesichts dieses Zorns bleich.
»Warum nicht?«
»Sie braucht keine Lehrerin.«
»Wie konntest du das wagen?!« Der Bürgermeister lehnte sich vorwärts und zwang Ras rücklings gegen die Stuhllehne. »Wie kannst du es wagen, das Kind so zu gefährden! Wie kannst du es wagen, es der Unwissenheit und dem Unheil preiszugeben!«
»Sie ist nicht in Gefahr. Es ist überflüssig, daß sie sich schützen lernt, es faßt sie ja sowieso niemals jemand an.«
»Du faßt mich an!« Melissa lief zu Schlange und klammerte sich an sie. Schlange nahm das Kind in die Arme.
»Du...?« Der Bürgermeister straffte sich und trat zurück. Brian eilte lautlos herbei und stützte ihn, bevor ihm sein Bein den Dienst versagen konnte. »Was bedeutet das, Ras? Warum hat sie solche Furcht?« Ras schüttelte den Kopf.
»Er soll es sagen!« schrie Melissa und wandte sich den Männern aufrecht zu. »Er soll es sagen!«
Der Bürgermeister hinkte zu ihr und bückte sich ungeschickt zu ihr hinab. Er blickte Melissa ins Gesicht. Weder vergaß er sich noch scheute sie zurück. »Ich sehe, daß du dich vor ihm fürchtest, Melissa. Warum fürchtet er sich nun vor dir?«
»Weil die Herrin Heilerin Schlange mir glaubt.«
Der Bürgermeister tat einen tiefen Atemzug. »Möchtest du bei ihm bleiben?«

»Nein«, sagte sie leise.
»Undankbares kleines Balg!« brüllte Ras. »Häßliches Scheusal! Wer außer mir würde dich jemals anrühren?«
Der Bürgermeister achtete nicht auf Ras und nahm Melissas Hand zwischen seine beiden großen Pranken. »Fortan ist die Heilerin dein Vormund. Es steht dir frei, mit ihr fortzugehen.«
»Danke. Danke, Herr.«
Der Bürgermeister richtete sich mühsam auf. »Brian, suche mir im Archiv ihre Vormundschaftsakte heraus. Hinsetzen, Ras! Und du wirst einen Boten in den Ort senden, Brian, zu den Besserern.«
»Sklavenhändler!« polterte Ras. »So also verschleppt ihr heutzutage die Kinder! Die Leute werden...«
»Halt dein Maul, Ras.« Die Stimme des Bürgermeisters zeugte von weit größerer Erschöpfung, als sie durch sein vorübergehendes Aufstehen erklärbar war, und er war blaß. »Ich kann dich nicht verbannen. Mir obliegt die Verantwortung, für den Schutz anderer Menschen zu sorgen. Anderer Kinder. Deine Schwierigkeiten sind nun meine Schwierigkeiten, und sie müssen behoben werden. Also, wirst du dich an die Besserer wenden?«
»Ich brauche die Besserer nicht.«
»Willst du freiwillig zu ihnen gehen, oder müssen wir dich dazu verurteilen?«
Ras ließ sich auf dem Stuhl zusammensinken; schließlich nickte er. »Ich gehe freiwillig.«
Schlange stand auf, einen Arm um Melissas Schultern gelegt, und Melissa hatte einen Arm um ihre Taille geschlungen; sie verbarg ihre Narbe am Kleid der Heilerin. Gemeinsam strebten sie zur Tür. »Danke, Heilerin«, sagte der Bürgermeister.
»Auf Wiedersehen«, sagte Schlange und schloß von draußen die Tür. Sie und Melissa gingen durch den Korridor zum anderen Turm.
»Ach, was habe ich mich gefürchtet«, sagte Melissa.
»Ich auch. Eine Zeitlang glaubte ich, ich müsse dich wohl oder übel entführen.«
Melissa sah zu ihr auf. »Das hättest du getan?«
»Ja.«
Melissa schwieg einen Moment lang. »Verzeih mir«, sagte sie.
»Verzeihen? Was?«
»Ich hätte dir vertrauen sollen. Ich hab's nicht. Aber von jetzt an will ich dir immer vertrauen. Ich werde mich nie wieder fürchten.«
»Es war dein gutes Recht, dich zu fürchten, Melissa.«
»Nun fürchte ich mich nicht länger. Ich will mich niemals wieder fürchten. Wohin gehen wir?« Zum ersten Mal, seit Melissa sich erboten hatte,

Eichhörnchen zu reiten, bezeugte ihre Stimme Selbstvertrauen und Begeisterung ohne einen Unterton von Drangsal.

»Tja«, meinte Schlange, »ich glaube, du solltest nordwärts zur Niederlassung der Heiler. Nach Hause.«

»Und du?«

»Ich muß noch etwas erledigen, bevor ich heimkehren kann. Sorge dich nicht, du kannst fast die halbe Strecke in Gabriels Begleitung zurücklegen. Ich schreibe einen Brief für dich, und du darfst Eichhörnchen nehmen. Man wird dort wissen, daß ich dich geschickt habe.«

»Ich möchte lieber mit dir gehen.«

Schlange bemerkte, wie beunruhigt Melissa war, und blieb stehen. »Mir wäre es auch lieber, du wärst bei mir, bitte glaube mir. Aber ich muß zum Zentrum, und der Weg könnte nicht ungefährlich sein.«

»Ich fürchte mich nicht vor Verrückten. Außerdem können wir besser aufpassen, wenn ich dabei bin.«

Den Verrückten hatte Schlange inzwischen ganz vergessen; die Erinnerung jagte ihr einen Schrecken ein. »Ja, der Verrückte, er ist ein Problem. Aber die Stürme kommen, es ist bald Winter. Ich weiß nicht, ob ich die Stadt noch vorm Winteranfang wieder verlassen kann.» Und es wäre für Melissa besser, sie lebte sich in der Niederlassung ein, ehe Schlange zurückkehrte, sollte ihr Vorhaben mißlingen, sollte das Zentrum sich ihrem Anliegen verschließen. Dann hätte Melissa mittlerweile ein Zuhause, selbst wenn Schlange von den Heilern ihren Abschied nehmen mußte.

»Die Stürme sind mir ziemlich egal«, sagte Melissa. »Ich habe keine Furcht.«

»Ich weiß, daß du keine hast. Ich sehe bloß keinen Grund, daß auch du dich diesen Gefahren aussetzt.« Melissa sagte nichts. Schlange kniete nieder und drehte sich das Kind zu. »Glaubst du, auch ich wollte mich nicht mit dir blicken lassen?«

»Ich weiß nicht, was ich glauben soll, Herrin«, sagte Melissa nach einem ausgedehnten Moment des Schweigens. »Du hast gesagt, wenn ich nicht in Berghausen bleibe, wäre ich allein für mich verantwortlich und könnte tun, was ich für richtig halte. Aber ich glaube nicht, daß es richtig ist, dich allein zu lassen, wenn du mit dem Verrückten und den Stürmen zu tun hast.«

Schlange kauerte sich auf ihre Fersen. »Das habe ich gesagt. Und ich meinte es ernst.« Sie betrachtete ihre vernarbten Hände, seufzte und sah wieder auf in Melissas Gesicht. »Ich verrate dir lieber den wahren Grund, warum ich möchte, daß du früher als ich nach Hause gehst. Ich hätte ihn dir sofort sagen sollen.«

»Was ist der Grund?« Melissas Stimme klang gepreßt, beherrscht; sie

rechnete mit einer neuen seelischen Verwundung. Schlange nahm ihre Hand.
»Meistens haben Heiler drei Schlangen. Ich habe nur zwei. Mir ist eine große Dummheit unterlaufen, und eine meiner Schlangen kam ums Leben.« Sie erzählte Melissa von Arevins Völkchen, von Stavin und Stavins jungem Vater und Gras. »Es gibt nur sehr wenige Traumschlangen«, sagte Schlange. »Sie sind schwer zu züchten. Das heißt, eigentlich züchten wir sie nicht einmal, wir warten bloß und hoffen, daß sie sich vermehren. Wir erhalten neue Traumschlangen eher auf die Art und Weise, wie ich Eichhörnchen gemacht habe.«
»Mit der Spezialmedizin«, sagte Melissa.
»So ungefähr.« Die fremdartige Biologie der Traumschlangen war weder der Mikrochirurgie noch der Virentransduktion zugänglich. Die irdischen Viren reagierten nicht mit den Chemikalien, die Traumschlangen statt der DNA-Moleküle besaßen, und bisher war es den Heilern nicht gelungen, bei den außerirdischen Schlangen so etwas wie einen Virus zu isolieren. Daher ließen sich die Gene zur Erzeugung des Gifts der Traumschlangen nicht übertragen, und es war auch noch niemandem gelungen, die mehreren hundert Komponenten des Giftes zu synthetisieren. »Ich habe Gras und vier andere Traumschlangen gemacht«, sagte Schlange. »Aber heute kann ich nicht länger welche machen. Meine Hände sind nicht länger sicher genug, mit ihnen ist das gleiche nicht in Ordnung, was gestern so schlimm war an meinem Knie.« Manchmal fragte sie sich, ob ihre Arthritis nicht nur körperlicher, sondern auch ebenso stark psychischer Natur sei, eine Reaktion gegen das stundenlange Herumsitzen im Laboratorium, Stunde um Stunde hintereinander, in denen sie feinfühlig die Kontrollen der Mikropinzette handhaben, ihre Augen überanstrengen mußte, um jeden einzelnen der unzähligen Nuklei in einer einzigen Zelle einer Traumschlange zu finden. Als erster Heiler seit mehreren Jahren hatte sie es geschafft, genetisches Material in eine unbefruchtete Eizelle zu verpflanzen. Einige hundert Male hatte sie es versuchen müssen, ehe sie Gras und seine Geschwister vorweisen konnte; und dennoch war ihr Prozentanteil höher als bei allen anderen, die bis dahin die gleiche Aufgabe gelöst hatten. Niemand hatte jemals zu entdecken vermocht, wie die Traumschlangen sich zur biologischen Reife entwickelten. Deshalb bewahrten die Heiler einen kleinen Vorrat unausgereifter Eizellen eingefroren auf, den Leibern toter Traumschlangen entnommen, aber niemand verstand es, sie zum Klonen anzuwenden; außerdem besaßen sie einen Gefriervorrat von etwas, wobei es sich anscheinend um den Samen von Traumschlangen handelte, um Zellen, die jedoch noch zu unreif waren, um die Eizellen, vereinigte man beide in einem Reagenzglas, zu befruch-

ten. Schlange sah in ihrem Erfolg sowohl einen Glücksfall wie ein Ergebnis ihrer Geschicklichkeit. Besäßen die Heiler die Technologie, um eines der in den Büchern erwähnten Elektronenmikroskope zu bauen, dann traute sie es sich zu, von den Zellkernkörpern unabhängige Gene zu entdecken, Moleküle von solcher Winzigkeit, daß das bloße Auge sie niemals wahrzunehmen vermochte, zu klein für eine Transplantation, wenn die Mikropinzette sie nicht zufällig erwischte. »Ich will zum Zentrum, um dort eine Nachricht auszurichten und um die Leute dort zu bitten, uns zu weiteren Traumschlangen zu verhelfen. Allerdings dürften sie ablehnen, nehme ich an. Und wenn ich ohne Traumschlange heimkehre, da ich ja meine verloren habe, dann weiß ich nicht, was aus mir wird. Vielleicht sind ein paar ausgeschlüpft, seit ich fort bin, vielleicht hat auch endlich jemand welche klonen können – aber falls nichts dergleichen geschehen ist, verbietet man es mir vielleicht, noch länger Heilerin zu sein. Ohne Traumschlange bin ich sowieso eine schlechte Heilerin.«

»Wenn keine anderen erhältlich sind, sollte man dir eine von denen geben, die du gemacht hast«, sagte Melissa. »Das wäre gerecht, sonst nichts.«

»Es wäre ungerecht gegenüber den jüngeren Heilern, denen ich die anderen Traumschlangen gegeben habe«, sagte Schlange. »Ich müßte daheim erscheinen und zu einer Schwester oder einem Bruder sagen: Du kannst kein Heiler sein, bis wieder mehr Traumschlangen vorhanden sind.« Sie entließ den Atem in gedehntem Seufzer. »Das ist es, was du wissen mußt. Deshalb möchte ich, daß du dich dort früher als ich einfindest, damit du dich auskennen lernst und jeder dich kennenlernt, so schnell es geht. Ich mußte dich aus Ras' Gewalt befreien, das war völlig klar, aber wenn du zu mir nach Hause kommst, kann ich dir nicht versprechen, daß die Dinge viel besser sein werden ...«

»Schlange!« Melissa war aufrichtig zornig. »Wie's auch kommt, bei dir zu sein, das wird auf jeden Fall besser sein als... als in Berghausen. Was jetzt geschieht, ist mir egal. Selbst wenn du mich schlägst...«

»Melissa!« Schlange empfand nicht weniger Bestürzung als das Kind. Melissa lächelte breit; ihr rechter Mundwinkel schob sich ein wenig aufwärts. »Verstehst du mich?« fragte sie.

»Also gut.«

»Es wird schon alles klappen«, sagte Melissa. »Was die Niederlassung der Heiler betrifft, mache ich mir keine Sorgen. Und daß die Stürme gefährlich sind, weiß ich. Und ich habe dich ja gesehen, nachdem du mit dem Verrückten gekämpft hast, deshalb weiß ich, daß er auch gefährlich ist. Aber trotz allem möchte ich dich lieber auf deinem Weg begleiten. Bitte laß mich nicht mit einem Fremden gehen.«

»Bist du ganz sicher, daß du es so willst?« Melissa nickte. »Na schön«, sagte Schlange. Sie lächelte. »Ich habe nie vorher ein Kind adoptiert. Die Theorien sind nicht wie früher, wenn man sie anzuwenden beginnt. Gut, also reisen wir gemeinsam.« Insgeheim war sie stolz auf das grenzenlose Vertrauen, das Melissa zumindest ihr entgegenbrachte. Hand in Hand gingen sie durch den Korridor, ließen ihre Arme baumeln wie zwei Kinder, nicht wie ein Kind an der Hand einer Erwachsenen. Als sie um die letzte Ecke bogen, schrak Melissa plötzlich zurück. Vor Schlanges Tür hockte auf seinen prall gepackten Satteltaschen Gabriel, das Kinn auf seinen angezogenen Knien.

»Gabriel«, sagte Schlange.

Er blickte auf, und diesmal zuckte er bei Melissas Erscheinen nicht zurück. »Hallo«, sagte er zu ihr. »Es tut mir leid.«

Melissa hatte sich Schlange zugekehrt, so daß ihre Verbrennung weitgehend verborgen war. »Schon gut. Macht nichts. Ich bin's gewohnt.«

»Ich war gestern nacht noch nicht so richtig wach...« Gabriel sah Schlanges Miene und verstummte.

Melissa blickte Schlange an, die ihre Hand drückte, dann Gabriel, zuletzt wieder Schlange. »Ich... ich mache wohl lieber die Pferde fertig.«

»Melissa...« Schlange wollte sie noch erhaschen, aber sie entwich. Schlange schaute ihr nach und öffnete die Tür zu ihrem Zimmer. Gabriel erhob sich.

»Es tut mir leid«, sagte er noch einmal.

»Du hast ja den Bogen raus.« Sie ging ins Zimmer, nahm ihre Satteltaschen und warf sie aufs Bett.

Gabriel folgte ihr hinein. »Bitte sei mir nicht böse.«

»Ich bin dir nicht böse.« Sie öffnete die Taschen. »Gestern abend war ich es, aber ich bin es nicht länger.«

»Da bin ich aber froh.« Gabriel setzte sich aufs Bett und sah zu, wie sie packte. »Ich bin bereit zum Abhauen. Aber ich wollte dir noch Lebewohl sagen. Und dir danken. Und dir sagen, daß es mir leid tut...«

»Schluß jetzt damit.«

»Na gut.« Schlange faltete ihre Wüstenroben zusammen und schob sie in die Satteltaschen. »Warum darf ich dich nicht begleiten?« Eifrig beugte sich Gabriel nach vorn, seine Ellbogen auf den Knien. »Es reist sich doch leichter, wenn jemand zum Unterhalten dabei ist, als allein.«

»Ich bin nicht allein. Melissa begleitet mich.«

»Oh.« Sein Ton verriet Gekränktheit.

»Ich adoptiere sie, Gabriel. Berghausen ist nicht die richtige Umgebung für sie – so wenig wie für dich. Ihr kann ich helfen, für dich kann ich nichts tun. Außer dich von mir abhängig machen. Aber das möchte ich nicht.

Ohne Freiheit wirst du deine Stärken niemals entdecken.« Schlange nahm den Beutel mit ihrem Zahnreinigungspulver, dem Kamm, ihrem Aspirin und der Seife, stopfte ihn in die Satteltaschen, schloß die Schnallen und setzte sich. Sie ergriff Gabriels sanfte, kraftvolle Hand. »Hier macht man's dir zu schwer. Ich könnte dir alles zu leicht machen. Weder das eine noch das andere ist richtig.« Er hob ihre Hand und küßte sie, den sonnengebräunten, narbenübersäten Handrücken ebenso wie die Handfläche. »Siehst du, wie schnell du lernst?« Sie strich mit der anderen Hand über sein feines, helles Haar.
»Werde ich dich jemals wiedersehen?«
»Keine Ahnung«, sagte Schlange. »Wahrscheinlich nicht.« Sie lächelte. »Es wird auch nicht nötig sein.«
»Aber es würde mich freuen«, sagte er nachdenklich.
»Zieh hinaus in die Welt«, sagte Schlange. »Nimm dein Leben in deine Hände und mach daraus, was du willst.« Er stand auf, beugte sich herab und küßte sie. Als sie sich aufrichtete, erwiderte sie seinen Kuß zärtlicher, als sie es eigentlich beabsichtigt hatte, und insgeheim wünschte sie sich, sie besäßen mehr Zeit füreinander, hätten sich erst in ungefähr einem Jahr kennengelernt. Sie spreizte auf seinem Rücken die Finger und verwandelte die Umarmung in ein Ansichdrücken. »Lebwohl, Gabriel.«
»Lebwohl, Schlange.« Leise schloß sich hinter ihm die Tür.
Schlange ließ Dunst und Sand aus der Schlangenschachtel, damit sie vor Antritt der langen Reise noch ein bißchen Bewegung erhielten. Sie krochen über ihre Füße und glitten um ihre Beine, während sie zum Fenster hinausschaute. Nach einiger Zeit klopfte jemand an die Tür. »Einen Moment.« Sie ließ Dunst an ihrem Arm auf ihre Schultern hinaufkriechen und nahm Sand in beide Hände. Nicht lange, und er würde zu groß und schwer sein, um noch bequem um ihr Handgelenk zu passen. »Herein!« Brian betrat das Zimmer, doch plötzlich wich er ruckartig zurück. »Keine Sorge«, sagte Schlange. »Sie sind ganz ruhig.«
Brian blieb stehen, hielt die Schlangen jedoch unter aufmerksamer Beobachtung. Wann immer sich Schlange regte, bewegten sich zugleich deren Köpfe; die Kobra und die Klapperschlange züngelten, während sie Brian anstarrten und seinen Geruch wahrnahmen. »Ich bringe dir die Papiere des Kindes«, sagte Brian. »Sie weisen nun dich als den Vormund aus.« Schlange nahm die Papiere, die Brian ihr übervorsichtig aushändigte, und betrachtete sie neugierig. Die Urkunde aus Pergament war steif und knittrig, schwer von wächsernen Siegeln. In einer Ecke befand sich die spinnengliedrige Unterschrift des Bürgermeisters, in der anderen Ras' Unterschrift, klobig und gleichzeitig zittrig. »Könnte Ras dies auf irgendeine Weise anfechten?«

»Er könnte es«, antwortete Brian. »Aber ich bezweifle, daß er sich das erlaubt. Wenn er sich darüber beklagt, er hätte unter Druck unterzeichnen müssen, dann muß er auch sagen, was das Druckmittel war, und damit wären noch andere... Druckmittel... zu erklären. Ich nehme an, er wird eine freiwillige Niederlage einer öffentlich erzwungenen Verdammung vorziehen.«
»Nun gut.«
»Ich habe hier noch etwas, Heilerin.«
»Ja?«
Er reichte ihr einen kleinen, schweren Beutel. Münzen klirrten im klaren, harten Klang von Gold. Schlange sah Brian verwundert an. »Deine Entlohnung«, sagte er und streckte ihr eine Quittung und einen Stift zum Unterschreiben entgegen.
»Fürchtet der Bürgermeister noch immer, man könne ihn des Sklavenhandels beschuldigen?«
»Es wäre möglich«, sagte Brian. »Man ist besser auf der Hut.«
Schlange schrieb auf die Quittung: ›Entgegengenommen als Bezahlung für die von meiner Tochter Melissa geleistete Pflege sowie die Abrichtung von Pferden.‹ Darunter setzte sie ihre Unterschrift und gab die Quittung zurück. Brian las bedächtig, was sie geschrieben hatte. »Ich glaube, so ist es besser«, meinte Schlange. »Gegenüber Melissa ist es nur gerecht, und wenn sie Lohn erhält, kann sie nicht als Leibeigene gelten.«
»Und es beweist noch deutlicher, daß du sie adoptiert hast«, sagte Brian. »Der Bürgermeister dürfte vollauf zufrieden sein.«
Schlange steckte den Beutel mit den Münzen in eine Tasche und brachte Dunst und Sand wieder in ihren Fächern in der Schachtel unter. Sie zuckte die Achseln. »Von mir aus. Er ist mir gleichgültig. Hauptsache, Melissa kann von hier fort.« Urplötzlich fühlte sie sich bedrückt, und sie fragte sich, ob sie sich womöglich so unnachgiebig und überheblich an ihren persönlichen Willen geklammert hatte, daß das Leben anderer Menschen in Unordnung geraten war, ohne daß ihnen daraus ein Vorteil gedieh. Sie bezweifelte nicht, daß sie richtig gehandelt hatte, was Melissa anging, zumindest jedoch, indem sie sie Ras fortnahm. Aber ob Gabriel künftig besser dran war... oder der Bürgermeister... oder Ras... Berghausen war eine reiche Gemeinde, und die Mehrzahl der Einwohner machte in der Tat einen glücklichen, zufriedenen Eindruck; sicherlich lebten sie heute in ruhigeren, besseren Verhältnissen als vor zwanzig Jahren, bevor der gegenwärtige Bürgermeister sein Amt antrat. Aber was hatte es den Kindern in seinem eigenen Haus genutzt? Schlange war froh, daß sie endlich weiterziehen konnte, und sie war auch froh, daß Gabriel sich von seinem Elternhaus losgerissen hatte.

»Heilerin?«

»Ja, Brian?«

Von hinten drückte er flüchtig ihre Schulter. »Danke.« Als Schlange sich einen Moment später umdrehte, war er bereits lautlos verschwunden.

Als sich die Tür ihres Zimmers leise schloß, vernahm Schlange von unten den dumpfen Schlag, mit dem die schwere Haustür zum Hof zufiel. Sie schaute erneut aus dem Fenster. Drunten bestieg Gabriel seinen großen Schecken. Er blickte hinunter ins Tal, dann wandte er sich langsam zum Fenster seines Vaters. Er starrte lange hinauf. Schlange sah nicht zum anderen Turm hinüber; sie merkte es dem jungen Mann an, daß sein Vater nicht am Fenster erschien. Gabriels Schultern sanken ein, dann straffte er sich wieder, und als er zu Schlanges Turmzimmer heraufschaute, war seine Miene gefaßt. Er sah sie und lächelte ein trauriges, bescheidenes Lächeln. Sie winkte. Er winkte zurück.

Ein paar Minuten später schaute Schlange ihm noch immer nach, und schließlich sah sie den langen, schwarzweißen Schweif des Schecken ein letztes Mal wedeln, ehe er um die letzte sichtbare Biegung der Straße nach Norden bog. Unten im Hof klapperten andere Hufe. Schlange lenkte ihre Gedanken auf den eigenen bevorstehenden Ritt. Melissa, die auf Eichhörnchen saß und Wind mitführte, blickte herauf und winkte, daß sie kommen möge. Schlange lächelte und nickte, warf sich die Satteltaschen über die Schultern, nahm die Schlangenschachtel und machte sich auf den Weg hinab zu ihrer Tochter.

9

Der Wind in Arevins Gesicht war kühl und frisch. Er fand das Gebirgsklima angenehm, so wie es war, frei von Staub und Hitze und allgegenwärtigem Sand. Er stand auf einer Paßhöhe neben seinem Pferd und hielt über das Land Ausschau, in dem einst Schlange aufwuchs. Es war ein freundliches Land mit viel Grün, und er sah und hörte große Mengen von Wasser ungebändigt dahinfließen. Ein Fluß wand sich durch jenes Tal, das vor ihm lag, und nur einen Steinwurf weit vom Pfad entfernt, der den Paß überquerte, entsprang eine Quelle und rauschte über moosige Felsen abwärts. Seine Achtung vor Schlange wuchs. Ihr Volk bestand nicht aus Nomaden; diese Menschen lebten hier das ganze Jahr hindurch. Sie mußte so gut wie gar keine Erfahrungen mit ungewöhnlicher Hitze und Trockenheit gehabt haben, als sie sich in die Wüste begab. In dieser Gegend konnte man sich nicht auf die Einöde aus schwarzem Sand vorbereiten. Arevin selbst war nicht völlig auf die Trostlosigkeit des inneren Wüstengebiets eingestellt gewesen. Seine Karten waren alt; kein lebender Angehöriger seines Klans hatte sie jemals benutzt. Aber immerhin hatten sie ihn wohlbehalten auf die andere Seite der Wüste geleitet, durch eine Kette von Oasen vertrauenswürdiger Art. Doch so spät im Jahr hatte er nirgendwo einen Menschen angetroffen; niemanden, den er nach dem besten Weg fragen, bei dem er sich nach Schlange erkundigen konnte. Er stieg wieder aufs Pferd und ritt den Pfad hinunter ins Tal der Heiler. Bevor er an irgendwelche Gebäude gelangte, kam er zu einem kleinen Obstgarten. Dieser Garten war von seltsamer Beschaffenheit: Die Bäume, die am weitesten abseits vom Weg standen, waren hochgewachsen und knorrig, wogegen jene unmittelbar am Wegesrand kaum mehr waren als Setzlinge, als habe man viele Jahre lang jedes Jahr nur ein paar Bäume gepflanzt. Ein Jugendlicher von vierzehn oder fünfzehn saß müßig im Schatten und verzehrte eine Frucht. Als Arevin sein Pferd anhielt, hob der junge Bursche den Blick, stand auf und kam herüber. Arevin lenkte sein Pferd über den grasigen Rand der Wiese. Sie begegneten sich unter einer Reihe von Bäumen, die fünf oder sechs Jahre alt sein mochten. »Hallo«, sagte der Bursche. Er pflückte eine weitere Frucht und bot sie Arevin an. »Möchtest du eine Birne? Die Pfirsiche und Kirschen sind schon alle geerntet, und die Apfelsinen sind noch nicht ganz reif.« Arevin bemerkte, daß jeder Baum tatsächlich verschiedene Sorten Früchte trug, aber nur eine Art von Blättern. Unentschlossen griff er nach der Birne, während er sich fragte, ob das Erdreich vergiftet sein könne. »Keine Sorge«, sagte der junge Bursche. »Hier ist nichts radioaktiv. In dieser Gegend gibt es weit und breit keine Krater.« Unwillkürlich zuckte Arevins Hand zurück. Er hatte kein Wort gesprochen, und trotzdem schien der Jugendliche zu wissen, was er dachte. »Ich habe den Baum selbst gemacht, und ich verwende nie heiße Mutagene.«

Arevin besaß nicht die leiseste Ahnung, wovon er redete, abgesehen davon, daß er ihm anscheinend versicherte, er könne die Frucht bedenkenlos essen. Er wünschte, er verstünde den Jungen so gut, wie er offenbar ihn verstand. Er wollte nicht unhöflich wirken und nahm die Birne. »Danke.« Da der Junge ihn ebenso hoffnungs- wie erwartungsvoll anschaute, biß Arevin hinein. Die Frucht schmeckte süß und herb zugleich und war sehr saftig. Er biß noch einmal ab. »Schmeckt recht gut«, sagte er. »Ich habe noch nie eine Pflanze gesehen, die vier verschiedene Früchte hervorbringt.«

»Erstes Projekt«, sagte der Bursche. Er winkte nachlässig nach hinten, wo die älteren Bäume standen. »Wir machen alle einen. Reichlich einfache Geschichte, aber es ist längst zur Tradition geworden.«

»Aha«, meinte Arevin.

»Mein Name lautet Thad.«
»Es ist mir eine Ehre, dir zu begegnen«, sagte Arevin. »Ich suche Schlange.«
»Schlange?« Thad runzelte die Stirn. »Da hast du deinen langen Ritt leider umsonst unternommen. Sie ist nicht hier. Sie wird auch noch für einige Monate fort sein.«
»Aber ich kann sie doch unmöglich überholt haben.«
Thads freundliche Miene der Hilfsbereitschaft wich dem Ausdruck von Besorgnis. »Du meinst, sie befindet sich bereits auf dem Heimweg? Was ist denn passiert? Ist sie gesund?«
»Als ich sie zuletzt sah, war sie wohlauf«, sagte Arevin. Es stand fest, daß sie lange vor ihm hätte eintreffen müssen, wäre nicht irgend etwas geschehen. Alle erdenklichen Dinge fielen ihm ein, die ihr außer Schlangenbissen zugestoßen sein konnten.
»He, was ist dir?« Thad war an seine Seite geeilt und stützte ihn am Ellbogen. »Fühlst du dich wohl?«
»Ja«, sagte Arevin, aber seine Stimme zitterte.
»Bist du krank? Meine Ausbildung ist noch nicht abgeschlossen, aber die anderen Heiler können dir helfen.«
»Nein, nein, ich bin nicht krank. Aber ich begreife nicht, wieso ich früher hier bin als sie.«
»Warum hat sie denn überhaupt schon jetzt den Rückweg angetreten?«
Arevin richtete seinen Blick auf den jungen Mann, der nun offenkundig nicht weniger beunruhigt war als er selbst. »Ich glaube, ich sollte ihren Bericht nicht an ihrer Stelle vortragen«, sagte er. »Vielleicht ist es am vernünftigsten, ich spreche mit ihren Eltern. Kannst du mir zeigen, wo sie wohnen?«
»Ich täte es, könnte ich's nur«, antwortete Thad. »Bloß hat sie keine. Willst du es nicht mir erzählen? Ich bin ihr Bruder.«
»Ich bedaure, daß ich dir Anlaß zum Kummer gegeben habe. Ich wußte nicht, daß eure Eltern tot sind.«
»Sind sie auch nicht. Das heißt, vielleicht sind sie's. Ich weiß es nicht. Ich meine, ich kenne sie nicht. Und auch nicht Schlanges Eltern.»
Arevin empfand restlose Verwirrung. Es hatte ihm nie Schwierigkeiten bereitet zu begreifen, was Schlange zu ihm sagte. Aber er bezweifelte, daß er von dem, was dieser Junge während der vergangenen paar Minuten äußerte, nur die Hälfte verstanden hatte. »Wenn du nicht weißt, wer deine oder wer Schlanges Eltern sind, wie kannst du dann ihr Bruder sein?«
Thad musterte ihn aufmerksam. »Du weißt recht wenig über Heiler, nicht wahr?«
»Ja«, bekannte Arevin und hatte das Gefühl, daß die Unterhaltung eine

neue, undurchschaubare Wendung nahm. »Das stimmt. Natürlich haben wir von euch gehört, aber Schlange ist die einzige Heilerin, die jemals bei meinem Klan aufgetaucht ist.«

»Ich frage nur deshalb«, sagte Thad, »weil die meisten Leute wissen, daß wir alle Adoptivlinge sind. Wir haben keine Familien im normalen Sinn. Wir sind allesamt eine Familie.«

»Doch du sagtest, du seist ihr Bruder, in einem Ton, als hätte sie keinen anderen.« Seine blauen Augen ausgenommen – und selbst deren Blau besaß einen ganz anderen Farbton –, sah Thad nämlich nicht im geringsten Schlange ähnlich.

»Wir fühlen wie zwei Geschwister füreinander. Als Kind hatte ich eine Menge Unannehmlichkeiten, und sie hielt stets zu mir.«

»Ich verstehe.« Arevin stieg ab und rückte das Zaumzeug seines Tieres zurecht, während er über die Worte des Jungen nachdachte. »Du bist kein Blutsverwandter Schlanges, aber du fühlst dich mit ihr besonders verbunden. Ist es so richtig bezeichnet?«

»Ja.« Thads Gemächlichkeit war aus seiner Erscheinung gewichen. »Wenn ich dir erzähle, warum ich hergekommen bin, wirst du mir dann raten und dabei zuerst an Schlange denken, auch wenn du damit gegen deine Gewohnheiten verstoßen müßtest?«

Arevin war froh, als der Bursche zögerte, denn er hätte sich dazu außerstande gesehen, auf eine unüberlegte, gefühlsbedingte Antwort zu bauen. »Etwas wirklich Ernstes hat sich zugetragen, nicht wahr?«

»Ja«, sagte Arevin. »Und sie macht sich Selbstvorwürfe.«

»Du fühlst dich auch besonders mit ihr verbunden, oder?«

»Ja.«

»Und sie ebenso mit dir?«

»Ich glaube, ja.«

»Ich stehe auf ihrer Seite«, sagte Thad. »Immer.«

Arevin schnallte dem Pferd das Zaumzeug ab und legte es ins Gras, um das Tier weiden zu lassen. Er setzte sich unter Thads Obstbaum, und der Bursche ließ sich daneben nieder. »Ich komme von der anderen Seite der Westwüste«, begann Arevin. »Drüben haben wir keine nützlichen Schlangen, nur Sandnattern, deren Biß den Tod bedeutet...« Arevin erzählte seine Geschichte und wartete darauf, daß sich Thad dazu äußere, aber der junge Heiler starrte für lange Zeit nur seine bereits von Narben gezeichneten Hände an.

»Also ist ihre Traumschlange tot«, sagte er endlich. Seine Stimme verriet Schrecken und Hoffnungslosigkeit; ihr Tonfall vermittelte Arevin eine Kälteempfindung, die bis in sein nahezu unzugängliches, selbstbeherrschtes Inneres vordrang.

»Es war nicht ihre Schuld«, wiederholte Arevin, obwohl er diese Tatsache schon mehrfach betont hatte. Thad wußte jetzt von der Furcht, die Arevins Volk vor Schlangen verspürte, und auch von dem schrecklichen Tod, der Arevins Schwester ereilt hatte; dennoch erkannte Arevin deutlich, daß Thad das Ereignis nicht richtig begriff.
Der Junge sah ihm ins Gesicht. »Ich weiß nicht, was ich dazu sagen soll«, erklärte er. »Das ist wahrhaftig eine schlimme Sache.« Er schwieg, rieb sich die Stirn mit dem Handballen und schaute ratlos umher. »Ich nehme an, darüber sprechen wir besser mit Silber. Sie war eine von Schlanges Lehrerinnen und ist nun die Älteste.«
Arevin zögerte. »Ist das auch klug? Vergib mir, aber wenn du, Schlanges Freund, nicht recht begreifen kannst, was geschehen ist, werden dann andere Heiler dazu in der Lage sein?«
»Ich begreife durchaus, was geschehen ist.«
»Du weißt, was sich ereignet hat«, sagte Arevin, »aber du verstehst es nicht. Ich möchte dich nicht kränken, aber das ist leider die Wahrheit.«
»Es ist auch gleichgültig«, sagte Thad. »Ich bin nach wie vor bereit, ihr auf jeden Fall zu helfen. Silber wird sich etwas Entsprechendes ausdenken.«

Das ungewöhnliche, hübsche Tal, in dem die Heiler lebten, vereinigte Gebiete uneingeschränkter Wildnis mit Plätzen hochentwickelter Zivilisation. Vom Nordhang des Tals aus erstreckte sich, so weit Arevin sehen konnte, eine Grünzone, die er für unberührten Urwald hielt, steinalt und unveränderlich. Doch gleich unterhalb der riesigen, finsteren alten Bäume kreisten munter die Flügel einer Anzahl von Windmühlen. Die Niederlassung der Heiler war ein friedlicher Ort, eine kleine Ortschaft von fachmännisch errichteten Häusern aus Holz und Stein. Die Bewohner grüßten Thad oder winkten, und Arevin nickten sie zu. Der leichte Wind trug entferntes Geschrei von spielenden Kindern an ihre Ohren.
Thad ließ Arevins Pferd auf eine Weide, dann führte er Arevin zu einem Haus, das etwas größer war als die anderen Gebäude und auch ein wenig abseits stand. Es überraschte Arevin, als er drinnen sah, daß die Wände nicht aus Holz waren, sondern aus glatten, glasierten, weißen Keramikkacheln. Obwohl Fenster fehlten, war es im Innern taghell; weder herrschte das gespenstische blaue Glühen der Biolumineszenz noch der sanfte gelbe Schein von Gaslichtern. Das Haus vermittelte ein Gefühl von Geschäftigkeit, welches sich von der eher trägen Stimmung im Ort selbst unterschied. Durch eine halboffene Tür sah Arevin mehrere junge Leute, noch jünger als Thad, über unverständliche Geräte gebeugt, völlig ihrer Arbeit gewidmet. Thad wies auf diesen Raum. »Das sind die Laboratorien.

Wir schleifen die Linsen für die Mikroskope selbst. Wir machen auch unsere eigenen Glaswaren.«

Fast alle Leute, die Arevin hier erblickte – und nun, da er sich damit befaßte, fiel ihm auf, daß das die Mehrheit aller Einwohner betraf –, waren entweder alt oder sehr jung. Die Jungen befinden sich in der Ausbildung, dachte er, und die Alten erteilen ihnen Unterricht. Schlange und die anderen ziehen umher und üben ihre Heilertätigkeit aus.

Thad erstieg eine Treppenflucht, ging voraus durch einen mit Teppichen ausgelegten Gang und klopfte verhalten an eine Tür. Sie mußten einige Augenblicke lang warten, aber Thad war anscheinend daran gewöhnt, denn er zeigte keine Anzeichen von Ungeduld. Schließlich ertönte von drinnen eine freundliche, ziemlich hohe Stimme. »Herein.« Der Raum hinter der Tür war weniger kahl und sachlich als die Laboratorien. Seine Wände waren mit Holz getäfelt, und von einem großen Fenster aus konnte man die Windmühlen sehen. Arevin hatte schon von Büchern gehört, aber noch nie welche zu Gesicht bekommen. Hier standen an zwei Wänden Regale, die regelrecht vollgestopft waren mit Büchern. Die alte Heilerin saß in einem Schaukelstuhl und hatte ein Buch auf dem Schoß liegen. »Thad«, sagte sie im Tonfall gelinder Neugier und nickte zum Gruß.

»Silber, hier ist ein Freund Schlanges.« Er winkte Arevin herein. »Er hat einen weiten Weg zurückgelegt, um mit uns zu sprechen.«

»Nehmt Platz.« Sowohl ihre Stimme wie auch ihre Hände zitterten leicht. Sie war sehr alt, ihre Gelenke waren geschwollen und entstellt. Ihre Haut war weich, geschmeidig und durchsichtig, an der Stirn und den Wangen von tiefen Falten durchfurcht. Ihre Augen waren blau. Arevin folgte Thads Beispiel und setzte sich auf einen Stuhl. Ihm war dabei ungemütlich; er war es gewohnt, mit überkreuzten Beinen zu sitzen. »Was wünschst du mit uns zu besprechen?«

»Bist du Schlanges Freundin«, fragte Arevin, »oder nur ihre Lehrerin?« Er hatte damit gerechnet, daß sie lachen würde, aber sie musterte ihn mit ernsthafter Miene. »Ihre Freundin.«

»Silber hat sie für ihren Namen vorgeschlagen«, sagte Thad. »Dachtest du, ich würde dich zu irgendwem bringen?«

Trotzdem war sich Arevin noch immer nicht sicher, ob er dieser wohlwollenden Greisin alles erzählen sollte, denn in seinem Gedächtnis hafteten noch deutlich Schlanges Bedenken. Vielleicht war Silber so sehr enttäuscht, daß sie Schlange für immer von den Heilern ausschloß. »Berichte mir, was Unerfreuliches geschehen ist«, sagte Silber. »Schlange ist meine Freundin, und sie wohnt in meinem Herzen. Vor mir brauchst du keine Furcht zu haben.« Arevin erzählte die Geschichte zum zweiten Mal an diesem Tag und beobachtete dabei aufmerksam Silbers Miene. Ihr Gesichtsausdruck blieb unverändert. Nach all den Erfahrungen, die sie in ihrem Leben gesammelt haben mußte, vermochte sie den Zwischenfall sicherlich besser zu begreifen als der junge Thad. »So, so«, sagte Silber schließlich. »Schlange hat die Wüste durchquert.« Sie schüttelte den Kopf. »Mein mutiges, voreiliges Kindchen.«

»Silber«, fragte Thad, »was können wir tun?«

»Ich weiß es nicht, mein Lieber.« Sie seufzte. »Ich wollte, Schlange wäre schon hier.«

»Diese kleinen Schlangen sterben ja gewiß auch einmal«, sagte Arevin. »Bestimmt sind schon dann und wann welche durch Unglücksfälle getötet worden. Was unternehmt ihr dann?«

»Sie leben lange«, sagte Thad. »Manchmal länger als Heiler. Sie vermehren sich sehr schlecht.«

»Mit jedem Jahr bilden wir weniger Heiler aus, weil wir zuwenig Traumschlangen haben«, sagte Silber mit ihrer zittrigen Stimme.

»Schlanges hervorragende Fähigkeiten dürften sie doch zum Erhalt einer neuen Schlange berechtigen«, meinte Arevin.

»Man kann nicht geben, was man nicht hat«, sagte Silber.

»Sind unterdessen keine zur Welt gekommen?«

»Nur einige wenige sind überhaupt jemals ausgeschlüpft«, erwiderte die Greisin bekümmert.

Thad schaute zur Seite. »Vielleicht entschließt sich jemand von uns, die Ausbildung nicht zu beenden...«

»Thad«, sagte Silber, »wir haben ohnehin nicht genug für alle. Glaubst du etwa, Schlange würde die Traumschlange, die sie dir gab, von dir zurückverlangen?«

Thad hob die Schultern und mied noch immer Silbers und Arevins Blicke. »Sie müßte es nicht verlangen. Ich würde sie ihr auch so – ungefragt – abtreten.«

»Ohne Schlange können wir keine Entscheidung fällen«, sagte Silber. »Sie muß heimkehren.«

Arevin betrachtete seine Hände, sich nun darüber im klaren, daß es in dieser verzwickten Lage keine einfache Lösung gab, keine schlichte Darlegung des Mißgeschicks, keine rasche Vergebung für Schlange. »Ihr dürft sie nicht für etwas bestrafen, woran mein Klan die Schuld trägt«, sagte er.

Silber schüttelte den Kopf. »Es ist keine Frage der Bestrafung. Aber ohne Traumschlange kann sie keine Heilerin sein. Und ich habe keine Traumschlange für sie.« Ein ausgedehntes Schweigen folgte. Nach ein paar Minuten fragte sich Arevin, ob Silber womöglich eingeschlafen war; er fuhr

auf, als sie plötzlich wieder sprach, ohne ihren Blick vom Fenster zu wenden, durch das sie hinausstarrte. »Wirst du weiter nach ihr suchen?«
»Ja«, antwortete er, ohne zu zögern.
»Wenn du sie findest, sage ihr bitte, sie soll heimkommen. Der Rat wird sich mit ihr besprechen.«
Thad stand auf, und mit einem heftigen Gefühl des Mißerfolgs und der Bedrücktheit begriff Arevin, daß die Unterredung ein Ende genommen hatte. Sie gingen hinaus, verließen das Gebäude mit seinen sonderbaren Räumlichkeiten, seltsamen Geräten, seltsamen Gerüchen und seinem absonderlichen Licht. Die Sonne sank und verflocht die langen Schatten miteinander. »Wo soll ich nach ihr suchen?« fragte Arevin unvermittelt.
»Was?«
»Ich bin hergekommen, weil ich glaubte, Schlange sei auf dem Heimweg. Nun habe ich keine Ahnung, wo sie sein könnte. Es ist bald Winter. Wenn die Stürme begonnen haben...«
»So dumm ist sie nicht, daß sie im Winter draußen in der Wüste herumsitzt«, sagte Thad. »Nein, es muß so gewesen sein, daß ihr jemand begegnete, der ihres Beistands bedurfte, und sie deshalb die Heimreise unterbrochen hat. Vielleicht kümmert sie sich um einen Patienten im Mittelgebirge. Sie könnte irgendwo südlich von hier sein, in Mittenweg, Neu-Tibet oder Berghausen.«
»Nun gut«, sagte Arevin, der dankbar war für jeden Hinweis. »Also reite ich nach Süden.« Allerdings fragte er sich, ob Thad möglicherweise nur mit der selbstsicheren Unbefangenheit der Jugend seine erstbesten Gedanken aussprach.
Thad öffnete die Tür zu einem langgestreckten, flachen Haus. Drinnen waren zahlreiche Zimmer rings um einen in der Mitte gelegenen Gemeinschaftswohnraum angeordnet. Thad warf sich auf eine weiche Couch. Arevin sah von weiterer Rücksichtnahme auf die hiesigen Gepflogenheiten vorerst ab und setzte sich auf den Fußboden. »Bald ist es Essenszeit«, sagte Thad. »Das Zimmer neben meinem ist gegenwärtig frei, du kannst dich dort einquartieren.«
»Vielleicht sollte ich ohne Verzögerung weiterreiten«, sagte Arevin.
»Noch heute abend? Es wäre Wahnsinn, des Nachts durch diese Gegend zu reiten. Wir fänden dich morgen früh zerschmettert am Fuß irgendeiner Klippe. Du solltest wenigstens bis morgen warten.«
»Wenn das dein Rat ist, will ich auf ihn hören.« Er verspürte eine gewaltige, unüberwindliche Müdigkeit. Thad zeigte ihm das freie Zimmer.
»Ich hole dein Gepäck«, sagte Thad. »Du ruhst dich lieber aus. Du machst den Eindruck, daß du es gebrauchen kannst.« Arevin setzte sich umständlich auf die Bettkante. Unter der Tür drehte sich Thad um. »Hör mal, es

macht mir nichts aus, jemandem zu helfen. Kann ich irgend etwas für dich tun?«
»Nein«, sagte Arevin. »Danke. Es geht mir ausgezeichnet.«
Thad zuckte die Achseln. »Na schön.«

Die Wüste aus schwarzem Sand erstreckte sich bis zum Horizont, eben und öde, und entbehrte jeden Anzeichens, daß sie schon einmal jemand durchquert hätte. Hitzewellen wallten wie durchsichtiger Rauch empor. Es wehte noch kein beständiger Wind, aber alle Spuren und Hinterlassenschaften des Handelsweges waren bereits verwischt: verweht oder mit Sand behäuft durch die wechselhaften Windstöße, die den Winter ankündigten. Schlange und Melissa befanden sich auf dem Ostkamm der Mittelgebirgskette und spähten in die Ferne, ihrem unsichtbaren Ziel entgegen. Sie stiegen ab, um den Pferden eine Verschnaufpause zu gönnen. Melissa verstellte einen Gurt an Eichhörnchens neuem Sattel, dann schaute sie zurück in die Richtung, aus der sie gekommen waren, hinunter ins Hochtal, das bisher ihre Heimat gewesen war; die Ortschaft lag oberhalb der fruchtbaren Talsole an den steilen Hang gedrückt. Fenster und schwarze Glasflächen schimmerten in der Mittagssonne. »So weit war ich noch nie von Berghausen entfernt«, sagte Melissa ehrfürchtig. »Noch nie im Leben.« Sie wandte sich vom Tal ab und Schlange zu. »Danke, Schlange«, sagte sie.
»Ich habe dich gern dabei, Melissa.«
Melissa senkte den Blick. Ihre rechte Wange – die unversehrte Gesichtshälfte – errötete kräftig. »Darüber muß ich dir etwas sagen.«
»Worüber?«
»Meinen Namen. Es stimmt, was Ras gesagt hat – es ist nicht mein richtiger...«
»Macht nichts. Was mich betrifft, heißt du Melissa. Ich trug als Kind auch einen anderen Namen.«
»Aber deinen jetzigen Namen hat man dir verliehen. Das ist eine Ehre. Du hast ihn dir nicht einfach zugelegt, so wie ich mir meinen.«
Sie stiegen wieder auf ihre Pferde und lenkten sie den stark ausgetretenen Pfad hinab, der im Zickzack verlief. »Aber ich hätte den Namen ablehnen können, als man ihn mir anbot«, sagte Schlange. »In dem Fall hätte ich mir selbst einen Erwachsenennamen aussuchen dürfen, genau wie die anderen Heiler.«
»Du hättest ihn ablehnen können?«
»Ja.«
»Aber er wird kaum jemals vergeben. Das habe ich gehört.«
»Es ist auch wahr.«

»Hat ihn schon einmal jemand abgelehnt?«
»Soviel ich weiß, nicht. Aber ich bin ohnehin erst die vierte Trägerin dieses Namens, also hatten erst wenige überhaupt die Gelegenheit. Manchmal wünsche ich, ich hätte den Namen nicht angenommen.«
»Und warum?«
»Wegen der damit verbundenen Verpflichtung.« Ihre Hand ruhte auf der Ecke der Schlangenschachtel. Seit dem Überfall des Verrückten tastete sie häufiger danach. Nachdenklich nahm sie die Hand vom geschmeidigen Leder. Heiler starben entweder ziemlich jung oder sie erreichten ein sehr hohes Alter. Der Heiler namens Schlange, der ihr unmittelbar vorausging, war nur dreiundvierzig gewesen, als er starb, aber die beiden anderen hatten jeweils länger als ein Jahrhundert gelebt. Schlange hatte unerhörte Leistungen und gewaltige Errungenschaften aufzuarbeiten, um sich als würdig zu erweisen; und bislang war ihr so gut wie nichts gelungen.
Der Pfad führte zwischen Allzeitbäumen abwärts, an knorrigen braunen Stämmen und düsteren, nadelspitzen Wipfeln vorbei; die Legende behauptete von diesen Bäumen, daß sie niemals Samen erzeugten, niemals stürben. Ihr Harz erfüllte die Luft mit scharfem, kiefernähnlichem Geruch. »Schlange...?« sagte Melissa.
»Ja?«
»Bist du... bist du meine Mutter?«
Bestürzt zögerte Schlange für einen Moment. Das Völkchen der Heiler unterhielt keine üblichen Familiengruppierungen. Sie selbst hatte nie irgendwen ›Mutter‹ oder ›Vater‹ genannt, obwohl alle älteren Heiler in einem vergleichbaren Verhältnis zu ihr standen. Und Melissas Tonfall war so sehnsüchtig... »Alle Heiler sind nun deine Familie«, sagte Schlange, »aber ich glaube, da ich dich adoptiert habe, macht mich das wohl zu deiner Mutter.«
»Da bin ich aber froh.«
»Ich freue mich auch.«
Unterhalb des schmalen Streifens urtümlichen Waldes wuchs an den Hängen fast nichts außer Flechten, und obwohl sie sich noch in großer Höhe aufhielten und der Pfad steil war, hätten Schlange und Melissa ebensogut bereits draußen in der Wüste sein können. Unter der Baumgrenze nahmen die Wärme und die Lufttrockenheit ständig zu. Als sie zuletzt den Sand erreichten, machten sie für einen Moment Halt, um sich umzukleiden; Schlange hüllte sich in eine Wüstenrobe von Arevins Klan, Melissa zog Wüstenkleidung an, die Schlange für sie in Berghausen gekauft hatte.
Den ganzen Tag lang sahen sie keinen Menschen. Ab und zu schaute sich Schlange über die Schulter um, und sie blieb auf der Hut, wenn sie durch

Dünen ritten, wo jemand sich verbergen konnte, um arglose Reisende zu überfallen. Aber sie entdeckten nicht einmal eine Spur des Verrückten. Schlange begann sich zu fragen, ob die beiden Anschläge vielleicht reine Zufälle gewesen, ihre Erinnerung an sonderbare Geräusche rings um ihren Lagerplatz lediglich einem Traum entsprungen waren. Und wenn der Verrückte *wirklich* ein Verrückter war, dann war er möglicherweise inzwischen von irgendeinem anderen unwiderstehlichen Anziehungsgegenstand seines Wahns von ihrer Verfolgung abgelenkt worden. Aber sie vermochte sich nicht zu überzeugen.
Am Abend lagen die Berge bereits weit hinter ihnen und bildeten in der Ferne einen schroffen Felswall. Die Hufe der Pferde knirschten im Sand, aber die Stille rundherum war bis auf diese Ausnahme vollkommen, wirkte unirdisch. Als sie durch die Abenddämmerung weiterritten, unterhielten sich Schlange und Melissa. Dichte Wolken verschleierten den Mond; das ruhige Glühen der Leuchtzellen in Schlanges Laterne, unter diesen Umständen vergleichsweise hell, lieferte für die beiden gerade soviel Licht, daß es ihnen möglich war, den Weg fortzusetzen. Die Laterne, am Sattel aufgehängt, pendelte mit Winds Schritten. Der schwarze Sand spiegelte den Lichtschein wie Wasser wider. Eichhörnchen und Wind rückten einander näher. Allmählich sprachen Schlange und Melissa immer leiser, und schließlich schwiegen sie ganz. Schlanges Kompaß, der kaum sichtbare Mond, die Windrichtung und die Umrisse der Dünen halfen ihnen bei der Orientierung, doch Schlange konnte die Befürchtung, sich im Kreis zu bewegen, wie sie einen Reisenden in der Wildnis sehr zudringlich befallen kann, nie völlig verdrängen. Im Sattel nach hinten gedreht, beobachtete Schlange mehrere Minuten lang die Richtung, aus der sie kamen, aber sie sah kein anderes Licht folgen. Sie waren allein; ringsum gab es weit und breit nichts als Dunkelheit. Sie setzte sich wieder im Sattel zurecht.
»Hier ist es unheimlich«, flüsterte Melissa.
»Ich weiß. Es wäre mir lieber, wir könnten am hellichten Tag reiten.«
»Vielleicht regnet es.«
»Das wäre fein.« In der Wüste fiel nur alle paar Jahre einmal Regen, aber wenn, dann gewöhnlich kurz vor dem Beginn des Winters. Dann schossen die heimischen Samen zu überstürztem Wuchs und eiliger Vermehrung empor, und der körnige Wüstensand trug Grün und allerlei Farbtupfer. Innerhalb von drei Tagen vertrockneten die zierlichen Pflanzen zu braunen Gespinsten und starben ab, hinterließen hartschaligen Samen, der ein, zwei, auch drei Jahre überdauerte, bis ein neuer Regenfall den Kreislauf erneut in Gang brachte. Aber heute abend war die Luft trocken und still und deutete keinerlei Veränderung an.

In der Ferne schimmerte Lichtschein. Schlange, die eingenickt war, schrak ruckartig aus einem Traum hoch, in dem der Verrückte sie verfolgt und seine Laterne sich immer mehr genähert hatte. Bis jetzt war sie sich selbst nicht darüber im klaren gewesen, wie fest sie davon überzeugt war, daß er ihr noch immer nachschlich, sie in der Nähe umlauerte, getrieben von undurchsichtigen Beweggründen. Aber das Licht voraus stammte von keiner Laterne, die jemand bei sich trug, es war unbeweglich und von gleichmäßigem Schimmer. Im leichten Wind wehte ihnen das Knistern trockener Blätter entgegen – sie kamen zur ersten Oase auf dem Weg zum Zentrum. Noch nicht einmal die Morgendämmerung war angebrochen. Schlange hob einen Arm und tätschelte Winds Nacken. »Jetzt ist es nicht mehr weit«, bemerkte sie.

»Was?« Auch Melissa fuhr hoch. »Wo...?«

»Es ist alles in Ordnung«, sagte Schlange. »Wir können bald rasten.«

»Oh.« Melissa blickte umher und blinzelte. »Ich hatte vergessen, wo ich bin.« Sie erreichten die Blütenbäume, die um die Oase einen Schutzgürtel bildeten. Schlanges Laterne beleuchtete Blätter, die vom Sand, den der Wind dahinfegte, bereits zerfleddert und zerfranst waren. Schlange sah keine Zelte, hörte keine Geräusche von Menschen oder Tieren. Mittlerweile hatten sich alle Karawanen in die Sicherheit der Berge zurückgezogen. »Was ist das für ein Licht?«

»Keine Ahnung«, sagte Schlange. Sie schaute Melissa an, weil ihre Stimme fremd geklungen hatte; ein Zipfel ihres Kopftuchs, um ihr Gesicht geschlungen, hatte sie gedämpft. Als sich kein Mensch blicken ließ, streifte sie den Zipfel achtlos beiseite, als sei sie sich gar nicht dessen bewußt, daß sie sich versteckt hatte. Schlange, über den sonderbaren Lichtschein beunruhigt, lenkte Wind seitwärts.

»Schau nur«, sagte Melissa. Winds Körper verdunkelte den Laternenschein in einer Richtung, und dort sahen sie gegen die Dunkelheit einen Streifen von Helligkeit sich abzeichnen. Sobald sie sich näherten, erkannte Schlange, daß es sich um einen abgestorbenen Blütenbaum handelte, der dicht genug am Wasser stand, um zu faulen statt auszutrocknen. Leuchtzellen hatten den zierlichen Baumstamm heimgesucht und verwandelten ihn langsam in ein helles Leuchtzeichen. Schlange seufzte aus Erleichterung verstohlen auf.

Sie ritten weiter und umrundeten den stillen, schwarzen Teich, bis sie an eine Stelle gelangten, wo die Bäume so dicht standen, daß sie ihnen einen gewissen Schutz gewährten. Kaum hatte Schlange Wind zum Stehen gebracht, da sprang Melissa auf den Boden und begann Eichhörnchen den Sattel abzunehmen. Schlange stieg langsamer ab, denn trotz des beständigen Wüstenklimas hatte sich ihr Knie während des Ritts wieder versteift. Melissa rieb Eichhörnchen mit einer Handvoll Blätter ab und redete mit kaum vernehmlicher Stimme zu ihm. Bald darauf hatten alle, Menschen und Tiere, es sich bequem gemacht, um den Tag verstreichen zu lassen.

Schlange trottete barfuß zum Wasser, reckte sich und gähnte. Sie hatte den ganzen Tag hindurch gut geschlafen, und nun wollte sie eine Runde schwimmen, ehe sie wieder aufbrachen. Noch war es zu früh, um sich aus dem Schutz des dichten Hains zu begeben. In der Hoffnung, noch ein paar reife Früchte in den Zweigen zu entdecken, spähte sie nach oben und umher, aber die Wüstenbewohner hatten alles gründlich abgeerntet. Erst vor ein paar Tagen hatte sie auf der anderen Seite der Berge in den Oasen das Laub weich und saftig gesehen; hier war es bereits tot und vertrocknet. Es knisterte, wenn sie es streifte. Das brüchige Blattwerk zerbröckelte in ihrer Hand.
Sie blieb stehen, wo das Ufer begann. Der schwarze Uferstreifen war nur einige Meter breit, ein Halbkreis aus Sand rings um eine winzige Lagune, deren Wasserfläche das überhängende Geflecht des Astwerks widerspiegelte. Melissa kniete halbnackt am Wasser, darüber hinausgebeugt; sie starrte stumm hinein. Die Striemen der Schläge, die Ras ihr zugefügt hatte, waren verblaßt, und ihr Rücken war vom Feuer unversehrt geblieben. Ihre Haut war heller, als Schlange aufgrund der Sonnenbräune ihres Gesichts und der Hände vermutet hätte. Während Schlange sie beobachtete, streckte Melissa langsam eine Hand aus und berührte die Oberfläche des dunklen Gewässers. Ihre Fingerspitzen erzeugten auf dem Wasserspiegel Ringe.

Melissa sah fasziniert zu, wie Schlange vorsichtig Dunst und Sand aus der Schachtel ließ. Dunst kroch um Schlanges Füße und prüfte die Gerüche der Oase. Behutsam nahm Schlange sie auf. Die geschmeidigen weißen Schuppen lagen kühl in ihren Händen. »Ich möchte, daß sie dich riecht«, sagte Schlange. »Ihre instinktive Reaktion besteht daraus, nach allem zu beißen, was sie erschreckt. Deshalb ist es besser, sie kennt deinen Geruch. Verstehst du, was ich meine?«
Melissa nickte langsam, sichtlich voller Furcht. »Sie ist sehr giftig, nicht wahr? Giftiger als die andere?«
»Ja. Sobald wir daheim sind, kann ich dich impfen, aber hier möchte ich das nicht machen. Ich müßte dich erst untersuchen und habe nicht die erforderlichen Dinge dabei.«
»Du meinst, du kannst mir eine Medizin geben, so daß mir nichts geschieht, wenn sie mich beißt?«

»Nicht gerade nichts. Aber mich hat sie schon einige Male irrtümlich gebissen, und ich lebe noch.«
»Ich glaube, es ist wirklich besser, sie lernt mich kennen«, sagte Melissa. Schlange setzte sich neben sie. »Ich weiß, es fällt schwer, sich vor ihr nicht zu fürchten. Aber versuche ganz locker zu sein, atme tief durch. Schließe die Augen und lausche ganz einfach auf meine Stimme.«
»Pferde merken es auch, wenn man sich fürchtet«, sagte Melissa und tat, wie Schlange ihr empfohlen hatte. Die gegabelte Zunge der Kobra glitt über Melissas Hand; das Kind blieb stumm und reglos sitzen. Schlange erinnerte sich an ihre erste Begegnung mit den Albinokobras: den ersten, fürchterlich erregenden Moment, als ein ganzes Bündel davon, verschlungen und verstrickt zu scheinbar unentwirrbaren Knäueln, ihre Schritte spürte und gleichzeitig die Köpfe hob, um zu zischen, wie ein vielhäuptiges Tier oder eine fremdartige Pflanze in urplötzlicher, lebhafter Blütenentfaltung. Schlange beließ eine Hand an Dunst, während die Kobra über Melissas Arm kroch. »Sie fühlt sich nett an«, sagte Melissa. Ihre Stimme war zittrig und verriet noch Beunruhigung, aber ihr Tonfall bezeugte Aufrichtigkeit. Klapperschlangen kannte Melissa schon; sie waren eine verbreitete Gefahr und erregten weniger Furcht. Sand glitt über ihre Hände, und sie streichelte ihn behutsam. Schlange war erfreut; die Begabung ihrer Tochter beschränkte sich nicht allein auf Pferde.
»Ich habe sehr gehofft, daß du mit Dunst und Sand gut auskommst«, sagte sie. »So etwas ist wichtig für eine Heilerin.«
Verdutzt blickte Melissa auf. »Aber du hast doch nicht wirklich...« Sie verstummte.
»Was?«
Melissa atmete tief ein. »Was du dem Bürgermeister gesagt hast«, antwortete sie nach kurzem Zögern. »Darüber, was aus mir werden könnte. Du hast das doch nicht wirklich gemeint. Du hast es gesagt, damit er mich fortläßt.«
»Ich habe alles, was ich zu ihm sagte, ernst gemeint.«
»Aber ich kann doch niemals Heilerin werden.«
»Warum nicht?« Melissa gab keine Antwort, also sprach Schlange weiter. »Ich habe ja bereits erwähnt, daß Heiler ihre Kinder adoptieren, weil sie keine eigenen bekommen können. Ich muß noch etwas hinzufügen. Viele Heiler haben Partner, die anderen Berufen nachgehen. Und nicht alle unsere Adoptivkinder werden Heiler. Wir sind keine geschlossene Gemeinschaft. Aber wenn wir jemanden adoptieren, dann gewöhnlich jemanden, den wir als geeignet dafür erachten.«
»Ich?«
»Ja. Wenn du es möchtest. Das ist am wichtigsten. Du kannst tun, was

du möchtest. Du brauchst nicht zu tun, was andere wollen oder von dir erwarten.«
»Ich eine Heilerin...«, sagte Melissa. Das ehrfürchtige Staunen in der Stimme ihrer Tochter versah Schlange mit einem weiteren wesentlichen Grund, die Stadtbewohner dahin zu bringen, daß sie ihr zu neuen Traumschlangen verhalfen.

In der zweiten Nacht ritten Schlange und Melissa unermüdlich. Sie kamen an keine Oase, und am Morgen legte Schlange bei Anbruch der Dämmerung keine Rast ein, obwohl es viel zu heiß war zum Weiterreiten. Schweiß durchtränkte sie. Er rann in lauwarmen Perlen ihren Rücken und ihre Seiten hinab. Schweißperlen liefen ihr ins Gesicht und trockneten zu salzigem Gries aus. Winds Fell verfärbte sich dunkel, während an den Beinen der Stute Schweiß hinabströmte; sie dampfte. Bei jedem Schritt flogen Tröpfchen von ihren Fesseln.
»Herrin...«
Die förmliche Anrede verblüffte Schlange, und sie blickte Melissa besorgt an. »Was ist, Melissa?«
»Wie weit wollen wir noch reiten, bis wir eine Rast machen?«
»Ich weiß es nicht. Wir müssen weiter, solange es nur geht.« Sie deutete zum Himmel, wo die Wolken tief und bedrohlich hingen. »So sieht es meistens vor einem Sturm aus.«
»Das weiß ich. Aber wir können nicht viel länger weiterreiten. Eichhörnchen und Wind müssen rasten. Du hast gesagt, die Stadt liegt mitten in der Wüste. Na, und wenn wir einmal dort sind, dann müssen wir irgendwann auch wieder zurück – und die Pferde sollen uns ja auch auf dem Rückweg tragen.«
Schlange ließ sich wieder im Sattel zusammensinken. »Wir müssen weiter. Es ist zu gefährlich, hier zu rasten.«
»Schlange... Schlange, du weißt über Menschen und Stürme und Heilerei und Wüsten und Städte Bescheid, und ich nicht. Aber ich kenne mich mit Pferden aus. Wenn wir jetzt rasten und sie ein paar Stunden verschnaufen lassen, werden sie uns auch heute abend noch weit tragen können. Wenn nicht, werden wir sie bei Anbruch der Dunkelheit liegen lassen müssen.«
»Nun gut«, sagte Schlange schließlich. »Wir rasten, sobald wir bei den Felsen dort hinten ankommen. Da finden wir wenigstens etwas Schatten.«

Daheim in der Niederlassung der Heiler dachte Schlange normalerweise monatelang kein einziges Mal an die Stadt. In der Wüste und in den Bergen jedoch, wo die Karawanen überwinterten, drehte sich das ganze Leben um sie. Aber als in der Morgendämmerung nach der dritten Nacht der hohe, stumpfkegelige Berg vor ihnen auftauchte, der das Zentrum schützte, begann auch Schlange allmählich den Eindruck zu verspüren, daß auch ihr Leben von der Stadt abhing. Die Sonne ging unmittelbar dahinter auf und tauchte das Zentrum wie ein Götzenbild in Blutrot. Die Pferde hoben die Köpfe, als sie Wasser rochen und ein Ende des langen Weges ahnten, und beschleunigten ihren müden Schritt. Während die Sonne in die Höhe stieg, zogen dichte Wolken auf und zerstreuten ihr Licht zu einem verwaschenen roten Schleier, der den ganzen Horizont verhing. Schlanges Knie schmerzte bei jedem von Winds Schritten, doch es bedurfte nicht der Vorwarnung geschwollener Gelenke, um zu erkennen, daß sich ein Sturm näherte. Schlange ballte die Hände um die Zügel zu Fäusten, bis das Leder schmerzhaft in ihre Handflächen schnitt, dann lockerte sie wieder ihre Hände und streichelte den schweißnassen Hals ihrer Stute. Sie bezweifelte nicht, daß Wind die Knochen genauso wehtaten wie ihr.

Sie ritten auf den Berg zu. Die Blütenbäume waren braun und verwittert, trostlose Holzgestänge, die rings um verlassenen Feuergruben und dunklen Tümpeln raschelten. Zwischen den ausgedörrten Blättern und über dem Sand flüsterte der Wind, wehte erst aus einer, dann aus anderer Richtung, wie Winde es im Bereich vereinzelter Berge tun. Der Schatten, den die Stadt im Sonnenaufgang warf, verdüsterte die Bäume. »Sie ist viel größer, als ich dachte«, sagte Melissa mit ruhiger Stimme. »Ich hatte ein Versteck, in dem ich oft Leute belauschen konnte, aber ich habe immer geglaubt, daß sie sich bloß erfundene Geschichten erzählten.«

»Ich glaube fast, mir ging es genauso«, sagte Schlange. Ihre eigene Stimme besaß einen fernen, selbstvergessenen Klang. Auf ihrer Stirn brach kalter Schweiß aus, als sie sich den gewaltigen Felsenklippen näherten, und trotz der Hitze waren ihre Hände klamm. Die erschöpfte Stute trug sie vorwärts. Als die Stadt im Laufe von Schlanges bisherigem Leben eine wichtige Rolle spielte, war sie sieben und dann siebzehn Jahre alt gewesen; in jedem dieser Jahre hatte ein älterer Heiler den langen, anstrengenden Weg zum Zentrum angetreten, in jedem dieser Jahre hatte ein neues Jahrzehnt begonnen, und die Heiler boten den Stadtbewohnern erneut den Austausch von Wissen und gegenseitige Unterstützung an. Immer war ihr Vorschlag zurückgewiesen worden. Vielleicht kam es auch diesmal nicht anders, trotz der Botschaft, die Schlange brachte.

»Schlange?«

Schlange fuhr auf und schaute hinüber zu Melissa.

»Was?«

»Geht's dir gut? Du hast so geistesabwesend dreingeschaut, und auch... ich weiß nicht, wie...«
»›Ängstlich‹ dürfte wohl das treffende Wort sein, glaube ich«, sagte Schlange.
»Man wird uns schon hineinlassen.«
Mit jeder Minute schienen die Wolken geballter und schwerer zu werden.
»Ich hoffe es«, sagte Schlange.

Der großflächige, dunkle Teich am Fuß des Berges, der dem Zentrum als Sitz diente, besaß weder einen Zufluß noch einen Abfluß. Das Wasser speiste ihn unsichtbar aus der Tiefe und versickerte ebenso unsichtbar im Sand. Die Blütenbäume waren verdorrt, aber das Unterholz aus Gras und niedrigen Sträuchern gedieh vergleichsweise üppig. Auf den zertrampelten Flächen aufgegebener Lagerplätze und den Pfaden dazwischen wuchs bereits junges Gras nach, nicht jedoch auf der breiten Straße zum Stadttor. Schlange brachte es nicht übers Herz, Wind an dem Gewässer vorbeigehen zu lassen. Am Ufer reichte sie die Zügel Melissa. »Komm nach, sobald sie gesoffen haben. Ich gehe nicht ohne dich hinein, also beunruhige dich nicht. Aber wenn der Wind stärker weht, beeile dich. Alles klar?«
Melissa nickte. »Ein Sturm wird ja nicht so ganz plötzlich ausbrechen, oder?«
»Leider doch«, erwiderte Schlange. Hastig trank sie und spritzte sich Wasser ins Gesicht. Sie tupfte sich die Wassertropfen mit einem Zipfel ihres Kopftuchs ab, während sie dem Verlauf der öden Straße folgte. Irgendwo nicht allzu tief unter dem schwarzen Sand lag eine ebene, unnachgiebige Fläche. Eine uralte Straße? Sie hatte schon andernorts Überreste der alten Straßen gesehen, verfallenes Fleisch aus Beton, und dort, wo sich noch keine Sammler umgetan hatten, sogar verrostete stählerne Gebeine.
Vor dem Tor des Zentrums blieb Schlange stehen. Es war fünfmal so hoch wie sie. Zahllose Sandstürme hatten das Metall abgeschmirgelt und ihm eine glatte, glänzende Beschaffenheit verliehen. Aber es gab keinen Knauf, keinen Glockenstrang, keinen Türklopfer, keine Vorrichtung, um jemanden herbeizurufen, der sie einlassen konnte. Sie trat vor, hob eine Faust und hieb sie gegen das Metall. Das kräftige Klopfen hallte kein bißchen. Das Tor mußte sehr dick sein. Sie hämmerte noch einige Male dagegen. Als ihre Augen sich an die Düsternis in der Nische des zurückversetzten Tors gewöhnt hatten, sah sie, daß die Außenfläche wahrhaftig konkav war, von der Wut der Stürme merklich ausgehöhlt. Ihre Hand schmerzte, und sie trat für einen Moment zurück. »Das war höchste Zeit, daß du mit dem Lärm aufhörst.« Beim Klang der Stimme fuhr Schlange

zusammen und drehte sich um, aber niemand war zu sehen. Statt dessen verschwand in der Seite der Toreinfassung eine Blende knackend in den Fels, und gab den Blick auf ein Fenster frei. Ein blaßhäutiger Mann mit buschigem roten Haar starrte sie an. »Was soll das bedeuten, daß du gegen das Tor donnerst, wenn wir schon geschlossen haben?«
»Ich möchte hinein«, antwortete Schlange.
»Du bist keine Stadtbewohnerin.«
»Das stimmt. Mein Name ist Schlange. Ich bin Heilerin.«
Er antwortete nicht, indem er seinen Namen nannte – wie es die Höflichkeit dort vorschrieb, wo Schlange aufgewachsen war –, doch fiel ihr das weniger auf, denn allmählich gewöhnte sie sich an die Unterschiede, die an einem Ort zur Unhöflichkeit machten, was anderswo als Höflichkeit galt. Aber als er den Kopf zurückwarf und lachte, war sie überrascht. Sie runzelte die Stirn und wartete, bis er zu lachen aufhörte. »Also habt ihr's jetzt aufgegeben, alte Besen zu schicken, was? Jetzt kommen junge Geißen, wie?« Er lachte erneut. »Aber man hätte wenigstens ein hübscheres Exemplar aussuchen können.«
Aus seinem Ton folgerte Schlange, daß er sie zu beleidigen beabsichtigt hatte. Sie zuckte mit den Schultern. »Öffne das Tor.«
Sein Gelächter verstummte. »Wir lassen keine Fremden herein.«
»Ich bringe eine Nachricht einer Bekannten an ihre Familie. Ich möchte sie ausrichten.«
Er antwortete nicht sofort, sondern senkte für einen Moment den Blick. »Alle Leute, die in diesem Jahr die Stadt verließen, sind inzwischen zurück.«
»Sie war schon vor langer Zeit fortgegangen.«
»Du weißt wenig über diese Stadt, wenn du erwartest, daß ich nun herumlaufe und nach der Familie irgendeiner Wahnsinnigen frage.«
»Ich weiß überhaupt nichts über eure Stadt. Aber deinem Aussehen zufolge bist du mit meiner Bekannten verwandt.«
»Was soll das bedeuten?« Erstmals war er stutzig geworden.
»Sie sagte mir, ihre Familie sei verwandt mit den Torwächtern. Und ich kann sehen, daß es stimmt – das Haar, die Stirn... nur die Augen sind anders. Ihre waren braun.« Dieser Städter besaß hellgrüne Augen.
»Hat sie zufällig erwähnt«, fragte der junge Mann und versuchte sich wieder in einem sarkastischen Tonfall, »welcher Familie sie genau angehören will?«
»Der Herrscherfamilie.«
»Einen Moment«, sagte er nachdenklich. Er senkte den Blick, und seine Hände bewegten sich außerhalb von Schlanges Blickfeld; aber als sie nähertrat, konnte sie trotzdem nicht mehr sehen als den Rand des ›Fensters‹,

denn es war gar kein Fenster, sondern eine Glasscheibe mit einem beweglichen Abbild. Sie war verblüfft, zeigte es jedoch nicht. Immerhin hatte sie ja gewußt, daß die Stadtbewohner über größere technologische Möglichkeiten als ihre Leute verfügten. Das war einer der Gründe, warum sie sich nun hier befand. Langsam blickte der junge Mann auf, aus Erstaunen eine Braue aufwärts gewölbt. »Ich werde jemanden rufen, der mit dir darüber spricht.« Das Bild auf der Glasscheibe löste sich in bunte Streifen auf.

Eine Zeitlang tat sich nichts. Schlange lehnte sich aus der Nische der Toreinfassung und spähte umher. »Melissa!« Weder das Kind noch die Pferde waren in Sichtweite. Hinter einem lückenhaften Vorhang aus dürren Blütenbäumen konnte Schlange den größten Teil des diesseitigen Ufers erkennen, allerdings war an einigen Stellen genug Grünzeug vorhanden, um zwei Pferde und ein Kind aus dieser Entfernung ihrem Blick zu verbergen. »Melissa!« rief Schlange erneut. Wieder kam keine Antwort, aber es war möglich, daß der Wind ihre Stimme verwehte. Das Scheinfenster war nun schwarz.

Schlange wollte sich gerade entfernen, um nach ihrer Tochter Ausschau zu halten, als es flackrig wieder aufleuchtete.

»Wo bist du?« rief eine andere Stimme. »Komm zurück!« Sprachlos starrte Schlange die Scheibe an, denn diese Person ähnelte Jesse in wirklich erstaunlichem Maße, viel mehr als der junge Mann. Entweder war dies Jesses Zwillingsschwester, oder ihre Familie war hochgradig inzüchtig. Während das Abbild noch einmal nach ihr rief, vergegenwärtigte sich Schlange die vertraute Erkenntnis, daß Inzucht ein bewährtes Mittel war, um erstrebenswerte Eigenschaften zusammenzufassen und zu stabilisieren, falls der Experimentator die Bereitschaft zu einigen unerfreulichen Fehlschlägen unter den Ergebnissen aufbrachte. Auf die unausgesprochene Möglichkeit von unerfreulichen Fehlschlägen unter Menschengeburten war Schlange allerdings nicht vorbereitet. »Hallo? Funktioniert das Ding?« Die rothaarige Gestalt starrte sie beunruhigt an, und dem Klang ihrer Stimme folgte ein lautes, nachhallendes Kratzgeräusch. Die Stimme... Jesses Stimme war angenehm dunkel gewesen, aber nicht so tief. Schlange erkannte, daß sie es mit einem Mann zu tun hatte, keiner Frau, wie sie aufgrund der Ähnlichkeit zunächst annahm. Dann handelte es sich bestimmt nicht um Jesses Zwilling. Schlange überlegte, ob die Städter womöglich fähig waren, Menschen zu klonen. Falls sie es häufig genug taten, um große Erfahrungen zu besitzen, vielleicht sogar wechselgeschlechtlich klonen konnten, dann wußten sie unter Umständen auch bessere Methoden als die Heiler, um neue Traumschlangen zu erzeugen.

»Ich höre dich, wenn du das meinst«, sagte Schlange.

»Gut. Was möchtest du? Richards Miene zufolge muß es sich um eine verdrießliche Angelegenheit handeln.«
»Wenn du ein unmittelbarer Verwandter der Schürferin Jesse bist«, sagte Schlange, »habe ich für dich eine Nachricht.«
Die rosa Wangen des Mannes erbleichten augenblicklich. »Von Jesse?« Er schüttelte den Kopf, dann gewann er seine Fassung zurück. »Hat sie sich im Laufe der Jahre so stark verändert, oder sehe ich anders als ein direkter Verwandter aus?«
»Nein«, sagte Schlange. »Du siehst aus wie ein naher Verwandter.«
»Sie ist meine ältere Schwester«, sagte er. »Und nun, nehme ich an, will sie zurückkommen und sich wieder als die Ältere aufspielen, während ich künftig wieder nichts als der jüngere Bruder sein soll, was?« Die Bitterkeit in seiner Stimme wirkte wie eine Entlarvung; Schlange empfand tiefe Bestürzung. Die Kunde von Jesses Tod würde ihrem Bruder keine Trauer verursachen, sondern vielmehr Freude bereiten. »Sie kehrt zurück, stimmt's?« fragte er noch einmal. »Sie weiß, daß der Rat sie wieder an die Spitze unserer Familie stellen wird. Verfluchtes Weib! Ebensogut könnte ich in den letzten zwanzig Jahren überhaupt nicht existiert haben.«
Kummer schnürte Schlange die Kehle zu, während sie lauschte. Also *hätte* ihre Familie sie wieder aufgenommen, sie daheim wieder willkommen geheißen, trotz der Abneigung ihres Bruders, wenn es Schlange gelungen wäre, Jesses Leben zu erhalten; hier hätte man sie – vorausgesetzt, man war dazu imstande – trotz allem geheilt. Das Sprechen bereitete Schlange Mühe, als sie antwortete. »Dieser Rat... vielleicht sollte ich die Botschaft ihm überbringen.« Sie wollte lieber mit jemandem reden, den die Nachricht persönlich betraf, jemandem, der Jesse geliebt hatte; nicht mit diesem Bruder, der sich ins Fäustchen lachen und ihr für ihr Versagen seinen herzlichen Dank aussprechen würde.
»Dies ist eine Familienangelegenheit, keine Sache des Rates. Du kannst Jesses Nachricht mir mitteilen.«
»Ich zöge es vor, könnte ich von Angesicht zu Angesicht mit dir sprechen.«
»Das glaube ich gern«, entgegnete er. »Aber das ist unmöglich. Meine Verwandten haben etwas dagegen, Fremde sich in der Stadt herumtreiben zu lassen.«
»Aber in diesem Fall...«
»Und außerdem könnte ich dich nicht einmal hereinlassen, wenn ich es wollte. Das Tor ist bis zum Frühling verschlossen.«
»Das glaube ich nicht.«
»Es ist wahr.«

»Jesse hätte es mir gesagt.«
Er schnob. »Sie hat es nie geglaubt. Sie war noch ein Kind, als sie sich absetzte, und Kinder glauben nichts so recht. Sie lassen es darauf ankommen, indem sie draußen bis zum letzten Moment spielen, daß sie ausgesperrt werden. Auf diese Weise verlieren wir manchmal junge Mitbürger, die unsere Verordnungen zu sehr auf die Probe stellen.«
»Sie hat von allem, was man ihr hier sagte, so gut wie nichts geglaubt.«
Zorn bereitete Schlange Beklemmungen.
Jesses Bruder schaute seitwärts und betrachtete einen Moment lang irgend etwas sehr aufmerksam. Dann heftete er seinen Blick wieder auf Schlange. »Nun, ich hoffe, daß wenigstens du mir jetzt glaubst. Ein Sturm braut sich zusammen – deshalb ist es wohl besser, du verrätst mir nun ihre Mitteilung, damit du noch genug Zeit hast, um dir einen sicheren Unterschlupf zu suchen.«
Selbst wenn er log, so hatte er nicht im mindesten die Absicht, sie einzulassen. Schlange gab ihre diesbezügliche Hoffnung auf. »Dies ist ihre Botschaft«, sagte Schlange. »Sie war glücklich dort draußen. Sie möchte, daß ihr damit aufhört, eure Kinder über die Welt außerhalb der Stadt zu belügen.«
Jesses Bruder starrte Schlange an und wartete; dann lächelte er plötzlich und lachte abgehackt auf. »Das ist alles? Willst du damit andeuten, sie kommt gar nicht zurück?«
»Sie kann nicht zurückkommen«, sagte Schlange. »Sie ist tot.«
Eine seltsame, unheimliche Mischung von Erleichterung und Kummer zeichnete sich in dem Gesicht ab, das so stark Jesses Miene ähnelte. »Tot?« wiederholte er leise.
»Ich konnte sie nicht retten. Sie brach sich das Rückgrat...«
»Den Tod habe ich ihr nie gewünscht.« Er atmete ausgedehnt ein und ließ den Atem langsam entweichen. »Das Rückgrat gebrochen... also ein schneller Tod. Besser als manche andere Arten des Sterbens.»
»Sie starb nicht am Bruch ihres Rückgrats. Ihre Gefährten und ich beabsichtigten sie heimzubefördern, weil wir hofften, man könne sie hier heilen.«
»Vielleicht wäre es möglich gewesen«, sagte er. »Woran starb sie dann?«
»Sie hatte in den Kratern geschürft, die der Krieg geschaffen hat. Sie glaubte nicht an die Tatsache, daß sie gefährlich sind, weil man ihr hier früher so viele Lügen erzählte. Sie starb den Strahlentod.« Er zuckte zusammen. »Ich war bei ihr«, fügte Schlange hinzu. »Ich tat, was ich konnte, aber ich habe keine Traumschlange. Ich vermochte ihr keine Sterbehilfe zu leisten.«
Sein Blick schien Schlange zu durchdringen, ohne daß er sie sah. »Wir

stehen in deiner Schuld, Heilerin«, sagte er. »Weil du eine Angehörige unserer Familie behandelt und uns die Kunde von ihrem Ableben gebracht hast.« Er sprach in gepreßtem, zerstreutem Tonfall, dann gab er sich plötzlich einen Ruck und musterte Schlange mit scharfem Blick. »Ich mag es nicht besonders, wenn meine Familie in jemandes Schuld steht. Unter dem Bildschirm befindet sich ein Schlitz zur Geldausgabe. Das Geld…«

»Ich will kein Geld«, sagte Schlange.

»Ich kann dich nicht hereinlassen«, rief er.

»Damit finde ich mich ab.«

»Was also willst du?« Flüchtig schüttelte er den Kopf. »Natürlich – Traumschlangen. Warum willst du nicht glauben, daß wir keine haben? Ich kann die Schuld nicht mit Traumschlangen begleichen, und ich hege keine Bereitschaft, meine Verpflichtung dir gegenüber in eine Verpflichtung gegenüber den Fremdweltlern umzumünzen. Die Fremdweltler…« Er verstummte; er machte einen aufgewühlten Eindruck.

»Wenn die Fremdweltler mir helfen können, laß mich mit ihnen reden.«

»Selbst wenn ich dir diese Möglichkeit einräumen könnte, würden sie dich abweisen.«

»Wenn sie Menschen sind, werden sie mir wenigstens zuhören.«

»Es ist… fraglich, ob sie Menschen in unserem Sinne sind«, entgegnete Jesses Bruder. »Wer kann dazu ohne eingehende Untersuchung schon etwas sagen? Du verstehst das alles nicht, Heilerin. Du kennst sie nicht. Sie sind gefährlich und unberechenbar.«

»Laß es mich *versuchen.*« Schlange streckte in einer raschen, flehentlichen Geste die Hände aus, die Handflächen aufwärts gekehrt. »Es müssen noch mehr Menschen wie Jesse sterben, elend und qualvoll, weil es nicht genügend Heiler gibt. Wir haben nicht genügend Traumschlangen. Ich möchte mit den Fremdweltlern verhandeln.«

»Sei vernünftig und laß dich jetzt auszahlen, Heilerin«, sagte Jesses Bruder traurig, und Schlange hatte das Gefühl, daß sie auch ohne weiteres in Berghausen hätte bleiben können. »Die Macht im Zentrum ist haarscharf ausbalanciert. Der Rat wird es einem Außenseiter nie gestatten, sich an die Fremdweltler heranzumachen. Die Spannungen sind zu groß, und wir wollen keine Verschiebungen riskieren. Ich bedaure es, daß meine Schwester unter Schmerzen starb, aber das, was du dir vorstellst, würde noch wesentlich mehr Leben gefährden.«

»Wie sollte denn das der Fall sein?« fragte Schlange. »Eine gewöhnliche Zusammenkunft, eine harmlose Nachfrage…«

»Du kannst das alles nicht verstehen, ich habe es dir ja gesagt. Dazu muß man hier aufgewachsen sein und sich mit den hiesigen Verhältnissen aus-

einandergesetzt haben. Ich mußte mein ganzes bisheriges Leben damit zubringen, dies zu lernen.«
»Ich glaube, du hast dein ganzes Leben damit verbracht zu lernen, wie man Verpflichtungen zerredet«, sagte Schlange verärgert.
»Das ist nicht wahr!« Jesses Bruder war sichtlich wütend. »Läge es in meiner Macht, so gäbe ich dir, was immer du verlangst – aber die Dinge stehen so, daß du Unmögliches forderst. Ich kann dir keine Traumschlangen verschaffen.«
»Warte«, sagte Schlange plötzlich. »Vielleicht kannst du uns in anderer Hinsicht helfen.«
Jesses Bruder seufzte und schaute fort. »Ich habe keine Zeit für irgendwelches Hin und Her«, sagte er. »Und das gilt auch für dich. Der Sturm steht kurz bevor, Heilerin.«
Schlange blickte über ihre Schulter. Melissa war noch immer nirgendwo zu sehen. In der Ferne verdüsterten Wolken den Horizont, und zwischen Erde und Himmel flirrten Fähnchen aus emporgewirbeltem Sand. Die Temperatur sank, aber Schlange zitterte aus anderem Grund. Der Einsatz war zu hoch, um jetzt schon aufzugeben. Sie war davon überzeugt, daß sie die Fremdweltler allein ausfindig machen konnte, sobald sie sich erst einmal in der Stadt befand. Sie wandte sich wieder an Jesses Bruder. »Laßt mich im Frühjahr in die Stadt. Ihr verfügt über Möglichkeiten, für die unsere Technologie nicht fortgeschritten genug ist.« Plötzlich lächelte Schlange. Für Jesse gab es nicht länger irgendeine Art von Hilfe, aber anderen ließ sich helfen, zum Beispiel Melissa. »Wenn ihr mir beibringen könntet, wie man einen Regenerationsprozeß auslöst...« Es erstaunte sie nun selbst, daß sie nicht eher daran gedacht hatte. Ihr Interesse war in selbstsüchtiger Weise ausschließlich auf Traumschlangen gerichtet gewesen, auf ihr Ansehen, auf ihre Ehre. Aber wenn die Heiler Muskeln und Nerven zu regenerieren wüßten, hätten viele, viele Menschen davon einen Nutzen... zuerst allerdings würde sie lernen, Haut zu regenerieren, damit ihre Tochter ein Leben ohne Brandnarben führen durfte. Schlange musterte Jesses Bruder und erkannte zu ihrer Freude Erleichterung in seiner Miene.
»Das ist möglich«, sagte er. »Ja. Ich diskutiere das mit dem Rat. Ich werde mich dafür einsetzen.«
»Danke«, sagte Schlange. Sie vermochte es kaum zu glauben, daß die Stadtbewohner sich endlich, *endlich* dem Anliegen einer Heilerin zugänglich zeigten. »Das wird uns eine größere Hilfe sein, als ihr ahnt. Wenn wir unsere Verfahren und Hilfsmittel erweitern, brauchen wir uns nicht länger so sehr darum zu sorgen, woher wir neue Traumschlangen erhalten – wir werden sie besser klonen können.« Jesses Bruder begann lang-

sam eine finstere Miene zu schneiden. Schlange verstummte, verwirrt durch seinen urplötzlichen Stimmungswechsel. »Die Dankbarkeit der Heiler ist euch gewiß«, ergänzte sie hastig, sich dessen nicht bewußt, was für Ungehöriges sie geäußert haben mochte, und deshalb darüber im unklaren, wie sie es ausbügeln sollte. »Und ebenso aller Menschen, denen wir behilflich sein können.«

»Klonen!« stieß Jesses Bruder hervor. »Wie kommst du darauf, wir würden euch beim Klonen unterstützen?«

»Ich dachte, du und Jesse...« Sie unterbrach sich, weil ihr einfiel, daß sie ihn damit vielleicht noch mehr verärgerte. »Ich habe lediglich angenommen, daß ihr mit euren fortgeschrittenen...«

»Du redest von genetischen Manipulationen!« Jesses Bruder wirkte bis zum Erbrechen angewidert. »Vom Mißbrauch unseres Wissens zur Erzeugung von Ungeheuern!«

»Was?« meinte Schlange verwundert.

»Genetische Manipulationen! Ihr Götter, wir haben hinreichenden Ärger mit Mutationen, ohne daß wir sie künstlich hervorrufen! Es ist dein Glück, Heilerin, daß ich dich nicht einlassen kann, denn ich hätte deine irrsinnigen Ideen melden müssen. Dann hättest du den Rest deines Lebens als Ausgestoßene mit den übrigen Abnormitäten verbringen dürfen.« Schlange starrte den Bildschirm an, während der junge Mann sich von einem rationalen Gesprächspartner zu einem Ankläger verwandelte. Wenn er nicht mit Jesse geklont worden war, dann mußte seine Familie in der Tat derartig inzüchtig sein, daß Deformationen sich ohne genetische Einflußnahme gar nicht vermeiden ließen. Doch er verriet ja zugleich, daß die Städter sich diese Möglichkeit selbst verwehrten. »Ich wünsche nicht, daß meine Familie bei einer Abnormität in der Schuld steht«, sagte er und tat, ohne sie anzusehen, irgend etwas mit seinen Händen. Unter dem Bildschirm klimperten Münzen in die Geldausgabe. »Nimm deinen Lohn und verschwinde!»

»Draußen sterben Menschen, weil ihr Kenntnisse zurückhaltet!« schrie sie. »Ihr helft den Sklaventreibern, so daß sie mit euren Kristallringen Menschen versklaven, aber ihr weigert euch, verkrüppelten und entstellten Menschen zu helfen!«

Wutentbrannt beugte sich Jesses Bruder vor. »Heilerin...« Er verstummte und stierte an Schlange vorbei. Seine Miene widerspiegelte unvermittelt Entsetzen. »Wie kannst du es wagen, hier mit einem Wechselbalg aufzukreuzen? Verbannt man draußen die Mutter mit den Sprößlingen? Und du willst mich über Menschlichkeit belehren!«

»Wovon sprichst du eigentlich?«

»Du willst die Regeneration erlernen und weißt nicht einmal, daß man

Mutationen nicht beheben kann. Es kommt immer wieder das gleiche dabei heraus.« Bitter und hysterisch lachte er auf. »Verschwinde dorthin zurück, woher du gekommen bist, Heilerin. Zwischen uns erübrigt sich jedes weitere Wort.«

Genau in dem Moment, als sein Abbild zu verblassen begann, klaubte Schlange die Münzen zusammen und warf sie dagegen. Sie prasselten gegen den Bildschirm, und eine geriet zwischen die Blende. Getriebe heulten, aber die Blende wollte sich nicht völlig schließen; Schlange empfand eine perverse Befriedigung. Schlange wandte dem Bildschirm und der Stadt den Rücken zu, um nach Melissa zu schauen, und da stand sie plötzlich Auge in Auge mit ihrer Tochter. Melissas Wangen waren naß von Tränen. Sie ergriff Schlanges Hand und zog sie mit eindringlicher Hast vom Tor weg. »Melissa, wir müssen uns irgendeine Deckung verschaffen...« Schlange versuchte in den Schutz der Toreinfassung zurückzuweichen. Obwohl es Morgen war, herrschte nun beinahe Finsternis. Die Wolken waren nicht länger grau, sondern schwarz, und Schlange erspähte zwei getrennte Luftwirbel.

»Ich habe etwas gefunden.« Ihre Worte ließen sich nur schwer verstehen; Melissa weinte noch immer. »Ich... ich hoffte, sie würden dir aufmachen, aber ich habe zugleich befürchtet, daß sie's nicht tun, deshalb habe ich mich umgesehen.« Schlange folgte ihr, durch den Sand, den der Wind emporblies, nahezu geblendet. Wind und Eichhörnchen kamen nur widerwillig mit, die Köpfe gesenkt, die Ohren angelegt. Melissa führte sie in eine tiefgelegene Spalte in der steilen Felsenklippe der Bergflanke. Mit jedem Augenblick wehte der Wind stärker, er pfiff und jaulte, fegte ihnen Sand in die Gesichter. »Sie fürchten sich«, schrie Melissa in das Heulen des Sturms. »...Augen verbinden...!« Sie entblößte ihr Gesicht, blinzelte angestrengt und bedeckte mit ihrem Kopftuch Eichhörnchens Augen. Schlange tat das gleiche für ihre graue Stute. Als sie ihren Mund und die Nase frei machte, verschlug der Wind ihr den Atem. Ihre Augen tränten, während sie mit angehaltenem Atem die Stute hinter Eichhörnchen in die Höhle zerrte. Drinnen war der Wind ganz abrupt nicht länger spürbar. Es fiel Schlange schwer, wieder die Lider zu öffnen, und ihr war zumute, als sei Sand in ihre Lungen geraten. Die Pferde schnauften und schnoben, und Melissa hustete, während sie sich des lästigen Sandes zu entledigen versuchte, ihn sich aus den Augen rieb, ihn aus den Haaren und der Kleidung schüttelte, ihn ausspie. Auch Schlange gelang es nach einem Weilchen, die meisten der kratzigen Körnchen auszuhusten, abzuschütteln und fortzuklopfen, und Tränen wuschen ihr die Augen rein. Melissa entfernte ihr Kopftuch von Eichhörnchens Augen, dann warf sie dem Tigerpony mit einem Aufschluchzen die Arme um den Hals. »Es ist

meine Schuld«, sagte sie. »Als er mich sah, hat er dich weggeschickt.«
»Das Tor ist verschlossen«, sagte Schlange. »Er hätte uns nicht einlassen können, selbst wenn er dazu bereit gewesen wäre. Ohne deine Umsicht säßen wir jetzt unterm freien Himmel im Sturm.«
»Aber sie wollen nicht, daß du zurückkommst. Wegen mir.«
»Melissa, er hatte bereits beschlossen, uns nicht zu helfen. Glaube mir. Was ich erbat, jagte ihm einen Schrecken ein. Diese Menschen verstehen uns nicht.«
»Ich habe gehört, was er sagte. Ich habe gesehen, wie er mich anschaute. Du hast um Hilfe für... für mich gebeten, und er hat dich fortgeschickt.«
Schlange wünschte sich, Melissa hätte diesen letzten Teil der Unterhaltung nicht mitbekommen, denn sie hatte gern vermeiden wollen, daß das Kind sich auf etwas Hoffnungen machte, das es vielleicht nie erhalten konnte. »Er wußte nicht, daß du dich bloß verbrannt hast«, sagte Schlange. »Und es war ihm auch gleichgültig. Er hat Vorwände gesucht, um mich loszuwerden.« Melissa streichelte mit ausdrucksloser Miene Eichhörnchens Hals, noch immer nicht überzeugt; sie befreite das Pony vom Zaumzeug und nahm ihm den Sattel ab. »Wenn es überhaupt jemandes Schuld ist«, sagte Schlange, »dann die meine. Ich bin daran schuld, daß wir jetzt hier sind...« Die volle Bedeutung ihrer Lage überkam sie mit der Heftigkeit des ausgebrochenen Sturmwinds. Das schwache Glimmen der Leuchtzellen vermochte die Höhle, in der sie festsaßen, kaum aufzuhellen. Als Schlange weitersprach, klang ihre Stimme brüchig aus Furcht und Enttäuschung. »Ich bin schuld, daß wir hier sind, und nun sind wir von der Stadt ausgesperrt...«
Melissa wandte sich von Eichhörnchen ab und nahm Schlanges Hand. »Schlange... Schlange, ich wußte ja, daß es so kommen konnte. Du hast mich doch nicht irregeführt. Ich wußte, wie gemein und hinterhältig die Leute hier sein können. Alle, die mit ihnen Handel treiben, sagen, daß sie so sind.« Sie drückte Schlange, tröstete sie so, wie Schlange erst vor ein paar Tagen Melissa getröstet hatte.
Dann erstarrte sie, die Pferde wieherten schrill, und im selben Augenblick hörte Schlange das böse Fauchen einer Großkatze durch die Höhle hallen. Wind scheute seitwärts und warf die Heilerin nieder. Schlange raffte sich auf und griff nach den Zügeln, und dann sah sie den schwarzen Panther am Höhleneingang mit dem Schwanz den Boden peitschen. Er knurrte nochmals; Wind scheute wieder und bäumte sich auf, riß Schlange noch einmal von den Füßen. Melissa versuchte Eichhörnchen festzuhalten, während Pony und Mädchen erschrocken in einen Winkel zurückwichen. Der Panther stürzte auf sie zu. Schlange hielt den Atem an, als das Tier vorüberjagte wie der Wind selbst und sein glattes Fell ihre Hand streifte.

An der Rückwand der Höhle sprang der Panther vier Meter hoch empor und verschwand durch einen schmalen Riß im Fels. Zittrig, aber erleichtert lachte Melissa auf, als ihr Schrecken wich. Wind entließ den Atem in einem hellen, lauten, furchtsamen Schnauben. »Gute Götter«, sagte Schlange.

»Ich... ich habe einmal jemanden sagen hören, wilde Tiere hätten vor Menschen soviel Furcht wie Menschen vor ihnen«, meinte Melissa. »Aber das kann ich jetzt nicht länger glauben.« Schlange löste die Laterne von Winds Sattel und leuchtete hinauf zu der Spalte; sie fragte sich, ob auch Menschen dorthin gelangen konnten, wohin sich eine Großkatze vorm Sturm zurückzog. Sie bestieg die noch unruhige Stute und stellte sich aufrecht auf den Sattel. Melissa nahm Winds Zügel und besänftigte sie. »Was machst du?«

Schlange lehnte sich an die Höhlenwand und versuchte, den Laternenschein bis ins Innere der Öffnung zu lenken. »Wir können hier nicht bleiben«, sagte sie. »Wir müßten verdursten oder verhungern. Vielleicht führt durch dieses Loch ein Weg in die Stadt.« Sie erhielt keinen allzu tiefen Einblick in die Spalte; sie befand sich noch zu weit darunter. Aber der Panther war auf jeden Fall spurlos verschwunden. Schlange hörte ihre eigene Stimme widerhallen, als wären jenseits der schmalen Kluft zahlreiche Hohlräume. »Oder sonstwohin.« Sie drehte sich, ließ sich abwärts in den Sattel rutschen, sprang hinunter und begann die graue Stute abzuzäumen.

»Schlange?« sagte Melissa leise.

»Ja?«

»Schau... verdecke die Laterne...« Melissa deutete auf den Fels überm Höhleneingang. Schlange schirmte die Laterne ab, und sofort war die undeutliche Gestalt in zudringlicher Weise gegenwärtig. Sie verspürte ein Frösteln an ihrer Wirbelsäule. Sie hob die Laterne und trat näher.

»Das ist eine Malerei«, sagte sie. Die Abbildung hatte sich nur scheinbar bewegt; sie zeigte eine spinnenartige Gestalt, die über die Wand zu kriechen schien, aber aus nichts anderem bestand, als aus Farbe. Eine sehr geschickte optische Täuschung; selbst jetzt noch, als Schlange wußte, worum es sich handelte, blieb der Eindruck erhalten, als würde die Gestalt auf sie zukriechen.

»Wozu sie wohl gut sein mag?« Auch Melissas Stimme ertönte nur im Flüsterton.

»Vielleicht, um den Ausgang anzuzeigen... und das hieße, dort *ist* irgend etwas tiefer im Berg.«

»Aber was soll aus Wind und Eichhörnchen werden? Wir können sie nicht hier zurücklassen.«

»Wenn wir ihnen kein Futter besorgen«, sagte Schlange leise, »müssen auch sie hungern.« Melissa starrte zum Fluchtweg des Panthers empor; das bläuliche Licht schimmerte auf ihrem entstellten Gesicht. »Melissa«, meinte Schlange plötzlich, »hörst du das?« Irgend etwas hatte sich verändert, aber sie vermochte nicht wahrzunehmen, was. Brüllte in einiger Entfernung der schwarze Panther? War es die Stimme desjenigen, der das Spinnensymbol an die Höhlenwand gemalt hatte? Ihre Finger krümmten sich um den Griff des Messers an ihrem Gürtel.

»Der Wind hat sich gelegt«, sagte Melissa. Sie lief zum Zugang der Höhle. Schlange folgte ihr dichtauf, um sie notfalls vor der Gewalt des Sturms zurückzureißen. Aber ihre Tochter hatte recht: Ihr war kein neues Geräusch aufgefallen, sondern das unvermittelte Ende eines Dauergeräusches, an das sie sich inzwischen gewöhnt gehabt hatten. Nichts regte sich. Draußen war die Luft vollkommen still. Die niedrigen Staubwolken hatten die Wüste überquert und waren verschwunden, zurückgeblieben waren dicke Wattegebirge von Gewitterwolken, durchsetzt mit Flecken eines prächtig blauen Himmels. Schlange trat hinaus in den seltsamen Glanz dieses Morgens, und ein kühler Windstoß ließ ihre Robe um ihre Knöchel flattern.

Urplötzlich fing es zu regnen an. Schlange lief unter die Tropfen, hob ihnen die Arme entgegen wie ein Kind. Eichhörnchen trottete an ihr vorbei und verfiel in einen Galopp. Wind überholte ihn, und beide tänzelten und bäumten sich wie blutjunge Füllen. Melissa stand ruhig und blickte empor, ließ den Regen ihr Gesicht waschen. Über ihren Köpfen zogen die Wolken langsam vorüber, eine langgestreckte, breite Wolkenbank, aus der nun Regen herabgoß, bis dann für einen flüchtigen Augenblick Sonnenschein herabglitzerte wie ein Kolibri. Nach einer Weile kehrten Schlange und Melissa in die Deckung der Höhle zurück, durchnäßt und glücklich, obwohl sie nun froren. Ein dreifacher Regenbogen wölbte sich über den Himmel. Schlange seufzte und kauerte sich auf die Fersen, um ihn zu bewundern. Sie verfolgte den Farbenwechsel, das Hin- und Herschillern der Farben durch ihr Spektrum, so gebannt, daß sie den Zeitpunkt verpaßte, als sich Melissa neben sie setzte. Zuerst war sie nicht da, dann war sie es plötzlich; und Schlange legte einen Arm um die Schultern ihrer Tochter. Diesmal lehnte sich Melissa in entspannter Haltung an sie, nicht länger ganz so stark jeder Berührung durch einen anderen Menschen abgeneigt.

Die Wolken zogen weiter, der Regenbogen verblaßte, und Eichhörnchen kam zurück zu Schlange getrottet, so naß, daß man nicht nur die Farbe, sondern auch die Hautbeschaffenheit seiner Streifen genau erkennen konnte. Schlange kratzte ihn hinter den Ohren und unter dem Kinn; dann blickte sie zum ersten Mal seit ungefähr einer halben Stunde wieder über die Wüste aus. In der Richtung, aus der die Wolken gekommen waren, begann bereits ein helles, zartes Grün die flachen schwarzen Hügel zu beleben. Die Wüstenpflanzen grünten so rasch, daß Schlange meinte, sie könne die Grünfläche im Gefolge des Regens wie eine sanfte Flut vorrükken sehen.

10

Widerwillig zwang sich Schlange zu der Einsicht, daß sie nicht länger am Zentrum bleiben konnte. Es war ganz einfach zu gefährlich, Zeit auf die Erkundung der Höhlen im Berg zu verwenden, obwohl sie außerordentlich starkes Interesse daran verspürte. Möglicherweise führten die Hohlräume letztendlich in die Stadt, aber ebenso bestand die Möglichkeit, daß sie und Melissa sich in einem Netz kahler steinerner Stollen hoffnungslos verirrten. Der Regen bot eine einzigartige Gelegenheit zur Umkehr; wenn Schlange sie nicht wahrnahm, würden sie und ihre Tochter, die Pferde und die Schlangen keine zweite Chance erhalten.
Irgendwie empfand Schlange es als ungerecht, daß die Rückkehr in die Berge so mühelos verlief wie ein Ausflug durch saftiges Weideland. Denn genau das war es, in das die Wüste sich nach einem Regenfall verwandelte. Den ganzen Tag hindurch konnten die Pferde im Dahinstreben schmackhafte Blätter abrupfen, während ihre Reiter große Sträuße von Honigglocken pflückten und aus den Stengeln der Blumen süßen Saft saugten. Schwer trieb Blütenstaub durch die Luft. Schlange und Melissa wanderten, indem sie die Pferde an ihren Zügeln führten, bis spät in die Nacht hinein, bis die Nordlichter gaukelten; die Wüste leuchtete geisterhaft, und weder die Pferde noch die Menschen schienen zu ermüden. Schlange und Melissa aßen in unregelmäßigen Abständen, kauten Trockenfrüchte oder Dörrfleisch, während sie dahinzogen; erst kurz vor der Morgendämmerung warfen sie sich in das weiche, saftige Gras, das dort wuchs, wo sich nur Stunden vorher nackter Sand befunden hatte. Sie schliefen eine Zeitlang und erwachten beim Sonnenaufgang neu gestärkt. Die Pflanzen, auf denen sie geruht hatten, waren noch im Knospen begriffen. Am Nachmittag bedeckten Blumen die Dünen als farbenfrohe Teppiche, ein Hügel weiß, eine Erhebung in hellem Purpur, eine dritte Höhe bunt in Streifen verschiedener Pflanzenarten, die von unten bis hinauf zur Kuppe blühten. Die Blumen mäßigten die Hitze, und der Himmel war klarer, als Schlange ihn jemals gesehen hatte. Infolge des Regens waren sogar die Konturen der Dünen verändert, von sanft gewellten Wogen waren sie zu

scharfrandigen, zerklüfteten Hügelkämmen geworden, voneinander getrennt durch die schmalen Rinnsale.
Am dritten Morgen begannen sich wieder Staubwolken zu erheben. Der Regen war restlos versickert oder wieder verdunstet; die Pflanzen hatten aufgesaugt, soviel sie konnten. Nun sprenkelte zurückgekehrte Dürre die Blätter mit braunen Flecken, die Pflanzen schrumpften und starben ab. Böen trieben ihre Samen über Schlanges Weg. Der weitherzige Friede der Wüste lag um ihre Schultern wie ein Mantel, aber voraus ragten die östlichen Ausläufer der Mittelgebirgskette auf, erinnerten sie von neuem an ihr Versagen. Sie verspürte Widerwillen gegen die Heimkehr. Wind mußte eine unbewußte Regung von Schlanges Körper, irgendeinen Ausdruck ihrer Abneigung gegen die Fortsetzung des Ritts gespürt haben, denn die Stute blieb urplötzlich stehen. Schlange trieb sie nicht weiter vorwärts.
Ein paar Schritte vor ihr zügelte Melissa ihr Pony und blickte sich um. »Schlange?«
»Ach, Melissa, in was bringe ich dich jetzt bloß wieder hinein?«
»Wir gehen nach Hause«, sagte Melissa, um sie aufzumuntern.
»Vielleicht werde ich gar nicht länger ein Zuhause haben.»
»Man wird dich nicht fortschicken. Das kann man doch nicht so einfach tun.« Schlange wischte sich mit dem Ärmel Tränen aus dem Gesicht, fuhr sich mit dem seidigen Stoff über die Wangen. Hoffnungslosigkeit und Enttäuschung erlaubten ihr weder Zuversicht noch Trost. Sie beugte sich über Winds Nacken und grub die Fäuste in die lange schwarze Mähne der Stute. »Du hast gesagt, dort sei dein Zuhause, und alle gehörten zu deiner Familie. Wieso sollten sie dich dann ganz einfach wegschicken?«
»Das würden sie nicht tun«, sagte Schlange leise. »Aber wenn sie mir sagen, ich kann nicht länger Heilerin sein – wie könnte ich dann bleiben?«
Melissa streckte einen Arm aus und klopfte ihr ungeschickt auf die Schulter. »Es wird schon alles gut. Ich weiß es. Was kann ich machen, damit du nicht so traurig bist?«
Schlange entließ ihren Atem mit einem gedehnten Seufzer. Sie hob den Blick. Melissa sah sie stetig an, ohne mit der Wimper zu zucken. Schlange drehte sich seitwärts und küßte Melissas Händchen, umfaßte es mit ihrer Hand. »Du schenkst mir Vertrauen«, sagte sie. »Vielleicht ist es das, was ich jetzt am meisten brauche.» Melissa lächelte, teils aus Verlegenheit, teils um Schlange noch mehr zu ermutigen, und sie lenkten ihre Pferde weiter; aber nach einigen Schritten hielt Schlange die Stute erneut an. Auch Melissa zügelte wieder das Pony und musterte sie sorgenvoll. »Was auch geschehen mag«, sagte Schlange, »welche Entscheidung meine Lehrer auch über mich fällen werden, du wirst unverändert so gut ihre Toch-

ter wie die meine sein. Du kannst nichtsdestotrotz Heilerin werden. Falls ich fortgehen muß...«

»Dann gehe ich mit dir.»

»Melissa...«

»Es wäre mir egal. Ursprünglich wollte ich ja keine Heilerin werden.« Melissas Stimme besaß einen kämpferischen Klang. »Ich wollte Jockei werden. Ich bleibe nirgends, wo die Leute dich nicht haben wollen.«

Das Ausmaß von Melissas Anhänglichkeit bereitete Schlange Sorgen. Sie hatte noch nie jemanden gekannt, der so vollständig von jeder Wahrung der eigenen Interessen absah. Vielleicht vermochte Melissa sich selbst noch nicht als eine Person mit einem Recht auf eigene Träume vorzustellen; vielleicht hatte man ihr schon so viele Träume zerstört, daß sie nicht länger welche zu hegen wagte. Schlange hoffte, daß es ihr irgendwie gelang, ihrer Tochter die Fähigkeit zum Träumen zurückzugeben. »Lassen wir das vorerst«, sagte sie. »Noch sind wir nicht daheim. Wir können uns damit befassen, wenn wir dort sind.«

Melissas Miene der Entschlossenheit glättete sich ein wenig, und sie ritten weiter.

Am Ende des dritten Tages waren all die zierlichen Pflanzen unter den Hufen der Pferde verwelkt. Feiner brauner Dunst lag über der Wüste. Gelegentlich wehte ein Gespinst fedrigen Samens vorüber, willenlose Beute des Windes. Wenn der Wind kräftiger blies, fegte er auch schwerere Samenkapseln durch den Sand, ließ sie reihenweise dahinschlittern. Als die Dunkelheit herabsank, befanden sich Schlange und Melissa bereits zu Füßen der Berge, und hinter ihnen war der Wüstensand wieder kahl und schwarz. Bei der Rückkehr zu den Bergen waren sie geradewegs nach Westen geritten, weil das die kürzeste Strecke war, um schnellstmöglich wieder sichere Gefilde zu erreichen. Hier stieg das Vorgebirgsland weniger steil an als im Norden bei Berghausen; der Aufstieg war leichter, beanspruchte jedoch erheblich längere Zeit als über den Nordpaß. Auf dem ersten Hügelkamm, bevor sie die nächsten, höheren Hügel zu ersteigen begannen, zügelte Melissa ihr Pony und wendete es, blickte rückwärts über die von neuem verfinsterte Wüste aus. Nach einem Moment lächelte sie Schlange zu. »Wir haben es geschafft«, sagte sie.

Langsam erwiderte Schlange das Lächeln. »Du hast recht«, sagte sie. »Wir haben's geschafft.« Ihre brennendste Furcht, die vor den Stürmen, verflüchtigte sich allmählich in der kühlen, klaren Bergluft. Die Wolken hingen bedrückend niedrig und schufen ein Zerrbild des Himmels. Bis zum nächsten Frühling würde niemand, weder Bergbewohner noch Karawanser, ein Fleckchen Blau, einen Stern oder den Mond sehen, und die Sonnenscheibe würde immer schwächer scheinen. Gegenwärtig versank sie hinter den Gipfeln und warf Schlanges Schatten zurück in die Richtung der wieder schwarzen, öden Ebene aus Sand. Nun außerhalb der Reichweite selbst der wütendsten Winde, nunmehr der Hitze und der wasserlosen Sandödnis entronnen, trieb Schlange ihre Stute an, hinauf in die Berge, wohin sie alle gehörten. Auf dem weiteren Weg hielt sie Umschau nach einem geeigneten Lagerplatz. Noch bevor die Pferde hangabwärts eine größere Strecke zurückgelegt hatten, vernahm sie das ersehnte Plätschern eines Rinnsals. Der Pfad führte an einer flachen Mulde vorbei, in der eine Quelle entsprang; die Stelle sah aus, als wäre sie früher häufiger als Lagerplatz benutzt worden, aber in letzter Zeit nicht mehr. Das Wasser nährte ein paar schäbige Allzeitbäume und ein bißchen Gras, über das sich nun sofort die Pferde hermachten. Im Mittelpunkt einer plattgestampften Fläche bedeckte Holzkohle die Erde, aber Schlange hatte kein Brandholz. Sie kannte sich zu gut aus, um zu versuchen, die Allzeitbäume zu fällen, anders als es irgendwann irgendwelche anderen Reisenden versucht hatten, die bei diesen vergeblichen Bemühungen lediglich die Kerben von Axthieben in der Baumrinde hinterließen, mittlerweile halb zusammengewachsen. Das Holz darunter war so hart und widerstandsfähig wie Stahl.

Nachts war das Reisen in den Bergen nicht weniger anstrengend als am Tage in der Wüste, und der unbeschwerte Rückweg von der Stadt hatte nicht die Mühen der gesamten Reise ausgeglichen. Schlange stieg ab. Hier konnten sie übernachten, und bei Sonnenaufgang... Bei Sonnenaufgang, was dann? Viele Tage lang war sie ununterbrochen in höchster Eile gewesen, hatte im Wettlauf mit Krankheiten, dem Tod und dem unerbittlichen Sand gestanden, und nun mußte sie für einen Moment verharren und sich langsam vergegenwärtigen, daß sie nicht länger irgendeinen Grund zur Hast besaß, daß kein überwältigend dringender Anlaß vorhanden war, so schnell wie möglich von hier nach dort zu eilen, daß es nicht länger nötig war, sich nach einigen Stunden des Schlafs am Morgen oder am Abend müde aufzurappeln. Ihr Heim erwartete sie, aber sie war nicht allzu sehr davon überzeugt, daß es auch weiterhin ihr Zuhause blieb, sobald sie sich erst einmal dort befand. Sie brachte nichts mit als die Kunde ihres Versagens, sonstige schlechte Neuigkeiten und eine übelgelaunte Sandnatter, die vielleicht nützlich war, vielleicht auch nicht. Sie nahm die Schlangenschachtel vom Pferd und stellte sie behutsam ab. Nachdem sie die Pferde abgerieben hatten, kniete sich Melissa zwischen das Gepäck und begann ihre Nahrungsvorräte und den Paraffinkocher herauszuholen. Dies war das erste Mal, seit sie Berghausen gemeinsam verlassen hatten, daß sie ein richtiges Lager aufschlugen. Schlange hockte sich bei ihrer Tochter

auf die Fersen, um ihr beim Zubereiten des Essens zu helfen. »Ich mache das schon«, sagte Melissa. »Warum ruhst du dich nicht aus?«
»Das fände ich ungerecht«, antwortete Schlange.
»Es macht mir nichts aus.«
»Darum geht es nicht.«
»Ich erledige so etwas gerne für dich«, sagte Melissa.
Schlange senkte ihre Hände auf Melissas Schultern, zwang sie jedoch nicht zum Umdrehen, drängte sie nicht einmal. »Das weiß ich. Aber ich erledige auch gerne etwas für dich.«
Melissas Finger handhabten flink Schnallen und Gurte. »Das ist nicht richtig«, sagte sie schließlich. »Du bist eine Heilerin, und ich... ich habe in einem Stall gearbeitet. Richtig ist, daß ich Dinge für dich mache.«
»Wer sagt denn, daß Heilerinnen mehr Rechte haben als jemand, der in einem Stall arbeitet? Du bist meine Tochter, und wir sind Partner.«
Melissa warf sich an Schlanges Brust und drückte sie fest, verbarg ihr Gesicht an Schlanges Kleid. Schlange umarmte sie, preßte sie an sich, schaukelte sie, während sie beide am harten Erdboden kauerten, tröstete Melissa, als sei sie ein viel kleineres Kind, das zu sein sie in Wahrheit niemals die Gelegenheit hatte. Nach einigen Augenblicken lockerten sich Melissas Arme, sie wich zurück, wieder selbstbeherrscht, den Blick verlegen abgewandt. »Es gefällt mir nicht, nichts zu tun.«
»Wann hast du das denn jemals wirklich versuchen dürfen?« Melissa hob die Schultern. »Wir können uns abwechseln«, schlug Schlange vor. »Oder die Aufgaben täglich verteilen. Was wäre dir lieber?«
Melissa erwiderte ihren Blick mit einem flüchtigen Lächeln der Erleichterung. »Die Aufgaben zu verteilen.« Sie schaute rundum, als sähe sie den Lagerplatz zum ersten Mal. »Vielleicht liegt irgendwo in der Nähe totes Holz«, sagte sie. »Und Wasser brauchen wir auch.« Sie griff nach dem Lederriemen zum Holzsammeln und dem Wasserschlauch.
Schlange nahm ihr den Wasserschlauch ab. »In ein paar Minuten bin ich wieder hier. Wenn du kein Holz findest, verschwende nicht zuviel Zeit mit dem Suchen. Wahrscheinlich verbraucht im Frühjahr der erste Reisende alles, was im Winter herabfällt. Falls hier im Frühling ein erster Reisender vorbeikommt.« Der Ort wirkte nicht nur, als sei jahrelang niemand vorübergezogen, er erregte zugleich ein spürbares Gefühl von Verlassenheit. Die Quelle sprudelte geschwind an ihrem Lagerplatz entlang, und wo Wind und Eichhörnchen gesoffen hatten, war kein Schlamm, aber Schlange folgte dem Verlauf des Rinnsals ein kurzes Stück weit in Aufwärtsrichtung. Nahe der Quelle legte sie den Wasserschlauch beiseite und erklomm einen gewaltigen Findling, von dem aus sie einen Überblick über einen großen Teil der Umgebung erhielt. Es war sonst nichts und niemand

in Sichtweite, keine Pferde, keine Lager, kein Rauch. Schlange war beinahe zu glauben bereit, daß der Verrückte fort war oder daß es ihn in Wirklichkeit niemals gegeben hatte oder daß der Zufall sie kurz nacheinander mit einem tatsächlich Verrückten und einem ebenso mißratenen wie unfähigen Dieb zusammenführte. Und sollte es sich doch um ein und dieselbe Person gehandelt haben – seit jener Auseinandersetzung auf einer Straße Berghausens hatten sich von ihm keine Anzeichen bemerken lassen. Das war noch nicht so lange her wie es schien, aber vielleicht lange genug.

Schlange kletterte wieder hinunter zur Quelle und drückte den Schlauch unter den silbrigen Wasserspiegel. Wasser gurgelte und blubberte in die Öffnung, quirlte rasch und kühl über ihre Hände, zwischen ihren Fingern hindurch. In den Bergen schien das Wasser ein völlig andersartiges Wesen zu besitzen. Der Wasserschlauch füllte sich, wölbte sich prall. Schlange verschnürte den Zipfel an der Ecke mit der Öffnung und warf sich den Schlauch am Riemen über ihre Schulter.

Melissa war noch nicht wieder am Lagerplatz. Für ein Weilchen beschäftigte sich Schlange, stellte eine Mahlzeit aus Trockenvorräten zusammen, die nicht anders als zuvor aussahen, wenn sie durchfeuchtet waren, und auch nicht anders schmeckten, wenn man sie gekocht hatte, aber sie ließen sich dann leichter kauen. Sie entrollte die Decken und breitete sie aus. Sie öffnete die Schlangenschachtel, aber Dunst blieb in ihrem Fach. Nach langen Reisen blieb die Kobra oft im Dunkeln, und wenn man sie störte, verschlechterte sich ihre Laune. Schlange empfand Unbehagen, weil sich Melissa außer Sichtweite befand. Ihr Mißbehagen wich auch nicht dadurch, als sie sich selbst versicherte, daß Melissa zäh war und selbständig. Statt Sands Fach zu öffnen oder nach der Sandnatter zu sehen – an der sie wenig Freude hatte –, verschloß sie den Kasten und richtete sich auf, um nach ihrer Tochter zu rufen. Plötzlich scheuten Wind und Eichhörnchen und schnoben furchtsam, Melissa schrie im Tone des Entsetzens: »Schlange! Vorsicht!«, und am Hang polterten Sand und Steine abwärts.

Schlange lief in die Richtung, woher der Lärm kam, das Messer an ihrem Gürtel halb gezogen. Sie umrundete einen Felsbrocken und schlitterte noch ein Stückchen durch den Sand, ehe sie zum Stehen kam. Melissa zappelte heftig in der Umklammerung einer hochgewachsenen, knochig-dürren Gestalt in einer Wüstenrobe. Mit einer Hand verschloß der Fremde ihr den Mund, mit dem anderen Arm drückte er ihr die Arme an den Körper. Sie bäumte sich auf und trat nach ihm, aber der Mann ließ sich weder Zeichen von Schmerz noch Wut anmerken.

»Sag ihr, sie soll damit aufhören«, wandte er sich an Schlange. »Ich will ihr nichts tun.« Er sprach schwerfällig und lallte, als befinde er sich in einem Rauschzustand. Seine Robe war verschmutzt und zerfleddert, sein Haupthaar ungepflegt und wirr. Seine Augäpfel wirkten heller als das blutunterlaufene Weiß seiner Augen und verliehen ihm einen leeren, nichtmenschlichen Blick. Sofort erkannte Schlange in diesem Mann den Verrückten, noch bevor sie an seiner Hand den Ring sah, der ihr die Stirn aufgeschlitzt hatte, als er sie in Berghausen überfiel.

»Laß sie los.«

»Wir handeln«, sagte er. »Wir machen einen angemessenen Handel.«

»Wir besitzen wenig, aber du sollst es haben. Was willst du?«

»Die Traumschlange«, sagte er. »Sonst nichts.« Melissa leistete erneut Widerstand, und der Mann packte sie fester und roher.

»Einverstanden«, erwiderte Schlange. »Ich habe keine Wahl, oder? Sie ist in meiner Schachtel.« Er folgte ihr mit Melissa zum Lagerplatz. Das alte Geheimnis war geklärt, ein neues Rätsel stellte sich. Schlange wies auf die Schachtel. »Das obere Fach«, sagte sie.

Der Verrückte näherte sich der Schachtel im Krebsgang und zerrte Melissa umständlich mit sich. Er langte nach dem Schnappschloß, dann zuckte seine Hand zurück. Er bebte. »Öffne du sie«, sagte er zu Melissa. »Für dich ist es ungefährlich.«

Ohne Schlange anzusehen, streckte Melissa eine Hand aus. Sie war totenblaß. »Halt«, sagte Schlange. »Das Fach ist leer.« Melissa ließ die Hand an ihre Seite fallen und sah Schlange in einer Mischung von Erleichterung und Furcht an. »Laß sie los«, wiederholte Schlange. »Wenn du die Traumschlange haben willst, muß ich dich enttäuschen. Sie fand den Tod, noch bevor du erstmals mein Lager gesehen hast.«

Aus verengten Lidern starrte er sie an, dann drehte er sich zur Seite und griff nach der Schlangenschachtel. Er öffnete sie und kippte die ganze Schachtel um. Die groteske Sandnatter rutschte aus dem oberen Fach, wand sich und zischte. Im ersten Moment reckte sie den Kopf empor, als wolle sie zur Vergeltung für die erlittene Gefangenschaft zubeißen, aber sowohl der Verrückte wie auch Melissa standen zu ihrem Glück reglos wie zu Stein erstarrt. Die Natter warf sich herum und kroch hinüber zu den Felsen. Schlange sprang vorwärts und riß Melissa aus der Reichweite des Verrückten, aber er schien es gar nicht zu bemerken. »Mich hereinzulegen!« Plötzlich lachte er hysterisch auf und streckte die Arme himmelwärts. »Die hätte mir verpaßt, was ich brauche!« Er lachte und weinte zugleich, Tränen rannen ihm übers Gesicht, und dann sackte er zusammen. Schlange lief zwischen die Felsen, aber die Sandnatter war bereits verschwunden. Mit finsterer Miene, die Hand am Messergriff, trat sie zu dem Verrückten. In der Wüste waren die Sandnattern selten genug; in den Bergen gab es gar keine. Nun konnte sie kein Gegengift für Arevins

Stamm herstellen, und ihren Lehrern hatte sie überhaupt nichts vorzuzeigen. »Steh auf«, sagte sie. Ihre Stimme klang schroff. Sie sah Melissa an. »Bist du unverletzt?«

»Ja«, sagte Melissa. »Aber er hat die Schlange freigelassen.« Der Verrückte blieb schlaff am Erdboden kauern und weinte lautlos. »Was ist mit ihm?« Melissa trat an Schlanges Seite und betrachtete den Mann, der haltlos schluchzte.

»Keine Ahnung.« Schlange versetzte ihm einen leichten Tritt in die Rippen. »Du da, laß das jetzt und steh auf.«

Der Mann zu ihren Füßen rührte sich schwach. Seine Handgelenke ragten aus zerfransten Ärmeln; die Arme und Hände glichen kahlen Zweigen.

»*Ihm* hätte ich entwischen müssen«, meinte Melissa voller Widerwillen.

»Er ist stärker als er aussieht«, sagte Schlange. »Um der Götter willen, Mann, hör endlich auf mit dem Gewinsel. Wir wollen dir gar nichts tun.«

»Ich bin tot«, flüsterte er. »Ihr seid meine letzte Hoffnung gewesen. Jetzt bin ich tot.«

»Letzte Hoffnung auf was?«

»Auf Glück.«

»Das ist eine miese Art von Glück, die dich dazu bringt, anderer Leute Sachen zu verderben und sie zu überfallen«, sagte Melissa.

Er schaute zu ihnen hoch; die Tränen hatten sein Totenschädelgesicht mit Streifen durchzogen. »Warum seid ihr umgekehrt? Ich konnte euch nicht weiter folgen. Ich wollte heim und sterben, falls man mir dies gewährte. Aber ihr seid zurückgekommen. Mir direkt in die Arme.« Er vergrub das Gesicht in den zerknitterten Ärmeln seiner Wüstenrobe. Er hatte sein Kopftuch verloren. Sein Haupthaar war braun und trocken. Er schluchzte nicht länger, aber seine Schultern zuckten. Schlange kniete sich hin und veranlaßte ihn mit Nachdruck zum Aufstehen. Sie mußte sein Gewicht fast allein emporstemmen. Einen Moment lang stand Melissa unentschlossen dabei, dann hob sie die Schultern und half Schlange. Auf einmal spürte Schlange unter der Kleidung des Verrückten einen harten, viereckigen Gegenstand. Sie riß ihn herum, teilte seine Robe, tastete sich durch Schichten schmuddliger Stoffe. »Was treibst du? Aufhören!« Er setzte sich zur Wehr, fuchtelte mit seinen stockdürren Armen, versuchte seine Kleidung über seinen klapprigen Körper zu zerren. Schlange ertastete die Innentasche. Sobald ihre Finger den verborgenen Gegenstand berührten, wußte sie, daß es sich um ihr Berichtsbuch handelte. Sie brachte es an sich und ließ den Verrückten los. Er trat um ein oder zwei Schritte zurück, glättete hastig und zittrig seine Kleidungsstücke. Schlange beachtete ihn nicht; ihre Hände umklammerten fest die dicke Kladde.

»Was ist das?« fragte Melissa.

»Das Berichtsbuch meines Probejahres. Er hat es aus meinem Lager gestohlen, als er es verwüstete.«

»Ich wollte es fortwerfen«, sagte der Verrückte. »Ich habe bloß vergessen, daß ich es noch besaß.« Schlange musterte ihn. »Ich dachte, es könne mir helfen. Es hat mir kein bißchen geholfen.« Schlange seufzte.

Schlange und Melissa streckten den Verrückten am Lagerplatz auf den Untergrund hin, stützten seinen Kopf auf einen Sattel, und er lag ruhig, den Blick starr gegen den Himmel gerichtet. Jedesmal, wenn er zwinkerte, rann eine neue Träne über sein Gesicht und spülte in einem neuen Streifen den Staub und Schmutz fort. Schlange gab ihm etwas Wasser zu trinken und kauerte für eine Weile an seiner Seite, um ihn zu beobachten, während sie überlegte, was seine sonderbaren Äußerungen – falls sie überhaupt irgend etwas besagten – bedeuten mochten. Er war in der Tat verrückt, aber nicht unberechenbar wahnsinnig; ihn trieb Verzweiflung an.

»Er wird jetzt nichts mehr anstellen, oder?« fragte Melissa.

»Ich glaube, nein.«

»Wegen ihm ist mir das Holz hingefallen«, sagte Melissa. Sichtlich verdrossen entfernte sie sich zu den Felsen.

»Melissa...!« Sie blickte sich um. »Ich hoffe, die Sandnatter hat sich davongemacht, aber es könnte sein, daß sie noch irgendwo herumlungert. Wir zünden heute abend lieber kein Feuer an.« Melissa zögerte so lange, daß Schlange schon meinte, sie werde erwidern, sie zöge die Gesellschaft der Sandnatter der des Verrückten vor, aber schließlich zuckte sie mit den Achseln und ging hinüber zu den Pferden. Schlange setzte erneut Wasser an die Lippen des Verrückten. Er schluckte einmal, dann ließ er das Wasser aus seinen Mundwinkeln durch einen mehrere Tage alten Bartwuchs rinnen; es bildete auf dem harten Grund unter ihm eine kleine Pfütze und zerfloß dann in winzigen Zungen. »Wie heißt du?« Schlange wartete, aber er gab keine Antwort. Sie fragte sich schon, ob er katatonisch geworden sei, als er plötzlich mühsam und wie nach beträchtlicher Willensanstrengung die Schultern zuckte. »Du mußt doch einen Namen haben.«

»Vermutlich«, sagte er; seine Hände zuckten, er leckte seine Lippen und blinzelte, und weitere Tränen durchfurchten den Staub auf seinen Wangen. »Vermutlich hatte ich einmal einen Namen.«

»Was meinst du mit deiner Äußerung über das Glück, das du angeblich anstrebst? Warum wolltest du meine Traumschlange haben? Bist du todkrank?«

»Ich hab's dir ja gesagt.«

»Wodurch?«

»Gier.«

Schlange runzelte die Stirn. »Gier wonach?«
»Nach einer Traumschlange.«
Schlange seufzte. Ihre Knie schmerzten. Sie machte es sich bequemer, setzte sich neben ihm mit übereinandergeschlagenen Beinen auf den Untergrund, Schulter an Schulter mit dem Verrückten. »Ich kann dir nicht beistehen, wenn du mir nicht verrätst, was eigentlich mit dir los ist.«
Er setzte sich mit einem Ruck auf, fummelte an der Robe, die er vorhin erst sorgsam in Ordnung gebracht hatte, zerrte an dem verschlissenen Stoff, bis das Gewebe zerriß. Er warf die Seiten auseinander und entblößte seine Kehle, hob das Kinn. »Sieh das, dann weißt du alles, was du wissen mußt!« Schlange beugte sich vor und begutachtete seinen Hals genauer. Zwischen den borstigen Haaren eines Bartes sah sie zahlreiche winzige Narben, alle paarweise rund um die Halsschlagader verteilt. Bestürzt zuckte sie zurück. Die Fänge einer Traumschlange hatte diese Male erzeugt, daran gab es keinen Zweifel, aber sie konnte sich keine so schwere und schmerzhafte Krankheit vorstellen, geschweige denn sich auf eine besinnen, die soviel Gift erforderte, um die Schmerzen zu lindern, den Betroffenen jedoch am Ende nicht das Leben kostete. Diese Narben waren im Lauf eines beträchtlichen Zeitraums entstanden, manche waren alt und weiß, einige so frisch und schimmrig rosa, daß sie eben erst verschorft gewesen sein mußten, als er ihr Lager zum ersten Mal überfiel. »Begreifst du nun?«
»Nein«, sagte Schlange, »nicht. Was war denn...« Sie unterbrach sich und legte die Stirn in Falten. »Warst du Heiler?« Aber das war unmöglich. Sie hätte ihn gekannt oder zumindest von ihm gehört. Außerdem wirkte Traumschlangengift auf Heiler nicht mehr als das Gift irgendeiner anderen Schlange. Sie konnte sich keinen Grund denken, warum ein Mensch soviel Traumschlangengift über eine so lange Zeitspanne hinweg benötigen sollte. Wegen dieses Mannes mußten viele andere unter Qualen gestorben sein, wer oder was er auch sein mochte.
Der Verrückte schüttelte den Kopf und sackte zurück auf den Erdboden. »Nein, war nie ein Heiler... ich nicht. Wir brauchen in der zerstörten Kuppel keine Heiler.« Schlange wartete, zwar ungeduldig, aber nicht geneigt, das Gespräch auf etwas anderes zu lenken. Der Verrückte leckte sich die Lippen. »Wasser... bitte.« Schlange hielt es ihm erneut an den Mund, und er trank gierig, diesmal ohne zu seibern und etliches zu verschütten. Er versuchte sich wieder aufzusetzen, aber sein Ellbogen rutschte unter ihm weg, und er blieb bewegungslos liegen, gab sich nicht länger Mühe zu sprechen. Schlanges Geduld war nun erschöpft.
»Warum bist du so oft von einer Traumschlange gebissen worden?«
Er sah sie an; seine hellen, blutunterlaufenen Augen blickten ruhig drein.

»Weil ich ein guter, nützlicher Lieferant war und ich die zerstörte Kuppel mit vielen wertvollen Dingen versorgte. Ich bin oft belohnt worden.«
»Belohnt?«
Seine Miene nahm einen gelösten Ausdruck an. »O ja.« Seine Augen verloren den Brennpunkt ihres Blicks; er schien durch Schlange hindurchzusehen. »Mit Glück und Vergessen und den Erlebnissen von Träumen.« Er schloß die Augen und ließ sich kein Wort mehr entlocken, auch nicht, als Schlange ihn kräftig schubste.
Sie ging hinüber zu Melissa, die auf der anderen Seite des Lagers ein paar trockene Zweige gefunden hatte und nun vor einem winzigen Feuerchen saß, wo sie darauf wartete, daß man ihr erzählte, was sich abspielte. »Jemand besitzt eine Traumschlange«, sagte Schlange. »Man benutzt ihr Gift als Freudendroge.«
»Wie dumm«, meinte Melissa. »Warum nehmen sie nicht irgend etwas von dem Zeug, das auf der Erde wächst? Es gibt verschiedenerlei Pflanzen, die sich dafür eignen.«
»Ich weiß es nicht«, sagte Schlange. »Ich weiß selbst nicht, wie das Gift wirkt. Aber ich will wissen, woher sie die Traumschlange erhalten haben. Von einem Heiler kann sie nicht stammen. Jedenfalls hätte ein Heiler sie nicht freiwillig herausgegeben.«
Melissa rührte im Eintopf. Der Feuerschein verlieh ihrem roten Haar einen goldenen Glanz. »Schlange«, sagte sie schließlich, »in dem Kampf, den du mit ihm hattest, bevor du an dem Abend zum Stall kamst – da hätte er dich umgebracht, wäre es ihm möglich gewesen. Heute hätte er mich umgebracht, wäre es gegangen. Wenn er ein paar Freunde hat, und alle nehmen sich vor, gemeinsam einem Heiler die Traumschlange zu rauben...«
»Das ist mir klar.« Heiler um ihrer Traumschlangen willen ermordet? Ein Gedanke, den bloß ernsthaft zu erwägen schon schwerfiel. Schlange scharrte mit einem scharfkantigen Kiesel einander kreuzende Striche in den Erdboden; ein Muster ohne Sinn. »Das ist beinahe die einzige vernünftige Erklärung«.
Sie aßen. Der Verrückte schlief zu fest, um zu essen oder gefüttert werden zu können, doch lag er alles andere als im Sterben, entgegen seiner Behauptung. In der Tat war er unter dem Schmutz und seinen Lumpen erstaunlich gesund; er war klapperdürr, aber seine Muskeln befanden sich in einwandfreier Verfassung, und seine Haut wies keinerlei Anzeichen von Unterernährung auf. Er war ohne Frage sehr stark. Doch darum drehte es sich ja hier, vergegenwärtigte sich Schlange, deshalb führten Heiler ja Traumschlangen mit sich. Ihr Gift tötete nicht, und es schob den Tod auch nicht auf. Vielmehr erleichterte es lediglich den Übergang vom

Leben zum Tode und half dem Sterbenden, dem unausweichlichen Ende gefaßt entgegenzusehen. Ließ man ihm nur genügend Zeit, konnte der Verrückte sich zweifellos ins Sterben hineinsteigern. Aber Schlange hegte nicht die Absicht, ihn gewähren zu lassen, bevor sie nicht wußte, woher er kam und was dort für Zustände herrschten. Ebensowenig hatte sie die Absicht, die ganze Nacht lang schichtweise mit Melissa auf ihn achtzugeben. Sie brauchten beide anständigen Schlaf.

Die Arme des Verrückten waren so schlaff wie die zerlumpten Ärmel der Robe, die sie umhüllten. Schlange hob seine Hände über seinen Kopf und band seine Handgelenke mit zwei Packgurten eines Sattels daran fest. Sie legte die Fesseln nicht rücksichtslos oder grausam an, nur fest genug, um zu gewährleisten, daß sie es hörte, falls er zu verschwinden versuchte. Der Abend war kühl geworden, und sie breitete eine Decke über ihn. Dann streckten sie und Melissa sich ebenfalls mit ihren Decken auf dem harten Untergrund aus und schliefen.

Es mußte ungefähr Mitternacht sein, als Schlange erwachte. Das Feuer war erloschen, und das Lager befand sich inmitten pechschwarzer Finsternis. Schlange verharrte reglos und wartete auf die Geräusche, die mit dem Fluchtversuch des Verrückten einhergehen mußten. Melissa rief etwas im Schlaf. Schlange schob sich zu ihr hinüber, tastete in der Dunkelheit umher, berührte ihre Schulter. Sie setzte sich neben sie und streichelte ihr Haar, ihr Gesicht. »Es ist alles gut, Melissa«, flüsterte Schlange. »Wach auf, du hast nur einen bösen Traum.«

Einen Moment später setzte sich Melissa kerzengerade auf. »Was...«

»Ich bin's, Schlange. Du hattest nur einen Alptraum.«

»Ich dachte, ich wäre in Berghausen.« Melissas Stimme zitterte. »Ich dachte, Ras...«

Schlange drückte sie an sich, streichelte ihr weiches, lockiges Haar. »Vergiß das alles. Du brauchst nie wieder dorthin.« Sie spürte, wie Melissa nickte. »Soll ich hier an deiner Seite bleiben? Oder würde dir das nur neue Alpträume verursachen?«

Melissa zögerte. »Bitte bleib hier«, sagte sie leise.

Schlange legte sich neben sie und breitete die Decken über sie beide. Die Nacht war kühl, aber Schlange war froh, nicht länger in der Wüste zu sein, sondern wieder in einer Gegend, wo der Erdboden die Hitze des Tages nicht unersättlich speicherte. Melissa kuschelte sich an sie. Die Finsternis war undurchdringlich, aber Schlange hörte an Melissas Atem, daß sie schon wieder schlief. Vielleicht war sie gar nicht ganz wach gewesen. Für eine Weile konnte Schlange nicht einschlafen. Sie hörte den rauhen Atem des Verrückten, fast ein Schnarchen, das Gluckern des nahen Bächleins, das Klingen der Hufe von Wind und Eichhörnchen, wenn die Pferde sich nächtlicherweise regten, am rauhen Grund. Ihre Schulter und die Hüfte lagen ungemütlich hart unter ihr, und über ihr leuchtete kein Stern, kein Mondschein drang durch die Wolkendecke.

Die Stimme des Verrückten klang laut und jämmerlich, aber erheblich kräftiger als am Vortag. »Laßt mich aufstehen. Bindet mich los. Wollt ihr mich denn zu Tode martern? Ich muß pissen. Ich habe Durst.«
Schlange warf die Decken beiseite und setzte sich auf. Sie fühlte sich versucht, ihn zuerst trinken zu lassen, aber dann befand sie, daß es sich dabei nur um eine unwürdige Rachsucht handelte, weil er sie so früh geweckt hatte. Sie erhob sich und reckte die Glieder, gähnte; dann winkte sie Melissa zu, die zwischen Wind und Eichhörnchen stand; die beiden Tiere drängten mit ihren Mäulern nach dem Frühstück. Melissa lachte und winkte zurück. Der Verrückte zerrte an den Gurten. »Nun, was ist? Darf ich jetzt endlich aufstehen?«
»Einen Moment.« Sie benutzte die Grube, welche sie hinter einigen Sträuchern angelegt hatten, und ging ans Wasser, um sich ein paar Handvoll ins Gesicht zu spritzen. Sie hätte gern ein Bad genommen, aber soviel Wasser lieferte die Quelle nicht, und allzu lange wollte sie den Verrückten auch gar nicht zappeln lassen. Sie kehrte zurück zum Lagerplatz und löste die Gurte von seinen Handgelenken. Er richtete sich auf, rieb sich die Hände und murrte unverständlich vor sich hin, dann entfernte er sich.
»Ich möchte nicht zudringlich sein«, sagte Schlange, »aber du bleibst in Sichtweite, klar?«
Er knurrte etwas, begab sich aber nur so weit in die natürliche Deckung der Sträucher, daß man ihn noch sehen konnte. Er kam zu Schlange zurückgeschlurft, setzte sich nieder und bemächtigte sich des Wasserschlauchs. Durstig trank er und wischte sich den Mund mit dem Ärmel, dann stierte er hungrig umher. »Gibt's Frühstück?«
»Ich dachte, du wolltest sterben.« Er schnob. »In meinem Lager pflegt jedermann für sein Essen zu arbeiten«, sagte Schlange. »Du wirst mir dafür schön brav die Wahrheit erzählen.«
Der Mann senkte den Blick und seufzte. Er besaß dunkle, buschige Brauen, die seine hellen Augen überschatteten. »Also gut«, sagte er, schlug die Beine übereinander und stützte die Unterarme auf die Knie; seine Hände hingen matt herab. Seine Finger bebten.
Schlange wartete, aber er schwieg. In den vergangenen Jahren waren zwei Heiler verschollen. Schlange erinnerte sich noch mit ihren Kindernamen an sie, die Namen, welche sie trugen, bevor sie auszogen, um ihr Erprobungsjahr herumzubringen. Philippe hatte sie nie besonders nahegestanden, aber Jenneth war ihr eine der liebsten älteren Schwestern gewesen,

einer der drei Menschen, denen sie sich am stärksten verbunden gefühlt hatte. Noch heute steckte ihr das damalige Entsetzen in den Gliedern, als am Ende von Jenneths Erprobungsjahr der Winter verstrich, der Frühling verging, Tag um Tag verflog, bis die Gemeinschaft der Heiler langsam einsah, daß sie nicht wiederkehren werde. Sie hatten nie erfahren, was mit ihr geschehen war. Manchmal kam ein Bote, wenn ein Heiler in der Fremde gestorben war, und brachte der Niederlassung die traurige Kunde, und bisweilen schickte man auch die Schlangen. Doch von Jenneth hatten die Heiler nie etwas vernommen. Vielleicht hatte dieser Verrückte, der hier schlaff vor Schlange saß, sie irgendwo in einer finsteren Gasse überfallen und um ihrer Traumschlange willen getötet. »Nun?« fragte Schlange in scharfem Ton.

Der Verrückte fuhr zusammen. »Was?« Er blinzelte, bemühte sich, sie klar anzusehen.

Schlange beherrschte sich. »Woher kommst du?«

»Süden.«

»Aus welchem Ort?« Ihre Karten verwiesen auf den Paß, aber auf nichts, was dahinter lag. Sowohl die Menschen in den Bergen wie auch die Wüstenbewohner besaßen gute Gründe, um die extremen südlichen Gegenden zu meiden.

Er zuckte mit den Schultern. »Keinem Ort. Da gibt's keine Ortschaften. Nur die zerstörte Kuppel.«

»Woher hattest du die Traumschlange?« Er hob erneut die Schultern. Schlange sprang auf und packte seine schmutzige Robe. Sie zerrte ihn vorn an seiner Kleidung hoch. »Antworte!«

Eine Träne sickerte ihm übers Gesicht. »Wie soll ich denn? Ich verstehe dich nicht. Woher ich sie hatte? Ich hatte doch nie eine. Es waren immer welche dort, aber es waren nicht meine. Sie waren dort, wenn ich hinging, und sie waren noch dort, wenn ich fortging. Warum hätte ich deine haben wollen, hätte ich selber ein paar?« Langsam lockerte Schlange den Zugriff ihrer Finger, und der Verrückte sackte wieder zusammen.

»Gleich ›ein paar‹?«

Er streckte ihr die Hände entgegen, ließ die Ärmel auf seine Ellbogen herabrutschen. Auch seine Unterarme zeigten die Narben von Schlangenzähnen, an der Innenseite der Ellbogen, an den Handgelenken, überall dort, wo die Adern hervortraten. »Am besten ist es, wenn sie an allen Stellen zugleich zubeißen«, erläuterte er verträumt. »In die Kehle, das geht schnell und wirkt bestimmt, das reicht im Notfall, wenn man's eilig hat. Mehr gewährt North gewöhnlich nicht. Aber an allen Stellen gleichzeitig, das gewährt er, wenn man ihm einen besonderen Gefallen getan hat.« Der Verrückte zog die Schultern ein und rieb sich die Arme, als würde er frieren. Aus Erregung errötete er, schneller und kräftiger massierte er sich die Arme. »Dann fühlt man sich, man fühlt sich... alles wird licht, man entbrennt, alles ist lichterloh... es dauert an, es dauert lange...«

»Halt den Mund!«

Er ließ seine Hände sinken und schaute sie aus wieder stupider Miene an. »Was?«

»Dieser North – er hat Traumschlangen?« Eifrig nickte der Verrückte, während die Erinnerung ihn erneut in Erregung versetzte. »Viele?«

»Eine ganze Schlangengrube. Manchmal läßt er jemanden zur Belohnung hinunter... aber mich nicht, nicht wieder seit dem ersten Mal.«

Schlange setzte sich, ihre Augen auf den Verrückten gerichtet, doch ohne ihn zu betrachten, denn sie stellte sich diese zierlichen Kreaturen vor, wie sie in einem Loch gefangensaßen, ungeschützt den Elementen ausgesetzt. »Woher bekommt er sie? Treiben die Stadtbewohner mit ihm Handel? Hat er Verbindungen zu den Fremdweltlern?«

»Woher er sie bekommt? Sie sind eben da. North hat sie.« Schlange bebte nun nicht weniger als der Verrückte. Sie preßte ihre Hände auf die Knie, alle Muskeln verkrampft, dann entspannte sie sich langsam. Ihre Hände beruhigten sich. »Er ist auf mich sauer geworden«, sagte der Verrückte, »und hat mich hinausgeworfen. Mir ging's so elendig... dann hörte ich von einer Heilerin, und ich zog los, um dich zu suchen, aber du warst nirgends zu finden, und du hattest die Traumschlange...« Seine Stimme nahm einen schrillen Tonfall an, während er immer schneller sprach. »Die Leute jagten mich fort, aber ich folgte dir, ich folgte und folgte dir, bis du wieder in die Wüste hinausgeritten bist, und da konnte ich nicht mithalten, ich konnte es einfach nicht, ich versuchte, mich auf den Heimweg zu machen, aber ich konnte einfach nicht länger, ich konnte nichts mehr bringen, und da legte ich mich bloß so hin, um zu sterben, aber das konnte ich auch wieder nicht. Warum seid ihr jetzt zurückgekommen, wenn ihr keine Traumschlange habt? Warum habt ihr mich nicht sterben lassen?«

»Du wirst vorläufig nicht sterben«, sagte Schlange. »Du wirst auf jeden Fall weiterleben, bis du mich zu North und den Traumschlangen geführt hast. Danach soll es deine Angelegenheit sein, ob du lebst oder stirbst.«

Der Verrückte starrte sie an. »Aber North hat mich doch weggeschickt.«

»Du brauchst ihm nicht länger zu gehorchen«, sagte Schlange. »Da er dir ohnehin nicht geben will, was du möchtest, besitzt er nicht länger irgendwelche Macht über dich. Deine einzige Chance besteht darin, daß du mir hilfst, an eine Anzahl der Traumschlangen zu gelangen.«

Der Verrückte stierte sie für geraume Zeit an und blinzelte, die Stirn nachdenklich in Falten gelegt. Plötzlich heiterte sich seine Miene auf. Sein

Gesicht zeigte einen gelösten, freudigen Ausdruck. Er wollte sich Schlange nähern, stolperte jedoch, kroch daraufhin. An ihrer Seite, auf seinen Knien, ergriff er ihre Hände. Seine Fäuste waren dreckig und schwielig. Dem Ring, der Schlanges Stirn aufgerissen hatte, fehlte ein Stein. »Du meinst, du willst mir helfen, damit ich eine eigene Traumschlange bekomme?« Er lächelte. »Ganz für mich allein?«
»Ja«, sagte Schlange aus zusammengebissenen Zähnen. Sie entzog dem Verrückten ihre Hände, als er den Kopf neigte, um ihre Handrücken zu küssen. Nun hatte sie es ihm versprochen, und obwohl sie wußte, daß es nur diesen Weg gab, um ihn zur Mitwirkung zu veranlassen, war ihr zumute, als habe sie eine schreckliche Sünde begangen.

11

Auf die hervorragend ausgebaute Straße nach Berghausen schien trübe der Mond herab. Arevin ritt bis spät in den Abend, so tief versunken in seine Gedanken, daß es ihm nicht auffiel, als der Sonnenuntergang die Helligkeit des Tages mit Zwielicht und Düsternis verdrängte. Die Niederlassung der Heiler lag bereits einige Tagesreisen weit hinter ihm im Norden, aber er war noch niemandem begegnet, der irgend etwas über Schlange wußte. Berghausen war der letzte Ort, wo sie sein konnte, denn es gab nichts südlich Berghausens. Arevins Karten des Mittelgebirges bezeichneten im Süden lediglich einen Viehtreiberpfad und einen alten, so gut wie unbenutzten Paß nach Osten, sonst nichts. Auch Reisende aus den Bergen – ebenso wie jene in Arevins Heimat – wagten sich nicht in die südlichsten Landstriche ihrer Welt. Arevin versuchte, sich nicht die Frage zu stellen, was er anfangen solle, wenn er Schlange auch hier nicht fand. Er befand sich nicht hoch genug, um einen Ausblick auf die Wüste im Osten zu haben, und er war durchaus froh darüber. Solange er nicht aus der Ferne die Stürme losbrechen sah, durfte er sich einbilden, das ruhige Wetter dauere länger als gewöhnlich an.
Er durchrundete eine weite Biegung, blickte auf, schirmte seine Laterne ab und blinzelte. Voraus waren Lichter: sanfte, gelbe Gaslichter. Die Ortschaft wirkte wie ein Korb voller Funken, über den Hang entleert, alle dicht nebeneinander hingesunken, bis auf einige wenige, die auf der Talsohle verstreut lagen. Obwohl Arevin schon mehrere Orte kannte, erstaunte es ihn immer wieder, wieviel Arbeit und Geschäftigkeit dort nach Anbruch der Dunkelheit noch anzutreffen war. Er beschloß, noch am Abend bis nach Berghausen zu reiten; vielleicht wußte er dann vor dem morgigen Tag bereits mehr über Schlange. Er raffte sich die Wüstenrobe

enger um die Schultern, um sich gegen die Kälte des Abends zu schützen.
Trotz guter Vorsätze nickte Arevin im Sattel ein und erwachte erst, als er die Hufe über Kopfsteinpflaster scheppern hörte. In diesem Viertel war alles still, also ritt er weiter, bis er in die Ortsmitte gelangte, wo es Gasthäuser und Vergnügungsstätten gab. Dort war es allerdings nahezu taghell, und die Leute benahmen sich, als sei es überhaupt nicht dunkel geworden. Durch den offenen Eingang einer Gaststube sah er eine Anzahl von Arbeitern singend in einer Runde sitzen, die Arme wechselseitig auf den Schultern; der Kontraalt klang ein wenig kontrastarm. Unmittelbar daneben befand sich ein Gasthof; Arevin zügelte sein Pferd und stieg ab. Thads Ratschlag, in Gasthöfen nachzufragen, war durchaus vernünftig, aber bisher wußte noch keiner der Wirte, mit denen Arevin mittlerweile gesprochen hatte, etwas über Schlanges Verbleib zu sagen.
Er betrat die Gaststube. Die Sänger übertönten ihre Begleitmusik – oder welche Melodie die Flötenspielerin in der Ecke auch zu spielen versucht hatte – ohne Mühe. Die Flötenspielerin senkte ihr Instrument auf ihre Knie und nahm einen irdenen Krug, trank daraus: Bier, erkannte Arevin. Der angenehme, hefige Geruch erfüllte die gesamte Stube. Die Sänger stimmten ein anderes Lied an, doch urplötzlich klappte dem Kontraalt der Mund zu, und er starrte Arevin an. Einer der Mitsänger starrte seinerseits verwundert dem Kontraalt ins Gesicht. Nach und nach verstummte der Gesang, während auch die anderen in der Runde ihre Aufmerksamkeit auf den Ankömmling richteten. Das Flötenspiel trillerte empor, sank mit hohlem Klang herab und verstummte ebenfalls. Die Aufmerksamkeit aller im Raum Anwesenden richtete sich auf Arevin. »Ich grüße euch«, sagte er höflich. »Ich hätte gern, wenn es möglich ist, mit dem Wirt gesprochen.«
Zuerst rührte sich niemand. Dann erhob sich mit einem Ruck der Kontraalt, eine Frau, und warf dabei den Stuhl um. »Ich... ich sehe nach, ob ich die Wirtin finde.« Sie verschwand hinter einem Vorhang, der einen Gang verbarg.
Niemand sprach ein Wort, nicht einmal der Zapfer. Angesichts dieser Tatsache wußte auch Arevin nicht, was er sagen sollte. Er nahm nicht an, daß er so staubig und dreckig war, daß es jemandem die Sprache verschlagen mußte, und in einem Ort, durch den so viele Reisende und Händler kamen, sollte man eigentlich an Leute in andersartigen Bekleidungen gewöhnt sein. Ihm blieb keine Wahl, als ihren Blicken standzuhalten und zu warten. Vielleicht sangen sie dann weiter, tranken wieder ihr Bier, oder es fragte ihn endlich jemand, ob er Durst habe. Aber nichts dergleichen

geschah. Arevin wartete. Er empfand die Lage als etwas lächerlich. Er trat um einen Schritt vor, um die Spannung möglicherweise dadurch zu brechen, indem er sich verhielt, als sei hier alles ganz normal. Aber sobald er sich regte, schienen alle in der Stube den Atem anzuhalten und vor ihm zurückzuschrecken. Diese Spannung ergab sich nicht aus der abwartenden Haltung, mit der Leute einen Fremden begutachten, sondern aus der Feindseligkeit, die man einem Widersacher entgegenbringt. Jemand flüsterte; Arevin konnte die Worte nicht verstehen, aber der Tonfall klang nach unheilvollen Dingen. Der Vorhang teilte sich, und eine hochgewachsene Gestalt verharrte im Schatten. Die Wirtin trat ins Licht und musterte Arevin mit ruhigem, furchtlosen Blick. »Du möchtest mich sprechen?«

Sie war so groß wie Arevin, vornehm und ernst. Sie lächelte nicht. Die Bergbewohner waren gewöhnlich schnell mit ihren Gefühlsäußerungen, und Arevin fragte sich, ob er womöglich versehentlich in ein Privathaus hineingeplatzt sei oder gegen irgendeine Sitte verstoßen habe, die er nicht kannte. »Ja«, antwortete er. »Ich suche die Heilerin Schlange. Ich hoffe, daß ich sie hier in eurem Ort finde.«

»Wieso hoffst du, daß du sie hier findest?«

Falls man in Berghausen mit allen Durchreisenden so barsch redete, vermochte Arevin nicht zu begreifen, wie der Ort so gedeihen konnte. »Wenn sie nicht hier ist, kann sie die Berge noch nicht erreicht haben... dann muß sie noch in der Westwüste sein. Die Stürme stehen bevor.«

»Warum suchst du sie?«

Arevin erlaubte sich ein leichtes Stirnrunzeln, denn mit dieser Frage empfand er die Grenzen der bloßen Barschheit als überschritten. »Ich wüßte nicht, warum dich das etwas angehen sollte«, sagte er. »Wenn die allgemein verbreitete Höflichkeit in deinem Haus nicht üblich ist, erkundige ich mich woanders.«

Er drehte sich um und prallte fast mit einem Paar zusammen, das an den Kragen Abzeichen und in den Händen Ketten trug. »Bitte, komm mit uns.«

»Aus welchem Grund?«

»Verdacht auf Raubüberfall«, sagte der Mann.

»Raubüberfall?« Arevin sah ihn in vollkommenem Staunen an. »Ich bin ja erst seit einigen Minuten hier.«

»Das werden wir feststellen«, entgegnete die Frau. Sie griff nach seinem Handgelenk, um ihn in die Schellen zu schließen. Bestürzt wich er zurück, aber sie behielt ihn im Griff. Er begann Widerstand zu leisten, und daraufhin packten sie ihn beide. Im nächsten Moment droschen sie aufeinander ein, und die anwesenden Gäste feuerten das Paar mit lautem Geschrei an. Arevin traf seine beiden Gegner mit sicheren Hieben und hätte sich beinahe entziehen können. Doch da krachte irgend etwas an seine Schläfe. Er fühlte seine Knie nachgeben und brach zusammen.

Arevin erwachte in einem kleinen Raum mit steinernen Wänden und einem einzigen, hoch angebrachten Fenster. Sein Kopf schmerzte heftig. Er verstand nicht, was geschehen war, denn die Händler, mit denen sein Klan in Verbindung stand, beschrieben Berghausen immer als eine Ortschaft anständiger Leute. Vielleicht machten sich diese Gebirgsräuber nur über einzelne Reisende her und ließen die wehrhaften Karawanen ungeschoren. Sein Gürtel war fort, und damit war er ohne Geld und Messer. Warum er nicht tot in irgendeiner Gasse lag, wußte er nicht. Aber wenigstens trug er nicht länger Ketten. Langsam setzte er sich auf; er verharrte, weil die Bewegung ihm ein Schwindelgefühl verursachte, und sah sich um. Als er auf dem Korridor Schritte vernahm, sprang er auf, torkelte, raffte sich hoch und spähte durch die kleine, vergitterte Öffnung in der Tür. Eilig entfernten sich die Schritte. »Ist das die Art, wie man in diesem Ort Besucher behandelt?« brüllte Arevin. Sein ausgeglichenes Gemüt brauchte, um außer Fassung zu geraten, ein beträchtliches Maß an Behelligung, aber nun war er wirklich zornig.
Niemand antwortete. Er löste seine Fäuste vom Gitter und ließ sich wieder am Fußboden nieder. Außerhalb seiner Zelle konnte er nichts sehen als eine weitere steinerne Wand. Das Fenster befand sich zu hoch, um hinausblicken zu können, selbst wenn er das aus dicken Brettern gezimmerte Bett daruntergeschoben hätte. Alles Licht in dem kleinen Raum konzentrierte sich in einem verwaschenen, andeutungsweise sonnigen Fleck, der durchs Fenster an die Wand fiel. Man hatte Arevin die Wüstenrobe und die Stiefel weggenommen, ihm nur die lange, weite Reithose gelassen. Allmählich beruhigte er sich und fügte sich ins Warten.

Durch den steinernen Korridor näherten sich seiner Zelle saumselige Schritte – ein Lahmer mit einem Stock. Diesmal wartete Arevin ganz einfach. Schlüssel klirrten, und die Tür schwang auf. Zuerst traten Wächter ein, ausgestattet mit den gleichen Abzeichen wie jenes Paar, das ihn am Abend angegriffen hatte. Sie verhielten sich vorsichtig, und nun waren sie sogar zu dritt; das verwunderte Arevin, da er ja nicht einmal die zwei am gestrigen Abend zu überwältigen vermocht hatte. Er besaß wenig Erfahrungen in Handgreiflichkeiten. Bei seinem Stamm trennten die Erwachsenen nachsichtig Kinder, die miteinander rauften, und versuchten ihnen beizubringen, wie man seine Meinungsverschiedenheiten mit Worten statt mit Gewalt klärte. Ein hochgewachsener Mann betrat die

Zelle, gestützt nicht nur auf einen Stock, sondern auch von einem Helfer. Arevin grüßte nicht und stand nicht auf. Für einen ausgedehnten Moment starrten sie einander ohne ein Wimpernzucken an. »Die Heilerin ist wohlauf«, sagte der große, dunkelhaarige Mann, »auf jeden Fall, solange du ihr vom Leibe bleibst.« Sein Helfer ließ ihn für einen Augenblick stehen, um aus dem Korridor einen Stuhl hereinzuschieben. Als der Mann sich setzte, sah Arevin, daß er nicht von Geburt an behindert war, sondern eine Verletzung erlitten hatte; sein Bein war von einem dicken Verband umhüllt.

»Sie hat auch dir geholfen«, sagte Arevin. »Warum also verfolgst du jene Leute, die nach ihr suchen?«

»Du spielst den Gesunden gut. Aber ich erwarte, daß du spätestens in einigen Tagen wieder zu toben anfängst.«

»Ich bezweifle nicht, daß ich zu toben beginne, wenn ich längere Zeit in diesem Loch gesessen habe«, sagte Arevin.

»Glaubst du etwa, wir ließen dich frei, damit du der Heilerin von neuem nachstellen kannst?«

»Ist sie hier?« fragte Arevin erregt und gab seine Zurückhaltung auf. »Wenn sie dich behandelt hat, muß sie sicher aus der Wüste gelangt sein.«

Der dunkelhaarige Riese musterte ihn einen Moment lang. »Es überrascht mich, dich von ihrer Sicherheit reden zu hören«, sagte er. »Aber vermutlich ist Unbeständigkeit etwas, womit man bei einem Verrückten rechnen muß.«

»Einem Verrückten?!«

»Bewahre Ruhe. Wir wissen von deinem Überfall auf sie.«

»Überfall? Ist sie überfallen worden? Wo ist sie?«

»Ich glaube, es ist für sie besser, wenn ich dir nichts sage.«

Arevin schaute zur Seite, forschte nach irgendeinem Weg, um seine Gedanken zu ordnen. Innerlich bewegte ihn eine sonderbare Mischung aus Verwirrung und Erleichterung. Zumindest also befand sich Schlange außerhalb der Wüste. Sie mußte in Sicherheit sein. Eine Scharte in einem Mauerstein widerspiegelte das Licht. Arevin starrte den hellen Funken an und bemühte sich um äußerste Gelassenheit. Er blickte auf, fast ein Lächeln auf den Lippen. »Das ist ein törichter Einwand. Ersuche sie, zu mir zu kommen. Sie wird bestätigen, daß wir Freunde sind.«

»Ach, wirklich? Und was sollen wir ihr sagen, wer sie zu sehen wünscht?«

»Sage ihr... jener, dessen Namen sie kennt.«

Der Hüne schnitt ein böses Gesicht. »Ihr Barbaren mit eurem Aberglauben...!«

»Sie weiß, wer ich bin.« Arevin widerstand der Versuchung, seinen Ärger zu zeigen.

»Du würdest der Heilerin unter die Augen treten?«
»Unter die Augen treten!!«
Der große Mann lehnte sich in den Stuhl und sah seinen Begleiter an. »Tja, Brian, wie ein Verrückter redet er nicht unbedingt.«
»Das nicht, Herr«, antwortete der ältere Mann.
Der Riese richtete seine Augen auf Arevin, aber sein Blick heftete sich auf die Mauer im Rücken seines Gefangenen. »Was wohl Gabriel...« Er unterbrach sich und schaute wieder den Älteren an. »Er hatte in solchen Situationen manchmal gute Einfälle.« Sein Ton zeugte von gewisser Verlegenheit.
»Ja, Herr Bürgermeister, das stimmt.«
Es folgte ein längeres, noch stilleres Schweigen. Arevin wußte, daß die Wachen, der Bürgermeister und der Alte namens Brian in einigen Augenblicken gehen und ihn in dieser winzigen Zelle, die Beklemmungen verursachte, zurücklassen würden. Arevin fühlte einen Schweißtropfen aus seiner Achselhöhle rinnen. »Tja...«, sagte der Bürgermeister.
»Herr...?« meldete sich eine Wächterin vorsichtig zu Wort.
Der Bürgermeister wandte sich ihr zu. »Na, heraus mit der Sprache. Ich habe keine Lust, als Kerkermeister Unschuldiger ins Gerede zu geraten. Andererseits haben sich in letzter Zeit genug Verrückte hier herumgetrieben.«
»Dieser Mann war sehr überrascht, als wir ihn gestern festnahmen. Ich glaube jetzt, daß es sich um echte Überraschung handelte. Die Heilerin hat mit dem Verrückten gekämpft. Als sie danach ins Haus kam, habe ich sie gesehen. Sie gewann den Kampf, hatte sich jedoch mehrere Abschürfungen zugezogen. Dieser Mann hier weist nicht einmal einen blauen Fleck auf.«
Als er vernahm, daß Schlange Verwundungen davongetragen hatte, mußte sich Arevin zusammennehmen, um sich nicht nochmals nach ihrem Befinden zu erkundigen. Aber er gedachte diese Leute um nichts anzubetteln. »Anscheinend hast du recht«, sagte der Bürgermeister zur Wächterin. »Du hast eine gute Beobachtungsgabe.« Er wandte sich an Arevin. »Hast du blaue Flecken?«
»Nein.«
»Vergib mir, wenn ich dich auffordern muß, das zu beweisen.« Arevin erhob sich, obwohl es ihm außerordentlich mißfiel, sich vor diesen Fremden entblößen zu sollen. Aber er lockerte seine Hose und ließ sie hinab auf die Knöchel rutschen. Er ließ sich vom Bürgermeister eingehend betrachten, dann drehte er sich langsam um. Plötzlich fiel ihm ein, daß er ja gestern eine Auseinandersetzung mit den Wächtern gehabt hatte und daher durchaus blaue Flecken besitzen konnte. Aber niemand äußerte et-

was, und so wandte er sich schließlich wieder um und zog seine Hose hoch. Daraufhin trat der Alte namens Brian auf ihn zu. Die Wächter versteiften sich in ihrer Haltung. Arevin blieb reglos. Diese Menschen mochten jede beliebige Bewegung in ihrem Wahn als Drohung auffassen.
»Gib acht, Brian«, empfahl der Bürgermeister.
Brian hob Arevins Hände, musterte die Handrücken, drehte sie um, betrachtete die Handflächen, ließ sie los. Er kehrte an seinen Platz an der Seite des Bürgermeisters zurück. »Er trägt keine Ringe. Ich bezweifle, daß er jemals welche getragen hat. Seine Hände sind braungebrannt und ohne entsprechende Spuren. Die Heilerin berichtete jedoch, daß der Angreifer ihr die Stirn mit einem Ring aufgeschlitzt habe.«
Der Bürgermeister schnob vieldeutig. »Und was ist deine Meinung?«
»Wie Sie schon festgestellt haben, Herr, redet er nicht wie ein Verrückter. Außerdem ist ein Verrückter nicht zwangsläufig blödsinnig, und es wäre blödsinnig von dem Täter, nach der Heilerin zu fragen, solange er in einer Wüstenrobe herumläuft. So etwas kann nur jemand tun, der unschuldig ist, der das Verbrechen nicht begangen hat und nicht einmal davon weiß. Daher wäre ich in diesem Fall geneigt, dem Mann zu glauben.«
Der Bürgermeister ließ seinen Blick nachdenklich über seinen Helfer und die Wächter schweifen. »Ich hoffe«, sagte er in einem Tonfall, der deutlich verriet, daß er nicht bloß spaßte, »ich erhalte wenigstens die klitzekleinste Andeutung einer Vorwarnung, falls jemand von euch es auf mein Amt abgesehen hat.« Er schaute Arevin an. »Wenn wir auf deinen Vorschlag eingehen, bist du dann bereit, dir Ketten anlegen zu lassen, sobald du die Zelle verläßt, und sie zu tragen, bis die Heilerin deine Behauptungen bestätigt?«
Arevin glaubte noch die Eisen vom gestrigen Abend zu spüren, die ihn gefangenhalten hatten, ihn gefesselt, so kalt, daß ihre Kälte durch seine Haut bis aufs Bein eindrang. Aber Schlange würde sie auslachen, wenn sie ihr von Ketten erzählten. Diesmal lächelte Arevin. »Richtet der Heilerin meine Worte aus«, sagte er. »Dann entscheidet, ob es der Ketten bedarf.«
Brian half dem Bürgermeister beim Aufstehen. Der Bürgermeister sah die Wächterin an, die an Arevins Unschuld glaubte. »Haltet euch bereit. Ich schicke nach ihm.«
Sie nickte. »Jawohl, Herr.«

Als die Wächterin erneut eintrat, geschah es nicht allein in Begleitung weiterer Wächter, sondern auch mit Ketten. Entsetzt starrte Arevin die Eisen an, die schauderhaft klirrten. Er hatte gehofft, daß Schlange die nächste Person sei, die durch diese Tür kam. Fassungslos erhob er sich, als die Wächterin sich ihm näherte. »Es tut mir leid«, sagte sie. Sie legte einen kühlen metallenen Reifen um seine Hüften, schloß sein linkes Handgelenk in eine Schelle, führte die Kette durch einen Ring an dem Reif und befestigte dann die Kette an einer Schelle um sein rechtes Handgelenk. Man führte ihn in den Korridor. Er wußte, daß Schlange ihm so etwas nie antäte. Falls doch, dann hatte es die Person, an die er in seiner Gedankenwelt geglaubt hatte, in der Wirklichkeit niemals gegeben. Mit einem richtigen, körperlichen Tod, ihrem oder auch seinem, hätte er sich leichter abgefunden.

Vielleicht hatten die Wächter etwas mißverstanden. Vielleicht war die Nachricht, als sie sie erreichte, verstümmelt gewesen, oder man hatte sie so hastig übermittelt, daß niemand noch daran dachte, Bescheid zu sagen, daß man auf die Ketten verzichten konnte. Arevin beschloß, diesen Irrtum, obwohl er ihn demütigte, mit Stolz und Gutwilligkeit zu ertragen. Die Wächter geleiteten ihn durch helles Tageslicht, das ihn vorübergehend blendete. Dann betraten sie wieder das Innere eines Gebäudes, und dort vermochten seine Augen sich nicht gleich wieder ans Halbdunkel zu gewöhnen. Blindlings erstieg er inmitten der Wächter Treppen, auf deren Stufen er gelegentlich stolperte. Der Raum, in den man ihn brachte, war fast dunkel. Er blieb auf der Schwelle stehen; er konnte die in Decken gehüllte Gestalt, die mit dem Rücken zur Tür in einem Sessel saß, kaum erkennen. »Heilerin«, sagte ein Wächter, »hier ist jemand, der behauptet, er sei dein Freund.«

Sie sagte nichts, bewegte sich nicht. Arevin stand vor Schrecken reglos. Wenn jemand sie überfallen hatte, wenn sie so schwer verletzt war, daß sie nicht länger zu sprechen oder sich zu rühren vermochte, nicht zu lachen, wenn jemand von Ketten für Arevins Hände redete...! Voller Furcht trat er um einen Schritt vor, dann noch einen, innerlich vom Wunsch beseelt, hinzustürmen und ihr zu versichern, daß er sich um sie kümmern werde, und gleichzeitig verzweifelt vom Verlangen besessen, sie nicht anders wiederzusehen als lebend, gesund und bei Kräften. Er sah eine ihrer Hände matt herabbaumeln. Er ließ sich neben der verhüllten Gestalt auf die Knie sinken. »Schlange...« Die Ketten behinderten ihn.

Er nahm ihre Hand und beugte sich vor, um sie zu küssen. Kaum hatte er sie berührt, erkannte er, noch ehe er die glatte, völlig narbenfreie Haut sah, daß es sich nicht um Schlange handelte. Mit einem Ausruf der Verzweiflung schrak er zurück. »Wer ist das?«

Die verhüllte Gestalt warf die Decken beiseite und stieß ebenfalls einen Schrei aus, einen Laut der Scham. Sie fiel vor Arevin auf die Knie und und streckte ihm die Hände entgegen, Tränen auf den Wangen. »Ich be-

daure, was ich getan habe«, sagte sie. »Bitte, verzeih mir...« Sie sank vornüber, und langes schwarzes Haar hing um ihr schönes Gesicht.
Aus der Finsternis einer Ecke kam der Bürgermeister gehumpelt. Diesmal half Brian Arevin beim Aufstehen, und einen Moment später schepperten die Ketten auf den Fußboden. »Ich mußte einen tauglicheren Beweis als blaue Flecken und Ringe haben«, sagte der Bürgermeister. »Jetzt glaube ich dir.«
Arevin hörte seine Worte, aber er verstand nicht ihren Sinn. Er begriff nur eines: Schlange war nicht hier, sie war nirgendwo. An einem so läppischen Auftritt hätte sie niemals teilgenommen. »Wo ist sie?« fragte er leise.
»Sie ist weitergezogen. Zur Stadt. Zum Zentrum.«

Arevin saß auf einer bequemen Couch in einem Gästezimmer des Bürgermeisters. Schlange sollte ebenfalls in genau diesem Raum gewohnt haben, aber wie sehr er sich auch bemühte, Arevin vermochte von ihrer vorherigen Gegenwart nichts zu spüren. Die Vorhänge waren noch geöffnet, obwohl draußen bereits Dunkelheit herrschte. Arevin saß ruhig da, seit er es aufgegeben hatte, in die Ferne zu starren, wo die östliche Wüste lag, wo dichte Wolkenbänke sich stürmisch dahinwälzten. Die tödlichen Winde verwandelten die scharfkantigen Sandkörner in fürchterliche Geschosse. In einem solchen Sturm hätte auch die dickste Kleidung Arevin nicht schützen können, und selbst der größte Mut und die verzweifeltste Entschlossenheit wären nutzlos gewesen. Nur ein paar Augenblicke in der Wüste hätten ihn jetzt das Leben gekostet; nach einer Stunde wären nur noch seine blankgeschmirgelten Knochen übrig. Im Frühjahr ließe sich von ihm keine Spur finden. Sollte Schlange noch in der Wüste sein, dann war sie nun tot. Er weinte nicht. Wenn es feststand, daß sie tot war, wollte er sie beklagen. Aber er glaubte nicht an ihren Tod. Er überlegte, ob es albern sei, sich darauf zu verlassen, daß er es spüren müsse, wäre Schlange nicht länger am Leben. Er hatte schon viel über sich nachgedacht, aber sich noch nie die Frage gestellt, ob er womöglich ein Narr sei. Stavins älterer Vater, Arevins Verwandter, hatte es gespürt, als sein Kleiner krank war; er war mit seiner Herde einen Monat früher als gewöhnlich zurückgekehrt. Familien- und Liebesbande verknüpften ihn mit Stavin, nicht solche des Blutes. Arevin versicherte sich, daß die gleichen Anlagen in ihm wirkten.
Jemand pochte an die Tür. »Herein«, sagte Arevin widerwillig.
Larril, die Dienerin, die sich als Schlange ausgegeben hatte, betrat das Zimmer. »Geht es dir gut?«
»Ja.«

»Soll ich dir ein Abendessen bringen?«
»Ich dachte, sie sei in Sicherheit«, sagte Arevin. »Aber sie ist in der Wüste, und die Stürme sind ausgebrochen.«
»Sie hatte genug Zeit, um das Zentrum zu erreichen«, sagte Larril. »Sie ist früh genug aufgebrochen.«
»Ich habe ziemlich viel von der Stadt gehört«, sagte Arevin. »Ihre Bewohner können grausam sein. Wenn man ihr nun keinen Zutritt gewährt hat?«
»Ihr stand sogar noch ausreichend Zeit zur Rückkehr zur Verfügung.«
»Aber sie ist nicht zurückgekehrt. Niemand hat sie gesehen. Wäre sie zurückgekommen, es wäre allgemein bekannt.« Larril schwieg; er faßte ihr Schweigen als Zustimmung auf, und sie blickten beide trübsinnig zum Fenster hinaus.
»Vielleicht...« Larril unterbrach sich.
»Was?«
»Vielleicht solltest du dich nun erst einmal hier ausruhen und auf sie warten, nachdem du an so vielen Orten nach ihr gesucht hast...«
»Du wolltest eigentlich etwas anderes sagen.«
»Nein...«
»Bitte sag's mir.«
»Es gibt im Süden noch einen Paß. Er wird nicht länger benutzt. Aber er liegt dem Zentrum näher als wir.«
»Du hast recht«, sagte er bedächtig, während er sich die Karte im Kopf genau vorzustellen versuchte. »Könnte sie diesen Weg eingeschlagen haben?«
»Du dürftest dergleichen schon oft gehört haben«, sagte sie.
»Ja.«
»Es tut mir leid.«
»Ich danke dir trotzdem«, sagte Arevin. »Vielleicht wäre er mir selbst aufgefallen, wenn ich mir noch einmal die Karten angeschaut hätte, aber vielleicht hätte ich auch alle Hoffnung verloren. Ich werde morgen in diese Richtung aufbrechen.« Er zuckte mit den Schultern. »Ich habe einmal auf sie zu warten versucht und es nicht ausgehalten. Wenn ich's noch einmal versuchte, würde vielleicht bald der Verrückte aus mir, mit dem man mich zuerst verwechselt hat. Ich stehe in deiner Schuld.«
Sie schaute zur Seite. »Jeder in diesem Haus steht in deiner Schuld. Auf eine Weise, die man gar nicht begleichen kann.«
»Macht euch nichts daraus«, sagte er. »Es soll vergessen sein.«
Das schien sie zu beruhigen. Arevin blickte wieder aus dem Fenster. »Die Heilerin war sehr freundlich zu mir«, sagte Larril, »und du bist ihr Freund. Kann ich irgend etwas für dich tun?«

»Nein«, antwortete Arevin. »Nichts.«
Sie zögerte, wandte sich um und ging. Nach einem langen Moment bemerkte Arevin, daß er noch nicht das Geräusch der Tür vernommen hatte. Er blickte über seine Schulter und sah sie sich soeben schließen.

Der Verrückte konnte oder wollte sich nach wie vor nicht an seinen Namen entsinnen. Oder vielleicht kommt er von einem Stamm wie Arevins Klan, dachte Schlange, und verrät Fremden seinen Namen nicht. Aber Schlange konnte sich den Verrückten nicht als Angehörigen von Arevins Klan vorstellen. Jenes Völkchen war von ausgeglichenem Gemüt und schätzte die Selbstbeherrschung; der Verrückte war launisch und sprunghaft. In dem einen Moment dankte er ihr tausendfach für die versprochene Traumschlange, im nächsten Augenblick stöhnte und weinte er und jammerte, er sei so gut wie tot, weil North ihn umbringen werde. Es beeindruckte ihn nicht, forderte man ihn auf, den Mund zu halten.
Schlange war froh, wieder in den Bergen zu sein, wo man am Tage reisen konnte. Der Morgen war kühl und geisterhaft, der Pfad schmal und verhangen von Nebel. Die Pferde wateten wie Wassergeschöpfe durch die Schwaden, die sich wie Fangarme um ihre Beine wanden. Schlange atmete tief ein, bis die kalte Luft in ihren Lungen stach. Sie roch den Nebel, die fruchtbare Muttererde, einen feinen, scharfen Geruch von Harz. Ringsum war die Welt grau und grün, denn die Blätter an den Bäumen, deren Astwerk über den Pfad hinausragte, hatten sich noch nicht verfärbt. Höher am Berg wirkten die dunkleren Allzeitbäume durch den Dunst beinahe schwarz. Melissa ritt an Schlanges Seite, wachsam und wortkarg. Sie hielt sich nicht näher beim Verrückten auf, als es unbedingt sein mußte. Er befand sich unsichtbar irgendwo hinter ihnen, man hörte ihn nur. Sein alter Gaul vermochte mit Wind und Eichhörnchen nicht recht mitzuhalten, aber wenigstens saß jeder auf einem eigenen Pferd.
Allmählich vernahmen sie seine Stimme immer leiser. Ungeduldig zügelte Schlange ihre Stute, um ihn aufholen zu lassen. Melissa wartete mit noch stärkerem Widerwillen. Der Verrückte hatte es abgelehnt, ein besseres Tier zu reiten; angeblich war dies allein ruhig genug für ihn. Schlange hatte den vorherigen Besitzern des Kleppers das Geld regelrecht aufdrängen müssen, und sie glaubte nicht, daß sie es nicht verkaufen wollten, weil sie nicht erfreut über die Möglichkeit gewesen wären, das Tier loswerden zu können oder um einen höheren Preis zu erhandeln. Jean und Kev war es aufrichtig peinlich gewesen, dieses Geschäft zu tätigen. Aber Schlange hatte aufgrund der Gesellschaft des Verrückten nicht weniger Verlegenheit empfunden.
Sein Pferd kam durch den Nebel herangeschlendert; die Lider des Tieres

hingen herab, seine Ohren wackelten. Der Verrückte summte tonlos vor sich hin. »Ist dir dieser Pfad noch vertraut?«

Der Verrückte stierte sie an und lächelte. »Für mich sieht alles gleich aus«, sagte er und lachte. Es nutzte überhaupt nichts, schnauzte man ihn an, verspottete man ihn oder stieß Drohungen gegen ihn aus. Seit ihm eine Traumschlange versprochen worden war, verspürte er anscheinend weder Unbehagen noch Gier, als habe ihn bereits die Vorfreude aufgemöbelt und zufriedengestellt. Er summte und murmelte unaufhörlich und machte unbegreifliche Scherze, und manchmal richtete er sich im Sattel auf, glotzte umher und schrie »Immer nach Süden!«, um wieder mit eintönigem Gesumme zu beginnen.

Schlange seufzte und ließ den alterskrummen Gaul des Verrückten vorbeischlurfen, damit er sie anführe.

»Ich zweifle daran, daß er uns irgendwohin bringt, Schlange«, sagte Melissa. »Ich glaube, er führt uns bloß herum, damit wir uns mit ihm beschäftigen. Wir sollten ihn zurücklassen und uns etwas anderes überlegen.«

Der Verrückte versteifte sich im Sattel. Langsam drehte er sich rückwärts. Schlange war überrascht, als sie aus seinem Auge eine Träne fließen und über seine Wangen rollen sah. »Verlaßt mich nicht«, sagte er. Seine Miene und sein Tonfall waren schlichtweg mitleiderregend. Soviel Anteilnahme an seiner Umwelt hatte er bisher nicht gezeigt. Er starrte Melissa an, blinzelte mit seinen wimpernlosen Lidern. »Es ist dein gutes Recht, mir nicht zu trauen, Kleines«, sagte er. »Aber bitte, laß mich nicht im Stich.« Sein Blick verschleierte sich, und auf einmal klang seine Stimme geistesabwesend. »Bleib bei mir in der zerstörten Kuppel, und wir werden beide unsere eigene Traumschlange haben. Bestimmt gibt deine Herrin dir auch eine.« Er beugte sich zu Melissa hinüber, hob eine Hand, die Finger verkrümmt zu Klauen. »Du vergißt alle schlimmen Erinnerungen und Sorgen, du kannst deine Narben vergessen...«

Mit einem unverständlichen Fluch der Wut und Entrüstung zuckte Melissa vor ihm zurück. Sie preßte Eichhörnchen die Beine in seine Flanken und trieb das Tigerpony aus dem Stand in einen Galopp, dicht über die Mähne gebeugt, und sah sich kein einziges Mal um. Einen Moment später war sie zwischen den Bäumen und dem Nebel verschwunden, und man vernahm nur noch den dumpfen Klang von Eichhörnchens Hufen.

Schlange betrachtete den Verrückten ratlos. »Wie konntest du so etwas zu ihr sagen?«

Verwirrt blinzelte er. »Habe ich etwas Falsches gesagt?«

»Du kommst mit uns, verstanden? Bleib auf dem Pfad. Ich halte sie zurück, und wir warten auf dich.« Sie stieß Wind ihre Fersen in die Flanken und sprengte Melissa hinterdrein. Hinter ihr ertönte die fassungslose Stimme des Verrückten.

»Aber warum hat sie denn jetzt das gemacht?«

Schlange sorgte sich durchaus nicht um Melissas oder Eichhörnchens Sicherheit. Ihre Tochter konnte in diesen Bergen jedes beliebige Pferd den ganzen Tag lang reiten, ohne sich oder ihr Reittier in Gefahr zu bringen. Und auf dem zuverlässigen Tigerpony war sie doppelt sicher. Aber der Verrückte hatte sie gekränkt, und Schlange wollte sie nicht allein mit ihrem Kummer lassen. Sie mußte nicht weit reiten. Wo der Pfad wieder anstieg und über einen Hang oberhalb eines Tals auf einen weiteren Berg führte, stand Melissa neben Eichhörnchen und streichelte seinen Hals, während das Pony mit der Nase ihre Schulter stupste. Als sie Winds Hufschlag hörte, wischte sich Melissa das Gesicht am Ärmel ab und drehte sich um. Schlange stieg ab und ging zu ihr. »Ich hatte schon befürchtet, du reitest uns allzu weit voraus«, sagte sie. »Ich bin froh, daß du es nicht getan hast.«

»Man kann von einem Pferd nicht erwarten, daß es bergauf galoppiert, nachdem es erst vor kurzem lahm war«, sagte Melissa in sachlichem Ton, aber mit einer Spur von Mißmut.

Schlange hielt ihr Winds Zügel hin. »Wenn du für ein Weilchen schnell und ausgiebig reiten möchtest, überlasse ich dir gerne Wind.«

Melissa blickte sie an, als versuche sie in Schlanges Miene den Sarkasmus wahrzunehmen, den sie in ihrer Stimme vielleicht vermißt hatte. Sie erkannte nichts dergleichen. »Nein«, antwortete Melissa. »Das muß nicht sein. Vielleicht wäre mir nachher wohler, aber ich komme auch so zurecht. Es ist eben... ich möchte nicht einfach vergessen. Jedenfalls nicht auf diese Weise.«

Schlange nickte. »Das ist mir klar.« Melissa umarmte sie auf ihre unvermittelte, leicht befangene Art. Schlange tätschelte ihre Schulter. »Er *ist* nun einmal verrückt.«

»Ja.« Langsam löste sich Melissa aus Schlanges Armen. »Ich sehe ein, daß er dir nützlich sein kann. So leid es mir tut, ich kann nichts dagegen machen, daß ich ihn abscheulich finde. Ich habe es versucht.«

»Ich auch«, sagte Schlange. Sie setzten sich und warteten darauf, daß der Verrückte im gemächlichen Trott seines Gauls des Weges käme.

Schlange sah die zerstörte Kuppel, noch bevor der Verrückte überhaupt den Bergpfad oder die Gegend wiedererkannt hatte. Sie betrachtete das gewölbte Gebilde mehrere Augenblicke lang, ehe sie verblüfft bemerkte, was sie da sah. Zunächst wirkte sie lediglich wie eine der vielen Hügelkuppen, welche der Gebirgszug umfaßte; nur ihre Farbe – grau statt schwarz – hatte Schlanges Aufmerksamkeit erregt. Sie hatte mit der üblichen Halbkugel gerechnet, nicht mit einer fürchterlich unregelmäßigen grauen Oberfläche, die am Abhang lag wie eine zerflossene Amöbe. Das durchsichtige Grau, das im wesentlichen erhalten war, wies Streifen anderer Farben auf und war gegenwärtig gerötet von der nachmittäglichen Sonne. Ob das Bauwerk sofort in asymmetrischer Form errichtet oder als halbkugelige Kuppel hingestellt und erst später durch die von der früheren Zivilisation des Planeten entfesselten Gewalten geschmolzen und verformt worden war, vermochte Schlange nicht zu sagen. Aber es befand sich schon seit sehr langer Zeit im jetzigen Zustand. In den Mulden und Senken der Oberfläche hatte sich Schmutz abgelagert, und in geschützten Taschen gediehen dicht an dicht Gras, Sträucher und sogar Bäume. Für eine Weile ritt Schlange stumm weiter, kaum fähig zu glauben, daß sie dieses Ziel endlich erreicht hatte. Dann berührte sie Melissas Schulter; mit einem Ruck blickte das Kind von der bedeutungslosen Stelle in Eichhörnchens Nacken auf, die es seit geraumer Zeit anstarrte. Schlange deutete nach vorn. Melissa sah die Kuppel, und aus Aufregung und Erleichterung entfuhr ihr ein gedämpfter Ausruf, dann lächelte sie. Schlange lächelte ebenfalls. Hinter ihnen sang der Verrückte eintöniges Gebrummel, sich ihres Ziels noch gar nicht gewahr. Eine *zerstörte Kuppel.* Die beiden Wörter schienen nicht recht zusammenzupassen. Kuppeln widerfuhr keine Zerstörung, sie verfielen nicht, sie blieben unverändert. Sie waren ganz einfach vorhanden, geheimnisvoll und unzugänglich. Schlange brachte ihre Stute zum Stehen und wartete wieder einmal auf den Verrückten. Als das alte Pferd heranwankte und neben Wind verharrte, wies sie aufwärts. Der Verrückte lenkte seinen Blick mühselig in die Richtung, wohin sie zeigte. Er zwinkerte, als könne er nicht richtig glauben, was er sah. »Ist sie das?« fragte Schlange.

»Noch nicht«, sagte der Verrückte. »Nein, noch nicht, ich bin noch nicht vorbereitet...«

»Wie gelangen wir hinauf? Kann man reiten?«

»North wird uns sehen...«

Schlange zuckte mit den Schultern und stieg vom Pferd. Die Kuppel lag oberhalb eines reichlich steilen Hangs, und einen Pfad konnte sie nicht erkennen. »Also laufen wir.« Sie löste Winds Sattelgurte. »Melissa, du...«

»Nein«, sagte Melissa mit heftigem Nachdruck. »Ich bleibe nicht hier, wenn du mit dem da hinaufgehst. Eichhörnchen und Wind können für eine Zeitlang allein bleiben, und an die Schachtel wird sich niemand heranmachen. Außer vielleicht irgendein anderer Verrückter, und dann wird er nur bekommen, was er verdient.«

Schlange begann zu begreifen, warum ihr eigener Starrsinn den älteren Heilern bisweilen ein gewaltiges Maß an Geduld abgefordert hatte, als sie selbst in Melissas Alter war. Aber in der Niederlassung gab es natürlich kaum ernsthafte Gefahren, und daher hatte man ihr meistens ihren Willen lassen können. Schlange setzte sich auf einen umgestürzten Baumstamm und winkte ihre Tochter heran. Melissa gehorchte, aber ohne Schlange anzusehen, und ihre Schultern waren aus Trotz verkrampft.
»Ich benötige deine Hilfe«, sagte Schlange. »Ohne dich kann ich keinen Erfolg haben. Sollte mir etwas zustoßen...«
»Das wäre kein Erfolg!«
»In bestimmter Hinsicht doch. Melissa... die Heiler brauchen Traumschlangen. Da oben in der Kuppel hat man so viele, daß man sie zum Vergnügen verwendet. Ich muß herausfinden, woher diese Traumschlangen stammen. Aber wenn mir das nicht gelingt, wenn ich nicht von dort zurückkehre, bietest du allein die Gewähr dafür, daß die anderen Heiler erfahren, was aus mir geworden ist. Und warum es so kam. Nur durch dich können sie dann noch von diesen Traumschlangen erfahren.«
Melissa starrte auf die Erde und rieb den Knöchel der einen mit den Fingernägeln der anderen Hand. »Das ist dir sehr wichtig, oder?«
»Ja.«
Melissa ließ einen Seufzer vernehmen. Ihre Hände waren zu Fäusten geballt. »Na gut«, sagte sie. »Was soll ich tun?«
Schlange drückte sie an sich. »Wenn ich in... hm... zwei Tagen nicht zurück bin, nimm Wind und Eichhörnchen und reite nach Norden. Du mußt bis über Berghausen und Mittenweg hinaus. Es ist eine weite Strecke, aber in der Schachtel ist viel Geld. Du weißt, wie man es ungefährdet herausholen kann.«
»Ich habe meinen Lohn«, sagte Melissa.
»Gewiß, aber das andere gehört auch dir. Die Fächer, in denen Dunst und Sand sind, brauchst du überhaupt nicht zu öffnen. Sie können mit Leichtigkeit überleben, bis du daheim eintriffst.« Zum ersten Mal erwog sie ernsthaft die Möglichkeit, daß Melissa allein heimreiten mußte. »Sand wird sowieso zu dick.« Sie zwang sich zu einem Lächeln.
»Aber...« Melissa sprach nicht weiter.
»Was?«
»Wenn dir etwas geschieht, kann ich doch nicht rechtzeitig zurück sein, um dir zu helfen, weil ich erst den ganzen Weg zu den Heilern und wieder zurück reiten muß.«
»Falls ich nicht von selbst wiederkomme, gibt es auch kein Mittel, um mir zu helfen. Bitte folge mir nicht. Bitte! Ich muß genau wissen, daß du das nicht machst.«

»Wenn du in drei Tagen nicht zurück bist, gehe ich zu den Heilern und erzähle ihnen von den Traumschlangen.«
Schlange gestand ihr den zusätzlichen Tag mit einem gewissen Gefühl der Dankbarkeit zu. »Danke, Melissa.« Sie ließen das Tigerpony und die graue Stute auf einer Lichtung in der Nähe des Pfads zum Weiden frei. Aber statt umherzulaufen und sich am Gras gütlich zu tun, blieben die Tiere dicht beieinander stehen, unruhig und wachsam, ihre Ohren drehten sich unablässig, ihre Nüstern waren geweitet. Das alte Pferd des Verrückten stand abseits allein im Schatten, den Kopf gesenkt. Melissa beobachtete die Tiere; ihre Lippen waren zusammengepreßt. Der Verrückte stand noch, wo er vorhin abgestiegen war, und starrte Schlange an, in den Augen Tränen. »Melissa«, sagte Schlange, »wenn du daheim ankommst, vergiß nicht zu erwähnen, daß ich dich adoptiert habe. Dann... dann werden sie dort wissen, daß du auch ihre Tochter bist.«
»Ich möchte nicht ihre Tochter sein. Ich will deine Tochter sein.«
»Das bist du. Ganz gleich, was geschieht.« Sie nahm einen tiefen Atemzug und atmete langsam aus. »Führt ein Weg nach oben?« fragte sie den Verrückten. »Wie gelangt man am schnellsten hinauf?«
»Kein Weg... öffnet sich vor mir, schließt sich hinter mir.«
Schlange merkte, wie sich Melissa eine höhnische Bemerkung verkniff. »Dann wollen wir gehen«, sagte sie, »und hoffen, daß dein Zauber auch bei zwei Personen wirkt.« Nochmals drückte sie Melissa an sich, und Melissa klammerte sich an sie, zeigte deutlichen Widerwillen dagegen, sie gehen zu lassen. »Es wird schon alles klappen«, meinte Schlange. »Mach dir keine Sorgen.«

Der Verrückte kletterte erstaunlich schnell aufwärts, beinahe so, als erschlösse sich ihm tatsächlich ein Weg, ihm ganz allein. Schlange mußte sich mächtig anstrengen, um Anschluß zu halten, und bald brannte in ihren Augen Schweiß. Sie überwand einige Meter harten schwarzen Gesteins und griff nach seiner Robe, bekam sie zu fassen. »Nicht so eilig.« Sein Atem ging schnell, aber nicht aus körperlicher Anstrengung, sondern aus Erregung. »Die Traumschlangen sind zum Greifen nah«, sagte er. Ruckartig befreite er seine Robe aus ihrer Hand und erkletterte ein steiles, kahles Stück Hang mit affenartiger Geschwindigkeit. Schlange wischte sich die Stirn am Ärmel trocken und kletterte ihm nach.
Als sie ihn das nächste Mal einzuholen vermochte, packte sie ihn bei der Schulter und ließ nicht locker, bis er sich auf einem Felssims niederließ. »Hier verschnaufen wir«, sagte sie, »und wenn wir weiterklettern, dann langsamer und ruhiger. Andernfalls werden deine Freunde unsere Ankunft bemerken, bevor wir Wert darauf legen.«

»Die Traumschlangen...«
»Zwischen uns und den Traumschlangen steht North. Ließe er dich hinein, wenn er dich jetzt sieht?«
»Du wirst mir eine Traumschlange geben? Eine für mich allein? Anders als North?«
»Anders als North«, bestätigte Schlange. Sie saß in einem schmalen Streifen Schatten, den Rücken an das Vulkangestein gelehnt. Unten im Tal sah sie hinter dunklem Immergrün eine Ecke der Wiese, aber weder Wind noch Eichhörnchen zeigten sich auf diesem Teil der Lichtung. Aus dieser Höhe sah der Winkel wie ein Stückchen Samt aus. Schlange fühlte sich einsam.
Der Felsabhang war keineswegs so kahl, wie er von unten wirkte. Da und dort bildeten Flechten grüngraue Polster, und in schattigen Spalten gediehen kleine, dickblättrige Sukkulenten. Schlange beugte sich vor, um eines der Gewächse genauer zu begutachten. Im Schatten und vor dem Hintergrund schwarzen Steins war die Farbe unbestimmbar. Mit einem Ruck straffte sie sich. Sie nahm einen Steinsplitter zur Hand und beugte sich wieder über die geduckte, blaugrüne Pflanze. Mit dem Stein berührte sie die Blätter. Sie schlossen sich vor der Umwelt ab. Sie ist dort oben entstanden, dachte Schlange. Sie stammt aus der zerstörten Kuppel. So etwas war natürlich zu erwarten gewesen; sie hätte sich denken können, daß sie hier Dinge vorfinden mußte, die nicht auf die Erde gehörten. Sie berührte die Pflanze noch einmal von derselben Seite. Das fremdartige Kraut war tatsächlich bewegungsfähig. Es würde mit der Zeit, wenn man es ließ, allmählich den ganzen Berg hinunterkriechen und sich womöglich ausbreiten. Schlange schob die Spitze des flachen Steins darunter und kippte das Gewächs aus seinem Wurzelbett, warf es um. Mit Ausnahme des Büschels Wurzeln in seiner Mitte blieb sein Aussehen unverändert; die leuchtend türkisgrünen Blätter drehten sich an den Blattansätzen, suchten einen Halt. Schlange hatte diese Art noch nie gesehen, aber schon ähnliche Geschöpfe – oder Pflanzen (sie fügten sich nicht so recht in die übliche Klassifikation) –, die über Nacht ein ganzes Feld überwuchert und das Erdreich vergiftet hatten, so daß nichts anderes mehr wuchs. In einem Sommer vor mehreren Jahren hatten sie und die anderen Heiler mitgeholfen, auf benachbarten Höfen ganze Dickichte solcher Gewächse niederzubrennen. Sie waren nicht von neuem emporgewuchert, aber von Zeit zu Zeit entdeckte man stellenweise immer noch derartige Pflanzen; die von ihnen zuvor eroberten Felder waren unbrauchbar geworden und galten seither als verbotenes Land. Schlange hätte am liebsten auch dies Exemplar ohne weitere Umstände verbrannt, aber sie konnte gegenwärtig unmöglich ein Feuer entzünden. Sie schob das Gewächs aus dem Schatten

in den Sonnenschein, und es zog sich zu einem straffen Gebilde zusammen. Nun bemerkte Schlange hier und da die geschrumpften Reste anderer Kriechgewächse, von der Sonne vertrocknet und abgestorben, in ihrer Wanderung an diesem unwirtlichen Felsabhang gescheitert. »Weiter«, sagte Schlange; sie meinte mehr sich selbst als den Verrückten.
Sie kletterte über den Rand der Klippe auf das ausgemuldete Tableau, worauf die zerstörte Kuppel stand. Die Fremdartigkeit dieses Orts war für Schlange spürbar wie ein Schlag ins Gesicht. Rings um den Sockel des riesigen, halb eingestürzten Bauwerks wuchsen außerirdische Pflanzen bis fast an die Hänge, ließen keinen Pfad frei. Was den Erdboden bedeckte, ähnelte nichts von allem, das Schlange jemals erblickt hatte, es war kein Gras, kein Gestrüpp, es handelte sich nicht um Sträucher. Sie sah eine niedrige Wucherung hellroter Blätter. Als sie ihre Beschaffenheit eingehender besah, erkannte sie, daß es nicht lediglich einzelne große Blätter waren; jeder Abschnitt der Pflanze war ungefähr zweimal so lang wie Schlanges Körper, und die Blätter waren an ihren Blattspitzen durch ein Gewirr ineinander verschlungener Härchen verbunden. Wo mehr als zwei Blätter miteinander verflochten waren, erhob sich aus dem Knäuel ein zierlicher, fingerlanger Farn. Wo der felsige Untergrund Spalten und Risse aufwies, zerteilten Streifen türkisgrüner Kriechgewächse den Teppich aus roten Blättern, so hartnäckig in die Schatten geduckt, wie das rote Blattwerk sich begierig unter dem Licht entfaltete. Eines Tages würden mehrere Kriechgewächse zugleich den weiten, steinigen Hang überwinden und sich dann unten im Tal festsetzen; eines Tages, wenn Witterung, Hitze und Kälte ihnen im Stein mehr Risse und damit mehr Schatten geschaffen hatten.
Die eingesunkenen Stellen der Kuppel boten einigem herkömmlichen Grün Platz, weil die Luftwurzeln der Kriechgewächse so weit hinauf nicht reichten. Falls diese Pflanzenart jener glich, die Schlange von früher kannte, erzeugte sie keinen Samen. Aber andere fremde Gewächse waren ebenfalls auf die Kuppel vorgedrungen, denn viele der eingeschmolzenen Mulden waren außer mit gewöhnlichem Grün mit unirdisch kräftigen Farben durchsetzt. In einigen der eingesenkten, abgesackten Taschen hoch über dem Grund lagen die Farben miteinander in kriegerischem Wettstreit; noch hatte keine die andere niederringen und verdrängen können.
Im Innern der durchsichtigen Kuppel sah man dunkle, schattenhafte Umrisse, unbestimmbar und fremdartig. Zwischen dem Rand der Klippe und der Kuppel gab es keinerlei Deckung, und es ließ sich auch kein Umweg einschlagen. Schlange war sich, da sie sich gegen den Himmel abzeichnen mußte, ihrer Sichtbarkeit mit tiefem Unbehagen bewußt. Der Verrückte

kletterte herauf und trat an ihre Seite. »Wir nehmen diesen Weg«, sagte er und deutete über den roten Blätterteppich hinweg, durch den weder ein Weg noch ein Pfad führte. In der Richtung, wohin er wies, durchzogen mehrere Streifen von Kriechgewächsen das Rot. Schlange trat vor und stellte vorsichtig einen Stiefel auf den Rand eines der roten Blätter. Nichts geschah. Es war nicht anders, als wenn man auf ein gewöhnliches Blatt trat. Darunter war der Felsboden so hart wie jeder andere Stein. Der Verrückte strebte an Schlange vorbei und ging auf die Kuppel zu. Schlange hielt ihn an der Schulter zurück. »Die Traumschlangen«, zeterte er. »Du hast mir eine versprochen!«

»Hast du schon wieder vergessen, daß North dich fortgejagt hat? Wenn du einfach so zurückkehren könntest, warum hast du dann deine Zeit mit mir vergeudet?«

Der Verrückte senkte den Blick. »Er wird sich nicht freuen, mich zu sehen«, flüsterte er.

»Bleib hinter mir«, sagte Schlange. »Es wird alles gutgehen.« Sie begann den saftigen, aber nicht sonderlich weichen Teppich von breiten roten Blättern zu überqueren und setzte dabei ihre Füße vorsichtig auf, für den Fall, daß das Blattwerk irgendeinen Felsspalt verbarg, in dem sich noch keine bläulichen Kriechgewächse eingenistet hatten. Der Verrückte schloß sich ihr an.

»Es gefällt North, wenn neue Leute kommen«, sagte er. »Es gefällt ihm, wenn jemand zu ihm kommt und ihn bittet, träumen zu dürfen.« Sein Tonfall zeugte plötzlich von Nachdenklichkeit. »Vielleicht freut er sich doch, mich wiederzusehen.«

Schlanges Stiefel verursachten Abdrücke auf den roten Blättern, so daß sie eine sichtbare Fährte hinterließ. Einmal blickte sie sich um: Ihre Fußspuren zeichneten sich bis zurück an den Rand der Klippe auf dem Rot als lebhaft blaurote Druckstellen ab. Die Spuren des Verrückten waren wesentlich schwächer. Er schlich ihr ein wenig weiter seitlich hinterher, so daß er die Kuppel ständig im Blickfeld hatte, nicht ganz so stark von Furcht vor North erfüllt wie mit dem Verlangen nach einer Traumschlange. Die längliche Kuppel war noch bedeutend größer, als sie aus einiger Entfernung aussah. Ihre durchsichtige Seite erhob sich in einer gewaltigen, sanft geschwungenen Wölbung bis zum höchsten Punkt ihrer Oberfläche, dessen Höhe das Vielfache von Schlanges Größe ausmachte. Die Seite, der sie sich näherten, war von bunten Adern durchzogen. Erst weit zur Rechten, am entfernteren Ende der Kuppel, verblaßten sie zum ursprünglichen Grau. Nach links besaßen die Adern dagegen, je mehr sie dem schmaleren Ende des Baus zuliefen, immer grellere Farben. Schlange erreichte die Kuppel. Die dünnen roten Blätter wuchsen an ihrer Wan-

dung bis in Kniehöhe empor, aber darüber war das kristallene Plastikmaterial frei von Pflanzen. Schlange hielt ihr Gesicht ganz nahe daran und spähte zwischen einer orangenen und einer blauen Ader hinein, schirmte den Sonnenschein mit den Händen ab, aber die Gebilde drinnen waren noch immer unbestimmbar und unkenntlich. Nichts bewegte sich. Sie folgte dem Verlauf der farbigen Adern in Richtung ihrer farblichen Verstärkung. Als sie das schmale Ende des Gebäudes umrundete, sah sie, warum man es eigentlich eine zerstörte Kuppel nannte. Was die Oberfläche der Kuppel auch zum Erweichen gebracht haben mochte, es mußte eine unfaßbare Gewalt gewesen sein, denn es hatte ein Loch in das Material geschmolzen, das Schlange stets als unzerstörbar erachtete. Die regenbogenbunten Adern nahmen über blasig aufgeworfenes Plastik ihren Ausgang rings um dieses Loch. Die Hitze mußte die Substanz verhärtet und spröde gemacht haben, denn die Ränder der Öffnung waren abgebrochen und hatten einen geräumigen, unregelmäßig geformten Zugang hinterlassen. Überall am Untergrund lagen Plastiktropfen verstreut, durchsichtige Kügelchen, die zwischen den Blättern des Pflanzenwuchses außerirdischer Herkunft schillerten. Vorsichtig näherte sich Schlange dem Loch. Der Verrückte hob erneut seinen jammervollen Summsingsang an. »Scht!« Schlange drehte sich nicht um, aber er verstummte.
Voller Faszination stieg Schlange durch das Loch ins Innere. Sie nahm die scharfen Kanten der Öffnung, als ihre Handflächen deren Seiten berührten, nicht recht zur Kenntnis, obwohl sie sie spürte. Jenseits der Bresche, wo die Seitenwand sich ein- und aufwärts gewölbt hatte, als sie noch unbeschädigt war, um oben ins Dach überzugehen, war bis fast in Schlanges Kopfhöhe ein regelrechter Bogengang aus Plastik herabgesackt. Hier und da war das Plastik zerlaufen und herabgetropft, hatte starre Fäden gebildet, die wie Taue von der Decke bis auf den Boden reichten. Schlange hob eine Hand und berührte behutsam eines dieser Taue. Es dröhnte wie eine riesenhafte Harfensaite, und sie schloß hastig die Faust darum, so daß der Klang verstummte. Das Licht war drinnen rötlich und gespenstisch diffus; Schlange blinzelte, um ihr Blickfeld zu klären. Aber mit ihren Augen war alles in Ordnung; nur konnten sie sich nicht so rasch an die fremdartige Anlage gewöhnen. Die Kuppel hatte anscheinend einmal eine Art von Garten nach außerirdischem Muster umschlossen, der jedoch mittlerweile längst verwildert war – es bedeckten noch weit mehr Pflanzenarten als nur Wanderkraut und Rotblatt den Boden. Eine riesige Kletterpflanze, deren Stamm dicker war als der dickste Baum, den Schlange je gesehen hatte, krümmte sich an der Innenseite der Wandung empor, tastete sich mit feisten Saugtellern über das nun brüchige Plastik, fraß sich daran fest, um unter der Wölbung des Dachs den begehrten, unersetzlichen Halt zu

erlangen. Dieser Riesenwein begann bereits unter dem Dach einen Baldachin zu flechten. Seine bläulichen Blätter waren winzig und sehr fein, die Blüten dagegen gigantisch; allerdings bestanden sie ihrerseits aus vielen tausend weißen Kelchen, jeder wiederum kleiner als die Blätter.
Schlange drang weiter zur Mitte vor, wo die Hitze das Dach nicht hatte einsacken lassen. An verschiedenen Stellen hatte der Riesenwein ebenfalls die Wandung zu erklimmen versucht, aber da das Plastikmaterial sich noch als zu glatt zum Festsaugen und zu hart zum Perforieren erwies, war er wieder herabgerutscht. Nach den Riesenklimmzügen hatten sich die baumähnlichen Pflanzen gegen die Einengung durch das Kuppeldach aufzulehnen versucht. Eine stand in der Nähe auf einer Erhebung: ein unentwirrbares Durcheinander hölzerner Stengel oder Äste, wie aufgeschichtet und bis weit über Schlanges Kopf emporgetürmt, oben in langsamer Ausweitung begriffen, um unter dem Dach zu einem Trichtergebilde zu verwachsen. Schlange erinnerte sich ungefähr an die Beschreibung des Verrückten und zeigte auf einen im Mittelpunkt aufgeschütteten Hügel, der sich bis fast unter den Plastikhimmel erhob. »Dorthin, hm?« Sie hörte ihre eigene Stimme geisterhaft wispern.
Der Verrückte, hinter ihr niedergeduckt, nuschelte irgend etwas, das wie Zustimmung klang. Schlange ging weiter, durchquerte die fein ziselierten Schatten der Knäuelbäume und vereinzelte Flächen farbigen Lichts, das herabfiel, wo der Sonnenschein die adernartigen, regenbogenfarbenen Schadstellen der Kuppel durchdrang. Während Schlange ausschritt, lauschte sie aufmerksam, ob irgendwo eine andere menschliche Stimme ertönte, ob sich das Zischen von verborgen eingenisteten Schlangen vernehmen ließ, auf irgend etwas. Aber selbst die Luft war still. Der Boden begann anzusteigen; sie erreichten den Fuß der zentralen Anhöhe. An manchen Stellen ragte schwarzes Vulkangestein aus der oberen Erdschicht, bei der es sich durchaus um außerirdische Erde handeln mochte. Sie sah zwar völlig normal aus, aber das traf nicht auf die Pflanzen zu, die darin gediehen. Hier war der Grund mit etwas bewachsen, das feinem braunen Haar glich und auch die gleiche ölige Beschaffenheit hatte. Der Verrückte eilte voraus, folgte dem Verlauf eines Weges, den es nicht gab. Schlange blieb hinter ihm. Die Anhöhe wurde steiler, und Schweiß trat auf ihre Stirn. Ihr Knie fing wieder einmal zu schmerzen an. Sie fluchte gedämpft. Unter dem Haargras lockerte sich ein Stein, und ihr Fuß glitt ab. Schlange krallte sich ins Gras, um zu verhindern, daß sie stürzte. Es hielt so lange, bis sie das Gleichgewicht wiedererlangt hatte, doch danach klebte eine ganze Handvoll der dünnen Hälmchen zwischen ihren Fingern. Jeder winzige Halm verfügte über ein eigenes Wurzelgespinst, als wäre es tatsächlich Haar. Sie kletterten höher, und noch immer zeigte sich

niemand, um ihnen Einhalt zu gebieten. Der Schweiß auf Schlanges Stirn trocknete: die Luft kühlte ab. Der Verrückte – er grinste verstohlen und brummelte unverständlich – stieg eifriger aufwärts. Die Kühle verwandelte sich in ein Säuseln von Luft, die herabströmte wie Wasser. Schlange hatte damit gerechnet, daß es unter dem Kuppeldach schwül von gestauter Wärme sei. Aber je höher sie hinaufkamen, um so kühler und kräftiger ließ sich der Luftzug verspüren. Sie gelangten aus dem Gürtel von Haargras und in einen weiteren Baumbestand. Diese Bäume ähnelten denen, die unten wuchsen, sie besaßen dicke, knorrige Wurzeln und turmartige Kronen aus ineinander verworrenen Zweigen, besetzt mit kleinen, flattrigen Blättchen; hier jedoch waren sie nur wenige Meter hoch und standen grüppchenweise zusammen, zu zweien oder dreien, wobei sie sich gegenseitig im Wachstum behinderten. Das Wäldchen verdichtete sich nach oben hin. Schließlich gerieten sie auf einen Trampelpfad, der sich zwischen den knorrigen Wurzelstrünken emporwand. Als sich die Baumkronen über ihren Köpfen zu einem Laubdach schlossen, holte Schlange den Verrückten ein und hielt ihn fest. »Von jetzt an gehst du hinter mir, klar?« Er nickte, ohne sie anzuschauen.

Die Kuppel zerstreute das Sonnenlicht, so daß nichts einen anständigen Schatten warf, und die Helligkeit genügte kaum, um das unregelmäßige, knotige Geäst zu durchdringen. Winzige Blätter bebten im Luftstrom, der durch die Schneise blies. Schlange ging weiter. Der Felsboden unter ihren Füßen war einem weichen Trampelpfad aus Humus und gefallenem Laub gewichen. Rechts erhob sich aus der Flanke des Hügels ein ungeheurer Felsklotz, dessen Fläche leicht schräg war; er bildete eine Felsbank, von der aus man sicher den größten Teil des Kuppelinnern überblicken konnte. Schlange überlegte, ob sie diese Möglichkeit wahrnehmen solle; aber sie begäbe sich damit selbst in ein allgemeines Blickfeld. Sie wollte North und seinen Leuten keinen Vorwand liefern, um sie des Herumschnüffelns beschuldigen zu können, und es war ohnehin besser, man bemerkte ihre Anwesenheit erst, wenn sie den Zeitpunkt als geeignet betrachtete. Sie fröstelte, als sie dem weiteren Verlauf des Trampelpfads folgte, denn der kühle Luftzug verwandelte sich in einen kalten Wind. Sie schaute sich um, damit sie sicher sein konnte, daß der Verrückte noch hinter ihr war, und da sah sie ihn zum Felssims hinaufhasten, mit den Armen fuchteln. Bestürzt blieb Schlange stehen. Ihr erster Gedanke war, daß er wieder einmal beschlossen hatte zu sterben. Und in diesem Augenblick rannte ihm Melissa hinterdrein.

»North!« schrie er, bevor Melissa nach seinen Knien sprang und sie umklammerte, ihn mit der Schulter aus dem Gleichgewicht warf und hinstreckte. Schlange lief hinzu, während Melissa mit ihm rang, um zu ver-

hindern, daß er sich aufraffte und losriß. Sein Schrei hallte endlos wider, zurückgeworfen von der Wandung und den zahlreichen herabgeschmolzenen Beulen und inwendigen Unebenheiten der Kuppel. Melissa bot in ihrem Kampf mit dem Verrückten alle Kraft auf, um seine Beine geschlungen und halb in seine weite Wüstenrobe verwickelt, und zugleich versuchte sie ihr Messer zu ziehen – auf jeden Fall schaffte sie es irgendwie, ihn festzuhalten. Schlange löste Melissa von ihm, so behutsam es sich machen ließ. Der Verrückte kroch herum, schnappte nach Luft, um noch einmal zu schreien, aber Schlange zog ihr Messer und setzte ihm die Klinge an die Kehle. Ihre andere Hand war zu einer Faust geballt. Langsam lockerte sie die Faust, während sie ihre Wut bezähmte.
»Warum hast du das getan? Wir hatten eine Vereinbarung getroffen.«
»North...« Er flüsterte bloß. »North wird auf mich böse sein. Aber wenn ich ihm neue Leute bringe...« Seine Stimme verstummte.
Schlange sah Melissa an, und Melissa senkte den Blick. »Ich habe nicht versprochen, dir nicht zu folgen«, sagte sie. »Darauf habe ich genau geachtet. Ich weiß, ich war unehrlich, aber...« Sie hob den Kopf und erwiderte Schlanges Blick. »Du weißt über Menschen manches nicht. Du traust ihnen zu sehr. Es gibt auch Dinge, die ich nicht weiß, das ist mir klar, aber das sind wieder andere.«
»Na schön«, sagte Schlange. »Du hast recht, ich habe ihm zuviel Vertrauen geschenkt. Danke dafür, daß du ihn aufgehalten hast.«
Melissa zuckte die Achseln. »Genutzt hat es nichts. Jetzt weiß man, daß wir hier sind.«
Der Verrückte begann zu kichern, wälzte sich hin und her, seine Arme um den Leib geschlungen. »Jetzt wird mich North wieder mögen.«
»Ach, halt dein Maul«, sagte Schlange. Sie schob ihr Messer zurück in die Scheide. »Melissa, du mußt aus der Kuppel verschwinden, ehe irgend jemand auftaucht.«
»Bitte, komm mit«, sagte Melissa. »Hier hat nichts einen Sinn.«
»Jemand muß den Heilern von dieser Kuppel berichten.«
»Ich schere mich nicht um die Heiler! Nur um dich! Wie könnte ich denn zu ihnen gehen und ihnen erzählen, daß ich dich von einem Verrückten habe umbringen lassen?!«
»Melissa, bitte, wir haben keine Zeit für Diskussionen.«
Melissa wickelte den Zipfel ihres Kopftuchs um einen Finger, zog es herab, so daß das Tuch ihre Narbe überschattete. Schlange hatte wieder ihre gewöhnliche Kleidung angelegt, als sie die Wüste verließen, aber Melissa nicht. »Du solltest mich bei dir behalten«, sagte sie. Mit hängenden Schultern machte sie kehrt und wollte sich über den Trampelpfad abwärts entfernen.

»Dein Wunsch soll in Erfüllung gehen, Kleines.« Die Stimme war höflich und besaß einen tiefen Klang.
Im ersten Moment dachte Schlange, der Verrückte hätte urplötzlich in normalem Ton zu sprechen begonnen, aber er wand sich noch immer neben ihr auf dem kahlen Felsen wie ein Wurm, und auf dem Trampelpfad stand nun eine vierte Person. Melissa blieb wie angewurzelt stehen, starrte zu ihr empor und wich dann zurück.
»North!« kreischte der Verrückte. »North, ich bringe neue Leute! Und ich habe dich gewarnt, ich habe verhindert, daß sie sich anschleichen. Hast du mich gehört?«
»Ich habe dich gehört«, bestätigte North. »Und ich habe mich gewundert, warum du mir ungehorsam warst und zurückgekommen bist.«
»Ich dachte, du würdest dich freuen, wenn ich dir diese Leute bringe.«
»Das ist alles?«
»Ja.«
»Bestimmt?« Die Höflichkeit des Tonfalls blieb, aber dahinter verbarg sich ein großes Vergnügen am spöttischen Charakter dieser Höflichkeit, und das Lächeln des Mannes war eher grausam als freundlich. Seine Gestalt bot im trüben Licht einen unheimlichen Anblick, denn er war unerhört riesig, so groß, daß er in der Schneise unter dem Blätterdach die Schultern vornüberbeugen mußte. Er war von krankhaftem Riesenwuchs: pituitärer Gigantismus, erkannte Schlange. Auszehrung betonte die Unregelmäßigkeit seines Körperbaus zusätzlich. Er war ganz in Weiß gekleidet und außerdem ein Albino; er besaß kalkweißes Haar, weiße Brauen und Wimpern sowie sehr blasse blaue Augen.
»Ja, North«, sagte der Verrückte. »Das ist alles.« Seiner Antwort folgte eine Stille, die durch Norths übermächtige, bedrückende Gegenwart erzeugt zu werden schien. Schlange meinte zwischen den Bäumen eine Bewegung wahrzunehmen, war sich jedoch nicht sicher, weil das Gehölz zu dicht und unzugänglich wirkte, um als Versteck zu dienen. Vielleicht verwanden und entwanden in diesem fremdartigen, finsteren Wald die Bäume ihre Äste so leicht, wie Liebende sich die Hände gaben; Schlange verspürte ein Schaudern. »Bitte, North, nimm mich wieder auf. Ich habe dir doch zwei neue Leute gebracht...« Schlange packte den Verrückten an der Schulter; er verstummte.
»Warum seid ihr hier?«
Im Laufe der letzten Wochen war Schlange immerhin so umsichtig geworden, daß sie nun davon abzusehen beschloß, North unverzüglich zu verraten, daß vor ihm eine Heilerin stand. »Aus dem gleichen Grund wie alle anderen«, erwiderte sie. »Wegen der Traumschlangen.«
»Du siehst nicht wie die Art von Weibsbildern aus, die gewöhnlich über-

haupt von ihnen erfahren.« Er kam näher und beugte sich noch tiefer herab, um in den düsteren Lichtverhältnissen besser sehen zu können. Von ihr blickte er zu dem Verrückten, dann musterte er Melissa. Sein unbarmherziger Blick nahm einen nachsichtigeren Ausdruck an. »Aha, ich verstehe. Ihretwegen kommst du.«
Fast hätte Melissa ihm eine Richtigstellung zugefaucht; Schlange sah, wie sie sich aus Ärger straffte, dann jedoch zur Ruhe zwang. »Wir drei sind zusammen gekommen«, sagte Schlange. »Alle aus dem gleichen Grund.« Sie fühlte, wie sich der Verrückte regte, als wolle er vorwärtstorkeln und sich North vor die Füße werfen. Sie drückte ihre Finger fester in seine knochige Schulter, und er sackte schlaff wieder zusammen.
»Und was habt ihr mir zu eurer Einführung mitgebracht?«
»Ich verstehe nicht, was du meinst«, antwortete Schlange.
Norths flüchtige Miene des Mißmuts verschwand in einem Auflachen. »Genau so etwas habe ich von diesem armseligen Narren erwartet – euch herzubringen, ohne euch unsere Bräuche zu erklären.«
»Ich habe sie mitgebracht, North. Ich habe sie dir mitgebracht.«
»Und sie dich, was? Das ist wohl kaum ein angemessenes Entgelt.«
»Über die Bezahlung können wir uns im Rahmen einer Übereinkunft sicherlich einigen«, sagte Schlange. Daß North sich hier als kleiner Gott niedergelassen hatte, Tribut forderte, die Traumschlangen mißbrauchte, um seine Herrschsucht zu befriedigen, verdroß Schlange ebenso wie alles andere, was sie hier sah und hörte. Oder besser bezeichnet, es forderte sie heraus. Man hatte Schlange gelehrt – und sie war zutiefst von der Richtigkeit dieser Haltung überzeugt –, daß der Mißbrauch von Heilerschlangen zur Selbsterhöhung unmoralisch und unverzeihlich war. Bei anderen Menschen hatte sie Kindergeschichten vernommen, in denen Schurken oder tragische Helden magische Fähigkeiten anwandten, um sich zu Tyrannen zu erheben; das führte stets zu einem bösen Ende. Aber die Heiler kannten keine derartigen Geschichten. Nicht aus Furcht verzichteten die Heiler auf den Mißbrauch dessen, was ihnen zur Verfügung stand. Es geschah aus Selbstachtung.
North stelzte um einige Schritte näher. »Mein liebes Kind, du verstehst das alles nicht. Wenn du erst einmal bei mir bist, kannst du nicht wieder fort, ehe ich deiner Ergebenheit völlig gewiß bin. Erstens wirst du bald gar nicht mehr fort wollen. Zweitens, wenn ich jemanden aussende, dann ist das ein Beweis, daß ich ihm vertraue. Eine Ehre.«
Schlange wies mit dem Kinn auf den Verrückten. »Und er?«
North lachte freudlos. »Ihn habe ich nicht ausgeschickt. Ihn habe ich fortgejagt.«
»Aber ich weiß, wo ihre Sachen sind, North!« Der Verrückte riß sich von

Schlange los. Diesmal ließ sie es in ihrem Abscheu geschehen. »Sie brauchst du ja nicht, bloß mich.« Er schlang seine Arme um Norths Knie. »Das Zeug ist unten im Tal. Wir brauchen es nur zu holen.«
Schlange zuckte mit den Schultern, als North seinen Blick vom Verrückten löste und zu ihr hob. »Unser Eigentum ist gut geschützt. Er könnte dich hinführen, aber du wärst dazu außerstande, es in Besitz zu nehmen.«
Auch jetzt war sie noch nicht dazu bereit, ihm zu sagen, was sie wirklich war.
North befreite sich aus der affenartigen Umklammerung des Verrückten. »Ich bin schwach«, sagte er. »Ich gehe nie hinunter ins Tal.«
Ein kleiner, schwerer Beutel prallte vor Norths Füßen auf. Er und Schlange sahen Melissa an. »Wenn du dafür Geld haben willst, daß man bloß mit dir reden darf«, sagte Melissa in aufsässigem Tonfall, »dann nimm das hier.«
Mühsam beugte sich North hinab und nahm Melissas Lohn. Er öffnete den Beutel und schüttete die Münzen in seine Hand. Das Gold schimmerte auch im diffusen Licht des Hains. Er schüttelte die Münzen, wog sie bedächtig in der Hand. »Nun gut, als Anfang wird das reichen. Aber natürlich müßt ihr eure Waffen abgeben, und dann gehen wir in mein Heim.«
Schlange löste ihr Messer vom Gürtel und warf es auf den Boden. »Schlange...« Melissa flüsterte. Sie starrte zu Schlange auf, völlig ratlos, sichtlich unfähig zu begreifen, warum Schlange tat, was sie getan hatte, die Finger um den Griff des eigenen Messers gekrümmt.
»Wenn wir möchten, daß er uns traut, müssen wir ihm vertrauen«, sagte Schlange. Aber insgeheim vertraute sie ihm nicht und wollte es auch gar nicht. Doch Messer wären gegen eine ganze Horde ohnehin wertlos, und sie war davon überzeugt, daß North sich nicht allein eingefunden hatte. Liebe Tochter, dachte Schlange, ich habe nie behauptet, dies würde ein leichtes Unternehmen sein. Melissa wich zurück, als North einen Schritt auf sie zu tat. Ihre Knöchel waren weiß.
»Fürchte dich nicht vor mir, Kleines. Und verzichte auf Mätzchen. Ich habe mehr Hilfsmittel zur Verfügung, als du dir vielleicht vorstellst.« Melissa zog langsam, mit gesenktem Blick, ihr Messer und ließ es vor ihre Füße fallen. Mit einer ruckartigen Bewegung seines Kinns befahl North den Verrückten hinüber zu Melissa. »Durchsuche sie.«
Schlange legte eine Hand auf Melissas Schulter. Das Kind war verkrampft und zitterte. »Er braucht sie nicht zu durchsuchen. Ich gebe dir mein Wort, daß Melissa keine weiteren Waffen besitzt.« Schlange spürte, daß Melissa sich schon fast bis an die Grenze des Erträglichen beherrscht hatte. Ihre Abneigung und ihr Abscheu vor dem Verrückten mußten sie

stärker belasten, als ihre Gemütsverfassung es auszuhalten vermochte.
»Das ist nur ein Anlaß mehr, um sie zu durchsuchen«, sagte North. »Aber wir wollen, was die Gründlichkeit angeht, nicht übereifrig sein. Möchtest du zuerst an die Reihe kommen?«
»Das wäre wohl besser«, sagte Schlange. Sie streckte die Hände hoch, und North klopfte sie ab, ließ sie sich dann jedoch umdrehen, die Arme senken, sich vorbeugen und gegen die knotigen Äste eines Baumes lehnen. Hätte sich Schlange nicht wegen Melissa gesorgt, sie wäre über diese ganze Wichtigtuerei belustigt gewesen. Nichts geschah während eines Zeitraums, der beträchtlich lange zu dauern schien. Schlange wollte sich schon wieder umwenden, aber da berührte North plötzlich mit der Kuppe eines seiner bleichen Finger die neueren, rosigen Narben an ihrer Hand. »Aha«, sagte er leise und so dicht an ihrem Ohr, daß sie seinen warmen, unangenehmen Atem spürte, »du bist eine Heilerin.«
Schlange hörte die Armbrust, als der Bolzen sich in ihre Schulter bohrte, der Schmerz sich wie eine Flutwelle in ihrem Körper ausbreitete. Ihre Knie wankten, aber sie konnte nicht fallen. Die Aufprallwucht des Bolzens sandte Schwingungen durch den Baumstamm, durch ihren Körper auf und nieder. Melissa schrie vor Wut. Schlange vernahm nun unmißverständlich andere Leute in ihrem Rücken. Warmes Blut rann über ihr Schulterblatt und ihre Brust. Mit der Linken ertastete sie den Schaft des Bolzens, wo er aus ihrem Fleisch ragte und sich in den Baum gebohrt hatte, aber ihre Finger glitten ab, und das Holz hielt die Bolzenspitze fest. Melissa war an Schlanges Seite und stützte sie nach besten Kräften. Hinter ihr verwoben sich fremde Stimmen zu einem wirren Klangvorhang. Jemand packte den Bolzen und riß ihn aus dem Holz, zerrte ihn dann aus der Muskulatur. Das Scharren des hölzernen Schaftes über einen Knochen entrang Schlange ein Keuchen. Die glatte, kühle Metallspitze glitt aus der Wunde. »Tötet sie«, sagte der Verrückte. Aus Erregung sprach er sehr schnell. »Tötet sie und verwendet ihren Kadaver als Warnzeichen.« Schlanges Herz pumpte warmes Blut aus ihrer Schulter. Sie torkelte, stützte sich ab, sank auf die Knie. Das Zusammensacken versetzte ihrem Rückgrat einen heftigen Stoß, und ihre Wirbel bebten aus Schmerz, dem sie sich entziehen wollte, aber es nicht konnte, so wie der arme kleine Gras sich vor nicht allzu langer Zeit mit gebrochener Wirbelsäule wand. Vor ihr stand Melissa, das entstellte Gesicht und ihr rotes Haar unbedeckt, blind von Tränen, während sie Schlange unbeholfen mit geflüsterten Worten zu trösten versuchte, wie sie es bei einem Pferd tun mochte, und schlang ihr Kopftuch um die Verletzung.
Soviel Blut durch ein so kleines Geschoß, dachte Schlange. Sie fiel in Ohnmacht.

Kälte war es, die Schlanges Besinnung allmählich zurückbrachte. Noch während der Rückkehr ihres Bewußtseins überraschte es Schlange, daß sie überhaupt noch einmal aufwachte. Der Haß in Norths Stimme, als er ihren Beruf feststellte, hatte ihr jede Hoffnung geraubt. Ihre Schulter schmerzte stark, aber nicht auf die stechende Weise, die klare Gedanken erschwert. Sie spannte die Muskeln ihrer rechten Hand. Sie war schwach, aber sie bewegte sich. Sie raffte sich auf, zitterte, blinzelte, um ihr verwaschenes Blickfeld zu klären. »Melissa?« flüsterte sie.

In der Nähe lachte North auf. »Da sie noch keine Heilerin ist, durfte sie ungeschoren bleiben.«

Kalte Luft umfloß Schlange. Sie schüttelte den Kopf und wischte sich mit dem Ärmel über die Augen. Unvermittelt konnte sie wieder alles deutlich erkennen. Die Anstrengung des Aufsetzens verursachte ihr einen Schweißausbruch, und dadurch spürte sie den Luftzug mit eisiger Kälte. North saß vor ihr und grinste; seine Leute standen zu seinen Seiten und bildeten um Schlange einen Kreis. Das Blut auf ihrem Kleid, außer unmittelbar über der Verletzung, war braun; sie mußte für geraume Zeit bewußtlos gewesen sein. »Wo ist sie?«

»Es geht ihr gut«, sagte North. »Sie darf bei uns bleiben. Du brauchst dir keine Sorgen zu machen, sie wird hier glücklich sein.«

»Sie wollte nie hierher. Das ist nicht die Art von Glück, die sie möchte. Laß sie gehen.«

»Wie ich schon sagte, ich habe nichts gegen sie.«

»Und was hast du gegen Heiler?«

North betrachtete sie ausgedehnt mit ausdruckslosem Blick. »Man sollte meinen, das sei offensichtlich.«

»Es tut mir leid«, sagte Schlange. »Wahrscheinlich könnten wir dir zu der Fähigkeit verhelfen, Melanin zu bilden, aber wir sind keine Zauberer.«

Die kühle Luft strömte aus einer Höhle im Hintergrund, sie umfloß Schlange und erzeugte auf ihren Armen eine Gänsehaut. Ihre Stiefel waren fort; der kalte Steinboden schien ihren Fußsohlen unaufhörlich Körperwärme zu entziehen. Aber die Kälte betäubte auch den Schmerz in ihrer Schulter. Doch plötzlich begann sie haltlos zu zittern, und der Schmerz verstärkte sich beträchtlich. Sie keuchte und schloß für einen Moment die Augen, saß in ihrer inneren Dunkelheit, atmete tief und verdrängte die bewußte Wahrnehmung der Wunde. Sie blutete wieder, auf ihrem Rücken, wo sie sich schwer erreichen ließ. Schlange hoffte, daß Melissa sich irgendwo befand, wo es wärmer war, und sie fragte sich, wo die Traumschlangen untergebracht sein mochten, weil die Tiere viel Wärme zum Leben benötigten. Schlange öffnete die Augen. »Und was deine Größe angeht...« begann sie.

North stieß ein bitteres Lachen aus. »Was ich auch je über Heiler geäußert habe – nie habe ich behauptet, sie wären unfähig zur Kaltschnäuzigkeit.«
»Was?« fragte Schlange benommen. Vom Blutverlust war ihr schwindlig, während sie North antwortete. »Zu einem früheren Zeitpunkt hätten wir dir vielleicht helfen können. Du mußt gewachsen sein, bevor man dich zu einem Heiler...«
Norths blasses Gesicht verfärbte sich vor Wut dunkelrot. »Schweig!« Er sprang auf die Füße und zerrte Schlange empor. Sie preßte den rechten Arm an ihre Seite. »Glaubst du, ich habe Lust, mir so etwas anzuhören? Glaubst du, ich möchte mir erzählen lassen, daß ich normal geworden sein *könnte?!*« Er schleppte sie mit sich hinüber zur Höhle. Sie stolperte, aber er riß sie wieder hoch. »Heiler! Wo habt ihr gesteckt, als ich euch benötigte? Ich werde dir zeigen, was ich von euch...«
»North, bitte, North!« Der Verrückte trat aus der Gruppe von Norths abgezehrten Anhängern, die Schlange nur als verschwommene Gestalten wahrnahm. »Sie hat mir geholfen, North, ich trete an ihre Stelle.« Er zupfte an Norths Ärmel, flehte und winselte. North stieß ihn von sich, so daß er niederstürzte und schwieg.
»Du bist ja hirnrissig«, sagte North. »Oder du glaubst, ich sei es.« Das Innere der Höhle glitzerte im trüben, rauchigen Schein von Fackeln, ihre Wände glichen verrußten Edelsteinen aus Eis. Über den Fackeln hatte der Ruß sich in großen, runden Flecken abgelagert. Schmelzwasser sickerte herab in matschige Pfützen, die den Boden bedeckten und in ein Rinnsal mündeten. Überall tröpfelte in klangvollen Lauten von kristallener Klarheit Wasser. Jeder Schritt, den Schlange tat, verursachte in ihrer Schulter neuen Schmerz, und sie besaß nicht länger die Kraft, um ihn zu verdrängen. Die Luft war stickig vom Qualm brennenden Pechs. Allmählich begann sie das dunkle Summen von Maschinen wahrzunehmen; sie spürte es mehr, als daß sie es hörte. Es durchdrang ihren Körper, ihr Gebein. Voraus erhellte sich der Stollen, den sie durchquerten. Er mündete plötzlich in eine Senkung auf der Kuppe der Anhöhe, die wie der Krater eines Vulkans beschaffen, aber offensichtlich von Menschen angelegt war. Schlange verharrte am Ausgang, blinzelte und schaute verblüfft umher. Die schwarzen Augenhöhlen anderer Stollenmündungen starrten sie an. Oben wölbte sich das Kuppeldach als grauer, unbestimmbarer Himmel. Gegenüber kam aus dem größten der vorhandenen Stollen der kalte Luftzug, bildete einen nahezu mit den Händen greifbaren Stausee aus Luft, aus dem die anderen Stollen schöpften. North stieß Schlange vorwärts. Sie sah und fühlte Dinge, aber sie reagierte auf nichts. Sie konnte es nicht.
»Da hinunter. Klettere hinab.« North gab einem Haufen von Tauen und Hölzern einen Tritt, und dessen Bestandteile klapperten in den tiefen

Felsspalt im Mittelpunkt des künstlichen Kraters hinunter. Das Gewirr entrollte sich: es war eine Strickleiter. Schlange sah ihr oberes Ende, das untere Ende jedoch war im Finstern verborgen. »Klettere hinab«, forderte North sie erneut auf. »Oder ich werfe dich hinein.«
»North, bitte«, wimmerte der Verrückte, und auf einmal begriff Schlange, worum es sich bei diesem Loch handelte. North starrte sie an, während sie laut lachte. Sie fühlte sich, als flössen ihr neue Kräfte zu, gewonnen aus der Luft und dem Erdreich.
»Ist das eure Art, Heiler zu foltern?« meinte sie. Umständlich, aber ohne zu zögern, schwang sie sich in den Abgrund. Einhändig kletterte sie Sprosse um Sprosse abwärts in die frostkalte Finsternis, krümmte ihre nackten Zehen um die Sprossen und drückte jeweils die untere nach hinten, um einen Halt zu haben. Sie hörte, wie oben der Verrückte in hemmungsloses Schluchzen ausbrach.
»Wir werden sehen, wie dir morgen früh zumute ist«, sagte North.
Die Stimme des Verrückten klang aus Entsetzen schrill. »Sie wird alle Traumschlangen umbringen, North! North, nur deshalb ist sie ja gekommen.«
»Das würde ich gerne erleben«, sagte North. »Eine Heilerin, die Traumschlangen tötet!« Aus den Echos der hölzernen Sprossen, die an Wänden der Felskluft schepperten, schlußfolgerte Schlange, daß sie sich dem Boden näherte. Es herrschte keine vollständige Finsternis, aber ihre Augen gewöhnten sich nur langsam an die Dunkelheit. Sie mußte eine Verschnaufpause einlegen; sie war schweißnaß und zitterte wieder. Sie lehnte ihre Stirn gegen kalten Stein. Ihre Zehen und die Knöchel ihrer linken Hand waren wundgeschabt, denn die Strickleiter lag unmittelbar an der steinernen Wand. In diesem Moment vernahm sie endlich das leise Kriechgeräusch kleiner Schlangen. Sie hing an die Wand gepreßt, an die Strickleiter geklammert, und blinzelte hinab in die Trübnis. Ein langer, schmaler Streifen von Lichtschein ruhte mitten auf dem Boden der Felsspalte. Geschmeidig glitt eine Traumschlange von der einen in die andere Seite des Dunkels. Schlange kletterte mühsam auch die letzten paar Meter nach unten und betrat den Boden so behutsam wie möglich, tastete mit ihrem nackten, tauben Fuß so lange umher, bis sie ganz sicher war, daß sich darunter nichts regte. Sie kniete nieder. Kalter, kantiger Stein marterte ihre Knie, und die einzige Wärme stammte vom frischen Blut an ihrer Schulter. Aber sie langte zwischen das Geröll und befühlte den Grund. Ihre Fingerspitzen streiften die glatten Schuppen einer Schlange, die lautlos davonkroch. Sie streckte den Arm in eine andere Richtung, diesmal in erhöhter Bereitschaft, und packte die nächste Schlange, mit der sie in Berührung kam. Sie spürte zwei winzige Stiche. Sie lächelte und hielt die

Traumschlange sanft hinter dem Kopf, minderte rein gewohnheitsmäßig den Giftverlust. Sie hob das Tier nahe genug vor das Gesicht, um es betrachten zu können. Es war wild, nicht zahm und sanftmütig, wie Gras gewesen war, es wand sich und umschlang ihre Hand; die zierliche dreigespaltene Zunge zuckte ihr entgegen, um ihren Geruch wahrzunehmen. Aber es zischte nicht, so wie Gras niemals gezischt hatte. Während ihre Augen sich nach und nach auf die Dunkelheit einstellten, vermochte Schlange allmählich den Rest der Spalte zu erkennen, und sie sah all die Traumschlangen, Exemplare in allen Größen, einzelne Traumschlangen, Knäuel von ihnen, Haufen davon, mehr, als sie je in ihrem Leben gesehen hatte, mehr, als die Heiler in ihrer Niederlassung zusammentragen könnten, wenn alle zur gleichen Zeit mit ihren Traumschlangen heimkämen. Die Traumschlange, die sie hielt, beruhigte sich in der spärlichen Wärme ihrer Hände. Aus den Einstichen, die ihr Biß hinterlassen hatte, war jeweils ein Tröpfchen Blut getreten, aber das Brennen des Gifts war nur für einen Augenblick spürbar gewesen. Schlange kauerte sich auf die Fersen und streichelte den Kopf der Traumschlange. Erneut begann sie zu lachen. Sie wußte, daß es galt, sich zusammenzureißen – dies war mehr Hysterie als Erheiterung. Aber auf jeden Fall war sie gegenwärtig zum Lachen imstande. »Lache nur, Heilerin.« Norths Stimme hallte dumpf. »Wir werden sehen, wer zuletzt lacht.«

»Du bist ein Dummkopf«, rief sie in diebischem Vergnügen hinauf, rings umgeben von Traumschlangen, eine Traumschlange in der Hand. Sie lachte darüber, wie North ihr damit, was er als Strafe auffaßte, eine große Freude bereitet hatte, die der Erfüllung eines Kindertraums gleichkam. Sie lachte, bis ihr Tränen über die Wangen liefen, aber für einen Moment weinte sie tatsächlich. Ihr war klar, daß sich North etwas anderes ausdenken würde, sobald er bemerkte, daß er ihr auf diese Weise nichts antat. Sie schniefte, hustete und wischte sich das Gesicht mit dem Saum ihres Kleides; wenigstens hatte sie nun ein wenig Zeit gewonnen.

Und dann sah sie Melissa. Ihre Tochter lag zusammengekrümmt auf zertrümmertem Gestein im schmalen Ende der Felskluft. Vorsichtig begab sich Schlange an ihre Seite, sorgsam darauf bedacht, keine der Schlangen zu verletzen, an denen sie vorüber mußte, und nicht jene zu erschrecken, die sich um Melissas Arme gewunden hatten oder sich in Garben an ihren Körper schmiegten. Einige ragten aus Melissas rotem Haar wie grüne Fühler. Schlange kniete sich neben Melissa und pflückte die wilden Schlangen von ihrem hingesunkenen Körper wie unreife Früchte. Norths Leute hatten Melissa die Wüstenrobe ausgezogen und ihre Hose in Kniehöhe abgeschnitten. Ihre Arme waren bloß, die Stiefel fort wie auch Schlanges Stiefel. Ihre Hände und Füße waren mit Stricken gefesselt, und wundgescheuerte Haut zeugte von ihrem Kampf gegen die Fesseln. Ihre Arme und Beine waren mit kleinen blutigen Bißwunden übersät. Eine Traumschlange biß zu: Ihre Zähne bohrten sich in Schlanges Fleisch, und das Geschöpf entwich in die Dunkelheit, noch bevor Schlange sie richtig zu sehen bekam. Schlange knirschte mit den Zähnen, als sie sich an die Äußerung des Verrückten erinnerte: »Am besten ist es, wenn sie an allen Stellen zugleich beißen...« Mit dem eigenen Körper schirmte Schlange die Traumschlangen von Melissa ab, löste ihre Fesseln und zerrte mit der Linken an den Knoten. Melissas Haut war kühl und trocken. Schlange bettete das Mädchen in ihren linken Arm, während über ihre Füße und Knöchel Traumschlangen glitten. Wieder wunderte sie sich, daß die Tiere in dieser Kälte leben konnten. Sie hätte es nie gewagt, Gras in dieser Temperatur freizulassen. Selbst in der Schachtel wäre es für ihn zu kalt gewesen; sie hätte ihn herausgeholt, ihn zwischen ihren Händen gewärmt, es ihm gestattet, sich um ihren Hals zu legen. Melissas Hände ruhten schlaff auf dem Geröll. Wo ihre Arme über das Gestein gerutscht und mit ihrer Kleidung in Berührung geraten waren, verliefen Streifen von Blut. Es gelang Schlange, Melissa auf ihren Schoß zu heben, weg vom kalten Felsboden. Melissas Puls schlug langsam und schwerfällig, sie atmete tief. Aber zwischen zwei Atemzügen verstrich jeweils ein so ausgedehnter Moment, daß Schlange befürchtete, sie könne jederzeit ganz zu atmen aufhören. Die Kälte begann Schlange von neuem zu durchdringen, betäubte den Schmerz in ihrer Schulter, kostete sie Kräfte. Bleib wach, dachte sie. Bleib wach. Melissas Atem könnte zum Stillstand kommen, ihr Herz stehenbleiben von so viel Gift, und dann bedürfte sie deiner Hilfe. Doch gegen ihren Willen verschwamm Schlanges Blickfeld, ihre Lider sanken herab; jedesmal, wenn sie eingenickt war, fuhr sie mit einem Ruck wieder auf. Ein beruhigender Gedanke stahl sich in ihr Bewußtsein: Niemand stirbt an Traumschlangengift. Man überlebt es, oder man stirbt friedlich an seinem Leiden, wenn der Zeitpunkt da ist. Du darfst ruhig schlafen, sie wird nicht sterben. Aber Schlange hatte noch nie erlebt, daß jemand eine so starke Dosis vom Traumschlangengift erhalten hatte, und Melissa war zudem ein Kind.

Eine winzige Traumschlange kroch zwischen Schlanges Bein und der Felswand dahin. Schlange griff mit ihrer tauben Rechten zu und nahm sie verwundert in Augenschein. Sie lag zusammengerollt in ihrer Handfläche, starrte sie mit lidlosen Augen an, tastete mit der dreigespaltenen Zunge in der Luft. Irgend etwas an ihr war ungewöhnlich; Schlange musterte sie ausführlicher. Es war ein Jungtier, gerade erst ausgeschlüpft, denn es besaß noch die Tülle hornigen Gewebes, wie man sie bei den Schlüpflingen vieler Schlangenarten sehen konnte. Dies war ein endgültiger Beweis dafür, wie North an seine Traumschlangen gelangte. Er erhielt keine Lieferungen von den Fremdweltlern. Er klonte sie nicht. Er verfügte über einen Bestand von Traumschlangen, die sich vermehrten. In dieser Schlangengrube befanden sich Exemplare jeden Alters und aller Größen, von Schlüpflingen bis zu ausgewachsenen Tieren, die größer als jede Traumschlange waren, welche Schlange bisher gesehen hatte. Sie wandte sich um und wollte das Jungtier hinter sich absetzen, aber ihre Hand stieß gegen den Fels. Erschrocken biß das Tierchen zu. Die feinen Stiche der winzigen Giftzähne ließen Schlange zusammenfahren. Das Geschöpf entglitt ihrer Hand und verschwand in den Schatten. »North!« Schlanges Stimme klang heiser. Sie räusperte sich und versuchte es noch einmal. Diesmal erschien der Umriß seiner Gestalt am Rand der Spalte. An seinem wohlgelaunten Lächeln sah Schlange, daß er erwartete, sie werde ihn um Freilassung anflehen. Er schaute herab und bemerkte, daß sie sich zwischen Melissa und die Traumschlangen gelagert hatte.

»Sie könnte frei sein, hättest du sie sich selbst überlassen«, sagte er. »Nun vorenthalte ihr nicht auch noch meine Tiere.«

»Hier sind deine Tiere auf verschwenderische Weise fehl am Platze, North«, sagte Schlange. »Du solltest sie der Welt zur Verfügung stellen. Jeder wüßte das zu schätzen, vor allem die Heiler.«

»Man schätzt mich hier«, erwiderte North.

»Aber dies muß ein ungemütliches Leben sein. Du könntest mit allen Bequemlichkeiten und sorgenfrei...«

»Für mich gibt es keine Bequemlichkeit«, sagte North. »Gerade dir müßte das doch klar sein. Ob ich auf dem Boden schlafe oder in einem Federbett, für mich ist es das gleiche.«

»Du hast Traumschlangen zum Brüten gebracht«, sagte Schlange. Sie sah Melissa an. Mehrere Schlangen waren an ihr vorbeigekrochen. Sie erwischte eine davon, bevor sie den nackten Arm ihrer Tochter erreichte. Die Schlange biß. Sie beförderte sie und die anderen aus Melissas Bereich, ohne auf ihre Zähne und das Brennen in ihren Händen zu achten. »Wie du das auch schaffst, du solltest deine Kenntnisse anderen zugänglich machen.«

»Und was soll dabei deine Rolle sein? Willst du meine Heroldin werden? Möchtest du vor mir in jeden neuen Ort tanzen und ausrufen, daß ich komme?«

»Genauso gerne möchte ich hier unten sterben.« North lachte heiser auf.

»Du würdest so vielen Menschen helfen. Als du einen Heiler brauchtest, war keiner zur Stelle, weil wir zuwenig Traumschlangen haben. Du könntest Menschen wie dir helfen.«

»Ich helfe den Menschen, die zu mir kommen«, antwortete North. »Das

sind die Menschen, die wie ich sind. Sie sind die einzigen Menschen, die ich um mich zu haben wünsche.« Er wandte sich ab.
»North!«
»Was?«
»Gib mir wenigstens eine Decke für Melissa. Sie wird sterben, wenn ich sie nicht warmhalten kann.«
»Sie wird nicht sterben«, entgegnete North. »Nicht, wenn du sie meinen Tieren überläßt.« Sein Schatten und seine Gestalt verschwanden.
Schlange drückte Melissa enger an sich, spürte jeden langsamen, beschwerlichen Herzschlag des Kindes durch ihren eigenen Körper pochen. Sie fror so sehr und war derartig müde, daß sie nicht länger klar nachzudenken vermochte. Schlaf würde sie stärken, aber um Melissas willen und in ihrem eigenen Interesse mußte sie wach bleiben. Ein Gedanke haftete in ihrem umnebelten Bewußtsein: Widersetze dich Norths Wünschen. Vor allem anderen war ihr klar, daß sie und ihre Tochter verloren waren, wenn sie sich ihm unterwarfen. Mit langsamen Bewegungen, damit sie das Nachlassen des Schmerzes in ihrer Schulter nicht beeinträchtigte, nahm Schlange Melissas Hände und massierte sie, um sie zu wärmen und den Blutkreislauf wieder anzuregen. Das Blut an den Traumschlangenbissen war mittlerweile geronnen. Eine der Schlangen wand sich um Schlanges Knöchel. Sie bewegte ihre Zehen und spannte die Sehnen ihres Knöchels, in der Hoffnung, die Traumschlange werde sich entfernen. Ihr Fuß war so kalt, daß sie es kaum spürte, als die Giftzähne sich in den Rist ihres Fußes senkten. Unbeeindruckt rieb sie weiterhin Melissas Hände. Sie hauchte darauf und küßte sie. Ihr Atem bildete in der Kälte kleine Wölkchen. Das trübe Licht erlosch allmählich ganz. Schlange blickte nach oben. Der Ausschnitt der grauen Kuppel, den sie zwischen den Rändern der Felsspalte sah, war mit dem Anbruch der Nacht beinahe schwarz geworden.
Schlange empfand ein überwältigendes Gefühl von Kummer.
Dies ähnelte der Nacht, als Jesse starb, nur die Sterne fehlten, der Himmel war jedoch ebenso klar und dunkel gewesen, die Felsen hatten sie kaum weniger steil umgeben, und die Kälte hier war so bedrängnisvoll wie in der Wüste die Hitze. Schlange lehnte sich über Melissa, schirmte sie von den Schatten ab. Wegen der Traumschlangen hatte sie nichts für Jesse tun können; wegen der Traumschlangen konnte sie nichts für Melissa tun. Die Traumschlangen rotteten sich zusammen und krochen auf sie zu, ihre Schuppen glitten wispernd über den feuchten Stein... mit einem Ruck erwachte Schlange aus dem Traum. »Schlange?« Das Wispern, das sie gehört hatte, war Melissas Stimme.
»Ich bin hier.« Sie sah das Gesicht ihrer Tochter. Der letzte verwaschene

Lichtschein erzeugte auf ihrem lockigen Haar und der ledrigen Brandwunde einen matten Glanz. Ihre Augen schauten benommen drein.
»Ich habe geträumt...« Ihre Stimme sank herab. »Er hatte recht!« schrie sie dann plötzlich in heller Wut. »Der verfluchte Kerl hatte recht!« Sie warf ihre Arme um Schlanges Hals und verbarg ihr Gesicht. »Für ein Weilchen habe ich alles vergessen.« Ihre Stimme klang gedämpft. »Aber ich will's nie wieder. Nie wieder...«
»Melissa...« Beim Tonfall ihrer Stimme versteifte sich Melissa. »Ich weiß nicht, was werden soll. North sagt, er will dir nichts antun.« Melissa bebte; oder ihr schauderte. »Wenn du dich seiner Anhängerschaft einreihen möchtest...«
»Nein!«
»Melissa...«
»Nein! Ich will es nicht! Es ist mir egal, was wird!« Ihre Stimme klang schrill und gepreßt. »Das wäre genauso, als wäre ich wieder bei Ras...«
»Melissa, mein Liebes, du hast nun ein Zuhause, wohin du gehen kannst. Eben das, worüber wir vorher gesprochen haben. Die Heiler müssen von diesem Ort erfahren. Du mußt dir eine Gelegenheit zur Flucht verschaffen.«
Melissa kuschelte sich wortlos an sie. »Ich habe Dunst und Sand im Stich gelassen«, sagte sie schließlich. »Ich habe nicht getan, was du wolltest, und nun müssen sie verhungern.«
Schlange streichelte ihr Haar. »Sie werden eine ganze Zeitlang mühelos durchhalten.«
»Ich fürchte mich«, flüsterte Melissa. »Ich wollte mich nicht wieder fürchten, das habe ich versprochen, aber ich fürchte mich. Schlange, wenn ich sage, ich möchte mich ihm anschließen, und er will mich wieder beißen lassen, dann weiß ich bestimmt nicht, was ich machen soll. Ich möchte nicht mich selbst vergessen... aber für eine Weile habe ich's getan und...« Sie berührte die schwere Brandwunde rund um ihr Auge. Eine solche Geste hatte Schlange noch nie bei ihr beobachtet. »Das war weg. Nichts tat mehr weh. Und nach einer Weile täte ich dafür alles.«
Schlange packte eine zudringliche Traumschlange und warf sie beiseite, ging roher mit dem Tier um, als sie es sich jemals zugetraut hätte. »Würdest du lieber sterben?« fragte sie schroff.
»Ich weiß es nicht«, sagte Melissa leise und matt. Ihre Arme lösten sich von Schlanges Hals und rutschten schlaff herab. »Ich weiß es nicht. Vielleicht.«
»Melissa, so habe ich es nicht gemeint. Es tut mir leid, ich habe es doch nicht ernst gemeint...« Aber Melissa war eingeschlafen oder wieder besinnungslos. Schlange hielt sie in den Armen, bis die letzte Helligkeit da-

hin war; sie hörte die Schuppen von Traumschlangen über die feuchten, glitschigen Steine gleiten. Erneut bildete sie sich ein, sie kämen massenweise in einer aggressiven Woge von Schlangenleibern heran. Zum ersten Mal in ihrem Leben hatte sie vor Schlangen Furcht. Sie streckte einen Arm aus, als die leisen Geräusche näherzurücken schienen, um über den kahlen Felsboden zu tasten und sich zu beruhigen, und da griff sie prompt in ein Knäuel von Schlangen, berührte geschmeidige Schuppen, sich windende Körper. Ihre Hand zuckte zurück, als sie eine ganze Anzahl von Bissen spürte, die an verschiedenen Stellen stachen und brannten. Die Traumschlangen suchten Wärme, aber wenn sie ihnen gewährte, wonach sie trachteten, mußten sie auch Melissa finden. Sie wich in den äußersten Winkel des schmalen Endes der Felsspalte zurück. Ihre taube Hand schloß sich unwillkürlich um einen schweren Brocken scharfkantigen vulkanischen Gesteins. Sie hob ihn ungeschickt hoch, um ihn auf die wilden Traumschlangen zu schmettern. Aber dann senkte sie ihre Hand und zwang ihre verkrampften Finger, sich zu lockern. Der Stein fiel mit Gescheppper zwischen andere Steine. Eine Traumschlange kroch über Schlanges Handgelenk. Sie war so wenig dazu imstande, sie zu töten, wie sie die Fähigkeit besaß, auf der kalten, stickigen Luft aus der Felsspalte zu schweben. Nicht einmal für Melissa. Eine heiße Träne rann über ihre Wange. Als sie ihr Kinn erreichte, war sie bereits eiskalt. Es waren zu viele Traumschlangen, um Melissa vor ihnen behüten zu können, aber North hatte recht. Schlange konnte sie nicht töten.

Verzweifelt raffte sich Schlange auf, an die Felswand gestützt, und klemmte sich in den engen Winkel. Melissa war für ihr Alter klein und noch immer sehr dünn, aber ihr schlaffer Körper schien unendlich schwer zu sein. Schlanges kalte Hände waren zu taub, um fest zuzugreifen, und sie spürte kaum den kahlen Felsboden unter ihren bloßen Füßen. Aber sie fühlte, wie sich Traumschlangen um ihre Knöchel wanden. Melissa drohte ihrem Halt zu entgleiten, und Schlange packte hastig mit der Rechten zu. Schmerz schoß durch ihre Schulter und bis in ihre Wirbelsäule. Aber es gelang ihr, zwischen den beiden zusammenlaufenden Felswänden aufrecht zu bleiben und Melissa hoch über den Schlangen zu halten.

12

Am dritten Tag seines Ritts nach Süden lagen Berghausens kultivierte Felder und hübschen Häuser weit hinter Arevin. Die Straße war längst in einen gewöhnlichen Pfad übergegangen, der dem Auf und Nieder der

Höhenzüge folgte, nun verhältnismäßig geradlinig durch ein Tal führte, dann gewunden durch Geröllhalden. Er kam in eine höhergelegene, wildere Gegend. Arevins unerschütterliches Pferd stapfte gleichmütig dahin. Den ganzen Tag lang war er niemandem begegnet, aus keiner Richtung war jemand gekommen. Jeder, der nach Süden reiste, hätte ihn leicht überholen können; jeder, der diesen Pfad besser kannte, jeder mit einem Ziel hätte ihn ohne weiteres eingeholt. Aber er begegnete niemandem. Er fror in der kühlen Bergluft, fühlte sich von den Felsenhängen der Berge und den düsteren Bäumen eingeschlossen und bedrückt. Ihm entging nicht die Schönheit der Landschaft, aber er war die Schönheit der trockenen Ebenen und Plateaus seiner Heimat gewöhnt. Er empfand Heimweh, aber er konnte nicht heimkehren. Er hatte mit eigenen Augen gesehen, daß die Stürme in der östlichen Wüste stärker waren als in der Westwüste, doch der Unterschied war lediglich mengenmäßig bedeutsam; in der Westwüste tötete ein Sturm ungeschützte Lebewesen innerhalb von zwanzig Atemzügen, wogegen in der Ostwüste zehn genügten. Er mußte bis zum Frühjahr in den Bergen bleiben.

Er war außerstande zum untätigen Warten, ob nun in der Niederlassung der Heiler oder in Berghausen. Wenn er nichts unternahm und nur wartete, würde seine Vorstellungskraft seine Überzeugung verdrängen, daß Schlange noch lebte. Und wenn er zu glauben begann, daß sie tot sei, wäre das gefährlich; nicht nur für seinen Geist, sondern auch für Schlange. Arevin wußte, daß er so wenig zu zaubern vermochte wie Schlange, obwohl ihre Fähigkeiten bisweilen Wunder zu wirken schienen, aber er fürchtete sich davor, sich Schlanges Tod vorzustellen.

Wahrscheinlich befand sie sich in Sicherheit in der Stadt im Berg und eignete sich neues Wissen an, das den Schaden ausgleichen sollte, den Arevins Verwandter angerichtet hatte. Arevin fand, daß Stavins jüngerer Vater Glück hatte, weil er nicht selbst für sein Versagen und die Folgen einstehen mußte. Es war sein Glück und Schlanges Unglück. Arevin wünschte, er könnte ihr eine erfreuliche Neuigkeit berichten, wenn er sie fand; aber er hatte nur zu sagen: ›Ich habe es zu erklären versucht, ich habe deinen Leuten die Furcht meines Volkes vor Schlangen begreiflich zu machen versucht. Aber sie gaben mir keine Antwort. Sie möchten mit dir sprechen. Sie wünschen, daß du heimkehrst.‹

Am Rand einer Wiese ließ er sein Pferd halten, weil er etwas zu hören glaubte. Die Stille ringsum besaß eine eigene Art von Gegenwärtigkeit, fein von der Stille einer Wüste verschieden. Hatte er nun auch schon begonnen, sich Geräusche einzubilden, fragte er sich, so wie er sich in der Nacht Schlanges Berührung einbildete? Doch dann vernahm er aus den voraus gelegenen Bäumen erneut das dumpfe Trommeln von Tierhufen.

Eine kleine Herde zierlichen Bergwilds erschien, trottete über die Lichtung auf ihn zu; die reisigdünnen Beine leuchteten weiß, lange biegsame Hälse reckten sich empor. Im Vergleich zu den schweren, riesigen Moschusochsen, die Arevins Stamm in Herden hielt, war dieses zierliche Wild wie Spielzeuggetier. Es bewegte sich nahezu lautlos; die Pferde der Treiber waren es gewesen, deren Hufschlag seine Aufmerksamkeit erregt hatte. Sein Pferd, das seinesgleichen lange nicht gesehen hatte, wieherte laut.
Die Treiber winkten und lenkten ihre Pferde im Handgalopp herüber, brachten sie mit feurigem Schwung zum Stehen. Sie waren beide noch jung, besaßen von der Sonne bronzebraune Haut und blondes, kurzgeschnittenes Haar, und ihrem Aussehen zufolge mußten sie Verwandte sein. In Berghausen hatte sich Arevin mit seiner Wüstenrobe fehl am Platze gefühlt, aber hauptsächlich, weil man ihn wegen dieses Kleidungsstücks mit dem Verrückten verwechselte. Nachdem er das Mißverständnis geklärt hatte, sah er keinen Grund, um sich etwas anderes anzuziehen. Nun jedoch blickten diese beiden jungen Leute einander an, sobald sie ihn einen Moment lang gemustert hatten, und grinsten. Er begann sich zu fragen, ob es besser gewesen wäre, neue Kleider zu kaufen. Aber er besaß wenig Geld und wollte es daher nur für unbedingt Notwendiges ausgeben.
»Du bist weit abseits der Handelsstraßen«, wandte sich der ältere Treiber an ihn. Er sprach in nüchternem Tonfall, ohne hörbaren Argwohn. »Brauchst du Hilfe?«
»Nein«, sagte Arevin. »Ich danke für die Nachfrage.« Die Herde begann die drei Reiter zu umwimmeln, und die Tiere verständigten sich untereinander mit leisen, hellen Lauten, mehr wie Vögel als Huftiere. Die jüngere Treiberin stieß einen lauten Schrei aus und ruderte mit den Armen. Die Herde zerstreute sich nach allen Seiten. Noch ein Unterschied zwischen dieser Herde und jener, die Arevin unterhielt: Ein Moschusochse hätte sich angesichts eines Menschen, der auf einem Pferderücken schreit und fuchtelt, nur gemächlich umgeschaut, um zu sehen, was denn so lustig sei.
»Meine Güte, Jean, du wirst alles von hier bis Berghausen verscheuchen.« Aber anscheinend machten die beiden sich keine Sorge um das Wild, und tatsächlich fand sich die Herde in einiger Entfernung wieder zu einem geschlossenen Haufen zusammen. Erneut bestürzte Arevin die Tatsache, wie bereitwillig man in diesem Land einander die Namen verriet, aber es war wohl empfehlenswert, sich einfach daran zu gewöhnen.
»Mit diesen Tieren an den Fersen kann man sich nicht richtig unterhalten«, sagte die Treiberin und lächelte Arevin an. »Es ist eine Freude, wie-

der einmal ein anderes menschliches Gesicht zu sehen, nachdem ich lange nichts gesehen habe als Wild und Bäume. Und meinen Bruder.«

»Dann habt ihr also sonst niemandem auf diesem Pfad angetroffen?« Arevin verstand seine Äußerung mehr als Feststellung, weniger als Frage. Wäre Schlange auf dem Rückweg vom Zentrum gewesen und von den Treibern überholt worden, so hätten die drei den Weg sinnvollerweise zusammen fortgesetzt.

»Warum? Suchst du jemanden?« Die Stimme des jungen Mannes verriet nun Mißtrauen, vielleicht aber auch nur Vorsicht. War es möglich, daß sie Schlange doch gesehen hatten? Arevin fühlte sich durchaus dazu imstande, einem Fremden freche Fragen zu stellen, um einen Heiler zu schützen. Und für Schlange würde er noch erheblich mehr tun.

»Ja«, antwortete er. »Eine Heilerin. Eine Freundin. Ihr Pferd ist grau, sie hat außerdem ein Tigerpony, und ein Kind begleitet sie. Sie müßte aus dem Norden gekommen sein, zurück aus der Wüste.«

»Ist sie aber nicht.«

»Jean!«

Jean schnitt ihrem Bruder eine böse Miene. »Kev, er sieht nicht aus wie jemand, der ihr etwas antäte. Vielleicht sucht er sie für einen Kranken.«

»Und vielleicht ist er statt dessen ein Freund des Verrückten«, entgegnete ihr Bruder. »Warum also suchst du sie?«

»Ich bin ein Freund der Heilerin«, sagte Arevin beunruhigt. »Habt ihr den Verrückten gesehen? Ist Schlange wohlauf?«

»Er ist in Ordnung«, sagte Jean zu Kev.

»Er hat meine Frage nicht beantwortet.«

»Er sagt, daß er ihr Freund ist. Vielleicht geht es dich nichts an, warum er sie sucht.«

»Nein, dein Bruder hat das Recht, mich danach zu fragen«, sagte Arevin. »Vielleicht sogar die Verpflichtung. Ich suche Schlange, weil ich ihr meinen Namen anvertraut habe.«

»Und wie lautet dein Name?«

»Kev!« rief Jean bestürzt.

Erstmals seit dem Zusammentreffen mit den beiden lächelte Arevin. Allmählich gewöhnte er sich an andersartige Bräuche. »Das ist etwas«, erwiderte er freundlich, »das ich keinem von euch verriete.«

Verlegen runzelte Kev die Stirn. »Gewöhnlich wissen wir uns anständiger zu benehmen«, sagte Jean. »Aber wenn man für einige Zeit fern von allen Menschen gewesen ist, kann man das schon einmal vergessen.«

»Schlange befindet sich also auf dem Rückweg«, sagte Arevin, und seine Stimme klang aus Erregung und Freude leicht gepreßt. »Ihr habt sie gesehen. Wann?«

»Gestern«, sagte Kev. »Aber sie zieht nicht in diese Richtung.«
»Sie ist in den Süden unterwegs«, sagte Jean.
»In den Süden!«
Jean nickte. »Wir haben die Herde von der Alm geholt, ehe es zu schneien anfängt. Auf dem Rückweg ist sie uns begegnet. Sie kaufte uns eines unserer Packpferde für den Verrückten zum Reiten ab.«
»Aber wieso reitet sie mit dem Verrückten durchs Land? Er hat sie doch überfallen! Seid ihr sicher, daß er sie nicht zwingt, ihn zu begleiten?«
Jean lachte. »Nein, Schlange hatte ihn völlig in der Hand. Daran gibt es keinen Zweifel.«
Arevin bezweifelte ihre Auskunft nicht, und daher konnte er nun seine schlimmste Sorge vergessen. Aber ihm war noch immer nicht wohl zumute. »In den Süden«, sagte er. »Was liegt südlich von hier? Ich dachte, dort gäbe es keine Ortschaften?«
»Dort sind auch keine. Wir kommen im Süden mindestens ebenso weit herum wie andere Leute. Wir waren überrascht, sie hier zu treffen. Kaum irgendwer benutzt den Südpaß noch, selbst aus der Richtung der Stadt nicht. Aber sie hat uns nicht gesagt, wohin sie unterwegs ist.«
»Weiter als wir geht niemand nach Süden«, sagte Kev. »Es ist dort gefährlich.«
»In welcher Hinsicht?« Kev hob die Schultern.
»Beabsichtigst du, ihr zu folgen?« fragte Jean.
»Ja.«
»Na gut. Aber jetzt ist es an der Zeit für das Nachtlager. Willst du mit uns rasten?«
Arevin blickte an ihnen vorbei nach Süden. Es stimmte; die Schatten der Berge krochen über die Lichtung, und es dämmerte. »Es ist wahr«, sagte Kev, »heute abend kommst du nicht viel weiter.«
»Und dies ist der beste Lagerplatz innerhalb eines halben Tagesritts.«
Arevin seufzte. »Also gut«, sagte er. »Ich danke euch. Ich werde in dieser Nacht hier rasten.«

Die Wärme des Feuers, das inmitten ihres Lagers knisterte, war Arevin sehr willkommen. Das duftige Brennholz knackte und sprühte Funken. Die Herde von Bergwild stand als düsterer, unruhiger Schatten in der Mitte der Wiese, völlig lautlos; dagegen stampften die Pferde gelegentlich mit einem Huf auf, und sie grasten geräuschvoll, rupften die saftigen Grashalme mit den Zähnen aus. Kev hatte sich bereits in seine Decken gehüllt und schnarchte gedämpft am Rand des Feuerscheins. Jean saß Arevin gegenüber, die Knie angezogen, rotes Flammenlicht im Gesicht. Sie gähnte. »Ich glaube, ich lege mich nun wohl hin«, sagte sie. »Und du?«

»Ja, ich auch. Nur ein Weilchen noch.«
»Kann ich noch etwas für dich tun?« fragte sie.
Arevin blickte auf. »Ihr habt schon genug für mich getan«, sagte er.
Sie musterte ihn verwundert. »Das ist nicht ganz das, was ich meine.« Ihr Tonfall erreichte den Ausdruck von Verärgerung nicht vollständig; er blieb etwas milder, veränderte sich jedoch deutlich genug, daß Arevin spüren konnte, es hatte irgend etwas nicht seine Richtigkeit.
»Ich verstehe nicht, was du meinst.«
»Wie sagt man das bei euch? Ich finde dich anziehend. Ich frage dich, ob du heute nacht mit mir die Bettstatt teilen möchtest.« Arevins Miene blieb gleichmütig, während er Jean ansah, aber er verspürte höchste Verlegenheit. Er hoffte, daß er nicht errötete. Sowohl Thad wie auch Larril hatten ihm derartige Fragen gestellt, und ihr Sinn war ihm entgangen. Er hatte sie unumwunden abgewiesen, und sie mußten ihn im günstigsten Fall für unhöflich gehalten haben. Arevin hoffte, daß sie inzwischen begriffen hatten, daß er sie nicht verstehen konnte, weil er andere Sitten pflegte.
»Ich bin gesund, falls du dich deswegen sorgst«, erklärte Jean mit einer gewissen Schroffheit. »Und meine Biokontrolle ist ausgezeichnet.«
»Ich bitte dich um Entschuldigung«, sagte Arevin. »Ich hatte dich überhaupt nicht verstanden. Ich fühle mich durch deine Einladung geehrt und zweifle weder an deiner Gesundheit noch deiner Biokontrolle. Du müßtest auch an mir in dieser Beziehung nicht zweifeln. Aber wenn ich dich damit nicht beleidige, möchte ich ablehnen.«
»Macht nichts«, sagte Jean. »Es fiel mir nur so ein.«
Arevin spürte, daß sie gekränkt war; nachdem er schon Thad und Larril unbeabsichtigt so kühl abgewiesen hatte, fühlte er sich zumindest Jean gegenüber zu einigen Worten der Erläuterung verpflichtet. Er war sich nicht sicher, wie er ihr seine Empfindungen einsichtig darlegen sollte, weil er gar nicht davon überzeugt war, daß er selbst sie verstand. »Ich finde dich ebenfalls sehr anziehend«, sagte Arevin. »Ich möchte keinesfalls, daß du nun deinerseits mich mißverstehst. Es wäre nicht richtig, die Bettstatt mit dir zu teilen. Meine Aufmerksamkeit wäre... woanders.«
Durch die Hitze des Feuers betrachtete Jean ihn. »Wenn du's wünschst, kann ich Kev wecken.«
Arevin schüttelte den Kopf. »Danke. Aber ich habe gemeint, daß meine Gedanken woanders als in diesem Lager wären.«
»Ach so«, sagte sie in plötzlichem Begreifen. »Jetzt verstehe ich. Ich kann es dir nicht übelnehmen. Ich hoffe, daß du sie bald findest.«
»Ich hoffe, daß ich dich nicht beleidigt habe.«
»Schon recht«, sagte Jean ein wenig versonnen. »Vermutlich ändert es

nichts, wenn ich dir sage, daß ich kein dauerhaftes Verhältnis suche? Nicht einmal etwas, das über diese Nacht hinausgeht?«
»Nein, nichts«, antwortete Arevin. »Ich bedaure, aber es ist das gleiche.«
»Nun gut.« Sie nahm ihre Decke und entfernte sich an den Rand des Feuerscheins. »Schlafe gut.«
Später, als er in sein Bettzeug eingehüllt lag – die Decken vermochten die Kälte nicht ganz fernzuhalten –, überlegte Arevin, wie angenehm und warm es wäre, jetzt neben einem anderen Menschen zu liegen. Er hatte im Laufe seines Lebens dann und wann zufällige Beischläfer aus seinem und anderen Klans gehabt, aber bis er Schlange kennenlernte, war er niemandem begegnet, den er gerne zum Gefährten genommen hätte. Seit er sie gesehen hatte, empfand er kein Verlangen nach anderen Menschen; und was noch seltsamer war, bisher war es ihm gar nicht aufgefallen, daß andere ihn nicht länger anzogen. Er lag auf dem harten Untergrund und dachte über all das nach; er versuchte, sich damit abzufinden, daß er dafür, daß Schlange für ihn mehr empfand als lediglich beiläufiges Interesse, keine weiteren Beweise hatte als eine flüchtige Berührung und ein paar mehrdeutige Worte. Doch er durfte hoffen.

Lange Zeit hindurch bewegte sich Schlange nicht; sie dachte sogar, sie könne sich überhaupt nicht länger bewegen. Ständig erwartete sie den Anbruch der Morgendämmerung, aber es blieb Nacht. Vielleicht hatten Norths Leute die Felskluft abgedeckt, um ihre Gefangenen im Finstern zu halten, vermutete sie einmal, aber sie wußte, daß das ein lächerlicher Einfall war, und wäre es nur, weil doch North am Morgen hinabschauen können wollte, um sie auszulachen. Während sie über die Dunkelheit nachgrübelte, glomm oben plötzlich Licht auf. Sie blickte empor, sah jedoch nur verwaschene Dinge und Schatten; sie vernahm sonderbare Geräusche, die immer lauter ertönten. Taue und Holz schleiften an der Felswand entlang, und Schlange fragte sich, welcher arme Krüppel wohl Norths Gnade gefunden haben mochte. Doch dann, als eine Plattform herabschwebte, abgeseilt über Rollen, sah sie North persönlich kommen. Sie konnte weder Melissa noch fester an sich drücken, noch sie vor ihm verbergen, sie vermochte auch keinen Widerstand zu leisten. Norths Lichter erhellten den Felsspalt; die Helligkeit blendete Schlange, machte sie benommen. North verließ die Plattform, sobald die Zugseile an deren Ecken erschlafften. Zu seinen Seiten gesellten sich zwei seiner Anhänger, die Laternen trugen. Zwei Schattengebilde glitten näher, kräuselten sich an der Felswand. Als North nahe genug war, beleuchtete der Lichtschein ihn und Schlange, und sie konnte sein Gesicht sehen. Er lächelte. »Meine Traumschlangen mögen dich«, sagte er und nickte hinunter auf ihre Füße, um deren Waden sich Schlangen wanden, bis hinauf in halbe Kniehöhe. »Aber du darfst nicht so selbstsüchtig sein.«

»Melissa will sie nicht«, sagte Schlange.

»Ich muß sagen«, entgegnete er, »daß ich nicht damit gerechnet habe, dich bei so klarem Verstand anzutreffen.«

»Ich bin eine Heilerin.«

North schaute ein wenig bösartig drein und überlegte. »Ach. Ich verstehe. Ja, daran hätte ich sofort denken sollen. Du dürftest resistent sein, oder nicht?« Er nickte seinen Leuten zu; sie stellten ihre Laternen ab und kamen heran. Das Licht erhellte Norths Gesicht von unten, überzog seine papierweiße Haut mit seltsamen schwarzen Schatten. Schlange wich vor seinen Anhängern zurück; aber in ihrem Rücken war Fels, sie konnte nicht entweichen. Norths Leute bewegten sich zwischen den schartigen Steinen und den Traumschlangen sehr vorsichtig. Im Gegensatz zu Schlange trugen sie schweres Schuhwerk. Der eine Mann schickte sich an, ihr Melissa zu entreißen. Schlange fühlte die Schlangen sich von ihren Knöcheln lösen, hörte sie über das Gestein schleichen.

»Fort!« schrie Schlange, aber eine ausgemergelte Hand versuchte ihr Melissa zu entwinden. Schlange beugte sich vor und biß hinein. Das war die einzige Hilfsmaßnahme, die ihr gegenwärtig einfiel. Sie fühlte, wie das kühle Fleisch zwischen ihren Zähnen nachgab, bis sie auf Knochen stieß; sie schmeckte warmes Blut. Sie wünschte, sie besäße schärfere Zähne, spitze Zähne mit Giftkanälen. So jedoch konnte sie nur hoffen, daß sich die Wunde entzündete. Norths Gefolgsmann fuhr mit einem Aufkrächzen zurück, riß seine Hand los, und Schlange spie sein Blut aus. Ein kurzes Handgemenge entstand, als North und die anderen sie am Haar, an den Armen und der Kleidung packten und sie festhielten, während sie ihr Melissa wegnahmen. North verschlang seine langen Finger in ihr Haar und drückte ihren Kopf an die Felswand, damit sie nicht nochmals beißen könne. Sie zerrten sie aus dem Winkel der Felsspalte. Sie rang mit ihnen und taumelte; einer von Norths Männern entfernte sich mit Melissa zur Plattform. North ruckte erneut an Schlanges Haar und bog ihren Kopf nach hinten. Ihre Knie gaben nach. Sie versuchte sich aufzuraffen, aber ihre Kräfte waren dahin, sie vermochte die Schwächung infolge der Wunde und die Erschöpfung nicht zu überwinden. Sie sackte auf den Felsboden nieder, die linke Hand auf die rechte Schulter gepreßt, und Blut sickerte zwischen ihren Fingern hindurch. North ließ Schlanges Haar los und ging zu Melissa; er betrachtete ihre Augen und fühlte ihren Puls. Er schaute sich nach Schlange um.

»Ich habe dir doch gesagt, du sollst sie nicht von meinen Tieren fernhalten.«

Schlange hob den Kopf. »Warum willst du sie umbringen?«
»Umbringen?! Ich? Du weißt kein Zehntel dessen, was du zu wissen glaubst. Du bist es, die sie in Gefahr gebracht hat.« Er entfernte sich von Melissa und kam zurück zu Schlange, bückte sich und fing mehrere Traumschlangen ein. Er hielt sie vorsichtig, so daß sie nicht zubeißen konnten, und tat sie in einen Korb. »Ich muß sie mit hinaufnehmen, um ihr Leben zu retten. Sie wird es dir verübeln, daß du ihr das erste Traumerlebnis verdorben hast. Ihr Heiler strotzt von Überheblichkeit.«
Schlange überlegte, ob er mit dem Vorwurf der Überheblichkeit möglicherweise recht hatte; falls ja, dann war er vielleicht auch in bezug auf Melissa im Recht, in bezug auf alles andere. Sie konnte nicht klar genug denken, um ihm zu widersprechen. »Sei gut zu ihr«, flüsterte sie.
»Keine Sorge«, erwiderte North. »Bei mir wird sie glücklich sein.« Er nickte seinen beiden Anhängern zu. Als die beiden Männer sich Schlange näherten, versuchte sie sich aufzurichten, um ihnen den letzten Kampf zu liefern. Sie hatte sich erst auf ein Knie erhoben, als der Mann, den sie gebissen hatte, ihren rechten Arm packte und sie hochriß, erneut an ihrer Schulter zerrte. Der zweite Mann hob sie am anderen Arm auf die Beine. North beugte sich zu ihr herab, in der Hand eine Traumschlange. »Wie zuverlässig sind deine Abwehrkräfte, Heilerin? Bist du auch in dieser Beziehung überheblich?« Einer seiner Anhänger zwang Schlanges Kopf nach hinten und entblößte ihre Kehle. North war so groß, daß Schlange trotzdem zusehen konnte, wie er die Traumschlange an ihren Hals setzte. Die Giftzähne sanken in ihre Halsschlagader. Nichts geschah. Sie wußte, es würde nichts geschehen. Sie wünschte, North möge sich damit abfinden und sie in Ruhe lassen, es ihr erlauben, sich auf den kalten, scharfkantigen Steinen auszustrecken und zu schlafen, selbst wenn sie nicht wieder erwachen sollte. Sie war zu müde zum Kämpfen, zu erschöpft, um bloß zu reagieren, als Norths Anhänger seine Faust aus ihrem Haar nahm. Blut sickerte an ihrem Hals hinab zum Schlüsselbein. North hob eine andere Traumschlange auf und an Schlanges Kehle. Als dieses Tier zubiß, verspürte Schlange einen plötzlichen Schmerz, der sich von ihrem Hals aus durch den ganzen Körper ausbreitete. Sie keuchte auf, und als der Schmerz wich, zitterte sie. »Aha«, sagte North, »die Heilerin beginnt uns zu verstehen.« Er zögerte einen Moment lang, beobachtete sie: »Einmal vielleicht noch, ja«, sagte er. Als er sich nochmals über sie beugte, war sein Gesicht im Schatten, und das Laternenlicht erzeugte rings um seinen Schädel aus seinem feinen hellen Haar einen Heiligenschein. Die dritte Traumschlange lag als lautlose Schattengestalt in seinen Händen. Schlange stemmte sich rückwärts, und der Zugriff von Norths Anhängern um ihre Arme blieb unverändert. Die Männer, die sie festhielten, benah-

men sich, als seien sie vom schwarzen Blick der Schlange hypnotisiert. Schlange warf sich nach vorn, und für einen Moment war sie frei, aber dann krallten sich klauenartige Finger in ihr Fleisch, und der Mann, den sie gebissen hatte, knurrte wütend. Er zerrte sie zurück, drehte ihr mit einer Hand den rechten Arm um und grub die Fingernägel seiner anderen Hand in ihre verletzte Schulter. North, der während des kurzen Gerangels zur Seite getreten war, kam nun wieder heran. »Warum willst du darauf bestehen, dich zu wehren, Heilerin? Genehmige dir ruhig das Vergnügen, das meine Tiere schenken.« Er hielt die dritte Traumschlange an ihre Kehle. Sie biß zu. Wie zuvor durchlief ein heftiger Schmerz Schlange, aber diesmal kehrte er, kaum gewichen, mit ihrem Pulsschlag als Woge der Pein wieder. Ein Aufschrei entfuhr Schlange. »Aha«, hörte sie North sagen. »Nun versteht sie uns.«

»Nein...«, flüsterte sie. Dann jedoch schwieg sie, weil sie North die Befriedigung, sich an ihrer Qual zu weiden, vorenthalten wollte. Seine Anhänger gaben sie frei, und sie krümmte sich vornüber, versuchte sich mit der linken Hand abzustützen. Der Schmerz ließ diesmal nicht wieder nach. Vielmehr schwoll er an, hallte in den Abgründen ihres Körpers wie ein vielfaches Echo hin und her, verstärkte sich, pulsierte in Schwingungen. Schlange erbebte mit jedem Herzschlag. Während sie zwischen den schmerzhaften Wallungen um Atem rang, sank sie auf das kalte, harte Geröll nieder.

Abgeschwächtes Tageslicht drang in die Felsspalte herab. Schlange lag noch so, wie sie hingefallen war, eine Hand vor sich ausgestreckt. Frost versilberte den zerfransten Saum ihres Ärmels. Ein dicker weißer Mantel von Eiskristallen bedeckte das Geröll am Grund der Felsspalte, kroch an den Seitenwänden empor. Von dem spitzenartigen Muster der Kristalle fasziniert, blieb Schlange ruhig liegen und ließ nur ihre Gedanken zwischen den zerbrechlichen kristallenen Farnen wandern. Während sie sie betrachtete, wurden sie plötzlich dreidimensional. Sie befand sich in einem vorzeitlichen Wald aus Moosen und Farnen, alles in Schwarz und Weiß. Da und dort durchliefen nasse Spuren die kunstvollen Kristallisationen, verliehen ihnen von neuem Zweidimensionalität, bildeten ein zweites, groberes Muster. Diese steindunklen Striche sahen aus wie Spuren von Traumschlangen, aber Schlange wußte natürlich genau, daß man in dieser Temperatur von Traumschlangen keine Betätigung erwarten durfte, nicht einmal soviel, daß sie über eisbereiften Felsboden kröchen. Vielleicht hatte North sie, um sie vor der Kälte zu schützen, an einen wärmeren Ort befördert. Während sie noch hoffte, sich in dieser Annahme nicht zu irren, hörte sie das leise Scharren von Schuppen auf Stein. Mindestens eines der Geschöpfe war zurückgeblieben. Das tröstete sie ein bißchen, denn es bedeutete: sie war nicht völlig allein. Dies muß ein zähes Tier sein, dachte sie. Möglicherweise war es jenes große Exemplar, das sie gebissen hatte, groß genug, um sich ein bestimmtes Maß an Körperwärme zu bewahren. Sie öffnete die Augen und unternahm den Versuch, in die Richtung, woher das Geräusch kam, zu tasten. Aber bevor sich ihre Hand bewegte – falls sie sich noch bewegen ließ –, sah sie die Schlangen. Denn es waren viel mehr als nur eine zurückgeblieben. Nur eine Armlänge entfernt wanden sich zwei, nein, drei Traumschlangen umeinander. Keine davon war jenes große Exemplar; keine war größer, als Gras gewesen war. Sie wanden und umschlangen sich, zeichneten dunkle Hieroglyphen in den Rauhreif, die Schlange nicht begriff. Die Zeichen besaßen eine Bedeutung, dessen war sie sich sicher, und sie mußte sie entziffern. In ihrem Blickfeld befand sich nur ein Teil der Botschaft, daher drehte sie schwerfällig langsam den Kopf, um den weiteren Verlauf der Spuren zu begutachten. Die Traumschlangen blieben am Rand ihres Blickfelds, sie rieben sich aneinander, ihre Leiber formten dreistrangige Schneckenhäuser. Die Schlangen froren und starben, befand Schlange. Das mußte es sein. Irgendwie hatte sie North zu verständigen, damit er sie rettete. Schlange stemmte sich auf die Ellbogen hoch, aber mehr schaffte sie nicht. Sie strengte sich an, versuchte zu rufen, aber eine Woge der Übelkeit überrollte sie. North und seine Kreaturen... Schlange würgte, doch in ihrem Magen war nichts, um heraufzukommen und sie von ihrem Abscheu zu erleichtern. Das Schlangengift wirkte noch. Das Stechen des Schmerzes war von einem dumpfen, schmerzhaften Pochen abgelöst. Sie verdrängte es, zwang es immer weiter aus ihrer bewußten Wahrnehmung, aber am Ende reichten ihre Kräfte nicht aus. Die Mattigkeit überwältigte sie, und sie verlor erneut das Bewußtsein.

Als sie erwachte, geschah es nicht aus der Besinnungslosigkeit, sondern aus festem Schlaf. Alle ihre verschiedenen Schmerzen waren noch spürbar, aber sobald sie einen nach dem anderen aus ihrem Bewußtsein gezwungen hatte, ohne daß sie wiederkehrten, wußte sie, daß sie Siegerin geblieben war. Noch immer war sie frei, North vermochte sie mit seinen Traumschlangen nicht zur Sklavin zu erniedrigen. Der Verrückte hatte einen Zustand der Verzückung beschrieben; also wirkte das Traumschlangengift auf Schlange nicht so wie auf Norths Anhänger. Sie wußte nicht, ob das an ihren Abwehrkräften oder ihrer Willensstärke lag. Es war auch nicht so wichtig. Nun begriff sie auch, warum North so davon überzeugt gewesen war, Melissa werde nicht erfrieren. Noch herrschte Kälte, und Schlange spürte sie, doch innerlich war sie fiebrig warm. Wie lange

ihr Körper den aufgepeitschten Metabolismus unterhalten konnte, wußte sie nicht, aber sie fühlte ihr Blut rege durch den Kreislauf wummern, und nun war ihr klar, daß sie keine Frostbeulen zu befürchten hatte. Sie erinnerte sich an die Traumschlangen und ihre eigentlich völlig ausgeschlossene Regsamkeit auf dem vom Frost diamantenhaft bereiften Untergrund. Das muß alles ein Traum gewesen sein, dachte sie.
Aber als sie umherschaute, sah sie zwischen den dunklen Hieroglyphen ihrer Spuren eine Dreierschaft Traumschlangen ineinander verschlungen. Sie bemerkte eine zweite und dann eine dritte Dreierschaft, und schließlich verstand sie in tiefem Erstaunen und höchster Freude die Botschaft, die dieser Ort und seine Geschöpfe ihr zu sagen hatten. Es schien, als sei sie hier Stellvertreterin aller Generationen von Heilern, allein zu dem Zweck hierhergeraten, um in Empfang zu nehmen, was sich ihr bot. Während sie sich noch wunderte, wie lange es gedauert hatte, um das Geheimnis der Traumschlangen zu entdecken, erkannte sie auch den Grund. Nun, nachdem sie die Wirkung des Gifts überwunden hatte, konnte sie die Sprache der Hieroglyphen verstehen, und sie sah vor sich weit mehr als nur eine Anzahl Dreierschaften von Traumschlangen, die auf dem eiskalten Geröll kopulierten. Die Heiler waren, wie alle Menschen auf der Erde, zu selbstbezogen, neigten zu sehr zur Nabelschau. Vielleicht war das unvermeidlich, weil man ihnen eine solche Sonderstellung aufnötigte. Aber als Folge dessen waren die Heiler kurzsichtig gewesen: Indem sie die Traumschlangen schützten, hatten sie die Tiere am Ausreifen gehindert. Doch das war ebenfalls unausweichlich gewesen. Traumschlangen waren für riskante Experimente zu wertvoll, es war sicherer, es auf der Grundlage von Zellkerntransplantationen mit dem Klonen zu versuchen, um ein paar neue Traumschlangen zu erhalten, als das Leben jener Exemplare zu gefährden, welche den Heilern zur Verfügung standen. Schlange lächelte angesichts der Klarheit und Einfachheit der Lösung. Natürlich hatten die Traumschlangen der Heiler nicht ausreifen können, denn offenbar benötigten sie von einem gewissen Zeitpunkt an diese bittere Kälte. Natürlich hatten sie sich nur selten vermehrt, selbst jene, die trotzdem die Geschlechtsreife erreichten – die Kälte war eine der Voraussetzungen zur Vermehrung. Und letztlich: In der Hoffnung, daß geschlechtsreife Exemplare zufällig zusammengerieten, hatten die Heiler umfangreiche Pläne ausgeklügelt, um ihre Schlangen zur Vermehrung anzuregen... paarweise. Von jedem weitergehenden Wissen ausgeschlossen, waren sich die Heiler zwar darüber im klaren gewesen, daß ihre Traumschlangen fremdartig waren, aber sie vermochten nie richtig zu erfassen, wie fremd. Paarweise. Lautlos lachte Schlange.
Sie entsann sich leidenschaftlicher Diskussionen mit anderen Heilern in

der Ausbildung, während des Unterrichts oder beim Essen, über die Frage, ob Traumschlangen einen diploiden oder hexaploiden Chromosomensatz hätten, denn die Anzahl der Zellkörper machte beides möglich. Aber in allen diesen heftigen Disputen hatte keine Seite recht gehabt. Traumschlangen waren triploid, es bedurfte zur Zeugung und Vermehrung einer Dreierschaft, nicht bloß eines Paares. Schlanges stummes Gelächter wich einem traurigen Lächeln, weil sie es kummervoll fand, daß ihresgleichen so viele Jahre lang derartige Fehler begangen hatte, behindert durch den Mangel an genügenden Kenntnissen, durch unzureichende technologische Hilfsmittel zur vollen Nutzung der biologischen Möglichkeiten, durch Ethnozentrismus. Und durch die zwangsweise Abschirmung der Erde von anderen Welten, durch die selbstauferlegte Absonderung zu vieler Menschengruppen voneinander. Den Heilern waren Fehler unterlaufen; nur durch Fehler hatten sie mit den Traumschlangen überhaupt Erfolge gehabt.

Und nun, da Schlange dies alles einsah, war es vielleicht zu spät.

Schlange war warm, geruhsam und schläfrig zumute. Zuerst weckte sie Durst; erst dann die Erinnerung. Im Felsspalt war es nun so hell, wie es vielleicht nicht heller darin werden konnte, und das Geröll, worauf Schlange lag, war trocken. Sie bewegte ihre Hand und spürte, wie ihr aus dem schwarzen Stein Wärme zuströmte. Sie setzte sich auf und untersuchte ihre körperliche Verfassung. Ihr Knie schmerzte, war jedoch nicht geschwollen. In ihrer Schulter hockte lediglich gewöhnlicher dumpfer Schmerz. Sie wußte nicht, wie lange sie geschlafen hatte, aber sie befand sich merklich auf dem Wege der Besserung.

Am anderen Ende der Felskluft sickerte in kärglichem, schnellem Rinnsal Wasser durch das Geröll. Schlange erhob sich und ging hinüber, stützte sich dabei gegen die Felswand. Sie fühlte sich unsicher, so wacklig, als sei sie plötzlich uralt geworden. Aber ihre Kräfte waren noch vorhanden; sie spürte, wie sie allmählich zurückkehrten. Sie kniete sich neben das Rinnsal, schöpfte mit beiden Händen Wasser und trank vorsichtig. Das Wasser schmeckte klar und kalt. Im Vertrauen auf ihr Urteilsvermögen trank sie ausgiebiger. Einen Heiler zu vergiften, war eine außerordentlich schwierige Aufgabe, und im Augenblick kümmerte es sie nicht sonderlich, wenn sie ihren Körper mit noch mehr Giftstoffen belastete. Das fast eiskalte Wasser verursachte in ihrem leeren Magen einen schmerzhaften Aufruhr. Sie schob jeden Gedanken an Nahrung beiseite und begab sich in die Mitte des Felsspalts, drehte sich langsam um die eigene Achse, um sie im Tageslicht zu betrachten. Die Felswände waren rauh, wiesen aber keine Risse auf; Zehen und Finger fänden darin keinen Halt. Der Rand befand

sich ungefähr dreimal höher, als sie in kerngesundem Zustand in die Höhe springen konnte. Aber irgendwie mußte sie hinaus. Sie mußte Melissa finden, sie mußten fliehen.
Schlange empfand ein Schwindelgefühl. Aus Sorge, sie könne in Panik geraten, atmete sie einige Male langsam und tief, die Augen geschlossen. Es fiel ihr schwer, sich zu konzentrieren, weil sie wußte, daß North in jedem Moment wieder aufkreuzen mochte. Ohne Zweifel lag ihm daran, ihren Anblick zu genießen, wenn sie wach war, da er anscheinend der Auffassung war, er habe ihre Abwehrkräfte überwunden und dem Traumschlangengift zur gewohnten Wirkung verholfen. In seinem Haß war er von dem Wunsch besessen, sie kriechen zu sehen wie den Verrückten, sie bitten und betteln zu sehen, bis er ihrem Wunsch nachgab, und jedesmal, wenn er es tat, müßte sie noch schwächer werden. Es lief ihr kalt den Rücken hinab, und sie schlug die Augen auf. Sobald er erst einmal die tatsächliche Wirkung des Gifts auf sie herausgefunden hatte, würde er versuchen, sie auf diesem Wege zu töten, wenn es sich machen ließ. Schlange setzte sich hin und wickelte Melissas Kopftuch von ihrer Schulter. Der Stoff war vom Blut verkrustet und steif, und unmittelbar auf der Haut mußte sie ihn unter Zuhilfenahme von Wasser ablösen. Aber auf der Wunde war dicker Schorf, und sie fing nicht wieder zu bluten an. Sauber war die Wunde nicht gerade: Schmutz und Sandkörner steckten darin und würden, falls sie nichts dagegen tat, auch in der Narbe bleiben. Doch eine Entzündung war ausgeschlossen, und sie hatte jetzt keine Zeit, um sich damit zu befassen. Sie riß aus dem Viereck des Kopftuchs zwei schmale Streifen und legte den Rest zu einem Sack zusammen. Fast in Reichweite lagen vier große Traumschlangen träge auf den Steinen. Sie fing die Tiere ein, steckte sie in den Sack und schaute sich nach weiteren Exemplaren um. Die Schlangen, die sie schon hatte, waren zweifellos ausgewachsene Tiere, so groß waren sie, und vielleicht erzeugten ein oder zwei von ihnen gerade befruchtete Eier. Sie fing noch drei Traumschlangen hinzu, aber der gesamte Rest war allem Anschein nach verschwunden. Behutsam stelzte sie zwischen den Steinen umher und suchte nach Gelegen, entdeckte aber nichts. Sie fragte sich, ob sie die Kopulationen bloß geträumt oder sich sonst eingebildet hatte. Sie schienen so echt gewesen zu sein…
Ob sie lediglich geträumt hatte oder nicht, es waren zuvor wesentlich mehr Traumschlangen in der Felskluft gewesen. Entweder waren ihre Löcher zu gut versteckt, um sie ohne genauere Suche bemerken zu können, oder North hatte alle anderen Schlangen herausgeholt.
Eine Bewegung in Grün am Rand ihres Blickfelds ließ sie herumwirbeln. Sie griff nach der Traumschlange, und das Tier biß zu. Schlanges Hand

zuckte zurück, und sie war froh, bei dieser Gelegenheit festzustellen, daß ihre Reflexe trotz allem, was sie nun hinter sich hatte, schnell genug waren, um den Zähnen auszuweichen. Sie fürchtete den Biß nicht; ihre Abwehrkräfte gegen das Gift mußten zur Zeit sogar besonders stark sein. Nach jedem Biß würde es beim nächsten Mal noch mehr Gift erfordern, um eine Wirkung zu erzielen. Aber sie verspürte keinerlei Lust nach einem nächsten Mal. Sie fing auch diese letzte, recht große Traumschlange, brachte sie bei den anderen im Sack unter, band das Behältnis mit einem der Stoffstreifen zu und befestigte es mit dem zweiten Streifen mit beträchtlichem Spielraum an ihrem Gürtel.

Schlange sah nur einen Weg zur Flucht. Freilich *gab* es eine andere Möglichkeit, aber sie bezweifelte, daß man ihr genug Zeit ließ, daß sie sich aus der beachtlichen Menge herumliegenden Gerölls und Gesteins eine Rampe errichten konnte. Sie kehrte zurück an das andere Ende der Felsspalte, jene engste Stelle, an der die Felswände zusammenliefen, wo sie Melissa gehalten hatte.

Etwas kitzelte sie am nackten Fuß. Sie schaute abwärts und sah den winzigen Traumschlangenschlüpfling davongleiten. Sie bückte sich und hob das Tierchen auf, sehr behutsam, um es nicht zu verstören. Das hornige Gewebe war abgefallen, und die Schuppen rings um das Mäulchen waren hellrosa. Später würden sie sich scharlachrot verfärben. Die kleine Schlange schmeckte mit der dreigezackten Zunge die Luft, stupste mit der Nase Schlanges Handfläche und wand sich um ihren Daumen. Schlange schob sie in die Brusttasche ihres Kleides; durch den Stoff spürte sie die schwachen Bewegungen des Winzlings. Das Tier war jung genug, um noch erfolgreich gezähmt werden zu können. Ihre Körperwärme lullte es ein.

Schlange zwängte sich in den engen Winkel. Sie beugte sich rückwärts und drückte ihre Schultern und ihr Rückgrat zwischen die Felswände. Die Wunde hatte nicht wieder stärker zu schmerzen angefangen; doch sie wußte nicht, welche Belastungen sie sich zumuten durfte. Sie nahm sich vor, nicht auf die Verletzung zu achten, aber Erschöpfung und Hunger hatten auch ihre Konzentrationsfähigkeit beeinträchtigt. Schlange setzte ihren rechten Fuß an die Felswand gegenüber, stemmte sich ab und schob ihren Rücken aufwärts. Vorsichtig stützte sie den anderen Fuß an der Felswand ab und steckte daraufhin zwischen den beiden im Winkel zusammenlaufenden Wänden. Sie stemmte sich mit beiden Füßen weiter empor, rutschte an den Schultern hoch, stützte sich rückwärts mit den Händen ab. Sie setzte die Füße ein wenig höher an und ruckte nochmals aufwärts, wieder ein kurzes Stück höher. Unter ihrem Fuß löste sich ein Stein, und sie rutschte ab, fiel seitlings, krallte sich an die Felswand, um

Halt zu bewahren. Gestein schrammte an ihrem Rücken und den Ellbogen. Sie stürzte und schlug wuchtig auf. Sie rang um Atem, während sie sich zu erheben versuchte, doch dann lag sie erst einmal für ein Weilchen still. Oben und Unten schienen sich umzukehren, alles schien ringsum zu verschwimmen. Als sie ihre Benommenheit schließlich überwunden hatte, atmete sie tief durch und raffte sich wieder auf. Ihr krankes Knie zitterte vor Anstrengung. Wenigstens war sie nicht auf die Traumschlangen gefallen. Sie legte ihre Hand auf die Tasche und spürte den winzigen Schlüpfling sich unbeschadet regen.
Mit zusammengebissenen Zähnen lehnte sich Schlange von neuem an die Felswand. Sie schob sich erneut aufwärts, diesmal umsichtiger, indem sie zuerst nach lockeren Gesteinsschichten tastete, bevor sie sich gegen die Wand stemmte. Der Fels schabte äußerst unangenehm ihren Rücken, und Schweiß machte ihre Hände bald schlüpfrig. Unerbittlich trieb sie sich an; sie stellte sich vor, sie könne bereits über den Rand ihres Kerkerlochs blikken, festen Untergrund und den Horizont sehen. Sie hörte ein Geräusch und erstarrte. Es ist nichts, dachte sie. Ein Stein, der gegen einen anderen stößt. Vulkanisches Gestein gibt immer Geräusche von sich, als wäre es etwas Lebendiges. Die Anspannung der Muskeln brachte ihre Schenkel zum Beben. Schweiß brannte in ihren Augen und verwischte ihr Blickfeld. Wieder vernahm sie die Laute. Es handelte sich nicht um das Poltern von Steinen, sondern um zwei Stimmen, und eine davon gehörte North. Schlange schluchzte beinahe aus Enttäuschung, während sie wieder hinabkletterte. Der Abstieg war ebenso mühselig, und es schien endlos lange zu dauern, bis sie endlich wieder weit genug unten war, um das letzte Stück einfach springen zu können. Ihre Hände und Füße sowie ihr Rücken zerschrammten sich noch mehr am Gestein. Der Lärm wirkte im begrenzten Hohlraum des Felslochs so laut, daß sie davon überzeugt war, North müsse ihn hören. Als vom Rand der Spalte ein Kiesel herabfiel, ließ sich Schlange auf den Felsboden fallen und verbarg die Traumschlangen unter ihrem verkrümmten Körper. Sie zwang sich zur Bewegungslosigkeit, stillte das Zittern, welches der vorangegangene Kraftakt ihr verursachte, durch ihren bloßen Willen. Obwohl sie verzweifelt gerne nach Atem gekeucht hätte, zwang sie sich zu ruhigen, langsamen Atemzügen, als schlafe sie noch. Sie hielt die Augen fast geschlossen, aber sie sah den Schatten, der auf sie fiel. »Heilerin!« Schlange tat keine Regung. »Heilerin, wach auf!« Sie hörte einen Stiefel gegen Steine treten. Ein Hagel von Steinchen und Gesteinsbruchstücken prasselte auf sie herab.
»Sie schläft noch, North«, sagte Schlanges Verrückter. »Wie alle anderen auch, alle außer dir und mir. Laß mich schlafen, North. Bitte, laß mich schlafen.«

»Halt die Fresse. Es ist kein Tropfen Gift da. Die Schlangen sind leergebissen.«
»Nur ein einziger Biß müßte doch noch möglich sein. Oder ich könnte hinunterklettern und noch eine Schlange holen. Ein schönes, großes Tier. Und dabei könnte ich nachschauen, ob die Heilerin wirklich schläft.«
»Was interessiert es mich, ob sie wirklich schläft oder nicht?«
»Du darfst ihr nicht trauen, North. Sie ist hinterlistig. Sie hat mich ja auch überlistet und gezwungen, sie herzubringen...« Die Stimme des Verrückten entfernte sich mit seinen und Norths Schritten und verstummte mit ihnen. Soviel Schlange hörte, unterzog sich North nicht der Mühe einer nochmaligen Antwort.
Während die beiden Männer gingen, bewegte sich Schlange gerade genug, um mit einer Hand die Tasche ihres Kleides abzutasten. Irgendwie war die winzige Traumschlange noch immer unversehrt; sie spürte unter ihren Fingern, unter dem Stoff, ihre langsamen, gemächlichen Regungen. Sie begann zu glauben, daß auch die Jungschlange, sollte es ihr selbst jemals gelingen, lebend aus der Grube zu entwischen, heil davonkommen werde. Oder vielleicht umgekehrt. Ihre Hand zitterte; sie senkte sie, um das Tierchen nicht unnötig zu verängstigen. Behutsam wälzte sie sich auf den Rücken und starrte himmelwärts. Der Rand der Grube schien ungeheuer hoch über ihr zu sein, als wären die Felswände mit jedem Versuch, sie zu erklimmen, noch angewachsen. Aus ihrem Augenwinkel rann ihr eine heiße Träne über die Schläfe ins Haar.
Als sie sich wieder aufsetzte, geschah es urplötzlich und mit einem heftigen Ruck. Das Erheben fiel ihr schwerer und verlief umständlicher, aber dann stand sie wiederum im Winkel zwischen den Felswänden und blickte geradeaus auf die Wand gegenüber. Die zerschürften Stellen ihres Rükkens schabten ziemlich übel über den Fels, und die Wunde in ihrer Schulter stand gefährlich dicht davor, sich wieder zu öffnen. Ohne nach oben zu schauen, stemmte Schlange einen Fuß an die jenseitige Wand, spannte ihre Muskeln, setzte den anderen Fuß an und begann den Aufstieg noch einmal. Während sie immer höher kletterte, spürte sie den Stoff ihres Kleids an den Schultern zerreißen. Das verknotete Kopftuch erhob sich an dem Stoffstreifen vom Felsboden und rutschte unter ihr die Felswand hoch. Das Bündel fing an zu baumeln; es war gerade schwer genug, um ihr Gleichgewicht zu beeinträchtigen. Sie unterbrach ihren Aufstieg, wie eine vom Nichts ins Nichts gespannte Brücke, bis die Pendelbewegung zum Stillstand gekommen war; die Anspannung ihrer Beinmuskulatur wuchs, bis sie kaum noch die Felswand unter ihren Fußsohlen spürte. Sie wußte nicht, wie groß der Abstand zum Rand der Grube noch war, und sie verweigerte sich einen Blick nach oben.

Aber auf jeden Fall war sie bereits höher, als sie bei den beiden vorherigen Versuchen hinaufgelangt war; die Felswände des Winkels klafften weiter auseinander, als sie den Aufstieg fortsetzte, und das Klettern kostete immer mehr Mühe. Mit jedem kurzen Stück, um das sie ihre Füße weiter aufwärts setzte, mußte sie ihre Beine ein bißchen mehr strecken. Endlich hielten allein ihre Schultern, ihre gegen den Fels gepreßten Hände und die Ballen ihrer Füße sie noch zwischen den Wänden. Viel höher konnte sie nun nicht gelangen. Unter ihrer rechten Hand war der Fels feucht von Blut. Unter Aufbietung aller Kräfte ruckte sie ein letzte Mal aufwärts. Und da rutschte unvermittelt ihr Nacken über den Rand der Grube, und sie sah den felsigen Boden ringsum, die schroffen Innenhänge des künstlichen Kraters mit ihren Stollen, den Plastikhimmel. Die plötzliche Verschiebung ihres Blickfelds brachte sie beinahe um ihr Gleichgewicht. Sie warf den linken Arm nach oben, stützte sich mit dem Ellbogen auf den Felsrand, dann mit der Hand. Ihr Körper vollführte eine Drehung, und sie griff mit der rechten Hand nach. Die Wunde ihrer Schulter versetzte ihr einen Stich, den sie von der Wirbelsäule bis in die Fingerspitzen spürte. Sie krallte die Fingernägel in den Untergrund, rutschte rückwärts. Sie tastete verzweifelt nach einem Halt für ihre Zehen und fand ihn. Einen Moment lang hing sie am Grubenrand, schnappte nach Luft und spürte über ihren Hüftknochen, wo sie gegen die Felswand geprallt war, als sie sich drehte, den dumpfen Schmerz frisch im Entstehen begriffener Blutergüsse. Oberhalb ihrer Brust bekam das Traumschlangenjunge einigen Druck ab, aber es war nicht zerquetscht worden, sondern rührte sich nur in gewissem Mißbehagen. Mit den letzten in ihren Armen verbliebenen Kräften schwang sich Schlange über die Felskante und lag dann waagerecht ausgestreckt und keuchte, während ihre Waden noch über dem Abgrund baumelten. Gleich darauf kroch sie ganz heraus. Der Stoffstreifen, an dem das Bündel mit ihren Traumschlangen hing, schleifte über die Felskante, dehnte sich, zerfranste. Schlange hob ihn heraus und legte das Bündel neben sich. Dann erst, eine Hand auf den erbeuteten Schlangen, während die andere Hand den Untergrund beinahe streichelte, wagte sich Schlange umzuschauen, um sich zu vergewissern, daß niemand ihr Entweichen aus dem Schlund beobachtet hatte. Vorerst war sie jedenfalls frei. Sie knöpfte ihre Brusttasche auf und untersuchte den Traumschlangenwinzling; sie vermochte es kaum zu glauben, daß die Strapazen ihn unversehrt gelassen hatten. Sie knöpfte die Tasche wieder zu, wählte aus einem ganzen Stapel neben der Felsspalte einen Korb und tat die ausgewachsenen Traumschlangen hinein. Sie nahm den Korb über die Schulter, erhob sich zittrig und ging hinüber zu den Stollenmündungen, welche die Schlangengrube umgaben und den Kraterwall durchlöcherten.

Aber die Stollenöffnungen wirkten nun ringsum wie unendlich viele Spiegelbilder, und sie konnte sich nicht entsinnen, durch welchen Zugang man sie hereingeführt hatte. Es mußte einer der Stollen gegenüber dem einzigen, dicken Kühlrohr gewesen sein, aber der Krater war so groß, daß jede der drei möglichen Öffnungen jene sein mochte, die sie suchte. Vielleicht ist es besser so, dachte Schlange. Kann sein, daß sie immer denselben Stollen benutzen und ich ihnen aus dem Wege gehe, wenn ich einen anderen nehme. Möglicherweise ist die Gefahr, daß ich jemandem in die Arme laufe, aber auch in allen Stollen gleich groß, oder womöglich sind alle anderen bloß Sackgassen.
Ohne weitere Umstände betrat Schlange den linken der drei fraglichen Stollen. Drinnen sah es anders aus als in jenem, an den sie sich erinnerte, doch lag das wahrscheinlich nur daran, daß mittlerweile der Reif geschmolzen war; allerdings gab es auch in diesem Tunnel Fackeln, so daß Norths Leute ihn zu irgendeinem Zweck benutzen mußten. Die Mehrzahl war jedoch zu Stummeln herabgebrannt, und Schlange schlich von einem unsteten Flämmchen zum nächsten schwachen Lichtschein, tastete sich mit der Hand an der Wand entlang, so daß sie sofort kehrtmachen konnte, wenn dieser Gang nicht nach draußen führte. Jeder Helligkeitsschimmer konnte das Ende des Stollens sein. Aber jedesmal gelangte sie lediglich an eine weitere niedergebrannte Fackel. Der Stollen schien kein Ende nehmen zu wollen. Wie mitgenommen sie derzeit gewesen war, wie ermattet sie auch jetzt noch war, sie wußte genau, daß der Stollen, durch den man sie hereinbrachte, nicht eine solche Länge besessen hatte. Mit einem Licht versuche ich es noch, dachte sie. Und dann...? Rußiger Rauch schwebte durch die Luft, aber er verwies nicht einmal auf einen Luftzug, der ihr die Orientierung erleichtert hätte. Bei der nächsten Fackel blieb sie stehen und wandte sich um. Hinter ihr war nichts als Schwärze. Entweder waren die übrigen Flämmchen, an denen sie vorbeigekommen war, nun erloschen, oder sie war um eine Biegung gelaufen, die sie ihrem Blick entzog. Doch sie vermochte sich nicht dazu durchzuringen, den Rückweg anzutreten. Sie durchmaß eine beträchtliche Strecke völliger Finsternis, ehe sie den nächsten Lichtschein glimmen sah. Sie wünschte sich eindringlich, es möge das Tageslicht sein, sie schloß mit sich selbst Handel und Wetten ab, daß es das Tageslicht sei, doch noch bevor sie die Lichtquelle erreichte, erkannte sie, daß sie sich bloß einer weiteren Fackel näherte. Sie war beinahe erloschen; nur unruhige Glut war noch vorhanden. Schlange roch den ätzenden Rauch einer verlodernden Flamme. Sie fragte sich, ob sie auf diesem Weg lediglich zu einer zweiten Grube geriet, bloß diesmal einer, die im Dunkeln lag. Fortan schritt sie vorsichtiger aus, schob erst einen Fuß nach vorn, ohne sofort ihr Körpergewicht auf ihn

zu verlagern, bis sie dessen sicher war, festen Boden vor sich zu haben. Der darauffolgenden Fackel schenkte sie kaum noch Beachtung. Sie verbreitete nicht einmal genug Helligkeit, um ihr den weiteren Weg zu weisen. Der Korb schien immer schwerer zu wiegen; eine allgemeine körperliche Reaktion auf die vorangegangenen Ereignisse setzte ein. Ihr Knie schmerzte stark, und auch der Schmerz in ihrer Schulter war wieder so heftig, daß sie die Hand in ihren Gürtel schob und den Arm an den Leib drückte. Während sie ihres ungewissen Weges schlurfte, fand sie sich damit ab, daß sie ihre Füße wahrscheinlich sowieso nicht höher hätte heben können, als es ihr die Vorsicht riet.

Plötzlich stand sie im Hellen auf dem Abhang der Anhöhe zwischen den verwachsenen Bäumen. Fassungslos blickte sie rundum, dann streckte sie die linke Hand aus und berührte rauhe Baumrinde. Mit einer wundgeschürften Fingerkuppe, deren Nagel abgebrochen war, rührte sie an eines der zierlichen Blätter. Am liebsten hätte sich Schlange jetzt hingesetzt, sich still ins Fäustchen gelacht und dann etwas Ruhe gegönnt, einen anständigen Genesungsschlaf. Doch statt dessen wandte sie sich nach rechts und umrundete die Anhöhe in der Hoffnung, daß der lange Stollen sie nicht um deren halben Umfang oder den halben Umfang der Kuppel von Norths Aufenthaltsort weggeführt hatte. Sie wünschte, North oder der Verrückte hätten sich irgendwie darüber geäußert, wo Melissa steckte.

Urplötzlich endete der Hain. Beinahe hätte Schlange die Lichtung betreten, doch im letzten Moment blieb sie stehen und wich in die Schatten zurück. Rotblatt bedeckte die Wiese mit einem dicken, dichten Teppich von scharlachroter Farbe. Auf dieser natürlichen Matte lagen sämtliche Leute, die Schlange zuvor in Norths Gesellschaft gesehen hatte, und noch mehr. Alle schliefen sie; Schlange nahm an, daß sie unter dem Einfluß von Traumschlangengift träumten. Die Mehrzahl lag auf dem Rücken, den Kopf zurückgeworfen, die Kehle entblößt; alle wiesen zwischen einer Vielfalt alter Bißnarben frische Bisse auf, an denen dünne Rinnsale getrockneten Blutes klebten. Schlange betrachtete jede einzelne Person, kannte jedoch keine; erst auf der anderen Seite der Lichtung sah sie den Verrückten im Schatten eines außerirdischen Baumes schlafen. Die Stellung, in der er dort lag, unterschied sich von denen der anderen; er ruhte auf dem Gesicht, bis zur Hüfte nackt, und die Arme waren vor ihm ausgestreckt wie in demütigem Bitten. Seine Füße und Waden waren entblößt. Als Schlange sich ihm am Rand der Lichtung näherte, sah sie die zahlreichen Bisse an den Innenseiten der Arme und in den Kniekehlen. Also hatte North noch eine Schlange mit einem Giftvorrat gefunden, und der Verrückte hatte endlich bekommen, was er wollte.

Aber North war nicht auf der Lichtung, und auch Melissa befand sich nicht dort. Ein häufig benutzter Trampelpfad führte an einer anderen Stelle zurück in das Wäldchen. Vorsichtig folgte Schlange seinem Verlauf, jederzeit dazu bereit, zur Seite zwischen die Bäume zu huschen, sollte sich Gefahr abzeichnen. Aber nichts geschah. Während sie barfuß über das festgetrampelte Erdreich stampfte, hörte sie aus dem Laub sogar das Rascheln kleiner Tiere, von Vögeln oder unbeschreiblich fremdartigem Getier. Der Trampelpfad endete unmittelbar oberhalb des Eingangs zum Stollen, durch den man Schlange in den künstlichen Krater gebracht hatte. Dort saß, allein, neben einem großen Korb, North, in den Händen eine Traumschlange. Verwundert beobachtete Schlange ihn. Er hielt die Schlange auf die sichere Art, hinter dem Kopf, so daß sie nicht zubeißen konnte. Mit der anderen Hand streichelte er ihre geschmeidigen grünen Schuppen. Schlange war bereits aufgefallen, daß North am Hals keinerlei Male trug; sie war davon ausgegangen, daß er für sich die langsamere, angenehmere Weise der Giftzufuhr vorzog. Doch die Ärmel seines Gewandes waren auf seine Ellbogen gerutscht, und daher erkannte sie nun zweifelsfrei, daß auch seine bleichen Arme keine Narben besaßen. Schlange schnitt eine finstere Miene. Melissa war nirgends zu sehen. Falls North sie irgendwo in den Höhlen versteckte, konnte Schlange womöglich tagelang nach ihr suchen, ohne sie zu finden. Sie verfügte nicht über genügend Kräfte für eine langwierige Suche. Sie trat hinaus auf die Lichtung. »Warum läßt du dich nicht auch einmal beißen?« meinte sie. North zuckte mit einem heftigen Ruck zusammen, behielt jedoch die Schlange in der Gewalt. Er starrte Schlange mit dem Ausdruck purer Verwirrung an. Hastig ließ er seinen Blick rundum über die Lichtung schweifen, als bemerke er zum ersten Mal, daß seine Anhänger nicht bei ihm weilten. »Sie schlafen alle, North«, sagte Schlange. »Sie träumen. Auch jener, der mich hergebracht hat.«

»Hierher!« brüllte North, aber weder gehorchte Schlange seinem Befehlston, noch antwortete ihm irgend jemand. »Wie bist du herausgekommen?« flüsterte North. »Ich habe schon andere Heiler getötet. Sie waren keine Magier. Sie waren ebenso leicht umzubringen wie andere Lebewesen.«

»Wo ist Melissa?«

»Wie bist du herausgekommen?« schrie er.

Schlange ging auf ihn zu, ohne selbst überhaupt zu wissen, was sie tun sollte. Gewiß, North war bestimmt nicht stark, aber im Sitzen genauso groß wie Schlange im Stehen, und sie war gegenwärtig alles andere als im Vollbesitz ihrer Kräfte. Vor ihm blieb sie stehen. North streckte ihr die Traumschlange entgegen, als könne er sie damit einschüchtern oder in ihr, um sie zu unterwerfen, ein Verlangen auslösen. Schlange war nahe

genug und hob eine Hand, um das Tier mit einer Fingerkuppe zu streicheln. »Wo ist Melissa?«
»Sie gehört zu mir«, sagte er. »Nicht in die Welt draußen. Sie gehört hierher.« Seine hellen Augen, deren Blick zur Seite glitt, verrieten deutlich, was in seinem Kopf vorging. Schlange schaute in die Richtung seines Blicks: Er galt dem großen Korb, der fast so lang war wie ihr Körper, und halb so hoch. Schlange trat hinzu und hob vorsichtig den Deckel an. Unwillkürlich wich sie um einen Schritt zurück und atmete wutentbrannt tief ein. Der Korb war fast randvoll mit Traumschlangen angefüllt. Zornig drehte sie sich nach North um.
»Wie konntest du so etwas tun?«
»Sie hat's nötig gehabt.« Schlange kehrte ihm achtlos wieder den Rücken zu und begann behutsam, Traumschlangen aus dem Korb zu heben. Es waren so viele Tiere, daß sie Melissa darunter nicht wahrnehmen konnte, nicht einmal als Umriß. Sie holte die Traumschlangen paarweise aus dem Korb und ließ sie, sobald sie aus der Reichweite ihrer Tochter waren, auf den Grund plumpsen. Die erste Schlange glitt über ihren Fuß und wickelte sich um den Knöchel, wogegen das zweite Tier eilig zwischen die Bäume davonkroch.
North richtete sich auf. »Was machst du da? Das darfst du nicht...« Er begann damit, die freigesetzten Schlangen wieder einfangen zu wollen, aber eine davon reckte sich empor, drohte ihn zu beißen, und er zuckte zurück. Schlange setzte zwei weitere Exemplare aus. North versuchte wieder ein Tier zu fangen, aber es schnappte nach ihm, und als er dem Biß auswich, stürzte er beinahe. North wandte sich von den Schlangen ab und Schlange zu, wollte sie mit seiner Größe einschüchtern, aber sie hielt ihm eine Traumschlange entgegen, und er verharrte.
»Du fürchtest dich vor ihnen, stimmt's, North?« Sie trat um einen Schritt vor. Er gab sich Mühe, auf dem Fleck zu bleiben, aber als Schlange einen zweiten Schritt tat, wich er zurück. »Hältst du so wenig von deinen eigenen Ratschlägen?« Sie war wütender als je zuvor; der besonnenere Teil ihres Verstandes, gegenwärtig beiseite gedrängt, beobachtete mit Schrekken, wie sehr sie es genoß, ihm Furcht einzuflößen.
»Geh weg...« Als sich Schlange dennoch weiter näherte, stolperte er rückwärts und stürzte nieder. Am Erdboden kroch er vor ihr davon, rappelte sich hoch, strauchelte erneut. Schlange war ihm so nahe, daß sie seinen Geruch wahrnahm, auf trockene Art modrig, völlig anders als der gewohnte menschliche Körpergeruch. Er stellte die Flucht ein und wandte sich ihr zu, keuchte wie ein in die Enge getriebenes Tier, als sie ihm die Traumschlange hinhielt, die Hände zu Fäusten geballt, als wolle er zuschlagen. »Nicht«, sagte er, »nein, nicht...« Schlange dachte an Melissa

und gab keine Antwort. Wie gebannt haftete Norths Blick auf der Traumschlange. »Nicht...« Seine Stimme versagte. »Bitte...«
»Winselst du nun um Mitleid?« rief Schlange vergnügt; sie beabsichtigte ihm nicht mehr Mitleid zu gewähren, als er ihrer Tochter zugestanden hatte.
Plötzlich lockerten sich Norths Fäuste, und er beugte sich vor, streckte Schlange seine Hände entgegen, zeigte ihr die blauen Adern seiner Handgelenke. »Nein«, sagte er. »Ich möchte Frieden.« Er bebte sichtlich, während er den Biß der Traumschlange erwartete. Verblüfft nahm Schlange ihre Hände zurück. »Bitte!« kreischte North. »Ihr Götter, treibt kein böses Spiel mit mir!«
Schlange betrachtete die Traumschlange, dann North. Ihre Freude über seine Niederlage verwandelte sich in Abscheu. War sie ihm so sehr ähnlich, daß auch sie nach Herrschaft über andere Menschen trachtete? Vielleicht hatte er mit seinen Vorwürfen recht gehabt. Ehre und Anerkennung bedeuteten ihr soviel wie ihm. Und ohne Zweifel hatte sie sich der Überheblichkeit schuldig gemacht, ihr war immer der Makel der Überheblichkeit zu eigen gewesen. Vielleicht bestand der Unterschied zwischen North und ihr nicht in der Art, sondern nur im Ausmaß. Dessen war sich Schlange nicht sicher, aber sie erkannte auf jeden Fall klar, daß jeder Unterschied, welcher Natur auch immer, noch an Bedeutung verlieren würde, wenn sie North nun, da er hilflos war, diese Schlange aufzwang. Sie trat zurück und ließ die Traumschlange fallen. »Bleib mir fern.« Auch ihre Stimme zitterte. »Ich nehme meine Tochter und trete den Heimweg an.«
»Hilf mir«, flüsterte er. »Ich habe diesen Ort entdeckt, ich habe seine Geschöpfe benutzt, um anderen zu helfen, und nun soll ich keine Hilfe verdienen?« Flehentlich sah er Schlange an, aber sie unternahm nichts. Plötzlich stöhnte er auf und sprang nach der Traumschlange, packte sie mit einer Hand und ließ sie in seine andere Hand beißen. Er wimmerte, als die Giftzähne in sein Fleisch stachen, einmal, zweimal. Schlange entfernte sich von ihm, aber er schenkte ihr ohnehin keine weitere Beachtung. Sie ging wieder zum großen Weidenkorb. Die Traumschlangen hatten unterdessen aus eigenem Antrieb herauszuklettern begonnen. Eine glitt über den Korbrand und fiel mit einem dumpfen Geräusch auf den Erdboden. Dann überwanden mehrere zugleich den Rand, und einige Zeit später wälzten sie sich knäuelweise, in Klumpen und Garben, aus dem Korb und kippten ihn um. Sämtliche Schlangen wimmelten in einem ruhelosen Haufen heraus. Aber Melissa war nicht im Korb. North hastete an Schlange vorüber, ohne der Heilerin die geringste Aufmerksamkeit zu widmen, und schob seine bleichen, von Blut fleckigen Unterarme in den

großen Haufen von Traumschlangen. Schlange packte ihn und riß ihn herum.
»Wo ist sie?«
»Was...?« Er streckte sich schwächlich nach den Traumschlangen; seine wäßrig hellen Augen waren glasig.
»Melissa – wo ist sie?«
»Sie träumte...« Er stierte die Traumschlangen an. »Mit ihnen...«
Irgendwie mußte Melissa entkommen sein. Irgendwie hatte ihre Willensstärke North widerstanden, ihm und dem Schlangengift, der Verlokkung des Vergessens. Schlange blickte noch einmal rundum, hielt nach dem Mädchen Ausschau; sie sah alles mögliche, bloß nicht, was sie zu sehen wünschte. North stöhnte laut vor Gier, und Schlange ließ ihn los. Er grapschte nach Traumschlangen, die fort in das Wäldchen krochen. Seine Arme schienen mit blutigen Nadelstichen übersät zu sein, und von jedem seiner Geschöpfe, das er wieder einfing, ließ er sich erneut beißen. »Melissa!« rief Schlange, aber sie bekam keine Antwort. Auf einmal stieß North ein Ächzen aus; im nächsten Moment gab er ein sonderbares Stöhnen von sich. Schlange sah sich über die Schulter um. North richtete sich gerade langsam auf, in seinen blutigen Händen eine Traumschlange, und zwei dünne Blutrinnsale sickerten aus einem Biß in seiner Kehle. Seine Haltung verkrampfte sich, die Traumschlange krümmte sich in seinen Händen. North fiel auf die Knie und schwankte. Dann sackte er vornüber nieder und blieb reglos liegen, seine Kräfte schienen aus ihm zu entfliehen, so wie seine Traumschlangen in das fremdartige Wäldchen entwichen. Gewohnheitsmäßig begab sich Schlange zu ihm, um ihn zu untersuchen. Er atmete regelmäßig. Der weiche Aufprall hatte ihn nicht verletzen können. Schlange überlegte, ob das Gift auf ihn ähnlich wirken mochte wie auf seine Anhänger. Aber wenn es sich nicht so verhielt, wenn seine Furcht davor womöglich eine nachteilige Reaktion verursachte, konnte sie nichts für ihn tun.
Die Traumschlange, die er noch zwischen den Fingern hielt, entwand sich seinem Griff und warf sich umher. Schlanges Atem stockte, als Erinnerung und Kummer sie befielen. Die Wirbelsäule der Schlange war gebrochen. Schlange kniete sich nieder und tötete sie so, wie sie Gras getötet hatte.
Den Geschmack ihres Blutes noch kalt und salzig auf den Lippen, warf sie sich ihren Weidenkorb am Gurt über die Schulter und rückte ihn zurecht. Sie vergeudete keinen Gedanken daran, woanders nach Melissa zu suchen als auf dem Weg, den sie beim Betreten der Kuppel genommen hatten, und daher schlug sie die Richtung zum Loch in der Kuppel ein. Die Bäume warfen tiefere, dunklere Schatten als beim ersten Mal, als

Schlange sie unterquerte, und der Pfad zwischen ihnen war enger und niedriger. Schlange schritt so schnell wie möglich aus, während auf ihrem Rücken eine Gänsehaut nach der anderen entstand. Der fremdartige Baumbestand, der sie umgab, konnte alle möglichen Kreaturen beherbergen, von Traumschlangen bis zu irgendwelchen lautlosen Raubtieren. Melissa war vollständig ungeschützt; sie besaß nicht einmal mehr ihr Messer. Als Schlange schon glaubte, sie habe den falschen Weg genommen, erreichte sie den Felssims, wo der Verrückte sie hintergangen hatte. Von Norths Aufenthaltsort bis zu dieser Stelle war es eine lange Strecke, und Schlange fragte sich, ob Melissa überhaupt so weit gelangt sein könne.

Vielleicht hat sie sich nach der Flucht versteckt, dachte Schlange. Vielleicht ist sie noch in Norths Nähe, schläft und träumt... oder liegt im Sterben. Sie ging noch einige Schritte weiter, blieb stehen, zögerte, entschied sich dann und setzte den Weg fort.

Gleich hinter der nächsten Biegung lag Melissa auf dem Pfad ausgestreckt, die Finger, mit denen sie sich zuletzt um ein winziges Stückchen vorwärtsgezogen hatte, noch ins Erdreich gekrallt. Schlange lief zu ihr, stolperte, fiel neben ihr auf die Knie. Melissa rührte sich nicht. Behutsam drehte Schlange ihre Tochter um. Melissas Körper war ziemlich schlaff, ihre Glieder waren kalt. Schlange tastete nach dem Puls; manchmal meinte sie ihn zu fühlen, bisweilen wieder nicht. Melissa befand sich in einem schweren Schockzustand, und hier vermochte Schlange ihr nicht im mindesten zu helfen.

Melissa, meine Tochter, dachte sie, du hast dir soviel Mühe gegeben, um dein Versprechen zu halten, und fast hättest du Erfolg gehabt. Auch ich habe dir Versprechungen gemacht, aber keine davon habe ich halten können. Bitte gib mir noch eine letzte Gelegenheit.

Unbeholfen, weil sie ihren lahmen rechten Arm zu gebrauchen gezwungen war, hob sich Schlange Melissas kleinen Körper auf die linke Schulter. Sie taumelte, als sie sich mit der Last aufrichtete, und verlor um ein Haar das Gleichgewicht. Sollte sie stürzen, würde sie sich, befürchtete sie, nicht nochmals erheben können. Vor ihr erstreckte sich der Pfad, und sie wußte, er war sehr lang.

13

Schlange schleppte sich über den Teppich aus Rotblatt dahin, strauchelte einmal beim Überqueren eines Spalts voller blaugrünem Wanderkraut, rutschte einmal auf dem durch kürzlichen Regen glitschigen, vermatsch-

ten Untergrund aus und wäre beinahe gefallen. Melissa regte sich nicht. Schlange wollte sie nicht hinlegen; sie setzte den Weg fort. Hier oben kann ich nichts für sie tun, versicherte sie sich erneut und bereitete sich innerlich auf den Abstieg vor. Melissas Körper fühlte sich entsetzlich kalt an, aber Schlange wußte, daß sie gegenwärtig den eigenen Wahrnehmungen nicht trauen konnte. Sie verdrängte alle Arten von Empfindungen aus ihrem Bewußtsein. Sie stapfte dahin wie eine Maschine, schien ihren Körper von einem außerhalb davon gelegenen Punkt aus zu beobachten, sich dessen bewußt, daß sie den Fuß des Hügels erreichen konnte, aber zugleich aus Verdruß darüber zum Schreien zumute, daß dieser Körper sich so langsam bewegte, so schwerfällig ausschritt, einen Schritt, noch einen Schritt, und sich nicht schneller regen wollte.
Von oben sah der Hang wesentlich steiler aus, als er beim Hinaufklettern gewirkt hatte. Als sie am Rand der Klippe stand, vermochte Schlange sich gar nicht so recht zu entsinnen, wie sie eigentlich den Aufstieg geschafft hatte. Aber der Wald und die Wiesen dort unten, die freundlichen Schattierungen des Grüns verliehen ihr etwas Zuversicht. Schlange setzte sich und schwang sich über den Rand. Zuerst kletterte sie langsam, bewahrte mit ihren wunden nackten Füßen festen Halt und ihr Gleichgewicht. Sie gelangte am steinigen Hang nur umständlich abwärts, aber sie machte eindeutig Fortschritte; der Weidenkorb schleifte und holperte hinter ihr her. Weiter unten jedoch beschleunigte sie wider Willen, Melissas unhandliches Gewicht brachte sie aus dem Gleichgewicht, und sie rutschte ab, schlitterte seitlich hinunter. Sie versuchte alles, um zu verhindern, daß sie sich überschlug, und auf Kosten der Haut an Rücken und Ellbogen hatte sie dann auch Erfolg; endlich landete sie in einer Staubwolke und in Begleitung eines Gesteinshagels am Fuß des Hügels. Einen Moment lang lag sie reglos, Melissa lehnte schlaff an ihr, der schwer mitgenommene Weidenkorb klemmte zwischen ihrer Schulter und den Felsen. Im Innern krochen die Traumschlangen umher, fanden jedoch kein ausreichend großes Loch, um zu entweichen. Schlange legte eine Hand auf ihre Brusttasche und fühlte unter ihren Fingern die Bewegungen des Traumschlangenschlüpflings.
Nur noch ein kurzes Stück, dachte sie. Die Wiese ist schon fast in Sicht. Wenn sie ganz ruhig war, konnte sie vielleicht Eichhörnchen Gras auszupfen hören... »Eichhörnchen!« Sie wartete für einen Moment, dann pfiff sie nach ihm. Sie rief noch einmal und meinte ihn daraufhin wiehern zu hören, aber sicher war sie nicht. Gewöhnlich kam er, wenn er sie rufen oder pfeifen hörte, aber er mußte dazu in wohlwollender Stimmung sein. Anscheinand befand er sich zur Zeit nicht in der geeigneten Stimmung. Schlange seufzte, wälzte sich herum und erhob sich erst einmal, da dies

mühsam genug war, auf die Knie. Vor ihr lag bleich und klamm Melissa; ihre Arme und Beine waren von Streifen geronnenen Blutes gezeichnet. Schlange hob Melissa erneut auf ihre Schulter; ihr rechter Arm war nahezu unbrauchbar. Sie bot alle vorhandenen Kräfte auf und kämpfte sich empor auf die Füße. Der Tragegurt verrutschte und fiel in ihre Armbeuge. Sie tat einen Schritt nach vorn. Der Korb stieß gegen ihr Bein. Ihre Knie zitterten. Sie trat um einen zweiten Schritt vor, und aus Furcht um Melissas Leben verschwamm ihr Blickfeld.
Als sie auf die Wiese torkelte, rief sie nochmals nach dem Pony. Sie vernahm Hufschlag, aber sie sah weder Eichhörnchen noch Wind, nur den Gaul des Verrückten; er lag im Gras, die Nase ins Erdreich gedrückt.

Arevins Kleidung aus Moschusochsenwolle schützte ihn vor Regen so gut wie vor Hitze, Wind und Wüstensand. Er ritt durch den sozusagen frisch gewaschenen Tag, streifte überhängende Äste, die ihn mit zahllosen ihrer eingefangenen Tröpfchen überschütteten. Bis jetzt hatte er von Schlange noch keine Spur entdeckt, doch dies war weit und breit der einzige Pfad. Sein Pferd hob den Kopf und wieherte laut. Von jenseits eines dichten Gehölzes ertönte ein Antwortwiehern. Arevin hörte das Trommeln von Hufen auf hartem, feuchtem Untergrund, und dann kamen ein graues Pferd und das Tigerpony durch eine Biegung des Pfads in sein Blickfeld galoppiert. Das Pony schlitterte, blieb stehen und tänzelte seitwärts näher, den Hals gewölbt. Die graue Stute lief vorbei, wirbelte herum, galoppierte spielerisch ein paar Schritte weit und blieb ebenfalls stehen. Während die drei Pferde sich gegenseitig zur Begrüßung den Atem in die Nüstern bliesen, beugte sich Arevin zur Seite und kraulte das Tigerpony hinter den Ohren. Beide Pferde Schlanges waren in ausgezeichneter Verfassung. Die Graue und das Tigerpony liefen nicht frei herum, wäre Schlange in jemandes Gewalt geraten; sie waren zu wertvoll. Und wären die Pferde bei einem Überfall entlaufen, so trügen sie noch ihre Sättel und das Zaumzeug. Schlange konnte in keiner Gefahr schweben. Arevin wollte schon ihren Namen rufen, doch im letzten Augenblick überlegte er es sich anders. Zweifellos war er zu argwöhnisch, aber nach allem, was er mittlerweile erlebt hatte, hielt er Vorsicht für vernünftig. Ein bißchen mehr Geduld würde ihn nicht umbringen.
Er hob seinen Blick zum nächstliegenden Hang, der in felsige Klippen und in größerer Entfernung in regelrechte Gipfel mündete, sah kümmerlichen Pflanzenwuchs, Flechten... und die Kuppel. Sobald er erkannt hatte, um was es sich handelte, begriff er, warum sie ihm nicht sofort aufgefallen war; als einzige Kuppel von allen, die er jemals gesehen hatte, wies diese hier Schäden auf: ein Umstand, der genügte, um sie zu tarnen. Dennoch

stand dort oben unfraglich eine Kuppel der Vorfahren, die größte überdies, von der er je gehört und die er je erblickt hatte. Arevin bezweifelte nicht, daß sich Schlange irgendwo dort oben aufhielt. Das war die einzige Möglichkeit, die irgendeinen Sinn ergab. Er trieb sein Pferd an, folgte den unübersehbaren Hufabdrücken, welche die beiden anderen Pferde im Morast hinterlassen hatten. Er zügelte sein Tier wieder, als er etwas zu hören glaubte. Er unterlag keiner Täuschung; auch die Pferde lauschten, ihre Ohren aufgerichtet. Dann hörte er den Ruf nochmals, und er wollte eine Antwort schreien, aber jeder Laut erstickte in seiner Kehle. Er preßte seinem Pferd so plötzlich und heftig die Beine in die Flanken, daß das Tier beinahe aus dem Stand in einen Galopp verfiel und jene Richtung einschlug, woher die Stimme der Heilerin ertönte, wo sich Schlange befand.

Gefolgt vom Tigerpony und der grauen Stute kam ein kleines schwarzes Pferd auf der anderen Seite der Lichtung aus den Bäumen gesprengt. Im ersten Moment der Erbitterung verfluchte Schlange den unglücklichen Zufall, daß ausgerechnet jetzt einer von Norths Anhängern zu ihm zurückkehren mußte. Und dann erkannte sie Arevin. In ihrem Staunen vermochte sie ihm nicht entgegenzulaufen, kein Wort hervorzubringen. Er schwang sich vom Pferd, obwohl es sich noch in schnellem Galopp befand; er lief herüber, hinter ihm wehte seine Wüstenrobe. Sie starrte ihn an, als wäre er eine Erscheinung, denn daß er dies sei, davon war sie tatsächlich überzeugt, auch noch, als er zum Greifen nahe vor ihr stand. »Arevin?«
»Was ist geschehen? Wer hat dir das angetan? Der Verrückte?«
»Er ist in der Kuppel«, sagte sie. »Mit einigen anderen seines Schlages. Gegenwärtig sind sie keine Gefahr. Dies ist Melissa, sie befindet sich in einem Schockzustand. Ich muß sie zum Lagerplatz bringen ... Arevin, bist du's wirklich?«
Er hob Melissa von ihrer Schulter; im einen Arm hielt er Schlanges Tochter, mit der anderen Hand stützte er Schlange. »Ja, ich bin es wirklich. Ich bin hier.« Er geleitete sie über die Wiese. Als sie die Stelle erreichten, wo Schlanges Habseligkeiten aufgehäuft lagen, ließ er sie los und streckte Melissa aus. Schlange kniete sich vor ihre Schlangenschachtel und öffnete sie, klappte mit zittrigen Händen das Medizinfach auf. Arevin senkte seine Hand sanft auf ihre unverletzte Schulter. »Laß deine Wunde von mir behandeln«, sagte er.
»Ich bin wohlauf«, sagte sie. »Das erledigt sich schon. Es geht um Melissa ...« Sie hob den Blick und erstarrte, als sie den Ausdruck seiner Augen wahrnahm.

»Heilerin«, sagte er, »Schlange, meine Freundin...« Sie versuchte aufzustehen; er wollte sie zurückhalten. »Für sie kannst du nicht länger irgend etwas tun.«
»Nicht länger...?« Sie raffte sich auf.
»Du bist verwundet«, sagte Arevin verzweifelt. »Das Kind jetzt anzuschauen, müßte auch noch deine Seele verwunden.«
»O ihr Götter«, sagte Schlange. Arevin versuchte sie noch immer zu hindern. »Laß mich los!« schrie sie. Erschrocken trat Arevin beiseite. Schlange verschwendete keine Zeit mit einer Entschuldigung. Schlange wollte sich von niemandem beschützen lassen, nicht einmal von ihm; das wäre zu leicht, eine zu große Versuchung.
Melissa lag im tiefen Schatten einer Kiefer. Schlange kniete sich auf die dicke Matte brauner Nadeln. Arevin blieb hinter ihr stehen. Schlange nahm Melissas kalte, bleiche Hand. Das Kind bewegte sich überhaupt nicht. Es hatte sich am Erdboden dahingeschleppt, die Fingernägel in den Untergrund gekrallt, hatte keine Mühe gescheut, um das abgelegte Versprechen zu halten. Melissa hatte die Schlange gegebenen Versprechen weit besser gehalten als Schlange die ihrigen. Schlange beugte sich vor und streifte Melissas rotes Haar von der schrecklichen Narbe. Schlanges Tränen fielen auf Melissas Wange. »Es ist zu spät«, bekräftigte Arevin. »Ihr Puls schlägt nicht länger.«
»Scht«, machte Schlange; noch immer suchte sie nach dem Pulsschlag, an Melissas Handgelenken, an ihrem Hals, bisweilen glaubte sie ihn zu spüren, dann wieder nicht.
»Schlange, du darfst dich nicht so quälen. Sie ist tot. Sie ist eiskalt.«
»Sie lebt.« Sie ahnte, daß er befürchtete, sie verliere aus Kummer den Verstand; er rührte sich nicht und blickte traurig zu ihr herab. »Hilf mir, Arevin«, wandte sie sich an ihn. »Vertraue mir. Ich habe von dir geträumt. Ich glaube, ich liebe dich. Aber Melissa ist meine Tochter und meine Freundin. Ich muß sie zu retten versuchen.« Unter ihren Fingern ließ sich phantomhaft schwach der Pulsschlag wahrnehmen. Melissa war so oft gebissen worden... aber die Beschleunigung des Metabolismus, die das Schlangengift auslöste, war inzwischen vorüber, und nun war ihre Körpertätigkeit, statt sich auf das normale Maß einzupendeln, so weit abgesunken, daß das Leben nur mit Mühe erhalten blieb. Und hoffentlich bleibt es auch ihr Geist, dachte Schlange. Ohne Beistand mußte Melissa an Erschöpfung und Unterkühlung sterben, fast so wie durch Erfrieren.
»Was soll ich tun?« Sein Tonfall bezeugte Resignation und Bedrücktheit.
»Faß mit an.« Schlange breitete Decken über einen breiten, flachen Felsen, der den ganzen Tag lang die Wärme des Sonnenlichts aufgesaugt haben mußte. Ihre Schwerfälligkeit, eine Folge ihrer Ermattung, erwies sich

bei jedem Handgriff als Hemmnis. Arevin hob Melissa auf und bettete sie auf die warmen Decken. Schlange verließ ihre Tochter für einen Moment und schüttete den Inhalt ihrer Satteltaschen aus. Sie warf den Paraffinkocher, den Kochtopf und die Feldflasche Arevin zu, der ihr Verhalten mit sorgenvoller Miene beobachtete. Sie hatte noch gar nicht die Zeit gehabt, um ihn eingehender zu betrachten. »Bitte erhitze etwas Wasser, Arevin. Nicht zuviel.« Mit den Händen zeigte sie ungefähr die Menge an, die sie meinte. Aus dem Medizinfach der Schlangenschachtel holte sie ein Päckchen Zucker. Dann eilte sie zurück an Melissas Seite und versuchte sie zu wecken. Ihr Pulsschlag war fühlbar, verschwand, kehrte wieder. Der Puls schlägt, dachte Schlange. Ich bilde mir das nicht bloß ein. Sie streute eine winzige Prise Zucker auf die Zunge ihrer Tochter und hoffte, daß ihr Gaumen feucht genug war, um ihn aufzulösen. Schlange wagte ihr nichts einzuflößen; falls Wasser in ihre Lungen geriet, konnte sie ersticken. Die Zeit war knapp, aber wenn Schlange nun etwas überstürzte, brachte sie ihre Tochter so sicher um, wie es North fertiggebracht hätte. Alle paar Augenblicke verabreichte sie Melissa ein paar Körnchen Zucker mehr, während sie auf Arevin und das Wasser wartete. Arevin kam wortlos damit zu ihr; das Wasser dampfte. Schlange schüttete eine weitere Prise auf Melissas Zunge und reichte das Päckchen Arevin. »Löse soviel wie möglich davon im Wasser auf.« Sie rieb Melissas Hände, tätschelte ihre Wangen. »Melissa, Liebes, versuche zu erwachen. Bloß für einen Moment. Hilf mir, meine Tochter.« Melissa reagierte nicht. Aber Schlange spürte erneut ihren Puls, nur einmal, aber diesmal kräftiger, so deutlich, daß sie keiner Täuschung erliegen konnte. »Ist das fertig?« Arevin ließ das warme Wasser im Topf schleudern, plötzlich ein wenig zu heftig, und etwas davon spritzte auf seine Hand. Beunruhigt sah er Schlange an. »Keine Sorge. Es ist nur Zucker.« Sie nahm den Topf von ihm entgegen.

»Zucker!« Er wischte sich die Hände im Gras ab.

»Melissa! Wach auf, Liebes!« Melissas Lider zuckten. Schlange hielt vor lauter Erleichterung den Atem an. »Melissa! Du mußt dies trinken!« Schwach regten sich Melissas Lippen. »Du brauchst noch nicht zu sprechen.« Schlange hob den kleinen Metalltopf an den Mund ihrer Tochter und ließ die dickflüssige, klebrige Brühe über ihre Lippen sickern, wobei sie sorgsam darauf achtete, daß Melissa schluckte, bevor sie ihr mehr einflößte.

»Ihr Götter...«, sagte Arevin voller Verwunderung.

»Schlange?« flüsterte Melissa.

»Ich bin hier, Melissa. Wir sind gerettet. Und du bist jetzt auch über den Berg.« Ihr war nach Lachen und Weinen zugleich zumute.

»Mir ist so kalt.«
»Ich weiß.« Sie legte die Decken um Melissas Schultern. Das war nun möglich, da Melissa den warmen Trank im Magen hatte und das Anregungsmittel ihr Blut mit Nahrung versorgte.
»Ich wollte dich nicht im Stich lassen, aber ich hatte dir ja versprochen... Ich fürchtete, der Verrückte könnte sich Eichhörnchen holen, und daß Dunst und Sand sterben könnten...«
Nun auch von der letzten Furcht befreit, bettete Schlange ihre Tochter auf den warmen Felsen. Nichts in Melissas Aussprache oder den Worten selbst verwies auf einen Hirnschaden; sie hatte gesund und heil überlebt.
»Eichhörnchen ist bei uns, ebenso Dunst und Sand. Du kannst jetzt ruhig weiterschlafen, und wenn du wieder aufwachst, ist alles in schönster Ordnung.« Melissa mochte schlimmstenfalls für ein oder zwei Tage Kopfschmerzen haben, je nachdem, wie empfindlich sie dem Anregungsmittel gegenüber war; aber sie lebte, war unversehrt.
»Ich habe zu fliehen versucht«, sagte Melissa, ohne die Augen zu öffnen. »Ich ging immer weiter und weiter, aber...«
»Ich bin sehr stolz auf dich. Niemand könnte schaffen, was du geschafft hast, wenn er nicht tapfer und stark ist.« Die unbeeinträchtigte Seite von Melissas Mund verzog sich zu einem halben Lächeln, und dann war sie wieder eingeschlafen. Schlange überschattete ihr Gesicht mit dem Zipfel einer Decke.
»Ich hätte bei meinem Leben geschworen, sie sei tot«, sagte Arevin.
»Sie wird durchkommen«, sagte Schlange, mehr zu sich selbst als zu Arevin. »Den Göttern sei Dank, sie wird's überstehen.« Der Drang, der sie besessen hatte, die zeitweilige Kraft, womit das Adrenalin sie ausstattete, waren bereits unmerklich von ihr gewichen. Sie vermochte sich nicht zu rühren, nicht einmal hinzusetzen. Ihre Knie waren verkrampft; dieser Umstand allein verhinderte, daß sie auf der Stelle zusammenbrach. Sie konnte nicht feststellen, ob sie wankte oder ob ihre Augen ihr etwas vorgaukelten, denn die Welt rundum schien abwechselnd zurückzuweichen und näherzurücken. Arevin berührte ihre linke Schulter. Seine Hand war genauso, wie sie sie in Erinnerung hatte, sanft und stark.
»Heilerin«, sagte er, »das Kind ist außer Gefahr. Nun denk an dich selbst.« Seine Stimme klang völlig gleichgültig.
»Sie hat so vieles durchgemacht«, flüsterte Schlange. Das Sprechen fiel ihr schwer. »Sie wird sich anfangs vor dir fürchten...«
Er schwieg dazu; Schlange erbebte. Arevin stützte sie und half ihr, sich im Gras niederzulassen. Sein Haar löste sich; es fiel ihm ums Gesicht, und er sah genauso aus wie beim letzten Mal, als sie ihn gesehen hatte. Er hielt seine Feldflasche an ihre trockenen Lippen, und sie trank laues, mit Wein

vermischtes Wasser. »Wer hat dir all das zugefügt?« fragte er. »Bist du noch immer bedroht?«
Sie hatte sich noch gar nicht damit befaßt, was werden sollte, wenn North und seine Anhänger wieder zur Besinnung kamen. »Jetzt nicht, aber vielleicht später, morgen...« Plötzlich versuchte sie sich zu erheben. »Wenn ich einschlafe, werde ich nicht rechtzeitig aufwachen...«
Er besänftigte sie. »Schlaf nur. Ich halte bis zum Morgen Wache. Dann können wir uns an einen sichereren Ort zurückziehen.«
Nach seiner Ermutigung hatte sie das Gefühl, sich bedenkenlos ausruhen zu dürfen. Er ließ sie für einen Moment allein, und sie streckte sich im Gras aus, die Finger gespreizt, als hielte die Erde sie fest und gäbe gleichzeitig ein wenig nach. Die Kühlheit der Wiese linderte die wiedergekehrte Empfindlichkeit der Wunde, die der Armbrustbolzen durch ihre Schulter geschlagen hatte. Sie hörte, wie Arevin sich etwas später neben sie kniete, und er senkte ein kühles, feuchtes Tuch auf ihre Schulter, um das geronnene Blut und Fasern ihrer Kleidung zu entfernen. Durch ihre Wimpern beobachtete sie ihn, bewunderte wiederum seine Hände, die Größe seines Körpers. Aber wie zuvor seine Worte, wirkte nun auch seine Berührung gleichgültig. »Wie hast du uns gefunden?« fragte sie. »Ich dachte zuerst, du wärst nur eine Traumgestalt.«
»Ich war in der Niederlassung der Heiler«, sagte er. »Ich fühlte die Verpflichtung, den Versuch zu unternehmen, euren Leuten begreiflich zu machen, was geschehen war, daß mein Klan die Schuld trägt, nicht du.« Er betrachtete sie, dann wandte er seinen Blick bekümmert zur Seite. »Ich glaube, es ist mir mißlungen. Deine Lehrerin sagte nur, daß du heimkommen sollst.«
Vorhin hatte Arevin gar keine Gelegenheit erhalten, um auf die Dinge einzugehen, die sie äußerte, daß sie von ihm geträumt hatte, ihn liebte. Nun jedoch benahm er sich, als habe sie überhaupt nichts dergleichen gesagt, als habe er, was er getan hatte, nur aus Pflichtgefühl unternommen. Mit einem hohlen Gefühl von Leere und Verlust fragte sich Schlange, ob sie bedauerlicherweise seine Empfindungen mißverstanden haben konnte. Sie hegte kein Interesse an noch mehr Dankbarkeit, noch mehr Schuldgefühlen. »Aber du bist hier«, sagte sie. Auf einem Ellbogen stemmte sie sich empor und setzte sich auf, um ihn zu mustern. »Du hättest mir nicht zu folgen brauchen, wenn du lediglich einer Verpflichtung nachgekommen bist, die bei meinem Zuhause endete.«
Er erwiderte ihren Blick. »Ich... ich habe auch von dir geträumt.« Er beugte sich vor, die Unterarme auf die Knie gestützt, die Hände ausgestreckt. »Ich habe keinem anderen Menschen meinen Namen verraten.«
Bedächtig streichelte Schlange, innerlich froh, mit ihrer schmutzigen,

zernarbten Linken seine saubere, sonnengebräunte Rechte. Er schaute ihr ins Gesicht. »Nach dem, was geschehen ist...«

Schlange, die nun noch stärker den Wunsch verspürte, unverletzt zu sein, nahm plötzlich ihre Hand fort und griff in ihre Brusttasche. Das Traumschlangenjunge wickelte sich um ihre Finger. Sie holte es heraus und zeigte es Arevin. Sie nickte hinüber zum Weidenkorb. »Darin habe ich noch mehr«, sagte sie, »und ich weiß, wie ich sie zum Brüten bringe.«

Er betrachtete voller Staunen die kleine Schlange, dann musterte er von neuem sie. »Dann hast du also die Stadt erreicht. Und man hat sich mit dir verständigt.«

»Nein«, sagte Schlange. Sie schaute hinauf zur zerstörten Kuppel. »Dort oben habe ich Traumschlangen entdeckt. Und eine eigene kleine Welt außerirdischer Herkunft, worin sie leben.« Sie ließ das Jungtier zurück in die Tasche gleiten. Es begann sich bereits an sie zu gewöhnen; aus ihm konnte eine gute Heilerschlange werden. »Die Städter haben mich fortgeschickt, aber sie haben nicht zum letzten Mal eine Heilerin gesehen. Sie sind mir noch immer etwas schuldig.«

»Auch mein Stamm steht noch in deiner Schuld«, sagte Arevin. »Einer Schuld, die zu begleichen mir mißlungen ist.«

»Du hast mir geholfen, das Leben meiner Tochter zu retten! Glaubst du, das zählt gar nicht?« Sie beruhigte sich. »Arevin, es wäre mir immer noch lieber, Gras wäre am Leben. Ich kann nicht vorgeben, es sei anders. Aber meine Unwissenheit hat ihn das Leben gekostet, nichts anderes. Ich habe nie etwas anderes angenommen.«

»Mein Klan«, sagte Arevin, »und meine Verwandten...«

»Warte. Wäre Gras nicht ums Leben gekommen, hätte ich von euch aus niemals den Heimweg angetreten.« Arevin lächelte schwach. »Und hätte ich das nicht getan, wäre ich nie zum Zentrum gelangt. Ich hätte Melissa nicht kennengelernt. Und ich wäre nie dem Verrückten begegnet, hätte nie von der zerstörten Kuppel erfahren. Es sieht so aus, als hätte dein Klan die Rolle eines Katalysators versehen. Ohne euch müßten wir die Stadtbewohner weiterhin um Traumschlangen anbetteln, und sie würden uns auch weiterhin abweisen. Die Heiler hätten ihre Tätigkeit auch in Zukunft mit beschränkten Mitteln fortsetzen müssen, bis schließlich weder Traumschlangen noch Heiler übriggeblieben wären. Das ist jetzt alles anders. Deshalb schulde ich euch vielleicht nicht weniger, als ihr mir nach deiner Meinung schuldet.«

Er sah sie für einen langen Augenblick an. »Ich glaube, du legst dir Rechtfertigungen für meine Verwandten zurecht.«

Schlange ballte die Hände zu Fäusten. »Kann es zwischen uns denn nichts anderes geben als wechselseitige Schuldgefühle?«

»Doch!« entgegnete Arevin nachdrücklich. »Wenigstens habe ich mir mehr erhofft«, fügte er betont gelassen hinzu, als habe die eigene Heftigkeit ihn überrascht.
Unsicher nahm Schlange wieder seine Hand. »Ich auch.« Sie küßte seine Handfläche.
Versonnen lächelte Arevin. Er beugte sich näher, und einen Moment später umarmten sie einander. »Wenn wir in gegenseitiger Schuld standen und nun alle Schuld beglichen ist, dann können die Heiler und unser Stamm in Freundschaft miteinander leben«, sagte Arevin. »Und vielleicht haben wir beide uns die Zeit für uns selbst verdient, von der du einmal sagtest, daß wir sie brauchen würden.«
»Wir haben sie uns verdient«, antwortete Schlange.
Arevin streifte ihr wirre Strähnen aus der Stirn. »In den Bergen habe ich neue Sitten gelernt«, sagte er. »Ich werde mich um dich kümmern, während deine Schulter heilt. Und wenn du wieder völlig gesund bist, möchte ich dich fragen, ob ich noch irgend etwas für dich tun kann.«
Schlange erwiderte sein Lächeln; sie wußten, daß sie einander verstanden. »Das ist eine Frage«, sagte sie und lächelte breiter, »die ich dir auch stellen wollte. Weißt du, Heiler genesen nämlich schnell.«